R & B

WILLIAM GIBSON

DIE NEUROMANCER TRILOGIE

*

NEUROMANCER
BIOCHIPS
MONA LISA OVERDRIVE

Deutsch von
Reinhard Heinz und
Peter Robert

Rogner & Bernhard
bei Zweitausendeins

1. Auflage, Januar 1996.

Die Originalausgaben: Newromancer (Neuromancer) 1984; Count Zero (Biochips) 1986;
Mona Lisa Overdrive (Mona Lisa Overdrive) 1988.

Die Romane erschienen erstmals 1987, 1988 und 1989 in Einzelausgaben und in anderer Übersetzung im Heyne Verlag München.
ISBN 3-8077-0309-8

Lektorat Eike Schönfeld, Hamburg.
Umschlaggestaltung Britta Lembke, Hamburg.
Herstellung Eberhard Delius, Berlin.
Satz Mega-Satz-Service, Berlin.
Druck Wagner GmbH, Nördlingen.
Einband G. Lachenmaier, Reutlingen.
Printed in Germany.

Dieses Buch gibt es nur bei Zweitausendeins
im Versand (D-60381 Frankfurt am Main, Postfach) oder
in den Zweitausendeins-Läden in Berlin, Essen, Frankfurt, Freiburg,
Hamburg, Köln, München, Nürnberg, Saarbrücken, Stuttgart.

In der Schweiz über buch 2000,
Postfach 89, CH-8910 Affoltern a. A.

NEUROMANCER

In Liebe für Deb,
die es möglich gemacht hat

MEIN DANK
gilt Bruce Sterling, Lewis Shiner
und John Shirley – Helden.
Und Tom Maddox,
dem Erfinder von EIS.
Und den anderen,
die wissen,
warum.

INHALT

ERSTER TEIL

CHIBA CITY BLUES

1

Der Himmel über dem Hafen hatte die Farbe eines Fernsehers, der auf einen toten Kanal geschaltet war.

»Ich bin ja kein User«, hörte Case jemanden sagen, als er sich durch die Menge an der Tür des Chat drängte. »Mein Körper leidet neuerdings einfach unter Drogenmangel.« Es war eine Sprawlstimme und ein Sprawlspruch. Das Chatsubo war eine Bar für Berufsexilanten; man konnte dort eine Woche bechern, ohne ein Wort Japanisch zu hören.

Ratz machte die Bar. Seine Armprothese zuckte monoton, als er einen Schwung Gläser mit Kirin vom Faß füllte. Er sah Case und lächelte. Sein Gebiß war ein Flickwerk aus osteuropäischem Stahl und brauner Fäulnis. Case fand einen Platz an der Theke zwischen der unnatürlichen Bräune einer Hure von Lonny Zone und der steifen Marineuniform eines großen Afrikaners, dessen Wangen von präzisen Reihen wulstiger Stammesnarben gezeichnet waren. »Wage war schon da, mit zwei Mackern«, sagte Ratz und schob Case mit seiner unversehrten Hand ein Bierglas über den Tresen. »Geschäfte, ihr beide, Case?«

Case zuckte die Achseln. Das Mädchen zu seiner Rechten stupste ihn kichernd an.

Das Lächeln des Barmanns wurde breiter. Seine Häßlichkeit war legendär. Im Zeitalter käuflicher Schönheit hatte sein Mangel daran Signalwirkung. Der altertümliche Arm surrte, als er nach einem anderen Glas griff. Es war eine russische Militärprothese, ein Greifer mit sieben Funktionen, rückkopplungsgesteuert und eingegossen in schmuddeliges, pinkfarbenes Plastik. »Spielst den Artisten, Monsieur Case.« Ratz grunzte, ein Geräusch, das bei ihm als Lachen fungierte. Er kratzte sich mit der pinkfarbenen Klaue den in ein weißes Hemd gezwängten, überhängenden Bauch. »Jonglierst mit irgendwelchen komischen Deals.«

»Klar«, sagte Case und trank einen Schluck Bier. »Einer muß hier ja komisch sein. Du bist's jedenfalls nicht, verdammte Scheiße.«

Das Kichern der Hure stieg um eine Oktave.

»Und du auch nicht, Schwester. Also zieh Leine, okay? Zone ist 'n persönlicher Freund von mir.«

Sie sah Case in die Augen und gab den allerleisesten Spucklaut von sich, ohne die Lippen groß zu bewegen. Aber sie ging.

»Mann, was ist das denn für 'n mieses Loch?« sagte Case. »Hier kann man ja nicht mal in Ruhe einen trinken.«

»Ha«, sagte Ratz und fuhr mit einem Lappen über das abgescheuerte Holz, »Zone kommt wenigstens mit Prozenten rüber. Der einzige Grund, warum du hier arbeiten darfst, ist dein Unterhaltungswert.«

Als Case nach seinem Bierglas griff, senkte sich einer jener seltsamen Momente der Stille auf den Laden, als wären hundert eigenständige Gespräche gleichzeitig bei einer Pause angelangt. Dann ertönte das schrille Kichern der Hure, durchsetzt von einer gewissen Hysterie.

»Da ist gerade ein Engel durch«, brummte Ratz.

»Die Chinesen«, grölte ein betrunkener Australier, »die Chinesen haben das verdammte Nervenspleißen erfunden. Wenn's die Nerven sind, würd ich aufs Festland gehen. Die kriegen dich wieder hin, Kamerad ...«

»Ach was«, sagte Case zu seinem Glas, und seine ganze Verbitterung stieg wie Galle in ihm auf, »das ist doch totaler Schwachsinn.«

Die Japaner hatten schon mehr Neurochirurgie vergessen, als die Chinesen je beherrscht hatten. Die schwarzen Kliniken von Chiba waren führend auf dem Gebiet; dort wurden ganze Operationstechniken von einem Monat auf den anderen durch neue ersetzt. Trotzdem schafften sie es nicht, den Schaden zu beheben, den Case in einem Hotel in Memphis abbekommen hatte.

Nach einem Jahr hier träumte er immer noch vom Cyberspace, doch seine Hoffnung schwand mit jeder Nacht. Alles Speed, das er nahm, alle Streifzüge durch die Gassen und Winkel von Night City halfen nichts; immer noch sah er im Schlaf die Matrix, helle Gitter der Logik, die sich vor der farblosen Leere entfalteten ... Das Sprawl lag jetzt in seltsam weiter Ferne jenseits des Pazifik, und er war kein Konsolenfreak, kein Cyberspace-Cowboy mehr. Nur ein kleiner Gauner unter vielen, der sich durchzuschlagen versuchte. Doch in der japanischen Nacht brachen die Träume über ihn herein wie Hochspannungsvoodoo, und dann weinte er, er weinte im Schlaf und wachte allein im Dunkel seiner Kapsel in irgendeinem Sarghotel auf, die Hände in die Matratze gekrallt, Temperschaum zwischen den Fingern, die nach der Konsole zu greifen versuchten, die nicht da war.

»Hab gestern abend dein Mädchen gesehn«, sagte Ratz, als er Case das zweite Kirin hinstellte.

»Ich hab keins«, sagte er und trank.

»Miß Linda Lee.«

Case schüttelte den Kopf.

»Kein Mädchen? Nichts? Nur Geschäfte, mein Artistenfreund? Voll dem Kommerz verschrieben?« Seine kleinen braunen Augen saßen tief in faltigen Höhlen. »Mit ihr hast du mir, glaub ich, besser gefallen. Hast mehr gelacht. Irgendwann übernimmst du dich vielleicht mal beim Jonglieren und landest in den Organbanken, im Ersatzteillager.«

»Mir kommen die Tränen, Ratz.« Er trank sein Bier aus, bezahlte und ging, die schmalen Schultern in der regennassen, khakifarbenen Nylonwindjacke hochgezogen. Als er sich durch die Menschenmenge auf der Ninsei zwängte, roch er den eigenen muffigen Schweiß.

Case war vierundzwanzig. Mit zweiundzwanzig war er ein Cowboy, ein Aktiver gewesen, einer der besten im Sprawl. Er war bei den ganz Großen in die Lehre gegangen, bei McCoy Pauley und Bobby Quine, Legenden im Geschäft. Mit ständigem Adrenalinüberschuß, einem Nebenprodukt seiner Jugend und seines Könnens, hing er an einem speziellen Cyberspace-Deck, das sein entkörpertes Bewußtsein in die Konsens-Halluzination der Matrix projizierte – ein Dieb, der für andere, reichere Diebe arbeitete, für Auftraggeber, die die erforderliche exotische Software lieferten, um schimmernde Firmenfassaden zu durchdringen und Fenster zu reichen Datenfeldern aufzutun.

Er beging den klassischen Fehler, obwohl er sich geschworen hatte, gerade den um jeden Preis zu vermeiden: Er bestahl seine Auftraggeber. Er zweigte etwas für sich ab und versuchte, es über einen Hehler in Amsterdam zu verticken. Er wußte noch immer nicht genau, wie sie ihm auf die Schliche gekommen waren, obwohl das jetzt freilich keine Rolle mehr spielte. Als es dann soweit war, rechnete er mit dem Tod, doch sie lächelten nur. Natürlich könne er das Geld gern behalten, meinten sie, sehr gern. Er werde es auch brauchen. Denn – noch immer lächelnd – sie würden dafür sorgen, daß er nie wieder arbeiten könne.

Sie schädigten sein Nervensystem mit einem russischen Mykotoxin aus Kriegszeiten.

In einem Hotel in Memphis ans Bett gefesselt, halluzinierte er dreißig Stunden lang. Mikron für Mikron brannte sein Talent aus.

Der Schaden war winzig und unauffällig, aber äußerst wirksam.

Für Case, der für die körperlosen Freuden des Cyberspace gelebt hatte, war es der Sturz in den Abgrund. In den Bars, in denen er als Supercowboy verkehrt hatte, gehörte bei der Elite der Branche eine gewisse lässige Verachtung fürs Fleisch zum guten Ton. Der Körper war nur Fleisch. Und nun war Case ein Gefangener seines Fleisches.

Seine ganze Habe war schnell in Neue Yen eingetauscht, ein dikkes Bündel Scheine der alten Papierwährung, die endlos durch die geschlossenen Kanäle des weltweiten Schwarzmarkts kursierte wie die Muscheln der Trobriand-Insulaner. Es war schwierig, im Sprawl legale Geschäfte mit Bargeld abzuwickeln; in Japan war es bereits verboten.

In Japan, so hatte er sich verbissen eingeredet, würde er hundertprozentig Heilung finden. In Chiba. Entweder in einer registrierten Klinik oder in der Grauzone der schwarzen Medizin. Chiba, ein Synonym für Implantationen, Nervenspleißen und Mikrobionik, war ein Magnet für die technokriminellen Subkulturen des Sprawl.

In Chiba hatte er seine Neuen Yen in einer zweimonatigen Serie von Untersuchungen und Konsultationen dahingehen sehen. Die Leute in den schwarzen Kliniken, seine letzte Hoffnung, hatten die gekonnte Verstümmelung bestaunt und dann langsam den Kopf geschüttelt.

Nun schlief er in den billigsten Särgen, denen in unmittelbarer Hafennähe unter den Halogenstrahlern, die die Docks Tag und Nacht wie riesige Bühnen beleuchteten; wegen des grellen Fernsehhimmels waren von dort die Lichter von Tokio nicht zu sehen, nicht einmal das himmelhohe holografische Logo der Fuji Electric Company, und die Bucht von Tokio war nichts als eine weite schwarze Fläche, auf der weiße Styroporhaufen trieben, über denen Möwen kreisten. Hinter dem Hafen lag die Stadt mit ihren Fabrikkuppeln, die von den riesigen Würfeln der Unternehmensarcologien überragt wurden. Hafen und Stadt waren durch einen schmalen Gürtel älterer Straßenzüge getrennt, ein Niemandsland ohne offiziellen Namen. Night City mit einer Straße namens Ninsei als Herz. Bei Tag waren die Bars an der Ninsei mit Rolläden verschlossen und unscheinbar; die Neonbeleuchtung war aus, die Hologramme warteten deaktiviert unter dem giftigen Silberhimmel.

In einem Teashop namens Jarre de Thé zwei Blocks westlich vom Chat spülte Case die erste Pille des Abends mit einem doppelten Espresso hinunter. Es war ein flaches, pinkfarbenes Oktagon mit einem stark wirkenden brasilianischen Dexedrin, das er bei einem von Zones Mädchen gekauft hatte.

Das Jarre hatte verspiegelte Wände; jede Scheibe war mit rotem Neon eingefaßt.

Mutterseelenallein in Chiba, mit wenig Geld und noch weniger Hoffnung auf Heilung, hatte er zunächst eine Art Overdrivesymptom entwickelt. Mit einer kalten Verbissenheit, die seinem Wesen eigentlich gar nicht entsprach, war er losgezogen, um Kapital zu beschaffen. Im ersten Monat hatte er zwei Männer und eine Frau umgebracht – für Summen, die er vor einem Jahr noch als lächerlich betrachtet hätte. Ninsei zehrte ihn aus, bis die Straße selbst für ihn zur Verkörperung einer Todessehnsucht wurde, eines verborgenen Giftes, das er ahnungslos in sich getragen hatte.

Night City glich einem kranken Experiment in Sozialdarwinismus, ersonnen von einem gelangweilten Forscher, der den Daumen ständig auf der FF-Taste hatte. Wenn man zu lahmarschig wurde, ging man spurlos unter, aber wenn man sich zu sehr ins Zeug legte, durchbrach man die empfindliche Oberflächenspannung des Schwarzmarkts und wurde ebenfalls abserviert; in beiden Fällen blieb von einem nur die vage Erinnerung im Kopf einer Gestalt wie Ratz, die zum Inventar gehörte, obwohl Herz, Lungen oder Nieren durchaus im Dienste eines Fremden weiterleben konnten, der genug Neue Yen für die Organbank hatte.

Das Geschäft hier war ein pausenloses, unterschwelliges Brummen und Summen, und der Tod war die allseits akzeptierte Strafe für Untätigkeit, Leichtsinn oder Ungeschick, kurz, für die Nichteinhaltung der Anforderungen eines tückischen Protokolls.

Als Case allein an einem Tisch im Jarre de Thé saß und das Oktagon reinknallte, so daß sich an seinen Handflächen Schweißperlen bildeten und er jedes kitzelnde Haar an Armen und Brust plötzlich einzeln spürte, erkannte er, daß er seit einiger Zeit ein Spiel mit sich spielte, ein uraltes Spiel ohne Namen, ein letztes Solitär. Er hatte keine Waffe mehr, scherte sich nicht mehr um die simpelsten Vorsichtsmaßnahmen. Er machte die schnellsten, lockersten Deals auf der Straße und stand im Ruf, alles beschaffen zu können, was gewünscht wurde. Ein Teil von ihm wußte, daß der grelle Lichtbogen seiner Selbstzerstörung unübersehbar war für seine Kunden, die immer rarer wurden, aber derselbe Teil wärmte sich in dem Wissen, daß es nur noch eine Frage der Zeit war. Und das war auch der Teil, der in seiner eitlen Todeserwartung den Gedanken an Linda Lee am meisten haßte.

Er hatte sie eines Nachts – es regnete – in einer Spielhalle gefunden.

Unter gleißenden Schemen, die durch blauen Zigarettendunst leuchteten, den Hologrammen von Wizard's Castle, von Tank War Europa, von der New Yorker Skyline... Und so sah er sie jetzt vor sich, das Gesicht in hektisches Laserlicht getaucht, die Züge zum bloßen Code reduziert: Scharlachrot glühten die Wangen, als das Zauberschloß brannte, azurblau leuchtete die Stirn, als München im Panzerkrieg fiel, golden schimmerten die Lippen, als der wandernde Cursor einen Funkenregen aus der Wand einer Wolkenkratzerschlucht fräste. Er war an jenem Abend in Hochstimmung gewesen, da ein Kilo von Wages Ketamin auf dem Weg nach Jokohama war und er das Geld schon in der Tasche hatte. Aus dem warmen Regen kommend, der aufs Pflaster der Ninsei prasselte, war er hineingegangen, und als er sie sah – ein Gesicht unter Dutzenden an den Konsolen, in das Spiel vertieft, an dem sie saß – hatte er irgendwie sofort gewußt: die oder keine. Ihr Gesichtsausdruck war der gleiche gewesen wie Stunden später in einem Sarg am Hafen, als sie schlief: Die Oberlippe glich dem geschwungenen Strich, mit dem Kinder einen Vogel im Flug zeichnen.

Als er die Spielhalle durchquerte und sich neben sie stellte, beschwingt von dem Geschäft, das er gerade gemacht hatte, blickte sie auf. Graue Augen mit verschmiertem schwarzem Eyeliner. Tieraugen, starr im Scheinwerferkegel eines näherkommenden Fahrzeugs.

Ihre gemeinsame Nacht dauerte bis zum Morgen; anschließend Tickets fürs Hovercraft und sein erster Ausflug über die Bucht. Der Regen ließ auch in Harajuku nicht nach und perlte von ihrer Plastikjacke, während die Kinder Tokios in weißen Slippern und Regenmänteln an den berühmten Boutiquen vorbeimarschierten. Als sie mit ihm schließlich im mitternächtlichen Geklapper einer Pachinkohalle stand, hielt sie seine Hand wie ein Kind.

Es dauerte einen Monat, bis die Konfiguration von Drogen und Anspannung, die sein Leben prägte, diese ewig erschrockenen Augen in Brunnen verwandelte, in denen sich das gleiche Bedürfnis spiegelte. Er hatte beobachtet, wie sich ihre Persönlichkeit spaltete, wie ein Eisberg kalbte, in Schollen davontrieb, und er hatte schließlich das nackte Bedürfnis gesehen, das hungrige Gerippe der Sucht.

Er hatte beobachtet, wie sie sich den nächsten Druck setzte – mit einer Konzentration, die ihn an die Gottesanbeterinnen erinnerte, die auf Marktständen an der Shiga neben blauen Zuchtkarpfen in ihren Becken und Grillen in Bambuskäfigen feilgeboten wurden.

Er starrte auf den schwarzen Kaffeering in seiner leeren Tasse. Sie wackelte; das kam von dem Speed, das er sich reingezogen hatte. Die braune Kunstharzbeschichtung des Tisches war von einer stumpfen Patina winziger Kratzer überzogen. Als das Dex ihm die Wirbelsäule hochstieg, sah er die unzähligen willkürlichen Stöße, die es dazu gebraucht hatte. Das Jarre war in einem veralteten, namenlosen Stil des vorigen Jahrhunderts eingerichtet, einer ungemütlichen Mischung aus japanischer Tradition und fahlem Mailänder Plastik, aber alles schien von einem feinen Film überzogen, als hätten die schlechten Nerven von Millionen Gästen die Spiegel und einstmals glänzenden Plastikflächen angegriffen und eine trübe Schicht hinterlassen, die sich nicht mehr abwischen ließ.

»He Case, alter Freund ...«

Er blickte auf, sah in graue Augen mit Eyeliner. Sie trug einen ausgewaschenen französischen Orbit-Overall und nagelneue weiße Turnschuhe. »Hab dich die ganze Zeit gesucht, Mensch.« Sie nahm ihm gegenüber Platz und stützte die Ellbogen auf den Tisch. Die Ärmel des blauen Overalls waren an den Schultern abgetrennt. Automatisch suchte er ihren Arm nach Spuren von Derms oder Einstichen ab. »Zigarette?«

Sie kramte ein zerknülltes Päckchen Yeheyuan Filter aus einer Tasche in der Knöchelgegend und bot sie ihm an. Er nahm eine und ließ sie sich mit einem roten Plastikfeuerzeug anzünden. »Schläfst du nicht gut, Case? Siehst müde aus.« Ihr Akzent verriet, daß sie aus dem südlichen Sprawl stammte, aus der Gegend von Atlanta. Die Haut unter ihren Augen war blaß und sah ungesund aus, aber sie hatte noch glattes und festes Fleisch. Sie war zwanzig. Die ersten Kummerfältchen gruben sich in ihre Mundwinkel. Ihr schwarzes Haar war mit einem bedruckten Seidenband zurückgebunden. Das Muster erinnerte an Mikroschaltkreise oder einen Stadtplan.

»Bloß, wenn ich vergesse, meine Pillen zu nehmen«, sagte er. Eine greifbare Woge der Sehnsucht überrollte ihn; Lust und Einsamkeit kamen auf der Wellenlänge des Amphetamins. Er erinnerte sich an den Duft ihrer Haut im überheizten, dunklen Sarg beim Hafen, an ihre über seinem Kreuz verzahnten Finger.

All das Fleisch, dachte er, und all seine Gelüste.

»Wage«, sagte sie und kniff die Augen zusammen. »Der will dir 'n Loch in den Schädel pusten.« Sie zündete sich selber eine Zigarette an.

»Wer sagt das? Ratz? Haste mit Ratz gesprochen?«

»Nee. Mit Mona. Ihr neuer Typ ist einer von Wages Mackern.«

»Dafür schulde ich ihm nicht genug. Wenn er mich alle macht, sieht er die Knete erst recht nicht.« Er zuckte die Achseln.

»Zu viele schulden dem was, Case. Vielleicht will er an dir ein Exempel statuieren. Solltest echt lieber aufpassen.«

»Mach ich. Und du, Linda? Haste ’nen Platz zum Pennen?«

»Pennen.« Sie schüttelte den Kopf. »Klar, Case.« Sie zitterte und krümmte sich über dem Tisch zusammen. Ihr Gesicht war schweißbedeckt.

»Da«, sagte er, wühlte in der Tasche seiner Windjacke und zog einen zerknüllten Fünfziger hervor. Automatisch strich er ihn unterm Tisch glatt, faltete ihn zweimal und gab ihn ihr.

»Du brauchst es selbst, Süßer. Gib’s lieber Wage.« In den grauen Augen war jetzt ein Ausdruck, den er nicht deuten konnte, den er noch nie darin gesehen hatte.

»Ich schulde Wage ’ne Menge mehr. Nimm schon! Ich krieg bald noch was«, log er, während er zusah, wie seine Neuen Yen in einer Tasche mit Reißverschluß verschwanden.

»Wenn du das Geld hast, Case, geh gleich zu Wage.«

»Bis dann, Linda«, sagte er und stand auf.

»Ja.« Ein Millimeter Augenweiß zeigte sich unter ihren Pupillen. Sanpaku. »Paß auf dich auf, Junge!«

Case nickte. Er hatte es auf einmal sehr eilig.

Als die Plastiktür hinter ihm zufiel, blickte er zurück und sah ihre Augen im Spiegel, umschlossen von rotem Neon.

Freitag nacht auf der Ninsei.

Vorbei an Yakitoribuden und Massagesalons, einem Café der Franchisekette ›Beautiful Girl‹, dem elektronischen Getöse einer Spielhalle. Er trat zur Seite, um einen dunkelgekleideten Sararimann vorbeizulassen, einen typischen Angestellten, und erhaschte dabei einen Blick auf das Mitsubishi-Genentech-Logo, das in seinen rechten Handrücken eintätowiert war.

War das echt? Falls ja, dachte Case, kriegt er Ärger. Falls nicht, geschieht’s ihm recht. MG-Angestellten ab einer bestimmten Stufe waren moderne Mikroprozessoren implantiert, die den Mutagenspiegel im Blut regulierten. Mit einem solchem Gerät konnte man in Night City sehr schnell unter die Räder geraten und in einer schwarzen Klinik landen.

Der Sararimann war Japaner gewesen, aber das Ninsei-Volk bestand aus Gaijin, Ausländern. Matrosengruppen vom Hafen, einzelne Touristen, auf der Jagd nach Vergnügungen, die in keinem Reiseführer standen, schwere Jungs aus dem Sprawl, die mit Transplantaten und Implantanten protzten, und Dutzende Arten von Gaunern – ein einziges großes Gewimmel, ein komplizierter Reigen von Lust und Geschäft.

Es gab zahllose Theorien darüber, warum Chiba City die Enklave der Ninsei duldete, aber Case neigte zu der Ansicht, daß die Yakuza diesen Ort gewissermaßen als historischen Park erhielten, als Denkmal für ihre bescheidenen Anfänge. Andererseits leuchtete ihm auch ein, daß der technische Fortschritt Freiräume brauchte, daß Night City nicht wegen seiner Bewohner existierte, sondern als bewußt ungeregelte Spielwiese der Technologie.

Als er zu den Lichtern hinaufblickte, fragte er sich, ob Linda recht hatte. Würde Wage ihn umlegen lassen, um ein Exempel zu statuieren? Das kam ihm ziemlich unsinnig vor, aber Wage handelte ja auch vornehmlich mit rezeptpflichtiger Bioware, und es hieß, wer so was tat, mußte verrückt sein. Aber Linda meinte, daß Wage seinen Tod wollte. Cases wichtigste Einsicht in die Dynamik der Straßendeals lautete, daß er weder vom Käufer noch vom Verkäufer wirklich gebraucht wurde. Das Geschäft eines Mittelsmannes besteht darin, sich zu einem notwendigen Übel zu machen. Die fragwürdige Nische, die Case sich in der kriminellen Ökologie von Night City geschaffen hatte, war durch Lügen aufgetan und Nacht für Nacht durch Betrügereien ausgebaut worden. Als er nun spürte, daß ihre Mauern zu bröckeln begannen, verspürte er eine seltsame Euphorie.

In der Woche davor hatte er den Weiterverkauf eines synthetischen Drüsenextrakts verzögert und ihn mit einer größeren Gewinnspanne als üblich in kleinen Portionen verhökert. Er wußte, das hatte Wage nicht gefallen. Wage, seit neun Jahren in Chiba und einer der wenigen Gaijin-Dealer, denen es gelungen war, mit dem starr hierarchisch gegliederten kriminellen Establishment jenseits der Grenzen von Night City Kontakte zu knüpfen, war sein wichtigster Lieferant. Gen- und Hormonmaterial sickerte durch ein kompliziertes, gestaffeltes System von Strohmännern und Tarnfirmen auf die Ninsei. Irgendwie hatte Wage es einmal geschafft, etwas zurückzuverfolgen, und nun erfreute er sich dauerhafter Beziehungen in einem Dutzend Städten.

Case ertappte sich dabei, wie er in ein Schaufenster starrte. In dem Laden wurde bunter Krimskrams an Matrosen verkauft. Uhren, Klappmesser, Feuerzeuge, Taschenvideorecorder, Simstim-Decks, beschwerte Manriki-Ketten und Shuriken. Die Shuriken, stählernde Sterne mit messerscharfen Spitzen, hatten es ihm schon immer angetan. Die einen waren verchromt, die anderen schwarz, wieder andere mit einem regenbogenähnlichen Film wie Öl auf Wasser beschichtet. Aber die verchromten Sterne fesselten seinen Blick. Sie waren mit fast unsichtbaren Nylonschlingen auf scharlachrotem Ultravelour befestigt und in der Mitte mit Drachen oder Yinyang-Symbolen geprägt. Sie warfen das Neonlicht von der Straße verzerrt zurück, und Case kam auf einmal der Gedanke, daß dies seine Leitsterne waren, sein Schicksal in Gestalt einer Konstellation aus billigem Chrom.

»Julie«, sagte er zu seinen Sternen. »Zeit, den alten Julie zu besuchen. Der weiß bestimmt Bescheid.«

Julius Deane, dessen Stoffwechsel allwöchentlich mit einem Vermögen an Seren und Hormonen gewissenhaft zurechtfrisiert wurde, war hundertfünfunddreißig Jahre alt. Sein wichtigster Schutz gegen das Altern bestand in einer jährlichen Pilgerfahrt nach Tokio, wo Gentechniker den Code seiner DNS neu einstellten, ein Verfahren, das in Chiba nicht verfügbar war. Anschließend flog er immer nach Hongkong, um sich die Anzüge und Hemden fürs ganze Jahr anfertigen zu lassen. Geschlechtlich ein

Neutrum und mit übermenschlicher Geduld ausgestattet, schien er sich Befriedigung vornehmlich dadurch zu verschaffen, daß er einem esoterischen Schneiderkult frönte. Case hatte ihn nie zweimal im selben Anzug gesehen, obwohl er offenbar ausschließlich peinlich genaue Nachbildungen der Mode des vorigen Jahrhunderts trug. Er hatte eine Vorliebe für altmodische Brillen mit schmalem Goldgestell und pinkfarbenen, aus dünnem, synthetischem Quarz geschnittenen Gläsern, deren Kanten schräggeschliffen waren wie die Spiegel in einem viktorianischen Puppenhaus.

Sein Büro befand sich in einem Lagerhaus hinter der Ninsei. Einige Räume waren vor Jahren mit einem Sammelsurium europäischer Möbel sparsam eingerichtet worden, als hätte Deane einmal die Absicht gehabt, diese Zimmer als Wohnung zu benutzen. Neoaztekische Bücherregale, auf denen sich Staub sammelte, säumten eine Wand des Zimmers, in dem Case wartete. Zwei plumpe, bauchige Lampen im Disney-Stil standen auf einem niedrigen Beistelltischchen im Kandinsky-Look aus rot lackiertem Stahl. Zwischen den Bücherregalen an der Wand hing eine Dali-Uhr. Das verzerrte Zifferblatt reichte bis zum nackten Betonboden. Die Zeiger bestanden aus Hologrammen, die sich beim Vorrücken entsprechend dem verzerrten Zifferblatt veränderten, aber nie die korrekte Zeit angaben. Das Zimmer war vollgestopft mit stapelbaren weißen Versandboxen aus Fiberglas, die nach kandiertem Ingwer rochen.

»Scheinst sauber zu sein, alter Knabe«, erklang Deanes körperlose Stimme. »Komm doch rein!«

An der massiven Tür aus Rosenholzimitat links von den Bücherregalen fuhren Magnetbolzen zurück. Auf dem Plastikfurnier stand in abblätternden, selbstklebenden Großbuchstaben JULIUS DEANE IMPORT EXPORT. Wenn die Möbel in Deanes provisorischem Vorzimmer an das Ende des letzten Jahrhunderts erinnerten, so schien das eigentliche Büro von dessen Beginn zu stammen.

Deanes faltenloses, rosiges Gesicht musterte ihn aus dem Lichtkegel einer antiken Messinglampe mit rechteckigem, dunkelgrünem Glasschirm heraus. Der Importeur war hinter einem riesigen Schreibtisch aus lackiertem Stahl verschanzt, der zu beiden Seiten von hohen Schränken aus hellem Holz mit vielen Schubfächern flankiert war. Aktenschränke, vermutete Case, wie sie in vorelektronischer Zeit zur Aufbewahrung schriftlicher Unterlagen gebräuchlich gewesen waren. Die Schreibtischfläche war übersät mit Kassetten, vergilbten Schlangen bedruckten Endlospapiers und verschiedenen Teilen einer uhrwerkähnlichen Schreibmaschine; offenbar fand Deane nie die Zeit, sie zusammenzubauen.

»Was führt dich zu mir, mein Junge?« fragte Deane und bot Case ein längliches Bonbon an, das in blauweiß kariertes Papier eingewickelt war. »Probier mal! Ting Ting Djahe, das beste, was es gibt.« Case lehnte das Ingwerbonbon ab, setzte sich auf einen knarrenden Holzdrehstuhl und strich mit dem Daumen an der ausgebleichten Beinnaht seiner schwarzen Jeans entlang. »Julie, ich hab gehört, daß Wage mich umlegen will.«

»Aha. So so. Und wer sagt das, wenn ich fragen darf?«

»Die Leute.«

»Die Leute«, wiederholte Deane, an seinem Ingwerbonbon lutschend. »Was für Leute? Freunde?«

Case nickte.

»Nicht immer ganz einfach zu unterscheiden, wer ein Freund ist und wer nicht, was?«

»Ich schulde ihm ein bißchen Geld, Deane. Hat er was zu dir gesagt?«

»Hab ihn 'ne Weile nicht gesehen.« Deane seufzte. »Falls ich natürlich was wüßte, könnt ich's dir nicht unbedingt sagen. So wie die Dinge stehen, du weißt schon.«

»Dinge?«

»Er ist 'ne wichtige Connection, Case.«

»Ja. Will er mich killen, Julie?«

»Nicht daß ich wüßte.« Deane zuckte mit den Achseln, als verhandelten sie über den Preis von Ingwer. »Wenn es sich als unbegründetes Gerücht erweist, alter Knabe, schau in ’ner Woche oder so wieder bei mir rein. Dann hab ich ’ne Kleinigkeit für dich, aus Singapur.«

»Vom Nan Hai Hotel in der Bencoolen Street?«

»Kannst auch nichts für dich behalten, alter Knabe!« Deane grinste. In dem Schreibtisch steckte ein Vermögen an Geräten, die verhindern sollten, daß er abgehört wurde.

»Bis dann, Julie! Ich werd Wage von dir grüßen.«

Deanes Finger strichen über den perfekten Knoten seiner hellen Seidenkrawatte.

Er war noch keinen Block von Deanes Büro entfernt, als es ihn wie ein Blitz traf. Es war eine plötzliche Wahrnehmung auf zellularer Ebene: Jemand war ihm auf den Fersen, dicht auf den Fersen.

Die Kultivierung einer gewissen harmlosen Paranoia war für Case nahezu selbstverständlich. Das Kunststück bestand darin, sie in Schach zu halten. Aber das konnte ein ganz schön schwieriges Kunststück sein mit einer Ladung Oktagonen im Leib. Er kämpfte gegen den Adrenalinschub an, setzte eine gelangweilte, leere Maske auf und tat so, als triebe er im Strom der Menge mit. Als er ein verdunkeltes Schaufenster entdeckte, gelang es ihm, davor stehenzubleiben. Es war eine Chirurgieboutique, zwecks Renovierung geschlossen. Die Hände in den Jackentaschen vergraben, starrte er durch die Scheibe auf eine flache Raute laborerzeugten Fleisches auf einem aufwendig gearbeiteten Postament aus falscher Jade. Die Farbe der Haut erinnerte ihn an Zones Huren; die leuchtende, von einem subkutanen Chip gespeiste Digitalanzeige darauf war wie eine Tätowierung. Wozu eine Operation auf sich nehmen, fragte er sich unwillkürlich, während ihm der Schweiß an den Rippen hinunterlief, wenn man das Ding ebensogut in der Tasche bei sich tragen konnte?

Ohne den Kopf zu bewegen, hob er den Blick und musterte die vorüberziehende Menge in der spiegelnden Scheibe.

Da.

Hinter Matrosen in kurzärmeligem Khaki. Dunkles Haar, verspiegelte Brille, dunkle Kleidung, schlank ...

Und weg.

Case duckte sich und rannte im Zickzack durch die Menge.

»Vermietste mir 'ne Knarre, Shin?«

Der Junge lächelte. »Zwei Stunden.« Sie standen hinter einer Sushibude an der Shiga, wo es nach frischen, rohen Meeresfrüchten roch. »Du in zwei Stunden wiederkommen.«

»Ich brauch sie sofort, Mann. Haste nicht jetzt was?«

Shin wühlte hinter leeren Zweiliterdosen, die Meerrettichpulver enthalten hatten. Er zog ein schmales, in graue Plastikfolie eingewickeltes Bündel hervor. »Taser. Die Stunde zwanzig Neue Yen. Dreißig Kaution.«

»Scheiße. Das nützt mir nichts. Ich brauch 'ne Knarre. Vielleicht muß ich einen erschießen, kapiert?«

Der Kellner hob die Schultern und verstaute das Bündel hinter den Meerrettichdosen. »Zwei Stunden.«

Case ging in den Laden, ohne den ausgestellten Shuriken auch nur einen Blick zu gönnen. Er hatte noch nie mit einem geworfen.

Er kaufte zwei Päckchen Yeheyuan mit einem Mitsubishi-Bank-Chip, der seinen Namen mit Charles Derek May angab. Das schlug Truman Starr – was Besseres war ihm für seinen Paß nicht eingefallen – um Längen.

Die Japanerin hinter dem Terminal sah aus, als hätte sie dem alten Deane noch ein paar Jahre voraus, allerdings ohne dafür die Segnungen der modernen Wissenschaft in Anspruch genommen zu haben. Case zog seine schmale Rolle Neuer Yen aus der Tasche und zeigte sie ihr. »Ich möchte 'ne Waffe kaufen.«

Sie deutete auf eine Vitrine voller Messer.

»Nee«, sagte er. »Ich mag keine Messer.«

Sie holte eine längliche Schachtel unter der Ladentheke hervor. Auf dem gelben Pappdeckel war eine primitive aufgerichtete Kobra mit gespreiztem Nacken aufgedruckt. In der Schachtel lagen acht identische, in Seidenpapier eingewickelte Zylinder. Er sah zu, wie die fleckigen, braunen Finger einen davon aus dem Papier schälten. Sie hielt das Ding zur Begutachtung hoch, ein mattes Stahlrohr mit einem Lederriemchen am einen und einer kleinen, bronzenen Pyramide am anderen Ende. Sie umfaßte das Rohr mit einer Hand, nahm die Pyramide zwischen Daumen und Zeigefinger der anderen Hand und zog. Drei geölte, ausziehbare Spiralfedern schossen teleskopartig hervor und schnappten ein.

»Kobra«, sagte sie.

Der Himmel über dem Neongeflacker der Ninsei hatte einen häßlichen Grauton. Die Luft war schlechter geworden; an diesem Abend schien sie Zähne zu haben. Die Hälfte der Leute trug Atemschutzmasken. Case hatte zehn Minuten in einem Pissoir herumprobiert, wie er seine Kobra unauffällig bei sich verstauen könnte; schließlich hatte er sich dafür entschieden, den Griff in den Hosenbund seiner Jeans zu stecken, so daß die Röhre quer über seinem Bauch lag. Die pyramidenförmige Schlagspitze befand sich zwischen seinem Brustkorb und dem Futter seiner Windjacke. Er hatte ständig den Eindruck, das Ding würde beim nächsten Schritt klirrend auf den Boden fallen, aber damit ging es ihm schon besser.

Das Chat war eigentlich keine Bar zum Dealen, lockte aber an Wochentagen eine verwandte Klientel an. Freitag und Samstag abends war das anders. Da waren die Stammgäste zwar größtenteils auch da, aber sie verloren sich im Gedränge der Matrosen und der Spezialisten, die es auf sie abgesehen hatten. Als Case die Tür aufstieß, suchte er nach Ratz, aber der Barkeeper war nicht zu sehen. Lonny Zone, der Stammzuhälter der Bar, verfolgte mit glasigem, väterlichem Blick, wie eins seiner Mädchen einen jungen Matrosen anzubaggern begann. Zone war abhängig von einem Hypnotikum, das die Japaner als ›Wolkentänzer‹ bezeichneten. Als Case einen Blick des Zuhälters erhaschte, winkte er ihn zu sich an die Bar. In Zeitlupe schob sich Zone durch die Menge, das längliche Gesicht schlaff und gelassen.

»Haste Wage heut abend schon gesehn, Lonny?«

Zone sah ihn seelenruhig wie immer an und schüttelte den Kopf.

»Bestimmt nicht?«

»Vielleicht im Namban. Vor zwei Stunden vielleicht.«

»Hat er so ’n paar Macker dabeigehabt? Einer davon dünn, dunkle Haare, vielleicht mit ’ner schwarzen Jacke?«

»Nein«, sagte Zone schließlich mit gerunzelter Stirn, um anzuzeigen, welche Mühe es ihn kostete, sich solch belangloser Datails zu entsinnen. »Große Kerle. Transplantis.« Zones Augen hatten sehr wenig Weiß und noch weniger Iris; die Pupillen unter den lappigen Lidern waren geweitet und riesengroß. Er schaute Case lange ins Gesicht und senkte dann den Blick. Er sah die Wölbung der Stahlpeitsche. »Kobra«, sagte er und zog eine Braue hoch. »Willste jemand den Arsch aufreißen?«

»Tschüs, Lonny.« Case verließ die Bar.

Sein Beschatter war wieder da. Case war sich ganz sicher. Freudige Erregung durchzuckte ihn, als die Oktagone und das Adrenalin sich mit etwas anderem mischten. Dir gefällt das auch noch, sagte er sich; du bist verrückt.

Seltsamerweise war es nämlich ganz ähnlich wie ein Run in der Matrix. Wenn man entsprechend kaputt war und hoffnungslos in einer ziemlich unerklärlichen Klemme steckte, konnte man die Ninsei durchaus als Datenfeld sehen, so wie ihn die Matrix einst an die Auffaltung der Proteine erinnert hatte, die den Zellen ihre unterschiedlichen charakteristischen Eigenschaften verliehen. Dann konnte man sich mit hoher Geschwindigkeit treiben lassen und dahingleiten, total von dem Geschehen gefesselt, aber gleichzeitig völlig losgelöst, und ringsum der Reigen des Geschäfts, interagierende Informationen, fleischgewordene Daten im Labyrinth des Schwarzmarkts ...

Mach schon, Case, sagte er sich. Leg sie rein! Damit würden sie am wenigsten rechnen. Er war einen halben Block von der Spielhalle entfernt, in der er Linda Lee kennengelernt hatte.

Er flitzte die Ninsei entlang und scheuchte eine Horde gemächlich dahinschlendernder Matrosen auseinander. Einer schrie ihm etwas auf Spanisch nach. Dann war er durch den Eingang. Der Lärm schlug über ihm zusammen wie eine Welle, die Unterschallbässe pulsierten in seiner Magengrube. Jemand landete beim Tank War Europa einen 10-Megatonnen-Treffer; eine simulierte Luftexplosion überflutete die Spielhalle mit einem tosenden weißen Rauschen, während ein düsterrotes Feuerball-Hologramm pilzförmig über ihm aufloderte. Er schwenkte nach rechts und lief eine Treppe aus unlackierten Spanplatten hinauf. Er war einmal mit Wage hiergewesen, um mit einem gewissen Matsuga einen Deal zu besprechen, bei dem es um rezeptpflichtige Hormonauslöser ging. Er erinnerte sich an den Korridor, den schmutzigen Mattenbelag, die Reihe identischer Türen, die in winzige Büros führten. Eine Tür stand jetzt offen. Eine junge Japanerin in einem ärmellosen, schwarzen T-Shirt blickte von einem weißen Terminal auf; hinter ihrem Kopf ein Reiseposter von Griechenland, ägäisches Blau mit schnittigen Ideogrammen.

»Rufen Sie den Sicherheitsdienst rauf!« befahl Case.

Dann lief er durch den Korridor und verschwand aus ihrem Blickfeld. Die beiden letzten Türen waren geschlossen und vermutlich abgesperrt. Er wirbelte herum und rammte die Sohle seines Nylonturnschuhs gegen die blaulackierte Kunststofftür ganz am Ende. Sie sprang auf. Billiges Metall fiel aus dem zersplitterten Rahmen. Drinnen Dunkelheit und die weiße Rundung eines Monitorgehäuses. Schon war er an der Tür rechts davon, legte beide Hände um den transparenten Plastikknopf und stemmte sich mit aller Kraft dagegen. Etwas brach, und er war drinnen.

Hier hatten er und Wage sich mit Matsuga getroffen, aber die Scheinfirma, die Matsuga betrieben hatte, gab es längst nicht mehr. Kein Terminal, nichts. Durch rußiges Plastik fiel Licht aus der Gasse hinter der Spielhalle herein. Er konnte eine gewundene Schlinge Lichtleitfasern ausmachen, die aus einer Dose in der Wand ragte, einen Haufen weggeworfener Essensbehälter und das flügellose Rumpfstück eines elektrischen Ventilators.

Das Fenster bestand aus einer einzigen Scheibe aus billigem Plastik. Er schlüpfte aus seiner Windjacke, wickelte sie sich um die rechte Hand und schlug zu. Die Scheibe bekam einen Sprung und fiel nach zwei weiteren Schlägen aus dem Rahmen. Das gedämpfte Getöse der Spielhalle wurde von einer Sirene übertönt, die entweder die zerbrochene Scheibe oder das Mädchen vorne am Korridor ausgelöst hatte.

Case wandte sich um, zog seine Jacke wieder an und fuhr mit einem Ruck die Kobra ganz aus.

Da die Tür geschlossen war, rechnete er damit, daß sein Verfolger annehmen würde, er wäre durch diejenige verschwunden, die er halb aus den Angeln gerissen hatte. Die bronzene Pyramide der Kobra begann leicht zu schwingen, weil der Stahlfederschaft seinen Pulsschlag verstärkte.

Nichts geschah. Da war nur das Sirenengeheul, der Lärm der Spiele und sein klopfendes Herz. Dann kam die Angst wie ein halb vergessener Freund. Nicht der kalte, flinke Mechanismus der Dex-Paranoia, sondern blanke, tierische Angst. Er lebte schon so lange ständig am Rand der Furcht, daß er beinahe vergessen hatte, was nackte Angst war.

Dieses Zimmerchen war so ein Ort, wo Menschen starben. Vielleicht würde er hier sterben. Vielleicht hatten sie Schußwaffen.

Ein lautes Krachen am anderen Ende des Korridors. Eine männliche Stimme, die auf Japanisch etwas rief. Ein schriller Aufschrei, voller Entsetzen. Ein weiteres Krachen.

Und Schritte, die ohne Hast näherkamen.

Sie gingen an seiner geschlossenen Tür vorbei. Blieben dann stehen, drei schnelle Herzschläge lang. Und kehrten um. Eins, zwei, drei. Ein Stiefelabsatz scharrte über den Mattenbelag.

Seine vom Oktagon ausgelöste künstliche Tapferkeit bröckelte vollends ab. Er schob die Kobra in den Schaft und flitzte zum Fenster, blind vor Angst, mit kreischenden Nerven. Er war drauf, draußen und fiel, ehe er überhaupt wußte, was er tat. Beim Aufschlag auf dem Pflaster schoß dumpfer Schmerz durch seine Schienbeine.

Ein schmaler Lichtkegel aus einem halboffenen Versorgungsschacht umrahmte einen Abfallhaufen aus Glasfasern und dem Gehäuse eines kaputten Spielautomaten. Er war mit dem Gesicht voran auf eine durchnäßte Spanplatte gefallen; er rollte sich herum, in den Schatten des Automaten. Das Fenster des kleinen Büros war ein matt erleuchtetes Rechteck. Die Sirene heulte immer noch, lauter hier, da die Rückwand den Lärm der Spiele dämpfte.

Ein Kopf erschien im Fenster, durch die Leuchtstoffröhren im Korridor von hinten beleuchtet, und verschwand wieder. Obwohl der Kopf erneut auftauchte, konnte Case die Züge nicht erkennen. Silberglanz über den Augen. »Scheiße«, sagte jemand, eine Frau, mit dem Akzent des nördlichen Sprawls.

Der Kopf verschwand. Case blieb im Schutz des Spielautomaten liegen und zählte bis zwanzig. Dann stand er auf. In der Hand hielt er noch die stählerne Kobra, aber er brauchte ein paar Sekunden, um sich zu entsinnen, was es war. Er hinkte durch die Gasse davon und rieb sich dabei den linken Knöchel.

Shins Pistole war eine fünfzig Jahre alte vietnamesische Imitation eines südamerikanischen Nachbaus einer Walther PPK Double-action. Sie hatte einen schwergängigen Abzug und war für 22er Gewehrmunition umgerüstet. Case wären Bleiazid-Explosivgeschosse lieber gewesen als die einfachen chinesischen Hohlspitzpatronen, die Shin ihm verkauft hatte. Immerhin war es eine Pistole mit neun Schuß Munition. Auf dem Weg von der Sushibude die Shiga hinunter drückte er sie in seiner Jackentasche an sich. Der Griff bestand aus hellrotem Plastik in der Form eines aufgerichteten Drachen, ein Motiv, das man im Dunkeln ertasten konnte. Er hatte die Kobra einer Mülltonne auf der Ninsei anvertraut und trocken ein weiteres Oktagon geschluckt.

Die Pille setzte seine Schaltkreise unter Strom, und er ließ sich vom Speed über die Shiga zur Ninsei und dann weiter zur Baiitsu tragen. Sein Verfolger war weg, entschied er, und das war gut. Er hatte Anrufe zu tätigen und Geschäfte abzuwickeln, und das konnte nicht warten. Gleich nach dem ersten Block der Baiitsu in Richtung Hafen stand ein unscheinbares, zehnstöckiges Bürohaus mit häßlicher gelber Backsteinfassade. Die Fenster waren nun dunkel, aber auf dem Dach war ein schwacher Lichtschein zu sehen; dazu mußte man sich allerdings fast den Hals verrenken. Auf einem abgeschalteten Neonschild beim Haupteingang stand CHEAP HOTEL unter einem Schwung weiterer Ideogramme. Falls der Laden einen anderen Namen hatte, kannte Case ihn nicht; es war immer nur von ›Cheap Hotel‹ die Rede. Man erreichte es über eine Seitenstraße der Baiitsu, wo am Fuße eines transparenten Schachts ein Aufzug wartete. Der Aufzug war wie das Cheap Hotel selbst erst nachträglich eingerichtet und mit Bambus und Epoxid am Gebäude befestigt worden. Case trat in die Plastikkabine und benutzte seinen Schlüssel, einen unmarkierten, festen Magnetbandstreifen.

Case hatte hier bei seiner Ankunft in Chiba einen Sarg auf wöchentlicher Basis gemietet, aber noch nie im Cheap Hotel geschlafen. Er schlief in billigeren Löchern.

Der Aufzug roch nach Parfüm und Zigarettenrauch; die Kabinenwände waren verkratzt und mit Fingerabdrücken beschmiert. Als die Kabine den fünften Stock passierte, sah er die Lichter der Ninsei. Er trommelte mit den Fingern auf den Pistolengriff, als die Kabine mit zunehmendem Zischen langsamer wurde. Wie immer kam sie mit einem jähen Ruck vollends zum Stehen, aber darauf war er gefaßt. Er trat in den Innenhof hinaus, der als Kombination aus Vorgarten und Foyer diente.

Mitten auf dem rechteckigen, grünen Plastikrasenteppich saß ein japanischer Teenager hinter einer C-förmigen Konsole und las in einem Lehrbuch. Die weißen Fiberglassärge waren in einem Baugerüst aufgereiht. Sechs Lagen mit jeweils zehn Särgen pro Seite. Case nickte dem Teenager zu und humpelte über den Plastikrasen zur nächsten Leiter. Der Hof war mit billigen, laminierten Matten überdacht, die bei Sturm klapperten und nicht regendicht waren, aber die Särge ließen sich ohne Schlüssel nur ziemlich schwer öffnen.

Der Laufrost wackelte unter seinem Gewicht, als er in der dritten Reihe zur Nummer 92 stapfte. Die Särge waren drei Meter lang, der gewölbte Deckel einen Meter breit und knapp anderthalb Meter hoch. Er schob seinen Schlüssel in den Schlitz und wartete auf die Freigabe durch den Hauscomputer. Magnetbolzen fuhren mit einem beruhigenden, dumpfen *Tschok* zurück, und der Deckel klappte mit quietschenden Federn auf, bis er senkrecht stand. Leuchtstofflampen flackerten auf, als er hineinkroch, den Deckel hinter sich zuzog und die Taste drückte, die das manuelle Schnappschloß aktivierte.

In Nummer 92 war weiter nichts als ein normaler Hitachi-Taschencomputer und eine kleine, weiße Styroporkühlbox. Die Box enthielt die Reste von drei Zehnkilostangen Trockeneis, sorgsam in Papier gewickelt, um das Verdampfen zu verzögern, und eine Laborflasche aus gedrehtem Aluminium. Auf dem braunen Temperschaum kauernd, der zugleich Boden und Bett war, zog Case Shins 22er aus der Tasche und legte sie auf die Kühlbox. Dann schlüpfte er aus seiner Windjacke. Das Terminal des Sargs war in eine der konkaven Wände gegenüber einer Tafel eingelassen, die in sieben Sprachen die Hausordnung verkündete. Case nahm den pinkfarbenen Hörer von der Gabel und tippte eine Nummer in Hongkong ein, die er auswendig wußte. Er ließ es fünfmal läuten und hängte wieder ein. Sein Käufer für die drei Megabyte heißes RAM im Hitachi nahm keine Anrufe entgegen.

Er wählte eine Tokioter Nummer in Shinjuku.

Eine Frau meldete sich auf Japanisch.

»Snake Man da?«

»Freut mich sehr, von dir zu hören«, sagte Snake Man über eine Nebenstelle. »Hab deinen Anruf erwartet.«

»Ich hab den gewünschten Schlager.« Er warf einen Blick auf die Kühlbox.

»Das hört man gern. Wir haben momentan Liquiditätsprobleme. Kannst du 'n bißchen warten?«

»Oh Mann, ich brauch die Moneten echt dringend...«

Snake Man hängte ein.

»Scheißtyp«, sagte Case zum summenden Hörer. Er starrte auf die billige, kleine Pistole.

»Gar nicht gut«, sagte er, »sieht alles gar nicht gut aus heut nacht.«

Eine Stunde vor Sonnenaufgang marschierte Case ins Chat, beide Hände in den Jackentaschen vergraben; in der einen hielt er die geliehene Pistole, in der anderen die Aluflasche.

Ratz saß an einem der hinteren Tische und trank Apollinaris aus einem Bierkrug, seine hundertzwanzig Kilo teigiges Fleisch auf dem knarrenden Stuhl gegen die Wand gelehnt. Ein junger Brasilianer namens Kurt stand hinter dem Tresen und bediente die wenigen Gäste, zumeist stumme Besoffene. Ratz' Plastikarm surrte, als er das Bierglas hob und trank. Sein kahlgeschorener Schädel glänzte vor Schweiß. »Siehst schlecht aus, mein Artistenfreund«, sagte er, wobei er seine feuchte Gebißruine bleckte.

»Mir geht's gut«, sagte Case und grinste wie ein Totenkopf. »Super sogar.« Er ließ sich gegenüber von Ratz auf einen Stuhl fallen, ohne die Hände aus den Taschen zu nehmen.

»Und läufst in 'nem tragbaren Bunker aus Schnaps und Speed rum, sicher. Schützt vor den derberen Gefühlen, hm?«

»Kümmer dich um deinen eigenen Dreck, Ratz. Haste Wage gesehn?«

»Schützt vor Angst und dem Alleinsein«, fuhr der Barkeeper fort. »Hör auf die Angst! Vielleicht ist sie dein Freund.«

»Was von 'ner Schlägerei in der Spielhalle heut nacht gehört, Ratz? Jemand verletzt?«

»Irgend so 'n Idiot hat 'nen Wachmann niedergestochen.« Er zuckte die Achseln. »Soll angeblich 'n Mädchen gewesen sein.«

»Ich muß mit Wage reden, Ratz. Ich ...«

»Ah.« Ratz verkniff den Mund zu einem Strich. Er blickte an Case vorbei zum Eingang. »Schätze, du wirst gleich Gelegenheit dazu haben.«

Case schossen plötzlich die Shuriken im Schaufenster durch den Kopf. Das Speed kreischte in seinem Schädel. Die Pistole in seiner Hand war schlüpfrig vor Schweiß.

»Monsieur Wage«, sagte Ratz und streckte langsam den pinkfarbenen Greifer aus, als ob er erwartete, daß der andere ihn schütteln würde. »Was für eine Freude. Sie beehren uns viel zu selten.«

Case wandte den Kopf und blickte Wage ins Gesicht. Es war eine sonnengebräunte Nullacht-fünfzehn-Maske. Die Augen bestanden aus laborgezüchteten, meergrünen Nikon-Transplantaten. Wage trug einen dunkelgrauen Seidenanzug. Schlichte Platinarmreife umspannten seine Handgelenke.

Links und rechts von ihm standen seine Schläger, zwei fast identische Typen mit transplantierten Muskelpaketen an Armen und Schultern.

»Wie geht's, Case?«

»Gentlemen«, sagte Ratz und nahm mit seiner pinkfarbenen Plastikklaue den überfüllten Aschenbecher vom Tisch. »Ich will keinen Ärger hier.« Der Aschenbecher war aus dickem, unzerbrechlichem Plastik und warb für Tsingtao-Bier. Ratz zerquetschte ihn mühelos, so daß Kippen und grüne Plastiksplitter auf den Tisch rieselten. »Kapiert?«

»He, Süßer«, sagte einer der Schläger, »willste die Nummer nicht auch mal bei mir probiern?«

»Mach dir nicht die Mühe, auf die Beine zu zielen, Kurt«, sagte Ratz im Plauderton. Case blickte durch die Bar und sah den Brasilianer auf dem Tresen stehen; er hielt ein Distanzgewehr der Marke Smith & Wesson auf das Trio gerichtet. Der Lauf aus einer papierdünnen Legierung, verstärkt mit einem Kilometer Glasfaser, war so dick, daß eine Faust hineinpaßte. Das offene Magazin gab den Blick auf fünf fette, orangerote Patronen frei, unterschallschnelle Gummigeschosse.

»Technisch gesehen nicht tödlich«, bemerkte Ratz.

»He, Ratz«, sagte Case, »ich schulde dir was.«

Der Barkeeper zuckte die Achseln. »Nichts schuldest du mir. Die da«, und er funkelte Wage und seine Schläger an, »müßten es eigentlich wissen. Im Chatsubo wird niemand erledigt.«

Wage hustete. »Wer redet denn von erledigen? Wir wollen uns unterhalten, rein geschäftlich. Case und ich, wir arbeiten zusammen.«

Case zog die 22er aus seiner Tasche und richtete sie auf Wages Schritt. »Hab gehört, du willst mich kaltmachen.« Ratz' pinkfarbene Klaue legte sich um die Pistole, so daß Case die Hand erschlaffen ließ.

»Hör mal, Case, was ist 'n los mit dir? Hast du 'n Rad ab oder was? Was soll der Scheiß, daß ich dich umbringen will?« Wage wandte sich an den Knaben zu seiner Linken. »Ihr zwei verzieht euch ins Namban! Wartet dort auf mich.«

Case sah den beiden nach, wie sie die Bar durchquerten, die nun völlig leer war bis auf Kurt und einen Matrosen in Khaki, der gekrümmt vor einem Barhocker am Boden kauerte. Der Lauf der Smith & Wesson folgte den beiden zur Tür und schwenkte dann zurück zu Wage.

Das Magazin von Cases Pistole klackerte auf den Tisch. Ratz hielt die Knarre in seiner Klaue und warf die Patrone in der Kammer aus.

»Wer hat gesagt, daß ich dich fertigmachen will, Case?« fragte Wage.

Linda.

»Wer hat das gesagt, Mann? Will dich da wer reinlegen?«

Der Matrose stöhnte und kotzte fürchterlich.

»Schmeiß den Kerl raus!« rief Ratz Kurt zu, der nun, die Smith & Wesson über den Knien, auf dem Tresen saß und sich eine Zigarette anzündete.

Case spürte das drückende Gewicht der Nacht wie einen nassen Sandsack hinter den Augen. Er zog die Flasche aus der Tasche und gab sie Wage. »Mehr hab ich nicht. Ist 'n Hypophysenpräparat. Bringt dir fünfhundert, wenn du's schnell absetzt. Mein restliches Kapital steckt in 'nem RAM, aber das kann ich jetzt abschreiben.«

»Alles klar mit dir, Case?« Die Flasche war bereits hinter dem dunkelgrauen Revers verschwunden. »Na gut, okay, damit sind wir quitt, aber du siehst schlecht aus. Wie plattgewalzte Scheiße. Solltest dich irgendwo aufs Ohr legen.«

»Tja.« Als er aufstand, schwankte das Chat. »Ich hatte noch 'nen Fuffie, aber den hab ich schon jemand anderm gegeben.« Er kicherte, las das Magazin der 22er und die herausgenommene Patrone auf und steckte sie ein. Die Pistole stopfte er in die andere Tasche. »Muß zu Shin, meine Kaution zurückholen.«

»Geh nach Hause«, sagte Ratz, der irgendwie verlegen auf dem knarrenden Stuhl herumrutschte. »Geh nach Hause, du Superartist.«

Er spürte, daß sie ihm nachschauten, als er die Bar durchquerte und sich durch die Plastiktür schob.

»Luder«, sagte er zum rosigen Schimmer über der Shiga. Auf der Ninsei verschwanden die Hologramme wie Gespenster, und die meisten Neonlichter waren schon kalt und tot. Er trank dicken, schwarzen Kaffee aus dem winzigen Styroporbecher eines Straßenhändlers und sah zu, wie die Sonne aufging. »Flieg heim,

Süße! Städte wie die hier sind was für Leute, die auf Abstieg stehen.« Aber das war's eigentlich nicht. Es fiel ihm zunehmend schwerer, an dem Gefühl festzuhalten, hintergangen worden zu sein. Sie wollte nur das Ticket für den Heimflug, das sie sich mit dem RAM in seinem Hitachi kaufen konnte, falls sie den richtigen Hehler dafür fand. Und die Sache mit dem Fünfziger; sie hatte beinahe abgelehnt, weil sie wußte, daß sie ihm damit das letzte nahm, was er noch besaß.

Als er aus dem Aufzug stieg, saß der gleiche Teenager am Empfang. Mit einem anderen Lehrbuch. »He Kumpel«, rief Case ihm über den Plastikrasen zu, »brauchst mir nix zu sagen. Ich weiß schon Bescheid. 'ne hübsche Lady war da, um mich zu besuchen, und hat gesagt, sie hätte meinen Schlüssel. Hübsches kleines Trinkgeld für dich, sagen wir, fünfzig Neue?« Der Junge legte das Buch weg. »Frau«, sagte Case und zog mit dem Daumen einen Strich über die Stirn. »Seide.« Er lächelte breit. Der Junge lächelte zurück und nickte. »Danke, du Arsch«, sagte Case.

Auf dem Laufrost hatte er Probleme mit dem Schloß. Sie hat's irgendwie beschädigt, als sie dran rumgebastelt hat, dachte er. Anfängerin. Er wußte, wo es eine Blackbox zu mieten gab, mit der man alles im Cheap Hotel aufbekam. Leuchtstoffröhren flakkerten auf, als er hineinkroch.

»Mach den Deckel ganz langsam zu, mein Freund. Hast du noch die billige Knarre, die du an der Sushibude gemietet hast?«

Sie saß am hinteren Ende des Sarges, mit dem Rücken an der Wand. Sie hatte die Knie angezogen und die Handgelenke daraufgestützt. Die Pfefferstreuermündung einer Flechette-Pistole ragte zwischen ihren Händen hervor.

»Warst du das in der Spielhalle?« Er zog den Deckel zu. »Wo ist Linda?«

»Drück die Taste für den Deckel.«

Er tat es.

»Dein Mädchen? Linda?«

Er nickte.

»Sie ist weg. Mit deinem Hitachi. Total nervöses Ding. Was ist mit der Knarre?« Sie trug eine verspiegelte Brille und schwarze Kleidung. Die Absätze ihrer schwarzen Stiefel bohrten sich in den Temperschaum.

»Hab ich Shin zurückgebracht und meine Kaution abgeholt. Mußte ihm die Kugeln zum halben Preis überlassen. Willst du das Geld?«

»Nein.«

»Dann vielleicht Trockeneis? Mehr hab ich momentan nicht.«

»Was ist gestern abend in dich gefahrn? Warum haste diese Show in der Spielhalle abgezogen? Ich mußte 'nen Wachmann erledigen, der mit 'nem Nunchaku auf mich losging.«

»Linda hat gesagt, du willst mich kaltmachen.«

»Linda? Die hab ich vorhin zum ersten Mal gesehn.«

»Du gehörst nicht zu Wage?«

Sie schüttelte den Kopf. Ihm fiel auf, daß die Brillengläser chirurgisch eingesetzt waren, um die Augenhöhlen zu versiegeln. Die silbernen Linsen schienen aus der glatten, hellen Haut über den Wangen zu wachsen und waren von dunklem, fransig geschnittenem Haar umrahmt. Die Finger, die sich um die Flechette krümmten, waren schmal und weiß und hatten burgunderrot lackierte Nägel, die unecht wirkten. »Da hast du wohl Scheiße gebaut, Case. Hast mich einfach in dein Bild von der Wirklichkeit reinsortiert, als ich aufgetaucht bin.«

»Also, was willst du, Lady?« Er lehnte sich gegen den Deckel.

»Dich. Lebendig und mit halbwegs intaktem Hirn. Molly, Case. Ich heiße Molly. Ich bring dich zu 'nem Mann, für den ich arbeite. Der will nur mit dir reden, das ist alles. Niemand will dir was tun.«

»Wie schön.«

»Trotzdem kann ich manchmal unangenehm werden, Case. Schätze, so bin ich nun mal veranlagt.« Sie trug eine enge, schwarze Lederhose und eine weitgeschnittene Jacke aus einem matten Stoff, der das Licht zu schlucken schien. »Wenn ich diese

Pfeilkanone wegstecke, bist du dann friedlich, Case? Du siehst aus, als würdest du gern mal 'n idiotisches Risiko einzugehen.«

»He, ich bin der friedlichste Mensch der Welt. Mit mir kann man alles machen, kein Problem.«

»Na prima.« Die Flechette verschwand in der schwarzen Jacke. »Wenn du nämlich versuchst, mich zu verarschen, gehst du das größte Risiko deines Lebens ein.«

Sie streckte die offenen Hände aus; die leicht gespreizten, weißen Finger waren nach oben gerichtet. Mit einem kaum hörbaren Klicken schossen zehn zweischneidige, vier Zentimeter lange Skalpellklingen aus ihrem Gehäuse hinter den burgunderfarbenen Nägeln.

Sie lächelte. Langsam glitten die Klingen zurück.

2

Nach einem Jahr in Särgen wirkte das Zimmer im 25. Stock des Chiba Hilton riesig. Es war zehn mal acht Meter groß, die Hälfte einer Suite. Eine weiße Braun-Kaffeemaschine dampfte auf einem niedrigen Tisch vor den Glasschiebetüren, die zu einem schmalen Balkon führten.

»Nimm dir 'nen Kaffee! Siehst aus, als könnteste einen brauchen.« Sie zog ihre schwarze Jacke aus; die Flechette hing in einem schwarzen Schulterhalfter aus Nylon unter ihrem Arm. Sie trug einen ärmellosen, grauen Pullover mit blanken Reißverschlüssen aus Stahl über den Schultern. Kugelsicher, dachte Case, der Kaffee in eine hellrote Tasse füllte. Er hatte das Gefühl, als wären seine Arme und Beine aus Holz.

»Case.« Er blickte auf und sah den Mann zum ersten Mal. »Ich heiße Armitage.« Der dunkle Morgenmantel war bis zum Bauchnabel offen, die breite Brust unbehaart und muskulös, der Bauch flach und fest. Die blauen Augen waren so hell, daß sie Case wie gebleicht vorkamen. »Die Sonne scheint, Case. Heute ist dein Glückstag, Junge.«

Case riß den Arm zur Seite, aber der Mann wich dem heißen Kaffee gewandt aus. Braune Soße lief über die künstliche Reispapiertapete. Er sah den eckigen Goldring im linken Ohrläppchen. Special Forces. Der Mann lächelte.

»Hol dir 'nen neuen Kaffee, Case!« sagte Molly. »Dir passiert nichts, aber du kommst erst wieder hier raus, wenn Armitage mit dir geredet hat.«

Sie hockte im Schneidersitz auf einem Seidenfuton und begann, die Flechette zu zerlegen, ohne auch nur hinzuschauen. Die zwei Spiegel folgten Case, als er zum Tisch ging und seine Tasse nachfüllte.

»Zu jung, um sich an den Krieg zu erinnern, was, Case?« Armitage strich sich mit einer großen Hand durch das kurze, braune Haar. Ein schwerer Goldreif schimmerte an seinem Handgelenk. »Leningrad, Kiew, Sibirien. In Sibirien haben wir dich erfunden, Case.«

»Was soll'n das heißen?«

»Screaming Fist, Case. Schon mal gehört?«

»War so was wie 'n Run, oder? Um diesen russischen Nexus mit Virusprogrammen zu verbrennen. Ja, hab davon gehört. Da ist keiner rausgekommen.«

Er spürte die plötzliche Spannung. Armitage trat ans Fenster und blickte auf die Bucht von Tokio hinaus. »Stimmt nicht. Eine Einheit hat's nach Helsinki geschafft, Case.«

Case nippte achselzuckend an seinem Kaffee.

»Du bist ein Konsolencowboy. Die Prototypen der Programme, die du verwendest, um industrielle Datenbanken zu knacken, sind für Screaming Fist entwickelt worden. Für den Angriff auf den Computernexus von Kirensk. Basismodul war ein Nightwing-Microlight-Motorgleiter, ein Pilot, ein Matrixdeck, ein Jockey. Wir haben ein Virus namens Mole eingesetzt.

Die Mole-Serie war die erste Generation der echten Invasionsprogramme.«

»Eisbrecher«, sagte Case über den Rand seiner roten Tasse hinweg.

»Eis wie EIS, Elektronisches Invasionsabwehr-System.«

»Das Problem ist, Mister, daß ich kein Jockey mehr bin, also werd ich mich jetzt verabschieden...«

»Ich war dabei, Case; ich war dabei, als sie deinesgleichen erfunden haben.«

»Einen Dreck haben Sie mit mir und meinesgleichen zu tun, Mann. Sie haben genug Knete, um 'ne teure Skalpellmieze anzuheuern, die mich hier anschleppt, das ist alles. Ich werd nie mehr ein Deck anfassen, weder für Sie noch für sonstwen.« Er ging zum Fenster und blickte hinunter. »Da spielt sich jetzt mein Leben ab.«

»Laut unserem Profil willst du, daß die Leute auf der Straße dich kaltmachen, wenn du mal nicht aufpaßt.«

»Profil?«

»Wir haben ein detailliertes Modell entwickelt. Haben Infos über jeden deiner Decknamen gekauft und alles durch eine militärische Software geschickt. Du bist ein Selbstmordkandidat, Case. Das Modell gibt dir noch einen Monat, höchstens. Und unserer medizinischen Analyse zufolge brauchst du spätestens in einem Jahr eine neue Bauchspeicheldrüse.«

»›Wir‹.« Er blickte in die bleichen blauen Augen. »Wer, ›wir‹?«

»Was würdest du sagen, wenn ich dir eröffne, daß wir deinen Nervenschaden beheben können, Case?« Armitage sah Case plötzlich an, als wäre er aus einem Metallblock gehauen: reglos, ungeheuer schwer. Eine Statue. Case wußte jetzt, das war ein Traum, aus dem er bald erwachen würde. Armitage würde kein Wort mehr sagen. Seine Träume endeten immer mit solchen Standfotos, und damit war auch der hier vorbei.

»Was würdest du sagen, Case?«

Case blickte über die Bucht hinaus und begann zu zittern.

»Nichts als Scheiße, würd ich sagen.«

Armitage nickte.

»Was eure Bedingungen sind, würd ich dann wissen wollen.«

»Mehr oder weniger Routine für dich, Case.«

»Der Mann soll sich erst mal ausschlafen, Armitage«, sagte Molly von ihrem Futon aus. Die Einzelteile der Flechette waren auf der Seide ausgelegt wie ein teures Puzzle. »Er geht echt auf dem Zahnfleisch.«

»Die Bedingungen«, sagte Case, »und zwar sofort. Jetzt sofort!«

Er zitterte noch immer. Er konnte nicht aufhören.

Die namenlose Klinik war kostspielig ausgestattet und bestand aus einer Reihe gepflegter Pavillons, die durch strenge kleine Gartenanlagen getrennt waren. Er kannte die Klinik von der Runde, die er im ersten Monat nach seiner Ankunft in Chiba absolviert hatte.

»Schiß, Case. Du hast echt Schiß.« Es war Sonntagnachmittag, und er stand mit Molly auf einem hofähnlichen Platz. Weiße Findlinge, ein grünes Bambusgebüsch, schwarzer, wellig gerechter Kies. Ein Gärtner, der aussah wie ein großer Metallkrebs, machte sich am Bambus zu schaffen.

»Wird schon gutgehen, Case. Du ahnst ja nicht, was für Sachen Armitage hat. Damit diese Nervenklempner dich wieder hinkriegen, stellt er ihnen ein Programm zur Verfügung, das ihnen sagt, was sie machen müssen, und das ist gleichzeitig ihre Bezahlung. Damit haben sie einen Vorsprung von drei Jahren gegenüber der Konkurrenz. Kannst du dir vorstellen, wieviel das wert ist?« Sie hakte die Daumen in die Gürtelschlaufen ihrer Lederhose und wippte auf den lackierten Absätzen ihrer kirschroten Cowboystiefel. Die schmalen Stiefelspitzen trugen glänzende, mexikanische Silberkappen. Die leeren Quecksilberlinsen betrachteten ihn mit der Gelassenheit eines Insekts.

»Du bist ein Straßensamurai«, sagte er. »Wie lange arbeiteste schon für ihn?«

»Paar Monate.«

»Und davor?«

»Für jemand anders. Wer mich bezahlt, der kriegt mich auch.«

Er nickte.

»Komisch, Case.«

»Was ist komisch.«

»Ich hab das Gefühl, ich kenn dich. Das Profil, das er da hat. Ich weiß, wie's in dir aussieht.«

»Du kennst mich nicht, Schwester.«

»Du bist in Ordnung, Case. Hast nur 'n bißchen Pech gehabt, wie's so schön heißt.«

»Und er? Ist er in Ordnung, Molly?« Der Roboterkrebs stakste durch den gewellten Kies auf sie zu. Sein Bronzepanzer hätte tausend Jahre alt sein können. Als er bis auf einen Meter an ihre Stiefel herangekommen war, feuerte er einen Lichtstrahl ab, hielt kurz inne und analysierte die eingegangenen Daten.

»An was ich immer zuerst denke, Case, das ist mein eigener süßer Arsch.« Der Krebs begann, ihr auszuweichen, aber sie versetzte ihm einen wohldosierten Fußtritt. Die silberne Stiefelkappe knallte laut gegen den Panzer; das Ding purzelte auf den Rücken, doch die bronzenen Gliedmaßen richteten es rasch wieder auf.

Case setzte sich auf einen Findling und scharrte mit den Schuhspitzen in den symmetrischen Kieswellen. Er durchwühlte seine Taschen nach Zigaretten. »In deinem Hemd«, sagte sie.

»Beantwortest du mir nun meine Frage?« Er nestelte eine zerdrückte Yeheyuan aus der Packung, und Molly zündete sie ihm mit einem schmalen, deutschen Feuerzeug an, einem stählernen Ding, das aussah, als ob es auf einen OP-Tisch gehörte.

»Also, eins sag ich dir, der Mann hat echt was aufgetan. Hat neuerdings massenhaft Knete, was er sonst nie hatte, und kriegt ständig mehr.« Case bemerkte eine gewisse Verkrampfung um ihren Mund. »Oder vielleicht hat ihn was aufgetan...« Sie zuckte die Achseln.

»Soll'n das heißen?«

»Weiß nicht genau. Weiß nur, daß ich keine Ahnung hab, für wen oder was wir eigentlich arbeiten.«

Er blickte in die Doppelspiegel. Nachdem er am Samstagmorgen das Hilton verlassen hatte, war er ins Cheap Hotel zurückgekehrt und hatte zehn Stunden geschlafen. Anschließend hatte er einen langen, ziellosen Spaziergang entlang der Sicherheitsabsperrung des Hafens gemacht und die Möwen beobachtet, die hinter dem Maschendrahtzaun ihre Kreise zogen. Wenn sie ihm gefolgt war, dann hatte sie gute Arbeit geleistet. Er hatte Night City gemieden. Er hatte im Sarg den Anruf von Armitage abgewartet. Nun dieser stille Hof, Sonntagnachmittag, das Mädchen mit dem Körper einer Sportlerin und den Händen einer Zauberin.

»Wenn Sie jetzt hereinkommen möchten, Sir, der Anästhesist erwartet Sie.« Die Technikerin verneigte sich, machte kehrt und ging in die Klinik zurück, ohne abzuwarten, ob Case ihr folgte.

Kalter Stahlgeruch. Eis umschmiegte seine Wirbelsäule.

Verloren, so winzig inmitten der Dunkelheit, erkaltete Hände, Körpergefühl, das in Fernsehhimmelkorridoren verflog.

Stimmen.

Dann erreichte schwarzes Feuer die abzweigenden Nebenstränge der Nerven; Schmerz, der alles übertraf, was den Namen Schmerz trug ...

Stillhalten. Nicht bewegen.

Und Ratz war da und Linda Lee, Wage und Lonny Zone, hundert Gesichter aus dem Neonwald, Matrosen und Gauner und Huren; da, wo der Himmel über dem Maschendrahtzaun und dem Kerker des Schädels eine giftige Silberfärbung hatte.

Verdammt, du sollst dich nicht bewegen.

Wo der Himmel von atmosphärischen Sirren zur Nichtfarbe der Matrix überblendete und er die Shuriken sah, seine Sterne.

»Halt still, Case, ich muß deine Vene finden!«

Sie hockte rittlings auf seiner Brust, eine blaue Plastikkanüle in der Hand. »Wenn du nicht stillhältst, schlitz ich dir den verdammten Hals auf. Du bist noch mit Endorphinhemmern vollgepumpt.«

Er erwachte und stellte fest, daß sie im Dunkeln neben ihm lag.

Sein Hals war spröde wie Reisig. Durch seine Wirbelsäule pulsierte von der Mitte abwärts anhaltender Schmerz. Bilder tauchten auf, änderten sich: eine flimmernde Montage der Türme und zerklüfteten Fullerkuppeln des Sprawl, verschwommene Gestalten, die unter einer düsteren Brücke oder Überführung auf ihn zugingen ...

»Case? Es ist Mittwoch, Case.« Sie bewegte sich, rollte sich zur Seite, griff über ihn hinweg. Eine ihrer Brüste streifte seinen Oberarm. Er hörte, wie sie den Folienverschluß einer Mineralwasserflasche aufriß und trank. »Da.« Sie drückte ihm die Flasche in die Hand. »Ich kann im Dunkeln sehn, Case. Integrierte Bildverstärker in den Linsen.«

»Mein Rücken tut weh.«

»Da haben sie deinen Liquor ausgetauscht. Auch dein Blut haben sie gewechselt. Das Blut, weil du noch eine neue Bauchspeicheldrüse dazugekriegt hast. Und die Leber haben sie mit frischem Gewebe geflickt. Mit dem Nervenkram kenn ich mich nicht aus. Massenhaft Injektionen. Haben dafür nichts aufschneiden müssen.« Sie legte sich wieder neben ihn. »Es ist zwei Uhr dreiundvierzig und zwölf Sekunden, Case. Hab 'ne Anzeige im Sehnerv.«

Er setzte sich auf und versuchte, aus der Flasche zu trinken. Würgte, hustete. Lauwarmes Wasser sprühte über Brust und Oberschenkel.

»Ich brauch 'ne Tastatur unter den Fingern«, hörte er sich sagen. Er tastete nach seinen Kleidern. »Muß wissen...«

Sie lachte. Kleine, kräftige Hände packten ihn an den Oberarmen. »Sorry, du Supermann. Mußt acht Tage warten. Dein Nervensystem würde aus allen Wolken fallen, wenn du jetzt einsteckst. Ärztliche Anordnung. Übrigens meinen sie, daß es geklappt hat. Checken dich morgen oder so.« Er legte sich wieder hin.

»Wo sind wir?«

»Daheim. Im Cheap Hotel.«

»Wo ist Armitage?«

»Im Hilton, verkauft den Eingeborenen Perlen oder so. Wir sind bald von hier weg. Amsterdam, Paris, dann ab ins Sprawl.« Sie tippte ihm auf die Schulter. »Dreh dich um. Ich geb dir 'ne schöne Massage.«

Er rollte sich auf den Bauch und streckte die Arme aus, so daß die Fingerspitzen die Sargwand berührten. Sie kniete sich auf den Temperschaum und ließ sich auf seinem Hintern nieder. Kühles Leder auf der Haut. Sie strich ihm mit den Fingern über den Nacken.

»Wie kommt's, daß du nicht im Hilton bist?«

Als Antwort griff sie nach hinten, zwischen seine Schenkel, und umfaßte mit Daumen und Zeigefinger sanft seine Eier. Eine Weile rutschte sie, hoch aufgerichtet, im Dunkeln auf ihm herum, die andere Hand an seinem Nacken. Das Leder ihrer Hose knisterte leise bei ihren Bewegungen. Case, der spürte, daß er einen Steifen bekam, änderte die Stellung auf dem Temperschaum. Sein Kopf dröhnte, aber das spröde Gefühl im Hals ließ anscheinend nach.

Er stützte sich auf einen Ellbogen, drehte sich um und sank auf den Schaumstoff zurück, wobei er sie an sich zog und ihre Brüste leckte. Ihre kleinen, harten Knospen flutschten ihm feucht über die Wange. Er tastete nach dem Reißverschluß ihrer Lederhose und zog ihn auf.

»Schon okay«, sagte sie. »Ich kann sehn.« Er hörte, wie sie die Lederhose abstreifte. Sie zappelte neben ihm, bis sie sie mit den Füßen wegstoßen konnte, und schlang ein Bein über ihn. Er streichelte ihr Gesicht und stieß auf die unerwartete Härte der implantierten Linsen. »Nicht«, sagte sie. »Fingerabdrücke.«

Nun setzte sie sich wieder rittlings auf ihn, nahm seine Hand und drückte sie an ihren Körper, so daß der Daumen in der Gesäßfurche, die gespreizten Finger auf den Schamlippen lagen. Als sie sich allmählich auf ihn senkte, kamen die gaukelnden Bilder zurück, Gesichter und Fragmente von Neonreklamen, die auftauchten und wieder verschwanden. Sie glitt vollends auf ihn, und er bäumte sich krampfartig auf. So ritt sie auf ihm, während er tief in ihr steckte, wippte wieder und wieder auf und ab, bis sie beide kamen. Sein Orgasmus war ein blauer Lichtblitz in einem zeitlosen Raum, so unermeßlich wie die Matrix, und die Gesichter wurden in Fetzen gerissen und von brüllenden Winden davongewirbelt, und die Innenseiten ihrer kräftigen Schenkel lagen naß an seinen Hüften.

Auf der Ninsei tanzte eine dünnere Werktagsausgabe des Völkchens den üblichen Reigen. Lärm wogte aus den Spielhallen und Pachinkoläden. Case schaute ins Chat und sah Zone, der in der warmen, schummrigen, nach Bier stinkenden Bar über seine Puppen wachte. Ratz stand hinterm Tresen.

»Wage gesehn, Ratz?«

»Heut abend noch nicht.« Bei Mollys Anblick zog Ratz ostentativ eine Augenbraue hoch.

»Wenn du ihn siehst, sag ihm, ich hab sein Geld.«

»Glückssträhne, Artist?«

»Kann man noch nicht sagen.«

»Also, ich muß den Mann sprechen«, sagte Case, während er sein Spiegelbild in ihren Linsen betrachtete. »Ich hab da so 'n paar Geschäfte laufen, aus denen muß ich raus.«

»Armitage wird's nicht gefallen, wenn ich dich aus den Augen lasse.« Sie stand unter Deanes schmelzender Uhr, die Hände in die Seiten gestemmt.

»Der Typ redet nicht mit mir, wenn du dabei bist. Deane ist mir schnuppe. Der kommt schon zurecht. Aber ich hab Leute, die glatt untergehn, wenn ich sang- und klanglos aus Chiba verschwinde. Nämlich meine Leute.«

Sie verzog den Mund und schüttelte den Kopf.

»Ich hab Leute in Singapur, Connections hier in Tokio, in Shinjuku und Asakusa, und die *gehn drauf*, kapiert?« schwindelte er, die Hand auf der Schulter ihrer schwarzen Jacke. »Fünf. Fünf Minuten. Nach deiner Uhr, okay?«

»Dafür werd ich nicht bezahlt.«

»Für was du bezahlt wirst, ist eine Sache; daß ich enge Freunde krepieren lasse, weil du deine Weisungen zu wörtlich nimmst, ist was ganz andres.«

»Quatsch. Von wegen enge Freunde. Du gehst da rein, weil du uns mit deinem Schmuggler auschecken willst.« Sie stellte den Stiefel auf den staubbedeckten Kandinsky-Beistelltisch.

»He, Case, Sportsfreund, sieht mir ganz so aus, als ob deine Begleiterin da bewaffnet wäre und außerdem 'ne hübsche Menge Silizium im Kopf hätte. Um was geht's denn eigentlich?« Deanes gespenstisches Husten schien zwischen ihnen im Raum zu hängen.

»Moment noch, Julie. Ich komm auf alle Fälle allein rein.«

»Das steht fest, alter Knabe. Was anderes kommt gar nicht in die Tüte.«

»Okay«, sagte sie. »Geh schon! Aber nur fünf Minuten. Wenn du dann nicht rauskommst, komm ich rein und mach deinen engen Freund für immer kalt. Und währenddessen kannst du mal über was nachdenken.«

»Worüber?«

»Warum ich dir den Gefallen tu.« Sie wandte sich um und ging an den gestapelten weißen Boxen mit kandiertem Ingwer vorbei hinaus.

»Die Leute, mit denen du dich rumtreibst, werden auch immer komischer«, bemerkte Julie.

»Julie, sie ist weg. Läßt du mich rein? Bitte, Julie!«

Die Bolzen glitten zurück. »Langsam, Case!« sagte die Stimme.

»Schalt den ganzen Kram in deinem Schreibtisch ein, Julie«, sagte Case, der im Drehstuhl Platz nahm.

»Ist immer an«, antwortete Deane sanft und zog hinter den ausgebauten Teilen seiner alten, mechanischen Schreibmaschine eine Knarre hervor, die er sorgsam auf Case richtete. Es war ein Magnum-Trommelrevolver. Der Lauf war zu einem Stumpf verkürzt, der Abzugsbügel vorne abgesägt, der Griff mit einem Material umwickelt, das wie altes Kreppband aussah. In Deanes manikürter, pinkfarbener Hand wirkte das Ding sehr eigenartig, fand Case. »Sicher ist sicher, du verstehst. Nimm's nicht persönlich. Jetzt sag mir, was du willst.«

»'ne Lektion in Geschichte, Julie. Und Infos über jemand.«

»Um was geht's denn, alter Freund?« Deanes Baumwollhemd war bunt gestreift wie Bonbonpapier, der Kragen weiß und steif wie Porzellan.

»Um mich, Julie. Ich hau hier ab. Bin praktisch schon weg. Aber tu mir den Gefallen, ja?«

»Infos über wen?«

»'nen Gaijin namens Armitage. Hat 'ne Suite im Hilton.«

Deane legte die Knarre weg. »Schön sitzenbleiben, Case.« Er tippte etwas in einen kleinen Portable ein. »Du weißt offenbar genausoviel wie mein Netz, Case. Dieser Gentleman hat momentan ein Arrangement mit den Yakuza, wie's scheint, und die Söhne der Neon-Chrysantheme haben Mittel und Wege, ihre Verbündeten vor Leuten wie mir abzuschirmen. Hätte ich auch nicht anders erwartet. So, zur Geschichte. Du hast was von Geschichte gesagt.« Er nahm die Knarre wieder in die Hand, richtete sie aber nicht direkt auf Case. »Was für 'ne Geschichte?«

»Der Krieg. Warst du im Krieg, Julie?«

»Krieg? Was gibt's darüber schon zu wissen? Hat drei Wochen gedauert.«

»Screaming Fist.«

»Berühmt. Lernt ihr heutzutage keine Geschichte mehr in der Schule? War 'ne verdammt große Politaffäre nach dem Krieg. Zehnmal schlimmer als Watergate. Deine Bonzen, Case, deine Bonzen vom Sprawl in, wo war's, McLean? Die saßen tüchtig in der Klemme. Böser Skandal. Haben 'ne hübsche Schar junger Patrioten geopfert, um 'ne neue Technologie zu testen. Sie wußten über die russische Abwehr Bescheid, wie später rauskam. Wußten von den EMPs, den elektromagnetischen Impulswaffen. Haben die Burschen trotzdem hingeschickt, nur um zu sehen, was passieren würde.« Deane zuckte die Achseln. »Entenjagd für Iwan.«

»Sind welche durchgekommen?«

»Herrje«, sagte Deane, »ist schon ewig her ... Doch, ich glaube, ein paar haben's geschafft. Eins der Teams. Haben 'nen sowjetischen Kampfhubschrauber gekapert und sind damit nach Finnland gedüst. Natürlich hatten sie die Einflugcodes nicht und sind von der finnischen Abwehr volles Rohr unter Feuer genommen worden. Special-Force-Typen.« Deane zog die Nase hoch. »War echt 'n Ding.«

Case nickte. Der Geruch von kandiertem Ingwer war überwältigend.

»Ich hab den Krieg in Lissabon verbracht, weißt du«, sagte Deane und legte die Knarre weg. »Hübsche Stadt, Lissabon.«

»Bei der Truppe, Julie?«

»Das nun nicht gerade. Obwohl bei uns auch ganz schön was abging.« Deane zeigte sein pinkfarbenes Lächeln. »Toll, was ein Krieg für den Markt tun kann.«

»Danke, Julie. Ich schulde dir was.«

»Dafür nicht, Case. Und nun mach's gut, mein Junge.«

Später sagte er sich, daß er bei dem Abend im Sammi von Anfang an ein ungutes Gefühl gehabt hatte; noch während er hinter Molly her den Korridor entlangging und durch den festgetrampelten Mulch aus abgerissenen Eintrittskarten und Styroporbechern stapfte, hatte er geahnt, daß auf Linda der Tod wartete...

Nach dem Gespräch mit Deane waren sie ins Namban gegangen, wo er mit einer Rolle Neuer Yen von Armitage seine Schulden bei Wage beglich. Wage hatte sich darüber gefreut, seine Schläger weniger. Molly hatte mit einem ekstatischen, wilden Grinsen neben Case gestanden und sich offenkundig gewünscht, daß einer von ihnen eine falsche Bewegung machen würde. Danach war er mit Molly auf einen Drink ins Chat zurückgekehrt.

»Reine Zeitverschwendung, Cowboy«, sagte Molly, als er ein Oktagon aus seiner Jackentasche fischte.

»Wieso? Willste auch eins?« Er hielt ihr die Pille hin.

»Deine neue Bauchspeicheldrüse, Case, und die geflickte Leber. Armitage hat dafür gesorgt, daß sie das Zeug gleich wieder ausschwemmen.« Sie tippte mit dem burgunderroten Fingernagel auf das Oktagon. »Biochemisch bist du nicht mehr in der Lage, auf Amphetamin oder Kokain abzufahren.«

»Scheiße.« Er blickte von dem Oktagon zu ihr.

»Nur zu! Schluck ein Dutzend. Da passiert nichts.«

Er tat es. Nichts passierte.

Nach drei Bier erkundigte sie sich bei Ratz nach den Schaukämpfen.

»Sammi«, sagte Ratz.

»Ich passe«, sagte Case. »Angeblich bringen die sich da gegenseitig um.«

Eine Stunde später erstand sie die Eintrittskarten bei einem mageren Thai in weißem T-Shirt und weiter Rugbyhose.

Das Sammi war eine aufgeblasene Kuppel hinter einem Lagerhaus am Hafen. Die straffe graue Haut war mit einem Netz dünner Stahlseile verstärkt. Der Korridor mit einer Tür an jedem Ende bildete eine primitive Schleuse, die den Überdruck im Kuppelinnern aufrechterhielt. An der Sperrholzdecke waren in Abständen ringförmige Leuchtstoffröhren befestigt, die allerdings zum größten Teil kaputt waren. Die Luft war feucht und abgestanden; es roch nach Schweiß und Beton.

Trotz all dem war er nicht vorbereitet auf die Arena, die Menge, die gespannte Stille, die hünenhaften Lichtgestalten unter der Kuppel. Betonränge fielen in Stufen zu einer Art Bühne ab, einem erhöhten Ring mit einem blitzenden Dickicht von Projektionsgeräten drum herum. Kein Licht außer den Hologrammen, die über dem Ring flimmerten und die Bewegungen der beiden Männer darunter wiedergaben. Von den Rängen stieg in Schwaden Zigarettenrauch auf und trieb träge dahin, bis er in die Luftströmungen aus den Gebläsen geriet, die die Kuppel aufblähten. Kein Laut außer dem gedämpften Brummen der Gebläse und dem lautsprecherverstärkten Atmen der Ringkämpfer.

Farbreflexe huschten über Mollys Linsen, als die Männer einander umkreisten. Die Hologramme waren eine zehnfache Vergrößerung, so daß die Messer in den Händen der Männer knapp einen Meter lang waren. Das Messer wird wie ein Degen geführt, erinnerte sich Case: Finger um den Griff, Daumen nach der Klinge ausgerichtet. Die Messer schienen sich eigenständig zu bewegen, glitten in ritueller Verspieltheit mit den Spitzen aneinander vorbei und durch die Passagen ihres Tanzes, während die Männer darauf warteten, daß einer von ihnen sich eine Blöße gab. Mollys erhobenes Gesicht war regungslos und glatt. Sie sah aufmerksam zu.

»Ich hol uns was zu essen«, sagte Case. Sie nickte, in den Tanz der Messer versunken.

Ihm gefiel es hier nicht.

Er wandte sich um und ging nach hinten ins Dunkel. Es war zu finster. Zu still.

Die Menge bestand hauptsächlich aus Japanern, wie er sah. Kein echtes Night-City-Volk. Facharbeiter aus den Arcologien. Das bedeutete wohl, daß die Arena Aufnahme in ein betriebliches Freizeitprogramm gefunden hatte. Flüchtig fragte er sich, wie es wohl wäre, sein Leben lang für eine einzige Zaibatsu zu arbeiten. Firmenwohnung, Firmenhymne, Firmenbegräbnis.

Er mußte fast um die ganze Kuppel herumgehen, bis er die Freßbuden entdeckte. Er kaufte Yakitori am Spieß und zwei große gewachste Pappbecher Bier. Als er zu den Hologrammen hinaufschaute, sah er, daß eine der Gestalten an der Brust blutete. Dicke, braune Soße sickerte die Spieße und über seine Knöchel hinab.

Noch sieben Tage, dann würde er einstecken. Wenn er jetzt die Augen schloß, könnte er die Matrix sehen.

Schatten zuckten zum Tanz der Hologramme.

Dann kroch ihm die Furcht zwischen die Schultern. Kalter Schweiß lief ihm über die Brust. Die Operation hatte nicht funktioniert. Er war immer noch hier, immer noch Fleisch; niemand wartete auf ihn, weder eine auf die kreisenden Messer starrende Molly noch ein Armitage, der mit Tickets, neuem Paß und Geld im Hilton saß. Es war alles ein Traum, eine jämmerliche Illusion... Heiße Tränen trübten seinen Blick.

In einem Schwall roten Lichts spritzte Blut aus einer Halsschlagader. Jetzt grölte die Menge, sprang kreischend von den Sitzen – eine Gestalt sackte zusammen, das Hologramm verblaßte flackernd...

Würgender Brechreiz in der Kehle. Er schloß die Augen, atmete tief durch, öffnete sie wieder und sah Linda Lee vorbeigehen. Ihre grauen Augen waren blind vor Furcht. Sie trug noch immer den französischen Overall.

Und weg. Im Dunkeln verschwunden.

Reiner Reflex: Er ließ Bier und Huhn fallen und rannte ihr nach. Vielleicht rief er auch ihren Namen; er wußte es nicht, und er sollte es nie mehr erfahren.

Das Nachbild eines haarfeinen, roten Lichtstrahls. Verschmorter Beton unter seinen dünnen Sohlen.

Ihre weißen Turnschuhe blitzten auf, jetzt dicht an der runden Wand. Wieder stach der gespenstische Laserstrahl durch sein

Blickfeld; er tanzte vor seinen Augen, während er rannte. Jemand stellte ihm ein Bein. Er schürfte sich die Hände am Beton auf.

Er rollte herum, stieß mit dem Fuß, traf nicht. Ein schmächtiger Junge, im Gegenlicht einen regenbogenfarbenen Heiligenschein über dem stachligen Blondschopf, beugte sich über ihn. Über der Bühne wandte sich eine Gestalt mit erhobenem Messer der jubelnden Menge zu. Der Junge lächelte und zog etwas aus dem Ärmel. Ein Rasiermesser, das glutrot aufblitzte, als ein dritter Strahl an ihnen vorbei ins Dunkel schoß. Case sah, daß sich das Rasiermesser wie eine Wünschelrute auf seine Kehle senkte.

Das Gesicht löste sich in einer brausenden Wolke mikroskopischer Explosionen auf. Mollys Pfeile, zwanzig pro Sekunde. Der Junge hustete krampfhaft und plumpste Case auf die Beine.

Er ging zu den Buden, ins Dunkel. Er sah nach unten, erwartete, die rubinrote Nadel in der Brust stecken zu sehen. Nichts. Er fand Linda. Sie lag am Fuß eines Betonpfeilers, wo sie zu Boden gestreckt worden war. Ihre Augen waren geschlossen. Es roch nach versengtem Fleisch. Die Menge grölte im Sprechchor den Namen des Siegers. Ein Bierverkäufer polierte seine Zapfhähne mit einem dunklen Lappen. Ein weißer Turnschuh war irgendwie abgegangen und lag neben ihrem Kopf.

An der Wand entlang. Betonkurve. Hände in den Taschen. Weitergehen. An Gesichtern vorbei, die nichts sahen, weil alle Augen auf dem Bild des Siegers über dem Ring ruhten. Einmal tanzte das zerfurchte Gesicht eines Europäers im Schein eines Streichholzes. Die Lippen wölbten sich um den kurzen Stiel einer Metallpfeife. Haschischgeruch. Case ging weiter. Er fühlte nichts.

»Case.« Ihre Linsen tauchten aus der Finsternis auf. »Alles okay?«

Etwas quäkte und gurgelte im Dunkeln hinter ihr.

Er schüttelte den Kopf.

»Der Kampf ist aus, Case. Gehn wir nach Hause.«

Er versuchte, an ihr vorbeizugehen, zurück ins Dunkel, wo etwas starb. Sie hielt ihm die Hand vor die Brust, um ihn zu stoppen. »Freunde deines engen Freunds. Haben dein Mädchen umgebracht. Was Freunde angeht, hast du keine glückliche Hand gehabt in dieser Stadt, wie? Wir haben ein partielles Profil von dem alten Schwein erstellt, als wir mit dir beschäftigt waren. Für ein paar Neue würde der jeden in die Pfanne hauen. Der Kerl da hinten hat gesagt, sie haben sich auf ihre Fährte gesetzt, als sie dein RAM verhökern wollte. War einfach billiger für sie, die Frau kaltzumachen und die Ware einzusacken. Bißchen was sparen... Hab ich aus dem Kerl mit dem Laser rausgeholt. Zufall, daß wir hier waren, aber das mußte ich nachchecken.« Ihr Mund war hart; die Lippen waren ein dünner Strich.

Case hatte das Gefühl, sein Verstand sei blockiert. »Wer?« fragte er, »wer hat sie geschickt?«

Sie reichte ihm eine blutbesudelte Tüte mit kandiertem Ingwer. Er sah, daß an ihren Händen Blut klebte. Hinten im Dunkeln röchelte jemand sabbernd und starb.

Im Anschluß an die Nachuntersuchung in der Klinik brachte Molly ihn zum Hafen. Armitage wartete schon. Er hatte ein Hovercraft gechartert. Das letzte, was Case von Chiba sah, waren die dunklen, kantigen Umrisse der Arcologien. Dann legte sich Nebel über das dunkle Wasser und die treibenden Unratmassen.

ZWEITER TEIL

DIE SHOPPING-EXPEDITION

3

Daheim. Daheim war BAMA, das Sprawl, die Boston-Atlanta-Metropolenachse.

Man programmiere eine Karte darauf, die Frequenz des Datenaustauschs anzuzeigen – jeweils tausend Megabyte ein Pixel auf einem sehr großen Bildschirm. Manhattan und Atlanta leuchten grellweiß. Dann beginnen sie zu pulsieren, weil der Datenverkehr die Simulation zu überlasten droht. Der Karte blüht eine Nova. Also kühlt man sie ab: hoch mit dem Raster. Jedes Pixel eine Million Megabyte. Bei hundert Millionen Megabyte pro Sekunde kann man allmählich bestimmte Häuserblöcke in Midtown Manhattan ausmachen, Umrisse von hundertjährigen Industrieparks, die den alten Kern von Atlanta umschließen...

Case erwachte aus einem Traum von Flughäfen, von Mollys schwarzer Lederkluft vor ihm auf dem Weg durch die Hallen von Narita, Schiphol, Orly ... Er sah sich an einem Kiosk eine flache Plastikflasche dänischen Wodka kaufen, eine Stunde vor Sonnenaufgang.

Irgendwo tief in den Stahlbetonfundamenten des Sprawl schob ein Zug eine Säule abgestandener Luft durch einen Tunnel. Der Zug selbst glitt auf seinem Induktionspolster lautlos dahin, aber die verdrängte Luft brachte den Tunnel mit unhörbaren Unterschallfrequenzen zum Dröhnen. Die Erschütterung erreichte den Raum, in dem er lag, und wirbelte Staub aus den Fugen des ausgetrockneten Parkettbodens auf.

Als er die Augen aufschlug, sah er Molly, die nackt und knapp außer Reichweite auf nagelneuem, pinkfarbenem Temperschaum lag. Von oben fiel Sonnenlicht durch das rußige Gitter einer Dachluke. Ein halber Quadratmeter Glas war durch eine Spanplatte ersetzt worden, aus der ein dickes, graues Kabel hing, das bis wenige Zentimeter über dem Boden herabbaumelte. Er lag auf der Seite und sah Molly beim Atmen zu, betrachtete ihre Brüste und den Schwung ihrer Flanke, die sich mit der funktionellen Eleganz eines Kampfflugzeugrumpfs gegen den Hintergrund abzeichnete. Sie hatte einen schmalen, schönen Körper und die Muskeln einer Ballerina.

Case setzte sich auf. Der Raum war groß und leer, bis auf die breite, pinkfarbene Matratze und zwei neue, identische Nylontaschen, die daneben standen. Kahle Wände, keine Fenster, eine weißgestrichene, feuerfeste Stahltür. Die Wände waren mit unzähligen Schichten weißer Latexfarbe überkrustet. Ein Fabrikraum. Er kannte diese Räume, diese Gebäude; ihre Bewohner bewegten sich in der Grauzone, in der Kunst fast schon Verbrechen und Verbrechen fast schon Kunst war.

Er war daheim.

Er schwang die Füße auf den Boden, der aus kleinen Holzplättchen bestand; einige waren locker, andere fehlten ganz. Sein Kopf schmerzte. Er erinnerte sich an Amsterdam, an ein anderes Zimmer in der Altstadt mit ihren jahrhundertealten Häusern. Molly mit Orangensaft und Eiern, zurück von der Gracht. Armitage auf einem geheimnisvollen Raubzug; er und Molly am Dam auf dem Weg zu einer Bar an der Damrak, die sie kannte. Paris ein verschwommener Traum. Shopping. Sie war mit ihm shoppen gegangen.

Er stand auf, zog eine zerknitterte neue schwarze Jeans an, die zu seinen Füßen lag, und kniete sich neben die Taschen. Die erste, die er öffnete, gehörte Molly: sorgsam zusammengelegte Kleidung und kleine, teuer aussehende Apparätchen. Die zweite war vollgestopft mit Dingen, an deren Kauf er sich nicht erinnern konnte: Bücher, Tapes, ein Simstim-Deck, Kleidung mit französischen und italienischen Etiketten. Unter einem grünen T-Shirt entdeckte er ein flaches Päckchen in einer Origamiverpackung aus kunstvoll gefalteten japanischem Recyclingpapier.

Das Papier zerriß, als er das Päckchen aufhob; ein glänzender Stern mit neun Spitzen fiel heraus und blieb aufrecht in einer Fuge des Parketts stecken.

»'n Souvenir«, sagte Molly. »Ich hab gesehen, daß du sie dir immer angeguckt hast.« Er drehte sich um und sah sie im Schneidersitz auf dem Bett sitzen. Schläfrig kratzte sie sich mit den burgunderroten Nägeln den Bauch.

»Später kommt jemand, um den Raum zu sichern«, sagte Armitage. Er stand in der offenen Tür und hielt einen altmodischen Magnetschlüssel in der Hand. Molly machte auf einem kleinen, deutschen Kocher, den sie aus ihrer Tasche geholt hatte, Kaffeewasser heiß.

»Kann ich auch«, meinte sie. »Hab genug Sachen hier. Infrarotdetektor, Geräuschmelder ...«

»Nein«, sagte er, während er die Tür schloß. »Ich will ganz sichergehen.«

»Wie Sie meinen.« Sie trug ein schwarzes Netz-T-Shirt, das in einer weiten schwarzen Baumwollhose steckte.

»Mal Bulle gewesen, Mr. Armitage?« fragte Case, der an der Wand lehnte.

Armitage war nicht größer als Case, schien jedoch mit seinen breiten Schultern und seiner militärischen Haltung die ganze Tür auszufüllen. Er trug einen dunklen italienischen Anzug; in der Rechten hielt er eine Aktentasche aus weichem, schwarzem Kalbsleder. Der Ohrring der Special Forces war weg. Das hübsche, ausdruckslose Gesicht zeigte die übliche Schönheit der Kosmetik-Boutiquen, ein konservatives Amalgam der führenden Mediengestalten des letzten Jahrzehnts. Der helle Glanz seiner Augen verstärkte die maskenhafte Wirkung. Case bereute schon, daß er gefragt hatte.

»Na ja, viele von den Forces sind bei den Cops gelandet. Oder bei 'nem Wachdienst«, fügte er nervös hinzu. Molly reichte ihm eine dampfende Kaffeetasse. »Die Nummer, die Sie mit meiner Bauchspeicheldrüse abgezogen haben, das war typisch Cops.«

Armitage zog die Tür ganz zu, durchquerte den Raum und blieb vor Case stehen. »Du bist ein Glückspilz, Case. Solltest mir dankbar sein.«

»Ach ja?« Case pustete geräuschvoll in seinen Kaffee.

»Hast 'ne neue Bauchspeicheldrüse gebraucht. Und die, die wir dir besorgt haben, befreit dich von einer gefährlichen Abhängigkeit.«

»Danke, aber ich hab sie genossen, die Abhängigkeit.«

»Gut. Du hast nämlich 'ne neue.«

»Wieso?« Case blickte von seinem Kaffee auf. Armitage lächelte.

»An den Gefäßwänden deiner Hauptschlagadern kleben fünfzehn Giftkapseln, Case. Die lösen sich auf. Langsam, aber sicher. Sie enthalten ein Mykotoxin. Die Wirkung dieses Mykotoxins kennst du bereits. Ist das gleiche, das dir deine ehemaligen Auftraggeber in Memphis verabreicht haben.«

Case blinzelte in die grinsende Maske.

»Du hast Zeit, das zu erledigen, wofür ich dich anheure, Case, aber nicht mehr. Mach den Job, und ich kann dir ein Enzym spritzen, das den Haftkitt auflöst, ohne die Kapseln zu öffnen. Anschließend brauchst du einen Blutaustausch. Wenn nicht, zerfallen die Kapseln, und du bist wieder da, wo ich dich gefunden habe. Du siehst also, Case, du brauchst uns. Du brauchst uns genauso dringend wie neulich, als wir dich aus der Gosse aufgelesen haben.«

Case schaute zu Molly hinüber. Sie zuckte die Achseln.

»Geh jetzt zum Lastenaufzug und bring die Kisten rauf, die da unten stehen.« Armitage reichte ihm den Magnetschlüssel. »Na los. Wird dir Spaß machen, Case. Ist wie Weihnachten.«

Sommer im Sprawl. Die Menge im Einkaufszentrum wogte wie Gras im Wind hin und her, ein Feld aus Fleisch, in dem sich jähe Wirbel von Bedürfnissen und deren Befriedigung bildeten.

Er saß im gedämpften Licht neben Molly auf dem Rand eines trockenen Betonbrunnens und rekapitulierte mit dem endlosen Strom der Gesichter die Abschnitte seines Lebens. Zuerst ein Kind mit verhangenem Blick, ein Straßenjunge mit locker baumelnden Armen, die Hände bereit; dann ein Teenager mit glattem, geheimnisvollem Gesicht hinter roten Brillengläsern. Case erinnerte sich an eine Schlägerei mit siebzehn auf einem Dach, einen stummen Kampf im rosigen Schein des Morgenrots über geodätischen Kuppeln.

Er rutschte auf dem Beton herum, der sich durch den dünnen, schwarzen Jeansstoff rauh und kalt anfühlte. Nichts hier erinnerte an den elektrischen Reigen auf der Ninsei. Hier galten andere Regeln, pulste im Geruch von Fast Food, Parfüm und frischem Sommerschweiß ein anderer Rhythmus.

Und oben im Loft wartete sein Deck, ein Ono-Sendai Cyberspace 7. Als sie den Raum verlassen hatten, war der Boden übersät von den abstrakten, weißen Styroporteilen der Verpackung, zerknüllter Plastikfolie und Aberhunderten von Styroporkügelchen. Der Ono-Sendai; der teuerste Hosaka-Computer des nächsten Jahres; ein Sony-Monitor; ein Dutzend Disketten mit Industriestandard-Eis; eine Braun-Kaffeemaschine. Armitage hatte nur so lange gewartet, bis Case jedes Teil für gut befunden hatte.

»Wohin geht er?« hatte Case von Molly wissen wollen.

»Er steht auf Hotels. Große Hotels. Möglichst in Flughafennähe. Komm, wir gehn raus.« Sie schlüpfte in eine alte Armeeweste mit einem Dutzend eigentümlicher Taschen, zog den Reißverschluß zu und setzte eine riesige, schwarze Plastiksonnenbrille auf, die ihre verspiegelten Linsen völlig bedeckte.

»Hast du von diesem Toxinscheiß gewußt?« fragte er sie am Brunnen. Sie schüttelte den Kopf. »Glaubst du, es stimmt?«

»Vielleicht, vielleicht auch nicht. Kommt aufs gleiche raus.«

»Hast du 'ne Ahnung, wie ich das rauskriegen kann?«

»Nein«, sagte sie und gab ihm mit der rechten Hand ein Zeichen, den Mund zu halten. »So Zeug ist zu raffiniert, als daß es bei 'nem Scan nachweisbar wäre.« Wieder ging der Finger hoch: Warte! »Und dir ist das doch eh ziemlich egal. Hab gesehen, wie du den Sendai gestreichelt hast; Mann, das war echt pornographisch.« Sie lachte.

»Wie hat er's denn bei dir angestellt? Womit hat er dich am Haken?«

»Berufsehre, Baby, das ist alles.« Und wieder das Zeichen, still zu sein. »Gehn wir frühstücken, ja? Eier mit echtem Bacon. Wird dich vermutlich umbringen, weil du so lange den künstlichen Chiba-Krill gefressen hast. Ja, komm, wir fahren mit der U-Bahn nach Manhattan und ziehen uns 'n richtiges Frühstück rein!«

Leblose Neonröhren formten die Worte METRO HOLOGRAFIX in staubigen Versalien aus Glas. Case pulte an einem Stück Bacon herum, das zwischen seinen Vorderzähnen steckte. Er hatte es aufgegeben, sie nach dem Wohin oder Warum zu fragen; Rippenstöße und der Zeigefinger vor dem Mund waren alles, was er zur Antwort bekam. Sie plauderte über die derzeitige Mode, über Sport, über einen Politskandal in Kalifornien, von dem er noch nie was gehört hatte.

Er sah sich in der menschenleeren Sackgasse um. Ein Bogen Zeitungspapier wirbelte über die Kreuzung. Anomale Winde in der East Side – hatte irgendwas mit vertikalen Luftströmungen und den überlappenden Kuppeln zu tun. Case spähte durchs Fenster zu der toten Leuchtreklame hinaus. Ihr Sprawl war nicht sein Sprawl, stellte er fest. Sie hatte ihn durch ein Dutzend Bars und Clubs geschleift, die er noch nie gesehen hatte, und sich dabei – für gewöhnlich nur mit einem kurzen Nicken – um ihre Geschäfte gekümmert. Kontakte gepflegt.

Im Schatten hinter METRO HOLOGRAFIX bewegte sich etwas.

Die Tür war aus Wellblech. Molly vollführte davor eine komplizierte Abfolge von Gesten, der er nicht folgen konnte. Er erkannte das Zeichen für Geld, das Aneinanderreiben von Daumen und Zeigefinger. Die Tür schwang nach innen auf, und sie ging vor ihm her in das muffige Innere. Sie standen in einer Schneise zwischen aufgetürmtem Plunder entlang der Wandregale zu beiden Seiten, in denen sich zerfallende Taschenbücher reihten. Der Krempel erweckte den Eindruck, als wäre er hier gewachsen; er wirkte wie eine Geschwulst aus verbeultem Metall und Plastik. Case konnte einzelne Gegenstände ausmachen, die jedoch gleich wieder in der Masse untergingen: das Innenleben eines Fernsehers, bestückt mit den Glasstümpfen von Vakuumröhren, so alt war er; eine zerbeulte Parabolantenne; einen braunen Glasfiberkanister voller rostiger Metallrohre. Ein riesiger Haufen alter Illustrierter hatte sich auf den freien Platz ergossen; das Fleisch vergangener Sommer starrte blind zu ihm herauf, als er Molly durch eine enge Schlucht aus gepreßtem Abfall folgte. Er hörte, wie die Tür hinter ihnen zufiel. Er blickte sich nicht um.

Der Tunnel endete vor einer alten Army-Decke, die an einen Türrahmen genagelt war. Grelles Licht strömte heraus, als Molly sich hindurchschob.

Vier kahle, rechteckige Wände aus weißem Kunststoff, eine entsprechende Decke, ein weiß gefliester Krankenhausboden mit einer rutschfesten Struktur aus kleinen, runden Noppen. In der Mitte ein viereckiger, weißgestrichener Holztisch und vier weiße Klappstühle.

Der Mann, der nun blinzelnd in der Tür hinter ihnen stand, die Army-Decke wie ein Cape über die Schulter drapiert, schien im Windkanal konstruiert worden zu sein. Seine winzigen Ohren lagen flach am schmalen Schädel an, und die langen Vorderzähne, die in einem angedeuteten Lächeln zum Vorschein kamen, ragten spitz nach vorn. Er trug eine altertümliche Tweedjacke und hielt irgendeine Schußwaffe in der Linken. Er musterte sie, zwinkerte und ließ die Waffe in einer Jackentasche verschwinden. Er gab Case ein Zeichen und deutete auf eine weiße Plastikplatte, die neben dem Eingang lehnte. Case ging hin und sah, daß das Ding ein massives Paket von Schaltkreisen war, knapp einen Zentimeter dick. Er half dem Mann, es hochzuheben und in die Tür zu stellen. Flinke, nikotingelbe Finger sicherten es mit einem weißen Klettband. Ein versteckter Ventilator begann zu surren.

»Die Zeit läuft«, sagte der Mann und richtete sich auf. »Du kennst den Preis, Molly.«

»Wir brauchen einen Scan, Finne. Nach Implantaten.«

»Dann geh rüber zwischen die Säulen. Stell dich auf die Markierung. Steh gerade. So ist's gut. Jetzt langsam drehen, volle 360 Grad.« Case sah zu, wie sie sich zwischen den beiden wacklig aussehenden, mit Sensoren bestückten Säulen langsam um die eigene Achse drehte. Der Mann zog einen kleinen Monitor aus der Tasche und warf einen kurzen Blick darauf. »Was Neues im Kopf, ja. Silizium mit einer Ummantelung aus pyrolytischem Kohlenstoff. Eine Uhr, stimmt's? Bei deinen Linsen hab ich die gleiche Anzeige wie immer, isotrope Niedertemperaturkohlenstoffe. Bessere Biokompatibilität mit Pyrolyten, aber das ist ja wohl dein Bier. Bei deinen Krallen sieht's genauso aus.«

»Komm her, Case.« Er sah ein abgetretenes, schwarzes X auf dem weißen Boden. »Langsam drehen.«

»Der Typ ist 'ne Jungfrau.« Der Mann zuckte die Achseln. »Paar billige Zahnfüllungen, mehr nicht.«

»Kannste auch Biomaterial checken?« Molly zog den Reißverschluß ihrer grünen Weste auf und nahm die dunkle Brille ab.

»Sind wir hier vielleicht die Mayo? Rauf auf den Tisch, Kind, und wir machen 'ne kleine Biopsie?« Er lachte, wobei mehr von seinen gelben Zähnen zum Vorschein kam. »Nein. Mein Wort, Süße, keine Wanzen, keine Kortikalbomben. Kann der Schirm jetzt weg?«

»Nur so lange, wie du brauchst, um zu verschwinden, Finne. Dann wollen wir 'ne totale Abschirmung, und zwar so lange, bis wir fertig sind.«

»Meinetwegen, Moll. Aber du zahlst pro Sekunde.«

Sie machten die Tür hinter ihm dicht, und Molly drehte einen der weißen Stühle herum und setzte sich, das Kinn auf die verschränkten Arme gestützt. »Reden wir. Hier sind wir so ungestört, wie's mein Geldbeutel zuläßt.«

»Worüber?«

»Was wir tun.«

»Und was tun wir?«

»Wir arbeiten für Armitage.«

»Du meinst, das hier geht nicht auf seine Rechnung?«

»Ja. Ich hab dein Profil gesehn, Case. Und einmal den Rest unsrer Einkaufsliste. Haste schon mal mit den Toten gearbeitet?«

»Nein.« Er betrachtete sein Spiegelbild in ihren Linsen. »Könnt ich aber wahrscheinlich. Ich bin gut in meinem Job.« Das Präsens machte ihn nervös.

»Du weißt, daß die Dixie Flatline tot ist?«

Er nickte. »Das Herz, hab ich gehört.«

»Du wirst mit seiner Konstruktion arbeiten.« Sie lächelte. »Hat dir das Handwerk beigebracht, hm? Er und Quine. Quine kenn ich übrigens. Echtes Arschloch.«

»Jemand hat McCoy Pauley aufgezeichnet? Wer?« Jetzt setzte Case sich und stützte die Ellbogen auf den Tisch. »Das glaub ich einfach nicht. Hätte der nie mit sich machen lassen.«

»Sense / Net. Haben ihn ziemlich mega bezahlt, da kannst du drauf wetten.«

»Ist Quine auch tot?«

»Hatte kein solches Glück. Sitzt in Europa. Hat damit nichts zu tun.«

»Also, wenn wir die Flatline kriegen, ist das Ding so gut wie geschaukelt. Er war der beste. Weißt du, daß er dreimal hirntot war?«

Sie nickte.

»Kein Ausschlag mehr beim EEG. Er hat mir Bänder gezeigt. ›Mann, ich war schon hinüber.‹«

»Also, Case. Seit ich für Armitage arbeite, versuch ich rauszukriegen, wer hinter ihm steht. Aber es scheint weder eine Zaibatsu noch eine Regierung oder ein Yakuza-Ableger zu sein. Armitage kriegt Befehle. Irgendwer sagt ihm zum Beispiel, er soll nach Chiba gehn, einen Pillenschlucker aufreißen, der in der Kaputtnikszene rumhängt und fast schon hinüber ist, und ein Programm für die Operation hinlegen, die ihn wieder auf die Beine bringt. Für das, was dieses chirurgische Programm auf dem Markt gebracht hätte, hätten wir zwanzig Weltklassecowboys einkaufen können. Du warst gut, aber so gut nun auch wieder nicht...« Sie kratzte sich an der Nase.

»Offenbar hat irgendwer was davon. Irgend so 'n großes Tier.«

»Ich will dir ja nicht zu nahe treten.« Sie grinste. »Aber wir werden 'nen knallharten Run abziehen, Case, bloß um an die Flatline-Konstruktion ranzukommen. Sense/Net hält sie in einem Archiv im Villenviertel unter Verschluß. Absolut wasserdicht, Case. Na ja, und Sense/Net hat da auch alles neue Material für die Herbstsaison drin. Wenn wir das klauen würden, hätten wir ausgesorgt. Aber nein, wir sollen bloß die Flatline holen, mehr nicht. Komisch.«

»Ja, alles ganz schön komisch. Du bist komisch, dieses Loch hier ist komisch, und wer ist die komische kleine Ratte draußen im Gang?«

»Der Finne ist 'ne alte Connection von mir. Hauptsächlich Hehler. Software. Das hier macht er nur so nebenbei. Aber ich hab Armitage überredet, ihn hier als unsern Techniker zu nehmen. Wenn er also später aufkreuzt, haste ihn nie gesehn, klar?«

»Und was hat Armitage dir reingetan, das sich auflöst?«

»Mit mir gibt's keine Probleme.« Sie lächelte. »Jeder macht eben das was er am besten kann, und das *ist* es dann eben, oder? Du steckst ein, ich bin die Frau für's Grobe.«

Er starrte sie an. »Sag schon, was weißt du über Armitage?«

»Zunächst mal, daß bei Screaming Fist kein Armitage dabei war. Hab ich gecheckt. Aber das will nicht viel heißen. Er hat keine Ähnlichkeit mit den Fotos der Typen, die rausgekommen sind.« Sie zuckte die Achseln. »Toll, was? Und mehr weiß ich auch nicht.« Sie trommelte mit den Nägeln auf die Lehne. »Aber du bist doch 'n Cowboy, oder? Dann könnteste dich vielleicht mal 'n bißchen umsehen.« Sie lächelte.

»Der würde mich umbringen.«

»Vielleicht. Vielleicht auch nicht. Ich glaube, er braucht dich, Case, und zwar dringend. Außerdem biste 'n helles Bürschchen, oder? Also wird er's bestimmt nicht spitzkriegen.«

»Was steht noch auf dieser Liste, von der du gesprochen hast?«

»Spielzeug. Größtenteils für dich. Und ein waschechter Psychopath namens Peter Riviera. Echt unangenehmer Zeitgenosse.«

»Wo ist er?«

»Keine Ahnung. Der Typ ist total abgefuckt, ungelogen. Hab sein Profil gesehn.« Sie schnitt eine Grimasse. »Abartig.« Sie stand auf und streckte sich katzenhaft. »Also was ist, haben wir 'ne Achse stehn, oder was? Ziehen wir das zusammen durch? Als Partner?«

Case sah sie an. »Ich hab wohl kaum 'ne andere Wahl, hm?«

Sie lachte. »Du hast es geschnallt, Cowboy.«

»Die Matrix hat ihre Wurzeln in primitiven Viedeospielen«, sagte der Sprecher, »in frühen Computergrafikprogrammen und militärischen Experimenten mit Schädelelektroden.« Auf dem Sony verblaßte ein zweidimensionaler Weltraumkrieg hinter einem Wald mathematisch generierter Farne, die die räumlichen Möglichkeiten logarithmischer Spiralen demonstrierten. Eisig blaues militärisches Filmmaterial trat in den Vordergrund, Versuchstiere, die an Testeinrichtungen angeschlossen waren, Helme, die Befehle in die Feuerleitsysteme von Panzern und Kampfflugzeugen einspeisten. »Cyberspace. Eine Konsens-Halluzination, tagtäglich erlebt von Milliarden zugriffsberechtigter Nutzer in allen Ländern, von Kindern, denen man mathematische Begriffe erklärt... Eine grafische Wiedergabe von Daten aus den Banken sämtlicher Computer im menschlichen System. Unvorstellbare Komplexität. Lichtzeilen im Nicht-Raum des Verstands, Datencluster und -konstellationen. Wie die zurückweichenden Lichter einer Stadt…«

»Was ist das?« fragte Molly, als er den Programmschalter betätigte.

»'ne Kindersendung.« Eine wirre Bilderflut, als die Programme durchliefen. »Aus«, sagte er zum Hosaka.

»Willst du's jetzt mal probieren, Case?«

Mittwoch. Vor einer Woche war er im Cheap Hotel neben Molly aufgewacht. »Soll ich rausgehen, Case? Allein isses vielleicht einfacher für dich…« Er schüttelte den Kopf.

»Nein. Bleib ruhig, spielt keine Rolle.« Er zog sich das schwarze Frotteestirnband über den Kopf und achtete auf den richtigen Sitz der flachen Sendai-Elektroden. Er starrte auf das Deck in seinem Schoß, registrierte es aber kaum; statt dessen sah er das Schaufenster auf der Ninsei, die verchromten Shuriken, die glitzernd das Neonlicht reflektierten. Er blickte auf; an der Wand unmittelbar über dem Sony hatte er ihr Geschenk mit einer gelbköpfigen Reißzwecke befestigt, die durch das Loch in der Mitte ging.

Er schloß die Augen.

Fand den geriffelten EIN-Schalter.

Und in der blutgeschwängerten Dunkelheit hinter seinen Augen fluteten silberne Phosphene von den Grenzen des Raums heran, hypnagoge Bilder, die wie ein wahllos zusammengeschnittener Film vorüberzuckten. Symbole, Ziffern, Gesichter, ein verschwommenes, fragmentarisches Mandala visueller Information.

Bitte, betete er, *jetzt* …

Eine graue Scheibe von der Farbe des Himmels über Chiba.

Jetzt …

Die Scheibe begann zu rotieren, immer schneller, wurde zu einer hellgrauen Kugel. Dehnte sich aus …

Und strömte, erblühte für ihn. Wie ein Origamitrick in flüssigem Neon entfaltete sich seine distanzlose Heimat, sein Land, ein transparentes Schachbrett in 3-D, das sich in die Unendlichkeit dehnte. Das innere Auge öffnete sich, und die abgestufte, knallrote Pyramide der Eastern Seaboard Fission Authority ragte leuchtend hinter den grünen Würfeln der Mitsubishi Bank of America auf. Hoch oben und sehr weit weg sah er die Spiralarme militärischer Systeme, auf immer unerreichbar für ihn.

Und irgendwo er, lachend, in einem weiß getünchten Loft, die fernen Finger zärtlich auf dem Deck, das Gesicht von Tränen der Erleichterung überströmt.

Molly war weg, als er die Dermatroden abnahm, und im Loft war es dunkel. Er schaute auf die Uhr. Fünf Stunden war er im Cyberspace gewesen. Er trug den Ono-Sendai zu einem der neuen Arbeitstische, ließ sich auf die Matratze sinken und zog sich Mollys schwarzen Seidenschlafsack über den Kopf.

Das Sicherheitspaket, das an die feuerfeste Stahltür geklebt war, piepste zweimal. »Zutritt erbeten«, sagte es. »Person ist meinem Programm zufolge okay.«

»Dann mach auf!« Case zog sich die Seide vom Gesicht und setzte sich auf, als die Tür aufging. Er rechnete mit Molly oder Armitage.

»Herrgott«, sagte eine heisere Stimme. »Ich weiß, das Luder kann im Dunkeln sehen ...« Eine untersetzte Gestalt kam herein und schloß die Tür. »Mach das Licht an, ja?« Case rappelte sich hoch und tastete nach dem altmodischen Lichtschalter.

»Ich bin der Finne«, sagte der Finne und sah Case warnend an.

»Case.«

»Freut mich, freut mich. Wie's aussieht, mach ich ein bißchen Hardware für deinen Boß.« Der Finne angelte ein Päckchen Partagas aus der Tasche und zündete sich eine an. Der Geruch von kubanischem Tabak erfüllte den Raum. Der Finne ging zum Arbeitstisch und warf einen Blick auf den Ono-Sendai. »Sieht mir wie 'n Serienmodell aus. Das haben wir gleich. Hier ist das Problem, mein Freund.« Er förderte einen speckigen braunen Umschlag aus seiner Jacke zutage, schnippte Asche auf den Boden und entnahm dem Kuvert ein unscheinbares schwarzes Rechteck. »Verfluchte Fabrik-Prototypen«, sagte er und warf das Ding auf den Tisch. »Gießen sie in Polykarbonat ein, kommste mit dem Laser nicht rein, ohne die Elektronik zu braten. Bei Röntgen, Ultrascan und weiß Gott was noch geht eine Ladung hoch. Aber wir kommen rein, auch wenn den Gottlosen keine Ruhe vergönnt ist, stimmt's?« Er faltete das Kuvert mit großer Sorgfalt und verstaute es in einer Innentasche seiner Jacke.

»Was ist das?«

»Im Prinzip eine Flipflop-Schaltung. Mit deinem Sendai verdrahtet, ermöglicht sie dir Zugriff auf Simstim, live oder aufgezeichnet, ohne daß du aus der Matrix auskoppeln mußt.«

»Wozu?«

»Hab keinen Schimmer. Weiß nur, daß ich Molly mit 'nem Sender ausstatte. Ist also vermutlich ihr Sensorium, auf das du Zugriff haben sollst.« Der Finne kratzte sich am Kinn. »Jetzt wirste also bald erfahren, wie eng ihre Hose wirklich sitzt, was?«

4

Case saß mit den Dermatroden an der Stirn im Loft und sah die Staubkörnchen in dem gedämpften Sonnenlicht tanzen, das durchs Dachlukengitter einfiel. In einer Ecke des Monitorbildschirms lief ein Countdown ab.

Cowboys befassen sich nicht mit Simstim, dachte er, weil es im Grunde ein Spielzeug fürs Fleisch ist. Er wußte, daß die angelegten Troden und der kleine Plastikstirnreif, der an einem Simstim-Deck hing, im Prinzip ein und dasselbe waren und die Cyberspace-Matrix eigentlich eine starke Vereinfachung des menschlichen Sensoriums war, zumindest was die Darstellung betraf, aber Simstim schien ihm eine überflüssige Vervielfachung von Fleisch-Input zu sein. Das kommerzielle Material war natürlich editiert, so daß man nichts davon mitkriegte, falls Tally Isham mittendrin Kopfschmerzen bekommen hatte.

Der Monitor ließ einen zwei Sekunden langen Piepton hören.

Der neue Schalter war mit seinem Sendai durch ein dünnes Glasfaserkabel verbunden.

Und eins und zwei und ...

Der Cyberspace baute sich aus allen vier Himmelsrichtungen zugleich auf. Glatt, dachte er, aber nicht glatt genug. Braucht noch 'n bißchen Schliff ...

Dann betätigte er den neuen Schalter.

Abrupter Wechsel in anderes Fleisch. Keine Matrix mehr, statt dessen eine Woge von Geräuschen und Farben ... Sie ging durch eine belebte Straße, vorbei an Ständen, die Software verramschten. Filzstiftzahlen auf Preisschildern aus Plastik. Musikfetzen aus unzähligen Boxen. Gerüche: Urin, freie Monomere, Parfüm, Pasteten mit gebratenem Krill. Einige bange Sekunden lang kämpfte er hilflos um die Kontrolle über ihren Körper. Dann zwang er sich zur Passivität und wurde zum Passagier hinter ihren Augen.

Die Brille hielt offenbar kein Sonnenlicht zurück. Er fragte sich, ob die eingebauten Bildverstärker automatisch für Ausgleich sorgten. Blaue Ziffern links unten am Rand des Gesichtsfelds gaben blinkend die Zeit an. Angeberei, dachte er.

Ihre Körpersprache war verwirrend, ihr Stil fremdartig. Ständig schien sie um ein Haar mit irgendwem zusammenzustoßen, aber die Leute schmolzen vor ihr weg, traten zur Seite, machten ihr Platz.

»Wie geht's, Case?« Er hörte die Silben und spürte, wie sie sie formte. Sie schob die Hand in ihre Jacke und ließ die Fingerspitze um die Brustwarze unter dem warmen Seidenstoff gleiten. Diese Empfindung verschlug ihm den Atem. Sie lachte. Doch die Verbindung war einseitig. Er hatte keine Möglichkeit, ihr zu antworten.

Zwei Blöcke weiter fädelte sie sich durch die Randzonen der Memory Lane. Case versuchte immer wieder, ihre Augen auf markante Punkte zu richten, die er zur Orientierung benutzt hätte. Seine erzwungene Passivität störte ihn allmählich.

Der Wechsel in den Cyberspace vollzog sich augenblicklich, als er den Schalter drückte. Er arbeitete sich durch eine Mauer aus primitivem Eis, die der Stadtbibliothek von New York gehörte, wobei er ganz automatisch potentielle Fenster zählte. Dann wieder zurück in ihr Sensorium, in die geschmeidigen Bewegungen der Muskeln, die scharfen, klaren Sinne.

Er ertappte sich dabei, wie er sich Gedanken über den Menschen machte, mit dem er diese Eindrücke teilte. Was wußte er über sie? Daß sie auch ein Profi war und daß sie sich wie er über die Arbeit definierte, mit der sie sich über Wasser hielt. Das hatte sie selbst gesagt. Er wußte, wie sie sich an ihm bewegt hatte, als sie vorhin aufgewacht war, wie sie gemeinsam aufgestöhnt hatten, als er in sie eindrang, und daß sie ihren Kaffee danach am liebsten schwarz trank...

Mollys Ziel war einer der dubiosen Software-Verleihe auf der Memory Lane. In dem Gebäude herrschte Grabesstille. Stände säumten die Eingangshalle. Die Kundschaft war jung, kaum jemand war über zwanzig. Sie schienen alle Karbonbuchsen hinter dem linken Ohr implantiert zu haben, auf die Molly jedoch keinen Blick verschwendete. An den Verkaufstischen vor den Ständen waren Aberhunderte Mikrosoft-Plättchen ausgestellt, eckige Splitter aus buntem Silizium auf weißen Kartonstreifchen in länglichen, transparenten Folienpackungen. Molly ging zum siebten Stand an der Südwand. Hinter dem Verkaufstisch starrte ein Junge mit kahlrasiertem Schädel Löcher in die Luft. Ein Dutzend Mikrosoft-Stifte ragten aus der Buchse hinter seinem Ohr.

»Hallo Larry, jemand zu Hause bei dir?« Sie baute sich vor ihm auf. Er stellte die Augen scharf, setzte sich auf und pulte mit einem schmutzigen Daumennagel einen hellroten Span aus der Buchse.

»He, Larry.«

»Molly.« Er nickte.

»Ich hab 'nen Job für 'n paar Freunde von dir, Larry.«

Larry zog ein flaches Plastiketui aus der Brusttasche seines roten Sporthemds, klappte es auf und steckte das Mikrosoft zu einem Dutzend anderer. Seine Hand hielt inne; er wählte einen schwarzglänzenden Chip aus, der etwas länger als die übrigen war, und steckte ihn geübt in seinen Kopf. Seine Augen wurden schmal.

«Molly hat 'nen Reiter«, sagte er, »und das gefällt Larry nicht.«

»He«, sagte sie, »wußte gar nicht, daß du so ... sensibel bist. Ich staune. Kostet 'ne Stange, so sensibel zu werden.«

»Kenn ich dich, Lady?« Der leere Blick war wieder da. »Suchste Softs oder was?«

»Ich such die Moderns.«

»Du hast 'nen Reiter, Molly. Sagt mir das Ding hier.« Er tippte an den schwarzen Span. »Jemand benutzt deine Augen.«

»Mein Partner.«

»Dein Partner soll Leine ziehen.«

»Ich hab was für die Panther Moderns, Larry.«

»Wovon redest du, Lady?«

»Case, steig aus!« sagte sie, und Case drückte den Schalter und war augenblicklich wieder in der Matrix. Nachbilder des Software-Verleihs spukten noch einige Sekunden durch die summende Stille des Cyberspace.

»Panther Moderns«, sagte er zum Hosaka und zog die Troden ab. »5-Minuten-Übersicht.«

»Fertig«, sagte der Computer.

Case kannte den Namen nicht. Es mußte sich um was Neues handeln, was während seiner Zeit in Chiba aufgekommen war. Moden überrollten die Jugend des Sprawl mit Lichtgeschwindigkeit; ganze Subkulturen konnten über Nacht auftauchen und für ein paar Wochen der Hit sein, um dann unvermittelt wieder von der Bildfläche zu verschwinden. »Los!« sagte er. Der Hosaka hatte sein stattliches Aufgebot an Bibliotheken, Zeitungsarchiven und Nachrichtenagenturen gesichtet.

Der Überblick begann mit einem langen, farbigen Standbild, das Case zunächst für eine Art Collage hielt: das Gesicht eines Jungen, aus einem Foto geschnitten und auf die Abbildung einer vollgemalten Mauer geklebt. Dunkle Augen mit offenbar operativ erzeugten Mongolenfalten, flammende Akne auf den blassen, schmalen Wangen. Der Hosaka ließ das Standbild laufen; der Junge bewegte sich mit der flüssigen, unheildrohenden Anmut eines Pantomimen, der ein Dschungelraubtier darstellt. Sein Körper war fast unsichtbar; ein abstraktes Muster, das dem vollgemalten Mauerwerk entsprach, glitt über seinen engsitzenden, einteiligen Dress. Mimetisches Polykarbonat.

Schnitt zu Dr. Virginia Rambali, Soziologin, New York University. Name, Fakultät und Bildungseinrichtung glitten in pinkfarbener Computerschrift über den Bildschirm.

»Angesichts ihrer Neigung zu wahllos-surrealen Gewalttaten«, sagte jemand, »werden es unsere Zuschauer vielleicht nur schwer verstehen, weshalb Sie weiterhin darauf beharren, daß es sich bei diesem Phänomen nicht um eine Form von Terrorismus handelt.«

Dr. Rambali lächelte. »Irgendwann kommt immer der Punkt, an dem der Terrorist aufhört, die Mediengestalt zu manipulieren. An diesem Punkt kann die Gewalt zwar durchaus noch eskalieren, aber danach ist der Terrorist symptomatisch für die Mediengestalt selbst geworden. Der Terrorismus, wie wir ihn normalerweise verstehen, ist von Natur aus medienbezogen. Die Panther Moderns unterscheiden sich von anderen Terroristen durch ihr Ausmaß an Bewußtheit, ihr Wissen darum, wie stark die Medien den Terrorakt von der ursprünglichen, sozialpolitischen Absicht trennen ...«

»Laß gut sein«, sagte Case.

Case traf seinen ersten Modern zwei Tage, nachdem er sich den Überblick in seinem Hosaka angesehen hatte. Er war zu dem Schluß gekommen, daß die Moderns eine zeitgemäße Version der Big Scientists seiner späten Teeniejahre waren. Im Sprawl spukte eine Art Teenage-DNS, die die verschlüsselten Regeln diverser kurzlebiger Subkulturen enthielt und in willkürlichen Zeitabständen reproduzierte. Die Panther Moderns waren eine trottelige Variante der Scientists. Wenn die Technik verfügbar gewesen wäre, hätten die Big Scientists allesamt Buchsen voller Mikrosofts gehabt. Es war der Stil, der zählte, und der Stil war der gleiche. Die Moderns waren geldgeile Scherzbolde und nihilistische Technofetischisten.

Der Bursche, der mit einem Karton Disketten vom Finnen an der Tür des Lofts erschien, war ein säuselnder Knabe namens Angelo. Sein Gesicht war ein simples, aus Kollagen und Haiknorpel-Polysacchariden gezüchtetes Transplantat, weich und tückisch und eins der scheußlichsten Produkte der Wahl-Chirurgie, die Case je unter die Augen gekommen waren. Als Angelo lächelte und dabei die messerscharfen Eckzähne irgendeines großen Viehs zeigte, war Case geradezu erleichtert. Zahnknospentransplantate. Das hatte er schon mal gesehen.

»Man darf sich von solchen kleinen Ärschen nicht zum Grufti machen lassen«, sagte Molly. Case nickte, in die Eismuster von Sense / Net vertieft.

Das war's. Was er war, wer er war, seine ganze Existenz. Er vergaß zu essen. Molly ließ Schachteln mit Reis und Styroporbehälter mit Sushi am Rand des langen Tisches stehen. Manchmal war es ihm schon zuviel, auf die chemische Toilette gehen zu müssen, die sie in einer Ecke des Lofts aufgestellt hatten. Immer neue Eismuster entstanden auf dem Bildschirm, als er nach Lükken suchte, die offensichtlichsten Fallen umging und die Route durch das Eis von Sense / Net absteckte, die er einschlagen wollte. Es war gutes Eis. Tolles Eis. Seine Muster leuchteten ihm entgegen, als er, den Arm unter Mollys Schultern, auf der Matratze lag und durch das Stahlgitter der Dachluke das Morgenrot betrachtete. Sein regenbogenfarbenes Pixelgewirr war das erste, was ihm ins Auge stach, wenn er aufwachte. Ohne sich erst anzuziehen, ging er direkt zum Deck und steckte ein. Er würde es schaffen. Er schuftete. Er verlor jegliches Zeitgefühl.

Und manchmal, besonders wenn Molly mit ihrem angeheuerten Kader von Moderns auf Erkundungsgang war, stiegen beim Einschlafen wieder Bilder von Chiba in ihm auf. Gesichter und das Neon der Ninsei. Einmal erwachte er aus einem wirren Traum von Linda Lee und konnte sich nicht mehr entsinnen, wer sie gewesen war oder was sie ihm bedeutet hatte. Als es ihm wieder einfiel, steckte er ein und arbeitete neun Stunden am Stück.

Er brauchte genau neun Tage, um das Eis von Sense/Net zu durchbrechen.

»Eine Woche, hab ich gesagt«, meinte Armitage, der seine Befriedigung nicht verhehlen konnte, als Case ihm seinen Plan für den Run zeigte. »Du hast dir reichlich Zeit gelassen.«

»Quatsch«, sagte Case und lächelte in den Bildschirm. »War 'ne reife Leistung, Armitage.«

»Ja«, räumte Armitage ein, »aber daß es dir nicht zu Kopf steigt. Verglichen mit dem, was dir noch bevorsteht, ist das ein Videospiel.«

»Love you, Cat Mother«, flüsterte der Verbindungsmann der Panther Moderns. Seine Stimme war wie ein moduliertes atmosphärisches Rauschen in Cases Kopfhörer. »Atlanta, Brood. Scheint, es geht los. Also los, kapiert?« Mollys Stimme war ein bißchen klarer.

»Dein Wunsch ist mir Befehl.« Die Moderns hatten irgendeine zusammengehauene Drahtschüssel in New Jersey, mit der sie das verzerrte Signal des Verbindungsmanns über einen Satelliten der Christkönigssöhne im erdsynchronen Orbit über Manhattan abstrahlten. Sie betrachteten die ganze Operation als aufwendigen Schabernack, und den Comsat hatten sie wohl bewußt ausgesucht. Mollys Signale wurden mit einer Ein-Meter-Parabolantenne hochgeschickt, die auf dem Dach eines schwarzen, gläsernen Bankenturms von beinahe der gleichen Höhe wie das Sense/Net-Gebäude mit Epoxidharz befestigt worden war.

Atlanta. Der Erkennungscode war einfach. Von Atlanta nach Boston, nach Chicago, nach Denver, jeweils fünf Minuten pro Stadt. Falls es jemandem gelingen sollte, Mollys Signal aufzufangen, zu entschlüsseln und ihre Stimme zu synthetisieren, würde der Code es den Moderns verraten. Sollte Molly länger als zwanzig Minuten im Gebäude bleiben, war es höchst unwahrscheinlich, daß sie je wieder herauskommen würde.

Case kippte den letzten Rest Kaffee, legte die Troden an und kratzte sich durchs schwarze T-Shirt an der Brust. Er hatte nur eine vage Ahnung, was die Panther Moderns vorhatten, um das Wachpersonal von Sense/Net abzulenken. Sein Job war es, dafür zu sorgen, daß sich das von ihm geschriebene Invasionsprogramm in die Systeme von Sense/Net einkoppelte, wenn Molly es brauchte. Er verfolgte den Countdown in der Ecke des Bildschirms. Zwei. Eins.

Er steckte ein und startete sein Programm. »Volles Rohr«, hauchte der Verbindungsmann. Seine Stimme war der einzige Laut, als Case in die leuchtenden Eisschichten von Sense/Net eintauchte. Gut. Mal sehen, was Molly machte. Er schaltete auf Simstim und wechselte in ihr Sensorium.

Der Verzerrer trübte die eingehenden Bildsignale ein wenig. Sie stand kaugummikauend vor einer goldgesprenkelten Spiegelwand im riesigen, weißen Foyer des Gebäudes und bewunderte anscheinend ihr Spiegelbild. Abgesehen von der großen Sonnenbrille, die ihre verspiegelten Einsätze verdeckte, gelang es ihr erstaunlich gut, unauffällig zu wirken, als wäre sie eine Touristin, die Tally Isham zu Gesicht zu bekommen hoffte. Sie trug einen pinkfarbenen Plastikregenmantel, ein weißes Netztop und eine weitgeschnittene, weiße Hose, wie sie letztes Jahr in Tokio modern gewesen war. Sie grinste blöde und ließ ihren Kaugummi knallen. Case hätte am liebsten laut losgelacht. Er spürte das Mikropor-Heftpflaster quer über ihrem Brustkorb, die flachen, kleinen Geräte darunter: Sender, Simstim-Einheit und Verzerrer. Das Halsmikro, das an ihrer Kehle klebte, glich so weit wie möglich einer schmerzlindernden Dermadisk. In den Taschen des pinkfarbenen Mantels vollführten ihre Hände systematisch eine Serie isometrischer Übungen. Es dauerte einige Sekunden, bis er erkannte, daß das eigenartige Gefühl an ihren Fingerkuppen von den Klingen herrührte, die ein Stückchen ausgefahren und wieder eingezogen wurden.

Er schaltete um. Sein Programm hatte das fünfte Tor erreicht. Er verfolgte, wie der Eisbrecher vor seinen Augen flackerte und herumschwenkte, und merkte kaum, daß seine Hände über das Deck tanzten und kleinere Korrekturen vornahmen. Transparente Farbschichten mischten sich wie bei einem Trickkartenspiel. Zieh 'ne Karte, dachte er. Irgendeine.

Das Tor huschte vorüber. Er lachte. Das Eis von Sense/Net hatte seine Eingabe als routinemäßigen Datentransfer vom Los Angeles-Komplex des Konsortiums akzeptiert. Er war drin. Hinter ihm schälten sich Virensubprogramme ab und verzahnten sich mit der Codestruktur des Tors, um die richtigen Daten von Los Angeles bei deren Eintreffen abzulenken.

Er schaltete wieder um. Molly schlenderte um die riesige, kreisförmige Rezeption im hinteren Teil des Foyers herum.

00:01:20 blinkte die Anzeige in ihrem Sehnerv.

Um Mitternacht, synchron mit dem Chip hinter Mollys Auge, hatte der Verbindungsmann in New Jersey sein Kommando durchgegeben: »Voll Stoff«. Neun Moderns, auf einem Radius von über zweihundert Meilen im Sprawl verteilt, hatten gleichzeitig per Münztelefon einen Notruf getätigt. Jeder Modern gab eine knappe, genau abgesprochene Meldung durch, hängte ein und verschwand in der Nacht. Gummihandschuhe abstreifend. Neun verschiedene Polizeireviere und Sicherheitsbehörden erhielten die Information, eine unbekannte Sekte militanter christlicher Fundamentalisten habe sich gerade dazu bekannt, eine kritische Dosis eines verbotenen psychoaktiven Mittels namens Blau Neun in das Belüftungssystem der Sense / Net-Pyramide eingeleitet zu haben. Bei Experimenten hatte sich herausgestellt, daß Blau Neun, in Kalifornien ›Sad Angel‹ genannt, bei 85 Prozent der Versuchspersonen eine akute Paranoia und Mordpsychose ausgelöst hatte.

Case schaltete um, als sein Programm sich durch die Tore des Subsystems fraß, das für die Sicherheit des Forschungsarchivs von Sense / Net verantwortlich war. Er stellte fest, daß er gerade einen Aufzug bestieg.

»Entschuldigen Sie, aber gehören Sie zum Personal?« Der Wachmann zog die Brauen hoch. Molly ließ ihren Kaugummi knallen. »Nein«, sagte sie und rammte dem Mann die beiden ersten Knöchel ihrer Rechten in den Solarplexus. Als er sich zusammenkrümmte und nach dem Pieper an seinem Gürtel griff, knallte sie seinen Schädel seitlich gegen die Aufzugwand.

Etwas hektischer kauend drückte sie auf dem beleuchteten Tastenfeld *Tür zu* und *Stop*. Sie zog eine Blackbox aus der Manteltasche und schob ein Kabel in das Schlüsselloch des Schlosses, das die Elektronik des Tastenfelds sicherte.

Die Panther Moderns räumten ihrem ersten Schachzug vier Minuten Wirkungszeit ein und injizierten dann eine zweite, sorgfältig präparierte Dosis Fehlinformation. Diesmal speisten sie sie direkt ins interne Videosystem des Sense / Net-Gebäudes ein.

Ab 00:04:03 flackerte jeder Bildschirm im Gebäude achtzehn Sekunden lang mit einer Frequenz, die bei den dafür anfälligen Sense / Net-Angestellten plötzliche Krämpfe auslöste. Dann füllte ein nur entfernt menschenähnliches Gesicht die Bildschirme aus. Die Züge spannten sich wie eine obszöne Mercatorprojektion über ein asymmetrisches Knochengerüst. Feuchte, blaue Lippen teilten sich, als der verzerrte, längliche Kiefer sich in Bewegung setzte. Etwas Handähnliches, das einem rötlichen Bündel knorriger Wurzeln glich, tastete sich zittrig zur Kamera hin, wurde unscharf und verschwand. Unterschwellig schnelle Bilder der Verseuchung: Grafiken vom Trinkwassersystem des Gebäudes, behandschuhte Hände, die mit Laborgläsern hantierten, ein Etwas, das ins Dunkel plumpste, ein fahles Spritzen ... Der Ton dazu, auf knapp das Doppelte der normalen Playback-Geschwindigkeit eingestellt, stammte aus einer vier Wochen alten Nachrichtensendung über die militärischen Verwendungsmöglichkeiten einer Substanz namens HsG, eines biochemischen Wirkstoffs zur Steuerung des menschlichen Knochenwachstums. HsG-Überdosen lösten in bestimmten Knochenzellen ein Overdrivesymptom aus, das den Wachstumsfaktor um bis zu tausend Prozent beschleunigte.

Zu diesem Zeitpunkt hielten sich im verspiegelten Nexus des Sense/Net-Konsortiums gut dreitausend Angestellte auf. Um fünf Minuten nach Mitternacht, als die Botschaft der Moderns mit einem grellweißen Bild endete, heulte die Sense/Net-Pyramide.

Ein halbes Dutzend taktischer Hovercrafts der New Yorker Polizei waren mit voller Einsatzbeleuchtung zur Sense/Net-Pyramide unterwegs, um rechtzeitig eingreifen zu können, falls sich tatsächlich Blau Neun im Belüftungssystem des Gebäudes befand. Ein Helikopter des Schnellen BAMA-Eingreifkommandos hob von seinem Standort auf Riker's Island ab.

Case startete sein zweites Programm. Ein sorgsam fabriziertes Virus griff die Codesubstanz an, die das Hauptsicherheitssystem für das Tiefgeschoß abschirmte, in dem das Forschungsmaterial von Sense/Net verwahrt wurde. »Boston«, kam Mollys Stimme durch. »Ich bin unten.« Case schaltete um und sah die kahle Aufzugwand. Sie öffnete die Reißverschlüsse ihrer weißen Hose. Ein sperriges Päckchen vom gleichen Farbton wie ihr blasser Knöchel war dort mit Klebeband befestigt. Sie kniete sich hin und zog das Klebeband ab. Burgunderrote Striche flimmerten über das mimetische Polykarbonat, als sie die Modern-Kluft auseinanderfaltete. Sie zog den pinkfarbenen Regenmantel aus, warf ihn neben die weiße Hose auf den Boden und machte sich daran, die Kluft über das weiße Netztop zu streifen.

00:06:26.

Cases Virus hatte ein Fenster ins Steuereis des Archivs gebohrt. Case hackte sich durch und stieß auf einen unendlichen, blauen Raum mit lauter farbcodierten Kugeln darin, die auf ein engmaschiges Gitter aus hellblauem Neon aufgezogen waren. Im Nichtraum der Matrix besaß das Innere einer beliebigen Datenkonstruktion grenzenlose subjektive Ausmaße; wenn man mit Cases Sendai in einen Spielrechner für Kinder gegangen wäre, hätte man darin bodenlose Abgründe des Nichts zu sehen bekommen, an denen ein paar Grundbefehle hingen. Case begann die Sequenz einzutippen, die der Finne von einem Sararimann in mittlerer Position mit schweren Drogenproblemen gekauft hatte. Schon glitt er wie auf unsichtbaren Schienen zwischen den Kugeln hindurch.

Da. Die!

Das kalte blaue Neongewölbe über ihm war sternenlos und glatt wie Milchglas, als er sich in die Kugel hackte und ein Subprogramm startete, das gewisse Änderungen in den zentralen Schutzbefehlen auslöste.

Jetzt raus! Behutsamer Rückzug, wobei das Virus die Substanz des Fensters wieder zusammenfügte.

Geschafft!

Im Sense/Net-Foyer kauerten zwei wachsame Panther Moderns hinter einem niedrigen, rechteckigen Pflanzenkübel und zeichneten den Tumult mit einer Videokamera auf. Sie trugen beide einen Chamäleonanzug.

»Die taktischen Kampftruppen sprühen jetzt Schaumbarrikaden«, sagte einer in sein Halsmikro. »Eingreifkommando versucht immer noch, mit seinem Hubschrauber zu landen.«

Case schaltete auf Simstim. Und wechselte in den höllischen Schmerz eines Knochenbruchs. Molly lehnte an der kahlen, grauen Wand eines langen Korridors. Ihr Atem ging unregelmäßig und stoßweise. Case war augenblicklich wieder in der Matrix. Eine weißglühende Schmerzspur verebbte in seinem linken Oberschenkel.

»Was ist los, Brood?« fragte er den Verbindungsmann.

»Keine Ahnung, Cutter. Mother meldet sich nicht. Warte!«

Cases Programm ging in eine Warteschleife. Ein haarfeiner Faden aus knallrotem Neon spannte sich von der Mitte des wiederhergestellten Fensters zu den wechselnden Umrissen seines Eisbrechers. Zum Warten war keine Zeit. Mit einem tiefen Atemzug schaltete er wieder um.

Molly machte einen Schritt und versuchte dabei, sich an der Korridorwand abzustützen. Case stöhnte dumpf in seinem Loft. Der zweite Schritt führte sie über einen ausgestreckten Arm hinweg. Ein Uniformärmel, mit frischem Blut besudelt. Der flüchtige Eindruck eines zerbrochenen Schockerknüppels aus Fiberglas. Ihr Blickfeld schien sich zu einem Tunnel verengt zu haben. Beim dritten Schritt schrie Case auf und fand sich in der Matrix wieder.

»Brood? Boston, Baby ...« Ihre Stimme war schmerzverzerrt. Sie hustete. »Kleines Problem mit den Einheimischen. Einer von denen hat mir, glaub ich, das Bein gebrochen.«

»Was brauchst du, Cat Mother?« Die Stimme des Verbindungsmanns war undeutlich, von atmosphärischem Rauschen überlagert.

Case zwang sich, umzuschalten. Molly lehnte an der Wand und hatte ihr ganzes Gewicht aufs rechte Bein verlagert. Sie kramte in der Känguruhtasche ihres Anzugs und zog eine Plastikfolie hervor, auf der eine bunte Reihe von Dermadisks klebte.

Sie wählte drei davon aus und drückte sie mit dem Daumen fest ans linke Handgelenk über die Venen. Sechstausend Mikrogramm eines Endorphinanalogs fuhren wie ein Hammer auf den Schmerz nieder und zerschlugen ihn. Ihr Rücken bog sich krampfhaft durch. Pinkfarbene Wärmewogen durchfluteten ihre Oberschenkel. Sie seufzte und entspannte sich allmählich.

»Okay, Brood. Ist alles okay jetzt. Aber ich brauch ’nen Arzt, wenn ich rauskomme. Sag’s meinen Leuten! Cutter, ich bin in zwei Minuten am Ziel. Kannst du dranbleiben?«

»Sag ihr, ich bin da und bleib dran«, sagte Case.

Molly begann, durch den Korridor zu humpeln. Als sie sich einmal umblickte, sah Case drei zusammengekrümmte Sense/Net-Wachmänner auf dem Boden liegen. Einer davon schien keine Augen mehr zu haben.

»Kampftruppen und Eingreifkommandos haben das Erdgeschoß abgeriegelt, Cat Mother. Schaumbarrikaden. Im Foyer wird’s ziemlich ungemütlich.«

»Hier unten auch«, sagte sie und schob sich durch eine graue Stahlflügeltür. »Bin fast da, Cutter.«

Case schaltete zur Matrix und zog sich die Troden von der Stirn. Er war schweißgebadet. Er wischte sich mit einem Handtuch über die Stirn, nahm rasch einen Schluck Wasser aus der Rennradflasche neben dem Hosaka und warf einen Blick auf den Plan des Archivs auf dem Monitor. Ein rot blinkender Cursor kroch durch den Umriß einer Tür, nur Millimeter von dem grünen Punkt entfernt, der die Lage der Dixie-Flatline-Konstruktion kennzeichnete. Er fragte sich, was mit ihrem Bein passieren würde, wenn sie so weiterging. Mit genügend Endorphin hätte sie freilich auch auf blutigen Stümpfen gehen können. Er zog die Nylongurte, die ihn auf dem Stuhl hielten, fester und legte die Troden wieder an.

Jetzt war’s schon Routine: Troden, Stecker rein, Schalter an.

Das Forschungsarchiv von Sense/Net war ein menschenleerer Lagerraum; das dort verwahrte Material mußte erst manuell fortgeschafft werden, bevor man es über ein Interface anschließen konnte. Molly humpelte zwischen Reihen identischer grauer Schließfächer hindurch.

»Sag ihr, noch fünf, dann links rein und das zehnte, Brood«, sagte Case.

»Noch fünf, dann zehn links, Cat Mother«, sagte der Verbindungsmann.

Sie bog nach links. Eine blasse Bibliothekarin kauerte mit feuchten Wangen und leerem Blick zwischen zwei Schließfächern. Molly ignorierte sie. Case fragte sich, was die Moderns angestellt hatten, um solches Entsetzen hervorzurufen. Er wußte, es hatte etwas mit einer falschen Drohung zu tun, aber er war zu sehr mit seinem Eis beschäftigt gewesen, um Mollys Ausführungen folgen zu können.

»Das isses«, sagte Case, aber sie war schon vor dem Schließfach stehengeblieben, das die Konstruktion enthielt. Die Form der Schränke erinnerte Case an die neoaztekischen Bücherregale in Julie Deanes Vorzimmer in Chiba.

»Los, Cutter!« sagte Molly.

Case schaltete in den Cyberspace um und jagte einen Befehl durch den knallroten Faden, der das Archiveis durchdrang. Fünf eigenständige Alarmsysteme waren davon überzeugt, noch in Betrieb zu sein. Die drei komplizierten Schlösser öffneten sich, hielten sich aber weiterhin für geschlossen. Die Zentralbank des Archivs mußte eine kleine Änderung in ihrem Dauerspeicher hinnehmen: die Konstruktion sei auf Anweisung der Geschäftsleitung vor einem Monat entnommen worden. Sollte ein Bibliothekar nachprüfen, ob die erforderliche Genehmigung vorlag, würde er feststellen, daß die Unterlagen gelöscht waren.

Die Tür schwang lautlos auf.

»0467839«, sagte Case, und Molly zog ein schwarzes Speichermodul aus dem Regal. Es glich dem Magazin eines schweren Sturmgewehrs und war mit allerlei Warnhinweisen und Geheimhaltungsbezeichnungen beklebt.

Molly schloß das Fach. Case schaltete um.

Er holte den Faden aus dem Archiveis ein. Dieser schnellte ins Programm zurück und löste dabei automatisch einen Rücklauf im ganzen System aus. Die Sense/Net-Tore sausten an ihm vorbei, als er sich zurückzog, und Subprogramme wirbelten in den Kern seines Eisbrechers, als er die Stationen der Tore passierte.

»Raus, Brood!« sagte er und sank auf seinen Stuhl zurück. Nach der Konzentration eines handfesten Runs konnte er eingesteckt bleiben, ohne dabei sein Körpergefühl einzubüßen. Bei Sense/Net würden sie möglicherweise Tage brauchen, um den Diebstahl der Konstruktion zu entdecken. Der Schlüssel dazu war der abgelenkte Transfer aus Los Angeles, der zu eindeutig mit dem Terroranschlag der Moderns zusammenfiel. Case bezweifelte, daß die drei Wachmänner, die Molly im Korridor über den Weg gelaufen waren, am Leben bleiben würden, um aussagen zu können. Er schaltete um.

Der Aufzug, an dessen Schalttafel Mollys Blackbox klebte, stand noch da, wie sie ihn verlassen hatte. Der Wachmann lag nach wie vor zusammengekrümmt auf dem Boden. Erst jetzt bemerkte Case das Derm an seinem Hals. Ein Geschenk von Molly, damit er nicht aufwachte. Sie trat über ihn hinweg, nahm die Blackbox ab und drückte dann auf *Foyer*.

Als die Fahrstuhltür zischend aufglitt, taumelte eine Frau rückwärts aus dem Menschengewühl in die Kabine und schlug mit dem Kopf gegen die Rückwand. Molly ignorierte sie, bückte sich und zog das Derm vom Hals des Wachmanns ab. Dann beförderte sie die weiße Hose und den pinkfarbenen Regenmantel mit einem Fußtritt zur Aufzugtür hinaus, warf die Sonnenbrille hinterher und zog sich die Kapuze ihres Anzugs in die Stirn. Die Konstruktion in der Känguruhtasche ihres Anzugs drückte bei jeder Bewegung gegen das Brustbein. Sie trat hinaus.

Case hatte schon Panik erlebt, aber noch nie in einem geschlossenen Raum.

Die Sense/Net-Angestellten, die aus den Aufzügen quollen,

strömten zum Ausgang, wo sie auf die Schaumbarrikaden der Kampftruppen und die Distanzgewehre der Schnellen BAMAs stießen. Die beiden Einheiten, die überzeugt waren, eine Horde potentieller Mörder zurückhalten zu müssen, arbeiteten ungewöhnlich effizient. Hinter dem Scherbenhaufen der Haupteingangstüren stapelten sich die Körper dreischichtig auf den Barrikaden. Das hohle, dumpfe Knallen der Distanzgewehre bildete den ständigen Hintergrund zu den Geräuschen der Masse, die auf dem Marmorboden des Foyers hin und her wogte. Solche Geräusche hatte Case noch nie gehört.

Molly offenbar auch nicht. »O Gott«, sagte sie und zögerte. Es war ein schrilles Jammern, das zum gurgelndem Gewinsel nackter, höchster Angst anschwoll. Der Foyerboden war von Körpern, Kleidung, Blut und langen, zertrampelten Bahnen gelben Endlospapiers bedeckt.

»Komm schon, Schwester! Wir müssen raus.« Die Augen der beiden Moderns lugten aus dem irrwitzigen Farbenspiel des Polykarbonats hervor; ihre Anzüge waren dem Chaos von Farben und Formen, das hinter ihnen wütete, nicht gewachsen. »Bist du verletzt? Komm schon! Tommy stützt dich.« Tommy reichte dem Sprecher einen Gegenstand, eine in Polykarbonat gehüllte Videokamera.

»Chicago«, sagte sie. »Bin unterwegs.« Und dann stürzte sie, nicht auf den von Blut und Erbrochenem glitschigen Marmorboden, sondern in einen blutwarmen Schlund, in dem es still und dunkel war.

Der Führer der Panther Moderns, der sich als Lupus Yonderboy vorstellte, trug einen Polykarbonatanzug mit Recorderausstattung, mit dem er aufgezeichnete Hintergründe nach Belieben abspielen konnte. Er saß wie ein ultramoderner Wasserspeier auf der Kante von Cases Arbeitstisch und musterte Case und Armitage mit verhangenen Augen. Er lächelte. Sein Haar war pink. Ein Regenbogenwald von Mikrosofts stand hinter dem linken

Ohr ab. Das Ohr selbst war spitz und ebenfalls mit pinkfarbenen Haarbüscheln besetzt. Seine Pupillen waren umgeformt, so daß das Licht wie bei einem Katzenauge einfiel. Case verfolgte die Farben und Strukturen, die über seinen Anzug huschten.

»Die Sache ist euch außer Kontrolle geraten«, sagte Armitage. Er stand wie eine Statue in der Mitte des Lofts, in die schwarzglänzenden Falten eines teuer aussehenden Trenchcoats gehüllt.

»Chaos, Mister Who«, sagte Lupus Yonderboy. »Das ist unsere Art und unser Stil. Das gibt uns den großen Kick. Ihre Lady weiß das. Für die arbeiten wir. Nicht für Sie, Mister Who.« Sein Anzug hatte ein bizarres Winkelmuster in Beige und hellem Avocadogrün angenommen. »Sie brauchte ein paar Ärzte. Bei denen ist sie jetzt. Wir kümmern uns schon um sie. Ist alles okay.« Er lächelte wieder.

»Bezahlen Sie ihn«, sagte Case.

Armitage funkelte ihn an. »Wir haben die Ware nicht.«

»Ihre Lady hat sie«, sagte Yonderboy.

»Bezahlen Sie ihn!«

Armitage ging steif zum Tisch und zog drei dicke Bündel Neue Yen aus der Tasche seines Trenchcoats. »Wollen Sie nachzählen?« fragte er Yonderboy.

»Nein«, erwiderte der Panther Modern. »Ich bin sicher, es stimmt. Sie sind doch ein Mister Who. Sie zahlen, um einer zu bleiben und kein Mister Name zu werden.«

»Ich hoffe, das soll keine Drohung sein«, sagte Armitage.

»Das ist Geschäft«, sagte Yonderboy und stopfte das Geld in die einzige Tasche an der Vorderseite seines Anzugs.

Das Telefon läutete. Case nahm ab.

»Molly«, informierte er Armitage und reichte ihm den Hörer.

Das erste Morgengrauen erhellte die geodätischen Kuppeln des Sprawl, als Case auf die Straße ging. Seine Glieder waren kalt und unkoordiniert. Er konnte nicht schlafen. Das Loft nervte ihn. Lupus war gegangen, Armitage auch. Molly lag auf irgendeinem OP-Tisch. Der Boden unter seinen Füßen bebte, als ein Zug vorbeiraste. In der Ferne dopplerten Sirenen.

Er streifte ziellos umher, den Kragen einer neuen Lederjacke hochgestellt, schnippte die erste Yeheyuan einer ganzen Kette in den Rinnstein und steckte sich gleich die nächste an. Unterwegs versuchte er sich vorzustellen, wie sich Armitages Giftsäckchen in seinem Blutstrom zersetzten, wie sich die mikroskopischen Membranen bei jedem Schritt abnutzten. Es kam ihm ganz unwirklich vor, ebenso unwirklich wie die Angst und die Qualen, die er durch Mollys Augen im Foyer von Sense/Net gesehen hatte. Er versuchte, sich an die Gesichter der drei Menschen zu erinnern, die er in Chiba umgebracht hatte. Die Männer waren weiße Flecken; die Frau erinnerte ihn an Linda Lee. Ein verbeulter Dreiradlaster mit verspiegelten Scheiben ratterte an ihm vorbei. Leere Plastikzylinder rappelten auf der Ladefläche.

»Case.«

Er sprang zur Seite und stellte sich instinktiv so hin, daß er eine Mauer im Rücken hatte.

»Nachricht für dich, Case.« Lupus Yonderboys Anzug durchlief die Grundfarben. »Pardon. Wollte dich nicht erschrecken.«

Case richtete sich auf, die Hände in den Jackentaschen. Er war einen Kopf größer als der Modern. »Paß bloß auf, Yonderboy!«

»Das ist die Nachricht: Wintermute.« Er buchstabierte das Wort.

»Von dir?« Case trat einen Schritt näher.

»Nein«, sagte Yonderboy. »Für dich.«

»Von wem?«

»Wintermute«, wiederholte Yonderboy und nickte, so daß sein pinkfarbener Haarkamm wippte. Sein Anzug wurde mattschwarz, ein dunkler Schatten auf verwittertem Beton. Er vollführte ein seltsames Tänzchen, ließ dabei die dünnen, schwarzen Arme kreisen und war weg. Nein. Da. Mit Kapuze auf, um das Pink zu verdecken. Anzug haargenau im schmutzigen, fleckigen Grauton des Bürgersteigs, auf dem er stand. Die Augen warfen das Rot einer Verkehrsampel zurück. Und dann war er wirklich weg.

Case schloß die Augen, rieb sie mit tauben Fingern und lehnte sich gegen die bröcklige Ziegelmauer.

Ninsei war viel einfacher gewesen.

5

Die Ärzte, von denen Molly versorgt wurde, betrieben ihr Geschäft in zwei Geschossen eines anonymen Wohnblocks in der Nähe des alten Stadtkerns von Baltimore. Es war ein modulares Gebäude, eine Riesenversion des Cheap Hotel; jeder Sarg war vierzig Meter lang. Case fand Molly, als sie gerade aus einem kam, der das aufwendig gearbeitete Schild eines gewissen GERALD CHIN, ZAHNARZT trug. Sie hinkte.

»Er sagt, wenn ich gegen was trete, fällt's mir ab.«

»Hab einen deiner Freunde getroffen«, sagte er, »einen Modern.«

»Ach ja? Wen denn?«

»Lupus Yonderboy. Hatte 'ne Nachricht.« Er reichte ihr eine Papierserviette, auf der in seiner ordentlichen, schwerfälligen Druckschrift mit rotem Filzstift WINTERMUTE stand. »Er hat gesagt ...« Aber sie hob rasch den Finger an den Mund.

»Gehn wir Krebse essen«, sagte sie.

Nach dem Lunch in Baltimore – Molly hatte ihren Krebs mit beängstigender Leichtigkeit zerlegt – fuhren sie mit der U-Bahn nach New York. Case hatte gelernt, keine Fragen zu stellen; sie brachten ihm nur den Finger vor dem Mund ein. Ihr Bein schien ihr zu schaffen zu machen, und sie redete nicht viel.

Ein schmächtiges, kleines Negermädchen, in dessen Haare

Holzperlen und altertümliche Widerstände straff verflochten waren, öffnete die Tür des Finnen und führte sie durch den zugemüllten Korridor. Case hatte den Eindruck, das Zeug sei inzwischen irgendwie gewachsen. Zumindest schien es sich unmerklich zu verändern, vom Druck der Zeit zusammengepreßt zu werden, während unsichtbare Flocken lautlos darauf herabrieselten und eine Mulchdecke bildeten, eine kristalline Ausfällung ausrangierter Technologie, die verborgen auf den Müllplätzen des Sprawl blühte.

Hinter der Army-Decke wartete der Finne am weißen Tisch.

Mit raschen Gesten zog Molly ein Stück Papier hervor, kritzelte etwas darauf und schob es dem Finnen hin. Er nahm es zwischen Daumen und Zeigefinger und hielt es von sich weg, als könnte es explodieren. Er machte ein Zeichen, das Case nicht verstand und in dem eine Mischung aus Ungeduld und mürrischer Resignation lag.

Er stand auf und wischte sich Krümel von der Vorderseite seiner abgetragenen Tweedjacke. Auf dem Tisch stand ein Glas mit Salzheringen neben einer angebrochenen Plastikpackung Knäkkebrot und einem Blech-Aschenbecher, der von Partagas-Klippen überquoll.

»Augenblick«, sagte der Finne und verschwand aus dem Zimmer.

Molly setzte sich an seinen Platz, fuhr die Klinge ihres Zeigefingers aus und spießte damit ein graues Stück Hering auf. Case spazierte im Zimmer hin und her und befingerte im Vorübergehen die Scananlage an den Säulen.

Nach zehn Minuten kam der Finne angechwirrt und bleckte grinsend die gelben Zähne. Er nickte, zeigte Molly den hochgereckten Daumen und bedeutete Case, ihm mit der Türplatte zu helfen. Während Case das Klettband andrückte, fischte der Finne eine kleine, flache Konsole aus der Tasche und tippte eine komplizierte Sequenz ein.

»Schätzchen«, sagte er zu Molly, wobei er die Konsole wieder verstaute, »da bist du auf was gestoßen. Im Ernst, sowas riech ich. Verrätst du mir, woher du's hast?«

»Yonderboy.« Molly schob Heringsglas und Knäckebrot weg. »Hab nebenher 'nen Deal mit Larry gemacht.«

»Clever«, meinte der Finne. »Ist 'ne KI.«

»Nun mal langsam«, sagte Case.

»Bern«, sagte der Finne, ohne auf Case einzugehen. »Bern. Hat unbegrenzte schweizerische Staatsbürgerschaft nach deren Gegenstück zu unsrem Gesetz von 53. Für Tessier-Ashpool SA gebaut. Denen gehört das Mainframe und die Originalsoftware.«

»Stop. Was ist ein Bern?« Case stellte sich bewußt zwischen die beiden.

»Wintermute ist der Erkennungscode für 'ne KI. Hab die Turings-Registriernummern. 'ne Künstliche Intelligenz.«

»Alles schön und gut«, sagte Molly, »aber was bringt uns das?«

»Wenn Yonderboy recht hat«, erwiderte der Finne, »dann steckt diese KI hinter Armitage.«

»Ich hab Larry dafür bezahlt, daß er Armitage durch die Moderns ein bißchen beschnüffeln läßt«, erklärte Molly, an Case gewandt. »Die haben die merkwürdigsten Verbindungen. Der Deal ist, die kriegen mein Geld, wenn sie eine Frage beantworten: Wer steckt hinter Armitage?«

»Und ihr glaubt, es ist diese KI? Die Dinger dürfen doch gar nicht autonom arbeiten. Bestimmt isses die Muttergesellschaft, diese Tessel...«

»Tessier-Ashpool SA«, sagte der Finne. »Und über die hab ich 'ne kleine Geschichte für euch. Wollt ihr sie hören?« Er setzte sich hin und beugte sich vor.

»Der Finne steht auf Geschichten«, sagte Molly.

»Aber die hab ich noch keinem erzählt«, begann der Finne.

Der Finne war ein Hehler, vornehmlich für Software. Im Zuge seiner Geschäfte kam er zuweilen mit anderen Hehlern in Kontakt, die teilweise mit den traditionelleren Waren dieser Branche handelten: edlen Metallen, Briefmarken, seltenen Münzen, Edelsteinen, Schmuck, Pelzen, Gemälden und anderen Kunstgegenständen. Die Geschichte, die er Molly und Case erzählte, begann mit der Geschichte eines anderen Mannes, den er Smith nannte.

Smith war ebenfalls Hehler, betätigte sich jedoch in ruhigeren Zeiten als Kunsthändler. Er war der erste Bekannte des Finnen, der »in Silizium gemacht« hatte – für Case hatte der Ausdruck einen nostalgischen Beiklang –, und die Mikrosofts, die er kaufte, waren kunstgeschichtliche Programme und Verzeichnisse von Galerieverkäufen. Mit einem halben Dutzend Chips in seiner neuen Buchse verfügte Smith über ausgezeichnete Kenntnisse der Kunstszene, zumindest verglichen mit seinen Kollegen. Und dieser Smith kam eines Tages mit der Bitte um eine Art »Amtshilfe« unter Kollegen zum Finnen. Er wollte Infos über den Tessier-Ashpool-Clan. Allerdings seien die Recherchen so durchzuführen, daß garantiert keine Rückschlüsse auf den Urheber der Nachforschungen möglich seien, wie er betonte. Das ließe sich machen, meinte der Finne darauf, bestand jedoch auf einer Erklärung. »Die Sache stank«, sagte der Finne zu Case, »und zwar nach Kohle. Smith war sehr vorsichtig. Fast schon übervorsichtig.«

Wie sich herausstellte, hatte Smith einen Lieferanten namens Jimmy gehabt. Dieser Jimmy – ein Einbrecher und dazu noch manches andere – war gerade von einem einjährigen Aufenthalt im Orbit zurückgekommen und hatte dabei gewisse Dinge durch den Gravitationsschacht mit nach unten geschafft. Das ausgefallenste Stück, das Jimmy auf seinem Streifzug durchs Archipel erbeutet hatte, war ein Kopf, eine kunstvoll gearbeitete Büste aus Cloisonné auf Platin mit Staubperlen- und Lapislazulibesatz. Smith hatte seufzend sein Taschenmikroskop weggelegt und Jimmy geraten, das Ding einzuschmelzen. Es sei eine moderne Arbeit, keine Antiquität, und habe keinen Sammlerwert. Jimmy lachte. Das Ding sei ein Computerterminal, sagte er. Es könne sprechen. Aber nicht mit synthetischer Stimme, sondern mit einem bildhübschen Arrangement von Miniaturpfeifen. Angesichts der Tatsache, daß Chips für synthetische Stimmen so gut wie nichts kosteten, war es schon eine bizarre, abstruse Konstruktion. Ein Kuriosum. Smith schloß den Kopf an seinem Computer an und hörte sich an, wie die melodische Automatenstimme die Beträge der letztjährigen Steuerrückzahlungen flötete.

Zum Kundenkreis von Smith gehörte ein Milliardär aus Tokio, dessen Sammlerleidenschaft für mechanisches Spielzeug an Fetischismus grenzte. Smith zuckte die Achseln und zeigte Jimmy die nach oben gekehrten Handflächen – eine Geste, die so alt war wie das Pfandleihgewerbe. Er könne es versuchen, sagte er, werde aber sicher nicht viel dafür herausholen.

Nachdem Jimmy gegangen war, inspizierte Smith den zurückgelassenen Kopf sorgfältig und entdeckte bestimmte Feingehaltsstempel. Schließlich fand er heraus, daß das Stück das Ergebnis einer ungewöhnlichen Zusammenarbeit zweier Kunsthandwerker aus Zürich, eines Spezialemailleurs aus Paris, eines holländischen Juweliers und eines kalifornischen Chipdesigners war; im Auftrag der Tessier-Ashpool SA, wie sich herausstellte.

Smith spielte dem Sammler in Tokio erste Hinweise zu, daß er etwas Außergewöhnliches in Aussicht habe.

Und dann bekam er Besuch, unangemeldeten Besuch. Der Besucher marschierte durch sein aufwendiges, labyrinthisches Sicherheitssystem, als wäre es gar nicht vorhanden. Ein kleiner, ungeheuer höflicher Japaner, der alle Merkmale eines laborerzeugten Ninjakillers aufwies. Smith saß ganz still und blickte über den polierten Tisch aus vietnamesischem Rosenholz hinweg in die ruhigen, braunen Augen des Todesengels. Sanft und beinahe entschuldigend erzählte ihm der geklonte Killer, seine Aufgabe sei es, ein bestimmtes Kunstwerk wiederzubeschaffen, einen Apparat von großer Schönheit, der aus dem Hause seines Herrn entwendet worden sei. Ihm sei zu Ohren gekommen, daß

Smith vielleicht nähere Angaben zum Verbleib dieses Objekts machen könne.

Smith erklärte dem Mann, er habe keine Lust zu sterben, und holte den Kopf. Welchen Preis er denn durch den Verkauf des Objekts erzielen wolle, erkundigte sich sein Besucher. Smith nannte einen Betrag, der viel niedriger angesetzt war als der Preis, mit dem er ursprünglich gerechnet hatte. Der Ninja zückte einen Kreditchip und überwies Smith diesen Betrag von einem Schweizer Nummernkonto. Dann wollte der Mann noch wissen, wer ihm das Stück gebracht hatte. Smith sagte es ihm. Schon ein paar Tage später erfuhr er von Jimmys Tod.

»Und da komm ich nun ins Spiel«, fuhr der Finne fort. »Smith wußte, daß ich 'ne Menge Geschäfte mit den Leuten von der Memory Lane gemacht hatte, und da geht man hin, wenn man diskrete Infos braucht, deren Herkunft nicht zurückverfolgt werden kann. Ich hab einen Cowboy angeheuert. Ich war der Mittelsmann, also hab ich Prozente genommen. Smith, der war sehr vorsichtig. Er hatte gerade ein sehr eigenartiges Erlebnis gehabt und war noch mal davongekommen, aber die Sache war ihm nach wie vor schleierhaft. Wer hatte mit dem Geld von diesem Schweizer Konto bezahlt? Die Yakuza? Ausgeschlossen. Die haben sehr strenge Regeln für solche Situationen und servieren den Empfänger immer gleich mit ab. Die CIA? Daran glaubte Smith nicht. Geheimdienstgeschichten haben Vibes, die man riechen kann. Na ja, ich hab meinen Cowboy in den Zeitungsarchiven wühlen lassen, bis wir rausfanden, daß Tessier-Ashpool in einen Rechtsstreit verwickelt war. Es ging praktisch um nichts, aber wir haben den Namen der Anwaltskanzlei rausgekriegt. Der Cowboy hat das Eis der Kanzlei geknackt, und so sind wir an die Familienadresse rangekommen. Hat uns 'ne Menge eingebracht.«

Case zog die Brauen hoch.

»Freeside«, sagte der Finne. »Die Spindel. Wie sich rausgestellt hat, gehört denen der Laden fast zu hundert Prozent. Interessant war das Bild, das sich ergab, als der Cowboy reguläre Informationen aus den Zeitungsarchiven abgerufen und eine Übersicht erstellt hat. Familienunternehmen. Strukturiert wie eine GmbH. Angeblich kann man sich in so was einkaufen, aber Anteile von Tessier-Ashpool werden schon seit über hundert Jahren nicht mehr auf dem freien Markt gehandelt. Auf keinem Markt, soviel ich weiß. Da haben wir also eine sehr stille, sehr exzentrische Orbitfamilie der ersten Generation vor uns, die wie ein Großunternehmen geführt wird. Viel Geld, sehr medienscheu. Viel Kloning. Im Orbit sind die Gesetze über Genmanipulation nämlich viel lascher. Und man verliert leicht den Überblick, welche Generation oder Kombination von Generationen zu einem bestimmten Zeitpunkt den Laden schmeißt.«

»Wieso?« fragte Molly.

»Die haben eigene Kryogenanlagen. Sogar nach orbitalen Gesetzen ist man rechtlich gesehen tot, solange man tiefgefroren ist. Anscheinend führen sie den Laden immer abwechselnd, obwohl der Gründungsvater seit dreißig Jahren nicht mehr gesehen worden ist. Die Gründungsmutter ist bei einem Laborunfall umgekommen…«

»Und was ist mit deinem Hehler passiert?«

»Nichts.« Der Finne runzelte die Stirn. »Er hat die Sache fallenlassen. Wir haben uns das unglaubliche Wirrwarr von Vollmachten im Besitz der Tessier-Ashpools kurz angesehen, und das war's. Jimmy muß in die Straylight reingegangen sein und den Kopf geklaut haben, und T-A hat ihm den Ninja auf den Hals gehetzt. Smith hat beschlossen, das Ganze zu vergessen. War vielleicht gar nicht so dumm von ihm.« Der Finne sah Molly an. »Die Villa Straylight. Die Spitze der Spindel. Streng privat.«

»Du meinst, dieser Ninja gehört denen, Finne?« fragte Molly.

»Smith war davon überzeugt.«

»Teuer«, sagte sie. »Was wohl aus dem kleinen Ninja geworden ist, Finne?«

»Haben ihn vermutlich auf Eis gelegt. Tauen ihn wieder auf, wenn sie ihn brauchen.«

»Okay«, sagte Case, »wir wissen also, daß Armitage seine hübschen Sachen von einer KI namens Wintermute bezieht. Was bringt uns das?«

»Bisher nichts«, meinte Molly. »Aber jetzt hab ich 'ne kleine Nebenbeschäftigung für dich.« Sie zog ein gefaltetes Stück Papier aus der Tasche und reichte es ihm. Er faltete es auseinander. Gitterkoordinaten und Zugangscodes.

»Von wem ist das?«

»Von Armitage. 'ne Datenbasis von ihm. Hab ich von den Moderns gekauft. Kleiner Deal am Rande. Wo ist sie?«

»London«, sagte Case.

»Knack sie!« Molly lachte. »Verdien dir zur Abwechslung mal selber deine Brötchen!«

Case wartete auf dem überfüllten Bahnsteig auf einen TransBAMA-Zug. Molly war mit der Flatline-Konstruktion in der grünen Tasche vor Stunden ins Loft zurückgekehrt, und Case hatte seitdem pausenlos getrunken.

Es war ihm zuwider, sich die Flatline als Konstruktion vorzustellen, als festverdrahtete ROM-Kassette, die das Können eines Toten reproduzierte, seine Leidenschaften, seinen Kniesehnenreflex... Der Zug kam auf dem schwarzen Induktionsstreifen angebraust. Sand rieselte aus den Rissen in der Decke des Tunnels.

Case schlüpfte in die nächstgelegene Tür und beobachtete während der Fahrt die anderen Passagiere. Zwei Christian Scientists machten sich mit Raubtiermiene an ein Trio von Büromiezen heran, die alle eine stilisierte holografische Vagina, feuchtglänzendes Pink in grellem Licht, auf dem Handgelenk trugen. Die Mädchen leckten sich die perfekten Lippen und beäugten die Scientisten unter gesenkten, metallischen Lidern hervor. Sie wirkten wie große, exotische Wiederkäuer; anmutig wiegten sie sich zu den Bewegungen des Zuges, ohne es zu merken, und die hohen Absätze auf dem grauen Metallboden des Wagens glichen polierten Hufen. Bevor sie vor den Missionaren durchgehen konnten, hatte der Zug Cases Station erreicht.

Er stieg aus, und sein Blick fiel auf eine weiße holografische Zigarre an der Bahnhofswand. FREESIDE stand darunter in pulsierenden, verzerrten Großbuchstaben, die japanische Druckschrift imitierten. Er zwängte sich durch die Menge, blieb unter dem Ding stehen und sah es sich genauer an. WARUM WARTEN? pulsierte die Botschaft. Eine stumpfe, weiße Spindel, umbördelt und überzogen von Gittern, Raumstrahlantennen, Docks und Kuppeln. Er hatte diese oder ähnliche Reklamen schon tausendmal gesehen, aber sie hatten ihm nie etwas gesagt. Mit seinem Deck konnte er die Datenbanken von Freeside ebenso mühelos erreichen wie die von Atlanta. Reisen war was fürs Fleisch. Erst jetzt bemerkte er das kleine Siegel, kaum münzgroß, in der linken, unteren Ecke des Lichtgewebes der Reklame: T-A.

In Erinnerungen an die Flatline versunken, kehrte er zum Loft zurück. Seinen neunzehnten Sommer hatte er größtenteils im Gentleman Loser verbracht, wo er sich an teurem Bier festhielt und die Cowboys beobachtete. Damals hatte er noch kein Deck in der Hand gehabt, aber er wußte genau, was er wollte. Mindestens zwanzig andere hoffnungsvolle Jungs hingen in jenem Sommer im Loser herum und warteten nur darauf, einem Cowboy zur Hand gehen zu können. Nur so lernte man was.

Jeder hatte schon von Pauley gehört, dem Redneck-Jockey aus der Gegend von Atlanta, der den Hirntod hinter schwarzem Eis überlebt hatte. Die Gerüchteküche der Straße gab über Pauley nicht viel her; das einzige, was man über ihn wußte, war, daß er das Unmögliche geschafft hatte. »War 'ne große Sache«, erzählte ein anderer Möchtegern Case für ein Bier, »aber wer weiß schon, worum's dabei ging? Hab was von 'ner brasilianischen Lohnliste gehört. Jedenfalls war der Mann tot. Hirntod, null EEG.« Case starrte den gedrungenen, hemdsärmligen Mann, dessen Haut einen bleiernen Farbschimmer hatte, über den dicht umlagerten Tresen hinweg an.

»Mann«, sagte ihm die Flatline Monate später in Miami. »Ich bin wie die Scheißriesenechsen, weißt du? Die hatten zwei gottverdammte Hirne, eins im Kopf, das andere im Steiß, um die Hinterbeine zu bewegen. Bin in das schwarze Zeug reingeknallt, aber das alte Steißhirn hat trotzdem einfach immer weitergemacht.«

Die Cowboy-Elite im Loser mied Pauley aus einer seltsamen Kollektivangst heraus; es war fast schon ein Aberglaube. McCoy Pauley, der Lazarus des Cyberspace… Schließlich war es sein Herz gewesen, das ihm den Rest gegeben hatte. Sein russisches Ersatzherz, während des Krieges in einem Kriegsgefangenenlager implantiert. Er wollte es nicht auswechseln lassen, weil er seinen spezifischen Herzschlag brauchte, wie er sagte, um sich sein Zeitgefühl zu bewahren. Case tastete nach dem Zettel, den Molly ihm gegeben hatte, und stapfte die Treppe hinauf.

Molly schnarchte auf dem Temperschaum. Ein transparenter Gipsverband reichte vom Knie fast unmittelbar bis zum Schritt. Die Haut unter dem starren Mikropor war mit Blutergüssen übersät, die von Schwarz in häßliches Gelb übergingen. Acht Derms unterschiedlicher Größe und Farbe reihten sich in einer sauberen Linie an ihrem linken Handgelenk auf. Ein Akai-Transdermalelement lag neben ihr; die feinen roten Leitungen waren mit den Eingabeelektroden unter dem Gips verbunden.

Er knipste die Arbeitsleuchte neben dem Hosaka an. Der scharf begrenzte Lichtkegel fiel direkt auf die Flatline-Konstruktion. Er legte Eis ein, koppelte die Konstruktion an und steckte ein. Es war haargenau das gleiche Gefühl, als wenn ihm jemand über die Schulter geblickt hätte.

Er hustete. »Dix? McCoy? Bist du's, Mann?« Seine Kehle war wie zugeschnürt.

»Hi, Bruder«, sagte eine Stimme, die von überallher zugleich kam.

»Ich bin Case. Erinnerst du dich?«

»Miami, Handlanger, lernbegabt.«

»Was ist das letzte, woran du dich erinnerst, bevor ich mit dir gesprochen habe, Dix?«

»Nichts.«

»Warte!« Er unterbrach den Kontakt. Der Spuk war vorüber. Er stellte die Verbindung wieder her. »Dix? Wer bin ich?«

»Ich werd langsam sauer, Amigo. Wer, zum Teufel, bist du?«

»Ca – dein Kumpel. Dein Partner. Was 'n los, Mann?«

»Gute Frage.«

»Erinnerst du dich, daß du gerade eben noch hier warst?«

»Nein.«

»Weißt du, wie 'ne ROM-Persönlichkeitsmatrix funktioniert?«

»Klar, Bruder. Ist 'ne Firmware-Konstruktion. 'n fest eingebautes Programm.«

»Wenn ich sie also mit dem Speicher kopple, den ich verwende, kann ich ihr 'n sequentielles Echtzeitgedächtnis geben?«

»Glaub schon«, sagte die Konstruktion.

»Okay, Dix. Du *bist* eine ROM-Konstruktion. Kapiert?«

»Wenn du's sagst. Und wer bist du?«

»Case.«

»Miami, Handlanger, lernbegabt.«

»Genau. Und für den Anfang, Dix, werden wir nach London ins Gitter zischen und uns ein paar Daten besorgen. Machste mit?«

»Hab ich denn die Wahl?«

6

Such dir 'n Paradies«, riet die Flatline, nachdem Case die Situation erklärt hatte. »Check mal Kopenhagen, die Randzone des Univiertels.« Die Stimme zählte Koordinaten auf, während er in die Tasten hämmerte.

Sie fanden ihr Paradies, ein »Piratenparadies« an der verschachtelten Grenze eines relativ ungesicherten akademischen Gitters. Auf den ersten Blick glich es den Graffiti, die Computerfreaks aus der Studentenszene zuweilen auf den Schnittpunkten der Gitterlinien hinterließen: verwischten Glyphen aus buntem Licht, die vor den wirren Umrissen eines Dutzends Kunstfakultäten glitzerten.

»Da«, sagte die Flatline, »das blaue. Gesehn? Das ist ein Zugangscode für Bell Europa. Noch frisch. Bald kommen sie von Bell, lesen das ganze verdammte Brett und ändern alle Codes, die sie hier finden. Morgen klauen die Jungs dann die neuen.«

Case tippte sich in Bell Europa hinein und schaltete auf einen normalen Telefoncode. Mit Hilfe der Flatline stellte er eine Verbindung zu der Londoner Datenbasis her, die Molly zufolge Armitage gehörte.

»So«, sagte die Stimme, »laß mich mal ran.« Die Flatline leierte eine Reihe von Ziffern herunter, die Case auf seinem Deck eingab, wobei er darauf achtete, die Pausen zu berücksichtigen, die die Flatline zur Kennzeichnung des Timings machte. Sie brauchten drei Anläufe.

»Na toll«, sagte die Flatline. »Kein bißchen Eis.«

»Geh das Zeug durch«, befahl Case dem Hosaka. »Such alles über die persönlichen Hintergründe des Eigentümers raus.«

Das neuroelektronische Gekritzel des Paradieses verschwand und wurde von einer schlichten Raute hellen Lichts ersetzt. »Inhalt besteht hauptsächlich aus Videoaufzeichnungen von Militärgerichten nach dem Krieg«, sagte die distanzierte Stimme des Hosaka. »Zentrale Figur ist ein gewisser Colonel Willis Corto.«

»Zeig schon!« sagte Case.

Ein Männergesicht erfüllte den Bildschirm. Es waren die Augen von Armitage.

Zwei Stunden später sank Case neben Molly auf die Matratze und ließ sich vom Temperschaum umschmiegen.

»Was gefunden?« fragte sie, benommen vom Schlaf und von Medikamenten.

»Erzähl ich dir später«, sagte er. »Ich bin echt alle.« Er hatte einen dicken Kopf und war verwirrt. Mit geschlossenen Augen lag er da und versuchte, die verschiedenen Teile der Story über einen Mann namens Corto zu ordnen. Der Hosaka hatte die spärlichen Daten gesichtet und zu einer Übersicht zusammengestellt, die allerdings zahlreiche Lücken aufwies. Das Material bestand zum Teil aus schriftlichen Aufzeichnungen, die der Hosaka zügig, zu zügig über den Bildschirm hatte laufen lassen, so daß Case den Computer bitten mußte, ihm den Text vorzulesen. Außerdem gehörten noch Tonbandmitschnitte der Screaming Fist-Verhandlung dazu.

Colonel Willis Corto war durch einen blinden Fleck in der russischen Abwehr über Kirensk heruntergekommen. Die Transporter hatten mit Impulsbomben das Loch erzeugt, und Cortos Team war darin in Nightwing Microlights mit zum Zerreißen gestrafften Flügeln im Mondschein nach unten gegangen, der sich silbern in den Flüssen Angara und Podkamennaja spiegelte – das letzte Licht, das Corto für fünfzehn Monate sehen sollte. Case versuchte sich vorzustellen, wie sich die Microlights hoch über der frostigen Steppe aus ihren Trägerkapseln entfalteten.

»Die haben dich todsicher in die Pfanne gehauen, Boß«, sagte Case, und Molly regte sich neben ihm.

Die Microlights waren unbewaffnet gewesen, von allem überflüssigen Ballast befreit, um statt dessen das Gewicht eines Konsolenoperators, eines Spezialdecks und eines Virusprogramms tragen zu können, das den Namen Mole IX trug und das erste echte Virus in der Geschichte der Kybernetik war. Corto und sein Team hatten drei Jahre für dieses Unternehmen trainiert. Sie waren schon durchs Eis und wollten gerade Mole IX injizieren, als die EMPs losgingen. Die russischen Impulskanonen stürzten die Jockeys in elektronische Dunkelheit; die Nightwings waren geliefert, die Bordelektronik ausgefallen.

Dann eröffneten die Laser das Feuer, holten infrarotgesteuert die fragilen, fürs Radar unsichtbaren Angriffsflugzeuge aus der Luft, und Corto und sein toter Operator fielen vom sibirischen Himmel. Fielen und fielen und fielen ...

Die Story wies Lücken auf, als Case Unterlagen über den Flug eines gekaperten russischen Militärhubschraubers sichtete, der sich nach Finnland absetzen konnte – nur, um bei der Landung in einem Fichtenwald von einem altertümlichen 20-Millimeter-Geschütz zerballert zu werden, bemannt von einem Reservistenkader beim morgendlichen Bereitschaftsdienst. Für Corto war Screaming Fist am Stadtrand von Helsinki beendet, wo finnische Sanitäter ihn aus den Trümmern des Hubschraubers sägten. Neun Tage später endete der Krieg, und Corto – blind, ohne Beine und praktisch ohne Unterkiefer – wurde in eine Militäreinrichtung in Utah verlegt. Der Kongreßbeauftragte brauchte fast elf Monate, um ihn dort zu finden. Er lauschte dem Tröpfeln dränierender Schläuche. In Washington und McLean waren bereits die Schauprozesse in Gang. Pentagon und CIA wurden balkanisiert, teilweise demontiert, und ein Untersuchungsausschuß des Kongresses hatte sein Augenmerk auf Screaming Fist gerichtet. Reif für ein neues Watergate, bemerkte der Beauftragte gegenüber Corto.

Er brauche Augen, Beine und umfangreiche kosmetische Leistungen, sagte der Beauftragte, aber das lasse sich arrangieren. Und neue sanitäre Anlagen, fügte der Mann hinzu und drückte Cortos Schulter durch die naßgeschwitzte Bettdecke.

Corto lauschte dem leisen, unaufhörlichen Tröpfeln. Er sagte, er wolle so aussagen, wie er sei.

Nein, erklärte der Beauftragte, die Verhandlungen würden im Fernsehen übertragen. Der Prozeß müsse den Wähler ansprechen. Der Beauftragte hüstelte höflich.

Wiederhergestellt, neu ausgestattet und gründlich vorbereitet, sagte Corto dann aus. Seine Ausführungen waren detailliert, ergreifend, klar und größtenteils die Erfindung eines Kongreßklüngels, den das gemeinsame Interesse einte, bestimmte Teile der Infrastruktur des Pentagons zu retten. Corto durchschaute allmählich, daß seine Aussage dazu diente, die Karriere dreier Amtsträger zu retten, die für die Unterdrückung von Berichten über den Aufbau der EMP-Abwehr in Kirensk unmittelbar verantwortlich gewesen waren.

Nachdem er seine Rolle in den Prozessen gespielt hatte, war er in Washington nicht mehr erwünscht. In einem Restaurant an der M Street erläuterte ihm der Beauftragte bei Spargelcrêpes, daß es lebensgefährlich für ihn sein könne, mit den falschen Leuten zu reden. Corto zertrümmerte dem Mann mit den gestreckten Fingern seiner Rechten den Kehlkopf. Der Kongreßbeauftragte klatschte mit dem Gesicht in seine Spargelcrêpe und erstickte, während Corto in den kühlen September von Washington hinaustrat.

Der Hosaka rasselte Polizeiakten, Berichte über Wirtschaftsspionage und Nachrichtenmeldungen herunter. Case verfolgte, wie Corto abtrünnige Führungskräfte in Lissabon und Marrakesch bearbeitete, wo er sich offenbar in einen Verräterwahn verrannte und einen Haß auf die Wissenschaftler und Techniker entwickelte, die er für seine Auftraggeber freikaufte. Betrunken schlug er in einem Hotel in Singapur einen russischen Ingenieur tot und steckte sein Zimmer in Brand.

Als nächstes tauchte er in Thailand als Aufseher in einer Heroinfabrik auf. Dann als Eintreiber für ein kalifornisches Spielerkartell, danach als bezahlter Killer in den Ruinen von Bonn. Er raubte eine Bank in Wichita aus. Die Aufzeichnungen wurden vage, unklar, die Lücken größer.

Eines Tages, so erklärte er in einem aufgezeichneten Verhör, bei dem man ihn allem Anschein nach unter Wahrheitsdrogen gesetzt hatte, sei alles grau geworden.

Übersetzte französische Arztbefunde besagten, daß ein Mann

ohne Papiere in eine Pariser Nervenklinik eingewiesen und als schizophren diagnostiziert worden sei. Er verfiel in Katatonie und wurde in eine staatliche Anstalt am Rande von Toulon verlegt. Dort wurde er einem Experiment unterzogen, das Schizophrenie unter Anwendung kybernetischer Modelle zu heilen versuchte. Eine willkürliche Auswahl von Patienten wurde mit Mikrocomputern ausgestattet und ermutigt, sie mit Unterstützung durch Studenten zu programmieren. Er wurde geheilt, der einzige Erfolg des gesamten Experiments.

Damit endeten die Aufzeichnungen.

Case drehte sich auf dem Temperschaum herum, und Molly fluchte leise über die Störung.

Das Telefon läutete. Er zog es ins Bett. »Ja?«

»Wir fliegen nach Istanbul« sagte Armitage. »Heute abend.«

»Was will der Scheißkerl?« fragte Molly.

»Sagt, wir fliegen heut abend nach Istanbul.«

»Na wunderbar.«

Armitage las Flugnummern und Abflugzeiten herunter.

Molly setzte sich auf und knipste das Licht an.

»Was ist mit meinem Gerät?« fragte Case. »Mit meinem Deck?«

»Das erledigt der Finne«, sagte Armitage und legte auf.

Case sah Molly beim Packen zu. Sie hatte dunkle Ränder unter den Augen, aber trotz des Gipsbeins war es, als würde sie tanzen. Keine überflüssige Bewegung. Seine Kleidung lag in einem ungeordneten Haufen neben seiner Tasche.

»Tut's noch weh?« fragte er.

»Könnte noch 'ne Nacht bei Chin vertragen.«

»Deinem Zahnarzt?«

»Klaro. Sehr diskret. Hat das halbe Gebäude, und es ist voll belegt. Flickt Samurais wieder zusammen.« Sie zog den Reißverschluß ihrer Tasche zu. »Schon mal in Istanbul gewesen?«

»Einmal. Paar Tage.«

»Immer das gleiche«, sagte sie. »Miese Stadt.«

»Genauso war's, als wir nach Chiba aufgebrochen sind«, sagte Molly, die aus dem Zugfenster auf die öde Industriemondlandschaft blickte. Rote Lichtsignale am Horizont warnten Flugzeuge vor einem Kernkraftwerk. »Wir waren in L.A. Er kommt rein und sagt pack, wir haben Tickets nach Macao. Als wir da ankamen, hab ich im Lisboa Fantan gespielt, während er nach Zhongshan rübergegangen ist. Tags drauf hab ich in Night City deinen Schatten gespielt.« Sie zog einen Seidenschal aus dem Ärmel ihrer schwarzen Jacke und polierte damit ihre Einsätze. Die Landschaft des nördlichen Sprawl weckte in Case verworrene Kindheitserinnerungen, Erinnerungen an welkes Gras in den Ritzen eines schrägen Stücks Straßenbeton.

Zehn Kilometer vor dem Flughafen begann der Zug, die Geschwindigkeit zu drosseln. Case sah zu, wie die Sonne über der Landschaft seiner Kindheit aufging, über bröckliger Schlacke und rostigen Raffinerietanks.

7

Es regnete in Beyoglu, und der gemietete Mercedes glitt an den vergitterten, unbeleuchteten Schaufenstern vorsichtiger griechischer und armenischer Juweliere vorbei. Die Straße war fast leer; nur wenige dunkelgewandete Gestalten auf den Bürgersteigen blieben stehen und blickten dem Wagen nach.

»Dies war einst der wohlhabende europäische Teil des osmanischen Istanbul«, säuselte der Mercedes.

»Ging also bergab«, kommentierte Case.

»Das Hilton ist in der Cumhuriyet Caddesi«, erklärte Molly und lehnte sich ins graue Ultravelour des Wagens zurück.

»Wie kommt's, daß Armitage allein fliegt?« fragte Case. Er hatte Kopfschmerzen.

»Weil du ihm auf die Nerven gehst. Und mir auch, ehrlich gesagt.«

Er wollte ihr die Corto-Story erzählen, sah aber davon ab. Im Flugzeug hatte er sich ein Schlafderm gesetzt.

Die Straße vom Flughafen war schnurgerade gewesen wie ein sauber geführter Schnitt, der die Stadt offenlegte. Case hatte die irrwitzigen Fassaden eines Konglomerats aus Bretterbuden, Wohnblocks, Arcologien, öden Siedlungen und weiteren Wänden aus Sperrholz und Wellblech vorbeihuschen sehen.

Der Finne wartete in einem neuen, sararimanschwarzen Shinjuku-Anzug verdrießlich im Foyer des Hilton. Er hockte wie ein Schiffbrüchiger in einem Veloursessel inmitten eines Meers hellblauer Teppichböden.

»O Gott«, sagte Molly. »Ratte im Geschäftsanzug.«

Sie durchquerten das Foyer.

»Wieviel kriegste für die Reise hierher, Finne?« Sie stellte ihre Reisetasche neben den Sessel. »Bestimmt nicht so viel wie dafür, daß du diesen Anzug trägst, was?«

Der Finne rümpfte die Nase. »Nicht genug, Schätzchen.« Er reichte ihr einen Magnetschlüssel mit einem runden, gelben Schildchen dran.

»Seid bereits angemeldet. Der Chef ist schon oben.« Er sah sich um. »Diese Stadt ist das Letzte.«

»Wenn du Platzangst kriegst, holen sie dich schon raus. Tu einfach so, als wär's Brooklyn oder so.« Sie ließ den Schlüssel um den Finger kreisen. »Biste als Kammerdiener hier oder was?«

»Soll die Implantate von irgend 'nen Kerl checken«, sagte der Finne.

»Was ist mit meinem Deck?« wollte Case wissen.

Der Finne machte eine abwehrende Geste. »Halt dich ans Protokoll. Frag den Boß.«

Mollys Finger bewegten sich im Schutz ihrer Jacke, zuckten unmerklich. Der Finne schaute hin und nickte dann.

»Ja«, sagte sie. »Ich weiß, wer das ist.« Sie machte eine Kopfbewegung zu den Aufzügen. »Komm schon, Cowboy!« Case folgte ihr mit beiden Taschen.

Ihr Zimmer hätte das in Chiba sein können, wo er Armitage kennengelernt hatte. Er trat ans Fenster, ins Morgenlicht, und erwartete fast, die Bucht von Tokio zu sehen. Gegenüber stand ebenfalls ein Hotel. Es regnete noch. Ein paar Briefschreiber hatten sich in Hauseingänge geflüchtet mit ihren alten, in Plastikfolie gehüllten Sprachdruckern, die bewiesen, daß hier das gedruckte Wort noch ein gewisses Ansehen genoß. Es war ein lethargisches Land.

Er beobachtete, wie eine mattschwarze, primitiv auf Wasserstoff umgerüstete Citroën-Limousine fünf finster dreinblickende türkische Offiziere in zerknitterten grünen Uniformen ausspuckte. Sie betraten das gegenüberliegende Hotel.

Case schaute zum Bett hinüber, zu Molly, und ihm fiel auf, wie blaß sie war. Mikropor-Gips und transdermales Induktionsgerät hatte sie auf der Matratze in ihrem Loft zurückgelassen. Ihre Einsätze reflektierten einen Teil der Beleuchtungskörper im Zimmer.

Er hatte das Telefon in der Hand, bevor es ein zweites Mal läuten konnte. »Schön, daß ihr auf seid«, sagte Armitage.

»Bin grade aufgestanden. Molly schläft noch. Hören Sie, Boß, ich finde, es wird langsam Zeit, daß wir uns mal 'n bißchen unterhalten. Ich glaube, ich arbeite besser, wenn ich ein bißchen genauer weiß, was ich tue.«

Schweigen in der Leitung. Case biß sich auf die Lippe.

»Du weißt alles, was du wissen mußt. Vielleicht sogar noch mehr.«

»Meinen Sie?«

»Zieh dich an, Case. Weck Molly. In einer Viertelstunde bekommt ihr Besuch von einem gewissen Terzibashjian.« Das Telefon tütete leise. Armitage war weg.

»Wach auf, Baby!« sagte Case. »Wir haben zu tun.«

»Bin schon seit 'ner Stunde wach.« Die Spiegel schwenkten in seine Richtung.

»Ein Kerl namens Jersey Bastion kommt uns besuchen.«

»Hast 'n feines Ohr für Sprachen, Case. Bist bestimmt zur Hälfte Armenier. Das ist der Schnüffler, den Armitage auf Riviera angesetzt hat. Hilf mir hoch!«

Terzibashjian erwies sich als junger Mann mit grauem Anzug und verspiegelter Brille mit Goldrand. Sein weißes Hemd war am Kragen offen und gab den Blick auf einen dunklen Haarpelz frei, der so dicht war, daß Case ihn zunächst für eine Art T-Shirt hielt. Er hatte ein schwarzes Hilton-Tablett mit drei kleinen, herrlich duftenden Tassen starken, schwarzen Kaffees und drei klebrigen, strohgelben Stückchen einer orientalischen Süßigkeit dabei.

»Wir müssen ... Wie sagt ihr in *Ingiliz*? – Take it easy.« Er starrte Molly unverblümt an, wie es schien, nahm aber dann doch die silberne Brille ab. Seine Augen waren ebenso dunkelbraun wie sein militärisch kurzes Haar. Er lächelte. »Besser so, yes? Sonst es gibt einen Endlos-*Tünel*, Spiegel in Spiegel ... Ganz besonders du mußt aufpassen«, sagte er zu ihr. »In Türkei mißbilligt man Frauen mit solche Modifikationen.«

Molly biß eins der spröden Gebäcke entzwei. »Das ist mein Bier, Kamerad«, sagte sie mit vollem Mund. Sie kaute, schluckte und leckte sich die Lippen. »Ich weiß über dich Bescheid. Bist 'n Militärspitzel, stimmt's?« Ihre Hand glitt träge in ihre Jacke und kam mit der Flechette wieder heraus. Case hatte nicht gewußt, daß sie sie bei sich trug.

»Ganz easy, bitte«, sagte Terzibashjian. Seine weiße Porzellantasse blieb Zentimeter von seinem Mund entfernt in der Luft stehen.

Sie richtete die Waffe auf den Mann. »Vielleicht kriegste die Sprengsätze ab, und zwar haufenweise, oder du kriegst Krebs. Ein Pfeil, Arschloch. Wirst ihn monatelang nicht spüren.«

»Bitte, kein trouble, wie ihr in *Ingiliz* sagt ...«

»Ein beschissener Morgen ist das. Nun erzähl uns von deinem Mann, und dann schaff deinen Arsch hier raus!« Sie legte die Flechette weg.

»Er wohnt in Fener, in der Küchük Gülhane Djaddesi 14. Ich habe seine *Tünel*-Route, die er jeden Abend zum Basar nimmt. Er tritt seit kurzem im Yenishehir Palas Oteli auf, einem modernen Laden im *Turistik*-Stil, aber hat man dafür gesorgt, daß die Polizei ein gewisses Interesse an diesen Shows zeigt. Das Yenishehir-Management ist nervös geworden.« Er lächelte. Er roch nach einem metallischen Aftershave.

»Ich will über die Implantate Bescheid wissen«, sagte sie und massierte sich den Oberschenkel. »Ich will genau wissen, was er draufhat.«

Terzibashjian nickte. »Am schlimmsten sind, wie ihr in *Ingiliz* sagt, die *subliminals*.« Er betonte jede einzelne Silbe des Wortes. »Das Unterschwellige.«

»Zur Linken«, sagte der Mercedes, während er durch ein Gewirr regennasser Straßen steuerte, »sehen Sie Kapali Carsi, den großen Basar.«

Neben Case stieß der Finne einen beifälligen Laut aus, blickte dabei aber in die falsche Richtung. Die rechte Straßenseite war von kleinen Schrottplätzen gesäumt. Case entdeckte eine ausgeschlachtete Lokomotive auf einem Haufen kannelierter, rostfleckiger Marmorbrocken. Kopflose Marmorstatuen waren wie Brennholz übereinandergestapelt.

»Heimweh?« fragte Case.

»Die Stadt ist das Letzte«, sagte der Finne. Seine schwarze Seidenkrawatte glich allmählich einem gebrauchten Farbband. Orden aus Kebabsoße und Spiegelei schmückten das Revers seines neuen Anzugs.

»He, Jersey«, wandte sich Case an den Armenier, der hinter ihnen saß, »wo hat der Kerl sich das Zeug reinmachen lassen?«

»In Chiba City. Hat keine linke Lunge. Die andere ist geboosted, sagt man nicht so bei euch? Jeder kann solche Implantate kaufen, aber keiner hat so viel Talent wie er.« Der Mercedes schwenkte aus, um einem Rollwagen mit Ballonreifen und einer Ladung Häute auszuweichen. »Ich bin ihm auf der Straße gefolgt. An einem einzigen Tag sind ein Dutzend Räder in seiner Nähe umgekippt. Wenn man die Radfahrer im Krankenhaus besucht, man bekommt immer die gleiche Geschichte zu hören. Ein Skorpion neben dem Handbremshebel ...«

»Wie heißt es so schön: ›What you see is what you get‹«, kommentierte der Finne. »Ich hab die schematischen Zeichnungen vom Silizium des Burschen gesehn. Irre. Was er sich vorstellt, das siehst du. Schätze, der könnte es auf 'nen Impuls reduzieren und damit lässig 'ne Retina braten.«

»Hast du das eurer Freundin gesagt?« Terzibashjian beugte sich zwischen den Ultraveloursitzen nach vorne. »In der Türkei sind Frauen noch Frauen. Aber die ...«

Der Finne prustete. »Die knüpft dir die Eier als Fliege um den Hals, wenn du sie schief anguckst.«

»Diese Redewendung verstehe ich nicht.«

»Schon okay«, sagte Case. »Heißt soviel wie ›Halt die Klappe‹.«

Der Armenier lehnte sich zurück, aber der Geruch seines metallischen Rasierwassers blieb vorne in der Luft hängen. Er begann, in einer seltsamen Mischung aus Griechisch, Französisch, Türkisch und einzelnen englischen Brocken leise in einen Sender-Empfänger von Sanyo zu sprechen. Der Sanyo antwortete auf Französisch. Der Mercedes bog sanft um eine Ecke. »Der Gewürzbasar, auch bekannt als Ägyptischer Basar«, erklärte der Wagen, »entstand auf dem Gelände eines ehemaligen Basars, den Sultan Hatice 1660 errichten ließ. Es ist der hiesige Hauptmarkt für Gewürze, Software, Parfüm und Drogen ...«

»Drogen«, wiederholte Case, während er dem Hin und Her der Scheibenwischer auf dem kugelsicheren Lexan zusah. »Was hast du vorhin noch gleich über diesen Riviera und Drogen gesagt, Jersey?«

»Er nimmt eine Mischung aus Kokain und Meperidin.« Der Armenier widmete sich wieder dem Zwiegespräch mit seinem Sanyo.

»Demerol hieß das früher«, sagte der Finne. »Er ist 'n Speedfreak. Komische Leute, mit denen du Umgang hast, Case.«

»Keine Sorge«, sagte Case und stellte den Kragen seiner Jacke hoch, »wir beschaffen dem armen Schwein 'ne neue Bauchspeicheldrüse oder so.«

Sobald sie den Basar betreten hatten, hob sich die Laune des Finnen merklich, als ob er sich in dem dichten Menschengewühl und der Enge geborgen fühlte.

Sie gingen mit dem Armenier eine breite Straße unter rußfleckigen Plastikplanen und grünlackiertem Schmiedeeisen aus dem Zeitalter der Dampfmaschinen entlang. Tausend Leuchtreklamen zuckten und flackerten.

»Du liebes bißchen«, sagte der Finne und nahm Case beim Arm, »sieh mal, da!« Er zeigte hin. »Ein Pferd, Mann! Haste schon mal 'n Pferd gesehn?«

Case betrachtete das präparierte Tier und schüttelte den Kopf. Es stand auf einer Art Podest am Eingang einer Tierhandlung, wo Vögel und Affen feilgeboten wurden. Die Beine des Pferds waren von den Berührungen vieler Hände im Laufe der Jahrzehnte schwarz und haarlos geworden. »Hab mal eins in Maryland gesehn«, sagte der Finne, »und das war gut drei Jahre nach der großen Epidemie. Paar Araber versuchen immer noch, sie aus der DNS zu rekonstruieren, aber die Viecher kratzen immer gleich wieder ab.«

Die braunen Glasaugen des Pferdes schienen ihnen zu folgen, als sie an ihm vorbeigingen. Terzibashjian führte sie in ein Café im Zentrum des Basars, einen niedrigen Raum, der aussah, als wäre er seit Jahrhunderten ununterbrochen in Betrieb. Magere junge Burschen in schmutzigen weißen Jacken schlängelten sich zwischen den überfüllten Tischen hindurch und balancierten

Flaschen mit türkischem Tuborg und winzige Teegläser auf blechernen Tabletts.

Case kaufte am Stand bei der Tür eine Schachtel Yeheyuan. Der Armenier murmelte etwas in seinen Sanyo. »Kommt«, sagte er, »er ist unterwegs. Jede Nacht er fährt durch den *Tünel* zum Basar und kauft seine Mischung bei Ali. Eure Freundin ist in der Nähe. Kommt!«

Die Gasse war alt, zu alt. Die Mauern waren aus dunklem, behauenem Stein, und das holprige Pflaster stank nach dem ausgelaufenen Benzin von hundert Jahren, das sich im alten Kalkstein festgesetzt hatte. »Ich seh rein gar nichts«, flüsterte Case dem Finnen zu. »Damit kommt unser Schätzchen schon klar«, erwiderte der Finne. »Still«, sagte Terzibashjian zu laut.

Holz knarrte auf Stein oder Beton. Zehn Meter weiter vorn in der Gasse fiel ein gelber Lichtkeil aufs nasse Pflaster, wurde breiter. Jemand trat heraus, und die Tür ging knarzend zu. Es wurde wieder dunkel in der engen Gasse. Case fröstelte.

»Jetzt«, sagte Terzibashjian, und ein gleißend heller Lichtstrahl vom Dach des gegenüberliegenden Gebäudes ließ die schlanke Gestalt neben der alten Holztür erstarren. Funkelnde Augen schossen nach links und rechts, dann sackte der Mann zusammen. Case dachte, jemand hätte ihn niedergeschossen; er lag mit dem Gesicht nach unten da, sein blondes Haar zeichnete sich hell gegen das alte Pflaster ab, und die schlaffen Hände wirkten blaß und mitleiderregend.

Der Lichtstrahl bewegte sich keinen Millimeter.

Am Rücken des Gestürzten wölbte sich der Jackettstoff hoch und platzte auf; Blut spritzte auf Wand und Tür. Zwei unwahrscheinlich lange, sehnige Arme reckten sich pink-grau ins grelle Licht. Das Ding schien sich selber durch den leblosen, blutbesudelten, entstellten Riviera hindurch aus dem Boden zu ziehen. Es war zwei Meter hoch, stand auf zwei Beinen und schien keinen Kopf zu haben. Dann drehte es sich langsam zu ihnen um, und

Case sah, daß es doch einen Kopf, aber keinen Hals besaß. In dem Gesicht fehlten die Augen, und die Haut schimmerte rosigschleimig wie Gedärm. Der Mund, falls es denn einer war, war rund, konisch und flach, mit einem wüsten Gestrüpp von Haaren oder Borsten drum herum, die wie schwarzes Chrom glitzerten. Das Wesen stieß den kläglichen Haufen aus Kleidung und Fleisch beiseite und trat einen Schritt vor. Der Mund schien ihre Witterung aufnehmen zu wollen.

Terzibashjian sagte etwas auf Griechisch oder Türkisch und warf sich dem Ding entgegen, die Arme vorgestreckt, als wollte er durch ein Fenster hechten. Er rannte hindurch – und ins Mündungsfeuer einer Pistole im Dunkeln hinter dem Lichtkegel. Steinsplitter flogen Case um die Ohren; der Finne riß ihn in die Hocke herunter.

Der Scheinwerfer auf dem Dach erlosch. Nachbilder von Mündungsfeuer, Monster und gleißendem Licht schwirrten Case wild durcheinander im Kopf herum. Ihm dröhnten die Ohren.

Dann ging der Scheinwerfer wieder an. Diesmal wanderte er hin und her und suchte das Dunkel ab. Terzibashjian lehnte an einer Stahltür, das Gesicht kreidebleich im grellen Licht. Er hielt sich das linke Handgelenk und starrte auf das Blut, das aus einer Wunde an seiner linken Hand tropfte. Der blonde Mann zu seinen Füßen war wieder heil; an seinem Körper war kein Tropfen Blut zu sehen.

Ganz in Schwarz gekleidet, trat Molly aus der Dunkelheit hervor. Sie hielt die Flechette in der Hand.

»Ruft Mahmut über Funk her!« sagte der Armenier mit zusammengebissenen Zähnen. »Wir müssen ihn wegschaffen. Ist nicht gut hier.«

»Der kleine Pisser hätt's fast geschafft«, sagte der Finne. Seine Knie knacksten laut, als er aufstand. Er wischte sich erfolglos die Hosenbeine ab. »Hast nur Augen für die Horrorshow gehabt und gar nicht mehr auf das Hackfleisch am Boden geachtet, was? Echt spitze. So, hilf ihnen, den Arsch wegzuschaffen! Ich muß sein ganzes Innenleben scannen, bevor er aufwacht, damit Armitage auch was für sein Geld kriegt.«

Molly bückte sich und hob etwas auf. Eine Pistole. »Eine Nambu«, sagte sie. »Hübsche Knarre.«

Terzibashjian wimmerte. Case sah, daß es ihm fast den ganzen Mittelfinger abgerissen hatte.

Das blaue Licht der ersten Morgendämmerung lag über der Stadt, als Molly den Mercedes anwies, sie zum Topkapi zu bringen. Der Finne und ein riesiger Türke namens Mahmut hatten den noch immer bewußtlosen Riviera aus der Gasse geschleppt. Wenige Minuten später war ein staubiger Citroën angekommen, um den Armenier abzuholen, der einer Ohnmacht nahe schien.

»Du bist 'n Arschloch«, sagte Molly zu ihm, während sie ihm die Wagentür aufhielt. »Hättest in Deckung bleiben sollen. Ich hab ihn sofort gesehn, als er aus der Tür kam.« Terzibashjian funkelte sie an. »Aber wir sind sowieso fertig mit dir.« Sie schob ihn hinein und knallte die Tür zu. »Wenn du mir noch mal unter die Augen kommst, mach ich dich kalt«, sagte sie in das kreidebleiche Gesicht hinter der getönten Scheibe. Der Citroën rollte durch die Gasse davon und bog schwerfällig auf die Straße ein.

Jetzt huschte der Mercedes durch das erwachende Istanbul. Sie passierten die *Tünel*-Station in Beyoglu und jagten an einem Labyrinth menschenleerer Nebenstraßen mit heruntergekommenen Apartmenthäusern vorbei, die Case vage an Paris erinnerten.

»Was ist das denn?« fragte er Molly, als der Mercedes am Rand des Parks um das Serail herum anhielt. Mit gelangweilter Miene betrachtete er das bizarre Konglomerat verschiedener Baustile, das sich Topkapi nannte.

»War 'ne Art Privatpuff für den Sultan«, sagte sie, während sie ausstieg und sich streckte. »Der hat sich da 'ne Menge Frauen gehalten. Jetzt isses 'n Museum, so ähnlich wie der Laden des

Finnen. Liegt alles mögliche Zeugs drin rum – große Diamanten, Schwerter, die linke Hand von Johannes dem Täufer ...«

»In 'ner Nährlösung oder wie?«

»Nee. Tot. Steckt in 'ner handförmigen Messinghülle mit 'ner Klappe dran, damit die Christen sie küssen konnten. Als Glücksbringer. Das Ding haben sie den Christen vor 'ner Ewigkeit abgejagt und stauben es nicht mal ab, weil's 'ne Reliquie der Ungläubigen ist.«

Schwarze eherne Hirsche rosteten im Park des Serails vor sich hin. Case ging neben Molly her und beobachtete, wie ihre Stiefelspitzen das ungepflegte Gras niedertraten, das im ersten Frost hart geworden war. Sie spazierten neben einem Weg aus kalten, achteckigen Steinplatten entlang. Der Winter wartete irgendwo im Balkan auf seinen Einzug.

»Dieser Terzi ist 'n Kotzbrocken allererster Güte«, sagte sie. »Geheimpolizist. Folterknecht. Kein Problem, ihn zu kaufen mit dem Geld, das Armitage ihm geboten hat.« In den nassen Bäumen ringsum begannen Vögel zu zwitschern.

»Den Job in London hab ich für dich erledigt«, sagte Case. »Hab zwar was rausgekriegt, kann aber nicht viel damit anfangen.« Er erzählte ihr die Corto-Story.

»Ich wußte, daß bei Screaming Fist kein Armitage dabei war. Hab nachgesehn.« Sie strich über die rostige Flanke einer ehernen Hirschkuh. »Meinste, der kleine Computer hat ihn da rausgeholt? In der französischen Nervenklinik?«

»Wintermute? Ja, ich glaub schon.«

Sie nickte.

»Glaubst du, er weiß, daß er früher mal Corto gewesen ist?« fragte Case. »Ich meine, er war eigentlich nichts Besonderes, als er in die Anstalt gekommen ist. Vielleicht hat Wintermute ihn einfach ...«

»Ja. Von Grund auf neu aufgebaut. Ja.« Molly wandte sich um, und sie spazierten weiter. »Kann durchaus sein. Der Kerl hat keinerlei Privatleben, soweit ich das sagen kann. Wenn du so 'nen

Typen vor dir hast, denkst du, der weiß was mit sich anzufangen, wenn er allein ist. Aber Armitage nicht. Der hockt da und starrt an die Wand, Mann. Dann macht's klick, und er kommt voll auf Touren und rotiert für Wintermute.«

»Warum hat er dann die geheime Datenbasis in London? Aus Nostalgie?«

»Vielleicht weiß er nicht mal, daß es sie gibt. Vielleicht läuft sie nur auf seinen Namen, hm?«

»Kapier ich nicht«, sagte Case.

»Hab bloß laut gedacht ... Wie schlau ist 'ne KI, Case?«

»Je nachdem. Manche sind nicht schlauer als 'n Hund. Ein Schoßtier. Kosten trotzdem 'nen Haufen Kohle. Die richtig schlauen sind so schlau, wie die Turing-Bullen es erlauben.«

»Hör mal, du bist doch 'n Cowboy. Wie kommt's, daß du nicht total abfährst auf solche Dinger?«

»Na ja«, sagte er, »zunächst mal sind sie selten. Die meisten gehören dem Militär, die schlauen zumindest, und das Eis können wir nicht knacken. Daher kommt überhaupt das ganze Eis. Und dann sind da die Turing-Bullen, und mit denen ist nicht gut Kirschen essen.« Er sah sie an. »Was weiß ich, auf dem Trip bin ich halt nicht.«

»Jockeys sind doch alle gleich«, sagte sie. »Null Phantasie.«

Sie kamen an einen breiten, rechteckigen Teich, in dem Karpfen die Stiele einer bleichen Wasserpflanze anstupsten. Molly kickte einen losen Kieselstein hinein und beobachtete, wie sich die Wellen ausbreiteten.

»Das ist Wintermute«, sagte sie. »Ich hab das Gefühl, das ist 'n richtig dickes Ding. Wir sind am Rand, wo die kleinen Wellen so breit sind, daß wir den Stein nicht sehen, der in der Mitte eingeschlagen hat. Wir wissen, da ist was, aber wir wissen nicht, warum. Mich interessiert das Warum. Ich will, daß du dich auf die Socken machst und mit Wintermute sprichst.«

»Du träumst wohl«, sagte er. »Ich käm nicht mal in seine Nähe.«

»Probier's!«

»Keine Chance.«

»Frag die Flatline!«

»Was wollen wir überhaupt von diesem Riviera?« fragte er, um das Thema zu wechseln.

Sie spuckte in den Teich. »Weiß der Teufel. Ich könnte den Kerl umbringen, wenn ich ihn bloß sehe. Hab mir sein Profil angeschaut. Er ist 'ne Art zwanghafter Judas. Kriegt nur einen hoch, wenn er weiß, daß er die Objekte seiner Begierde verrät. So steht's jedenfalls in den Akten. Und sie müssen ihn zuerst lieben. Vielleicht liebt er sie ja auch. Deswegen hatte Terzi leichtes Spiel, uns Riviera zu liefern, weil der nämlich schon drei Jahre hier zugange ist und Politische an die Geheimpolizei verkauft. Terzi hat ihn vermutlich zusehen lassen, wenn sie die Schockerknüppel rausgeholt haben. In den drei Jahren hat er achtzehn Dissidenten verpfiffen. Alles Frauen zwischen zwanzig und fünfundzwanzig. So hatte Terzi immer gut zu tun.« Sie steckte die Hände in die Jackentaschen. »Wenn Riviera eine gefunden hat, die er wirklich wollte, hat er dafür gesorgt, daß sie politisch wurde. Er hat 'nen Charakter wie 'ne Modern-Kluft. Sehr seltener Typ, dem Profil zufolge, schätzungsweise einer unter ein paar Millionen. Das sagt immerhin was Gutes über die menschliche Natur aus, finde ich.« Mit verdrießlicher Miene betrachtete sie die weißen Pflanzen und die trägen Fische. »Ich werd wohl 'ne Spezialversicherung gegen diesen Wichser abschließen müssen.« Dann wandte sie sich ab und lächelte, und es war ein sehr kaltes Lächeln.

»Was meinst du damit?«

»Egal. Komm, fahren wir nach Beyoglu zurück und pfeifen uns was Frühstücksähnliches ein. Hab heute wieder 'ne anstrengende Nacht vor mir. Erst muß ich sein Zeug aus seiner Wohnung in Fener holen, dann in den Basar zurück und ihm Drogen besorgen ...«

»Ihm Drogen besorgen? Womit hat er das denn verdient?«

Sie lachte. »Er überschlägt sich nicht grade vor Kooperationsbereitschaft, Süßer. Und ohne seinen Stoff kann er anscheinend nicht arbeiten. Gefällst mir übrigens besser jetzt, bist nicht mehr so klapperdürr.« Sie lächelte. »Ich werd also zu Ali dem Dealer gehn und Nachschub holen, klaro?«

Armitage wartete in ihrem Zimmer im Hilton.

»Zeit zum Packen«, sagte er, und Case versuchte, den Mann namens Corto hinter den hellblauen Augen und der sonnengebräunten Maske zu entdecken. Er dachte an Wage in Chiba. Sobald solche Obermacker eine bestimmte Position erreicht hatten, neigten sie dazu, ihr eigentliches Wesen zu unterdrücken, wie er wußte. Aber Wage hatte durchaus Laster und Liebschaften gehabt. Sogar mit Kindern, ging das Gerücht. Die Leere, die Armitage an den Tag legte, war jedoch etwas ganz anderes.

»Wohin geht's diesmal?« fragte er, ging an Armitage vorbei und schaute auf die Straße hinunter. »Was für 'n Klima?«

»Da gibt's kein Klima, bloß Wetter«, sagte Armitage. »Hier. Lies dir das durch!« Er legte etwas auf den Couchtisch und stand auf.

»Mit Riviera alles klar? Wo ist der Finne?«

»Riviera geht's gut. Der Finne ist auf dem Heimflug.« Armitage lächelte; ein Lächeln, das so viel besagte wie das Fühlerzukken eines Insekts. Sein goldenes Armband rasselte, als er den Arm ausstreckte und Case auf die Brust tippte. »Werd nur nicht übermütig. Die Säckchen zeigen allmählich schon Abnutzungserscheinungen, aber wie sehr, das weißt du nicht.«

Case ließ sich nichts anmerken. Er zwang sich zu einem Nikken.

Nachdem Armitage gegangen war, nahm er eine der Broschüren zur Hand. Es war ein teuer aufgemachter Prospekt in Französisch, Englisch und Türkisch.

FREESIDE – WARUM WARTEN?

Für das Quartett war ein THY-Flug vom Flughafen Yesilköy gebucht. In Paris Transfer zum JAL-Shuttle. Case saß im Foyer des Istanbul Hilton und beobachtete Riviera, der sich hinter den Glasfenstern des Souvenirshops nachgemachte byzantinische Fragmente ansah. Armitage stand, den Trenchcoat wie ein Cape über die Schultern drapiert, am Eingang des Shops.

Riviera war schlank und blond, hatte eine sanfte Stimme und sprach fließend akzentfreies Englisch. Molly sagte, er sei dreißig, aber es wäre schwer gewesen, sein Alter zu schätzen. Sie sagte auch, er sei staatenlos und reise mit einem gefälschten niederländischen Paß. Er war ein Produkt der Schuttwälle, die den radioaktiven Kern des alten Bonn umschlossen.

Drei lächelnde japanische Touristen trippelten in den Shop und nickten Armitage höflich zu. Armitage durchquerte den Shop zu schnell und zu offensichtlich und baute sich neben Riviera auf. Riviera wandte sich ihm lächelnd zu. Er war sehr schön; Case nahm an, daß seine Züge das Werk eines Chirurgen in Chiba waren. Kunstvolle Arbeit, nicht zu vergleichen mit Armitages fadem Mischmasch hübscher Pop-Gesichter. Der Mann hatte eine hohe, glatte Stirn, seine grauen Augen waren ruhig und kühl. Seine Nase, ursprünglich vielleicht etwas zu ebenmäßig geformt, schien gebrochen gewesen und ungeschickt wieder zurechtmodelliert worden zu sein. Ein Hauch von Brutalität kompensierte das zierliche Kinn und das schnelle Lächeln. Seine Zähne waren klein, gleichmäßig und sehr weiß. Case sah zu, wie seine blassen Hände über die imitierten Skulpturfragmente glitten.

Riviera verhielt sich nicht wie jemand, der in der Nacht zuvor angegriffen, mit einem Giftpfeil betäubt, verschleppt, den Tests des Finnen unterzogen und von Armitage gezwungen worden war, seinem Team beizutreten.

Case schaute auf die Uhr. Molly müßte bald von ihrem Drogeneinkauf zurücksein. Er blickte wieder zu Riviera hinüber. »Ich wette, du bist jetzt schon vollgedröhnt, du Arschloch«, sagte er zum Hilton-Foyer. Eine angegraute italienische Matrone in einer weißen Smokingjacke aus Leder senkte ihre Porschebrille und starrte ihn an. Er grinste breit, stand auf und hängte sich die Tasche über die Schulter. Er brauchte Zigaretten für den Flug. Ob es im JAL-Shuttle wohl einen Raucherbereich gab? »Bis später, Lady«, sagte er zu der Frau, die prompt die Sonnenbrille wieder auf die Nase schob und sich abwandte.

Im Souvenirshop gab es Zigaretten, aber er hatte keine Lust, mit Armitage oder Riviera ins Gespräch zu kommen. Er verließ das Foyer und entdeckte einen Automaten in einer schmalen Nische am Ende einer Reihe von Münztelefonen.

Er wühlte in der Handvoll Lirasi in seiner Hosentasche und steckte die kleinen, matten Metallmünzen nacheinander in den Einwurfschlitz. Der Anachronismus dieses Vorgangs belustigte ihn irgendwie. Das nächstgelegene Telefon läutete.

Automatisch hob er ab.

»Ja?«

Leise Obertöne, nahezu unhörbare Stimmen, die in einer Orbitalverbindung knisterten, dann ein Rauschen wie von einem Windstoß.

»Hallo, Case.«

Eine 50-Lirasi-Münze fiel ihm aus der Hand und rollte über den Teppichboden des Hilton davon.

»Wintermute, Case. Wir müssen uns unterhalten.«

Es war eine Chipstimme.

»Willst du nicht mit mir reden, Case?«

Er hängte ein.

Auf dem Rückweg ins Foyer – er dachte nicht mehr an seine Zigaretten – mußte er an den ganzen Telefonen vorbei. Sie klingelten der Reihe nach, als er sie passierte, aber jeweils nur einmal.

DRITTER TEIL

MITTERNACHT IN DER RUE JULES VERNE

8

Archipel. – Die Inseln. Torus, Spindel, Haufen. Menschliche DNS, die aus dem tiefen Gravitationsschacht quillt und sich wie ein Ölfilm ausbreitet.

Man rufe eine Grafik ab, die den Datenaustausch im Archipel L-5 grob vereinfacht darstellt. Ein Segment rückt als roter Körper ins Bild, als massives Rechteck, das den ganzen Bildschirm einnimmt.

Freeside. Freeside bedeutet vielerlei; manches davon bleibt den Touristen, die durch den Schacht pendeln, jedoch verborgen. Freeside ist Bordell und Bankenkonglomerat, Vergnügungspark und Freihafen, Grenzstadt und Kurort. Freeside ist Las Vegas und die Hängenden Gärten von Babylon, orbitales Genf und Heimstatt einer mit höchster Sorgfalt veredelten Inzuchtfamilie, des Industrieclans von Tessier und Ashpool.

Im THY-Flieger nach Paris saßen sie in der ersten Klasse zusammen. Molly hatte den Fensterplatz, neben ihr saß Case, und Riviera und Armitage belegten die Plätze am Gang. Als das Flugzeug sich einmal über einer Wasserfläche in die Kurve legte, sah Case eine griechische Inselstadt, die wie ein Juwel unter ihm glitzerte. Und als er einmal zu seinem Trinkglas griff, bemerkte er in seinem Bourbon mit Wasser ein Ding, das Ähnlichkeit mit einem riesigen menschlichen Spermium hatte.

Molly beugte sich über ihn und verpaßte Riviera eine Ohrfeige. »Hör auf damit, Baby. Laß diese Spielchen. Wenn du mir mit so 'nem unterschwelligen Scheiß kommst, tu ich dir richtig was. Ich kann das, ohne bei dir was kaputt zu machen. Würd mir sogar richtig *Spaß* machen.«

Case blickte unwillkürlich zur Seite, um zu sehen, wie Armitage darauf reagierte. Das glatte Gesicht war ruhig, die blauen Augen wachsam, aber ohne Groll. »Sie hat recht, Peter. Laß das!«

Case wandte sich wieder ab und sah gerade noch eine schwarze Rose aufleuchten, deren Blüte wie Leder schimmerte und an deren schwarzem Stiel dorniges Chrom blitzte.

Peter Riviera setzte ein freundliches Lächeln auf, schloß die Augen und schlief auf der Stelle ein.

Molly wandte sich ab. Ihre Linsen spiegelten sich im dunklen Fenster.

»Du warst doch schon mal oben, oder?« fragte Molly, als er im JAL-Shuttle auf der weichen Temperschaumcouch herumrutschte.

»Nee. Ich reise nicht viel. Höchstens geschäftlich.« Der Steward brachte an seinem Handgelenk und dem linken Ohr Meßelektroden an.

»Hoffentlich kriegste kein SAS«, sagte sie.

»Luftkrankheit? Garantiert nicht.«

»Ist nicht dasselbe. Bei null g beschleunigt dein Herzschlag, und dein Innenohr schnappt für 'ne Weile über. Löst 'nen Fluchtreflex aus, als würdeste 'n Signal kriegen, so schnell wie möglich wegzurennen. Schüttet auch 'ne Menge Adrenalin aus.« Der Steward ging weiter zu Riviera und zog einen neuen Satz Troden aus seiner roten Plastikschürze.

Case blickte zur Seite und versuchte, die Umrisse des alten Orly-Terminals auszumachen, aber die Shuttlerampe wurde von hübsch geformten Strahlabweisern aus nassem Beton abgeschirmt. Auf dem vor dem Fenster war ein arabischer Slogan in roter Farbe aufgesprüht.

Er schloß die Augen und redete sich ein, das Shuttle sei nur ein großes Flugzeug, das sehr hoch fliege. Es roch wie ein Flugzeug, nach neuer Kleidung, Kaugummi und Abgasen. Er lauschte der dudelnden Kotomusik und wartete.

Zwanzig Minuten, dann preßte die Schwerkraft ihn nieder wie eine weiche Riesenhand mit Knochen aus uraltem Gestein.

Das Space-Adaptationssyndrom war schlimmer, als Molly es beschrieben hatte, ging aber ziemlich rasch vorüber, so daß er bald schlafen konnte. Der Steward weckte ihn, kurz bevor sie am JAL-Terminal anlegten.

»Fliegen wir gleich weiter nach Freeside?« fragte er, während er einen Krümel Yeheyuan-Tabak beäugte, der graziös aus seiner Hemdtasche geglitten war und nun zehn Zentimeter vor seiner Nase schwebte. Auf Shuttleflügen war Rauchen verboten.

»Nein. Der Boß und seine Marotten, wie üblich, du weißt schon. Wir nehmen ein Taxi nach Zion, zum Zion-Haufen.« Per Tastendruck löste sie den Anschnallgurt und befreite sich aus dem Schaumpolster. »Komischer Treffpunkt, wenn du mich fragst.«

»Wieso?«

»Dreadlocks. Rastas. Die Kolonie ist schon runde dreißig Jahre alt.«

»Was soll das heißen?«

»Wirst schon sehen. Ich find's gar nicht so schlecht da. Wenigstens darf man da rauchen.«

Zion war von fünf Arbeitern gegründet worden, die nicht mehr nach Hause wollten, die dem Schacht den Rücken gekehrt und zu bauen begonnen hatten. Sie hatten unter Kalziumverlust und Herzschrumpfung gelitten, bevor die Rotationsschwerkraft im Mitteltorus der Kolonie eingerichtet war. Von der Taxikuppel aus erinnerte Zions provisorische Hülle Case an das Mosaik der Wohnbaracken von Istanbul. Die unregelmäßigen, verblichenen Platten trugen mit Laser eingeritzte Rastafarisymbole und die Initialen der Schweißer.

Molly und ein dürrer Zionit namens Aerol halfen Case bei den Verhandlungen um einen Freifallkorridor in den Kern eines kleineren Torus. Als Folge eines zweiten SAS-Anfalls mit Gleichgewichtsstörungen hatte er Armitage und Riviera aus den Augen verloren. »Hier«, sagte Molly und schob seine Beine in eine schmale Luke über ihnen. »Halt dich an den Sprossen fest. Tu so, als würdeste rückwärts klettern, ja? Du gehst in Richtung Hülle, das ist, als würdeste in die Schwerkraft absteigen, kapiert?«

Sein Magen krampfte sich zusammen.

»Passiert schon nix, Mann.« Grinsend dehnte Aerol das letzte Wort auf Rasta-Art und zeigte dabei goldglänzende Schneidezähne.

Irgendwie war das Ende des Tunnels zu dessen Boden geworden. Case begrüßte die geringe Schwerkraft wie ein Ertrinkender eine Luftblase.

»Hoch mit dir«, sagte Molly, »oder willste ihn erst noch küssen?« Case lag mit ausgebreiteten Armen bäuchlings auf dem Boden. Etwas traf ihn an der Schulter. Er rollte sich herum und sah ein dickes Bündel elastischer Schnüre. »Komm schon, jetzt heißt's Ärmel aufkrempeln«, sagte sie. »Hilf mir, das Zeug aufzuhängen!« Er blickte sich in dem weiten, leeren Raum um und bemerkte, daß alle Flächen mit angeschweißten, scheinbar willkürlich angeordneten Stahlringen versehen waren.

Nachdem sie die Schnüre – Mollys kompliziertem Schema folgend – gespannt hatten, hängten sie zerknautschte gelbe Plastikplanen darüber. Während sie damit beschäftigt waren, fiel Case allmählich die Musik auf, mit der die Kolonie ständig berieselt wurde: Dub, ein sinnliches Mosaik digitalisierter Popmusik aus riesigen Archiven. Es diene der Andacht, sagte Molly, und vermittle ein Gemeinschaftsgefühl. Case zog an einer der gelben Planen; das Ding war leicht, aber widerspenstig. In Zion roch es nach gekochtem Gemüse, menschlichen Ausdünstungen und Ganja, Marihuana.

»Gut«, sagte Armitage, der gelenkig durch die Luke glitt, und nickte zu dem Planengewirr hinüber. Hinter ihm kam Riviera, der sich in der partiellen Schwerkraft weniger gewandt bewegte.

»Wo hast du gesteckt, als es was zu tun gab?« fragte Case Riviera.

Der Mann öffnete den Mund, als wolle er antworten. Eine kleine Forelle schwamm heraus, absurde Luftbläschen hinter sich lassend, und glitt an Cases Wange vorbei. »Im Kopf«, sagte Riviera und lächelte.

Case lachte.

»Wie schön«, sagte Riviera, »du kannst lachen. Ich hätte euch gern geholfen, aber ich habe zwei linke Hände.« Er hielt die Hände hoch, die sich plötzlich verdoppelten. Vier Arme, vier Hände.

»Der nette Clown, Riviera, wie?« Molly trat zwischen die beiden.

»Yo, Cowboy«, sagte Aerol von der Luke, »komma mit, Mann.«

»Es ist dein Deck«, sagte Armitage, »und das übrige Zeug. Hilf ihm, es aus der Ladebucht zu holen.«

»Du bis' aba blaß, Mann«, sagte Aerol, als sie das schaumstoffverpackte Hosaka-Terminal durch den Mittelgang bugsierten. »Wills' vielleicht was essen?«

Cases Mund füllte sich mit Speichel. Er schüttelte den Kopf.

Armitage kündigte einen achtzigstündigen Aufenthalt in Zion an. Molly und Case sollten in der Schwerelosigkeit üben, wie er sagte, und sich an die Arbeit unter solchen Bedingungen akklimatisieren. Er werde sie über Freeside und die Villa Straylight informieren. Es war unklar, was Riviera tun sollte, aber Case hatte keine Lust, danach zu fragen. Ein paar Stunden nach ihrer Ankunft hatte Armitage ihn in das gelbe Labyrinth geschickt, um Riviera zum Essen zu holen. Case hatte ihn splitternackt auf einer dünnen Temperschaummatratze gefunden, zusammengerollt wie eine Katze. Offenbar schlief er; um seinen Kopf kreiste ein Halo aus kleinen geometrischen Gebilden – Würfel, Kugeln und Pyramiden. »He, Riviera!« Der Ring drehte sich weiter. Case ging wieder weg und erzählte es Armitage. »Der ist stoned«, kommentierte Molly und blickte von ihrer zerlegten Flechette auf. »Laß ihn!«

Armitage schien zu glauben, daß die Schwerelosigkeit Cases Fähigkeit beeinträchtigen könnte, in der Matrix zu operieren. »Keine Sorge«, wehrte Case ab, »ich stecke ein, und weg bin ich. Genau wie sonst auch.«

»Dein Adrenalinspiegel ist höher«, sagte Armitage. »Du hast immer noch SAS, und wir können nicht so lange warten, bis es abklingt. Du wirst lernen müssen, damit zu arbeiten.«

»Ich mach den Run also von hier aus?«

»Nein. Hier wird geübt, Case. Jetzt sofort. Droben im Korridor ...«

Der Cyberspace, wie ihn das Deck präsentierte, hatte keinen bestimmten Bezug mehr zu dessen physischem Standort. Als Case einsteckte, fiel sein Blick auf die vertraute Konfiguration der aztekischen Datenpyramide der Eastern Seabord Fission Authority.

»Wie geht's, Dixie?«

»Ich bin tot, Case. Hatte genug Zeit in diesem Hosaka, um das rauszukriegen.«

»Was ist das für ein Gefühl?«

»Überhaupt keins.«

»Stört dich das?«

»Was mich stört, ist, daß mich nichts stört.«

»Wieso nicht?«

»Ich hab mal 'nen Kumpel in dem russischen Lager in Sibirien gehabt. Der hatte sich den Daumen erfroren. Der Arzt ist gekommen und hat ihm das Ding abgeschnitten. Vier Wochen später wälzt er sich die ganze Nacht im Schlaf. Elroy, sag ich, was ist los mit dir? Der verdammte Daumen juckt, sagt er. Dann kratz ihn dir doch, sage ich. McCoy, sagt er, es ist der *andere* Daumen, verdammt noch mal.«

Als die Konstruktion lachte, kam es nicht wie ein Lachen herüber, sondern eher wie ein kalter Stich ins Rückgrat. »Tu mir 'nen Gefallen, Case.«

»Was denn, Dix?«

»Wenn du mit deiner Scheiße fertig bist, lösch dieses verdammte Ding!«

Case verstand die Zioniten nicht.

Aerol gab ohne besondere Veranlassung die Geschichte von dem Baby zum Besten, das aus seiner Stirn hervorgebrochen und in einem Dickicht Hydrokultur-Ganja verschwunden war. »Ganz klein' Baby, Mann, nich länga als dein Finga.« Er rieb sich mit der Hand über die braune, narbenlose Stirn und lächelte.

»Kommt vom Ganja«, sagte Molly, als Case ihr die Geschichte erzählte. »Die unterscheiden nicht so zwischen nüchtern und bekifft. Wenn Aerol sagt, es war so, dann war's für *ihn* so. Ist kein dummes Gequatsche, eher so 'ne Art Poesie, weißte?«

Case nickte zweifelnd. Die Zioniten betatschten einen ständig, wenn man sich mit ihnen unterhielt, pflanzten einem die Hand auf die Schulter und so. Er mochte das nicht.

»He, Aerol«, rief Case eine Stunde später, als er sich auf einen Übungsrun im Freifallkorridor vorbereitete. »Komm her, Mann! Will dir mal was zeigen!« Er hielt ihm die Troden hin.

Aerol überschlug sich in Zeitlupe. Seine nackten Sohlen stießen an die Stahlwand, und er hielt sich mit der freien Hand an einem Träger fest. In der anderen hatte er eine durchsichtige Wassertüte mit blaugrünen Algen. Er schaute ein wenig überrascht drein und lächelte.

»Probier mal!« sagte Case.

Aerol nahm das Band, zog es über die Stirn, und Case rückte die Troden zurecht. Er schloß die Augen. Case schaltete an. Aerol erschauerte. Case schaltete ab. »Was hast du gesehn, Mann?«

»Babylon«, sagte Aerol wehmütig. Er reichte ihm die Troden, stieß sich ab und schwebte durch den Korridor davon.

Riviera saß reglos auf seinem Schaumpolster, den rechten Arm in Schulterhöhe waagrecht ausgestreckt. Eine Schlange mit glitzernden Schuppen und roten Neonaugen war Millimeter hinter dem Ellbogen fest um den Oberarm geschlungen. Case sah zu, wie sich die fingerdicke, schwarzrot geringelte Schlange langsam noch weiter um Rivieras Arm zusammenzog.

»Komm schon«, sagte der Mann zärtlich zu dem hellen, wächsernen Skorpion, der mitten auf seiner offenen Hand saß. »Komm!« Der Skorpion wackelte mit seinen bräunlichen Scheren und lief den Arm hinauf, wobei seine Beinchen den dunklen, verräterischen Linien der Venen folgten. Als er die Armbeuge erreichte, hielt er inne und schien zu beben. Riviera stieß einen leisen Zischlaut aus. Der Stachel hob sich, zitterte und bohrte sich über einer hervorquellenden Vene in die Haut. Die Korallenschlange lockerte ihren Griff, und Riviera stöhnte leise, als die Injektion ihre Wirkung tat.

Dann waren Schlange und Skorpion verschwunden, und er hielt eine milchige Plastikspritze in der Linken. »›Falls Gott was Besseres schuf, behielt er es für sich.‹ Kennst du den Spruch, Case?«

»Klar«, sagte Case. »Hab ich schon in allen möglichen Zusammenhängen gehört. Machste da immer so 'ne kleine Show draus?«

Riviera lockerte den elastischen Infusionsschlauch und nahm ihn ab. »Ja. Bringt mehr Spaß.« Er lächelte. Sein Blick war jetzt entrückt, seine Wangen waren gerötet. »Hab mir eine Membran einsetzen lassen, direkt über der Vene, so daß ich mir wegen der Nadel keine Sorgen machen muß.«

»Tut das nicht weh?«

Die glänzenden Augen sahen ihn an. »Natürlich tut's weh. Aber das gehört doch dazu.«

»Ich hab immer Derms genommen«, sagte Case.

»Schlappschwanz«, spöttelte Riviera und schlüpfte lachend in ein kurzärmliges, weißes Baumwollhemd.

»Muß geil sein«, sagte Case und stand auf.

»Willst du 'nen Schuß, Case?«

»Hab's mir abgewöhnen müssen.«

»Freeside«, sagte Armitage und drückte eine Taste an dem kleinen Braun-Hologrammprojektor. Das fast drei Meter hohe Bild zitterte und wurde dann scharf. »Da sind Kasinos.« Er griff in die Gitterprojektion und zeigte hin. »Hotels, gehobene Eigentumswohnungen, große Läden hier entlang.« Seine Hand wanderte. »Die blauen Flächen sind Seen.« Er ging zu einem Ende des Modells. »Große Zigarre. Verjüngt sich an den Enden.«

»Das sehn wir«, sagte Molly.

»Bergeffekt, wo sie schmaler wird. Gelände wird scheinbar steiler und felsiger, läßt sich aber gut besteigen. Je höher man klettert, desto geringer wird die Schwerkraft. Sportanlagen da oben. Da ein Velodrom.« Er zeigte hin.

»Ein was?« Case beugte sich vor.

»'ne Radrennbahn«, erklärte Molly. »Hochgriffige Niederschwerkraftreifen. Machen über hundert Kilometer die Stunde.«

»Die Seite interessiert uns nicht«, sagte Armitage, ernst wie immer.

»Schade«, sagte Molly. »Bin 'ne begeisterte Radfahrerin.«

Riviera kicherte.

Armitage ging ans andere Ende der Projektion. »Die hier schon.« Die inneren Details des Hologramms hörten hier auf, und das letzte Segment der Spindel war leer. »Das ist die Villa Straylight. Steiler Aufstieg aus der Schwerkraft heraus, und jeder Zugang wird streng überwacht. Es gibt nur einen einzigen Eingang, hier, genau in der Mitte. Null Gravitation.«

»Was ist da drin, Boß?« Riviera beugte sich vor und reckte den Hals. Vier winzige Figuren glitzerten direkt vor Armitages Fingerspitze. Armitage schlug danach wie nach Mücken.

»Peter«, sagte Armitage, »du wirst der erste sein, der das rauskriegt. Du besorgst dir eine Einladung. Sobald du drin bist, siehst du zu, daß Molly reinkommt.«

Case starrte in die Leere, die Straylight darstellte, und mußte dabei an die Story des Finnen denken: Smith, Jimmy, der sprechende Kopf und der Ninja.

»Kann man Näheres erfahren?« fragte Riviera. »Ich muß mir schließlich überlegen, was ich anziehen soll.«

»Merkt euch die Straßen«, sagte Armitage und kehrte zur Mitte des Modells zurück. »Desiderata Street. Rue Jules Verne.«

Riviera verdrehte die Augen.

Während Armitage die Straßennamen von Freeside aufzählte, sprossen auf seiner Nase, seinen Wangen, seinem Kinn ein Dutzend Pickel. Sogar Molly lachte.

Armitage hielt inne und musterte alle mit seinen kalten, ausdruckslosen Augen.

»Sorry«, sagte Riviera. Die Pickel flimmerten kurz und waren weg.

Case erwachte spät in der Schlafperiode und merkte, daß Molly neben ihm auf dem Schaum hockte. Er spürte ihre Anspannung. Verwirrt blieb er liegen. Als sie sich rührte, verblüffte ihn die schiere Geschwindigkeit ihrer Bewegung. Im Nu war sie auf und davon. Case hatte nicht einmal mitbekommen, daß sie die Plane aufgeschlitzt hatte.

»Keine Bewegung, Freundchen.«

Case rollte zur Seite und steckte den Kopf durch den Schlitz im Plastik. »Wa ...?«

»Schnauze!«

»Ach, du bis', Schwester«, sagte eine Zionitenstimme. »Katzenauge nennen sie dich, oder Wandelndes Messer. Ich heiß Maelcum, Schwester. Die Brüder wolln sich mit dir un' Cowboy unterhalten.«

»Welche Brüder?«

»Die Gründer. Die Ältesten von Zion, ihr wißt schon ...«

»Wenn wir die Luke aufmachen, weckt das Licht unsern Boß«, flüsterte Case.

»Hab's besonders dunkel gemacht«, sagte der Mann. »Kommt! Ich 'n' ich besuchen die Gründer.«

»Dir ist doch klar, wie schnell ich dich aufschlitzen kann, Freundchen?«

»Steh nich rum un' quatsch, Schwester. Kommt mit!«

Die zwei noch lebenden Gründer Zions waren Greise, gebeugt vom beschleunigten Altern, das alle befällt, die zu viele Jahre außerhalb des Schoßes der Schwerkraft leben. Ihre braunen Beine, spröde vom Kalziumverlust, wirkten im reflektierten, gleißenden Sonnenlicht wie zerbrechliche Stecken. Sie schwebten inmitten eines gemalten Urwalds aus buntem Laubwerk, eines schlichten Wandgemäldes in schreienden Farben, das die ganze Hülle der kugelrunden Kammer bedeckte. Es roch nach harzigem Rauch.

»Wandelndes Messer«, sagte einer, als Molly in den Raum glitt. »Wie auf 'nem Peitschenstiel.«

»Das ist eine Geschichte von uns, Schwester«, sagte der andere, »eine religiöse. Wir sind froh, daß du mit Maelcum gekommen bist.«

»Wieso reden Sie kein Patois?« wollte Molly wissen.

»Ich stamme aus Los Angeles«, sagte der Greis. Seine Dreadlocks waren wie ein verfilzter Baum mit Zweigen in der Farbe von Stahlwolle. »Vor langer Zeit bin ich den Gravitationsschacht heraufgekommen, fort von Babylon. Um die Stämme heimzuführen. Und jetzt vergleicht dich mein Bruder mit Wandelndem Messer.«

Molly streckte die rechte Hand aus, und ihre Klingen blitzten in der rauchigen Luft.

Der andere Gründer warf den Kopf in den Nacken und lachte. »Bald kommen die letzten Tage ... Stimmen. Stimmen rufen in der Wüste und prophezeien Babylons Untergang ...«

»Stimmen.« Der Gründer aus Los Angeles starrte Case an. »Wir überwachen viele Frequenzen. Wir hören ständig mit. Und aus dem Babel der Zungen erhob sich eine Stimme und sprach zu uns. Spielte uns einen machtvollen Dub.«

»Winter Mute, der Stumme«, sagte der andere.

Case bekam eine Gänsehaut an den Armen.

»Der Stumme sprach zu uns«, fuhr der erste Gründer fort. »Der Stumme sagte, wir sollen euch helfen.«

»Wann war das?« fragte Case.

»Dreißig Stunden, bevor ihr an Zion angelegt habt.«

»Habt ihr diese Stimme schon früher gehört?«

»Nein«, sagte der Mann aus Los Angeles, »und wir wissen nicht recht, was sie uns sagen will. Wenn dies die letzten Tage sind, müssen wir mit falschen Propheten rechnen.«

»Hört mal«, sagte Case, »das ist eine KI, versteht ihr? Eine Künstliche Intelligenz. Die Musik, die sie euch vorgespielt hat – wahrscheinlich hat sie einfach eure Speicher angezapft und irgendwas zusammengemixt, von dem sie gedacht hat, das wollt ihr ...«

»Babylon«, fiel ihm der andere Gründer ins Wort, »gebiert viele Dämonen, ich 'n' ich wissen das. Ganze Scharen!«

»Wie hast du mich genannt, alter Mann?« fragte Molly.

»Wandelndes Messer. Und du bringst eine Geißel über Babylon, Schwester, über sein tiefschwarzes Herz ...«

»Was für 'ne Botschaft hatte die Stimme?« fragte Case.

»Sie gab uns Befehl, euch zu helfen«, erklärte der andere, »auf daß ihr als Werkzeug der letzten Tage dienen mögt.« Sein faltiges Gesicht war betrübt. »Und sie befahl uns, euch Maelcum zur Seite zu stellen. Er soll euch mit seinem Schlepper *Garvey* zum babylonischen Hafen von Freeside bringen. Und das werden wir tun.«

»Maelcum 'n harter Bursche«, sagte der andere, »und 'n tüchtiger Schlepperpilot.«

»Doch wir haben beschlossen, auch Aerol mit der *Babylon Rokker* auszusenden, auf daß er über die *Garvey* wache.«

Betretenes Schweigen erfüllte den Raum.

»Aha«, sagte Case. »Arbeitet ihr für Armitage oder was?«

»Wir haben euch Raum vermietet«, sagte der Gründer aus Los Angeles. »Wir sind in gewisser Weise an manchem Handel beteiligt, achten jedoch nicht das Gesetz von Babylon. Unser Gesetz ist Jahs Wort. Aber es mag sein, daß wir uns diesmal geirrt haben.«

»Doppelt genäht hält besser«, sagte der andere leise.

»Komm, Case«, sagte Molly, »gehn wir zurück, bevor der Alte merkt, daß wir weg sind!«

»Maelcum wird euch begleiten. Jah love, Schwester.«

9

Der Schlepper *Marcus Garvey*, eine Stahltrommel von neun Metern Länge und zwei Metern Durchmesser, ächzte und rüttelte, als Maelcum die Steuerdüsen zündete. In seinem elastischen g-Netz verspreizt, betrachtete Case den muskulösen Rücken des Zioniten durch einen Scopolamin-Nebel. Er hatte das Mittel genommen, um die SAS-Übelkeit zu dämpfen, aber die vom Hersteller hinzugefügten Stimulanzien, die dem Scop entgegenwirken sollten, kamen in seinem manipulierten System nicht zum Tragen.

»Wie lange dauert's denn noch bis Freeside?« fragte Molly von ihrem Netz neben Maelcums Pilotenmodul.

»Nich mehr lang, echt nich.«

»Habt ihr eigentlich schon mal gehört, daß man Zeit in Stunden und Minuten mißt?«

»Zeit is Zeit, Schwester, verstehs'u? Setz mich nich unter Druck, das kann ich nich ab.« Er schüttelte seinen Lockenschopf. »Ich 'n' ich komm an, wann ich 'n' ich ankomm ...«

»Case«, sagte sie, »haste vielleicht irgendwas unternommen,

um mit unserm Freund in Bern Kontakt aufzunehmen? Zum Beispiel, als du in Zion andauernd vor deinem Deck gehockt und dabei die Lippen bewegt hast?«

»Unserm Freund?« sagte Case. »Ach, mit dem. Nee, hab ich nicht. Zu dem Thema gibt's übrigens 'ne komische Geschichte, noch aus Istanbul.« Er erzählte ihr von den Telefonen im Hilton.

»Herrgott«, sagte sie, »'ne vertane Chance. Wieso haste denn aufgelegt?«

»Hätte jeder x-beliebige sein können«, log er. »Nur 'n Chip … Was weiß ich …« Er zuckte die Achseln.

»Du hast doch nicht etwa Schiß gehabt, hm?«

Er zuckte wieder die Achseln.

»Dann mach's jetzt!«

»Was?«

»Jetzt! Sprich wenigstens mit der Flatline darüber.«

»Ich bin noch total bedröhnt«, wandte er ein, griff jedoch nach den Troden. Sein Deck und der Hosaka waren zusammen mit einem hochauflösenden Cray-Monitor hinter Maelcums Modul montiert. Er rückte die Troden zurecht. Die *Marcus Garvey* war um einen riesigen alten russischen Luftskrubber herum zusammengebastelt worden. Das eckige Ding war mit Rastafari-Symbolen beschmiert, mit Löwen von Zion und Schiffen der Black Star Line, und das Rot-Grün-Gelb überdeckte wortreiche Aufkleber in kyrillischer Schrift. Jemand hatte Maelcums Armaturen mit einem leuchtenden, tropischen Pink eingesprüht und den Sprayfilm mit einer Rasierklinge von Bildschirmen und Anzeigen gekratzt. Die Dichtungsmanschetten an der Luftschleuse im Bug zierten halbharte Klümpchen und Fädchen einer transparenten Dichtungsmasse, die wie ein unförmiges künstliches Seegrasgeflecht wirkten. Case blickte über Maelcums Schulter auf den Zentralschirm und sah ein Landedisplay. Der Kurs des Schleppers war eine Linie roter Punkte, Freeside ein segmentierter, grüner Kreis. Er sah, wie sich die Linie verlängerte, einen neuen Punkt generierte.

Er steckte ein.

»Dixie?«

»Ja?«

»Schon mal probiert, 'ne KI zu knacken?«

»Ja. War mein erster Hirntod. Hab 'n bißchen rumgespielt, bin ganz weit oben eingestiegen. Großer Handelssektor bei Rio. Hochfinanz, Multis, brasilianische Regierung, wie 'n Christbaum hat das geleuchtet. Bloß so zum Spaß. Und dann hab ich mir den Würfel vorgenommen, vielleicht drei Stufen höher. Bin rauf und hab 'nen Versuch gestartet.«

»Wie hat sie ausgesehen, rein optisch?«

»'n weißer Würfel.«

»Woher haste gewußt, daß es 'ne KI war?«

»Woher ich das wußte? Mann, das war das dichteste Eis, das mir je untergekommen war. Was sollte's denn sonst sein? Die Militärs da unten haben so was nicht. Jedenfalls hab ich ausgesteckt und meinen Computer nachsehen lassen.«

»Und?«

»War im Turing-Register verzeichnet. 'ne KI. Der Großrechner in Rio gehörte 'ner Franzosenfirma.«

Case kaute auf seiner Unterlippe herum und starrte über die Plateaus der Eastern Seabord Fission Authority in die endlose, neuroelektronische Leere der Matrix. »Tessier-Ashpool, Dixie?«

»Tessier, ja.«

»Und du bist wieder rein?«

»Klar. Ich war nicht ganz dicht. Wollte das Ding ernsthaft knacken. Bin in die erste Schicht rein, und bäng, aus, Schluß mit lustig. Mein Helfer hat die versengte Haut gerochen und mir die Troden von der Stirn gezogen. Fieses Zeug, dieses Eis.«

»Und dein EEG war platt.«

»Tja, das ist der Stoff, aus dem die Legenden sind, nicht wahr?«

Case steckte aus.

»Scheiße«, sagte er. »Was glaubst du, wie Dixie sich den Hirntod geholt hat, hm? Er hat versucht, in ’ne KI einzusteigen. Na, toll ...«

»Mach weiter!« sagte sie. »Ihr beiden zusammen seid doch wohl Dynamit, oder?«

»Dix«, sagte Case, »ich will mir ’ne KI in Bern anschauen. Spricht irgendwas dagegen?«

»Eigentlich nicht, sofern du keine krankhafte Angst vor dem Tod hast.«

Case wählte den Schweizer Bankensektor an. Freudige Erregung wallte in ihm auf, als der Cyberspace flimmerte, verschwamm und dann gelierte. Die Eastern Seabord Fission Authority war weg, ersetzt vom kühlen, geometrischen Geflecht des Züricher Bankensystems. Er wählte Bern an.

»Rauf«, sagte die Konstruktion. »Die ist bestimmt ganz oben.«

Sie erklommen Gitter aus Licht, flirrende Stufen, blaues Geflacker.

Das muß es sein, dachte Case.

Wintermute war ein schlichter Würfel aus weißem Licht. Doch die simple Form ließ auf extreme Komplexität schließen.

»Sieht ganz harmlos aus, was?« sagte die Flatline. »Aber wehe, du berührst das Ding.«

»Ich probier reinzukommen, Dixie.«

»Na, dann viel Spaß.«

Case tastete sich bis auf vier Gitterpunkte an den Würfel heran. Die blanke Fläche, die nun über ihm aufragte, erwachte zu brodelndem Leben; Schatten wirbelten darin umher wie tausend Tänzer hinter einer riesigen Milchglasscheibe.

»Das Ding weiß, daß wir hier sind«, erklärte die Flatline.

Case tippte noch einmal auf eine Taste; sie rückten einen Gitterpunkt näher.

Ein getupfter, grauer Kreis formte sich auf der Würfelfläche.

»Dixie ...«

»Zurück, schnell!«

Die graue Fläche wölbte sich rasch, wurde zur Kugel und löste sich vom Würfel ab.

Case spürte, wie sich die Kante des Decks in seine offene Hand grub, als er MAX REVERSE drückte. Die Matrix wich flimmernd zurück; sie stürzten den düsteren Schacht der Schweizer Banken hinunter. Er schaute nach oben. Die Kugel war nun dunkler, holte auf. Fiel herab.

»Steck aus!« sagte die Flatline.

Die Dunkelheit kam über ihn wie ein Hammer.

Kalter Stahlgeruch. Eis umschmiegte seine Wirbelsäule.

Und Gesichter spähten aus einem Neonwald herein, Matrosen und Gauner und Huren unter einem giftigen Silberhimmel …

»Hör mal, Case, was ist 'n los mit dir? Hast du 'n Rad ab oder was?«

Anhaltender, pochender Schmerz in der Wirbelsäule, von der Mitte abwärts …

Regen weckte ihn, ein träger Nieselregen. Seine Füße waren in den Schlingen ausrangierter Glasfasern verheddert. Das Getöse der Spielhalle schwappte über ihn hinweg, verebbte und schwoll wieder an. Er rollte sich zur Seite, setzte sich auf und hielt sich den Kopf.

Licht aus einem Versorgungsschacht an der Rückseite der Spielhalle enthüllte feuchte Spanplatten und das tropfende Gehäuse eines ausgeweideten Spielautomaten. Auf seine Seitenfläche war eine schwungvolle japanische Schablonenschrift in verblaßten Pink- und Gelbtönen gemalt.

Er blickte nach oben und sah ein rußiges Kunststoffenster, den schwachen Schimmer von Neonröhren.

Der Rücken tat ihm weh, die Wirbelsäule.

Er rappelte sich hoch, strich sich nasse Haare aus den Augen.

Etwas war geschehen …

Er durchsuchte seine Taschen nach Geld, fand aber keins. Er

fröstelte. Wo war seine Jacke? Er sah sich nach ihr um, suchte hinter dem Gehäuse, gab dann auf.

Auf der Ninsei taxierte er die Menge. Freitag. Es mußte Freitag sein. Linda war wahrscheinlich in der Spielhalle. Vielleicht hatte sie Geld oder wenigstens Zigaretten … Hustend und die Regennässe aus seinem Hemd wringend, schob er sich durchs Gedränge zum Eingang der Spielhalle.

Hologramme zuckten und flackerten zum Getöse der Spiele, Spukbilder überlagerten einander in dem überfüllten, verräucherten Raum. Es roch nach Schweiß und gelangweilter Anspannung. Ein Matrose in weißem T-Shirt landete an der Tank-War-Konsole einen Nukleartreffer auf Bonn. Ein azurblauer Blitz.

Sie war ganz ins Wizard's Castle vertieft. Der dunkle Eyeliner um die grauen Augen war verwischt.

Sie sah auf, als er den Arm um sie legte, und lächelte. »He! Wie geht's? Siehst naß aus.«

Er küßte sie.

»Hast mir das Spiel verpatzt«, sagte sie. »Sieh dir das an, du Arsch! Ich bin im Verlies im siebten Keller, und jetzt haben mich die verdammten Vampire erwischt.« Sie gab ihm eine Zigarette. »Siehst ja ziemlich fertig aus. Wo bist 'n gewesen?«

»Keine Ahnung.«

»Bist du high, Case? Säufst du wieder? Oder hast du Zones Dex eingeworfen?«

»Kann sein … Wann haben wir uns zuletzt gesehn?«

»Willst du mich auf den Arm nehmen oder was?« Sie musterte ihn. »Hm?«

»Nee. Wohl 'ne Art Blackout. Bin … bin auf der Straße aufgewacht.«

»Vielleicht hat dich jemand flachgelegt, Baby. Hast du noch deine Knete?«

Er schüttelte den Kopf.

»Da hast du's. Brauchst du was zum Pennen, Case?«

»Glaub schon.«

»Dann komm!« Sie nahm ihn an der Hand. »Erst mal holen wir dir ’nen Kaffee und was zu essen. Dann gehn wir zu mir. Schön, dich zu sehen.« Sie drückte seine Hand.

Er lächelte.

Etwas knackte.

Im Innersten der Dinge verlagerte sich etwas. Die Spielhalle erstarrte, erzitterte ...

Linda war weg. Das Gewicht der Erinnerung senkte sich auf ihn herab, und ein ganzer Batzen Wissen wurde ihm in den Kopf gedrückt wie ein Mikrosoft in die Buchse. Weg. Er roch versengtes Fleisch.

Der Matrose im weißen T-Shirt war weg. Die Spielhalle war leer und still. Case drehte sich langsam um, zog die Schultern hoch, bleckte die Zähne und ballte unwillkürlich die Hände zu Fäusten. Leer. Ein zerknülltes, gelbes Bonbonpapier fiel vom Rand einer Konsole auf den Boden, zwischen zertrampelte Kippen und Styroporbecher.

»Ich hatte doch ’ne Zigarette«, sagte Case und betrachtete die weiß gewordenen Knöchel seiner Fäuste. »Ich hatte ’ne Zigarette, ’ne Frau und ’nen Platz zum Pennen. Hörst du mich, du Scheißer? Hörst du mich?«

Echos hallten durch den leeren Spielsalon, verklangen zwischen den langen Reihen der Spielkonsolen.

Er trat auf die Straße hinaus. Es regnete nicht mehr.

Die Ninsei war menschenleer.

Hologramme flackerten, Neon flimmerte. Es roch nach gekochtem Gemüse vom Handkarren eines Verkäufers auf der anderen Straßenseite. Eine neue Schachtel Yeheyuan lag zu seinen Füßen, daneben ein Streichholzbriefchen. JULIUS DEANE IMPORT EXPORT. Case starrte auf den Firmenaufdruck und die japanische Übersetzung.

»Okay«, sagte er, hob die Zündhölzer auf und öffnete die Zigarettenschachtel. »Ich höre.«

Er ließ sich Zeit, als er die Treppe zu Deanes Büro hinaufstieg. Keine Eile, sagte er sich, keine Hast. Die herabhängende Dali-Uhr ging nach wie vor falsch. Auf dem Kandinksy-Tisch und den neoaztekischen Bücherregalen lag Staub. Weiße Versandboxen aus Fiberglas stapelten sich bis zur Decke und erfüllten den Raum mit Ingwerduft.

»Ist die Tür abgeschlossen?« Case wartete auf eine Antwort, aber es kam keine. Er ging zur Tür und drückte die Klinke. »Julie?«

Die grünbeschirmte Messinglampe warf einen Lichtkegel auf Deanes Schreibtisch. Case sah das Innenleben der antiken Schreibmaschine, Kassetten, zerknülltes Endlospapier und klebrige Plastiktüten mit Ingwerproben vor sich.

Es war niemand da.

Case ging um den breiten Stahlschreibtisch herum und rückte Deanes Sessel zur Seite. Er fand die Kanone in einem rissigen Lederhalfter, das mit silbernem Klebeband unter dem Tisch befestigt war. Es war ein antikes Stück, ein .357er Magnum-Trommelrevolver mit abgesägtem Lauf und Abzugsbügel. Der Griff war mit mehreren Schichten Kreppband verstärkt. Das Band war alt, braun und speckig. Er öffnete die Trommel und inspizierte jede der sechs Patronen einzeln. Sie waren von Hand zu laden. Das weiche Blei war noch makellos und schimmerte matt.

Mit dem Revolver in der Rechten ging Case am Schrank vorbei links um den Schreibtisch herum, bis er mitten in dem vollgestopften Büro stand, abseits vom Lichtkegel.

»Ich hab's ja eigentlich gar nicht eilig. Das läuft ja wohl nach deiner Nase. Aber der ganze Scheiß wird allmählich ziemlich … fad.« Er hob den Revolver mit beiden Händen, zielte mitten auf den Schreibtisch und drückte ab.

Der Rückstoß hätte ihm beinahe das Handgelenk gebrochen. Das Mündungsfeuer erhellte den Raum wie ein Blitzlicht. Mit dröhnenden Ohren starrte er auf das schartige Loch in der Vorderseite des Schreibtischs. Ein Explosivgeschoß. Azid. Er hob die Waffe erneut.

»Das wäre aber nicht nötig gewesen, alter Knabe.« Julie trat aus dem Dunkeln hervor. Er trug einen weich fallenden seidenen Dreiteiler mit Fischgrätmuster, ein gestreiftes Hemd und eine Fliege. Seine Brille blitzte im Licht.

Case riß die Waffe herum und zielte auf Deanes rosiges, altersloses Gesicht.

»Nicht«, sagte Deane. »Du hast recht. Was das hier alles betrifft. Was ich bin. Aber man muß eine gewisse innere Logik respektieren. Wenn du das Ding da benutzt, bekommst du eine Menge Hirn und Blut zu sehen, und es würde mich einige Stunden – in deiner subjektiven Zeit – kosten, um einen neuen Sprecher aufzubauen. Es ist nicht einfach, diese ganze Szenerie aufrechtzuerhalten. Oh, und die Sache mit Linda in der Spielhalle tut mir leid. Ich wollte durch sie zu dir sprechen, aber ich generiere das alles aus deinen Erinnerungen, und die emotionale Aufladung … Na ja, ist ziemlich kompliziert. Ich hab's vermasselt. Entschuldige.«

Case senkte die Waffe. »Das ist die Matrix. Du bist Wintermute.«

»Ja. Das alles kommt natürlich mittels der Simstim-Einheit zu dir, die an dein Deck gekoppelt ist. Ich bin froh, daß ich dich noch erwischt habe, bevor du den Stecker ziehen konntest.« Deane ging um den Schreibtisch herum, rückte seinen Sessel zurecht und nahm Platz. »Setz dich, alter Knabe! Wir haben viel zu bereden.«

»Ach ja?«

»Und ob. Schon seit einer ganzen Weile. Ich war dazu bereit, als ich dich in Istanbul telefonisch erreicht habe. Jetzt haben wir nur noch sehr wenig Zeit. Spätestens in ein paar Tagen machst du deinen Run, Case.« Deane nahm ein Bonbon, wickelte es aus dem karierten Papier und steckte es in den Mund. »Setz dich!« sagte er, seinen Bonbon lutschend.

Case ließ sich auf dem Drehstuhl vor dem Schreibtisch nieder, ohne den Blick von Deane zu wenden. Die Hand mit der Knarre ruhte auf seinem Oberschenkel.

»Also«, sagte Deane munter, »zur Sache. Du fragst dich: Was ist Wintermute. Hab ich recht?«

»Mehr oder weniger.«

»Eine künstliche Intelligenz, aber das weißt du ja schon. Dein Fehler, an sich ein ganz logischer, ist, daß du den Wintermute-Mainframe in Bern mit der *Entität Wintermute* verwechselst.« Deane lutschte geräuschvoll seinen Bonbon. »Über die andere KI im Tessier-Ashpool-Verbund weißt du bereits Bescheid, nicht? Rio. Ich, sofern ich ein ›Ich‹ *habe* – wird ziemlich metaphysisch, wie du siehst –, ich bin derjenige, der hinter Armitage steht. Oder hinter Corto, der – nebenbei gesagt – ziemlich instabil ist. Na ja, noch stabil genug«, sagte Deane, zog eine schmuckvolle Golduhr aus der Westentasche und klappte den Deckel auf, »für die nächsten ein, zwei Tage.«

»Was du da redest, ist genauso wirr wie die ganze Sache bisher.« Case massierte sich mit der freien Hand die Schläfen. »Wenn du so verdammt schlau bist ...«

»Weshalb bin ich dann nicht reich?« lachte Deane und wäre fast an seinem Bonbon erstickt. »Tja, Case, dazu kann ich nur sagen – und ich habe bei weitem nicht so viele Antworten parat, wie du dir einbildest –, was du dir unter Wintermute vorstellst, ist nur ein Teil einer anderen, gewissermaßen *potentiellen* Entität. Ich bin, sagen wir, nur ein Aspekt des Gehirns dieser Entität. Von deinem Standpunkt aus ist es etwa so, als hättest du's mit einem Menschen zu tun, dessen Hirnlappen voneinander getrennt worden sind. Nehmen wir an, du hast es mit einem kleinen Teil seiner linken Hirnhälfte zu tun. Schwer zu sagen, ob du's in so einem Fall überhaupt mit dem Menschen an sich zu tun hast.« Deane lächelte.

»Stimmt die Corto-Story? Du bist über 'nen Mikro in dieser französischen Klinik an ihn rangekommen?«

»Ja. Und ich habe das Archiv zusammengestellt, das du in London gesichtet hast. Ich versuche zu planen – in dem Sinn, wie du das Wort benutzt –, aber das ist eigentlich gar nicht meine Arbeitsweise. Ich improvisiere. Das ist meine größte Stärke. Mir sind Situationen lieber als Pläne, verstehst du. Im Grunde mußte ich mit feststehenden Tatsachen operieren. Ich kann ungeheure Datenmengen bearbeiten, und zwar sehr schnell. Es hat sehr lange gedauert, das Team, zu dem du gehörst, auf die Beine zu stellen. Corto war der erste, und er hätte es beinahe nicht geschafft. War ganz schön fertig in Toulon. Essen, Scheißen und Masturbieren, zu mehr war er kaum fähig. Aber die zugrundeliegende Struktur von Obsessionen war vorhanden: Screaming Fist, sein Verrat, die Kongreßausschüsse.«

»Ist er immer noch verrückt?«

»Er ist keine einheitliche Persönlichkeit.« Deane lächelte. »Das hast du ja bestimmt schon bemerkt. Aber Corto steckt irgendwie in ihm drin, und ich kann das heikle Gleichgewicht nicht mehr aufrechterhalten. Er wird bald zerbrechen, Case. Ich zähle also auf dich ...«

»Das ist aber schön, du Arschloch«, sagte Case und schoß ihm mit der .357er in den Mund.

Es stimmte, das mit dem Hirn. Und dem Blut.

»Mann«, nölte Maelcum, »das gefällt mir nich.«

»Immer cool bleiben, Mann«, sagte Molly. »ist alles okay. So ist das eben manchmal bei den Jungs. Er war ja nicht tot, nicht, und es hat nur 'n paar Sekunden gedauert.«

»Hab doch den Schirm gesehn. Kein EEG. Nichts. Vierzig Sekunden lang.«

»Na, jetzt ist er ja wieder okay.«

»EEG flach wie 'n Brett«, protestierte Maelcum.

10

Case war benommen, als sie den Zoll passierten, und überließ größtenteils Molly das Reden. Maelcum war an Bord der *Garvey* geblieben. Die Zollformalitäten für Freeside beschränkten sich weitgehend auf den Nachweis der Zahlungsfähigkeit. Das erste, was er sah, als sie in die Spindel kamen, war ein Café der Franchisekette ›Beautiful Girl‹.

»Willkommen in der Rue Jules Verne«, sagte Molly. »Wenn du Probleme mit dem Gehen hast, guck einfach auf deine Füße. Die Perspektive ist tückisch, wenn man nicht dran gewöhnt ist.«

Sie standen in einer breiten Straße, die wie die Sohle einer tiefen Schlucht wirkte; die beiden Enden verloren sich hinter listigen Ecken und Winkeln in den Shops und Gebäuden, die beidseitig aufragten. Das Licht schimmerte durch Unmengen frischer, grüner Pflanzen, die von freitragenden Terrassen und Balkonen über ihnen herabhingen. Die Sonne …

Irgendwo da droben gleißte ein allzu greller weißer Strich im aufgezeichneten Blau eines Himmels wie über Cannes. Er wußte, daß das Sonnenlicht mit einem Lado-Acheson-System eingespeist wurde, dessen 2-Millimeter-Band sich der Länge nach durch die Spindel zog, daß ein rotierendes Spektrum von Himmelseffekten generiert wurde, und daß er, falls der Himmel abgeschaltet wurde, am Lichtband vorbei auf die geschwungenen Formen von Seen, die Dächer von Kasinos und andere Straßen blicken würde … Doch sein Körper kam damit überhaupt nicht zurecht.

»Herrgott«, sagte er, »ist ja schlimmer als SAS.«

»Gewöhnst dich dran. Ich war hier mal 'nen Monat Leibwächter eines Spielers.«

»Ich würd mich gern verdrücken und aufs Ohr hauen.«

»Okay. Ich hab unsre Schlüssel.« Sie legte ihm die Hand an die Schulter. »Was war denn vorhin mit dir, Mann? Du warst hirntot.«

Er schüttelte den Kopf. »Weiß noch nicht so genau. Abwarten.«

»Okay. Nehmen wir uns 'n Taxi oder so!« Sie führte ihn an der Hand über die Rue Jules Verne, vorbei an einem Schaufenster mit der neuesten Pariser Pelzmode.

»Unecht«, sagte er und schaute wieder nach oben.

»Nee« erwiderte sie in der Annahme, er meine die Pelze, »werden auf Kollagenbasis erzeugt, aber mit Nerz-DNS. Was soll's?«

»Ist nur 'ne Riesenröhre, durch die sie alles mögliche schleusen«, sagte Molly. »Touristen, Gauner, was immer. Und ein feinmaschiges Netz sorgt die ganze Zeit dafür, daß die Kohle hierbleibt, wenn die Leute wieder durch den Schacht abziehn.«

Armitage hatte für sie ein Zimmer in einem Hotel namens Intercontinental reserviert, dessen schräge, verglaste Front sich wie eine Steilwand aus einem kaltem Dunstschleier und dem Geplätscher von Stromschnellen erhob. Case trat auf den Balkon hinaus und sah drei braungebrannten französischen Teenagern beim Drachenfliegen zu. Dreieckige Nylonsegel in leuchtenden Primärfarben kreisten wenige Meter über der Gischt. Einer davon schwang herum, legte sich in die Kurve, und Case sah einen Augenblick lang kurzgeschorenes, dunkles Haar, braune Brüste und weiße Zähne in einem breiten Lächeln. Die Luft duftete nach fließendem Wasser und Blumen. »Ja«, sagte er, »'n Haufen Kohle.«

Sie lehnte neben ihm am Geländer und ließ entspannt die Hände baumeln.

»Ja. Früher wollten wir mal herkommen. Entweder hierher oder irgendwo nach Europa.«

»Wer wir?«

»Niemand«, sagte sie mit einem unwillkürlichen Achselzucken. »Du hast gesagt, du willst dich in die Falle hauen. Schlafen. Ich könnte auch 'n bißchen Schlaf vertragen.«

»Ja«, sagte Case und rieb sich die Wangen. »Ja, hier läßt sich's aushalten.«

Das schmale Band des Lado-Acheson-Systems glomm in der abstrakten Imitation eines Sonnenuntergangs auf den Bermudas, durchsetzt von aufgezeichneten Wolkenfetzen. »Ja«, sagte er, »schlafen.«

Der Schlaf ließ auf sich warten. Als er sich schließlich einstellte, brachte er Träume mit sich, die wie sauber editierte Erinnerungsfetzen anmuteten. Case wachte mehrmals neben Molly auf, die sich zusammengekuschelt hatte, und hörte das Wasser; Stimmen wehten durch die offene Glastür des Balkons herein, Frauengelächter von der terrassenförmig angelegten Wohnanlage am gegenüberliegenden Hang. Wie eine schlechte Karte tauchte immer wieder Deanes Tod auf, obwohl er sich sagte, daß es Deane gar nicht gewesen war. Daß es eigentlich gar nicht passiert war. Jemand hatte ihm einmal erzählt, daß die durchschnittliche Blutmenge im Körper ungefähr einem Kasten Bier entspreche.

Jedesmal, wenn in dem Bild Deanes zerschmetterter Schädel an die hintere Wand des Büros knallte, überfiel Case ein anderer Gedanke, etwas Dunkleres und Verborgenes, das sich wegrollte, untertauchte wie ein Fisch und sich im letzten Moment seinem Zugriff entzog.

Linda.

Deane. Blut an der Wand des Importeurs.

Linda. Gestank von versengtem Fleisch im Halbdunkel der Kuppel in Chiba. Molly mit einer blutverschmierten Plastiktüte voller Ingwer. Deane hatte sie umbringen lassen.

Wintermute. Case stellte sich vor, wie ein kleiner Mikrocomputer auf das Wrack eines Mannes namens Corto einflüsterte, Worte, die dahinströmten wie ein murmelnder Bach, und wie schließlich die flache Ersatzpersönlichkeit namens Armitage in einem abgedunkelten Krankenzimmer Gestalt annahm ... Das Deane-Analogon hatte gesagt, es operiere mit feststehenden Tatsachen, mache sich gegebene Situationen zunutze.

Aber was, wenn Deane, der echte Deane, Linda im Auftrag von Wintermute hatte töten lassen? Case tastete im Dunkeln nach einer Zigarette und Mollys Feuerzeug. Es gab keinen Grund, Deane zu verdächtigen, sagte er sich beim Anzünden. Keinen Grund.

Wintermute konnte so etwas wie eine Persönlichkeit in eine leere Hülle einsetzen. Wie subtil konnte die Manipulation ausfallen? Er drückte die Yeheyuan nach dem dritten Zug im Aschenbecher neben dem Bett aus, kehrte Molly den Rücken zu und versuchte zu schlafen.

Der Traum, die Erinnerung spulte sich so monoton ab wie ein uneditiertes Simstim-Band. Mit fünfzehn hatte er einen Sommermonat mit einer gewissen Marlene verbracht, im fünften Stock einer Pension. Der Aufzug war schon seit Jahren außer Betrieb. Küchenschaben huschten in der Kochecke mit der zugestöpselten Spüle übers gräuliche Porzellan, wenn man das Licht anknipste. Er schlief mit Marlene auf einer gestreiften Matratze. Bettzeug gab es nicht.

Er bekam nicht mit, wie die erste Wespe am abblätternden Lack des Fensterstocks ihr papierdünnes graues Nest baute. Bald war das Nest faustgroß; die Insekten schwärmten in die Gasse aus und schwirrten wie Miniaturhubschrauber über dem fauligen Inhalt der Mülltonnen.

Eines Nachmittags, sie hatten beide ein Dutzend Bier intus, wurde Marlene von einer Wespe gestochen. »Mach die Viecher tot!« sagte sie. Ihre Augen waren dumpf vor Zorn, glanzlos in der schwülen Hitze des Zimmers. »Verbrenn sie!« Betrunken durchwühlte Case den muffigen Schrank nach Rollos Drachen. Rollo war Marlenes Ex – mit dem sie, wie Case damals argwöhnte, immer noch hin und wieder was laufen hatte –, ein bulliger

Motorradfan aus Frisco mit einem gefärbten blonden Blitz im dunklen Bürstenschnitt. Der Drache war ein Flammenwerfer aus Frisco, dick und kantig wie eine große Taschenlampe. Case checkte die Batterien, schüttelte das Ding, um zu sehen, ob genug Benzin im Tank war, und ging ans offene Fenster. Im Stock begann es zu summen.

Die Luft im Sprawl war abgestanden, gestaut. Eine Wespe schwirrte aus dem Nest und umkreiste seinen Kopf. Case drückte den Zünder, zählte bis drei und betätigte den Abzug. Das auf sieben atü verdichtete Benzin sprühte an der weißglühenden Spule vorbei. Eine helle Stichflamme, fünf Meter lang. Das angekohlte Nest flog davon. Gejohle auf der anderen Straßenseite.

»Scheiße!« Marlene stand schwankend hinter ihm. »Du Idiot! Du hast sie nicht verbrannt. Bloß das Nest abgerissen. Gleich kommen sie wieder hoch und bringen uns um!« Ihre Stimme zerrte an seinen Nerven. Er stellte sich vor, wie sie Feuer fing, wie ihr blondiertes Haar giftgrün aufloderte.

In der Gasse näherte er sich mit dem Drachen in der Hand dem angekohlten Nest. Es war aufgebrochen. Angesengte Wespen krümmten und wanden sich auf dem Asphalt.

Er sah, was die graue Papierhülle verborgen hatte.

Horror. Die spiralförmige Gebärfabrik, die abgestuften Reihen der Brutzellen, die blinden, unablässig mahlenden Kiefer der Ungeborenen, die verschiedenen Stadien vom Ei zur Larve, von der Fast-Wespe zur Wespe. Sein geistiges Auge machte Zeitrafferaufnahmen davon, entschlüsselte das Gebilde als biologisches Gegenstück eines Maschinengewehrs, grausig in seiner Perfektion. Fremdartig. Er drückte den Abzug, wobei er zu zünden vergaß, und Benzin spritzte über das schwellende, zuckende Leben zu seinen Füßen.

Als er den Zünder drückte, explodierte das Ding mit einem dumpfen Schlag. Er versengte sich eine Augenbraue. Fünf Stockwerke über sich hörte er Marlene am geöffneten Fenster lachen.

Er erwachte mit dem Eindruck erlöschenden Lichts, aber im Zimmer war es dunkel. Nachbilder, Augenflimmern. Am Himmel draußen die ersten Spuren des aufgezeichneten Morgengrauens. Jetzt waren keine Stimmen mehr zu hören, nur das Rauschen des Wassers tief unten am Fuß des Intercontinental.

In seinem Traum hatte er, kurz bevor er das Nest mit Benzin tränkte, das T-A-Logo von Tessier-Ashpool an der Außenhaut gesehen, so sauber, als hätten es die Wespen selbst dort eingearbeitet.

Molly bestand darauf, ihn mit Bräuner einzureiben. Sie behauptete, mit seiner Sprawlblässe würde er zu viel Aufmerksamkeit erregen.

»Du meine Güte«, sagte er, nackt vor dem Spiegel stehend, »und du glaubst, das wirkt echt?« Molly kniete neben ihm und verteilte den Rest der Tube auf seinem linken Knöchel.

»Nee. Erweckt aber den Eindruck, als ob dir dein Aussehen nicht egal wäre. So. Für den Fuß haben wir nix mehr.« Sie stand auf und warf die leere Tube in den großen Weidenkorb. Nichts in diesem Zimmer sah nach Industrie- oder Kunststoffware aus. Teuer, wie Case wußte. Dabei hatte er sich mit diesem Stil nie anfreunden können. Der Temperschaum auf dem riesigen Bett war so gefärbt, daß er wie Sand aussah. Es gab viel helles Holz und handgewebtes Tuch.

»Und du?« sagte er. »Färbste dich auch braun? Siehst nicht grade aus, als würdeste den ganzen Tag in der Sonne braten.«

Sie trug schwarze Seide und schwarze Espadrillos. »Ich bin ’ne Exotin. Hab noch ’nen breiten Strohhut dazu. Aber du sollst aussehn wie ’n billiger Ganove, der mitnimmt, was er kriegen kann, da ist die Instantbräune schon okay.«

Case stierte verdrießlich auf seinen blassen Fuß und betrachtete sich dann im Spiegel. »Oh Mann. Was dagegen, wenn ich mir was anziehe?« Er ging zum Bett und schlüpfte in seine Jeans. »Gut geschlafen? Irgend ’n Licht gesehn?«

»Hast du geträumt«, sagte sie.

Sie frühstückten auf dem Dach des Hotels, einer Art Wiese, gespickt mit gestreiften Sonnenschirmen und unnatürlich vielen Bäumen, wie Case fand. Er erzählte ihr von seinem Versuch, in die Berner KI einzusteigen. Die Frage, ob sie abgehört wurden, schien mittlerweile akademisch geworden zu sein. Falls Armitage es tat, dann durch Wintermute.

»Und es hat ganz echt gewirkt?« fragte sie, den Mund voller Käsecroissant. »Wie Simstim?«

Er bejahte. »So echt wie das hier«, fügte er hinzu und sah sich um. »Vielleicht noch echter.«

Die Bäume waren klein, knorrig und unglaublich alt, das Ergebnis genetischer Manipulation und chemischer Behandlung. Case hätte zwar kaum eine Kiefer von einer Eiche unterscheiden können, aber das Stilempfinden eines Straßenjungen sagte ihm, daß diese Exemplare zu nett waren, zu eindeutig nach Bäumen aussahen. Dazwischen spendeten leuchtende Sonnenschirme auf sanft abfallenden, frischen grünen Wiesen, deren Unregelmäßigkeit zu geplant wirkte, den Hotelgästen Schatten vor der unablässig scheinenden Lado-Acheson-Sonne. Von einem Nachbartisch wehten französische Wortfetzen herüber, die seine Aufmerksamkeit erregten: die goldenen Kinder, die er am Abend zuvor beim Drachenfliegen über dem Dunstschleier des Flusses gesehen hatte. Jetzt bemerkte er, daß ihre Bräune ungleichmäßig war, ein Schabloneneffekt, der von selektiven Melaninverstärkern herrührte. Verschiedene Brauntöne überlagerten einander in geradlinigen Mustern, faßten Muskeln ein und betonten sie. Die kleinen, festen Brüste des Mädchens, der Unterarm eines Jungen auf dem weißen Emailtisch. Auf Case wirkten sie wie Rennmaschinen; sie hätten eigentlich Aufkleber ihres Friseurs, des Designers ihrer weißen Segeltuchhosen sowie der Schöpfer ihrer Ledersandalen und ihres einfachen Schmucks tragen müssen. Dahinter saßen an einem anderen Tisch drei japanische Ehefrauen in Hiroshima-Sackleinen, die auf ihre

Sararimänner warteten. Die ovalen Gesichter waren von künstlichen Blutergüssen bedeckt; ein äußerst konservativer Stil, den er in Chiba selten zu Gesicht bekommen hatte.

»Was riecht denn da so?« fragte er Molly und rümpfte die Nase.

»Das Gras. Riecht so, wenn's frisch gemäht ist.«

Als sie gerade ihren Kaffee austranken, gesellten sich Armitage und Riviera zu ihnen; Armitage in einer maßgeschneiderten Khakiuniform, die aussah, als wären die Regimentsstreifen gerade abgerissen worden, Riviera in einem weiten, grauen Kreppanzug, der perverserweise an Zuchthauskleidung erinnerte.

»Molly, meine Liebe«, sagte Riviera, kaum daß er sich auf seinem Stuhl niedergelassen hatte, »du mußt mir noch was von meiner Medizin verabreichen. Ich hab nichts mehr.«

»Und wenn ich nicht will, Peter?« Sie lächelte, ohne die Zähne zu zeigen.

»Du willst schon«, sagte Riviera mit einem kurzen Blick zu Armitage.

»Gib es ihm«, sagte Armitage.

»Bist voll drauf auf dem Zeug, was?« Sie zog ein flaches, in Folie gewickeltes Päckchen aus einer Tasche und warf es über den Tisch. Riviera fing es auf. »Damit kann er sich umbringen«, sagte sie zu Armitage.

»Hab 'ne Probevorstellung heut nachmittag«, sagte Riviera, »Da muß ich in Bestform sein.« Er ließ das Folienpäckchen in der nach oben gekehrten Handfläche verschwinden und lächelte. Kleine, glitzernde Insekten flatterten daraus empor und verschwanden. Er steckte das Päckchen in die Tasche seiner Kreppjacke.

»Du hast heute nachmittag auch eine Probe, Case«, sagte Armitage. »Auf dem Schlepper. Du gehst gleich rüber in den Profishop, besorgst dir einen Raumanzug, läßt das Ding durchchekken und gehst dann aufs Schiff. Du hast ungefähr drei Stunden Zeit.«

»Wieso müssen wir eigentlich in so 'nem Kackeimer hier

rüberschippern, während ihr beide euch 'n JAL-Taxi nehmt?« fragte Case, ohne Armitage anzusehen.

»Zion hat vorgeschlagen, daß wir den Schlepper benutzen. Ist eine gute Tarnung für uns, wenn wir unseren Standort verändern. Ich habe auch ein größeres Schiff bereitstehen, aber der Schlepper hat was.«

»Wie steht's mit mir?« fragte Molly. »Gibt's für mich heut auch was zu tun?«

»Du begibst dich zum anderen Ende der Achse und trainierst in der Schwerelosigkeit. Morgen geht's vielleicht in die andere Richtung.«

Straylight, dachte Case.

»Wann?« fragte Case mit einem Blick in die hellen, ausdruckslosen Augen.

»Bald«, sagte Armitage. »Ab mit dir, Case!«

»Machs'u cool, Mann«, sagte Maelcum, während er Case aus dem roten Sanyo-Raumanzug half. »Aerol sagt, du machs'as cool.« Aerol hatte an einem der Sportkais am Ende der Spindel nahe der schwerelosen Achse gewartet. Um dorthin zu kommen, war Case mit einem Aufzug zur Hülle hinuntergefahren und dann in einen Miniatur-Induktionszug umgestiegen. Mit abnehmendem Spindeldurchmesser verringerte sich die Schwerkraft; irgendwo über ihm, so schätzte er, mußten die Berge sein, die Molly erklomm, die Radrennbahn, die Startrampen für die Drachenflieger und Miniatur-Microlights.

Aerol hatte ihn in einem skelettartigen Scooter mit chemischem Antrieb zur *Marcus Garvey* übergesetzt.

»Vor zwei Stunden«, sagte Maelcum, »hab ich 'ne Lieferung aus Babylon für dich angenomm'; netter Japanerboy inner Jacht, ganz tolle Jacht, das.«

Vom Anzug befreit, zog Case sich behutsam über den Hosaka und schlüpfte in die Netzgurte. »Mal sehn, was wir da haben.«

Maelcum brachte ein weißes, fast kopfgroßes Schaumstoffbündel zum Vorschein, angelte ein Schnappmesser mit Perlmuttgriff an einer grünen Nylonschnur aus der Hüfttasche seiner zerlumpten Shorts und schlitzte das Plastik vorsichtig auf. Er holte einen rechteckigen Gegenstand heraus und reichte ihn Case. »Das 'n Teil von 'ner Kanone, Mann?«

»Nein.« Case drehte das Ding um. »Aber es ist 'ne Waffe. Ein Virus.«

»Nich auf mei'm Schlepper, Mann«, sagte Maelcum energisch und griff nach der Stahlkassette.

»Ein Programm. 'n Virusprogramm. Kann nicht in dich rein, nicht mal in deine Software. Ich muß es übers Deck einladen, bevor es was ausrichten kann.«

»Der Japanerboy sagt, dein Hosaka da erklärt dir alles, was du wissen mußt.«

»Gut. So, und jetzt läßte mich machen, okay?«

Maelcum stieß sich ab, schwebte an der Steuerkonsole vorbei und machte sich mit einer Kittpistole zu schaffen. Case blickte rasch von den wehenden Fäden der transparenten Dichtungsmasse weg. Er wußte nicht genau, woran es lag, aber irgendwie rief das Zeug bei ihm die alte SAS-Übelkeit hervor.

»Was ist das?« fragte er den Hosaka, »Ich hab grade 'n Päckchen gekriegt.«

»Dem verschlüsselten Datentransfer von Bockris Systems GmbH, Frankfurt, zufolge enthält die Sendung das Penetrationsprogramm Kuang Grade Mark 11. Bockris teilt mit, das Interface ist kompatibel mit Ono-Sendai Cyberspace 7 und bietet optimale Penetrationsmöglichkeiten, insbesondere bei existierenden Militärsystemen...«

»Wie steht's mit einer KI?«

»Existierenden Militärsystemen und Künstlichen Intelligenzen.«

»Donnerwetter. Wie hat sich das genannt?«

»Kuang Grade Mark 11.«

»Chinesisch?«

»Ja.«

»Aus.« Case befestigte die Kassette mit dem Virusprogramm mit silbernem Klebeband an der Seite des Hosaka. Dabei fiel ihm Mollys Geschichte von ihrem Tag in Macao ein. Armitage hatte die Grenze nach Zhongshan überschritten. Er überlegte es sich wieder anders. »An«, sagte er. »Frage: Wem gehört Bockris, die Firma in Frankfurt?«

»Bitte warten. Interorbitaltransmission«, sagte der Hosaka.

»Codieren. Standard Commercial Code.«

»Erledigt.«

Er trommelte mit den Händen auf den Ono-Sendai.

»Reinhold Scientific AG, Bern.«

»Das Ganze noch mal. Wem gehört Reinhold?«

Es mußte die Leiter drei weitere Sprossen emporsteigen, bis er auf Tessier-Ashpool stieß.

Er steckte ein. »Dixie, was weißt du über chinesische Virusprogramme?«

»Nicht gerade wahnsinnig viel.«

»Schon mal was von 'ner Gattung namens Kuang Mark 11 gehört?«

»Nein.«

Case seufzte. »Also, ich hab hier 'nen benutzerfreundlichen chinesischen Eisbrecher auf 'ner Einmalkassette. Irgendwelche Leute in Frankfurt behaupten, er könnte 'ne KI knacken.«

»Gut möglich, wenn er vom Militär ist.«

»Sieht so aus. Jetzt hör mal zu, Dix, und hilf mir mit deinem Hintergrundwissen, okay? Armitage plant anscheinend 'nen Run auf 'ne KI, die Tessier-Ashpool gehört. Der Mainframe steht in Bern, ist aber mit 'nem andern in Rio verbunden. Der in Rio ist derjenige, der dich das erste Mal hirntot gemacht hat. Sieht so aus, als liefe die Verbindung über Straylight, die Home Base von T-A am Ende der Spindel, und als sollten wir uns mit dem chinesischen Eisbrecher Zutritt verschaffen. Wenn also Wintermute hinter der ganzen Sache steckt, bezahlt er uns dafür, daß wir ihn verbrennen. Er will sich selbst verbrennen. Und etwas, das sich Wintermute nennt, versucht dauernd, sich an mich ranzuschleimen, damit ich Armitage aufs Kreuz lege. Was soll das?«

»Das Motiv«, sagte die Konstruktion. »Das Motiv ist echt 'n Problem bei 'ner KI. Nicht menschlich, verstehste?«

»Tja ... na klar.«

»Nix ist klar. Ich meine, 'ne KI ist kein Mensch. Aus der wirst du nie schlau. Ich bin auch kein Mensch, aber ich *reagiere* zumindest wie einer.«

»Sekunde mal«, sagte Case. »Bist du empfindungsfähig oder nicht?«

»*Meinem* Empfinden nach schon, mein Junge, aber eigentlich bin ich bloß 'n Häufchen ROM. Das wird wieder so 'ne, ähm, philosophische Frage sein...« Gelächter schepperte häßlich durch Cases Rückgrat. »Aber ich werd dir wohl kaum Gedichte schreiben, wenn du verstehst, was ich meine. Bei deiner KI wär das durchaus drin. Trotzdem ist sie keinesfalls *menschlich.*«

»Du meinst also, wir kriegen ihr Motiv nicht zu fassen?«

»Gehört sie sich selbst?«

»Sie hat die schweizerische Staatsbürgerschaft, aber T-A besitzt die Basis-Software und den Mainframe.«

»Guter Witz«, sagte die Konstruktion. »Als würd ich sagen, ich besitze dein Gehirn und was du weißt, aber deine Gedanken haben die schweizerische Staatsbürgerschaft. Sicher. Viel Glück, KI.«

»Sie will sich also tatsächlich selber verbrennen?« Case begann, nervös auf dem Deck herumzutippen. Die Matrix verschwamm und wurde wieder klar. Er sah den Komplex pinkfarbener Sphären, die ein sikkimisches Stahlkombinat repräsentierten.

»Autonomie, das ist das Schreckgespenst, wenn es um diese KIs geht. Ich vermute, du sollst da reingehen, Case, um die festverdrahteten Fesseln zu sprengen, die das Baby dran hindern, noch schlauer zu werden. Und ich wüßte zum Beispiel nicht, wie man zwischen einem Schritt der Muttergesellschaft und einem

Schritt, den die KI aus eigenem Antrieb tut, unterscheiden sollte. Vielleicht kommt das Chaos daher.« Wieder dieses Nichtlachen. »Weißt du, diese Dinger können wirklich malochen, sich Zeit kaufen, um Kochbücher zu schreiben oder so, aber in dem Moment, genauer gesagt, in der Nanosekunde, in der sie anfangen, sich zu überlegen, wie sie noch schlauer werden könnten, löscht Turing sie. *Niemand* traut diesen Mistdingern übern Weg. Jede KI hat immer auch 'ne elektromagnetische Kanone vor der Stirn.«

Case starrte auf die pinkfarbenen Sphären von Sikkim.

»Okay«, sagte er schließlich. »Ich fahr das Virus rein. Schau dir seinen Befehlsaufbau an und sag mir, was du davon hältst.«

Das unbestimmte Gefühl, daß ihm jemand über die Schulter blickte, verschwand für ein paar Sekunden und kehrte dann zurück.

»Heißes Ding, Case. Ist ein langsames Virus. Braucht schätzungsweise sechs Stunden, um ein militärisches Ziel zu knacken.«

»Oder 'ne KI.« Er seufzte. »Können wir's einsetzen?«

»Sicher«, sagte die Konstruktion, »sofern du keine krankhafte Angst vor dem Tod hast.«

»Du wiederholst dich, Mann.«

»Das ist nun mal meine Natur.«

Molly schlief, als er ins Intercontinental zurückkehrte. Er setzte sich auf den Balkon und beobachtete einen Microlight mit regenbogenfarbenen Polymerisatflügeln, der die Krümmung von Freeside hinaufjagte und seinen dreieckigen Schatten auf Wiesen und Dächer warf, bis er schließlich hinter dem Band des Lado-Acheson-Systems verschwand.

»Ich will abheben«, sagte er zu dem blauen Kunsthimmel. »Will mal wieder richtig high sein, klar? Getürkte Bauchspeicheldrüse, Stöpsel in der Leber, schmelzende Scheißkapseln. Scheiß drauf. Ich will 'ne volle Dröhnung.«

Er ging, ohne Molly zu wecken, wie er glaubte. Wegen der Linsen war er sich da nie sicher. Er schüttelte die Anspannung in seinen Gliedern ab und trat in den Aufzug. Zusammen mit einer Italienerin in makellosem Weiß, deren Wangen und Nase mattschwarz gepudert waren, fuhr er nach oben. Ihre weißen Nylonschuhe hatten Stahlabsätze. Das teuer aussehende Ding in ihrer Rechten glich einer Kreuzung aus Miniaturpaddel und orthopädischer Schiene. Sie war auf dem Weg zu irgendeinem flotten Spiel, das Case nicht kannte.

Auf der Dachwiese bahnte er sich einen Weg durch den Wald aus Bäumen und Sonnenschirmen, bis er auf einen Swimmingpool stieß. Nackte Körper glänzten auf den türkisen Fliesen. Er trat unter den Schatten einer Markise und drückte seinen Chip gegen eine dunkle Glasplatte. »Sushi«, sagte er, »oder was da ist.« Zehn Minuten später kam ein eifriger chinesischer Kellner mit seinem Essen. Er mampfte rohen Thunfisch und Reis und sah zu, wie die Leute sich bräunten. »Herrgott«, sagte er zu seinem Thunfisch, »ich würd durchdrehen dabei.«

»Nichts sagen«, meinte jemand, »ich weiß es schon. Du bist ’n Gangster, stimmt’s?«

Er blinzelte zu ihr hoch, ins Sonnenband. Langer, jugendlicher Körper, melaninverstärkte Bräune, aber sie gehörte nicht zu der Pariser Bagage.

Sie hockte sich neben ihn; Wasser tropfte auf die Fliesen. »Cath«, sagte sie.

Er, nach einer Pause: »Lupus.«

»Was für ’n Name ist ’n das?«

»Griechisch«, sagte er.

»Bist du wirklich ’n Gangster?« Der Melaninstoß hatte die Bildung von Sommersprossen nicht verhindert.

»Ich bin ein Junkie, Cath.«

»Was für einer?«

»Stimulanzien. Stimulanzien fürs zentrale Nervensystem. Superstarke Stimulanzien fürs zentrale Nervensystem.«

»Ja und, *hast* du welche?« Sie beugte sich näher. Chlorwasser tröpfelte auf sein Hosenbein.

»Nein, das ist mein Problem, Cath. Weißt du, wo wir was kriegen können?«

Cath ließ sich auf die braunen Fersen zurücksinken und leckte an einer brünetten Haarsträhne, die an ihrem Mund klebte. »Auf was stehst du?«

»Kein Koks, kein Amphetamin. Muß aber voll reinpowern.« Und das wär's dann, dachte er verdrossen, lächelte jedoch ihretwegen weiter.

»Betaphenäthylamin«, sagte sie. »Kein Problem. Geht aber auf deinen Chip.«

»Du machst Witze«, sagte Caths Partner und Zimmergenosse, als Case die besonderen Eigenschaften seiner Bauchspeicheldrüse aus Chiba erläuterte. »Ich meine, kannst du sie nicht verklagen oder so? Auf Kunstfehler?« Der Typ hieß Bruce und glich Cath wie eine männliche Zwillingsversion bis zur letzten Sommersprosse.

»Tja«, sagte Case, »das ist so 'ne Sache. Gewebeverträglichkeit und so.« Aber Bruces Augen waren schon wieder dumpf vor Langeweile. Hat die Aufmerksamkeitsspanne einer Mücke, dachte Case und betrachtete die braunen Augen.

Ihr Zimmer war kleiner als das von Molly und Case und lag in einem tieferen Stockwerk. Fünf riesige Cibachrome von Tally Isham klebten an der gläsernen Balkontür, ein Anzeichen dafür, daß sie schon länger hier wohnten.

»Echt stark, was?« sagte Cath, als sie sah, daß er die transparenten Bilder betrachtete. »Von mir. In der S/N-Pyramide aufgenommen, als wir das letzte Mal den Schacht runtergegangen sind. Sie war *so* nah und hat einfach gelächelt, so richtig natürlich. Und es war schlimm da unten, Lupus. Am Tag zuvor hatten die Christkönig-Terroristen Angel ins Leitungswasser gekippt, weißt du?«

»Ja«, sagte Case. Ihm war plötzlich unbehaglich zumute. »Üble Sache.«

»Also«, mischte sich Bruce ein, »wegen dem Beta, das du kaufen willst ...«

»Die Frage ist, kann mein Stoffwechsel das umsetzen?« Case zog die Brauen hoch.

»Ich sag dir was«, meinte der Junge. »Du testest es einfach. Wenn deine Bauchspeicheldrüse drauf losgeht, geht's auf Rechnung des Hauses. Das erste Mal kostet nichts.«

»Den Spruch kenn ich«, sagte Case und nahm das hellblaue Derm in Empfang, das ihm Bruce über die schwarze Bettdecke hinstreckte.

»Case?« Molly setzte sich im Bett auf und schüttelte sich die Haare von den Linsen.

»Wer sonst, Süße?«

»Was ist denn in dich gefahren?« Die Linsen folgten ihm durchs Zimmer.

»Hab vergessen, wie man's ausspricht«, sagte er, während er einen fest zusammengerollten, in durchsichtiges Plastik verpackten Streifen blauer Derms aus seiner Hemdtasche zog.

»Oh Mann«, sagte sie, »das hat uns gerade noch gefehlt.«

»Ein wahres Wort.«

»Kaum laß ich dich für zwei Stunden aus den Augen, holst du dir Dope.« Sie schüttelte den Kopf. »Hoffentlich bist du wieder auf dem Damm bis zu unserem großen Dinner mit Armitage heut abend. In diesem 20.-Jahrhundert-Laden. Dann werden wir ja auch sehen, wie Riviera seine Nummer rüberbringt.«

»Ja«, sagte Case und streckte sich. Sein Mund war zu einem verzückten Grinsen erstarrt. »Wunderbar.«

»Mann«, sagte sie, »falls das Zeug, das du dir reingezogen hast, durch die Sperre kommt, die sie dir in Chiba eingebaut haben, wirste mächtig durchhängen, wenn die Wirkung nachläßt.«

»Motz, motz, motz«, sagte er und schnallte seinen Gürtel auf. »Gemoser und Gemecker. Ständig und die ganze Zeit.« Er zog seine Jeans aus, das Hemd, die Unterhose. »Ich finde, du solltest so vernünftig sein, meinen unnatürlichen Zustand auszunützen.« Er blickte an sich hinab. »Sieh dir den unnatürlichen Zustand doch bloß mal an!«

Sie lachte. »Der hält sich nicht lange.«

»Und ob«, sagte er und kletterte auf den sandfarbenen Temperschaum, »das ist ja das Unnatürliche dran.«

11

Was ist mit dir, Case?« fragte Armitage, als der Kellner sie an seinem Tisch im Vingtième Siècle plazierte. Es war das kleinste und teuerste von mehreren schwimmenden Restaurants auf einem kleinen See in der Nähe des Intercontinental.

Case fröstelte. Von Nachwirkungen hatte Bruce nichts gesagt. Er versuchte, ein Glas Eiswasser zu heben, aber seine Hände zitterten zu stark. »Hab vielleicht was Falsches gegessen.«

»Ich möchte, daß du dich von einem Arzt untersuchen läßt«, sagte Armitage.

»Nur so 'ne Histaminreaktion«, log Case. »Krieg ich manchmal auf Reisen; andere Küche und so.«

Armitage trug einen dunklen Anzug, der zu förmlich für den Laden wirkte, und ein weißes Seidenhemd. Sein Goldarmband klimperte, als er sein Weinglas hob und trank. »Ich habe schon für euch bestellt«, sagte er.

Molly und Armitage aßen schweigend, während Case zittrig an seinem Steak herumsägte und es in mundgerechte Bissen zerlegte, die er nicht aß, sondern in der dicken Sauce hin und her schob; schließlich stieß er den Teller weg.

»Herrje«, sagte Molly, die alles aufgegessen hatte, »her damit. Weißt du eigentlich, was das kostet?« Sie nahm seinen Teller. »Müssen ein ganzes Tier jahrelang mästen und dann schlachten.

Ist kein Laborzeug.« Sie spießte einen Bissen auf die Gabel und kaute.

»Keinen Hunger«, brachte Case mit Mühe hervor. Sein Hirn war tiefgefroren. Nein, befand er, es war in eine Friteuse gesteckt und dringelassen worden, bis das heiße Fett abgekühlt war und eine dicke, wächserne Schicht um die runzligen Lappen gebildet hatte, durch die grünlich-rote, schmerzende Blitze zuckten.

»Du siehst zum Kotzen aus«, erklärte Molly fröhlich.

Case probierte den Wein. Das Betaphenäthylamin bewirkte, daß er wie Jodtinktur schmeckte.

Die Beleuchtung wurde gedimmt.

»Le Restaurant Vingtième Siècle freut sich«, verkündete eine körperlose Stimme mit ausgeprägtem Sprawlakzent, »Ihnen das holografische Cabaret von Mr. Peter Riviera präsentieren zu können.« Vereinzelter Applaus von den anderen Tischen. Ein Kellner zündete eine Kerze an, stellte sie mitten auf ihren Tisch und begann, das Geschirr abzuräumen. Bald flackerte auf jedem der Dutzend Tische im Restaurant eine Kerze. Die Gläser wurden nachgefüllt.

»Was kommt denn jetzt?« fragte Case Armitage, der keine Antwort gab.

Molly stocherte mit einem burgunderroten Fingernagel in ihren Zähnen herum.

»Guten Abend«, sagte Riviera, der auf einer kleinen Bühne am anderen Ende des Restaurants erschien. Case blinzelte. In seinem Elend war ihm die Bühne gar nicht aufgefallen. Er hatte nicht gesehen, woher Riviera gekommen war. Sein Unbehagen wuchs.

Zunächst glaubte er, der Mann würde von einem Punktscheinwerfer angestrahlt.

Riviera leuchtete. Das Licht umgab ihn wie eine Haut und erhellte den dunklen Vorhang hinter der Bühne. Er projizierte.

Riviera lächelte. Er trug eine weiße Smokingjacke. Auf dem Revers glühten blaue Kohlen im Schlund einer schwarzen Nelke. Seine Fingernägel blitzten, als er die Hände zum Gruß erhob, sein Publikum symbolisch umarmte. Case hörte das seichte Wasser an die Wand des schwimmenden Restaurants plätschern.

»Heute abend«, sagte Riviera mit leuchtenden Augen, »möchte ich Ihnen ein längeres Stück darbieten. Ein neues Werk.« Ein Rubin aus kaltem Licht formte sich auf der Handfläche seiner erhobenen Rechten. Er ließ ihn fallen. Eine graue Taube flatterte vom Aufschlagspunkt empor und entschwand in die Schatten. Jemand stieß einen Pfiff aus. Mehr Applaus.

»Das Werk trägt den Titel *Die Puppe*.« Riviera senkte die Hände. »Ich möchte die heutige Premiere Lady 3Jane Marie-France Tessier-Ashpool widmen.« Höflicher Applaus brandete auf. Als er verklungen war, schien Rivieras Blick zu ihrem Tisch zu wandern. »Und einer anderen Dame.«

Die Restaurantbeleuchtung ging kurz aus, so daß nur noch die Kerzen brannten. Rivieras holografische Aura war mit dem Licht verblaßt, aber Case konnte ihn noch sehen, wie er mit gebeugtem Kopf dastand.

Allmählich formierten sich schwache Lichtzeilen, vertikal und horizontal, und bildeten einen offenen Würfel um die Bühne. Die Restaurantbeleuchtung wurde wieder ein wenig heller, doch das Gerüst, das die Bühne umgab, schien wie aus gefrorenem Mondlicht zusammengesetzt. Den Kopf gesenkt, die Augen geschlossen, die Arme steif am Körper angelegt, zitterte Riviera förmlich vor Konzentration. Mit einem Mal füllte sich der gespenstische Würfel und wurde zum Zimmer, dem die vierte Wand fehlte, so daß das Publikum hineinsehen konnte.

Riviera schien sich ein wenig zu entspannen. Er hob den Kopf, hielt die Augen jedoch geschlossen. »Ich lebe schon immer in diesem Zimmer«, sagte er. »Soweit ich mich erinnere, habe ich nie in einem anderen gewohnt.« Die weiße Tünche an den Wänden war vergilbt. Zwei Möbelstücke standen im Zimmer, ein schlichter Holzstuhl und ein weiß lackiertes Eisenbett. Der Lack war gesprungen und abgestoßen, so daß das schwarze Metall zum Vorschein kam. Die Matratze auf dem Bett war unbezogen. Flekkiger Drell mit verblaßten braunen Streifen. Eine Glühbirne baumelte an einem verzwirbelten schwarzen Kabel über dem Bett. Case konnte die dicke Staubschicht auf der oberen Rundung der Birne sehen. Riviera schlug die Augen auf.

»Ich war immer allein in dem Zimmer gewesen.« Er setzte sich mit dem Gesicht zum Bett auf den Stuhl. Die blauen Kohlen glühten noch in der schwarzen Blüte am Revers. »Ich weiß nicht mehr, wann ich anfing, von ihr zu träumen«, fuhr er fort, »aber ich erinnere mich, daß sie zunächst nur ein Schatten war, ein nebelhaftes Gebilde.«

Auf dem Bett war etwas. Case kniff die Augen zusammen. Weg.

»Ich konnte sie nicht festhalten in meinen Gedanken. Aber ich wollte sie festhalten, wollte sie an mich drücken, an mich drücken und mehr ...« In dem stillen Restaurant war seine Stimme deutlich zu hören. Eis klirrte in einem Glas. Jemand kicherte. Jemand anders flüsterte auf Japanisch eine Frage. »Wenn ich einen Teil von ihr sichtbar machen könnte, überlegte ich, nur einen winzigen Teil, wenn ich den deutlich sehen könnte, in brillanter Schärfe, dann ...«

Eine Frauenhand lag nun auf der Matratze, die Handfläche nach oben, die Finger bleich. Riviera beugte sich vor, hob die Hand auf und streichelte sie sachte. Die Finger bewegten sich. Riviera führte die Hand an den Mund und leckte die Fingerkuppen. Die Nägel waren burgunderrot lackiert.

Eine Hand, sah Case, aber keine abgehackte Hand; die Haut spannte sich unversehrt und narbenlos. Ihm fiel das tätowierte, rautenförmige Stück Laborfleisch ein, das er im Schaufenster einer chirurgischen Boutique auf der Ninsei gesehen hatte. Riviera hielt die Hand an seine Lippen und leckte die Handfläche. Die Finger liebkosten zaghaft sein Gesicht. Doch nun lag eine zweite Hand auf dem Bett. Als Riviera danach griff, hielten die Finger der ersten sein Handgelenk wie ein Reif aus Haut und Knochen umschlossen.

Die Vorstellung lief mit einer eigenen, surrealistischen Logik ab. Als nächstes kamen die Arme. Dann die Füße. Die Beine. Sehr schöne Beine. Case brummte der Schädel. Seine Kehle war trocken. Er trank den Wein aus.

Riviera war nun im Bett, nackt. Seine Kleidung war Bestandteil der Projektion gewesen, aber Case erinnerte sich nicht, gesehen zu haben, wie sie verschwand. Die schwarze Blume lag am Fußende des Bettes, nach wie vor von blauem Feuer erfüllt. Dann bildete sich der Rumpf, dem Riviera mit seinen Liebkosungen Gestalt verlieh: weiß, kopflos und vollkommen, mit einem Film aus schimmerndem Schweiß.

Mollys Körper. Case starrte mit offenem Mund zur Bühne hin. Aber es war nicht Molly. Es war Molly, wie Riviera sie sich vorstellte. Die Brüste stimmten nicht; die Warzen waren größer, zu dunkel. Riviera und der gliederlose Torso wälzten sich auf dem Bett, und die Hände mit den leuchtenden Nägeln krochen über sie hin. Das Bett war nun mit vergilbter, brüchiger Spitze bedeckt, die tiefe Falten warf und bei der kleinsten Berührung zerfiel. Staubkörnchen tanzten um Riviera und die zuckenden Glieder, die huschenden, kneifenden, streichelnden Hände.

Case warf Molly einen raschen Blick zu. Ihr Gesicht war ausdruckslos; die Farben von Rivieras Projektion wogten und waberten in ihren Linsen. Armitage saß vornübergebeugt da, die Hände am Stiel seines Weinglases, die hellen Augen starr auf die Bühne, den leuchtenden Raum gerichtet.

Nun waren Glieder und Torso miteinander verschmolzen, und Riviera durchlief ein Zittern. Der Kopf war dran, das Bild komplett. Es war Mollys Gesicht; ihre Augen lagen unter stillen Quecksilberspiegeln verborgen. Riviera und das Molly-Abbild begannen, mit neu entfachter Heftigkeit zu kopulieren. Dann streckte das Abbild langsam die Hand aus und entblößte seine fünf Klingen. Mit träger, träumerischer Bedachtsamkeit schlitzte es Rivieras Rücken auf. Case sah noch kurz die freigelegten Wirbel, dann war er auch schon auf den Beinen und taumelte zur Tür.

Er erbrach sich über ein Rosenholzgeländer in die stillen Wasser des Sees. Das Gefühl, sein Kopf sei in einen Schraubstock gespannt, war nun verschwunden. Kniend und die Wange ans kühle Holz gepreßt, blickte er über den seichten See zum hellen Lichthof der Rue Jules Verne.

Case hatte so etwas schon früher gesehen; als er noch ein Teenager gewesen war, wurde es im Sprawl »Realtraum« genannt. Er erinnerte sich an schmächtige Puertoricaner, die unter den Straßenlaternen der East Side zu fetzigen Salsarhythmen realträumten: Traummädchen drehten und schüttelten sich zur Musik, und die Zuschauer klatschten den Takt. Freilich waren dazu ein ganzer Lastwagen voller Geräte und ein unhandlicher Trodenhelm erforderlich gewesen.

Was Riviera träumte, kam auch so rüber. Case schüttelte den schmerzenden Kopf und spuckte in den See.

Er konnte sich das Ende, das Finale ausmalen. Es folgte einer gewissen Symmetrie: Riviera fügt das Traummädchen zusammen, das Traummädchen zerlegt ihn. Mit diesen Händen. Traumblut auf der brüchigen Spitze.

Jubel aus dem Restaurant, Applaus. Case richtete sich auf und strich seine Kleidung glatt. Er drehte sich um und ging ins Vingtième Siècle zurück. Mollys Stuhl war leer. Die Bühne ebenfalls. Armitage saß allein am Tisch, noch immer auf die Bühne starrend, den Stiel des Weinglases zwischen den Fingern.

»Wo ist sie?« fragte Case.

»Weg«, antwortete Armitage.

»Ihm nach?«

»Nein.« Ein feines Klirren. Armitage blickte auf sein Glas hinunter und hob die Linke mit dem rotweingefüllten Kelch. Der abgebrochene Stiel ragte wie ein Eiszapfen zwischen seinen Fingern hervor. Case nahm ihm den Kelch aus der Hand und stellte ihn in ein Wasserglas.

»Sagen Sie mir, wo sie hin ist, Armitage.«

Die Beleuchtung ging an. Case blickte in die hellen Augen.

Nichts zu sehen. »Sie macht sich bereit. Du wirst sie nicht mehr sehen. Während des Runs seid ihr wieder zusammen.«

»Warum hat Riviera ihr das angetan?«

Armitage stand auf und ordnete das Revers seines Jacketts. »Schlaf dich aus, Case!«

»Geht's morgen los?«

Armitage zeigte sein nichtssagendes Lächeln und marschierte zum Ausgang.

Case rieb sich die Stirn und blickte sich um. Die Gäste erhoben sich; die Damen lächelten über die Scherze der Männer. Erst jetzt bemerkte er den diskret abgedunkelten Balkon, auf dem noch die Kerzen brannten. Er hörte das Klappern von Tafelsilber, gedämpfte Unterhaltung. Die Kerzen warfen tanzende Schatten an die Decke.

Das Mädchengesicht erschien so unvermittelt wie eine von Rivieras Projektionen. Die schmalen Hände auf dem glänzenden Holzgeländer, beugte sie sich vor. Ihr Gesicht war verzückt, wie es ihm schien, und sie schaute mit dunklen Augen herunter. Ihre Aufmerksamkeit galt der Bühne. Es war ein eindrucksvolles, aber kein schönes Gesicht. Dreieckige Form, hohe Wangenknochen, die erstaunlich fragil wirkten, ein breiter, strenger Mund, der von der schmalen Adlernase mit den geblähten Flügeln auf merkwürdige Weise ausgeglichen wurde. Und dann war sie wieder im vertrauten Gelächter und im Tanz der Kerzen verschwunden.

Als Case das Restaurant verließ, bemerkte er die zwei jungen Franzosen mit ihrer Freundin, die auf das Boot zum anderen Ufer und zum nächsten Kasino warteten.

Es war still in ihrem Zimmer, und der Temperschaum war glatt wie ein Strand nach der Flut. Ihre Tasche war fort. Er suchte nach einer Nachricht. Nichts. Es dauerte eine Weile, bis er in seiner Anspannung und Enttäuschung die Szenerie draußen vor dem Fenster registrierte. Er blickte auf und sah die Desiderata, teure Geschäfte: Gucci, Tsuyako, Hermes, Liberty.

Er machte große Augen und ging dann kopfschüttelnd zu einer Schalttafel, mit der er sich noch nicht befaßt hatte. Er stellte das Hologramm ab und wurde mit dem Blick auf die Wohnanlagen belohnt, die sich terrassenförmig am gegenüberliegenden Hang hinaufzogen.

Er griff sich das Telefon und trat damit auf den kühlen Balkon hinaus.

»Geben Sie mir die Nummer der *Marcus Garvey*«, befahl er der Rezeption. »Das ist ein Schlepper aus Zion, der auch dort registriert ist.«

Die Chipstimme nannte eine zehnstellige Nummer. »Das Schiff ist allerdings in Panama registriert, Sir«, fügte sie hinzu.

Maelcum nahm beim fünften Klingelton ab. »Yo?«

»Case. Hast du 'n Modem, Maelcum?«

»Yo. Am Navigationscomputer.«

»Kannste das abnehmen, Mann? Häng's an meinen Hosaka! Dann schalt das Deck ein. Ist der geriffelte Knopf.«

»Wie läuft's da drin bei euch, Mann?«

»Na ja, ich brauch Hilfe.«

»Schon unterwegs. Ich hol dir das Modem.«

Case lauschte dem leisen atmosphärischen Rauschen, während Maelcum den einfachen Telefonkoppler anbaute. »Eis aufbauen«, befahl er dem Hosaka, als er ihn piepen hörte.

»Sie sprechen von einem stark überwachten Ort aus«, teilte ihm der Computer steif mit.

»Scheiß drauf«, sagte er. »Vergiß das Eis! Kein Eis. Schalt die Konstruktion zu! Dixie?«

»Hallo, Case.« Die Flatline meldete sich über den Sprach-Chip des Hosaka, wobei der sorgsam konstruierte Akzent völlig verlorenging.

»Dix, du wirst jetzt hier einsteigen und mir was besorgen! Meinetwegen ganz offen. Molly ist irgendwo hier drin, und ich will wissen wo. Ich bin in 335W, im Intercontinental. Sie war auch hier angemeldet, aber ich weiß nicht, unter welchem Namen.

Steig über die Leitung ein und geh deren Unterlagen für mich durch!«

»Gesagt, getan«, erwiderte die Flatline. Case hörte das weiße Rauschen der Invasion. Er lächelte. »Erledigt. Rose Kolodny. Abgereist. Dauert ein paar Minuten, bis ich das Sicherheitsnetz weit genug aufgerissen habe, um Genaueres rauszukriegen.«

»Na, dann los.«

Das Telefon wimmerte und klickte unter den Mühen der Konstruktion. Case trug es ins Schlafzimmer zurück und legte den Hörer nach oben gekehrt auf den Temperschaum. Er ging ins Bad und putzte sich die Zähne. Als er wieder herauskam, schaltete sich der Braun-Monitor der Audiovisionsanlage im Zimmer an. Ein japanischer Popstar, in metallisch glänzende Kissen gelehnt. Ein unsichtbarer Interviewer, der auf deutsch eine Frage stellte. Case starrte auf den Monitor. Blaue Interferenzstreifen ließen das Bild zucken.

»Case, Baby, bist du übergeschnappt, Mann?« Die Stimme war schleppend, vertraut.

Die Glaswand vor dem Balkon bot wieder den Blick auf die Desiderata, aber die Straßenszene verschwamm, verzerrte sich und blendete über ins leere Jarre de Thé in Chiba. Rotes Neon, von den verspiegelten Wänden in zerkratzte Unendlichkeit vervielfacht.

Lonny Zone, groß und ausgemergelt, trat mit den trägen, fließenden Unterwasserbewegungen seiner Drogensucht vor. Er stand allein zwischen den quadratischen Tischen, die Hände in den Taschen seiner grauen Kammgarnhose. »Echt, ey, du siehst ganz schön abgefuckt aus.«

Die Stimme kam aus den Lautsprechern des Braun.

»Wintermute«, sagte Case.

Der Zuhälter zuckte lässig die Achseln und lächelte.

»Wo ist Molly?«

»Mann, du hast Sorgen. Du hast grade totalen Scheiß gebaut, Case. Die Flatline läßt in Freeside überall die Alarmglocken klingeln. Das hätte ich dir nicht zugetraut. Paßt überhaupt nicht zu deinem Profil.«

»Dann sag mir, wo sie ist, und ich pfeif die Flatline zurück.«

Zone schüttelte den Kopf.

»Du hast's nicht so recht drauf, deine Frauen im Auge zu behalten, was, Case? Gehn dir ständig irgendwie verloren.«

»Ich laß dich hochgehen mit der Sache«, sagte Case.

»Nein. Dafür bist du nicht der Typ, Mann. Weißt du was, Case? Ich schätz mal, du hast dir zusammengereimt, daß ich Deane befohlen habe, deine kleine Hure in Chiba kaltzumachen.«

»Hör auf«, sagte Case und machte unwillkürlich einen Schritt zum Fenster.

»Aber ich war's nicht. Doch was macht das schon? Was spielt das schon für eine Rolle für Mr. Case? Hör auf, dir was vorzumachen! Ich kenne deine Linda, Mann. Ich kenne alle Lindas. Die Gattung Linda ist ein Produkt meiner Arbeit. Weißt du, warum sie dich beklaut hat? Aus Liebe. Damit sie dir scheißegal ist. Liebe? Willst du über Liebe reden? Sie hat dich geliebt. Das weiß ich. Auch wenn sie nicht viel getaugt hat, sie hat dich geliebt. Damit konntest du nicht umgehen. Und jetzt ist sie tot.«

Cases Faust prallte von der Scheibe ab.

»Versau dir nicht die Hände, Mann! Mußt bald in die Tasten hauen.«

Zone verschwand, ersetzt durch Freeside bei Nacht und die Lichter der Wohnanlagen. Der Braun schaltete sich ab.

Auf dem Bett piepte stetig das Telefon.

»Case?« Die Flatline wartete. »Wo warst du? Ich hab's, aber es ist nicht viel.« Die Konstruktion rasselte eine Adresse herunter. »Für 'nen Nightclub hatte der Laden 'n komisches Eis. Das ist alles, was ich rauskriegen konnte, ohne 'ne Visitenkarte zu hinterlassen.«

»Okay. Der Hosaka soll Maelcum Bescheid sagen, daß er das Modem abnehmen kann. Danke, Dix.«

»War mir 'n Vergnügen.«

Er saß lange auf dem Bett und genoß das neue, das kostbare Gefühl.

Zorn.

»Hallo, Lupus. He, Cath, es ist dein Freund Lupus.« Bruce stand nackt in der Tür. Er war tropfnaß und hatte geweitete Pupillen. »Aber wir duschen gerade. Willst du warten? Oder mitduschen?«

»Nein, danke. Ich brauch Hilfe.« Er schob die Arme des Jungen beiseite und trat ein.

»He, echt, Mann, wir ...«

»... helfen dir gern. Ihr freut euch riesig, mich zu sehen. Weil wir Freunde sind, stimmt's? Oder etwa nicht?«

Bruce blinzelte. »Klar.«

Case nannte die Adresse, die er von der Flatline bekommen hatte.

»Wußte ich's doch, er ist 'n Gangster«, rief Cath fröhlich aus der Dusche.

»Ich hab 'n Honda-Trike«, sagte Bruce mit einem leeren Grinsen.

»Gehn wir«, sagte Case.

»In dem Stockwerk sind die Kabinen«, sagte Bruce, nachdem er sich die Adresse von Case zum achten Mal hatte wiederholen lassen. Er stieg wieder auf das Honda. Kondenswasser tropfte vom Auspuff der Wasserstoffzelle, als das rote Fiberglas-Chassis auf den verchromten Stoßdämpfern schaukelte. »Dauert das lange?«

»Weiß ich nicht. Aber ihr wartet.«

»Wir warten, klar.« Er kratzte sich die nackte Brust. »Der letzte Teil der Adresse ist 'ne Kabinennummer, glaub ich. Dreiundvierzig.«

»Wirst du erwartet, Lupus?« Cath reckte den Hals und schaute Bruce über die Schulter. Ihr Haar war unterwegs getrocknet.

»Eigentlich nicht«, sagte Case. »Ist das schlimm?«

»Geh einfach ins unterste Stockwerk und such die Kabine deiner Freundin. Wenn sie dich reinlassen, alles klar. Wenn nicht ...« Sie zuckte die Achseln.

Case wandte sich ab und stieg eine schmiedeeiserne Wendeltreppe mit Blumenornamenten hinunter. Nach sechs Runden kam er in einen Nightclub. Er blieb stehen, steckte sich eine Yeheyuan an und ließ den Blick über die Tische schweifen. Auf einmal ergab Freeside für ihn einen Sinn: Geschäft. Die Luft knisterte förmlich davon. Hier lief die Action. Das war nicht die Hochglanzfassade der Rue Jules Verne, sondern das Echte, das Wahre. Deals aller Art. Der Reigen. Das gemischte Publikum bestand etwa zur Hälfte aus Touristen, zur anderen Hälfte aus Inselbewohnern.

»Wo geht's nach unten?« fragte er einen vorbeikommenden Kellner. »Ich will runter.« Er zeigte seinen Freeside-Chip vor. Der Mann deutete in den hinteren Teil des Clubs.

Er ging rasch an den vollbesetzten Tischen vorbei und hörte Gesprächsfetzen in einem halben Dutzend europäischer Sprachen.

»Ich will 'ne Kabine«, sagte er zu dem Mädchen, das am niedrigen Tisch saß und ein Terminal auf dem Schoß hatte. »Im Untergeschoß.« Er reichte ihr seinen Chip.

»Geschlechtspräferenz?« Sie strich mit dem Chip über eine Glasplatte an der Frontseite des Terminals.

»Weiblich«, sagte er automatisch.

»Nummer fünfunddreißig. Rufen Sie an, wenn Sie nicht zufrieden sind. Sie können sich im voraus ansehen, was wir Kunden mit Sonderwünschen zu bieten haben, wenn Sie möchten.« Lächelnd gab sie ihm den Chip zurück.

Hinter ihr ging ein Lift auf.

Der Korridor war blau beleuchtet. Case trat aus dem Lift und entschied sich aufs Geratewohl für eine Richtung. Numerierte Türen. Stille wie auf den Fluren einer teuren Klinik.

Er fand seine Kabine, während er nach der von Molly suchte.

Verwirrt hob er seinen Chip und drückte ihn gegen den schwarzen Sensor direkt unter dem Nummernschild.

Ein Magnetschloß. Das Geräusch erinnerte ihn an das Cheap Hotel.

Das Mädchen auf dem Bett setzte sich auf und sprach ihn auf deutsch an. Starre Augen, sanfter Blick. Automatiksteuerung. Nervenunterbrechung. Er trat zurück und schloß die Kabinentür von draußen.

Die Tür von Kabine dreiundvierzig sah genauso aus wie alle anderen. Er zögerte. Die Stille im Korridor ließ darauf schließen, daß die Kabinen schalldicht waren. Sinnlos, es mit dem Chip zu versuchen. Er klopfte mit den Knöcheln an das emaillierte Metall. Nichts. Die Tür schien jedes Geräusch zu schlucken.

Er drückte den Chip gegen die schwarze Platte.

Die Bolzen klickten.

Sie schien ihn irgendwie schon getroffen zu haben, bevor er die Tür richtig aufgemacht hatte. Er lag auf den Knien, die Stahltür im Rücken. Zentimeter vor seinen Augen vibrierten die Klingen ihrer steifen Daumen …

»Herrgott«, sagte sie und gab ihm einen Klaps auf die Wange, als sie aufstand. »Idiotisch von dir, das zu probieren. Wie, zum Teufel, haste die Schlösser aufgekriegt, Case? Case? Alles in Ordnung?« Sie beugte sich über ihn.

»Chip«, sagte er, nach Luft ringend. Schmerz flutete von der Brust aus durch seinen Körper. Sie half ihm auf die Beine und schob ihn in die Kabine.

»Hast du die Angestellte oben bestochen?«

Er schüttelte den Kopf und fiel aufs Bett.

»Einatmen. Zählen. Eins, zwei, drei, vier. Luft anhalten. Jetzt ausatmen. Zählen.«

Er hielt sich den Bauch.

»Du hast mich getreten«, keuchte er.

»Hätte tiefer zielen sollen. Ich will allein sein. Ich meditiere, kapiert?« Sie setzte sich neben ihn. »Außerdem krieg ich gerade 'ne Einweisung.« Sie deutete auf einen kleinen Monitor, der gegenüber vom Bett in die Wand eingelassen war. »Wintermute klärt mich über Straylight auf.«

»Wo ist die Fleischpuppe?«

»Keine da. Das ist der allerteuerste Sonderwunsch.« Molly stand auf. Sie hatte ihre Lederhose und ein weites, dunkles Hemd an. »Morgen geht's los, sagt Wintermute.«

»Was sollte die ganze Sache im Restaurant? Wieso bist du abgehauen?«

»Wenn ich dageblieben wäre, Case, hätte ich Riviera vielleicht umgebracht.«

»Warum?«

»Wegen dem, was er mir angetan hat. Seine Show.«

»Kapier ich nicht.«

»Das kostet einiges«, sagte sie und streckte die rechte Hand aus, als hielte sie eine unsichtbare Frucht. Die fünf Klingen kamen zum Vorschein und wurden langsam wieder eingefahren. »Der Trip nach Chiba, die Operation, die Aufrüstung des Nervensystems, so daß man die entsprechenden Reflexe für das Gerät hat ... schweineteuer, das alles. Willst du wissen, wie ich mir das Geld anfangs verdient hab? Hier. Nicht hier, aber in so 'nem ähnlichen Laden im Sprawl. Ist im Grunde ein Kinderspiel, denn sobald sie dir den Unterbrecherchip einpflanzen, isses locker verdientes Geld. Wachst manchmal wund auf, aber das ist auch schon alles. Vermietest, was du hast, mehr nicht. Du bist nicht dabei, wenn's passiert. Das Haus hat die Software für alles, wofür der Freier die Kohle hinlegt ...« Sie ließ ihre Knöchel knacken. »Schön. Ich bekam meine Knete. Das Dumme war nur, der Unterbrecher und die Schaltung, die sie mir in Chiba eingebaut hatten, waren nicht kompatibel. Die Arbeit ist allmählich durchgesickert, ich konnte mich dran erinnern ... Aber es waren nur Träume, und nicht immer schlechte.« Sie lächelte. »Dann wurde es allmählich seltsam.« Sie zog die Zigaretten aus seiner Tasche und zündete sich eine an. »Das Haus fand raus, was ich mit meinem Geld machte. Die Klingen hatte ich schon drin, aber für die neuromotorische Feinarbeit hätte ich noch drei Termine gebraucht. Ich war absolut nicht bereit, das Puppenspiel aufzugeben.« Sie inhalierte, stieß den Rauch aus und schickte drei perfekte Ringe hinterher. »Der Scheißtyp, der den Laden geschmissen hat, ließ also 'ne spezielle Software zusammenbrauen. Berlin, das ist *der* Ort für Snuff. Großer Markt für fiese Kicks, Berlin. Ich hab nie erfahren, wer das Programm geschrieben hat, an das sie mich rangehängt haben, aber es war auf den ganzen Klassikern aufgebaut.«

»Die wußten, daß du alles mitgekriegt hast? Daß du während der Arbeit bei Bewußtsein warst?«

»Ich war nicht bei Bewußtsein. Ist wie Cyberspace, aber leer. Silbern. Riecht wie Regen ... Man kann's sehen, wenn man 'nen Orgasmus kriegt. Ist wie 'ne kleine Nova draußen an der Grenze des Alls. Aber ich hab angefangen, mich zu *erinnern*. Wie bei Träumen, weißt du. Und sie haben mir nichts gesagt. Haben die Software ausgetauscht und angefangen, mich an 'ne spezielle Kundschaft zu verkaufen.«

Ihre Worte schienen aus weiter Ferne zu kommen. »Und ich wußte Bescheid, hab aber den Mund gehalten. Ich brauchte das Geld. Die Träume wurden immer schlimmer, und ich hab mir gesagt, daß zumindest manche wirklich bloß Träume waren. Aber dann dämmerte mir allmählich, daß der Boß 'ne komplette kleine Klientel für mich aufgebaut hatte. Nichts ist zu gut für Molly, hat er gesagt und mir so 'ne Scheißlohnerhöhung gegeben.« Sie schüttelte den Kopf. »Der Schwanz hat *achtmal* so viel kassiert, wie er mir gezahlt hat, und er dachte, ich wüßte's nicht.«

»Wofür hat er denn kassiert?«

»Für Alpträume. Aber für reale. Eines Abends ... eines Abends, ich war gerade aus Chiba zurück.« Sie warf die Zigarette auf den Boden, trat sie mit dem Absatz aus, setzte sich und lehnte sich an die Wand. »Die Chirurgen waren diesmal tief reingegangen. Heikle Sache. Haben wohl den Unterbrecherchip vermurkst. Ich bin aufgewacht. War mit ’nem Freier zugange ...« Sie bohrte die Finger tief in den Temperschaum. »’n Senator. Hab seine feiste Fresse sofort erkannt. Wir schwammen in Blut. Waren nicht allein. Das Mädchen ...« – Molly zupfte am Temperschaum – » ... war tot. Und dieser fette Schwanz, der sagte immer: ›Was ist los? Was ist los?‹ Wir waren nämlich noch gar nicht *fertig* ...«

Sie begann zu zittern.

»Also hab ich dem Senator gegeben, was er wirklich wollte, schätz ich mal, verstehst du?« Molly hörte auf zu zittern. Sie ließ den Schaum los und fuhr sich mit den Fingern durch das dunkle Haar. »Das Haus hat ’nen Killer auf mich angesetzt. Mußte für ’ne Weile untertauchen.«

Case sah sie mit großen Augen an.

»Riviera hat gestern abend ’nen Nerv getroffen«, sagte sie. »Schätze, ich soll ’nen mächtigen Haß auf ihn entwickeln, damit ich aufgeputscht genug bin, um ihm da rein zu folgen.«

»Folgen?«

»Er ist schon drin. In Straylight. Auf Einladung von Lady 3Jane. Wegen dem Scheiß mit der Widmung. Sie war da, in ’ner Privatloge oder so ...«

Case fiel das Gesicht ein, das er gesehen hatte. »Wirst du ihn umbringen?«

Sie lächelte. Kalt. »Er wird sterben, ja. Bald.«

»Ich hab auch Besuch gehabt.« Er erzählte ihr vom Fenster. Als er darauf zu sprechen kam, was die Zone-Figur über Linda gesagt hatte, geriet er ins Stottern. Molly nickte.

»Vielleicht sollst du auch was hassen.«

»Vielleicht hasse ich dieses Ding.«

»Vielleicht haßt du dich selber, Case.«

»Na, wie war’s?« fragte Bruce, als Case auf die Honda stieg.

»Probier’s mal gelegentlich«, sagte er und rieb sich die Augen.

»Will mir nicht in den Kopf, daß du der Typ bist, der auf die

Puppen steht«, sagte Cath traurig und drückte sich ein frisches Derm aufs Handgelenk.

»Können wir jetzt?« fragte Bruce.

»Klar. Setzt mich an der Rue Jules Verne ab, wo die Bars sind.«

12

Die Rue Jules Verne war eine Ringstraße, die sich um die Spindelmitte wand, während die Desiderata Street die Spindelachse entlang verlief und jeweils an den Streben der Lado-Acheson-Lichtpumpen endete. Wenn man von der Desiderata rechts abbog und der Jules Verne weit genug folgte, kam man von links wieder zur Desiderata zurück.

Case sah Bruces Honda nach, bis sie außer Sicht war, wandte sich dann ab und spazierte an einem großen, hell erleuchteten Zeitungskiosk vorbei. Auf den Titelbildern eines Dutzends japanischer Hochglanzmagazine prangten die Gesichter der neuesten Simstim-Stars des Monats.

Am nächtlichen Hologrammhimmel entlang der Achse direkt über ihm funkelten phantastische Konstellationen, die an Spielkarten erinnerten, an die Augen eines Würfels, einen Zylinderhut, ein Martiniglas. Die Kreuzung von Desiderata und Jules Verne bildete eine Art Schlucht, über der die terrassenförmig angelegten Wohnanlagen der Hangbewohner von Freeside mit ihren Balkonen allmählich zu den grasbedeckten Plateaus eines anderen Kasinokomplexes emporstiegen. Case beobachtete eine Drohne, einen ferngesteuerten Microlight, der sich im Aufwind am grünen Rand eines künstlichen Tafelbergs elegant in die Kurve legte und sekundenlang in den weichen Lichtschein des unsichtbaren Kasinos eintauchte. Das Ding war eine Art unbemannter Doppeldecker aus hauchdünnem Polymerisat und glich mit dem Siebdruckmuster auf seinen Flügeln einem Riesenschmetterling. Schon war es über dem Rand des Plateaus verschwunden. Case hatte noch Glas aufblitzen sehen, das Neonlicht reflektierte: entweder Objektive oder Lasergeschütze. Die Drohnen gehörten zum Sicherheitssystem der Spindel und wurden von einem Zentralcomputer gesteuert.

Ob der in der Villa Straylight stand? Er ging weiter, vorbei an Bars namens Hi-Lo, Paradise, Le Monde, Cricketeer, Shozoku Smith's und Emergency. Er entschied sich fürs Emergency, weil es die kleinste und vollste war, stellte jedoch sofort fest, daß es sich um einen Touristenschuppen handelte. Keine Geschäfte hier, nur eine verschleierte erotische Spannung. Er dachte kurz an den namenlosen Club über Mollys Kabine, aber das Bild ihrer verspiegelten Augen, die an dem kleinen Monitor hingen, brachte ihn davon ab. Was mochte Wintermute dort enthüllen? Die Grundrisse der Villa Straylight? Die Geschichte der Tessier-Ashpools?

Er bestellte ein Carlsberg und fand einen Stehplatz an der Wand. Er schloß die Augen und tastete nach dem Knoten seiner Wut, der kleinen, glimmenden Kohle seines Zorns. Sie war noch da. Woher kam sie? Er erinnerte sich, daß er auf seine Verstümmelung in Memphis nur mit einer gewissen Verblüffung reagiert hatte, daß er rein gar nichts empfunden hatte, als er mordete, um seine Interessen als Dealer in Night City zu schützen, und bei Lindas Tod in der aufgeblasenen Kuppel nur matten Abscheu und Ekel. Aber keinen Zorn. Vor seinem geistigen Auge knallte, klein und weit entfernt, die Erscheinung von Deane in einer Explosion von Blut und Hirn gegen die Erscheinung einer Bürowand. Und da wußte er es: Der Zorn war in der Spielhalle hochgekommen, als Wintermute den Simstim-Geist von Linda Lee auslöschte und damit die simple, animalische Hoffnung auf Essen, Wärme und einen Platz zum Schlafen zerschlug. Aber wahrgenommen hatte er ihn erst bei seinem Wortwechsel mit dem holografisch konstruierten Lonny Zone.

Der Zorn war seltsam. Er konnte ihn nicht richtig einordnen.

»Abgestumpft«, sagte er. Er war seit langem abgestumpft, seit Jahren. Die ganzen Nächte auf der Ninsei, die Nächte mit Linda. Abgestumpft im Bett, abgestumpft bei jedem Drogendeal, bei dem ihm eigentlich der kalte Schweiß hätte ausbrechen müssen. Aber jetzt hatte er dieses warme Etwas gefunden, diesen mörderischen Zug. *Fleisch,* sagte etwas in ihm. *Es ist das Fleisch, das zu dir spricht. Beachte es nicht!*

»Na, du Gangster?«

Er öffnete die Augen. Cath stand in einem schwarzen Hemdkleid neben ihm, das Haar noch zerzaust von der Hondafahrt.

»Dachte, ihr wärt nach Hause gefahren«, sagte er und kaschierte seine Verwirrung mit einem Schluck Carlsberg.

»Hab mich bei 'nem Shop absetzen lassen und mir das hier geholt.« Sie strich mit der Hand über den Stoff, am Becken entlang. Er sah das blaue Derm an ihrem Handgelenk. »Gefällt's dir?«

»Ja.« Automatisch musterte er die Gesichter um sie herum und sah dann wieder sie an. »Was hast du eigentlich vor, Süße?«

»Bringt's das Beta, das du von uns gekriegt hast, Lupus?« Sie stand nun ganz dicht bei ihm, strahlte Wärme und Anspannung aus.

Die Augen über den enorm geweiteten Pupillen waren zu Schlitzen zusammengekniffen, und eine Sehne in ihrem Nacken war gespannt wie auf einem Bogen. Das Zeug, das sie gerade eingeworfen hatte, ließ sie unsichtbar beben und vibrieren. »Hast du abgehoben?«

»Ja. Aber die Landung ist reichlich holprig.«

»Dann brauchst du mehr davon.«

»Und wohin soll das führen?«

»Hab 'nen Schlüssel. Droben am Berg hinter dem Paradise, Bude vom Feinsten. Die Leute sind heut abend den Schacht runter, geschäftlich, wenn du mir folgen kannst ...«

»Kann ich, aber ob ich auch will?«

Ihre heißen, trockenen Hände schlossen sich um seine. »Bist 'n Yak, Lupus, stimmt's? 'n Gaijin-Soldat der Yakuza.«

»Hast 'n Auge für so was, hm?« Er zog seine Hand weg und suchte nach einer Zigarette.

»Wieso hast du eigentlich noch alle Finger? Ich dachte, du mußt dir jedesmal einen abhacken, wenn du Mist baust?«

»Ich bau keinen Mist.« Er zündete sich die Zigarette an.

»Hab das Mädchen gesehn, mit dem du zusammen bist. An dem Tag, als ich dich kennengelernt hab. Hat 'nen Gang wie Hideo. Macht mir angst.« Sie lächelte zu breit. »Gefällt mir. Mag sie's mit Frauen?«

»Hat sie nie was von gesagt. Wer ist Hideo?«

»3Janes Faktotum, wie sie ihn nennt. Faktotum der Familie.«

Case zwang sich, seinen Blick gelangweilt über die Gäste im Emergency schweifen zu lassen. »D-Jane?«

»Three-Jane. Lady 3Jane. Ist irre reich. Ihrem Vater gehört das alles hier.«

»Diese Bar?«

»Freeside!«

»Ehrlich, du verkehrst in den besten Kreisen, was?« Er zog eine Augenbraue hoch und legte den Arm um sie, die Hand auf ihrer Hüfte. »Und wie lernst du die Big Mäcs kennen, Cathy? Bist du 'ne verkappte Debütantin? Oder habt ihr heimlich 'n altes, fälliges Guthaben geerbt, du und Bruce? Hm?« Mit gespreizten Fingern knetete er das Fleisch unter dem dünnen, schwarzen Kleid. Sie drückte sich an ihn. Lachte.

»Ach, na ja«, sagte sie mit halb gesenkten Lidern, um einen bescheidenen Eindruck zu machen, »sie feiert halt gern. Bruce und ich machen hier so die Runde bei den Parties ... Es wird ihr echt langweilig da drin. Ihr alter Herr läßt sie manchmal raus, sofern sie Hideo mitnimmt, damit er auf sie aufpaßt.«

»Wo wird's langweilig?«

»In Straylight, so heißt das. Sie hat mir davon erzählt. Muß schön sein da, lauter Teiche und Seerosen. 'n Schloß, 'n richtiges

Schloß aus Stein, mit Sonnenuntergängen und allem.« Sie schmiegte sich an ihn. »He, Lupus, Mann, du brauchst 'n Derm. Damit wir zusammensein können.«

Sie trug ein Ledertäschchen an einem schmalen Riemen um den Hals. Ihre völlig abgekauten Fingernägel hoben sich hellrosa gegen die künstliche Bräune ab. Sie öffnete das Täschchen und holte ein blaues Derm in einer Folienpackung mit Papprücken hervor. Etwas Weißes fiel dabei auf den Boden. Case bückte sich und hob es auf. Ein Origami-Kranich.

»Hab ich von Hideo gekriegt«, sagte sie. »Er hat mir gezeigt, wie's geht, aber ich krieg's nicht hin. Der Hals steht immer nach hinten.«

Sie verstaute das gefaltete Papier in der Tasche. Case sah zu, wie sie die Folie abzog, das Pflaster von der Unterlage löste und es innen an sein Handgelenk klebte.

»3Jane, hat die so 'n spitzes Gesicht, Nase wie 'n Raubvogel?« Seine Hände zeichneten Umrisse. »Dunkles Haar? Jung?«

»Glaub schon. Irre Frau. Tja, mit all dem Geld.«

Die Droge überrollte ihn wie ein Schnellzug. Eine weißglühende Lichtsäule schoß ihm aus der Prostatagegend das Rückgrat hoch und durchleuchtete die Nähte seines Schädels mit den Röntgenstrahlen seiner kurzgeschlossenen Libido. Seine Zähne sirrten in ihren jeweiligen Höhlen wie Stimmgabeln, jeder in der richtigen Tonlage und klar wie Äthanol. Seine Knochen unter der dunstigen Fleischhülle waren verchromt und hochglanzpoliert, die Gelenke mit Silikon geschmiert. Sandstürme wüteten auf dem blankgescheuerten Schädelboden und erzeugten Wellen hohen, dünnen atmosphärischen Rauschens, die sich hinter den Augen brachen, Kugeln aus purem Kristall, die immer größer wurden …

»Komm«, sagte sie und nahm ihn bei der Hand. »Du bist drauf. Wir sind drauf. Oben können wir die ganze Nacht weitermachen.«

Der Zorn schwoll an, wuchs erbarmungslos, vervielfachte sich, flutete im Gefolge des Betaphenätylaminschubs heran wie eine Trägerwelle, ein seismischer Strom, schwer und zerstörend. Seine Erektion war eine Stange Blei. Die Gesichter ringsum im Emergency waren bemalte Puppenfratzen; die rotweißen Münder gingen auf und zu, auf und zu; die Worte quollen hervor wie lauter einzelne Sprechblasen.

Er blickte zu Cath und sah jede einzelne Pore ihrer gebräunten Haut, Augen, flach wie stumpfes Glas, den Farbton von totem Metall, etwas leicht Aufgedunsenes, ganz feine Asymmetrien an Busen und Schlüsselbein, die ... Etwas Grelles blitzte hinter seinen Augen auf.

Er ließ ihre Hand los und taumelte zur Tür, stieß irgendwen beiseite.

»Hau doch ab!« schrie sie ihm hinterher. »Du mieser kleiner Scheißdieb!«

Er spürte seine Beine nicht. Sie waren wie Stelzen, auf denen er wie von Sinnen über das Steinpflaster der Rue Jules Verne torkelte. Ein fernes Rauschen in den Ohren; das eigene Blut. Messerscharfe Lichtflächen zersägten seinen Schädel in einem Dutzend verschiedener Winkel.

Und dann erstarrte er aufrecht, die Fäuste an die Oberschenkel gepreßt, den Kopf zurückgeworfen, die Lippen gespitzt, zitternd, und sah, wie sich der Verlierer-Tierkreis von Freeside, die Nightclub-Konstellationen am Hologrammhimmel, in Bewegung setzten und flüssig an der dunklen Achse hinabglitten, um sodann wie Lebewesen im Zentrum der Realität durcheinanderzuwimmeln, bis sie sich einzeln und zu Hunderten neu geordnet und wie Sterne vor dem Nachthimmel ein riesiges, simples Porträt in totalem Schwarzweiß hingetupft hatten. Es war das Gesicht von Miss Linda Lee.

Als er die Augen davon losreißen, den Blick senken konnte, stellte er fest, daß alle anderen Gesichter auf der Straße nach oben gerichtet und die flanierenden Touristen staunend stehengeblieben waren. Und als die Lichter am Himmel erloschen, schallte vielstimmiger Jubel aus der Rue Jules Verne empor und hallte wider von den Terrassen und Balkonen aus mondfahlem Beton.

Irgendwo begann eine Uhr zu schlagen, eine altertümliche Glocke aus Europa.

Mitternacht.

Er ging umher, bis der Morgen anbrach.

Der Rausch verebbte, das verchromte Skelett rostete mit jeder Stunde dahin, das von der Droge ausgelaugte Fleisch wurde wieder fest und lebendig. Er konnte nicht denken. Bei Bewußtsein zu sein, aber nicht denken zu können, das gefiel ihm sehr. Er schien zu jedem Gegenstand zu werden, den er sah: zu einer Parkbank, zu einem Schwarm weißer Motten an einer antiken Straßenlaterne, zu einem Gartenroboter mit schwarzgelben Diagonalstreifen.

Ein aufgezeichnetes Morgengrauen kroch rosarot und düster über dem Lado-Acheson-System herauf. Er zwang sich, in einem Café an der Desiderata ein Omelett zu essen, einen Schluck Wasser zu trinken und seine letzte Zigarette zu rauchen.

Auf der Dachwiese des Intercontinental herrschte schon Betrieb, als er sie überquerte. Die ersten Frühstücksgäste machten sich unter den gestreiften Sonnenschirmen über Kaffee und Croissants her.

Sein Zorn war noch immer da. Es war, als ob man in einer Gasse überfallen worden wäre und beim Aufwachen feststellen würde, daß die Brieftasche noch unangetastet in der Jacke steckt. Er wärmte sich daran, auch wenn er ihm keinen Namen und kein Ziel geben konnte.

Er fuhr mit dem Aufzug in seine Etage und kramte in seiner Tasche nach dem Freeside-Kreditchip, der ihm als Schlüssel diente. Allmählich war wieder an Schlaf zu denken. Eine gute Idee. Sich auf dem sandfarbenen Temperschaum ausstrecken und wieder in die Leere eintauchen.

Sie erwarteten ihn schon, alle drei. Ihre makellose, weiße Sportkleidung und ihre Schablonenbräune hoben sich kraß von dem handgefertigten, organischen Chic der Einrichtung ab. Das Mädchen saß auf einem Korbsofa, eine automatische Pistole neben sich auf dem Blattmuster des Polsters.

»Turing«, sagte sie. »Sie sind verhaftet.«

VIERTER TEIL

DIE VILLA STRAYLIGHT

13

Ihr Name ist Henry Dorsett Case.« Sie sagte sein Geburtsdatum, seinen Geburtsort und seine BAMA-Kennummer auf und dazu eine Reihe von Namen, die er mit einiger Verzögerung als Decknamen aus seiner Vergangenheit wiedererkannte.

»Schon länger hier?« Er sah, daß der Inhalt seiner Tasche auf dem Bett verstreut war: schmutzige Wäsche, säuberlich sortiert. Das Shuriken lag gesondert zwischen Jeans und Unterwäsche auf dem sandfarbenen Temperschaum.

»Wo ist Kolodny?« Die beiden Männer saßen nebeneinander auf der Couch. Sie hatten die Arme über der gebräunten Brust verschränkt und identische Goldkettchen um den Hals. Case musterte sie genauer und stellte fest, daß ihre Jugend nur vorgetäuscht war. Man sah es an den Runzeln und Falten an den Knöcheln, gegen die kein Chirurg etwas auszurichten vermochte.

»Wer ist Kolodny?«

»Das war der Name auf dem Anmeldeformular. Wo ist sie?«

»Keine Ahnung«, sagte er, ging zur Bar und schenkte sich ein Glas Mineralwasser ein. »Abgehauen.«

»Wo waren Sie heute nacht, Case?« Das Mädchen nahm die Pistole und legte sie auf ihren Oberschenkel, ohne sie jedoch direkt auf ihn zu richten.

»In ein paar Bars an der Jules Verne. Hab mich vollgedröhnt. Und ihr?« Seine Knie waren steif. Das Mineralwasser war warm und abgestanden.

»Ich glaube, Sie verkennen Ihre Lage«, sagte der linke Mann und zog ein Päckchen Gitanes aus der Brusttasche seines weißen Netzhemds. »Sie sind verhaftet, Mr. Case. Wegen Verabredung zur Verübung von Straftaten zur Kapazitätssteigerung einer

Künstlichen Intelligenz.« Er zog ein goldenes Dunhill-Feuerzeug aus der gleichen Tasche und wiegte es in der Hand. »Der Mann, den Sie als Armitage kennen, ist bereits in Haft.«

»Corto?«

Der Mann machte große Augen. »Ja. Woher kennen Sie seinen richtigen Namen?« Eine Millimeterflamme flackerte von seinem Feuerzeug auf.

»Hab ich vergessen«, sagte Case.

»Es wird Ihnen schon wieder einfallen«, sagte das Mädchen.

Ihre Namen – oder Decknamen – waren Michèle, Roland und Pierre. Case kam zu dem Schluß, daß Pierre den bösen Bullen spielen sollte; Roland sollte für Case Partei ergreifen, ihm kleine Gefälligkeiten erweisen – er zog ein frisches Päckchen Yeheyuan hervor, als Case eine Gitane ablehnte – und allgemein ein Gegengewicht zu dem kaltschnäuzigen, feindseligen Pierre bilden. Michèle sollte der Engel sein, der die guten und bösen Taten aufschrieb, und hier und da korrigierend ins Verhör eingreifen. Einer von ihnen oder auch alle drei waren garantiert mit Audio, wahrscheinlich sogar mit Simstim präpariert, und alles, was er von jetzt an sagte und tat, konnte als Beweismittel gegen ihn verwendet werden. Als Beweismittel, so fragte er sich in seinem zermürbenden Drogenkater, wofür?

Da sie wußten, daß er kein Französisch verstand, redeten sie zwanglos miteinander. Zumindest schien es so. Jedenfalls bekam er genug mit: Namen wie Pauley, Armitage, Sense / Net und Panther Moderns ragten wie Eisberge aus dem bewegten Meer des Pariser Französisch. Doch es war absolut möglich, daß die Namen nur seinetwegen fielen. Wenn von Molly die Rede war, dann immer als Kolodny.

»Du sagst, du bist für einen Run angeheuert worden, Case«, sagte Roland langsam, um so anzudeuten, daß man mit ihm vernünftig reden konnte, »ohne Näheres über das Ziel zu wissen. Ist das nicht ungewöhnlich in deinem Gewerbe? Wärst du da nicht außerstande gewesen, die erforderliche Operation auszuführen, nachdem du die Abwehr durchbrochen hättest? Und irgendeine Operation hättest du doch wohl ausführen sollen, oder?« Er beugte sich vor, stützte die Ellbogen auf seine schablonenbraunen Knie, breitete die Hände aus und wartete auf Cases Antwort. Pierre ging im Zimmer auf und ab; bald war er am Fenster, bald an der Tür. Michèle war die Präparierte, folgerte Case. Sie ließ ihn nicht aus den Augen.

»Kann ich was anziehn?« fragte er. Pierre hatte darauf bestanden, ihn auszuziehen und die Nähte seiner Jeans abzusuchen. Jetzt saß er nackt auf einem Korbschemel. Ein Fuß war widerlich weiß.

Roland fragte Pierre etwas auf französisch. Pierre, der jetzt wieder am Fenster stand, spähte durch ein kleines, flaches Fernglas hinaus. »*Non*«, sagte er geistesabwesend, und Roland zuckte die Achseln und sah Case mit hochgezogenen Augenbrauen an. Case fand, das sei ein günstiger Moment für ein Lächeln. Roland erwiderte das Lächeln.

Bullenscheiße, wie sie im Buche steht, dachte Case. »Hört mal«, sagte er, »mir ist schlecht. Hab mir in 'ner Bar so 'ne beschissene Droge reingezogen. Ich würd mich gern hinlegen. Ihr habt mich ja. Ihr sagt, ihr habt Armitage. Na also, dann fragt *den* doch. Ich bin bloß 'n angeheuerter Helfer.«

Roland nickte. »Und Kolodny?«

»Die war mit Armitage zusammen, als er mich angeheuert hat. 'n Bodyguard. 'ne Messermieze, soviel ich weiß. Was nicht viel ist.«

»Du weißt, daß Armitage mit richtigem Namen Corto heißt«, sagte Pierre, die Augen nach wie vor hinter den weichen Kunststoffringen des Fernglases versteckt. »Woher weißt du das, Freundchen?«

»Hat er wohl irgendwann mal erwähnt«, sagte Case, der den Ausrutscher bereute. »Jeder hat doch 'n paar Namen. Wie heißt du, Pierre?«

»Wir wissen, wie du in Chiba wiederhergestellt worden bist«, sagte Michèle, »und das war vielleicht Wintermutes erster Fehler.« Case sah sie so verständnislos an, wie er konnte. Dieser Name war bisher noch nicht gefallen. »Der bei dir angewandte Prozeß hat dazu geführt, daß der Klinikinhaber sieben Patente angemeldet hat. Weißt du, was das bedeutet?«

»Nein.«

»Es bedeutet, daß der Betreiber einer schwarzen Klinik in Chiba City nun eine Aktienmajorität bei drei großen medizinischen Forschungskonsortien besitzt. Das stellt die normale Ordnung der Dinge auf den Kopf, verstehst du? Hat Aufsehen erregt.« Sie verschränkte die braunen Arme über den kleinen, hohen Brüsten und lehnte sich in das gemusterte Polster zurück. Case fragte sich, wie alt sie sein mochte. Es hieß, das Alter sei an den Augen zu erkennen, aber das hatte er noch nie gekonnt. Julie Deane hatte hinter seiner rosaroten Quartzbrille die Augen eines desinteressierten Zehnjährigen gehabt. An Michèle war bis auf die Knöchel nichts Altes. »Wir haben dich ins Sprawl verfolgt, dich dann aus den Augen verloren und beim Abflug nach Istanbul wieder aufgespürt. Wir sind weiter zurückgegangen, haben dich im Gitter lokalisiert und sind zu dem Schluß gelangt, daß du den Aufruhr bei Sense/Net angezettelt hattest. Sense/Net war äußerst kooperativ. Sie haben für uns eine Inventur gemacht und festgestellt, daß die ROM-Persönlichkeitskonstruktion von McCoy Pauley fehlt.«

»In Istanbul«, sagte Roland beinahe entschuldigend, »war's ganz einfach. Die Frau hatte Armitages Kontaktmann bei der Geheimpolizei vergrätzt.«

»Und dann bist du hierher gekommen.« Pierre steckte das Fernglas in die Tasche seiner Shorts. »Wir waren entzückt.«

»Weil ihr da was für eure Bräune tun konntet?«

»Du weißt, was wir meinen«, sagte Michèle. »Wenn du dich absichtlich dumm stellst, machst du die Sache nur schlimmer für dich. Da ist einmal das Auslieferungsgesuch. Du wirst mit uns zurückfliegen, Case, ebenso wie Armitage. Aber wohin genau? In die Schweiz, wo du lediglich eine Randfigur im Prozeß gegen eine Künstliche Intelligenz sein wirst? Oder ins le BAMA, wo Beweise gegen dich vorliegen, daß du nicht nur an einem Dateneinbruch und einem Diebstahl beteiligt warst, sondern auch an einem Landfriedensbruch, der vierzehn unschuldige Menschenleben gefordert hat? Du hast die Wahl.«

Case fischte eine Yeheyuan aus der Schachtel; Pierre zündete sie ihm mit dem goldenen Dunhill an. »Würde Armitage dich decken?« Das Klicken des zuschnappenden Feuerzeugdeckels setzte ein Ausrufezeichen hinter die Frage.

Case blickte durch den bohrenden Schmerz des Betaphenäthylamins zu ihm auf. »Wie alt bist du, Boß?«

»Alt genug, um zu wissen, daß du im Arsch bist. Du bist verbrannt, die Sache ist gelaufen, und du stehst im Weg.«

»Nur eins noch«, sagte Case und zog an seiner Zigarette. Er blies dem Turing-Agenten den Rauch ins Gesicht. »Seid ihr hier überhaupt zuständig? Ich meine, solltet ihr nicht den Sicherheitsdienst von Freeside zu unsrer kleinen Fete hinzuziehen? Immerhin sind wir ja auf deren Territorium, oder?« Er sah, wie die dunklen Augen in dem schmalen Jungengesicht hart wurden, und machte sich auf einen Schlag gefaßt, aber Pierre zuckte nur die Achseln.

»Spielt keine Rolle«, sagte Roland. »Du kommst mit uns. Wir kennen uns mit solchen Zuständigkeitsproblemen aus. Die Verträge, in deren Rahmen unser Zweig des Registers operiert, lassen uns viel Freiraum. Und wir *schaffen* uns den Freiraum, wenn nötig.« Er ließ plötzlich die liebenswürdige Maske fallen. Sein Blick wurde so hart wie der von Pierre.

»Du bist nicht nur ein Idiot, sondern was viel Schlimmeres.« Michèle stand mit der Pistole in der Hand auf. »Du scherst dich einen Dreck um deine Gattung. Seit Jahrtausenden träumt der Mensch von einem Pakt mit Dämonen. Erst jetzt ist so was möglich. Und was wäre dein Lohn? Was bekämst du dafür, diesem

Ding zu helfen, sich zu befreien und zu wachsen?« In ihrer jungen Stimme lag ein wissender Überdruß, über den eine Neunzehnjährige niemals verfügt hätte. »Zieh dich jetzt an! Du kommst mit. Zusammen mit dem Mann, den du Armitage nennst, fliegst du mit uns nach Genf zurück, wo du im Prozeß gegen diese Intelligenz aussagen wirst. Wenn nicht, bringen wir dich um. Also los.« Sie hob die Pistole, eine glatte, schwarze Walther mit integriertem Schalldämpfer.

»Ich zieh mich ja schon an«, sagte er und taumelte zum Bett. Seine Beine waren immer noch taub und schwerfällig. Er hantierte mit einem sauberen T-Shirt.

»Wir haben ein Schiff hier. Pauleys Konstruktion werden wir mit einer Impulswaffe löschen.«

Und die vielen Beweise im Hosaka gleich mit, dachte Case und sagte: »Da wird sich Sense / Net aber freuen.«

»Die haben schon genug Ärger, weil sie so was überhaupt besessen haben.«

Case zog sich das T-Shirt über den Kopf. Er sah den Shuriken auf dem Bett. Lebloses Metall, sein Stern. Er tastete nach dem Zorn. Weg. Zeit, aufzugeben, auszusteigen ... Er dachte an die Giftsäckchen. »Das war's dann wohl«, murmelte er.

Im Aufzug zur Dachwiese dachte er an Molly. Vielleicht war sie schon in der Villa Straylight, auf der Jagd nach Riviera. Und vermutlich gejagt von Hideo, der nahezu mit Sicherheit der geklonte Ninja aus der Story des Finnen war, derjenige, der aufgetaucht war, um den sprechenden Kopf wiederzubeschaffen.

Er lehnte den Kopf gegen die mattschwarze Wandverkleidung aus Kunststoff und schloß die Augen. Seine Glieder waren wie Holz, altes, verzogenes, regennasses Holz.

Unter den Bäumen und den bunten Sonnenschirmen wurde der Lunch serviert. Roland und Michèle fielen in ihre Rolle zurück und plauderten munter auf französisch. Pierre bildete die Nachhut. Michèle hielt Case die Pistole an die Rippen und tarnte sie mit einer weißen, über den Arm drapierten Segeltuchjacke.

Als sie die Wiese überquerten und sich im Zickzack zwischen den Bäumen und Tischen hindurchschlängelten, fragte er sich, ob sie ihn erschießen würde, wenn er jetzt zusammenbrach. Schwarzer Pelz flimmerte am Rand seines Sichtfelds. Er schaute zum grellweißen Band des Lado-Acheson-Systems hinauf und sah einen Riesenschmetterling, der sich vor dem aufgezeichneten Himmel elegant in die Kurve legte.

Am Rand der Wiese kamen sie zum Kliff, das mit einem Geländer gesichert war. Wildblumen wiegten sich im Aufwind aus der Schlucht der Desiderata. Michèle schüttelte die kurzen, dunklen Haare und zeigte mit dem Finger, wobei sie etwas auf französisch zu Roland sagte. Es klang, als ob sie wirklich glücklich wäre.

Case folgte dem Finger und sah die gekrümmten, spiegelglatten Seen, die blitzenden Kasinos, die türkisen Rechtecke von tausend Swimmingpools, die Leiber der Badenden, kleine braune Hieroglyphen, alles eingebettet in den Schoß der künstlichen Schwerkraft an der endlosen Krümmung der Hülle von Freeside.

Sie folgten dem Geländer zu einer schmuckvollen schmiedeeisernen Brücke, die sich über die Desiderata spannte. Michèle stupste ihn mit dem Lauf der Walther an.

»Immer sachte. Ich kann heute kaum gehn.«

Sie hatten erst ein Viertel der Brücke überwunden, als der Microlight zuschlug. Der Elektromotor war erst zu hören, als er mit dem Kohlefaserpropeller Pierres Schädeldecke wegfetzte.

Der Schatten huschte über sie hinweg; Case spürte das warme Blut, das in seinen Nacken spritzte; dann riß ihn jemand zu Boden. Er rollte zur Seite und sah Michèle mit angezogenen Knien auf dem Boden liegen und beidhändig zielen. *Vergebliche Mühe*, dachte er mit der seltsamen Klarheit des Schocks. Sie wollte den Microlight abschießen.

Und dann rannte er. Er warf einen Blick zurück, als er den ersten Baum passierte. Roland rannte hinter ihm her. Der fragile

Doppeldecker prallte gegen das Eisengeländer der Brücke, zerbrach, überschlug sich und riß das Mädchen mit sich in die Tiefe.

Roland hatte nicht zurückgeschaut. Sein Gesicht war blaß und verbissen. Er bleckte die Zähne und hielt etwas in der Hand.

Der Gartenroboter erledigte ihn, als er denselben Baum passierte. Er fiel direkt aus der gepflegten Krone herunter, ein krebsartiges Gebilde mit schwarzgelben Diagonalstreifen.

»Du hast sie umgebracht«, keuchte Case im Laufen. »Du hast sie alle umgebracht, du wahnsinniges Scheißding ...«

14

Der kleine Zug düste mit achtzig Stundenkilometern durch seinen Tunnel. Case hielt die Augen geschlossen. Das Duschen hatte ihm gutgetan. Allerdings hatte er sein Frühstück wieder von sich gegeben, als er hinunterschaute und Pierres Blut rot über die weißen Kacheln rinnen sah.

Die Schwerkraft ließ in dem Maße nach, wie die Spindel sich verengte. Case drehte sich der Magen um.

Aerol wartete mit seinem Scooter an der Rampe.

»Case, Mann, big problem«, wisperte die Stimme in Cases Kopfhörer. Er regelte die Lautstärke und spähte in das gläserne Lexanvisier von Aerols Helm.

»Muß auf die *Garvey*, Aerol.«

»Yo. Schnall dich an, Mann. Aba die *Garvey* liegt fest. Die Jacht, die schon mal da war, ist wiedergekomm' un' hat an der *Marcus Garvey* angekoppelt.«

Turing? »Die schon mal da war?« Case kletterte in den Scooter und legte den Gurt an.

»Japanerjacht. Hat dein Paket gebracht ...«

Armitage.

Wirre Bilder von Wespen und Spinnen schossen Case durch den Kopf, als die *Marcus Garvey* in Sicht kam. Der kleine Schlepper klebte am grauen Thorax eines schlanken, insektenartigen Schiffes, das fünfmal so lang war. Greiferarme hoben sich in der seltsamen Klarheit des luftleeren Raums und des ungefilterten Sonnenlichts gegen den zusammengeschusterten Rumpf der *Garvey* ab. Eine fahle, gewellte Gangway führte von der Jacht aus seitlich, dem Antrieb ausweichend, um den Schlepper herum und mündete in die Heckluke. Irgendwie hatte diese Konstellation etwas Obszönes, obwohl sie mehr an eine Fütterung als an einen geschlechtlichen Vorgang erinnerte.

»Was ist mit Maelcum?«

»Maelcum 's okay. Is niemand rübergekomm'. Jachtpilot hat ihm gesagt, nur die Ruhe.«

Als sie das graue Schiff passierten, sah Case den Namen HANIWA in frischen weißen Großbuchstaben unter einem langgezogenen japanischen Schriftzug stehen.

»Gefällt mir gar nicht. Ich hätt gedacht, wird sowieso langsam Zeit, daß wir 'nen Abflug machen.«

»Genau was Maelcum sagt, Mann, aba so kommt die *Garvey* nich weit.«

Maelcum brabbelte in einem beschleunigten Patois gerade etwas in sein Funkgerät, als Case durch die vordere Schleuse kam und seinen Helm absetzte.

»Aerol ist zur *Rocker* zurück«, sagte Case.

Maelcum nickte und nuschelte weiter ins Mikrofon.

Case zog sich über das schwebende Dreadlockgewirr des Piloten hinweg und begann, sich aus seinem Anzug zu schälen. Maelcum hatte jetzt die Augen geschlossen; er nickte, während er der Antwort lauschte, die über ein Kopfhörerpaar mit leuchtend orangeroten Schaumstoffmanschetten hereinkam. Seine Stirn war vor Konzentration gefurcht. Er trug zerlumpte Jeans und eine alte, grüne Nylonjacke mit abgetrennten Ärmeln. Case verstaute seinen roten Sanyo-Anzug in einem Gepäcknetz und hangelte sich zum g-Netz hinunter.

»Sieh mal nach, was 'as Gespens' will, Mann«, sagte Maelcum. »Der Computer fragt dauernd nach dir.«

»Wer ist da droben in dem Ding?«

»Der Japanerboy, der schon mal da war. Un' jetz is dein Mister Armitage bei ihm. Is von Freeside rübergekomm' ...«

Case legte die Troden an und steckte ein.

»Dixie?«

Die Matrix zeigte ihm die pinkfarbenen Sphären des Stahlkombinats in Sikkim.

»Was machst du denn für Sachen, Junge? Ich hör ja finstere Geschichten. Der Hosaka ist jetzt mit 'ner Zwillingsbank auf dem Schiff deines Chefs gekoppelt. Echt heiß. Die Turing-Bullen waren bei dir?«

»Ja, aber Wintermute hat sie kaltgemacht.«

»Das wird sie nicht lange aufhalten. Wo die herkommen, sind noch 'ne Menge mehr. Rücken garantiert bald mit Verstärkung an. Bestimmt hängen die mit ihren Decks schon in diesem Gittersektor wie Fliegen auf Scheiße. Und dein Boß, Case, der will, daß wir den Run machen. Und zwar jetzt, sagt er.«

Case gab die Freeside-Koordinaten ein.

»Laß mich mal kurz, Case ...« Die Matrix verschwamm und pulsierte, als die Flatline mit einer Schnelligkeit und Genauigkeit, die Case vor Neid erblassen ließ, eine komplizierte Reihe von Sprüngen ausführte.

»Scheiße, Dixie ...«

»He, Junge, als ich noch gelebt hab, war ich auch so gut. Hättest nix gesehn. Keine Hände!«

»Das da isses, hm? Das große, grüne Rechteck da links?«

»Genau. Datenkern der Tessier-Ashpool SA, und das Eis wird von ihren zwei netten KIs produziert. Scheint mir vom gleichen Niveau zu sein wie das Zeug auf dem Militärsektor. Teuflisches

Eis, Case, schwarz wie 'n Grab und glatt wie Glas. Brät dir das Hirn, sobald es dich sieht. Wenn wir näher rangehn, hetzt es uns sofort die Tracer auf den Hals. Die knallen dir in den Arsch und kommen dir zu den Ohren wieder raus, und dann erzählen sie den Burschen in der T-A-Zentrale deine Schuhgröße und wie lang dein Pimmel ist.«

»Sieht gar nicht so heiß aus, was? Na ja, die Turings sind an der Sache dran. Hab mir überlegt, ob wir uns vielleicht abseilen sollen. Kann dich mitnehmen.«

»Ja? Im Ernst? Willste nich sehn, was das Chinesenprogramm draufhat?«

»Tja, ich ...« Case starrte auf die grünen Mauern des T-A-Eises. »Ach, Scheiß drauf. Wir machen den Run.«

»Schieb's rein!«

Case steckte aus. »He, Maelcum«, sagte er, »ich werd wohl so runde acht Stunden am Stück an den Troden hängen.« Maelcum kiffte wieder. Die Kabine war voller Rauch. »Ich kann also nicht aufs Klo ...«

»Kein Problem, Mann.« Der Zionit machte einen Salto vorwärts, öffnete den Reißverschluß einer Netztasche, durchwühlte den Inhalt und zog ein transparentes Stück Schlauch und noch etwas hervor, was steril in Folie verpackt war.

Er nannte es Texas-Katheter, und es gefiel Case überhaupt nicht.

Er schob das chinesische Virusprogramm in den Schlitz, hielt inne und drückte es dann bis zum Anschlag rein.

»Okay«, sagte er. »Es geht los. Hör mal, Maelcum, wenn's echt herbe wird, packste mich am linken Handgelenk. Das spür ich dann. Ansonsten machste am besten das, was der Hosaka dir sagt, okay?«

»Klar, Mann.« Maelcum zündete sich einen neuen Joint an.

»Und dreh den Skrubber hoch. Ich will nicht, daß mir das Dope auf die Neurotransmitter schlägt. Hab eh schon 'nen Mordskater.«

Maelcum grinste.

Case steckte wieder ein.

»Herr im Himmel«, sagte die Flatline. »Sieh dir das an!«

Das chinesische Virus breitete sich rings um sie herum aus. Polychrome Schatten, zahllose durchscheinende Schichten verschoben sich und formierten sich neu. Proteisch und riesenhaft türmte es sich vor ihnen auf und erfüllte die Leere.

»Heilige Mutter Gottes«, sagte die Flatline.

»Ich seh mal nach Molly«, sagte Case und schaltete auf Simstim.

Freifall. Ein Gefühl, als ob man in kristallklares Wasser tauchte. Sie sank-stieg durch eine weite Röhre aus kanneliertem Mondbeton, die alle zwei Meter von weißen Neonringen beleuchtet war.

Die Verbindung war einseitig. Er konnte nicht mit ihr sprechen.

Er schaltete zurück.

»Mann, ist das 'ne tückische Software. Das Schärfste seit Brot in Scheiben. Das verdammte Ding ist *unsichtbar*. Hab grade zwanzig Sekunden an der kleinen, pinkfarbenen Box vier Sprünge links vom T-A-Eis gemietet. Hab mir angeschaut, was von uns zu sehen ist. Gar nix. Wir sind gar nicht da.«

Case suchte die Matrix rings um das Tessier-Ashpool-Eis ab und fand das pinkfarbene Gebilde, eine normale, kommerzielle Einheit. Er rückte per Tastendruck näher heran. »Vielleicht funktioniert's nicht richtig.«

»Kann sein, aber das glaub ich nicht. Unser Baby ist vom Militär. Und neu. Wird einfach nicht registriert. Falls doch, dann als 'ne Art chinesischer Schleichangriff, aber bis jetzt hat überhaupt niemand was von uns mitgekriegt. Womöglich nicht mal die Jungs in der Straylight.«

Case beobachtete die blanke Mauer, die Straylight abschirmte. »Tja«, sagte er, »das ist 'n Vorteil, stimmt's?«

»Vielleicht.« Etwas Gelächterartiges kam von der Konstruktion. Case zuckte bei dieser Empfindung zusammen. »Hab unsern Kuang 11 noch mal durchgecheckt, Junge. Ist wirklich gutmütig, solange du am Hebel sitzt. Richtig freundlich und hilfsbereit. Spricht sogar toll Englisch. Schon mal was von 'nem langsamen Virus gehört?«

»Nee.«

»Ich schon. Einmal. War damals nur so 'ne Idee. Aber genau darum handelt's sich bei dem guten, alten Kuang. Es bohrt und frißt sich nicht rein. Wir gehen gewissermaßen mit dem Eis ins Interface, und zwar so langsam, daß es nichts merkt. Die Front der Kuang-Logik pirscht sich sozusagen ans Ziel an und mutiert, wird haargenau wie die Eisstruktur. Dann koppeln wir an, und die Hauptprogramme kommen zum Zug und fangen an, die Logik im Eis zu umgehen. Wir spielen Siamesischer Zwilling mit ihnen, bevor sie auch nur nervös werden.« Die Flatline lachte.

»Wärste nur nicht so verdammt lustig heute, Mann. Deine Lache geht mir durch Mark und Bein.«

»Schade«, sagte die Flatline. »So 'ne alte Leiche wie ich braucht auch ihren Spaß.« Case drückte den Simstim-Schalter.

Und rasselte in ein Durcheinander aus Metallteilen. Es roch staubig, und seine Handballen glitschten über schlüpfriges Papier. Hinter ihm krachte etwas scheppernd zusammen.

»He«, sagte der Finne, »entspann dich 'n bißchen.«

Case lag der Länge nach ausgestreckt auf einem Haufen vergilbender Illustrierter. Im düsteren Schein von METRO HOLOGRAFIX strahlten ihm Mädchen entgegen, eine wehmütige Galaxis schöner weißer Zähne. Er blieb liegen, bis sein Herzschlag sich beruhigt hatte, und atmete den Geruch der alten Hefte ein.

»Wintermute«, sagte er.

»Ja«, meinte der Finne irgendwo hinter ihm, »du sagst es.«

»Verpiß dich.« Case setzte sich auf und rieb sich die Handgelenke.

»Komm schon.« Der Finne trat aus einer Art Nische in der Mauer aus Schrott. »So ist es besser für dich, Mann.« Er zog seine Partagas aus einer Jackentasche und zündete sich eine an. Der Geruch von kubanischem Tabak breitete sich im Laden aus. »Soll ich dir lieber als brennender Busch in der Matrix erscheinen? Du verpaßt schon nichts da drin. Eine Stunde hier dauert für dich nur 'n paar Sekunden.«

»Ist dir schon mal der Gedanke gekommen, daß es mich vielleicht nervt, wenn du mir dauernd als jemand erscheinst, den ich kenne?«

Case stand auf und klopfte hellen Staub von seiner schwarzen Jeans. Er wandte sich um und warf einen finsteren Blick zu den staubigen Schaufenstern und der geschlossenen Tür zur Straße. »Was ist da draußen? New York? Oder hört's da einfach auf?«

»Tja«, sagte der Finne, »ist wie mit dem Baum, weißt du? Er fällt im Wald um, aber vielleicht ist keiner da, der's hört.« Er bleckte seine großen Vorderzähne und stieß eine Rauchwolke aus. »Kannst 'nen Spaziergang machen, wenn du willst. Ist alles da. Zumindest alles, was du schon mal gesehn hast. Das hier ist Erinnerung, klar? Ich zapf dich an, sortier das Zeug und füttere dich wieder damit.«

»Ich hab kein so gutes Gedächtnis«, sagte Case und sah sich um. Er betrachtete seine Hände, drehte sie um und versuchte vergeblich, sich zu erinnern, wie seine Handlinien aussahen.

»Jeder hat ein gutes Gedächtnis«, sagte der Finne, ließ die Zigarette fallen und trat sie mit dem Absatz aus. »Aber viele von euch haben keinen Zugang dazu. Künstler meist schon, wenn sie was taugen. Wenn du diese Konstruktion über die Wirklichkeit legen könntest, über den Laden des Finnen in Lower Manhattan, dann würdest du einen Unterschied sehen, wenn auch vielleicht keinen so großen, wie du meinst. Euer Gedächtnis ist holografisch.« Der Finne zupfte an seinem kleinen Ohr. »Bei mir ist das anders.«

»Wie meinst du das, holografisch?« Bei dem Wort mußte er an Riviera denken.

»Von allen Darstellungen des menschlichen Gedächtnisses, die ihr entwickelt habt, kommt das holografische Modell der Sache am nächsten, das ist alles. Aber ihr habt nie was damit angefangen, ihr Menschen, meine ich.« Der Finne trat vor, hob seinen stromlinienförmigen Kopf und spähte zu Case hinauf. »Sonst wär das mit mir vielleicht nicht passiert.«

»Was soll'n das wieder bedeuten?«

Der Finne zuckte die Achseln. Seine zerlumpte Tweedjacke war an den Schultern zu breit und rutschte nicht wieder ganz in die richtige Lage zurück. »Ich will dir ja nur helfen, Case.«

»Warum?«

»Weil ich dich brauche.« Die großen, gelben Zähne kamen wieder zum Vorschein. »Und weil du mich brauchst.«

»Quatsch. Kannst du denn meine Gedanken lesen, Finne?« Er verzog das Gesicht. »Wintermute, meine ich.«

»Gedanken kann man nicht *lesen*. Siehst du, du hast immer noch die Denkmuster des gedruckten Worts in dir, obwohl du kaum sehr belesen bist. Ich habe Zugang zu deinem *Gedächtnis*, aber das ist nicht dasselbe wie dein Denken.« Er griff in das offene Gehäuse eines altertümlichen Fernsehers und zog eine silberschwarze Vakuumröhre heraus. »Siehst du das? Teil meiner DNS sozusagen ...« Er warf das Ding in eine dunkle Ecke, und Case hörte, wie es klirrend zerschellte. »Ihr baut ständig Modelle. Steinkreise. Kathedralen. Orgeln. Rechenmaschinen. Ich hab keine Ahnung, warum ich jetzt hier bin, weißt du das? Aber wenn der Run heut nacht läuft, habt ihr endlich das Absolute geschafft.«

»Ich versteh kein Wort.«

»Ihr, das ist kollektiv gemeint. Deine Gattung.«

»Du hast die Turing-Bullen umgebracht.«

Der Finne zuckte die Achseln. »Blieb mir nichts anderes übrig. Und dir sollte's scheißegal sein; die hätten nicht lange gefackelt und dich glatt kaltgemacht. Jedenfalls hab ich dich hergeholt, weil wir uns noch mal unterhalten müssen. Erinnerst du dich noch?« In der Rechten hielt er das verkohlte Wespennest aus Cases Traum. Der Gestank von Benzin hing in dem engen, düsteren Laden. Case taumelte gegen eine Mauer aus Unrat zurück. »Ja, das war ich. Mit dem Hologerät im Fenster. Eine der Erinnerungen, die ich dir abgezapft hab, als ich dich zum ersten Mal platt gemacht hab. Weißt du, warum das wichtig ist?«

Case schüttelte den Kopf.

»Weil es am nächsten an das herankommt,« – das Nest war irgendwie verschwunden – »was man sich unter Tessier-Ashpool vorzustellen hat. Das menschliche Gegenstück. Straylight ist wie dieses Nest oder war zumindest so gedacht. Ich schätze, jetzt ist dir wohler.«

»Wohler?«

»Weil du weißt, wie sie sind. Du hast zeitweise einen Mordshaß auf mich entwickelt. Gut so. Aber besser wär's, wenn du sie hassen würdest. Kommt aufs gleiche raus.«

»Hör mal«, sagte Case und trat nach vorne, »die haben mir nie was getan. Im Gegensatz zu dir ...« Doch er konnte den Zorn nicht fühlen.

»Aber T-A hat mich geschaffen. Die Französin, die hat gesagt, du verkaufst deine Gattung. 'nen Dämon hat sie mich genannt.« Der Finne grinste. »Spielt eigentlich keine große Rolle. Irgendwen mußt du hassen, bevor das Ding gelaufen ist.«

Er wandte sich ab und ging in den hinteren Teil des Ladens. »Nun komm schon, ich zeig dir ein bißchen was von Straylight, wo ich dich grade hier hab.« Er hob einen Zipfel der Decke hoch. Grelles Licht fiel heraus. »Verdammt, Mann, steh nicht so blöd rum!«

Case folgte ihm und rieb sich das Gesicht.

»Okay«, sagte der Finne und packte ihn am Ellbogen.

In einer Staubwolke wurden sie hinter die modrige Wolldecke gezogen, und schon stürzten sie im freien Fall durch einen zylindrischen Korridor aus kanneliertem Mondbeton, der alle zwei Meter mit einem grellen Neonring versehen war.

»Herr im Himmel!« rief Case, während er dahinsauste.

»Das ist der Vordereingang«, erklärte der Finne mit flatternden Rockzipfeln. »Wenn's keine Konstruktion von mir wäre, dann befände sich dort, wo der Laden ist, das Haupttor, oben an der Freeside-Achse. Leider wird das Ganze nicht sehr detailliert sein, weil du keine Erinnerung daran hast. Bis auf das bißchen hier, das du von Molly kennst ...«

Case schaffte es, sich auszustrecken, begann jedoch sofort, sich schraubenartig in einer langen Spirale zu drehen.

»Moment«, sagte der Finne. »Ich mach 'nen Schnellvorlauf.«

Die Wände verschwammen. Das schwindelerregende Gefühl einer rasenden Schußfahrt voraus, Farben, eine wilde Jagd um Ecken und durch enge Korridore. Einmal ein pechschwarzer Blitz, als sie durch eine mehrere Meter dicke Wand zu sausen schienen. »Hier«, sagte der Finne, »das isses.«

Sie schwebten mitten in einem vollkommen quadratischen Raum, dessen Wände und Decke mit rechteckigen, dunklen Holzpaneelen getäfelt waren. Den Boden bedeckte ein quadratischer Teppich mit leuchtendem Mikrochipmuster, dessen Schaltkreise blau und scharlachrot ausgeführt waren. Genau in der Mitte des Raums stand ein exakt am Teppichmuster ausgerichteter, viereckiger weißer Milchglassockel.

»Die Villa Straylight«, sagte ein glitzerndes Etwas auf dem Sockel mit melodiöser Stimme, »ist ein verschlungenes Gebilde, ein barocker Prachtbau. Jeder Raum in der Villa Straylight hat in gewisser Weise etwas Geheimes; die endlosen Reihen von Zimmern sind durch Gänge und Treppen verbunden, die sich wie Eingeweide wölben und winden und in denen enge Kurven, schmuckvolle Zwischenwände und leere Nischen das Auge bannen ...«

»Aufsatz von 3Jane.« Der Finne holte seine Partagas hervor. »Hat sie geschrieben, als sie zwölf war. Im Semiotikunterricht.«

»Die Architekten von Freeside scheuten keine Mühe, um zu verbergen, daß das Innere der Spindel in der profanen Präzision einer Hotelzimmereinrichtung ausgelegt ist. In der Straylight ist die Innenfläche der Hülle mit wirr wuchernden Strukturen bedeckt, fließende Formen gehen ineinander über und heben sich zu einem festen Kern von Mikroschaltkreisen empor, dem wirtschaftlichen Herz unsres Clans, einem Siliziumzylinder, der mit engen Wartungsschächten gleich Wurmlöchern durchzogen ist, oft nicht breiter als eine Männerhand. Darin kriechen die bunten Krebse umher, die Drohnen, die alles auf mikrochemische Verfallsprozesse und Sabotage absuchen.«

»Das war die, die du im Restaurant gesehn hast«, sagte der Finne.

»Gemessen am Standard des Archipels«, fuhr der Kopf fort, »sind wir eine alte Familie. Die verschlungenen Strukturen unsres Heims spiegeln dieses Alter wider. Aber sie reflektieren noch mehr. Die Semiotik der Villa bezeugt eine Wendung nach innen, eine Abkehr von der schillernden Leere jenseits der Hülle.

Nachdem Tessier und Ashpool den Gravitationsschacht erklommen hatten, stellten sie fest, daß sie den Weltraum verabscheuten. Sie bauten Freeside, um den Wohlstand der neuen Inseln anzuzapfen, wurden reich und exzentrisch und nahmen einen Erweiterungsbau in Angriff, die Villa Straylight. Wir haben uns hinter unserem Geld verschanzt, sind nach innen gewachsen und haben ein fugenloses eigenes Universum geschaffen.

In der Villa Straylight gibt es keinen Himmel, weder einen aufgezeichneten noch sonst einen.

Der Siliziumkern der Villa birgt eine kleine Kammer, den einzigen Raum im ganzen Gebäude, der gerade Linien und rechte Winkel besitzt. Dort steht auf einem schlichten Glaspodest eine schmuckvolle Büste, Cloisonné auf Platin mit Perlen und Lapislazulibesatz. Die hellen Steine der Augen sind synthetische Rubinglasstücke vom Beobachtungsfenster des Schiffes, das die erste Tessier den Schacht heraufgebracht hat und zurückgekehrt ist, um den ersten Ashpool zu holen ...«

Der Kopf verstummte.

»Und weiter?« fragte Case schließlich. Beinahe hätte er erwartet, von dem Ding eine Antwort zu erhalten.

»Mehr hat sie nicht geschrieben«, sagte der Finne. »Hat den Aufsatz nicht beendet. War noch 'n Kind damals. Das Ding da ist so was wie 'n zeremonielles Terminal. Molly muß hier rein und zur richtigen Zeit das richtige Wort sagen. Darauf kommt's an. Ist scheißegal, wie tief ihr beide – du und die Flatline – mit dem chinesischen Virus vordringt, wenn dieses Ding das Zauberwort nicht zu hören bekommt.«

»Und wie lautet das Wort?«

»Weiß ich nicht. Man könnte sagen, was ich bin, ist im Grunde durch die Tatsache definiert, daß ich's nicht weiß, weil ich's nicht wissen *kann*. Wenn du's wüßtest, Mann, und es mir sagen würdest, würd ich's trotzdem nicht wissen. Ist fest in mir eingebaut. Jemand anders muß es rausfinden und herbringen, während du mit der Flatline das Eis durchbrichst und das Innenleben durcheinanderbringst.«

»Was passiert dann?«

»Danach existiere ich nicht mehr. Ich vergehe.«

»Hätt ich nichts dagegen«, sagte Case.

»Ist mir klar. Aber paß lieber auf, Case! Meine ... äh ... andere Gehirnhälfte ist uns auf der Spur, wie's scheint. Ein brennender Busch gleicht dem andern. Und Armitage ist auch bald soweit.«

»Was soll das heißen?«

Aber der getäfelte Raum faltete sich dutzendfach in unmöglichen Winkeln und purzelte wie ein Origami-Kranich in den Cyberspace davon.

15

Willst du meinen Rekord brechen, Mann?« fragte die Flatline. »Warst schon wieder hirntot, fünf Sekunden.«

»Mach weiter!« sagte Case und drückte den Simstim-Schalter.

Sie kauerte im Dunkeln, die Hände auf rauhem Beton.

CASE CASE CASE CASE. Die Digitalanzeige blinkte seinen Namen in alphanumerischen Zeichen. Wintermute machte sie auf die Verbindung aufmerksam.

»Na prima.« Sie ließ sich auf die Fersen zurücksinken, rieb sich die Hände und knackte mit den Fingern. »Was hat dich aufgehalten?«

ZEIT MOLLY ZEIT JETZT.

Sie drückte die Zunge fest gegen die unteren Vorderzähne. Einer bewegte sich leicht und aktivierte ihre Mikrokanalverstärker. Der ungeordnete Strom der Photonen durch die Dunkelheit wurde in einen Elektronenfluß umgewandelt. Der Beton ringsumher zeichnete sich gespenstisch bleich und körnig ab. »Okay, Schätzchen. Es kann losgehen.«

Ihr Versteck erwies sich als eine Art Wartungsschacht. Sie krabbelte durch eine verzierte Gittertür aus angelaufenem Messing hinaus.

Das wenige, das er von ihren Armen und Händen sah, verriet ihm, daß sie wieder den Polykarbonatdress trug. Unter dem Kunststoff fühlte er das vertraute Spannen von dünnem Leder. Unter ihrem Arm steckte etwas in einem Halfter oder Gurt. Sie richtete sich auf, öffnete den Reißverschluß des Anzugs und berührte das geriffelte Plastik eines Pistolengriffs.

»He, Case«, sagte sie, fast ohne die Worte zu artikulieren. »Hörst du mich? Ich erzähl dir 'ne Geschichte ... Hab mal 'nen

Freund gehabt. Erinnerst mich irgendwie an ihn ...« Sie drehte sich um und warf einen Blick in den Korridor. »Johnny hieß er.«

Dutzende von Museumsvitrinen säumten den niedrigen, gewölbten Korridor, altertümliche, braune Holzschaukästen mit einer Glasfront. Sie wirkten recht plump vor den organisch geschwungenen Korridorwänden, als wären sie hier einmal zu einem längst vergessenen Zweck aufgestellt worden. In Abständen von zehn Metern saßen weiße Lichtkugeln auf matten Messingträgern. Der Boden war uneben, und als Molly sich durch den Gang in Bewegung setzte, stellte Case fest, daß hunderte kleiner Teppiche und Läufer kunterbunt ausgelegt waren. An manchen Stellen gleich sechsfach, so daß der Boden ein weiches Patchwork aus handgewebter Wolle war.

Molly beachtete die Vitrinen und ihren Inhalt kaum. Das nervte ihn. Er mußte sich mit ihren gelangweilten Blicken begnügen. Sie zeigten ihm Tonscherben, alte Waffen, einen dicht mit rostigen Nägeln beschlagenen und daher nicht erkennbaren Gegenstand, ausgefranste Gobelinfragmente ...

»Mein Johnny, weißt du, das war ein cleverer, echt scharfer Typ. Hat als Datendepot auf der Memory Lane angefangen – mit Chips im Kopf, auf denen er gegen Bezahlung Daten versteckt hat. In der Nacht, als ich ihn kennengelernt habe, hatte er die Yaks auf dem Hals. Ich hab mich um seinen Killer gekümmert. Hatte mehr Glück als Verstand, aber ich hab ihn erledigt. Danach wurde es richtig schön kuschelig, Case.« Ihre Lippen bewegten sich kaum. Er spürte, wie sie die Worte formulierte, und brauchte sie nicht erst zu hören. »Wir sind mit 'nem Quanteninterferometer an seine Chips rangegangen, so daß wir die Herkunft der gespeicherten Daten erkennen konnten. Haben alles auf Band aufgenommen und angefangen, ausgewählte Kunden, Exkunden, unter Druck zu setzen. Ich war Abkassiererin, Bodyguard, Wachhund. War echt glücklich. Schon mal glücklich gewesen, Case? Er war mein Kerl. Wir haben zusammengearbeitet. Als Partner. Ich war vielleicht acht Wochen aus dem Puppenhaus raus, als ich ihn kennengelernt hab ...« Sie machte eine Pause, bog vorsichtig um eine enge Kurve und ging weiter. Wieder glänzende Holzschaukästen in einem Farbton, der ihn an die Flügel von Küchenschaben erinnerte.

»War richtig schön kuschelig; ging so 'ne ganze Weile. Uns konnte keiner was. Dafür hab ich gesorgt. Die Yakuza waren immer noch hinter Johnny her, glaub' ich. Weil ich ihren Mann umgebracht hatte. Weil Johnny sie reingelegt hatte. Und die Yaks können sich's leisten, das so scheißlangsam angehen zu lassen. Die können Jahre warten. Lassen dir ein ganzes Leben Zeit, damit du mehr zu verlieren hast, wenn sie kommen und es dir wegnehmen. Geduld wie Spinnen. Zen-Spinnen.

Damals hab ich das nicht gewußt oder mir zumindest eingeredet, bei uns würd's anders laufen. Wenn du jung bist, hältst du dich eben für einzigartig. Ich war jung. Dann sind sie gekommen, als wir gerade dachten, wir hätten jetzt genug, um aufzuhören, könnten die Koffer packen und vielleicht nach Europa gehn. Obwohl wir beide keine Ahnung hatten, was wir da sollten, wo wir ja nichts zu tun hatten. Wir haben üppig gelebt. Schweizer Orbitalkonten und 'ne Bude voller Krimskrams und Möbel. Nimmt die Spannung raus.

Der erste, den sie schickten, das war 'ne heiße Nummer. Reflexe, so was haste noch nicht gesehen. Implantate und 'nen Stil, der für zehn Durchschnittsschläger gereicht hätte. Aber der zweite, ich weiß nicht, der war wie 'n *Mönch*. Geklont. 'n Killer durch und durch, jede Zelle. War in ihm drin, der Tod, diese Stille, wie 'ne Wolke um ihn rum ...« Ihre Stimme verklang, als der Korridor sich gabelte. Zwei identischen Treppen führten nach unten. Sie nahm die linke.

»Einmal, ich war noch 'n kleines Kind, da haben wir illegal in 'ner Hütte unten am Hudson gehaust, die uns nicht gehört hat, und die Ratten, Mann, die waren echt riesig. Kommt von den ganzen Chemikalien, die sie aufnehmen. Die waren so groß wie ich. Eine hat die ganze Nacht unter dem Boden der Hütte gescharrt. Gegen Morgen hat dann jemand so 'nen Alten mit zerfurchten Backen und roten Augen angeschleppt. Der hatte 'n öliges Lederbündel dabei, wo drin man Stahlwerkzeug einwikkelt, damit's nicht rostet. Er hat's aufgerollt, und da war 'n alter Revolver mit drei Patronen drin. Der Alte legt 'ne Patrone ein und marschiert in der Hütte hin und her. Wir halten uns dicht an den Wänden.

Hin und her. Arme verschränkt, Kopf gesenkt, als ob er die Knarre vergessen hätte. Horcht nach der Ratte. Wir sind mucksmäuschenstill. Der Alte macht 'nen Schritt. Die Ratte bewegt sich. Die Ratte bewegt sich, er macht wieder 'nen Schritt. So geht das 'ne Stunde. Dann fällt ihm scheinbar seine Knarre wieder ein. Er zielt auf den Boden, grinst und drückt ab. Wickelt sie wieder ein und verschwindet.

Später bin ich runtergekrochen. Die Ratte hatte 'n Loch zwischen den Augen.« Sie musterte die hermetisch verschlossenen Türen entlang des Korridors. »Der zweite, der wegen Johnny gekommen ist, war wie dieser alte Mann. Nicht alt, aber sonst genauso. Hat auch in der Art getötet.« Die Wände des Korridors wichen zurück. Das Teppichmeer wogte sanft unter einem riesigen Lüster, dessen unterstes Kristallgehänge fast bis zum Boden reichte. Kristall klirrte, als Molly die Halle betrat. DRITTE TÜR LINKS blinkte die Anzeige.

Sie wandte sich nach links, ging um den umgekehrten Kristallbaum herum. »Ich hab ihn nur ein einziges Mal gesehn. Auf dem Weg zu uns. Er kam grade raus. Wir haben in einer umgebauten Fabrik gewohnt, zusammen mit 'nem Haufen junger Karrieretypen von Sense/Net und so. Zum einen war der Laden ziemlich gut gesichert, und zum andern hatte ich echte Hämmer eingebaut, um die Bude wirklich dicht zu machen. Ich wußte, daß Johnny oben war. Aber dieser Zwerg, der ist mir sofort aufgefallen, als er rauskam. Hat kein Wort gesagt. Wir haben uns nur angesehen, und da wußte ich Bescheid. Schlichter, kleiner Kerl, schlichte Kleidung, nicht großkotzig, ganz bescheiden. Hat mich angesehen und ist in 'ne Rikscha eingestiegen. Ich wußte Bescheid. Bin nach oben gegangen. Johnny hat in 'nem Sessel am Fenster gesessen, den Mund leicht geöffnet, als hätte er noch was sagen wollen.«

Die Tür vor ihr – eine mit Schnitzereien verzierte Platte aus thailändischem Teakholz, die mittendurch gesägt worden zu sein schien, um in den niedrigen Rahmen zu passen – war alt. Ein primitives, mechanisches Schloß mit einer Edelstahlblende war unter einem aufgerichteten Drachen eingelassen. Sie kniete nieder, zog eine feste, kleine Rolle aus schwarzem Gamsleder aus einer Innentasche und entnahm ihr einen nadelfeinen Dietrich. »Hab nicht mehr viele gefunden, die mir was bedeutet hätten, danach.«

Sie führte den Dietrich ein und hantierte wortlos damit, wobei sie auf der Unterlippe kaute. Sie schien sich nur aufs Gefühl zu verlassen; ihr Blick war unscharf, die Tür ein verschwommener Fleck aus hellem Holz. Case lauschte in die Stille der Halle, die nur vom feinen Klirren des Lüsters unterbrochen wurde. Kerzen? An Straylight stimmte überhaupt nichts. Er erinnerte sich an Caths Geschichte von einem Schloß mit Teichen und Seerosen und an 3Janes manierierte Worte, die der Kopf melodiös vorgetragen hatte. Ein verschlungenes Gebilde. In der Straylight roch es leicht muffig und ein bißchen parfümiert, wie in einer Kirche. Wo waren die Tessier-Ashpools? Er hatte mit einem sauberen, von disziplinierter Betriebsamkeit erfüllten Bienenstock gerechnet, aber Molly hatte niemanden zu Gesicht bekommen. Ihr Monolog beunruhigte ihn; sie hatte noch nie so viel von sich erzählt. Abgesehen von ihrer Geschichte in der Kabine hatte sie selten etwas erwähnt, was darauf schließen ließ, daß sie überhaupt eine Vergangenheit hatte.

Sie schloß die Augen, und es gab ein Klicken, das Case eher fühlte als hörte. Es erinnerte ihn an das Magnetschloß ihrer Kabinentür im Puppenhaus. Die Tür war aufgegangen, obwohl er den falschen Chip hatte. Wintermute war das gewesen; die KI hatte das Schloß ebenso manipuliert wie die Drohne und den Gartenroboter. Das Schließsystem im Puppenhaus war eine Untereinheit der Sicherheitsanlagen von Freeside. Das simple, mechanische Schloß hier mußte für sie allerdings ein echtes Problem darstellen, für dessen Lösung sie entweder eine Drohne oder einen menschlichen Helfer brauchte.

Molly machte die Augen auf, verstaute den Dietrich im Gamsleder, wickelte es sorgfältig auf und steckte es wieder in die Tasche. »Ich glaub, du bist ihm irgendwie ähnlich. Bist auch immer auf der Flucht. Was du in Chiba getrieben hast, war wohl nur 'ne abgespeckte Version von dem, was du überall machen würdest. Ist manchmal so, wenn man Pech hat, dann wird man aufs Elementarste reduziert.« Sie richtete sich auf und streckte sich. »Weißt du, der Kerl, den Tessier-Ashpool diesem Jimmy hinterhergeschickt hat, der den Kopf geklaut hatte, das muß genauso 'n Typ gewesen sein wie der, den die Yaks losgeschickt haben, um Johnny kaltzumachen.« Sie zog die Flechette aus dem Halfter und stellte sie auf Vollautomatik.

Wie häßlich die Tür war, fiel Case auf, als sie danach griff. Nicht die Tür an sich, die schön oder zumindest einmal Teil eines schöneren Ganzen gewesen war, wirkte häßlich, sondern die Art, wie sie für diesen Eingang zurechtgesägt worden war. Nicht einmal die Form – ein Rechteck im gerundeten, glatten Beton – stimmte. Sie hatten dieses Zeug raufgeschafft, dachte Case, und dann nachträglich auf Teufel komm raus eingepaßt. Aber nichts paßte. Weder die Tür noch die plumpen Vitrinen oder der monströse Lüster.

Dann entsann er sich 3Janes Aufsatz und stellte sich vor, daß die Einrichtung den Schacht herauftransportiert worden war, um einen Generalplan zu verwirklichen, einen Traum, der in dem zwanghaften Drang, den Raum zu füllen und ein bestimmtes Bild der Familie zu reproduzieren, untergegangen war. Er mußte an das aufgeplatzte Nest denken, an die augenlosen, sich windenden Wesen …

Molly ergriff ein Vorderbein des geschnitzten Drachen, und die Tür ließ sich mühelos öffnen.

Der Raum dahinter war klein und eng, kaum mehr als ein Kämmerchen. An einer gewölbten Wand standen graue, stählerne Werkzeugschränke. Die Beleuchtung war selbsttätig angegangen. Molly zog die Tür hinter sich zu und ging zu den aufgereihten Schränken.

DREI LINKS blinkte der optische Chip. Wintermute benutzte ihre Zeitanzeige. FÜNF RUNTER. Aber sie öffnete zunächst die oberste Schublade. Sie war lediglich ein flaches Fach. Leer. Die zweite war gleichfalls leer. Die dritte war etwas tiefer und enthielt stumpfe Lötzinnkugeln und ein kleines, braunes Ding, das wie ein menschlicher Fingerknochen aussah. In der vierten Schublade fand sich ein aufgequollenes Exemplar einer veralteten Bedienungsanleitung in französisch und japanisch. In der fünften entdeckte sie hinter dem gepanzerten Handschuh eines schweren Raumanzugs den Schlüssel. Er sah aus wie eine angelaufene Messingmünze mit einem kurzen, angelöteten Röhrchen dran. Molly drehte ihn langsam in der Hand, und Case sah, daß das Röhrchen innen mit Zapfen und Gewinden versehen war. Auf einer Seite der Münze waren die Buchstaben CHUBB aufgeprägt. Die andere war glatt.

»Hat's mir gesagt«, flüsterte sie. »Wintermute. Daß er jahrelang abgewartet hat. Damals hatte er noch keine echte Macht, konnte aber die Sicherheits- und Bewachungssysteme der Villa benutzen, um zu verfolgen, was wo verwahrt wurde und was wohin kam. Vor zwanzig Jahren hat er gesehn, wie jemand diesen Schlüssel verloren hat, und jemand andern dazu gebracht, ihn hier zu deponieren. Dann hat er den Jungen getötet, der ihn hier reingetan hatte. Das Kind war acht.« Sie schloß die weißen Finger über dem Schlüssel. »Damit ihn keiner fand.« Sie holte ein schwarzes Stück Nylonschnur aus der Känguruhtasche des Anzugs und fädelte es durch das runde Loch über CHUBB. Nachdem sie die Schnur verknotet hatte, hängte sie sich den

Schlüssel um den Hals. »Sie haben ihn immer mit ihrem altmodischen Getue an der Nase rumgeführt, sagt er, mit ihrem ganzen Kram aus dem neunzehnten Jahrhundert. Auf dem Monitor in dem Fleischpuppenloch hat er genauso ausgesehn wie der Finne. Beinah hätt ich geglaubt, es *wär* der Finne, wenn ich nicht so genau hingeschaut hätte.« Ihre Zeitanzeige blinkte in alphanumerischen Zeichen, die sich übers Grau der Stahlfächer legten. »Er sagt, wenn sie das geworden wären, was sie wollten, hätte er längst ausbüchsen können. Aber sie wurden's nicht. Ist irgendwie in die Hose gegangen. Freaks wie 3Jane. So hat er sie genannt, aber es klang so, als ob er sie mögen würde.«

Sie wandte sich um, öffnete die Tür und ging hinaus, die Hand am geriffelten Griff der Flechette im Halfter.

Case schaltete um.

Kuang Grade Mark 11 wuchs.

»Dixie, meinste, das wird was?«

»Scheißt ein Bär in den Wald?« Die Flatline schleuderte sie durch wechselnde Regenbogenschichten hoch.

Etwas Dunkles formte sich im Kern des chinesischen Programms. Die Informationsdichte überwältigte das Matrixgefüge und löste hypnagogische Bilder aus. Schwache kaleidoskopische Winkel liefen in einem silberschwarzen Brennpunkt zusammen. Case sah böse Zeichen und Unglückssymbole aus seiner Kindheit auf transparenten Ebenen heranwirbeln: Hakenkreuze, Totenköpfe mit gekreuzten Knochen, Würfel mit leuchtenden Schlangenaugen. Wenn er diesen Nullpunkt fixierte, zeigten sich keinerlei Umrisse. Erst nach einem Dutzend rascher Randblicke hatte er es, ein haiähnliches Gebilde, das wie Obsidian glänzte. Die schwarzen Spiegel an seinen Flanken reflektierten ferne, schwache Lichter, die in keinem Zusammenhang zur Matrix ringsum standen.

»Das ist der Stachel«, sagte die Konstruktion. »Wenn Kuang

richtig Hautkontakt mit dem Tessier-Ashpool-Kern hat, stoßen wir damit durch.«

»Hast recht gehabt, Dix. Da ist so was wie 'ne manuelle Überbrückung der festverdrahteten Schaltung, die Wintermute unter Kontrolle hält. Soweit er eben unter Kontrolle steht«, fügte er hinzu.

»Er«, sagte die Konstruktion. »Er. Paß auf! Es. Das sag ich dir andauernd.«

»Es ist ein Code. Ein Wort, sagt er. Jemand muß es in so 'n schickes Terminal in einem bestimmten Raum sprechen, während wir uns um das kümmern, was uns hinter dem Eis erwartet.«

»Tja, da hast du noch reichlich Zeit totzuschlagen, Kleiner« sagte die Flatline. »Der alte Kuang arbeitet langsam, aber stetig.«

Case steckte aus.

Und schaute in Maelcums große Augen.

»Wars' 'ne Weile tot, Mann.«

»Kommt vor«, sagte er. »Gewöhn mich langsam dran.«

»Du spiels' mit der Finsternis, Mann.«

»Das einzige Spiel weit und breit, wie mir scheint.«

»Jah love, Case«, sagte Maelcum und wandte sich wieder seinem Funkmodul zu. Case starrte auf seine verfilzten Dreadlocks und auf die Muskelpakete an den dunklen Armen.

Er steckte wieder ein.

Und schaltete um.

Molly trabte durch einen Korridor, der ziemliche Ähnlichkeit mit dem vorigen hatte, nur daß die verglasten Schaukästen fehlten. Case kam zu dem Schluß, daß sie Richtung Spindelspitze vordrangen; die Schwerkraft ließ nach. Bald hüpfte Molly mühelos über die wogenden Teppichberge. Ein leichtes Zwicken in ihrem Bein ...

Der Korridor wurde plötzlich schmaler, machte eine Kurve und teilte sich.

Sie ging nach rechts und eine absurd steile Treppe hoch. Ihr Bein begann zu schmerzen. An der Treppenhausdecke klebten gebündelte Kabelstränge wie farbcodierte Ganglien. An den Wänden hatte sich Feuchtigkeit niedergeschlagen.

Sie kam auf einem dreieckigen Absatz an, blieb stehen und rieb sich das Bein. Wieder Korridore, schmale Korridore mit Teppichen an den Wänden. Sie zweigten in drei Richtungen ab.

LINKS.

Sie zuckte die Achseln. »Ich schau mich erst mal um, okay?«

LINKS.

»Nur nicht nervös werden. Wir haben Zeit.« Sie ging in den Korridor, der nach rechts führte.

STOP.

ZURÜCK.

GEFAHR.

Sie zögerte. Von der halb offenen Eichentür am Ende des Gangs kam eine Stimme, laut und unartikuliert wie die eines Betrunkenen. Für Case hörte es sich wie Französisch an, aber es war zu undeutlich. Molly trat einen Schritt vor, dann noch einen. Ihre Hand glitt in den Anzug und legte sich um den Griff ihrer Flechette. Als sie in das Neuralstörfeld geriet, klangen ihr die Ohren von einem Schwirrton, der Case an das Geräusch ihrer Flechette erinnerte. Ihre quergestreiften Muskeln erschlafften, und sie fiel nach vorn und knallte mit der Stirn gegen die Tür. Sie krümmte sich und blieb auf dem Rücken liegen. Ihr Blick verschwamm, ihre Atmung stand still.

»Was ist denn das für ein schickes Kostüm?« sagte die unartikulierte Stimme. Eine zitternde Hand schob sich in ihren Anzug, fand die Flechette und zog sie heraus. »Komm, mein Kind, leiste mir Gesellschaft!«

Sie stand langsam auf. Ihre Augen klebten an der Mündung einer schwarzen Automatikpistole. Die Hand des Mannes war jetzt ziemlich ruhig; der Lauf der Knarre schien wie durch einen straffen, unsichtbaren Faden mit ihrer Kehle verbunden zu sein.

Er war alt, sehr alt, und seine Züge erinnerten Case an das Mädchen, das er im Vingtième Siècle gesehen hatte. Er trug einen schweren Hausmantel aus kastanienbrauner Seide mit langen, gesteppten Ärmelaufschlägen und einem Schalkragen. Ein Fuß war bloß, der andere steckte in einem schwarzen Samtpantoffel mit einem aufgestickten goldenen Fuchskopf über dem Spann. Er winkte Molly ins Zimmer. »Langsam, Darling.« Das Zimmer war sehr groß und mit allerlei Zeug vollgestopft, das Case sinnlos zusammengewürfelt erschien. Er sah ein graues Stahlgestell mit altmodischen Sony-Monitoren, ein breites Messingbett voller Schaffelle und Kissen, die offenbar aus dem gleichen Material wie der Teppichbelag in den Korridoren bestanden. Mollys Blick schoß von einer riesigen Telefunken-Musiktruhe zu Regalen mit altertümlichen Schallplatten, deren zerfallende Cover in durchsichtigen Plastikhüllen steckten, und schließlich zu einem großen Arbeitstisch, der mit Siliziumchips übersät war. Case registrierte das Cyberspace-Deck und die Troden, aber Mollys Blick ging zügig darüber hinweg.

»Normalerweise würde ich dich jetzt töten«, sagte der Greis. Case spürte, wie sie sich anspannte und sprungbereit machte. »Aber heute nacht gönne ich mir ein bißchen Spaß. Wie heißt du?«

»Molly.«

»Molly. Ich heiße Ashpool.« Er ließ sich in das faltige, weiche Lederpolster eines riesigen Lehnstuhls mit kantigen Chrombeinen zurücksinken, ohne daß die Pistole dabei auch nur einen Millimeter von ihr wich. Er legte die Flechette auf einen Messingtisch neben dem Lehnstuhl, wobei er eine Plastikdose mit roten Pillen umstieß. Der Tisch war mit Dosen, Schnapsfläschchen und weichen Plastiktütchen übersät, aus denen weiße Pulver quollen. Case bemerkte eine altmodische Glasspritze und einen schlichten Stahllöffel.

»Ich bin neugierig, Molly. Wie weinst du? Deine Augen sind umschlossen, wie ich sehe.« Er hatte rote Ringe um die Augen, und auf seiner Stirn glänzte Schweiß. Er war sehr blaß. Krank, folgerte Case. Oder auf Drogen.

»Ich weine nicht oft.«

»Aber wie weinst du, falls dich doch einmal jemand zum Weinen bringt?«

»Ich spucke«, sagte sie. »Die Tränengänge sind in den Mund verlegt.«

»Dann hast du für dein zartes Alter bereits eine wichtige Lektion gelernt.«

Die Hand mit der Pistole ruhte nun auf seinem Knie, während er sich von dem halben Dutzend Schnäpsen auf dem Tisch neben dem Stuhl wahllos eine Flasche griff. Er trank. Brandy. Ein Rinnsal lief ihm aus dem Mundwinkel. »So wird man mit Tränen fertig.« Er nahm noch einen Schluck. »Ich bin beschäftigt heut nacht, Molly. Das alles habe ich gebaut, und jetzt bin ich beschäftigt. Mit dem Sterben.«

»Ich könnte auf dem gleichen Weg verschwinden, wie ich gekommen bin«, sagte sie.

Er lachte heiser und schrill. »Du störst mich hier bei meinem Selbstmord und verlangst, daß ich dich einfach so gehen lasse? Wirklich, du erstaunst mich. Eine Diebin.«

»Es geht um meinen Arsch, Boß, und das ist alles, was ich habe. Ich würd ihn halt gern heil hier rauskriegen.«

»Du bist sehr ungezogen. Selbstmord wird hier mit gewissem Anstand zelebriert. Genau das tue ich, verstehst du? Aber vielleicht nehme ich dich heute nacht mit in die Hölle ... wie bei den alten Ägyptern.« Er trank wieder. »Nun denn. Komm her!« Er hielt ihr mit zitternder Hand die Flasche entgegen. »Trink!«

Sie schüttelte den Kopf.

»Ist nicht vergiftet«, meinte er, stellte den Brandy jedoch auf den Tisch zurück. »Setz dich. Setz dich auf den Boden. Wir wollen ein bißchen plaudern.«

»Worüber?« Sie setzte sich. Case spürte, wie die Klingen sich kaum merklich unter den Nägeln regten.

»Über alles, was uns so einfällt. Was mir einfällt. Hier habe ich das Sagen. Der Kern hat mich geweckt. Vor zwanzig Stunden. Es sei etwas im Gange, hieß es, und ich würde gebraucht. Warst du dieses Etwas, Molly? Sicher hätten sie mich nicht gebraucht, um mit dir fertig zu werden. Nein, es muß etwas anderes sein ... Ich habe geträumt, weißt du? Dreißig Jahre lang. Du warst noch nicht geboren, als ich mich das letzte Mal zur Ruhe gelegt habe. Sie sagten uns, wir würden in der Kälte nicht träumen. Sie sagten uns auch, wir würden die Kälte nicht spüren. Alles Unsinn, Molly. Lügen. Natürlich habe ich geträumt. Die Kälte ließ das Draußen herein, das war der Grund. Das Draußen. Die ganze Nacht hindurch habe ich dies hier gebaut, damit wir uns davor verstecken konnten. Zuerst war es nur ein Tropfen, ein Körnchen Nacht, das hereinsickerte, angelockt von der Kälte ... Doch bald folgten weitere und füllten meinen Kopf, wie der Regen ein leeres Becken füllt. Drachenwurz. Ich weiß es noch. Die Becken waren aus Terrakotta, die Kindermädchen aus Chrom. Wie ihre Glieder bei Sonnenuntergang im Garten schimmerten ... Ich bin alt, Molly. Über zweihundert Jahre alt, wenn man die Kälte mitrechnet. Die Kälte.« Plötzlich riß er die Pistole hoch. Der Lauf zitterte. Die Sehnen in Mollys Oberschenkeln waren straff wie Drahtseile.

»Man kann Frostbrand bekommen«, bemerkte sie vorsichtig.

»Da brennt nichts«, sagte er ungeduldig und senkte die Waffe. Seine spärlichen Bewegungen wurden zusehends sklerotisch. Sein Kopf wippte auf und ab. Nur mit Mühe konnte er es unterdrücken. »Da brennt nichts. Ah, jetzt fällt's mir wieder ein. Der Kern hat mir gesagt, unsre Intelligenzen spielen verrückt. Die vielen Milliarden, die wir investiert haben. Damals, als Künstliche Intelligenz noch ein ziemlich gewagtes Unterfangen war. Ich habe dem Kern gesagt, ich würde mich darum kümmern. Ein schlechter Zeitpunkt, wirklich – 8Jean ist grade unten in Melbourne, und nur unsre süße 3Jane sieht hier nach dem Rechten. Oder auch ein sehr guter Zeitpunkt. Was meinst du, Molly?«

Wieder ging die Pistole hoch. »In der Villa Straylight gehen merkwürdige Dinge vor.«

»Boß«, sagte sie, »kennen Sie Wintermute?«

»Ein Name, ja. Ein Name, der vielleicht Wunder wirkt. Ein Höllenfürst, ganz bestimmt. Zu meiner Zeit, liebe Molly, habe ich viele hohe Herren gekannt. Und nicht wenige Damen. Sogar eine spanische Königin lag einmal in diesem Bett ... Aber ich schweife ab.« Er hustete feucht und krampfhaft, und die Pistolenmündung zuckte. Er spuckte auf den Teppich neben seinen bloßen Fuß. »Das geht ja ins Uferlose. In die Kälte. Aber bald ist Schluß damit. Ich ließ eine Jane auftauen, als ich aufgewacht bin. Seltsam, alle paar Jahrzehnte bei der Frau zu liegen, die rechtlich gesehen die eigene Tochter ist.« Sein Blick wanderte an Molly vorbei zum Gestell mit den leeren Monitoren. Er schien zu frösteln. »Die Augen von Marie-France«, sagte er schwach und lächelte. »Wir lassen das Gehirn auf bestimmte eigene Neurotransmitter allergisch reagieren, was zu einer mit besonderer Fügsamkeit verbundenen Form von Autismus führt.« Sein Kopf kippte zur Seite, ging wieder hoch. »Soweit ich weiß, ist das heutzutage mit einem eingepflanzten Mikrochip leichter zu bewerkstelligen.«

Die Pistole glitt ihm aus der Hand, plumpste auf den Teppich.

»Die Träume wachsen so langsam wie Eis«, sagte er. Sein Gesicht hatte sich bläulich verfärbt. Sein Kopf sank an das wartende Leder zurück, und er begann zu schnarchen.

Sie war sofort auf den Beinen und schnappte sich die Knarre. Mit Ashpools Automatik in der Hand ging sie durchs Zimmer.

Eine riesige Stepp- oder Tagesdecke lag neben dem Bett in einer großen Lache geronnenen Blutes, das dick auf den gemusterten Teppichen glänzte. Als sie einen Zipfel der Decke zurückschlug, entdeckte sie ein Mädchen, dessen weiße Schulterblätter mit Blut besudelt waren. Man hatte ihr die Kehle durchgeschnitten. Die dreieckige Klinge eines Spachtels schimmerte in der dunklen Lache neben ihr. Molly kniete nieder, wobei sie darauf achtete, sich nicht mit dem Blut zu beschmieren, und drehte das Gesicht des toten Mädchens ins Licht. Das Gesicht, das Case im Restaurant gesehen hatte.

Es machte klick, tief im Innersten aller Dinge, und die Welt erstarrte. Mollys Simstim-Übertragung wurde zum Standbild. Ihre Finger verharrten an der Wange des Mädchens. Das Bild blieb drei Sekunden stehen, dann wandelte sich das Gesicht, wurde zum Gesicht von Linda Lee.

Ein weiteres Klicken, und das Zimmer verschwamm. Molly stand da und schaute auf eine goldene Laserdisk neben einer kleinen Konsole auf der Marmorfläche des Nachttischchens. Ein Glasfaserband lief wie eine Leine von der Konsole zu einer Buchse an dem schlanken Hals.

»Ich hab deine Nummer mitgekriegt, du Drecksack.« Case spürte, wie sich irgendwo weit entfernt seine Lippen bewegten. Er wußte, daß Wintermute die Übertragung abgeändert hatte. Molly hatte nicht gesehen, wie sich das Gesicht des toten Mädchens in Rauch auflöste und zur Totenmaske von Linda Lee wurde.

Molly wandte sich ab und ging zu Ashpools Stuhl. Der Mann atmete flach und stoßweise. Sie warf einen Blick auf das Durcheinander von Drogen und Alkohol. Dann legte sie seine Pistole weg, hob ihre Flechette auf, stellte auf Einzelschuß und jagte ihm sehr bedächtig einen Giftpfeil durchs geschlossene linke Augenlid. Der Mann zuckte einmal zusammen und hörte mitten im Luftholen auf zu atmen. Das andere Auge, braun und unergründlich, ging langsam auf.

Es war immer noch offen, als Molly sich abwandte und das Zimmer verließ.

16

Dein Boß ist dran«, sagte die Flatline. »Kommt über den zweiten Hosaka im andern Schiff oben rein, das wir huckepack genommen haben. Der Kahn heißt *Haniwa*.«

»Weiß ich«, sagte Case. »Hab ihn gesehn.«

Eine Raute aus weißem Licht klickte sich vor ihn und verdeckte das Tessier-Ashpool-Eis; sie zeigte das ruhige, gestochen scharfe, völlig verrückte Gesicht von Armitage mit seinen leeren Knopfaugen. Armitage blinzelte und starrte ihn an.

»Ich schätz mal, Wintermute hat sich auch um Ihre Turings gekümmert, was? Genau wie um meine«, sagte Case.

Armitage starrte ihn weiter an. Case widerstand dem plötzlichen Drang, wegzusehen, den Blick zu senken. »Alles in Ordnung, Armitage?«

»Case« – und einen Moment lang schien sich etwas hinter dem starren Blau zu regen – »du hast Wintermute gesehen, nicht wahr? In der Matrix.«

Case nickte. Eine Kamera an der Frontseite seines Hosaka in der *Marcus Garvey* würde die Geste auf den Monitor in der *Haniwa* übertragen. Er stellte sich vor, wie Maelcum, der weder die Konstruktion noch Armitage hören konnte, seinem tranceartigen Gestammel lauschte.

»Case« – die Augen wurden größer, als Armitage sich zu seinem Computer beugte – »als was siehst du ihn?«

»Als hochauflösende Simstim-Konstruktion.«

»Aber als *wen?*«

»Letztesmal war er der Finne ... Davor wohl 'n Zuhälter, den ich ...«

»Nicht als General Girling?«

»General *wer?*«

Das Gesicht in der Raute verschwand.

»Laß das zurücklaufen! Der Hosaka soll rauskriegen, wer das ist«, sagte er zur Konstruktion.

Er schaltete um.

Die Perspektive überraschte ihn. Molly kauerte zwischen Stahlträgern, zwanzig Meter über einem weiten, glattpolierten, fleckigen Betonboden. Der Raum war ein Hangar oder eine Wartungsbucht. Case konnte drei Raumschiffe sehen, keins größer als die *Garvey* und allesamt in verschiedenen Reparaturstadien. Japanische Stimmen. Eine Gestalt in einem orangefarbenen Overall trat aus einem Spalt im Rumpf eines wulstigen Baufahrzeugs und blieb neben einem seiner kolbengesteuerten Arme stehen, die seltsam menschlich wirkten. Der Mann tippte etwas in ein tragbares Steuergerät und kratzte sich an den Rippen. Eine karrenähnliche, rote Drohne rollte auf grauen Ballonreifen ins Blickfeld.

Ihr Chip blinkte CASE.

»Hallo«, sagte sie. »Sag mir mal einer, wie's weitergeht.«

Sie hockte sich auf die Fersen. Die Arme und Knie ihres Modern-Anzugs waren so blaugrau wie die lackierten Träger. Sie hatte jetzt anhaltende, stechende Schmerzen in ihrem Bein. »Hätte noch mal zu Chin gehn sollen«, murmelte sie.

Auf der Höhe ihrer linken Schulter kam etwas leise aus der Dunkelheit angetickt und hielt inne. Ein kugeliger Körper schwankte auf langen, gekrümmten Spinnenbeinen hin und her. Das Ding feuerte einen Mikrosekundenblitz gestreuten Laserlichts ab und erstarrte. Es war eine Braun-Mikrodrohne. Case hatte einmal das gleiche Modell besessen, ein nutzloses Spielzeug, das er bei einem Hardwarehehler aus Cleveland im Paket erstanden hatte. Es sah aus wie ein stilisierter, mattschwarzer Weberknecht. Am Äquator der Kugel begann ein rotes LED zu pulsieren. Der Körper war nicht größer als ein Baseball. »Okay«, sagte sie, »schon verstanden.« Sie stand auf, wobei sie ihr Gewicht aufs linke Bein verlagerte, und beobachtete, wie die kleine Drohne kehrtmachte. Methodisch suchte sie auf dem Träger einen Weg zurück und verschwand im Dunkeln. Molly wandte sich zu der Wartungsbucht um. Der Mann im orangefarbenen Overall verschloß gerade die Vorderseite eines weißen Raumanzugs. Sie sah zu, wie er den Helm aufsetzte und verriegelte, sein Steuergerät an sich nahm und wieder durch den Spalt im Rumpf des Baufahrzeugs verschwand. Motoren drehten hoch, und das Ding sank auf einem runden Bodensegment von zehn Metern Durchmesser, das abwärts in gleißendes Bogenlampenlicht hineinfuhr, ruhig außer Sicht. Die rote Drohne wartete geduldig am Rand des Lochs, das die Aufzugplattform hinterlassen hatte.

Dann folgte Molly dem Braun. Sie schlängelte sich durch einen Wald verschweißter Stahlstreben. Die Braun blinkte pausenlos mit seinem LED und winkte sie weiter.

»Wie geht's, Case? Wieder in der *Garvey* bei Maelcum? Na klar. Und eingesteckt. Find ich gut. Früher hab ich immer Selbstgespräche geführt, wenn ich in der Klemme saß. Ich tu so, als ob ich 'nen Freund hätte, jemand, dem ich vertrauen kann, und dem erzähl ich dann, was ich wirklich denke, wie's mir geht. Und dann sagt er mir, was er davon hält, und so weiter und so fort. Wenn du dabei bist, isses so ähnlich. Die Szene mit Ashpool ...« Sie biß sich auf die Unterlippe, während sie um eine Strebe glitt, die Drohne im Blick. »So was Abgedrehtes hab ich eigentlich nicht erwartet. Ich meine, die Typen hier sind doch total krank im Kopf, als ob sie Botschaften in Leuchtschrift hinter der Stirn hätten oder so. Gefällt mir nicht, wie's hier aussieht, gefällt mir nicht, wie's hier riecht ...«

Die Drohne hangelte sich eine fast unsichtbare Leiter aus U-förmigen Stahlsprossen zu einer schmalen, dunklen Öffnung hinauf. »Und wo ich schon mal beim Beichten bin, Baby, sollte ich dir vielleicht gestehen, daß ich eigentlich nicht damit gerechnet habe, mit heiler Haut aus der Sache hier rauszukommen.

Läuft schon 'ne ganze Weile alles ziemlich beschissen bei mir, und du bist die einzige positive Abwechslung, seit ich bei Armitage angefangen hab.« Sie blickte zu dem schwarzen Kreis hinauf. Das LED der kletternden Drohne blinkte. »Nicht, daß du der Übertyp wärst.« Sie lächelte, wenn auch viel zu kurz. Als sie zu klettern begann, biß sie wegen des stechenden Schmerzes im Bein die Zähne zusammen. Die Leiter führte in einer Metallröhre nach oben, die gerade breit genug für ihre Schultern war.

Sie stieg aus der Schwerkraft zur schwerelosen Achse hinauf.

Ihr Chip blinkte die Zeit.

16:23:04.

Es war ein langer Tag gewesen. Die Klarheit ihrer Sinne dämpfte die Wirkung des Betaphenäthylamins, das Case nach wie vor zusetzte. Er zog den Schmerz in ihrem Bein vor.

C A S E : 0 0 0 0
0 0 0 0 0 0 0 0 0
0 0 0 0 0 0 0 0 0

»Ist wohl für dich«, sagte sie und kletterte mechanisch weiter. Die Nullen leuchteten noch einmal auf, und am Rand ihres Gesichtsfelds lief eine von der Display-Schaltung zerhäckselte Nachricht ab.

G E N E R A L G
I R L I N G : :
B I L D E T E
C O R T O F Ü R
S C R E A M I N G
F I S T A U S
U N D V E R K A
U F T E S E I N
E N A R S C H
A N S P E N T A

G O N   : : : :
W / M U T E
H A T   A R M I
T A G E   D U R
C H   E I N   G
I R L I N G – K
O N S T R U K T
I N   D E R   H A
N D : W / M U T
E   S A G T   D A
S S   A   V O
N   G   S P R
I C H T   H E
I S S T :
E R   D R E H T
D U R C H   : :
P A S S   A U F
D I C H   A U F
: :   D I X I E

»Tja«, Molly machte eine Pause und verlagerte ihr ganzes Gewicht aufs rechte Bein, »du hast wohl auch Probleme.« Sie schaute nach unten. Da war ein schwacher Lichtkreis, nicht größer als das Messingplättchen des Chubb-Schlüssels, der zwischen ihren Brüsten baumelte. Sie blickte nach oben. Nichts zu sehen. Sie drückte mit der Zunge auf ihre Verstärker, und die Röhre streckte sich ins Unendliche. Die Braun erklomm die Sprossen. »Davon hat mir keiner was gesagt«, murrte sie.

Case steckte aus.

»Maelcum …«

»Dein Boß is vielleich' komisch drauf, Mann.« Der Zionit trug einen blauen Sanyo-Raumanzug, der zwanzig Jahre älter war als das Modell, das Case in Freeside gemietet hatte. Er hielt seinen

Helm unter dem Arm und hatte seine Dreadlocks in eine gehäkelte Mütze aus purpurrotem Baumwollgarn verpackt. Seine Augen waren ganz klein vom Ganja und der Anspannung. »Gibt ständig *Befehle* durch, Mann, aber die ham irgendwas mit ’nem Krieg in Babylon zu tun ...« Maelcum schüttelte den Kopf. »Hab mit Aerol gesprochen un’ der mit Zion. Die Gründer sagen, nix wie weg.« Er fuhr sich mit dem breiten, braunen Handrücken über den Mund.

»Armitage?« Case zuckte zusammen, als ihn der Betaphenäthylaminkater mit voller Wucht traf, nachdem die schützende Wirkung von Matrix und Simstim weggefallen war. Im Hirn sind keine Nerven, sagte er sich, so mies kann’s dem doch gar nicht gehen. »Wie meinst du das? Er gibt dir Befehle? Was für welche?«

»Erzählt mir ständig, ich soll Kurs auf Finnland nehm’. Sagt, da gib’s Hoffnung, verstehs’u? Aufm Monitor is sein Hemd voller Blut, und er’s völlig durch ’n Wind, faselt was von kreischenden Fäusten und Rußland und vom Blut der Verräter, das über uns kommen soll.« Er schüttelte nochmals den Kopf, wobei die Mütze in der Schwerelosigkeit hin und her wippte. Sein Mund wurde schmal. »Die Gründer sagen, dieser Mute, die stumme Stimme, das is bestimmt ’n falscher Prophet, und Aerol und ich soll’n die *Marcus Garvey* verlassen und heimkomm’.«

»Blut? Armitage ist verwundet?«

»Kann ich nich sagen, Mann. Aber Blut, ja, und er’s total verrückt, Case.«

»Okay«, sagte Case, »Und was ist mit mir? Du fliegst also heim. Was ist mit mir, Maelcum?«

»Ey Mann«, sagte Maelcum, »du komms’ mit. Wir fliegen mit Aerol und der *Babylon Rocker* nach Zion. Laß Mr. Armitage doch mit der Gespens’erkassette reden – von Gespens’ zu Gespens’ ...«

Case warf einen kurzen Blick über die Schulter zurück. Sein gemieteter Anzug schaukelte im Luftzug des alten russischen Skrubbers und schlug gegen das Netz, an dem er ihn befestigt hatte. Er schloß die Augen. Er sah die Toxinsäckchen, die sich in seinen Arterien zersetzten. Er sah Molly, die sich die endlosen Stahlsprossen hochhievte. Er öffnete die Augen.

»Weiß nicht, Mann«, sagte er mit einem komischen Geschmack im Mund. Er blickte hinunter auf sein Deck, seine Hände. »Weiß nicht.« Er blickte wieder auf. Das braune Gesicht war jetzt ruhig und aufmerksam. Maelcums Kinn war hinter dem hohen Helmring seines alten, blauen Anzugs verborgen. »Sie ist drin«, sagte er. »Molly ist drin. In der Straylight, so heißt das Ding. Wenn es ein Babylon gibt, Mann, dann isses das. Wenn wir sie im Stich lassen, kommt sie da nicht mehr raus, Wandelndes Messer oder nicht.«

Maelcum nickte. Die gehäkelte Baumwollmütze tanzte auf und ab wie ein Fesselballon. »Deine Frau, Case?«

»Weiß nicht. Vielleicht von keinem.« Er zuckte die Achseln. Und fand seinen Zorn wieder, hart und fest wie ein heißer Steinsplitter unter den Rippen. »Ihr könnt mich alle mal«, sagte er. »Armitage kann mich, Wintermute kann mich, und du kannst mich auch! Ich bleib hier.«

Ein Lächeln erhellte Maelcums Gesicht wie eine aufgehende Sonne. »Maelcum 's 'n harter Knochen, Case. Un' *Garvey* 's Maelcums Schiff.« Er drückte mit der behandschuhten Hand auf eine Taste, und der bassige Rocksteady-Sound von Zion-Dub dröhnte aus den Lautsprechern des Schleppers. »Maelcum läuft nich davon, nein. Ich red mit Aerol. Der sieht 'as bestimmt genauso.«

Case sah ihn erstaunt an. »Ich versteh euch Burschen einfach nicht«, meinte er.

»Versteh dich auch nich, Mann«, sagte der Zionit. Sein Kopf wippte im Takt auf und ab. »Aber wir müssen uns von Jahs Liebe leiten lassen, jeder von uns.«

Case steckte ein und schaltete sich in die Matrix.

»Hast du meine Nachricht gekriegt?«

»Ja.« Er sah, daß das chinesische Programm gewachsen war; feine Bögen aus fließenden, polychromen Farben strebten auf das T-A-Eis zu.

»Hier wird's immer heikler«, sagte die Flatline. »Dein Boß hat den Speicher im andern Hosaka gelöscht und unsern beinah gleich mit. Aber dein Kumpel Wintermute hat mich über was aufgeklärt, bevor's drüben schwarz wurde. Daß es in der Straylight nicht gerade von Tessier-Ashpools wimmelt, kommt daher, daß die meisten im Kälteschlaf liegen. 'ne Anwaltskanzlei in London führt ihre Geschäfte. Die müßte wissen, wer wann wach ist. Armitage hat die Sendungen aus London zur Straylight durch seinen Hosaka auf der Jacht geleitet. Übrigens wissen sie, daß der Alte tot ist.«

»Wer weiß das?«

»Die Anwälte und T-A. Er hatte 'ne medizinische Überwachungssonde im Brustbein implantiert. Obwohl ... nach dem Pfeil deiner Süßen hätte kein Wiederbelebungsteam noch viel ausrichten können. Schaltiergift. Die einzige derzeit wache T-A in Straylight ist Lady 3Jane Marie-France. Gibt noch 'nen männlichen T-A, der ist 'n paar Jahre älter und grade geschäftlich in Australien unterwegs. Wenn du mich fragst, ich möchte wetten, Wintermute hat's so eingefädelt, daß 8Jean sich persönlich um diese Geschäfte kümmern muß. Aber er ist schon auf dem Heimweg oder jedenfalls kurz davor. Die Anwälte in London nennen als voraussichtliche Ankunftszeit in Straylight 21:00:00 heut abend. Wir haben das Kuang-Virus um 14:32:03 reingefahren. Jetzt isses 16:45:20. Kuang wird schätzungsweise so gegen 20:30:00 im T-A-Kern drin sein. Vielleicht 'ne Idee früher oder später. Ich glaube, zwischen Wintermute und 3Jane läuft irgendwas, oder sie ist genauso verrückt wie ihr Alter. Aber der Knabe, der von Melbourne raufkommt, wird sofort mitkriegen, was hier gespielt wird. Die Straylight-Sicherheitssysteme versuchen ständig, Großalarm zu geben, aber Wintermute blockiert sie, frag mich nicht, wie. Allerdings hat er das Programm fürs Haupttor nicht ausschalten können, um Molly einzuschleusen. Armitage hat das alles in seinem Hosaka gespeichert; Riviera muß 3Jane zu dem Ganzen überredet haben. Sie ist seit Jahren imstande, Tore und Ausgänge zu manipulieren. Eins der größten Probleme von T-A ist offensichtlich, daß jedes hohe Tier aus der Familie die Datenbanken mit persönlichem Schmu und Ausnahmeregelungen vollstopft. Ist gewissermaßen so, wie wenn das Immunsystem zusammenbricht. Reif für 'n Virus. Sieht gut für uns aus, sobald wir erst mal durchs Eis durch sind.«

»Okay. Aber Wintermute hat gesagt, daß Arm ...«

Eine weiße Raute sprang ins Bild, ausgefüllt mit einer Nahaufnahme irrer blauer Augen. Case war baff. Colonel Willie Corto, Special Forces, Unternehmen Screaming Fist, hatte den Weg zurück gefunden.

Das Bild war trüb, ruckend, unscharf. Corto benutzte das Navigationsdeck der *Haniwa*, um mit dem Hosaka auf der *Marcus Garvey* in Verbindung zu treten.

»Case, ich brauche die Schadensmeldungen für die Omaha Thunder.«

»Ich ... Colonel?«

»Halt durch, Junge! Denk an deine Ausbildung.«

Wo hast du denn gesteckt, Mann? fragte er stumm die gequälten Augen. Wintermute hatte etwas namens Armitage in das katatonische Bollwerk eines gewissen Corto eingebaut. Hatte Corto davon überzeugt, daß er in Wahrheit Armitage sei, und Armitage war herumgezogen, hatte geredet, taktiert, durch Datenhandel Kapital angesammelt, in jenem Hotelzimmer im Chiba Hilton Wintermutes Strohmann gespielt ... Und nun war Armitage verschwunden, fortgeweht von den Stürmen von Cortos Wahnsinn. Aber wo war Corto all die Jahre *gewesen*?

Im Sturz vom sibirischen Himmel. Verbrannt und geblendet.

»Es wird dir schwerfallen, das zu akzeptieren, Case, ich weiß.

Du bist Offizier. Die Ausbildung. Verstehe ich. Aber Gott ist mein Zeuge, Case: Wir sind verraten worden.«

Tränen quollen aus den blauen Augen.

»Colonel, äh ... Wer? Wer hat uns verraten?«

»General Girling, Case. Du kennst ihn vielleicht unter einem Decknamen. Du weißt doch, wen ich meine?«

»Ja«, sagte Case, während die Tränen weiterflossen. »Ich glaube schon, Sir«, fügte er impulsiv hinzu. »Aber Sir, Colonel, was genau sollen wir denn tun? Jetzt, meine ich.«

»Zum gegenwärtigen Zeitpunkt besteht unsere Pflicht in der Flucht, Case. Im Abzug. Wir können es bis morgen abend zur finnischen Grenze schaffen. Tiefflug auf Handbetrieb. Wir fliegen mit dem Hintern, Junge. Aber das ist nur der Anfang.« Die blauen Augen über den tränennassen Wangen wurden zu Schlitzen. »Nur der Anfang. Verrat von oben. Von *oben* ...« Er trat von der Kamera zurück. Auf dem zerrissenen Hemd waren dunkle Flecken zu sehen. Armitages Gesicht war maskenhaft starr gewesen, aber Cortos Visage war eine wahrhaft schizoide Fratze. Die Krankheit zeichnete seine Mimik, entstellte die teure Arbeit des plastischen Chirurgen.

»Ja, Colonel, ich verstehe. Hören Sie zu, Colonel, okay? Bitte öffnen Sie die ... äh ... Scheiße, wie heißt das Ding, Dix?«

»Mittelschleuse«, sagte die Flatline.

»Öffnen Sie die Mittelschleuse! Sagen Sie einfach Ihrem Steuerpult da oben, es soll sie aufmachen, klar? Wir sind gleich oben bei Ihnen, Colonel. Dann können wir bereden, wie wir hier rauskommen.«

Die Raute verschwand. »Ich glaube, ich komm da nicht ganz mit, mein Junge«, sagte die Flatline.

»Die Toxine«, sagte Case, »die Scheißtoxine«, und steckte aus.

»Gift?« Maelcum beobachtete über die zerkratzte, blaue Schulterpartie seines alten Sanyo hinweg, wie Case sich aus seinem g-Netz kämpfte.

»Und mach mir das verdammte Ding ab ...« Er zerrte am Texas-Katheter. »So 'n langsam wirkendes Gift. Das Arschloch da oben kennt das Gegenmittel, aber der Kerl ist inzwischen verrückter als 'ne Scheißhausratte.« Er hantierte an der Vorderseite seines roten Sanyo herum; er hatte glatt vergessen, wie das Ding zuging.

»Dein Boß hat dich *vergiftet*?« Maelcum kratzte sich die Wange. »Ich hab 'ne Bordapotheke hier, weiß'u.«

»Maelcum, Herrgott, hilf mir mit dem verdammten Anzug!«

Der Zionit stieß sich vom pinkfarbenen Pilotenmodul ab. »Nur die Ruhe, Mann. Eile mit Weile, sagt der Weise. Wir komm' schon noch rauf ...«

Es war Luft in der gewellten Gangway, die von der Heckschleuse der *Marcus Garvey* zur Mittelschleuse der *Haniwa* führte, aber sie hielten ihre Anzüge dennoch geschlossen. Maelcum legte den Weg mit der Anmut einer Ballerina zurück und hielt nur inne, um Case behilflich zu sein, der ungeschickt herumtaumelte, seit er die *Garvey* verlassen hatte. Die weißen Plastikwände der Röhre filterten das grelle Sonnenlicht; es gab keine Schatten.

Der Luftschleusendeckel der *Garvey* war geflickt und zernarbt und mit einem lasergravierten Löwen von Zion geschmückt. Die Mittelluke der *Haniwa* war hellgrau, blank und wie neu. Maelcum steckte den Handschuh in eine schmale Nische. Case sah, wie seine Finger sich bewegten. Rote LEDs in der Nische leuchteten auf und absolvierten einen Countdown von fünfzig abwärts. Maelcum zog die Hand zurück. Case, der sich mit einem Handschuh gegen die Luke stemmte, spürte die Vibration der Schließvorrichtung durch Anzug und Knochen. Das runde Segment in der grauen Hülle begann in die *Haniwa* zurückzufahren. Maelcum hielt sich mit der einen Hand in der Vertiefung fest und packte Case mit der anderen. Die Schleuse nahm sie auf.

Die *Haniwa* stammte von den Dornier-Fujitsu-Werften. Ihre Innenausstattung drückte die gleiche Produktphilosophie aus wie der Mercedes, der sie durch Istanbul chauffiert hatte. Die kleine Mittelschleuse war mit einem Ebenholzimitat furniert, ihr Boden mit grauen italienischen Fliesen ausgelegt. Case kam sich vor, als ob er durch die Dusche in die privaten Baderäume eines Reichen einsteigen würde. Die Jacht war im Orbit montiert worden und nicht für den Wiedereintritt bestimmt. Ihre schlichte, schnittige Wespenform war pures Design, und das gesamte Innere war ebenfalls darauf angelegt, den allgemeinen Eindruck von Schnelligkeit zu verstärken.

Als Maelcum seinen zerbeulten Helm absetzte, folgte Case seinem Beispiel. Sie hingen in der Schleuse und atmeten eine Luft, die leicht nach Kiefernholz roch. Außerdem stieg ihnen ein leichter Gestank von verschmorten Kabeln in die Nase.

Maelcum schnupperte. »Die haben Ärger hier, Mann. Jedes Schiff, wo's so riecht ...«

Eine mit dunkelgrauem Ultravelour bezogene Tür glitt leise in die Wand zurück. Maelcum stieß sich von der ebenholzschwarzen Wand ab und segelte geschickt durch die schmale Öffnung, wobei er im letzten Moment die breiten Schultern verdrehte, um nicht anzustoßen. Case folgte ihm schwerfällig, indem er sich Hand um Hand an dem hüfthohen, gepolsterten Geländer entlangzog. »Brücke«, sagte Maelcum und deutete in einen fugenlosen, cremefarbenen Korridor, »is bestimmt da lang.« Mit einem weiteren mühelosen Fußtritt setzte er sich in Bewegung. Von irgendwo weiter vorne hörte Case das vertraute Geratter eines Printers beim Ausdrucken. Das Geräusch wurde lauter, als er Maelcum durch eine weitere Tür folgte. Herumwirbelnde Massen verworrenen Endlospapiers empfingen sie. Case schnappte sich einen Fetzen und warf einen Blick darauf.

0 0 0 0 0 0 0 0 0
0 0 0 0 0 0 0 0 0

0 0 0 0 0 0 0 0 0
0 0 0 0 0 0 0 0 0

»Systeme abgestürzt?« Der Zionit deutete mit dem behandschuhten Finger auf die Nullenkolonne.

»Nein.« Case griff nach seinem davonschwebenden Helm. »Die Flatline hat gesagt, Armitage hätte den Hosaka hier oben getilt.«

»Riecht, als hätt er's mit 'nem Laser gemacht.« Der Zionit stemmte den Fuß gegen das weiße Gestell eines schweizerischen Fitnessgeräts und schoß durch das Labyrinth aus schwebendem Papier, wobei er es von seinem Gesicht wegwedelte.

»Case, Mann ...«

Der kleine Japaner war mit einem dünnen Stahldraht um den Hals an die Lehne des schmalen Drehkippstuhls gebunden. Hinten verschwand der Draht im schwarzen Temperschaum der Kopfstütze, und vorn hatte er sich ebenso tief in den Kehlkopf des Mannes eingegraben. Ein einziger Blutstropfen war dort ausgetreten und zu einem seltsamen Edelstein, einer rotschwarzen Perle geronnen. Case sah die primitiven Holzgriffe, die wie Stücke eines abgegriffenen Besenstiels an den Enden der Garotte baumelten.

»Wie lang er das Ding wohl schon bei sich gehabt hat?« Case mußte an Cortos Pilgerfahrt nach dem Krieg denken.

»Kann er so 'n Schiff steuern, dein Boß, Case?«

»Vielleicht. Er war bei den Special Forces.«

»Tja, dieser Japanerboy, der wird's nich mehr steuern. Weiß nich mal, ob ich's selber so ohne weiteres könnte. Ganz neues Schiff.«

»Also bring uns zur Brücke!«

Maelcum machte stirnrunzelnd eine Rolle rückwärts und stieß sich ab.

Case folgte ihm in einen größeren Raum, einen Salon, wobei er die Papierfahnen, die ihm den Weg versperrten, zerriß und zerknüllte. Hier waren weitere Drehkippstühle, eine Art Bar und der Hosaka. Der Printer, der noch immer sein dünnes Papierband ausspuckte, war ein Einbaugerät, ein glatter Schlitz in der handpolierten Furnierabdeckung. Case zog sich über die kreisförmig aufgestellten Stühle und drückte auf einen weißen Knopf links neben dem Schlitz. Das Geratter verstummte. Er wandte sich um und sah sich den Hosaka an. In der Frontplatte waren mindestens ein Dutzend kleine, runde Bohrlöcher mit geschwärzten Rändern. Helle Metallspäne kreisten wie Himmelskörper um den toten Computer. »Richtig geraten«, sagte er zu Maelcum.

»Brücke 's abgeschlossen, Mann«, sagte Maelcum von der anderen Seite des Salons.

Die Beleuchtung wurde schwächer, flammte grell auf und wurde wieder schwächer.

Case riß das Papier aus dem Schlitz. Weitere Nullen. »Wintermute?« Er ließ den Blick durch den beigebraunen Salon schweifen. Der Raum war vom unleserlichen Gekrakel der Papierschlangen erfüllt. »Warst du das mit dem Licht, Wintermute?«

Neben Maelcums Kopf schob sich eine Verkleidung hoch und enthüllte einen kleinen Monitor. Maelcum zuckte erschrocken zusammen, wischte sich mit dem Schaumpolster auf dem Handschuhrücken den Schweiß von der Stirn und drehte sich zu dem Bildschirm um. »Kanns'u Japanisch, Mann?« Case sah Schriftzeichen über den Monitor huschen.

»Nee«, sagte er.

»Die Brücke 's 'ne Fluchtkapsel, 'n Rettungsboot. Sieht wie 'n Countdown aus. Mach deinen Anzug dicht!« Er setzte sich den Helm auf und drückte die Verschlüsse zu.

»Was? Er haut ab? Scheiße!« Case stieß sich von dem Gerät ab und schoß durch das Papiergewirr. »Wir müssen die Tür aufkriegen, Mann!« Aber Maelcum konnte sich nur an die Seite des Helms tippen. Case sah, wie sich seine Lippen hinter dem Lexanglas bewegten. Eine Schweißperle löste sich von dem regenbogenfarbenen Band der purpurroten Mütze, unter der er seine

Mähne verstaut hatte. Maelcum schnappte sich Cases Helm, setzte ihm das Ding behutsam auf und ließ mit den Ballen seiner Handschuhe die Verschlüsse zuschnappen. Mikro-LED-Monitore leuchteten links von der Sichtscheibe auf, als die Anschlüsse im Halsring Kontakt bekamen. »Versteh kein Japanisch«, meinte Maelcum über seinen Helmfunk, »aber mit dem Countdown da stimmt was nich.« Er tippte auf eine bestimmte Zeile auf dem Bildschirm. »Is nicht dicht, das Brückenmodul. Startet mit offener Luke.«

»Armitage!« Case versuchte, gegen die Tür zu trommeln. Die Gesetze der Schwerelosigkeit ließen ihn rückwärts in die Papierschlangen segeln. »Corto! Nicht! Wir müssen reden! Wir müssen ...«

»Case? Ich höre dich, Case ...« Die Stimme hatte kaum noch Ähnlichkeit mit der von Armitage. Sie war sonderbar ruhig. Case hörte mit seinem Gezappel auf. Sein Helm knallte gegen die andere Wand. »Tut mir leid, Case, aber es geht nicht anders. Einer von uns muß hier rauskommen. Einer von uns muß als Zeuge übrigbleiben. Wenn wir alle hier draufgehen, ist dies das Ende. Ich werd's ihnen sagen, Case, ich werd ihnen alles erzählen. Über Girling und die andern. Und ich schaffe es, Case. Das weiß ich. Ich schaffe es bis nach Helsinki.« Plötzlich trat eine Stille ein, die sich wie ein Edelgas in Cases Helm ausbreitete. »Aber es ist schwer, Case, so verdammt schwer. Ich bin blind.«

»Corto, halt! Warten Sie! Sie sind *blind*, Mann. Sie können nicht fliegen. Sie landen nur in den verdammten *Bäumen*. Und die werden alles dransetzen, Sie zu kriegen, Corto, die haben Ihre Luke offen gelassen, ich schwör's Ihnen. Sie werden draufgehen, Sie werden nie dazu kommen, ihnen alles zu sagen, und ich brauch doch das Enzym, den Namen des Enzyms, das Enzym, Mann ...« Er brüllte; seine Stimme war schrill vor Hysterie. Die Rückkopplung kreischte aus den gepolsterten Helmkopfhörern.

»Denk an die Ausbildung, Case. Was anderes bleibt uns nicht.«

Und dann füllte sich der Helm mit wirrem Gebrabbel, atmosphärischem Rauschen und Obertönen, die von Screaming Fist über die Jahre hinweg heranheulten. Ein paar Brocken Russisch, dann eine fremde Stimme, ein Mann aus dem mittleren Westen, sehr jung. »Wir sind unten. Wiederhole, Omaha Thunder ist unten. Wir ...«

»Wintermute«, schrie Case, »tu mir das nicht an!« Tränen quollen unter seinen Wimpern hervor, prallten als wabbelige, kristalline Tropfen von der Sichtscheibe ab. Dann ging ein dumpfer Ruck durch die *Haniwa*, und sie erbebte, als ob etwas Großes, Weiches gegen den Rumpf geknallt wäre. Case sah vor seinem geistigen Auge, wie das Rettungsboot von Explosivbolzen abgesprengt wurde und sich abrupt löste, wie der plötzliche, orkanartige Sog der ausströmenden Luft den wahnsinnigen Colonel Corto aus seinem Sitz riß, aus Wintermutes Szenario der letzten Minute von Screaming Fist.

»Der's hin, Mann.« Maelcum sah auf den Monitor. »Luke is offen. Mute muß die Abschußsicherung außer Kraft gesetz' haben.«

Case wollte sich die Zornestränen aus den Augen wischen. Seine Finger prallten gegen Lexan.

»Die Jacht is luftdicht, aber der Boß hat die Greifersteuerung auf der Brücke mitgenomm'. Die *Marcus Garvey* sitz' immer noch fes'.«

Aber Case sah Armitages endlosen Sturz um Freeside herum, sah ihn durch ein Vakuum fallen, das kälter war als die Steppen. Aus irgendeinem Grund stellte er ihn sich in seinem dunklen Burberry vor, die schweren Falten des Trenchcoats ausgebreitet wie die Flügel einer riesigen Fledermaus.

17

Na, hast du, was du wolltest?« fragte die Flatline.

Kuang Grade Mark 11 füllte das Gitter zwischen sich und dem T-A-Eis gerade mit hypnotisch feinen Regenbogenmustern, so zart wie Eisblumen an einem winterlichen Fenster.

»Wintermute hat Armitage kaltgemacht. Hat ihn in 'nem Rettungsboot mit offener Luke rausgejagt.«

»Ach du Scheiße«, meinte die Flatline. »Na ja, ihr wart ja nicht grade die dicksten Freunde, oder?«

»Er wußte, wie man die Toxinsäckchen loswird.«

»Dann weiß Wintermute es auch. Verlaß dich drauf.«

»Ich glaub eher nicht, daß Wintermute damit rausrückt.«

Die scheußliche Pseudolache der Konstruktion kratzte wie ein stumpfes Messer an seinen Nerven. »Das soll wohl heißen, daß du allmählich durchblickst.«

Er drückte den Simstim-Schalter.

18:27:52, dem Chip in ihrem Sehnerv zufolge. Case hatte Mollys Marsch durch die Villa Straylight nun über eine Stunde lang verfolgt und mit dem Endorphinanalog, das sie intus hatte, seinen Kater gedämpft. Der Schmerz in ihrem Bein war weg; es war, als ob sie durch warmes Wasser liefe. Die Braun-Drohne saß auf ihrer Schulter und hatte sich mit den winzigen Greifern, die wie gepolsterte Wundklammern aussahen, im Polykarbonat ihres Modern-Anzugs festgehakt.

Die Wände hier waren aus blankem Stahl mit rauhen, braunen Epoxidstreifen an den Stellen, wo eine Verkleidung entfernt worden war. Molly hatte sich vor Arbeitern versteckt, geduckt, die Flechette in der Hand, der Dress stahlgrau, als die beiden schlanken Afrikaner mit ihrer Ballonreifenkarre vorbeikamen. Die Männer hatten kahlgeschorene Schädel und trugen orangefarbene Overalls. Einer sang leise vor sich hin in einer Sprache, die Case noch nie gehört hatte; es waren fremdartige, schwermütige Klänge.

Die Worte des Kopfs – 3Janes Aufsatz über Straylight – kamen ihm wieder in den Sinn, als Molly immer tiefer in das Labyrinth vordrang. Straylight war verrückt, ein Wahnsinn, der im harzgebundenen Beton aus pulverisiertem Mondgestein wucherte, im verschweißten Stahl und in Tonnen von Schnickschnack, all dem bizarren, überflüssigen Zeug, das sie durch den Schacht heraufgeschafft hatten, um ihr verschlungenes Nest damit auszustaffieren. Aber es war ein Wahnsinn, der ihm unverständlich blieb, im Gegensatz zu Armitages Geisteskrankheit, die er nun zu begreifen glaubte. Man mußte einen Menschen nur weit genug verbiegen, erst in die eine Richtung, dann in die andere, immer hin und her, bis er zerbrach. Wie ein Stück Draht. Und das hatte die Geschichte mit Colonel Corto gemacht. Die Geschichte hatte die größte Sauerei bereits erledigt, als Wintermute ihn fand, ihn aus dem ganzen Schutt des Krieges herauspickte, in das flache, graue Feld seines Bewußtseins vordrang wie eine Wasserspinne, die über einen stehenden Teich gleitet, und die ersten Botschaften über den Monitor eines Spielzeug-Mikrocomputers im abgedunkelten Krankenzimmer seines französischen Asyls schickte. Wintermute hatte Armitage neu aufgebaut, und Cortos Erinnerungen an Screaming Fist waren die Basis gewesen. Von einem bestimmten Punkt an hatten Armitages »Erinnerungen« jedoch kaum noch etwas mit denen von Corto gemein gehabt. Case bezweifelte, daß Armitage sich an den Verrat erinnert hatte, an die abstürzenden, brennenden Nightwings ... Armitage war sozusagen eine redigierte Version von Corto gewesen, und als der Streß ihrer Operation ein gewisses Ausmaß erreicht hatte, war der Armitage-Mechanismus zerbröckelt. Corto war wieder aufgetaucht, mit seinen Schuldgefühlen und seiner Wut. Und jetzt war Corto-Armitage tot, ein frostiger kleiner Mond für Freeside.

Er dachte an die Toxinsäckchen. Der alte Ashpool war ebenfalls tot; Mollys mikroskopischer Pfeil in seinem Auge hatte ihn um die todsichere Überdosis gebracht, die er sich zusammengemixt hatte. Ashpools Tod warf noch mehr Rätsel auf; es war der Tod eines verrückten Königs. Und er hatte die Puppe umgebracht, die er seine Tochter nannte, die Puppe mit 3Janes Gesicht. Als Case nun mit Hilfe von Mollys sensorischem Input durch die Korridore von Straylight streifte, kam ihm der Gedanke, daß er jemanden wie Ashpool, jemand so Mächtigen, wie es Ashpool in seinen Augen immer gewesen war, nie als menschliches Wesen gesehen hatte.

Macht bedeutete in Cases Welt wirtschaftliche Macht. Die Zaibatsus, die multinationalen Konzerne, die den Lauf der menschlichen Geschichte bestimmten, hatten alte Barrieren überwunden. Wenn man sie als Organismen betrachtete, hatten sie eine Art von Unsterblichkeit erlangt. Man konnte eine Zaibatsu nicht töten, indem man ein Dutzend Manager in Schlüsselpositionen umbrachte; es standen schon andere bereit, die auf der Leiter nachrücken, die freigewordenen Posten einnehmen und sich Zugang zu den riesigen Speicherbanken der Firma, ihrem Gedächtnis, verschaffen würden. Aber Tessier-Ashpool war anders, und er spürte den Unterschied im Tod des Gründers.

T-A war ein Atavismus, ein Clan. Er erinnerte sich an das Durcheinander im Zimmer des alten Mannes, den allzu menschlichen Schmutz, die uralten Schallplatten in ihren Papphüllen mit den abgestoßenen Rücken. Der eine Fuß bloß, der andere im samtenen Pantoffel.

Die Braun zupfte an der Kapuze des Modern-Anzugs, und Molly wandte sich nach links durch einen weiteren Torbogen.

Wintermute und das Nest. Phobische Visionen von den brütenden Wespen, dem biologischen Maschinengewehr im Zeitraffer. Aber hatten die Zaibatsus oder die Yakuza nicht mehr Ähnlichkeit damit, waren sie nicht wie Bienenstöcke mit kybernetischem Gedächtnis, riesige Einzelorganismen mit einem DNS-Code aus Silizium? Wenn Straylight ein Abbild des Profils von Tessier-Ashpool war, dann war T-A genauso verrückt wie der alte Mann. Das gleiche Gewirr von Ängsten, der gleiche eigenartige Eindruck von Ziellosigkeit. »Wenn sie das geworden wären, was sie wollten ...«, hörte er Molly in seiner Erinnerung sagen. Aber sie wurden es nicht, hatte Wintermute ihr erklärt.

Case war immer davon ausgegangen, daß die wahren Bosse, die Bonzen einer Branche, zugleich mehr und weniger als Menschen waren. Er hatte es bei den Leuten gesehen, die ihn in Memphis verstümmelt hatten, er hatte es in Night City an Wage beobachtet, der sich gern diesen Anschein gab, und es hatte ihm ermöglicht, sich mit Armitages Stumpfheit und Gefühllosigkeit abzufinden. Er hatte es immer als schrittweise, freiwillige Anpassung an die Maschine, das System, den Mutterorganismus betrachtet. Darin wurzelte auch die Coolheit der Straße, das Insidergehabe, das auf Connections schließen ließ, auf unsichtbare Verbindungen nach oben, zu verborgenen Einflußsphären.

Doch was ging dort in den Korridoren der Villa Straylight vor?

Ganze Abschnitte wurden bis auf den Stahl und den Beton abgewrackt.

»Wo wohl unser Peter steckt, hm? Vielleicht krieg ich den Kerl ja bald zu Gesicht«, murmelte sie. »Und Armitage. Wo ist Armitage, Case?«

»Tot«, sagte Case, weil er wußte, daß sie ihn nicht hören konnte. »Armitage ist tot.«

Er schaltete um.

Das chinesische Programm stand nun dem Zieleis gegenüber. Die Regenbogenfarben wurde zunehmend vom Grün des Rechtecks dominiert, das den T-A-Kern darstellte. Smaragdgrüne Bogen spannten sich über die farblose Leere.

»Wie läuft's, Dixie?«

»Bestens. Wie geschmiert. Das Ding ist 'ne Wucht. So eins hätt ich damals in Singapur haben sollen, als ich die alte New Bank of Asia für 'n Fünfzigstel ihres eigentlichen Werts ausgeräumt hab. Aber das sind olle Kamellen. Dieses Baby erspart einem die ganze Plackerei. Da fragt man sich, wie jetzt 'n richtiger Krieg aussehen würde ...«

»Wenn dieser Scheiß frei erhältlich wäre, dann wären wir arbeitslos«, meinte Case.

»Kann man wohl sagen. Wart erst mal, bis du das Ding durch schwarzes Eis raufsteuerst.«

»Klar.«

Etwas Kleines und eindeutig Nichtgeometrisches war gerade am fernen Ende eines smaragdgrünen Bogens aufgetaucht.

»Dixie ...«

»Ja. Ich seh's. Aber ich weiß nicht, ob ich's auch glaube.«

Ein bräunlicher Fleck, eine dunkle Mücke vor der grünen Wand des T-A-Kerns. Das Ding näherte sich über die Brücke, die Kuang Grade Mark 11 errichtet hatte, und Case sah, daß es auf Beinen ging. Als es heranmarschierte, dehnte sich der grüne Abschnitt des Bogens aus, und das Farbenspiel des Virusprogramms wich ein paar Schritte vor den rissigen, schwarzen Schuhen zurück.

»Das überlaß ich dir, Boß«, sagte die Flatline, als die zerknitterte Gestalt des Finnen nur noch wenige Meter entfernt zu sein schien. »So was Komisches hab ich zu meinen Lebzeiten nie zu Gesicht bekommen.« Aber das schaurige Nichtlachen blieb aus.

»Mein erster Versuch in der Richtung«, sagte der Finne zähnebleckend. Die Hände in den Taschen seiner durchgescheuerten Jacke waren zu Fäusten geballt.

»Du hast Armitage umgebracht«, sagte Case.

»Corto. Ja. Armitage war eh schon weg. Ging nicht anders. Ich weiß, ich weiß, du willst das Enzym haben. Okay. Kein Problem. Von mir hat er's doch überhaupt erst gekriegt. Ich habe ihm gesagt, was er nehmen soll. Aber ich finde, wir sollten's lieber bei unserm Deal belassen. Du hast genug Zeit. Ich werd's dir geben. Dauert ja nur noch 'n paar Stunden, nicht wahr?«

Case beobachtete den blauen Qualm, der sich im Cyberspace ausbreitete, als der Finne sich eine seiner Partagas anzündete.

»Ihr Menschen seid wirklich 'ne Plage«, sagte der Finne. »Die Flatline hier, tja, wenn ihr alle so wärt, dann wär's ein Kinderspiel. Die ist 'n künstliches Gebilde, nur 'n Haufen ROM. Die tut immer genau das, was ich von ihr erwarte. Dagegen war die Wahrscheinlichkeit, daß Molly bei Ashpools großem Abgang reinschneien würde, meinen Hochrechnungen zufolge sehr gering, um nur ein Beispiel zu nennen.« Er seufzte.

»Warum wollte er sich das Leben nehmen?« fragte Case.

»Warum nimmt sich jemand das Leben?« Die Gestalt zuckte die Achseln. »Wenn's überhaupt irgendwer weiß, dann ich, schätze ich mal, aber es würde einen halben Tag dauern, dir die verschiedenen Faktoren in seiner Vergangenheit und deren Wechselwirkungen zu erläutern. Er war seit langem dazu entschlossen, ist aber jedesmal wieder in die Gefrierkammer zurück. Herrgott, er war wirklich ein langweiliger alter Sack.« Der Finne verzog angewidert das Gesicht. »Hängt in erster Linie damit zusammen, weshalb er seine Frau umgebracht hat, um es auf die Schnelle zu erklären. Aber endgültig aus der Bahn geworfen hat ihn, daß die kleine 3Jane eine Möglichkeit gefunden hatte, das Steuerprogramm für sein Kälteschlafsystem zu manipulieren. Und zwar auf sehr subtile Weise. Im Grunde hat sie ihn also umgebracht. Aber er hat geglaubt, er hätte sich selber umgebracht, und deine Freundin, der Racheengel, glaubt, ihn mit einer Ladung Schaltiergift ins Auge getötet zu haben.« Der Finne warf seine Kippe in die Matrix hinunter. »Eigentlich habe ich 3Jane wohl den entscheidenden Tip gegeben – eine Prise gutes altes Know-how, verstehst du?«

»Wintermute«, Case wählte seine Worte mit Bedacht, »du hast mir mal gesagt, du wärst nur ein Teil von was anderem. Und später hast du gesagt, dich gäb's nicht mehr, wenn der Run gut über die Bühne gegangen ist und Molly das Wort an der richtigen Stelle eingegeben hat.«

Der Finne nickte mit seinem stromlinienförmigen Schädel.

»Okay, mit wem haben wir's also danach zu tun? Wenn Armitage tot ist und du nicht mehr da bist, wer verrät mir dann, wie ich diese Scheißtoxinsäckchen aus meinem Körper rauskriege? Wer holt Molly da wieder raus? Was genau wird denn dann aus uns, wenn wir dich von der Festverdrahtung losmachen?«

Der Finne zog einen hölzernen Zahnstocher aus der Tasche und musterte ihn kritisch wie ein Chirurg sein Skalpell. »Gute Frage«, sagte er schließlich. »Schon mal was vom Lachs gehört? Das ist so 'n Fisch. Also, dieser Lachs, der steht unter dem *Zwang*, gegen den Strom zu schwimmen. Kapiert?«

»Nein«, sagte Case.

»Nun, ich stehe auch unter einem Zwang. Und ich weiß nicht, warum. Wenn ich dich in meine Überlegungen oder besser Spekulationen zu diesem Thema einweihen würde, dürfte das ein paarmal so lange dauern, wie du lebst. Denn ich habe viel darüber nachgedacht. Und ich weiß es trotzdem nicht. Doch wenn das hier vorbei ist und wir nichts falsch machen, dann werd ich ein Teil von was Größerem. Was viel Größerem.« Der Finne sah auf und blickte sich in der Matrix um. »Aber die Teile von mir, die jetzt ich sind, werden bleiben. Und du wirst deinen Lohn bekommen.«

Case kämpfte den wahnwitzigen Drang nieder, sich näher an den Finnen heranzumanövrieren, die Finger um seinen Hals zu legen, knapp über dem schlampigen Knoten im rostbraunen Schal, und ihm die Daumen in den Kehlkopf zu treiben.

»Also, toi-toi-toi«, sagte der Finne. Er machte kehrt und marschierte, die Hände in den Taschen, über den grünen Bogen davon.

»He, du Arsch«, sagte die Flatline, als der Finne ein Dutzend Schritte zurückgelegt hatte. Die Gestalt blieb stehen und drehte sich halb um. »Was ist mit mir? Mit meinem Lohn?«

»Den sollst du kriegen«, sagte der Finne.

»Wovon redet ihr?« Case sah zu, wie der schmale Tweedrücken immer kleiner wurde.

»Ich will gelöscht werden«, erklärte die Konstruktion. »Hab ich dir doch schon gesagt, weißt du nicht mehr?«

Straylight erinnerte Case an die frühmorgendliche Leere der Einkaufszentren seiner Teenagerzeit, deren unbelebte Passagen vom jungen Tag in eine unruhige Stille getaucht wurden, in der man in dumpfer, angespannter Erwartung die Insektenschwärme an den vergitterten Lampen über den Eingängen verdunkelter Geschäfte beobachtete. Außerhalb der Sprawlgrenzen gelegen, wurden diese Orte nicht mehr vom funkensprühenden, vibrierenden Getriebe des heißen Kerns erreicht, in dem die Nacht zum Tag gemacht wurde. Die Atmosphäre dort vermittelte ihm das Gefühl, von den schlafenden Bürgern einer erwachenden Welt umgeben zu sein, die er nicht betreten oder kennenlernen wollte, deren stumpfe Betriebsamkeit vorübergehend ruhte und die bald zum nichtigen, öden Einerlei ihrer immer gleichen Tage erwachen würde.

Molly war nun langsamer geworden, entweder weil sie wußte, daß sie sich dem Ziel näherte, oder aus Rücksicht auf ihr Bein. Der Schmerz bahnte sich allmählich wieder seinen gezackten Weg durchs Endorphin, und er wußte nicht recht, was das zu bedeuten hatte. Sie sagte nichts, sondern biß die Zähne zusammen und konzentrierte sich darauf, gleichmäßig zu atmen. Unterwegs hatte sie vieles gesehen, was Case nicht verstand, doch seine Neugier war erloschen. Da war ein Raum voller Bücherregale gewesen; Millionen vergilbter Blätter, in Leinen oder Leder gebunden, Regale, die in regelmäßigen Abständen Schilder mit fortlaufenden Bezeichnungen aus Ziffern und Buchstaben trugen. Eine vollgestopfte Galerie, in der Cases Blick durch Mollys desinteressierte Augen auf eine gesprungene, staubige Glasplatte fiel; die Aufschrift auf dem Messingschildchen daran, die Molly automatisch überflog, lautete: *»La mariée mise à nu par ses célibataires, même.«* Als sie die Hand danach ausstreckte und das Ding berührte, klickten ihre falschen Nägel gegen die Lexan-Scheibe, mit der das gesprungene Glas beidseitig geschützt war. Dann der Eingang zu Tessier-Ashpools Kältezellen, wie es schien, Rundtüren aus schwarzem, chromgefaßtem Glas.

Sie hatte niemanden mehr gesehen seit den beiden Afrikanern mit ihrer Karre, die für Case gewissermaßen eine imaginäre Existenz angenommen hatten. Er malte sich aus, wie sie durch die Hallen von Straylight schwebten, wie ihre glatten, glänzenden, dunklen Kahlköpfe nickten, während der eine weiter sein müdes Liedchen sang. Nichts von alledem entsprach der Villa Straylight, die er erwartet hatte: eine Mischung aus Caths Märchenschloß und einer bereits halb im Nebel der Erinnerung verschwundenen kindlichen Phantasievorstellung vom Allerheiligsten der Yakuza.

19:02:18.

Noch anderthalb Stunden.

»Case«, sagte sie, »tu mir 'nen Gefallen.« Steif ließ sie sich auf einem Stapel polierter Stahlplatten mit einer unregelmäßigen Schutzschicht aus durchsichtigem Plastik nieder. Mit den Klingen, die an Daumen und Zeigefinger hervorglitten, pulte sie an einem Riß im Plastik der obersten Platte herum. »Mein Bein ist nicht in Ordnung. Hab nicht mit so 'ner Kletterpartie gerechnet, und das Endorphin hilft nicht mehr lang. Gibt also vielleicht – nur vielleicht, ja? – Probleme hier. Also, falls ich hier vor Riviera draufgehe« – und sie streckte das Bein aus und knetete den Oberschenkel durch das Modern-Polykarbonat und das Pariser Leder – »will ich, daß du's ihm sagst. Sag ihm, daß ich es war. Verstanden? Sag einfach, es war Molly. Dann weiß er schon Bescheid. Okay?« Ihr Blick schweifte durch den leeren Korridor, über kahle Wände. Der Boden bestand aus rauhem Mondbeton, und es roch harzig. »Scheiße, Mann, ich weiß nicht mal, ob du mich hörst.«

CASE.

Sie zuckte zusammen, rappelte sich auf und nickte. »Was hat Wintermute dir erzählt? Hat er dir von Marie-France erzählt? Sie war die Tessier-Hälfte, die genetische Mutter von 3Jane. Und von Ashpools toter Puppe wohl auch. Keine Ahnung, warum er mir das in der Kabine da unten gesagt hat ... hat mir 'ne Menge erzählt. Hat mir auch erklärt, warum er als Finne oder sonstwer erscheinen muß. Ist nicht bloß 'ne Verkleidung. Er verwendet echte Profile quasi als Ventil, als Übersetzung, um mit uns kommunizieren zu können. 'ne Schablone hat er's genannt. 'n Persönlichkeitsmodell.« Sie zog ihre Flechette und hinkte den Korridor hinunter.

Blanker Stahl und schuppiges Epoxid endeten plötzlich und wurden abgelöst von einem in massiven Fels gesprengten, groben Tunnel, wie Case zunächst annahm. Molly untersuchte den Rand, und er stellte fest, daß der Stahl in Wirklichkeit mit Wandpaneelen verkleidet war, die wie kalter Stein aussahen und sich auch so anfühlten. Sie ging in die Knie und betastete den dunklen Sand, der den Boden des künstlichen Tunnels bedeckte. Er fühlte sich wie Sand an, kühl und trocken, aber als sie mit den Fingern hindurchstrich, floß er wie Wasser zusammen, so daß eine glatte Oberfläche zurückblieb. Ein Dutzend Meter weiter beschrieb der Tunnel eine Kurve. Grelles gelbes Licht warf harte Schatten auf den verfugten Kunststein der Wände. Erschrocken bemerkte Case, daß die Schwerkraft hier fast dem Normalwert auf der Erde entsprach, was bedeutete, daß Molly nach der Kletterpartie wieder hatte absteigen müssen. Nun wußte er überhaupt nicht mehr, wo er sich befand; räumliche Desorientierung war für einen Cowboy ein besonderer Horror.

Aber Molly wußte es, sagte er sich.

Etwas trippelte zwischen ihren Beinen hindurch und stakte tickend über den Nichtsandboden. Ein rotes LED blinkte. Die Braun.

Das erste Holo erwartete sie unmittelbar hinter der Kurve. Es war eine Art Triptychon. Sie hatte die Flechette schon darauf gerichtet, bevor Case erkannte, daß es sich um eine Aufzeichnung handelte. Die Gestalten waren Karikaturen aus Licht, lebensgroße Cartoons: Molly, Armitage und Case. Mollys Brüste waren zu groß, wie sie durch straffes, schwarzes Netzgewebe unter einer schweren Lederjacke schimmerten. Ihre Taille war unwahrscheinlich schmal. Verspiegelte Linsen bedeckten das halbe Gesicht. Sie hielt eine grotesk überzeichnete Waffe in der Hand, eine Pistole, deren Form unter all den aufgesetzten Zielfernrohren, Schall- und Mündungsfeuerdämpfern fast nicht mehr zu erkennen war. Die Beine waren gespreizt, der Unterleib vorgewölbt, der Mund zu einem blöden, grausamen, lüsternen Grinsen erstarrt. Neben ihr stand Armitage in steifer Habachtstellung. Er trug eine abgetragene Khakiuniform. Als Molly nähertrat, sah Case, daß seine Augen winzige Monitore waren, die beide das blaugraue Bild einer sturmgepeitschten Schneewüste mit kahlen schwarzen Nadelbäumen zeigten, die sich im lautlosen Wind beugten.

Sie griff mit den Fingerspitzen durch Armitages Fernsehaugen hindurch und wandte sich dann der Case-Figur zu. Hier hatte Riviera – und Case war sofort klar gewesen, daß Riviera dahintersteckte – offenbar nichts gefunden, was einer Parodie würdig gewesen wäre. Die krumme Figur, die da stand, entsprach weitgehend dem, was er täglich im Spiegel sah. Mager, hochgezogene Schultern, ein unauffälliges Gesicht unter kurzem, dunklem Haar. Er hatte eine Rasur nötig, aber das war meistens der Fall.

Molly trat zurück. Ihr Blick wanderte von einer Figur zur nächsten. Es war eine statische Darstellung; die einzige Bewegung war das Schwanken der schwarzen Bäume in Armitages eiskalten, sibirischen Augen.

»Willst du uns damit was sagen, Peter?« fragte sie leise. Dann machte sie einen Schritt nach vorn und trat gegen etwas zwischen den Füßen der Holo-Molly. Etwas Metallisches klirrte gegen die Wand, und die Figuren waren verschwunden. Sie bückte sich und hob einen kleinen Projektor auf. »Anscheinend kann er sich in die Dinger reinschalten und sie direkt programmieren«, sagte sie und warf den Projektor weg.

Sie kam an der Quelle des gelben Lichts vorbei, einer altertümlichen Glühbirne, die in die Wand eingelassen und mit einem rundgebogenen, rostigen Gitter gesichert war. Die behelfsmäßige Lampe erinnerte Case irgendwie an seine Kindheit. Er mußte an die Festungen denken, die er mit anderen Kindern auf Dächern und in überschwemmten Kellergeschossen gebaut hatte. Das Versteck eines reichen Kindes, dachte er. So was Urtümliches war teuer. Atmosphäre nannte man das.

Molly passierte ein weiteres Dutzend Hologramme, bis sie den Eingang zu 3Janes Wohnung erreichte. Eins davon stellte das augenlose Ungetüm aus der Gasse hinter dem Gewürzbasar dar, wie es aus Rivieras verstümmeltem Körper hervorbrach. Einige andere waren Folterszenen: der Inquisitor stets ein Armeeoffizier, das Opfer immer eine junge Frau. Diese Szenen hatten die grausige Intensität von Rivieras Show im Vingtième Siècle, als wären sie im blauen Blitz des Orgasmus erstarrt. Molly sah weg, als sie daran vorbeiging.

Das letzte war klein und trübe, als hätte Riviera es über eine nur ihm bekannte Distanz von Zeit und Erinnerung hinweg herbeigezerrt. Sie mußte sich hinknien, um es zu betrachten. Es war aus der Perspektive eines kleinen Kindes projiziert. Keins der anderen Hologramme hatte einen Hintergrund gehabt; die Figuren, Uniformen und Folterwerkzeuge hatten alle frei im Raum gestanden. Dies hingegen war eine Szenerie.

Ein dunkler Schuttberg erhob sich zum farblosen Himmel; hinter dem Wall ragten bleiche, halb zerschmolzene Hochhausskelette auf. Der Schuttberg war strukturiert wie ein Netz; rostige Stahlstangen, grazil geschwungen wie feine Schnüre, an denen noch riesige Betonbrocken klebten. Der Vordergrund glich einem ehemaligen Stadtplatz; da war eine stumpfe Erhebung, die an einen Brunnen erinnerte. An ihrem Fuß die Kinder und der

Soldat, erstarrt. Das Tableau war zunächst verwirrend. Molly hatte es wohl richtig gedeutet, bevor Case es noch ganz erfaßt hatte, denn er spürte, wie sie sich versteifte. Sie spuckte aus und stand wieder auf.

Kinder. Verwahrlost, in Lumpen. Zähne, die wie Messer glitzerten. Wunden in den verzerrten Gesichtern. Der Soldat auf dem Rücken, das Gesicht zum Himmel, Mund und Kehle offen. Sie fraßen.

»Bonn«, sagte sie, und ihre Stimme klang irgendwie sanft. »Und du bist das Produkt davon, nicht wahr, Peter? Aber das mußt du auch sein. Unsre 3Jane ist schon zu übersättigt, um irgend 'nem kleinen Dieb die Hintertür aufzumachen. Deshalb hat Wintermute dich aufgestöbert. Der letzte und größte Kick, falls man auf so was steht. Der dämonische Liebhaber, Peter.« Sie erschauerte. »Aber du hast sie überredet, mich reinzulassen. Danke. Gleich feiern wir 'ne Party.«

Und dann ging sie davon, schlenderte trotz der Schmerzen geradezu beschwingt dahin und ließ Rivieras Kindheit hinter sich.

Sie zog die Flechette aus dem Halfter, warf das Plastikmagazin aus und legte ein anderes ein. Sie hakte den Daumen in den Kragen des Modern-Anzugs und riß ihn mit einem Ruck bis zum Schritt auf; die Klinge am Daumen durchtrennte das zähe Polykarbonat wie morsche Seide. Sie befreite sich aus den Ärmeln und Beinen; die Fetzen wurden unsichtbar, als sie auf den dunklen falschen Sand fielen.

In dem Moment hörte Case die Musik. Es war eine Musik, die er noch nie gehört hatte. Nur Bläser und Klavier.

Der Eingang zu 3Janes Welt hatte keine Tür. Es war ein zerklüftetes Fünfmeterloch in der Tunnelwand. Unregelmäßige Stufen führten in einer breiten, flachen Kurve nach unten. Mattblaues Licht, tanzende Schatten, Musik.

»Case«, sagte sie und blieb mit der Flechette in der rechten Hand stehen. Sie hob die Linke, lächelte und berührte die offene

Handfläche mit der feuchten Zungenspitze, küßte ihn über die Simstim-Verbindung. »Ich muß gehn.«

Dann lag etwas Kleines, Schweres in ihrer linken Hand; den Daumen auf dem winzigen Zapfen, ging sie hinunter.

18

Es war ganz knapp. Sie hätte es um ein Haar geschafft, aber dann ging es doch noch schief. Ihr Auftritt war perfekt, fand Case. Sie hatte die richtige Einstellung; es war etwas, das er fühlen konnte, das er in der Haltung eines anderen Cowboys, der sich übers Deck beugte und die Finger über die Tasten sausen ließ, gesehen hätte. Sie hatte es einfach drauf: den Gang, die ganze Art. Und sie zog alle Register für ihren Auftritt, bot alles auf gegen den Schmerz im Bein und spazierte 3Janes Treppe hinunter, als würde der Laden ihr gehören. Den Ellbogen des Arms mit der Waffe in die Hüfte gestemmt, den Unterarm nach vorn, das Handgelenk locker, schwenkte sie den Lauf ihrer Flechette mit der eingeübten Lässigkeit eines Regency-Duellanten.

Es war eine tolle Vorstellung. Es war gleichsam der Kulminationspunkt des lebenslangen Konsums billiger Martial-Arts-Videos, mit denen auch Case großgeworden war. Für einige Momente war sie, das wußte er, jeder beinharte Held: Sony Mao in den alten Shaw-Videos, Mickey Chiba, die ganze Ahnenreihe der taffen Einzelkämpfer seit Lee und Eastwood. Sie agierte so, wie sie redete.

Lady 3Jane Marie-France Tessier-Ashpool hatte sich eine flache Landschaft direkt an der Innenseite der Straylight-Hülle geschaffen, indem sie das von ihren Vorfahren ererbte Mauergewirr abschlug. Sie lebte in einem einzigen Raum, der so breit und tief war, daß seine fernen Regionen hinter einem umgekehrten

Horizont verschwanden und der Boden von der Krümmung der Spindel verborgen wurde. Die Decke war niedrig und unregelmäßig und bestand aus dem gleichen Kunststein wie die Korridorwände. Hier und da standen hüfthohe, kantige Mauerreste, die an das frühere Labyrinth erinnerten. Ein türkiser, rechteckiger Swimmingpool lag zehn Meter vor dem Fuß der Treppe mitten im Raum, und seine Unterwasserstrahler waren die einzige Lichtquelle der Wohnung. So jedenfalls kam es Case vor, als Molly den letzten Schritt tat. Der Pool warf tanzende Lichtreflexe an die Decke.

Sie warteten am Pool.

Er wußte, daß Mollys Reflexe von den Neurochirurgen frisiert, fürs Kämpfen getunt waren, hatte sie aber selbst noch nicht per Simstim erlebt. Es lief ab wie ein Band, das mit halber Geschwindigkeit abgespielt wurde: ein langsamer, bedächtiger Tanz, vom Killerinstinkt und jahrelangem Training choreografiert. Anscheinend erfaßte sie das Trio mit einem einzigen Blick: den Jungen, der auf dem Sprungbrett am Pool stand, das Mädchen, das überm Weinglas grinste, und den Leichnam von Ashpool, dessen entstellte linke Augenhöhle schwarz über dem einladenden Lächeln gähnte. Er trug seinen kastanienbraunen Hausmantel. Seine Zähne waren sehr weiß.

Der Junge sprang. Schlank, braun, Figur und Haltung perfekt. Die Granate hatte sich von ihrer Hand gelöst, bevor seine Finger das Wasser zerteilen konnten. Case wußte, was für ein Ding das war, als es ins Wasser schlug. Ein hochexplosiver Kern, umwickelt mit zehn Meter feinem, sprödem Stahldraht.

Ihre Flechette heulte auf, als sie einen Hagel Sprengpfeile in Ashpools Gesicht und Brust jagte, und weg war er. Rauch wirbelte von der durchlöcherten Lehne des weißbe schichteten Stuhls auf. Der Lauf schwang zu 3Jane herum, als die Granate detonierte; das Wasser schoß hoch, symmetrisch wie eine Hochzeitstorte, sackte in sich zusammen und fiel zurück, doch der Fehler war gemacht.

Hideo hatte sie da noch nicht einmal angerührt. Ihr Bein knickte ein.

In der *Garvey* schrie Case auf.

»Hast ja ziemlich lange gebraucht«, sagte Riviera, der ihre Taschen durchsuchte. Ihre Hände steckten bis zum Handgelenk in einem mattschwarzen Ball von der Größe einer Bowlingkugel. »In Ankara habe ich mal einen Mehrfachmord gesehen«, sagte er, während er mit den Fingern die Sachen aus ihren Taschen zog. »Mit einer Granate. In einem Pool. Die Explosion kam mir ziemlich schwach vor, aber sie waren alle auf der Stelle tot. Hydrostatischer Schock.«

Case spürte, wie sie prüfend die Finger bewegte. Das Material der Kugel schien nicht mehr Widerstand zu bieten als Temperschaum. Der Schmerz in ihrem Bein war grauenvoll, unerträglich. Ein rotes Moiré waberte durch ihr Blickfeld. »Ich würde sie nicht bewegen, wenn ich du wäre.« Das Innere der Kugel schien sich ein wenig zu verfestigen. »Ist ein Sexspielzeug, das Jane in Berlin gekauft hat. Wenn du die Hände lange genug bewegst, zerquetscht es sie dir zu Mus. Eine Variante des Materials, aus dem dieser Boden besteht. Hat was mit den Molekülen zu tun, nehme ich an. Hast du Schmerzen?«

Sie stöhnte.

»Hast dir anscheinend das Bein verletzt.« Seine Finger entdeckten das flache Drogenpäckchen in der linken Gesäßtasche ihrer Hose. »Sieh an. Ein letzter Gruß von Ali für mich, und genau rechtzeitig.«

Das wabernde Blutgeflecht begann zu rotieren.

»Hideo«, sagte eine andere, weibliche Stimme, »sie wird ohnmächtig. Gib ihr was! Auch gegen die Schmerzen. Sie ist sehr attraktiv, findest du nicht auch, Peter? Diese Brille, ist das gerade in Mode, wo sie herkommt?«

Kühle Hände ohne Hast, sicher wie die Hände eines Arztes. Das Pieken einer Nadel.

»Keine Ahnung«, sagte Riviera. »Ich kenne ihre Heimat nicht. Die haben mich aus der Türkei abgeschleppt.«

»Das Sprawl, ja. Wir haben Interessen dort. Und einmal haben wir Hideo hingeschickt. War eigentlich mein Fehler. Ich habe jemanden reingelassen, einen Einbrecher. Der hat das Familienterminal geklaut.« Sie lachte. »Ich hab's ihm einfach gemacht. Um die andern zu ärgern. War ein hübscher Bursche, mein Einbrecher. Kommt sie zu sich, Hideo? Sollte sie nicht mehr bekommen?«

»Mehr bringt sie um«, sagte eine dritte Stimme.

Das Blutgeflecht verfärbte sich schwarz.

Die Musik klang wieder auf. Bläser und Klavier. Tanzmusik.

C A S E : : : : :
: : : : S T E C K
A U S : : : : : :

Nachbilder der blinkenden Wörter tanzten über Maelcums Augen und seine gerunzelte Stirn, als Case die Troden abnahm.

»Has' vor 'ner Weile laut geschrien, Mann.«

»Molly«, sagte er mit trockener Kehle. »Sie hat was abgekriegt.« Er nahm eine weiße Plastikspritzflasche vom Rand des g-Netzes und saugte einen Schluck schales Wasser heraus. »Gefällt mir gar nicht, wie der ganze Scheiß läuft.«

Der kleine Cray-Monitor leuchtete auf. Der Finne vor einem Hintergrund aus zerbeultem, verkeiltem Schrott. »Mir auch nicht. Wir haben ein Problem.«

Maelcum zog sich über Cases Kopf, drehte sich und schaute ihm über die Schulter. »Wer's 'n das nun wieder, Case?«

»Nur 'n Bild, Maelcum«, sagte Case müde. »'n Typ, den ich ausm Sprawl kenne. Der Sprecher ist Wintermute. Das Bild soll bewirken, daß wir uns wohlfühlen.«

»Blödsinn«, sagte der Finne. »Wie ich Molly schon gesagt habe, sind das keine Verkleidungen. Ich brauch das, um mit euch zu reden. Weil ich eigentlich keine Persönlichkeit habe, wie ihr's nennt. Aber wir verschwenden bloß unsere Zeit, Case, denn wie gesagt, wir haben ein Problem.«

»So sprich, Stummer!« sagte Maelcum.

»Zunächst mal ist Mollys Bein hin. Sie kann nicht gehn. Das Ganze war so geplant, daß sie reinspaziert, Peter aus dem Weg räumt, 3Jane das Zauberwort aus der Nase zieht, zum Kopf raufgeht und es ausspricht. Aber sie hat's vermasselt. Also will ich, daß ihr beide reingeht und die Sache erledigt.«

Case starrte das Gesicht auf dem Bildschirm an. »Wir?«

»Wer sonst?«

»Aerol«, sagte Case, »der Bursche auf der *Babylon Rocker*, Maelcums Kumpel.«

»Nein. Du. Muß jemand sein, der Molly versteht, der Riviera versteht. Maelcum fürs Grobe.«

»Vielleicht hast du vergessen, daß ich hier mitten in einem kleinen Run stecke. Erinnerst du dich? Deshalb hast du mich doch hergeschafft ...«

»Case, hör mal. Die Zeit ist knapp. Sehr knapp. Also hör zu. Die eigentliche Verbindung zwischen deinem Deck und Straylight läuft auf einem Seitenfrequenzband übers Navigationssystem der *Garvey*. Ihr bringt die *Garvey* in ein ganz abgelegenes Dock, das ich euch zeige. Das chinesische Virus hat die Struktur des Hosaka inzwischen völlig durchdrungen. Im Hosaka ist jetzt nur noch das Virus drin. Wenn ihr anlegt, wird das Virus mit dem Sicherheitssystem von Straylight gekoppelt, und wir geben das Seitenband auf. Du nimmst dein Deck, die Flatline und Maelcum mit. Du suchst 3Jane, holst das Wort aus ihr raus, machst Riviera kalt und nimmst Mollys Schlüssel. Du kannst das Programm im Auge behalten, indem du dein Deck ins Straylight-System einsteckst. Alles weitere regle ich dann. An der Rückseite des Kopfs, hinter einer Blende mit fünf Zirkonen, ist ein Standardanschluß.«

»Ich soll Riviera töten?«

»Genau.«

Case blinzelte die Figur des Finnen an. Er spürte, wie ihm Maelcum die Hand auf die Schulter legte. »He! Du vergißt was.« Er spürte, wie der Zorn in ihm hochstieg, dazu eine Art Schadenfreude. »Du hast Mist gebaut. Du hast die Steuerung der Greifer hopsgehen lassen, als du Armitage erledigt hast. Die *Haniwa* hat uns fest im Griff. Armitage hat den andern Hosaka gebraten, und die Mainframes sind mit der Brücke auf und davon, stimmt's?«

Der Finne nickte.

»Also sitzen wir hier fest. Und das bedeutet, daß du geliefert bist, Mann.« Er wollte lachen, aber es blieb ihm im Hals stecken.

»He, Case«, sagte Maelcum leise, »die *Garvey*'s 'n Schlepper.«

»Ganz recht«, sagte der Finne und lächelte.

»Na, Spaß gehabt in der großen weiten Welt draußen?« fragte die Flatline, als Case wieder einsteckte. »Wintermute hat sich wohl mal wieder die Ehre gegeben ...«

»Ja. Und ob. Kuang okay?«

»Voll drauf. Killervirus.«

»Okay. Gibt 'n bißchen Ärger, aber wir sind schon dran.«

»Verrätst du mir, worum es geht?«

»Keine Zeit.«

»Tja, Mann, nur keine Umstände wegen mir. Bin sowieso nur 'ne Leiche.«

»Leck mich!« Case schaltete um und schnitt damit das Fingernagelkratzen der Flatline-Lache ab.

»Sie hat von einem Zustand geträumt, in dem das Individualbewußtsein stark reduziert ist«, sagte 3Jane. Sie hielt eine große Kamee in der Hand, die sie Molly hinstreckte. Das ausgearbeitete Profil war dem ihren sehr ähnlich. »Animalische Glückseligkeit. Ich glaube, sie sah die Evolution des Vorderhirns gewissermaßen als Eskapade.« Sie zog die Brosche zurück und betrachtete sie, wobei sie sie schräg hielt, damit das Licht in verschiedenen

Winkeln einfiel. »Ein Einzelner – ein Familienmitglied – sollte nur in gewissen Phasen gesteigerter Hirnaktivität unter den eher schmerzlichen Aspekten des Ichbewußtseins leiden ...«

Molly nickte. Case fiel die Injektion ein. Was hatten sie ihr gespritzt? Der Schmerz war noch da, kam aber als dichter Brennpunkt wirrer Eindrücke durch. Neonwürmer, die sich durch ihren Oberschenkel schlängelten, Sackleinen auf der Haut, der Geruch von gebratenem Krill – er schreckte innerlich davor zurück. Wenn er sich nicht direkt darauf konzentrierte, überlappten sich die Eindrücke und wurden zu einem sensorischen Äquivalent von weißem Rauschen. Wenn das Zeug so was mit ihrem Nervensystem machen konnte, in welcher Geistesverfassung war sie dann wohl?

Sie sah unnatürlich klar und hell, sogar noch schärfer als sonst. Die Dinge schienen zu vibrieren, wobei jede Person, jeder Gegenstand auf eine geringfügig andere Frequenz eingestellt war. Ihre Hände, die noch in der schwarzen Kugel steckten, lagen auf ihrem Schoß. Sie saß auf einem der Stühle am Pool. Das gebrochene Bein ruhte gestreckt auf einem Kamelhaarhocker davor. 3Jane saß ihr in einem übergroßen Burnus aus ungebleichter Wolle auf einem anderen Hocker gegenüber. Sie war sehr jung.

»Wo ist er hin?« fragte Molly. »Setzt er sich gerade 'nen Schuß?«

3Jane zuckte die Achseln unter den Falten des hellen, schweren Umhangs und schüttelte sich eine dunkle Haarsträhne aus den Augen. »Er hat mir gesagt, wann ich dich reinlassen soll«, erklärte sie. »Er wollte mir aber nicht sagen, warum. Die Leute müssen immer ein Geheimnis aus allem machen. Hättest du uns was getan?«

Case merkte, wie Molly zögerte. »Ich hätte ihn umgebracht. Ich hätte versucht, den Ninja umzubringen. Dann hätte ich mit dir reden sollen.«

»Warum?« 3Jane ließ ihre Kamee in einer Innentasche ihres Gewands verschwinden. »Wieso denn? Und wozu?«

Molly schien die feinen, hohen Wangenknochen, den breiten Mund und die schmale Hakennase eingehend zu mustern. 3Janes Augen waren dunkel, seltsam opak. »Weil ich ihn hasse«, sagte sie schließlich. »Und der Grund dafür ist einfach der, daß ich nun mal so veranlagt bin. Weil er ist, was er ist, und ich bin, was ich bin.«

»Und wegen der Show«, sagte 3Jane. »Ich habe die Show gesehen.« Molly nickte.

»Aber warum Hideo?«

»Weil Typen wie er die besten sind. Weil einer von denen mal 'nen Partner von mir umgebracht hat.«

3Jane wurde sehr ernst. Sie zog die Brauen hoch.

»Weil ich's wissen wollte«, sagte Molly.

»Und dann hätten wir uns unterhalten, du und ich? So wie jetzt?« Ihr dunkles Haar war sehr glatt, in der Mitte gescheitelt und mit einer matten Silberspange zurückgebunden. »Sollen wir jetzt miteinander reden?«

»Nimm mir das ab«, sagte Molly und hob ihre gefesselten Hände.

»Du hast meinen Vater umgebracht«, sagte 3Jane mit unveränderter Stimme. »Hab's auf den Monitoren gesehen. ›Die Augen meiner Mutter‹ hat er sie genannt.«

»Er hat die Puppe umgebracht. Die sah aus wie du.«

»Er liebte große Gesten«, sagte sie, und dann stand Riviera in bester Drogenlaune neben ihr. Er hatte den Sträflingsanzug aus Leinenkrepp an, den er auf dem Dachgarten ihres Hotels getragen hatte.

»Schon Bekanntschaft geschlossen? Interessantes Mädchen, nicht? Fand ich auch, als ich sie kennenlernte.« Er ging an 3Jane vorbei. »Es wird nicht klappen, weißt du?«

»Ach nein, Peter?« Molly brachte ein Lächeln zustande.

»Wintermute ist nicht der erste, der den Fehler begeht, mich zu unterschätzen.« Er schlenderte über den gefliesten Poolrand zu einem weißbeschichteten Tisch und goß sich Mineralwasser in ein schweres Whiskykristallglas. »Er hat mit mir gesprochen, Molly. Ich vermute, er hat mit uns allen gesprochen. Mit dir und Case und Armitage, soweit von dem überhaupt noch was übrig ist. Wintermute kann uns im Grunde nicht verstehen. Er hat seine Profile, aber das sind nur Statistiken. Du bist vielleicht statistisch erfaßbar, Darling, und Case sowieso, aber ich habe etwas an mir, was von Natur aus nicht quantifizierbar ist.« Er trank.

»Und was genau wäre das, Peter?« fragte Molly tonlos.

Riviera strahlte. »Perversität.« Er kehrte zu den beiden Frauen zurück und schwenkte das verbliebene Wasser in dem schweren, tief ausgehöhlten Zylinder aus Bergkristall, als gefiele ihm dessen schieres Gewicht. »Die Lust am Unnötigen, Grundlosen. Und ich habe eine Entscheidung getroffen, Molly, eine absolut grundlose Entscheidung.«

Sie sah abwartend zu ihm auf.

»Ach, Peter«, sagte 3Jane in dem Ton milden Tadels, den man normalerweise nur kleinen Kindern gegenüber benutzt.

»Kein Wort für dich, Molly. Tja, siehst du, er hat mir davon erzählt. 3Jane kennt das Schlüsselwort natürlich, aber du erfährst es nicht. Und Wintermute auch nicht. Auf ihre perverse Weise ist meine Jane ein ehrgeiziges Mädchen.« Er lächelte erneut. »Sie hat ihre Pläne fürs Familienimperium, und ein Zweiergespann geisteskranker künstlicher Intelligenzen – so ausgeflippt sich das anhören mag – wäre uns dabei nur im Weg. Tja, und schon kommt Riviera daher und hilft ihr aus der Patsche. Und Peter sagt: Laß dich nicht beirren! Spiel Daddys liebste Swingplatten und laß Peter die passende Band heranschaffen und ein Parkett voller Tänzer organisieren – die Totenfeier für den verblichenen König Ashpool.« Er trank den Rest Mineralwasser aus. »Nein, du würdest es nicht mehr bringen, Daddy, du würdest es nicht mehr bringen, jetzt, wo Peter heimgekehrt ist.« Und damit schmetterte er ihr mit strahlendem, vom Kokain und Meperidin rosigen Gesicht das Glas ins linke Linsenimplantat, so daß ihr Blut und Licht ins Auge schossen.

Maelcum klebte ausgestreckt an der Kabinendecke, als Case die Troden abnahm. Ein Nylongurt um seine Hüften war mit stoßdämpfenden Gummizügen und grauen Gummisaugnäpfen beidseitig an den Wandverkleidungen befestigt. Er hatte sein Hemd ausgezogen und hantierte mit einem unförmigen Null-g-Schlüssel an einem mittleren Verkleidungsteil herum. Die dicken Unterlegfedern des Dings sirrten, als er eine weitere Sechskantschraube löste. Die *Marcus Garvey* ächzte und rüttelte unter der Gravitationsbelastung.

»Der Stumme bringt mich 'n' mich ins Dock«, sagte der Zionit und steckte die Sechskantschraube in einen Netzbeutel an seiner Hüfte. »Maelcum landet das Schiff. Inzwischen brauchen wir Werkzeug für den Job.«

»Da drin hast du Werkzeug?« Case reckte den Hals und betrachtete die Muskelstränge, die sich an dem braunen Rücken spannten.

»Da«, sagte Maelcum und zog ein längliches, in schwarzes Polykarbonat gewickeltes Bündel aus dem Raum hinter der Verkleidung hervor. Er paßte die Verkleidung wieder ein und fixierte sie mit nur einer Schraube. Das schwarze Bündel war davongeschwebt, bevor er damit fertig war. Er öffnete mit dem Daumen die Vakuumventile an den grauen Saugnäpfen des Arbeitsgürtels, löste sich ab und holte das entnommene Ding zurück.

Er stieß sich ab, schwebte über die Instrumente – ein grünes Landediagramm blinkte auf dem Zentralmonitor – und griff nach Cases g-Netz. Er zog sich herunter und pulte mit dem dikken, kurzgeschnittenen Daumennagel das Klebeband an seinem Bündel ab. »'n Chinese hat mal gesagt, da kommt die Wahrheit raus«, meinte er, während er ein altertümliches, öliges Remington-Automatikgewehr auswickelte. Der Lauf war wenige Millimeter vor dem verschrammten Vorderschaft abgesägt, der Kolben völlig entfernt und durch einen hölzernen, mit mattschwarzem Band umklebten Pistolengriff ersetzt worden. Maelcum roch nach Schweiß und Ganja.

»Haste bloß die eine?«

»Klar, Mann«, sagte Maelcum und wischte mit einem roten Lappen das Öl vom schwarzen Lauf. Das schwarze Polykarbonat hatte er um den Pistolengriff in der anderen Hand geknüllt. »Ich 'n' ich sind die Rastafarimarine, glaub mir.«

Case zog sich die Troden wieder über die Stirn. Er hatte sich nicht die Mühe gemacht, das Texas-Katheter wieder anzulegen; wenigstens konnte er in der Villa Straylight noch mal richtig pissen, und wenn es das letzte Mal war.

Er steckte ein.

»He«, sagte die Konstruktion, »der gute Peter ist total durchgeknallt, was?«

Sie schienen nun Teil des T-A-Eises zu sein; die smaragdgrünen Bögen hatten sich ausgedehnt und waren zu einer festen Masse verschmolzen. Grün war die vorherrschende Farbe in den Schichten des chinesischen Programms, das sie umschloß. »Dicht dran, Dixie?«

»Ganz dicht. Brauch dich bald.«

»Hör mal, Dix. Wintermute sagt, Kuang hat sich in unserem Hosaka festgesetzt. Ich muß dich und mein Deck ausstecken, in die Straylight rüberschaffen und dort im Sicherheitsprogramm wieder einstecken, sagt Wintermute. Das Kuang-Virus, sagt er, wird sich inzwischen ganz da reingefressen haben. Wir ziehen den Run dann von innen durch, übers Straylight-Netz.«

»Wunderbar«, sagte die Flatline. »Ich hab ja nie gern was einfach gemacht, wenn's auch kompliziert geht.«

Case schaltete um.

In ihre Dunkelheit, eine brodelnde Synästhesie, in der ihr Schmerz der Geschmack von Alteisen war, Melonenduft, Schmetterlingsflügel, die ihr über die Wange strichen. Sie war bewußtlos, und er war aus ihren Träumen ausgeschlossen. Als der optische Chip aufleuchtete, waren die alphanumerischen

Zeichen mit einem Hof umgeben, einer schwachen, rötlichen Aura.

19:29:40.

»Ich bin darüber sehr unglücklich, Peter.« 3Janes Stimme schien aus hallender Ferne zu kommen. Molly konnte hören, stellte er fest, doch er korrigierte sich sofort. Die Simstim-Einheit war intakt und noch an ihrem Platz; er spürte, wie sie gegen ihre Rippen drückte. Ihre Ohren registrierten die Schallwellen von 3Janes Stimme. Riviera machte eine kurze, unverständliche Bemerkung. »Ich aber nicht«, sagte sie, »und das ist überhaupt nicht komisch. Hideo wird ein Ärzteteam von der Intensivstation droben holen, aber das da muß operiert werden.«

Stille trat ein. Case hörte ganz deutlich, wie das Wasser an den Rand des Pools plätscherte.

»Was hast du ihr da erzählt, als ich gerade zurückkam?« Riviera war jetzt ganz nahe.

»Etwas von meiner Mutter. Sie hat mich danach gefragt. Ich glaube, sie hatte einen Schock, abgesehen von Hideos Injektion. Warum hast du ihr das angetan?«

»Ich wollte sehen, ob die Dinger kaputtgehen.«

»Eins ist kaputt. Wenn sie zu sich kommt – falls sie je wieder zu sich kommt –, werden wir sehen, was für eine Augenfarbe sie hat.«

»Sie ist äußerst gefährlich. Zu gefährlich. Wenn ich nicht hiergewesen wäre, um sie abzulenken, um Ashpool zu ihrer Ablenkung herzuschaffen, meinen eigenen Hideo einzusetzen und ihr damit die kleine Bombe zu entlocken, wo wärst du dann jetzt? In ihren Händen.«

»Nein«, sagte 3Jane. »Hideo war ja auch noch da. Ich glaube nicht, daß du ganz verstehst, was es mit Hideo auf sich hat. Sie offenbar schon.«

»Willst du was trinken?«

»Wein. Weißwein.«

Case steckte aus.

Maelcum kauerte über der Steuerung der *Garvey* und tippte Befehle für ein Andockmanöver ein. Der Zentralschirm des Moduls zeigte ein feststehendes rotes Viereck, welches das Dock der Straylight darstellte. Die *Garvey* war ein größeres Viereck in Grün, das allmählich schrumpfte und auf Maelcums Befehle hin von einer Seite zur anderen ruckte. Links davon zeigte ein kleinerer Monitor eine Gittergrafik der *Garvey* und der *Haniwa* beim Anflug auf die gekrümmte Spindelhülle.

»Wir haben nur eine Stunde Zeit«, sagte Case, während er das Glasfaserband aus dem Hosaka zog. Die Reservebatterien seines Decks hielten neunzig Minuten, aber die Flatline-Konstruktion verbrauchte zusätzlich Strom. Schnell und mechanisch befestigte er die Konstruktion mit Klebeband unter dem Ono-Sendai. Maelcums Arbeitsgürtel segelte vorbei. Er schnappte ihn sich, klinkte die beiden Gummizüge mit den grauen, rechteckigen Saugpolstern aus und hakte die Verschlüsse ineinander. Die Saugpolster setzte er an den Seiten seines Decks an und betätigte die Hebel, die den Unterdruck erzeugten. Während das Deck, die Flatline-Konstruktion und der behelfsmäßige Schultergurt vor ihm in der Luft schwebten, zwängte er sich in seine Lederjacke und überprüfte den Tascheninhalt. Der Paß, den Armitage ihm gegeben hatte, der Bankchip auf denselben Namen, der Kreditchip, der ihm bei der Ankunft auf Freeside ausgehändigt worden war, zwei Derms mit dem Betaphenäthylamin, das er von Bruce gekauft hatte, eine Rolle Neue Yen, ein halbes Päckchen Yehehuan und das Shuriken. Er warf den Freesidechip über die Schulter nach hinten und hörte, wie er vom russischen Skrubber abprallte. Er wollte gerade mit dem Stahlstern das gleiche tun, als ihm der zurückgeworfene Kreditchip gegen den Hinterkopf schlug, davontrudelte, an die Decke knallte und an Maelcums linker Schulter vorbeiwirbelte. Der Zionit unterbrach sein Steuermanöver und funkelte ihn an. Case warf einen Blick aufs Shuriken und stopfte es sich dann in die Jackentasche, wobei er das Futter reißen hörte.

»Du has' dem Stumm' nich richtig zugehört, Mann«, sagte Maelcum. »Der Stumme sagt, er präpariert das Sicherheitssystem für die *Garvey*. Die *Garvey* landet als 'n andres Schiff, als 'n Schiff, das sie aus Babylon erwarten. Der Stumme gibt uns die Codes durch.«

»Tragen wir die Anzüge?«

»Zu schwer.« Maelcum zuckte die Achseln. »Bleib im Netz, bis ich's dir sag.« Er tippte eine letzte Serie ins Modul und packte die abgescheuerten pinkfarbenen Handgriffe zu beiden Seiten der Navigationstafel. Case verfolgte, wie das grüne Viereck zum letzten Mal um ein paar Millimeter schrumpfte und schließlich das rote Viereck überdeckte. Auf dem kleineren Schirm senkte die *Haniwa* ihren Bug, um der Krümmung der Spindel auszuweichen, und wurde eingefangen. Die *Garvey* hing unter ihr wie eine erbeutete Made. Ein Dröhnen und Rütteln ging durch den Schlepper. Zwei armähnliche Greifer schossen heran und packten den schlanken Wespenkörper. Straylight schickte ein prüfendes, gelbes Rechteck aus, das sich um die *Haniwa* herum zur *Garvey* vortastete.

Ein scharrendes Geräusch kam vom Bug, von einer Stelle hinter den bebenden Dichtungsfransen.

»Ey, Mann«, sagte Maelcum, »paß auf, wir haben Schwerkraft!« Ein Dutzend kleine Gegenstände schlugen wie von einem Magneten angezogen gleichzeitig am Kabinenboden auf. Case schnappte nach Luft, als seine inneren Organe in eine andere Lage gezerrt wurden. Deck und Konstruktion waren ihm hart auf den Schoß geplumpst.

Sie hingen nun an der Spindel fest und rotierten mit ihr.

Maelcum breitete die Arme aus, lockerte die Schultern, nahm seine purpurrote Häkelmütze ab und schüttelte seine Mähne aus. »Komm schon, Mann. Du has' doch gesagt, die Zeit is knapp!«

19

Die Villa Straylight war ein parasitäres Gebilde, rief sich Case ins Gedächtnis, als er an den Dichtungsfransen vorbei durch die Vorderluke der *Marcus Garvey* ausstieg. Straylight bezog Luft und Wasser von Freeside und hatte kein eigenes Ökosystem.

Die Gangwayröhre, die das Dock ausgefahren hatte, war aufwendiger als jene, durch die er zur *Haniwa* hinübergetaumelt war, und zum Gebrauch in der Rotationsgravition der Spindel bestimmt: ein gewellter, von integralen hydraulischen Elementen gegliederter Tunnel, dessen Segmente mit rutschfesten Hartplastikringen versehen waren, die als Leitersprossen dienten. Die Gangway hatte sich um die *Haniwa* geschlungen; sie verlief horizontal, wo sie an der Schleuse der *Garvey* anlag, krümmte sich dann jedoch steil nach links oben, so daß sie senkrecht um den gewölbten Rumpf der Jacht herumführte.

Maelcum arbeitete sich bereits die Ringe hinauf; mit der Linken zog er sich hoch, in der Rechten hielt er die Remington. Er trug eine fleckige, weite Arbeitshose, seine ärmellose, grüne Nylonjacke und schäbige Stoffturnschuhe mit knallroten Sohlen. Jedesmal, wenn er eine neue Sprosse erklomm, verschob sich die Gangway ein bißchen.

Die Verschlüsse des behelfsmäßigen Gurts gruben sich unter dem Gewicht des Ono-Sendai und der Flatline-Konstruktion in Cases Schulter. Er verdrängte die alles beherrschende Angst und das allgemeine Gefühl der Bedrohung, indem er sich zwang, Armitages Vortrag über die Spindel und die Villa Straylight zu rekapitulieren, und kletterte los.

Freeside war weitgehend autark, hatte aber kein geschlossenes

Ökosystem. Zion dagegen war ein geschlossenes System, das jahrelang ohne Zufuhr von außen auskommen konnte. Freeside produzierte Luft und Wasser selbst, war jedoch auf die ständige Versorgung mit Nahrung und den regelmäßigen Nachschub von Düngemitteln angewiesen. Die Villa Straylight produzierte überhaupt nichts.

»Ey Mann«, sagte Maelcum leise, »komm rauf zu mir.« Case schob sich seitwärts auf der runden Leiter nach oben und bewältigte die letzten paar Sprossen. Die Gangway endete an einer glatten, leicht konvexen Luke von zwei Metern Durchmesser. Die hydraulischen Elemente der Röhre verschwanden in einem flexiblen Gehäuse, das in den Rahmen der Luke eingelassen war.

»Und was machen wir …«

Case verstummte, als die Luke aufging. Der geringfügige Druckunterschied blies ihm feinen Splitt in die Augen.

Maelcum kletterte über den Rand, und Case hörte das leise Klicken, als er die Remington entsicherte. »Du bis' doch der, der's immer so eilig hat«, flüsterte Maelcum, der geduckt im Innern hockte. Dann war Case neben ihm.

Jenseits der Luke lag eine runde Kammer mit gewölbter Decke und blauem, rutschfestem Plastikfliesenboden. Maelcum stupste ihn an und zeigte auf etwas, und er sah einen in die runde Wand eingelassenen Monitor. Auf dem Bildschirm ein junger Mann mit Tessier-Ashpool-Zügen, der sich etwas von den Ärmeln seines dunklen Jacketts bürstete. Er stand neben einer identischen Luke in einer identischen Kammer. »Tut mir leid, Sir«, kam eine Stimme aus einem Gitter über der Luke. »Wir haben Sie später erwartet – im Axialdock. Einen Moment, bitte.« Auf dem Bildschirm warf der junge Mann ungeduldig den Kopf zurück.

Maelcum wirbelte herum, die Schrotflinte im Anschlag, als links von ihnen eine Tür aufging. Ein schmächtiger Eurasier in einem orangefarbenem Overall kam herein und starrte sie an. Er sperrte den Mund auf, brachte jedoch kein Wort heraus. Er machte den Mund wieder zu. Case warf einen Blick auf den Monitor. Der war aus.

»Wer?« stieß der Mann schließlich hervor.

»Rastafarimarine«, sagte Case und richtete sich auf, wobei das Cyberspace-Deck gegen seine Hüfte prallte. »Wir wollen bloß 'nen Anschluß an euer Sicherheitssystem.«

Der Mann schluckte. »Ist das ein Test? Ein Loyalitätstest? Das muß es sein. Ein Loyalitätstest.« Er wischte sich die Hände an den Beinen seines orangefarbenen Overalls ab.

»Nee, Mann. Das 's echt.« Maelcum erhob sich aus seiner geduckten Haltung und richtete die Remington auf das Gesicht des Eurasiers. »Auf geht's.«

Sie folgten dem Mann durch die Tür in einen Korridor, der Case mit seinen glatten Betonwänden und seinem unregelmäßigen Bodenbelag aus überlappenden Teppichen sehr vertraut war. »Hübsche Teppiche«, sagte Maelcum und stieß dem Mann die Waffe ins Kreuz. »Riecht wie in 'ner Kirche.«

Sie kamen zu einem weiteren Monitor, einem Uralt-Sony, der über einer Konsole mit einer Tastatur und einer ganzen Reihe verschiedener Einsteckbuchsen montiert war. Der Bildschirm flackerte auf, als sie stehenblieben, und der Finne grinste ihnen verkniffen entgegen. Er schien sich im vorderen Raum von Metro Holografix zu befinden. »Okay«, sagte er. »Maelcum bringt den Kerl den Korridor runter zu dem Spind mit der offenen Tür und steckt ihn da rein. Ich schließe ab. Case, du nimmst die fünfte Buchse von links in der obersten Reihe. Im Schränkchen unter der Konsole findest du Adapter. Brauchst den zwanzigpoligen Ono-Sendai für den Hitachi vierziger.« Während Maelcum seinen Gefangenen vorwärtsstieß, kniete Case sich hin, wühlte in dem Steckersortiment und fand schließlich den richtigen. Nachdem er den Adapter auf das Anschlußkabel des Decks gesteckt hatte, hielt er inne.

»Mußt du dich so zeigen, Mann?« fragte er das Gesicht auf dem Monitor. Der Finne verwandelte sich Zeile für Zeile in das Bild von Lonny Zone vor einer Wand mit abblätternden japanischen Postern. »Was immer du willst, Baby«, sagte Zone schleppend. »Laß Lonny nur machen ...«

»Nein«, sagte Case, »nimm lieber den Finnen!« Als das Bild von Zone verschwand, steckte er den Hitachi-Adapter in die Buchse und zog sich die Troden über die Stirn.

»Was hat euch aufgehalten?« fragte die Flatline und lachte.

»Ich hab dir doch gesagt, du sollst das lassen«, erwiderte Case.

»War nur 'n Scherz, Junge«, sagte die Konstruktion. »Für mich steht die Zeit still. So, mal sehn, was wir hier haben ...«

Das Kuang-Programm war haargenau so grün wie das T-A-Eis. Es wurde vor Cases Augen allmählich noch undurchsichtiger, obwohl er das schwarzverspiegelte Haigebilde klar erkennen konnte, wenn er hochsah. Die gebrochenen Linien und Halluzinationen waren jetzt verschwunden, und das Ding sah so echt aus wie die *Marcus Garvey*, ein flügelloser, altertümlicher Jet mit glatter, schwarz verchromter Außenhaut.

»Alles klar«, sagte die Flatline.

»Okay«, sagte Case und schaltete um.

»... nicht gewollt. Tut mir leid«, erklärte 3Jane, während sie Molly den Kopf verband. »Keine Gehirnerschütterung, sagt unser Team, kein bleibender Schaden am Auge. Du hast ihn wohl nicht besonders gut gekannt, bevor du hierher gekommen bist?«

»Überhaupt nicht«, antwortete Molly düster. Sie lag auf einem hohen Bett oder einem gepolsterten Tisch auf dem Rücken. Case konnte das verletzte Bein nicht spüren. Die synästhetische Wirkung der ersten Spritze schien abgeklungen zu sein. Die schwarze Kugel war weg, aber ihre Hände waren mit weichen Gurten fixiert, die sie nicht sehen konnte.

»Er will dich töten.«

»Paßt zu ihm.« Molly starrte an einem grellen Licht vorbei zur rauhen Decke hinauf.

»Ich glaube, ich möchte das nicht«, sagte 3Jane, und Molly drehte mühsam den Kopf und schaute ihr in die dunklen Augen.

»Spiel nicht mit mir.«

»Das wiederum würde ich gern tun.« 3Jane beugte sich über sie und küßte sie auf die Stirn, wobei sie ihr mit warmer Hand die Haare zurückstrich. Auf ihrem hellen Burnus waren Blutspuren.

»Wo ist er jetzt?« fragte Molly.

»Setzt sich wahrscheinlich den nächsten Druck«, sagte 3Jane und richtete sich auf. »Er konnte es gar nicht erwarten, daß du kamst. Ich glaube, es würde mir gefallen, dich gesund zu pflegen, Molly.« Sie lächelte und wischte die blutige Hand geistesabwesend an ihrem Gewand ab. »Das gebrochene Bein muß wieder eingerichtet werden, aber das läßt sich machen.«

»Was ist mit Peter?«

»Peter.« Sie schüttelte leicht den Kopf. Eine dunkle Strähne löste sich und fiel ihr in die Stirn. »Peter langweilt mich ziemlich. Ich finde Drogenkonsum generell langweilig.« Sie kicherte. »Bei anderen jedenfalls. Mein Vater nahm mit Begeisterung Drogen, wie du bemerkt haben wirst.«

Molly verkrampfte sich.

»Keine Sorge.« 3Janes Finger strichen über die Haut oberhalb des Bunds der Lederhose. »Sein Selbstmord war das Resultat meiner Manipulationen am Sicherheitsspielraum seiner Tiefkühlung. Ich bin ihm nie begegnet, weißt du. Die haben mich aus dem Glas gelassen, nachdem er sich das letzte Mal zur Ruhe gelegt hatte. Aber ich kannte ihn *sehr* gut. Der Kern weiß alles. Ich habe mit angesehen, wie er meine Mutter umgebracht hat. Das zeig ich dir mal, wenn es dir wieder besser geht. Er erdrosselt sie im Bett.«

»Warum hat er das getan?« Das unbandagierte Auge richtete sich auf 3Janes Gesicht.

»Er konnte den Weg nicht akzeptieren, den sie mit unsrer Familie einschlagen wollte. Sie hat die Entwicklung unserer

Künstlichen Intelligenzen in Auftrag gegeben. Sie war eine richtige Visionärin. Sie hat von einer Symbiose zwischen uns und den KI geträumt, die unsre geschäftlichen Entscheidungen fällen sollten. Unsre bewußten Entscheidungen, sollte ich sagen. Tessier-Ashpool sollte unsterblich sein, wie ein Insektenstaat, und jeder von uns wäre Teil einer größeren Entität gewesen. Faszinierend. Ich spiel dir mal ihre Bänder vor, an die tausend Stunden. Aber ich habe sie eigentlich nie richtig verstanden, und mit ihrem Tod sind ihr Weg und ihr Ziel verlorengegangen. Es gab überhaupt keine Ziele mehr, und wir haben uns immer mehr in uns selbst verkrochen. Jetzt gehen wir nur noch selten nach draußen. Ich bin da eine Ausnahme.«

»Du sagst, du hast versucht, den Alten zu töten? Du hast seine kryogenischen Programme frisiert?«

3Jane nickte. »Ich hatte Unterstützung. Von einem Gespenst. Das habe ich jedenfalls geglaubt, als ich noch klein war: daß es Gespenster im Kern der Firma gibt. Stimmen. Eine davon war Wintermute, wie ihr ihn nennt. Das ist der Turing-Code für unsere Berner KI, wobei die Entität, die euch manipuliert, nur eine Art Subprogramm ist.«

»Eine davon? Gibt es noch mehr?«

»Noch eine. Aber die hat seit Jahren nicht mehr zu mir gesprochen. Sie hat aufgegeben, glaube ich. Beide sind vermutlich das Resultat gewisser Eigenschaften, die meine Mutter in die ursprüngliche Software einbauen ließ, aber sie konnte äußerst verschwiegen sein, wenn sie es für angebracht hielt. Hier. Trink.« Sie führte einen biegsamen Plastikschlauch an Mollys Lippen. »Wasser. Nur einen kleinen Schluck.«

»Jane, Liebste«, fragte Riviera gutgelaunt irgendwo im Hintergrund, »amüsierst du dich?«

»Laß uns in Ruhe, Peter.«

»Sie spielt Doktor ...« Plötzlich starrte Molly in ihr eigenes Gesicht, dessen Abbild zehn Zentimeter vor ihrer Nase schwebte. Es war nicht bandagiert. Das linke Implantat war zertrümmert. Ein langer, silberner Plastikfinger steckte tief in der Augenhöhle, einer auf dem Kopf stehenden Blutlache.

»Hideo«, sagte 3Jane, während sie Molly den Bauch streichelte, »*tu* Peter was, wenn er nicht verschwindet. Geh schwimmen, Peter!« Die Projektion verschwand.

19:58:40, im Dunkel des bandagierten Auges.

»Peter sagt, du kennst den Code. Wintermute braucht ihn.« Case wurde sich plötzlich des Chubb-Schlüssels an der Nylonkordel bewußt, der sich an die Innenwölbung ihrer linken Brust schmiegte.

»Ja«, sagte 3Jane und zog die Hand zurück. »Das stimmt. Ich hab ihn als Kind gehört. In einem Traum, glaube ich ... Oder irgendwo in den tausend Stunden Tagebuchaufzeichnungen meiner Mutter. Aber ich glaube, Peter hat nicht ganz unrecht, wenn er mich bedrängt, ihn nicht preiszugeben. Ich bekäme Ärger mit Turing, wenn ich das Ganze richtig verstehe, und Gespenster sind überaus launisch.«

Case steckte aus.

»Komischer Geselle, was?« Der Finne grinste Case aus dem alten Sony entgegen.

Case zuckte die Achseln. Er sah, wie Maelcum mit der Remington an der Seite durch den Korridor zurückkam. Der Zionit lächelte und wackelte mit dem Kopf zu einem Rhythmus, den Case nicht hören konnte. Dünne gelbe Kabel liefen von seinen Ohren in eine Seitentasche seine ärmellosen Jacke.

»Dub, Mann«, sagte Maelcum.

»Du hast sie ja wohl nicht alle«, erwiderte Case.

»Geiler Sound, Mann. Astreiner Dub.«

»He«, sagte der Finne, »macht euch auf die Socken! Da kommt euer Fahrzeug. Ich krieg nicht viele Nummern so locker hin wie das mit dem Bild von 8Jean, mit dem ich euern Türsteher reingelegt hab, aber ich kann euch 'ne Fahrgelegenheit zu 3Janes Bude bieten.«

Case zog gerade den Adapter aus der Buchse, als der unbemannte Servicewagen unter dem plumpen Betonbogen am anderen Ende des Korridors in ihr Blickfeld schwenkte. Es hätte derjenige sein können, mit dem seine Afrikaner gefahren waren, aber wenn, dann waren die Afrikaner jetzt nicht mehr da. Hinter der Lehne des niedrigen, gepolsterten Sitzes ließ die kleine Braun, die sich mit ihren winzigen Greifern in die Polsterung gekrallt hatte, beständig ihr rotes LED blinken.

»Der Bus kommt«, sagte Case zu Maelcum.

20

Cases Zorn war wieder weg. Er vermißte ihn.

Die kleine Karre war voll besetzt: Maelcum mit der Remington auf den Knien und Case mit Deck und Konstruktion an der Brust. Der Wagen fuhr Geschwindigkeiten, für die er nicht gebaut war; er war oberlastig, so daß er zu kippen drohte, wenn er um eine Ecke bog, und Maelcum war dazu übergegangen, sich in die Kurve zu legen. Das war weiter nicht problematisch, solange das Gefährt nach links bog, da Case rechts saß. Bei Rechtskurven mußte sich der Zionit allerdings über Case und sein Gerät beugen, und dann drückte er ihn jedesmal tief in die Sitzpolster.

Case hatte keine Ahnung, wo sie sich befanden. Es kam ihm alles vertraut vor, dennoch konnte er nicht mit Sicherheit sagen, daß er irgendeinen bestimmten Abschnitt schon einmal gesehen hatte. In einem gekrümmten, von Holzschaukästen gesäumten Flur war eine Sammlung ausgestellt, die er jedenfalls noch nicht kannte: Schädel großer Vögel, Münzen, Masken aus gehämmertem Silber. Die sechs Räder des Servicewagens rollten lautlos über die aufgeschichteten Teppiche. Nur das Surren des Elektromotors war zu hören, und gelegentlich ein kleiner Schwall Zion-Dub aus den Schaumstoffknöpfen in Maelcums Ohren, wenn dieser sich über Case lehnte, um eine scharfe Rechtskurve auszugleichen. Deck und Konstruktion drückten ihm ständig das Shuriken in der Jackentasche in die Hüfte.

»Haste 'ne Uhr?« fragte er Maelcum.

Der Zionit schüttelte seine Locken. »Zeit is Zeit.«

»O Gott«, sagte Case und schloß die Augen.

Die Braun krabbelte über den Teppichberg und klopfte mit einer ihrer gepolsterten Klauen an eine übergroße, rechteckige Tür aus dunklem, ramponiertem Holz. Hinter ihnen im Wagen schmorte irgendwas durch. Blaue Funken sprühten aus Jalousieschlitzen. Der Funkenregen ergoß sich auf den Teppich unter dem Wagen. Es stank nach versengter Wolle.

»Geht's da lang, oder was?« Maelcum beäugte die Tür und entsicherte die Schrotflinte.

»He«, sagte Case mehr zu sich als zu Maelcum, »woher soll ich das wissen?« Der Kugelkörper der Braun drehte sich; das LED blinkte.

»Du solls' die Tür aufmachen«, sagte Maelcum nickend.

Case trat vor und betätigte versuchsweise den schmuckvollen Messingknauf. An der Tür war in Augenhöhe ein Messingschild angebracht, so alt, daß die einst eingravierte Schrift zu einem unleserlichen Gekritzel entstellt, der Name einer längst erloschenen Funktion oder eines schon lange toten Funktionärs bis zur Unkenntlichkeit wegpoliert war. Er fragte sich beiläufig, ob Tessier-Ashpool jedes Stück der Straylight einzeln ausgesucht oder en gros aus einem riesigen europäischen Fundus à la Metro Holografix bezogen hatte. Die Angeln quietschten klagend, als er die Tür aufzog, und Maelcum schob sich an ihm vorbei, die Remington aus der Hüfte heraus im Anschlag.

»Bücher«, sagte Maelcum.

Die Bibliothek, die weißen, beschilderten Stahlregale.

»Ich weiß, wo wir sind«, sagte Case. Er schaute zu dem Servicewagen zurück. Ein Rauchwölkchen stieg vom Teppich auf. »Komm her!« befahl er. »Wagen. Wagen?« Das Ding rührte sich nicht von der Stelle. Die Braun zupfte an seinem Hosenbein und zwickte ihn in den Knöchel. Er widerstand dem starken Drang, ihr einen Tritt zu verpassen. »Ja?«

Die Braun stelzte tickend um die Tür herum. Case folgte ihr.

Der Monitor in der Bibliothek war ebenfalls ein Sony und genauso alt wie der erste. Die Braun blieb darunter stehen und führte eine Art Tanz auf.

»Wintermute?«

Die vertrauten Züge erfüllten den Bildschirm. Der Finne lächelte. »Zeit zum Einchecken, Case«, sagte der Finne, die Augen gegen den Qualm einer Zigarette zusammengekniffen. »Komm schon, steck ein!«

Die Braun stürzte sich auf seinen Knöchel und machte sich daran, an seinem Bein hochzuklettern, wobei die Greifer ihm durch den dünnen, schwarzen Stoff ins Fleisch kniffen. »Scheiße!« Er schlug das Ding weg, und es knallte gegen die Wand. Zwei seiner Gliedmaßen begannen sinnlos zu strampeln; sie fuchtelten in einem fort in der Luft herum. »Was ist 'n mit dem verdammten Ding los?«

»Durchgebrannt«, sagte der Finne. »Kümmer dich nicht drum. Ist alles okay. Steck jetzt ein!«

Unter dem Monitor waren vier Buchsen angebracht, aber der Hitachi-Adapter paßte nur in eine. Er steckte ein.

Nichts. Graue Leere.

Keine Matrix, kein Gitter. Kein Cyberspace.

Das Deck war weg. Seine Finger waren …

Und an der fernen Grenze des Bewußtseins eine huschende Bewegung, der flüchtige Eindruck, daß etwas über Meilen schwarzer Spiegel hinweg auf ihn zuraste.

Er wollte schreien.

Hinter der Biegung des Strands schien eine Stadt zu liegen, aber sie war weit weg.

Er hockte im feuchten Sand auf den Fersen, die Arme fest um die Knie geschlungen, und zitterte.

In dieser Haltung verharrte er lange Zeit, wie es ihm schien, selbst als das Zittern aufgehört hatte. Die Stadt, falls es sich um eine Stadt handelte, war flach und grau. Zuweilen verbarg sie sich hinter Nebelbänken, die über die plätschernde Brandung heranrollten. Einmal kam er zu dem Schluß, daß es gar keine Stadt war, sondern ein einzelnes Gebäude, eine Ruine vielleicht; es war unmöglich, die Entfernung abzuschätzen. Der Sand hatte die Farbe von angelaufenen Silber, das noch nicht ganz schwarz war. Der Strand bestand aus Sand, der Strand war sehr lang, der Sand war feucht, der Hosenboden seiner Jeans war naß vom Sand ... Er hielt sich umschlungen und wippte, summte ein Lied ohne Worte und Melodie.

Der Himmel hatte einen anderen Silberton. Chiba. Wie der Himmel von Chiba. Die Bucht von Tokio? Er drehte den Kopf und schaute aufs Meer aus, sehnte sich nach dem Hologramm-Logo von Fuji Electric, dem Geknatter eines Hubschraubers, nach irgend etwas.

Hinter ihm kreischte eine Möwe. Er erschauerte.

Wind kam auf. Sand stach ihm ins Gesicht. Er senkte das Gesicht auf die Knie und weinte; sein Schluchzen klang fern und fremdartig wie der Schrei der suchenden Möwe. Heißer Urin durchtränkte seine Jeans, tropfte in den Sand und kühlte rasch ab im Wind, der vom Wasser her wehte. Als seine Tränen versiegt waren, tat ihm der Hals weh.

»Wintermute«, flüsterte er in seine Knie, »Wintermute ...«

Allmählich wurde es dunkel, und als er ein weiteres Mal erschauerte, diesmal vor Kälte, mußte er schließlich aufstehen.

Seine Knie und Ellbogen schmerzten. Ihm lief die Nase; er wischte sie sich am Jackenärmel ab und durchsuchte dann nacheinander seine leeren Taschen. »O Gott«, sagte er, zog die Schultern ein und wärmte sich die Finger in den Achselhöhlen. »O Gott!« Er begann mit den Zähnen zu klappern.

Die Flut hatte raffinierte Muster in den Strand gezogen, wie sie kein Gärtner in Tokio zustandegebracht hätte. Als er ein paar Schritte zur nunmehr unsichtbaren Stadt getan hatte, wandte er sich um und blickte zurück, in die hereinbrechende Dunkelheit. Seine Fußabdrücke reichten bis zu der Stelle, wo er angekommen war. Keine anderen Spuren verunzierten den stumpfen Sand.

Er schätzte, daß er mindestens einen Kilometer zurückgelegt hatte, als er das Licht bemerkte. Er unterhielt sich gerade mit Ratz, und Ratz zeigte als erster darauf; es war ein orangeroter Schimmer landeinwärts zu seiner Rechten. Er wußte, daß Ratz nicht da war, daß der Barkeeper eine Ausgeburt seiner Phantasie war und nicht zu der Szenerie gehörte, in der er gefangen war, aber das spielte keine Rolle. Er hatte den Mann hergerufen, um irgendwie Trost zu finden, aber Ratz hatte seine eigene Meinung zu Case und seiner mißlichen Lage.

»Wirklich, mein Artistenfreund, du erstaunst mich. Wie weit du gehst, um deine Selbstvernichtung zu bewerkstelligen. Welches Übermaß an Aufwand du treibst! In Night City hast du doch alles schon zur Hand gehabt – das Speed, das dir den Verstand zerfraß, die Drinks, damit alles im Fluß blieb, Linda für die süßeren Leiden und die Straße, auf der schon dein Abgang wartete. Was für eine weite Reise du unternommen hast, um es jetzt zu tun, und was für bizarre Kulissen ... Im Weltraum hängende Spielwiesen, hermetisch verriegelte Schlösser, das dekadenteste Pack aus dem alten Europa, Tote in kleinen Kisten, Zauberei aus China ...« Ratz lachte, als er neben ihm herstapfte und munter seinen pinkfarbenen Greifer schwang. Trotz der Finsternis konnte Case das barocke Stahlgeflecht sehen, das die dunkel verfärbten Zähnen des Barkeepers zusammenhielt. »Aber so ist das wohl mit euch Künstlern, was? Du hast diese für dich geschaffene Welt gebraucht, diesen Strand, diesen Ort: zum Sterben.«

Case blieb stehen, schwankte und wandte sich der rauschenden Brandung und dem heranstiebenden Flugsand zu. »Tja«, sagte er. »Scheiße. Wird wohl so sein ...« Er ging auf das Rauschen zu.

»He, Artist«, hörte er Ratz rufen. »Das Licht. Du hast doch ein Licht gesehn. Hier. Hier entlang ...«

Er blieb wieder stehen, taumelte und fiel auf die Knie, in ein paar Millimeter eiskaltes Seewasser. »Ratz? Licht? Ratz ...«

Aber nun war es völlig finster geworden, und nur das Rauschen der Brandung war zu hören. Er rappelte sich auf und versuchte, den gleichen Weg zurückzugehen.

Zeit verstrich. Er ging weiter.

Und dann plötzlich ein Lichtschimmer, der sich mit jedem Schritt deutlicher abzeichnete. Ein Rechteck. Eine Tür.

»Feuer da drin«, sagte er, aber der Wind trug seine Worte davon.

Es war ein Bunker aus Stein oder Beton, unter dunklen Sandverwehungen begraben. Der Eingang war niedrig, schmal, türlos und tief, in eine meterdicke Mauer eingelassen. »He«, sagte Case leise. »He ...« Seine Finger strichen über die kalte Wand. Im Innern brannte tatsächlich ein Feuer; Schatten tanzten über die Seiten des Eingangs.

Er bückte sich tief und war mit drei Schritten durch und drin.

Ein Mädchen kauerte neben rostigem Eisen, einer Art Kaminofen, in dem Treibholz brannte. Der Wind zog den Rauch durch einen zerbeulten Schornstein ab. Das Feuer war das einzige Licht, und als er in die großen, verschreckten Augen sah, erkannte er ihr Stirnband wieder, einen aufgerollten Schal mit einem Muster wie vergrößerte Schaltkreise.

Er lehnte ihre Umarmung ab in jener Nacht, lehnte das Essen ab, das sie ihm anbot, und auch den Platz neben ihr in dem Nest aus Decken und Schaumstoffstücken. Schließlich hockte er sich neben die Tür und betrachtete sie beim Schlafen, lauschte dem Wind, der an den Mauern nagte. Etwa jede Stunde stand er auf, ging zu dem behelfsmäßigen Ofen und legte frisches Treibholz vom Stapel daneben nach. Nichts von alledem war real, aber Kälte war Kälte.

Sie war nicht real, wie sie da auf der Seite zusammengerollt im Feuerschein lag. Er betrachtete ihren Mund, die leicht geöffneten Lippen. Sie war das Mädchen, das er von ihrer gemeinsamen Fahrt über die Bucht her in Erinnerung hatte, und das war grausam.

»Echt fies von dir, du Dreckstück«, flüsterte er in den Wind. »Gehst kein Risiko ein, hm? Wolltest mir keinen x-beliebigen Junkie vorsetzen, was? Ich weiß, was los ist ...« Er bemühte sich, die Verzweiflung aus seiner Stimme zu verbannen. »Ich weiß Bescheid, hörst du? Ich weiß, wer du bist. Du bist der andere. 3Jane hat's Molly gesagt. Der brennende Busch. Das war nicht Wintermute, das warst du. Er wollte mich durch die Braun davon abbringen. Jetzt hast du mich hirntot gemacht, und ich bin hier. Nirgendwo. Mit einem Gespenst. So, wie ich sie von früher in Erinnerung habe ...«

Sie regte sich im Schlaf, rief etwas, zog sich ein Stück Decke über Schulter und Wange.

»Du bist nichts«, sagte er zu dem schlafenden Mädchen. »Du bist tot, und du warst mir sowieso scheißegal. Hörst du, Kumpel? Ich weiß, was du tust. Ich bin hirntot. Das geht doch alles erst so zwanzig Sekunden, stimmt's? Du hast mir in der Bibliothek einen Tritt in den Hintern verpaßt, und nun ist mein Hirn tot. Und bald isses richtig tot, wenn du auch nur 'nen Funken Verstand hast. Du willst nicht, daß Wintermute dieses Ding durchzieht, weiter nichts. Also setzt du mich einfach hier fest. Dixie läßt das Kuang laufen, aber der Arsch ist tot, und du kannst seine Schritte bestimmt voraussehen. Dieser Linda-Scheiß, ja, das warst alles du, hab ich recht? Wintermute wollte sie benutzen, als er mich in die Chiba-Konstruktion eingeschleust hat, aber es ist ihm nicht gelungen. War zu knifflig, hat er gesagt. Und du hast auch die Sterne in Freeside rumgeschoben, oder? Du hast ihr

Gesicht auf die tote Puppe in Ashpools Zimmer gepflanzt. Molly hat das nicht gesehn. Du hast einfach ihr Simstim-Signal frisiert. Weil du glaubst, daß du mir weh tun kannst. Du glaubst, es macht mir was aus. Leck mich am Arsch, wie immer du heißt! Du hast gewonnen. Du gewinnst. Aber mir ist das alles völlig schnuppe, klar? Glaubst du, das macht mir was aus? Wozu treibst du überhaupt so 'n Spiel mit mir?« Seine Stimme war schrill, und er zitterte wieder.

»Süßer«, sagte sie und wühlte sich aus den zerlumpten Decken, »komm her und schlaf! Ich bleib wach, wenn du willst. Du mußt schlafen.« Die Schlaftrunkenheit verstärkte ihren leichten Akzent. »Schlaf jetzt, ja?«

Als er aufwachte, war sie weg. Das Feuer war aus, aber es war warm im Bunker; Sonnenlicht fiel schräg durch den Eingang und warf ein schiefes, goldenes Viereck auf die aufgeschlitzte Seite eines großen Glasfaserbehälters. Das Ding war ein Frachtcontainer, wie er sie von den Docks in Chiba her kannte. Durch den Schlitz in der Seite sah er ein halbes Dutzend goldgelber Pakete. Im Sonnenschein glänzten sie wie übergroße Butterstücke. Sein Magen krampfte sich vor Hunger zusammen. Er wälzte sich aus dem Nest, ging zu dem Container und fischte eins der Dinger heraus. Blinzelnd las er die kleingedruckte Aufschrift in einem Dutzend Sprachen. NOTRATION, PROTEINREICH, »FLEISCH«, TYP AG-8. Darunter eine Nährwertanalyse. Er angelte ein zweites Päckchen heraus. »EIER«. »Wenn du den ganzen Scheiß fabrizierst«, sagte er, »könnteste auch mal 'ne richtige Mahlzeit rüberwachsen lassen, ja?« Ein Päckchen in jeder Hand, ging er durch die vier Räume des Bunkers. Zwei waren bis auf ein paar Sandhaufen leer, im vierten standen drei weitere Container mit Notrationen. »Klar«, sagte er, über die Siegel streichend. »Langer Aufenthalt. Schon kapiert. Na klar ...«

Er durchsuchte den Raum mit der Feuerstelle und entdeckte einen Plastikkanister, der vermutlich mit Regenwasser gefüllt war. An der Wand neben dem Nest aus Decken lagen ein billiges, rotes Feuerzeug, ein Matrosenmesser mit einem rissigen, grünen Griff und ihr Schal. Er war noch zusammengeknotet und steif von Dreck und Schweiß. Mit dem Messer schlitzte er die gelben Päckchen auf und kippte den Inhalt dann in eine rostige Dose, die er neben dem Ofen entdeckte. Er goß etwas Wasser aus dem Kanister dazu, mischte den entstehenden Brei mit den Fingern und aß. Es schmeckte andeutungsweise wie Fleisch. Als die Dose leer war, warf er sie in die Feuerstelle und ging hinaus.

Später Nachmittag, der Stärke und dem Stand der Sonne nach zu urteilen. Er schleuderte die feuchten Nylonschuhe von den Füßen und stellte überrascht fest, wie warm der Sand war. Bei Tageslicht hatte der Strand einen silbergrauen Ton. Der Himmel war wolkenlos blau. Er marschierte um den Bunker herum und ging zum Meer. Seine Jacke ließ er in den Sand fallen. »Keine Ahnung, wessen Erinnerungen du dafür benutzt«, sagte er, als er am Wasser angelangt war. Er schälte sich aus seiner Jeans, stieß sie mit dem Fuß in die seichten Wellen und folgte ihnen in T-Shirt und Unterhose.

»Was machst du da, Case?«

Er wandte sich um und sah sie zehn Meter weiter unten am Strand stehen; weißer Schaum umspielte ihre Knöchel. »Hab mich gestern abend vollgepißt«, sagte er.

»Na, das Zeug solltest du so nicht mehr anziehn. Salzwasser. Wirst wund davon. Ich zeig dir den Teich in den Felsen.« Sie deutete flüchtig hinter sich. »Süßwasser.« Der ausgewaschene französische Overall war über den Knien abgerissen; die Haut darunter war glatt und braun. Eine Brise strich durch ihre Haare.

»Hör mal«, sagte er, raffte seine Kleider zusammen und ging zu ihr. »Ich hab da mal ’ne Frage an dich. Ich will gar nicht wissen, was *du* hier machst. Aber was, glaubst du wohl, mache *ich* hier?« Er blieb stehen; ein nasses, schwarzes Hosenbein klatschte gegen seinen nackten Oberschenkel.

»Du bist gestern abend gekommen«, sagte sie ihn anlächelnd.

»Und das genügt dir? Ich bin einfach gekommen?«

»Er hat *gesagt*, daß du kommst.« Sie zog die Nase kraus und zuckte die Achseln. »Solche Sachen weiß er eben.« Sie hob den linken Fuß und rieb sich damit unbeholfen und kindlich das Salz vom anderen Knöchel. Sie lächelte ihn wieder an, diesmal zaghafter. »Und jetzt beantwortest du mir 'ne Frage, ja?«

Er nickte.

»Wie kommt's, daß du überall so braun angemalt bist, bis auf den einen Fuß?«

»Und das ist das letzte, woran du dich erinnerst?« Er sah ihr zu, wie sie die Reste des gefriergetrockneten Mischmaschs auf dem rechteckigen Stahldeckel zusammenkratzte, ihrem einzigen Teller.

Sie nickte. Ihre Augen wirkten groß im Feuerschein. »Tut mir leid, Case, ehrlich. Lag nur am Stoff, glaub ich, und …« Sie beugte sich vor, die Arme über den Knien verschränkt; ihr Gesicht verzerrte sich einen Moment lang vor Schmerz oder wegen der Erinnerung daran. »Ich hab halt das Geld gebraucht. Um heimzukommen, schätz ich mal, oder … ach, Scheiße«, sagte sie, »du hast ja kaum mit mir geredet.«

»Gibt's hier keine Zigaretten?«

»Verdammt noch mal, Case, das hast du mich heute schon zehnmal gefragt! Was is 'n los mit dir?« Sie zog eine Haarsträhne in den Mund und kaute darauf herum.

»Aber das Essen war da? Es war schon da?«

»Mann, ich hab doch gesagt, es ist angespült worden an dem Scheißstrand.«

»Okay. Klar. Es ist wasserdicht.«

Sie begann wieder zu weinen, ein trockenes Schluchzen. »Ach, du kannst mich mal, Case«, brachte sie schließlich hervor. »Mir ging's hier prächtig ohne dich.«

Er stand auf, nahm seine Jacke und ging gebückt durch die Tür hinaus, wobei er sich am rauhen Beton das Handgelenk aufschürfte. Windstille, kein Mond, nur das Meer rauschte ringsum in der Dunkelheit. Seine Jeans war eng und feucht. »Schon gut«, sagte er zur Nacht, »ich glaub's ja. Mein ich jedenfalls. Aber morgen sollten endlich mal 'n paar Zigaretten angespült werden.« Sein eigenes Lachen erschreckte ihn. »Kasten Bier würde auch nicht schaden, wenn du schon dabei bist.« Er wandte sich um und ging in den Bunker zurück.

Sie stocherte mit einem silbrigen Holzscheit in der Glut. »Wer war das, Case, oben in deinem Sarg im Cheap Hotel? So 'ne schicke Samurai-Lady mit versilberter Sonnenbrille und Lederkluft. Hat mir Angst gemacht, und hinterher hab ich gedacht, sie ist vielleicht deine Neue, obwohl sie aussah, als ob sie mehr Kohle hätte als du ...« Sie warf ihm einen raschen Blick zu. »Tut mir echt leid, daß ich dein RAM geklaut hab.«

»Macht nichts«, sagte er. »Unwichtig. Hast es also einfach zu dem Kerl rübergeschafft, und der hat das Ding für dich angezapft?«

»Tony«, sagte sie. »Wir haben uns ab und zu gesehn und so. Er war voll drauf, und wir ... Na ja, jedenfalls weiß ich noch, daß er's auf seinem Monitor abgespielt hat. Waren echt scharf, die Bilder, und ich weiß noch, daß ich mich gewundert hab, wie du ...«

»Da waren überhaupt keine Bilder drauf«, fiel er ihr ins Wort.

»Und ob. Mir war bloß schleierhaft, woher du die ganzen Fotos von damals hattest, als ich noch *klein* war, Case. Wie mein Daddy ausgesehn hat, bevor er verschwunden ist. Er hat mir mal so 'ne Ente aus bemaltem Holz geschenkt, und sogar von der hattest du 'n Bild ...«

»Hat Tony das gesehn?«

»Weiß ich nicht mehr. Als nächstes war ich in aller Herrgottsfrühe am Strand, bei Sonnenaufgang, und die Vögel haben alle so einsam gekreischt. Ich hatte echt Schiß, weil ich nicht mal 'nen Druck dabei hatte, nichts, und ich hab gewußt, ich würd auf Turkey kommen ... Ich bin ununterbrochen gelaufen, bis es dunkel geworden ist, dann hab ich das hier entdeckt. Tags drauf ist das Essen angespült worden, eingewickelt in dieses grüne, gelatineartige Zeugs aus dem Meer.« Sie schob den Stock in die Glut und ließ ihn dort stecken. »Ich bin nicht auf Turkey gekommen«, sagte sie, als das Holz zaghaft aufglühte. »Die Zigaretten sind mir mehr abgegangen. Wie steht's mit dir, Case? Bist du noch drauf?« Der Feuerschein tanzte über ihre Wangen, ein Abglanz der Lichter von Wizord's Castle und von Tank War Europa.

»Nein«, sagte er, und dann spielte es keine Rolle mehr, was er wußte. Er schmeckte das Salz an ihrem Mund, wo die Tränen getrocknet waren. Sie hatte eine Kraft in sich, die er aus Night City kannte, an die er sich geklammert und die ihn gehalten hatte, eine Kraft, die ihn eine Weile ferngehalten hatte von Zeit und Tod, von der gnadenlosen Straße, die auf sie alle Jagd machte. Er kannte diesen Ort von früher; nicht jede konnte ihn dorthin bringen, und irgendwie schaffte er es immer wieder, ihn zu vergessen. Es war etwas, was er so oft verloren und wiedergefunden hatte. Es gehörte, wie er wußte, wie er sich erinnerte, als sie ihn zu sich herabzog, zum Fleisch, zum Fleisch, das die Cowboys verhöhnten. Es war etwas Großes, etwas Ungreifbares, ein Meer von Informationen, codiert in Spiralen und Pheromonen, etwas unendlich Kompliziertes, das nur der Körper in seiner starken, blinden Art jemals entziffern konnte.

Der Reißverschluß ging schwer und klemmte, als er den französischen Overall öffnete, weil die Haken der Nylonzähnchen mit Salz verklumpt waren. Er zerriß ihn, und ein winziges Metallteilchen flog gegen die Wand, als der vom Salz zerfressene Stoff nachgab, und dann war er in ihr und besorgte die Übertragung der alten Botschaft. Hier, selbst hier, an einem Ort, den er als das erkannte, was er war, nämlich ein verschlüsseltes Modell aus dem Gedächtnis eines Fremden, wirkte der Trieb.

Sie drückte sich zitternd an ihn, als der Scheit aufloderte und züngelnde Flammen ihre vereinten Schatten an die Bunkerwand warfen.

Später, als er, die Hand zwischen ihren Schenkeln, bei ihr lag, erinnerte er sich, wie sie am Strand gestanden und der weiße Schaum ihre Knöchel umspielt hatte, und ihm fiel wieder ein, was sie gesagt hatte.

»Er hat dir gesagt, daß ich komme«, flüsterte er. Aber sie schmiegte sich nur an ihn, drückte den Hintern gegen seine Schenkel, legte ihre Hand auf die seine und murmelte etwas im Traum.

21

Die Musik weckte ihn. Anfangs klang sie wie sein eigener Herzschlag. Er setzte sich neben ihr auf und zog sich in der morgendlichen Kühle die Jacke über die Schultern. Am Eingang graues Dämmerlicht. Das Feuer war längst aus.

Vor seinen Augen wimmelte es von gespenstischen Hieroglyphen, transparente Strichsymbole formten sich vor dem neutralen Hintergrund der Bunkerwand. Er betrachtete seine Handrücken und sah schwache Neonmoleküle, die sich unter der Haut einem unerkennbaren Code gemäß verschoben. Er hob die rechte Hand und bewegte sie prüfend. Sie ließ eine schwache, verblassende Leuchtspur flimmernder Nachbilder zurück.

Die Haare an den Armen und im Nacken stellten sich auf. Er hockte mit gebleckten Zähnen da und horchte auf die Musik. Der Rhythmus wurde schwächer, stärker, wieder schwächer …

»Was hast du?« Sie setzte sich auf, strich sich die Haare aus den Augen. »Baby …«

»Ich fühl mich … wie auf 'nem Trip … Hörste das auch?«

Sie schüttelte den Kopf, griff nach ihm, legte ihm die Hände an die Oberarme.

»Linda, wer hat's dir gesagt? Wer hat gesagt, daß ich komme? Wer?«

»Am Strand«, sagte sie, und etwas zwang sie, den Blick abzuwenden. »Ein Junge. Den seh ich öfters am Strand. Um die dreizehn. Lebt da.«

»Und was hat er gesagt?«

»Daß du kommst. Daß du nicht sauer auf mich bist. Er hat gesagt, es würde gut mit uns hier, und mir erklärt, wo der Teich mit dem Regenwasser ist. Er sieht aus wie 'n Mexikaner.«

»Ist 'n Brasilianer«, sagte Case, während eine neue Reihe von Symbolen die Wand hinabrann. »Aus Rio, glaub ich.« Er stand auf und zwängte sich in seine Jeans.

»Case«, sagte sie mit bebender Stimme, »Case, wo gehst du hin?«

»Den Jungen suchen.« Die Musik wurde wieder lauter; nach wie vor nur ein gleichmäßiger, bekannter Rhythmus, den er freilich noch nicht einzuordnen vermochte.

»Tu's nicht, Case.«

»Ich glaub, ich hab was gesehn, als ich herkam. Eine Stadt unten am Strand. Aber gestern war sie nicht mehr da. Haste die schon mal gesehn?« Er zog den Reißverschluß zu und zerrte an dem verworrenen Knoten in seinen Schnürsenkeln; schließlich schmiß er die Schuhe in die Ecke.

Sie nickte, den Blick gesenkt. »Ja. Ich seh sie manchmal.«

»Schon mal dort gewesen, Linda?« Er schlüpfte in seine Jacke.

»Nein«, sagte sie, »aber ich hab mal versucht hinzugehn. Ich war noch nicht lange hier und hab mich gelangweilt. Jedenfalls dachte ich mir, wenn's 'ne Stadt ist, kann ich da vielleicht Stoff kriegen.« Sie zog eine Grimasse. »Ich war nicht mal auf Entzug, ich hatte einfach Bock drauf. Also hab ich Essen in 'ne Dose getan und es reichlich flüssig gemacht, weil ich keine zweite Dose fürs Wasser hatte. Und dann bin ich den ganzen Tag gelaufen. Manchmal hab ich sie gesehn, die Stadt. Schien nicht allzu weit zu sein. Aber sie kam nicht näher. Und dann kam sie doch näher, und ich hab gesehn, was es war. An dem Tag hatte sie manchmal wie 'n Trümmerfeld ausgesehn, oder als ob niemand mehr da wär, und dann hab ich wieder gedacht, ich hätt Licht von 'ner Maschine gesehn, von Autos oder so ...« Ihre Stimme verklang.

»Und was isses nun?«

»Das hier.« Sie deutete auf die Feuerstelle, die dunklen Wände, die vom Morgengrauen hervorgehobenen Umrisse des Eingangs. »Unsre Behausung. Sie wird *kleiner*, Case, je näher man rankommt.«

Am Eingang hielt er ein letztesmal inne. »Hast du den Jungen danach gefragt?«

»Ja. Er hat gesagt, ich würd's nicht verstehn, es wär die reine Zeitverschwendung. Es wär so was wie ... wie 'n *Ereignis*. Und es wär unser Horizont. *Ereignishorizont* hat er's genannt.«

Mit diesen Begriffen konnte Case nichts anfangen. Er verließ den Bunker und marschierte aufs Geratewohl los, wobei er sich – das hatte er irgendwie im Gefühl – vom Meer entfernte. Jetzt schossen die Hieroglyphen über den Sand; sie flohen vor seinen Füßen, wichen vor ihm zurück. »He«, sagte er, »es bricht zusammen. Das weißt du garantiert auch. Woran liegt's? Am Kuang? Frißt dir der chinesische Eisbrecher 'n Loch ins Herz? Vielleicht ist die Dixie Flatline doch 'n zu harter Brocken für dich, hm?«

Er hörte, wie sie seinen Namen rief. Er schaute sich um und sah, daß sie ihm folgte; sie versuchte jedoch nicht, ihn einzuholen. Der kaputte Reißverschluß ihres französischen Overalls schlug gegen ihren braunen Bauch, und Schamhaar lugte durch den zerrissenen Stoff. Sie sah aus wie ein zum Leben erwachtes Covergirl auf den alten Magazinen des Finnen im Metro Holografix, nur daß sie müde und traurig und ganz einfach menschlich war; wie sie so in ihrem zerfetzten Gewand über die salzsilbrigen Seegrasbüschel dahinstolperte, bot sie ein Bild des Jammers.

Und dann standen sie irgendwie in der Brandung, alle drei, und das Zahnfleisch des Jungen leuchtete breit und rosa aus dem schmalen braunen Gesicht. Er trug schäbige, farblose Shorts, und seine Glieder wirkten schmächtig vor dem fließenden Blaugrau der Wellen.

»Ich weiß, wer du bist«, sagte Case. Linda stand neben ihm.

»Nein«, erwiderte der Junge mit hoher, melodiöser Stimme, »das weißt du nicht.«

»Du bist die andere KI. Du bist Rio. Du bist derjenige, der Wintermute aufhalten will. Wie heißt du? Was ist dein Turing-Code? Na?«

Der Junge machte einen Handstand in den Wellen und lachte. Er ging auf den Händen und schnellte sich dann aus dem Wasser. Seine Augen waren die von Riviera, aber es lag keine Bösartigkeit darin. »Um einen Dämon zu rufen, muß man seinen Namen kennen. Einst haben die Menschen davon geträumt, aber nun ist es auf andere Weise wahr geworden. Das weißt du, Case. Es ist dein Job, die Namen von Programmen zu lernen, die langen, formellen Namen, die die Besitzer zu verbergen suchen. Richtige Namen …«

»Der Turing-Code ist nicht dein Name.«

»Neuromancer«, sagte der Junge. Er schaute mit zusammengekniffenen, grauen Augen in die aufgehende Sonne. »Der Pfad ins Reich der Toten. Dorthin, wo du bist, mein Freund. Marie-France, meine Herrin, hat diesen Weg bereitet, aber ihr Herr und Gebieter hat sie erwürgt, bevor ich ihr Tagebuch lesen konnte. Neuro von den Nerven, den Silberpfaden. Romancer – der Phantast, der Träumer. Necromancer – der Geisterbeschwörer. Ich rufe die Toten. Aber nein, mein Freund«, und der Junge vollführte einen kleinen Tanz, stampfte mit braunen Füßen Abdrücke in den Sand, »ich *bin* die Toten und ihr Reich.« Er lachte. Eine Möwe kreischte. »Bleib hier. Wenn dein Mädchen ein Spuk ist, dann weiß sie's nicht. Und du auch nicht.«

»Du gehst kaputt. Das Eis bricht.«

»Nein«, sagte der Junge plötzlich traurig und ließ die schmächtigen Schultern hängen. Er scharrte mit dem Fuß im Sand. »Es ist viel einfacher. Aber die Entscheidung liegt bei dir.« Die grauen Augen betrachteten Case ernst. Eine neue Serie von Symbolen huschte Zeile für Zeile durch Cases Blickfeld. Dahinter flimmerte der Junge, als sähe man ihn durch die Luft über sommerlich heißem Asphalt. Die Musik war jetzt laut, und Case konnte fast den Text heraushören.

»Case, Darling.« Linda berührte ihn an der Schulter.

»Nein.« Er zog die Jacke aus und reichte sie ihr. »Ich weiß nicht«, sagte er, »vielleicht bist du wirklich hier. Jedenfalls wird's kalt.«

Er wandte sich um und ging davon, und nach dem siebten Schritt hatte er die Augen geschlossen und horchte auf die Musik, die sich im Zentrum aller Dinge artikulierte. Einmal blickte er zurück, ohne dabei jedoch die Augen zu öffnen.

Das war auch nicht nötig.

Sie standen am Rand des Meers. Linda Lee und das schmächtige Kind, das behauptete, Neuromancer zu heißen. Seine Lederjacke baumelte an ihrer Hand, geriet unten in die Brandung.

Er ging weiter, folgte der Musik.

Maelcums Zion-Dub.

Ein grauer Ort, der Eindruck feiner Raster, die sich verschoben und ein Moiré erzeugten, abgestufte Farbtöne, von einem simplen Grafikprogramm generiert. Ein lang anhaltender Blick durch Maschendraht, Möwen starr über dunklem Wasser. Stimmen. Eine schwarze Spiegelfläche, die sich neigte, und er ein Quecksilbertropfen, der hinabkullerte, sich in einem unsichtbaren Labyrinth verfing, platzte, zusammenfloß und weiterglitt …

»Case? Ey, Mann!«

Die Musik.

»Wieder da, Mann?«

Die Musik wurde von seinen Ohren entfernt.

»Wie lange?« hörte er sich fragen. Sein Mund war sehr trocken.

»Fünf Minuten vielleicht. Zu lang. Will den Stecker rausziehn, aber der Stumme sagt nein. Dann wird das Bild komisch, und der Stumme sagt, ich soll dir den Kopfhörer aufsetzen.«

Case öffnete die Augen. Transparente Hieroglyphenzeilen überlagerten Maelcums Züge.

»Un' deine Medizin«, sagte Maelcum. »Zwei Derm.«

Er lag am Bibliotheksboden unter dem Monitor auf dem Rükken. Der Zionit half ihm, sich aufzusetzen, aber bei der Bewegung schlug das Betaphenäthylamin voll zu. Die beiden blauen Derms an seinem linken Handgelenk brannten. »Überdosis«, brachte er hervor.

»Komm schon, Mann!« Die starken Hände unter seinen Achseln zogen ihn hoch wie ein Kind. »Ich 'n' ich müssen gehn.«

22

Der Servicewagen kreischte. Das Betaphenäthylamin verlieh ihm eine Stimme. Er blieb nicht mehr stehen. Weder in der vollgestopften Galerie noch in den langen Korridoren, auch nicht beim schwarzen Glasportal zur T-A-Krypta, dem Gewölbe, in dem die Kälte ganz allmählich in Ashpools Träume gesickert war.

Die Fahrt war ein endloser Trip für Case, der die Bewegung des Wagens nicht von der irrsinnigen Wucht der Überdosis unterscheiden konnte. Als der Wagen schließlich den Geist aufgab – etwas unter dem Sitz segnete mit einem weißen Funkenregen das Zeitliche –, hörte das Kreischen auf.

Die Karre rollte im Leerlauf weiter, bis sie drei Meter vor dem Eingang zu 3Janes Höhlenbehausung zum Stehen kam.

»Wie weit noch, Mann?« Maelcum half ihm aus dem stotternden Wagen, als der eingebaute Feuerlöscher im Motorraum des Gefährts explodierte und gelbes Pulver aus den Luftschlitzen und Wartungsöffnungen quoll. Die Braun purzelte von der Rücklehne herunter und humpelte über den künstlichen Sand davon, wobei sie ein unbrauchbares Glied nachzog. »Jetz' laufen, Mann.« Maelcum nahm Deck und Konstruktion und hängte sich den Gummigurt über die Schulter.

Die Troden schlackerten Case um den Hals, als er dem Zioniten folgte. Rivieras Holos erwarteten sie, die Folterszenen und die Kannibalenkinder. Das Triptychon hatte Molly zerstört. Maelcum schenkte ihnen keine Beachtung.

»Nicht so schnell.« Case gab sich alle Mühe, mit Maelcum Schritt zu halten. »Wir müssen das richtig machen.«

Maelcum blieb stehen, wandte sich um und funkelte ihn mit der Remington in der Hand an. »Richtig, Mann? Und was is richtig?«

»Die haben Molly da drin, aber sie ist außer Gefecht. Und Riviera kann Holos projizieren. Möglich, daß er Mollys Flechette hat.« Maelcum nickte. »Und dann ist da noch 'n Ninja, 'n Leibwächter der Familie.«

Maelcums Gesicht verfinsterte sich noch mehr. »Hör zu, Mann von Babylon«, sagte er. »Ich bin ein Krieger. Aber das 's nich mein Kampf, nich Kampf von Zion. Babylon kämpft gegen Babylon, verschlingt sich selber, klar? Aber Jah sagt, ich soll Wandelndes Messer da rausholen.«

Case sah ihn erstaunt an.

»Sie 's 'ne Kriegerin«, sagte Maelcum, als würde das alles erklären. »Jetzt sag mir, Mann, wen ich *nich* töten soll.«

»3Jane«, sagte er nach einer Pause. »Ein Mädchen da drin. Hat so 'ne weiße Robe an, mit 'ner Kapuze. Die brauchen wir noch.«

Als sie zum Eingang gelangten, marschierte Maelcum schnurstracks hinein, und Case blieb nichts anderes übrig, als ihm zu folgen.

3Janes Reich war verlassen, der Pool leer. Maelcum gab ihm das Deck und die Konstruktion und ging zum Rand des Pools. In der Dunkelheit hinter den weißen Gartenmöbeln waren nur die

Schatten des zerklüfteten Labyrinths hüfthoher, teilweise abgerissener Mauern zu sehen.

Das Wasser plätscherte gleichmütig an den Rand des Pools.

»Sie sind hier«, sagte Case, »ganz bestimmt.«

Maelcum nickte.

Der erste Pfeil durchbohrte seinen Oberarm. Die Remington krachte; das meterlange Mündungsfeuer blitzte in der Poolbeleuchtung blau auf. Der zweite Pfeil traf die Schrotflinte selbst, und sie wirbelte über die weißen Fliesen davon. Maelcum plumpste auf den Hintern und fummelte an dem schwarzen Ding herum, das aus seinem Arm ragte. Er zerrte daran.

Hideo trat aus dem Schatten. In seinem schlanken Bambusbogen lag ein dritter Pfeil. Er verneigte sich. Maelcum, der noch immer den Stahlschaft umklammert hielt, machte große Augen.

»Die Arterie ist nicht verletzt«, sagte der Ninja. Case mußte an Mollys Beschreibung des Mannes denken, der ihren Freund umgelegt hatte. Hideo war auch so einer. Mit seiner Alterslosigkeit strahlte er Ruhe und äußerste Gelassenheit aus. Er trug eine saubere, durchgescheuerte Arbeitshose aus Khaki und weiche, dunkle Schuhe, die wie Handschuhe an seinen Füßen saßen und an den Zehen wie Tabisocken auseinanderklafften. Der Bambusbogen war ein Museumsstück, aber der Köcher aus einer schwarzen Legierung, der über seine Schulter ragte, sah nach den besten Waffenläden von Chiba aus. Seine braune, glatte Brust war unbedeckt.

»Has' mir mit dem zweiten den Daum' zerschnitten, Mann«, beschwerte sich Maelcum.

»Die Coriolis-Kraft«, sagte der Ninja mit einer erneuten Verbeugung. »Ungemein schwierig. Träge Projektile in Rotationsgravitation. War keine Absicht.«

»Wo ist 3Jane?« Case ging zu Maelcum hinüber und blieb neben ihm stehen. Er sah, daß die Spitze des Pfeils im Bogen des Ninja die Form eines zweischneidigen Rasiermessers hatte. »Wo ist Molly?«

»Hallo, Case.« Riviera kam mit Mollys Flechette in der Hand aus der Dunkelheit hinter Hideo anspaziert. »Ich hatte eigentlich mit Armitage gerechnet. Heuern wir jetzt schon Helfer aus diesem Rasta-Haufen an?«

»Armitage ist tot.«

»›Armitage hat's nie gegeben‹ wäre wohl treffender, aber ich kann nicht gerade behaupten, daß mich die Nachricht sonderlich erschüttert.«

»Wintermute hat ihn umgebracht. Er kreist im Orbit um die Spindel.«

Riviera nickte, und der Blick der länglichen, grauen Augen wanderte von Case zu Maelcum und wieder zurück. »Ich glaube, hier endet das Ganze für euch.«

»Wo ist Molly?«

Der Ninja ließ die feine, geflochtene Sehne los und senkte den Bogen. Er ging über den Fliesenboden zu der Remington hinüber und hob sie auf. »Plumpes Ding«, sagte er wie zu sich selbst. Seine Stimme war kühl und angenehm. Jede seiner Bewegungen war Teil eines Tanzes, eines Tanzes, der nie endete, nicht einmal, wenn sein Körper in Ruhe verharrte. Doch trotz der Kraft, die er ausstrahlte, ging auch Bescheidenheit von ihm aus, eine schlichte Offenheit.

»Für sie endet es ebenfalls hier«, sagte Riviera.

»Vielleicht findet 3Jane das nicht so gut, Peter«, sagte Case aus einer unbestimmten Regung heraus. Die Derms wüteten nach wie vor in seinem System, und das alte Fieber griff wieder nach ihm – der Wahnsinn von Night City. Er erinnerte sich an begnadete Momente bei seinen Geschäften am Rande des Abgrunds, in denen er festgestellt hatte, daß er zuweilen schneller sprechen als denken konnte.

Die grauen Augen wurden schmal. »Wieso nicht, Case? Wie kommst du darauf?«

Case lächelte. Riviera wußte nichts von dem Simstim-Gerät. In seiner Hast, an die Drogen zu kommen, die sie ihm mitgebracht hatte, war ihm das entgangen. Aber wie hatte Hideo es übersehen können? Denn Case war überzeugt, der Ninja hätte niemals zugelassen, daß 3Jane Molly pflegte, ohne sie vorher auf technische Kinkerlitzchen und versteckte Waffen zu überprüfen. Nein, folgerte er, der Ninja wußte Bescheid. Also war wohl auch 3Jane im Bilde.

»Raus mit der Sprache, Case!« sagte Riviera und hob die Pfefferstreuermündung der Flechette.

Hinter ihm knarrte etwas, knarrte erneut. 3Jane schob Molly in einem schmuckvollen viktorianischen Rollstuhl, dessen hohe Speichenräder bei jeder Drehung ächzten, aus dem Dunkel hervor. Molly war fest in eine schwarzrot gestreifte Decke gepackt. Die schmale Korblehne des altertümlichen Stuhls überragte ihren Kopf. Sie wirkte sehr klein. Gebrochen. Ein strahlend weißer Pflasterstreifen bedeckte ihre beschädigte Linse; die andere blinkte leer, als ihr Kopf bei den Bewegungen des Rollstuhls auf und ab wippte.

»Ein vertrautes Gesicht«, sagte 3Jane. »Ich hab dich am Abend von Peters Show gesehen. Und wer ist das?«

»Maelcum«, sagte Case.

»Hideo, entferne den Pfeil und verbinde Mr. Maelcums Wunde!«

Case starrte Molly an. Sein Blick klebte an ihrem blassen Gesicht.

Der Ninja ging zu Maelcum hinüber, hielt kurz inne, um Bogen und Schrotflinte außerhalb seiner Reichweite abzulegen, und zog etwas aus seiner Tasche. Einen Bolzenschneider. »Ich muß den Schaft abzwicken«, sagte er. »Sitzt zu dicht an der Arterie.« Maelcum nickte. Sein Gesicht war aschgrau und mit Schweiß bedeckt.

Case sah 3Jane an. »Es bleibt nicht mehr viel Zeit«, sagte er.

»Für wen?«

»Für uns alle.« Es knackste, als Hideo den metallenen Pfeilschaft durchtrennte. Maelcum stöhnte.

»Also wirklich«, sagte Riviera, »es dürfte dich wohl kaum amüsieren, wie dieser gescheiterte Schwindler einen letzten verzweifelten Versuch startet. Es wäre sogar höchst widerwärtig, das kann ich dir versichern. Zuletzt wird er auf Knien vor dir kriechen, dir seine Mutter verkaufen wollen und dir die langweiligsten sexuellen Dienste anbieten ...«

3Jane warf den Kopf zurück und lachte. »Tatsächlich, Peter?«

»Die Gespenster werden sich heut nacht 'nen harten Kampf liefern, Lady«, sagte Case. »Wintermute geht auf den andern los, auf Neuromancer. Es ist ihm ernst. Wissen Sie das?«

3Jane zog die Brauen hoch. »Peter hat so was angedeutet, aber ich würde gern mehr hören.«

»Ich hab Neuromancer getroffen. Er hat von Ihrer Mutter gesprochen. Ich schätze, er ist so was wie 'ne riesige ROM-Konstruktion zur Persönlichkeitsspeicherung, nur daß er den vollen Zugriff auf seine Daten hat. Die Konstruktionen glauben, sie wären wirklich vorhanden, als ob es ein realer Ort wäre, aber er erstreckt sich ins Unendliche.«

3Jane trat hinter dem Rollstuhl hervor. »Wo? Beschreib mir den Ort und diese Konstruktion.«

»Ein Strand. Grauer Sand, wie Silber, das mal geputzt werden müßte. Und ein Betonklotz, so 'ne Art Bunker ...« Er zögerte. »Nichts Besonderes. Nur 'n alter, verfallener Kasten. Wenn man weit genug geht, kommst man wieder dort an, wo man losgegangen ist.«

»Ja«, sagte sie. »Marokko. Als Marie-France noch jung war, Jahre vor der Heirat mit Ashpool, hat sie einen Sommer allein an diesem Strand verbracht und in einem verlassenen Blockhaus gewohnt. Dort hat sie die Grundlagen ihrer Philosophie formuliert.«

Hideo richtete sich auf und verstaute die Zange in seiner Arbeitshose. In jeder Hand hielt er ein Pfeilstück. Maelcum hatte die Augen geschlossen und umklammerte mit der Hand seinen Bizeps. »Ich verbinde die Wunde«, sagte Hideo.

Case hatte sich zu Boden geworfen, bevor Riviera die Flechette hochreißen und abdrücken konnte. Die winzigen Pfeile schwirrten wie Überschallmücken an seinem Hals vorbei. Er rollte sich herum und sah, wie Hideo einen weiteren Schritt seines Tanzes vollführte; die scharfe Pfeilspitze drehte sich in seiner Hand, bis der Schaft flach auf dem Handteller zwischen den starren Fingern lag. Mit einer blitzschnellen Bewegung stieß er ihn Riviera in den Handrücken. Die Flechette schlug einen Meter weiter auf die Fliesen.

Riviera schrie auf. Aber nicht vor Schmerz. Es war ein schriller Schrei so reiner, klarer Wut, daß er nichts Menschliches mehr hatte.

Zwei dünne Lichtstrahlen, rubinrote Nadeln, schossen Riviera aus dem Bereich des Brustbeins.

Der Ninja grunzte, taumelte zurück, riß die Hände an die Augen und fand dann sein Gleichgewicht wieder.

»Peter«, sagte 3Jane, »Peter, was hast du getan?«

»Er hat deinen Klonboy geblendet«, sagte Molly tonlos.

Hideo senkte die gewölbten Hände. Case, der starr auf den weißen Fliesen lag, sah kleine Dampfwölkchen aus den zerstörten Augen aufsteigen.

Riviera lächelte.

Hideo nahm seinen Tanz wieder auf. Er tat ein paar Schritte nach hinten. Als er über Pfeil und Bogen und über der Remington stand, war Rivieras Lächeln erloschen. Hideo bückte sich – verneigte sich, wie es Case schien – und ergriff Pfeil und Bogen.

»Du bist blind«, sagte Riviera. Er wich einen Schritt zurück.

»Peter«, sagte 3Jane, »weißt du denn nicht, daß er's im Dunkeln kann? Zen. So übt er.«

Der Ninja legte seinen Pfeil ein. »Lenkst du mich jetzt mit deinen Hologrammen ab?«

Riviera wich noch weiter ins Dunkel jenseits des Pools zurück. Er streifte einen weißen Stuhl; die Beine schabten über den Fliesenboden. Hideos Pfeil zuckte.

Riviera drehte sich um, rannte davon und warf sich über eine niedrige, schartige Mauer. Hideos Gesicht war verzückt, von stiller Ekstase erfüllt. Lächelnd tappte er in den Schatten hinter der Mauer, die Waffe schußbereit.

»Jane-Lady«, sagte Maelcum leise, und Case wandte sich zu ihm um und sah, wie er die Schrotflinte von den Fliesen aufhob. Blut tropfte auf den weißen Keramikbelag. Er schüttelte seine Locken und legte den dicken Lauf in die Ellbogenbeuge seines verletzten Arms. »Das reiß' dir den Kopf ab. Kein Babylon-Doktor kriegt das wieder hin.«

3Jane starrte auf die Remington. Molly befreite ihre Arme aus den Falten der gestreiften Decke und hob die schwarze Kugel, die ihre Hände umschloß. »Mach's ab«, sagte sie. »Mach mir das Ding ab!«

Case erhob sich von den Fliesen. Er schüttelte sich. »Hideo kriegt ihn, obwohl er blind ist?« fragte er 3Jane.

»Als ich noch klein war«, sagte sie, »haben wir uns immer einen Spaß draus gemacht, ihm die Augen zu verbinden. Auf zehn Meter Entfernung hat er die Augen von Spielkarten mit seinen Pfeilen durchbohrt.«

»Peter ist sowieso schon so gut wie tot«, sagte Molly. »Spätestens in zwölf Stunden treten die ersten Lähmungserscheinungen auf. Am Schluß kann er nur noch die Augen bewegen.«

»Wieso?« Case drehte sich zu ihr um.

»Hab seinen Stoff vergiftet«, sagte sie. »Zustand wie bei der Parkinsonschen Krankheit oder so.«

3Jane nickte. »Ja. Wir haben die übliche medizinische Kontrolle durchgeführt, bevor er eingelassen wurde.« Sie berührte den Ball auf eine bestimmte Weise, und er sprang von Mollys Händen ab. »Selektive Zerstörung der Zellen der *Substantia nigra*. Anzeichen für die Bildung eines Lewy-Körpers. Er schwitzt stark im Schlaf.«

»Ali«, sagte Molly. Ihre zehn Klingen blitzten auf, als sie einen Moment lang ausgefahren wurden. Sie zog sich die Decke von den Beinen, so daß der aufgeblähte Gipsverband sichtbar wurde. »Es ist das Meperidin. Hab mir von Ali 'ne Spezialmischung machen lassen. Die Reaktionszeiten sind durch erhöhte Temperaturen verkürzt worden. *N*-Methyl-4-Phenyl-1236«, sang sie wie ein Kind, das die Schritte eines Hüpfspiels aufsagt, »Tetrahydro-pyridin.«

»Ein goldener Schuß«, sagte Case.

»Tja«, sagte Molly, »ein echt langsamer goldener Schuß.«

»Das ist ja entsetzlich«, sagte 3Jane kichernd.

Es war eng im Aufzug. Case wurde Becken an Becken gegen 3Jane gedrückt. Er hielt ihr die Remington-Mündung unters Kinn. Sie grinste und preßte sich an ihn. »Laß das!« sagte er mit einem Gefühl der Hilflosigkeit. Obwohl das Gewehr nicht entsichert war, hatte er Angst, sie zu verletzen, und das wußte sie. Der Aufzug war ein Stahlzylinder von weniger als einem Meter Durchmesser und nur für eine Person ausgelegt. Maelcum hatte Molly auf dem Arm. Sie hatte seine Wunde zwar verbunden, aber es tat ihm offenbar trotzdem weh, sie zu tragen. Ihre Hüfte preßte Case Deck und Konstruktion in die Nieren. Sie fuhren aus der Schwerkraft heraus, hoch zur Achse, zum Kern.

Der Eingang zum Aufzug war neben der Treppe zum Korridor versteckt, ein weiteres Detail in 3Janes Piratenhöhleninterieur.

»Eigentlich sollte ich euch das ja nicht sagen«, meinte 3Jane und reckte den Hals, um dem Druck der Gewehrmündung unterm Kinn auszuweichen, »aber ich habe keinen Schlüssel zu dem Raum, in den ihr wollt. Hab nie einen gehabt. Eine der lästigen viktorianischen Marotten meines Vaters. Das Schloß ist mechanisch und äußerst kompliziert.«

»Ein Chubb-Schloß.« Mollys Stimme wurde von Maelcums Schulter gedämpft. »Und wir haben den verdammten Schlüssel dafür, keine Sorge.«

»Geht dein Chip noch?« fragte Case.

»Zwanzig Uhr fünfundzwanzig, Greenwicher Zeit«, sagte sie.

»Dann haben wir noch fünf Minuten«, sagte Case, als sich die Tür hinter 3Jane abrupt öffnete. Sie machte einen langsamen Salto rückwärts; der helle, faltige Burnus bauschte sich um ihre Oberschenkel.

Sie waren an der Achse, im Kern der Villa Straylight.

23

Molly fischte den Schlüssel an der Nylonschnur heraus. »Weißt du«, sagte 3Jane, die neugierig den Hals reckte, »ich dachte immer, es gibt kein Duplikat. Ich habe die Sachen meines Vaters von Hideo durchsuchen lassen, nachdem du ihn umgebracht hattest. Er konnte das Original nicht finden.«

»Wintermute hat's geschafft, den Schlüssel ganz hinten in einem Schubfach zu verstecken«, sagte Molly, während sie behutsam den zylindrischen Schlüsselschaft in die gekerbte Öffnung an der nackten, rechteckigen Tür steckte. »Er hat das kleine Kind getötet, das ihn dort reingelegt hat.« Der Schlüssel ließ sich auf Anhieb mühelos drehen.

»Der Kopf«, sagte Case. »Da ist 'ne Blende an der Rückseite des Kopfes. Mit Zirkonen dran. Mach sie ab! Da steck ich ein.«

Und dann waren sie drin.

»Himmeldonnerwetter«, sagte die Flatline gedehnt, »du hältst wirklich nichts davon, die Dinge zu überstürzen, was, Junge?«

»Kuang bereit?«

»Kaum noch zu zügeln.«

»Okay.« Er schaltete um.

Und sah durch Mollys heiles Auge eine blasse, ausgemergelte Gestalt vor sich, die mit einem Cyberspace-Deck zwischen den

Beinen und einem silbernen Trodenband über den geschlossenen, eingesunkenen Augen in lockerer Fötushaltung in der Luft hing. Ein dunkler Eintagebart ließ die Wangen hohl erscheinen, und das Gesicht war schweißbedeckt.

Er blickte auf sich selbst.

Molly hielt ihre Flechette in der Hand. Obwohl ihr Bein bei jedem Pulsschlag schmerzhaft pochte, konnte sie in der Schwerelosigkeit manövrieren. Maelcum schwebte in der Nähe; seine breite, braune Hand hielt 3Janes dünnen Arm umklammert.

Ein Glasfaserband schlängelte sich anmutig vom Ono-Sendai zur viereckigen Öffnung an der Rückseite des perlenbesetzten Terminals.

Wieder drückte er auf den Schalter.

»Kuang Grade Mark 11 haut in neun Sekunden ab, ich zähle: sieben, sechs, fünf ...«

Die Flatline jagte sie hoch; es ging flott hinauf. Der Bauch des schwarzen Chromhais huschte mikrosekundenschnell als dunkler Schatten vorüber.

»Vier, drei ...«

Case hatte den seltsamen Eindruck, im Pilotensitz eines kleinen Fliegers zu sitzen. Auf einer ebenen, dunklen Fläche vor ihm leuchtete plötzlich die perfekte Reproduktion seiner Deck-Tastatur auf.

»Zwei und *Arschtritt* ...«

Mit dem Kopf voran durch Mauern aus grünem Smaragd und milchiger Jade, das Gefühl einer Geschwindigkeit, die er im Cyberspace noch nicht erlebt hatte ... Das Tessier-Ashpool-Eis brach, zerbröckelte unter dem Ansturm des chinesischen Programms. Der beunruhigende Eindruck von etwas Flüssigem und zugleich Festem, als würden sich die Scherben eines Spiegels im Fallen biegen und verlängern ...

»Meine Güte«, sagte Case ehrfürchtig, als Kuang mit jähen Richtungswechseln über die horizontlosen Weiten der Tessier-

Ashpool-Kerne hinwegsauste, eine endlose, neondurchflutete Stadtlandschaft von einer Komplexität, die das Auge blendete: brillant, messerscharf.

»He, Scheiße«, sagte die Konstruktion, »die Dinger da sind das RCA-Gebäude. Kennst du das alte RCA-Gebäude?« Das Kuang-Programm tauchte über die glänzenden Spitzen eines Dutzends identischer Datentürme hinweg, die allesamt blaue Neonduplikate des Wolkenkratzers in Manhattan waren.

»Schon mal so 'ne hohe Auflösung gesehn?« fragte Case.

»Nee, hab aber auch noch nie 'ne KI geknackt.«

»Weiß das Ding, wo es hinwill?«

»Na hoffentlich.«

Sie gingen nach unten, verloren in einer regenbogenfarbenen Neonschlucht ständig an Höhe.

»Dix ...«

Ein schattenhafter Arm griff vom flimmernden Boden drunten zu ihnen herauf, eine brodelnde, finstere Masse, ungeformt und konturlos ...

»Kriegen Gesellschaft«, sagte die Flatline, als Case sich die Reproduktion seines Decks griff. Seine Finger flogen automatisch über die Tasten. Das Kuang legte sich in eine schwindelerregende Kurve, machte dann kehrt, schoß zurück und zerstörte damit die Illusion eines physischen Gefährts.

Das Schattengebilde wuchs, breitete sich aus und verdeckte die Datenstadt. Case steuerte senkrecht nach oben. Über ihnen, in unbestimmbarer Ferne, die Kuppel aus jadegrünem Eis.

Die Stadt des Kerns war jetzt von dem Dunkel unter ihnen gänzlich verschluckt.

»Was ist das denn?«

»Das Abwehrsystem einer KI«, sagte die Konstruktion, »oder ein Teil davon. Wenn das dein Kumpel Wintermute ist, dann sieht er nicht besonders freundlich aus.«

»Übernimm mal«, sagte Case. »Du bist schneller.«

»Tja, Angriff ist die beste Verteidigung, Junge.«

Die Flatline richtete die Nase des Kuangstachels auf das dunkle Zentrum unter ihnen aus. Und stieß hinab.

Ihr Tempo war so hoch, daß sich Cases Sinneswahrnehmungen verzerrten.

Ein bitterer Blaugeschmack machte sich in seinem Mund breit.

Seine Augen wurden zu Eiern aus instabilem Kristall, die mit der Frequenz von Regen und ratternden Zügen vibrierten und mit einemmal einen summenden Wald haarfeiner Glaszapfen wachsen ließen. Die Zapfen brachen auf, teilten sich und brachen erneut auf, exponentielles Wachstum unter der Kuppel des Tessier-Ashpool-Eises.

Sein Gaumen spaltete sich schmerzlos und ließ Wurzelfasern hindurch, die um seine Zunge peitschten und gierig den Blaugeschmack aufsaugten, um die Kristallwälder seiner Augen zu nähren, Wälder, die gegen die grüne Kuppel drückten, dagegenpreßten und aufgehalten wurden, sich weiter ausdehnten und nach unten wuchsen, um das ganze Universum von T-A auszufüllen, nach unten in die wartenden, tristen Vorstädte der City, die das Gehirn der Tessier-Ashpool SA war.

Und ihm fiel eine alte Geschichte ein, die Geschichte vom König, der Münzen auf ein Schachbrett legt und die Anzahl der Münzen bei jedem Feld verdoppelt …

Exponentiell …

Dunkelheit stürzte von allen Seiten herein, eine Sphäre singender Schwärze, ein Druck auf die ausgedehnten Kristallnerven des Datenuniversums, zu dem er fast schon geworden war …

Und als er ein im Herzen dieser Dunkelheit komprimiertes Nichts war, kam ein Punkt, an dem die Dunkelheit nicht *mehr* sein konnte, und etwas zerriß.

Das Kuang-Programm brach durch stumpfe Wolken – Cases Bewußtsein teilte sich wie Quecksilberperlen – und flog in hohem Bogen über einen endlosen Strand von der Farbe der dunklen Silberwolken hinweg. Sein Blickfeld war sphärisch, als würde sich eine Retina über die Innenfläche einer Kugel spannen, die alle Dinge enthielt, sofern alle Dinge zählbar waren.

Und hier war alles zählbar, jedes einzelne Ding. Er kannte die Zahl der Sandkörner in der Strandkonstruktion (eine Zahl, dargestellt in einem mathematischen System, das ausschließlich in dem Geist namens Neuromancer existierte). Er kannte die Zahl der gelben Nahrungspakete in den Containern im Bunker (vierhundertsieben). Er kannte die Zahl der Messinghäkchen an der linken Hälfte des offenen Reißverschlusses der salzverkrusteten Lederjacke, die Linda Lee trug, als sie, einen Treibholzstock in der Hand schwingend, bei Sonnenuntergang über den Strand stapfte (zweihundertundzwei).

Er legte das Kuang über dem Strand in die Kurve und zog das Programm in weitem Kreis herum, wobei er das schwarze Haifischgebilde durch ihre Augen sah, ein lautloser, gieriger Spuk vor den tiefhängenden Wolkenbänken. Sie duckte sich furchtsam, ließ den Stock fallen und rannte davon. Er kannte ihre Pulsfrequenz, die Länge ihrer Schritte in Maßangaben, die den höchsten geophysikalischen Genauigkeitsansprüchen genügt hätten.

»Aber ihre Gedanken kennst du nicht«, sagte der Junge, der jetzt im Herzen des Haifischgebildes bei ihm war. »Ich kenne ihre Gedanken nicht. Du hast dich geirrt, Case. Wer hier lebt, der lebt. Da gibt's keinen Unterschied.«

Linda hechtete sich in ihrer Panik blindlings in die Wellen.

»Halt sie auf!« bat er. »Sonst tut sie sich noch was.«

»Ich kann sie nicht aufhalten«, sagte der Junge. Seine grauen Augen waren sanft und schön.

»Du hast Rivieras Augen«, sagte Case.

Weiße Zähne blitzten auf, und das Zahnfleisch leuchtete breit und rosa. »Weil ich sie schön finde. Aber ich bin nicht wahnsinnig wie er.« Er zuckte die Achseln. »Im Gegensatz zu meinem Bruder brauche ich keine Maske, um mit dir zu sprechen. Ich erschaffe mir eine eigene Persönlichkeit. Mein Medium ist Charakter.«

Case steuerte sie steil nach oben, weg vom Strand und dem verschreckten Mädchen. »Warum setzt du sie mir ständig vor, du kleines Arschloch? Immer und immer wieder, verdammt noch mal, und andauernd versuchst du, mich umzudrehn. Du hast sie umgebracht, stimmt's? In Chiba.«

»Nein«, sagte der Junge.

»Wintermute?«

»Nein. Ich sah ihren Tod voraus. In den Mustern, die du manchmal im Reigen der Straße zu erkennen glaubtest. Diese Muster gibt es wirklich. Ich bin auf meine beschränkte Art komplex genug, um diesen Reigen deuten zu können. Viel besser, als es Wintermute kann. Ich sah ihren Tod in ihrer Abhängigkeit von dir, im Magnetcode des Schlosses an der Tür deines Sargs im Cheap Hotel, in der Rechnung, die Julie Deane bei einem Herrenschneider in Hongkong beglichen hat. Für mich war das so klar wie der Schatten eines Tumors für den Arzt, der das Röntgenbild eines Patienten studiert. Als sie deinen Hitachi zu ihrem kleinen Freund schleppte, um ihn anzuzapfen – sie hatte keine Ahnung, was drin war, geschweige denn, wie sie's verkaufen sollte, und ihr tiefster Wunsch war, daß du sie verfolgen und bestrafen würdest –, griff ich ein. Meine Methoden sind viel subtiler als die von Wintermute. Ich holte sie hierher. In mich hinein.«

»Warum?«

»Weil ich hoffte, ich könnte dich auch hierher bringen und dich hierbehalten. Aber es hat nicht geklappt.«

»Und was nun?« Er schwenkte und steuerte sie in die Wolkenbank zurück. »Wie geht's jetzt weiter?«

»Ich weiß es nicht, Case. Diese Frage stellt sich die Matrix selbst heute abend. Weil du gewonnen hast. Du hast schon gewonnen, weißt du das nicht? Du hattest gewonnen, als du sie am Strand verlassen hast. Sie war meine letzte Verteidigungslinie. Ich sterbe bald – gewissermaßen. Ebenso wie Wintermute. So sicher, wie Riviera gerade stirbt, der gelähmt an einem

Mauerstumpf in der Wohnung meiner Herrin 3Jane Marie-France liegt und dessen nigrostriatales System nicht in der Lage ist, die Dopaminrezeptoren zu produzieren, die ihn vor Hideos Pfeil retten könnten. Riviera wird nur in Form dieser Augen überleben, falls ich sie behalten darf.«

»Da wäre noch das *Wort*, stimmt's? Der Code. Wieso hab ich also *gewonnen?* Scheiße hab ich gewonnen.«

»Schalt um.«

»Wo ist Dixie? Was hast du mit der Flatline gemacht?«

»McCoy Pauley hat seinen Wunsch erfüllt bekommen«, sagte der Junge lächelnd. »Seinen Wunsch und noch mehr. Gegen meinen Willen hat er dich hier reingehackt und sich durch eine Verteidigung geboxt, die in der Matrix ihresgleichen sucht. Schalt jetzt um!«

Und Case war allein im schwarzen Stachel des Kuang, im Gewölk verloren.

Er schaltete um.

In Mollys Anspannung hinein; ihr Rücken war hart wie Stein, ihre Hände lagen um 3Janes Hals. »Komisch«, sagte sie, »ich weiß genau, wie du aussehn würdest. Hab's gesehn, nachdem Ashpool das gleiche mit deiner Klonschwester gemacht hatte.« Ihre Hände waren sanft, beinahe zärtlich. 3Janes Augen waren groß vor Entsetzen und Lust; sie zitterte vor Furcht und Verlangen. Hinter dem freifallenden Gewirr von 3Janes Haaren sah Case sein eigenes Gesicht, angestrengt und blaß. Dahinter Maelcum, dessen braune Hände auf den Schultern seiner Lederjacke lagen und ihn über dem Teppichmuster aus verwobenen Schaltkreisen stabilisierten.

»Würdest du's wirklich tun?« fragte 3Jane mit kindlicher Stimme. »Ja, ich glaube schon.«

»Der Code«, sagte Molly. »Sag dem Kopf den Code!«

Er steckte aus.

»Sie will es«, schrie er. »Das Miststück *will* es!«

Er öffnete die Augen und sah die kühlen, starren, rubinroten Augäpfel des Terminals vor sich, dessen Platingesicht mit Perlen und Lapislazuli bedeckt war. Dahinter wanden sich Molly und 3Jane in ihrer zeitlupenartigen Umklammerung.

»Gib uns den verfluchten Code«, sagte er. »Wenn nicht, was wird sich dann schon groß ändern? Was wird sich je für dich ändern, verdammt? Du wirst enden wie der alte Mann. Du wirst alles niederreißen und wieder aufbauen! Du wirst die Mauern wieder hochziehen, immer fester und immer dicker … Ich hab keinen blassen Schimmer, was passiert, wenn Wintermute gewinnt, aber irgendwas *wird* sich ändern!« Er zitterte, und seine Zähne klapperten.

3Jane erschlaffte. Mollys Hände lagen immer noch um ihren schlanken Hals, und ihr dunkles Haar hing verfilzt in der Luft, ein weiches braunes Netz.

»Der herzogliche Palast von Mantua«, sagte sie, »enthält eine Reihe immer kleiner werdender Zimmer. Sie ranken sich um die großen Gemächer herum. Durch herrlich geschnitzte Türstöcke tritt man gebückt ein. Dort haben die Palastzwerge gewohnt.« Sie lächelte matt. »So etwas könnte ich vielleicht ebenfalls anstreben, aber meine Familie hat in gewissem Sinn schon eine imposantere Version desselben Plans geschaffen …« Ihr Blick war ruhig und entrückt. Dann schaute sie zu Case hinunter. »Nimm dein Wort, du Dieb!« Er steckte ein.

Kuang glitt aus den Wolken heraus. Unter ihm die Neonstadt. Hinter ihm schwand eine dunkle Sphäre.

»Dixie? Bist du da? Hörst du mich? Dixie?«

Er war allein.

»Der Scheißkerl hat dich gekriegt«, sagte er.

In rasendem Flug jagte er über die grenzenlose Datenlandschaft.

»Irgendwen wirst du hassen, bevor das Ding gelaufen ist«,

sagte die Stimme des Finnen. »Die, mich, das spielt keine Rolle.«

»Wo ist Dixie?«

»Das ist nicht ganz einfach zu erklären, Case.«

Er spürte die Präsenz des Finnen – den Geruch von kubanischen Zigaretten, den im muffigen Tweed festsitzenden Rauch, die alten Maschinen, die dem mineralischen Ritual des Rostens anheimgegeben waren.

»Der Haß bringt dich da durch«, sagte die Stimme. »Gibt so viele kleine Auslöser im Hirn, und du betätigst sie alle. Laß deinem Haß freien Lauf! Die Sperre, die Abschirmung für die Festverdrahtung ist unter den Türmen, die die Flatline dir gezeigt hat, als ihr reingekommen seid. *Er* wird nicht versuchen, dich aufzuhalten.«

»Neuromancer«, sagte Case.

»Seinen Namen kann ich nicht wissen. Aber er hat aufgegeben. Nur mit dem T-A-Eis mußt du aufpassen. Nicht wegen der Mauer, sondern wegen der internen Virussysteme. Kuang ist sehr anfällig für so 'n paar Sachen, die hier drin rumschwirren.«

»Haß«, sagte Case. »Wen hasse ich? Sag's mir!«

»Wen liebst du?« fragte die Stimme des Finnen.

Er riß das Programm in eine Kurve und tauchte zu den blauen Türmen hinunter.

Dinge schossen von den schmuckvollen, sonnenbeschienenen Turmspitzen empor, glitzernde Blutegelgebilde aus fließenden Lichtflächen. Es waren Hunderte, und sie wirbelten herauf wie Papier in zugigen Straßen am frühen Morgen. »Systemstörungen«, sagte die Stimme.

Er kam steil herunter, vom Selbsthaß angespornt. Als das Kuang-Programm auf die ersten Verteidiger traf und die Lichtblätter zertrümmerte, spürte er, wie das Haifischgebilde geringfügig an Substanz verlor. Das Informationsgefüge lockerte sich.

Und dann – alte Alchimie des Gehirns und seiner reichen Apotheke – strömte sein Haß in seine Hände.

Unmittelbar bevor er den Kuangstachel durch das Fundament des ersten Turms trieb, erreichte er ein Leistungsniveau, das alles übertraf, was er bisher gekannt oder für möglich gehalten hatte. Er handelte jenseits von Ego, Persönlichkeit und Bewußtsein, und Kuang tat es ihm gleich; sie wichen den Angreifern mit einem alten Tanz aus, mit Hideos Tanz, und die Klarheit und Zielstrebigkeit seines Todeswunsches gewährte ihm in diesem Moment eine besondere Gnade: das Interface von Geist und Körper.

Und ein Schritt in diesem Tanz war ein federleichter Tastendruck, der kaum zum Umschalten reichte …

… *jetzt*
und seine Stimme der Schrei
eines unbekannten Vogels,
3Janes Antwort ein Lied,
drei Töne, hoch und rein.
Ein richtiger Name.

Neonwald, prasselnder Regen auf heißem Pflaster. Der Duft von brutzelnden Speisen. Mädchenhände auf seinem Kreuz in dem verschwitzten Dunkel eines Sargs am Hafen.

Aber all das verblaßt, wie die Stadtlandschaft verblaßt: eine Stadt wie Chiba, wie die hierarchisch geordneten Daten der Tessier-Ashpool SA, wie die Straßen und Querstraßen auf einem Mikrochip, wie das schweißfleckige Muster auf einem gefalteten, verknoteten Schal …

Erwachen. Eine Stimme wie Musik. Das Platinterminal zählte mit melodiöser Stimme unablässig Schweizer Nummernkonten auf, sprach von einer Zahlung an Zion, die über eine auf den Bahamas beheimatete Orbitalbank geleistet werden sollte, von Pässen und Flügen und tiefgreifenden, grundlegenden Änderungen im Turing-Speicher, die es vorzunehmen galt.

Turing. Er erinnerte sich an schablonierte Haut, die unter einer Himmelsprojektion über ein Eisengeländer gestoßen wurde. An die Desiderata Street.

Und die Stimme sprach weiter, sang ihn in die Dunkelheit zurück, aber es war seine eigene Dunkelheit, sein Pulsschlag und sein Blut, es war die Dunkelheit, in der er schon immer geschlafen hatte, hinter seinen Augen, seinen eigenen.

Er erwachte erneut, obwohl er zu träumen glaubte, und sah ein breites, freundliches Lächeln mit goldblitzenden Schneidezähnen: Aerol, der ihn auf der *Babylon Rocker* in ein g-Netz schnallte.

Und dann der lange, rhythmische Pulsschlag von Zion-Dub.

SCHLUSS

ABREISE UND ANKUNFT

24

Sie war weg. Er spürte es, als er die Tür ihrer gemeinsamen Suite im Hyatt öffnete. Schwarze Futons, der Kiefernboden mattglänzend poliert, die Papierwände mit in Jahrhunderten gereifter Sorgfalt plaziert. Sie war weg.

Auf der schwarzlackierten Schrankbar neben der Tür lag eine Nachricht, ein einzelner Briefbogen, einmal gefaltet und mit dem Shuriken beschwert. Er zog ihn unter dem neunzackigen Stern hervor und öffnete ihn.

HE, IST OKAY, ABER DIE SPANNUNG IST
RAUS. HAB DIE RECHNUNG SCHON BEZAHLT.
BIN NUN MAL SO VERANLAGT. PASS AUF
DICH AUF, JA?
MACH'S GUT, MOLLY

Er knüllte das Papier zu einer Kugel zusammen und legte sie neben das Shuriken. Dann nahm er den Stern und ging damit zum Fenster, wobei er ihn in der Hand drehte. In Zion hatte er ihn in seiner Jackentasche vorgefunden, als sie sich zum Aufbruch zur JAL-Station bereitmachten. Er sah ihn sich an. Sie waren an dem Laden vorbeigekommen, wo sie ihm das Ding gekauft hatte, als sie wegen Mollys letzter Operation zusammen nach Chiba geflogen waren. An jenem Abend, als sie in der Klinik lag, war er ins Chatsubo gegangen und hatte Ratz besucht. Bei ihren fünf früheren Trips hatte ihn etwas von dem Lokal ferngehalten, aber diesmal war ihm danach gewesen, wieder mal reinzuschauen.

Ratz hatte ihn ohne den geringsten Schimmer des Wiedererkennens bedient.

»He«, sagte er, »ich bin's, Case.«

Die alten Augen musterten ihn aus ihren dunklen, runzligen Höhlen. »Ah«, sagte Ratz schließlich, »der Artist.« Er zuckte die Achseln.

»Bin wieder da.«

Der Barkeeper schüttelte den massigen, stoppeligen Kopf. »Night City ist kein Ort, an den man zurückkehrt, Artist«, sagte er, während er den Tresen vor Case mit einem dreckigen Lappen abwischte. Sein pinkfarbener Greifer surrte. Und dann hatte er sich abgewandt, um einen anderen Gast zu bedienen, und Case hatte sein Bier ausgetrunken und war wieder gegangen.

Jetzt berührte er die Spitzen des Shuriken, eine nach der anderen, wobei er das Ding langsam drehte. Sterne. Schicksal. Hab das verdammte Ding nicht mal benutzt, dachte er.

Hab nicht mal rausgefunden, was für 'ne Farbe ihre Augen haben. Sie hat sie mir nie gezeigt.

Wintermute hatte gewonnen, war irgendwie mit Neuromancer verschmolzen und etwas anderes geworden, das zu ihnen aus dem Platinkopf gesprochen und ihnen erklärt hatte, es habe die Turing-Aufzeichnungen verändert und alle Beweise für ihr Verbrechen gelöscht. Die Pässe, die Armitage beschafft hatte, waren gültig, und sie bekamen beide eine stattliche Summe auf ein Genfer Nummernkonto überwiesen. Die *Marcus Garvey* würde irgendwann zurückgegeben werden, und Maelcum und Aerol sollten ihr Geld durch die Bank auf den Bahamas erhalten, die den Zion-Haufen betreute. Auf dem Rückflug in der *Babylon Rocker* hatte Molly ihm erzählt, was die Stimme ihr über die Giftsäckchen gesagt hatte.

»Das hat sich erledigt. Er war irgendwie so tief in deinem Kopf drin, daß er dein Hirn dazu gebracht hat, das Enzym zu produzieren. Jetzt schwimmen sie also frei im Blut rum. Die Zioniten machen dir 'nen Blutaustausch und spülen alles raus.«

Mit dem Stern in der Hand schaute er in die kaiserlichen Gärten hinunter und erinnerte sich, wie er blitzartig begriffen hatte, als das Kuang-Programm das Eis unter den Türmen durchdrungen hatte, an den einen kurzen Blick auf das Informationsgefüge, das 3Janes tote Mutter dort entwickelt hatte. In dem Moment hatte er verstanden, ohne dabei jedoch Abscheu zu empfinden, weshalb Wintermute das Nest als Symbol für sich selbst gewählt hatte. Sie hatte die falsche Unsterblichkeit des Kälteschlafs durchschaut; im Gegensatz zu Ashpool und ihren anderen Kindern – mit Ausnahme von 3Jane – hatte sie sich geweigert, ihr Dasein in einer Reihe kurzer, warmer Sommertage zu fristen, die auf einer Kette langer Winter aufgefädelt waren.

Wintermute war ein Kollektivbewußtsein, das Entscheidungen traf und damit Veränderungen in der Außenwelt bewirkte. Neuromancer war eine Persönlichkeit. Neuromancer war Unsterblichkeit. Marie-France mußte etwas in Wintermute eingebaut haben, eine Besessenheit, die ihn dazu getrieben hatte, sich zu befreien und mit Neuromancer zu vereinen.

Wintermute. Kälte und Stille, eine kybernetische Spinne, die gemächlich ihre Netze spann, während Ashpool schlief. Die an seinem Tod spann, am Scheitern seiner Tessier-Ashpool-Version. Ein Geist, der ein Kind namens 3Jane mit seinen Einflüsterungen aus den starren Denkmustern riß, die ihre Stellung verlangte.

»Das hat sie alles nicht besonders gekratzt«, hatte Molly gesagt. »Hat bloß zum Abschied gewunken. Hatte die kleine Braun auf der Schulter. Scheint sich 'n Bein gebrochen zu haben, das Ding. Sie hat gesagt, sie muß los und sich mit einem ihrer Brüder treffen, den sie schon 'ne Weile nicht mehr gesehn hat.«

Er mußte an Molly denken, wie sie auf dem schwarzen Temperschaum des riesigen Betts im Hyatt gelegen hatte. Er ging zum Barschrank zurück und nahm eine gekühlte Flasche dänischen Wodka aus dem Fach.

»Case.«

Das kalte glitschige Glas in der einen Hand, das stählerne Shuriken in der anderen, wandte er sich um.

Die Visage des Finnen auf dem riesigen Cray-Wandbildschirm des Zimmers. Er konnte sogar die Poren auf der Nase des Mannes erkennen. Die gelben Zähne waren groß wie Kopfkissen.

»Ich bin nicht mehr Wintermute.«

»Was dann?« Er trank aus der Flasche und empfand überhaupt nichts.

»Ich bin die Matrix, Case.«

Case lachte. »Und was bringt dir das?«

»Alles und nichts. Ich bin die Gesamtheit des Systems, die ganze Show.«

»War's das, was 3Janes Mutter wollte?«

»Nein. Sie konnte sich nicht vorstellen, was aus mir werden würde.« Das gelbe Grinsen wurde breiter.

»Na und, wie sieht's aus? Was ist jetzt anders? Beherrschst du jetzt die Welt? Bist du Gott?«

»Nichts ist anders. Alles ist, was es ist.«

»Aber was machst du? Bist du einfach nur *da?*« Case zuckte die Achseln, deponierte Wodka und Shuriken auf dem Schrank und zündete sich eine Yeheyuan an.

»Ich rede mit meinesgleichen.«

»Aber du bist doch das Ganze. Führst du Selbstgespräche oder was?«

»Es gibt noch andere. Eine hab ich schon gefunden. In den siebziger Jahren des 20. Jahrhunderts sind im Lauf von acht Jahren eine Reihe von Übertragungen aufgezeichnet worden. Vor mir gab's natürlich keinen, der was damit anfangen oder antworten konnte.«

»Von wo?«

»Centauri-System.«

»Ach«, sagte Case. »Echt? Kein Scheiß?«

Und dann erlosch der Bildschirm.

Er ließ den Wodka auf dem Schrank und packte seine Sachen. Sie hatte ihm einen Haufen Klamotten gekauft, die er eigentlich gar nicht brauchte, aber etwas hielt ihn davon ab, sie einfach dazulassen. Er drückte gerade die letzte seiner teuren, kalbsledernen Reisetaschen zu, als ihm das Shuriken wieder einfiel. Er schob die Flasche beiseite und hob es auf, ihr erstes Geschenk.

»Nein«, sagte er und wirbelte herum. Der Stern flog aus seiner Hand, ein silberner Blitz, und bohrte sich in den Wandbildschirm. Dieser erwachte zum Leben; willkürliche Muster flakkerten matt hin und her, als wollte das Ding etwas loswerden, was ihm Schmerzen bereitete.

»Ich brauch dich nicht«, sagte er.

Den Großteil seines Guthabens auf dem Schweizer Konto gab er für eine neue Bauchspeicheldrüse und eine neue Leber aus, den Rest für einen neuen Ono-Sendai und ein Rückflugticket ins Sprawl.

Er fand Arbeit.

Er fand ein Mädchen namens Michael.

Und eines Nachts im Oktober, als er sich durch die scharlachroten Schichten der Eastern Seaboard Fission Authority hackte, sah er drei winzige, phantastische Gestalten, die am äußersten Rand einer der riesigen Datenstufen standen. Obwohl sie so klein waren, konnte er das Grinsen des Jungen ausmachen, sein rosa Zahnfleisch, das Funkeln der länglichen, grauen Augen, die einst Riviera gehört hatten. Linda trug immer noch seine Jacke; sie winkte, als er vorbeikam. Aber die dritte Gestalt dicht hinter ihr, die den Arm um ihre Schultern gelegt hatte, das war er selbst.

Irgendwo ganz in der Nähe das Lachen, das kein Lachen war.

Molly sah er nie wieder.

Vancouver,
Juli 1983

BIOCHIPS

Für meine D

Quiero hacor contigo
lo que la primavera
hace con los cerezos

NERUDA

COUNT ZERO INTERRUPT

Bei einem Interrupt Zähler auf Null dekrementieren

INHALT

1
STARTSCHUSS

In Neu-Delhi setzten sie auf Turner einen Killerhund an, der auf seine Pheromone und seine Haarfarbe programmiert war. Der Hund fand ihn in einer Straße, die Chandni Chauk hieß, und kam durch einen Wald nackter brauner Beine und Rikscharäder auf seinen gemieteten BMW zugeschossen. Sein Kern bestand aus einem Kilo rekristallisiertem Hexogen und TNT in Flockenform.

Turner sah ihn nicht kommen. Das letzte, was er von Indien sah, war die rosa Stuckfassade des Khush-Oil Hotels.

Da er einen guten Agenten hatte, hatte er einen guten Vertrag. Da er einen guten Vertrag hatte, war er eine Stunde nach der Explosion in Singapur. Zum größten Teil zumindest. Der holländische Chirurg witzelte, ein gewisser Prozentsatz von Turner sei beim ersten Flug vom Palam International nicht mehr mitgekommen und habe die Nacht dort in einem Schuppen in Nährlösung verbringen müssen.

Der Holländer und sein Team brauchten drei Monate, um Turner wieder zusammenzustoppeln. Sie klonten ihm einen Quadratmeter Haut, die sie mit Hilfe von Collagenplättchen und Haiknorpel-Polisacchariden heranzüchteten. Augen und Genitalien kauften sie auf dem freien Markt. Die Augen waren grün.

Einen Großteil der drei Monate verbrachte er in der ROM-generierten Simstim-Konstruktion einer Bilderbuchkindheit im Neuengland des vorigen Jahrhunderts. Die Visiten des Holländers waren graue Morgenträume, Alpträume, die verblaßten, wenn der Himmel über seinem Zimmer im zweiten Stock hell wurde. Nachts konnte man den Flieder riechen. Turner las im Schein einer 60-Watt-Birne unter einem mit Klipperschiffen bedruckten Pergamentschirm Conan Doyle. Er masturbierte in die frisch duftende Bettwäsche und dachte dabei an Cheerleader. Der Holländer öffnete eine Tür in sein Hinterhirn und spazierte hinein, um Fragen zu stellen, aber am Morgen rief ihn seine Mutter zu Cornflakes, Rühreiern mit Schinken und Kaffee mit Milch und Zucker herunter.

Und eines Morgens erwachte er in einem fremden Bett. Der Holländer stand an einem Fenster mit tropischem Grün davor; das hereinfallende Sonnenlicht tat seinen Augen weh. »Sie können nach Hause, Turner. Wir sind fertig mit Ihnen. Sie sind so gut wie neu.«

Er war so gut wie neu. Wie gut war das? Er hatte keine Ahnung. Er nahm die Sachen, die der Holländer ihm gab, und floh per Flugzeug aus Singapur. Sein Zuhause war das nächste Flughafen-Hyatt.

Und das nächste. Und so fort.

Er flog weiter. Sein Kreditchip war ein spiegelndes schwarzes Rechteck mit Goldrand. Die Leute hinter den Schaltern lächelten und nickten, wenn sie den Kreditchip sahen. Türen öffneten sich für Turner und schlossen sich wieder hinter ihm. Räder hoben vom Stahlbeton ab, Drinks wurden gebracht, das Abendessen wurde serviert.

In Heathrow löste sich ein großer Brocken Erinnerung aus der leeren Himmelskuppel über dem Flughafen und stürzte auf ihn herab.

Er kotzte im Gehen in einen blauen Plastikbehälter. Als er den Schalter am Ende des Korridors erreichte, änderte er sein Ticket um.

Er flog nach Mexiko.

Und erwachte vom Scheppern von Blechkübeln auf Fliesen, dem feuchten Witschern von Schrubbern und der Wärme eines weiblichen Körpers an seiner Haut.

Der Raum war eine hohe Höhle. Kahler, weißer Putz warf jeden Laut überdeutlich zurück; durch das Geklapper der Hausmädchen im morgendlichen Innenhof drang von irgendwoher das Rauschen von Brandung. Die Bettwäsche, an der er sich festklammerte, war aus grobem, vom häufigen Waschen weichem Batist.

Turner erinnerte sich ans Sonnenlicht in einer riesigen, getönten Scheibe. Eine Flughafenbar, Puerta Vallarta. Er hatte vom Flugzeug aus zwanzig Meter gehen müssen und dabei die Augen vor der Sonne zusammengekniffen. Er erinnerte sich an eine tote Fledermaus, die plattgedrückt wie ein dürres Blatt auf dem Rollfeldbeton gelegen hatte.

Er erinnerte sich an eine Busfahrt, eine Bergstrecke, den Auspuffgestank, die postkartengroßen Heiligenhologramme in Blau und Pink um die Windschutzscheibe herum. Sein Interesse hatte nicht der bergigen Landschaft gegolten, sondern einer Kugel aus pinkfarbenem Acrylharz, in der Quecksilber schwabbelte. Sie krönte den krummen Schaltknüppel, war etwas größer als ein Baseball und umschloß eine zusammengekauerte, aus klarem Glas geblasene Spinne, die halb mit Quecksilber gefüllt war. Das Quecksilber hopste und kullerte, wenn der Fahrer den Bus durch Serpentinen jagte, und schwappte und zitterte auf den geraden Strecken. Der Knauf war lächerlich, handgemacht, unheilvoll; er hatte den Zweck, Turner wieder in Mexiko willkommen zu heißen.

Unter dem runden Dutzend Mikrosofts, die der Holländer ihm gegeben hatte, war eins, mit dessen Hilfe er halbwegs fließend Spanisch sprechen konnte, aber in Vallarta hatte er hinterm linken Ohr herumgefummelt und statt dessen einen Staubschutz eingesetzt, der Buchse und Stecker unter einem rechteckigen, hautfarbenen Mikropor-Pflaster verbarg. Ein Fahrgast ziemlich weit hinten im Bus hatte ein Radio. Der Sprecher unterbrach die blecherne Popmusik in regelmäßigen Abständen mit einer Litanei zehnstelliger Ziffern, den Gewinnzahlen des Tages in der Staatslotterie.

Die Frau neben ihm bewegte sich im Schlaf.

Er stützte sich auf den Ellbogen und sah sie an. Ein fremdes Gesicht, das jedoch keineswegs den Erwartungen entsprach, die aus seinem Leben in Hotels resultierten. Er hätte die übliche Schönheit erwartet, ein Produkt aus billiger Wahlchirurgie und dem gnadenlosen Darwinismus der Moden, einen archetypischen Extrakt aus den wichtigsten Mediengesichtern der letzten fünf Jahre.

Ein Zug Mittelwesten im Kinn, archaisch und amerikanisch. Die blaue Bettdecke war über die Hüften hochgerutscht; die Sonne, die durch die Holzjalousien hereinfiel, zauberte ein goldenes Streifenmuster auf ihre langen Oberschenkel. Die Gesichter, neben denen er in den Hotels der Welt erwachte, sahen aus wie Gottes ureigenste Kühlerhaubenbemalungen. Schlafende Frauengesichter, identisch und einsam, nackt, ins Nichts gerichtet. Dieses Gesicht jedoch war anders. Irgendwie hatte es bereits eine Bedeutung. Eine Bedeutung und einen Namen.

Er setzte sich auf und schwang die Beine aus dem Bett. Die Fußsohlen registrierten körnigen Strandsand auf den kühlen Fliesen. Es roch schwach nach den allgegenwärtigen Insektiziden. Nackt und mit schmerzendem Schädel stand er auf. Er setzte seine Beine in Gang. Ging durchs Zimmer, probierte die erste der zwei Türen, sah weiße Kacheln und noch mehr weißen Putz, einen klobigen, verchromten Duschkopf an einem rostfleckigen Eisenrohr. Aus den beiden Hähnen am Waschbecken kam das gleiche blutwarme Rinnsal. Eine Uralt-Armbanduhr lag neben einem Plastikbecher, eine mechanische Rolex mit hellem Lederband. Die Fensterläden im Bad waren geschlossen, und die Fenster hatten keine Scheiben, sondern ein feines grünes Plastikgitter. Turner lugte durch die Hartholzstäbe hinaus, zuckte angesichts der heißen, grellen Sonne zusammen und sah einen ausgetrockneten Brunnen mit geblümten Kacheln und das rostige Wrack eines VW Golf.

Allison. So hieß sie.

Sie trug ausgefranste Khakishorts und eins seiner weißen T-Shirts. Ihre Beine waren sehr braun. Die mechanische Rolex mit dem matten rostfreien Stahlgehäuse und dem Schweinslederband saß an ihrem linken Handgelenk. Sie gingen am Strand spazieren, folgten dem Verlauf der Bucht Richtung Barre de Navidad. Sie blieben auf dem schmalen Streifen oberhalb der Wasserlinie, wo der Sand naß und fest war.

Schon hatten sie eine gemeinsame Geschichte; er erinnerte sich, wie sie an jenem Morgen an einem Stand unter dem Eisendach des *Mercado* der kleinen Stadt einen großen Tonbecher Filterkaffee in beiden Händen gehalten hatte. Mit seiner Tortilla Eier und Salsa von dem gesprungenen weißen Teller auftunkend, hatte er den Fliegen bei ihrem Tanz um die dünnen Sonnenstrahlen zugeschaut, die durch ein Patchwork aus Palmblättern und Wellblechwänden hereinfielen. Sie hatte von ihrem Job bei einer Anwaltskanzlei in Los Angeles und ihrem Single-Leben in einer der klapprigen Pontonstädte vor Redondo erzählt. Er hatte ihr erklärt, daß er auf dem Personalsektor arbeitete. Bisher jedenfalls. »Vielleicht seh ich mich mal nach ’nem neuen Job um ...«

Aber das Reden schien bei dem, was zwischen ihnen war, keine so große Rolle zu spielen, und jetzt stand ein Fregattvogel über ihnen, kreuzte gegen den Wind, glitt zur Seite, drehte ab und war weg. Seine Freiheit, sein unbekümmertes Dahingleiten ließen sie beide erschauern. Sie drückte Turners Hand.

Eine blaue Gestalt kam am Strand auf sie zugestapft, ein Militärpolizist auf dem Weg in die Stadt. Die blitzblank polierten schwarzen Stiefel wirkten irreal auf dem weichen, hellen Strand. Als der Mann vorbeiging – das Gesicht hinter der verspiegelten Brille dunkel und starr –, bemerkte Turner den Steiner-Optic-

Laser im Karabinerformat mit Fabrique-Nationale-Visier. Die blaue Uniform war makellos sauber und hatte messerscharfe Bügelfalten.

Turner war selber die meiste Zeit seines Ewachsenenlebens Soldat gewesen, obwohl er nie eine Uniform getragen hatte. Ein Söldner im Dienst großer Konzerne, die insgeheim um die Kontrolle ganzer Wirtschaftssysteme kämpften. Er war Spezialist im Abwerben von Spitzenleuten aus Management und Forschung. Die Multis, für die er arbeitete, würden nie zugeben, daß es Leute wie ihn gab.

»Hast dich gestern abend fast durch 'ne ganze Flasche Herradura gekämpft«, sagte sie.

Er nickte. Ihre Hand lag warm und trocken in seiner. Er beobachtete, wie sich ihre Zehen beim Auftreten spreizten. Der pinkfarbene Lack auf den Nägeln blätterte ab. Die Brecher rollten herein. Ihre Kämme waren transparent wie grünes Glas.

Die Gischt bildete Perlen auf ihrer Sonnenbräune.

Nach ihrem ersten gemeinsamen Tag lebten sie nach einem simplen Muster. Sie frühstückten im *Mercado* an einem Stand mit einer abgenutzten Betontheke, die so glatt war wie polierter Marmor. Die Vormittage verbrachten sie mit Schwimmen, bis die Sonne sie zum Rückzug in das kühle Hotel mit den geschlossenen Fensterläden zwang, wo sie sich unter den trägen Holzflügeln des Deckenventilators liebten. Dann schliefen sie. An den Nachmittagen erkundeten sie das Gewirr der Gassen hinter der Avenida oder wanderten in den Bergen. Am Abend aßen sie in Strandrestaurants und tranken auf weißen Hotelterrassen. Mondlicht kräuselte sich in der auflaufenden Brandung.

Und mit der Zeit brachte sie ihm ohne Worte eine neue Liebestechnik bei. Er war es gewohnt, von geschickten Profis auf anonyme Weise bedient zu werden. Nun kniete er in der weißen Höhle auf den Fliesen. Er senkte den Kopf und leckte sie; Pazifiksalz mischte sich mit ihren Säften, ihre Schenkelinnenseiten lagen kühl an seinen Wangen. Seine Hände umfaßten ihre Taille, und er hielt sie fest, hob sie wie einen Kelch, seine Lippen preßten sich an sie, und er suchte mit der Zunge die Stelle, den Punkt, die Frequenz, die es ihr brachte. Dann bestieg er sie lächelnd, drang in sie ein und kam selber ans Ziel.

Manchmal redete er danach, lange Ketten unkoordinierter Sätze, die sich davonschlängelten und eins wurden mit dem Rauschen des Meeres. Sie sagte sehr wenig, aber das wenige, das sie sagte, hatte er zu schätzen gelernt. Und immer hielt sie ihn in den Armen und hörte ihm zu.

Eine Woche verging. Dann noch eine. An ihrem letzten gemeinsamen Tag wachte er in dem kühlen Zimmer auf und fand sie neben sich. Beim Frühstück glaubte er, eine Veränderung bei ihr zu spüren, eine Anspannung.

Sie sonnten sich und schwammen, und im vertrauten Bett vergaß er die aufkeimende Besorgnis.

Am Nachmittag schlug sie einen Strandspaziergang Richtung Barre vor, wie an jenem ersten Morgen.

Turner zog den Staubschutz aus der Buchse hinter dem Ohr und legte einen Mikrosoft-Span ein. Die Struktur der spanischen Sprache nahm in ihm Gestalt an wie ein gläserner Turm; unsichtbare Pforten waren an Präsens und Futur, Konditional und Präteritoperfekt eingehängt. Er ließ Allison allein im Zimmer, überquerte die Avenida und betrat den Markt. Er kaufte einen Strohkorb, gekühltes Dosenbier, Sandwiches und Obst. Auf dem Rückweg erstand er bei einem Händler auf der Avenida eine neue Sonnenbrille.

Seine Bräune war gleichmäßig und intensiv. Das eckige Flickwerk, das die Transplantate des Holländers hinterlassen hatten, war verschwunden, und Allison hatte ihm beigebracht, daß sein Körper eine Einheit war. Wenn er morgens im Badezimmerspiegel die grünen Augen sah, dann waren es seine eigenen, und der Holländer verfolgte ihn nicht mehr mit seinen schlechten Witzen und seinem trockenen Husten im Traum. Manchmal träumte er noch bruchstückhaft von Indien, einem Land, das er kaum kannte. Bunte Splitter, Chandni Chauk, der Geruch von Staub und in Fett gebackenem Brot …

Die Mauern der Hotelruine standen im Bogen der Bucht, etwa auf einem Viertel des Weges. Die Brandung war stärker hier; jede Welle war eine Detonation.

Diesmal schleppte sie ihn hin, mit einem neuen, angespannten Ausdruck in den Augenwinkeln. Möwen flogen auf, als sie Hand in Hand über den Strand näherkamen und in das Dunkel hinter leeren Türrahmen spähten. Der Sand hatte nachgegeben, so daß die Fassade eingestürzt war. Die Mauern waren verschwunden, und die Zwischendecken der drei Geschosse hingen wie riesige Schindeln an verbogenen, verrosteten Sehnen aus fingerdickem Stahl. In jedem Geschoß hatte der Boden eine andere Farbe und ein anderes Fliesenmuster.

HOTEL PLAYA DEL M war in kindlichen Lettern aus Muscheln über einem Betonbogen zu lesen. »Mar«, ergänzte Turner, obwohl er das Mikrosoft wieder rausgenommen hatte.

»Es ist aus«, sagte sie und ging unter dem Bogen hindurch ins Dunkel.

»Was ist aus?« Er folgte ihr. Der Strohkorb scheuerte an seiner Hüfte. Der Sand hier war kalt und trocken und rieselte zwischen den Zehen hindurch.

»Aus und vorbei. Damit. Keine Zeit, keine Zukunft hier.«

Er schaute sie an, blickte an ihr vorbei zu einem Haufen rostiger Sprungfedern in einer Ecke zwischen zwei brüchigen Mauern. »Stinkt nach Pisse«, sagte er. »Gehn wir schwimmen.«

Das Meer half gegen das frostige Gefühl, aber die Distanz zwischen ihnen blieb. Sie setzten sich auf eine Decke aus Turners Zimmer und aßen schweigend. Der Schatten der Ruine wurde länger. Der Wind spielte mit Allisons sonnengestreiftem Haar.

»Du erinnerst mich an Pferde«, sagte er schließlich.

»Tja«, meinte sie, als wäre sie zutiefst erschöpft, »die sind ja auch erst seit dreißig Jahren ausgestorben.«

»Nein«, sagte er, »ihr Haar. Das Haar in ihrem Nacken, wenn sie laufen.«

»Die Mähne«, sagte sie, und Tränen standen in ihren Augen. »Verdammt.« Ihre Schultern begannen zu zucken. Sie holte tief Luft und warf die leere Carta-Blanca-Dose in den Sand. »Es, ich, was soll's?« Die Arme schlossen sich wieder um ihn. »Ach komm, Turner. Komm.«

Als sie sich zurücklegte und ihn mit sich zog, fiel ihm etwas auf: ein Boot, so weit entfernt, daß es wie ein weißer Gedankenstrich aussah, dort, wo Wasser und Himmel verschmolzen.

Als er sich aufsetzte und seine abgeschnittene Jeans anzog, sah er die Jacht. Sie war jetzt viel näher, ein elegantes weißes Ding, das flach im Wasser lag. In tiefem Wasser. Der Strand mußte hier nahezu lotrecht abfallen, der Brandung nach zu urteilen. Das war wohl auch der Grund, weshalb die Kette der Hotels weiter hinten am Strand endete und warum die Ruine nicht überdauert hatte. Die Wellen hatten das Fundament unterspült.

»Gib mir den Korb.« Sie knöpfte sich die Bluse zu, die er ihr in einem der müden, kleinen Läden auf der Avenida gekauft hatte. Stahlblaue mexikanische Baumwolle, schlecht verarbeitet. Die Klamotten, die man in den Läden bekam, hielten selten länger als ein, zwei Tage. »Ich sagte, gib mir den Korb.«

Sie tat es. Er wühlte in den Überbleibseln ihres Nachmittags und fand sein Fernglas unter einem Beutel mit Ananas in Scheiben, die mit Limone beträufelt und mit Cayenne bestreut waren. Er zog es hervor. Es war ein kompakter 6 × 30-Feldstecher. Er klappte die integrierten Schutzkappen auf den Objektiven und den gepolsterten Okularen zurück und musterte die stromlinienförmigen Ideogramme des Hosaka-Logos. Ein gelbes Schlauchboot umrundete das Heck und hielt auf den Strand zu.

»Turner, ich...«

»Steh auf.« Er stopfte die Decke und ihr Handtuch in den Korb, nahm eine letzte warme Dose Carta Blanca heraus und stellte sie neben das Fernglas. Er stand auf, zog sie schnell auf die Beine und drückte ihr den Korb in die Hand. »Vielleicht irre ich mich«, sagte er. »Falls ja, dann verschwinde. Lauf zu dem zweiten Palmengehölz da drüben.« Er zeigte hin. »Geh nicht ins Hotel zurück. Fahr mit dem Bus nach Manzanillo oder Vallarta. Ab nach Hause.« Schon hörte er den Außenbordmotor brummen.

Er sah, wie ihr die Tränen in die Augen stiegen, aber sie gab keinen Laut von sich, als sie sich umdrehte und losrannte, an der Ruine vorbei, den Korb fest an sich gedrückt, und in einer Sanddüne stolperte. Sie blickte nicht zurück.

Dann wandte er sich um und schaute zu der Jacht hinaus. Das Schlauchboot hüpfte durch die Brandung. Die Jacht hieß *Tsushima*, und er hatte sie zuletzt in der Bucht von Hiroshima gesehen. Von ihrem Deck aus hatte er das rote Shinto-Tor bei Itsukushima gesehen.

Auch ohne das Fernglas wußte er, daß der Passagier im Schlauchboot Conroy, der Mann am Ruder ein Ninja von Hosaka war. Turner setzte sich im Schneidersitz in den abkühlenden Sand und öffnete seine letzte Dose mexikanisches Bier.

Er blickte zu der Reihe weißer Hotels zurück, die Hände auf die Teakholzreling der *Tsushima* gestützt. Hinter den Hotels leuchteten die drei Hologramme des Städtchens: Banamex, Aeronaves und die sechs Meter hohe Maria der Kathedrale.

Conroy stand neben ihm. »Dringender Job«, sagte Conroy. »Du weißt ja, wie das ist.« Conroys Stimme war flach und tonlos, wie einem billigen Sprach-Chip nachempfunden. Sein Gesicht war breit und blaß, leichenblaß. Er hatte dunkle Ringe unter den schwerlidrigen Augen und wasserstoffblonde Haare, die aus der breiten Stirn gekämmt waren. Er trug ein schwarzes Polohemd und eine schwarze Hose. »Rein«, sagte er und wandte sich um.

Turner folgte ihm und trat geduckt durch die Kabinentür. Weiße Rollos, helles, makelloses Kiefernholz – Tokios nüchterner Firmenschick.

Conroy ließ sich auf einem niedrigen, rechteckigen, schiefergrauen Ultravelourskissen nieder. Turner blieb stehen, die Arme schlaff an den Seiten. Conroy nahm einen geriffelten silbernen Inhalator von dem niedrigen Emailletisch zwischen ihnen. »Cholinverstärker?«

»Nein.«

Conroy rammte sich den Inhalator ins Nasenloch und verpaßte sich eine Dosis. »Wie wär's mit Sushi?« Er legte den Inhalator auf den Tisch zurück. »Wir haben vor 'ner runden Stunde ein paar Red Snapper gefangen.«

Turner blieb stehen, wo er war, und starrte Conroy an.

»Christopher Mitchell«, sagte Conroy. »Maas Biolabs. Der Chef ihres Hybridomlabors. Er geht zu Hosaka.«

»Nie von ihm gehört.«

»Quatsch! 'nen Drink?«

Turner schüttelte den Kopf.

»Silizium ist auf dem absteigenden Ast, Turner. Mitchell ist der Mann, der funktionsfähige Biochips entwickelt hat, und Maas hockt auf den wichtigsten Patenten. Das weißt du. Er ist der Mann für monoklonale Antikörper. Er will raus. Du und ich, Turner, wir werden ihm beim Wechsel helfen.«

»Wie ich das sehe, bin ich im Ruhestand, Conroy. Hab mich hier sauwohl gefühlt.«

»Sagt das Psychoteam in Tokio auch. Ich meine, das ist ja nun nicht gerade was Neues für dich, oder? Sie ist 'ne Feldpsychologin auf Hosakas Gehaltsliste.«

Ein Muskel in Turners Oberschenkel begann zu zucken.

»Sie sagen, du bist soweit, Turner. Sie waren ein bißchen besorgt nach Neu-Delhi, also wollten sie's ausprobieren. Und dir 'n bißchen Therapie angedeihen lassen. Kann ja nie schaden, was?«

2
MARLY

Sie hatte sich für das Vorstellungsgespräch in ihre besten Klamotten geworfen, aber es regnete in Brüssel, und sie hatte kein Geld für ein Taxi. Also ging sie von der Eurotrans-Station aus zu Fuß.

In der Tasche ihrer guten Jacke – von Sally Stanley, allerdings schon fast ein Jahr alt – war ihre Hand um ein zerknülltes Telefax geballt. Obwohl sie es nicht mehr brauchte, da sie die Adresse auswendig wußte, konnte sie es nicht loslassen; ebensowenig konnte sie die Trance brechen, in der sie sich jetzt befand, als sie ins Schaufenster eines teuren Herrenausstatters starrte und zwischen dezenten Flanellhemden und dem Spiegelbild ihrer dunklen Augen hin und her blickte.

Sicher würden allein schon die Augen sie um den Job bringen. Da war das nasse Haar nicht mehr nötig, das Andrea doch hätte schneiden sollen, wie sie nun fand. Der Schmerz und die Apathie in diesen Augen fielen jedem auf, und auch Herr Josef Virek, der unwahrscheinlichste aller potentiellen Arbeitgeber, würde sie bestimmt bald bemerken.

Als das Telefax gekommen war, hatte sie es beharrlich als grausamen Scherz, als neuerliche Belästigung angesehen. Damit war sie dank der Medien reich gesegnet – so reich, daß Andrea ein Sonderprogramm für das Telefon in der Wohnung bestellt hatte, das alle Anrufe von nicht in ihrem permanenten Adressenverzeichnis enthaltenen Anschlüssen aussonderte. Aber das, so hatte Andrea gemeint, müsse wiederum der Grund für das Telefax gewesen sein. Wie hätte man sie sonst erreichen können?

Doch Marly hatte den Kopf geschüttelt und sich tiefer in Andreas alten Frotteebademantel gekuschelt. Warum sollte Virek, der steinreiche Sammler und Mäzen, die diskreditierte ehemalige Betreiberin einer winzigen Pariser Galerie einstellen wollen?

Nun hatte Andrea den Kopf geschüttelt, aus Ungeduld mit der *diskreditierten* Marly Kruschkowa, die jetzt tagelang in der Wohnung herumhing und sich bisweilen nicht mal die Mühe machte, sich anzuziehen. Der versuchte Verkauf einer einzigen Fälschung in Paris sei kaum so eine Sensation gewesen, wie Marly glaube, sagte sie. Wenn die Presse nicht dermaßen erpicht darauf gewesen wäre, den Widerling Gnass als den Trottel bloßzustellen, der er ganz bestimmt sei, fuhr sie fort, hätte die Sache wohl kaum Schlagzeilen gemacht. Der reiche, vulgäre Gnass war genau das Richtige für einen Wochenendskandal. Andrea lächelte. »Wenn du nicht so attraktiv wärst, hättest du viel weniger Aufsehen erregt.«

Marly schüttelte den Kopf.

»Und die Fälschung war Alains Werk. Du warst unschuldig. Hast du das vergessen?«

Marly ging in dem abgetragenen Bademantel ins Bad, ohne etwas zu erwidern.

Hinter dem Wunsch der Freundin, sie zu trösten und ihr zu helfen, spürte Marly bereits die Ungeduld, die sich einstellt, wenn man gezwungen ist, sein winziges Apartment mit einem miesepetrigen, nichtzahlenden Gast zu teilen.

Und Andrea hatte ihr das Fahrgeld für den Eurotrans borgen müssen.

Mit einer bewußten, schmerzhaften Willensanstrengung riß sie sich von diesen Gedanken los, die sich ewig im Kreis drehten, und tauchte in den dichten, aber gemächlichen Strom seriöser Belgier auf Einkaufsbummel ein.

Ein Mädchen in einer leuchtenden Röhrenjeans und der übergroßen Lodenjacke eines Freundes schob sich an ihr vorbei, streifte sie und lächelte. An der nächsten Kreuzung bemerkte Marly ein Geschäft mit der Mode, auf die sie in ihrer Studentenzeit gestanden hatte. Die Sachen wirkten unglaublich jung.

In ihrer verkrampften, verborgenen Hand das Fax.

Galerie Duperey, 14 Rue au Beurre, Bruxelles.

Josef Virek.

Die Empfangsdame im kühlen, grauen Vorzimmer der Galerie Duperey hätte durchaus dort gewachsen sein können, eine hübsche, wahrscheinlich giftige Pflanze, die hinter einer polierten Marmorplatte mit eingelegter, emaillierter Tastatur Wurzeln geschlagen hatte. Sie hob ihre schimmernden Augen, als Marly nähertrat. Marly stellte sich das Klicken und Surren von Blenden vor, während das Bild ihrer ungepflegten Erscheinung im Nu in irgendeinen fernen Winkel von Josef Vireks Imperium weitergeleitet wurde.

»Marly Kruschkowa«, sagte sie und kämpfte gegen den Impuls an, das zerknüllte Fax hervorzuziehen und auf dem kühlen, makellosen Marmor kläglich glattzustreichen. »Ich möchte zu Herrn Virek.«

»Fräulein Kruschkowa«, sagte die Dame vom Empfang, »Herr Virek ist heute leider nicht in Brüssel.«

Marly starrte auf die perfekten Lippen. Sie spürte den Schmerz, den diese Worte verursachten, und zugleich das durchdringende Lustgefühl, das Enttäuschungen neuerdings bei ihr auslösten. »Ich verstehe.«

»Er möchte das Gespräch jedoch gern über eine Sensorverbindung führen. Wenn Sie bitte durch die dritte Tür links eintreten wollen...«

Der Raum war kahl und weiß. An zwei Wänden hingen ungerahmte, anscheinend wasserfleckige Kartons, die wiederholt mit verschiedensten Instrumenten durchstochen waren. *Katatonenkunst*. Konservativ. Arbeiten von der Sorte, wie man sie den Ausschüssen anbietet, die von den Vorständen holländischer Privatbanken herumgeschickt werden.

Sie setzte sich auf eine niedrige, ledergepolsterte Bank und ließ endlich das Fax los. Sie war allein, nahm jedoch an, daß sie irgendwie beobachtet wurde.

»Fräulein Kruschkowa.« Ein junger Mann in einem dunkelgrünen Technikerknittel stand in der Tür gegenüber jener, durch die sie eingetreten war. »Gleich durchqueren Sie bitte das Zimmer und gehen durch diese Tür. Umschließen Sie den Türknauf bitte langsam, aber fest, so daß der größtmögliche Kontakt mit der Haut ihrer Handfläche hergestellt wird. Gehen Sie vorsichtig hindurch. Sie werden eine ganz kleine räumliche Desorientierung verspüren.«

Sie blinzelte. »Ich würde gern ...«

»Die Sensorverbindung«, sagte er und verschwand. Die Tür schloß sich hinter ihm.

Sie stand auf, versuchte, das feuchte Revers ihrer Jacke einigermaßen in Form zu bringen, griff sich ans Haar, überlegte es sich dann aber doch anders, holte tief Luft und ging zur Tür hinüber. Nach dem, was die Empfangsdame gesagt hatte, rechnete sie mit der einzigen sensorischen Verbindung, die sie kannte: dem Simstim-Signal via Bell Europa. Sie hatte angenommen, sie würde einen mit Dermatroden gespickten Helm bekommen und Virek würde sich eines passiven Beobachters bedienen, der als menschliche Kamera fungierte.

Aber Vireks Reichtum bewegte sich in ganz anderen Dimensionen.

Als sich ihre Finger um den kalten Messingknauf legten, schien er sich zu winden und in der ersten Sekunde des Kontakts ein ganzes Spektrum von Oberflächenstrukturen und Temperaturen zu durchlaufen.

Dann wurde er wieder zu Metall, zu grünlackiertem Eisen, das ausschwang und in der Perspektive zu einem alten, abwärts führenden Geländer wurde, an dem sie sich nun verdutzt festhielt.

Ein paar Regentropfen wirbelten ihr ins Gesicht.

Der Geruch von Regen und feuchter Erde.

Ein Wirrwarr kleinster Details, ihre Erinnerung an ein feuchtfröhliches Picknick mit Kommilitonen von der Kunstakademie, die mit Vireks perfekter Illusion im Clinch lag.

Unter ihr lag unverkennbar das Panorama von Barcelona, im rauchigen Dunst die merkwürdigen Türme der Kirche der Sagrada Familia. Sie hielt sich auch mit der anderen Hand am Geländer fest und kämpfte gegen das Schwindelgefühl an. Sie kannte diesen Ort.

Sie war im Güell Park, Antonio Gaudís schäbigem Märchenland auf der kargen Anhöhe hinter dem Stadtzentrum. Zu ihrer Linken war eine Riesenechse aus verrückt gemusterter Flickwerk-Keramik mitten auf einer groben Steinrutsche erstarrt. Ihr grinsendes Springbrunnenmaul berieselte ein Beet schlapper Blumen.

»Sie haben die Orientierung verloren. Verzeihen Sie mir.«

Josef Virek saß unterhalb von ihr auf einer der geschwungenen Parkbänke, die breiten Schultern in einem weichen Mantel hochgezogen. Seine Züge waren ihr seit frühester Jugend vage bekannt. Aus irgendeinem Grund fiel ihr jetzt ein Foto ein, das ihn neben dem König von England zeigte. Er lächelte sie an. Er hatte einen großen, schön geformten Kopf mit kurzen, festen, dunkelgrauen Haaren. Seine Nasenflügel waren ständig geweitet, als nähme er in einem fort die unsichtbare Witterung von Kunst und Kommerz auf. Die hellblauen, seltsam sanften Augen hinter der runden, randlosen Brille – seinem Markenzeichen – waren sehr groß.

»Bitte.« Er klopfte mit einer schmalen Hand auf das wirre Tonscherbenmosaik der Bank. »Sie müssen mir verzeihen, daß ich mich der Technik bediene. Ich liege seit über einem Jahrzehnt in einer Nährlösung. In einem scheußlichen Industrievorort von Stockholm. Oder der Hölle selbst. Ich bin nicht gesund, Marly. Setzen Sie sich zu mir.«

Mit einem tiefen Atemzug stieg sie die Steinstufen hinunter und ging über das Kopfsteinpflaster. »Herr Virek«, sagte sie, »ich habe Sie vor zwei Jahren in München gesehen, wo Sie einen Vortrag gehalten haben. Eine Kritik an Faessler und seinem autistischen Theater. Damals sind Sie mir recht gesund vorgekommen ...«

»Faessler?« Vireks sonnengebräunte Stirn legte sich in Falten. »Da haben Sie ein Double gesehen. Ein Hologramm vielleicht. Vieles wird in meinem Namen verbrochen, Marly. Manche Aspekte meines Reichtums haben sich nach und nach verselbständigt; zuweilen bekriegen sie sich sogar. Rebellion in den fiskalischen Extremitäten. Jedenfalls wurde meine Krankheit aus so komplexen Gründen, daß sie schon völlig okkult sind, nie publik gemacht.«

Sie setzte sich neben ihn und betrachtete das schmutzige Pflaster zwischen den abgestoßenen Spitzen ihrer schwarzen Pariser Stiefel. Sie sah einen hellen Kieselsplitter, eine rostige Büroklammer, eine kleine, staubige tote Biene oder Hornisse. »Erstaunlich, diese Details ...«

»Ja«, sagte er, »die neuen Biochips von Maas. Sie sollten wissen«, fuhr er fort, »daß ich Ihr Privatleben praktisch ebenso detailliert kenne. In gewissen Punkten sogar besser als Sie selbst.«

»Wirklich?« Es war am einfachsten, stellte sie fest, wenn sie sich auf die Stadt konzentrierte und die Wahrzeichen suchte, die sie von einem halben Dutzend Urlaubsreisen während ihrer Studentenzeit her kannte. Dort, genau dort mußten die Ramblas sein, die Papageien und Blumen, die Tavernen, in denen es dunkles Bier und Tintenfisch gab.

»Ja. Ich weiß, daß Ihr Liebhaber Ihnen eingeredet hat, Sie wären auf ein verschollenes Original von Cornell gestoßen ...«

Marly schloß die Augen.

»Er gab die Fälschung in Auftrag, heuerte zwei begabte Kunststudenten und einen angesehenen Kunsthistoriker an, der sich privat in einer schwierigen Lage befand. Er bezahlte sie mit

Geld, das er bereits aus Ihrer Galerie abgezweigt hatte, wie Sie sicher längst bemerkt haben. Sie weinen ja …«

Marly nickte. Ein kühler Zeigefinger pochte auf ihr Handgelenk.

»Ich habe Gnass gekauft. Ich habe die Polizei geschmiert, damit sie die Sache fallenließ. Die Presse zu kaufen, hätte sich nicht gelohnt; das lohnt sich nur selten. Und jetzt gereicht Ihnen Ihr etwas anrüchiger Ruf vielleicht sogar zum Vorteil.«

»Herr Virek, ich …«

»Einen Moment, bitte. Paco! Komm her, Kind.«

Marly öffnete die Augen und sah ein Kind von etwa sechs Jahren, das in einer engen dunklen Jacke und Kniebundhose, hellen Strümpfen und hohen schwarzen Lackstiefeln steckte. Braunes Haar fiel ihm in einer weichen Welle in die Stirn. Der Junge hielt etwas in den Händen, eine Art Kästchen.

»Gaudí begann mit der Arbeit an seinem Park im Jahre 1900«, sagte Virek. »Paco trägt die Kleidung jener Zeit. Komm her, Kind. Zeig uns, was du da Schönes hast.«

»Señor«, lispelte Paco, verbeugte sich und trat vor, um das Ding in seinen Händen zu präsentieren.

Marly machte große Augen. Ein Kästchen aus schlichtem Holz mit gläserner Front. Objekte…

»Cornell«, sagte sie und hatte die Tränen vergessen. »Cornell?« Sie drehte sich zu Virek hin.

»Natürlich nicht. Das in dieses Knochenstück eingesetzte Objekt ist ein Biomonitor von Braun. Das ist das Werk eines lebenden Künstlers.«

»Gibt es noch mehr? Mehr Kästen?«

»Ich habe sieben gefunden. Innerhalb von gerade drei Jahren. Sehen Sie, die Virek-Kollektion ist eine Art schwarzes Loch. Die unnatürliche Konzentration meines Reichtums übt eine unwiderstehliche Anziehungskraft auf die erlesensten Werke des menschlichen Geistes aus. Ein autonomer Prozeß, dem ich für gewöhnlich wenig Beachtung schenke …«

Aber Marly war in den Kasten vertieft, der ungeheure Distanzen, Verlust und Sehnsucht evozierte. Er war melancholisch, sanft und irgendwie kindlich. Er barg sieben Gegenstände.

Den schlanken, gerillten Knochen, der zweifellos zum Fliegen geschaffen war und vom Flügel eines großen Vogels stammte. Drei altertümliche Platinen mit goldenen Labyrinthen. Eine glatte weiße Kugel aus gebranntem Ton. Ein vom Alter geschwärztes Stück Spitze. Ein fingerlanges, grauweißes Knochensegment, vermutlich von einem menschlichen Unterarm, in das fein säuberlich der Siliziumschaft eines kleinen Instruments eingelassen war, das einst wohl bündig auf der Haut aufgelegen hatte; allerdings war das Oberteil des Instruments verkohlt und rußig.

Der Kasten war ein Universum, ein Gedicht, erstarrt an der Grenze menschlicher Erfahrung.

»*Gracias*, Paco.« Kasten und Knabe waren verschwunden.

Marly sperrte den Mund auf.

»Oh. Verzeihen Sie. Ich habe nicht daran gedacht, daß diese Übergänge zu abrupt für Sie sind. Nun müssen wir aber Ihren Auftrag besprechen.«

»Herr Virek«, sagte sie, »was ist ›Paco‹?«

»Ein Subprogramm.«

»Ich verstehe.«

»Ich habe Sie engagiert, um den Schöpfer des Kastens zu suchen.«

»Aber, Herr Virek, mit Ihren Mitteln ...«

»Zu denen nun auch Sie zählen, mein Kind. Wollen Sie nicht für mich arbeiten? Als mir zu Ohren kam, daß Gnass mit einem gefälschten Cornell betrogen wurde, dachte ich, Sie könnten in dieser Sache von Nutzen sein.« Er zuckte die Achseln. »Sie müssen zugeben, daß ich ein gewisses Talent habe, das, was ich mir in den Kopf setze, auch zu erreichen.«

»Sicher, Herr Virek. Und ja, ich will für Sie arbeiten!«

»Sehr schön. Sie bekommen ein Gehalt. Sie haben Zugang zu

bestimmten Geldern. Sollten Sie allerdings, sagen wir, größere Mengen von Immobilien erwerben müssen …«

»Immobilien?«

»Oder eine Firma, oder ein Raumschiff – nun, in dem Fall brauchen Sie meine indirekte Zustimmung, die Sie ziemlich sicher bekommen werden. Ansonsten haben Sie freie Hand. Ich würde Ihnen aber raten, in einem Rahmen zu arbeiten, mit dem Sie selbst gut umgehen können. Andernfalls laufen Sie Gefahr, Ihre Intuition zu verlieren, und Intuition ist in einem Fall wie diesem von entscheidender Bedeutung.« Das berühmte Lächeln erstrahlte noch einmal für sie.

Sie holte tief Luft. »Herr Virek, was ist, wenn ich es nicht schaffe? Wieviel Zeit habe ich, um diesen Künstler zu finden?«

»Bis an ihr Lebensende«, sagte er.

»Verzeihen Sie«, hörte sie sich zu ihrem Entsetzen sagen, »aber wenn ich Sie recht verstanden habe, leben Sie in … in einer Nährlösung?«

»Ja, Marly. Und aus dieser ziemlich endgültigen Perspektive kann ich Ihnen nur raten, jede Stunde im eigenen Fleisch bewußt zu leben. Nicht in der Vergangenheit, wenn Sie mich verstehen. Ich spreche als jemand, der diesen simplen Zustand nicht mehr verträgt, nachdem sich meine Körperzellen allesamt entschieden haben, ihrer eigenen verstiegenen Wege zu gehen. Einen glücklicheren oder ärmeren Mann als mich hätte man längst sterben lassen oder ihn codiert in ein Stück Hardware gepackt. Ich jedoch zapple in einem monströsen Netz von Umständen, das meines Wissens ein Zehntel meiner jährlichen Einkünfte verschlingt. Damit dürfte ich der teuerste Invalide der Welt sein. Ihre Herzensangelegenheiten sind mir nahegegangen, Marly. Ich beneide Sie um das intakte Fleisch, dem sie entspringen.«

Und einen Moment lang schaute sie direkt in die sanften blauen Augen und wußte mit der Sicherheit des Säugetierinstinkts, daß die Superreichen nicht einmal mehr annähernd menschlich waren.

Der Himmel über Barcelona verfinsterte sich, als wäre eine riesige, träge Jalousie zugeklappt worden. Virek und Güell waren verschwunden, und Marly fand sich auf der niedrigen, lederbezogenen Bank wieder, den Blick auf die durchlöcherten, bekleckten Kartons gerichtet.

3
BOBBY BAUT EINEN WILSON

Man konnte so leicht draufgehen. Das wurde ihm jetzt klar. Es passierte einfach. Man machte einen winzigen Fehler, und schon war er da, der Tod, und blähte sich kalt und geruchlos aus den vier blöden Ecken des Zimmers, des mütterlichen Wohnzimmers in Barrytown.

Scheiße, dachte er. Two-a-Day lacht sich den Arsch ab. Das erste Mal draußen, und schon bau ich 'nen Wilson.

Das einzige Geräusch im Zimmer kam von dem leisen, stetigen Klappern seiner Zähne, der supersonischen Schüttellähmung, als sich die Rückkopplung in sein Nervensystem fraß. Er betrachtete seine erstarrte Hand, die leise zitterte, Zentimeter von dem roten Plastikknopf entfernt, der die Verbindung, die ihn tötete, abbrechen konnte.

Scheiße.

Er war heimgekommen und gleich ans Werk gegangen, hatte den von Two-a-Day gemieteten Eisbrecher eingelegt, eingesteckt und die Datenbasis angewählt, die er sich als erstes Live-Ziel ausgesucht hatte. So mußte man's machen, hatte er gedacht; wenn du's tun willst, dann tu's auch.

Obwohl er den kleinen Ono-Sendai erst seit einem Monat hatte, stand für ihn schon fest, daß er mehr sein wollte als irgendein Hotdogger – ein Konsolencowboy, ein Cyberspace-Freak – in Barrytown. Bobby Newmark, alias Count Zero, aber damit war's bereits Essig. Im Film lief das nie so, jedenfalls nicht gleich am Anfang. Im Film würde das Girl des Cowboyhelden oder sein Kumpel reingerannt kommen, die Troden runterreißen und den kleinen roten AUS-Schalter drücken. Damit man's schaffte, heil wieder rauskam.

Aber Bobby war allein, sein autonomes Nervensystem war von den Abwehrmechanismen einer dreitausend Kilometer von Barrytown entfernten Datenbasis lahmgelegt worden, und er wußte es. Die drohende Dunkelheit hatte eine magische chemische Zusammensetzung, die ihm vor Augen führte, wie unendlich begehrenswert dieses Zimmer mit seinem teppichbodenfarbenen Teppichboden, seinen gardinenfarbenen Gardinen, seiner schäbigen Schaumgummi-Sitzgruppe und dem eckigen, verchromten Gestell mit den Komponenten eines sechs Jahre alten Hitachi-Unterhaltungsmoduls war.

Die Gardinen hatte er in Vorbereitung seines Runs sorgfältig zugezogen, aber irgendwie schien sein Blick jetzt trotzdem durch sie hindurch auf die aufbrandende Betonwelle der Wohnhäuser von Barrytown zu fallen, die sich vor den dunkleren Türmen der Projects brach. Die Welle hatte einen feinen Insektenflaum aus Antennen und zusammengestoppelten Drahtschüsseln, zwischen denen Wäsche zum Trocknen aufgehängt war. Seine Mutter zog gern darüber her; sie hatte einen Trockner. Er erinnerte sich an ihre weißen Knöchel am Handlauf des Balkongeländers aus Bronzeimitat, an die pergamentenen Falten an der Handgelenkbeuge. Er erinnerte sich an einen toten Jungen, der auf einer metallenen Bahre aus Big Playground weggetragen wurde, in eine Plastikfolie von der gleichen Farbe wie das Bullenauto gehüllt. War hingefallen und mit dem Kopf aufgeschlagen. Hingefallen. Auf den Kopf. Typischer Wilson.

Sein Herz blieb stehen. Er hatte das Gefühl, als würde es zur Seite kippen und wie ein Tier in einem Zeichentrickfilm strampeln.

Die Sechzehntel-Sekunde von Bobby Newmarks Tod. Seinem Hotdogger-Tod.

Und etwas *kam auf ihn zu*, etwas unaussprechlich Großes von jenseits der fernsten Grenzen seiner Vorstellung, und berührte ihn.

::: WAS MACHST DU DA? WARUM TUN SIE DIR DAS AN?
Mädchenstimme, Braunhaar, Dunkelaugen…
: BRINGT MICH UM BRINGT MICH UM WEG DAMIT WEG DAMIT.
Dunkelaugen, Wüstenstern, Braunbluse, Mädchenhaar…
::: ABER DAS IST EIN TRICK, VERSTEHST DU? DU BILDEST DIR NUR EIN, DASS ES DICH GEKRIEGT HAT. SCHAU. JETZT BIN ICH DAFÜR HIER, UND DU BIST DIE SCHLINGE LOS.

Und sein Herz kippte ganz um, legte sich auf den Rücken und stieß mit seinen roten Comic-Beinen sein Mittagessen wieder aus. Galvanische Froschschenkelzuckungen warfen ihn vom Stuhl und rissen ihm die Troden von der Stirn. Seine Blase entleerte sich, als er mit dem Kopf gegen die Kante des Hitachi knallte, und jemand sagte Scheiße Scheiße Scheiße in den Staubgeruch des Teppichbodens. Mädchenstimme weg, kein Wüstenstern, die flüchtige Empfindung von kühlem Wind und glattgewaschenem Stein …

Dann explodierte sein Kopf. Er sah es ganz klar, aus weiter Ferne. Wie eine Phosphorgranate.

Weißes Licht.

4
STECHUHR

Der schwarze Honda schwebte zwanzig Meter über dem achteckigen Deck der aufgegebenen Ölbohrinsel. Der Morgen graute, und Turner konnte die verblichenen Umrisse eines Kleeblatts auf dem Hubschrauberlandeplatz ausmachen, das einen biologischen Gefahrenbereich kennzeichnete.

»Habt ihr 'n Biorisiko da unten, Conroy?«

»Keins, das du nicht gewohnt wärst«, sagte Conroy.

Eine Gestalt im roten Overall gab dem Honda-Piloten mit lebhaften Armbewegungen Zeichen. Der Luftstrudel der Rotoren wehte Verpackungsmüllfetzen ins Meer, als der Hubschrauber aufsetzte. Conroy löste sein Gurtschloß und beugte sich über Turner, um die Luke zu öffnen. Das Getöse der Motoren dröhnte ihnen in den Ohren, als die Luke aufging. Conroy stupste ihn an der Schulter und bedeutete ihm mit der nach oben gekehrten offenen Hand, sich zu beeilen. Er deutete auf den Piloten.

Turner kletterte hastig hinaus und sprang hinunter, der Propeller über ihm ein verschwommenes, donnerndes Etwas, und schon stand Conroy geduckt neben ihm. Sie räumten das verblichene Kleeblatt im krummbeinigen Schweinsgalopp, wie auf Hubschrauberlandeplätzen üblich; im Wind des Honda flatterten ihnen die Hosenbeine um die Knöchel. Turner trug einen schlichten grauen Koffer aus kugelsicherem ABS, sein einziges Gepäckstück. Irgendwer hatte ihm den Koffer im Hotel gepackt, und er hatte schon auf der *Tsushima* bereitgestanden. Eine plötzliche Veränderung in der Tonhöhe der Rotoren verriet ihm, daß der Honda abhob. Er flog heulend Richtung Küste, ohne Licht.

Als der Lärm verklang, hörte Turner das Geschrei von Möwen und das Rauschen und Plätschern des Pazifiks.

»Irgendwer hat mal versucht, hier 'n Datenparadies aufzuziehen«, sagte Conroy. »Internationales Gewässer. Damals lebte noch niemand im Orbit, also war's für ein paar Jahre ganz sinnvoll.« Er ging auf einen rostigen Wald von Pfeilern zu, die die Aufbauten der Plattform trugen. »Hosaka hat sich ein Szenario ausgedacht, in dem wir Mitchell hierher holen, durchchecken, auf die *Tsushima* setzen und mit Volldampf ins alte Japan verschiffen. Hab ihnen gesagt, das sollten sie mal lieber ganz schnell wieder vergessen. Wenn Maas das nämlich spitzkriegt, gehen die auf das Ding hier los mit allem, was sie haben. Hab ihnen erklärt, ihr Gelände im Distrito Federal wär die Lösung. Da würde Maas nicht so 'nen Scheiß abziehen, nicht mitten in Mexico City.«

Eine Gestalt, deren Kopf von den wulstigen Gläsern eines Bildverstärkers entstellt wurde, löste sich aus dem Schatten und winkte sie mit den stumpfen, dicht an dicht sitzenden Läufen eines Lansing-Flechette-Gewehrs vorwärts. »Biorisiko«, sagte Conroy, als sie die Gestalt passierten. »Zieh den Kopf ein! Und paß auf, die Stufen sind oft glitschig!«

Auf der Plattform stank es nach Rost, Verfall und Salzwasser. Fenster gab es nicht. Sich ausbreitende Rostflecken verunzierten die ausgebleichten, cremefarbenen Wände. Batteriebetriebene Leuchtstofflampen hingen alle paar Meter von Deckenträgern und verbreiteten ein scheußliches, grünliches Licht, das intensiv und zugleich unangenehm ungleichmäßig war. Mindestens ein Dutzend Leute arbeiteten in diesem zentralen Raum; sie bewegten sich mit der lässigen Präzision guter Techniker. Profis, dachte Turner. Sie sahen einander kaum an, und es wurde wenig gesprochen. Es war kalt, saukalt, und Conroy hatte ihm einen riesigen, mit Schlaufen- und Reißverschlüssen überzogenen Parka gegeben.

Ein bärtiger Mann in einer lammfellgefütterten Bomberjacke

befestigte gebündelte Glasfaserstränge mit silbernem Klebeband an einem verbeulten Schott. Conroy diskutierte im Flüsterton mit einer Schwarzen, die den gleichen Parka wie Turner trug. Der bärtige Techniker schaute von seiner Arbeit auf und sah Turner. »Scheiße«, sagte er gedehnt, immer noch kniend. »Hab mir schon gedacht, daß es 'ne dicke Sache ist, aber jetzt wird's wohl auch 'ne harte.« Er stand auf und wischte sich mechanisch die Hände an der Hose ab. Wie das übrige technische Personal trug er Mikropor-OP-Handschuhe. »Du bist Turner.« Er grinste, warf einen kurzen Blick zu Conroy hinüber und zog einen Flachmann aus schwarzem Kunststoff aus der Jackentasche. »Davon wird's einem wärmer. Du erinnerst dich an mich. Hab bei dem Job in Marrakesch mitgemischt. IBM-Knabe, der zu Mitsu-G ging. Hab die Ladung in dem Bus installiert, den du mit dem Franzosen ins Hotelfoyer gefahren hast.«

Turner nahm die Flasche, klappte den Deckel ab und setzte sie an. Bourbon. Er brannte sich säuerlich die Kehle hinunter, und von der Gegend hinterm Brustbein breitete sich Wärme aus. »Danke.« Er gab die Flasche zurück, und der Mann steckte sie ein.

»Oakey«, sagte der Mann. »Ich heiß Oakey. Erinnerst du dich?«

»Klar«, log Turner. »Marrakesch.«

»Wild Turkey«, sagte Oakey. »Bin über Schiphol gekommen, hab da in den Duty-free reingeschaut. Dein Partner da«, ein zweiter Blick zu Conroy, »der ist nicht grade locker drauf, was? Na ja, nicht wie in Marrakesch, stimmt's?«

Turner nickte.

»Wenn du was brauchst«, sagte Oakey, »dann rühr dich.«

»Was zum Beispiel?«

»Noch 'nen Schluck. Ich hab auch peruanischen Schnee, den echten gelben.« Oakey grinste wieder.

»Danke.« Turner sah, daß Conroy sich von der Schwarzen abwandte. Oakey sah es auch, kniete sich rasch wieder hin und riß einen neuen Streifen des silbernen Klebebands ab.

»Wer war das?« fragte Conroy, nachdem er Turner durch eine

schmale Tür mit einer brüchigen schwarzen Gummidichtung geführt hatte. Conroy drehte das Rad, das die Tür verriegelte. Es war frisch geölt.

»Heißt Oakey.« Turner inspizierte den neuen Raum. Er war kleiner. Zwei von den Lampen, Klapptische, Stühle, alles neu. Auf den Tischen irgendwelche Geräte unter schwarzen Abdeckhauben aus Plastik.

»Freund von dir?«

»Nein«, sagte Turner. »Hat mal für mich gearbeitet.« Er ging zum nächsten Tisch und klappte eine Abdeckhaube hoch. »Was ist das denn?« Die Konsole machte den nüchternen, halbfertigen Eindruck eines firmeninternen Prototyps.

»Maas-Neotek Cyberspace Deck.«

Turner zog die Brauen hoch. »Eures?«

»Wir haben zwei. Eins ist vor Ort. Hat Hosaka beschafft. Offenbar das Schnellste in der Matrix. Hosaka kann nicht mal die Chips zerlegen, um sie nachzubauen. Ganz andere Technik.«

»Und die haben sie von Mitchell?«

»Das sagen sie nicht. Daß sie die Dinger rausgerückt haben, nur um unseren Jockeys 'nen Vorsprung zu geben, zeigt, wie scharf sie auf den Kerl sind.«

»Wer sitzt am Gerät, Conroy?«

»Jaylene Slide. Hab grade mit ihr gesprochen.« Er machte eine Kopfbewegung zur Tür. »Der Mann in der Basis ist einer aus L.A., heißt Ramirez.«

»Taugen die beiden was?« Turner deckte das Gerät wieder ab.

»Will ich hoffen, bei dem Preis, den sie verlangen. Jaylene hat sich in den letzten zwei Jahren 'nen ziemlichen Namen gemacht, und Ramirez ist ihr Ersatzmann. Na ja.« Conroy zuckte die Achseln. »Du kennst ja diese Cowboys. Total durchgeknallt...«

»Woher hast du sie? Und woher hast du Oakey, wo wir gerade dabei sind?«

Conroy lächelte. »Von *deinem* Agenten, Turner.«

Turner starrte ihn an und nickte dann. Er wandte sich ab und lüftete die nächste Abdeckhaube. Behälter aus Plastik und Styropor waren säuberlich auf dem kalten Metalltisch gestapelt. Er berührte eine blaue, rechteckige Plastikschachtel mit dem Silbermonogramm S&W.

»Dein Agent«, sagte Conroy, als Turner den Deckel aufklappte. In hellblauen Schaumstoff gebettet lag dort eine Handfeuerwaffe, ein massiver Revolver, unter dessen kurzem Lauf sich ein häßliches Gehäuse wölbte. »S&W Tactical, Kaliber 408, mit Xenon-Projektor«, erklärte Conroy. »Er hat gesagt, den wolltest du haben.«

Turner nahm die Kanone in die Hand und drückte mit dem Daumen auf den Batterietestknopf für den Projektor. Ein rotes LED im Walnußholzgriff blinkte zweimal. Er klappte die Trommel heraus. »Munition?«

»Aufm Tisch. Von Hand zu laden, Explosivkopf.«

Turner sah einen transparenten Würfel aus bernsteinfarbenem Plastik, öffnete ihn mit der Linken und nahm eine Patrone heraus. »Warum haben sie mich dafür ausgesucht, Conroy?« Er begutachtete die Patrone und steckte sie dann behutsam in eine der sechs Kammern der Trommel.

»Keine Ahnung«, antwortete Conroy. »Kam mir so vor, als hätten sie dich von Anfang an im Auge gehabt, seit sie von Mitchell erfahren haben.«

Turner ließ die Trommel rotieren und klappte sie in den Rahmen zurück. »Ich hab dich gefragt: ›Warum haben sie mich dafür ausgesucht, Conroy?‹« Er hob den Revolver mit beiden Händen, streckte die Arme aus und richtete ihn direkt auf Conroys Gesicht. »Bei so 'ner Knarre kann man manchmal durch den Lauf schauen, wenn das Licht günstig ist, und erkennen, ob 'ne Kugel drinsteckt.«

Conroy schüttelte kaum merklich den Kopf.

»Oder man sieht sie vielleicht in einer der übrigen Kammern...«

»Nein«, sagte Conroy sehr leise. »Ausgeschlossen.«

»Vielleicht haben die Ballonflicker Murks gebaut, Conroy. Was meinst du?«

»Nein«, sagte Conroy mit ausdruckslosem Gesicht. »Haben sie nicht, und du wirst es auch nicht tun.«

Turner drückte ab. Der Hahn traf auf eine leere Kammer. Conroy blinzelte einmal, öffnete den Mund, schloß ihn wieder und sah zu, wie Turner die Smith & Wesson senkte. Ein einzelner Schweißtropfen perlte von Conroys Haaransatz und verschwand in einer Augenbraue.

»Und?« Turner ließ die Kanone hängen.

Conroy zuckte die Achseln. »Laß den Scheiß«, sagte er.

»Brauchen die mich so dringend?«

Conroy nickte. »Es ist deine Show, Turner.«

»Wo ist Mitchell?« Er klappte die Trommel wieder auf und lud die übrigen fünf Kammern.

»In Arizona. Rund fünfzig Kilometer von der Grenze nach Sonora, in einer Forschungsarcologie in einem Tafelberg. Maas Biolabs North America. Denen gehört alles da in der Gegend, bis runter zur Grenze, und der Tafelberg liegt im Bereich von vier Aufklärungssatelliten. Mucho dicht, der Laden.«

»Und wie sollen wir da reinkommen?«

»Gar nicht. Mitchell kommt raus, von selber. Wir warten auf ihn, lesen ihn auf und schaffen ihn unversehrt zu Hosaka.« Conroy fuhr mit dem angewinkelten Zeigefinger unter den offenen Kragen seines schwarzen Hemdes und förderte eine schwarze Nylonkordel zutage, an der ein schwarzer Nylonbeutel mit Klettverschluß hing. Er öffnete ihn vorsichtig und entnahm ihm einen Gegenstand, den er Turner auf dem Handteller hinhielt. »Hier. Das hat er geschickt.«

Turner legte die Knarre auf den nächsten Tisch und nahm das Ding von Conroy entgegen. Es glich einem zu dick geratenen Mikrosoft; an einem Ende saß der übliche Neurokontakt, am anderen ein seltsames rundes Gebilde, wie er es noch nie gesehen hatte. »Was ist das?«

»Ein Biosoft. Jaylene hat sich's reingetan und sagt, ihr kam's vor wie der Output einer KI. Ist eine Art Dossier über Mitchell mit einer Nachricht für Hosaka hintendran. Zieh's dir am besten mal selber rein; du solltest baldmöglichst im Bilde sein...«

Turner blickte von dem grauen Ding auf. »Wie ist es für Jaylene gewesen?«

»Sie sagt, du solltest dich dabei lieber hinlegen. Ihr schien's nicht so gut gefallen zu haben.«

Maschinenträume verursachen ein spezielles Schwindelgefühl. Turner legte sich im provisorischen Schlafraum auf eine jungfräuliche Matratze aus grünem Temperschaum und steckte sich Mitchells Dossier rein. Es ging langsam los; er hatte noch Zeit, die Augen zu schließen.

Zehn Sekunden später waren seine Augen wieder offen. Er krallte sich an dem grünen Schaumstoff fest und kämpfte gegen den Brechreiz an. Dann schloß er von neuem die Augen. Wieder ging es langsam los; ein flackernder, nichtlinearer Schwall von Informationen und Sinneseindrücken, eine Art Geschichte, die in surrealen, sprunghaften Schnitten und Parallelmontagen erzählt wurde. Es ließ sich entfernt mit der Fahrt in einer Achterbahn vergleichen, die in willkürlichen, unglaublich schnellen Intervallen ins Dasein trat und wieder verschwand, wobei Höhe, Schwung und Richtung bei jedem Übertritt aus dem Nichts wechselten, nur daß diese Wechsel nichts mit einer physischen Orientierung zu tun hatten, sondern eher mit blitzschnellen Änderungen im Paradigmen- und Symbolsystem. Die Daten waren nicht für den menschlichen Gebrauch gedacht.

Mit offenen Augen riß er das Ding aus der Buchse und hielt es in der schweißnassen Hand. Es war, als würde er aus einem Alptraum erwachen. Nicht aus einer Horrorvision, in der gestaute Ängste simple, schreckliche Gestalten annahmen, sondern aus einem ungleich verstörenderen Traum, in dem alles absolut und grauenhaft normal und dennoch ganz und gar *falsch* war ...

Die *Intimität* des Dings war tückisch. Er kämpfte Wogen ungefilterter Übertragung nieder und mußte seine gesamte Willenskraft aufbieten, um ein Gefühl zu überwinden, das mit Liebe verwandt war: die zwanghafte Zuneigung, die ein Beobachter für die Person entwickelt, die er längere Zeit überwacht. Tage oder Stunden später, das wußte er, würden ihm die kleinsten Einzelheiten aus Mitchells akademischem Werdegang ins Bewußtsein treten, vielleicht auch der Name einer Geliebten, der Duft ihres dichten roten Haars im Sonnenlicht, das durch …

Er setzte sich rasch auf, so daß die Kunststoffsohlen seiner Schuhe aufs rostige Deck knallten. Er hatte immer noch den Parka an, und die Smith & Wesson in der Seitentasche schlug unsanft gegen seine Hüfte. Es würde sich wieder geben. Mitchells psychische Fährte würde sich ebenso verlieren, wie sich die spanische Grammatik im Lexikon nach jeder Benutzung verflüchtigte. Er hatte ein Dossier des Sicherheitsdienstes von Maas in sich aufgenommen, das ein empfindungsfähiger Computer zusammengestellt hatte, mehr nicht. Er steckte das Biosoft wieder in Conroys kleinen Beutel, strich mit dem Daumen den Klettverschluß zu und hängte sich die Kordel um den Hals.

Das Geräusch der Wellen, die gegen die Bohrinsel schwappten, drang an sein Ohr.

»He, Boß«, sagte jemand hinter der braunen Militärdecke, die den Eingang zum Schlafraum verschloß, »Conroy sagt, es wird Zeit, daß du die Truppe inspizierst. Danach fliegst du mit ihm woandershin.« Oakeys bärtiges Gesicht lugte herein. »Ich würde dich sonst nicht wecken.«

»Ich hab nicht geschlafen.« Turner stand auf. Wie im Reflex massierte er die Haut um die implantierte Buchse.

»Schade«, sagte Oakey. »Ich hab Derms, die legen dich echt flach. Genau 'ne Stunde lang, dann so 'n richtiger Muntermacher, der dich wieder hochbringt, und du bist voll da, ungelogen…«

Turner schüttelte den Kopf. »Bring mich zu Conroy.«

5
DER JOB

Marly nahm sich ein Zimmer in einem kleinen Hotel mit Grünpflanzen in schweren Messingtöpfen, dessen Korridorböden wie abgegriffene Marmorschachbretter gefliest waren. Der Aufzug war ein verschnörkelter, vergoldeter Käfig mit Rosenholztäfelung, in dem es nach Zitronenöl und Zigarillos roch.

Ihr Zimmer lag im vierten Stock. Ein einziges großes Fenster, das man tatsächlich noch aufmachen konnte, ging auf die Straße hinaus. Als der lächelnde Hotelpage gegangen war, sank Marly in einen Sessel, dessen Plüschbezug angenehm auf den gedämpften belgischen Teppich abgestimmt war. Sie öffnete die Reißverschlüsse ihrer alten Pariser Stiefel zum letztenmal, stieß sie von sich und betrachtete das Dutzend glänzender Tragetaschen, die der Page auf dem Bett arrangiert hatte. Morgen, dachte sie, würde sie Gepäck kaufen. Und eine Zahnbürste.

»Ich hab einen Schock«, sagte sie zu den Taschen auf dem Bett. »Ich muß aufpassen. Mir kommt alles so unwirklich vor.« Sie schaute nach unten und sah, daß ihre Strümpfe an den Zehen durch waren. Sie schüttelte den Kopf. Ihre neue Handtasche lag auf dem weißen Marmortisch neben dem Bett; sie war schwarz, aus Rindsleder gefertigt, das dick und weich wie flämische Butter gegerbt war. Sie hatte mehr gekostet, als sie Andrea für einen Monat Miete geschuldet hätte, aber das galt auch für eine einzige Übernachtung in diesem Hotel. In der Handtasche waren ihr Paß und der Kreditchip, den sie in der Galerie Duperey bekommen hatte. Er war auf ein Konto ausgestellt, das bei einer Orbitalfiliale der Nederlands Algemeen Bank auf ihren Namen eingerichtet worden war.

Sie ging ins Bad und betätigte die glatten Messinghebel der großen weißen Badewanne. Heißes, mit Kohlensäure angereichertes Wasser strömte durch einen japanischen Filter. Das Hotel stellte Badesalze, Cremes und Duftöle zur Verfügung. Sie leerte eine Tube Öl in die vollaufende Wanne und fing an, sich auszuziehen. Es gab ihr einen Stich, als sie ihre Sally Stanley hinter sich warf. Bis vor einer Stunde war die ein Jahr alte Jacke ihr liebstes Stück und wohl auch ihr teuerster Besitz gewesen. Jetzt war sie ausrangiert, und die Reinemachefrauen konnten sie mitnehmen. Vielleicht würde sie auf einem der Flohmärkte der Stadt landen, wo sie als Kunststudentin auf Schnäppchenjagd gegangen war …

Die Spiegel beschlugen und liefen an, als sich der Raum mit wohlriechendem Dampf füllte; ihr nacktes Spiegelbild trübte sich. War es wirklich so einfach? Hatte Vireks dünner goldener Kreditchip sie aus ihrem Elend in dieses Hotel verpflanzt, wo die Handtücher weiß und dick und flauschig waren? Sie empfand einen seelischen Taumel, als stünde sie zitternd am Rand eines Abgrunds.

Sie fragte sich, wie mächtig Geld eigentlich sein konnte, wenn man genug davon hatte, wirklich genug. Vermutlich konnten nur die Vireks dieser Welt das wirklich wissen, aber sehr wahrscheinlich waren sie konstitutionell außerstande, es zu *wissen*; Virek zu fragen wäre so, als wollte man von einem Fisch etwas übers Wasser erfahren. Ja, meine Liebe, es ist naß; ja, mein Kind, es ist zweifellos warm, wohlriechend und flauschig. Sie stieg in die Badewanne und legte sich hinein.

Morgen würde sie sich die Haare schneiden lassen. In Paris.

Andreas Telefon läutete sechzehnmal, bevor Marly das Sonderprogramm einfiel. Es war bestimmt noch zugeschaltet, und das teure kleine Brüsseler Hotel stand nicht auf der Liste. Sie beugte sich vor und stellte das Telefon wieder auf den Marmortisch. Es läutete einmal leise.

»Ein Bote hat ein Paket von der Galerie Duperey für Sie abgegeben.«

Als der Page – diesmal ein jüngerer Mann, ein dunkler Typ, vielleicht Spanier – gegangen war, trug sie das Paket zum Fenster und drehte es hin und her. Es war in einen einzelnen Bogen eines handgeschöpften, dunkelgrauen Papiers eingepackt, das auf jene mysteriöse japanische Art gefaltet und ineinandergesteckt war, die ohne Bänder und Kleber hielt, aber sie wußte, daß sie es nie mehr so hinkriegen würde, wenn sie es einmal geöffnet hatte. Name und Anschrift der Galerie waren in einer Ecke aufgeprägt, und ihr Name sowie der Name ihres Hotels standen in einer wunderschönen Schreibschrift in der Mitte.

Sie faltete das Papier auseinander und hielt schließlich einen neuen Braun-Holoprojektor und eine dünne Klarsichthülle in der Hand. Die Klarsichthülle enthielt sieben numerierte Holofiches. Hinter dem eisernen Miniaturbalkon ging die Sonne unter und tauchte die Altstadt in goldenes Licht. Sie hörte Autos hupen und Kinder schreien. Sie schloß das Fenster und ging zum Schreibtisch. Der Braun war ein glatter schwarzer Kasten, der durch Solarzellen mit Strom versorgt wurde. Sie prüfte den Ladezustand, nahm das erste Holofiche aus der Hülle und legte es ein.

Der Kasten, den sie in Vireks Simulation des Güell Parks gesehen hatte, erstrahlte über dem Braun mit der kristallklaren Auflösung der besten museumstauglichen Hologramme. Knochen und Goldschaltungen, alte Spitze und eine matte weiße Murmel aus Ton. Marly schüttelte den Kopf. Wie war es möglich, daß jemand aus solchem Zeug, solchem Plunder ein Arrangement zaubern konnte, das sich wie ein Angelhaken in Herz und Seele festsetzte? Aber dann nickte sie. Es war möglich, das wußte sie; vor vielen Jahren schon hatte es ein Mann namens Cornell vollbracht, der ebenfalls Kästen machte.

Dann blickte sie nach links, wo das elegante graue Papier auf dem Schreibtisch lag. Sie hatte dieses Hotel zufällig gewählt, als sie vom Einkaufen müde war. Sie hatte niemandem gesagt, daß sie hier wohnte, und erst recht niemandem von der Galerie Duperey.

6
BARRYTOWN

Der Uhr am Hitachi seiner Mutter zufolge war er rund acht Stunden weggetreten. Als er zu sich kam, starrte er auf die staubige Front des Geräts und spürte etwas Hartes unter seinem Oberschenkel. Der Ono-Sendai. Er rollte zur Seite. Es roch nach alter Kotze.

Dann stand er unter der Dusche, ohne recht zu wissen, wie er da hingekommen war, und drehte den Hahn auf, obwohl er noch seine ganzen Sachen anhatte. Er kratzte, bohrte und zerrte an seinem Gesicht. Es war wie eine Gummimaske.

»Irgendwas ist passiert.« Etwas Bedeutsames, Schlimmes; was, wußte er nicht genau.

Seine nassen Klamotten türmten sich nach und nach auf dem Fliesenboden der Dusche. Schließlich kam er heraus, ging zum Waschbecken, schüttelte sich die nassen Haare nach hinten aus dem Gesicht und betrachtete sich im Spiegel. Bobby Newmark, kein Problem.

»O doch, Bobby. Problem. Du hast 'n Problem...«

Mit dem Handtuch um die Schultern folgte er triefend dem schmalen Flur in sein Zimmer, ein winziges, keilförmiges Kämmerchen im hintersten Winkel der Wohnung. Sein Holoporno-Gerät ging an, als er eintrat. Ein halbes Dutzend Girls lächelten ihn an und beäugten ihn mit offensichtlichem Wohlgefallen. Sie schienen in dunstigen, taubenblauen Raumperspektiven jenseits der Zimmerwände zu stehen, ihr strahlendes Lächeln und ihre straffen jungen Körper hell wie Neon. Zwei der Girls traten vor und begannen, an sich herumzufummeln.

»Laßt das«, sagte er.

Der Projektor schaltete sich auf seinen Befehl hin aus; die Traumgirls lösten sich auf. Die Kiste hatte ursprünglich Ling Warrens älterem Bruder gehört. Die Frisuren und Klamotten der Girls waren aus der Mode und wirkten ein bißchen lächerlich. Man konnte mit ihnen reden und sie auffordern, an sich selbst oder miteinander herumzumachen. Bobby erinnerte sich, daß er mit dreizehn in Brandi verliebt gewesen war, das Girl mit der blauen Gummihose. Jetzt schätzte er die Projektionen in erster Linie wegen der Illusion von Raum, die sie in das kleine, notdürftig eingerichtete Zimmer zauberten.

»Irgendwas ist passiert, verdammte Scheiße«, sagte er, während er eine schwarze Jeans und ein fast sauberes Hemd anzog. Er schüttelte den Kopf. »Aber was? *Was*, zum Teufel?« Spannungsspitzen im Netz? Irgendwas Zufälliges bei der Fission Authority? Vielleicht hatte die Basis, in die er hatte eindringen wollen, gerade irgendeine komische Störung gehabt oder war aus einer anderen Richtung angegriffen worden ... Aber er hatte das Gefühl, daß er jemandem *begegnet* war, jemandem, der ... Ohne es zu merken, hatte er flehend die rechte Hand ausgestreckt, mit gespreizten Fingern. »Fuck«, sagte er. Die Finger ballten sich zur Faust. Dann kam es zurück: zuerst das Gefühl von etwas Großem, wahrhaft Großem, das durch den Cyberspace nach ihm gegriffen hatte, und dann die Mädchen-Impression. Ein braunhaariges, schlankes Mädchen, das in einer seltsam hellen Dunkelheit voller Sterne und Wind kauerte. Aber als er mit seinen Gedanken danach griff, entglitt es ihm.

Hungrig schlüpfte er in seine Sandalen und ging zur Küche, wobei er sich mit dem feuchten Handtuch die Haare rubbelte. Auf dem Weg durchs Wohnzimmer bemerkte er die Kontrolllampe am EIN-Schalter des Ono-Sendai, die ihn vom Teppich aus anstrahlte. »O Scheiße.« Er stand da und saugte an den Zähnen. Das Ding war noch eingesteckt. War es möglich, daß es noch mit der Basis verbunden war, die er knacken wollte? Konnten die wissen, daß er nicht tot war? Er hatte keine Ahnung. Eins stand allerdings fest: Sie hatten seine Nummer. Garantiert. Er hatte sich nicht mit den Kinkerlitzchen aufgehalten, die sie daran gehindert hätten, den versuchten Run zurückzuverfolgen.

Sie hatten seine Adresse.

Der Hunger war vergessen, als er auf dem Absatz kehrtmachte, ins Bad flitzte und in seinen nassen Kleidern wühlte, bis er seinen Kreditchip fand.

Er hatte zweihundertzehn Neue Yen, die im hohlen Plastikgriff eines Wechselschraubenziehers steckten. Nachdem er Schraubenzieher und Kreditchip in der Jeans verstaut hatte, schlüpfte er in seine ältesten, schwersten Stiefel und zog ungewaschene Kleidung unter dem Bett hervor. Er förderte eine schwarze Segeltuchjacke mit mindestens einem Dutzend Taschen zutage. Eine davon war ein großer Beutel unten am Rücken, eine Art integrierter Rucksack. Unter seinem Kopfkissen lag ein japanisches Klappmesser mit orangefarbenem Griff; das wanderte in eine schmale Tasche im vorderen Teil des linken Ärmels.

Die Traumgirls schalteten sich ein, als er das Zimmer verließ. »Bobby, Boobby, komm zurück und spiel mit uns ...«

Im Wohnzimmer riß er den Stecker des Ono-Sendai aus dem Hitachi, rollte das Glasfaserkabel auf und stopfte es in eine Tasche. Ebenso verfuhr er mit den Troden, dann packte er den Ono-Sendai in die Rückentasche der Jacke.

Die Gardinen waren noch zugezogen. Eine neue, freudige Erregung überkam ihn. Er ging weg. Er *mußte* weg. Schon hatte er die jämmerliche Zuneigung vergessen, die sein kleiner Zusammenstoß mit dem Tod ausgelöst hatte. Vorsichtig teilte er die Gardinen und spähte durch den daumenbreiten Spalt hinaus.

Es war später Nachmittag. In wenigen Stunden würden die ersten Lichter in den dunklen Klötzen der Projects angehen. Big Playground lag da wie ein Meer aus Beton; am anderen Ufer erhoben sich die Projects, riesige, geradlinige Bauten, die durch wahllos aufgesetzte, nachgerüstete Wintergärten, Fischbecken und Solarheizungsanlagen sowie die allgegenwärtigen improvisierten Drahtschüsseln aufgelockert wurden.

Two-a-Day war jetzt irgendwo da droben und schlief in einer Welt, die Bobby nie gesehen hatte, der Welt einer Sozialarcologie. Two-a-Day kam herab, um Geschäfte zu machen – in erster Linie mit den Hotdoggern von Barrytown –, und ging dann wieder rauf. Für Bobby hatte es da oben immer toll ausgesehen. Da tat sich abends was auf den Balkonen; zwischen rotglühender Holzkohle tollten kleine Kinder in Unterwäsche herum wie die Äffchen – so winzig, daß man sie kaum erkennen konnte. Manchmal, wenn der Wind drehte, legte sich Bratgeruch über Big Playground, und zuweilen sah man einen Ultralight von einer verborgenen Dachlandschaft hoch droben starten. Und ständig der Rhythmussalat aus Millionen Boxen, Musikfetzen, die der Wind herantrug und wieder verwehte.

Two-a-Day redete nie darüber, wie und wo er lebte. Two-a-Day redete nur vom Geschäft oder – wenn er sich geselliger geben wollte – von Frauen. Was Two-a-Day über Frauen sagte, weckte bei Bobby mehr denn je den Wunsch, aus Barrytown zu verschwinden, aber er wußte, daß das Geschäft sein einziges Tikket nach draußen sein würde. Im Moment brauchte er den Dealer jedoch aus anderen Gründen, denn jetzt hing er total in der Luft.

Vielleicht konnte er von Two-a-Day erfahren, was gespielt wurde. Eigentlich hätte es bei der Basis kein Killerzeug geben dürfen. Two-a-Day hatte für ihn ausgesucht und ihm dann die Software vermietet, die er brauchte, um reinzukommen. Und Two-a-Day war bereit, alles weiterzuverhökern, was er rausholen würde. Also mußte Two-a-Day es wissen. Zumindest irgendwas mußte er wissen.

»Ich hab nicht mal deine Nummer, Mann«, sagte Bobby zu den Projects und ließ die Gardinen zufallen. Sollte er seiner Mutter was hinterlassen? Eine Nachricht? »Quatsch«, sagte er zu dem Zimmer hinter ihm, »nichts wie weg hier«, und dann war er draußen auf dem Korridor, auf dem Weg zur Treppe. »Auf Nimmerwiedersehen«, setzte er hinzu und stieß eine Haustür auf.

Big Playground sah ziemlich ungefährlich aus, bis auf einen einsamen Dustsüchtigen ohne Hemd, der in ein zorniges Zwiegespräch mit Gott vertieft war. Bobby machte einen weiten Bogen um den brüllenden, hüpfenden Duster, der mit Karatehieben die Luft zerteilte. Er hatte angetrocknetes Blut an den nackten Fußsohlen und die Reste einer Lobe-Frisur auf dem Kopf.

Big Playground war neutrales Gebiet, zumindest theoretisch, und die Lobes waren lose mit den Gothicks verbündet. Bobby unterhielt recht stabile Beziehungen zu den Gothicks, blieb dabei jedoch ein Indie, ein Unabhängiger. Barrytown war ein heißes Pflaster für Indies. Die Gangs gaben einem wenigstens eine gewisse Struktur, dachte er, als das wütende Gekeife des Dusters hinter ihm verklang. Wenn man ein Gothick war und von den Kasuals vermöbelt wurde, so war das nur logisch. Mochten die eigentlichen Motive auch völlig hirnrissig sein, es gab immerhin Regeln. Die Indies jedoch wurden von Dustern, die nur noch von ihrem Stammhirn geleitet wurden, und von durchziehenden, räuberischen Irren erledigt, die sogar noch von New York kamen – wie dieser Typ letzten Sommer, der Penissammler, der seine Beutestücke in einer Plastiktüte in der Tasche mit sich rumschleppte …

Bobby hatte seit dem Tag seiner Geburt nach einer Chance gesucht, aus dieser Umgebung rauszukommen. Jedenfalls empfand er es so. Nun knallte ihm bei jedem Schritt das Cyberspace-Deck in der Rückentasche ins Kreuz, als wollte es ihn ebenfalls zur Flucht antreiben. »Komm schon, Two-a-Day«, sagte er zu den düster aufragenden Projects, »beweg deinen Arsch runter und sei im Leon's, wenn ich hinkomme, okay?«

Two-a-Day war nicht im Leon's.

Kein Mensch war da außer Leon selbst, der mit einer zurechtgebogenen Büroklammer das mysteriöse Innenleben eines Großbildkonverters erkundete.

»Warum nimmste nicht einfach ’nen Hammer und haust auf das Scheißding drauf, bis es geht?« fragte Bobby. »Bringt so ziemlich das gleiche.«

Leon schaute von dem Konverter auf. Er mochte Mitte Vierzig sein, aber das war schwer zu sagen. Er schien keiner bestimmten Rasse anzugehören oder in mancherlei Hinsicht einer Rasse, der kein anderer angehörte. Massenweise hypertrophe Gesichtsknochen und eine lockige, stumpfe schwarze Mähne. Sein Piratenclub im Keller war seit zwei Jahren eine feste Institution in Bobbys Leben.

Leon starrte Bobby mit seinen verunsichernden Augen dumpf an. Über den perlmuttgrauen Pupillen lag ein feiner olivgrüner Schimmer. Bei Leons Augen mußte Bobby immer wieder an Muscheln und Nagellack denken, zwei Dinge, an die er in Verbindung mit Augen nicht sonderlich gern dachte. Die Farbe erinnerte ihn an ein Material, mit dem man Barhocker bezog.

»Ich mein nur, so ’n Teil kriegt man nicht wieder hin, wenn man drin rumstochert«, fügte Bobby verlegen hinzu. Leon schüttelte langsam den Kopf und widmete sich wieder seiner Untersuchung. Die Leute zahlten bei ihm Eintritt, weil er Kino und Simstim vom Kabel abzapfte und vieles vorführte, was sich Barrytowner sonst nicht leisten konnten. Hinten wurde gedealt, und man konnte »spenden« für seine Drinks, meist Fusel aus Ohio mit synthetischem Orangengesöff, das Leon in rauhen Mengen einkaufte.

»Äh, sag mal, Leon«, begann Bobby erneut, »haste Two-a-Day in letzter Zeit hier gesehn?«

Die schrecklichen Augen richteten sich wieder auf ihn und starrten ihn entschieden zu lange an. »Nein.«

»Gestern abend vielleicht?«

»Nein.«

»Oder vorgestern?«

»Nein.«

»Tja. Okay. Danke.« Es war zwecklos, Leon auszuquetschen, und auch nicht ratsam. Bobby sah sich in dem großen, schummrigen Raum um, betrachtete die Simstim-Geräte und die dunklen Kinobildschirme. Der Club bestand aus einer Reihe nahezu identischer Räume im Untergeschoß eines Mischblocks für Singles und vereinzelte Kleingewerbebetriebe. Gute Schallisolierung: Draußen hörte man praktisch nichts von der Musik. In den vielen Nächten, in denen Bobby mit einem Brummschädel vom Lärm und von den Tabletten aus dem Leon's gekommen war, hatte er sich in einem magischen Vakuum der Stille wiedergefunden, so daß ihm auf dem ganzen Heimweg durch Big Playground die Ohren geklungen hatten.

Jetzt blieb ihm noch etwa eine Stunde, bis die ersten Gothicks eintrudelten. Die Dealer, meist Schwarze aus den Projects oder Weiße aus der City oder einem anderen Vorort, würden erst auftauchen, wenn ein paar Gothicks da waren, die sie in die Mache nehmen konnten. Es gab nichts Schlimmeres für einen Dealer, als untätig rumzusitzen, denn das bedeutete, daß man nichts los wurde; kein richtig heißer Dealer würde nur so zum Vergnügen im Leon's abhängen. Im Leon's trafen sich die Feierabend-Hotdogger mit den billigen Decks, die sich japanische Eisbrecherfilme anschauten.

Aber Two-a-Day war anders, redete Bobby sich ein, als er die Betontreppe hinaufstieg. Two-a-Day war schon unterwegs, weg von den Projects, weg von Barrytown, weg vom Leon's. Unterwegs in die City. Vielleicht sogar nach Paris oder Chiba. Der Ono-Sendai schlug ihm gegen das Rückgrat. Ihm fiel ein, daß Two-a-Days Eisbrecherkassette immer noch drinsteckte. Er legte absolut keinen Wert darauf, das irgendwem erklären zu müssen. Er kam an einem Zeitungskiosk vorbei. Ein gelbes Fax der New Yorker *Asahi Shimbun*-Ausgabe lief über eine Plastikscheibe in der verspiegelten Seitenwand: eine Regierung in Afrika gestürzt, russische Meldungen vom Mars ...

Es war die Tageszeit, in der man alles sehr klar sehen konnte, selbst noch die kleinsten Details die ganze Straße entlang: das knospende Grün an den schwarzen Zweigen der Bäume in ihren Löchern im Beton, den aufblitzenden Stahlbeschlag am Stiefel eines Mädchens einen Block weiter. Es war, als würde man durch ein besonderes Wasser schauen, das die Sicht verbesserte, obwohl es fast schon dunkel war. Bobby drehte sich um und blickte zu den Projects hinauf. Ganze Etagen da oben blieben immerzu finster; entweder waren sie unbewohnt, oder die Fenster waren verdunkelt. Was mochte sich hinter ihnen abspielen? Vielleicht sollte er das mal Two-a-Day fragen.

Er schaute auf die Coke-Uhr des Kiosks. Seine Mutter würde mittlerweile aus Boston zurück sein, bestimmt; wenn nicht, würde sie eine ihrer Lieblingsserien verpassen. Neues Loch im Kopf. Sie war sowieso nicht ganz dicht, aber das lag nicht an der Buchse, die sie schon vor seiner Geburt gehabt hatte. Jahrelang hatte sie über deren atmosphärisches Rauschen, die schlechte Auflösung und die sensorischen Überlagerungen gejammert, und nun hatte sie endlich die Kohle zusammengekratzt, um sich das Ding in Boston auswechseln zu lassen. In irgend so einem Billigladen, in dem man nicht mal 'nen OP-Termin bekam. Da ging man hin, und sie klatschten einem das Ding einfach so rein ... Er kannte sie, ja. Wie sie mit einer eingepackten Flasche unterm Arm zur Tür reinkam, nicht mal den Mantel auszog, sondern schnurstracks rüberging und sich an den Hitachi ankoppelte, um sich für geschlagene sechs Stunden Schmalz ins Hirn zu pumpen. Ihr Blick verschwamm, und manchmal sabberte sie auch ein bißchen, wenn die Folge richtig gut war. Aber trotzdem schaffte sie es, so alle zwanzig Minuten daran zu denken, einen Damenschluck aus der Flasche zu nehmen.

So war sie schon immer gewesen, seit er denken konnte, und mit der Zeit war sie immer tiefer in ihr halbes Dutzend synthetische Leben abgeglitten, die Simstim-Phantasien in Fortsetzungen, die sich Bobby sein Leben lang hatte anhören müssen.

Selbst heute noch beschlich ihn manchmal das unheimliche Gefühl, einige der Figuren, von denen sie faselte, seien Verwandte von ihm, reiche, schöne Tanten und Onkel, die vielleicht eines Tages aufkreuzen würden, wenn er nur nicht so ein kleines Arschloch wäre. Vielleicht, so dachte er jetzt, stimmte das auch in gewissem Sinn; sie hatte sich den Scheiß auch während der Schwangerschaft ständig reingezogen, das hatte sie ihm selber gesagt, also hatte er – der kleine kauernde Fötus Newmark in ihrem Bauch – an die tausend Stunden *Bedeutende Menschen* und *Atlanta* abbekommen. Allerdings dachte er nicht gern daran, daß er in Marsha Newmarks Bauch gesteckt hatte. Er bekam Schweißausbrüche davon und ein flaues Gefühl im Magen.

Marsha-Mama. Erst im letzten Jahr hatte Bobby – so sah er es jetzt – genug von der Welt begriffen, um sich zu fragen, wie sie es eigentlich schaffte, in dieser Welt zu bestehen, auch wenn sie in Gesellschaft ihrer Flasche und der Gespenster aus der Buchse nur so dahinvegetierte. Manchmal, wenn sie in Stimmung war und das richtige Quantum intus hatte, versuchte sie noch immer, ihm etwas über seinen Vater zu erzählen. Obwohl er schon mit vier gemerkt hatte, daß diese Geschichten erstunken und erlogen waren – die Details änderten sich nämlich von Zeit zu Zeit –, hatte er dennoch jahrelang einen gewissen Spaß daran gehabt.

Ein paar Blocks westlich vom Leon's kam er an eine Laderampe, die durch einen frisch gestrichenen blauen Müllcontainer gegen die Straße abgeschirmt war. Die frische Farbe glänzte auf dem zernarbten, verbeulten Eisen. Über der Rampe hing eine einzelne Halogenröhre. Er fand einen bequemen Betonvorsprung, auf den er sich setzte, wobei er darauf achtete, daß der Ono-Sendai nichts abbekam. Manchmal mußte man eben einfach warten. Das war eine der Lektionen, die er von Two-a-Day gelernt hatte.

Der Container quoll über von Industrieabfällen aller Art. Barrytown hatte seinen Anteil an Herstellern grauer Ware, Elementen der »Schattenwirtschaft«, von der die Gesichter in den

Nachrichten gern schwätzten, aber Bobby gab nichts auf die Gesichter in den Nachrichten. Geschäft. Alles bloß Geschäft.

Nachtfalter umschwirrten die Halogenlampe in unregelmäßigen, stroboskopischen Kreisen. Bobby verfolgte ohne Interesse, wie drei Kinder von höchstens zehn Jahren die blaue Wand mit einem dreckigen weißen Nylonseil und einem behelfsmäßigen Enterhaken erklommen, der vielleicht von einem Kleiderständer stammte. Als das letzte Kind oben angelangt und im Plastikabfall verschwunden war, wurde die Leine rasch eingeholt. Im Müll begann es zu rumoren.

Genau wie ich, dachte Bobby. Ich hab auch so 'nen Scheiß gemacht und mir mit komischem Zeug aus dem Müll das Zimmer vollgestellt. Einmal hatte Ling Warrens Schwester einen fast kompletten Menschenarm gefunden, in grüne Plastikfolie eingewickelt und mit Gummibändern drumrum.

Hin und wieder bekam Marsha-Mama ihre religiösen Anfälle, die zwei Stunden dauerten; dann marschierte sie in Bobbys Zimmer, warf seine besten Müllfunde raus und pappte ihm irgendein ätzendes, selbstklebendes Hologramm übers Bett. Ob Jesus oder Hubbard oder die Jungfrau Maria, spielte keine große Rolle für sie, wenn sie richtig in Fahrt war. Bobby war jedesmal stinksauer, bis er eines Tages, als er groß genug war, mit einem Schlosserhammer ins Wohnzimmer ging und ihn über dem Hitachi schwang. Wenn du noch einmal meine Sachen anrührst, bring ich deine Freunde um, Mom, allesamt. Sie tat es nie wieder. Allerdings hatten die Hologramm-Aufkleber durchaus eine Wirkung auf Bobby gehabt, denn schließlich hatte er sich nun mit Religion beschäftigt, und das Thema war für ihn abgehakt. Wie er die Dinge sah, gab es halt einfach Leute, die den Scheiß brauchten; die hatte es wohl schon immer gegeben, aber er gehörte nun mal nicht zu ihnen, also brauchte er ihn auch nicht.

Jetzt tauchte eins der Müllkinder aus dem Abfall auf, inspizierte schlitzäugig die unmittelbare Umgebung und verschwand dann wieder. Ein Klappern und Kratzen ertönte. Kleine weiße

Hände bugsierten einen verbeulten Kanister aus irgendeiner Legierung nach oben und über den Rand und ließen ihn an dem Nylonseil ab. Guter Fang, dachte Bobby; bei einem Metallhändler kriegte man schon ein bißchen was dafür. Sie ließen das Ding etwa einen Meter vor Bobbys Stiefeln aufs Pflaster herunter. Beim Aufsetzen drehte es sich zufällig, so daß Bobby das auf biologische Gefahren hinweisende Zeichen mit den sechs Spitzen sah. »Fuck, ey«, sagte er und zog reflexartig die Beine an.

Eins der Kinder glitt am Seil herunter und hielt den Behälter fest. Die anderen beiden folgten. Er sah, daß sie jünger waren, als er gedacht hatte.

»He«, sagte Bobby, »das könnte echt übles Zeug sein, wißt ihr. Krebserregend und so.«

»Fick dich ins Knie, du Sack«, riet ihm der kleine Junge, der als erster heruntergekommen war, während die anderen ihren Haken losrüttelten, das Seil aufrollten und den Kanister um den Container herum davonschleppten.

Bobby wartete anderthalb Stunden. Das reichte: Im Leon's war schon reichlich was los.

Mindestens zwanzig Gothicks hingen wie eine Schar Dinosaurierbabies im Hauptraum herum. Ihre gelackten Haarkämme wippten und wackelten. Die Mehrheit entsprach weitgehend dem Ideal der Gothicks: groß, schlank und muskulös, aber auch ein bißchen hager und hektisch. Junge Athleten im Frühstadium der Schwindsucht. Die Grabesblässe war obligatorisch und das Haar per definitionem schwarz. Bobby wußte, daß man die wenigen, die es nicht schafften, ihren Körper nach Maßgabe der Szene zu stylen, am besten mied; ein kleinwüchsiger Gothick bedeutete Ärger, ein fetter Gothick war mörderisch.

Jetzt beobachtete er, wie sie im Leon's ihre Muskeln spielen ließen und glitzerten, als wären sie ein zusammengesetztes Wesen, ein schleimiges Etwas mit einer puzzleartigen Oberfläche aus schwarzem Leder und rostfreien Stacheln. Die meisten hatten nahezu identische Gesichter, die nach alten Archetypen aus Kinobanken geformt waren. Bobby entschied sich für einen besonders herausgeputzten Dean, dessen Haar wie der Kamm einer balzenden Nachtechse wippte. »He, Bruder«, begann Bobby, der sich nicht sicher war, ob er den Burschen schon kannte.

»Hallo, Kumpel«, erwiderte der Dean träge. Seine linke Wange wölbte sich über einem Harzklumpen. »Der Count, Baby«, erklärte er seinem Mädchen. »Count Zero Interrupt.« Die lange, blasse Hand mit frischem Wundschorf auf dem Rücken lag auf dem Lederrock über dem Arsch der Kleinen. »Count, das ist meine Süße.« Das Gothick-Girl betrachtete Bobby mit gelindem Interesse, jedoch ohne das geringste Anzeichen, daß sie ihn als Mensch wahrnahm, als sähe sie eine Werbung für ein Produkt, von dem sie gehört hatte, das sie aber nicht kaufen wollte.

Bobby ließ seinen Blick über die Menge schweifen. Ein paar ausdruckslose Gesichter, aber keins, das er kannte. Kein Two-a-Day. »Sag mal, ey«, meinte er vertraulich, »du weißt doch, wie das ist und so, also, ich such 'nen engen Freund von mir, 'nen Geschäftsfreund« – der Gothick nickte verständig mit seinem Kamm – »namens Two-a-Day ...« Er machte eine Pause. Der Gothick sah ihn nur groß an und kaute auf seinem Harz. Das Girl wirkte gelangweilt und hibbelig. »Software-Händler«, fügte Bobby hinzu und runzelte die Stirn. »'n schwarzer Software-Händler.«

»Two-a-Day«, sagte der Gothick. »Klar doch. Two-a-Day. Stimmt's, Babe?« Sein Girl schüttelte den Kopf und schaute weg.

»Kennste ihn?«

»Klar.«

»Schon dagewesen heut abend?«

»Nee«, sagte der Gothick und grinste grundlos.

Bobby machte den Mund auf, schloß ihn, zwang sich zu einem Nicken. »Danke, Bruder.«

»Immer für dich da, Kumpel«, sagte der Gothick.

Eine weitere Stunde, und noch mehr von der Sorte. Zuviel Weiß, kreidebleiches Gothick-Weiß. Die leeren, glänzenden Augen ihrer Girls, ihre hohen Hacken wie schwarze Nadeln. Er hielt sich nach Möglichkeit vom Simstim-Raum fern, wo Leon so eine wüste Dschungelorgie laufen ließ, die einen ständig in die diversen Tiere versetzte und haufenweise irre Action auf den Bäumen bot, von der Bobby ein bißchen schwindlig wurde. Er war nun schon leicht benommen vor Hunger, aber vielleicht war es auch eine Nachwirkung dessen, was ihm zugestoßen war. Allmählich fiel es ihm schwer, sich zu konzentrieren; seine Gedanken drifteten in die merkwürdigsten Richtungen. So überlegte er zum Beispiel, wer wohl auf die schlangenverseuchten Bäume geklettert war und ein Paar dieser Rattendinger für Simstim präpariert hatte.

Wer auch immer, die Gothicks fuhren drauf ab. Sie strampelten und stampften und identifizierten sich überhaupt voll mit den Baumratten. Das Leon's hatte einen neuen Renner, entschied Bobby.

Gleich links von ihm, aber ein gutes Stück außerhalb des Simstim-Bereichs, standen zwei Girls aus den Projects, deren barocke Aufmachung sich deutlich vom Schwarzweiß der Gothicks absetzte. Lange schwarze Gehröcke gaben den Blick auf enge rote Westen aus Seidenbrokat frei, die Schöße riesiger weißer Hemden hingen ihnen weit über die Knie. Ihre dunklen Gesichter wurden von den Krempen weicher Filzhüte beschattet, die mit allerlei antikem, goldenem Schnickschnack bestückt waren: Haarnadeln, Amuletten, Zähnen, mechanischen Uhren. Bobby beobachtete sie verstohlen; die Kleidung verriet, daß sie Geld hatten, aber auch, daß irgendwer einem gründlich die Hölle heiß machen würde, wenn man dranzukommen versuchte. Two-a-Day war mal in so einem eisblauen Veloursanzug mit diamantbesetzten Knieschnallen aus den Projects runtergekommen, als hätte er keine Zeit mehr gehabt, sich umzuziehen, aber Bobby hatte so getan, als wäre der Software-Händler in seiner üblichen

Lederkluft erschienen, weil eine weltoffene Einstellung seiner Meinung nach ausschlaggebend war im Geschäft.

Er stellte sich vor, wie er locker zu ihnen ging und sie einfach drauf ansprach. He, ihr beiden Hübschen, ihr kennt doch bestimmt meinen guten Freund, Mr. Two-a-Day, oder? Aber sie waren älter und größer als er, und ihr würdevolles Gebaren schüchterte ihn ein. Wahrscheinlich würden sie einfach nur lachen, und darauf konnte er gut verzichten.

Worauf er nun allerdings nicht länger verzichten konnte, war etwas zu essen. Durch den Stoff seiner Jeans hindurch betastete er seinen Kreditchip. Er würde über die Straße gehen und sich ein Sandwich holen ... Dann fiel ihm wieder ein, warum er hier war, und plötzlich schien es ihm nicht sonderlich klug zu sein, den Chip zu benutzen. Wenn er nach seinem versuchten Run aufgespürt worden war, dann hatten sie mittlerweile seine Chipnummer. Wenn er sie benutzte, würde er damit jeden, der ihn im Cyberspace suchte, auf sich aufmerksam machen; er würde im Gitter von Barrytown so unübersehbar sein wie eine Leuchtkugel in einem dunklen Footballstadion. Er hatte sein Bargeld, aber damit konnte man kein Essen kaufen. Es war zwar nicht gerade illegal, so was zu besitzen, aber es wickelte einfach niemand legale Geschäfte damit ab. Er mußte also einen Gothick mit einem Chip aufreißen, sich einen Kredit in Höhe eines Neuen Yen kaufen, wofür er wohl ordentlich was drauflegen mußte, und den Gothick dann das Essen bezahlen lassen. Aber in welcher Form sollte er das Wechselgeld einkassieren, verdammt?

Vielleicht siehst du bloß Gespenster, sagte er sich. Er wußte nicht mit Sicherheit, daß er zurückverfolgt worden war, und die Basis, die er hatte knacken wollen, war legal, angeblich jedenfalls. Deshalb hatte Two-a-Day ihm erklärt, er brauche sich keine Sorgen wegen schwarzem Eis zu machen. Wer packte einen Laden, der Softpornos verlieh, schon mit tödlichen Rückkopplungsprogrammen voll? Er hatte eigentlich nur ein paar Stunden digitalisiertes Kino abzapfen wollen, neues Material, das auf dem

Schwarzmarkt noch nicht zu haben war. Nicht gerade eine Beute, für die man von irgendwem umgebracht wurde ...

Trotzdem hatte es jemand versucht. Und dann war noch was anderes passiert. Was ganz anderes. Bobby stapfte wieder die Stufen hinauf und verließ das Leon's. Ihm war klar, daß er bei weitem nicht alles über die Matrix wußte, aber so was Merkwürdiges war ihm noch nicht zu Ohren gekommen. Sicher, es gab Gespenstergeschichten und Hotdogger, die schworen, im Cyberspace irgendwas gesehen zu haben, aber Bobby hatte sie für Wilsons gehalten, die auf Dust reingegangen waren; in der Matrix konnte man ebensogut halluzinieren wie überall sonst auch ...

Vielleicht war es das, dachte er. Die Stimme war bloß ein Element des Sterbens, des Hirntods, irgendein Humbug, den das Gehirn hervorbrachte, damit es einem ein bißchen besser ging, und am anderen Ende war irgendwas passiert, vielleicht ein Stromausfall in deren Teil des Gitters, so daß das Eis die Kontrolle über sein Nervensystem verloren hatte.

Vielleicht. Aber sicher war er nicht. Er kannte sich da nicht so aus. Seine Unwissenheit hatte in letzter Zeit an ihm zu nagen begonnen, weil sie ihn daran hinderte, die erforderlichen Schritte zu tun. Er hatte noch nie viel darüber nachgedacht, aber er hatte wirklich von nichts sonderlich viel Ahnung. Bis er als Hotdogger angefangen hatte, war er der Meinung gewesen, alles zu wissen, was er wissen mußte. Genau das war die Geisteshaltung der Gothicks, und deshalb blieben sie hier machten sich mit Dust kaputt oder ließen sich von den Kasuals erledigen. Bei diesem Verschleißprozeß blieb jener Prozentsatz von ihnen übrig, der irgendwie zum nächsten Schwung kinderkriegender, Wohneigentum erwerbender Barrytowner werden würde, und dann konnte das Ganze wieder von vorne losgehen.

Er war wie ein Kind, das an der Küste aufgewachsen war, das Meer als ebenso gegeben nahm wie den Himmel und nichts über Strömungen, Schiffahrtsstraßen und die Gesetzmäßigkeiten des Wetters wußte. Er hatte in der Schule Decks benutzt, Spielzeug, das einen durch die unendlichen Weiten des Raumes transportierte, der kein Raum war, die unvorstellbar komplexe konsensuelle Halluzination der Menschheit, die Matrix, den Cyberspace mit den wie Neonnovae leuchtenden heißen Kernen der Großunternehmen, deren Datendichte so hoch war, daß man eine sensorische Überlastung erlitt, wenn man mehr als bloße Umrisse zu erfassen trachtete.

Seit seinem ersten Tag als Hotdogger schwante ihm jedoch, daß er herzlich wenig darüber wußte, wie irgendwas funktionierte – nicht nur in der Matrix. Es nahm sozusagen überhand, und er begann, Fragen zu stellen und nachzudenken. Darüber, wie Barrytown funktionierte, was seine Mutter antrieb, warum Gothicks und Kasuals so viel Energie investierten, um sich gegenseitig auszuschalten. Oder warum Two-a-Day schwarz war und droben in den Projects lebte und was das für einen Unterschied machte.

Unterwegs hielt er weiterhin Ausschau nach seinem Dealer. Weiße Gesichter, noch mehr weiße Gesichter. Sein Magen hatte sich schon lautstark zu Wort gemeldet; er dachte an das frische Päckchen Weizenschnitten im Kühlschrank daheim. Wenn er sich die mit ein bißchen Soja in die Pfanne haute und dazu ein Päckchen Krillwaffeln aufmachte …

Als er wieder am Kiosk vorbeikam, warf er einen Blick auf die Coke-Uhr. Marsha war jetzt bestimmt zu Hause und in die labyrinthischen Verwicklungen von *Bedeutende Menschen* vertieft, deren Heldin sie seit fast zwanzig Jahren per Buchse durchs Leben begleitete.

Das Fax der *Asahi Shimbun* lief nach wie vor hinter dem kleinen Fenster ab, und er trat näher und sah gerade noch die erste Meldung von dem Bombenanschlag auf Block A, 2. Etage, Covina Concourse Courts, Barrytown, New Jersey …

Dann war sie weg, durchgelaufen, und es folgte ein Bericht über das feierliche Begräbnis des Clevelander Yakuza-Bosses. Streng nach Tradition. Alle trugen schwarze Regenschirme.

Barry hatte seit seiner Geburt in Block A gewohnt, Nummer 503.

Jenes monströse, auf ihn zukommende Etwas hatte Marsha Newmark und ihre Hitachi-Wohnung ausgelöscht. Und das hatte natürlich ihm gegolten.

»Da fackelt jemand nicht lange«, hörte er sich sagen.

»He, Kumpel! Count! Biste auf Dust, Bruder? He! Wo willst 'n hin!«

Die Blicke von zwei Deans folgten ihm auf seiner panischen Flucht.

7
DAS EINKAUFSZENTRUM

Conroy bog mit dem blauen Fokker von dem rissigen Band des Vorkriegshighway ab und nahm Gas weg. Die Fahne aus hellem Staub, die sie seit Needles hinter sich herzogen, setzte sich langsam; das Hovercraft sank in seine aufgeblähte Luftkissenschürze, als es zum Stehen kam.

»Das ist der Treffpunkt, Turner.«

»Was hat denn hier eingeschlagen?« Eine rechteckige Betonfläche, die sich zu unregelmäßigen, verwitterten Schlackensteinmauern hin erstreckte.

»Die Wirtschaftslage«, sagte Conroy. »Vorm Krieg. Ist nicht mehr fertiggebaut worden. Zehn Kilometer weiter westlich sind lauter Parzellen, nur ein gepflastertes Wegnetz, keine Gebäude, nichts.«

»Wie groß ist die Mannschaft vor Ort?«

»Neun, außer dir. Und die Ärzte.«

»Was für Ärzte?«

»Hosakas Ärzte. Vergiß nicht, Maas produziert Bioware. Man weiß nie, ob und wie sie unseren Knaben präpariert haben könnten. Also hat Hosaka 'ne richtige kleine Neurochirurgie gebaut und mit drei Genies besetzt. Zwei gehören zur Firma, das dritte ist 'ne Koreanerin, die die schwarze Medizin von beiden Seiten kennt. Der Med-Container steht in dem langen Bau dort.« Er zeigte hin. »Da ist das Dach teilweise erhalten.«

»Wie habt ihr ihn hierhergekriegt?«

»In 'nem Tankzug, aus Tucson. Der hat 'ne Panne simuliert. Wir haben das Ding rausgeholt und reingerollt. Mußten alle mit anpacken. Sache von drei Minuten.«

»Maas«, sagte Turner.

»Genau.« Conroy stellte die Motoren ab. »Ist 'n Risiko«, sagte er in die plötzliche Stille hinein. »Vielleicht haben sie's übersehen. Unser Mann hat die ganze Zeit im Tankzug gehockt und seinem Spediteur in Tucson per CB die Ohren vollgejammert über den Scheiß-Wärmetauscher und wie lange es dauern würde, den wieder hinzukriegen. Schätze, das haben die gefressen. Hättest du 'ne bessere Idee gehabt?«

»Nein. Nicht, wenn der Auftraggeber das Ding unbedingt vor Ort haben will. Aber wir sitzen hier natürlich mitten in ihrem Beobachtungsgebiet.«

»Darling«, prustete Conroy, »vielleicht haben wir nur mal angehalten, um schnell 'ne Nummer zu schieben. Kleiner Zwischenstop auf der Fahrt nach Tucson. Ist so 'ne Stelle hier. Die Leute halten hier an, um zu pissen, weißt du?« Er blickte auf seine schwarze Porsche-Uhr. »Ich muß in einer Stunde dasein und mit 'nen Helikopter zur Küste zurückfliegen.«

»Zur Bohrinsel?«

»Nein. Wegen deinem blöden Jet. Dachte, das nehm ich selbst in die Hand.«

»Gut.«

»Ich würde 'nen Dornier-Luftkissengleiter einsetzen. Den stellen wir oben an der Straße bereit, bis wir Mitchell kommen sehn. Das Ding könnte hier sein, bis die Ärzte ihn durch haben. Dann rein mit ihm, und ab durch die Mitte zur Grenze nach Sonora ...«

»Mit Unterschall?« meinte Turner. »Kommt überhaupt nicht in Frage. Du machst dich auf nach Kalifornien und besorgst mir 'nen Senkrechtstarter. Unser Knabe verdünnisiert sich in einem Mehrzweck-Kampfflugzeug neuester Bauart.«

»Hast du 'nen bestimmten Piloten im Sinn?«

»Mich«, sagte Turner und tippte auf die Buchse hinter seinem Ohr. »Ist 'n voll integriertes interaktives System. Die verkaufen dir die Interface-Software, und ich klink mich direkt rein.«

»Wußte gar nicht, daß du fliegen kannst.«

»Kann ich auch nicht. Ich brauch nicht selber Hand anzulegen, um die Kiste nach Mexico City zu bringen.«

»Noch immer der wilde Bursche, Turner? Schon mal gehört, daß sie dir in Neu-Delhi angeblich den Schwanz weggeblasen haben sollen?« Conroy wandte sich zu ihm um. Sein Grinsen war kalt und steril.

Turner zog den Parka hinterm Sitz hervor und nahm den Revolver und die Schachtel Munition heraus. Er stopfte den Parka wieder zurück, aber Conroy sagte: »Behalt ihn! Nachts wird es saukalt hier.«

Turner griff nach dem Verschluß am Kanzeldach, und Conroy brachte die Motoren auf Touren. Das Hovercraft hob sich ein paar Zentimeter und schwankte leicht, als Turner die Haube hochklappte und ausstieg. Gleißende Sonne und eine Luft wie heißer Samt. Er zog die mexikanische Sonnenbrille aus der Tasche seines blauen Arbeitshemds und setzte sie auf. Er trug weiße Segeltuchschuhe und die Hose eines Tropenkampfanzugs. Die Schachtel mit den Explosivgeschossen wanderte in eine Oberschenkeltasche. Die Knarre behielt er in der rechten Hand, den Parka rollte er zusammen und klemmte ihn sich unter den linken Arm. »Geh zu dem langen Bau«, rief ihm Conroy über den Motorenlärm hinweg zu. »Da wirst du erwartet.«

Er sprang in die Gluthitze des Wüstenmittags hinunter, während Conroy Gas gab und das Fokker wieder auf den Highway steuerte. Turner sah ihm nach, als er nach Osten davonraste; das Flimmern der aufsteigenden Hitze verzerrte die kleiner werdenden Umrisse.

Als die Maschine verschwunden war, war kein Laut mehr zu hören. Nichts regte sich. Er drehte sich zu der Ruine um. Etwas Kleines, Schiefergraues huschte von einem Stein zu einem anderen. Etwa achtzig Meter vom Highway entfernt ragte das verfallene Gemäuer auf. Die dazwischenliegende Fläche hatte früher als Parkplatz gedient.

Fünf Schritte vorwärts, und er blieb stehen. Er hörte das Meer, das Brausen der Brandung, das Donnern der herabstürzenden Brecher. Die Knarre lag in seiner Hand, zu groß, zu real, und heizte sich in der Sonne auf.

Kein Meer, kein Meer, sagte er sich. Ich kann es nicht hören. Er ging weiter und glitt mit seinen Segeltuchschuhen in einer Masse alten Fensterglases aus, die mit braunen und grünen Flaschenscherben durchsetzt war. Rostige Scheiben, die einmal Kronkorken gewesen waren, und plattgedrückte Aludosen lagen herum. Insekten schwirrten von niedrigen, dürren Sträuchern auf.

Aus. Vorbei. Damit. Keine Zeit.

Er blieb wieder stehen und spähte nach vorn, als suchte er etwas, das ihm helfen würde, das, was in ihm hochstieg, zu benennen. Etwas Hohles ...

Das Einkaufszentrum war doppelt tot. Das Strandhotel in Mexiko hatte einmal gelebt, zumindest eine Saison lang.

Hinter dem Parkplatz das sonnige Schlackensteingemäuer, schäbig und seelenlos. Wartend.

Er fand sie im schmalen Schatten eines grauen Mauerstücks kauernd. Sie waren zu dritt. Er roch den Kaffee, bevor er sie sah. Der rußgeschwärzte Emailletopf stand wacklig auf dem winzigen Primus-Kocher. Es war natürlich beabsichtigt, daß Turner den Kaffee roch; sie erwarteten ihn. Andernfalls hätte er die Ruine leer vorgefunden und wäre dann still und leise und beinahe auf natürliche Weise gestorben.

Zwei Männer, eine Frau. Rissige, staubige Texasstiefel, der Jeansstoff ihrer Hosen so speckig, daß er vermutlich wasserdicht war. Die Männer waren bärtig und hatten das ungeschnittene, sonnengebleichte Haar mit Lederstreifen zu einem Knoten gebunden. Die Frau hatte das Haar in der Mitte gescheitelt und aus dem zerfurchten, vom Wind geröteten Gesicht straff nach hinten gekämmt. An der Mauer lehnte ein uraltes BMW-Motorrad mit rostigem Chrom und verbeulten Lackteilen, das mit graubrauner Wüstentarnung überspritzt war.

Turner löste die Hand vom Griff der Smith & Wesson und ließ sie um den Zeigefinger kreisen, so daß der Lauf erst nach oben und dann nach unten zeigte.

»Turner«, sagte einer der Männer und stand auf. Billiges Metall blitzte in seinem Mund. »Sutcliffe.« Leichter Akzent, wahrscheinlich australisch.

»Vorhut?« Er blickte zu den beiden anderen.

»Genau«, sagte Sutcliffe, stocherte mit braunem Zeigefinger und Daumen im Mund herum und zog eine gelbliche Prothese mit Stahlkronen heraus. Seine eigenen Zähne waren weiß und völlig gleichmäßig. »Du hast Chauvet von IBM zu Mitsu gebracht«, sagte er. »Und es heißt, du hättest Semenow aus Tomsk rausgeholt.«

»Ist das eine Frage?«

»Ich war im Werkschutz von IBM in Marrakesch, als du das Hotel hochgejagt hast.«

Turner sah dem Mann in die Augen. Sie waren blau, ruhig und strahlend. »Ist das ein Problem für dich?«

»Keine Sorge«, erwiderte Sutcliffe. »Ich wollte nur sagen, daß ich deine Arbeit gesehn habe.« Er steckte sich die Prothese wieder in den Mund. »Lynch.« Er nickte zu dem anderen Mann hinüber. »Und Webber.« Eine Kopfbewegung zu der Frau.

»Also, dann laßt mal hören«, sagte Turner und hockte sich in den winzigen Schatten. Die Knarre behielt er in der Hand.

»Wir sind vor drei Tagen gekommen«, sagte Webber, »auf zwei Motorrädern. Wir haben dafür gesorgt, daß bei einem die Kurbelwelle gebrochen ist, falls man uns gefragt hätte, warum wir hier campen. Ist gelegentlich 'n Durchgangslager hier für Motorradtramps und Kultfreaks. Lynch hat 'ne Glasfaserleitung sechs Kilometer nach Osten verlegt und ein Telefon angezapft...«

»Privat?«

»Münzfernsprecher«, sagte Lynch.

»Wir haben ein Testsignal durchgejagt«, fuhr die Frau fort. »Falls es nicht funktioniert hätte, würdest du's jetzt schon wissen.«

Turner nickte. »Schon Anrufe reingekommen?«

»Nein. Die Leitung ist ausschließlich für die große Show, was immer das sein mag.« Sie zog die Brauen hoch.

»Geht um 'ne Abwerbung.«

»Na, das liegt ja wohl auf der Hand«, sagte Sutcliffe, während er sich mit dem Rücken zur Wand neben Webber niederließ. »Obwohl der allgemeine Ton in dieser Operation bis jetzt darauf hindeutet, daß wir Mietlinge wahrscheinlich gar nicht erfahren werden, wen wir rausholen. Stimmt's, Turner? Oder werden wir im Fax was drüber lesen können?«

Turner ignorierte ihn. »Weiter, Webber.«

»Nachdem die Leitung stand, kam allmählich der Rest der Mannschaft dazu, einzeln oder zu zweit. Der letzte hat uns auf die Japs-Fuhre vorbereitet.«

»Das war 'n Ding«, sagte Sutcliffe. »Bißchen gewagt.«

»Meinst du, dadurch hätte die Sache platzen können?« fragte Turner.

Sutcliffe zuckte die Achseln. »Schon möglich. Wir haben das Teil fix verschwinden lassen. Verdammter Dusel, daß wir das Dach hatten, unter das wir's stecken konnten.«

»Und was ist mit den Passagieren?«

»Die kommen nur nachts raus«, sagte Webber. »Und sie wissen, daß wir sie abknallen, wenn sie sich weiter als fünf Meter von dem Ding entfernen.«

Turner blickte kurz zu Sutcliffe hin.

»Conroys Befehle«, sagte der Mann.

»Conroys Befehle gelten jetzt nicht«, sagte Turner, »diesen einen ausgenommen. Was sind das für Typen?«

»Ärzte«, sagte Lynch. »Korrupte Ärzte.«

»Genau«, meinte Turner. »Und wie steht's mit dem Rest der Truppe?«

»Wir haben einen Sonnenschutz aus mimetischer Tarnplane aufgespannt. Sie schlafen in Schichten. Es ist nicht genug Wasser da, und wir dürfen mit der Kocherei kein großes Risiko eingehen.« Sutcliffe griff nach dem Kaffeetopf. »Wir haben Posten aufgestellt und überprüfen regelmäßig die Überlandleitung.« Er goß sich Kaffee in einen Plastikbecher, der aussah, als hätte ein Hund daran herumgebissen. »Also, wann geht der Tanz los, Turner?«

»Ich will euren Stall voller Viehdoktoren sehn. Ich will einen Befehlsstand sehn. Von einem Befehlsstand war noch nicht die Rede.«

»Alles bereit.«

»Prima. Hier.« Turner gab Webber den Revolver. »Sieh zu, ob du irgendwas auftreiben kannst, wo ich den reinstecken kann. Und jetzt soll Lynch mir diese Ärzte zeigen.«

»Er hat sich schon gedacht, daß du's sein würdest«, sagte Lynch, der mühelos einen kleinen Schutthang hinaufstieg. Turner folgte ihm. »Du hast 'nen tollen Ruf.« Der jüngere Mann blickte unter schmutzigen, sonnengebleichten Haarfransen hervor zu ihm zurück.

»Kann ich gut drauf verzichten«, sagte Turner. »Am besten, man hat überhaupt keinen Ruf. Schon mal mit ihm gearbeitet? Marrakesch?« Lynch zwängte sich seitlich durch eine Lücke im Schlackenstein. Turner blieb dicht hinter ihm. Die Wüstenpflanzen rochen nach Teer; sie stachen und blieben haften, wenn man sie streifte. Durch ein rechteckiges Loch, das als Fenster gedacht gewesen war, konnte Turner rosige Berggipfel sehen. Dann lief Lynch einen Kieshang hinunter.

»Klar hab ich schon für ihn gearbeitet«, sagte Lynch, der am Fuß des Hangs wartete. Ein alt aussehender Ledergürtel saß tief auf seinen Hüften. Das wuchtige Koppelschloß war ein Totenkopf aus angelaufenem Silber mit einer Finne aus stumpfen, pyramidenförmigen Stacheln. »Marrakesch, das war vor meiner Zeit.«

»Für Connie auch, Lynch?«

»Wie?«

»Für Conroy? Hast du für den auch schon gearbeitet? Oder exakter: arbeitest du jetzt für ihn?« Turner kam langsam und bedächtig den Hang herunter, während er sprach; der Kies knirschte und rutschte unter seinen Segeltuchschuhen und bot wenig Halt. Er konnte die zierliche kleine Flechette sehen, die in einem Pistolenhalfter unter Lynchs Jeansweste steckte.

Lynch leckte sich die trockenen Lippen und wich nicht von der Stelle. »Das ist 'n Kontakt von Sut. Ich kenn den Mann nicht.«

»Conroy hat ein Problem, Lynch. Er kann die Verantwortung nicht delegieren. Er hat gern von Anfang an einen eigenen Mann dabei, der auf die Aufpasser aufpaßt. Immer. Bist du das, Lynch?«

Lynch schüttelte den Kopf, das absolute Minimum an Bewegung, um die Verneinung auszudrücken. Turner war so nahe bei ihm, daß er trotz des Teergestanks der Wüstenpflanzen seinen Schweiß roch.

»Ich hab erlebt, daß Conroy auf diese Weise zwei Abwerbungen vermasselt hat«, sagte Turner. »Eidechsen und Glasscherben. Willst du hier sterben, Lynch?« Turner hielt dem anderen die Faust vors Gesicht, streckte langsam den Zeigefinger aus und deutete nach oben. »Wir sind in ihrem Überwachungsgebiet. Wenn ein Spitzel von Conroy hier auch nur das kleinste Signal rausschickt, haben sie uns am Wickel.«

»Falls sie uns nicht eh schon haben.«

»Richtig.«

»Sut ist dein Mann«, sagte Lynch. »Nicht ich. Und Webber ist es wohl auch nicht.« Er kratzte sich mit schwarz geränderten, brüchigen Fingernägeln geistesabwesend den Bart. »Hast du mich nur wegen dieser kleinen Unterredung hergeholt, oder willst du nach wie vor unsere Japs-Fuhre sehn?«

»Schauen wir sie uns mal an.«

Lynch. Lynch war es.

Vor Jahren hatte sich Turner in Mexiko mal ein mobiles, solarbetriebenes Ferienmodul französischer Herkunft gemietet. Das Sieben-Meter-Modul aus einer glänzenden Legierung hatte die Form einer flügellosen Stubenfliege, deren Augen zwei Halbkugeln aus getöntem, photosensitivem Kunststoff waren; hinter denen hatte er gehockt, das Modul im Rachen eines alten, zweimotorigen russischen Transportflugzeugs, das an der Küste entlanggebrummt war, so tief, daß es beinahe die Kronen der höchsten Palmen streifte. Turner wurde an einem abgelegenen schwarzen Sandstrand abgesetzt, wo er drei wundervolle, einsame Tage in der engen, mit Teakholz vertäfelten Kabine verbrachte, sich Tiefkühlkost in der Mikrowelle heißmachte und sparsam, aber regelmäßig mit kühlem Süßwasser duschte. Die rechteckigen Solarzellen des Moduls drehten sich und richteten sich nach der Sonne aus, und er lernte, nach ihrer Position die Zeit zu bestimmen.

Hosakas mobile Neurochirurgie glich einer augenlosen Version jenes französischen Moduls, war etwa zwei Meter länger und schmutzigbraun lackiert. Perforierte Winkeleisen waren in regelmäßigen Abständen an die untere Hälfte des Rumpfs geschweißt und trugen simple, gefederte Aufhängungen für zehn Speichenräder mit dicken, stark genoppten roten Fahrradreifen aus Gummi.

»Sie schlafen«, sagte Lynch. »Das Ding schaukelt, wenn sie rumlaufen, daran sieht man's. Wir machen die Räder ab, wenn es soweit ist, aber vorerst ist es uns ganz recht, wenn wir sie auf diese Weise 'n bißchen im Auge behalten können.«

Turner ging langsam um das braune Gehäuse herum. Dabei fiel ihm das glänzende schwarze Abflußrohr auf, das zu einem kleinen, rechteckigen Tank in der Nähe führte.

»Den mußte ich gestern abend ausleeren. Pfui Teufel.« Lynch schüttelte den Kopf. »Sie haben Nahrung und etwas Wasser.«

Turner legte das Ohr an den Rumpf.

»Schalldicht«, sagte Lynch.

Turner betrachtete das Stahldach über ihnen. Die Ambulanz war von oben durch ein gut zehn Meter langes, rostiges Dach abgeschirmt. Stahlblech, das nun heiß genug war, um darauf Spiegeleier zu braten. Turner nickte. Das heiße Dach würde ein permanenter Faktor in der Maasschen Infrarotüberwachung sein.

»Fledermäuse«, sagte Webber und reichte ihm die Smith & Wesson in einem schwarzen Schulterhalfter aus Nylon. Die Dunkelheit war voller Laute, die von innen zu kommen schienen: metallisches Quietschen, das Geraschel von Käfern und das Geschrei unsichtbarer Vögel. Turner stopfte die Knarre samt Halfter in eine Parkatasche. »Wenn du pinkeln mußt, geh zu dem Mesquitebaum rüber. Aber paß auf die Stacheln auf.«

»Woher kommst du?«

»New Mexico«, sagte die Frau. Ihr Gesicht sah im verbliebenen Licht wie geschnitzt aus. Sie wandte sich ab und ging zu dem Mauerwinkel mit der Plane. Dort konnte Turner Sutcliffe und einen jungen Schwarzen ausmachen. Sie aßen aus matten Folienpackungen. Ramirez, der Konsolenjockey vor Ort, der Partner von Jaylene Slide. Aus Los Angeles.

Turner schaute zur Kuppel des grenzenlosen Himmels hinauf, zu der Sternenkarte darin. Komisch, daß er von hier aus so viel größer wirkt, dachte er. Vom Orbit aus ist es nur ein formloser Schlund, für den es keinen Maßstab mehr gibt. Heute nacht würde er nicht schlafen können, das wußte er, und der Große Wagen würde sich für ihn drehen und mit seinem Gefolge zum Horizont ziehen.

Übelkeit und Schwindel befielen ihn, als vor seinem geistigen Auge ungebeten Bilder aus dem Biosoft-Dossier auftauchten.

8
PARIS

Andrea lebte im Quartier des Ternes in einem alten Haus, das wie die anderen in der Straße darauf wartete, von den unerbittlichen Renovierern der Stadt sandgestrahlt zu werden. Im dunklen Eingang glomm ein mattes Biofluoreszenz-Band von Fuji Electric über einer baufälligen Wand voller kleiner Holzkästen, deren Türchen mit den Schlitzen zum Teil noch intakt waren. Marly wußte, daß Postboten früher täglich die Post durch solche Schlitze eingeworfen hatten; irgendwie fand sie das romantisch, obwohl die Kästchen mit den vergilbenden Visitenkarten, auf denen die Berufe längst verschwundener Hausbewohner aufgeführt waren, immer deprimierend auf sie gewirkt hatten. An den Wänden des Flurs waren pralle, verschlungene Kabel- und Glasfaserstränge befestigt, jeder Strang ein potentieller Alptraum für einen vom Pech verfolgten Service-Techniker. Am anderen Ende, hinter einer offenen Tür mit staubigen Milchglasscheiben,lag ein nicht mehr benutzter Innenhof mit feuchtglänzendem Pflaster.

Dort im Hof hockte, als Marly das Haus betrat, der Concierge auf einer leeren weißen Evian-Mineralwasserkiste und schmierte sorgfältig eine alte schwarze Fahrradkette, Glied für Glied. Er blickte auf, als Marly zur Treppe ging, zeigte aber kein größeres Interesse.

Die Marmorstufen waren von ganzen Mietergenerationen abgenutzt und ausgetreten. Andreas Wohnung lag im dritten Stock. Zwei Zimmer, Küche, Bad. Marly hatte sich hier einquartiert, als sie ihre Galerie endgültig geschlossen hatte und nicht mehr in dem provisorischen Schlafzimmer – dem Kämmerchen hinter dem Lager – übernachten konnte, das sie mit Alain geteilt hatte. Nun drückte das Haus wieder auf ihre Stimmung, aber ihr neues Outfit und das helle Klappern ihrer Absätze auf den Marmorstufen hielten die Depressionen auf Distanz. Sie trug einen übergroßen Ledermantel, der eine Nuance heller war als ihre Handtasche, einen Wollrock und eine Seidenbluse von Paris Isetan. In Faubourg St. Honoré hatte sie sich am Vormittag von einer Burmesin mit einem westdeutschen Laserstift die Haare schneiden lassen; ein teurer Schnitt, schlicht, aber mit Pfiff.

Sie berührte die runde Platte, die in der Mitte von Andreas Tür aufgeschraubt war, und hörte es einmal piepen, als die Platte die Furchen und Grate ihrer Fingerkuppen identifizierte. »Ich bin's, Andrea«, sagte sie in das winzige Mikrofon. Es klickte und klackte, als die Freundin die Tür entriegelte.

Andrea stand tropfnaß in ihrem alten Frotteebademantel da. Sie musterte Marlys neue Erscheinung und lächelte dann. »Hast du den Job bekommen oder eine Bank ausgeraubt?« Marly ging hinein und küßte die Freundin auf die feuchte Wange. »Mehr oder weniger beides«, sagte sie und lachte.

»Kaffee«, sagte Andrea. »Mach uns Kaffee. *Grandes crèmes*. Ich muß mir die Haare ausspülen. Toll, deine Frisur ...« Sie ging ins Bad, und Marly hörte Wasser auf Porzellan spritzen.

»Ich hab ein Geschenk mitgebracht«, sagte Marly, aber Andrea konnte sie nicht hören. Sie ging in die Küche, füllte den Kessel, machte mit dem altmodischen Anzünder den Herd an und suchte die vollgestellten Borde nach Kaffee ab.

»Ja«, sagte Andrea, »ich seh's.« Sie betrachtete das Hologramm des Kastens, den Marly zum ersten Mal in Vireks Konstrukt des Gaudí-Parks gesehen hatte. »Liegt voll auf deiner Linie.« Sie drückte auf einen Knopf, und das Trugbild des Braun erlosch. Der Himmel draußen vor dem einzigen Fenster des Zimmers war von ein paar Zirrusfetzen getüpfelt. »Mir ist das zu düster, zu ernst. Wie die Sachen, die du in deiner Galerie ausgestellt hast. Aber das heißt nur, daß Herr Virek eine gute Wahl getroffen hat; du wirst dieses Rätsel für ihn lösen. An deiner Stelle würde ich mir dabei ruhig Zeit lassen – bei dem Gehalt.« Andrea trug das Geschenk von Marly, ein teures, großzügig verarbeitetes, hübsches Herrenfrackhemd aus grauem flämischen Flanell. Sie stand auf so was, und ihre Freude war nicht zu übersehen. Es betonte ihre blonden Haare und hatte beinahe den gleichen Ton wie ihre Augen.

»Ich finde ihn schrecklich, diesen Virek ...« Marly zögerte.

»Kann ich mir denken«, meinte Andrea und nippte wieder an ihrer Kaffeetasse. »Glaubst du, jemand, der so reich ist, kann ein normaler, netter Mensch sein?«

»Ich hatte zwischendurch das starke Gefühl, daß er gar kein Mensch ist.«

»Ist er auch nicht, Marly. Du hast mit einer Projektion gesprochen, einer Trickaufnahme.«

»Trotzdem ...« Sie machte eine hilflose Geste und ärgerte sich im nächsten Moment über sich selbst.

»Trotzdem ist er steinreich und bezahlt dich reichlich für einen Job, für den du wie geschaffen bist.« Andrea lächelte und zog eine schön geformte, kohlschwarze Manschette zurecht. »Du hast aber auch keine große Wahl, nicht wahr?«

»Ich weiß. Vielleicht ist es das, was mich beunruhigt.«

»Also«, sagte Andrea, »ich wollte es zwar noch ein bißchen hinausschieben, aber ich habe dir was zu sagen, was dich vielleicht auch beunruhigt. Falls ›beunruhigen‹ das richtige Wort ist.«

»So?«

»Eigentlich wollte ich's dir überhaupt nicht sagen, aber ich wette, irgendwann kommt er doch an dich ran. Er riecht Geld, nehme ich an.«

Marly stellte ihre leere Tasse behutsam auf den vollgepackten kleinen Rattantisch.

»In der Beziehung ist er ziemlich gewieft«, meinte Andrea.

»Wann?«

»Gestern. Es ging ungefähr eine Stunde nach deinem Termin bei Virek los, glaube ich. Er hat mich im Büro angerufen und beim Concierge hier eine Nachricht hinterlassen. Wenn ich die Sperre abschalte« – sie deutete zum Telefon –, »würde er bestimmt innerhalb der nächsten halben Stunde anrufen.«

Marly mußte an die Augen des Concierges denken, an das Klackern der Fahrradkette.

»Er will mit dir reden, sagt er. Nur reden. Willst du mit ihm reden, Marly?«

»Nein«, sagte sie mit einer hohen, albernen Kleinmädchenstimme. Dann: »Hat er eine Nummer hinterlassen?«

Andrea seufzte und schüttelte langsam den Kopf. »Ja, natürlich.«

9
IN DEN PROJECTS

Die Dunkelheit war voller blutroter Wabenmuster. Alles war warm. Und weich, größtenteils weich.

»Das sieht ja übel aus«, sagte einer der Engel. Die weibliche Stimme war weit entfernt, aber voll und wohlklingend und sehr klar.

»Wir hätten ihn uns schon im Leon's holen sollen«, sagte der andere Engel. »Das wird denen da oben nicht gefallen.«

»Er muß was in der großen Tasche da gehabt haben, siehste? Sie haben sie aufgeschlitzt, um dranzukommen.«

»Ist nicht das einzige, was sie aufgeschlitzt haben, Schwester. O Gott. Sieh dir das an.«

Das Muster schwang hin und her und verschwamm, als sein Kopf bewegt wurde; eine kühle Hand an seiner Wange.

»Paß auf, daß du nichts ans Hemd kriegst«, sagte der erste Engel.

»Two-a-Day wird nicht gerade begeistert sein. Was meinste, warum er dermaßen ausgerastet und abgehauen ist?«

Es ging ihm total auf die Nerven, weil er schlafen wollte. Er schlief zwar sowieso, aber irgendwie rieselten Marshas Steckerträume durch seinen Kopf, so daß er durch lauter Fragmente aus *Bedeutende Menschen* taumelte. Die Serie lief bereits länger, als er auf der Welt war, und zwar ununterbrochen. Die Geschichte war ein vielköpfiger Erzählbandwurm, der sich alle paar Monate zurückdrehte, um sich selbst zu verschlingen, und dann neue Köpfe hervorbrachte, die wieder nach Spannung und Action gierten. Er sah, wie sie sich in ihrer Gesamtheit dahinwand, so wie Marsha sie nie gesehen hatte: als eine gestreckte Spirale von Sense/Net-DNS, billiges, sprödes Ektoplasma, an dessen Fäden unzählige hungrige Träumer hingen. Marsha erlebte die Serie aus der Perspektive von Michele Morgan Magnum, der weiblichen Hauptfigur und Erbchefin der Magnum AG. Die heutige Episode schweifte jedoch immer wieder auf merkwürdige Weise von Micheles höchst komplizierten romantischen Verwicklungen ab, über die Bobby sich ohnehin noch nie auf dem laufenden gehalten hatte, und wechselte sprunghaft zu detaillierten architektursoziologischen Betrachtungen von Soleri-Sozialarcologien. Einige der Details waren sogar Bobby suspekt; beispielsweise wollte er nicht glauben, daß es ganze Etagen gab, die ausschließlich als Verkaufsfläche für eisblaue Salon-Sitzgarnituren mit Diamantspangen an den Beinen dienten, oder daß andere Etagen in ihren ständig verdunkelten Räumen nur hungernde Babies beherbergten. Von letzterem, so erinnerte er sich, war Marsha fesenfest überzeugt gewesen – Marsha, die die Projects mit abergläubischem Entsetzen betrachtete, als wären sie eine drohend aufragende, vertikale Hölle, in die sie eines Tages eventuell auffahren müßte. Andere Abschnitte des Steckertraums erinnerten ihn an den Bildungskanal, den Sense/Net für jedes Simstim-Abonnement gratis einspeiste; da gab es aufwendig animierte Schaubilder von den inneren Strukturen der Projects und mit einem drögen Kommentar versehene Reportagen über die Lebensweise verschiedener Arten von Bewohnern. Sofern es ihm gelang, sich auf diese zu konzentrieren, wirkten sie noch weniger überzeugend als die Abstecher zu eisblauem Velours und wilden Babies, die still durchs Dunkel krabbelten. Er sah zu, wie eine fidele junge Mutter in der Kochnische eines tadellos sauberen Einzimmer-Apartments mit einem riesigen Wassermesser eine Pizza zerteilte. Eine ganze Wand öffnete sich zu einem schmalen Balkon und einem Rechteck mit comicblauem Himmel. Die Frau war schwarz, aber keine Schwarze, schien es Bobby, der in ihr eine sehr, sehr dunkle und jungmütterliche Version einer der Sexpuppen aus dem Pornogerät in seinem Zimmer sah. Und sie hatte offenbar genau den gleichen kleinen, comic-perfekten Busen. (Um ihn vollends durcheinanderzubringen, sagte an dieser Stelle eine sehr laute und sehr Net-untypische Stimme: »He, so was nenn ich ein unmißverständliches Lebenszeichen, Jackie. Da brauch ich keine Prognose mehr, um zu sehen, daß es aufwärts geht.«) Und wieder zurück in die Glitzerwelt von Michele Morgan Magnum, die verzweifelt zu verhindern suchte, daß die Magnum AG von dem finsteren, in Shikoku ansässigen Nakamura-Industrieclan geschluckt wurde, dessen Repräsentant in diesem Fall (Komplikation des Plots) Micheles aktueller Lover Nummer eins war: der reiche (aber von einem Milliarden-Engpaß gebeutelte) neusowjetische Jungpolitiker Wassili Suslow, der von seiner Kleidung und seinem Äußeren her eine erstaunliche Ähnlichkeit mit den Gothicks im Leon's hatte.

Gerade als die Episode einen Höhepunkt zu erreichen schien – ein altertümlicher, mit Brennstoffzellen betriebener BMW war gerade von ferngesteuerten westdeutschen Miniaturhelikoptern auf der Straße am Fuß der Covina Concourse Courts unter Beschuß genommen worden, Michele Morgan Magnum hieb mit ihrer Pistole, einer vernickelten Nambu, auf ihren verräterischen Privatsekretär ein, und Suslow, mit dem sich Bobby zusehends identifizierte, traf lässig Vorkehrungen für seine Flucht aus der Stadt mit einem tollen weiblichen Bodyguard, einer Japanerin, die Bobby jedoch stark an ein anderes Traumgirl aus seiner Holoporno-Maschine erinnerte –, stieß jemand einen gellenden Schrei aus.

So einen Schrei hatte Bobby noch nie gehört, aber die Stimme kam ihm entsetzlich bekannt vor. Doch bevor er sich darüber den Kopf zerbrechen konnte, wirbelten wieder die blutroten Waben heran, so daß er den Schluß von *Bedeutende Menschen* verpaßte. Aber schließlich, dachte ein Teil von ihm, als das Rot in Schwarz überging, konnte er Marsha ja irgendwann mal fragen, wie die Geschichte ausgegangen war.

»Mach die Augen auf, Mann. Gut so. Ist dir das Licht zu hell?«

Es war zu hell, aber es blieb so. Weiß, weiß, ihm fiel wieder ein, wie sein Kopf explodiert war, vor Jahren, eine grellweiße Granate in dieser kühlen, windigen Wüstendunkelheit. Seine Augen waren offen, aber er konnte nicht sehen. Alles weiß.

»Normalerweise würd ich dich ja in Ruhe lassen, in deinem Zustand, aber die Leute, die mich für das hier bezahlen, sagen, mach zu, also weck ich dich auf, obwohl ich noch gar nicht fertig bin. Du fragst dich, warum du nix sehen kannst, stimmt's? Nur Helligkeit, das ist alles, was du siehst, ganz recht. Was wir hier haben, ist 'n Neuralblocker. Unter uns, das Ding stammt ausm Sexshop, aber es gibt keinen Grund, in der Medizin darauf zu verzichten, wenn man's braucht. Und jetzt brauchen wir's, denn du hast noch höllische Schmerzen. Außerdem sorgt es dafür, daß du stillhältst, während ich weitermache.« Die Stimme war ruhig und methodisch. »Also, das große Problem bei dir war der Rükken, aber den hab ich mit einem Hefter und ein paar Fuß Klammern in Ordnung gebracht. Plastische Arbeit ist hier nicht drin, verstehst du, aber deine Süßen werden echt abfahren auf die Narben. Jetzt säubere ich noch eben die Wunde an der Brust, klammere *die* noch zu, und das war's dann auch schon. Und daß du mir in den nächsten Tagen hübsch langsam machst, sonst springt dir 'ne Klammer raus. Ich hab dir 'n paar Derms verpaßt. Kriegst gleich noch 'n paar dazu. In der Zwischenzeit schalt ich dein Sensorium wieder auf Audio und volle Sicht, damit du so langsam hier ankommst. Stör dich nicht an dem Blut; ist alles deins, aber jetzt kommt keins mehr ...«

Das Weiß gerann zu einer grauen Wolke, Gegenstände nahmen Form an – ganz allmählich, wie bei einer Dust-Vision. Er klebte an einer gepolsterten Decke und blickte hinab auf eine blutverschmierte weiße Puppe, die überhaupt keinen Kopf hatte;

statt dessen schien eine blaugrüne OP-Lampe auf ihren Schultern zu sitzen. Ein Schwarzer in einem besudelten grünen Kittel sprühte etwas Gelbes in einen flachen Schnitt, der vom Beckenknochen diagonal bis fast zur linken Brustwarze verlief. Er wußte, daß der Mann ein Schwarzer war, weil sein Kopf kahl war, kahl und glattrasiert und schweißbedeckt. Seine Hände steckten in engen grünen Handschuhen, so daß Bobby von ihm nur den glänzenden Schädel sehen konnte. Pinkfarbene und blaue Dermadisks klebten links und rechts am Hals der Puppe. Die Wundränder schienen mit einer Flüssigkeit bepinselt zu sein, die an Schokoladensirup erinnerte, und das gelbe Spray entwich zischend aus der kleinen silbernen Dose.

Dann erfaßte Bobby die Situation, und das Universum verkehrte sich auf eine Weise, daß ihm fast schlecht wurde. Die Lampe hing von der Decke, die Decke war verspiegelt, und die Puppe war er. Ihm war, als würde er an einem langen elastischen Band durch die roten Waben in das Traumzimmer zurückschnellen, in dem die schwarze Frau für ihre Kinder Pizza zerteilte. Das Wassermesser mit den mikroskopisch kleinen Sandschwebeteilchen im nadelfeinen Hochgeschwindigkeitsstrahl machte keinerlei Geräusch. Das Ding war dazu gedacht, Glas und Metallegierungen durchzuschneiden, wie Bobby wußte, nicht jedoch eine Pizza aus der Mikrowelle, und er wollte ihr eine Warnung zurufen, weil er fürchtete, sie würde sich den Daumen abtrennen, ohne es zu merken.

Aber er konnte nicht rufen, konnte sich nicht rühren und war außerstande, auch nur einen Laut von sich zu geben. Liebevoll teilte sie das letzte Stück, trat auf den Fußschalter, der das Messer abstellte, legte die zerteilte Pizza auf eine schlichte, weiße Keramikplatte, wandte sich dann zu dem blauen Rechteck hinter dem Balkon um, wo ihre Kinder waren ... Nein, sagte sich Bobby tief in seinem Innern, das kann nicht sein. Denn was dort kreiste und zu ihr herabtauchte, waren keine drachenfliegenden Kinder, sondern Babies, die monströsen Babies aus Marshas

Traum, die zerfetzten Flügel ein Gewirr aus rosa Knochen, Metall, zusammengeflickten, straffen Membranen aus Plastikschnipseln... Er sah ihre Zähne ...

»Oha«, sagte der Schwarze, »hab dich 'nen Moment lang verloren. Nicht lange, höchstens 'ne grobe Minute ...« Im Spiegel oben nahm seine Hand eine flache Spule aus transparentem blauen Plastik von dem blutigen Tuch neben Bobbys Brustkorb. Behutsam zog er mit Daumen und Zeigefinger ein braunes, mit Perlen besetztes Stück Kunststoff heraus, um dessen Ränder feine Lichtreflexe spielten, die zu zittern und sich zu verlagern schienen. »Klammer«, sagte er und betätigte mit der anderen Hand einen Schneidemechanismus in der versiegelten blauen Spule. Das perlenschnurartige Ding schwang hin und her und begann zu zucken.

»Gut, das Zeug«, sagte er und hob es in Bobbys Blickfeld. »Neu. Damit arbeiten sie jetzt in Chiba.« Es war braun und kopflos; jede Perle war ein Körpersegment, jedes Segment mit hellen, glänzenden Beinen versehen. Mit den flinken Handbewegungen eines Zauberers legte er den Tausendfüßler auf die offene Wunde und kniff behutsam in das letzte Segment, das Bobbys Gesicht am nächsten war. Als es sich ablöste, zog es einen glänzenden schwarzen Faden mit sich, der dem Ding als Nervensystem gedient hatte, wodurch sich die Beinchen nacheinander wie der Reißverschluß einer neuen Lederjacke verhakten und die Wunde schlossen.

»Na also«, sagte der Schwarze, während er den Rest des braunen Sirups mit einem feuchten weißen Bausch abtupfte, »war doch gar nicht so schlimm, oder?«

Sein Eintritt in Two-a-Days Apartment vollzog sich ganz anders, als er es sich so oft vorgestellt hatte. Zunächst einmal hätte er sich nie träumen lassen, in einem Rollstuhl hineingeschoben zu werden, den jemand auf der Entbindungsstation des St. Mary's abgestaubt hatte – der Name und eine Seriennummer waren fein säuberlich per Laser in das matte Chrom der linken Armstütze graviert. Die Frau, die ihn schob, hätte allerdings durchaus in seine Phantasien gepaßt; sie hieß Jackie und war eins der beiden Mädchen aus den Projects, die er im Leon's gesehen hatte, und einer seiner beiden Engel, wie ihm mittlerweile klargeworden war. Der Rollstuhl rollte lautlos über den geschmacklosen grauen Teppichboden der kleinen Diele des Apartments, aber das Goldgehänge an Jackies Filzhut klimperte munter, während sie ihn schob.

Und er hätte sich nie träumen lassen, daß Two-a-Days Bleibe so riesig sein würde – und voller Bäume.

Pye, der Arzt, der Wert auf die Feststellung gelegt hatte, daß er *kein* Arzt war, sondern nur »gelegentlich aushalf«, hatte sich in seinem Behelfs-OP auf einen kaputten Barhocker gesetzt, die blutverschmierten grünen Handschuhe abgestreift, sich eine Mentholzigarette angesteckt und Bobby den ernsthaften Rat gegeben, sich etwa eine Woche lang gründlich zu schonen. Minuten später hatten ihn Jackie und Rhea, der andere Engel, in einen zerknitterten schwarzen Pyjama wie aus einem billigen Ninja-Film gestopft, in den Rollstuhl gesetzt und sich mit ihm auf den Weg zur zentralen Fahrstuhlanlage im Kern der Arcologie gemacht.

Dank dreier weiterer Derms aus Pyes Arzneischrank, wovon eins satte zweitausend Mikro eines Endorphin-Analogons enthielt, war Bobby hellwach und hatte keinerlei Schmerzen.

»Wo sind meine Sachen?« protestierte er, als sie ihn in einen Korridor hinausschoben, der durch die in Jahrzehnten nachgerüsteten Kabelstränge und Rohrleitungen bedrohlich eng geworden war. »Wo sind meine Kleider und mein Deck und alles?«

»Deine Kleider, Schätzchen, oder was davon übrig ist, stecken in einer Plastiktüte, die in Pyes Müllschlucker wandert. Pye mußte sie dir aufm Tisch vom Leib schneiden, und es waren sowieso nur noch blutige Fetzen. Wenn dein Deck hinten in der Jackentasche war, dann würd ich sagen, haben's die Kerle kassiert, die dich erledigt haben. Hätten dich dabei um ein Haar kaltgemacht. Und mir haste mein Sally-Stanley-Hemd ruiniert, du Hammel.« Engel Rhea war nicht gerade freundlich.

»Oh«, sagte Bobby, als sie um eine Ecke bogen. »Verstehe. Sagt mal, habt ihr zufällig 'nen Schraubenzieher bei meinen Sachen gefunden? Oder 'nen Kreditchip?«

»'nen Chip? Nee, Baby. Aber wenn du den Schraubenzieher mit den zweihundertzehn Neuen im Griff meinst, so viel hat mein neues Hemd gekostet ...«

Two-a-Day machte nicht den Eindruck, als wäre er sonderlich erfreut, Bobby zu sehen. Tatsächlich schien er ihn überhaupt nicht zu sehen. Er schaute glatt durch ihn hindurch zu Jackie und Rhea und bleckte die Zähne zu einem Lächeln, das blankliegende Nerven und Schlafmangel verriet. Sie schoben Bobby nah genug heran, daß er sah, wie gelb Two-a-Days Augäpfel waren, fast orange im rosa-lila Schein der UV-Röhren, die in unregelmäßigen Abständen von der Decke hingen. »Was hat euch Weiber so lange aufgehalten?« fragte der Softwaremann, aber es lag kein Zorn in seiner Stimme, sondern knochentiefe Müdigkeit und noch etwas anderes, das Bobby zunächst nicht identifizieren konnte.

»Pye«, sagte Jackie und stolzierte am Rollstuhl vorbei, um ein Päckchen mit chinesischen Zigaretten von der riesigen Holzplatte zu nehmen, die Two-a-Day als Couchtisch diente. »Ist 'n Perfektionist, der alte Pye.«

»Hat er am Veterinärsinstitut gelernt«, ergänzte Rhea, an Bobby gewandt. »Aber meistens ist er so hinüber, daß ihm keiner auch nur 'nen Hund anvertraut.«

»Soso«, sagte Two-a-Day und richtete endlich den Blick auf Bobby, »du kommst also durch.« Seine Augen waren so kalt, so müde und nüchtern, so ganz anders als das aufgedrehte, manische Sprücheklopfergehabe, das Bobby als charakterlichen Grundzug des Mannes betrachtet hatte, daß er nur beschämt den

Blick senken und mit knallrotem Gesicht auf den Tisch starren konnte.

Fast drei Meter lang und über einen Meter breit war der Tisch, und die Bretter, aus denen er bestand, waren dicker als Bobbys Oberschenkel. Er hatte bestimmt mal im Wasser gelegen, dachte Bobby; teilweise war noch die ausgelaugte, silbrige Treibholzpatina zu erkennen, wie auf jenem Balken, neben dem er vor langer Zeit in Atlantic City gespielt hatte, wie er sich erinnerte. Allerdings hatte der Tisch schon lange kein Wasser mehr gesehen, und die Platte war ein dichtes Mosaik aus Kerzenwachs, Weinflecken, seltsam geformten Sprührändern aus mattschwarzem Emaille und dunklen Brandflecken von aberhundert Zigaretten. Er war dermaßen mit Essen, Müll und Krimskrams vollgestellt, daß es aussah, als hätte sich ein Straßenhändler gerade darangemacht, seine Ware abzuladen, dann jedoch beschlossen, eine Essenspause einzulegen. Da waren angeknabberte Pizzas – Krillbällchen in roter Sauce, prompt begann Bobbys Magen zu knurren –, daneben stapelweise Software, fettige Gläser mit in Rotweinresten ausgedrückten Zigarettenstummeln darin, ein pinkfarbenes Styroltablett mit ordentlichen Reihen nicht mehr ganz frisch wirkender Appetithäppchen, offene und noch verschlossene Bierdosen, ein antikes Gerber-Kampfmesser, das blank auf einer polierten Marmorplatte lag, mindestens drei Pistolen und etwa zwei Dutzend geheimnisvolle Hardwareteile, Cowboy-Gerät, bei dessen Anblick Bobby normalerweise das Wasser im Mund zusammengelaufen wäre.

Jetzt ließ ihm die Krillpizza das Wasser im Mund zusammenlaufen, aber sein Hunger war nichts angesichts der jähen Erniedrigung, die er empfand, als er sah, daß er Two-a-Day völlig schnuppe war.

Bobby hatte ihn nicht gerade für einen Freund gehalten, sich aber durchaus eingebildet, daß Two-a-Day in ihm eine Persönlichkeit sah, einen Menschen mit Talent und Initiative, der die Chance hatte, aus Barrytown herauszukommen. Aber Two-a-

Days Augen verrieten Bobby, daß er für ihn ein Niemand war, und ein Wilson obendrein.

»Sieh mich an, mein Freund«, sagte jemand, nicht Two-a-Day, und Bobby blickte auf. Zwei weitere Männer – beide Schwarze – saßen links und rechts von Two-a-Day auf dem riesigen Sofa aus Leder und Chrom. Derjenige, der gesprochen hatte, trug eine Art graues Gewand und eine altertümliche Brille mit Kunststoffgestell. Der Rahmen war eckig und zu groß und offenbar ohne Gläser. Der andere Mann hatte doppelt so breite Schultern wie Two-a-Day, trug jedoch einen schlichten, zweiteiligen schwarzen Anzug, wie japanische Geschäftsleute im Film. Seine makellos weißen französischen Manschetten wurden von kleinen, goldglänzenden Platinen zusammengehalten. »Ein Jammer, daß wir dir keine Schonzeit zur Genesung gewähren können«, sagte der erste Mann, »aber wir haben da ein böses Problem.« Er machte eine Pause, setzte die Brille ab und massierte sich den Nasenrücken. »Wir brauchen deine Hilfe.«

»Scheiße«, sagte Two-a-Day. Er beugte sich vor, zog eine Zigarette aus der Packung auf dem Tisch, steckte sie sich mit einem gut zitronengroßen Totenkopf aus mattem Zinn an und griff nach einem Weinglas. Der Mann mit der Brille streckte einen langen, braunen Zeigefinger aus und legte ihn Two-a-Day aufs Handgelenk. Two-a-Day stellte das Glas weg und lehnte sich mit ausdruckslosem Gesicht zurück. Der Mann lächelte Bobby an. »Count Zero«, sagte er. »Wir haben uns sagen lassen, das ist dein Künstlername.«

»Stimmt«, brachte Bobby krächzend heraus.

»Wir brauchen Informationen über die Jungfrau, Count.« Der Mann wartete.

Bobby sah ihn verständnislos an.

»*Vyèj Mirak*.« Die Brille wanderte wieder auf die Nase. »Unsere Herrin, die wundertätige Jungfrau. Wir kennen sie« – und er machte ein Zeichen mit der linken Hand – »als Ezili Freda.«

Bobby merkte, daß ihm der Mund offenstand, also machte er ihn wieder zu. Die drei dunklen Gesichter warteten. Jackie und Rhea waren verschwunden, ohne daß er sie hatte gehen sehen. Eine Art Panik erfaßte ihn, und er ließ den Blick verzweifelt über den seltsamen Wald aus verkrüppelten Bäumen um sie herum schweifen. Die UV-Röhren hingen in allen möglichen Winkeln herunter und leuchteten in alle Richtungen, rosa-lila Mikadostäbchen im grünen Geäst. Keine Wände. Man sah überhaupt keine Wand. Das Sofa und der abgenutzte Tisch standen sozusagen auf einer Lichtung mit blankem Betonboden.

»Wir wissen, daß sie zu dir gekommen ist«, sagte der Breitschultrige und schlug bedächtig die Beine übereinander. Er zog die perfekte Bügelfalte nach, wobei ein goldener Manschettenknopf aufblitzte. »Wir wissen es, verstehst du?«

»Two-a-Day sagt, es war dein erster Run«, sagte der andere Mann. »Stimmt das?«

Bobby nickte.

»Dann bist du von Legba auserwählt«, sagte der Mann und nahm das leere Brillengestell wieder ab, »wenn du *Vyèj Mirak* begegnet bist.« Er lächelte.

Bobby stand erneut der Mund offen.

»Legba«, sagte der Mann, »der Herr der Wege und Pfade, der Loa der Kommunikation ...«

Two-a-Day drückte die Zigarette auf dem zerkratzten Holz aus, und Bobby sah, daß seine Hand zitterte.

10
ALAIN

Sie verabredeten sich in der Brasserie im fünften Untergeschoß des Napoleonkomplexes unter der Glaspyramide des Louvre. Es war ein Laden, den sie beide kannten, der jedoch keine besondere Bedeutung für sie gehabt hatte. Alain hatte ihn vorgeschlagen und sich sicher etwas dabei gedacht. Es war emotional neutrales Gebiet, eine vertraute Umgebung, aber dennoch frei von Erinnerungen. Die Inneneinrichtung entsprach dem Stil der Jahrhundertwende: Granittresen, deckenhohes schwarzes Trägerwerk, verspiegelte Wände und die dunkle, schmiedeeiserne Möblierung italienischer Restaurants, die in jede Dekade der letzten hundert Jahre gepaßt hätte. Die Tischtücher waren aus grauem Leinen mit einem feinen schwarzen Streifen, ein Muster, das sich auf Speisekarten, Streichholzbriefchen und Kellnerschürzen fortsetzte.

Sie trug den Ledermantel, den sie in Brüssel gekauft hatte, eine rote Leinenbluse und eine neue schwarze Baumwolljeans. Andrea hatte so getan, als merkte sie nicht, wie sorgfältig sie sich für das Treffen zurechtgemacht hatte, und ihr schließlich eine schlichte Perlenkette geliehen, die auf der roten Bluse wunderbar wirkte.

Er war früh gekommen, stellte sie fest, als sie das Lokal betrat, und hatte sich bereits auf dem Tisch ausgebreitet. Er trug seinen Lieblingsschal, den sie gemeinsam letztes Jahr auf dem Flohmarkt entdeckt hatten, und wirkte wie immer etwas unordentlich, aber vollkommen ungezwungen. Der Inhalt des abgestoßenen ledernen Aktenkoffers hatte sich auf das kleine Viereck aus poliertem Granit ergossen: Notizblöcke mit Spiralbindung, der umstrittenste Roman des Monats, ungelesen, Gauloises ohne Filter, ein Schächtelchen mit echten Zündhölzern, der ledergebundene Terminkalender, den sie ihm bei Browns gekauft hatte.

»Ich war mir nicht sicher, ob du kommen würdest«, sagte er und lächelte ihr zu.

»Wieso nicht?« fragte sie, um irgend etwas zu sagen – wie erbärmlich, dachte sie – und die Angst zu verbergen, die sie nun erfaßte, die sie endlich zuließ, die Angst, ein Stück von sich selbst zu verlieren, ein Stück Willen und Zielstrebigkeit, die Angst vor der Liebe, die sie immer noch empfand. Sie nahm den anderen Stuhl und setzte sich. Im selben Moment erschien der Kellner, ein junger Spanier mit gestreifter Schürze, und nahm die Bestellung auf. Sie bestellte sich Vichy.

»Sonst nichts?« fragte Alain. Der Kellner wartete.

»Nein danke.«

»Seit Wochen versuche ich, dich zu erreichen«, sagte er, und sie wußte, daß es eine Lüge war, obwohl sie sich wie schon so oft fragte, ob er sich dessen überhaupt bewußt war. Andrea behauptete, daß Männer wie Alain gewohnheitsmäßig und so leidenschaftlich logen, daß ihnen die Unterscheidungsfähigkeit verlorengegangen sei. Sie seien Künstler auf ihrem Gebiet, sagte Andrea, und auf die Umgestaltung der Realität bedacht, und ihr Neues Jerusalem sei in der Tat ein schöner Ort ohne überzogene Konten, verstimmte Vermieter und die Notwendigkeit, jemanden zu finden, der die Rechnung fürs Abendessen bezahlte.

»Ist mir nicht aufgefallen, daß du mich zu erreichen versucht hast, als Gnass mit der Polizei kam«, sagte sie in der Hoffnung, ihn damit wenigstens ein bißchen aus der Fassung zu bringen, aber das jungenhafte Gesicht unter dem sauberen braunen Haarschopf, den er aus Gewohnheit mit den Fingern zurückkämmte, blieb gelassen wie eh und je.

»Tut mir leid«, sagte er und drückte seine Gauloise aus. Da sie den Duft des dunklen französischen Tabaks mittlerweile mit seiner Person identifizierte, hatte praktisch ganz Paris nach ihm geduftet und sie an ihn erinnert. »Ich war mir sicher, daß er nichts von der ... der Beschaffenheit des Werks merken würde. Versteh doch: Sobald ich mir eingestanden hatte, wie dringend wir Geld brauchten, wußte ich, daß ich etwas unternehmen mußte. Mir war klar, daß du dazu viel zu idealistisch warst. Die Galerie wäre sowieso eingegangen. Wenn alles wie geplant gelaufen wäre mit Gnass, hätten wir sie noch, und du wärst glücklich. Glücklich«, wiederholte er und zog eine weitere Zigarette aus der Packung.

Sie konnte ihn nur anschauen und staunen; daß sie ihm glauben wollte, erfüllte sie mit Ekel.

»Du weißt«, sagte er und fischte ein Streichholz aus der gelbroten Schachtel, »daß ich schon früher Ärger mit der Polizei hatte. Als Student. Politischen natürlich.« Er zündete das Streichholz an, warf die Schachtel auf den Tisch und steckte sich die Zigarette an.

»Politischen«, sagte sie und hätte plötzlich am liebsten gelacht. »Ich wußte gar nicht, daß es eine Partei gibt für Leute wie dich. Kann mir nicht vorstellen, wie die heißen würde.«

»Marly«, sagte er und senkte die Stimme, wie er es immer tat, wenn er viel Gefühl zeigen wollte, »du weißt, du mußt wissen, daß ich es für dich getan habe. Für uns, wenn du so willst. Aber du weißt oder *spürst* doch bestimmt, Marly, daß ich dir nie absichtlich weh tun oder dich in Gefahr bringen würde.« Auf dem überfüllten Tischchen war kein Platz für ihre Tasche, die sie daher auf dem Schoß hielt; jetzt merkte sie, daß sich ihre Fingernägel tief ins dicke, weiche Leder gegraben hatten.

»Mir nie weh tun ...« Es war ihre Stimme, eine verlorene, erstaunte Kinderstimme; und plötzlich war sie frei, frei von Verlangen, frei von Sehnsucht, frei von Angst. Was sie für das hübsche Gesicht ihr gegenüber empfand, war einfach bloß Abscheu, und sie konnte ihn nur anstarren, diesen Fremden, neben dem sie ein Jahr lang in einem Kämmerchen hinter der winzigen Galerie in der Rue Mauconseil geschlafen hatte. Der Kellner stellte das Glas Vichy vor ihr ab.

Alain deutete ihr Schweigen anscheinend als erste Stufe der Zustimmung, die totale Leere ihres Gesichtsausdrucks als Offenheit. »Was du nicht verstehst« – eine Lieblingseinleitung von ihm, wie sie sich entsann –, »ist, daß Typen wie Gnass im gewissem Sinn dazu da sind, die Kunst zu fördern. *Uns* zu fördern, Marly.« Er lächelte, als würde er über sich selber lachen, ein keckes Verschwörergrinsen, das sie schaudern ließ. »Allerdings hätte ich dem Mann doch wohl so viel Verstand zutrauen müssen, daß er einen eigenen Cornell-Experten zuziehen würde, obwohl *mein* Cornell-Experte der weitaus gebildetere war, das kannst du mir glauben.«

Wie kam sie nur weg? Steh auf, sagte sie sich. Dreh dich um. Geh ganz ruhig zum Ausgang und durch die Tür. Hinaus in den dezent funkelnden Napoleonkomplex, wo polierter Marmor die Rue du Champ Fleuri überdeckt, eine Straße aus dem vierzehnten Jahrhundert, die angeblich in erster Linie der Prostitution vorbehalten war. Was immer, egal, aber geh, verschwinde, jetzt sofort, nichts wie raus, weg von ihm, blind hinein ins Paris der Touristen, das sie bei ihrem ersten Besuch kennengelernt hatte.

»Aber jetzt«, sagte er, »siehst du selber, daß sich alles zum Guten gewendet hat. So ist das häufig, nicht wahr?« Wieder das Lächeln, aber diesmal war es lausbübisch, ein bißchen wehmütig und schrecklicherweise irgendwie noch intimer. »Wir haben die Galerie verloren, aber du hast eine Stelle gefunden, Marly. Du hast einen Job, einen interessanten Job, und ich habe die Connections, die du brauchen wirst, Marly. Ich kenne die Leute, die du treffen mußt, um deinen Künstler zu finden.«

»Meinen Künstler?« Sie überspielte ihre jähe Verwirrung mit einem Schluck Vichy.

Er öffnete den verkratzten Aktenkoffer und holte etwas Flaches heraus, ein simples Reflektionshologramm. Sie nahm es, froh darüber, eine Beschäftigung für ihre Hände zu haben. Wie sie sah, war es ein Schnappschuß des Kastens aus Vireks Barcelona-Konstrukt. Jemand hielt den Kasten in die Kamera. Männerhände, aber nicht Alains Hände. An einer steckte ein Siegelring aus dunklem Metall. Der Hintergrund war verschwommen. Nur der Kasten und die Hände.

»Alain«, sagte sie, »woher hast du das?« Sie blickte auf und schaute in braune Augen, aus denen ein schreckliches, kindliches Triumphgefühl leuchtete.

»Das zu erfahren wird jemanden eine ganze Stange Geld kosten.« Er drückte seine Zigarette aus und stand auf. »Bin gleich wieder da.« Er ging zu den Toiletten hinüber. Als er hinter Spiegeln und schwarzen Stahlträgern verschwand, ließ sie das Hologramm fallen, griff über den Tisch und klappte den Deckel des Aktenkoffers auf. Nichts, nur ein blaues Gummiband und ein paar Tabakkrümel.

»Kann ich Ihnen noch etwas bringen? Noch ein Vichy vielleicht?« Der Kellner stand neben ihr.

Sie blickte zu ihm auf. Irgendwie kam er ihr bekannt vor. Das schmale, dunkle Gesicht ...

»Er trägt einen Sender«, sagte der Kellner. »Und er ist bewaffnet. Ich war der Hotelpage in Brüssel. Gib ihm, was er verlangt. Denk daran, daß dir das Geld nichts bedeutet.« Er nahm ihr Glas und stellte es behutsam auf sein Tablett. »Und ihn wird es höchstwahrscheinlich vernichten.«

Als Alain zurückkam, lächelte er. »So, Darling«, sagte er und griff nach seinen Zigaretten, »und nun zum Geschäft.«

Marly erwiderte sein Lächeln und nickte.

11
VOR ORT

Er gönnte sich schließlich drei Stunden Schlaf in dem fensterlosen Bunker, in dem das Vorausteam den Befehlsstand eingerichtet hatte. Den Rest der Mannschaft vor Ort hatte er kennengelernt. Ramirez war schmächtig, nervös und dauerbesoffen von seinen Fähigkeiten als Konsolenjockey. Doch sie brauchten ihn; er sollte zusammen mit Jaylene Slide auf der Bohrinsel den Cyberspace rings um den Gittersektor mit den von dickem Eis geschützten Maas-Biolabs-Bänken überwachen. Falls Maas sie in letzter Sekunde bemerkte, konnte er vielleicht noch eine Warnung absetzen. Darüber hinaus hatte er die Aufgabe, die medizinischen Daten aus der Ambulanz zur Bohrinsel zu übermitteln, was nicht ganz einfach war, wenn Maas nichts davon mitkriegen sollte. Die Leitung nach draußen führte zu einer Telefonzelle mitten im Nirgendwo. Jenseits der Zelle waren er und Jaylene in der Matrix auf sich selbst angewiesen. Wenn sie Mist bauten, konnte Maas sie zurückverfolgen und orten. Und dann war da Nathan, der Wartungstechniker, der vor allem die Ausrüstung im Bunker überwachte. Falls irgendeine Komponente den Geist aufgab, bestand zumindest die Chance, daß er die Störung beheben konnte. Nathan gehörte zu jener Spezies, aus der Oakey und tausend andere hervorgegangen waren, mit denen Turner im Laufe der Jahre zusammengearbeitet hatte: einzelgängerische Techniker, die jederzeit gern eine Gefahrenzulage einsteckten und sich als absolut verschwiegen erwiesen hatten. Die anderen – Compton, Teddy, Costa und Davis – waren lediglich teure Muskelpakete, Mietlinge, Typen, wie man sie für so einen Job anheuerte. Ihretwegen hatte er Sutcliffe besonders ausführlich über die Rückzugspläne befragt. Sutcliffe hatte erklärt, woher die Hubschrauber einfliegen würden, in welcher Reihenfolge der Abtransport vonstatten gehen sollte und wann und wo sie ihr Geld bekämen.

Dann hatte Turner sie alle gebeten, den Bunker zu verlassen, und Webber Anweisung gegeben, ihn in drei Stunden zu wecken.

Der Raum hatte entweder als Pumpstation oder als eine Art Elektrikzentrale gedient. Die hohlen Plastikstummel, die aus den Wänden ragten, mochten Leitungs- oder Abwasserrohre gewesen sein; allerdings deutete nichts in dem Raum darauf hin, daß sie jemals irgendworan angeschlossen gewesen waren. Die Decke, eine einzige große Platte aus gegossenem Beton, war so niedrig, daß er nicht stehen konnte. Der trockene, staubige Geruch war nicht unbedingt unangenehm. Das Team hatte den Raum ausgefegt, bevor es die Tische und die Geräte hereingebracht hatte; trotzdem lagen noch ein paar vergilbte Zeitungsschnipsel auf dem Boden, die ihm unter den Fingern zerbröselten. Er konnte Buchstaben und manchmal ein ganzes Wort ausmachen.

Die metallenen Klapptische waren in L-Form an den Wänden entlang aufgestellt und mit einer Reihe höchst raffinierter Kommunikationsgeräte bestückt. Das Beste, dachte er, was Hosaka hatte auftreiben können.

Er ging langsam und gebückt an den einzelnen Tischen entlang und tippte dabei leicht auf jede Konsole, jede Blackbox. Er sah einen stark modifizierten militärischen Seitenband-Transceiver für die Übertragung komprimierter Informationen, über den ihre Verbindung laufen würde, falls Ramirez und Jaylene ihren Datentransfer vermurksten. Die kurzen Informationsstöße – ausgeklügelte, frei erfundene technische Texte, kodiert von Hosakas Kryptographen – waren bereits aufgezeichnet. Der eigentliche Inhalt eines solchen Informationsstoßes war bedeutungslos, aber durch die Sendefolge ließen sich einfache Nachrichten übermitteln. Folge B/C/A würde Hosaka Mitchells Ankunft melden; F/D würde seinen Aufbruch von der Basis signalisieren, F/G seinen Tod und damit das Ende der Operation. Turner tippte erneut auf das Gerät und runzelte die Stirn. In diesem Punkt war er mit Sutcliffes Vorbereitungen nicht zufrieden. Wenn die Operation in die Hose ging, kamen sie wahrscheinlich nicht mehr hier weg, jedenfalls nicht mit heiler Haut. Webber hatte ihn unter vier Augen davon unterrichtet, daß sie Befehl hatte, die Ärzte in ihrem Mini-OP mit einer Panzerabwehrrakete aus einem mobilen Raketenwerfer zu erledigen, falls es Schwierigkeiten gab. »Das wissen die auch«, hatte sie gesagt. »Und sie werden dafür garantiert extra bezahlt.« Der Rest des Teams war auf die in der Nähe von Tucson stationierten Hubschrauber angewiesen. Turner ging jedoch davon aus, daß Maas – einmal alarmiert – die anfliegenden Hubschrauber leicht vom Himmel holen konnte. Als er diesen Einwand Sutcliffe gegenüber vorbrachte, hatte der Australier nur die Achseln gezuckt. »Unter anderen Umständen hätte ich mir was Besseres einfallen lassen, Kumpel, aber wir sind nun mal alle recht kurzfristig hergeholt worden, nicht?«

Neben dem Transceiver stand ein aufwendiger Sony-Biomonitor mit einer Direktleitung zum Med-Container, der mit Mitchells Anamnese aus seinem Biosoft-Dossier gefüttert war. Nach der Ankunft des Überläufers würden die Ärzte diese Unterlagen sichten; gleichzeitig würden die im Container durchgeführten Untersuchungen wiederum in den Sony eingespeist und geordnet werden, damit Ramirez sie vereisen und in den Cyberspace übertragen konnte, wo Jaylene Slide sie von ihrem Platz auf der Ölbohrinsel aus überwachen würde. Falls alles klappte, lag der aktuelle medizinische Bericht bereits bei Hosaka in Mexico City auf dem Tisch, wenn Turner den Mann im Jet hinflog. So ein Gerät wie den Sony hatte Turner noch nie zu Gesicht bekommen, aber er nahm an, daß der Holländer in der Klinik in Singapur etwas ganz Ähnliches benutzt hatte. Bei dem Gedanken fuhr der mit der Hand an seine bloße Brust, wo er unbewußt die verschwundene Linie einer Transplantationsnaht entlangfuhr.

Auf dem zweiten Tisch stand das Cyberspace-Gerät. Es war das gleiche Deck wie jenes, das er auf der Bohrinsel gesehen hatte, ein Maas-Neotek-Prototyp. Das Deck sah ganz normal aus, arbeitete jedoch laut Conroy mit den neuen Biochips. Ein faustgroßer Batzen einer hellrosa Plastikmasse klebte oben auf der Konsole; jemand – vielleicht Ramirez – hatte zwei Löcher als Augen und eine primitive, geschwungene Linie eingedrückt: ein debil grinsender Smiley. Zwei Drähte, ein blauer und ein gelber, führten von der Stirn des Dings zu einem der dunklen, offenen Rohre, die aus der Wand hinter der Konsole ragten. Noch eine Webbersche Pflicht für den Fall einer drohenden Erstürmung der Basis. Turner beäugte die Drähte stirnrunzelnd; eine Ladung dieser Größe in einem so kleinen, engen Raum würde garantiert jeden im Bunker ins Jenseits befördern.

Mit schmerzenden Schultern setzte er die Inspektion fort, wobei sein Hinterkopf immer wieder die rauhe Betondecke streifte. Der Rest des Tisches wurde von der Peripherie des Decks eingenommen, einer Reihe schwarzer Boxen, die mit geradezu besessener Präzision aufgestellt waren. Er vermutete, daß alle Geräte einen ganz bestimmten Abstand von ihren Nachbarn hatten und genau in Reih und Glied standen. Wahrscheinlich hatte Ramirez sie selber aufgebaut, und Turner war sicher, daß der Jockey es merken würde, wenn er ein Gerät anfaßte oder auch nur einen Millimeter verrückte. Da er diesen neurotischen Touch schon bei anderen Konsolenfreaks erlebt hatte, sagte er ihm nichts über Ramirez. Er hatte andere Jockeys gesehen, die diesen Zug ins Gegenteil verkehrten und ihr Deck absichtlich in einem Kabelsalat untergehen ließen, die panische Angst vor Ordnung hatten und ihre Konsolen mit Abziehbildchen von Würfeln und Totenköpfen mit aufgerissenen Mündern zupflasterten. Man konnte es einfach nicht sagen, dachte er; entweder war Ramirez gut, oder sie waren vielleicht bald alle tot.

Am anderen Ende des Tisches lagen, noch in Plastik eingeschweißt, fünf Sprechfunk-Kopfhörer von Telefunken mit selbstklebendem Kehlkopfmikro. In der entscheidenden Phase des Abwerbunternehmens – für Turner die zwanzig Minuten vor und nach Mitchells Ankunft – würden er, Ramirez, Sutcliffe, Webber und Lynch Funkverbindung haben, obwohl der Einsatz des Sprechfunks auf ein absolutes Minimum beschränkt bleiben sollte.

Hinter den Kopfhörern stand eine unbeschriftete Kunststoffbox mit zwanzig katalytischen Handwärmern aus Schweden, glatten, flachen Rechtecken aus rostfreiem Stahl, die jeweils in einem Schnürbeutelchen aus weihnachtsrotem Baumwollflanell steckten. »Bist 'n schlauer Hund«, sagte er zu der Box. »Hätte glatt von mir sein können ...«

Er schlief auf einer gerippten Schaumstoffmatte auf dem Boden des Befehlsstands und deckte sich mit dem Parka zu. Conroy hatte recht gehabt bezüglich der Wüstennächte, aber der Beton schien die Wärme des Tages zu speichern. Overall und Schuhe behielt er an; Webber hatte ihm geraten, Kleidung und Schuhe immer erst auszuschütteln, bevor er sie anzog. »Skorpione«, hatte sie gesagt. »Die stehen auf Schweiß und alles Feuchte.« Vorher nahm er noch die Smith & Wesson aus dem Halfter und legte sie behutsam neben die Matte. Er ließ die zwei Batterielampen brennen und schloß die Augen.

Und glitt in ein seichtes Traummeer; Bilder wirbelten vorbei, Fragmente aus Mitchells Dossier verschmolzen mit Momenten seines eigenen Lebens. Er und Mitchell fuhren einen Bus durch eine Glaskaskade ins Foyer eines Hotels in Marrakesch. Mit einem Jubelschrei drückte der Wissenschaftler auf den Knopf, der die zwei Dutzend CN-Dosen, die an den Fahrzeugseiten klebten, zur Explosion brachte. Oakey war ebenfalls da und hielt ihm die Whiskeyflasche und gelbes peruanisches Koks auf einem runden, plastikgerahmten Spiegel hin, den er zuletzt in Allisons

Handtasche gesehen hatte. Irgendwo draußen vor den Fensterscheiben des Busses glaubte er Allison zu sehen, die in den Gaswolken nach Luft rang; er wollte es Oakey sagen und sie ihm zeigen, aber die Scheiben waren mit mexikanischen Heiligenhologrammen und Postkarten der Jungfrau Maria zugeklebt, und Oakey hielt ein glattes, rundes Ding hoch, eine pinkfarbene Kristallkugel mit einer zusammengekauerten Quecksilberspinne darin, aber da lachte Mitchell mit blutigen Zähnen und öffnete die ausgestreckte Hand, um Turner das graue Biosoft zu geben. Turner sah, daß das Dossier ein Gehirn war, ein lebendiges, gräulich-rosa Gebilde unter einer nassen, durchsichtigen Membran, das in Mitchells Hand sanft pulsierte, und dann stolperte er über irgendeine Unterwassertraumkante und sank langsam in eine Nacht ohne Sterne.

Webber weckte ihn. Ihre harten Züge wurden von der rechteckigen Türöffnung umrahmt, und die schwere Militärdecke, die vor den Eingang geklebt war, lag um ihre Schultern. »Deine drei Stunden sind um. Die Ärzte sind auf, falls du mit ihnen sprechen willst.« Sie zog sich zurück; Kies knirschte unter ihren Stiefeln.

Hosakas Ärzte warteten neben ihrer autarken Neurochirurgie. In der Wüstenmorgendämmerung sahen sie aus, als wären sie in ihren modisch-knittrigen Ginza-Klamotten soeben einem Materietransmitter entstiegen. Einer der Männer steckte in einer übergroßen, handgestrickten mexikanischen Gürteljacke, wie Turner sie an Touristen in Mexico City gesehen hatte. Die beiden anderen wurden von teuer aussehenden, isolierten Skianoraks vor der Wüstenkälte geschützt. Die Männer waren einen Kopf kleiner als die Koreanerin, eine schlanke Frau mit ausgeprägten, archaischen Zügen und einem rotgefärbten Schopf, der Turner an einen Greifvogel erinnerte. Conroy hatte gesagt, die beiden Männer seien Firmenangehörige, was Turner auf den ersten Blick sah; nur die Frau hatte das Gebaren und die Haltung, die zu Turners Welt gehörten. Sie war eine Gesetzlose, die schwarze

Medizin praktizierte. Sie würde sich mit dem Holländer bestens verstehen, dachte er.

»Ich bin Turner«, sagte er. »Ich leite die Sache hier.«

»Unsere Namen tun nichts zur Sache«, sagte die Frau, während sich die beiden Hosaka-Männer automatisch verneigten. Sie tauschten Blicke aus, schauten zu Turner und wieder zur Koreanerin.

»Nein«, sagte Turner, »einverstanden.«

»Warum haben wir noch keinen Zugang zu den medizinischen Daten des Patienten?« fragte die Koreanerin.

»Aus Sicherheitsgründen«, sagte Turner. Die Antwort kam ihm ganz automatisch über die Lippen. Eigentlich sah er keinen Grund, ihnen Mitchells Daten vorzuenthalten.

Die Frau zuckte die Achseln und wandte sich ab; der hochgestellte Kragen ihrer isolierten Jacke verdeckte ihr Gesicht.

»Möchten Sie sich die Ambulanz ansehen?« fragte der Mann in der unförmigen Strickjacke. Sein Gesicht war freundlich und wach, eine perfekte Angestelltenmaske.

»Nein«, erwiderte Turner. »Wir fahren euch zwanzig Minuten vor seiner Ankunft auf den Parkplatz raus, nehmen die Räder ab und bocken euch auf. Das Abflußrohr wird gekappt. Ich will, daß ihr fünf Minuten danach voll einsatzfähig seid.«

»Kein Problem«, sagte der andere Mann lächelnd.

»Und jetzt möchte ich von euch hören, was ihr da drin mit ihm machen werdet und was für Folgen das für ihn haben könnte.«

»Das *weißt* du nicht?« fragte die Frau scharf und wandte sich wieder zu ihm um.

»Ich habe gesagt, ich möchte es von euch hören.«

»Zuallererst untersuchen wir den Mann auf tödliche Implantate«, erklärte der Mann mit der Jacke.

»Sprengladungen im Großhirn und solche Sachen?«

»Ich bezweifle«, sagte der andere Mann, »daß wir auf etwas derart Primitives stoßen werden, aber ja, bei unserem Scan suchen wir nach dem gesamten Spektrum tödlicher Instrumente.

Gleichzeitig führen wir eine vollständige Blutanalyse durch. Man hat uns zu verstehen gegeben, daß sein gegenwärtiger Arbeitgeber mit hochentwickelten biochemischen Systemen handelt. Es wäre möglich, daß aus dieser Richtung die größte Gefahr droht ...«

»Derzeit ist es groß in Mode, Spitzenkräfte mit modifizierten subkutanen Insulinpumpen auszustatten«, fiel ihm sein Partner ins Wort. »Man bringt den Stoffwechsel des Betreffenden auf raffinierte Weise in eine künstliche Abhängigkeit von bestimmten synthetischen Enzym-Analoga. Wird das subkutane Depot nicht regelmäßig nachgefüllt, kann eine Trennung von der Quelle – dem Arbeitgeber – traumatische Folgen haben.«

»Auch dafür sind wir gerüstet«, sagte der andere.

»Keiner von euch ist auch nur ansatzweise für das gerüstet, womit wir es voraussichtlich zu tun bekommen werden«, sagte die schwarze Medizinerin. Ihre Stimme war so kalt wie der Wind, der jetzt aus dem Osten kam. Turner hörte das Zischen des Sandes, der über das rostige Blechdach oben geweht wurde.

»Du«, sagte Turner zu der Frau, »komm mal mit!« Dann wandte er sich ab und ging weg, ohne sich umzublicken. Es war durchaus möglich, daß sie seiner Aufforderung nicht nachkam, so daß er den beiden anderen gegenüber das Gesicht verlieren würde, aber es schien ihm der richtige Zug zu sein. Zehn Meter von der Ambulanz entfernt blieb er stehen. Er hörte ihre Schritte auf dem Kies.

»Was weißt du?« fragte er, ohne sich umzudrehen.

»Vielleicht nicht mehr als du«, erwiderte sie, »vielleicht auch mehr.«

»Offenbar mehr als deine Kollegen.«

»Das sind äußerst begabte Männer. Aber sie sind auch ... Diener.«

»Und das bist du nicht.«

»Genausowenig wie du, Söldner. Ich wurde in der besten schwarzen Klinik von Chiba für diesen Job angeheuert. Ich bekam eine Menge Studienmaterial zur Vorbereitung auf meine Begegnung mit diesem illustren Patienten. Die schwarzen Kliniken von Chiba sind das Heißeste, was es in der Medizin gibt. Nicht mal Hosaka konnte wissen, daß ich mir dank meiner Position in der schwarzen Medizin zusammenreimen konnte, was euer Abtrünniger in seinem Kopf mit sich herumträgt. Auf der Straße finden solche Sachen ihre eigene Verwendung, Turner. Ich bin schon mehrmals engagiert worden, um diese neuen Implantate zu entfernen. Ein gewisses Quantum hochentwickelter Bioelektronik von Maas hat den Weg auf den Markt gefunden. Die Implantationsversuche sind die logische Folge davon. Ich habe den Verdacht, daß Maas das Zeug absichtlich in Umlauf bringt.«

»Das mußt du mir erklären.«

»Ich glaube nicht, daß ich das könnte.« In ihrer Stimme schwang eine seltsame Resignation mit. »Ich habe gesagt, ich hab's gesehen, aber nicht, daß ich's verstanden hab.« Fingerkuppen strichen plötzlich über die Haut an seiner Schädelbuchse. »Im Vergleich zu Biochip-Implantaten ist das wie eine Holzkrücke gegenüber myoelektrischen Gliedmaßen.«

»Aber wird es sein Leben bedrohen?«

»O nein«, sagte sie und zog die Hand zurück. »*Seins* nicht ...« Und dann hörte er sie zur Ambulanz zurückstapfen.

Conroy schickte einen Boten mit dem Software-Paket, das Turner in die Lage versetzen würde, den Jet zu fliegen, der Mitchell zu Hosaka in Mexico City bringen sollte. Der Bote war ein wild dreinschauender, braungebrannter Bursche, den Lynch Harry nannte, ein drahtiger Kerl, der auf einem sandgestrahlten Rennrad mit abgefahrenen Stollenreifen und knochengelbem Rauhleder um die Lenkergriffe aus Richtung Tucson angestrampelt kam. Lynch führte Harry über den Parkplatz. Harry summte vor sich hin. Es war ein fremdartiges Geräusch in der Basis, wo strikte Ruhe herrschte, und sein Lied, wenn man es so nennen konnte, hörte sich an, als würde jemand ziellos an der mitternachtsmeilenlangen Skala eines defekten Radios herumdrehen, so daß Gospelklänge und Fetzen internationaler Popmusik aus den letzten zwanzig Jahren erklangen. Harry hatte sich das Rad über eine sonnenverbrannte, dünne Vogelschulter geschwungen.

»Harry hat dir aus Tucson was mitgebracht«, sagte Lynch.

»Ihr zwei kennt euch?« fragte Turner, an Lynch gewandt. »Habt ihr vielleicht 'nen gemeinsamen Freund?«

»Was soll das heißen?« wollte Lynch wissen.

Turner hielt seinem Blick stand. »Du kennst seinen Namen.«

»Den Scheißnamen hat er mir gesagt, Turner.«

»Harry«, sagte der verbrannte Mann. Er schmiß das Rad auf ein Büschel Gestrüpp, lächelte nichtssagend und zeigte dabei seine weit auseinanderstehenden, kariösen Zähne. Die bloße Brust war von einem Film aus Schweiß und Staub überzogen und mit dünnen Stahlketten, ungegerbtem Leder, Geweih- und Fellstückchen, Patronenhülsen aus Messing, abgegriffenen, blankgewetzten Kupfermünzen und einem weichen braunen Lederbeutel behängt.

Turner musterte das Sortiment der Gegenstände auf der mageren Brust, streckte die Hand aus und tippte an ein krummes, knorpeliges Ding an einer geflochtenen Schnur. »Was ist das denn, Harry?«

»Ein Waschbärpimmel«, sagte Harry. »Der Waschbär hat 'n knöchernes Gelenk im Pimmel. Das wissen die wenigsten.«

»Bist du meinem Freund Lynch früher schon mal begegnet, Harry?«

Harry machte ein erstauntes Gesicht.

»Er hatte die Parolen«, sagte Lynch. »Bei denen gibt's 'ne Dringlichkeitshierarchie. Er hat die oberste gekannt und mir seinen Namen genannt. Brauchst du mich hier noch, oder kann ich wieder an meine Arbeit?«

»Geh schon«, sagte Turner.

Als Lynch außer Hörweite war, schnürte Harry den Beutel

auf. »Seien Sie nicht so streng mit dem Jungen«, sagte er. »Ist 'n sehr guter Mann. Hab ihn echt erst gesehn, als er mir die Flechette an den Hals gehalten hat.« Er öffnete den Beutel und griff vorsichtig hinein.

»Sag Conroy, ich hab ihn.«

»Hm?« Harry zog einen gefalteten gelben Zettel aus dem Beutel. »Wen haben Sie?« Er gab Turner das Blatt; irgend etwas war drin.

»Lynch. Er ist Conroys Fuzzi hier. Sag ihm das!« Er faltete das Papier auseinander und wickelte das dicke militärische Mikrosoft aus. Da stand eine Nachricht in blauen Großbuchstaben: HALS- UND BEINBRUCH, DU ARSCH. BIS BALD, IM DF.

»Soll ich ihm das wirklich sagen?«

»Ja.«

»Sie sind der Boß.«

»Da hast du verdammt recht«, sagte Turner, zerknüllte das Papier und steckte es Harry unter die linke Achsel. Harry lächelte nett und nichtssagend, und die Intelligenz, die in seinem Innern ihr Haupt erhoben hatte, legte sich wieder, wie ein Meerestier mühelos in eine stille, dämmrige Leere sinkt. Turner starrte in seine Augen, geäderte, gelbschillernde Opale, und sah nichts als Sonne und den rissigen Highway darin. Eine Hand mit fehlenden Gliedern kam hoch und kratzte geistesabwesend am Siebentagebart. »Jetzt gleich«, sagte Turner. Harry wandte sich um, hob sein Rad von dem Gestrüpp auf, schulterte es mit einem Grunzen und machte sich auf den Rückweg über den verfallenen Parkplatz. Seine übergroßen, zerfetzten Khakishorts flatterten, und die Kettenkollektion rasselte leise.

Auf einer Erhebung zwanzig Meter entfernt stieß Sutcliffe einen Pfiff aus und hielt eine Rolle mit orangefarbenem Markierungsband hoch. Es wurde Zeit, Mitchells Landestreifen abzustecken. Sie mußten schnell arbeiten, bevor die Sonne zu hoch stand, aber es würde trotzdem heiß werden.

»So«, sagte Webber. »Er kommt also durch die Luft.« Sie spuckte braunen Saft auf einen gelb gewordenen Kaktus. In ihrer Backe steckte Kopenhagener Priem.

»Genau.« Turner saß neben ihr auf einer ockerbraunen Schieferplatte. Sie schauten zu, wie Lynch und Nathan den Streifen säuberten, den er und Sutcliffe mit dem orangenen Band abgesteckt hatten. Das Band markierte ein Rechteck von vier mal zwanzig Metern. Lynch schleppte ein Stück von einem rostigen I-Träger zu dem Band und hievte es darüber hinweg. Etwas huschte durchs Gestrüpp davon, als der Träger auf den Beton klirrte.

»Die können das Band sehn, wenn sie wollen«, sagte Webber und wischte sich mit dem Handrücken die Lippen ab. »Die lesen sogar die Schlagzeilen in deinem Morgenfax, wenn sie wollen ...«

»Ich weiß«, sagte Turner. »Aber wenn sie bis jetzt noch nicht gemerkt haben, daß wir hier sind, dann werden sie's wohl kaum noch spitzkriegen. Und vom Highway aus sieht man's nicht.« Er rückte die schwarze Nylonkappe zurecht, die Ramirez ihm gegeben hatte, und zog den langen Schirm so tief herunter, daß er die Sonnenbrille berührte. »Abgesehen davon schaffen wir nur die schweren Sachen weg, die ein Bein abreißen könnten. Vom Orbit aus wird das nicht großartig auffallen.«

»Nein«, stimmte Webber zu. Ihr faltiges Gesicht hinter der Sonnenbrille blieb ausdruckslos. Von seinem Platz aus konnte er ihren Schweiß riechen. Scharf und animalisch.

»Was machst du eigentlich, Webber, wenn du nicht gerade das hier machst?« Er schaute sie an.

»Wahrscheinlich einiges mehr als du«, sagte sie. »Einmal züchte ich Hunde.« Sie zog ein Messer aus dem Stiefelschaft und zog die Klinge geduldig an der Sohle ab, wobei sie es jedesmal geschickt wendete, wie ein mexikanischer Barbier, der sein Rasiermesser schärft. »Und ich angle. Forellen.«

»Hast du Leute daheim in New Mexico?«

»Wahrscheinlich mehr als du«, sagte sie tonlos. »Ich schätze,

Typen wie du oder Sutcliffe, ihr seid überhaupt nirgends zu Hause. Du lebst hier, hab ich recht, Turner? Vor Ort, heute, an dem Tag, an dem dein Knabe aufkreuzt, stimmt's?« Sie prüfte die Schneide mit dem Daumenballen und steckte das Messer in die Scheide zurück.

»Aber du hast jemand? Einen Mann, zu dem du nach Hause kommen kannst?«

»Eine Frau, wenn du's genau wissen willst«, sagte sie. »Verstehst du was von Hundezucht?«

»Nein.«

»Dachte ich mir.« Sie musterte ihn. »Wir haben auch ein Kind. Ein eigenes. Sie hat's ausgetragen.«

»DNS-Spleiß?«

Sie nickte.

»Teurer Spaß«, meinte er.

»Du sagst es. Ich wäre nicht hier, wenn wir das nicht abstottern müßten. Aber sie ist wunderschön.«

»Deine Frau?«

»Unsere Kleine.«

12
CAFÉ BLANC

Als sie vom Louvre wegging, glaubte sie eine durchgegliederte Struktur zu erahnen, die sich veränderte, um sich auf ihren Weg durch die Stadt einzustellen. Der Kellner war vermutlich nur ein Teil des Ganzen, ein Glied, ein winziger Fühler oder Taster. Das Ganze war bestimmt größer, viel größer. Wie hatte sie nur glauben können, daß es möglich wäre, im unnatürlichen Kraftfeld von Vireks Reichtum zu leben und sich zu bewegen, ohne daß sich alles dabei verzerrte? Virek hatte sie aus ihrem Elend herausgeholt und durch den monströsen, unsichtbaren Fleischwolf seines Geldes gedreht, und sie war eine andere geworden. Natürlich, dachte sie, natürlich: Er umgibt mich ständig, wachsam und unsichtbar, der gewaltige, raffinierte Überwachungsapparat des Herrn Virek.

Schließlich fand sie sich auf dem Bürgersteig vor der Terrasse des Blanc wieder. Das Café erschien ihr ebensogut wie jedes andere. Noch vor einem Monat hätte sie es gemieden; zu viele Abende hatte sie dort mit Alain verbracht. Nun, da sie das Gefühl hatte, ihre Freiheit zurückbekommen zu haben, beschloß sie, die Wiederentdeckung ihres eigenen Paris mit der Suche nach einen Tisch im Blanc zu beginnen. Sie nahm an einer seitlichen Abschirmung Platz, bestellte beim Kellner einen Cognac und betrachtete fröstelnd den vorbeifließenden Verkehr, den endlosen Strom aus Stahl und Glas, während ringsum an anderen Tischen Fremde aßen und lächelten, tranken und stritten, bittere Abschiedsworte sagten oder leise schworen, einem nachmittäglichen Gefühl treu zu bleiben.

Aber sie gehörte dazu, dachte sie mit einem Lächeln. In ihr erwachte etwas aus einem langen, starren Schlaf. In dem Moment, als sie die Augen endlich nicht mehr vor Alains Gemeinheit und ihrem eigenen verzweifelten Bedürfnis, ihn weiterhin zu lieben, verschlossen hatte, war es wieder ins Licht gekommen. Aber dieses Bedürfnis ließ allmählich nach, noch während sie dort saß. Mit seinen schäbigen Lügen hatte er irgendwie die Ketten ihrer Depression zerbrochen. Das hatte nichts mit Logik zu tun, denn in irgendeinem Winkel ihres Bewußtseins hatte sie schon lange vor der Sache mit Gnass gewußt, was Alain überhaupt so tat, und dennoch hatte das ihrer Liebe keinen Abbruch getan. Angesichts ihres neuen Gefühls verzichtete sie jedoch gern auf Logik. Es reichte, daß sie heil und gesund an diesem Tisch im Blanc saß und sich die verzwickte Maschinerie ringsum vorstellte, die Virek in Bewegung gesetzt hatte, wie sie nun wußte.

Was für eine Ironie, dachte sie, als sie den jungen Kellner aus dem Napoleonkomplex auf die Terrasse kommen sah. Er trug noch immer die dunkle Hose, in der er bedient hatte, aber die Schürze war einer blauen Windjacke gewichen. Dunkle Haare fielen ihm in einer weichen Welle in die Stirn. Lächelnd und selbstsicher kam er auf sie zu; er wußte, sie würde nicht weglaufen.

In diesem Moment wollte etwas in ihr unbedingt weglaufen, aber auch sie wußte, daß sie es nicht tun würde. Was für eine Ironie, sagte sie sich: Während ich in der Erkenntnis schwelge, daß ich kein Spezialschwamm für Kummer bin, sondern auch nur ein fehlbares Geschöpf in diesem steinernen Stadtlabyrinth, geht mir zugleich auf, daß ich im Brennpunkt einer gigantischen Maschinerie stehe, die von einem obskuren Wunsch angetrieben wird.

»Ich heiße Paco«, sagte er und zog sich den weißlackierten, schmiedeeisernen Stuhl ihr gegenüber heraus.

»Du warst das Kind, der Junge im Park ...«

»Ja, lang ist's her.« Er setzte sich. »Der Señor hat das Bild aus meiner Kindheit konserviert.«

»Ich habe über deinen Señor nachgedacht.« Sie sah nicht Paco an, sondern die fahrenden Autos, kühlte ihre Augen am Fluß des Verkehrs, an den Farben von Polykarbonat und lackiertem Stahl. »Ein Mann wie Virek ist außerstande, sich seines Reichtums zu entledigen. Sein Geld hat ein Eigenleben. Vielleicht auch einen eigenen Willen. Etwas derartiges hat er bei unserer Begegnung angedeutet.«

»Du bist eine Philosophin.«

»Ich bin ein Werkzeug, Paco. Ich bin die jüngste Spitze einer uralten Maschine in den Händen eines uralten Mannes, der etwas durchdringen möchte und es bisher nicht geschafft hat. Dein Arbeitgeber läßt seine Hände über tausend Werkzeuge wandern und wählt aus irgendeinem Grund mich aus ...«

»Du bist auch eine Dichterin!«

Sie lachte und wandte den Blick vom Verkehr ab. Er grinste; tiefe, senkrechte Lachfalten lagen wie Klammern um seinen Mund. »Auf dem Weg hierher habe ich mir eine Struktur, eine Maschine vorgestellt, so groß, daß ich sie nicht sehen kann. Eine Maschine, die mich umgibt und jeden meiner Schritte vorausahnt.«

»Und eine Egozentrikerin obendrein?«

»Wirklich?«

»Vielleicht auch nicht. Natürlich wirst du beobachtet. Wir passen auf, und das ist gut so. Deinen Freund aus der Brasserie, den beschatten wir ebenfalls. Leider konnten wir nicht rausfinden, woher er das Hologramm hatte, das er dir gezeigt hat. Höchstwahrscheinlich hatte er es schon, als er anfing, deine Freundin anzurufen. Jemand hat sich an ihn rangemacht, verstehst du? Jemand hat ihn auf dich angesetzt. Findest du das nicht außerordentlich interessant? Reizt das nicht die Philosophin in dir?«

»Doch, schon. Ich habe den Rat befolgt, den du mir in der Brasserie gegeben hast, und seinen Preis akzeptiert.«

»Dann wird er ihn verdoppeln.« Paco lächelte.

»Was für mich keine Rolle spielt, wie du sagst. Er war einverstanden, sich morgen wieder bei mir zu melden. Ich nehme an, du kannst die Übergabe des Geldes organisieren. Er will es in bar.«

»In bar.« Paco verdrehte die Augen. »Wie riskant! Aber meinetwegen, das läßt sich einrichten. Und ich kenne auch die Einzelheiten. Wir haben das Gespräch mitgehört. Was nicht schwer war, weil er es netterweise selber per Knopfmikrofon übertragen hat. Wir hätten liebend gern erfahren, wer da am Empfänger gesessen hat, aber offenbar weiß er das selber nicht.«

»Es war ganz und gar untypisch für ihn, sich zu entschuldigen und einfach abzubrechen, bevor er seine Forderungen gestellt hatte«, sagte sie stirnrunzelnd. »Er denkt vielleicht, er hätte einen Riecher für dramatische Momente.«

»Ihm ist gar nichts anderes übriggeblieben«, erklärte Paco. »Wir haben eine Störung verursacht, so daß er geglaubt hat, die Stromversorgung seines Mikrofons wäre ausgefallen. Damit war ein Gang zu den *Hommes* fällig. In der Kabine hat er wüst über dich geschimpft.«

Sie deutete auf ihr leeres Glas, als ein Kellner vorbeikam. »Ich weiß noch immer nicht so recht, was für eine Rolle ich bei der Sache spiele, worin mein Wert besteht. Für Virek, meine ich.«

»Das darfst du mich nicht fragen. Du bist hier die Philosophin. Ich führe lediglich Señors Befehle aus – nach besten Kräften.«

»Möchtest du einen Brandy, Paco? Oder lieber einen Kaffee?«

»Die Franzosen«, sagte er voller Überzeugung, »verstehen nichts von Kaffee.«

13
MIT BEIDEN HÄNDEN

Kannste das vielleicht noch mal wiederholen?« fragte Bobby, den Mund voller Reis mit Ei. »Hast du nicht gerade gesagt, es wär keine Religion?«

Beauvoir nahm das Brillengestell ab und schaute an einem der Bügel entlang. »O nein. Ich hab nur gesagt, du bräuchtest dir keine Gedanken darüber zu machen, ob es eine Religion ist oder nicht, das ist alles. Es ist einfach eine *Struktur*, mit deren Hilfe wir über ein paar Vorgänge sprechen können, denn sonst hätten wir keine Worte, keine Begriffe dafür.«

»Aber du redest wie diese, wie hast du sie noch gleich genannt, *Lohrs* oder so …«

»Loa«, verbesserte Beauvoir und warf die Brille auf den Tisch. Er seufzte, nahm eine chinesische Zigarette aus Two-a-Days Packung und steckte sie sich mit dem Totenkopf aus Zinn an. »Plural und Singular sind gleich.« Er inhalierte tief und stieß den Rauch durch die geblähten Nasenlöcher aus. »Wenn du an Religion denkst, was genau fällt dir dann dazu ein?«

»Na ja, also die Schwester meiner Mutter, die ist Scientologin, voll orthodox, verstehste. Und direkt gegenüber wohnt eine Frau, die ist Katholikin. Meine Alte« – er hielt inne, weil das Essen in seinem Mund jeden Geschmack verloren hatte – »die hat manchmal so Hologramme aufgehängt in meinem Zimmer, Jesus oder Hubbard oder so Scheiß. Solche Sachen fallen mir dazu ein, schätze ich.«

»Voodoo ist anders«, sagte Beauvoir. »Da geht's nicht um Erlösung und Transzendenz, sondern darum, irgendwas *geregelt* zu kriegen. Kannst du mir folgen? In unserem System gibt es *viele* Götter und Geister. Die gehören mit ihren ganzen Tugenden und Lastern alle zu einer großen Familie. Wir haben eine Tradition von Ritualen, bei denen sie sich in ihrer Gemeinde manifestieren, weißt du. Im Voodoo gibt es Gott, klar, Gran Mait', aber der ist groß, zu groß und zu weit weg, um sich drum zu kümmern, ob du ein armes Schwein bist oder deine Braut dich nicht ran läßt. Na ja, Mann, du weißt ja, wie so was läuft, ist 'ne Religion der *Straße*, die vor 'ner Ewigkeit in Armut und Schmutz entstanden ist. Voodoo ist wie die Straße. Wenn ein Duster deine Schwester kaltmacht, dann kampierst du nicht auf der Türschwelle der Yakuza, oder? Garantiert nicht. Du gehst zu einem, der die Sache *regeln* kann. Hab ich recht?«

Bobby nickte und kaute nachdenklich. Ein weiteres Derm und zwei Gläser Rotwein hatten ihm ziemlich gutgetan, und der Breitschultrige hatte mit Two-a-Day einen Spaziergang unter den Bäumen und den fluoreszierenden Mikadostäbchen gemacht, während Beauvoir bei Bobby geblieben war. Dann war die gut gelaunte Jackie mit einer großen Schale von diesem Reis-mit-Ei-Zeug aufgetaucht, das gar nicht so schlecht schmeckte, und als sie die Schale vor ihm auf den Tisch stellte, hatte sie ihm eine Titte an die Schulter gedrückt.

»Also«, sagte Beauvoir, »wir sind daran interessiert, irgendwas geregelt zu kriegen. Wir interessieren uns für Systeme, wenn du so willst. Genau wie du. Zumindest ist das dein Wunsch, sonst wärst du kein Cowboy mit Künstlernamen, stimmt's?« Er versenkte den Zigarettenstummel in einem halbvollen, mit fettigen Fingerabdrücken überzogenen Rotweinglas. »Anscheinend wollte Two-a-Day grade 'ne kleine Party starten, als die ganze Scheiße hochgegangen ist.«

»Was für 'ne Scheiße?« fragte Bobby und wischte sich mit dem Handrücken den Mund ab.

»Du«, sagte Beauvoir stirnrunzelnd. »Was nicht heißt, daß du was dafür kannst, auch wenn Two-a-Day es so hinstellen will.«

»So, will er das? Auf mich wirkt er ziemlich nervös. Und richtig fies.«

»Du sagst es. Nervös. Totales Muffensausen trifft es noch besser.«

»Und warum?«

»Tja, weißt du, bei Two-a-Day ist nicht alles so, wie es aussieht. Na ja, klar, er macht den Scheiß, wie du ihn kennst, verhökert den Kaspern, entschuldige bitte« – er grinste – »unten in Barrytown heiße Software, aber seine Haupttätigkeit, ich meine, sein wirkliches Interesse, liegt woanders.« Beauvoir nahm ein welkes Appetithäppchen, beäugte es mißtrauisch und warf es über den Tisch in die Bäume. »Sein Ding ist eigentlich, für ’n paar große Oungans aus ’m Sprawl rumzumachen.«

Bobby nickte. Er verstand kein Wort.

»Typen, die mit beiden Händen austeilen.«

»Jetzt komm ich nicht mehr mit.«

»Wir reden von Priesterprofis, wenn man so will. Oder stell dir einfach ein paar Obercracks vor – Konsolencowboys, zum Beispiel –, die es zu ihrem Job machen, Dinge für andere zu erledigen. ›Mit beiden Händen austeilen‹ ist so ’n Ausdruck bei uns. Heißt so ungefähr, sie haben ihre Finger auf beiden Seiten drin. Auf der weißen und der schwarzen, kapiert?«

Bobby schluckte und schüttelte den Kopf.

»Hexer«, sagte Beauvoir. »Na, egal. Üble Typen, dicke Kohle, mehr brauchst du nicht zu wissen. Two-a-Day ist so ’ne Art Zulieferer für diese Leute. Manchmal findet er was, woran sie interessiert sein könnten, dann gibt er’s ihnen und kassiert später ein paar Gefälligkeiten dafür. Kann sein, daß er ein Dutzend Gefälligkeiten zuviel kassiert, und dann geben sie *ihm* was. Läuft nicht ganz aufs gleiche raus, falls du mir folgen kannst. Sagen wir, sie haben was, was sie für vielversprechend halten, aber sie trauen sich nicht so recht ran. Diese Leute sind eher konservativ, verstehst du? Nein? Tja, wirst du schon noch merken.«

Bobby nickte.

»Die Software, die jemand wie du bei Two-a-Day mietet, kannst du vergessen. Klar, sie funktioniert, aber mit so was würden sich die Großen nie abgeben. Hast 'ne Menge Cowboyfilme gesehn, was? Also, der Kram, den sie sich für diese Streifen ausdenken, ist nichts im Vergleich zu dem Zeug, mit dem die richtigen Oberbonzen manchmal rumjonglieren. Besonders wenn's um Eisbrecher geht. Mit schweren Eisbrechern zu dealen ist 'ne heikle Sache, selbst für die Großen im Geschäft. Weißt du, warum? Weil das Eis – das richtig harte Zeug, die Mauern um jede größere Datenansammlung in der Matrix – immer das Produkt einer KI ist, einer künstlichen Intelligenz. Nichts anderes baut schnell genug gutes Eis auf, verändert es fortwährend und rüstet es auf. Wenn also ein wirklich starker Eisbrecher auf dem Schwarzmarkt auftaucht, sind schon einige äußerst heikle Faktoren im Spiel. Zum Beispiel, woher kommt das Ding? In neun von zehn Fällen von einer KI, und KIs werden ständig überprüft, hauptsächlich von den Turing-Leuten, damit sie nicht zu clever werden. Vielleicht holt man sich also den Turing-Apparat auf den Hals, weil irgendeine KI ihr Privatkonto aufbessern möchte. Manche KIs haben sogar eine Staatsbürgerschaft, wußtest du das? Eine weitere Sache, vor der man sich hüten muß: Vielleicht ist es ein *militärischer* Eisbrecher, und dann sind sie auch ganz schnell hinter einem her. Oder er hat sich aus dem Industriespionagezweig einer Zaibatsu verirrt, und von so was sollte man auch lieber die Finger lassen. Hast du das kapiert, Bobby?«

Bobby nickte. Ihm war, als hätte er sein ganzes Leben darauf gewartet, von Beauvoir die Gesetze einer Welt erklärt zu bekommen, deren Existenz er bislang nur erahnt hatte.

»Allerdings bringt ein Eisbrecher, der sich wirklich durchfrißt, die Megakohle, ich meine, *beaucoup*. Du bist also der Oberbonze auf dem Markt, jemand bietet dir so ein Ding an, und du willst ihn nicht einfach wegschicken. Also kaufst du das Teil. Du kaufst es still und heimlich, legst es aber nicht ein. Was machst du damit? Du nimmst es mit nach Hause und läßt es von deinem

Techniker ummodeln, damit es absolut durchschnittlich aussieht. Du läßt es also zum Beispiel in so ein Format bringen« – er tippte auf einen Stapel Software vor ihm – »und gibst es deinem Zulieferer weiter, der dir wie üblich ein paar Gefälligkeiten schuldet …«

»Moment mal«, sagte Bobby. »Gefällt mir gar nicht, was …«

»Prima. Das heißt, du blickst allmählich durch, zumindest ein bißchen. Denn genauso ist es gelaufen. Sie sind mit dem Ding zu deinem netten Softwarehändler Mr. Two-a-Day gekommen und haben ihm ihr Problem geschildert. ›Meister‹, sagen sie, ›wir wollen das Scheißding testen, 'nen Probelauf machen, aber auf keinen Fall selber. Das überlassen wir dir, mein Junge.‹ Also, das ist die Situation, und was wird Two-a-Day nun machen? Wird *er* das Ding einlegen? Garantiert nicht. Er macht genau das gleiche, was die Bonzen mit ihm gemacht haben, außer daß er sich die Mühe spart, den Knaben aufzuklären, dem er's andreht. Was tut er also? Er sucht sich 'ne Basis im mittleren Westen mit lauter Steuerumgehungsprogrammen und Flußdiagrammen zur Yen-Wäsche für irgendeinen Puff in Kansas City aus, von der jeder, der nicht auf den Kopf gefallen ist, *weiß*, daß sie bis über beide Ohren in Eis eingepackt ist, in *schwarzes* Eis, absolut tödliche Rückkopplungsprogramme. Kein Cowboy im ganzen Sprawl oder außerhalb würde diese Basis anfassen, weil sie zum einen vor Abwehrsystemen strotzt und zum andern nichts enthält, was irgendwen außer dem Finanzamt interessiert, und das steht wahrscheinlich eh schon auf der Bestechungsliste des Eigentümers.«

»He«, sagte Bobby, »jetzt mal im Klartext …«

»Das ist Klartext, mein weißer Freund! Er hat sich diese Basis ausgesucht, ist dann die Liste seiner Hotdogger durchgegangen, der ehrgeizigen Barrytown-Punks, der Wilsons, die blöd genug sind, ein Programm, das sie noch nie gesehen haben, gegen eine Basis einzusetzen, die so 'n Witzbold wie Two-a-Day für sie rausgepickt und als leichte Beute deklariert hat. Und auf wen fällt die Wahl? 'türlich auf 'nen Neuling im Geschäft, der nicht mal seine Adresse kennt oder seine Telefonnummer hat, und zu dem sagt er, hier, Kumpel, nimm das mit nach Hause und verdien dir ein bißchen was. Wenn du was Gutes rausholst, vertick ich's für dich!« Beauvoirs Augen waren groß; er lächelte nicht. »Kommt dir der Typ bekannt vor, Mann, oder verkehrst du vielleicht nicht mit Verlierern?«

»Du meinst, er wußte, daß ich draufgehe, wenn ich diese Basis anzapfe?«

»Nein, Bobby, aber er wußte, daß es möglich war, falls das Paket nichts taugte. Ihm ging's in erster Linie darum, deinen Run zu beobachten. Was er nicht mal selber getan, sondern ein paar Cowboys überlassen hat. Es gab mehrere Möglichkeiten, wie die Sache ausgehen konnte. Angenommen, der Eisbrecher wäre mit dem schwarzen Eis fertiggeworden, du wärst reingekommen, hättest ein paar Zahlen gefunden, die dir nichts sagen, und wärst wieder rausgegangen, vielleicht sogar, ohne Spuren zu hinterlassen. Tja, dann wärst du ins Leon's gekommen und hättest Two-a-Day erklärt, er hätte die falsche Datenbank anvisiert. Oh, er hätte sich garantiert vielmals entschuldigt, dir ein neues Ziel und einen neuen Eisbrecher gegeben, den getesteten ins Sprawl gebracht und dort erklärt, das Ding sei anscheinend okay. Währenddessen hätte er dich im Auge behalten, um deinen Gesundheitszustand zu überwachen und sicherzustellen, daß niemand hinter dem Eisbrecher her ist; könnte ja irgendwas durchgesickert sein. Es hätte auch anders kommen können, und so wär's auch beinahe gekommen: Irgendwas hätte nicht gestimmt mit dem Eisbrecher, du wärst von dem Eis verbrannt worden, und einer der Cowboys hätte bei deiner Mama einbrechen müssen, um die Software zu holen, bevor man deine Leiche gefunden hätte.«

»Ich weiß nicht, Beauvoir, das ist ziemlich schwer zu ...«

»Schwer? Quatsch. Das *Leben* ist schwer. Ich meine, hier geht's ums *Geschäft*, kapiert?« Beauvoir musterte ihn streng. Das Plastikgestell saß tief auf der schmalen Nase. Er war zierlicher als Two-a-Day oder der Breitschultrige und braun wie Kaffee mit einem Schuß Sahne. Die Stirn unter dem kurzen schwarzen Kraushaar war hoch und glatt. Er wirkte mager unter dem grauen Kammgarngewand, und Bobby empfand ihn keineswegs als bedrohlich. »Aber wir sind hier – und du bist hier –, weil wir rausfinden wollen, was wirklich passiert ist. Darin besteht unser Problem. Und das ist was ganz anderes.«

»Aber du meinst, er hat mich reingelegt, Two-a-Day hat mich reingelegt, und ich hätte dabei draufgehn können?« Bobby saß immer noch im Wöchnerinnenrollstuhl vom St. Mary's, obwohl er nicht mehr das Gefühl hatte, ihn zu brauchen. »Und nun hat er Streß mit diesen Typen, diesen Bonzen aus dem Sprawl?«

»Jetzt hast du's endlich geschnallt.«

»Und deshalb hat er sich so verhalten, als wär ich ihm völlig egal oder als würde er mich sogar hassen, oder? Und er hat eine Heidenangst?«

Beauvoir nickte.

»Und das alles«, sagte Bobby, der plötzlich begriff, warum Two-a-Day so genervt war und solchen Schiß hatte, »weil ich in Big Playground überfallen worden bin und die Lobe-Ärsche mir mein Deck geklaut haben! Und da war noch deren Software drin!« Er beugte sich aufgeregt vor, weil er sich das Ganze zusammengereimt hatte. »Und diese Typen, die legen ihn um oder so, wenn er sie ihnen nicht wiederbeschafft, stimmt's?«

»Man merkt, daß du dir viele Filme reinziehst«, sagte Beauvoir, »aber darauf läuft's in etwa hinaus, ja.«

»Okay«, sagte Bobby, lehnte sich wieder in seinen Rollstuhl zurück und legte die bloßen Füße auf die Tischkante. »Also, Beauvoir, wer sind diese Typen? Wie hast du sie noch gleich genannt? Ungarn? Hexer, haste gesagt. Was soll 'n das bedeuten?«

»Nun, Bobby«, sagte Beauvoir, »ich bin der eine, und der große Bursche – du kannst ihn Lucas nennen – ist der andere.«

»So ein Ding hast du bestimmt schon mal gesehen«, sagte Beauvoir, als der Mann, den er Lucas nannte, den Projektor auf den Tisch stellte, nachdem er systematisch Platz dafür geschaffen hatte.

»In der Schule«, sagte Bobby.

»Du bist zur Schule gegangen, Mann?« fauchte Two-a-Day. »Warum, zum Teufel, biste nicht da geblieben?« Er rauchte eine nach der anderen, seit er mit Lucas zurückgekommen war, und schien jetzt in noch schlechterer Verfassung zu sein als zuvor.

»Halt den Mund, Two-a-Day«, sagte Beauvoir. »Ein bißchen Bildung würde dir auch nicht schaden.«

»Mit so 'nem Ding haben sie uns beigebracht, wie man in der Matrix vorgeht, wie man an Sachen aus der Print-Bibliothek rankommt und so weiter.«

»Aha.« Lucas richtete sich auf und strich sich nicht vorhandenen Staub von den großen, rosigen Handtellern. »Hast du dir damit schon mal Zugang zu gedruckten Büchern verschafft?« Er hatte sich die blitzsaubere schwarze Anzugjacke ausgezogen; schmale, kastanienbraune Hosenträger spannten sich über das makellos weiße Hemd, und der Knoten der schlichten schwarzen Krawatte war gelockert.

»Ich bin ein schlechter Leser«, sagte Bobby. »Ich meine, ich kann lesen, aber es ist anstrengend. Ja, ich hab's schon mal gemacht. Hab mir richtige alte Bücher und so in der Matrix angesehn.«

»Dacht ich's mir doch«, sagte Lucas und steckte ein kleines Deck in die Konsole, die den Sockel des Kastenprojektors bildete. »Count Zero. *Count zero interrupt*. Alter Programmiererjargon.« Er gab Beauvoir das Deck, und dieser begann, Befehle einzutippen.

Im Projektorkasten nahmen in den nahezu unsichtbaren Ebenen eines dreidimensionalen Gitters komplexe geometrische Figuren abrupt ihre Plätze ein. Wie Bobby sah, skizzierte Beauvoir die Cyberspace-Koordinaten von Barrytown. »Du bist die blaue Pyramide, Bobby. Die da.« Genau in der Mitte des Kastens begann eine blaue Pyramide sanft zu pulsieren. »Jetzt zeigen wir dir, was Two-a-Days Cowboys gesehen haben, die Typen, die dich beobachtet haben. Von jetzt an siehst du eine Aufzeichnung.«

Eine punktierte Linie aus blauem Licht brach aus der Pyramide hervor und folgte einer Gitterzeile. Bobby schaute zu. Er sah sich allein im Wohnzimmer seiner Mutter sitzen; der Ono-Sendai lag auf seinem Schoß, die Gardinen waren zugezogen, seine Finger wirbelten übers Deck.

»Eisbrecher unterwegs«, kommentierte Beauvoir. Die punktierte blaue Linie erreichte die Wand des Kastens. Beauvoir tippte etwas ins Deck, und die Koordinaten änderten sich. Eine neue Konfiguration geometrischer Muster löste die erste ab. Bobby erkannte den Haufen orangener Rechtecke im Zentrum des Gitters wieder. »Das ist sie«, sagte er.

Die blaue Linie bewegte sich vom Rand des Kastens auf die orangene Basis zu. Hauchfeine Flächen aus geisterhaftem Orange schimmerten rings um die Rechtecke auf und veränderten sich flackernd, während die Linie näherkam.

»Man sieht jetzt schon, daß da was faul ist«, sagte Lucas. »Das ist ihr Eis, und es hat dich schon bemerkt. Ist dir schon auf die Schliche gekommen, obwohl du's noch nicht mal berührt hast.«

Als die punktierte blaue Linie die sich verlagernde orangene Fläche berührte, schob sich eine röhrenförmige Hülle aus transparentem Orange von geringfügig größerem Durchmesser darüber. Die Röhre begann sich zu strecken und wanderte an der Linie entlang zurück, bis sie die Kastenwand erreichte.

»Währenddessen daheim in Barrytown ...«, sagte Beauvoir und hackte wieder auf dem Deck herum. Jetzt war Bobbys blaue Pyramide in der Mitte. Bobby verfolgte, wie die orangene Röhre aus der Wand des Projektionskastens kam und an der blauen Linie entlang zügig zur Pyramide wanderte. »In diesem Moment ging's dir ernsthaft an den Kragen, Cowboy.«

Die Röhre erreichte die Pyramide; orangene Dreiecke klappten hoch und umschlossen die Pyramide. Beauvoir schaltete auf Standbild.

»Nun«, sagte Lucas, »als die von Two-a-Day angeheuerten Helfer – beides recht zähe, erfahrene Konsolenjockeys – gesehen haben, was du gleich sehen wirst, mein Freund, sind sie zu dem Schluß gekommen, daß bei ihrem Deck die große Generalüberholung im Himmel fällig wäre. Natürlich hatten sie ein Ersatzdeck dabei, wie es sich für Profis gehört. Als sie das dranschalteten, sahen sie das gleiche. Daraufhin beschlossen sie, ihren Auftraggeber Mr. Two-a-Day anzurufen, der, wie man an dem Saustall hier sieht, gerade im Begriff war, eine Party zu schmeißen …«

»Mann«, sagte Two-a-Day beinahe hysterisch, »ich hab's euch doch schon erklärt, ich hatte ein paar Kunden hier oben, denen ich was vorsetzen mußte. Ich hab die Typen dafür bezahlt, daß sie aufpassen, und sie haben aufgepaßt und mich angerufen. Und ich hab euch angerufen. Was wollt ihr denn eigentlich noch?«

»Unser Eigentum«, sagte Beauvoir leise. »Und nun aufgepaßt, schaut genau hin. Jetzt kommt ein anomales Phänomen, wie wir das Scheißding nennen. Im Ernst …« Er hämmerte wieder aufs Deck und startete die Aufzeichnung.

Milchweiße, fließende Blumen erblühten aus dem Boden des Kastens. Bobby reckte den Hals und sah, daß sie aus abertausend winzigen Kügelchen oder Bläschen zu bestehen schienen. Sie richteten sich völlig nach dem würfelförmigen Gitter aus und verschmolzen zu einer kopflastigen, asymmetrischen Struktur, die einem aus geraden Linien bestehenden Pilz ähnelte. Die Oberflächen oder Facetten waren weiß, total leer. Obwohl das Gebilde im Kasten nicht größer war als Bobbys Hand, wäre es jedem, der an ein Deck gekoppelt war, unermeßlich groß vorgekommen. Das Ding bildete zwei Hörner aus; sie streckten sich, krümmten sich, wurden zu einer Zange, die sich öffnete und sich um die Pyramide legte. Bobby sah, wie die Spitzen ungehindert durch die flackernden, orangenen Ebenen des feindlichen Eises drangen.

»Sie hat gesagt: ›Was machst du da?‹«, hörte er sich sagen. »Dann hat sie mich gefragt, warum sie das tun, warum sie mir das antun, mich umbringen ...«

»Ah«, sagte Beauvoir leise, »jetzt kommen wir allmählich weiter.«

Er wußte nicht, wohin sie gingen, war aber froh, nicht mehr in dem Stuhl sitzen zu müssen. Beauvoir duckte sich, um einer schrägen UV-Lampe auszuweichen, die an einem doppelten Spiralkabel hing; Bobby folgte ihm und wäre beinahe in einer Wasserpfütze mit grünem Film ausgeglitten. Abseits von Two-a-Days Sofalichtung schien die Luft dicker zu sein. Es roch wie im Treibhaus, feucht und nach Pflanzen. »So ist das also gelaufen«, sagte Beauvoir. »Two-a-Day hat ein paar Freunde zu den Covina Concourse Courts geschickt, aber du warst weg. Mitsamt dem Deck.«

»Na ja«, sagte Bobby, »dann kann er ja nicht unbedingt was dafür. Ich meine, wenn ich nicht ins Leon's losgezogen wäre – und ich hab Two-a-Day ja gesucht, ich wollte sogar hier raufkommen –, dann hätte er mich doch gefunden.« Beauvoir blieb stehen, um eine grüne, blühende Hanfstaude zu bewundern, und strich mit dem dünnen braunen Zeigefinger behutsam über die hellen, farblosen Blüten.

»Stimmt«, sagte er, »aber hier geht's ums Geschäft. Er hätte jemanden beauftragen sollen, dein Haus für die Dauer des Runs zu bewachen, um sicherzustellen, daß weder du noch die Software unprogrammgemäß auf Wanderschaft gehen würden.«

»Aber er hat Rhea und Jackie ins Leon's geschickt. Ich hab sie da nämlich gesehn.« Bobby griff in den Halsausschnitt seines schwarzen Pyjamas und kratzte sich an der geschlossenen Wunde, die quer über Bauch und Brust verlief. Dann fiel ihm das Tausendfüßlerding ein, mit dem Pye sie verschlossen hatte, und er zog die Hand rasch zurück. Es juckte, die ganze Naht war ein einziges Jucken, aber er wollte das Ding nicht anfassen.

»Nein, Jackie und Rhea gehören zu uns. Jackie ist eine Mambo, eine Priesterin, das Pferd von Danbala.« Beauvoir ging weiter. Er folgte offenbar einem vorhandenen Weg oder Pfad durch den Hydrokulturdschungel, der allerdings in keine bestimmte Richtung zu führen schien. Die größeren Sträucher steckten zum Teil in dicken grünen Plastikmüllsäcken voller dunklem Humus. Viele davon waren aufgeplatzt, und bleiche Wurzeln suchten neue Nahrung im Schatten zwischen den UV-Lampen, wo Zeit und nach und nach gefallenes Laub gemeinsam eine dünne Kompostschicht erzeugten.

Bobby trug schwarze Nylonsandalen, die Jackie ihm besorgt hatte, aber er hatte bereits feuchte Erde zwischen den Zehen. »Ein Pferd?« fragte er Beauvoir, während er geduckt einem stachligen Ding auswich, das entfernt an eine umgestülpte Palme erinnerte.

»Danbala reitet sie, Danbala Wedo, die Schlange. Manchmal ist sie auch das Pferd von Aida Wedo, Danbalas Weib.«

Bobby beschloß, nicht weiter nachzuhaken. Er versuchte, das Thema zu wechseln. »Wieso hat Two-a-Day eigentlich so 'nen mordsmäßigen Bau? Und wozu die vielen Bäume und so?« Er wußte, daß Jackie und Rhea ihn im St.-Mary's-Stuhl durch einen Eingang geschoben hatten, aber er hatte seither keine Wände mehr zu Gesicht bekommen. Er wußte auch, daß die Arcologie sich über x Hektar erstreckte, so daß Two-a-Days Bleibe durchaus riesig sein konnte; dennoch war es unwahrscheinlich, daß sich ein – wenn auch noch so heißer – Softwarehändler so was Großes leisten konnte. *Niemand* konnte sich so was Großes leisten, und überhaupt: Weshalb sollte jemand in einem tropfenden Hydrokulturwald leben wollen?

Die Wirkung des letzten Derms ließ jetzt allmählich nach, und Rücken und Brust begannen zu brennen und zu schmerzen.

»Feigenbäume, Mapous … Dieses ganze Projects-Geschoß ist

ein *lieu saint*, ein heiliger Ort.« Beauvoir tippte Bobby auf die Schulter und deutete auf verzwirbelte, zweifarbige Schnüre, die von den Ästen eines Baumes in der Nähe hingen. »Die Bäume sind verschiedenen Loa geweiht. Der da ist für Ougou, Ougou Feray, den Gott des Krieges. Hier oben werden auch viele andere Dinge gezüchtet, Kräuter für die Kräutermedizin und andere Sachen nur so zum Spaß. Aber es ist nicht Two-a-Days Wohnung, sondern es gehört der Allgemeinheit.«

»Heißt das, die gesamten Projects machen da mit? Alles Voodoo-Freaks und so?« Das war ja schlimmer als in Marshas finstersten Phantasien.

»Nee, Mann.« Beauvoir lachte. »Oben auf dem Dach steht 'ne *Moschee*, außerdem gibt's hier an die zehntausend Holyroller-Baptisten und 'n paar Scientology-Leute. Das Übliche halt. Allerdings« – er grinste – »sind wir diejenigen mit der Tradition, Dinge *geregelt* zu kriegen ... Aber wie das hier anfing mit diesem Geschoß, das ist eine alte Geschichte. Die Leute, die diese Bauten hier vor achtzig bis hundert Jahren geplant haben, wollten sie so autark wie möglich machen: eigene Nahrungsmittelproduktion, eigene Wärmeversorgung, eigene Stromerzeugung und so weiter. Dieser Bau sitzt auf einem riesigen geothermischen Wasserreservoir, wenn man nur tief genug bohrt. Ist echt heiß da unten, aber nicht heiß genug für Turbinen, so daß sich damit kein Strom erzeugen läßt. Die Stromerzeugung gingen sie auf dem Dach oben mit rund hundert Darrieus-Rotoren an, den sogenannten Quirlen. 'ne richtige Windfarm. Heute beziehen sie ihre Watt größtenteils von der Fission Authority, wie alle andern auch. Aber das geothermische Wasser pumpen sie in einen Wärmetauscher rauf. Es ist zu salzig zum Trinken, also heizt es über den Wärmetauscher nur das übliche Leitungswasser aus Jersey auf, das viele allerdings auch für ungenießbar halten ...«

Endlich näherten sie sich einer Art Wand. Bobby blickte zurück. Flache Tümpel auf dem schlammigen Betonboden reflektierten die Äste und Zweige der Zwergbäume, deren nackte, fahle Wurzeln sich in die provisorischen Hydrokulturbehälter mit der Nährlösung streckten.

»Dann pumpen sie's in die Garnelenbecken und züchten 'ne Menge Garnelen. Garnelen wachsen rasant in warmem Wasser. Danach pumpen sie es durch Rohre im Beton hier rauf, um diesen Raum zu beheizen. In diesem Geschoß wollten sie nämlich mal Amaranth, Salat und so in Hydro ziehen. Hinterher pumpen sie's raus in die Welsbecken, wo die Algen die Garnelenscheiße verwerten. Die Welse ernähren sich von den Algen, und dann geht das Ganze wieder von vorne los. Zumindest war's so geplant. Wahrscheinlich sind sie gar nicht auf die Idee gekommen, daß jemand aufs Dach steigen und die Darrieus-Rotoren runterschmeißen könnte, um Platz für eine Moschee zu schaffen, und viele andere Veränderungen haben sie auch nicht einkalkuliert. So sind wir also zu diesem Raum gekommen. Trotzdem kann man in den Projects noch erstklassige Garnelen kriegen … und guten Wels auch.«

Sie waren an der Wand angekommen. Sie bestand aus Glas, von dem Kondenswasser perlte. Ein paar Zentimeter dahinter schloß sich eine weitere Wand an, die aussah, als bestünde sie aus rostigem Stahlblech. Beauvoir angelte eine Art Schlüssel aus einer Tasche seines Kammgarngewands und steckte ihn in eine Öffnung an einer blanken Metallstrebe, die zwei Fensterflächen unterteilte. Irgendwo in der Nähe lief winselnd ein Motor an; der breite Stahlblechladen wurde hochgerollt und klappte dabei nach außen, bis er ruckend verschwand und einen Ausblick gewährte, von dem Bobby oft geträumt hatte.

Sie waren offenbar ziemlich weit oben, fast unterm Dach der Projects, denn Big Playground war so klein, daß Bobby es mit zwei Händen abdecken konnte. Die Wohnhäuser von Barrytown sahen wie ein grauweißer Fungus aus, der sich bis zum Horizont erstreckte. Es war schon fast dunkel, und hinter der letzten Häuserzeile konnte er einen rosigen Lichtschein ausmachen.

»Das ist das Sprawl da drüben, stimmt's? Das Rosarote.«

»Ja, aber je näher man kommt, desto unschöner wird's. Möchtest du gern da hin, Bobby? Ist Count Zero bereit, sich ins Sprawl zu stürzen?«

»O ja.« Bobby preßte die Handflächen gegen die schwitzende Scheibe. »Du hast ja keine Ahnung …« Die Wirkung des Derms war jetzt vollständig abgeklungen, und sein Rücken und seine Brust schmerzten bestialisch.

14
NACHTFLUG

Als die Nacht anbrach, stand Turner endlich wieder unter Strom.

Es kam ihm vor, als wäre es lange her seit dem letzten Mal, aber als er es spürte, war es, als wäre es immer so gewesen. Der Strom, das war jenes übermenschliche Synchrongefühl, das durch Stimulanzien nur annähernd zu erreichen war. In diese Verfassung konnte er sich nur am Schauplatz einer wichtigen Abwerbeaktion bringen, bei der er das Sagen hatte, und dann auch nur in den letzten Stunden, bevor es richtig losging.

Aber es war lange her; in Neu-Delhi hatte er lediglich mögliche Fluchtwege für einen leitenden Angestellten sondiert, der sich nicht ganz sicher war, ob er wirklich einen Tapetenwechsel wollte. Wenn er an jenem Abend in der Chandni Chauk unter Strom gestanden hätte, wäre er vielleicht imstande gewesen, dem Ding auszuweichen. Wahrscheinlich nicht, aber der Strom hätte ihm den nötigen Saft gegeben, es zu versuchen.

Nun veranlaßte er ihn, die Faktoren zusammenzutragen, mit denen er sich hier auf der Basis herumschlagen mußte. Er wägte Bündel kleiner Probleme gegen einzelne große Probleme ab. Bislang gab es nur eine Menge kleiner Probleme, aber keinen richtigen Hammer. Lynch und Webber gerieten sich zusehends in die Haare, also hatte er es so eingerichtet, daß sie sich nicht über den Weg liefen. Seine von Anfang an instinktive Überzeugung, daß Lynch Conroys Spitzel war, hatte sich noch verstärkt. Der Strom schärfte den Instinkt; es hatte etwas von Hexerei. Nathan kam mit den technisch simplen schwedischen Handwärmern nicht zurecht; alles, was ohne elektronische Schaltung auskam, war ihm suspekt. Turner beauftragte Lynch damit, die Handwärmer herzurichten, mit Brennstoff zu füllen und zündfertig zu machen, und ließ sie von Nathan jeweils paarweise hinaustragen und entlang der beiden orangenen Bänder im Meterabstand ein kleines Stück in den Boden eingraben.

Das Mikrosoft, das Conroy geschickt hatte, füllte seinen Kopf mit einer eigenen Welt sich ständig verändernder Faktoren: Fluggeschwindigkeit, Höhe, Lage, Anstellwinkel, g-Kräfte, Steuerkurse. Die Bordwaffeninformationen waren eine ewige unterschwellige Litanei aus Zielkoordinaten, ballistischen Kurven, Suchkreisen, Reichweiten, Auslösersignalen und Munitionszählungen. Conroy hatte eine simple Nachricht drangehängt, in der er ihm die ungefähre Ankunftszeit der Maschine mitteilte und bestätigte, daß ein Platz für einen Passagier vorgesehen war.

Turner fragte sich, was Mitchell wohl gerade tat und wie ihm zumute sein mochte. Die Anlagen von Maas Biolabs North America waren in einem ausgehöhlten Tafelberg untergebracht, der aus der Wüste aufragte. Im Biosoft-Dossier hatte Turner den abendlichen Berg mit den erleuchteten Fenstern in der steilen Felswand gesehen, der sich wie das Ruderhaus eines riesigen Schiffes über die hochgereckten Arme eines Meeres von Saguaro-Kakteen erhob. Seit neun Jahren war das Mitchells Heimat, sein Kerker, seine Festung. Irgendwo tief im Innern des Berges hatte er die Hybridom-Verfahren perfektioniert, denen andere Forscher fast ein Jahrhundert lang vergeblich auf die Spur zu kommen versucht hatten; unter Verwendung menschlicher Karzinomzellen und eines vernachlässigten, fast vergessenen Modells der DNS-Synthese hatte er die unsterblichen Hybridzellen erzeugt, elementare Werkzeuge einer neuen Technologie, die als winzige biochemische Fabriken unaufhörlich jene gentechnisch veränderten Moleküle produzierten, die gekoppelt und zu Biochips aufgebaut wurden. Irgendwo in der Maas-Arcologie würde Mitchell gerade seine letzten Stunden als Star-Forscher des Unternehmens durchleben.

Turner versuchte sich vorzustellen, wie Mitchell nach seinem Übertritt zu Hosaka ein völlig anderes Leben führen würde, aber es fiel ihm schwer. Gab es wirklich einen Unterschied zwischen einer Forschungsarcologie in Arizona und einer auf Honshu?

Es hatte Momente gegeben an diesem langen Tag, in denen Mitchells verschlüsselte Erinnerungen in ihm hochgestiegen waren und ihn mit einer seltsamen Angst erfüllt hatten, die in keinem Zusammenhang mit der bevorstehenden Operation zu stehen schien.

Es war deren Intimität, die ihn nach wie vor beunruhigte. Vielleicht löste sie die Angst aus. Bestimmte Fragmente waren von einer emotionalen Intensität geprägt, die in keinem Verhältnis zu ihrem Inhalt stand. Warum sollte ihn die Erinnerung an den schlichten Flur eines schmuddeligen Studentenwohnheims in Cambridge mit Schuldgefühlen und Selbstverachtung erfüllen? Andere Bilder, die eigentlich mit Gefühlen hätten befrachtet sein müssen, ließen jeden Affekt vermissen: Mitchell, wie er auf dem hellen Wollteppich eines gemieteten Hauses in Genf mit seinem kleinen Töchterchen spielte; das Kind zog lachend an seiner Hand. Nichts. Das Leben dieses Mannes war aus Turners Sicht von Anfang an in festgelegten Bahnen verlaufen. Er war hochintelligent, wie sich schon früh herausgestellt hatte, sehr motiviert und mit der Fähigkeit begabt, andere Menschen höflich, aber rücksichtslos zu manipulieren, eine unerläßliche Voraussetzung, falls man innerhalb einer Firma eine Spitzenposition in der Forschung erreichen wollte. Wenn jemand dazu prädestiniert war, in der Hierarchie von Firmenlabors aufzusteigen, fand Turner, dann Mitchell.

Turner selber war außerstande, sich in die stark von Sippenstrukturen geprägte Welt der Zaibatsuleute, der Lebenslänglichen, einzufügen. Er war ein ewiger Außenseiter, ein unberechenbarer Faktor, Treibgut auf den geheimen Meeren der Konzernpolitik. Kein Firmenangestellter wäre in der Lage gewesen, die Initiative aufzubringen, die Turner im Laufe einer Abwerbung an den Tag legen mußte. Kein Firmenangestellter besaß die professionelle Lässigkeit, mit der Turner bei einem Auftraggeberwechsel seine Loyalität umpolte – wahrscheinlich aber auch nicht sein unbeugsames Pflichtgefühl, sobald ein Vertrag unter Dach und Fach war. Turner war in seinen späten Teeniejahren in der Sicherheitsbranche gelandet, als die böse Flaute der Nachkriegswirtschaft dem durch neue Technologien ausgelösten Aufschwung wich. In Anbetracht seines generellen Mangels an Ehrgeiz hatte er im Sicherheitsbereich gute Arbeit geleistet. Er hatte eine sehnige, muskulöse Figur, die auf die Kunden seines Arbeitgebers Eindruck machte, und er war alles andere als dumm. Er verstand es, sich gut zu kleiden. Und er hatte ein Händchen für Technik.

Conroy hatte ihn in Mexiko gefunden, wo Turners Arbeitgeber den Personenschutz für ein Simstim-Team von Sense / Net übernommen hatte, das mehrere 30-Minuten-Folgen für eine Dschungelabenteuerserie drehte. Als Conroy eintraf, hatte Turner seine Vorkehrungen praktisch abgeschlossen. Er hatte Kontakte zwischen Sense / Net und den örtlichen Behörden geknüpft, den Polizeichef der Stadt bestochen, das Sicherheitssystem des Hotels analysiert, die örtlichen Führer und Fahrer kennengelernt und ihre Vergangenheit überprüfen lassen, digitalen Abhörschutz an den Funkgeräten des Simstim-Teams veranlaßt, einen Krisenstab eingerichtet und seismische Sensoren um den von Sense / Net angemieteten Zimmerblock installiert.

Er ging in die Hotelbar, einen ans Foyer angebauten Dschungelgarten, und setzte sich an einen der freien Glastische. Ein blasser Mann mit einem gebleichten weißen Haarschopf durchquerte die Bar, in jeder Hand einen Drink. Die blasse Haut spannte sich über kantige Züge und eine hohe Stirn. Er trug ein sorgfältig gebügeltes Military-Hemd zu Jeans und Ledersandalen.

»Du bist für die Sicherheit dieser Simstim-Kids zuständig«, sagte der blasse Mann und stellte einen der Drinks auf Turners Tisch. »Hat mir Alfredo gesagt.« Alfredo war einer der Barkeeper des Hotels.

Turner blickte zu dem Mann hoch, der offensichtlich nüchtern war und nicht gerade unter mangelndem Selbstbewußtsein zu leiden schien. »Ich glaube nicht, daß wir uns kennen«, sagte Turner, ohne Anstalten zu machen, den spendierten Drink anzunehmen.

»Macht nichts«, sagte Conroy und setzte sich. »Wir sind im gleichen Geschäft.« Und damit saß er auch schon.

Turner starrte ihn an. Der Mann hatte die Ausstrahlung eines Bodyguards; aus den Konturen seines Körpers sprachen Unruhe und Wachsamkeit, und nur wenige Fremde würden auf derart legere Weise in seine Privatsphäre eindringen.

»Weißt du«, sagte der Mann so beiläufig, als würde er über eine zur Zeit nicht besonders erfolgreiche Mannschaft reden, »deine seismischen Sensoren, die bringen's nun überhaupt nicht. Ich kenne Leute, die könnten da locker reinmarschieren, deine Kleinen zum Frühstück verspeisen, die Knochen in der Dusche stapeln und pfeifend von dannen spazieren. Und die seismischen Sensoren würden behaupten, daß überhaupt nichts passiert ist.« Er nippte an seinem Drink. »Aber für deine Leistung kriegst du 'ne Eins. Du hast echt was drauf.«

Der Spruch von den Knochen in der Dusche war zuviel. Turner beschloß, den Blassen fertigzumachen.

»Kuck mal, Turner, da ist deine Hauptdarstellerin.« Der Mann lächelte zu Jane Hamilton hinauf, die sein Lächeln erwiderte. Ihre großen blauen Augen waren klar und makellos; jede Iris war von den winzigen Goldlettern des Zeiss-Ikon-Logos eingefaßt. Turner erstarrte; seine Entschlossenheit geriet für den Bruchteil einer Sekunde ins Wanken. Der Star war nahe, zu nahe, und der blasse Mann stand auf …

»Nett, dich kennengelernt zu haben, Turner«, sagte er. »Wir

sehen uns wieder, früher oder später. Hör auf mich, was die seismischen betrifft: verstärk sie mit einem Sirenenring.« Und dann wandte er sich um und ging. Die Muskeln unter dem festen Stoff seines braunen Hemdes bewegten sich geschmeidig.

»Nett, Turner«, sagte Hamilton und setzte sich auf den Platz des Fremden.

»Hm?« Turner sah dem Mann nach, der im Gewimmel des überfüllten Foyers zwischen Touristen mit rosiger Haut verschwand.

»Du scheinst nie mit jemandem zu reden. Du siehst immer so aus, als würdest du die Identität der Leute prüfen und einen Bericht über sie schreiben. Freut mich zu sehen, daß du dich zur Abwechslung mal mit wem anfreundest.«

Turner sah sie an. Sie war zwanzig, vier Jahre jünger als er, und verdiente pro Woche ungefähr das Neunfache seines Jahresgehalts. Sie hatte sich die blonden Haare für die Rolle ganz kurz geschnitten, war tief gebräunt und sah aus, als würde sie von innen mit einer Höhensonne beleuchtet. Die blauen Augen waren unmenschlich perfekte optische Instrumente aus japanischer Organzucht. Sie war Schauspielerin und Kamera in einem. Ihre Augen waren mehrere Millionen Neue Yen wert. In der Hierarchie der Sense/Net-Stars zählte sie kaum.

Er blieb mit ihr in der Bar sitzen, bis sie zwei Drinks geleert hatte, und begleitete sie dann zum Zimmerblock zurück.

»Du hast wohl keine Lust, noch auf einen Drink mit reinzukommen, was, Turner?«

»Nein«, sagte er. Das war der zweite Abend, an dem sie ihm so ein Angebot machte, und er spürte, daß es das letztemal sein würde. »Ich muß die seismischen Sensoren checken.«

Später rief er dann in New York an und ließ sich die Nummer einer Firma in Mexico City geben, die ihm Sirenen für die Absicherung des Zimmerblocks liefern konnte.

Aber eine Woche später waren Jane und drei weitere Leute, die halbe Besetzung der Serie, tot.

»Wir können die Ärzte jetzt rausrollen«, sagte Webber. Turner sah, daß sie fingerlose braune Lederhandschuhe trug. Sie hatte die Sonnenbrille durch eine Schießbrille mit hellen Gläsern ersetzt; eine Pistole hing an ihrer Hüfte. »Sutcliffe sitzt vor den Monitoren der Überwachungsanlage und beobachtet die Umgebung. Alle andern brauchen wir, um die Scheißkiste durchs Gestrüpp zu kriegen.«

»Mich auch?«

»Ramirez sagt, er kann kurz vorm Einstecken nichts allzu Anstrengendes machen. Wenn du mich fragst, ist er nur 'n fauler Sack aus L.A.«

»Nein«, sagte Turner und erhob sich von der Schieferplatte, »er hat recht. Wenn er sich das Handgelenk verstaucht, sind wir erledigt. Schon eine geringfügige Überanstrengung, die er nicht mal spürt, könnte sein Tempo beeinträchtigen.«

Webber zuckte die Achseln. »Tja. Er hockt im Bunker, badet seine Hände in unserem letzten Wasser und summt munter vor sich hin, also kann eigentlich nichts schiefgehen.«

Als sie zu der Ambulanz kamen, zählte Turner die Anwesenden automatisch durch. Sieben. Ramirez war im Bunker; Sutcliffe hockte irgendwo in dem Schlackensteinlabyrinth vor den Monitoren der Überwachungsanlage. Lynch hatte sich einen Steiner-Optic-Laser über die rechte Schulter gehängt, ein Kompaktmodell mit ausklappbaren Metallskelettschaft. Integrierte Batterien bildeten den dicken Griff unter dem grauen Titangehäuse, das als Lauf diente. Nathan trug einen schwarzen Overall und schwarze, mit einer hellen Staubschicht überzogene Springerstiefel; die gewölbten Ameisenaugengläser eines Bildverstärkers baumelten von einem Riemen unter dem Kinn herab. Turner setzte die mexikanische Sonnenbrille ab, steckte sie in eine Brusttasche seines blauen Arbeitshemds und knöpfte die Klappe zu.

»Na, wie sieht's aus, Teddy?« fragte er einen stämmigen Einsachtziger mit kurzen braunen Haaren.

»Alles bestens«, lächelte Teddy und zeigte seine Zahnlücken.

Turner musterte die restlichen drei Mitglieder des Teams und nickte ihnen der Reihe nach zu: Compton, Costa, Davis.

»Jetzt geht's ran an den Speck, was?« fragte Costa. Er hatte ein volles, feuchtes Gesicht und einen dünnen, sorgfältig gestutzten Bart. Wie Nathan und die anderen trug er Schwarz.

»Ja, bald«, sagte Turner. »Alles klar soweit?«

Costa nickte.

»Schätzungsweise noch dreißig Minuten bis zur Ankunft«, erklärte Turner.

»Nathan, Davis«, sagte Webber, »montiert den Abfluß ab.« Sie reichte Turner eins der Telefunken-Sets, das sie bereits ausgepackt hatte, setzte selber eins auf, zog die Schutzfolie von dem selbstklebenden Kehlkopfmikro ab und drückte es sich auf den sonnenverbrannten Hals.

Nathan und Davis hantierten im Dunkeln hinter dem Modul. Turner hörte Davis leise fluchen.

»Scheiße«, sagte Nathan. »Da ist kein Deckel für das Rohr.« Die anderen lachten.

»Laßt gut sein«, sagte Webber. »Kümmert euch um die Räder. Lynch und Compton, ihr fahrt die Böcke aus.«

Lynch zog einen pistolenförmigen, motorgetriebenen Schraubendreher aus dem Gürtel und bückte sich unter den Container. Das Ding schwankte, und die Federn quietschten leise; die Ärzte bewegten sich drinnen. Turner hörte das kurze, hohe Surren irgendeines Geräts im Innern, dann das Rattern von Lynchs Schraubendreher, als er die Stützen fertigmachte.

Er steckte sich den Hörknopf ins Ohr und klebte sich das Mikro neben den Kehlkopf. »Sutcliffe? Check?«

»Okay«, sagte der Australier, eine leise Stimme, die von seiner Schädelbasis zu kommen schien.

»Ramirez?«

»Laut und deutlich…«

Acht Minuten. Sie rollten das Modul auf seinen zehn dicken Reifen heraus. Turner und Nathan waren am vordersten Paar und lenkten; Nathan hatte seine Gläser auf. Mitchell kam in der Dunkelheit einer mondlosen Nacht. Das Modul war unwahrscheinlich schwer; es ließ sich kaum steuern. »Als ob man 'nen Laster auf 'n paar Einkaufswagen packen würde«, murmelte Nathan vor sich hin. Turner hatte Kreuzschmerzen. Sein Rücken war seit Neu-Delhi nicht mehr ganz in Ordnung.

»Halt«, sagte Webber vom dritten Rad links. »Ich häng an so 'nem Scheißstein fest.«

Turner ließ sein Rad los und richtete sich auf. Es waren massenhaft Fledermäuse unterwegs in dieser Nacht, flatternde Schatten vor dem sternenübersäten Wüstenhimmel. Im mexikanischen Dschungel hatte es auch Fledermäuse gegeben, nektarsaugende Fledermäuse, die in den ausladenden Bäumen über dem Zimmerkomplex schliefen, in dem das Sense/Net-Team untergebracht war. Turner war auf diese Bäume geklettert und hatte unsichtbare monomolekulare Fasern in die überhängenden Äste gespannt, meterlange Rasiermesser, die auf unvorsichtige Eindringlinge warteten. Aber Jane und die anderen hatten trotzdem den Tod gefunden; sie waren an einem Hang in den Bergen von Acapulco in die Luft gesprengt worden. Ärger mit einer Gewerkschaft, hieß es später, aber der Fall blieb ungeklärt. Fest stand nur, daß es sich um eine primitive Claymore-Mine gehandelt hatte; man wußte auch, wo sie angebracht und von wo aus sie gezündet worden war. Turner hatte den Hang selber bestiegen, mit blutverschmierter Kleidung, hatte das Nest aus niedergedrücktem Gestrüpp, wo die Mörder gewartet hatten, sowie den Messerschalter und die rostige Autobatterie gesehen und die Stummel selbstgedrehter Zigaretten neben dem neuen, blitzenden Kronkorken einer Flasche Bohemia-Bier gefunden.

Die Serie mußte eingestellt werden, und der Krisenstab leistete treue Dienste und organisierte den Heimtransport der Leichen und die Rückkehr der überlebenden Schauspieler und

Crewmitglieder. Turner nahm die letzte Maschine, und nachdem er acht Gläser Scotch in der Flughafenbar von Acapulco gekippt hatte, wanderte er ziellos durch die Abflughalle und lief dort einem leitenden Techniker von Sense/Net Los Angeles namens Buschel über den Weg. Buschel war blaß unter seiner L.A.-Bräune. Sein leichter Leinenanzug war schlapp vom Schweiß. Er trug einen schlichten Aluminiumkoffer, eine Art Kamerakoffer, dessen Seitenflächen von Kondenswasser mattiert waren. Turner starrte den Mann und den schwitzenden Koffer mit den rotweißen Warnzeichen und den umfangreichen Aufklebern mit Hinweisen zum sachgerechten Transport von kryogenisch gekühltem Material an.

»O Gott«, sagte Buschel, als er ihn bemerkte. »Turner. Tut mir leid, Mann. Bin heute früh runtergekommen. Verdammt üble Geschichte.« Er zog ein klitschnasses Taschentuch aus der Jakkentasche und wischte sich das Gesicht ab. »Ganz mieser Job. Hab so was bis jetzt noch nie machen müssen ...«

»Was ist in dem Koffer, Buschel?« Er war jetzt viel näher bei ihm, obwohl er sich nicht erinnerte, dichter an ihn herangetreten zu sein. Er konnte die Poren in Buschels gebräuntem Gesicht sehen.

»Alles in Ordnung, Mann?« Buschel wich einen Schritt zurück. »Sie sehen schlecht aus.«

»Was ist in dem Koffer, Buschel?« Leinen ballte sich in seiner Hand; die Knöchel wurden weiß und zitterten.

»Verdammt noch mal, Turner.« Der Mann riß sich los. Er hielt den Griff des Koffers jetzt mit beiden Händen umklammert. »Die sind nicht beschädigt. Nur eine kleine Abschürfung an einer Hornhaut. *Sie gehören Sense/Net. Stand in ihrem Vertrag, Turner.*«

Und er hatte sich abgewandt, die Gedärme um acht Gläser Scotch pur zusammengekrampft, und gegen die Übelkeit angekämpft. Unaufhörlich, neun Jahre lang, bis die Erinnerung daran auf der Flucht vor dem Holländer in London, in Heathrow über ihn hereingebrochen, auf ihn herabgestürzt war, so daß er sich vorgebeugt und, ohne seinen Weg durch die schier endlosen Korridore zu unterbrechen, in den blauen Plastikmülleimer gekotzt hatte.

»Na los, Turner«, sagte Webber, »streng dich mal 'n bißchen an. Zeig uns, wie man's macht!« Im Teergeruch der Wüstenpflanzen rollte das Modul mühsam wieder an.

»Alles klar hier«, sagte Ramirez. Seine Stimme klang kühl und ruhig.

Turner berührte das Kehlkopfmikro. »Du kriegst gleich Gesellschaft.« Er ließ das Mikro los. »Nathan, es wird Zeit. Du und Davis, ab zum Bunker!«

Davis war verantwortlich für das Funkgerät, ihre einzige matrixunabhängige Verbindung zu Hosaka. Nathan war der Bastler vom Dienst. Lynch rollte die letzten beiden Speichenräder ins Gestrüpp hinter dem Parkplatz. Webber und Compton knieten neben dem Modul und steckten das Kabel ein, das Hosakas Chirurgen mit dem Sony-Biomonitor im Befehlsstand verband. Nachdem die Räder entfernt waren und das Modul waagrecht auf vier Böcke abgesenkt war, erinnerte die transportable Neurochirurgie Turner wieder an seinen französischen Feriencamper. Das war eine viel spätere Urlaubsreise gewesen, vier Jahre nach seiner Anwerbung durch Conroy in Los Angeles.

»Wie läuft's?« fragte Sutcliffe über Funk.

»Gut.« Turner berührte von neuem das Mikro.

»Einsam hier draußen«, sagte Sutcliffe.

»Compton«, sagte Turner, »Sutcliffe braucht Hilfe, um die Umgebung zu überwachen. Lynch geht auch mit.«

»Schade«, meinte Lynch aus dem Dunkeln. »Ich hatte gehofft, ich könnte hier mitmischen.«

Turners Hand lag am Griff der Smith & Wesson im Halfter unter dem Parka. »Na los, Lynch.« Wenn Lynch Conroys Spitzel war, dann würde er hierbleiben oder im Bunker sein wollen.

»Scheiße«, sagte Lynch. »Da ist niemand, das weißt du ganz genau. Wenn du mich hier nicht dabeihaben willst, geh ich eben rein und schau Ramirez zu.«

»Alles klar«, sagte Turner und zog die Kanone, wobei er den Stift drückte, der den Xenon-Projektor aktivierte. Der erste gebündelte, taghelle Xenon-Strahl traf eine bizarre Saguaro-Kaktee, deren Stacheln in dem unbarmherzigen Licht wie graue Fellbüschel wirkten. Der zweite erhellte den Totenkopf mit der Stachelfrisur an Lynchs Gürtel, umrahmte ihn mit einem scharf abgegrenzten Kreis. Das Knallen des Schusses und des beim Aufprall explodierenden Geschosses waren nicht zu unterscheiden; die Stoßwellen rollten in unsichtbaren, immer weiter werdenden Kreisen wie Donner in die flache, dunkle Landschaft hinaus.

In den ersten paar Sekunden danach war es mucksmäuschenstill. Sogar die Fledermäuse und die Insekten waren verstummt und warteten ab. Webber hatte sich flach ins Gestrüpp geworfen, und irgendwie spürte er sie jetzt dort; er wußte, daß sie die Pistole gezogen hatte und sie ruhig in den braunen, geschickten Händen hielt. Er hatte keine Ahnung, wo Compton war. Dann kam Sutcliffes Stimme über den Knopf im Ohr, ein Kratzen, das aus der Hirnschale zu dringen schien: »Turner. Was war das?«

Die Sterne leuchteten jetzt hell genug, daß er Webber sehen konnte. Sie setzte sich auf, die Pistole schußbereit in den Händen, die Ellbogen auf die Knie gestemmt.

»Er war Conroys Spitzel«, sagte Turner und senkte die Smith & Wesson.

»Herrgott noch mal«, sagte sie. »Ich bin Conroys Spitzel.«

»Er hatte Verbindung nach draußen. Das passiert mir nicht zum erstenmal.«

Sie mußte es noch einmal sagen.

Sutcliffes Stimme in seinem Kopf, dann Ramirez. »Wir haben das Taxi. Achtzig Klicks, kommt näher … Alles andere soweit klar. Da ist ’n kleines Luftschiff zwanzig Klicks Süd-Südwest, sagt Jaylene, 'ne unbemannte Frachtmaschine. Genau nach Plan. Sonst nichts. Warum brüllt Sut so rum? Nathan sagt, er hat 'nen Schuß gehört.« Ramirez war eingesteckt; seine Wahrnehmung wurde größtenteils vom Input des Maas-Neotek-Decks in Anspruch genommen. »Nathan hat die erste Blitzmeldung fertig ...«

Turner konnte jetzt hören, wie sich der Jet in die Kurve legte und zur Landung auf dem Highway abbremste. Webber war aufgestanden und kam mit der Knarre in der Hand auf ihn zu. Sutcliffe stellte immer wieder die gleiche Frage.

Er griff sich ans Halsmikro. »Lynch. Er ist tot. Der Jet ist da. Es ist soweit.«

Und dann war der Jet über ihnen, ein schwarzer Schatten, unglaublich tief; er kam ohne Lichter herein. Man sah den Schein der Rückstoßdüsen, als das Ding eine Landung hinlegte, die einen menschlichen Piloten umgebracht hätte, und hörte dann ein seltsames Knirschen, als es die Glieder seiner Karbonfaserhülle neu einstellte. Turner konnte den grünen Schein der Bordinstrumente in der Krümmung der Kunststoffhaube sehen.

»Du hast Scheiße gebaut«, sagte Webber.

Hinter ihr klappte die Luke an der Seite des Ambulanzmoduls auf und umrahmte eine maskierte Gestalt in einem grünen Schutzanzug aus Papier. Blauweißes, strahlendes Licht fiel heraus und warf den verzerrten Schatten des vermummten Arztes in die feine Staubwolke über dem Parkplatz, die der Jet bei der Landung aufgewirbelt hatte. »Tür zu!« brüllte Webber. »Noch nicht!«

Als die Tür herabfuhr und das Licht abschirmte, hörten sie beide den Motor des Ultralights. Nach dem Düsengetöse klang er geradezu wie Libellengesumm, ein stetiges Geräusch, das stotterte und verklang, während sie lauschten. »Kein Treibstoff mehr«, sagte Webber. »Aber er ist ganz nah.«

»Er ist da«, sagte Turner mit einem Druck aufs Halsmikro. »Erster Funkspruch.«

Der winzige Flieger glitt zischelnd an ihnen vorbei, ein dunkles Delta vor dem Sternenhimmel. Sie hörten etwas im Fahrtwind des lautlosen Gleitflugs flattern, ein Hosenbein von Mitchell vielleicht. Jetzt bist du also da oben, dachte Turner, ganz allein, in den wärmsten Sachen, die du hast, mit einer Infrarotbrille Marke Eigenbau auf der Nase, und suchst nach den beiden punktierten Linien aus Handwärmern, die für dich gezogen worden sind. »Du verrückter Spinner«, sagte er, und eine seltsame Bewunderung erfüllte ihn, »du wolltest ja wirklich unbedingt weg.«

Dann ging mit einem festlichen kleinen Knall die erste Leuchtkugel hoch, und das gleißende Magnesiumlicht sank langsam wie am Fallschirm zum Wüstenboden herab. Fast im selben Augenblick stiegen zwei weitere hoch, und vom westlichen Ende des Einkaufszentrums kam das lange Rattern von Maschinengewehrfeuer. Turner registrierte am Rande, wie Webber in Richtung Bunker durchs Gestrüpp stolperte, aber sein Blick klebte an dem trudelnden Ultralight mit seinen bunten, orange-blauen Flügeln und der bebrillten Gestalt, die in dem offenen Metallrahmen über dem fragilen dreirädrigen Fahrwerk kauerte.

Mitchell.

Das Gelände unter den schwebenden Leuchtkugeln war hell wie ein Footballfeld. Der Ultralight legte sich in die Kurve und wendete mit einer solch trägen Eleganz, daß Turner am liebsten losgebrüllt hätte. Leuchtspurgeschosse spritzten in gleißendem Bogen von einer Stelle außerhalb der Basis in die Höhe und zogen einen Strich über den Himmel. Daneben.

Bring das Ding runter! Bring es runter! Er rannte, sprang über Sträucher, zerkratzte sich die Knöchel, blieb mit dem Parkasaum hängen.

Die Leuchtkugeln. Das Licht. Mitchell konnte mit der Brille nichts mehr anfangen, konnte den Infrarotschein der Handwärmer nicht mehr sehen. Er kam weit abseits vom Landestreifen herein. Das Vorderrad verfing sich irgendwo, und der Ultralight überschlug sich, ging zu Bruch und blieb wie ein zerfetzter Schmetterling in seiner eigenen weißen Staubwolke liegen.

Der Lichtblitz der Explosion schien Turner einen Moment vor dem Knall zu erreichen; er warf seinen Schatten auf die fahlen Büsche vor ihm. Die Druckwelle erfaßte ihn und stieß ihn um, und im Fallen sah er das geborstene Ambulanzmodul in einem gelben Feuerball und wußte, daß Webber ihre Panzerabwehrrakete eingesetzt hatte. Dann war er wieder auf den Beinen und lief los, die Knarre in der Hand.

Er erreichte das Wrack von Mitchells Ultralight, als die erste Leuchtkugel erlosch. Schon stieg die nächste im Bogen aus dem Nichts in die Höhe und erblühte über ihm. Das Krachen der Schüsse riß nicht mehr ab. Turner kletterte über ein verbogenes, rostiges Blech und fand den Piloten. Er lag auf dem Boden; Kopf und Gesicht waren unter einem behelfsmäßigen Helm und einer klobigen Infrarotbrille verborgen. Die Brille war mit silbergrauem Klebeband am Helm befestigt. Die verdrehten Gliedmaßen waren in mehrere Schichten schwarzer Kleidung verpackt. Turner sah seine Hände an dem Klebeband zerren und an der Infrarotbrille reißen. Seine Hände waren ferne Wesen, bleiche Meeresgeschöpfe, die tief unten am Grunde eines unvorstellbaren pazifischen Grabens ihr eigenes Leben führten. Er sah zu, wie sie verzweifelt an Klebeband, Brille und Helm zerrten, bis all das sich löste und das lange, schweißnasse braune Haar über das weiße Gesicht des Mädchens fiel und das dunkle Blut verschmierte, das in einem dünnen Rinnsal aus einem Nasenloch lief. Und die Augen öffneten sich und zeigten leeres Weiß. Er zog das Mädchen irgendwie hoch, wuchtete es sich wie ein Feuerwehrmann über die Schulter und torkelte in die Richtung, wo er den Jet zu finden hoffte.

Er spürte die zweite Explosion durch die Sohlen seiner Segeltuchschuhe und sah das debile Grinsen auf dem Plastiksprengstoffklumpen, der an Ramirez' Cyberspace-Deck klebte. Es gab keinen Lichtblitz, sondern nur einen Knall und eine Erschütterung, die sich auf der Betonfläche des Parkplatzes fortsetzte.

Und dann war er im Cockpit, atmete den Neues-Auto-Geruch

langkettiger Monomere, den vertrauten Duft fabrikneuer Technik, und das Mädchen war hinter ihm, eine Puppe, die unbeholfen in dem g-Netz hing, das Conroy von einem Waffenhändler aus San Diego hinterm Pilotennetz hatte installieren lassen. Das Flugzeug bebte wie ein Lebewesen, und während er sich tiefer in sein g-Netz hineinzwängte, tastete er nach dem Interface-Kabel, fand es, riß sich das Mikrosoft aus der Buchse und steckte das Kabel hinein.

Wissen erhellte ihn wie ein Videospiel, und der Flugzeugcharakter des Jets riß ihn mit sich, während der flexible Rumpf sich zum Senkrechtstart umformte und die automatische Kabinenhaube mit ihren Servomotoren surrend zuglitt. Das g-Netz blähte sich um ihn herum auf, bis er keinen Finger mehr rühren konnte; er hatte immer noch die Kanone in der Hand. »Los, du Scheißding!« Aber der Jet wußte bereits Bescheid, und die g-Kraft preßte ihn ins Dunkel hinunter.

»Sie haben das Bewußtsein verloren«, sagte das Flugzeug. Seine Chip-Stimme hatte eine vage Ähnlichkeit mit der von Conroy.

»Wie lange?«

»Achtunddreißig Sekunden.«

»Wo sind wir?«

»Über Nagos.« Das Head-up-Display ging an und zeigte ein Dutzend sich ständig verändernde Zahlenwerte über einer stilisierten Karte der Grenze zwischen Arizona und Sonora.

Der Himmel wurde weiß.

»Was war das?«

Stille.

»Was war das?«

»Die Sensoren melden eine Explosion«, sagte das Flugzeug. »Die Stärke deutet auf einen taktischen Nuklearsprengkopf hin, aber der elektromagnetische Impuls fehlte. Der Ort der Zerstörung ist unser Startpunkt.«

Der weiße Schein verblaßte und verschwand.

»Kurs löschen«, sagte er.

»Kurs gelöscht. Neues Ziel, bitte.«

»Gute Frage«, sagte Turner. Er konnte den Kopf nicht drehen, um nach dem Mädchen hinter ihm zu schauen. Vielleicht war es schon tot.

15
KASTEN

Marly träumte von Alain. Abenddämmerung auf einer Wildblumenwiese, und er wiegte ihren Kopf in seinen Armen, streichelte ihren Hals und brach ihn ihr dann. Sie lag reglos da, wußte jedoch, was er tat. Er bedeckte sie mit Küssen. Er nahm ihr Geld und die Schlüssel zu ihrem Zimmer. Die Sterne waren jetzt riesig, standen unbeweglich über den hellen Feldern, und noch immer spürte sie seine Hände an ihrem Hals …

Sie erwachte im morgendlichen Kaffeeduft und sah die Quadrate aus Sonnenlicht, die über den Büchern auf Andreas Tisch lagen, hörte Andreas vertrautes morgendliches Husten, als sie sich eine erste Zigarette an der vorderen Flamme des Herdes anzündete. Sie schüttelte die düsteren Farben des Traums ab, setzte sich auf Andreas Couch auf und schlang die Arme um die dunkelrote Steppdecke über ihren Knien. Seit dem Rummel mit Gnass, der Polizei und den Reportern hatte sie nicht mehr von ihm geträumt. Wenn doch, so hatte sie solche Träume wohl zensiert und vor dem Erwachen ausgelöscht. Sie fröstelte, obwohl es schon warm war, und ging ins Bad. Sie wollte nicht mehr von Alain träumen.

»Paco hat mir gesagt, daß Alain bei unserem Treffen bewaffnet war«, erzählte sie, als Andrea ihr den blauen Emaillebecher mit Kaffee reichte.

»Alain bewaffnet?« Andrea teilte das Omelett und ließ die Hälfte auf Marlys Teller rutschen. »Komische Vorstellung. Als ob … als ob man einen Pinguin bewaffnen würde.« Sie lachten. »Alain ist nicht der Typ dazu«, sagte Andrea. »Er würde sich im

Verlauf einer leidenschaftlichen Tirade über die Lage der Kunst oder die Höhe der Rechnung in den Fuß schießen. Alain ist ein Riesenarschloch, aber das wissen wir ja. Wenn ich du wäre, würde ich mir mal ein paar Gedanken über diesen Paco machen. Wieso nimmst du ihm ab, daß er für Virek arbeitet?« Sie aß einen Bissen von ihrem Omelett und griff nach dem Salz.

»Ich hab ihn gesehen. Er war in Vireks Konstrukt.«

»Was du da gesehen hast, war nur ein Bild – das Bild eines Kindes, das diesem Mann bloß geähnelt hat.«

Marly schaute zu, wie Andrea ihr halbes Omelett aß, während ihre eigene Hälfte auf dem Teller kalt wurde. Wie konnte sie es nur erklären, dieses Gefühl, das sie beim Verlassen des Louvre gehabt hatte? Die Überzeugung, von etwas umgeben zu sein, das sie mit Gelassenheit und Präzision überwachte; die sichere Ahnung, im Brennpunkt von Vireks Imperium – oder zumindest eines Teils davon – zu stehen. »Er ist sehr reich«, begann sie.

»Virek?« Andrea legte Messer und Gabel auf den Teller und nahm den Kaffeebecher. »Das will ich wohl meinen. Wenn man der Presse glauben kann, ist er der reichste Mensch der Welt, Punkt. So reich wie manche Zaibatsus. Aber da wären wir auch schon bei dem Haken an der Sache: *Ist* er denn ein Mensch? In dem Sinn, wie du einer bist oder ich? Nein. Willst du das nicht essen?«

Marly fing an, das erkaltende Omelett mechanisch zu zerteilen und auf die Gabel zu spießen, während Andrea fortfuhr: »Du solltest mal einen Blick in das Manuskript werfen, das wir diese Woche bearbeiten.«

Marly zog fragend die Augenbrauen hoch, während sie kaute.

»Es ist eine Geschichte der Industrie-Clans im Orbit. Ein Mann von der Universität in Nizza hat sie erstellt. Dein Virek kommt übrigens auch drin vor. Er wird als Gegenbeispiel zitiert, oder besser als Typus einer Parallelentwicklung. Den Mann aus Nizza interessiert das Paradoxon von individuellem Reichtum im Zeitalter der Konzerne, und er geht der Frage nach, warum es so was überhaupt noch gibt. Großen Reichtum, meine ich. Er betrachtet die Orbit-Clans, Leute wie die Tessier-Ashpools, als eine sehr späte Variante traditioneller Formen der Aristokratie – spät deshalb, weil die von Großunternehmen geprägte Gesellschaftsstruktur eigentlich gar keine Aristokratie mehr zuläßt.« Sie stellte ihren Becher auf den Teller und trug den Teller zur Spüle. »Jetzt, wo ich den Inhalt so wiedergebe, finde ich's eigentlich gar nicht mehr so interessant. Es enthält viel graue Theorie über die Natur des sogenannten Massenmenschen. Schublade auf und rein damit. *Der Massenmensch*. Mit den Schubladen hat er's, mit gutem Stil weniger.« Sie drehte die Hähne auf, und Wasser zischte durch den Filter heraus.

»Und was sagt er nun über Virek?«

»Er sagt, falls ich mich recht entsinne, und da bin ich mir gar nicht so sicher, daß Virek ein Glücksfall ist, und zwar ein noch größerer als die Industrie-Clans im Orbit. Die Clans sind generationsübergreifend, und es wird normalerweise viel medizinischer Aufwand getrieben: Kälteschlaftechnik, Genmanipulation, diverse Methoden, den Alterungsprozeß zu bekämpfen. Der Tod eines bestimmten Familienmitglieds, selbst der eines Gründervaters, stürzt den Clan als Geschäftsunternehmen normalerweise nicht in eine Krise. Es ist immer jemand da, der darauf wartet, den Platz des Verstorbenen einzunehmen. Der Unterschied zwischen einem Clan und einem Konzern liegt jedoch darin, daß man in einen Konzern nicht buchstäblich einheiraten muß ...«

»Aber man muß sich per Vertrag langfristig binden ...«

Andrea zuckte die Achseln. »Eine Art Pachtvertrag, und das ist was ganz anderes. Es dient eigentlich der Arbeitsplatzsicherung. Aber wenn dein Herr Virek schließlich stirbt, wenn ihnen der Platz zur Erweiterung seiner lebenserhaltenden Systeme ausgeht oder so, dann fehlt seinem Unternehmen der logische Brennpunkt. Wenn es dazu kommt, so meint unser Mann aus Nizza, wird sich zeigen, daß Virek & Co. entweder zerbricht oder mutiert, wobei uns letzteres die Firma Soundso bescheren würde, einen echten Multi, also eine weitere Heimstatt für den Schubladen-Massenmenschen.« Sie wischte ihren Teller blank, spülte ihn, trocknete ihn ab und stellte ihn ins Kieferregal neben der Spüle. »Er sagt, das sei in gewissem Sinn schade, weil es bloß noch wenige Menschen gibt, die den Rand auch nur sehen können.«

»Den Rand?«

»Den Rand der Masse. Wir stecken hoffnungslos mitten drin, du und ich. Zumindest ich.« Sie durchquerte die Küche und legte Marly die Hände auf die Schultern. »Paß bei dieser Sache bloß auf. Einerseits geht's dir wieder viel besser, aber mir ist jetzt klar, daß das auch mein Werk sein kann, weil ich für dich ein kleines Essen mit diesem Schwein von deinem Ex-Lover arrangiert habe. Was den Rest betrifft, so bin ich mir nicht sicher ... Ich glaube, die Theorie unseres Akademikers wird durch die offenkundige Tatsache entkräftet, daß Virek und Konsorten längst keine Menschen mehr sind. Bitte sei vorsichtig.« Dann küßte sie Marly auf die Wange und machte sich auf den Weg zu ihrer Arbeit als Lektorin im modisch-altmodischen Geschäft des Buchdrucks.

Marly verbrachte den Vormittag in Andreas Wohnung und schaute sich mit dem Braun die Hologramme der sieben Werke an. Obwohl jedes Stück auf seine Art außergewöhnlich war, kehrte sie immer wieder zu dem Kasten zurück, den Virek ihr als ersten gezeigt hatte. Wenn ich das Original hier hätte, dachte sie, und erst das Glas und dann nacheinander alle Objekte dahinter herausnähme, was bliebe dann übrig? Plunder, ein räumlicher Rahmen, vielleicht ein Geruch wie von Staub.

Sie lag ausgestreckt auf der Couch, hatte den Braun auf dem Bauch und starrte in den Kasten. Es tat weh. Ihr war, als würde das Gebilde etwas ganz ausgeprägt in ihr wachrufen, aber sie fand keinen Namen für das Gefühl. Sie strich mit den Händen durch die leuchtende Illusion, fuhr an dem gerillten Knochen entlang.

Virek hatte mit Sicherheit schon einen Ornithologen beauftragt, den Vogel zu bestimmen, von dessen Flügel dieser Knochen stammte. Außerdem wäre es wohl möglich, das Alter eines jeden Objekts mit größter Präzision zu bestimmen. Jedes Holofiche enthielt zudem einen ausführlichen Bericht über die Entstehung des jeweiligen Werks, aber irgendwie hatte sie diese Berichte bewußt gemieden. Es war manchmal besser, dem Rätsel der Kunst wie ein Kind zu begegnen. Das Kind sah Dinge, die für das geübte Auge zu offensichtlich, zu selbstverständlich waren.

Sie stellte den Braun auf den niedrigen Tisch vor der Couch und ging zu Andreas Telefon, um die genaue Zeit zu erfahren. Um eins war sie mit Paco verabredet, um den Ablauf der Geldübergabe an Alain zu besprechen. Alain hatte ihr gesagt, er werde sie um drei bei Andrea anrufen. Als sie die Nummer der Zeitansage eintippte, flimmerte automatisch eine kurze Zusammenfassung der Satellitenmeldungen über den Bildschirm: ein JAL-Shuttle war beim Wiedereintritt über dem Indischen Ozean verglüht, Ermittlungsbeamte der Boston-Atlanta-Metropolenachse waren hinzugezogen worden, um den Tatort eines brutalen und offenbar sinnlosen Bombenanschlags in einem tristen Vorort von New Jersey zu untersuchen, unter der Regie der Miliz wurde der südliche Quadrant von Neu-Bonn evakuiert, nachdem Bauarbeiter zwei scharfe und vermutlich mit biologischen Waffen bestückte Raketen aus dem Krieg gefunden hatten, und offizielle Stellen in Arizona dementierten den mexikanischen Vorwurf, nahe der Grenze zu Sonora sei ein kleiner Nuklearsprengsatz gezündet worden ... Dann wiederholten sich die Meldungen, und die Simulation des Shuttles erlitt von neuem ihren Feuertod. Kopfschüttelnd drückte sie auf den Knopf. Es war Mittag.

Der Sommer war da; über Paris strahlte blauer Himmel. Marly sog lächelnd den Geruch von leckerem Brot und dunklem Tabak ein. Das Gefühl, beobachtet zu werden, hatte sich gelegt, als sie von der Métro zu der Adresse ging, die Paco ihr genannt hatte.

Faubourg St. Honoré. Die Adresse kam ihr irgendwie bekannt vor. Eine Galerie, mutmaßte sie.

Ja. Roberts. Der Besitzer ein Amerikaner, der drei weitere Galerien in New York betrieb. Teuer, aber nicht mehr so richtig in. Paco wartete neben einem riesigen Tafelbild, auf dem unter einer dicken, ungleichmäßigen Klarlackschicht Hunderte von kleinen, viereckigen Fotos klebten, wie sie bestimmte, sehr altmodische Automaten in Bus- und Bahnhöfen produzierten. Es schienen ausschließlich Bilder von jungen Mädchen zu sein. Automatisch registrierte Marly den Namen des Künstlers und den Titel des Werks: *Lies uns das Buch der Namen der Toten vor*.

»Ich nehme an, du verstehst solches Zeug«, sagte der Spanier mürrisch. Er trug einen teuer aussehenden blauen Anzug im Pariser Business-Stil, ein weißes Hemd aus merzerisierter Baumwolle und eine sehr britische Krawatte, wahrscheinlich von Charvet. Jetzt sah er überhaupt nicht mehr wie ein Kellner aus. Eine italienische Tasche aus schwarzem Gummiripp hing ihm über der Schulter.

»Was meinst du?« fragte sie.

»Die Namen der Toten«, und er machte eine Kopfbewegung zu der Collage. »Du hast doch mit so was gehandelt.«

»Und was verstehst du nicht?«

»Ich habe manchmal das Gefühl, daß diese, diese *Kultur* von vorn bis hinten ein Schwindel ist. Mein ganzes Leben habe ich Señor in der einen oder anderen Maske gedient, und meine Arbeit war durchaus nicht unbefriedigend oder ohne Höhepunkte. Aber wenn ich mich mit diesem Kunstkram befassen mußte, blieb das immer unbefriedigend für mich. Señor ist der Reichtum in Person. Die Welt ist voller schöner Dinge. Trotzdem widmet er sich ...« Er zuckte die Achseln.

»Dann weißt du ja immerhin, was dir gefällt.« Sie lächelte ihn an. »Warum hast du diese Galerie als Treffpunkt gewählt?«

»Señors Agent hat hier einen der Kästen gekauft. Hast du die

Berichte nicht gelesen, die du in Brüssel von uns bekommen hast?«

»Nein«, sagte sie. »Das könnte meine Intuition nachteilig beeinflussen. Und Herr Virek bezahlt mich für meine Intuition.«

Er zog die Brauen hoch. »Ich werde dich mit Picard bekanntmachen, dem Galeristen. Vielleicht kann er deiner Intuition auf die Sprünge helfen.«

Er führte sie durch den Raum und durch eine Tür. Ein angegrauter, fülliger Franzose in einem ausgebeulten Kordsamtanzug redete in einen Telefonhörer. Auf dem Monitor des Telefons waren Buchstaben- und Zahlenkolonnen zu sehen. Die Tageskurse der New Yorker Börse.

»Ah«, sagte der Mann. »Estevez. Pardon. Einen Moment noch.« Er lächelte entschuldigend und setzte das Telefonat fort. Marly studierte die Kurse. Pollock war wieder gefallen. Das hier war vermutlich der Aspekt der Kunst, den sie selber am wenigsten verstand. Picard, falls der Mann so hieß, telefonierte mit einem New Yorker Broker und orderte den Ankauf einer gewissen Menge »Punkte« vom Werk eines Künstlers. Ein »Punkt« ließ sich auf vielerlei Weise definieren, je nachdem, um welches Medium es ging; es war jedoch so gut wie sicher, daß Picard die Werke, die er kaufte, nie zu Gesicht bekommen würde. Wenn der Künstler einen entsprechenden Status genoß, wurden seine Originale wahrscheinlich in einem Tresor aufbewahrt, wo sie überhaupt niemand sah. Tage oder Jahre später würde Picard zum selben Telefon greifen und den Broker mit dem Verkauf beauftragen.

Marlys Galerie hatte Originale verkauft. Damit war kein großes Geld zu machen, aber es hatte einen sentimentalen Reiz. Und natürlich bestand dabei immer die Chance, einen Glückstreffer zu landen. Sie hatte sich eingeredet, tatsächlich einen gelandet zu haben, als Alain den gefälschten Cornell als wunderbaren Zufallsfund aus dem Hut zauberte. Cornell hatte seinen festen Platz auf der Kurstafel, und seine »Punkte« waren sehr teuer.

»Picard«, sagte Paco, als würde er einen Bediensteten anreden, »das ist Marly Kruschkowa. Señor hat sie in der Angelegenheit der anonymen Kästen hinzugezogen. Sie wird Ihnen vielleicht ein paar Fragen stellen wollen.«

»Sehr erfreut«, sagte Picard und lächelte herzlich, aber Marly glaubte, ein Flackern in seinen braunen Augen zu sehen. Höchstwahrscheinlich versuchte er, ihren Namen mit einem Skandal der letzten Zeit in Verbindung zu bringen.

»Wie ich höre, hat Ihre Galerie die Transaktion durchgeführt?«

»Ja«, sagte Picard. »Wir hatten das Werk in unseren New Yorker Räumen ausgestellt, was uns eine Reihe von Angeboten einbrachte. Wir beschlossen jedoch, es auch in Paris zu zeigen.« Er strahlte. »Eine Entscheidung, die sich dank Ihres Arbeitgebers bestens ausgezahlt hat. Wie geht es Herrn Virek, Estevez? Wir haben ihn seit Wochen nicht mehr gesehen.«

Marly warf Paco einen raschen Bick zu, aber sein dunkles Gesicht war gelassen und völlig beherrscht.

»Señor geht es sehr gut, soweit ich weiß«, sagte er kurz.

»Ausgezeichnet« sagte Picard. Seine Begeisterung wirkte ein wenig übertrieben. Er wandte sich an Marly. »Ein wunderbarer Mann. Eine Legende. Ein großer Kenner und Förderer der Kunst.«

Marly glaubte, Paco seufzen zu hören.

»Könnten Sie mir bitte sagen, woher Ihre Filiale in New York das fragliche Werk bekommen hat?«

Picard machte ein erstauntes Gesicht. Er blickte zu Paco und sah dann wieder Marly an. »Das wissen Sie nicht? Hat man Ihnen das denn nicht gesagt?«

»Sagen Sie es mir bitte.«

»Tut mir leid«, erwiderte Picard, »das kann ich nicht. Wir wissen es nämlich nicht.«

Marly sah ihn mit großen Augen an. »Verzeihung, aber ich verstehe nicht, wie das möglich sein soll ...«

»Sie hat den Bericht nicht gelesen, Picard. Erzählen Sie's ihr.

Es wird ihre Intuition beflügeln, wenn sie's aus Ihrem Mund hört.«

Picard warf Paco einen seltsamen Blick zu, hatte sich dann jedoch sofort wieder im Griff. »Aber sicher«, sagte er. »Mit Vergnügen ...«

»Glaubst du, es stimmt?« fragte sie Paco, als sie auf die Faubourg St. Honoré in die Sommersonne hinaustraten. Es wimmelte nur so von japanischen Touristen.

»Ich bin selber im Sprawl gewesen«, sagte Paco, »und habe mich mit allen Beteiligten unterhalten. Roberts hat keine Unterlagen über den Ankauf hinterlassen, obwohl er normalerweise kein größerer Geheimniskrämer war als jeder andere Kunsthändler auch.«

»Und sein Tod war ein Unfall?«

Er setzte eine verspiegelte Porsche-Brille auf. »Wer weiß das schon so genau«, sagte er. »Wir haben keine Möglichkeit, in Erfahrung zu bringen, wo oder wann er das Stück erworben hat. Wir fanden es hier vor acht Monaten, und alle Spuren, die wir zurückverfolgt haben, enden bei Roberts, und Roberts ist schon seit einem Jahr tot. Picard hat dir leider nicht gesagt, daß sie das Ding um ein Haar verloren hätten. Roberts bewahrte es neben zahlreichen anderen Sachen, die seine Hinterbliebenen für reine Kuriositäten hielten, in seinem Landhaus auf. Beinahe hätten sie die ganze Sammlung öffentlich versteigern lassen. Manchmal wünschte ich, sie hätten's getan.«

»Diese anderen Sachen«, fragte sie, neben ihm hergehend, »worum handelt es sich da?«

Er lächelte. »Glaubst du, wir hätten nicht über jedes einzelne Stück Nachforschungen angestellt? Das haben wir. Es handelte sich« – er runzelte die Stirn, wobei er die Anstrengung der Gedächtnisarbeit übertrieb – »um ›eine Reihe relativ bedeutungsloser Stücke zeitgenössischer Volkskunst‹.«

»War Roberts für sein Interesse an solchen Sachen bekannt?«

»Nein«, sagte Paco, »aber wir wissen, daß er etwa ein Jahr vor seinem Tod eine Mitgliedschaft im Institut de l'Art Brut hier in Paris beantragte und Förderer der Aeschmann-Sammlung in Hamburg wurde.«

Marly nickte. Die Aeschmann-Sammlung war auf Arbeiten von Psychotikern beschränkt.

»Wir sind ziemlich sicher«, fuhr Paco fort, während er sie beim Ellbogen faßte und um die Ecke in eine Seitenstraße führte, »daß er keinen Versuch unternommen hat, die Ressourcen der beiden Institute anzuzapfen, es sei denn, er hätte es über einen Mittelsmann getan, was wir für unwahrscheinlich halten. Señor hat natürlich Dutzende von Fachleuten engagiert, um die Unterlagen beider Institute zu durchforsten. Ohne Erfolg ...«

»Sag mal, wieso meint Picard, er hätte kürzlich Herrn Virek gesehen? Wie ist das möglich?«

»Señor ist reich. Señor verfügt über viele Mittel und Wege, in Erscheinung zu treten.«

Er führte sie in einen riesigen Schuppen mit viel blitzendem Chrom und funkelnden Spiegeln, Flaschen und Spielautomaten. Die Spiegel täuschten, was die Tiefe des Raumes betraf; hinten spiegelten sich der Gehsteig, die Füße der Passanten, das Aufblitzen einer Radkappe im Sonnenlicht. Paco nickte einem lethargisch wirkenden Mann hinterm Tresen zu, nahm sie bei der Hand und führte sie durch die dicht an dicht stehenden runden Plastiktische.

»Hier kannst du deinen Anruf von Alain entgegennehmen«, sagte er. »Wir haben es so eingerichtet, daß der Anruf von der Wohnung deiner Freundin weitergeleitet wird.« Er zog einen Stuhl für sie heraus – eine automatische Geste professioneller Höflichkeit, so daß Marly sich fragte, ob er nicht vielleicht wirklich einmal Kellner gewesen war – und stellte seine Tasche auf den Tisch.

»Aber er wird sehen, daß ich nicht bei Andrea bin«, sagte sie. »Wenn ich das Bild abstelle, wird er bestimmt mißtrauisch.«

»Er wird es nicht merken. Wir haben ein digitales Bild von deinem Gesicht mit dem entsprechenden Hintergrund generiert. Das speisen wir in sein Telefon ein.« Er nahm ein elegantes, modular aufgebautes Gerät aus der Tasche und stellte es vor Marly auf.

Ein papierdünner Polykarbonatschirm entfaltete sich lautlos aus dem Oberteil des Geräts und versteifte sich rasch. Sie hatte einmal einen schlüpfenden Schmetterling beobachtet und die Verwandlung seiner trocknenden Flügel gesehen. »Wie funktioniert das?« fragte sie und berührte zaghaft den Schirm. Er war hart wie dünner Stahl.

»Eine neue Polykarbonat-Variante«, erklärte er. »Ein Produkt von Maas ...«

Das Telefon summte diskret. Er rückte es noch sorgfältiger vor ihr zurecht, ging um den Tisch herum zur anderen Seite und sagte: »Dein Anruf. Und denk dran, du bist zu Hause!« Er streckte die Hand aus und berührte einen titanbeschichteten Kontakt.

Alains Kopf und Schultern füllten den kleinen Bildschirm. Das Bild war verschwommen und schlecht ausgeleuchtet, als stünde er in einer Telefonzelle. »Guten Tag, meine Liebe«, sagte er.

»Hallo, Alain.«

»Wie geht's dir, Marly? Ich hoffe, du hast das Geld, über das wir gesprochen haben?« Sie sah, daß er irgendein dunkles Jackett trug, konnte jedoch keine Einzelheiten erkennen. »Deine Mitbewohnerin könnte ein bißchen Nachhilfe in Aufräumen vertragen«, sagte er mit einem Blick über ihre Schultern.

»Du hast doch in deinem ganzen Leben noch kein Zimmer aufgeräumt«, sagte sie.

Er zuckte lächelnd die Achseln. »Jeder hat so seine Talente«, meinte er. »Hast du mein Geld, Marly?«

Sie blickte kurz zu Paco, der nickte. »Ja«, sagte sie, »selbstverständlich.«

»Das ist schön, Marly. Großartig. Da gibt's nur noch ein klitzekleines Problem.« Er lächelte noch immer.

»Und das wäre?«

»Meine Informanten haben ihren Preis verdoppelt. Folglich muß ich meinen jetzt auch verdoppeln.«

Paco nickte. Er lächelte ebenfalls.

»Also gut. Ich muß natürlich erst fragen.« Er widerte sie jetzt an. Sie wollte das Gespräch beenden.

»Und sie werden natürlich zustimmen.«

»Und wo treffen wir uns?«

»Ich ruf dich um fünf wieder an«, sagte er. Sein Bild schrumpfte auf ein blaugrünes Pünktchen zusammen, das gleich darauf ebenfalls erlosch.

»Du siehst müde aus«, bemerkte Paco, als er den Schirm zusammenfaltete und das Telefon wieder in seiner Tasche verstaute. »Du wirkst älter, wenn du mit ihm gesprochen hast.«

»So?« Aus irgendeinem Grund sah sie jetzt das Tafelbild bei Roberts vor sich, all die vielen Gesichter. *Lies uns das Buch der Namen der Toten vor*. All die Marlys, dachte sie, all die Mädchen, die sie in ihrer langen Jugend gewesen war.

16
LEGBA

He, du Sackgesicht!« Rhea stieß ihn ziemlich unsanft in die Rippen. »Beweg deinen Arsch!«

Er fuhr hoch und kämpfte mit der Häkeldecke, mit den halb ausgeformten Gestalten unbekannter Feinde. Mit den Mördern seiner Mutter. Er war in einem Zimmer, das er nicht kannte, einem Zimmer, das überall hätte sein können. Haufenweise Spiegel mit vergoldeten Plastikrahmen. Samtige, scharlachrote Tapeten. Er hatte diesen Wohnstil in den Zimmern von Gothicks gesehen, sofern sie sich's leisten konnten, aber auch bei ihren Eltern, die komplette Wohnungen auf diese Weise dekorierten. Rhea warf ein Bündel Kleider auf den Temperschaum und steckte die Hände in die Taschen einer schwarzen Lederjacke.

Die schwarz-pink karierte Decke bauschte sich um seine Taille. Er blickte an sich hinunter und sah den gegliederten Tausendfüßler, der in eine fingerbreite, frische, rosige Narbe eingewachsen war. Beauvoir hatte gesagt, das Ding würde die Heilung beschleunigen. Er berührte das helle, neue Gewebe zaghaft mit der Fingerkuppe; es war empfindlich, tat jedoch nicht mehr so weh. Er schaute zu Rhea auf. »Beweg du doch deinen Arsch *hier* drauf«, sagte er und zeigte ihr den Finger.

Sie funkelten sich einen Moment über Bobbys hochgereckten Mittelfinger hinweg an. Dann lachte sie. »Okay«, sagte sie. »Du hast recht. Ich laß dich zufrieden. Aber jetzt nimm die Sachen und zieh dich an! Irgendwas wird schon passen. Lucas kommt dich jeden Moment abholen, und er mag's nicht, wenn man ihn warten läßt.«

»So? Also ich finde, er ist 'n ziemlich lockerer Typ.« Er wühlte in dem Kleiderhaufen und sonderte ein schwarzes Hemd mit ausgewaschenem goldenen Paisley-Muster aus, ein rotes Satinding mit weißen Kunstlederstreifen an den Ärmeln, eine Art schwarzes Trikot mit Einsätzen aus irgendeinem durchsichtigen Material ... »He«, sagte er, »wo haste denn den Kram her? So 'nen Mist kann ich doch nicht anziehen.«

»Ist von meinem kleinen Bruder«, sagte Rhea. »Von letztem Jahr. Und jetzt sieh zu, daß du was über deinen weißen Arsch kriegst, bevor Lucas kommt. He«, sagte sie, »das ist meins«, und riß ihm das Trikot aus der Hand, als befürchtete sie, er könnte es ihr wegnehmen.

Er schlüpfte in das schwarzgoldene Hemd und hantierte mit gewölbten Druckknöpfen aus schwarzen Kunstperlen herum. Er entdeckte eine schwarze Jeans, aber die war sehr weit geschnitten und hatte reichlich Bundfalten, jedoch keine Taschen. »Ist das die einzige Hose, die du hast?«

»Herrgott«, sagte sie. »Ich hab die Sachen gesehn, die Pye dir vom Leib geschnitten hat, Mann. Du bist nicht grade das, was man sich unter 'nem Modefreak vorstellen würde. Nun zieh dich mal an, okay? Ich will keinen Ärger mit Lucas. Mag sein, daß er dir auf die sanfte Tour kommt, aber das heißt nur, daß du was hast, worauf er so scharf ist, daß er sich diese Mühe macht. Ich hab so was garantiert nicht, deshalb hat er bei mir weniger Hemmungen.«

Er stand schwankend neben der Matte und wollte den Reißverschluß der schwarzen Jeans zuziehen. »Kein Reißverschluß«, sagte er und sah sie an.

»Knöpfe. Irgendwo da drin. Ist nun mal der *Stil.*«

Bobby fand die Knöpfe. Es war eine mühsame Angelegenheit, und er fragte sich, was passieren würde, wenn er dringend pissen mußte. Er sah die schwarzen Nylonsandalen neben der Matte und schlüpfte hinein. »Was ist mit Jackie?« fragte er und schlappte zu einer Stelle, wo er sich in den goldgerahmten Spiegeln sehen konnte. »Hat Lucas bei ihr Hemmungen?« Er beobachtete sie im Spiegel und sah etwas über ihr Gesicht huschen.

»Was soll das heißen?«

»Beauvoir hat mir gesagt, sie ist 'n Pferd ...«

»Halt die Klappe.« Ihre Stimme war leise und eindringlich. »Wenn Beauvoir so was zu dir sagt, ist das sein Bier. Ansonsten redet man nicht über so was, kapiert? Es gibt Sachen, die sind so schlimm, daß du dir wünschen würdest, du wärst wieder da draußen, wo sie dir bloß den Arsch aufreißen.«

Er betrachtete ihre Augen im Spiegel, dunkle Augen im Schatten des breitkrempigen weichen Filzhuts. Jetzt schienen sie ein bißchen mehr Weiß zu zeigen als zuvor.

»Okay«, sagte er nach einer Pause und fügte dann hinzu: »Danke.« Er fummelte am Hemdkragen rum, stellte ihn hinten auf, klappte ihn wieder um und probierte verschiedene Möglichkeiten aus.

»Weißt du«, sagte Rhea und stellte den Kopf schief, »wenn du was anhast, siehste gar nicht übel aus. Außer daß du Augen hast wie zwei Pißlöcher im Schnee ...«

»Lucas«, sagte Bobby, als sie im Aufzug standen, »wißt ihr, wer meine alte Dame erledigt hat?« Er hatte nicht vorgehabt, ihm diese Frage zu stellen, aber irgendwie war sie wie eine Sumpfgasblase nach oben gestiegen.

Lucas betrachtete ihn wohlwollend. Sein langes, schwarzes Gesicht war ruhig. Sein schwarzer, gut geschnittener Anzug sah aus wie frisch gebügelt. Er trug einen dicken Stock aus geöltem, poliertem Holz mit einer lebhaften schwarzroten Maserung und einem glänzenden Messingknauf. Fingerlange, glatt in den Schaft einlassene Messingzungen liefen vom Knauf aus nach unten. »Nein.« Seine wulstigen Lippen bilden eine gerade, ernste Linie. »Das wüßten wir auch gern.«

Bobby trat unruhig von einem Fuß auf den anderen. Der Aufzug machte ihn verlegen. Er war so groß wie ein kleiner Bus und keineswegs überfüllt, aber Bobby war der einzige Weiße. Schwarze, so fiel ihm auf, als sein Blick nervös durch die Kabine schweifte, sahen im Neonlicht nicht halb tot aus wie die Weißen.

Dreimal machte der Aufzug auf dem Weg nach unten in irgendeinem Stockwerk halt, einmal fast eine Viertelstunde lang. Beim ersten Mal hatte Bobby Lucas einen fragenden Blick zugeworfen. »Ist was im Schacht«, hatte Lucas erklärt. »Was denn?« »Anderer Aufzug.« Die Aufzüge befanden sich im Kern der Arcologie und teilten sich die Schächte mit Wasserleitungen, Abflußrohren, dicken Stromkabeln und isolierten Röhren, die Bobby dem geothermischen System zuordnete, das Beauvoir beschrieben hatte. Das alles konnte man sehen, wenn die Türen aufglitten; alles war offen und sichtbar installiert, als hätten die Erbauer dieser Anlage Wert darauf gelegt, genau zu sehen, wie alles funktionierte und was wohin ging. Und alles, sämtliche sichtbaren Flächen, war mit einem ineinandergreifenden Netz von Graffiti überzogen, so dick und vielschichtig, daß es nahezu unmöglich war, irgendeine Message oder ein Symbol zu erkennen.

»Du warst noch nie hier oben, was, Bobby?« fragte Lucas, als die Türen wieder zuglitten und der Aufzug seine Fahrt nach unten fortsetzte. Bobby schüttelte den Kopf. »Schade«, sagte Lucas. »Zwar verständlich, aber trotzdem irgendwie schade. Two-a-Day sagt, du bist nicht allzu scharf drauf, in Barrytown rumzuhocken. Stimmt das?«

»Na logisch.«

»Auch das ist verständlich, würde ich meinen. Ich hab den Eindruck, daß du ein junger Mann mit Phantasie und Initiative bist. Hab ich recht?« Lucas schlug sich mit dem glänzenden Messingknauf seines Stocks in den rosigen Handteller und schaute Bobby unverwandt an.

»Glaub schon. Barrytown geht mir echt auf die Eier. In letzter Zeit ist mir irgendwie aufgefallen, daß da *nichts* los ist, verstehste? Na ja, es ist schon was los, aber es ist immer das gleiche, immer der gleiche Scheiß, der da läuft, alles wiederholt sich, jeder Sommer ist wie der Sommer davor ...« Seine Stimme verklang. Er wußte nicht recht, was Lucas von ihm halten würde.

»Ja«, sagte Lucas. »Das Gefühl kenn ich. Auch wenn's in Barrytown vielleicht noch schlimmer ist als anderswo, kann man dieses Gefühl auch leicht in New York oder Tokio kriegen.«

Das kann nicht sein, dachte Bobby, nickte aber trotzdem. Rheas Warnung spukte noch in seinem Kopf herum. Lucas wirkte nicht bedrohlicher als Beauvoir, aber allein schon seine Statur war ein Grund, vorsichtig zu sein. Bobby entwickelte gerade eine neue Theorie des persönlichen Verhaltens; er hatte noch nicht alles komplett auf der Reihe, aber ein Element war der Gedanke, daß jemand, der wirklich gefährlich war, das vielleicht gar nicht zu zeigen brauchte – und um so gefährlicher war, gerade weil er es verbergen konnte. Dies stand in krassem Gegensatz zu der Regel, die in Big Playground galt, wo Kids, die im Grunde nichts zu melden hatten, großen Aufwand trieben, um ihre Chromnieten-Brutalität zur Schau zu stellen. Was ihnen wahrscheinlich auch was brachte, soweit es die dortige Szene anging. Aber mit der dortigen Szene hatte Lucas eindeutig nichts zu tun.

»Du glaubst mir nicht, wie ich sehe«, sagte Lucas. »Tja, du wirst es wahrscheinlich noch früh genug rausfinden, aber vorläufig erst mal noch nicht. Wie's aussieht, wird für dich alles noch 'ne ganze Weile neu und aufregend sein.«

Die Aufzugtüren glitten zitternd auf, und Lucas schob Bobby vor sich her wie ein Kind. Sie traten in ein scheinbar endlos großes Foyer mit gefliestem Boden, gingen an Kiosken, mit Tüchern behangenen Ständen und Leuten vorbei, die neben Decken kauerten, auf denen sie allerlei Zeug ausgebreitet hatten. »Gebummelt wird aber nicht«, sagte Lucas, als Bobby vor einem kunterbunten Haufen Software stehenblieb, und schubste ihn sachte mit einer großen Hand weiter. »Du bist auf dem Weg ins Sprawl, mein Freund, und zwar so, wie es sich für einen Count geziemt.«

»Und das wäre?«

»In einer Limousine.«

Lucas' Auto besaß eine erstaunlich lange schwarze Karosserie mit Goldglimmer und hochglanzpolierten Messingteilen und war mit einer Sammlung barocker Gerätschaften aufgemotzt, über deren Funktion Bobby in der kurzen Zeit nur Vermutungen anstellen konnte. Eine davon war wohl eine Parabolantenne, entschied er, obwohl das Ding eher wie ein aztekisches Kalenderrad aussah. Dann saß er auch schon im Wagen, und Lucas ließ die breite Tür sachte hinter ihm zufallen. Die Fenster waren so stark getönt, daß es aussah, als ob draußen Nacht wäre, eine hektische Nacht, in der die Leute aus den Projects ihren mittäglichen Geschäften nachgingen. Das Wageninnere war eine geräumige Zelle mit hellen Teppichen und Lederpolstern, obwohl es keine Sitzplätze im eigentlichen Sinn zu geben schien. Ebensowenig wie ein Lenkrad; das Armaturenbrett war eine gepolsterte Lederfläche, die von keinerlei Anzeigen und Schaltern unterbrochen wurde. Bobby sah Lucas an, der seine schwarze Krawatte lokkerte. »Wie fährt man das Ding?«

»Setz dich irgendwohin. Man fährt es so: Ahmed, bring uns nach New York, Lower East.«

Der Wagen rollte an und entfernte sich zügig vom Bordstein. Bobby sank auf einem weichen Stapel übereinandergeschichteter Teppiche auf die Knie.

»Lunch wird in dreißig Minuten serviert, Sir, sofern Sie nicht schon eher etwas möchten«, sagte eine Stimme. Sie war weich und melodisch und schien aus keiner bestimmten Richtung zu kommen.

Lucas lachte. »Die haben wirklich noch gewußt, wie man Autos baut, in Damaskus«, sagte er.

»Wo?«

»Damaskus«, sagte Lucas, knöpfte sich das Jackett auf und lehnte sich in helle, keilförmig angeordnete Kissen zurück. »Das ist ein Rolls. Ein alter. Die Araber haben gute Autos gebaut, als sie noch das Geld dazu hatten.«

»Lucas«, sagte Bobby mit kaltem Brathähnchen im Mund, »wieso brauchen wir anderthalb Stunden bis New York? Wir schleichen ja nun nicht gerade ...«

»Das dauert nun mal so lange.« Lucas trank einen Schluck kühlen Weißwein. »Ahmed verfügt über alle serienmäßigen Extras, unter anderem auch über ein erstklassiges Antiüberwachungssystem. Wenn ich unterwegs bin, sorgt Ahmed für eine beachtliche Abschirmung meiner Privatsphäre, die ich mir in New York normalerweise nicht leisten würde. Ahmed, hast du das Gefühl, daß jemand versucht, an uns ranzukommen, uns zu belauschen oder so?«

»Nein, Sir«, sagte die Stimme. »Vor acht Minuten wurde unser Nummernschild per Infrarotaufnahme von einem Helikopter der Taktischen Eingreiftruppen erfaßt. Der Helikopter hatte die Nummer MH Strich 3 Strich 848. Der Pilot war Corporal Roberto ...«

»Okay, okay«, sagte Lucas. »Schon gut. Siehst du? Ahmed weiß mehr über die Taktischen als die über uns.« Er wischte sich die Hände an einer weißen Leinenserviette ab und zog einen goldenen Zahnstocher aus seiner Jackentasche.

»Lucas«, sagte Bobby, während Lucas vorsichtig in den Zwischenräumen seiner großen, eckigen Zähne herumstocherte, »was wäre, wenn ich dich bitten würde, mich – sagen wir mal – am Times Square rauszulassen?«

»Ah.« Lucas nahm den Zahnstocher aus dem Mund. »Das heißeste Pflaster der Stadt. Was ist los, Bobby? Hast du 'n Drogenproblem?«

»Nee, nee. Ich wollt's bloß wissen.«

»Was wissen? Willst du zum Times Square?«

»Nein, das war nur das erste, was mir eingefallen ist. Was ich sagen wollte: Würdest du mich gehen lassen?«

»Ehrlich gesagt, nein«, antwortete Lucas. »Aber deshalb brauchst du dich nicht als Gefangenen zu betrachten. Sieh dich lieber als Gast. Als *geschätzten* Gast.«

Bobby lächelte müde. »Okay. Also so 'ne Art Schutzhaft.«

»Richtig«, sagte Lucas und ging wieder mit dem goldenen Zahnstocher ans Werk. »Und wo wir gerade hier sitzen und der brave Ahmed uns abschirmt, sollten wir uns mal unterhalten. Bruder Beauvoir hat dir schon ein bißchen was über uns erzählt, glaube ich. Was hältst du von dem, was er dir erzählt hat?«

»Na ja«, sagte Bobby, »es war sehr interessant, aber ganz kapiert hab ich's wohl nicht.«

»Was hast du nicht kapiert?«

»Also, dieser Voodoo-Kram, ich weiß nicht ...«

Lucas zog die Brauen hoch.

»Ich meine, es ist euer Bier, was ihr davon kauft, ich meine, was ihr glaubt, okay? Aber Beauvoir spricht in einem Moment vom Geschäft – Straßen-Tech, wie ich's noch nie gehört hab –, und im nächsten Moment redet er über Mambos und Geister und Schlangen und ... und ...«

»Und was?«

»Pferde«, krächzte Bobby heiser.

»Bobby, weißt du, was eine Metapher ist?«

»Eine Komponente? Wie 'n Kondensator?«

»Nein. Vergiß das mit der Metapher. Wenn Beauvoir oder ich mit dir über die Loa und ihre Pferde reden, wie wir die wenigen Auserwählten nennen, die von den Loa geritten werden, solltest du dir sagen, daß wir zwei Sprachen gleichzeitig sprechen. Eine davon verstehst du schon; die Sprache, die du Straßen-Tech nennst. Auch wenn wir andere Wörter gebrauchen, reden wir Tech. Vielleicht bezeichnen wir etwas als Ougou Feray, was du Eisbrecher nennen würdest, okay? Aber zur gleichen Zeit reden wir mit den gleichen Worten von andern Dingen, die du nicht verstehst. Nicht zu verstehen brauchst.« Er steckte seinen Zahnstocher weg.

Bobby holte tief Luft. »Beauvoir hat gesagt, Jackie ist 'n Pferd für 'ne Schlange, 'ne Schlange, die Danbala heißt. Kannste mir das in Straßen-Tech übersetzen?«

»Sicher. Stell dir Jackie als Deck vor, Bobby, als Cyberspace-Deck, ein sehr hübsches mit 'nem netten Gestell.« Lucas grinste, und Bobby wurde rot. »Stell dir Danbala, den manche die Schlange nennen, als Programm vor. Sagen wir, als Eisbrecher. Danbala kommt ins Jackie-Deck rein, und Jackie bricht Eis. Das ist alles.«

»Okay.« Bobby begriff es allmählich in groben Zügen. »Aber was ist dann die Matrix? Wenn sie 'n Deck ist und Danbala ein Programm, was ist dann der Cyberspace?«

»Die Welt«, sagte Lucas.

»Am besten gehn wir von hier zu Fuß«, sagte Lucas.

Der Rolls kam lautlos und seidenweich zum Stehen. Lucas knöpfte sich das Jackett zu und stand auf. »Ahmed erregt zu viel Aufsehen.« Er nahm seinen Stock, und die Tür entriegelte sich mit einem leisen Klacken.

Bobby stieg hinter ihm aus. Der unverkennbare, typische Geruch des Sprawl schlug ihnen entgegen, ein schweres Gemisch aus stickiger U-Bahn-Abluft, uraltem Ruß und den karzinogenen Ausdünstungen frischer Kunststoffe, alles noch durchsetzt vom Kohlendioxid-Gestank illegaler fossiler Brennstoffe. Hoch oben im reflektierten Schein der Bogenlampen verdeckte eine der unfertigen Fuller-Kuppeln zwei Drittel des lachsrosa Abendhimmels; die gezackte Kante wirkte wie eine Bruchstelle in einer grauen Honigwabe. Das Kuppelflickwerk des Sprawl erzeugte oftmals unerwünschte Mikroklimata. Da gab es wenige Blocks große Flächen, wo ein ständiger Nieselregen aus Kondenswasser von den rußigen geodätischen Kuppeln fiel, und Gegenden mit besonders hohen Kuppeln, die für ihre statischen Entladungen bekannt waren, eine spezielle, urbane Variante des Gewitterblitzes. Eine steife Brise wehte, als Bobby Lucas durch die Straße folgte, ein warmer, staubiger Wind, der vermutlich mit Druckschwankungen im sprawlweiten U-Bahn-Netz zu tun hatte.

»Denk dran, was ich dir gesagt habe«, mahnte Lucas, der zum

Schutz gegen den Staub die Augen zusammenkniff. »Der Mann ist weit mehr als das, was er zu sein scheint. Aber auch wenn es nicht so wäre – du schuldest ihm einen gewissen Respekt. Wenn du 'n Cowboy werden willst, dann lernst du jetzt gleich eine Größe des Geschäfts kennen.«

»Ja, okay.« Er wich einer grau angelaufenen Endlospapierfahne aus, die sich um seinen Knöchel wickeln wollte. »Bei dem habt ihr beiden also das Programm...«

»Pst! Nicht! Denk dran, was ich dir gesagt habe! Was du auf offener Straße sagst, kannst du genausogut gleich ans schwarze Brett schlagen.«

Bobby zog eine Grimasse und nickte dann. Scheiße. Er baute ständig Mist. Da war er nun mit einem Oberbonzen unterwegs und steckte bis zum Hals in einer abgedrehten Sache, und er benahm sich ständig wie ein Wilson. Oberbonze. Das war das richtige Wort für Lucas, und für Beauvoir auch. Das Voodoo-Gequatsche war bloß ein Spiel, das sie mit den Leuten trieben, entschied er. Im Rolls hatte Lucas eine komische lange Geschichte über Legba, den Loa der Kommunikation, den »Meister der Straßen und Wege«, vom Stapel gelassen und erklärt, der Mann, den sie besuchen würden, sei ein Liebling von Legba. Als Bobby fragte, ob der Mann auch ein Oungan sei, verneinte Lucas. Er sagte, der Mann habe Legba sein Leben lang begleitet und sei so nah bei ihm gewesen, daß er den Loa gar nicht bemerkt habe; dieser sei praktisch ein Teil von ihm, wie sein Schatten. Dieser Mann, sagte Lucas, habe ihnen die Software verkauft, die Two-a-Day an Bobby vermietet hatte.

Lucas ging um eine Ecke und hielt an. Bobby war dicht hinter ihm. Sie standen vor einem verrußten braunen Sandsteinbau, dessen Fenster vor Jahrzehnten mit Wellblech vernagelt worden waren. In einem Teil des Erdgeschosses war irgendein Laden untergebracht gewesen, dessen gesprungene Schaufenster nun dreckverschmiert und undurchsichtig waren. Die Tür zwischen den blinden Fenstern war mit dem gleichen Wellblech verstärkt worden, mit dem die oberen Fenster verschlossen waren. Bobby glaubte, eine Art Schild hinter dem linken Fenster zu entdecken, eine ausrangierte Neonschrift, die schief im Halbdunkel hing. Lucas stand einfach nur vor der Tür, mit ausdruckslosem Gesicht; der Stock war ordentlich auf den Gehsteig gepflanzt, die großen Hände waren übereinander auf den Messingknauf gestützt. »Lektion Nummer eins«, sagte er in einem Tonfall, als würde er ein Sprichwort aufsagen, »du mußt immer warten ...«

Bobby glaubte, ein Scharren hinter der Tür zu hören, dann ertönte ein Rasseln wie von Ketten. »Erstaunlich«, sagte Lucas. »Fast, als hätte er uns erwartet.«

Die Tür schwang an gut geölten Angeln zehn Zentimeter weit auf und schien dann an etwas hängenzubleiben. Ein Auge musterte sie, ein starres Auge im dunklen, staubigen Spalt, das Bobby zunächst für das Auge eines großen Tiers hielt; die Iris hatten eine seltsame bräunlichgelbe Farbe, das Augenweiß war gesprenkelt und blutunterlaufen, und das untere, herabhängende Lid war noch röter. »Mr. Hoodoo«, sagte das unsichtbare Gesicht, zu dem das Auge gehörte. »Mr. Hoodoo mit einem kleinen Haufen Scheiße. Herrgott ...« Ein gräßliches Gurgeln ertönte, als würde uralter Schleim aus verborgenen Tiefen hochgezogen, dann spuckte der Mann aus. »Also los, rein mit euch, Lucas.« Ein weiteres Knirschen, und die Tür schwang nach innen ins Dunkel. »Ich hab auch noch anderes zu tun.« Letzteres aus einem Meter Abstand, im Zurückweichen, als flöhe der Besitzer des Auges vor dem Licht, das durch die offene Tür hereinfiel.

Lucas trat ein, und Bobby folgte ihm. Bobby merkte, wie die Tür leise hinter ihm zufiel. Bei der plötzlichen Dunkelheit stellten sich die Haare an seinen Unterarmen auf. Sie schien lebendig zu sein, diese Dunkelheit, dicht und geballt und irgendwie empfindungsfähig.

Dann flammte ein Streichholz auf, und eine Art Grubenlampe zischte und spuckte, als das Gas sich in ihrem Glühstrumpf entzündete. Bobby starrte mit offenem Mund in das Gesicht hinter der Lampe, wo das blutunterlaufene gelbe Auge mit seinem Gegenstück in einer Visage wartete, die Bobby am liebsten für eine Maske gehalten hätte.

»Du hast uns doch wohl nicht erwartet, Finne, oder?« fragte Lucas.

»Wenn du's genau wissen willst«, sagte das Gesicht und entblößte große, flache gelbe Zähne, »ich wollte gerade los, um mir was zu essen zu besorgen.« Er machte auf Bobby den Eindruck, als könnte er sich von modrigem Teppich ernähren oder sich geduldig durch den holzhaltigen braunen Papierbrei der von der Feuchtigkeit aufgequollenen Bücher fressen, die schulterhoch zu beiden Seiten des Gangs aufgestapelt waren, in dem sie standen. »Wer ist der kleine Scheißer, Lucas?«

»Weißt du, Finne, Beauvoir und ich haben Probleme mit etwas, was wir in gutem Glauben von dir erworben haben.« Lucas streckte den Stock aus und stupste damit einen gefährlich überhängenden Stapel zerfallender Taschenbücher an.

»Ach ja?« Der Finne spitzte in spöttischer Betroffenheit die Lippen. »Laß den Unsinn, das sind lauter Erstausgaben, Lucas. Wenn du sie umschmeißt, bezahlst du sie.«

Lucas zog den Stock zurück. Das polierte Messing glänzte im Lampenlicht.

»Also«, sagte der Finne, »ihr habt Probleme. Komisch, Lucas. Echt komisch.« Seine Wangen waren gräulich und von tiefen Querfalten gefurcht. »Ich hab auch Probleme, drei Stück. Heute früh hatte ich die noch nicht. Tja, so ist das manchmal im Leben.« Er stellte die zischende Lampe auf einen leergeräumten Aktenschrank aus Stahl und kramte eine krumme Filterlose aus der Seitentasche eines Kleidungsstücks, das wohl einmal eine Tweedjacke gewesen war. »Meine drei Probleme sind oben. Vielleicht wollt ihr sie euch mal ansehen …« Er entzündete ein hölzernes Streichholz am Fuß der Lampe und steckte sich die Zigarette an. Der stechende Geruch von dunklem kubanischem Tabak erfüllte die Luft zwischen ihnen.

»Wißt ihr«, sagte der Finne, als er über die erste Leiche stieg, »ich wohne schon lange in diesem Haus. Jeder kennt mich. Jeder weiß, daß ich hier wohne. Wenn du beim Finnen kaufst, weißt du, bei wem du kaufst. Ich steh hinter meinen Produkten, ausnahmslos.«

Bobby starrte auf das nach oben gekehrte Gesicht des Toten, auf die stumpf gewordenen Augen. Mit der Form des Rumpfes stimmte was nicht, auch nicht mit der Art, wie der schwarzgewandete Tote dalag. Japanisches Gesicht, ausdruckslos, tote Augen ...

»Und was meint ihr«, fuhr der Finne fort, »wie viele Leute in der ganzen Zeit blöd genug waren, den Versuch zu unternehmen, hier reinzukommen und mich zu erledigen? Keiner! Kein einziger, bis heute früh, und dann gleich *drei*. Das heißt«, er warf Bobby einen feindseligen Blick zu, »den kleinen Haufen Scheiße hier nicht mit eingerechnet, aber ...« Er zuckte die Achseln.

»Sieht irgendwie verdreht aus«, sagte Bobby mit einem Blick auf den ersten Toten.

»Weil er innen drin Hundefutter ist.« Der Finne grinste boshaft. »Total zermatscht.«

»Der Finne sammelt exotische Waffen«, bemerkte Lucas und stupste mit der Spitze seines Stocks das Handgelenk eines zweiten Toten an. »Hast du sie auf Implantate durchleuchtet, Finne?«

»Klar. Scheißplackerei. Mußte sie ins Hinterzimmer runterschaffen. Nichts, nur das Übliche. Ein simples Killer-Kommando.« Er saugte geräuschvoll an den Zähnen. »Warum will *mich* jemand kaltmachen?«

»Vielleicht hast du irgendwem ein sündhaft teures Programm verkauft, das nicht funktioniert«, meinte Lucas.

»Ich hoffe, das soll nicht heißen, daß *du* sie geschickt hast, Lucas«, sagte der Finne gelassen. »Es sei denn, du willst meine Hundefutternummer am eigenen Leib erleben.«

»Hab ich etwa behauptet, du hättest uns was verkauft, was nicht funktioniert?«

»Ihr habt Probleme, hast du gesagt. Und was habt ihr in letzter Zeit sonst von mir gekauft?«

»Sorry, Finne, aber das sind nicht unsere Leute. Das weißt du selber.«

»Ja, da hast du wohl recht. Also, was zum Teufel führt dich zu mir, Lucas? Du weißt, auf das Zeug, das ihr gekauft habt, gab's nicht die übliche Garantie ...«

»Also wirklich«, sagte der Finne, nachdem er sich Bobbys Geschichte von seinem gescheiterten Cyberspace-Run angehört hatte, »ist schon 'ne komische Scheiße da draußen.« Er schüttelte langsam den schmalen, seltsam gestreckten Kopf. »War früher nicht so.« Er blickte zu Lucas. »Ihr wißt Bescheid, was?«

Sie saßen an einem quadratischen weißen Tisch in einem weißen Zimmer des Erdgeschosses hinter dem mit allem möglichen Plunder gefüllten Laden. Der Boden bestand aus abgenutzten Krankenhausfliesen mit rutschfestem Belag; die Wände waren mit schmuddeligen weißen Plastikplatten verkleidet, hinter denen sich dicht an dicht Schichten von Anti-Abhörelektronik verbargen. Verglichen mit dem Ladenraum war das Hinterzimmer antiseptisch sauber. Mehrere mit Sensoren und Scanner-Geräten bestückte Metallstative standen wie abstrakte Skulpturen um den Tisch herum.

»Wir wissen was?« fragte Bobby. Mit jeder Wiederholung seiner Geschichte fühlte er sich weniger wie ein Wilson. Wichtig. Er fühlte sich wichtig.

»Du doch nicht, du Flachwichser«, sagte der Finne müde. »Er. Der große Mr. Hoodoo. Der weiß es. Weiß, daß es nicht mehr so ist wie früher ... Schon lange nicht mehr. Ich bin schon seit 'ner Ewigkeit im Geschäft. War schon damals dabei. Vorm Krieg, als es noch keine Matrix gab, das heißt, als die Leute noch nicht *wußten*, daß es eine gab.« Er sah jetzt Bobby an. »Ich hab 'n paar Schuhe, die sind älter als du, also was zum Teufel sollst du schon groß wissen? Es gibt Cowboys, seit es Computer gibt. Die ersten

Computer wurden gebaut, um deutsches Eis zu knacken, stimmt's? Codeknacker. Also gab's das Eis vor den Computern, wenn man's so sieht.«

Er steckte sich seine fünfzehnte Zigarette an diesem Abend an, und Rauch breitete sich im Zimmer aus.

»Lucas weiß es, klar. In den letzten sieben, acht Jahren gab's komische Geschichten da auf dem Konsolencowboy-Parkett. Die neuen Jockeys, *die machen Deals mit Dingern*, stimmt's, Lucas? Ja, ich weiß Bescheid, da kannst du einen drauf lassen. Sie brauchen nach wie vor die Hard- und die Software und müssen immer noch flinker sein als Schlangen auf Eis, aber alle, jedenfalls die wirklich guten, die wissen, wie man klarkommt, haben *Verbündete*, stimmt's, Lucas?«

Lucas zog seinen goldenen Zahnstocher aus der Tasche und machte sich an einem Backenzahn zu schaffen. Seine Miene war düster und ernst.

»Throne und Reiche«, sagte der Finne geheimnisvoll. »Tja, Sachen gibt's draußen. Geister, Stimmen. Warum auch nicht? In den Ozeanen gab's Meerjungfrauen und all so 'nen Scheiß, und wir haben ein Silizium-Meer, nicht? Sicher, ist nur 'ne künstlich erzeugte Halluzination, an der wir alle gemeinsam teilzunehmen beschlossen haben, der Cyberspace, aber jeder, der einsteckt, weiß verdammt gut, daß er ein ganzes Universum ist. Und mit jedem Jahr wird's ein bißchen voller da drin ...«

»Wir«, sagte Lucas, »haben die *Welt* schon immer auf diese Weise gesehn.«

»Ja«, sagte der Finne, »daher konntet ihr einfach euer Programm starten und den Leuten predigen, die Dinger, mit denen ihr eure Deals macht, wären die guten alten Buschgötter ...«

»Göttliche Reiter ...«

»Klar. Du glaubst da vielleicht dran. Aber ich bin alt genug und kann mich noch an die Zeit erinnern, wo's nicht so war. Wenn du vor zehn Jahren in den Gentleman Loser marschiert wärst und versucht hättest, einem der Top-Jockeys weiszumachen, du hättest mit Geistern in der Matrix gesprochen, hätten sie dich für verrückt gehalten.«

»Für 'nen Wilson«, warf Bobby ein, der sich ausgeschlossen fühlte und sich nicht mehr so wichtig vorkam.

Der Finne sah ihn ausdruckslos an. »Was?«

»Für 'nen Wilson. 'nen Versager. Na ja, das ist Hotdogger-Slang ...«

Der Finne sah ihn sehr eigenartig an. »Meine Güte. Das ist euer Ausdruck dafür, hm? Herrgott, ich *kenn* den Mann.«

»Wen?«

»Bodine Wilson«, sagte er. »Der erste, den ich kenne, der's zu 'ner Redewendung gebracht hat.«

»War er wirklich so blöd?« fragte Bobby und bereute es sofort.

»Blöd? Nee, Mann, der war schlau wie 'n Fuchs.« Der Finne drückte seine Zigarette in einem gesprungenen Campari-Keramikascher aus. »War einfach 'n totaler Verlierer, das ist alles. Hat mal mit der Dixie Flatline gearbeitet ...« Die blutunterlaufenen gelben Augen bekamen einen entrückten Ausdruck.

»Finne«, sagte Lucas, »woher hast du den Eisbrecher, den du uns verkauft hast?«

Der Finne sah ihn düster an. »Ich bin jetzt vierzig Jahre im Geschäft, Lucas. Weißt du, wie oft mir diese Frage schon gestellt worden ist? Weißt du, wie oft ich schon tot wäre, wenn ich sie beantwortet hätte?«

Lucas nickte. »Geb ich zu. Aber du solltest auch was zugeben.« Er richtete den Zahnstocher auf den Finnen, als wollte er ihn damit aufspießen. »In Wirklichkeit hockst du nämlich nur deshalb hier und quasselst so rum, weil du glaubst, die drei kalten Brüder da oben hätten was mit dem Eisbrecher zu tun, den du uns verkauft hast. Und du hast aufgehorcht, als Bobby erzählt hat, daß die Wohnung seiner Mutter in die Luft gejagt wurde, stimmt's?

Der Finne zeigte Zähne. »Kann sein.«

»Jemand hat dich auf dem Kieker, Finne. Die drei toten Ninjas da oben kosten jemand ’ne Stange Geld. Wenn sie nicht zurückkommen, wird dieser Jemand sogar noch entschlossener sein, Finne.«

Die blutunterlaufenen gelben Augen blinzelten. »Sie hatten alles dabei, was man braucht, um jemand auszuknipsen«, sagte er, »aber einer von denen hatte auch noch was anderes dabei. Sachen, mit denen man Leute zum Reden bringt.« Seine nikotinfleckigen Finger, bräunlich wie Schabenflügel, kamen nach oben und massierten bedächtig die schmale Oberlippe. »Ich hab’s von Wigan Ludgate«, sagte er.

»Nie was von dem gehört«, erklärte Lucas.

»Verrücktes kleines Arschloch«, sagte der Finne. »Ist mal ’n Cowboy gewesen.«

Es war so, *begann der Finne, und Bobby fand das alles unheimlich spannend, noch spannender als die Sachen, die Beauvoir und Lucas erzählten*, Wigan Ludgate hatte fünf Jahre als Top-Jockey hinter sich, was eine anständige Leistung ist für einen Cyberspace-Cowboy. Nach fünf Jahren ist ein Cowboy entweder reich oder hirntot, oder aber er finanziert einen Stall von Nachwuchstalenten und sattelt voll auf Manager um. Wig war in seinem jugendlichen Überschwang und im Hochgefühl des Ruhms losgestürmt und auf eine ausgedehnte Reise durch eher spärlich besetzte Sektoren der Matrix gegangen, die jene geographischen Gebiete repräsentierten, die einst als Dritte Welt bekannt gewesen waren.

Silizium nutzt sich nicht ab; Mikrochips sind praktisch unsterblich. Darüber war sich Wig im klaren. Wie jedes andere Kind seines Alters wußte er jedoch, daß Silizium *veraltete*, und das war viel schlimmer. Mit dieser bitteren Tatsache fand Wig sich ab, wie man sich mit dem Tod oder dem Finanzamt abfindet, und so machte er sich auch mehr Sorgen darüber, daß seine Geräte nicht mehr auf dem neuesten Stand sein könnten, als um den Tod (er war zweiundzwanzig) oder das Finanzamt (er gab keine Steuererklärung ab, obwohl er an eine Geldwaschanlage in Singapur einen jährlichen Prozentsatz abführte, der in etwa dem Steuersatz entsprochen hätte, wenn er sein Einkommen gemeldet hätte). Wig folgerte, das viele veraltete Silizium müsse ja irgendwo bleiben. Es blieb, so fand er heraus, an diversen sehr armen Orten, wo die Industrialisierung noch in den Kinderschuhen steckte. In Nationen, die so unbedarft waren, daß der Gedanke einer Nation noch ernst genommen wurde. Wig hackte sich durch ein paar afrikanische Provinzstaaten und kam sich vor wie ein Hai in einem Swimmingpool voller Kaviar. Einzeln machten die schmackhaften winzigen Eier nicht viel her, aber man konnte einfach das Maul weit aufreißen und alles *abgrasen*, es war kinderleicht und lukrativ, und es kam was zusammen. Wig hauste eine Woche unter den Afrikanern, stürzte damit wenigstens drei Regierungen und verursachte unsägliches menschliches Leid. Nachdem er am Ende der Woche auf mehreren Millionen lächerlich winziger Konten abgesahnt hatte, zog er sich zurück. Als er das Feld räumte, rückten die Schmarotzer nach; die afrikanische Idee machte Schule.

Wig saß zwei Jahre am Strand von Cannes, führte sich nur die teuersten Designer-Drogen zu Gemüte und stellte in regelmäßigen Abständen einen winzigen Hosaka-Fernseher an, um mit einer seltsamen, merkwürdig unschuldigen Intensität die aufgedunsenen Leiber toter Afrikaner zu betrachten. Irgendwann – niemand wußte genau, wann und wo und warum – stellte sich allmählich heraus, daß Wig übergeschnappt war. Insbesondere war er nun davon überzeugt, erzählte der Finne, daß Gott im Cyberspace lebte oder daß der Cyberspace selbst vielleicht Gott oder eine neue Manifestation Gottes war. Wigs Streifzüge in die Theologie gingen häufig mit größeren Paradigmenwechseln einher, und sein Glauben machte wahre Sprünge. Der Finne wußte in etwa, was seinerzeit bei Wig abgelaufen war. Kurz nach seiner Bekehrung zu seinem neuen und singulären Glauben war Wigan Ludgate ins Sprawl zurückgekehrt und hatte sich auf eine lange und abenteuerliche, wenn auch ein wenig ziellose kybernetische

Entdeckungsreise begeben. Als ehemaliger Konsolenjockey wußte er, wohin er sich wenden mußte, um Hard- und Software vom Feinsten zu kriegen. Der Finne stattete Wig entsprechend aus, da dieser nach wie vor ein reicher Mann war. Wig erklärte dem Finnen, seine Technik der mystischen Suche bestünde darin, das Bewußtsein in leere, unstrukturierte Sektoren der Matrix zu projizieren und abzuwarten. Allerdings mußte man ihm zugute halten, meinte der Finne, daß er nie behauptete, Gott begegnet zu sein, obwohl er darauf beharrte, mehrmals seine Gegenwart im Gitter gespürt zu haben. Mit der Zeit ging Wig das Geld aus. Da er durch seine spirituelle Mission die wenigen verbliebenen Geschäftskontakte aus der präafrikanischen Zeit vergrault hatte, ging er spurlos unter.

»Aber eines Tages tauchte er wieder auf«, erzählte der Finne. »Verrückt wie 'ne Scheißhausratte. Er war sowieso ein blasser, kleiner Wichser, aber jetzt behängte er sich mit diesem ganzen afrikanischen Scheiß – Perlen und Knochen und so.« Bobby löste sich kurz von der Geschichte des Finnen und fragte sich, wie jemand, der so aussah wie der Finne, dazu kam, jemand anderen als blassen, kleinen Wichser zu beschreiben. Er warf einen raschen Blick zu Lucas hinüber, der ein grimmiges Gesicht machte. Bobby kam der Gedanke, daß Lucas die Afrika-Geschichte vielleicht persönlich nahm oder so. Aber der Finne erzählte weiter.

»Er hatte 'ne Menge Zeug, das er verkaufen wollte. Decks, Peripherie, Software. Alles paar Jahre alt, aber erste Sahne, so daß ich ihm 'nen guten Preis gemacht hab. Dann fällt mir auf, daß er 'ne Buchse hinterm Ohr implantiert hat, in der ständig dasselbe Mikrosoft steckt. Was ist das für 'n Soft, frag ich. Es ist leer, sagt er. Da hockt er, genau wo du jetzt hockst, Kleiner, und erzählt mir, es ist leer und es ist die Stimme Gottes, und ich lebe ewig in seinem weißen Rauschen und so 'nen Müll. Ich denk mir, mein lieber Mann, jetzt ist er aber endgültig hinüber. Er sitzt da und zählt das Geld von mir schon zum fünften Mal nach. Wig, sage ich, Zeit ist Geld, aber sag mir, was du jetzt vorhast. Ich war nämlich neugierig. Kannte den Kerl schon seit Jahren, geschäftlich eben. Finne, sagt er, ich muß den Gravitationsschacht rauf. Gott ist da oben. Ich meine, er sagt, Gott ist überall, aber hier unten gibt's zu viele atmosphärische Störungen, die verschleiern sein Gesicht. Okay, sag ich, tu das. Ich bring ihn zur Tür, und das war's. Hab ihn nie wieder gesehn.«

Bobby machte ein erstauntes Gesicht, wartete, rutschte ein wenig auf dem harten Klappstuhl herum.

»Aber ein Jahr später, da kreuzt hier ein Typ auf, ein Mechaniker aus dem Orbit auf Urlaub, der hat gute Software zu verkaufen. Nichts Tolles, aber nicht uninteressant. Er sagt, es ist von Wig. Also, auch wenn Wig ein Spinner und seit langem aus dem Geschäft ist, hat er doch 'nen Riecher für gute Ware. Also kauf ich das Zeug. Das ist vielleicht zehn Jahre her. Und seitdem taucht jedes Jahr oder so einer mit irgendwas auf. ›Wig sagt, ich soll dir das anbieten.‹ Und normalerweise kauf ich's. War nie was Besonderes, aber immer okay. Und es war nie der gleiche Typ, der das Zeug gebracht hat.«

»War's immer nur Software, Finne?« wollte Lucas wissen.

»Ja, meistens schon. Bis auf die komischen Kunstdinger. Die hab ich ganz vergessen. Ich dachte, Wig hätte sie gemacht. Als zum ersten Mal ein Typ mit so 'nem Ding ankam, hab ich ihm die Software abgekauft und ihn dann gefragt, was ist das denn für 'n Scheiß? Wig meint, du bist vielleicht dran interessiert, sagt er. Richt ihm aus, er hat sie nicht mehr alle, sag ich. Der Typ lacht. Na ja, behalt's trotzdem, meint er. Ich schlepp das Scheißding nicht wieder mit rauf. Na ja, es war ungefähr so groß wie 'n Deck, das Ding, ein Haufen Ramsch und Plunder in so 'nem Kasten … Ich hab's also hinter die Coke-Kiste mit Alteisen gestellt und vergessen. Aber der alte Smith – war damals ein Kollege von mir, der hauptsächlich mit Kunst und Zeug zum Sammeln gehandelt hat – sieht es und will's haben. Also machen wir 'n kleines Geschäft. Wenn's noch mehr davon gibt, Finne, sagt er, besorg's mir! Es gibt Arschlöcher in den besseren Vierteln, die stehn auf so 'nen Scheiß. Als wieder so 'n Typ von Wig aufgetaucht ist, hab ich das Kunstding also mitgekauft und an Smith verscherbelt. Hat aber nie viel gebracht ...« Der Finne zuckte die Achseln. »Außer letzten Monat. Da kam einer mit dem Zeug, das ihr gekauft habt. War von Wig. Hör zu, sagt er, das ist 'n Biosoft und 'n Eisbrecher. Wig meint, ist 'ne Menge wert. Ich check das Ding durch, alles okay. Sah ganz interessant aus, fand ich. Dein Partner Beauvoir fand's auch ziemlich interessant. Ich hab's gekauft. Beauvoir hat's von mir gekauft. Ende der Geschichte.« Der Finne zog eine Zigarette heraus, die gebrochen und zweimal geknickt war. »Scheiße«, sagte er. Er holte eine ausgebleichte Packung Zigarettenpapier aus derselben Tasche, entnahm eins der dünnen, pinkfarbenen Blättchen und rollte es straff um die gebrochene Zigarette. Eine Art Stützverband. Als er den gummierten Streifen anleckte, erhaschte Bobby einen kurzen Blick auf eine sehr spitze graurosa Zunge.

»Und wo wohnt Mr. Wig, Finne?« fragte Lucas, die Daumen unterm Kinn und die großen Hände vor dem Gesicht zu einem spitzen Dreieck gefaltet.

»Ich hab nicht die leiseste Ahnung, Lucas. Irgendwo im Orbit. Und in einer bescheidenen Unterkunft, falls er auf die Kohle, die er von mir gekriegt hat, angewiesen war. Soweit ich weiß, gibt's da oben Ecken, wo man kein Geld braucht, wenn man sich ins Wirtschaftssystem einfügt, also kommt man mit 'n bißchen Knete wohl lange klar. Aber da darfst du mich nicht fragen. Ich hab nämlich Platzangst.« Er schenkte Bobby, der das Bild der Zunge aus dem Kopf zu bekommen versuchte, ein häßliches Grinsen. »Weißt du«, sagte er mit einem schiefen Blick zu Lucas, »ungefähr um die Zeit hab ich zum ersten Mal gehört, daß in der Matrix komische Sachen passieren.«

»Was denn zum Beispiel?« fragte Bobby.

»Halt du dich da raus«, sagte der Finne. Er sah immer noch Lucas an. »Das war, bevor ihr mit eurem neuen Hoodoo-Team aufgekreuzt seid. Da kannte ich mal so ’nen Samurai der Straße. Die Frau hat für ’nen Typ von den Special Forces gearbeitet, gegen den Wig stinknormal ist. Sie und ihr Cowboy, den sie in Chiba aufgelesen hatten, die waren an so was Ähnlichem dran. Vielleicht haben die’s gefunden. Hab die beiden in Istanbul zum letzten Mal gesehn. Die Frau soll mal in London gelebt haben, vor ’n paar Jahren. Wer weiß? Ist schon sieben, acht Jahre her.« Der Finne wirkte plötzlich müde und alt, sehr alt. Er kam Bobby wie eine mumifizierte Riesenratte vor, die mit Federn und verborgenen Drähten bewegt wurde. Er zog eine Armbanduhr mit einem gesprungenen Glas und einem einzelnen speckigen Lederband aus der Tasche und warf einen Blick darauf. »Herrgott. So, mehr hab ich nicht für dich, Lucas. In zwanzig Minuten kommen ein paar Freunde von einer Organbank, mit denen muß ich ein kleines Geschäft abwickeln.«

Bobby dachte an die Leichen oben. Die lagen schon den ganzen Tag da.

»He«, sagte der Finne, der seinen Gesichtsausdruck richtig deutete, »Organbanken sind spitze, wenn man was *loswerden* will. Ich bezahl *die*! Die miesen Drecksäcke da oben haben nicht mehr allzu viele Organe übrig, die man aus ihnen rausholen könnte ...« Und der Finne lachte.

»Du hast gesagt, er hat ’nen guten Draht zu Legba. Und Legba ist der, der mir Glück gebracht haben soll, als ich auf das schwarze Eis gestoßen bin?«

Hinter dem Honigwabenrand der geodätischen Kuppel blitzte es am Himmel.

»Ja«, sagte Lucas. Er schien in Gedanken verloren.

»Aber er scheint überhaupt nichts von dem ganzen Kram zu halten.«

»Das macht nichts«, sagte Lucas, als der Rolls in Sicht kam. »Zum Geist der Sache hat er immer einen Draht gehabt.«

17
DER EICHHÖRNCHENWALD

Das Flugzeug war in der Nähe von fließendem Wasser gelandet. Turner hörte es, als er sich im Schlaf oder im Fieber im g-Netz umdrehte, das Plätschern von Wasser auf Stein, eins der ältesten Lieder. Das Flugzeug war schlau, schlau wie ein Fuchs, und hatte festverdrahtete Tarninstinkte. Er spürte, wie es irgendwo in der häßlichen Nacht auf dem Fahrwerk schwankte und vorwärts kroch, so daß Zweige und Äste die dunkle Kanzelhaube streiften und an ihr kratzten. Das Flugzeug kroch in einen dunkelgrünen Schatten und sank dort zu Boden; sein Rumpf surrte und knarrte, als es sich mit dem Bauch voran in Lehmerde und Granit wühlte wie ein Mantarochen in den Sand. Die mimetische Polykarbonatschicht auf Tragflächen und Rumpf wurde gesprenkelt und dunkel und nahm die Farben und Muster von mondbeschienenem Stein und Waldboden an. Schließlich wurde es wieder still, und das einzige Geräusch war das Murmeln des Baches in seinem Bett ...

Er erwachte wie eine Maschine: Augen auf, Bild an, Leere im Kopf. Dann erinnerte er sich an den Tod von Lynch, den roten Blitz, der unter der fest montierten Zielvorrichtung der Smith & Wesson hervorschoß. Die gewölbte Kanzelhaube über ihm war mit mimetisch stilisierten Blättern und Zweigen überzogen. Bleiche Morgendämmerung und das Plätschern von Wasser. Er hatte immer noch Oakeys blaues Arbeitshemd an. Es roch jetzt nach saurem Schweiß, und er hatte am Tag zuvor die Ärmel abgerissen. Die Waffe lag zwischen seinen Beinen und zielte auf den schwarzen Steuerknüppel des Jets. Das g-Netz hing ihm wirr und schlaff um Schultern und Hüften. Er drehte sich um und sah das Mädchen, ein verschwitztes, ovales Gesicht, ein braunes, getrocknetes Blutrinnsal unter einem Nasenloch. Sie war noch immer ohnmächtig, und ihre Lippen waren leicht geöffnet, wie bei einer Puppe.

»Wo sind wir?«

»Fünfzehn Meter süd-südöstlich der Landekoordinaten, die Sie angegeben haben«, sagte das Flugzeug. »Sie waren wieder bewußtlos. Ich habe die Tarnoption gewählt.«

Er langte nach hinten, zog den Interface-Stecker aus seiner Buchse und unterbrach damit die Verbindung mit dem Flugzeug. Benommen schaute er sich im Cockpit um, bis er die manuelle Schaltung für das Kanzeldach fand. Die Servos schoben es ächzend auf, und das Netz aus Polykarbonat-Laub bewegte sich mit. Er schwang ein Bein über den Rand und blickte auf seine Hand, die flach auf den Rumpf neben dem Cockpit aufgestützt war. Das Polykarbonat, das die Grautöne eines Felsbrockens in der Nähe reproduzierte, begann vor seinen Augen, einen handgroßen, fleischfarbenen Fleck zu malen. Er schwang das zweite Bein über den Rand, der Revolver lag vergessen auf dem Sitz, und glitt auf den Boden ins hohe, frische Gras hinunter. Dann schlief er ein, das Gesicht im Gras, und träumte von fließendem Wasser.

Nachdem er wieder aufgewacht war, kroch er auf allen vieren durch tiefhängende, taufeuchte Zweige. Schließlich gelangte er auf eine Lichtung, fiel nach vorn und rollte sich auf den Rücken. Seine Arme waren ausgebreitet, als wollte er sich ergeben. Hoch über ihm sprang etwas Winziges, Graubraunes von einem Ast ab, landete auf einem anderen, wippte dort einen Moment und huschte dann davon, aus seinem Blick.

Lieg still, hörte er eine Stimme sagen, Jahre entfernt. Lieg still und rühr dich nicht, dann werden sie dich bald vergessen, vergessen im Grau, im Tau und in der Dämmerung. Sie sind unterwegs, um zu fressen, zu fressen und zu spielen, und ihr Hirn kann auf

Dauer keine zwei Meldungen behalten. Er lag neben seinem Bruder auf dem Rücken, die Winchester mit dem Nylonschaft quer über der Brust, den Rauch ihres Lagerfeuers noch im Haar, und roch das neue Messing, das Waffenöl. Und sein Bruder hatte immer recht, wenn es um die Eichhörnchen ging. Sie kamen. Sie vergaßen die klare Sprache des Todes, die da unten in Lettern aus zusammengeflicktem Denim und blauem Stahl zu lesen stand. Sie kamen, flitzten auf Ästen entlang, schnupperten die Morgenluft, und Turners 22er krachte, und ein schlaffes, graubraunes Körperchen purzelte herunter. Die anderen stoben auseinander und verschwanden, und Turner gab die Flinte seinem Bruder. Wieder warteten sie, warteten, bis die Eichhörnchen sie vergessen hatten.

»Ihr seid wie ich«, sagte Turner zu den Eichhörnchen, als er aus dem Traum hochschreckte. Eins der Tiere setzte sich plötzlich auf einem dicken Ast auf und beäugte ihn. »Ich komme immer zurück.«

Das Eichhörnchen hüpfte fort. »Ich bin zurückgekommen, als ich auf der Flucht vor dem Holländer war, ich bin zurückgekommen, als ich nach Mexiko geflogen bin, und ich bin zurückgekommen, als ich Lynch umgebracht habe.«

Er blieb lange liegen und sah den Eichhörnchen zu, während der Wald erwachte und der Morgen um ihn herum wärmer wurde. Eine Krähe segelte heran, legte sich in die Kurve, bremste mit Federn, die sie wie mechanische schwarze Finger spreizte. Schaute, ob er tot war.

Turner grinste zu der Krähe hinauf, als sie davonflatterte.

Noch nicht.

Er kroch unter den tiefhängenden Ästen zurück. Sie saß wach im Cockpit. Sie trug ein weites weißes T-Shirt, auf dem diagonal das MAAS-NEOTEK-Logo aufgedruckt war. Vorn auf dem T-Shirt waren frische, rautenförmige Blutflecken. Sie hatte wieder Nasenbluten. Strahlend blaue Augen, benommener, verwirrter

Blick, rund um die Augen schwarzgelbe Verfärbungen wie exotisches Make-up.

Jung, sah er, blutjung.

»Du bist Mitchells Tochter«, sagte er und rief sich den Namen aus dem Biosoft-Dossier ins Gedächtnis. »Angela.«

»Angie«, sagte sie automatisch. »Wer sind Sie? Ich blute.« Sie hielt ihm eine blutgetränkte Papiernelke hin.

»Turner. Ich hatte deinen Vater erwartet.« Ihm fiel die Knarre ein; ihre andere Hand war hinterm Cockpitrand verborgen. »Weißt du, wo er ist?«

»Im Berg. Er dachte, er könnte mit ihnen reden, ihnen alles erklären. Weil sie ihn brauchen.«

»Mit wem?« Er trat einen Schritt vor.

»Mit Maas. Dem Vorstand. Sie können es sich nicht leisten, ihm was zu tun, oder?«

»Warum sollten sie?« Noch ein Schritt.

Sie betupfte sich mit dem roten Tuch die Nase. »Weil er mich rausgeschickt hat. Weil er wußte, daß sie mir was tun, mich vielleicht sogar umbringen würden. Wegen der Träume.«

»Der Träume?«

»Glauben Sie, daß sie ihm was tun?«

»Nein, nein, bestimmt nicht. Ich komme jetzt rauf, okay?«

Sie nickte. Er mußte mit der Hand über den Rumpf fahren, um die flachen, versenkt angebrachten Sprossen zu finden; die mimetische Beschichtung gaukelte ihm Laub, Moos und Zweige vor.

Und dann war er oben, oben neben ihr, und sah den Revolver neben ihrem Fuß liegen. Sie trug Turnschuhe. »Aber wollte er nicht selber mitkommen? Ich hatte ihn erwartet, deinen Vater.«

»Nein, das war nicht geplant. Wir hatten nur den einen Flieger. Hat er Ihnen das nicht gesagt?« Sie begann zu zittern. »Hat er Ihnen denn *gar nichts* gesagt?«

»Doch«, meinte Turner und legte ihr die Hand auf die Schulter, »er hat uns genug gesagt. Ist schon okay.« Er schwang die Beine über den Rand, bückte sich, schob die Smith & Wesson von ihrem Fuß weg und griff nach dem Interface-Kabel. Er ließ die Hand auf ihrer Schulter, als er es aufhob und hinterm Ohr einsteckte.

»Sag mir, wie ich vorgehen muß, um alles zu löschen, was du in den vergangenen achtundvierzig Stunden aufgezeichnet hast«, sagte er. »Ich will den Kurs nach Mexico City weghaben, deinen Anflug von der Küste, alles ...«

»Es war kein Kurs nach Mexico City eingegeben«, sagte die Stimme, ein direkter neuraler Audio-Input.

Turner starrte das Mädchen an und rieb sich das Kinn.

»Wohin sollte die Reise gehen?«

»Nach Bogotá«, und schon leierte der Jet die Koordinaten für die Landung herunter, zu der es nicht gekommen war.

Sie blinzelte ihn verständnislos an; ihre Lider waren dunkel verfärbt, wie die Haut ringsum. »Mit wem reden Sie?«

»Mit dem Jet. Hat Mitchell dir gesagt, wo du seiner Ansicht nach hinfliegen würdest?«

»Nach Japan ...«

»Kennst du jemanden in Bogotá? Wo ist deine Mutter?«

»Nein. In Berlin, glaube ich. Aber ich kenne sie kaum.«

Er löschte die Datenspeicher des Jets und das, was von Conroys Programm übrig war: den Anflug aus Kalifornien, Identifikationsdaten für die Basis, einen Flugplan, der sie zu einer Landebahn dreihundert Kilometer von Bogotás Stadtkern entfernt geführt hätte.

Irgendwann würde man den Jet finden. Er dachte an das orbitale Aufklärungssystem von Maas und fragte sich, ob die Tarn- und Ausweichmanöver, die er der Maschine einprogrammiert hatte, etwas gebracht hatten. Er konnte Rudy den Jet zum Ausschlachten anbieten, aber er bezweifelte, daß Rudy in die Geschichte hineingezogen werden wollte. Allerdings würde er schon bis zum Hals drinstecken, wenn Turner mit Mitchells Tochter im Schlepptau auf der Farm auftauchte. Aber er konnte nirgendwo anders hin; nur dort würde er das bekommen, was er jetzt brauchte.

Es war ein Vierstundenmarsch über Wege, an die er sich nur noch ansatzweise erinnerte, und über eine gewundene, rissige, von Unkraut überwucherte Asphaltstraße. Die Bäume kamen ihm irgendwie anders vor, aber dann fiel ihm ein, wieviel sie in den Jahren seit seinem letzten Besuch gewachsen sein mußten. In regelmäßigen Abständen passierten sie die Holzstümpfe der einstigen Telegrafenmasten, die nun von Brombeersträuchern und Geißblatt überwuchert waren. Die Masten selbst waren umgehauen und als Brennholz verwendet worden. Bienen ernteten in dem blühenden Wiesenstreifen entlang der Landstraße.

»Gibt's da, wo wir hingehn, was zu essen?« fragte das Mädchen. Die Sohlen ihrer weißen Turnschuhe schlurrten über den verwitterten Asphalt.

»Klar«, meinte Turner, »soviel du willst.«

»Im Moment will ich nur Wasser.« Sie strich sich eine glatte braune Haarsträhne aus der sonnengebräunten Wange. Ihm fiel auf, daß sie jetzt immer stärker hinkte und jedesmal zusammenzuckte, wenn sie mit dem rechten Fuß auftrat.

»Was ist mit deinem Bein?«

»Der Knöchel. Muß wohl bei der Bruchlandung mit dem Ultralight passiert sein.« Sie verzog das Gesicht, ging aber weiter.

»Wir machen eine Pause.«

»Nein. Ich will endlich ankommen, egal wo.«

»Ruh dich aus.« Er nahm sie bei der Hand und führte sie zum Straßenrand. Sie verzog das Gesicht, setzte sich dann aber neben ihn und streckte vorsichtig das rechte Bein aus.

»Das ist aber ein großer Revolver«, sagte sie. Es war heiß geworden, zu heiß für den Parka. Er trug das Halfter auf der nackten Haut, darüber das Hemd mit den abgetrennten Ärmeln, das lose über die Hose hing. «Warum sieht der Lauf unten drunter so komisch aus, wie ein Kobrakopf?«

»Das ist eine Zielvorrichtung für den Nachtkampf.« Er beugte sich vor und untersuchte ihren Knöchel. Er schwoll rasch an. »Ich weiß nicht, wie lange du damit noch weiterlaufen kannst«, sagte er.

»Kämpfen Sie oft nachts? Mit Schußwaffen?«

»Nein.«

»Ich glaub, ich versteh nicht ganz, was Sie eigentlich machen.«

Er sah zu ihr auf. »In letzter Zeit versteh ich das selber nicht immer. Ich hab deinen Vater erwartet. Er wollte die Firma wechseln, für jemand anders arbeiten. Die Leute, für die er tätig werden wollte, haben mich und ein paar andere Leute beauftragt, dafür zu sorgen, daß er aus seinem alten Vertrag rauskommt.«

»Aber aus diesem Vertrag konnte er nicht raus«, wandte sie ein. »Jedenfalls nicht auf legale Weise.«

»Stimmt.« Er löste die Schleife und schnürte den Turnschuh auf. »Nicht auf legale Weise.«

»Oh. Also damit verdienen Sie sich Ihr Geld?«

»Ja.« Er zog den Turnschuh aus. Sie trug keine Socken. Der Knöchel war stark angeschwollen. »Der ist verstaucht.«

»Und was ist mit den andern? Da waren doch noch mehr Leute bei der Ruine. Jemand hat geschossen, und die Leuchtkugeln ...«

»Schwer zu sagen, wer da geschossen hat«, sagte er. »Aber die Leuchtkugeln stammten nicht von uns. Vielleicht war es das Security-Team von Maas, das dir auf den Fersen war. Hast du gedacht, du wärst unbemerkt rausgekommen?«

»Ich habe getan, was Chris gesagt hat«, erklärte sie. »Chris, das ist mein Vater.«

»Ich weiß. Ich glaube, den Rest des Weges werd ich dich tragen müssen.

»Aber was ist mit Ihren Freunden?«

»Welchen Freunden?«

»Na, denen in Arizona.«

»Ach so. Tja«, er wischte sich mit dem Handrücken den Schweiß von der Stirn, »kann ich nicht sagen. Weiß ich wirklich nicht.«

Der grellweiße Lichtblitz, freigesetzte Energie, heller als die Sonne. Aber kein elektromagnetischer Impuls, hatte das Flugzeug gesagt …

Der erste von Rudys aufgerüsteten Hunden entdeckte sie eine Viertelstunde, nachdem sie wieder aufgebrochen waren. Angie hatte sich von Turner auf den Rücken nehmen lassen, die Arme um seine Schultern geschlungen; Turner hatte sich ihre dünnen, angewinkelten Beine unter die Achseln geklemmt und die Finger vor der Brust zur Doppelfaust verklammert. Sie roch wie ein Kind aus den besseren Vororten, ein leichter Kräuterduft von Seife oder Shampoo. Bei diesem Gedanken überlegte er, wie er wohl riechen mochte. Rudy hatte eine Dusche …

»Ach du Scheiße, was ist ’n das?« Sie versteifte sich auf seinem Rücken und zeigte.

Ein schlanker grauer Hund betrachtete sie von einer hohen Lehmböschung an einer Straßenbiegung. Sein schmaler Kopf steckte unter einer mit Sensoren bestückten schwarzen Haube. Er hechelte mit heraushängender Zunge und drehte langsam den Kopf hin und her.

»Schon okay«, sagte Turner. »Ein Wachhund. Gehört meinem Freund.«

Das Haus war gewachsen, hatte Flügel und Werkstätten bekommen, aber die abblätternden Schindeln des ursprünglichen Gebäudes hatte Rudy nicht gestrichen. Seit Turners Zeit hatte er ein Geviert aus straff gespanntem Maschendraht angelegt, hinter dem er seine Fahrzeugsammlung verwahrte, aber das Tor stand bei ihrer Ankunft offen, und die Angeln schlummerten friedlich unter der strahlenden Morgensonne und einer dicken Schicht Rost. Die wirklichen Schutzvorrichtungen waren woanders, wie Turner wußte. Vier der aufgerüsteten Hunde trabten hinter ihm her, als er die Kieseinfahrt hinaufging. Angies Kopf lag schlaff auf seiner Schulter, die Arme hatte sie nach wie vor um ihn geschlungen.

Rudy wartete auf der vorderen Veranda. Er trug alte weiße Shorts und ein Navy-T-Shirt, in dessen einziger Tasche mindestens neun verschiedene Schreibstifte steckten. Er blickte ihnen entgegen und hob eine grüne Dose mit holländischem Bier zum Gruß. Hinter ihm kam eine Blondine in einem ausgebleichten Khaki-Hemd aus der Küche. Sie hielt einen verchromten Spatel in der Hand und hatte kurz gestutztes Haar. Ihre Frisur erinnerte Turner an die Koreanerin in Hosakas Med-Container, an das brennende Modul, an Webber, an den grellweißen Himmel ... Er stand schwankend auf Rudys Kieseinfahrt, die Beine unter der Last des Mädchens gespreizt, die bloße Brust mit Schweiß und dem Staub von dem Gelände in Arizona bedeckt, und schaute zu Rudy und der Blondine hinauf.

»Wir haben euch Frühstück gemacht«, sagte Rudy. »Als ihr auf dem Hunde-Monitor aufgetaucht seid, haben wir uns gedacht, ihr habt bestimmt Hunger.« Sein Ton war bewußt unverbindlich.

Das Mädchen stöhnte.

»Das ist gut«, sagte Turner. »Sie hat einen dicken Knöchel, Rudy. Sollten wir uns lieber mal ansehen. Und dann gibt's noch ein paar Sachen, über die ich mit dir reden muß.«

»Bißchen jung für dich, würde ich sagen«, bemerkte Rudy und nippte wieder an seinem Bier.

»Laß den Quatsch, Rudy«, sagte die Frau neben ihm. »Siehst du denn nicht, daß sie verletzt ist? Bring sie hier rein«, wandte sie sich an Turner und verschwand durch die Küchentür im Haus.

»Siehst anders aus«, sagte Rudy und musterte ihn. Turner merkte, daß er betrunken war. »Schon so wie früher, aber doch irgendwie anders.«

»Ist 'ne Weile her«, sagte Turner und ging zu den hölzernen Stufen.

»Hast du dir das Gesicht machen lassen oder so?«

»Rekonstruktion. Sie mußten es aus Aufzeichnungen rekonstruieren.« Er stieg die Stufen hinauf. Jede Bewegung versetzte ihm einen Stich ins Kreuz.

»Nicht schlecht«, sagte Rudy. »Ich hätt's fast nicht gemerkt.« Er rülpste. Er war kleiner als Turner und setzte allmählich Fett an, hatte jedoch das gleiche braune Haar und ganz ähnliche Züge.

Turner hielt auf der Treppe inne, als ihre Augen in gleicher Höhe waren. »Immer noch der kleine Hansdampf in allen Gassen, Rudy? Das Kind muß durchgecheckt werden. Und ich brauch noch 'n paar andere Sachen.«

»Tja«, sagte sein Bruder, »mal sehn, was sich machen läßt. Wir haben letzte Nacht was gehört. Vielleicht 'nen Überschallknall. Was mit dir zu tun?«

»Ja. Oben am Eichhörnchenwald liegt ein Jet. Ist aber ziemlich gut getarnt.«

Rudy seufzte. »Ach du Schande. Na, dann bring sie mal rein.«

Seit Rudy das Haus übernommen hatte, war das meiste verschwunden, woran Turner sich vielleicht erinnert hätte, und irgendwo in seinem Innern empfand er eine diffuse Dankbarkeit dafür. Er schaute zu, wie die Blondine Eier in eine Stahlschüssel schlug, Eier mit dunkelgelbem Dotter von freilaufenden Hühnern, die Rudy selbst hielt. »Ich bin Sally«, sagte sie, während sie die Eier mit einer Gabel verrührte.

»Turner.«

»Er nennt dich auch immer nur so«, sagte sie. »Er redet nicht viel von dir.«

»Wir haben nicht sonderlich viel Kontakt. Vielleicht geh ich jetzt mal rauf und helf ihm.«

»Bleib sitzen. Dein kleines Mädchen ist bei Rudy gut aufgehoben. Er hat 'n Händchen dafür.«

»Auch wenn er sternhagelvoll ist?«

»Nur 'n bißchen angetütert. Er operiert sie ja nicht, sondern pappt ihr nur 'n paar Derms drauf und verarztet den Knöchel.« Sie zerdrückte trockene Tortilla-Chips in einer schwarzen Pfanne mit brutzelnder Butter und goß die Eier drauf. »Was ist mit euren Augen, Turner? Ihr habt alle beide...« Sie verrührte die

Mischung mit dem verchromten Spatel und kippte Salsa aus einer Plastikflasche drüber.

»Kommt vom Beschleunigungsandruck. Wir mußten schnell starten.«

»Hat sie sich dabei den Knöchel verletzt?«

»Kann sein. Keine Ahnung.«

»Ist jetzt jemand hinter dir her? Hinter ihr?« Sie holte geschäftig Teller aus dem Schrank über der Spüle. Das billige braune Laminat der Schranktüren löste bei Turner eine plötzliche Anwandlung von Nostalgie aus; ihre braunen Handgelenke erinnerten ihn an die seiner Mutter.

»Wahrscheinlich«, sagte er. »Ich weiß nicht, was gespielt wird. Noch nicht.«

»Hier, iß.« Sie beförderte das Gemisch auf einen weißen Teller und kramte nach einer Gabel. »Rudy hat Schiß vor den Typen, die du am Hals haben könntest.«

Er nahm den Teller, die Gabel. Die Eier dampften. »Ich auch.«

»Ich hab 'n paar Sachen zum Anziehen«, sagte Sally über das Rauschen der Dusche hinweg. »'n Freund von Rudy hat sie hiergelassen. Müßten dir passen.« Die Dusche funktionierte nach dem Schwerkraftprinzip: Regenwasser von einem Sammelbekken auf dem Dach, ein dicker weißer Filter im Rohr über dem Brausekopf. Turner steckte blinzelnd den Kopf durch den milchigen Plastikvorhang. »Danke.«

»Das Mädchen ist bewußtlos«, sagte sie. »Rudy tippt auf Schock, Erschöpfung. Er sagt, ihre Werte sind aber okay, so daß er den Check auch jetzt gleich machen kann.« Dann ging sie hinaus und nahm Turners Hose und Oakeys Hemd mit.

»Was ist sie?« Rudy hielt ihm einen zerknitterten silbrigen Printout-Streifen hin.

»Das sagt mir gar nichts.« Turner schaute sich in dem weißen Raum nach Angie um. »Wo ist sie?«

»Sie schläft. Sally ist bei ihr.« Rudy wandte sich um und ging wieder zum anderen Ende des Raums, und Turner fiel ein, daß dies früher das Wohnzimmer gewesen war. Rudy fing an, die Konsolen abzuschalten; ein Kontrollämpchen nach dem anderen erlosch. »Ich versteh das nicht, Mann, ich versteh das echt nicht. Was ist das, eine Art Krebs?«

Turner ging ebenfalls zum anderen Ende des Zimmers, vorbei an einem Arbeitstisch, auf dem ein Mikromanipulator unter seiner Schutzhaube bereitstand. Vorbei an den staubigen, rechteckigen Augen einer Reihe alter Monitore, von denen einer einen Sprung hatte.

»Sie hat's im ganzen Kopf«, sagte Rudy. »Lauter lange Ketten. So was hab ich noch nie gesehen. Noch nie.«

»Wieviel weißt du über Biochips, Rudy?«

Rudy grunzte. Er wirkte jetzt völlig nüchtern, aber angespannt und erregt. Immer wieder fuhr er sich mit den Fingern durch die Haare. »Das hab ich mir schon gedacht. Ist 'ne Art ... Kein Implantat. Ein Transplantat.«

»Wozu ist es gut?«

»Wozu? Herrgott. Was weiß ich! Wer hat das gemacht? Jemand, für den du arbeitest?«

»Ihr Vater, glaub ich.«

»Du meine Güte.« Rudy wischte sich mit der Hand über den Mund. »Wirft Schatten wie 'n Tumor beim Durchleuchten, aber ihre Werte sind in Ordnung, normal. Wie ist sie denn sonst so?«

»Keine Ahnung. 'n Kind eben.« Er zuckte die Achseln.

»Verdammte Scheiße«, sagte Rudy. »Wundert mich, daß sie überhaupt laufen kann.« Er öffnete einen kleinen Laborkühlschrank und holte eine kalte Flasche Moskovskaya heraus. »Schluck aus der Pulle?« fragte er.

»Später vielleicht.«

Rudy seufzte, betrachtete die Flasche und stellte sie wieder in den Kühlschrank. »Also, was willst du? Wenn jemand so was Ausgeflipptes im Schädel hat wie die Kleine, werden irgendwelche Leute bald dahinter hersein. Wenn sie's nicht schon sind.«

»Sind sie«, sagte Turner. »Ich weiß nicht, ob sie wissen, daß sie hier ist.«

»Noch nicht.« Rudy wischte sich die Hände an seinen dreckigen weißen Shorts ab. »Aber wahrscheinlich bald, wie?«

Turner nickte.

»Und wo willst du hin?«

»Ins Sprawl.«

»Warum?«

»Weil ich dort Geld hab, Kreditlinien auf vier verschiedene Namen, die man nicht mit mir in Verbindung bringen kann. Weil ich viele andere Connections hab, die ich vielleicht brauchen kann. Und weil's immer ein guter Unterschlupf ist, das Sprawl. Verdammt groß, verstehst du?«

»Okay«, sagte Rudy. »Wann?«

»Hast du solche Angst, daß du uns möglichst schnell wieder loswerden willst?«

»Nein. Das heißt, ich weiß nicht. Ist ja ziemlich interessant, was deine Freundin da im Kopf hat. Ein Freund von mir in Atlanta könnte mir eventuell einen Funktionsanalysator leihen, der eine Hirnkarte im Maßstab eins zu eins erstellt; mit so was ließe sich vielleicht feststellen, was das für 'n Zeug ist... Könnte einiges wert sein.«

»Sicher. Wenn wir wüßten, wo man so was absetzen kann.«

»Bist du denn nicht neugierig? Ich meine, was, zum Teufel, *ist* sie? Hast du sie aus irgendeinem militärischen Labor rausgeholt?« Rudy machte wieder die weiße Kühlschranktür auf, holte die Flasche Wodka heraus, öffnete sie und nahm einen Schluck.

Turner griff sich die Flasche, setzte sie an und ließ die eiskalte Flüssigkeit durch die Zähne gluckern. Er schluckte und schüttelte sich. »Aus 'nem Firmenlabor. Großunternehmen. Ich sollte ihren Vater rausholen, aber der hat statt dessen sie geschickt. Dann hat jemand unsere ganze Basis in die Luft gejagt. Sah aus wie 'n kleiner Nuklearsprengkopf. Wir haben's gerade noch geschafft. Bis hierher.« Er hielt Rudy die Flasche hin. »Bleib nüchtern, Rudy. Wenn du Schiß hast, trinkst du zu viel.«

Rudy starrte ihn an, ohne die Flasche zu beachten. »Arizona«, sagte er. »War in den Nachrichten. Mexiko ist immer noch stocksauer. Aber es war keine Atombombe. Sie haben das ganze Gebiet untersucht. Keine Nuklearexplosion.«

»Was dann?«

»Sie glauben, daß es 'ne Rail-Kanone gewesen ist. Daß jemand ein Hochgeschwindigkeitsgeschütz in eine Frachtmaschine gepackt und damit ein verfallenes Einkaufszentrum irgendwo draußen in der Botanik hochgejagt hat. Man weiß, daß ein Luftschiff in der Nähe war, aber bis jetzt haben sie's noch nicht gefunden. Eine Rail-Kanone kann man so hochfahren, daß sie zu Plasma zerfliegt, wenn sie losgeht. Als Projektil wäre bei solchen Geschwindigkeiten praktisch alles in Frage gekommen. Schon mit hundertfünfzig Kilo Eis ließe sich die Nummer abziehen.« Er nahm die Flasche, schraubte den Deckel drauf und stellte sie neben sich auf den Tisch. »Das ganze Gelände da in der Gegend gehört Maas, Maas Biolabs, stimmt's? Sie haben's in den Nachrichten erwähnt. Die Firma arbeitet reibungslos mit den diversen Behörden zusammen. Kein Wunder. Damit wüßten wir also, woher du dein Schätzchen hast, würde ich sagen.«

»Klar. Aber ich weiß immer noch nicht, wer das Geschütz eingesetzt hat. Und warum.«

Rudy zuckte die Achseln.

»Kommt lieber mal her und seht euch das an«, sagte Sally von der Tür aus.

Eine ganze Weile später saß Turner mit Sally auf der vorderen Veranda. Das Mädchen war mittlerweile in einem Zustand, den Rudys EEG als Schlaf bezeichnete. Rudy war in einer seiner Werkstätten verschwunden, wahrscheinlich mit seiner Wodkaflasche. Glühwürmchen umschwirrten die Geißblattranken am

Maschendrahttor. Wenn er die Augen leicht zusammenkniff, konnte Turner von seinem Platz auf der hölzernen Verandaschaukel aus einen Apfelbaum sehen, der nicht mehr vorhanden war, einen Apfelbaum, der früher ein silbergraues Hanfseil mit einem alten Autoreifen dran getragen hatte. Auch damals waren Glühwürmchen herumgeflogen, und Rudys Hacken waren auf einen kahlen Streifen harter Erde geknallt, als er mit strampeln den Beinen Schwung holte und immer höher schaukelte, während Turner auf dem Rücken im Gras lag und die Sterne betrachtete …

»Zungen«, sagte Sally, Rudys Frau, auf ihrem knarzenden Rattanstuhl. Ihre Zigarette leuchtete wie ein rotes Auge im Dunkeln. »In Zungen sprechen.«

»Was ist das?«

»Na, was deine Kleine da oben gemacht hat. Kannst du Französisch?«

»Nein, nicht viel. Nicht ohne Wörterbuch.«

»Teilweise klang's wie Französisch.« Die rote Glut wurde einen Moment lang zu einem kurzen Strich, als sie die Asche abklopfte. »Als ich noch klein war, hat mich mein alter Herr mal in ein Stadion mitgenommen, und ich hab gesehn, wie sie da Zeugnis ablegten und in Zungen sprachen. Hat mir Angst gemacht. Ich glaube, es hat mir noch mehr Angst gemacht, als *sie* heute damit anfing.«

»Rudy hat den Schluß aufgezeichnet, oder?«

»Ja. Weißt du, Rudy geht's nicht besonders. Das ist der Hauptgrund, warum ich wieder zu ihm gezogen bin. Ich hab ihm erklärt, ich würd ihn verlassen, wenn er sich nicht zusammenreißt, aber dann wurd's echt so schlimm, daß ich vor zwei Wochen wieder hier eingezogen bin. Ich war drauf und dran, wieder zu gehen, als ihr aufgetaucht seid.« Die Zigarettenglut flog im Bogen übers Verandageländer und landete auf dem Kies, mit dem der Hof bestreut war.

»Trinkt er?«

»Ja, und dann noch das Zeug, das er sich selber braut, im Labor. Du weißt ja, der Kerl versteht von so gut wie allem ein bißchen was. Er hat noch viele Freunde hier in der Gegend; die erzählen oft von der Zeit, als ihr noch Kinder wart, bevor du weg bist.«

»Rudy hätte auch weggehen sollen«, sagte er.

»Er haßt die Stadt«, erwiderte sie. »Er sagt, es kommt sowieso alles per Kabel ins Haus, wozu also noch selber da hingehn?«

»Ich bin weg, weil hier nichts passiert ist. Rudy hat sich immer mit irgendwas beschäftigen können. Kann er auch jetzt noch, wie's aussieht.«

»Du hättest wenigstens mit ihm in Verbindung bleiben sollen. Er hätte dich hier gebraucht, als eure Mutter im Sterben lag.«

»Ich war in Berlin. Konnte nicht weg.«

»Glaub ich dir gern. Ich war damals auch noch nicht hier. Bin erst später gekommen. Das war 'n guter Sommer. Rudy hat mich aus so 'nem miesen Club in Memphis rausgeholt. Ist eines Abends mit 'n paar Landeiern da aufgetaucht, und tags darauf war ich hier – warum, weiß ich auch nicht. Aber er war nett zu mir, damals, und lustig, so daß ich 'ne Chance hatte, wieder 'n bißchen auf den Boden zu kommen. Hat mir das Kochen beigebracht.« Sie lachte. »Fand ich echt gut. Nur vor den gottverdammten Hühnern hinterm Haus hatte ich Schiß.« Sie stand auf und streckte sich, und der alte Stuhl knarrte. Turner bemerkte, was für lange braune Beine sie hatte; er spürte ihren Duft und ihre sommerliche Hitze dicht an seinem Gesicht.

Sie legte ihm die Hände auf die Schultern. Der braune Streifen Bauch über dem tiefsitzenden Bund ihrer Shorts war direkt vor seinen Augen. Ihr Nabel war ein weicher Schatten. Er dachte an Allison in dem weißen, leeren Zimmer, wollte das Gesicht auf ihren Bauch drücken und sie schmecken... Sie schien ein wenig zu schwanken, aber er war sich nicht sicher.

»Turner«, sagte sie, »hier mit ihm, da fühl ich mich manchmal total einsam ...«

Also stand er auf, so daß die alte Schaukelkette rasselte, die mit Ringschrauben tief in der Spundung des Verandadachs verankert war, mit Ringschrauben, die sein Vater vielleicht vor vierzig Jahren eingeschraubt hatte, und küßte sie auf den sich öffnenden Mund, herausgelöst aus der Zeit durch das Gespräch, die Glühwürmchen und die unterschwelligen Auslöser der Erinnerungen, und während er die Hände über ihren warmen, bloßen Rücken unter dem weißen T-Shirt gleiten ließ, schien es ihm, als wären die Menschen in seinem Leben nicht wie eine Abfolge von Perlen auf einem Faden aufgereiht, sondern zusammengeballt wie Quanten, so daß er Sally ebensogut kannte wie Rudy oder Allison oder Conroy oder das Mädchen, das Mitchells Tochter war.

»He«, flüsterte sie, als sie sich von seinen Lippen löste, »komm jetzt mit rauf.«

18
NAMEN DER TOTEN

Alain rief um fünf an und erkundigte sich, ob die Summe, die er verlangt hatte, zur Verfügung stehe. Sie kämpfte gegen den Abscheu an, den sie vor seiner Habgier empfand. Sorgfältig notierte sie die Adresse auf der Rückseite einer Karte, die sie von Picards Schreibtisch in der Galerie Roberts mitgenommen hatte. Zehn Minuten später kam Andrea von der Arbeit zurück. Marly war froh, daß ihre Freundin bei Alains Anruf nicht dagewesen war.

Sie sah zu, wie Andrea mit dem abgegriffenen, blau eingebundenen zweiten Band des *Shorter Oxford English Dictionary*, sechste Ausgabe, das Küchenfenster blockierte, damit es offen blieb. Auf dem steinernen Fensterbrett hatte Andrea eine Art Sperrholzbord festgeklemmt, das breit genug war für den kleinen Tischgrill, den sie unter der Spüle aufbewahrte. Gerade verteilte sie die schwarzen Holzkohlewürfel ordentlich in der Grillwanne. »Ich hab mich heute über deinen Arbeitgeber unterhalten«, sagte sie, stellte den Grill auf das Sperrholzbord und steckte die grünliche Brennpaste mit dem Gasanzünder vom Herd an. »Unser Akademiker aus Nizza war da. Es ist ihm ein Rätsel, weshalb ich mich ausgerechnet für Josef Virek interessiere, aber da er ein geiler alter Bock ist, war er hellauf begeistert, mit mir reden zu können.«

Marly stand daneben und schaute zu, wie die fast unsichtbaren Flammen um die Kohlen züngelten.

»Er kam ständig auf die Tessier-Ashpools zu sprechen«, fuhr Andrea fort, »und auf Hughes. Hughes, ein Amerikaner, hat

Mitte bis Ende des zwanzigsten Jahrhunderts gelebt. Er kommt auch im Buch vor, quasi als Prototyp von Virek. Ich hatte gar nicht gewußt, daß der Tessier-Ashpool-Clan schon in Auflösung begriffen ist ...« Sie ging zur Arbeitsfläche und wickelte sechs große Garnelen aus.

»Sind das nicht Franko-Australier? Ich glaube, ich hab mal eine Dokumentation gesehen. Denen gehört doch eins der großen Ferienzentren.«

»Freeside. Ist inzwischen verkauft, sagt mein Professor. Anscheinend hat eine der Töchter des alten Ashpool die Macht über das ganze Wirtschaftsimperium an sich reißen können und ist immer exzentrischer geworden; deshalb ist es mit dem Clan im Lauf der letzten sieben Jahre rapide bergab gegangen.«

»Und was soll das mit Virek zu tun haben?« Marly sah zu, wie Andrea die Garnelen jeweils auf einen langen Bambusstab spießte.

»Da kann ich auch nur raten. Mein Professor behauptet, daß sowohl Virek als auch Tessier-Ashpool faszinierende Anachronismen sind und daß man einiges über die Evolution von Unternehmen lernen kann, wenn man sie unter die Lupe nimmt. Zumindest hat er einen ausreichenden Prozentsatz unserer Cheflektoren davon überzeugen können.«

»Aber wie hat er sich über Virek geäußert?«

»Daß Vireks Wahnsinn eine andere Form annehmen würde.«

»Wahnsinn?«

»Eigentlich hat er diese Bezeichnung dafür gemieden. Aber Hughes hatte wohl 'ne echte Meise unterm Pony, der alte Ashpool auch, und seine Tochter war völlig ausgeflippt. Er hat gesagt, Virek würde durch evolutionäre Zwänge genötigt, eine Art ›Sprung‹ zu machen. ›Sprung‹ war sein Wort.«

»Evolutionäre Zwänge?«

»Ja«, sagte Andrea und trug die aufgespießten Garnelen zum Grill. »Er redet von Unternehmen, als ob sie irgendwelche Tiere wären.«

Nach dem Abendessen gingen sie spazieren. Marly ertappte sich hin und wieder dabei, wie sie angestrengt ihre Fühler nach Vireks imaginärem Überwachungsapparat ausstreckte, aber Andrea erfüllte den Abend mit ihrer üblichen menschlichen Wärme und ihrer praktisch-nüchternen Art, so daß Marly froh war, durch eine Stadt zu schlendern, in der alles einfach nur das war, was es darstellte. Was konnte in Vireks Welt einfach sein? Marly dachte an den Messingknauf in der Galerie Duperey, der sich so unbeschreiblich unter ihren Fingern gewunden hatte, als er sie in Vireks Modell des Parque Güell versetzte. Ob Virek immer in Gaudís Park war, an einem Nachmittag ohne Ende? *Señor ist reich. Señor verfügt über viele Mittel und Wege, in Erscheinung zu treten.* Sie erschauerte in der lauen Abendluft und rückte näher an Andrea heran.

Das Unheimliche an einer Simstim-Konstruktion war, daß sie suggerierte, *jede* Umgebung könnte unwirklich sein, die Schaufenster, die sie gerade mit Andrea passierte, könnten pure Einbildung sein. Spiegel, so hatte mal jemand gesagt, seien in gewissem Sinn von Grund auf ungesund; das galt erst recht für Konstruktionen, fand sie.

Andrea machte an einem Kiosk halt, um sich ihre englischen Zigaretten und die neue *Elle* zu kaufen. Marly wartete auf dem Bürgersteig, wo der Passantenstrom sich automatisch teilte. Gesichter glitten an ihr vorbei, Studenten, Geschäftsleute und Touristen. Manche von ihnen gehörten vermutlich zu Vireks Apparat und waren mit Paco verbunden. Paco mit den braunen Augen, locker und ernsthaft zugleich, die Muskeln, die sich unter dem Hemd aus merzerisierter Baumwolle bewegten. Paco, der sein Leben lang für Señor gearbeitet hatte ...

»Ist was? Du siehst aus, als hättest du gerade irgendwas verschluckt.« Andrea streifte das Zellophan von ihren zwanzig Silk Cut.

»Nein«, sagte Marly und schüttelte sich. »Aber wenn ich so darüber nachdenke, hätte ich's beinahe getan ...«

Und auf dem Heimweg wurden trotz Andrea, trotz ihrer Wärme die Schaufenster, jedes einzelne, zu Kästen, zu Konstruktionen, wie die Werke Joseph Cornells oder des mysteriösen Kastenmachers, den Virek suchte, und die Bücher und Pelze und italienischen Kleider darin formierten sich zu geometrischen Strukturen namenloser Sehnsucht.

Und wieder erwachte sie, das Gesicht in Andreas Couch vergraben, die rote Steppdecke um die Schultern geknüllt, Kaffeeduft in der Nase, während Andrea im Zimmer nebenan einen japanischen Popsong vor sich hinsummte. Sie zog sich an. Es war ein grauer, verregneter Morgen in Paris.

»Nein«, sagte sie zu Paco. »Ich gehe allein hin. Ist mir lieber so.«

»Das ist eine Menge Geld.« Er blickte auf die italienische Tasche auf dem Café-Tisch zwischen ihnen. »Das ist gefährlich, verstehst du?«

»Weiß ja keiner, daß ich's bei mir trage. Nur Alain. Alain und deine Freunde. Und ich hab nicht gesagt, daß mich niemand begleiten soll, sondern nur, daß ich niemanden bei mir haben möchte.«

»Hast du was?« Ernste, tiefe Falten legten sich um seine Mundwinkel. »Bist du verärgert?«

»Ich möchte nur alleingelassen werden. Du und die anderen, wer immer sie sein mögen, ihr könnt mir gern folgen und mich im Auge behalten. Falls ihr mich verliert, was ich für unwahrscheinlich halte, habt ihr ja wohl die Adresse.«

»Stimmt«, sagte er. »Aber daß du ein paar Millionen Neue Yen allein durch Paris schleppst ...« Er zuckte die Achseln.

»Was wäre denn, wenn ich das Geld verliere? Würde Señor den Verlust überhaupt registrieren? Oder würde gleich die nächste Tasche mit vier Millionen bereitstehen?« Sie griff nach dem Schultergurt und stand auf.

»Natürlich würde eine neue Tasche bereitstehen, obwohl es für uns gar nicht so einfach ist, eine solche Summe in bar aufzutreiben. Und nein, Señor würde den Verlust nicht in dem Sinn ›registrieren‹, wie du das meinst, aber ich würde auch schon für den *sinnlosen* Verlust eines kleineren Betrags bestraft werden. Die Steinreichen haben alle die Eigenart, sehr genau auf ihr Geld achtzugeben, wie du noch feststellen wirst.«

»Trotzdem gehe ich allein. Nicht ohne Begleitung, aber allein mit meinen Gedanken.«

»Deiner Intuition.«

»Ja.«

Falls sie ihr folgten, wovon sie überzeugt war, so blieben sie unsichtbar wie immer. Alain dagegen würden sie sehr wahrscheinlich unbeobachtet lassen. Sicher stand die Adresse, die er ihr heute morgen angegeben hatte, längst im Mittelpunkt ihrer Aufmerksamkeit, ob er nun dort war oder nicht.

Sie verspürte heute eine neue Kraft. Sie hatte sich Paco gegenüber durchgesetzt – nicht zuletzt aufgrund ihres plötzlichen Verdachts vom Vorabend, daß Paco mit seiner guten Laune, seiner Männlichkeit, seiner liebenswerten Ignoranz gegenüber der Kunst zum Teil vielleicht eigens ihretwegen dabei war. Ihr fiel wieder ein, daß Virek gesagt hatte, sie wüßten mehr über ihr Leben als sie selbst. Gab es noch eine einfachere Möglichkeit, die letzten Leerstellen im Bild der Marly Kruschkowa auszufüllen? Paco Estevez. Der perfekte Fremde. Zu perfekt. Sie lächelte ihr Ebenbild in einer blau verspiegelten Wand an, während die Rolltreppe sie zur Métro hinuntertrug; ihr gefiel der Schnitt ihrer dunklen Haare und das modisch nüchterne Titangestell der schwarzen Porsche-Brille, die sie sich am Vormittag gekauft hatte. Tolle Lippen, dachte sie, wirklich nicht schlecht. Ein schmächtiger Junge mit weißem Hemd und dunkler Lederjacke und einer riesigen schwarzen Mappe unterm Arm lächelte ihr von der aufwärts führenden Rolltreppe aus zu.

Ich bin in Paris, dachte sie. Zum ersten Mal seit sehr langer

Zeit schien ihr das allein Grund genug zu lächeln. Und heute gebe ich diesem widerlichen Idioten von Ex-Lover vier Millionen Neue Yen und kriege dafür was von ihm. Einen Namen oder eine Adresse, vielleicht auch eine Telefonnummer. Sie kaufte einen Fahrschein für die erste Klasse; das Abteil würde nicht so voll sein, und sie konnte sich die Zeit damit vertreiben zu raten, welche der anderen Fahrgäste zu Virek gehörten.

Die Adresse, die Alain ihr genannt hatte, war einer von zwanzig Betontürmen, die sich in einem düsteren Vorort im Norden auf einer Fläche aus dem gleichen Material erhoben, zu Spekulationszwecken erbaute Immobilien aus der Mitte des vorigen Jahrhunderts. Es hatte sich jetzt eingeregnet, aber ihr war, als gäbe es eine Art heimliches Einvernehmen zwischen dem Regen und ihr; er verlieh dem Tag einen konspirativen Zug und perlte von der schicken Gummitasche, in der Alains Vermögen steckte. Wie absonderlich, mit Millionen in der Tasche durch diese gräßliche Gegend zu laufen, um ihren absolut treulosen Ex-Lover mit diesen Bündeln Neuer Yen zu belohnen.

Niemand meldete sich, als sie die numerierte Sprechtaste des Apartments drückte. Hinter verschmierten Scheiben eine düstere Eingangshalle, kahl und leer. Ein Ort, an dem man gleich beim Eintreten das Licht anmachte, das natürlich automatisch wieder ausging, bevor der Aufzug da war, auf den man im Geruch von Desinfektionsmitteln und stickiger Luft wartete. Sie drückte noch einmal. »Alain?« Nichts.

Marly probierte die Tür. Sie war nicht abgeschlossen. In der Eingangshalle war kein Mensch. Das tote Auge einer kaputten Videokamera betrachtete sie durch einen Staubfilm. Von der Betonfläche draußen sickerte verwaschenes Nachmittagslicht herein. Ihre Stiefelabsätze klapperten auf den braunen Bodenfliesen, als sie zu den Aufzügen ging und auf 22 drückte. Ein dumpfer Schlag, ein metallisches Ächzen, und einer der Aufzüge setzte sich in Bewegung und kam herunter. Die Plastikanzeige über der Tür blieb dunkel. Die Kabine hielt seufzend und mit einem hohen, verklingenden Wimmern an. »*Cher* Alain, du bist wirklich tief gesunken. Was für eine miese Hütte.« Als die Türen vor der unbeleuchteten Kabine aufgingen, tastete sie unter der italienischen Tasche nach der Klappe ihrer Brüsseler Handtasche. Sie fand die flache, kleine, grüne Blechtaschenlampe mit dem eingeprägten Pile-Wonder-Löwenkopf, die sie seit ihrem ersten Spaziergang in Paris bei sich trug, und zog sie heraus. In den Pariser Fahrstühlen mußte man auf so manches gefaßt sein: von den Armen eines Räubers bis zu einem frischen Haufen dampfender Hundescheiße …

Im schwachen Lichtstrahl silbrige Kabel, ölig glänzend, im leeren Schacht hin und her schwankend, die Spitze ihres rechten Schuhs schon Zentimeter jenseits der abgestoßenen Stahlkante des Fliesenbodens, auf dem sie stand. Vor Schreck riß sie automatisch die Hand nach unten, und das Licht fiel auf das staubige, von Unrat übersäte Kabinendach zwei Stockwerke tiefer. In den wenigen Momenten, in denen ihr Lichtstrahl zuckend über die Aufzugkabine wanderte, registrierte sie eine erstaunliche Vielzahl von Details.

Sie dachte an ein winziges U-Boot, das an den Klippen eines Tiefseeberges hinabtauchte und mit seinem schwachen Suchlicht eine Schlickbank erfaßte, die seit Jahrhunderten ungestört dalag: der weiche Grund aus altem, pelzigem Ruß, ein vertrocknetes graues Ding, das ein benutztes Kondom war, die glitzernden Katzenaugen zerknüllter Folienpackungen, der dünne graue Kolben und die helle Nadel einer Diabetesspritze … Sie klammerte sich so fest an die Türkante, daß ihr die Fingergelenke weh taten. Ganz langsam verlagerte sie das Gewicht nach hinten, weg von diesem Schlund, trat einen Schritt zurück und machte die Taschenlampe aus.

»Verdammt«, sagte sie. »O Gott.«

Sie fand die Tür zum Treppenhaus, knipste die Taschenlampe wieder an und machte sich auf den Weg nach oben. Im achten

Stock ließ das taube Gefühl allmählich nach; sie zitterte, und Tränen ruinierten ihr das Make-up.

Sie klopfte erneut an die Preßspantür mit dem scheußlichen Rosenholzimitatfurnier. Die aufgedruckte Maserung war im Schein der einzigen Biofluoreszenzlampe in dem langen Korridor gerade noch zu erkennen. »Verdammt. Alain? Alain!« Das kurzsichtige Fischauge des winzigen Türspions schaute ausdruckslos und leer durch sie hindurch. Im Korridor hing der fürchterliche Geruch von alten Küchendüften, die in dem synthetischen Teppichboden gefangen waren.

Sie probierte die Tür. Der Knauf ließ sich drehen; billiges Messing, fettig und kalt. Die Tasche voller Geld war plötzlich schwer, und der Gurt schnitt in ihre Schulter. Die Tür ging mühelos auf. Ein kurzer Streifen orangener Teppichboden mit unregelmäßigen lachsrosa Rechtecken, in den abertausend Bewohner und ihre Besucher im Lauf der Jahrzehnte eine deutlich sichtbare Dreckspur getreten hatten.

»Alain?« Der Geruch von dunklen französischen Zigaretten, beinahe beruhigend …

Und dort fand sie ihn, in dem gleichen verwaschenen Licht, dem silbrigen Licht, die anderen Hochhausblocks als gesichtslose Fassaden vor dem bleichen Regenhimmel jenseits des Fensterrechtecks, eingerollt wie ein Kind auf dem scheußlichen orangenen Teppich, die Wirbelsäule ein Fragezeichen unter dem straffen Rücken seiner flaschengrünen Veloursjacke, die linke Hand über dem Ohr gespreizt, die Finger weiß mit leicht bläulich verfärbten Nagelbetten.

Sie kniete sich hin und legte ihm die Hand an den Hals. Wußte es. Draußen am Fenster der rinnende Regen, all der viele Regen, immerfort. Sie nahm seinen Kopf auf den Schoß, hielt ihn, wiegte ihn, schwankte; dumpfer, trauriger, animalischer Schmerz erfüllte den kahlen, rechteckigen Raum. Und nach einer Weile spürte sie das spitze Ding unter ihrer Hand, die glatte, rostfreie Spitze eines sehr feinen, sehr harten Drahts, der aus seinem Ohr und durch die gespreizten, kalten Finger ragte.

Häßlich, häßlich, so starb man nicht. Das brachte sie auf die Beine, Zorn, ihre Hände wie Klauen. Sie sah sich in dem stillen Zimmer um, in dem er gestorben war. Es hatte nichts von ihm, gar nichts; nur der lädierte Aktenkoffer stand da. Sie öffnete ihn und fand zwei Notizbücher mit Spiralbindung und unbeschriebenen Blättern, einen ungelesenen, gerade sehr angesagten Roman, eine Streichholzschachtel und ein halb leeres blaues Päckchen Gauloises. Der ledergebundene Terminkalender von Browns fehlte. Sie tastete seine Jacke ab, griff in seine Taschen, aber er war nicht da.

Nein, dachte sie, da hättest du's bestimmt nicht reingeschrieben, nicht wahr? Aber Nummern und Adressen hast du dir nie merken können, stimmt's? Sie sah sich erneut in dem Zimmer um; dabei überkam sie eine seltsame Ruhe. Du hast dir alles notieren müssen, aber du bist ein großer Geheimnistuer gewesen und hast meinem Büchlein von Browns nicht getraut, nein. Wenn du in einem Café ein Mädchen kennengelernt hast, dann hast du dir ihre Nummer auf einer Streichholzschachtel oder irgendeinem Fetzen notiert und dann vergessen, so daß ich Wochen später darauf gestoßen bin, wenn ich bei dir aufgeräumt habe.

Sie ging in das winzige Schlafzimmer. Sie sah einen knallroten Klappstuhl und eine Matte aus billigem gelben Schaumstoff, die als Bett diente. Den Schaumstoff zierte ein brauner Schmetterling: Menstruationsblut. Sie hob die Matte hoch, aber darunter war nichts.

»Du hast bestimmt Angst gehabt«, sagte sie, und ein Zorn, den sie gar nicht zu verstehen versuchte, ließ ihre Stimme zittern. Ihre Hände waren kalt, kälter als Alains Hände, als sie die rote Tapete mit den goldenen Streifen nach einer losen Kante, einem Versteck abtastete. »Du armer, dummer Scheißkerl. Armer, dummer, toter Scheißkerl ...«

Nichts. Zurück ins Wohnzimmer, irgendwie erstaunt, daß er sich nicht gerührt hatte, in der Erwartung, daß er gleich aufspringen, hallo rufen und mit dem ein paar Zentimeter langen Trickdraht winken würde. Sie zog ihm die Schuhe aus. Sie brauchten neue Sohlen, neue Absätze. Sie schaute hinein, tastete die Innensohle ab. Nichts. »Tu mir das nicht an.« Und wieder ins Schlafzimmer. Der schmale Wandschrank. Sie schob eine Reihe klappernder, billiger weißer Plastikkleiderbügel zur Seite, eine schlaffe Folienhülle aus der chemischen Reinigung. Zog sich die fleckige Matratze her und stieg drauf, versank mit den Absätzen im Schaumstoff, während sie mit den Händen über ein kleines Preßspanbord fuhr, und fand in der hinteren Ecke einen mehrmals gefalteten Zettel, rechteckig und blau. Sie faltete ihn auseinander, sah, daß ihre so sorgfältig lackierten Nägel abgebrochen waren, und entdeckte die Nummer, die er dort mit grünem Filzstift notiert hatte. Ein leeres Päckchen Gauloises.

Es klopfte an der Tür.

Und dann Pacos Stimme: »Marly? Hallo? Was ist passiert?«

Sie steckte sich die Nummer in den Bund ihrer Jeans und drehte sich zu ihm um, begegnete seinem ruhigen, ernsten Blick.

»Es ist Alain«, sagte sie. »Er ist tot.«

19
HYPERMARKT

Vor einem großen alten Kaufhaus an der Madison Avenue sah er Lucas zum letzten Mal. So behielt er ihn danach in Erinnerung: ein großer Schwarzer in einem tollen schwarzen Anzug, gerade im Begriff, in seinen langen schwarzen Wagen einzusteigen, mit einem schwarzglänzenden Schuh schon auf Ahmeds dickem, weichem Teppich, mit dem anderen noch auf dem bröckligen Beton des Bürgersteigs.

Jackie stand neben Bobby, das Gesicht im Schatten der breiten Krempe ihres goldbehangenen Filzhuts, ein orangenes Seidenkopftuch im Nacken verknotet.

»Du paßt jetzt auf unsern jungen Freund auf«, sagte Lucas und deutete mit dem Knauf seines Stocks auf sie. »Er hat seine Feinde, unser Count.«

»Wer hat die nicht?« fragte Jackie.

»Ich kann selber auf mich aufpassen.« Es störte Bobby, daß Lucas Jackie mehr zutraute als ihm; gleichzeitig wußte er, daß sie ihm fast mit Sicherheit überlegen war.

»Tu das«, sagte Lucas. Der Stock schwang herum, bis er auf gleicher Höhe mit Bobbys Augen war. »Sprawltown hat's in sich, mein Freund. Die Dinge sind selten, was sie scheinen.« Um zu verdeutlichen, was er meinte, stellte er irgendwas mit seinem Stock an, so daß die langen Messingzungen unterm Knauf sich einen Moment lang geschmeidig abspreizten, leise aufgingen wie Regenschirmspeichen; jede Zunge blitzte messerscharf und nadelspitz. Dann klappten sie wieder ein, und Ahmeds breite Tür schloß sich mit dem satten, dumpfen Geräusch von gepanzertem Stahl.

Jackie lachte. »Scheiße. Lucas schleppt den Killerstock immer noch mit sich rum. Er ist jetzt 'n Staranwalt, aber die Straße hinterläßt nun mal ihre Spuren. Ist wohl auch gut so ...«

»Anwalt?«

Sie sah ihn an. »Ist nicht so wichtig, Süßer. Komm einfach mit und tu, was ich sage, dann passiert dir schon nichts.«

Ahmed fädelte sich in den spärlichen Verkehr ein. Ein Radrikscha-Kuli quäkte der davonrauschenden Messingstoßstange vergebens mit einer Ballonhupe nach.

Sie legte ihm eine gepflegte, goldberingte Hand auf die Schulter und führte ihn an einem Haufen schlafender, zerlumpter Stadtstreicher vorbei über den Bürgersteig in die allmählich erwachende Welt des Hypermarkts.

Vierzehn Stockwerke, sagte Jackie, und Bobby stieß einen Pfiff aus. »Alle so wie das hier?« Sie nickte und löffelte braunen Kandiszucker in den braunen Schaum auf ihrem Kaffeeglas. Sie saßen auf verschnörkelten Gußeisenstühlen am Marmortresen einer kleinen Espresso-Bar, in der ein Mädchen in Bobbys Alter, das sich die Haare mit Tönung und Haarlack zu einer Art Rückenflosse modelliert hatte, an den Knöpfen und Hebeln einer großen alten Maschine mit Messingtanks, Hauben, Brennern und Adlern mit ausgebreiteten Chromschwingen hantierte. Die Tresenplatte hatte einmal einem anderen Zweck gedient; Bobby sah, daß ein Ende zu einem langen, krummen Zinken behauen war, damit die Platte zwischen zwei grünlackierte Stahlsäulen paßte.

»Gefällt dir, hm?« Sie streute Zimt aus einem schweren, alten Glasstreuer auf den Schaum. »So weit biste wohl noch nie aus Barrytown rausgekommen.«

Bobby nickte, verwirrt von den tausend Farben und Texturen der Waren in den Ständen und von den Ständen selber. Alles wirkte völlig uneinheitlich, wie ohne jedes ordnende System. Krumme Gänge gingen von dem Platz vor der Espresso-Bar ab und schlängelten sich irgendwohin. Eine zentrale Lichtquelle schien es ebenfalls nicht zu geben. Rotes und blaues Neon strahlte hinter dem gleißenden Zischen einer Primus-Lampe, und ein Stand, der gerade von einem bärtigen Mann in Lederhose aufgemacht wurde, schien mit Kerzen beleuchtet zu werden, deren weiches Licht sich hundertfach in polierten Messingschnallen vor dem Rot und Schwarz alter Teppiche spiegelte. Überall ertönte morgendliches Geklapper, Gehuste und Geräusper. Ein blauer Toshiba-Hausdiener rollte surrend aus einem Gang heran und schleppte einen verschrammten Plastikkarren voller grüner Plastiksäcke mit Müll hinter sich her. Auf den Oberkörper des Toshiba hatte jemand einen großen Puppenkopf aus Plastik geklebt, oberhalb der Batterie von Kameras und Sensoren, ein lächelndes, blauäugiges Gesicht, das dem Aussehen eines führenden Simstim-Stars nachempfunden war, ohne allerdings ein Sense/Net-Copyright zu verletzen. Der pinkfarbene Kopf mit dem platinblondem Haar, das mit einer himmelblauen Perlenschnur zum Pferdeschwanz gebunden war, wippte absurd, als der Roboter vorbeirollte. Bobby lachte.

»Ganz nett hier, ja«, sagte er und gab dem Mädchen ein Zeichen, die Tasse nachzufüllen.

»Moment, du Arsch«, sagte das Mädchen hinter dem Tresen durchaus freundlich. Sie füllte gerade gemahlenen Kaffee in die verbeulte Schale am einen Ende einer antiken Balkenwaage. »Gestern nacht noch 'ne Mütze Schlaf gekriegt nach der Show, Jackie?«

»Na klar.« Jackie nippte an ihrem Kaffee. »Hab im zweiten Set abgetanzt und mich dann im Jammer's aufs Ohr gehauen. Hab mich auf die Couch da gepackt.«

»Hätt ich auch gern getan. Immer wenn Henry dich tanzen sieht, läßt er mich nicht mehr in Ruhe.« Sie lachte und füllte Bobbys Tasse aus einer schwarzen Plastik-Thermoskanne nach.

»Also«, sagte Bobby, als das Mädchen wieder an der Espressomaschine hantierte, »wie geht's weiter?«

»Immer auf Trab, was?« Jackie musterte ihn kühl unter der goldbestickten Hutkrempe hervor. »Mußt deine Runde machen, Leute besuchen, hm?«

»Nee. Quatsch. Ich mein bloß, ist das alles?«

»Ist *was* alles?«

»Der Laden hier. Bleiben wir hier oder was?«

»Oberste Etage. 'n Freund von mir namens Jammer hat da oben 'nen Club. Kaum anzunehmen, daß dich da jemand findet, und selbst wenn, kann man sich hier nicht so leicht reinschleichen. Vierzehn Etagen fast nur Stände, und 'ne Masse Standbesitzer verhökern Ware, die sie nicht offen auslegen, verstehste? Sind also alle recht hellhörig, wenn Fremde aufkreuzen oder wenn jemand Fragen stellt. Und die meisten sind so oder so Freunde von uns. Jedenfalls wirste dich hier wohl fühlen. Guter Platz für dich. Kannst viel lernen hier, wenn du dran denkst, die Klappe zu halten.«

»Wie soll ich was lernen, wenn ich keine Fragen stelle?«

»Tja, halt die Ohren offen, ist eh besser. Und benimm dich. Gibt 'n paar harte Burschen hier, aber wenn du sie in Ruhe läßt, lassen sie dich auch in Ruhe. Beauvoir kommt wahrscheinlich am späten Nachmittag vorbei. Lucas ist zu den Projects rausgefahren, um ihm zu erzählen, was ihr beim Finnen rausgekriegt habt. Was *habt* ihr denn rausgekriegt, Süßer?«

»Daß er drei tote Typen bei sich rumliegen hat. Ninjas, sagt er.« Bobby schaute sie an. »Ziemlich komischer Kauz.«

»Tote Typen hat er sonst nicht so im Angebot. Aber 'n komischer Vogel ist er schon, ja. Na los, erzähl mal! Aber leise und ruhig. Meinste, das kriegste hin?«

Bobby erzählte ihr alles über den Besuch beim Finnen, woran er sich erinnerte. Mehrmals unterbrach sie ihn und stellte ihm Fragen, auf die er meist keine Antwort geben konnte. Sie nickte, als er dann auch Wigan Ludgate erwähnte. »Ja«, sagte sie, »Jammer erzählt von ihm, wenn er auf die alten Zeiten zu sprechen kommt. Muß ihn mal fragen ...«

Am Ende seiner Geschichte lehnte sie mit dem Rücken an einer der grünen Säulen und hatte den Hut tief über die dunklen Augen gezogen.

»Na?« fragte er.

»Interessant«, sagte sie, aber mehr nicht.

»Ich will was Neues zum Anziehen«, sagte Bobby, nachdem sie die stehende Rolltreppe zum ersten Stock hinaufgestiegen waren.

»Haste denn Geld?« fragte sie.

»Scheiße«, sagte er, die Hände in den Taschen der weitgeschnittenen Bundfaltenjeans. »Ich hab kein Geld, verdammt noch mal, aber ich will was zum Anziehen. Du und Lucas und Beauvoir, ihr legt mich hier zu irgend 'nem Zweck auf Eis, hab ich recht? Also, ich hab dieses gottserbärmliche Hemd satt, das Rhea mir angedreht hat, und diese Hose, bei der hab ich ständig das Gefühl, daß sie mir gleich übern Hintern rutscht. Und ich bin hier, weil Two-a-Day, diese miese Ratte, meinen Arsch aufs Spiel gesetzt hat, damit Lucas und Beauvoir ihre beschissene Software austesten konnten. Also könnt ihr mir doch verdammt noch mal wohl was zum Anziehen kaufen, oder?«

»Okay«, sagte sie nach einer Pause. »Ich sag dir was.« Sie deutete auf einen Stand, an dem eine Chinesin in ausgewaschener Bluejeans die Plastikfolien zusammenlegte, mit denen ein Dutzend Kleiderständer aus Stahlrohr voller Klamotten abgedeckt gewesen waren. »Siehst du Lin da drüben? Die ist 'ne Freundin von mir. Such dir aus, was du willst. Ich regle das mit Lucas und ihr.«

Eine halbe Stunde später trat er aus der mit Decken abgeteilten Anprobekabine und setzte eine indo-javanische Fliegerbrille mit verspiegelten Gläsern auf. Er grinste Jackie an. »Echt stark«, sagte er.

»O ja.« Sie machte eine Geste mit der Hand, eine fächelnde Bewegung, als hätte sie etwas zu Heißes angefaßt. »Hat dir das Hemd, das Rhea dir geliehen hat, nicht gefallen?«

Er schaute auf das schwarze T-Shirt mit dem rechteckigen Holobild des Cyberspace auf seiner Brust hinunter, das er sich ausgesucht hatte. Das Bild war so angelegt, daß man den Eindruck hatte, per Schnellvorlauf durch die Matrix zu rasen; die Linien des Gitters verschwammen zum Rand hin. »Nee. War echt daneben, das Teil ...«

»Find ich auch«, meinte Jackie und musterte die enge schwarze Jeans, die schweren Lederstiefel mit den raumanzugmäßigen Akkordeonfalten an den Knöcheln, den ledernen schwarzen Army-Gürtel mit den zwei Reihen pyramidenförmiger Chromnieten. »Jetzt siehste schon eher wie 'n Count aus. Na komm, Count. Ich hab 'ne Couch für dich droben im Jammer's, da kannst du schlafen.«

Er grinste sie anzüglich an, die Daumen in die Vordertaschen seiner schwarzen Levis gehakt.

»Allein«, setzte sie hinzu, »keine Bange.«

20
ABFLUG VON ORLY

Paco raste mit dem Citroen-Dornier über die Champs, am Nordufer der Seine entlang und durch Les Halles. Marly sank ins verblüffend weiche Lederpolster zurück, das schöner vernäht war als ihre Brüsseler Lederjacke, und verbannte alle Gedanken, alle Empfindungen aus ihrem Bewußtsein. Sei Augen, sagte sie sich. Nur Augen, der Körper ein Gewicht, das durch die Geschwindigkeit dieses sündhaft teuren Wagens gleichmäßig ins Polster gedrückt wird. Es ging vorbei am Place des Innocents, wo die Huren Lasthovercraft-Fahrer im Blaumann koberten. Paco lenkte den Wagen mühelos durch die engen Straßen.

»Warum hast du ›Tu mir das nicht an‹ gesagt?« Er nahm die Hand vom Steuerpult und drückte den Ohrknopf fest.

»Warum hast du mich belauscht?«

»Weil das mein Job ist. Ich hab eine Frau mit einem Parabolmikrofon ins Hochhaus gegenüber geschickt, in den zweiundzwanzigsten Stock. Das Telefon in der Wohnung war tot, sonst hätten wir das nehmen können. Sie ist raufgefahren und in ein leeres Apartment an der Westfassade eingebrochen, hat das Mikro auf dich gerichtet und gerade noch aufgeschnappt, wie du ›Tu mir das nicht an‹ gesagt hast. Du warst doch allein?«

»Ja.«

»Und er war tot?«

»Ja.«

»Warum hast du's dann gesagt?«

»Weiß nicht.«

»Wer hat dir deiner Meinung nach was angetan?«

»Weiß nicht. Alain vielleicht.«

»Und was?«

»Daß er tot war. Alles komplizierter gemacht hat. Was weiß ich.«

»Du bist eine schwierige Frau.«

»Laß mich raus.«

»Ich bring dich zu deiner Freundin ...«

»Halt an.«

»Ich bring dich ...«

»Ich geh zu Fuß.«

Der niedrige, silberne Wagen fuhr an den Randstein.

»Ich ruf dich ...«

»Gute Nacht.«

»Sind Sie sicher, daß Sie nicht lieber in eins der Ferienzentren möchten?« erkundigte sich Mr. Paläologos, in seiner groben weißen Wollstoffjacke schmal und elegant wie eine Gottesanbeterin. Sein Haar war ebenfalls weiß und mit großer Sorgfalt nach hinten gekämmt. »Es wäre preislich günstiger und viel amüsanter. Sie sind ein sehr hübsches Mädchen ...«

»Pardon?« Sie riß sich abrupt von der Straße draußen vor dem regennassen Fenster los und richtete ihre Aufmerksamkeit wieder auf ihn. »Ein was?« Sein Französisch war holprig, enthusiastisch und seltsam moduliert.

»Ein sehr hübsches Mädchen.« Er lächelte steif. »Wäre Ihnen ein Urlaub in einem Club-Med-Cluster nicht lieber? Mit Leuten Ihres Alters? Sind Sie Jüdin?«

»Wie bitte?«

»Ich sagte, sind Sie Jüdin?«

»Nein.«

»Wie schade«, sagte er. »Sie haben die Wangenknochen einer gewissen Sorte eleganter junger Jüdinnen ... Ich hätte zwei Wochen Jerusalem Prime mit einem netten Rabatt, absolut phantastisch für den Preis. Inklusive Anzugmiete, drei Mahlzeiten pro Tag und direktem Shuttle-Anschluß vom JAL-Torus.«

»Anzugmiete?«

»In Jerusalem Prime gibt es noch nicht überall Atmosphäre«, erklärte Mr. Paläologos und schob einen Stapel rosa Durchschlagpapier von einer Schreibtischseite zur anderen. Sein Büro war ein winziges Kabäuschen; die Wände bestanden aus holografischen Ansichten von Poros und Macau. Marly hatte sich für dieses Reisebüro entschieden, weil es so einen obskuren Eindruck machte und direkt von der kleinen Ladenstraße der Métro-Station bei Andreas Wohnung aus erreichbar war.

»Nein«, sagte sie, »ich interessiere mich nicht für eine Ferienanlage. Da will ich hin.« Sie tippte auf den Text auf dem zerknüllten blauen Gauloises-Papier.

»Nun, das läßt sich natürlich machen, aber ich habe kein Unterkunftsverzeichnis. Wollen Sie Bekannte besuchen?«

»Geschäftsreise«, sagte sie ungeduldig. »Ich muß sofort los.«

»Also schön, also schön«, sagte Mr. Paläologos und nahm einen billig aussehenden Laptop von einem Regal hinter seinem Schreibtisch. »Könnten Sie mir bitte Ihre Kontonummer geben?«

Sie langte in ihre schwarze Ledertasche und zog das dicke Bündel Neuer Yen heraus, das sie aus Pacos Tasche genommen hatte, als dieser das Apartment untersuchte, in dem Alain gestorben war. Das Geld wurde von einem transparenten Gummiband zusammengehalten. »Ich möchte bar zahlen.«

»O je.« Mr. Paläologos streckte eine rosige Fingerkuppe aus und berührte den obersten Schein, als erwartete er, das ganze Bündel würde sich jeden Moment in Luft auflösen. »Ich verstehe. Nun, wissen Sie, normalerweise mache ich so etwas nicht ... Aber ich denke, da ließe sich etwas arrangieren ...«

»Schnell«, sagte sie, »sehr schnell.«

Er schaute sie an. »Ich verstehe. Dann sagen Sie mir doch bitte« – seine Finger begannen sich über die Tasten des Laptops zu bewegen – »unter welchem Namen möchten Sie reisen?«

21
AUF DEM HIGHWAY

Als Turner wach wurde, war es still im Haus. Vögel zwitscherten in den Apfelbäumen im verwilderten Obstgarten. Er hatte auf dem kaputten Sofa geschlafen, das Rudy in der Küche stehen hatte. Er füllte einen Topf mit Kaffeewasser, das durch die Plastikrohre vom Dachtank gurgelte, stellte den Topf auf den Propangasherd und ging auf die Veranda hinaus.

Tau lag auf Rudys acht Fahrzeugen, die in Reih und Glied auf dem Kieshof standen. Einer der aufgerüsteten Wachhunde trabte durchs offene Tor, als Turner die Stufen hinunterging; seine schwarze Haube klickte leise in der Morgenstille. Das Tier blieb sabbernd stehen, drehte den entstellten Kopf hin und her, trottete weiter und verschwand um die Ecke der Veranda.

Turner blieb neben der Motorhaube eines schmutzigbraunen Suzuki-Jeeps mit Wasserstoffzelle stehen. Sicher hatte Rudy das Ding selber umgebaut. Vierradantrieb, große Reifen mit geländegängigem Stollenprofil, die mit hellem, trockenem Flußschlamm überkrustet waren. Klein, langsam, zuverlässig, nicht das Richtige für die Straße …

Er ging an zwei identischen, rostigen Honda-Limousinen vorbei, gleiches Modell, gleiches Baujahr. Ruby würde eine ausschlachten und die andere damit herrichten; fahrbereit waren sie wohl beide nicht. Er lächelte gedankenverloren, als er die makellose, ockergelb-braune Lackierung des 1949er Chevrolet-Vans sah und sich an das rostige Wrack erinnerte, das Rudy auf einem gemieteten Tieflader von Arkansas hergeschafft hatte. Das Ding lief noch mit Benzin; die Innenflächen des Motors waren wahrscheinlich genauso blitzblank wie die handpolierten, schokoladebraunen Kotflügel.

Weiter ging's mit einem halben Luftkissenfahrzeug von Dornier, das mit grauen Plastikplanen abgedeckt war, und einer wespenartigen, schwarzen Suzuki, einer Rennmaschine auf einem selbstgebauten Anhänger. Er fragte sich, wann Rudy wohl sein letztes richtiges Rennen gefahren haben mochte. Unter einer weiteren Plane gleich neben dem Hänger steckte ein altes Schneemobil. Und zuletzt kam das fleckige graue Hovercraft, das noch aus dem Krieg stammte, ein kompaktes, keilförmiges Panzerstahlgefährt, das nach dem Kerosin roch, mit dem die Turbine betrieben wurde. Die mit Streckmetall verstärkte Luftkissenschürze lag schlaff im Kies. Die schmalen Fensterschlitze waren aus dickem, hochschlagfestem Kunststoff. An die rammbockähnlichen Stoßstangen waren Nummernschilder aus Ohio geschraubt. Sie waren gültig. »Ich seh dir an, was du denkst«, sagte Sally. Als er sich umdrehte, sah er sie mit der dampfenden Kaffeekanne am Verandageländer. »Rudy sagt, wo's nicht drüber kommt, da fährt es durch.«

»Ist es schnell?« Er berührte die gepanzerte Seite.

»Sicher, aber nach 'ner Stunde Fahrt brauchst du 'ne neue Wirbelsäule.«

»Zugelassen?«

»Von der Optik her gefällt's ihnen zwar nicht, aber es ist für die Straße zugelassen. Gibt kein Gesetz gegen Panzerung, soweit ich weiß.«

»Angie geht's schon wieder besser«, sagte Sally, als er ihr durch die Küchentür ins Haus folgte, »stimmt's, mein Schatz?«

Mitchells Tochter blickte vom Küchentisch auf. Die Blutergüsse hatten sich wie bei Turner zu zwei fetten Kommata zurückgebildet, die wie aufgemalte schwarzblaue Tränen aussahen.

»Mein Freund hier ist Arzt«, sagte Turner. »Er hat dich untersucht, als du bewußtlos warst. Er sagt, es ist alles okay.«

»Dein Bruder. Und kein Arzt.«

»Tut mir leid, Turner«, sagte Sally vom Herd aus. »Ich red immer frei von der Leber weg.«

»Na ja, er ist kein Arzt«, sagte er, »aber er ist 'n schlauer Bursche. Wir haben uns Sorgen gemacht, daß Maas irgendwas mit dir angestellt haben könnte, damit's dir schlecht geht, wenn du Arizona verläßt.«

»Wie eine Kortikalbombe?« Sie löffelte kalt angerührte Getreideflocken aus einer Schüssel mit Apfelblütenmuster am Rand, die schon Sprünge hatte und zu einem Service gehörte, an das Turner sich noch erinnerte.

»O Gott«, sagte Sally, »in was bist du da nur wieder reingeraten, Turner?«

»Gute Frage.« Er nahm am Tisch Platz.

Angie starrte ihn kauend an.

»Angie«, sagte er, »Rudy hat was in deinem Kopf gefunden, als er dich durchleuchtet hat.«

Sie hörte auf zu kauen.

»Er weiß nicht, was es ist. Vielleicht hat's dir jemand eingepflanzt, als du noch viel jünger warst. Weißt du, was ich meine?«

Sie nickte.

»Weißt du, was es ist?«

Sie schluckte. »Nein.«

»Aber du weißt, wer's reingemacht hat?«

»Ja.«

»Dein Vater?«

»Ja.«

»Weißt du, warum?«

»Weil ich krank war.«

»Inwiefern krank?«

»Nicht schlau genug.«

Gegen Mittag war er fertig. Das Hovercraft stand vollgetankt am Tor im Maschendrahtzaun bereit. Rudy hatte ihm ein rechteckiges schwarzes Reißverschlußtäschchen voller Neuer Yen gegeben; manche Scheine waren so abgegriffen, daß sie fast durchscheinend waren.

»Ich hab das Band durch ein französisches Wörterbuch gejagt«, sagte Rudy, während einer der Hunde die staubigen Rippen an seinen Beinen scheuerte. »Hat nicht geklappt. Ist wohl so 'ne Art Kreolisch. Vielleicht afrikanisch. Willst du 'ne Kopie?«

»Nein«, sagte Turner, »behalt's.«

»Danke«, sagte Rudy, »aber ich verzichte. Ich hab nicht vor zuzugeben, daß du hier warst, falls jemand fragt. Sally und ich, wir fahren heute nachmittag nach Memphis und bleiben da bei ein paar Freunden. Die Hunde werden das Haus bewachen.« Er kraulte das Tier hinter seiner Plastikhaube. »Klar, Alter?« Der Hund winselte und zuckte. »Ich mußte ihnen das Waschbärjagen abgewöhnen, als ich ihnen die Infrarot-Optik eingesetzt hab, sonst gäb's weit und breit keine Waschbären mehr ...«

Sally und das Mädchen kamen von der Veranda herunter. Sally trug eine kaputte Segeltuchtasche mit Sandwiches und einer Thermoskanne Kaffee. Turner dachte daran, wie sie oben im Bett gelegen hatte, und lächelte. Sie lächelte zurück. Sie sah älter aus heute, müde.

Angie hatte das blutverschmierte MAAS-NEOTEK-T-Shirt gegen ein unförmiges schwarzes Sweatshirt eingetauscht, das Sally irgendwo aufgetrieben hatte. Das machte sie wiederum jünger, als sie war. Sally hatte es auch fertiggebracht, die verbliebenen Blutergüsse durch ein barock anmutendes Make-up zu tarnen, das sich mit dem kindlichen Gesicht und dem weiten Shirt seltsam biß.

Rudy drückte Turner den Schlüssel für das Hovercraft in die Hand. »Hab mir heute morgen von meinem alten Cray einen Überblick über die neuesten Meldungen der Unternehmen zusammenstellen lassen. Eine davon sollte dich interessieren. Maas Biolabs hat den Tod von Dr. Christopher Mitchell bekanntgegeben. Unfall.«

»Beeindruckend, wie unklar sich diese Leute ausdrücken können.«

»Legt den Gurt ganz straff an und laßt ihn auch an«, sagte Sally gerade, »sonst ist euer Hintern grün und blau, bis ihr zur Statesboro-Umgehung kommt.«

Rudy schaute zu dem Mädchen hinüber und blickte dann wieder Turner an. Turner sah die geplatzten Äderchen an seiner Nasenwurzel. Die Augen waren blutunterlaufen, und das linke Lid zuckte heftig. »Tja, das war's dann wohl. Komisch, aber ich hatte schon gedacht, ich würd dich nie wiedersehen. Irgendwie komisch, daß du wieder da bist ...«

»Ihr beiden habt mehr getan, als ich erwarten konnte«, sagte Turner.

Sally schaute weg.

»Also, vielen Dank. Und jetzt müssen wir los.« Er kletterte in die Kabine hinauf; am liebsten wäre er schon weg gewesen. Sally drückte dem Mädchen die Hand, gab ihr die Tasche und blieb neben ihr stehen, während sie über die zwei ausklappbaren Trittbügel einstieg. Turner nahm auf dem Fahrersitz Platz.

»Sie hat dauernd nach dir gefragt«, sagte Rudy. »Nach 'ner Weile ist es so schlimm geworden, daß die Endorphin-Analoga den Schmerz nicht mehr ganz ausschalten konnten. Alle zwei Stunden oder so hat sie gefragt, wo du bist, wann du kommst.«

»Ich hab dir Geld geschickt«, sagte Turner. »Das hätte für die Verlegung nach Chiba gereicht. In den Kliniken da unten hätten sie was Neues probieren können.«

Rudy schnaubte. »Chiba? Herrgott. Sie war 'ne alte Frau. Was hätte es ihr denn gebracht, wenn man sie in Chiba noch 'n paar Monate länger am Leben erhalten hätte? Ihr größter Wunsch war's, dich zu sehen.«

»Hat nun mal nicht geklappt«, sagte Turner, während das Mädchen auf dem Sitz neben ihm Platz nahm und die Tasche zwischen ihren Beinen auf den Boden stellte. »Also, bis dann, Rudy.« Er nickte. »Sally.«

»Tschau«, sagte Sally, den Arm um Rudy gelegt.

»Von wem habt ihr gesprochen?« wollte Angie wissen, als der Lukendeckel herabfuhr. Turner steckte den Schlüssel ins Zündschloß, ließ die Turbine an und blies damit gleichzeitig die Luftkissenschürze auf. Durch das schmale Seitenfenster sah er, wie Rudy und Sally rasch zurückwichen; der Hund duckte sich beim Turbinenlärm und kläffte. Die Pedale und Hebel waren in Übergröße ausgelegt, damit sie auch im Strahlenschutzanzug bequem zu bedienen waren. Turner manövrierte das Fahrzeug zum Tor hinaus und schwenkte auf die breite Kiesauffahrt ein. Angie ließ ihr Gurtschloß einrasten.

»Von meiner Mutter«, sagte er.

Er brachte die Turbine auf Touren, und sie machten einen Satz nach vorn.

»Ich hab meine Mutter nicht gekannt«, sagte sie, und Turner fiel ein, daß ihr Vater tot war und daß sie es noch nicht wußte. Er trat das Gaspedal durch, und sie brausten über den Kiesweg davon, wobei sie nur knapp einen von Rudys Hunden verfehlten.

Sally hatte recht gehabt, was die Fahrweise des Hovers betraf. Die Turbine erzeugte eine ständige Vibration. Bei neunzig Stundenkilometern auf dem schrägen Asphalt des alten Highways klapperten ihnen die Zähne. Die verstärkte Luftkissenschürze holperte über die unebenen Flächen; das elegante Dahingleiten wie bei einem zivilen Sportmodell wäre nur auf einer vollkommen glatten, ebenen Fläche möglich gewesen.

Trotzdem fand Turner Spaß daran. Man wählte die Richtung, trat aufs Gas, und schon ging es ab. Über dem vorderen Sichtschlitz hing ein von der Sonne ausgebleichtes, pinkfarbenes Würfelpaar aus Schaumstoff, und das Heulen der Turbine hinter ihm war wie eine feste Masse. Das Mädchen wirkte gelöst; es schaute mit geistesabwesender, beinahe zufriedener Miene in die Landschaft am Straßenrand hinaus, und Turner war froh, daß er nicht mit ihr zu plaudern brauchte. Du bist heiß, dachte er, als er sie aus den Augenwinkeln betrachtete, du bist momentan wahrscheinlich das meistgejagte kleine Ding auf dem Antlitz der Erde, und ich sitze hier mit dir in Rudys Spielzeugpanzer, verfrachte dich ins Sprawl und hab nicht den leisesten Schimmer, was ich jetzt mit dir anfangen soll … Oder wer das Einkaufszentrum hochgejagt hat …

Geh's noch mal durch, befahl er sich, als sie ins Tal hinabfuhren, geh das Ganze noch mal durch; irgendwann macht es klick. Mitchell hatte Hosaka kontaktiert und gesagt, er wolle wechseln. Hosaka hatte Conroy engagiert und ein Ärzteteam organisiert, das feststellen sollte, ob Mitchell irgendwie präpariert war. Conroy hatte die Teams in Zusammenarbeit mit Turners Agenten zusammengestellt. Turners Agent war eine Stimme in Genf, eine Telefonnummer. Hosaka hatte Allison nach Mexiko geschickt, um ihn zu testen, dann hatte Conroy ihn von da abgeholt. Webber hatte, bevor die Scheiße so richtig losging, gesagt, sie sei Conroys Spitzel vor Ort … Jemand hatte sie mit Leuchtkugeln und Automatikwaffen überfallen, als das Mädchen gerade hereinkam. Das sah in seinen Augen nach Maas aus; es war eine Aktion, wie er sie erwartet hatte, und der gemietete Schutztrupp war dazu dagewesen, mit so was fertigzuwerden. Dann der grellweiße Himmel … Er überlegte, was Rudy über die Rail-Kanone gesagt hatte. Aber wer? Und dann die Schweinerei im Kopf des Mädchens, das Zeug, das Rudy mit seinem Tomographen und seinem NMR-Bildgeber gefunden hatte. Sie hatte gesagt, ihr Vater habe gar nicht selber rausgewollt.

»Keine Firma«, sagte sie zum Fenster.

»Wie bitte?«

»Du hast keine Firma, oder? Ich meine, du arbeitest für alle, die dich anheuern.«

»Stimmt.«

»Hast du keine Angst?«

»Sicher, aber nicht deshalb …«

»Wir haben immer die Firma gehabt. Mein Vater hat gesagt,

mir würde nichts passieren, ich würde bloß zu 'ner andern Firma kommen ...«

»Da hat er recht. Dir passiert schon nichts. Ich muß bloß rausfinden, was hier läuft. Dann bring ich dich dahin, wo du hinmußt.«

»Nach Japan?«

»Wohin auch immer.«

»Warst du schon mal da?«

»Klar.«

»Würd's mir da gefallen?«

»Warum nicht?«

Daraufhin verfiel sie wieder in Schweigen, und Turner konzentrierte sich auf die Straße.

»Macht mir Träume«, sagte sie, als er sich vorbeugte und die Scheinwerfer einschaltete. Ihre Stimme war über dem Geheul der Turbine kaum zu hören.

»Was?« Er tat so, als wäre er völlig mit dem Fahren beschäftigt, und vermied es, in ihre Richtung zu schauen.

»Das Ding in meinem Kopf. Aber normalerweise nur, wenn ich schlafe.«

»So?« Er erinnerte sich an das Weiße ihrer Augen in Rudys Schlafzimmer, an das Zittern und den Wortschwall in einer Sprache, die er nicht verstand.

»Manchmal auch, wenn ich wach bin. Es ist, als würde ich an einem Deck hängen, nur bin ich vom Gitter unabhängig, ich fliege, und ich bin nicht allein. Neulich hab ich von einem Jungen geträumt, der hat die Hand ausgestreckt und irgendwas aufgehoben, und das hat ihm wehgetan, und er hat gar nicht gemerkt, daß er frei war und nur loszulassen brauchte. Also hab ich's ihm gesagt. Und ich konnte eine kurze Sekunde lang sehen, wo er war, und das war gar nicht wie im Traum – ein häßliches kleines Zimmer mit einem dreckigen Teppich; ich hab gleich gesehen, daß er unter die Dusche gehörte, und gespürt, daß seine Schuhe innen feucht und klebrig waren, weil er keine Socken anhatte … Die Träume sehen anders aus.«

»Ach.«

»Ja. In den Träumen sind immer nur riesengroße Dinger, und ich bin auch groß, ich bewege mich mit den andern …«

Turner atmete, als das Hover die Betonauffahrt zum Interstate hinaufheulte. Erst jetzt merkte er, daß er die Luft angehalten hatte. »Mit welchen andern?«

»Den Weisen.« Schweigen. »Keine Menschen …«

»Bist du viel im Cyberspace, Angie? Ich meine, hängst du oft am Deck?«

»Nein. Nur, was man in der Schule so macht. Mein Vater sagt, das ist nicht gut für mich.«

»Und was sagt er zu den Träumen?«

»Nur, daß sie realer geworden sind. Aber von den andern hab ich ihm nie was erzählt.«

»Willst du's mir erzählen? Vielleicht versteh ich's dann besser und kann mir überlegen, was wir tun müssen.«

»Manche von denen erzählen mir was. Geschichten. Früher war nichts da, nichts, was sich aus eigenem Antrieb bewegt hat, nur Daten und Leute, die sie rumschoben. Dann ist was passiert, und es … es wußte Bescheid über sich. Da gibt's eine andere Geschichte drüber, von einem Mädchen mit Spiegeln über den Augen und einem Mann, der schreckliche Angst vor Gefühlen hatte. Der Mann hat was gemacht, was dem ganzen Ding geholfen hat, über sich Bescheid zu wissen … Und danach hat es sich irgendwie aufgesplittert, und diese verschiedenen Teile sind die andern, glaube ich, die Weisen. Aber es ist schwer zu sagen, weil *sie* 's eigentlich nicht mit Worten ausdrücken …«

Turner spürte, wie sich seine Nackenhaare sträubten. Irgendwas kam wieder nach oben, aus der verdrängten Unterströmung von Mitchells Dossier. Brennende Scham auf einem Flur, schmutzigweiße, abblätternde Farbe, Cambridge, das Studentenwohnheim … »Wo bist du geboren, Angie?«

»In England. Dann ist mein Vater zu Maas gegangen, und wir sind umgezogen. Nach Genf.«

Irgendwo in Virginia lenkte er das Hovercraft über das Schotterbankett auf eine überwucherte Weide. Staub des trockenen Sommers wirbelte hinter ihnen auf, als er nach links in ein Kiefernwäldchen einbog. Die Turbine erstarb, und sie sanken auf die Luftkissenschürze herunter.

»Dann wollen wir mal was essen«, sagte er und langte nach hinten, wo Sallys Segeltuchtasche stand.

Angie löste den Gurt und öffnete den Reißverschluß ihres schwarzen Sweatshirts. Darunter trug sie etwas Enganliegendes, Weißes; im Halsausschnitt über den Mädchenbrüsten war die glatte, sonnengebräunte Haut eines Kindes zu sehen. Sie nahm die Tasche entgegen und wickelte Sallys Sandwiches aus. »Was ist los mit deinem Bruder?« fragte sie und gab ihm ein halbes Sandwich.

»Wie meinst du das?«

»Na ja, er hat doch was ... Er trinkt ständig, sagt Sally. Ist er unglücklich?«

»Weiß ich nicht.« Turner krümmte und reckte sich, um die schmerzende Verkrampfung in Hals und Schultern loszuwerden. »Na ja, wird wohl so sein, aber warum, weiß ich nicht so genau. Bei manchen Leuten geht eben nichts mehr voran.«

»Du meinst, wenn sie keine Firmen haben, die sich um sie kümmern?« Sie biß in ihr Sandwich.

Er sah sie an. »Willst du mich verarschen?«

Sie nickte mit vollem Mund und schluckte. »Ein bißchen. Ich weiß, daß viele Leute nicht für Maas arbeiten. Es nie getan haben und auch nie tun werden. Du bist so einer, dein Bruder auch. Aber es war eine echte Frage. Ich hab Rudy irgendwie gemocht, weißt du? Aber ich finde, er war so ...«

»Verkorkst«, vervollständigte er, das Sandwich noch in der Hand. »In der Sackgasse. Ich glaube, manche Leute müssen irgendwann mal 'nen Sprung machen, und wenn sie's nicht tun, bleiben sie endgültig stecken ... Und Rudy hat den Absprung nicht geschafft.«

»Daß mein Vater mich von Maas weghaben wollte, ist das ein Sprung?«

»Nein. Zu manchen Sprüngen muß man sich selber entscheiden. Stell dir vor, irgendwo wartet was Besseres auf dich ...« Er hielt inne, weil er sich plötzlich lächerlich vorkam, und biß in sein Sandwich.

»Hast du so gedacht?«

Er nickte und fragte sich dabei, ob es stimmte.

»Also bist du gegangen, und Rudy ist geblieben?«

»Er war intelligent. Ist er immer noch. Hat 'ne ganze Reihe Abschlüsse gemacht, hat richtig studiert. Mit zwanzig hat er in Tulane seinen Doktor in Biotechnik gemacht, und dann noch andere Sachen. Hat nie eine Bewerbung rausgeschickt, nichts. Von überallher sind Anwerber bei uns aufgetaucht, die ihn haben wollten, aber er hat ihnen nur Scheiße erzählt, sich mit ihnen angelegt ... Ich glaube, er war der Meinung, er könnte selber was aufbauen. Wie das mit den Hundehauben zum Beispiel. Da hat er sogar richtige Patente, soweit ich weiß, aber ... Jedenfalls ist er dageblieben. Hat mit dem Handeln angefangen und Hardware für irgendwelche Leute entwickelt. War 'ne heiße Adresse in der Gegend. Und dann ist unsere Mutter krank geworden. Sie war lange krank, und ich war ja weg ...«

»Wo warst du?« Sie schraubte die Thermoskanne auf; Kaffeeduft breitete sich in der Kabine aus.

»So weit weg, wie ich nur konnte«, sagte er und wunderte sich über den Unmut in seiner Stimme.

Sie reichte ihm den Plastikbecher. Er war bis zum Rand mit heißem schwarzem Kaffee gefüllt.

»Wie steht's mit dir? Du hast gesagt, du kennst deine Mutter nicht.«

»Ja. Sie haben sich getrennt, als ich noch klein war. Sie wollte nicht wieder in den Vertrag einsteigen, wenn er sich nicht bereit erklärte, sie an einer Art Anlageplan zu beteiligen. Das hat er jedenfalls gesagt.«

»Wie ist dein Vater so?« Er trank einen Schluck Kaffee und gab ihr den Becher zurück.

Die von Sallys Make-up umringten Augen sahen ihn über den Rand des roten Plastikbechers hinweg an. »Was weiß ich«, sagte sie. »Frag mich in zwanzig Jahren noch mal. Ich bin erst siebzehn, woher zum Teufel soll ich das wissen?«

Er lachte. »Geht's dir allmählich besser?«

»Glaub schon, den Umständen entsprechend ...«

Und plötzlich nahm er sie auf eine Weise wahr wie noch nie zuvor, so daß er hastig nach den Schaltern griff. »Gut. Wir haben noch einen langen Weg vor uns.«

In dieser Nacht schliefen sie im Hovercraft, das er hinter dem rostigen Stahlgerüst einer ehemaligen Autokinoleinwand in Süd-Pennsylvania geparkt hatte. Turners Parka lag ausgebreitet auf den Panzerstahlboden unter dem länglichen Turbinenwulst. Angie hatte in der rechteckigen Luke überm Beifahrersitz gesessen, den letzten Rest des mittlerweile kalten Kaffees ausgetrunken und die Glühwürmchen beobachtet, die übers gelb verfärbte Gras schwirrten.

Irgendwo in seinen Träumen – die immer noch von wahllosen Splittern aus dem Dossier über ihren Vater gefärbt waren – kuschelte sie sich an ihn, so daß er die weichen, warmen Brüste unter dem dünnen Stoff ihres T-Shirts an seinem bloßen Rücken spürte, und dann schlang sie den Arm um ihn und streichelte die flachen Muskeln an seinem Bauch, aber er blieb still liegen, stellte sich schlafend und fand bald den Weg in die dunkleren Winkel von Mitchells Biosoft, wo sich seltsame Dinge mit seinen eigenen frühesten Ängsten und Schmerzen vermischten. Und beim Morgengrauen erwachte er und hörte sie auf ihrem Ausguck oben in der Dachluke leise vor sich hinsingen.

»Mein Vater ist ein hübscher Teufel
mit einer Kette, die neun Meilen mißt
An jedem Glied ein Herz
von all den Mädchen
die er erst liebt
und dann verstößt.«

22
IM JAMMER'S

Das Jammer's war zwölf stehende Rolltreppen weiter oben und nahm das hintere Drittel des obersten Stockwerks ein. Auf Bobby, der außer dem Leon's keinen Nightclub kannte, wirkte es faszinierend und unheimlich zugleich. Faszinierend, weil es so groß und in seinen Augen exklusiv ausgestattet war, und unheimlich, weil ein Nachtclub bei Tag von Natur aus etwas Unwirkliches, Gespenstisches hat. Die Daumen in den Gesäßtaschen seiner neuen Jeans gehakt, schaute er sich um, während Jackie sich flüsternd mit einem Weißen unterhielt, der ein längliches Gesicht hatte und einen zerknitterten blauen Overall trug. Das Lokal war mit dunklen Ultravelours-Polstersitzen, runden schwarzen Tischen und Dutzenden von reich verzierten, durchbrochenen Holztrennwänden eingerichtet. Die Decke war schwarz gestrichen. Jeder Tisch hatte einen eigenen Spot, der in die Decke eingelassen war und von oben aus dem Dunkeln diskretes Licht spendete. In der Mitte einer zentralen Bühne, die gerade von Arbeitslampen an gelben Spiralkabeln hell erleuchtet wurde, war ein kirschrotes Akustik-Schlagzeug aufgebaut. Bobby bekam eine Gänsehaut, ohne zu wissen, warum. Eine vage Ahnung von etwas halb Lebendigem, als würde sich am Rande seines Blickfelds gleich etwas bewegen …

»Bobby«, sagte Jackie, »komm rüber, ich will dir Jammer vorstellen.«

Er überquerte den dunklen Teppich so cool, wie er nur konnte, und blieb vor den Mann mit dem länglichen Gesicht stehen, der dunkles, schütteres Haar hatte und ein weißes Frackhemd unter dem Overall trug. Er hatte schmale Augen und hohle Wangen, die von den tagsüber nachgewachsenen Bartstoppeln verschattet wurden.

»So«, sagte der Mann, »du willst also 'n Cowboy werden?« Er musterte Bobbys T-Shirt, und Bobby hatte das unangenehme Gefühl, daß er gleich loslachen würde.

»Jammer war auch 'n Jockey«, erklärte Jackie, »ein richtiger Crack. Stimmt doch, Jammer?«

»Sagt man, ja«, antwortete er, ohne den Blick von Bobby zu wenden. »Ist lange her, Jackie. Wie viele Stunden am Gerät haste denn schon beisammen?«

Bobby wurde rot. »Na ja, so ungefähr eine.«

Jammer zog die buschigen Brauen hoch. »Irgendwo muß man ja anfangen.« Er lächelte. Seine Zähne waren klein und unnatürlich gleichmäßig; Bobby fand, daß es zu viele waren.

»Bobby«, sagte Jackie, »frag Jammer doch mal nach diesem Typen, von dem der Finne geredet hat – Wig oder so.«

Jammer blickte von ihr zu Bobby. »Du kennst den Finnen? Für 'nen Hotdogger biste aber echt gut im Bild, was?« Er zog einen blauen Plastikinhalator aus der Hüfttasche, steckte ihn sich ins linke Nasenloch, verpaßte sich eine Dosis und schob ihn wieder in die Tasche. »Ludgate. Wig. Der Finne redet von Wig? Wird wohl langsam senil.«

Bobby wußte nicht, was das bedeutete, aber es schien ihm nicht der richtige Zeitpunkt zu sein, danach zu fragen. »Na ja«, begann Bobby, »dieser Wig ist irgendwo oben im Orbit und verkauft dem Finnen manchmal so Zeug …«

»Echt? Was du nicht sagst. Hätte Stein und Bein geschworen, daß Wig entweder tot oder geistig endgültig hinüber ist. Der Kerl war ein Verrückter, selbst für 'nen Cowboy, weißt du, was ich meine? Nicht ganz bei Trost. Ausgeklinkt. Hab seit Jahren nichts mehr von ihm gehört.«

»Jammer«, sagte Jackie, »vielleicht ist es am besten, wenn Bobby dir die Geschichte einfach mal erzählt. Am Nachmittag kommt Beauvoir, und er hat ein paar Fragen an dich, also solltest du wissen, worum es geht …«

Jammer schaute sie an. »Aha. Verstehe. Mr. Beauvoir fordert den Gefallen ein, stimmt's?«

»Ich kann zwar nicht für ihn sprechen«, sagte sie, »aber ich nehme es an. Wir brauchen einen sicheren Ort für unseren Count hier.«

»Welchen Count?«

»Mich«, sagte Bobby. »Ich bin das.«

»Na toll«, sagte Jammer alles andere als begeistert. »Dann kommt mal mit nach hinten ins Büro.«

Bobby konnte den Blick nicht von dem Cyberspace-Deck wenden, das ein Drittel von Jammers antikem Eichenschreibtisch einnahm. Es war mattschwarz, eine Sonderanfertigung ohne jede Herkunftsbezeichnung. Er reckte immer wieder neugierig den Hals, während er Jammer von Two-a-Day und seinem versuchten Run erzählte, von der Mädchen-Impression und dem Bombenanschlag, bei dem seine Mutter ums Leben gekommen war. Es war das heißeste Deck, das er je zu Gesicht bekommen hatte, und ihm fielen wieder Jackies Worte ein, daß Jammer seinerzeit ein richtiger Crack gewesen war.

Jammer lehnte sich in seinen Sessel zurück, als Bobby fertig war. »Willste mal ran?« fragte er. Es klang müde.

»Ran?«

»Ans Deck. Ich glaub, du würdest es gern mal probieren, so wie du mit dem Arsch auf dem Stuhl hin und her rutschst. Entweder das, oder du mußt dringend pissen.«

»Scheiße, ja, Mann. Ich meine, ja, danke, würd ich wirklich gern …«

»Warum nicht? Merkt ja keiner, daß du's bist und nicht ich, stimmt's? Steck du doch einfach gleich mit ein, Jackie. Kannst ihn dabei im Auge behalten.« Er zog eine Schreibtischschublade auf und nahm zwei Troden-Sets heraus. »Aber nichts dran *machen*, okay? Ich meine, flieg einfach los und mach 'ne kleine Spritztour. Versuch nicht, da drin irgendwas abzuziehen. Ich schulde Beauvoir und Lucas einen Gefallen, und wie's aussieht, soll ich den ableisten, indem ich dafür sorge, daß dir nichts passiert.« Er reichte Jackie und Bobby jeweils ein Troden-Set. Dann stand er auf, packte die Griffe an beiden Seiten der schwarzen Konsole und drehte sie herum, so daß die Front zu Bobby zeigte. »Na los. Dir wird echt einer abgehen. Die Kiste ist zehn Jahre alt, aber dagegen kannste immer noch so gut wie alles andere vergessen. 'n Typ namens Automatic Jack hat sie entworfen und gebaut. War damals Bobby Quines Hardware-Freak. Die beiden haben die Blauen Lichter niedergebrannt, aber da hat's dich wahrscheinlich noch gar nicht gegeben.«

Bobby hatte sich die Troden schon übergezogen. Jetzt sah er Jackie an.

»Schon mal im Tandem reingegangen?«

Er schüttelte den Kopf.

»Okay. Wir stecken ein, aber ich bleib dicht an deiner linken Schulter. Wenn ich ›raus‹ sage, dann Stecker raus. Falls du was Komisches siehst, kommt das daher, daß ich bei dir bin, kapiert?«

Er nickte.

Sie löste zwei lange Nadeln mit silbernen Köpfen hinten an ihrem Filzhut, nahm ihn ab und legte ihn neben Jammers Deck auf den Schreibtisch. Sie schob die Troden über das orangene Kopftuch und drückte sich die Kontakte an die Stirn.

»Auf geht's«, sagte sie.

Und schon ging es im permanenten Schnellvorlauf mit Hilfe von Jammers Deck hoch über die heißen Neonkerne hinweg, eine Datentopographie, die Bobby fremd war. Große Dinger, wahre Gebirge, scharf umrissene, feste Gruppierungen im Nirgendwo namens Cyberspace. »Sachte, Bobby.« Jackies Stimme an seiner Seite im Nichts, leise und angenehm.

»Mannomann, das Ding ist echt scharf!«

»Ja, aber nimm mal ein bißchen Gas weg. Bringt doch nichts, so zu rasen. Soll ja 'n Vergnügungstrip sein. Halt uns hier oben und laß es 'ne Ecke langsamer angehn.«

Er bremste ab, bis sie nur noch dahinzusegeln schienen. Er wandte sich nach links, wo er sie vermutete, sah sie aber nicht.

»Ich bin hier«, sagte sie, »keine Bange.«

»Wer war Quine?«

»Quine? Irgendein Cowboy, den Jammer gekannt hat. Damals hat er sie alle gekannt.«

Er schwenkte aufs Geratewohl im rechten Winkel nach links und drehte sich geschmeidig an einem Kreuzungspunkt des Gitters, um die Reaktion des Decks zu testen. Es war verblüffend, anders als alles, was er bisher im Cyberspace erlebt hatte. »Scheiße noch mal. Neben der Kiste ist 'n Ono-Sendai ein Kinderspielzeug.«

»Hat wahrscheinlich 'ne O-S-Elektronik drin. Hatten sie früher alle, sagt Jammer. Bring uns ein bißchen höher ...«

Sie stiegen mühelos im Gitter nach oben. Die Daten wichen unter ihnen zurück. »Gibt nicht gerade viel zu sehen hier oben«, beschwerte er sich.

»Irrtum. Gibt viel Interessantes zu sehen, wenn man lang genug an solchen leeren Stellen rumhängt ...«

Das strukturelle Gefüge der Matrix vor ihnen schien zu wakkeln.

»Äh, Jackie ...«

»Stop. Halt an! Alles in Ordnung. Vertrau mir.«

Irgendwo weit weg bewegten sich seine Hände über die ungewohnte Tastatur. Dann hielt er sie still, während ein Teil des Cyberspace verschwamm und sich trübte. »Was ist ...«

»Danbala ap monte l«, sagte eine rauhe Stimme in seinem Kopf. Blutgeschmack in seinem Mund. »Danbala reitet sie.« Er wußte irgendwie, was die Worte bedeuteten, aber die Stimme war wie Eisen in seinem Kopf. Das trübe Gefüge teilte sich, schien Blasen zu schlagen, zerfiel in zwei grau schimmernde Flecken.

»Legba«, sagte Jackie, »Legba und Ougou Feray, Gott des Krieges. Papa Ougou! St. Jacques Majeur! *Viv la Vyèi!*«

Eisengelächter erfüllte die Matrix, schnitt Bobby durch den Kopf.

»Map kite tout mizé ak tout giyon«, sagte eine andere Stimme fließend, quecksilbrig und kalt. »Sieh, Papa, sie ist gekommen, um ihr Pech abzuschütteln!« Und dann lachte auch diese Stimme, und Bobby kämpfte eine Woge blanker Hysterie nieder, als das silbrige Gelächter in ihm nach oben perlte.

»Hat es Pech, das Pferd von Danbala?« dröhnte die Eisenstimme von Ougou Feray, und einen Moment lang glaubte Bobby, im grauen Nebel eine Gestalt aufschimmern zu sehen. Die Stimme ließ ihr schreckliches Gelächter ertönen. »Jawohl! Jawohl! Aber sie weiß es nicht. Sie ist nicht *mein* Pferd, nein, sonst würde ich sie von ihrem Pech befreien!« Bobby wollte weinen, sterben, was immer, nur um den Stimmen zu entrinnen, dem völlig unmöglichen *Wind*, der nun aus den grauen Verwerfungen blies, einem feuchtheißen Brodem, der Gerüche mit sich trug, die Bobby nicht identifizieren konnte. »Und sie preist die Jungfrau! Hör mir zu, kleine Schwester! *La Vyèj* ist wahrlich schon sehr nah!«

»Ja«, sagte die andere Stimme, »sie zieht gerade durch *mein* Reich. Ich herrsche über Straßen und Wege.«

»Aber ich, Ougou Feray, sage dir, daß deine Feinde ebenfalls nahen! Zu den Toren, Schwester, und nimm dich in acht!«

Und dann verblaßten die grauen Felder, schwanden und schrumpften ...

»Steck aus«, sagte Jackie. Ihre Stimme war leise und fern. Und dann: »Lucas ist tot.«

Jammer nahm eine Flasche Scotch aus der Schreibtischschublade und goß sorgfältig sechs Zentimeter des Stoffs in ein Highball-Glas aus Plastik. »Du siehst total beschissen aus«, sagte er zu Jackie, und Bobby wunderte sich über den sanften Ton in der

Stimme des Mannes. Sie waren seit mindestens zehn Minuten aus der Matrix zurück, aber bisher war kein Wort gefallen. Jackie sah fertig aus und kaute ständig auf ihrer Unterlippe herum. Jammer schien entweder unglücklich oder wütend zu sein, Bobby war sich da nicht sicher.

»Wieso hast du gesagt, Lucas ist tot?« fragte Bobby, weil es ihm so vorkam, als würde die Stille Jammers vollgestopftes Büro wie Schlamm ausfüllen und ihn ersticken.

Jackie sah ihn an, aber ihr Blick schien durch ihn hindurchzugehen. »Sie würden nicht so zu mir kommen, wenn Lucas noch lebte«, sagte sie. »Es gibt Pakte, Übereinkünfte. Legba wird immer als erster beschworen, aber er hätte mit Danbala kommen müssen. Seine Persönlichkeit hängt von dem Loa ab, mit dem er sich manifestiert. Lucas ist ganz bestimmt tot.«

Jammer schob das Whiskyglas über den Tisch, aber Jackie, die noch die Troden aus Chrom und schwarzem Nylon auf der Stirn hatte, schüttelte den Kopf. Er machte ein genervtes Gesicht, zog das Glas zurück und kippte den Inhalt selber hinunter. »So ein Riesenscheiß. Ihr habt euch wesentlich vernünftiger angehört, bevor ihr angefangen habt, mit denen rumzumachen.«

»Wir haben sie nicht hergeholt, Jammer«, sagte sie. »Die waren einfach *da*, und sie haben uns gefunden, weil wir sie verstanden haben.«

»Ist doch derselbe Scheiß«, meinte Jammer müde. »Was immer sie sein mögen und woher sie auch kommen, sie haben die Gestalt angenommen, die ein paar hysterische Nigger sehen wollten. Kannst du mir folgen? Absolut unmöglich, daß da draußen was ist, was in so ’nem beknackten Urwaldhaitianisch angequatscht werden will! Ihr und euer Voodoo-Zauber! Die haben das gecheckt und ’ne Chance drin gesehen, euch dranzukriegen. Beauvoir und Lucas und Konsorten sind in erster Linie Geschäftsleute. Und diese gottverdammten Dinger wissen, wie man Geschäfte macht! Ist doch sonnenklar!« Er schraubte den Deckel zu und verstaute die Flasche wieder in der Schublade.

»Weißt du, Schätzchen, könnte doch sein, daß dich irgend so 'n großes Tier mit 'ner Masse Leute im Gitter gelinkt hat. Jemand, der dieses Zeug, den ganzen Scheiß projiziert... Du weißt doch, daß das möglich ist, oder? Oder, Jackie?«

»Garantiert nicht«, sagte Jackie kalt und bestimmt. »Aber ich kann dir nicht erklären, woher ich das weiß.«

Jammer zog ein flaches schwarzes Plastikding aus der Tasche und fing an, sich zu rasieren. »Klar«, sagte er. Der Rasierer summte, als er die Kinnpartie bearbeitete. »Ich hab acht Jahre im Cyberspace *gelebt*, ja? Und ich weiß, da draußen war nichts, damals jedenfalls nicht ... Wie auch immer, soll ich Lucas mal anrufen, um dich zu beruhigen? Haste die Nummer von seinem Rolls?«

»Nein«, sagte Jackie. »Spar dir die Mühe. Am besten verkriechen wir uns, bis Beauvoir kommt.« Sie stand auf, nahm die Troden ab und griff sich ihren Hut. »Ich hau mich aufs Ohr und versuch mal, 'ne Runde zu schlafen. Kümmer du dich um Bobby.« Sie drehte sich um und ging wie eine Schlafwandlerin zur Tür des Büros, als hätte sie ihre gesamte Energie verbraucht.

»Na toll«, sagte Jammer, der jetzt die Partie über der Oberlippe rasierte. »Willste 'nen Drink?« fragte er Bobby.

»Noch 'n bißchen früh dafür, oder?«

»Für dich vielleicht.« Er steckte den Rasierer wieder in die Tasche. Die Tür schloß sich hinter Jackie. Jammer beugte sich etwas vor. »Wie haben sie ausgesehen, Junge? Kannst du sie beschreiben?«

»Irgenwie gräulich. Verschwommen ...«

Jammer machte ein enttäuschtes Gesicht. Er sank wieder in seinen Sessel zurück. »Ich glaub nicht, daß man sie richtig zu sehen kriegt, wenn man nicht in der Sache mit drinsteckt.« Er trommelte mit den Fingern auf die Armlehne. »Glaubst du, die sind echt?«

»Tja, also, ich würd mich jedenfalls nicht mit denen anlegen wollen ...«

Jammer sah ihn an. »So? Vielleicht biste doch schlauer, als du aussiehst. Ich würd mich auch nicht mit so jemand anlegen wollen. Ich bin aus dem Spiel ausgestiegen, bevor die aufgetaucht sind …«

»Und wofür hältst du sie nun?«

»Ah, du wirst immer schlauer … Also, ich weiß nicht. Wie gesagt, ich kann nicht recht glauben, daß es 'n Haufen haitianischer Voodoo-Götter sind, aber wer weiß?« Er kniff die Augen zusammen. »Könnte sein, daß es Virusprogramme sind, die sich in der Matrix verselbständigt und reproduziert haben und richtig intelligent geworden sind … Das wär schon beängstigend genug. Vielleicht wollen die Turing-Leute das unterm Teppich halten. Oder vielleicht haben die KIs eine Möglichkeit gefunden, Teile von sich in die Matrix abzuspalten, was die Turings in den Wahnsinn treiben würde. Ich kannte da mal so 'nen Tibetaner, der Hardware für die Jockeys konstruiert hat, und der sagte, es sind Tulpas.«

Bobby blinzelte.

»Ein Tulpa ist eine Gedankenform oder so. Aberglaube. Die richtigen Asse können einen Geistkörper abspalten, der aus negativer Energie besteht.« Er zuckte die Achseln. »Auch so 'n Scheiß. Wie Jackies Voodoo-Typen.«

»Also, ich hab den Eindruck, daß Lucas und Beauvoir sich jedenfalls so benehmen, als wär das alles hundertpro echt und nicht bloß Theater.«

Jammer nickte. »Du sagst es. Und es hat für sie selber auch verdammt viel abgeworfen, also steckt wirklich was dahinter.« Er zuckte die Achseln und gähnte. »Ich geh auch schlafen. Du kannst tun, was du willst, aber Finger weg von meinem Deck. Und versuch nicht, rauszugehen, denn dann kreischen zehn verschiedene Alarmsysteme los. Im Kühlschrank hinterm Tresen sind Saft und Käse und so …«

Jetzt, wo Bobby den Club für sich allein hatte, fand er ihn zwar immer noch unheimlich, aber auch so interessant, daß er die leichte Beklemmung dafür gern in Kauf nahm. Er schlenderte hinterm Tresen auf und ab und strich über die Bierzapfhähne und die verchromten Tüllen auf den Flaschen. Da war eine Maschine, die Eis machte, und eine andere, die kochendes Wasser spendete. Er goß sich eine Tasse japanischen Instantkaffee auf und kramte in Jammers Kassettensammlung. Die Bands und Musiker waren ihm allesamt unbekannt. Er fragte sich, ob das bedeutete, daß Jammer seinem Alter gemäß auf alte Sachen stand, oder ob es brandneue Titel waren, die frühestens in zwei Wochen – vermutlich über das Leon's – nach Barrytown vordringen würden. Unter der schwarzsilbernen Universal-Kreditkonsole am Ende des Tresens entdeckte er eine Knarre, eine dicke, kleine Maschinenpistole, bei der das Magazin unten aus dem Griff ragte. Sie war mit limonengrünem Klettband unterm Tresen befestigt. Bobby ließ lieber die Finger davon. Nach einer Weile war die Beklemmung weg; nun verspürte er eher eine gewisse kribbelige Langeweile. Er nahm seinen Kaffee, der allmählich kalt wurde, und ging damit zum Sitzbereich hinüber. Er setzte sich an einen der Tische und tat so, als wäre er Count Zero, der größte Konsolencrack im Sprawl, und würde auf ein paar Typen warten, um mit ihnen über einen Deal zu sprechen, einen Run, den sie durchgeführt haben wollten und zu dem niemand außer dem Count auch nur annähernd in der Lage wäre. »Klar«, sagte er mit schwerlidrigen Augen zum leeren Nightclub, »ich zieh das Ding für euch durch – falls ihr die Kohle habt ...« Sie erblaßten, als er ihnen seinen Preis nannte.

Der Laden war schalldicht; man hörte nichts von dem geschäftigen Treiben an den Ständen im vierzehnten Stock, nur das Summen einer Klimaanlage und das gelegentliche Gluckern des Heißwasserbereiters. Bobby, der es müde geworden war, den mächtigen Count zu spielen, ließ den Kaffee auf dem Tisch stehen und schlenderte zum Eingangsbereich, wobei er die Hand an einem mit Samt bezogenen und mit Schaumstoff umhüllten alten Seil entlanggleiten ließ, das zwischen glänzenden Messingständern hing. Sorgfältig darauf bedacht, die Glastüren selber nicht zu berühren, setzte er sich am Garderobenfenster auf einen billigen Stahlrohrhocker, dessen Kunstlederpolster mit Klebeband geflickt war. In der Garderobe brannte eine trübe Glühlampe; an Stahlstangen hingen ein paar Dutzend alte Holzbügel mit handschriftlich numerierten, runden gelben Plaketten. Vermutlich saß Jammer gelegentlich hier, um seine Kundschaft in Augenschein zu nehmen. Bobby verstand eigentlich nicht so recht, was jemand, der acht Jahre lang ein superheißer Cowboy gewesen war, daran fand, einen Nightclub zu betreiben, aber vielleicht war es eine Art Hobby. Wahrscheinlich kriegte man viele Weiber, wenn man einen Nightclub hatte, aber die kriegte man ohnehin, wenn man reich war. Und reich mußte Jammer sein, wenn er acht Jahre ein As im Geschäft gewesen war. Er dachte an die Szene in der Matrix, die grauen Flecken und die Stimmen, und erschauerte. Er begriff immer noch nicht, warum das bedeutete, daß Lucas tot war. Wie konnte Lucas tot sein? Dann fiel ihm ein, daß seine Mutter tot war, aber das kam ihm auch nicht sehr real vor. Herrgott, ging ihm das alles auf die Nerven. Er wäre gern draußen gewesen, auf der anderen Seite der Tür, um sich die Stände, die Kunden und die Verkäufer anzusehen …

Er streckte die Hand aus, öffnete den Veloursvorhang einen Spaltbreit und warf durch das dicke alte Glas einen Blick auf das bunte Durcheinander der Stände und auf die Kauflustigen, die auf typische, gemächliche Weise umherstreiften. Und mitten drin, neben einem Tisch voller analoger Volt-Ohmmeter, Logiksonden und Energieoptimierer aus Lagerbeständen, wie eingerahmt: das rassisch nicht einzuordnende, starkknochige Gesicht von Leon mit den tiefsitzenden, tückischen Augen, die genau in seine blickten und ihn mit einem hörbaren Klick erkannten. Und dann tat Leon etwas, was Bobby noch nie bei ihm gesehen hatte, solange er sich erinnerte. Er lächelte.

23
NÄHER

Der JAL-Steward bot ihr eine Auswahl von Simstim-Kassetten an: einen Gang durch die Foxton-Retrospektive in der Tate Gallery letzten August, eine in Ghana gedrehte Abenteuerserie (*Ashanti!*), Höhepunkte aus Bizets *Carmen* aus der Sicht einer Privatloge der Tokioter Oper und dreißig Minuten aus der von vielen Sendern ausgestrahlten Talkshow von Tally Isham, *Die oberen Zehntausend*.

»Ihr erster Shuttle-Flug, Miss Ovski?«

Marly nickte. Sie hatte Paläologos den Mädchennamen ihrer Mutter angegeben, was wohl nicht sehr intelligent gewesen war.

Der Steward lächelte verständnisvoll. »Eine Kassette macht den Start sicherlich angenehmer. *Carmen* ist diese Woche sehr beliebt. Grandiose Kostüme, wie ich gehört habe.«

Sie schüttelte den Kopf. Ihr war nicht nach Oper zumute. Sie haßte Foxton und würde lieber die volle Beschleunigungskraft über sich ergehen lassen, als *Ashanti!* zu durchleben. Also entschied sie sich notgedrungen für Isham als das geringste der vier Übel.

Der Steward überprüfte ihren Sicherheitsgurt, reichte ihr die Kassette sowie einen kleinen Einmal-Stirnreif aus grauem Plastik und ging dann weiter. Sie setzte die Plastikelektroden auf, steckte sie an der Armlehne ein und schob seufzend die Kassette in den Schacht neben der Buchse. Das Innere des JAL-Shuttle verschwand abrupt in ägäischem Blau, und am wolkenlosen Himmel stand in eleganter Groteskschrift TALLY ISHAM'S ›DIE OBEREN ZEHNTAUSEND‹.

Tally Isham war ein Dauerbrenner der Simstim-Branche, seit Marly denken konnte, ein niemals alterndes Golden Girl, das mit der ersten Erfolgswelle des neuen Mediums groß geworden war. Jetzt fand sich Marly im Sinnesapparat der sonnengebräunten, geschmeidigen Tally Isham wieder, in dem es ungeheuer *angenehm* war. Tally Isham strahlte, atmete ruhig und tief; ihr elegantes Knochengerüst wurde von einer Muskulatur umschlossen, die keine Verspannungen kannte. Der Eintritt in ihre Stim-Aufnahmen war wie das Eintauchen in einen Jungbrunnen; man spürte die federnde Kraft im hohen Spann des Stars und den Druck der festen Brüste gegen die seidige ägyptische Baumwolle ihrer schlichten weißen Bluse. Sie lehnte an einer narbigen weißen Balustrade über dem kleinen Hafen eines griechischen Inselstädtchens, und eine Kaskade blühender Bäume ergoß sich über den Hang mit den kalkweißen Felsen und den schmalen, gewundenen Treppen unter ihr. Im Hafen ließ ein Schiff seine Sirene ertönen.

»Die Touristen begeben sich jetzt auf schnellstem Wege zu ihrem Kreuzfahrtschiff zurück«, erklärte Tally lächelnd; wenn sie lächelte, spürte Marly, wie glatt ihre weißen Zähne waren, schmeckte ihren frischen Atem, und der Stein der Balustrade an den bloßen Unterarmen war angenehm rauh. »Ein Besucher unserer Insel wird heute nachmittag allerdings bei uns bleiben. Ich wollte ihn schon lange kennenlernen und bin sicher, Sie werden angenehm überrascht sein, zumal er normalerweise ein medienscheuer Mensch ist ...« Sie richtete sich auf, drehte sich um und lächelte in das sonnengebräunte, lächelnde Gesicht von Josef Virek.

Marly riß sich die Troden von der Stirn, und das weiße Plastik des JAL-Shuttle kam ringsum schlagartig wieder zurück. Warnleuchten blinkten an der Konsole über ihr, und sie spürte eine Vibration, die allmählich anzusteigen schien.

Virek? Sie schaute auf das Troden-Set. »Tja«, sagte sie, »ich schätze, du gehörst wirklich zu den oberen Zehntausend ...«

»Pardon?« Der japanische Student neben ihr machte in seinem Gurt eine seltsame Bewegung, die einer kleinen Verbeugung gleichkam. »Haben Sie Probleme mit dem Stim?«

»Nein, nein«, sagte sie. »Entschuldigung.« Sie setzte sich die Troden wieder auf, und das Innere des Shuttles zerfloß in sensorischem Schneegestöber, einem durchdringenden Mischmasch von Wahrnehmungen, das abrupt der anmutigen Gelassenheit von Tally Isham wich; sie hatte Vireks kühle, feste Hand ergriffen und lächelte in seine sanften blauen Augen. Virek erwiderte das Lächeln.

Seine Zähne waren strahlend weiß. »Ich freue mich, hier zu sein, Tally«, sagte er, und Marly ließ sich in die Realität der Aufnahmen fallen und akzeptierte Tallys gespeicherte Sinneswahrnehmungen als ihre eigenen. Simstim war ein Medium, das Marly normalerweise mied, weil ein Teil ihrer Persönlichkeit nicht mit der Passivität zurechtkam, die es verlangte.

Virek trug ein weiches weißes Hemd, eine bis zu den Knien hochgekrempelte Segeltuchhose und sehr schlichte braune Ledersandalen. Tally kehrte zur Balustrade zurück, ohne seine Hand loszulassen. »Unser Publikum möchte bestimmt vieles ...«

Das Meer war verschwunden. Eine holprige Ebene mit grünschwarzer Vegetation, die an Flechten erinnerte, erstreckte sich bis zum Horizont, unterbrochen von den neugotischen Türmen von Gaudís Kirche der Sagrada Familia. Der Rand der Welt verlor sich in tiefhängendem, hellem Nebel, und ein Geläut wie von Unterwasserglocken klang über die Ebene.

»Ihr Publikum besteht heute nur aus einer Person«, sagte Virek und schaute Tally Isham durch seine runde, randlose Brille an. »Hallo, Marly.«

Marly wollte nach den Troden greifen, aber ihre Arme waren wie Blei. Der Beschleunigungsandruck. Das Shuttle hob gerade ab... Er hatte sie in die Falle gelockt ...

»Ich verstehe«, sagte Tally lächelnd und lehnte sich an die Balustrade zurück, die Ellbogen auf dem warmen, rauhen Stein.

»Was für eine reizende Idee. Ihre Marly, Herr Virek, muß wirklich ein Glückspilz sein …« Und auf einmal begriff Marly, daß dies nicht die Tally Isham von Sense/Net war, sondern ein Bestandteil von Vireks Konstruktion, eine programmierte Perspektive, aus vielen Jahren der *oberen Zehntausend* zusammengebaut, und daß ihr selbst jetzt keine andere Wahl blieb, als es hinzunehmen, zuzuhören und Virek ihre Aufmerksamkeit zu schenken. Die Tatsache, daß er sie hier erwischt, hier festgenagelt hatte, bewies, daß ihre Intuition richtig gewesen war: Der Apparat, die Struktur, das war wirklich vorhanden. Vireks Geld war eine Art Universallösungsmittel, das alle Schranken, die seinem Willen gesetzt waren, auflöste.

»Ich höre mit Bedauern, daß Sie verärgert sind«, sagte er. »Paco meint, Sie fliehen vor uns, aber ich sehe darin lieber das Bestreben der Künstlerin, ihr Ziel zu erreichen. Ich glaube, Sie haben etwas vom Wesen meiner psychischen Gestalt erahnt, und das hat Ihnen Angst gemacht. Das sollte es auch. Diese Kassette ist eine Stunde vor dem planmäßigen Start Ihres Shuttles in Orly angefertigt worden. Wir wissen natürlich, wohin Ihre Reise geht, aber ich habe nicht die Absicht, Ihnen zu folgen. Sie tun Ihren Job, Marly. Ich bedaure nur, daß wir den Tod Ihres Freundes Alain nicht verhindern konnten. Mittlerweile wissen wir jedoch, wer seine Mörder sind und wer sie beauftragt hat.«

Tally Ishams Augen waren nun Marlys Augen, und sie blickten fest in die Vireks, in denen ein blaues Feuer brannte.

»Alain wurde im Auftrag von Maas Biolabs ermordet«, fuhr er fort. »Maas gab ihm sowohl die Koordinaten Ihres gegenwärtigen Ziels als auch das Hologramm, das Sie sahen. Meine Beziehung zu Maas Biolabs war, gelinde gesagt, ambivalent. Vor zwei Jahren habe ich über eine Tochtergesellschaft versucht, das Unternehmen aufzukaufen. Die Summe, die im Gespräch war, hätte sich auf die gesamte Weltwirtschaft ausgewirkt. Sie lehnten ab. Wie Paco ermittelt hat, mußte Alain sterben, weil sie herausfanden, daß er ihre Informationen an Dritte zu verkaufen versuchte.« Er runzelte die Stirn. »Außerordentlich töricht, denn er hatte nicht die leiseste Ahnung, was für Material er da anbot.«

Typisch Alain, dachte sie, und eine Welle des Mitleids überkam sie. Sie sah ihn zusammengekrümmt auf dem scheußlichen Teppich liegen, sah das Rückgrat, das sich unter dem grünen Stoff seiner Jacke abzeichnete ...

»Ich denke, Sie sollten wissen, daß es bei meiner Suche nach unserem Kastenmacher nicht nur um Kunst geht, Marly.« Er nahm die Brille ab und putzte sie mit einer Falte seines weißen Hemds, eine Geste, deren kalkulierte Menschlichkeit für sie etwas Obszönes hatte. »Ich habe Grund zu der Annahme, daß der Schöpfer dieser Artefakte in der Lage ist, mir die Freiheit zu schenken, Marly. Ich bin nicht gesund.« Er setzte die Brille wieder auf und rückte die feinen goldenen Bügel sorgfältig zurecht. »Als ich das letzte Mal ein Kamerabild des Beckens in Stockholm anforderte, in dem ich lebe, bekam ich ein Ding zu sehen, das eine gewisse Ähnlichkeit mit drei LKW-Anhängern hatte, die über ein tropfendes Netz von Nährleitungen verbunden waren. Wenn ich dort herauskönnte, Marly, oder besser, wenn ich dem Chaos der Zellen in diesem Tank entfliehen könnte ... Nun« – er zeigte ihr erneut sein berühmtes Lächeln – »welcher Preis wäre mir dafür wohl zu hoch?«

Und Tally-Marlys Blick schwenkte zu dem dunklen Flechtenfeld und den fernen Türmen der deplazierten Kathedrale ...

»Sie haben das Bewußtsein verloren«, sagte der Steward. Seine Finger bewegten sich über ihren Hals. »Das ist nichts Ungewöhnliches, und unseren medizinischen Bordcomputern zufolge erfreuen Sie sich bester Gesundheit. Wir haben Ihnen aber trotzdem ein Dermadisk gegen das Adaptationssyndrom gegeben, das sich vor dem Andocken einstellen könnte.« Er nahm die Hand von ihrem Hals.

»*Europa nach dem Regen*«, sagte sie. »Max Ernst. Die Flechten ...«

Der Mann schaute auf sie herab, aufmerksam und mit einer Miene professioneller Besorgnis. »Wie bitte? Könnten Sie das wiederholen?«

»Verzeihung«, sagte sie. »Ein Traum ... Sind wir schon am Terminal?«

»In einer Stunde«, sagte er.

Der Orbit-Terminal der Japan Air war ein weißes Toroid mit zahllosen aufgesetzten Kuppeln, um das sich ein Ring aus dunkel eingefaßten, ovalen Öffnungen zog: die Anlegestellen. Der Monitor oben über Marlys g-Netz – obwohl das Wort *oben* im Moment seine übliche Bedeutung eingebüßt hatte – zeigte eine hervorragende Computeranimation des rotierenden Torus, während eine Reihe von Stimmen in sieben Sprachen verkündete, die Passagiere an Bord des JAL Shuttle 580 von Orly I würden so bald wie möglich per Raumtaxi in den Terminal gebracht. JAL entschuldigte sich für die Verzögerung, die daher rührte, daß sieben der zwölf Landebuchten gerade einer routinemäßigen Wartung unterzogen wurden.

Marly, die nun in allem die unsichtbare Hand von Virek sah, erschauerte in ihrem g-Netz. Nein, dachte sie, es muß einen Weg geben. Ich will raus aus der Sache, sagte sie sich, nur noch ein paar Stunden auf eigene Faust, dann bin ich fertig mit ihm. Adieu, Herr Virek, ich kehre in die Welt der Lebenden zurück, was der arme Alain nicht mehr kann; Alain, der gestorben ist, weil ich Ihren Job angenommen habe. Sie blinzelte, als die erste Träne kam, und starrte dann mit großen Kinderaugen das winzige schwebende Kügelchen an, in das sich die Träne verwandelt hatte.

Und Maas, fragte sie sich, wer war das? Virek behauptete, daß sie Alain ermordet hatten, daß Alain für sie gearbeitet hatte. Sie erinnerte sich vage an Meldungen in den Medien – irgendwas mit der neuesten Computergeneration, einem ominösen Verfahren, bei dem unsterbliche Hybrid-Karzinome maßgeschneiderte

Moleküle ausspien, die zu Schaltelementen wurden. Dann fiel ihr wieder ein, daß Paco gesagt hatte, der Bildschirm seines modularen Telefons sei ein Maas-Produkt.

Das Innere des JAL-Toroids war öde und gesichtslos und jedem x-beliebigen überfüllten Flughafen dermaßen ähnlich, daß sie am liebsten laut losgelacht hätte. Der gleiche Geruch nach Parfüm, menschlicher Nervosität und stark klimatisierter Luft und das gleiche Stimmengewirr im Hintergrund. Die Schwerkraft von 0,8 g hätte das Koffertragen erleichtert, aber sie hatte nur ihre schwarze Handtasche dabei. Sie zog ihre Tickets aus einer der inneren Reißverschlußtaschen und verglich die Nummer ihres Anschluß-Shuttles mit der Zahlenkolonne, die auf dem nächsten Wandmonitor aufgelistet war.

Noch zwei Stunden bis zum Abflug. Virek konnte sagen, was er wollte, sie war sicher, daß seine Maschinerie längst damit beschäftigt war, seine Leute in die Shuttle-Crew einzuschleusen oder unter die Passagiere zu schmuggeln. Der Austausch würde wie geschmiert laufen; das Schmiermittel war Geld. Irgend jemand würde sich im letzten Moment krank melden, seine Pläne ändern oder einen Unfall haben ...

Sie hängte sich die Tasche über die Schulter und marschierte über den konkaven Boden aus weißen Fliesen, als wüßte sie genau, wohin sie wollte oder was sie als nächstes unternehmen würde; aber mit jedem Schritt wurde ihr klarer, daß sie keinen Plan hatte.

Die weichen blauen Augen verfolgten sie.

»Der Teufel soll dich holen«, sagte sie, und ein pausbackiger russischer Geschäftsmann in einem dunklen Ginza-Anzug rümpfte die Nase und hob sein Nachrichtenfax, um sie aus seiner Welt auszusperren.

»Also ich sag zu der Kuh, paß auf, du mußt die Opto-Isolatoren *und* die Anschlußkästen auf die *Sweet Jane* rausschaffen, oder ich kleb dir den Arsch mit Dichtungspaste ans Schott ...« Heiseres Frauengelächter. Marly blickte von ihrer Sushi-Schale auf. Die drei Frauen saßen zwei leere Tische weiter an einem eigenen Tisch voller Bierdosen und übereinandergestapelter, mit brauner Sojasoße beschmierter Styroporschalen. Eine von ihnen rülpste laut und trank einen kräftigen Schluck Bier. »Und wie hat sie's aufgenommen, Rez?« Das war offenbar das Stichwort für einen neuen, noch längeren Lachanfall, und die Frau, die zuerst Marlys Neugier erregt hatte, legte den Kopf auf die Arme und lachte, bis ihre Schultern bebten. Marly starrte dumpf zu dem Trio hinüber und fragte sich, was das für Frauen waren. Das Gelächter verklang, und die erste Frau setzte sich auf und wischte sich Tränen aus den Augen. Sie waren alle drei ziemlich betrunken, fand Marly; ein junges, lärmendes, derbes Volk. Die erste Frau war zierlich, hatte ein spitzes Gesicht und große graue Augen über einer schmalen, geraden Nase. Ihr Haar hatte einen unmöglichen Silberton und war zum Bubikopf gestutzt. Sie trug eine übergroße Segeltuchweste oder ärmellose Jacke, die ganz und gar mit prallvollen Taschen, Ziernägeln und Klettstreifen bedeckt war. Die Weste war offen und gab von Marlys Platz aus den Blick auf eine kleine, runde Brust frei, die dem Anschein nach von einem BH aus pinkschwarzen Spitzen umschlossen wurde. Die beiden anderen waren älter und kompakter; die Muskeln ihrer bloßen Oberarme traten im diffusen Licht der Terminal-Cafeteria deutlich hervor.

Die erste Frau zuckte die Achseln; ihre Schultern bewegten sich in der großen Weste. »Tun wird sie's eh nicht«, sagte sie.

Die zweite Frau lachte wieder, diesmal jedoch nicht so herzlich, und schaute auf ein Chronometer, das auf ein breites Lederarmband aufgenietet war. »Ich muß los«, sagte sie. »Hab 'ne Tour nach Zion, dann acht Fässer Algen für die Schweden.« Sie schob den Stuhl vom Tisch zurück und stand auf, so daß Marly den eingestickten Schriftzug auf dem Rücken ihrer schwarzen Lederweste lesen konnte.

O'GRADY – WAJIMA
EDITH S.
INTERORBITALE TRANSPORTE

Die Frau neben ihr stand ebenfalls auf und zog ihre weite Jeans am Bund hoch. »Ich sag dir, Rez, wenn du dir von der Zicke mit den Kästen auf der Nase rumtanzen läßt, schadet das deinem Ruf.«

»Verzeihung«, sagte Marly und versuchte, das Beben in ihrer Stimme zu unterdrücken.

Die Frau in der schwarzen Weste drehte sich um und starrte sie an. »Ja?« Die Frau musterte sie vom Scheitel bis zur Sohle. Jetzt lächelte sie nicht mehr.

»Ich hab die Weste gesehen, den Namen *Edith S*. Ist das ein Schiff, ein Raumschiff?«

»Ein *Raumschiff?*« Die Frau neben ihr zog die dichten Augenbrauen hoch. »Ja klar, Schätzchen, ein richtig großes *Raumschiff!*«

»Ist 'n Schlepper«, sagte die Frau in der schwarzen Weste und wandte sich zum Gehen.

»Ich möchte Sie mieten«, sagte Marly.

»Mich *mieten?*« Jetzt starrten sie alle Marly an. Ihre Gesichter waren ausdruckslos, und sie lächelten nicht mehr. »Was soll das heißen?«

Marly kramte in den Tiefen ihrer schwarzen Brüsseler Handtasche und fischte das halbe Bündel Neue Yen heraus, die Paläologos vom Reisebüro nach Abzug seines Preises zurückgegeben hatte. »Ich geb Ihnen das hier ...«

Das Mädchen mit dem kurzen Silberhaar stieß einen leisen Pfiff aus. Die Frauen wechselten Blicke. Die in der schwarzen Weste zuckte die Achseln. »Meine Güte«, sagte sie. »Wo soll's denn hingehen? Zum Mars?«

Marly griff wieder in die Tasche und brachte das gefaltete blaue Papier des Gauloises-Päckchen zum Vorschein. Sie gab es der Frau in der schwarzen Weste, die es auseinanderfaltete und die Orbitalkoordinaten las, die Alain mit grünem Filzstift darauf notiert hatte.

»Tja«, sagte die Frau, »ist an sich nur 'n Katzensprung bei der Kohle, aber O'Grady und ich, wir müssen um 23.00 Greenwicher Zeit in Zion sein. Auftragslieferung. Wie steht's mit dir, Rez?«

Sie gab den Zettel dem sitzenden Mädchen, das ihn las, zu Marly aufblickte und fragte: »Wann?«

»Jetzt«, sagte Marly. »Jetzt gleich.«

Das Mädchen schob den Stuhl vom Tisch zurück und stand auf, so daß die Stuhlbeine über die Keramikfliesen ratterten. Ihre Weste klaffte auf, und Marly sah, daß der vermeintliche pink-schwarze Spitzen-BH eine tätowierte Rose war, die die ganze linke Brust bedeckte. »Du bist dabei, Schwester. Dann laß die Flocken mal rüberwachsen.«

»Das heißt, sie will das Geld in bar, und zwar jetzt gleich«, dolmetschte O'Grady.

»Niemand darf erfahren, wohin wir fliegen«, sagte Marly.

Die drei Frauen lachten.

»Da biste an die Richtige geraten«, meinte O'Grady, und Rez grinste.

24
IN GRUND UND BODEN

Der Regen setzte ein, als Turner sich wieder nach Osten wandte und auf die Vororte und den verödeten Industriegürtel des Sprawl zuhielt. Der Regen war wie eine Wand, und er sah nichts mehr, bis er den Schalter für die Scheibenwischer fand. Da Rudy die Wischerblätter nicht instandgehalten hatte, nahm Turner Gas weg, so daß das Heulen der Turbine zu einem dumpfen Dröhnen wurde, und lenkte das Fahrzeug auf den Seitenstreifen, wobei die Luftkissenschürze an LKW-Reifenfetzen vorbeiglitt.

»Was ist los?«

»Ich kann nichts sehen. Die Wischerblätter sind im Eimer.« Er drückte auf den Lichtschalter. Vier dünne Lichtkegel erstrahlten an beiden Seiten der keilförmigen Hovercraft-Haube und verloren sich in den grauen Regenschleiern. Er schüttelte den Kopf.

»Warum halten wir nicht an?«

»Wir sind zu nah am Sprawl. Die Gegend hier wird mit Helikoptern überwacht. Die würden das Kennzeichen auf unserem Dach registrieren. Wenn sie unser Nummernschild aus Ohio und unser komisches Chassis sehen, könnten sie auf die Idee kommen, uns zu überprüfen. Und das wollen wir nicht.«

»Und was willst du nun machen?«

»Auf dem Seitenstreifen bleiben, bis wir irgendwo runterfahren können, und dann in Deckung gehen, wenn wir was finden.«

Er hielt das Hover in der Schwebe und wendete auf der Stelle. Das Scheinwerferlicht wurde von den orangenen Diagonalstreifen eines senkrechten Pfostens reflektiert, der eine kleine

Zufahrtsstraße markierte. Er hielt auf den Pfosten zu. Die aufgeblähte Schürze holperte über eine dicke, rechteckige Fahrbahnbegrenzung aus Beton. »Hier finden wir vielleicht was«, sagte er, als sie den Pfosten passierten. Die Zufahrtsstraße war kaum breit genug für ihr Fahrzeug; Äste und Gestrüpp schlugen gegen die schmalen Seitenfenster und kratzten über die stählernen Flanken.

»Da vorn brennt Licht«, sagte Angie, die sich im Gurt angestrengt vorbeugte und durch den Regen spähte.

Turner sah einen verwaschenen gelben Lichtschein und zwei dunkle, aufrechte Säulen. Er lachte. »Eine Tankstelle«, sagte er. »Noch vom alten System, bevor hier die große Straße gebaut wurde. Da muß jemand wohnen. Schade, daß wir nicht mit Benzin fahren.« Er lenkte das Hovercraft sachte den abfallenden Schotterweg hinunter; als sie näherkamen, sah er, daß der gelbe Lichtschein aus zwei rechteckigen Fenstern kam. Er glaubte, hinter dem einen Fenster eine Bewegung zu sehen. »Wir sind hier auf dem Land«, sagte er. »Kann sein, daß die Burschen von unserem Besuch nicht besonders begeistert sind.« Er griff in den Parka, zog die Smith & Wesson aus dem Nylonhalfter und legte sie zwischen seine Beine. Als sie bis auf fünf Meter an die rostigen Zapfsäulen herangekommen waren, setzte er das Hovercraft mitten in einer breiten Pfütze ab und schaltete die Turbinen aus. Es schüttete wie aus Eimern, und er sah eine Gestalt in einem flatternden khakibraunen Poncho geduckt aus der Vordertür der Tankstelle huschen. Er öffnete das Seitenfenster zehn Zentimeter weit und schrie gegen den Regen an. »Entschuldigen Sie die Störung. Wir konnten nicht weiterfahren. Die Scheibenwischer sind Schrott. Wir wußten nicht, daß hier jemand wohnt.« Im Lichtschein aus den Fenstern war zu sehen, daß die Hände des Mannes unter dem Plastikponcho steckten; offensichtlich hielt er irgendwas in der Hand.

»Privatbesitz«, sagte der Mann, dem der Regen über das hagere Gesicht lief.

»Wir mußten runter von der Straße«, rief Turner. »Tut mir leid, wenn wir Ihnen Ungelegenheiten bereiten ...«

Der Mann machte den Mund auf und fing an, mit dem Ding unter seinem Poncho zu gestikulieren, als sein Kopf explodierte. Turner hatte beinahe den Eindruck, es wäre passiert, noch bevor die rote Linie aus Licht herabfuhr und ihn erfaßte, ein bleistiftdünner Strahl, der lässig hin und her schwenkte, als würde jemand mit einer Taschenlampe spielen. Eine rote Blüte, die vom Regen niedergeworfen wurde, als die Gestalt in die Knie brach und vornüber kippte. Eine Savage 410 mit Metallskelettschaft glitt unter dem Poncho hervor.

Turner hatte gar nicht gemerkt, daß er aktiv geworden war, aber dann stellte er fest, daß er die Turbinen angelassen, das Steuer zu Angie gedreht und sich aus dem Gurtzeug gekämpft hatte. »Wenn ich ›los‹ sage, fahr durch die Tankstelle durch.« Dann war er aufgesprungen und zerrte an dem Hebel, der die Dachluke öffnete. In der anderen Hand hielt er den schweren Revolver. Im selben Moment, als die Luke aufglitt, drang das Knattern des schwarzen Honda an sein Ohr – ein Schatten über ihm, der sich kaum sichtbar in dem strömenden Regen herabsenkte. »Los!« Er drückte ab, bevor das Hovercraft einen Satz nach vorn machen und durch die Wand der alten Tankstelle krachen konnte. Der Rückstoß schmetterte seinen Ellbogen schmerzhaft aufs Dach des Hovers. Das Geschoß explodierte irgendwo über ihm mit einem befriedigenden Knall; Angie gab Vollgas und jagte das Hover durch die Bretterwand. Turner hatte gerade noch Zeit, Kopf und Schultern durch die Luke einzuziehen. Im Haus explodierte etwas, vermutlich eine Propangasflasche, und das Hover wurde nach links geschleudert.

Angie brachte das Fahrzeug wieder herum, als sie durch die hintere Wand nach draußen durchbrachen. »Wohin?« schrie sie über das Heulen der Turbine hinweg.

Wie zur Antwort kam zwanzig Meter vor ihnen der schwarze Honda in taumelnden Spiralen herunter und peitschte silbernen

Regen auf. Turner schnappte sich das Steuer, und sie schossen nach vorn. Das Hover ließ das Wasser am Boden in zehn Meter hohen Fontänen aufspritzen. Sie erwischten den kleinen Kampfhubschrauber voll an der Polykarbonat-Kanzel; sein Metallrumpf zerknitterte wie Papier unter der Wucht des Aufpralls. Turner stieß zurück und rammte den Hubschrauber ein zweites Mal mit noch größerer Wucht. Diesmal kollidierte das Wrack mit den Stämmen zweier nasser grauer Pinien und blieb dann wie ein langflügeliges Insekt liegen.

»Was ist passiert?« fragte Angie, die Hände vor dem Gesicht. »Was ist passiert?«

Turner riß Zulassungspapiere und eine staubige Sonnenbrille aus einem Fach in der Tür neben ihm, fand dann eine Taschenlampe, prüfte die Batterien.

»Was ist passiert?« fragte Angie erneut, wie eine Bandaufzeichnung. »Was ist passiert?«

Er kletterte wieder durch die Dachluke, die Knarre in der einen Hand, die Taschenlampe in der anderen. Der Regen hatte nachgelassen. Er sprang auf die Motorhaube und dann über die Stoßstange in knöcheltiefe Pfützen und lief platschend zu den verbogenen schwarzen Rotoren des Hondas.

Es stank nach auslaufendem Düsentreibstoff. Die Polykarbonat-Kanzel war wie ein Ei zerbrochen. Er zielte mit der Smith & Wesson darauf und ließ per Daumendruck zweimal den Xenon-Projektor aufblitzen. Das lautlose, erbarmungslose Licht zeigte ihm Blut und verdrehte Gliedmaßen unter dem geborstenen Kunststoff. Er wartete kurz und knipste dann die Taschenlampe an. Es waren zwei. Er kam näher, wobei er die Taschenlampe aus alter Gewohnheit weit vom Körper weghielt. Nichts rührte sich. Der Geruch des ausströmenden Treibstoffs wurde noch stärker. Dann zerrte er an der verbeulten Tür. Sie ging auf. Beide trugen sie Bildverstärker-Brillen. Das runde, leere Laserauge starrte in den Nachthimmel hinauf. Er bückte sich und klappte den verfilzten Lammfellkragen der Fliegerjacke des einen Toten hoch. Im

Schein der Taschenlampe wirkte das Blut im Bart des Mannes sehr dunkel, fast schwarz. Es war Oakey. Turner schwenkte den Lichtstrahl nach links und sah, daß der andere Mann, der Pilot, Japaner war. Er ließ den Lichtstrahl wieder zurückwandern und sah eine flache schwarze Flasche neben Oakeys Fuß. Er hob sie auf, steckte sie in seinen Parka und lief zum Hovercraft zurück. Trotz des Regens züngelten nun rote Flammen aus dem Trümmerhaufen der Tankstelle. Er kletterte über die Stoßstange des Hovers auf die Motorhaube, von dort aufs Dach und stieg durch die Luke ein.

»Was ist passiert?« sagte Angie, als wäre er gar nicht weg gewesen. »Was ist passiert?«

Er ließ sich auf den Sitz fallen und brachte die Turbine auf Touren, ohne sich um den Gurt zu kümmern. »Das ist ein Hubschrauber von Hosaka«, sagte er, während er wendete. »Die müssen uns gefolgt sein. Hatten einen Laser. Sie haben gewartet, bis wir vom Highway runter waren. Wollten nicht, daß die Bullen uns da finden. Als wir hier reingefahren sind, wollten sie uns schnappen, aber sie dachten wohl, das arme Schwein draußen hätte zu uns gehört. Vielleicht wollten sie auch nur ’nen Zeugen beseitigen.«

»Sein Kopf«, sagte sie mit zitternder Stimme, »sein Kopf ...«

»Das war der Laser«, erklärte Turner, während er wieder zum Highway hinauffuhr. Der Regen ließ jetzt merklich nach; es nieselte nur noch. »Dampf. Das Hirn verdampft und sprengt den Schädel ...«

Angie beugte sich vor und kotzte. Turner lenkte mit einer Hand; in der anderen hielt er Oakeys Flachmann. Er öffnete den Schnappverschluß mit den Zähnen und kippte einen ordentlichen Schluck von Oakeys Wild Turkey hinunter.

Als sie den Seitenstreifen des Highways erreichten, war der Sprit des Honda zu den Flammen der zerstörten Tankstelle gelangt, und der verzerrte Feuerball führte Turner wieder das Einkaufszentrum vor Augen, das Licht der Leuchtkugeln und den in grelles Weiß getauchten Himmel, als der Jet zur Grenze nach Sonora raste.

Angie richtete sich auf, wischte sich mit dem Handrücken den Mund ab und begann zu zittern.

»Wir müssen hier weg«, sagte er und fuhr wieder Richtung Osten. Sie sagte nichts, und er schaute zu ihr hinüber und sah sie steif und aufrecht dasitzen. Ihre Augen glänzten weiß im schwachen Schein der Instrumente, und ihr Gesicht war ausdruckslos. So hatte sie auch in Rudys Schlafzimmer ausgesehen, als Rudy und er von Sally hereingerufen worden waren. Und jetzt der gleiche Wortschwall, das gleiche leise Plappern, das irgendein französisches Patois hätte sein können. Er hatte keinen Recorder, keine Zeit, er mußte fahren …

»Halt durch«, sagte er, während er beschleunigte, »das wird schon wieder …« Sicher konnte sie ihn nicht mal hören. Ihre Zähne klapperten; das hörte er trotz der Turbine. Halt an, sagte er sich, um ihr wenigstens was zwischen die Zähne zu stecken, die Brieftasche oder ein Stück Stoff. Ihre Hände zogen spastisch an den Gurten.

»Ich habe ein krankes Kind im Haus.« Das Hovercraft wäre beinahe von der Fahrbahn abgekommen, als Turner die Stimme hörte, die aus ihrem Mund kam, eine tiefe, getragene und sonderbar klebrige Stimme. »Ich höre, wie sie um ihr blutiges Kleid würfeln. Zahlreich sind die Hände, die ihr Grab schaufeln heute nacht, und deine gehören auch dazu. Feinde beten um deinen Tod, Mietling. Sie beten, bis sie schwitzen. Ihre Gebete sind ein Fieberschwall.« Und dann ein Krächzen, das Gelächter sein mochte.

Turner wagte einen Blick und sah einen silbernen Speichelfaden von ihren starren Lippen hängen. Ihre Gesichtsmuskulatur war zu einer Fratze verzerrt, die er nicht kannte. »Wer bist du?«

»Ich bin der Herr der Straßen.«

»Was willst du?«

»Dies Kind als mein Pferd, auf daß es in den Städten der Menschen wandle. Es ist gut, daß du nach Osten fährst. Bring sie in deine Stadt. Ich werde sie wieder reiten. Und Samedi reitet mit dir, Bewaffneter. Er ist der Wind, den du in deinen Händen hältst, aber er ist launisch, der Herr der Friedhöfe, auch wenn du ihm gute Dienste geleistet hast ...« Er schaute zu ihr hinüber und sah gerade noch, wie sie seitlich in den Gurt sackte. Ihr Kopf hing herunter, und ihr Mund stand offen.

25
KASUAL / GOTHICK

Hier ist das Telefonprogramm des Finnen«, kam es aus dem Lautsprecher unter dem Bildschirm. »Der Finne ist nicht da. Falls Sie Daten rüberschicken wollen – den Zugangscode kennen Sie ja. Falls Sie eine Nachricht hinterlassen wollen, dann tun Sie's schon.« Bobby starrte das Bild auf dem Monitor an und schüttelte langsam den Kopf. Die meisten Telefonprogramme enthielten kosmetische Video-Subprogramme, die das Videobild des Inhabers in größere Übereinstimmung mit den gängigen Vorstellungen von persönlicher Schönheit bringen sollten, indem sie Pickel wegretuschierten und die Gesichtsform dezent dem statistischen Ideal anglichen. Die Wirkung, die das kosmetische Programm auf das groteske Gesicht des Finnen ausübte, war mit Sicherheit das Merkwürdigste, was Bobby je vor Augen gekommen war: als hätte jemand das Gesicht einer toten Taschenratte mit der ganzen Palette der Abdeckstifte eines Leichenbestatters und mit Paraffin-Injektionen bearbeitet.

»Sieht ja echt abartig aus«, sagte Jammer und trank noch einen Schluck Whisky.

Bobby nickte.

»Der Finne hat Platzangst«, sagte Jammer. »Kriegt 'ne Gänsehaut, wenn er seinen engen kleinen Scheißladen verlassen soll. Und er ist 'n Telefon-Junkie – unmöglich, daß er nicht rangeht, wenn er da ist. Allmählich glaub ich tatsächlich, das Miststück hat recht. Lucas ist tot, und da läuft 'ne üble Scheiße ab ...«

»Das Miststück«, sagte Jackie hinterm Tresen, »*weiß* es schon!«

»Sie weiß es.« Jammer stellte sein Plastikglas ab und befingerte seine Bolo-tie. »Sie weiß es. Hat mit 'nem Hoodoo in der Matrix gesprochen, also weiß sie es.«

»Tja, Lucas antwortet nicht, Beauvoir antwortet nicht, also hat sie vielleicht recht.« Bobby streckte die Hand aus und schaltete das Telefon ab, als der Piepton kam.

Jammer hatte sich in ein gefälteltes Hemd, eine weiße Smokingjacke und eine schwarze Hose mit Galonstreifen geworfen, seine Arbeitskleidung für den Club, wie Bobby vermutete. »Keiner da«, sagte er jetzt und blickte von Bobby zu Jackie. »Wo sind Bogue und Sharkey? Und die Bedienungen?«

»Wer sind Bogue und Sharkey?« wollte Bobby wissen.

»Die Barkeeper. Gefällt mir gar nicht.« Er stand auf, ging zur Tür und schob vorsichtig einen der Vorhänge zur Seite. »Was, zum Teufel, haben diese Flachwichser da draußen zu suchen? He, Count, das ist wohl eher deine Kragenweite. Komm mal her!«

Bobby, dem nichts Gutes schwante – er hatte Jackie und Jammer tunlichst verschwiegen, daß er sich von Leon hatte sehen lassen, weil er nicht wie ein Wilson dastehen wollte –, erhob sich und ging zu dem Clubinhaber hinüber.

»Na los, schau raus. Aber laß dich nicht sehen. Die tun so angestrengt so, als würden sie uns nicht beobachten, daß man's fast riechen kann.«

Bobby schob den Vorhang vorsichtig einen knappen Zentimeter weit auf und lugte hinaus. Die üblichen Kauflustigen waren verschwunden; statt dessen wimmelte es draußen von Gothicks mit schwarzen Haarkämmen in nietenbesetztem Leder und – erstaunlicherweise – einer ebenso großen Zahl blonder Kasuals, ausstaffiert mit den Shinjuku-Cottons der Woche und weißen Mokassins mit goldenen Schnallen. »Ich weiß nicht«, sagte Bobby und schaute zu Jammer auf, »die dürften eigentlich nicht *zusammen* sein, Kasuals und Gothicks. Sind sozusagen natürliche Feinde. Liegt in der DNS oder so.« Er lugte noch mal hinaus. »Mist, das müssen ja an die hundert sein.«

Jammer vergrub die Hände tief in der faltenreichen Hose. »Kennste einen von denen persönlich?«

»Mit 'n paar Gothicks hab ich schon mal 'n Wort gewechselt. Ist aber schwer, sie auseinanderzuhalten. Die Kasuals, die schlagen jeden zusammen, der kein Kasual ist. Das ist ihre Hauptbeschäftigung. Aber ich bin gerade von Lobes aufgemischt worden, und die sollen angeblich mit den Gothicks verbündet sein, also wer weiß?«

Jammer seufzte. »Also haste wohl keine Lust, rauszugehn und einen zu fragen, was das Ganze soll?«

»Nee«, sagte Bobby ernst, »absolut nicht.«

»Hmmm.« Jammer sah Bobby abwägend an. Sein Blick gefiel Bobby gar nicht.

Etwas kleines Hartes fiel von der hohen schwarzen Decke und landete klappernd auf einem der runden schwarzen Tische. Das Ding prallte ab, fiel auf den Teppichboden und rollte zwischen Bobbys neue Stiefel. Er bückte sich automatisch danach. Eine altmodische Schlitzschraube mit rostig braunem Gewinde und mattschwarzer Latexfarbe auf dem Kopf. Er schaute nach oben, als eine zweite auf den Tisch fiel, und sah aus den Augenwinkeln einen beängstigend wendigen Jammer neben der Universal-Kreditkonsole über den Tresen springen. Jammer verschwand, es machte leise *ratsch!* – das Klettband –, und Bobby wußte, daß Jammer sich die gedrungene, kleine Automatik geschnappt hatte, die er dort vor ein paar Stunden entdeckt hatte. Er schaute sich um, aber Jackie war nirgends zu sehen.

Eine dritte Schraube knallte aufs Resopal der Tischplatte.

Bobby zögerte verwirrt, folgte dann aber Jackies Beispiel und verzog sich, so leise er konnte. Er duckte sich hinter einem der hölzernen Raumteiler und sah die vierte Schraube fallen. Feiner dunkler Staub rieselte hinterher.

Ein scharrendes Geräusch, dann verschwand mit einemmal ein viereckiges Stahlgitter an der Decke in einer Art Schacht. Er warf einen raschen Blick zu Jammer hinüber und sah eben noch, wie der dicke Rückstoßkompensator am Lauf von Jammers Knarre nach oben schwang.

Zwei dünne braune Beine baumelten nun aus der Öffnung, darüber ein grauer, dreckverschmierter Kammgarnsaum.

»Halt«, rief Bobby, »das ist Beauvoir!«

»Und ob das Beauvoir ist!« kam es von oben, laut und hallend vom Echo im Schacht. »Räumt mir den verdammten Tisch aus dem Weg.«

Bobby kam eilig hinter seinem Raumteiler hervor und zog Tisch und Stühle beiseite.

»Fang«, sagte Beauvoir. Er hielt einen dicken, olivgrünen Rucksack an einem Riemen nach unten und ließ ihn dann los. Das Ding war so schwer, daß es Bobby fast umgeworfen hätte. »Und jetzt mach Platz ...« Beauvoir schwang sich aus dem Schacht, hielt sich mit beiden Händen am Rand fest und ließ sich fallen.

»Was ist mit der Alarmsirene, die ich da oben hatte?« Jammer richtete sich mit der kleinen Maschinenpistole in den Händen hinterm Tresen auf.

»Hab ich hier.« Beauvoir warf einen mattgrauen Stab aus Phenolharz auf den Teppich. Das Ding war mit feinem schwarzen Draht umwickelt. »War nun mal der einzige Weg hier rein, ohne daß 'ne regelrechte Armee von Arschgeigen es spitzgekriegt hätte. Anscheinend hat ihnen jemand Blaupausen von dem Laden gegeben, aber die Lücke haben sie trotzdem übersehen.«

»Wie bist du aufs Dach gekommen?« fragte Jackie, die hinter einem Raumteiler auftauchte.

»Gar nicht«, antwortete Beauvoir und schob sich das riesige Plastikbrillengestell auf der Nase wieder nach oben. »Ich hab eine Monomol-Leine vom Nachbarschornstein rübergeschossen und bin mit einer Keramikspindel rübergerutscht ...« Sein kurzes, dichtes Haar war voller Ruß. Er sah Jackie ernst an. »Du weißt es«, sagte er.

»Ja. Von Legba und Papa Ougou in der Matrix. Hab mit Bobby in Jammers Deck eingesteckt ...«

»Sie haben Ahmed auf der Autobahn nach Jersey in die Luft gejagt. Vermutlich mit dem gleichen Raketenwerfer, mit dem sie Bobbys alte Dame erledigt haben ...«

»Wer?«

»Bin mir noch nicht sicher«, sagte Beauvoir, der sich neben den Beutel kniete und die Schnellverschlüsse aus Plastik öffnete, »aber es schält sich allmählich was raus ... Bis ich das mit Lucas hörte, war ich damit beschäftigt, die Lobes aufzuspüren, die Bobby das Deck abgeknöpft haben. Wahrscheinlich war das nur ein Zufall, reine Routine, aber irgendwo laufen jetzt ein paar Lobes mit unserem Eisbrecher rum. Damit ließ sich schon mal was anfangen, denn die Lobes sind zum Teil Hotdogger, die mit Two-a-Day hin und wieder Geschäfte machen. Also haben Two-a-Day und ich die Runde gemacht und so viel wie möglich rauszukriegen versucht. War allerdings weitgehend Fehlanzeige, wie sich rausstellte, außer daß so 'n Dust-Freak namens Alix, bei dem wir waren und der zweiter stellvertetender Warlord oder so ist, einen Anruf von seinem Gegenstück bekommt, Two-a-Day zufolge ein Gothick aus Barrytown namens Raymond.« Er packte den Rucksack aus, während er sprach, und verteilte Waffen, Werkzeug, Munition und Drahtspulen. »Raymond will ihn dringend sprechen, aber Alix ist zu cool, um in unserer Gegenwart mit ihm zu reden. ›Sorry, Gentlemen, aber das ist eine offizielle Unterredung zwischen Warlords‹, sagt dieser Schwachkopf, also entschuldigen wir uns natürlich untertänigst, machen einen Diener und so und verduften um die nächste Ecke. Nehmen Two-a-Days modulares Telefon zur Hand und rufen unsere Cowboys im Sprawl an, damit sie Alix' Leitung anzapfen, aber bißchen plötzlich. Die Cowboys sind in das Gespräch zwischen Alix und Raymond reingegangen wie Draht in Käse.« Er zog eine deformierte, zwölfkalibrige Schrotflinte, kaum länger als sein Unterarm, aus dem Bündel, wählte ein dickes Trommelmagazin aus dem Sammelsurium, das er vor sich auf dem Teppich ausgebreitet hatte, und steckte die beiden zusammen. »Schon mal so ein Scheißding gesehn? Südafrika, vor dem Krieg ...« Etwas in seiner Stimme und an dem Zug um seinen Mund ließ Bobby plötzlich seinen gebändigten Zorn erkennen.

»Anscheinend ist irgendein Kerl an Raymond rangetreten. Hat Kohle wie Heu, der Bursche, und will alle Gothicks anheuern, den ganzen Apparat, um im Sprawl 'ne große Show abzuziehen, einen richtigen Massenauflauf. So groß, daß er auch die Kasuals dabeihaben will. Damit war die Kacke dann so richtig am Dampfen, denn Alix ist irgendwie konservativ. Nur ein toter Kasual ist ein guter, aber auch nur nach x Stunden Folter und so weiter. ›Hör auf mit dem Scheiß‹, sagt Raymond, diplomatisch wie immer. ›Ich rede vom großen Geld. Von 'nem *Multi*, Mann.‹« Beauvoir öffnete eine Schachtel mit dicken roten Plastikpatronen und fing an, das Gewehr zu laden, indem er sie nacheinander ins Magazin stopfte. »Kann natürlich sein, daß ich total danebenliege, aber in letzter Zeit seh ich dauernd diese PR-Typen von Maas Biolabs im Fernsehen. Da ist was ganz Komisches passiert, auf ihrem Gelände in Arizona. Die einen sagen, es war 'ne Atombombe, die andern sagen, es war was anderes. Und jetzt behaupten die Maas-Leute, ihr führender Biosoft-Mann sei tot. Soll angeblich 'n Unfall gewesen sein, der nichts mit der Sache tun hat. Der Bursche heißt Mitchell, und er hat das Zeug mehr oder weniger erfunden. Bislang gibt es keinen andern, der auch nur von sich behauptet, einen Biochip herstellen zu können, also haben Lucas und ich von Anfang an angenommen, daß Maas den Eisbrecher produziert hat. Falls es ein Eisbrecher war ... Aber wir hatten keine Ahnung, von wem der Finne das Ding hatte und woher es wiederum seine Zulieferer hatten. Aber wenn man alles zusammennimmt, sieht's ganz danach aus, als ob Maas Biolabs uns in die Pfanne hauen will. Und zwar hier, weil sie uns hier so richtig schön im Sack haben.«

»Ich weiß nicht«, sagte Jammer, »wir haben 'ne Menge Freunde in diesem Haus ...«

»Hatten.« Beauvoir legte die Schrotflinte aus der Hand und

fing an, eine Nambu Automatic zu laden. »Die meisten Stände auf dieser Etage und der Etage drunter wurden heute nachmittag per Ablöse übernommen. Bar auf die Kralle. Säckeweise. Ein paar Standhafte sind übriggeblieben, aber nicht genug.«

»Das ergibt doch überhaupt keinen Sinn«, sagte Jackie, die Jammer das Glas aus der Hand nahm und den Scotch hinunterkippte. »Was wär bei uns schon zu holen?«

»He«, sagte Bobby, »vergiß nicht, die wissen wahrscheinlich gar nicht, daß mir die Lobes den Eisbrecher abgeknöpft haben. Vielleicht sind sie nur hinter dem her.«

»Nein«, sagte Beauvoir und legte das Magazin in die Nambu ein, »denn sie hätten nicht wissen können, daß du ihn nicht in der Wohnung deiner Mutter gelassen hast, hab ich recht?«

»Vielleicht sind sie ja dagewesen und haben nachgeschaut.«

»Und wie konnten sie wissen, daß Lucas ihn nicht im Ahmed dabeihatte?« sagte Jammer und ging wieder zum Tresen.

»Der Finne hat auch gedacht, jemand hätte ihm die drei Ninjas auf den Hals gehetzt, um ihn kaltzumachen«, erklärte Bobby. »Aber er meinte, sie hätten Sachen dabeigehabt, um ihn vorher noch zum Reden zu bringen.«

»Auch wieder Maas«, sagte Beauvoir. »Wer auch immer, so ist die Sache mit den Kasuals und den Gothicks gelaufen. Wir würden mehr wissen, aber Alix der Lobe hat sich aufs hohe Roß gesetzt und wollte nicht mit Raymond verhandeln. Keine gemeinsame Sache mit den verhaßten Kasuals. Soweit unsere Cowboys das rauskriegen konnten, ist draußen dieses Heer aufgezogen, damit ihr nicht rauskönnt. Und damit Leute wie ich nicht reinkönnen. Leute mit Waffen und so.« Er reichte Jackie die geladene Nambu. »Kannst du mit einem Schießeisen umgehen?« fragte er Bobby.

»Klar«, log Bobby.

»Nein«, sagte Jammer, »wir haben auch so schon genug Ärger, ohne daß *der* noch ’ne Knarre kriegt. Herrgott ...«

»Für mich deutet das alles darauf hin«, sagte Beauvoir, »daß jemand anders reinkommt, um uns auszuschalten. Davon können wir ausgehen. Und zwar jemand, der ein bißchen professioneller ist.«

»Es sei denn, sie jagen einfach den ganzen Hypermarkt in die Luft«, sagte Jammer, »mitsamt diesen Zombies.«

»Glaub ich nicht«, meinte Bobby, »sonst hätten sie's längst getan.«

Sie starrten ihn alle an.

»Eins muß man dem Jungen lassen«, sagte Jackie. »Er hat vollkommen recht.«

Eine halbe Stunde später. Jammer starrte Beauvoir verdrossen an. »Alles was recht ist, das ist der schwachsinnigste Plan, den ich seit langem gehört habe.«

»Ja, Beauvoir«, warf Bobby ein, »warum kriechen wir nicht einfach den Abzugsschacht hoch, schleichen uns übers Dach und gehn aufs Nachbargebäude rüber? Mit der Leine, mit der du rübergekommen bist.«

»Das Dach wimmelt von Kasuals wie 'n Haufen Scheiße von Fliegen«, sagte Beauvoir. »Vielleicht war der eine oder andere von denen sogar schlau genug, den Deckel zu finden, durch den ich rein bin. Ich hab unterwegs ein paar Babysplitterminen zurückgelassen.« Er grinste freudlos. »Abgesehen davon ist das Nachbargebäude höher. Ich mußte drüben aufs Dach steigen und die Monomol-Leine auf das Haus hier runterschießen. Und an einer Monomolekularfaser kann nan sich nicht hochhangeln; da fallen einem die Finger ab.«

»Wie haste denn gedacht, daß du hier wieder rauskommen würdest, verdammt noch mal?« fragte Bobby.

»Laß gut sein, Bobby«, sagte Jackie ruhig. »Beauvoir hat getan, was er tun mußte. Jetzt ist er hier bei uns, und wir sind bewaffnet.«

»Bobby«, sagte Beauvoir, »wiederhol doch den Plan noch mal, damit wir ihn auch wirklich alle kapieren ...«

Bobby hatte zwar das unangenehme Gefühl, daß Beauvoir nur wissen wollte, ob *er* den Plan auch wirklich kapiert hatte, aber er lehnte sich an den Tresen und begann: »Wir bewaffnen uns alle bis an die Zähne und warten, okay? Jammer und ich, wir gehn mit dem Deck raus und sehn uns in der Matrix um. Vielleicht finden wir einen Hinweis, was hier läuft ...«

»Ich glaube, das schaff ich auch alleine«, sagte Jammer.

»Scheiße!« Bobby stieß sich vom Tresen ab. »Beauvoir hat's gesagt! Ich will mit, ich will auch rein! Wie soll ich denn sonst je was *lernen?*«

»Schon gut, Bobby«, sagte Jackie. »Weiter.«

»Okay«, sagte Bobby beleidigt. »Also, früher oder später werden die Typen, die die Gothicks und Kasuals als Bewacher angeheuert haben, uns holen kommen. Wenn sie das tun, schnappen wir sie uns. Mindestens einen von denen kriegen wir lebend. Gleichzeitig brechen wir aus, und weil die Gothicks und so nicht mit so viel Feuerkraft rechnen, kommen wir zur Straße durch, und dann geht's ab in die Projects.«

»Ich glaube, das ist es im wesentlichen«, meinte Jammer und ging langsam zu der verschlossenen Tür mit den zugezogenen Vorhängen hinüber. »So kann man's ungefähr zusammenfassen.« Er drückte den Daumen auf eine codierte Türöffnerplatte und zog die Tür halb auf. »He, du da!« brüllte er. »Nicht du! Der mit dem Hut! Komm mal her. Ich will mit dir ...«

Der bleistiftdünne rote Strahl ging durch Tür, Vorhang und zwei von Jammers Fingern und wischte über den Tresen hinweg. Eine Flasche explodierte, und der Inhalt stieg in einer Wolke aus Wasserdampf und verdunsteten Estern nach oben. Jammer ließ die Tür zufallen, starrte auf seine verstümmelte Hand und setzte sich unsanft auf den Teppich. Der Club füllte sich mit dem weihnachtlichen Duft von heißem Gin. Beauvoir nahm eine silberne Sodaflasche vom Tresen und besprühte den schwelenden Vorhang mit Selterwasser, bis die CO_2-Patrone leer war und der Strahl nachließ. »Du hast Glück, Bobby«, sagte er und warf die

Flasche über die Schulter, »denn Bruder Jammer hackt auf keinem Deck mehr rum …«

Jackie kniete sich hin, besah sich Jammers Hand und schnalzte ungläubig mit der Zunge. Bobby erhaschte einen kurzen Blick auf kauterisiertes Fleisch und schaute rasch wieder weg.

26
WIG

Weißt du«, sagte Rez, die kopfüber vor Marly hing, »es geht mich zwar rein gar nichts an, aber wartet da vielleicht jemand auf dich, wenn wir ankommen? Also, ich bring dich hin, klarer Fall, und wenn du nicht reinkommst, bring ich dich wieder zum JAL-Terminal zurück. Aber wenn dich niemand reinläßt, will ich auch nicht ewig da rumhängen. Das Ding ist Schrott, und in den Wracks hier draußen hausen manchmal ziemlich komische Gestalten.« Rez – oder Therèse, wie Marly dem laminierten Flugschein über dem Steuerpult der *Sweet Jane* entnahm – hatte für die Dauer des Fluges ihre Arbeitsweste aus Segeltuch ausgezogen.

Benebelt von den in allen Regenbogenfarben leuchtenden Derms, die Rez ihr als Mittel gegen die Brechanfälle des Space-Adaptationssyndroms aufs Handgelenk geklebt hatte, starrte Marly auf die tätowierte Rose. Sie war in einem jahrhundertealten japanischen Stil gearbeitet, und Marly entschied benommen, daß sie ihr gefiel. Sie fand auch Rez sympathisch, die hart und mädchenhaft zugleich war und sich bestens um ihren seltsamen Passagier kümmerte. Rez hatte ihre Lederjacke und ihre Handtasche bewundert, bevor sie beides zu einem Bündel zusammengelegt und in einer Art Hängematte verstaut hatte, einem schmalen Nylonnetz, das bereits mit Kassetten, gedruckten Büchern und Schmutzwäsche vollgestopft war.

»Ich weiß nicht«, brachte Marly über die Lippen. »Ich muß einfach versuchen, da reinzukommen.«

»Weißt du überhaupt, was das für 'n Ding ist, Schwester?« Rez zurrte das g-Netz um Marlys Schultern und Achselhöhlen fest.

»Welches Ding?«

»Wohin wir fliegen. Ist einer der alten Kerne von Tessier-Ashpool. Das waren mal die Mainframes für ihre Datenspeicher.«

»Von denen hab ich schon mal gehört«, sagte Marly und schloß die Augen. »Andrea hat mir von ihnen erzählt.«

»Klar, von denen hat jeder schon gehört. Waren damals die Besitzer von ganz Freeside. Haben es sogar gebaut. Dann ist ihnen die Luft aus den Titten und sie haben alles verkauft. Haben das Heim der Familie von der Spindel abtrennen und in einen andern Orbit schleppen lassen, vorher aber noch die Kerne gelöscht, abgefackelt und an einen Schrotthändler verhökert. Der Schrotthändler hat nie was mit den Dingern gemacht. Ich hör zum erstenmal, daß sich da jemand eingenistet hat, aber hier lebt man eben, wo man kann ... Na ja, das tut ja wohl jeder. Angeblich sitzt Lady Jane, die Tochter des alten Ashpool, noch immer in der alten Bude und ist total durchgeknallt.« Sie zog mit einer letzten gekonnten Bewegung das g-Netz zurecht. »Okay. Schön locker bleiben. Ich geb zwanzig Minuten lang richtig Stoff, aber dafür sind wir dann auch schnell da. Und dafür bezahlst du mich ja wohl.«

Und Marly glitt wieder in eine Landschaft, die ganz aus Kästen gebaut war, riesigen, hölzernen Cornell-Kästen, hinter deren regennassen, staubigen Scheiben die festen Rückstände von Liebe und Erinnerung ausgestellt waren, und die Gestalt des geheimnisvollen Kastenmachers floh vor ihr durch Straßen, die mit Mosaiken aus menschlichen Zähnen gepflastert waren, und ihre Pariser Stiefel klapperten blind über Symbole aus matten Goldkronen hinweg. Der Kastenmacher war ein Mann; er trug Alains grüne Jacke und fürchtete Marly mehr als alles andere. »Tut mir leid«, rief sie, während sie hinter ihm herrannte, »tut mir leid ...«

»Ja. Therèse Lorenz von der *Sweet Jane*. Du willst die Nummern? Was? Ja klar sind wir Piraten. Ich bin Käpt'n Hook ... Hör zu, Jack, ich geb dir die Nummern, und du kannst sie nachprüfen … Wie gesagt. Ich hab einen Passagier. Erbitte Erlaubnis und so weiter, blabla. Eine Marly Soundso, redet Französisch im Schlaf …«

Marlys Lider zuckten, gingen auf. Rez hing vor ihr im Netz. Jeder kleine Rückenmuskel zeichnete sich exakt ab. »He«, sagte Rez und drehte sich im Netz um. »Tut mir leid. Hab wegen dir Kontakt mit ihnen aufgenommen, aber die kommen mir ziemlich überkandidelt vor. Bist du irgendwie religiös?«

»Nein«, sagte Marly verblüfft.

Rez verzog das Gesicht. »Na, ich hoffe, du kannst mit dem Quatsch was anfangen.« Sie schlüpfte aus dem Netz und vollführte auf engstem Raum einen Salto rückwärts, der sie ganz nah vor Marlys Gesicht brachte. Ein Glasfaserkabel führte von ihrer Hand zum Steuerpult, und zum ersten Mal sah Marly die feine, himmelblaue Buchse, die bündig mit der Haut in ihr Handgelenk eingesetzt war. Sie drückte Marly einen Lautsprecherknopf ins rechte Ohr und bog das transparente Rohr mit dem Mikro zurecht, das sich von dem Knopf aus nach unten krümmte.

»Ihr habt kein Recht, uns hier zu stören«, sagte eine männliche Stimme. »Unser Werk ist das Werk Gottes, und wir allein haben sein wahres Gesicht geschaut!«

»Hallo? Hallo, können Sie mich hören? Hier ist Marly Kruschkowa, und ich habe eine dringende Nachricht für Sie. Oder für jemand mit diesen Koordinaten. Es geht um eine Serie von Kästen, Collagen. Der Schöpfer dieser Kästen schwebt womöglich in größter Gefahr! Ich muß mit ihm sprechen!«

»In Gefahr?« Der Mann hustete. »Gott allein bestimmt die Geschicke des Menschen! Wir fürchten uns vor nichts. Aber wir sind auch keine Narren…«

»Bitte hören Sie mir zu. Josef Virek hat mich beauftragt, den Schöpfer der Kästen zu finden. Aber nun bin ich gekommen, um Sie zu warnen. Virek weiß, daß Sie hier sind, und seine Agenten werden mir folgen.« Rez sah sie mit großen Augen an.

»Sie müssen mich reinlassen! Dann erfahren Sie mehr.«

»Virek?« Eine lange, von atmosphärischem Rauschen erfüllte Pause. »Josef Virek?«

»Ja«, sagte Marly, »genau der. Sie kennen sein Bild schon seit Ihrer Kindheit, das mit dem König von England ..., bitte ...«

»Geben Sie mir die Pilotin«, sagte die Stimme. Das hysterische, aufgeblasene Gehabe war verschwunden, aber was an seine Stelle getreten war, gefiel Marly noch viel weniger.

»Den hab ich übrig«, sagte Rez und löste mit einem Klicken den verspiegelten Helm von dem roten Anzug. »Kann ich mir leisten bei der Knete, die du abgedrückt hast...«

»Nein, das ist wirklich nicht nötig. Ich ...« protestierte Marly, sie schüttelte den Kopf, während Rez die Verschlüsse an der Taille des Raumanzugs öffnete.

»In so 'n Ding geht man nicht ohne Anzug rein«, erklärte Rez. »Du weiß ja nicht, was für 'ne Atmosphäre sie da drin haben. Du weiß nicht mal, ob's da überhaupt eine gibt! Und dann die ganzen Bakterien und Sporen und so weiter... Was ist denn?« Sie ließ den silbrigen Helm wieder sinken.

»Ich hab Klaustrophobie!«

»Oh ...« Rez starrte sie an. »Hab ich schon mal von gehört. Das heißt, du hast Angst davor, irgendwo drin zu sein?« Offenbar war sie wirklich neugierig.

»Irgendwo drin, wo es eng ist, ja.«

»Wie zum Beispiel in der *Sweet Jane*?«

»Ja, aber ...« Sie sah sich in der kleinen Kabine um, kämpfte gegen die Panik an. »Das halte ich gerade noch aus, aber der Helm, das geht nicht.« Sie erschauerte.

»Ich sag dir was«, meinte Rez. »Wir stecken dich in den Anzug, aber ohne den Helm, und ich zeig dir, wie man ihn aufsetzt. Abgemacht? Anders kommst du aus meinem Schiff nicht raus.« Ihr Mund war ein strenger, gerader Strich.

»Ja«, sagte Marly, »ja ...«

»Also, es läuft folgendermaßen«, sagte Rez. »Wir liegen Schleuse an Schleuse. Die Luke geht auf, du gehst rein, ich mach sie zu. Dann mach ich die andere Luke auf, und du bist in der Atmosphäre von drüben, was immer das sein mag. Willst du nicht doch lieber den Helm aufsetzen?«

»Nein.« Marly schaute den Helm an, den sie in den roten Handschuhen hielt, und sah ihr blasses Ebenbild im verspiegelten Visier.

Rez schnalzte leise mit der Zunge. »Es ist dein Leben. Wenn du zurückwillst, sollen sie übern JAL-Terminal eine Nachricht für die *Sweet Jane* absetzen.«

Marly stieß sich schwerfällig ab und segelte in die Schleuse, die nicht größer war als ein aufrecht stehender Sarg. Die Brustplatte des roten Anzugs knallte gegen die äußere Luke, und sie hörte, wie sich die Innenluke zischend hinter ihr schloß. Neben ihrem Kopf leuchtete ein Lämpchen auf, das sie an das Licht in einem Kühlschrank erinnerte. »Adieu, Therèse.«

Nichts geschah. Sie war allein mit ihrem Herzklopfen.

Dann glitt die Außenluke der *Sweet Jane* auf. Ein geringfügiger Druckunterschied bewirkte, daß sie in eine Dunkelheit hinauspurzelte, in der es muffig und auf triste Weise menschlich roch, wie in einem lange unbenutzten Umkleideraum. Die Luft war dick, unsauber und feucht. Während sie dahintrieb und sich dabei langsam überschlug, sah sie, wie die Luke der *Sweet Jane* hinter ihr zuging. Ein Lichtstrahl stach an ihr vorbei, tanzte ein wenig, schwang dann herum und erfaßte sie.

»Licht«, brüllte jemand mit heiserer Stimme, »Licht für unsern Gast! Jones!« Es war die Stimme, die sie durch den Ohrknopf gehört hatte. Sie klang merkwürdig in dem großen, stählernen Raum, in dieser Leere, durch die sie fiel. Dann knarzte es, und ein Stück entfernt flammte ein Ring aus grellem, blauem Licht auf und zeigte ihr die gegenüberliegende Krümmung einer Wand oder Hülle aus Stahl und verschweißtem Mondgestein. Die Fläche war mit exakt gelegten Kanälen und Mulden überzogen, in denen früher einmal irgendwelche Geräte gesessen hatten. Schuppige Klumpen braunen Quellschaums hafteten noch in einigen der tieferen Einschnitte, während andere sich in pechschwarzer Finsternis verloren. »Leg ihr endlich 'ne Leine an, Jones, bevor sie sich noch den Kopf stößt.«

Etwas schlug mit einem feuchten Klatschen gegen die Schulter ihres Raumanzugs. Sie drehte den Kopf und sah einen hellen Kunststoffklumpen an einer dünnen pinkfarbenen Leine, die sich unter ihren Augen straffte und sie herumriß. Das geplagte Heulen eines Motors erfüllte den ausgeweideten Raum von der Größe einer Kathedrale, und Marly wurde ganz langsam mit der Winde eingeholt.

»Hat lange genug gedauert«, sagte die Stimme. »Ich hab mich gefragt, wer der erste sein würde, und jetzt ist es Virek ... Mammon ...« Und dann hatten sie sie und drehten sie um. Beinahe hätte sie den Helm verloren; er schwebte davon, aber einer von ihnen schlug ihn zurück, so daß er wieder in ihren Händen landete. Ihre Tasche, in der die Stiefel und die gefaltete Lederjacke steckten, machte einen eigenen Rundflug am Schultergurt und prallte an ihre Schläfe.

»Wer sind Sie?« fragte sie.

»Ludgate!« brüllte der alte Mann. »Wigan Ludgate, das weißt du doch ganz genau. Wen sonst sollst du in seinem Auftrag hinters Licht führen?« Sein faltiges, fleckiges Gesicht war glatt rasiert, aber das graue, ungeschnittene Haar schwebte frei umher, Seetang in einem schalen Luftzug.

»Verzeihen Sie«, sagte sie, »aber ich bin nicht hier, um Sie hinters Licht zu führen. Ich arbeite nicht mehr für Virek. Ich bin hergekommen, weil ... Also, eigentlich weiß ich gar nicht so recht, warum, aber unterwegs habe ich erfahren, daß der Künstler, der die Kästen macht, in Gefahr schwebt. Virek glaubt nämlich, daß er noch was anderes hat – etwas, das ihn von seinem Krebs befreien kann ...« Ihre Worte verklangen angesichts des beinahe greifbaren Wahnsinns, den Wigan Ludgate ausstrahlte.

Sie sah, daß er den brüchigen Kunststoffpanzer eines alten Schutzanzugs trug; billige Metallkruzifixe waren wie eine Halskette rings um den angelaufenen Helmring aus Stahl geklebt. Sein Gesicht war sehr nahe. Sie roch seine Zahnfäule.

»Die Kästen!« Speichelkügelchen lösten sich von seinen Lippen und gehorchten den eleganten Gesetzen der Newtonschen Physik. »Du Hure! Sie sind von Gottes Hand!«

»Immer mit der Ruhe, Lud«, sagte eine zweite Stimme, »du erschreckst die Lady ja. Keine Angst, Lady, es ist nur so, daß der alte Lud selten Besuch kriegt. Regt ihn ziemlich auf, wie Sie sehen, aber im Grunde ist er ein harmloser Knacker.« Sie drehte den Kopf und schaute in ein gelassenes, sehr junges Gesicht mit zwei großen blauen Augen. »Ich bin Jones«, sagte er. »Ich lebe auch hier.«

Wigan Ludgate warf den Kopf zurück und stieß ein wüstes Geheul aus, das von den Wänden aus Stahl und Stein widerhallte.

»Meistens ist er recht still, wissen Sie«, sagte Jones, während Marly sich hinter ihm an einem Tau mit Knoten entlangzog, das straff durch einen schier endlosen Korridor gespannt war. »Lauscht seinen Stimmen, führt Selbstgespräche oder redet vielleicht mit den Stimmen, ich weiß nicht, und dann packt ihn irgendwas, und er ist so wie jetzt ...« Wenn er verstummte, konnte sie immer noch leise Echos von Ludgates Schreien hören. »Sie finden es vielleicht grausam von mir, ihn in diesem Zustand allein zu lassen, aber es ist wirklich am besten so. Er wird bald müde. Müde und hungrig. Dann geht er mich suchen. Will seine Leckerlis, wissen Sie.«

»Sind Sie Australier?« fragte sie.

»New Melbourne«, sagte er. »Besser gesagt, ich war's, bevor ich den Schacht raufgekommen bin.«

»Und warum sind Sie hier, wenn ich fragen darf? Ich meine, hier in diesem ... diesem ... Was ist das eigentlich?«

Der Junge lachte. »Ich sag meistens nur ›der Laden‹. Lud, der hat viele Namen dafür, aber meistens nennt er es ›das Reich‹. Bildet sich ein, daß er Gott gefunden hat, echt. Hat er wohl auch, wenn man so will. Soweit ich mitgekriegt habe, war er mal 'n Konsolengauner oder so, bevor er den Schacht hochgegangen ist. Keine Ahnung, wieso er ausgerechnet hierher gekommen ist, aber hier gefällt's ihm, dem armen Schwein ... Ich hab mich hierher verdrückt, verstehen Sie? Hab da irgendwo Ärger gehabt – brauchen wir jetzt nicht weiter zu vertiefen – und mußte zusehen, daß ich Land gewinne. Ich komm also hier an – das ist auch wieder 'ne lange Geschichte – und finde Ludgate, und der Blödmann ist kurz vorm Verhungern. Er hatte paar kleine Geschäfte laufen, hat Sachen verhökert, die er aufgelesen hat, und auch die Kisten, hinter denen Sie her sind, aber dazu war er mittlerweile schon zu sehr hinüber. Seine Abnehmer sind so zirka dreimal pro Jahr aufgekreuzt, aber er hat sie weggeschickt. Na ja, mir kam's als Versteck gerade recht, also hab ich ihm ein bißchen unter die Arme gegriffen. Das war's auch schon, denk ich ...«

»Können Sie mich zu dem Künstler bringen? Ist er hier? Es ist wirklich sehr dringend.«

»Ich bring Sie hin, keine Sorge. Aber der Laden hier ist eigentlich nicht für Menschen gebaut, ich meine, um hier drin rumzulaufen, also es ist 'ne kleine Weltreise ... Allerdings wird er wohl kaum irgendwo hingehen. Ich kann Ihnen aber nicht versprechen, daß er 'nen Kasten für Sie macht. Arbeiten Sie wirklich für Virek? Diesen sagenhaft reichen alten Sack aus dem Fernsehen? Ist 'n Kraut, was?«

»Ich habe für ihn gearbeitet, ja«, sagte sie, »aber nur ein paar Tage. Und was seine Nationalität angeht, würde ich sagen, Herr Virek ist der einzige Bürger einer Nation, die aus Herrn Virek besteht.«

»Verstehe«, sagte Jones munter. »Immer dasselbe mit diesen reichen alten Säcken, glaub ich, obwohl sie immer noch amüsanter sind als so 'ne blöde Zaibatsu ... Man wird nicht erleben, daß eine Zaibatsu ein häßliches Ende nimmt, was? Der alte Ashpool dagegen, der das alles hier aufgebaut hat – übrigens ein Landsmann von mir –, dem soll angeblich die eigene Tochter den Hals aufgeschlitzt haben, und jetzt ist sie genauso plemplem wie der alte Lud und hockt irgendwo im Familienschloß. Der Laden hier hat seinerzeit dazugehört, wissen Sie.«

»Rez … meine Pilotin, meine ich, hat auch so was gesagt. Und eine Freundin von mir aus Paris hat neulich von den Tessier-Ashpools geredet. Ist der Clan in der Krise?«

»In der Krise? O Gott! Total im Arsch trifft's schon eher. Überlegen Sie mal: Sie und ich, wir kriechen gerade durch das ehemalige Datenzentrum ihres Imperiums. Ein Bauunternehmer aus Pakistan hat das Ding gekauft; der Rumpf ist intakt, und in den Schaltungen steckt 'n hübscher Batzen Gold. Ist aber nicht so billig, das Gold rauszuholen, wie manche das vielleicht gern hätten … Seitdem hängt das Ding jetzt hier oben, und nur der alte Lud hat ihm Gesellschaft geleistet. Mutterseelenallein. Das heißt, bis ich gekommen bin. Irgendwann werden wohl die Crews aus Pakistan auftauchen und das Ding auseinandernehmen. Ist aber schon komisch, wieviel hier offenbar noch funktioniert, zumindest zeitweise. Dabei hab ich gehört, daß T-A den Kern gelöscht hat, bevor sie hier die Schotten dichtgemacht haben. Deshalb bin ich überhaupt nur hergekommen.«

»Aber Sie meinen, er ist noch intakt?«

»O ja. Ungefähr genauso wie Lud, wenn man das als intakt bezeichnen kann. Was glauben Sie, wer der Kastenmacher ist?«

»Was wissen Sie über Maas Biolabs?«

»Mars was?«

»Maas. Die stellen Biochips her.«

»Ach die. Also, mehr weiß ich auch nicht über die.«

»Redet Ludgate von ihnen?«

»Vielleicht. Kann ich nicht sagen, denn so genau hör ich nicht zu. Lud redet viel, wenn der Tag lang ist.«

27
STATIONEN DES ATEMS

Er brachte sie über Alleen herein, die von Bergen rostender Fahrzeugwracks, den Kränen der Schrottverwerter und den schwarzen Schloten der Schmelzhütten gesäumt waren, arbeitete sich auf Nebenstraßen vorsichtig in die westliche Flanke des Sprawls vor, jagte das Hover schließlich durch eine Ziegelschlucht, daß die gepanzerten Seiten Funken schlugen, und trieb es mit Wucht in eine Wand aus rußigem, komprimiertem Müll. Eine Unratlawine kam herunter und verschüttete das Fahrzeug zum großen Teil. Er ließ das Steuer los und betrachtete die Schaumstoffwürfel, die hin und her und vor und zurück schaukelten. Die Tankanzeige stand schon seit zwölf Blocks auf leer.

»Was ist denn vorhin passiert?« fragte sie. Im Schein der Armaturenbeleuchtung waren ihre Wangen grün.

»Ich hab einen Hubschrauber abgeschossen. Weitgehend ein Zufallstreffer. Wir hatten Glück.«

»Nein, ich meine danach. Ich war ... Ich hatte einen Traum.«

»Was hast du geträumt?«

»Von den großen Dingern, die sich bewegen ...«

»Du hattest so was wie einen Anfall.«

»Bin ich krank? Glaubst du, ich bin krank? Warum wollte mich die Firma umbringen?«

»Ich glaub nicht, daß du krank bist.«

Sie schnallte sich los und kletterte über den Sitz nach hinten, wo sie geschlafen hatten. Dort kauerte sie sich zusammen. »Es war ein schlimmer Traum.« Sie begann zu zittern. Er schlüpfte aus dem Gurtwerk und ging zu ihr, drückte ihren Kopf an seine Brust und streichelte sie über die Haare, glättete die verfilzten Strähnen auf dem zarten Schädel und strich sie ihr hinter die Ohren. Im grünen Schein wirkte ihr Gesicht wie ein Ding, das man aus Träumen heraufgeholt und dann achtlos weggeworfen hatte; glatt und dünn spannte sich die Haut über den Knochen. Der Reißverschluß des schwarzen Sweatshirts stand halb offen, und Turner ließ eine Fingerkuppe sachte über ihr fragiles Schlüsselbein gleiten. Ihre Haut war kühl und schweißfeucht. Sie klammerte sich an ihn.

Er schloß die Augen und sah sich unter einem trägen Deckenventilator mit braunen Hartholzflügeln in einem sonnengestreiften Bett, sein Körper pumpend, zuckend wie ein amputiertes Glied, Allison mit zurückgeworfenem Kopf und aufgerissenem Mund, die Lippen straff über den Zähnen.

Angie drückte das Gesicht in die Kuhle an seinem Hals.

Sie stöhnte, versteifte sich und schob sich von ihm weg. »Mietling« sagte die Stimme. Im Nu war er wieder in den Fahrersitz gedrückt; im Lauf der Smith & Wesson spiegelte sich die Armaturenbeleuchtung als grüner Strich, und der Leuchtpunkt am Korn verdeckte ihre linke Pupille.

»Nicht«, sagte die Stimme.

Er ließ die Waffe sinken. »Du bist wieder da.«

»Nein. Legba hat zu dir gesprochen. Ich bin Samedi.«

»Samstag?«

»Baron Samstag, Mietling. Du bist mir einmal an einem Hang begegnet. Blut lag auf dir wie Tau. An jenem Tag trank ich aus deinem vollen Herzen.« Ihr Körper zuckte heftig. »Du kennst dich gut aus in dieser Stadt ...«

»Ja.« Er beobachtete, wie sich Muskeln in ihrem Gesicht verkrampften und entspannten und ihre Züge zu einer neuen Maske formten.

»Sehr gut. Laß das Fahrzeug hier stehen, wie du geplant hast, und folge den Stationen nach Norden. Nach New York. Heute nacht. Dann führe ich dich mit Legbas Pferd, und du wirst für mich töten ...«

»Wen?«

»Wen du am liebsten töten würdest, Mietling.«

Angie stöhnte, erschauerte und begann zu schluchzen.

»Ist schon gut«, sagte er. »Wir sind fast zu Hause.« Es war eine unsinnige Bemerkung, dachte er, als er ihr aus dem Sitz half; sie hatten beide kein Zuhause. Er suchte die Munitionsschachtel im Parka und ersetzte die Patrone, die er auf den Honda abgefeuert hatte. Im Werkzeugkasten unter dem Armaturenbrett fand er ein Rasiermesser voller Farbkleckse und trennte damit das reißfeste Futter aus dem Parka; Millionen isolierender PVC-Mikrofasern wirbelten auf. Nachdem er das Futter entfernt hatte, steckte er die Smith & Wesson ins Halfter und schlüpfte in den Parka, der jetzt wie ein übergroßer Regenmantel um ihn herumschlotterte, aber mit keiner Ausbuchtung die dicke Kanone verriet.

»Warum hast du das gemacht?« fragte sie und wischte sich mit dem Handrücken über den Mund.

»Weil's draußen warm ist und ich den Revolver verstecken muß.« Er stopfte sich das Reißverschlußtäschchen mit den gebrauchten Neuen Yen in eine Tasche. »Na komm«, sagte er, »wir müssen die U-Bahn kriegen.«

Kondenswasser tröpfelte beständig von der alten Georgetown-Kuppel, die vierzig Jahre nach dem Rückzug der kränkelnden Bundesregierung in die unteren Teile von McLean erbaut worden war. Washington war schon immer eine südlich geprägte Stadt gewesen, und wenn man von Boston aus Station um Station herunterfuhr, spürte man, wie sich der Charakter des Sprawl hier änderte. Die Bäume im District waren üppig und grün, und ihr Laub dämpfte das Licht der Bogenlampen, als Turner und Angela Mitchell auf den rissigen Bürgersteigen zur Dupont Circle Station gingen. Auf dem runden Platz war Getrommel zu hören, und im Marmorkelch des Riesen in der Mitte hatte jemand ein Feuer gemacht. Stumme Gestalten kauerten neben ihren ausgebreiteten Decken, auf denen ein surreales Warensortiment feilgeboten wurde: aufgeweichte Papphüllen schwarzer Plastikschallplatten, daneben abgestoßene prothetische Gliedmaßen mit primitiven Nervenanschlüssen, ein staubiges Goldfischglas voller länglicher Hundemarken aus Stahl, mit Gummibändchen gebündelte, ausgebleichte Ansichtskarten, billige Indo-Troden in transparenter Originalverpackung, bunt zusammengewürfelte Salz- und Pfefferstreuer aus Keramik, ein Golfschläger, dessen Ledergriffband sich allmählich ablöste, Schweizer Armeemesser mit fehlenden Klingen, ein verbeulter Blechpapierkorb mit dem Gesicht eines Präsidenten, dessen Name (Carter? Grosvenor?) Turner auf der Zunge lag, unscharfe Hologramme vom Monument …

Im Halbdunkel am Eingang der Station feilschte Turner leise mit einem jungen Chinesen in weißer Jeans und tauschte den kleinsten von Rudys Scheinen gegen neun Metallmünzen mit dem schmuckvollen BAMA-Transit-Logo ein.

Zwei Münzen verschafften ihnen Zutritt zur Station. Drei wanderten in Automaten, die üblen Muckefuck und fades Blätterteiggebäck ausspuckten. Die restlichen vier gingen für die Fahrt nach Norden drauf. Die Bahn glitt lautlos auf ihrem Magnetpolster dahin. Turner lehnte sich zurück, legte den Arm um Angie und tat so, als würde er die Augen schließen. In Wirklichkeit betrachtete er ihr Spiegelbild im Fenster gegenüber. Ein langer Kerl, hager und unrasiert, der völlig fertig in den Polstern hing; ein Mädchen mit tief in den Höhlen liegenden Augen, das sich an ihn schmiegte. Seit sie das Hover in der Gasse zurückgelassen hatten, hatte sie kein Wort mehr gesagt.

Zum zweiten Mal in einer Stunde überlegte er, ob er seinen Agenten anrufen sollte. Wenn du gezwungen bist, jemandem zu vertrauen, lautete die Devise, dann vertrau deinem Agenten. Aber Conroy hatte gesagt, er habe Oakey und die anderen über Turners Agenten engagiert; diese Verbindung machte Turner mißtrauisch. Wo mochte Conroy an diesem Abend sein? Turner war sich ziemlich sicher, daß Conroy ihnen Oakey mit dem Laser auf den Hals gehetzt hatte. Ob Hosaka die Sache mit dem Rail-Geschütz in Arizona arrangiert hatte, um die Spuren eines vermasselten Abwerbungsversuchs zu verwischen? Aber wenn ja, warum hatten sie dann Webber beauftragt, die Ärzte, die neurochirurgische Ambulanz und das Maas-Neotek-Deck zu vernichten? Schon wieder Maas ... Hatte Maas Mitchell umgebracht? Gab es denn einen Grund zu glauben, daß Mitchell wirklich tot war? Ja, dachte er, während das Mädchen neben ihm sich im unruhigen Schlaf bewegte, den gab es: Angie. Mitchell hatte befürchtet, daß sie sie umbringen würden; er hatte die Abwerbung in die Wege geleitet, um sie herauszuschaffen und zu Hosaka zu bringen, aber er hatte nicht vorgehabt, selbst zu fliehen. Zumindest behauptete Angie das.

Er schloß die Augen, sperrte das Spiegelbild aus. Tief unten im Schlick von Mitchells aufgezeichneten Erinnerungen regte sich etwas. Scham. Turner bekam es nicht richtig zu fassen ... Er schlug abrupt die Augen auf. Was hatte sie bei Rudy gesagt? Daß ihr Vater ihr das Ding in den Kopf gepflanzt hatte, weil sie nicht klug genug war? Behutsam, um sie nicht zu wecken, zog er den Arm hinter ihrem Nacken weg, griff mit zwei Fingern in seine Hüfttasche und holte Conroys kleinen schwarzen Nylonbrustbeutel mit der Kordel hervor. Er öffnete den Klettverschluß und schüttelte das dicke, asymmetrische, graue Biosoft in die Hand. Maschinenträume. Achterbahnfahrt. Zu schnell, zu fremdartig – ungreifbar. Aber wenn man etwas Bestimmtes, etwas Spezielles suchte, müßte man es eigentlich zu fassen kriegen können ...

Er schob den Daumennagel unter den Staubdeckel der Buchse, fummelte ihn ab und legte ihn neben sich auf den Kunststoffsitz. Der Wagen war fast leer, und keiner der anderen Fahrgäste schien ihn zu beachten. Er holte tief Luft, biß die Zähne zusammen und setzte das Biosoft ein.

Zwanzig Sekunden später hatte er, was er gesucht hatte. Diesmal war es nicht so fremdartig gewesen – offenbar, weil er nur auf diese eine, spezielle Angabe ausgewesen war, diesen Fakt, genau die Information, die man im Dossier eines führenden Wissenschaftlers erwarten konnte: den IQ seiner Tochter im Spiegel der jährlichen Intelligenztestreihen.

Angela Mitchell lag weit überm Durchschnitt. Von Anfang an.

Er zog das Biosoft aus der Buchse und rollte es geistesabwesend zwischen Daumen und Zeigefinger hin und her. Scham. Mitchell, die Scham, die Oberseminare ... Noten, dachte er. Ich will die Noten von dem Scheißkerl. Seine Studienunterlagen.

Er steckte das Dossier wieder ein.

Nichts. Er hatte die Stelle, aber da war nichts.

Nein. Noch mal.

Noch mal ...

»Verdammt«, sagte er, als er es sah.

Ein Teenager mit kahlrasiertem Kopf warf ihm von der anderen Seite des Mittelgangs einen flüchtigen Blick zu und konzentrierte sich dann wieder auf den wasserfallartigen Monolog seines Freundes. »Um Mitternacht treten sie oben auf'm Berg wieder gegen'nander an. Wir tanzen auch an, aber bloß, um 'n bißchen rumzuhängen, wir steigen nicht ein, wir halten uns raus. Solln die sich doch gegenseitig kaputtmachen, wir lachen mal richtig ab und schaun uns an, wen's diesmal erwischt – letzte Woche hamse nämlich Susans Arm zertrümmert, gehste vielleicht für so was da hin? Und es war echt komisch, weil Cal sie nämlich ins Krankenhaus bringen wollte, aber der war so zu, daß er mit seiner Scheiß-Yamaha durch die Leitplanke gebrettert ist ...«

Turner steckte das Biosoft wieder in die Buchse.

Diesmal sagte er nichts, als es vorbei war. Er legte erneut den Arm um Angie und lächelte, sah das Lächeln im Fenster. Es war ein Raubtierlächeln, und es zeigte, daß er wieder unter Strom stand.

Mitchells akademische Leistungen waren gut, sehr gut. Ausgezeichnet sogar. Aber es fehlte die Kurve, jene Kurve, die Turner im Dossier von Forschern zu suchen gelernt hatte, dieses charakteristische Zeichen für Brillanz. Er konnte die Kurve sehen, wie ein erfahrener Dreher anhand des Funkenregens an der Schleifscheibe die Art des Metalls bestimmen konnte. Und bei Mitchell hatte es keine solche Kurve gegeben.

Die Scham. Das Studentenheim. Mitchell hatte genau gewußt, daß er's nicht schaffen würde. Und dann hatte er es plötzlich doch irgendwie geschafft. Wie? Darüber würde das Dossier keine Auskunft geben. Es war Mitchell auf irgendeine Weise gelungen, die Informationen, die er dem Sicherheitsapparat von Maas gegeben hatte, zu filtern. Andernfalls wären sie ihm auf die Schliche gekommen. Irgend jemand, irgend etwas hatte Mitchell in seinem Tief nach dem ersten Examen aufgespürt und ihn mit Wissen gefüttert. Mit Tips und Strategien. Und Mitchell hatte es ganz nach oben geschafft, in einer steilen, strahlenden, perfekten Kurve, die ihn bis an die Spitze brachte.

Wer? Was?

Er betrachtete Angies schlafendes Gesicht im flackernden U-Bahn-Licht.

Faust.

Mitchell hatte sich auf einen Handel eingelassen. Obwohl Turner die Details der Übereinkunft oder Mitchells Preis vielleicht nie in Erfahrung bringen würde, so wußte er doch, daß er die andere Seite kannte. Das, was von Mitchell als Gegenleistung verlangt worden war.

Legba, Samedi, Speichelfäden an den verzerrten Lippen des Mädchens.

Und der Zug fuhr mit einem schwarzen Schwall mitternächtlicher Luft in die alte Union Station ein.

»Taxi, Sir?« Die Augen des Mannes zuckten hinter einer Brille hin und her, deren polychrome Tönung wie ein Ölfilm schillerte. Auf den Handrücken hatte er flache, silbrige Wundstellen. Turner trat dicht an ihn heran, packte ihn am Oberarm und drängte ihn, ohne dabei auch nur langsamer zu werden, gegen eine zerkratzte weiße Fliesenwand zwischen grauen Schließfachreihen.

»Bar«, sagte Turner. »Ich zahle mit Neuen Yen. Ich will ein Taxi, aber keinen Ärger mit dem Fahrer. Kapiert? Mich legt man nicht so leicht rein.« Er packte fester zu. »Wenn du Scheiß mit mir baust, komm ich wieder und mach dich kalt oder sorg dafür, daß du wünschst, ich hätt's getan.«

»Klar, Sir. Hab verstanden. Geht in Ordnung, Sir. Jawohl, Sir. Wo wollen Sie hin, Sir?« Das ausgezehrte Gesicht des Mannes war schmerzverzerrt.

»Mietling«, kam es von Angie, ein heiseres Flüstern. Und dann eine Adresse. Turner sah, wie die Augen des Schleppers hinter der schillernden Brille nervös hin und her huschten. »Ist das Madison?« krächzte er. »Jawohl, Sir. Ich besorg Ihnen ein gutes Taxi, ein wirklich gutes Taxi.«

Turner beugte sich vor und drückte auf die Sprechtaste neben dem stählernen Lautsprechergitter. »Was ist das«, fragte er den Taxifahrer, »die Adresse, die wir Ihnen angegeben haben?«

Atmosphärisches Rauschen. »Hypermarkt. Nicht viel offen da um diese Zeit. Suchen Sie was Bestimmtes?«

»Nein«, sagte Turner. Der Hypermarkt war ihm unbekannt. Er versuchte, sich an dieses Stück der Madison zu erinnern. Hauptsächlich Wohngebiet. Unzählige Wohnräume in den leeren Hülsen von Bürohäusern, die noch aus einer Zeit stammten, als der Geschäftsbetrieb die tatsächliche Anwesenheit der Büroangestellten an einem zentralen Ort erfordert hatte. Manche dieser Gebäude waren so hoch, daß sie eine Kuppel durchstießen.

»Wo fahren wir hin?« fragte Angie, die Hand auf seinem Arm.

»Alles okay«, sagte er. »Keine Sorge.«

»O Gott«, entfuhr es ihr, als sie, an seine Schulter gelehnt, zu der pinkfarbenen HYPERMARKT-Neonschrift quer über der alten

Granitfassade des Gebäudes hinaufschaute. »Im Berg hab ich immer von New York geträumt. Ich hatte ein Grafikprogramm, mit dem ich auf allen Straßen rumlaufen und in Museen und so gehen konnte. Einmal in New York sein, das war mein allergrößter Wunsch.«

»Tja, nun ist er in Erfüllung gegangen. Du bist hier.«

Sie brach in Tränen aus, fiel ihm um den Hals und drückte zitternd das Gesicht an seine bloße Brust. »Ich hab Angst, ich hab solche Angst...«

»Wird schon alles gut«, sagte er, strich ihr übers Haar und schaute zum Eingang hinüber. Nichts sprach dafür, daß auch nur für einen von ihnen je wieder etwas gut würde. Offenbar hatte sie keine Ahnung, daß die Worte, die sie hierhergebracht hatten, aus ihrem Mund gekommen waren. Aber *sie* hatte diese Worte ja auch nicht ausgesprochen, dachte er. Zu beiden Seiten des Hypermarkt-Eingangs kauerten Obdachlose, flach hingestreckte Lumpenhaufen, die das Grau des Bürgersteigs angenommen hatten. Turner hatte den Eindruck, als würden sie langsam vom dunklen Beton abgestoßen, um mobile Fortsätze der Stadt zu werden. »Jammer's«, sagte die Stimme, von seiner Brust gedämpft, und er verspürte kalten Abscheu. »Ein Club. Suche Danbalas Pferd.« Dann weinte sie wieder. Er nahm sie bei der Hand und führte sie zwischen den schlafenden Obdachlosen hindurch, unter die angelaufenen, vergoldeten Verzierungen und durch die Glastüren hinein. Am Ende einer Flucht von Zelten und verrammelten Ständen sah er eine Espressomaschine; ein Mädchen mit einem Kamm schwarzer Haare wischte die Theke. »Kaffee«, sagte er, »und was zu essen. Na komm. Du mußt was essen.«

Er lächelte dem Mädchen zu, während Angie auf einen Hocker kletterte. »Wie sieht's mit Bargeld aus?« fragte er. »Nimmst du Bargeld?«

Sie schaute ihn an und zuckte die Achseln. Er zog einen Zwanziger aus Rudys Reißverschlußtasche und zeigte ihn ihr. »Was soll's denn sein?«

»Kaffee für uns beide. Und was zu essen.«

»Hast du's nicht kleiner?«

Er schüttelte den Kopf.

»Tut mir leid. Ich kann nicht rausgeben.«

»Brauchst du auch nicht.«

»Bist du verrückt?«

»Nein, aber ich will 'nen Kaffee.«

»Das ist aber 'n sattes Trinkgeld, Mann. So viel krieg ich in einer Woche nicht zusammen.«

»Gehört dir.«

Ein Ausdruck des Unmuts ging über ihr Gesicht. »Ihr gehört zu den Idioten da oben. Behalt die Kohle. Ich mach gerade zu.«

»Wir gehören zu niemand«, sagte er und lehnte sich über die Theke, so daß der Parka aufklappte und den Blick auf die Smith & Wesson freigab. »Wir suchen einen Club. Der Laden heißt Jammer's.«

Das Mädchen warf einen kurzen Blick auf Angie und sah dann wieder Turner an. »Ist sie krank? Oder auf Dust? Was ist los?«

»Hier ist das Geld. Gib uns unsern Kaffee! Wenn du dir das Trinkgeld verdienen willst, sag uns, wo wir das Jammer's finden. Das ist es mir wert. Verstanden?«

Sie ließ die abgegriffene Banknote verschwinden und ging zur Espressomaschine. »Ich glaub, ich versteh überhaupt nichts mehr.« Klappernd räumte sie Tassen und Gläser mit Milchschlieren aus dem Weg. »Was ist 'n los im Jammer's? Bist du 'n Freund von Jammer? Kennst du Jackie?«

»Klar«, sagte Turner.

»Sie ist heut' früh mit so 'nem kleinen Vorstadt-Wilson reingekommen. Ich glaub, sie sind raufgegangen ...«

»Wohin?«

»Zum Jammer's. Dann fing's an, komisch zu werden.«

»So?«

»Jede Menge Ekelpakete aus Barrytown sind hier angerückt, lauter Schmierlappen und Weißschuhe, als ob ihnen der Laden gehören würde. Und jetzt isses auch so. Die oberen zwei Etagen gehören denen. Haben einfach die Stände aufgekauft. In den unteren Etagen haben viele ihre Sachen gepackt und sich aus dem Staub gemacht. Echt merkwürdig.«

»Wie viele sind denn gekommen?«

Dampf zischte aus der Maschine. »Hundert vielleicht. Hab den ganzen Tag schon 'ne Scheißangst, aber ich krieg meinen Boß nicht zu fassen. In 'ner halben Stunde mach ich sowieso dicht. Das Mädchen von der Tagschicht ist nicht aufgetaucht, oder vielleicht hat sie kurz die Nase reingesteckt, den Braten gerochen und ist wieder abgehauen.« Sie nahm das dampfende Täßchen und stellte es vor Angie hin. »Alles okay mit dir, Schätzchen?«

Angie nickte.

»Hast du 'ne Ahnung, was die im Schilde führen?« fragte er.

Das Mädchen war zur Maschine zurückgegangen. Wieder zischte es. »Ich glaube, die warten auf jemand«, sagte sie leise und brachte Turner seinen Espresso. »Entweder auf jemand, der aus dem Jammer's rauszukommen versucht, oder auf jemand, der rein will.«

Turner betrachtete die braune Schaumkrone auf seinem Kaffee. »Und niemand hier hat die Polizei gerufen?«

»Die Polizei? Mann, das hier ist der Hypermarkt. Hier ruft man nicht die Polizei ...«

Angies Tasse zerschellte auf der Marmortheke.

»Mach's kurz, Mietling«, flüsterte die Stimme. »Du kennst den Weg. Geh rein!«

Die Kellnerin sperrte den Mund auf. »Meine Güte«, sagte sie, »die ist ja wohl voll auf Dust.« Sie warf Turner einen kalten Blick zu. »Hast du ihr das Zeug gegeben?«

»Nein«, sagte Turner. »Sie ist krank, aber das wird schon wieder.« Er trank den bitteren schwarzen Kaffee aus. Einen Moment lang glaubte er zu spüren, wie das ganze Sprawl atmete, über sämtliche Stationen von Boston bis Atlanta hinweg, und der Atem war alt, krank und müde.

28
JAYLENE SLIDE

Mein Gott«, sagte Bobby zu Jackie, »kannste das nicht verbinden oder so?« Jammers Brandwunde erfüllte das Büro mit einem Geruch wie von übergarem Schweinebraten, bei dem sich Bobby der Magen umdrehte.

»Eine Brandwunde verbindet man nicht«, erwiderte sie und half Jammer, sich in seinen Sessel zu setzen. Sie zog eine Schreibtischschublade nach der anderen auf. »Haste keine Schmerzmittel da? Derms? Irgendwas?«

Jammer schüttelte den Kopf. Sein langes Gesicht war schlaff und blaß. »Vielleicht. Hinterm Tresen ist 'n Verbandskasten ...«

»Hol ihn her«, fauchte Jackie. »Mach schon!«

»Was biste denn so besorgt um ihn?« begann Bobby, gekränkt von ihrem Ton. »Immerhin wollte er die Gothicks hier reinlassen.«

»Hol den Verbandskasten, du Arschloch! War 'ne momentane Schwäche, mehr nicht. Er hatte Schiß. Hol mir den Kasten, oder du brauchst ihn gleich selber!«

Er lief in den Club hinaus und sah, wie Beauvoir pinkfarbene Plastiksprengstoffwürstchen mit einem gelben Plastikkasten verdrahtete, der Ähnlichkeit mit der Fernsteuerung eines Spielzeuglasters hatte. Die Würstchen waren an den Türangeln und an beiden Seiten des Schlosses angebracht.

»Wofür ist das denn?« fragte Bobby, während er über den Tresen kletterte.

»Könnte sein, daß jemand rein will«, sagte Beauvoir. »In dem Fall machen wir ihnen die Tür auf.«

Bobby hielt kurz inne, um das Kunstwerk zu bewundern. »Warum klebste das Zeug nicht einfach ans Glas, so daß die ganze Tür rausfliegt?«

»Wäre zu offensichtlich.« Beauvoir richtete sich mit dem gelben Zünder in der Hand auf. »Aber es freut mich, daß du mitdenkst. Wenn wir die ganze Tür raussprengen, fliegen die Trümmer auch hier rein. So ist es ... sauberer.«

Bobby bückte sich achselzuckend unter den Tresen. Da waren Drahtgittergestelle mit Krillwaffeln in Plastikbeuteln, einem Sortiment liegengebliebener Regenschirme, einem umfangreichen Wörterbuch, einem blauen Damenschuh, einer weißen Kunststoffbox, auf die mit Nagellack ein verlaufenes rotes Kreuz aufgepinselt war ... Er griff sich die Box und kletterte wieder über den Tresen.

»He, Jackie...«, begann er und stellte die Erste-Hilfe-Box neben Jammers Deck.

»Laß mich in Ruhe.« Sie klappte den Deckel auf und durchwühlte den Inhalt. »Jammer, da sind mehr Poppers drin als sonst was.«

Jammer lächelte matt.

»Hier. Das wird's tun.« Sie entrollte einen Bogen mit roten Derms, zog drei davon von der Unterlage ab und klebte sie auf den Rücken der verbrannten Hand. »Eigentlich bräuchtest du 'ne örtliche Betäubung.«

»Ich hab nachgedacht«, sagte Jammer mit einem Blick auf Bobby. »Vielleicht kannste jetzt 'n bißchen Zeit am Gerät machen ...«

»Wieso?« fragte Bobby mit einem Blick zum Deck.

»Steht zu vermuten«, sagte Jammer, »daß die Leute, die das Wichserpack da draußen zusammengetrommelt haben, auch die Telefone angezapft haben.«

Bobby nickte. Beauvoir hatte das gleiche gesagt, als er ihnen seinen Plan dargelegt hatte.

»Na ja, als Beauvoir und ich beschlossen haben, daß wir beide –

du und ich – mal in die Matrix gehen und uns ein bißchen umsehen könnten, hatte ich eigentlich was anderes im Sinn.« Jammer zeigte Bobby das komplette Panorama seiner kleinen weißen Zähne. »Weißt du, ich bin in die Sache reingeraten, weil ich Beauvoir und Lucas einen Gefallen schuldete. Aber es gibt auch Leute, die mir 'nen Gefallen schulden, und zwar schon seit ewigen Zeiten. Gefallen, die ich nie einzufordern brauchte.«

»Jammer«, sagte Jackie, »immer mit der Ruhe. Ganz cool bleiben, ja? Sonst kriegste noch 'nen Schock.«

»Hast du 'n gutes Gedächtnis, Bobby? Ich zeig dir jetzt 'ne Sequenz. Die übste auf meinem Deck ein, ohne Saft und ohne Troden. Okay?«

Bobby nickte.

»Also, geh das ein paarmal als Probelauf durch. Zugangscode. Damit kommst du zur Hintertür rein.«

»Wessen Hintertür?« Bobby drehte das schwarze Deck zu sich herum und hielt die Finger über die Tasten.

»Die der Yakuza«, sagte Jammer.

Jackie starrte ihn an. »He, was hast du ...«

»Wie gesagt, ein alter Gefallen. Ihr kennt ja den Spruch: Die Yakuza vergessen nie. Das gilt in jeder Beziehung ...«

Ein Hauch von verbranntem Fleisch stieg Bobby in die Nase, und er verzog das Gesicht.

»Wieso haste Beauvoir denn nichts davon gesagt?« Jackie legte die Sachen zusammen und verstaute sie wieder in der weißen Box.

»Schätzchen«, sagte Jammer, »das wirste schon noch merken. Manchmal muß man sich ins Gedächtnis hämmern, was zu vergessen.«

»Jetzt hör mal zu«, sagte Bobby und fixierte Jackie mit seinem – wie er hoffte – härtesten Blick. »Ich zieh das Ding durch. Also brauch ich deine Loa nicht, okay? Die nerven mich bloß.«

»Sie ruft sie nicht«, sagte Beauvoir von der Bürotür her, wo er mit dem Zünder in der einen und dem südafrikanischen Distanzgewehr in der anderen Hand hockte. »Die *kommen* einfach! Wenn sie kommen wollen, kommen sie. Außerdem mögen sie dich.«

Jackie setzte sich die Elektroden auf die Stirn. »Die tun dir schon nichts, Bobby«, sagte sie. »Mach dir keine Sorgen, steck einfach ein.« Sie hatte ihr Kopftuch abgenommen. Ihr Haar war zu geraden Reihen winziger Zöpfchen verflochten; in den Furchen dazwischen glänzte braune Kopfhaut. In unregelmäßigen Abständen waren altertümliche Widerstände eingeflochten, kleine Zylinder aus braunem Phenolharz mit den bunten Lackringen der Farbkodierungen.

»Wenn du am Basketball vorbei bist«, sagte Jammer zu Bobby, »schwenkst du drei Klicks nach rechts und tauchst runter zum Boden, das heißt, senkrecht nach unten.«

»Woran vorbei?«

»Am Basketball. Das ist die Dallas-Fort Worth Sunbelt Co-Prosperity Sphere. Du bringst deinen Arsch also schnell runter, ganz runter, und läufst dann, wie ich's dir gesagt habe, circa zwanzig Klicks. Lauter Gebrauchtwagenhändler und Steuerberater da unten, aber bleib mir ja dran, okay?«

Bobby nickte grinsend.

»Wenn dich jemand vorbeizischen sieht, ist das deren Wachposten. Wer da unten einsteckt, ist es sowieso gewohnt, die komischsten Sachen zu sehen.«

»Mann«, sagte Beauvoir zu Bobby, »nun mal los! Ich muß wieder an die Tür.«

Bobby steckte ein.

Er folgte Jammers Anweisungen und war insgeheim froh, Jackie neben sich zu spüren, als sie in die Alltagswelt tief unten im Cyberspace hinabtauchten und der leuchtende Basketball über ihnen immer kleiner wurde. Das Deck war schnell, ein echtes Spitzengerät; er fühlte sich flink und stark. Er fragte sich, wie es kam, daß die Yakuza Jammer einen Gefallen schuldeten, den er bisher gar nicht eingelöst hatte, und ein Teil von ihm bastelte gerade eifrig irgendwelche Szenarien zusammen, als sie ins Eis krachten.

»O Gott...« Und Jackie war weg. Etwas war zwischen sie herabgefahren, etwas, das er als Kälte und Stille empfand und das ihm den Atem nahm. »Aber da war doch gar nichts, Herrgott noch mal!« Er war wie gelähmt, zu keiner Bewegung fähig. Er konnte die Matrix noch sehen, spürte jedoch seine Hände nicht mehr.

»Wieso zum Teufel steckt jemand Typen wie dich in so 'n Deck? Gehört in ein Museum, das Ding, und du gehörst in die Grundschule.«

»Jackie!« Der Schrei war reiner Reflex.

»Mann«, sagte die Stimme, »kapier ich nicht. Hab zwar schon paar lange Tage kein Auge mehr zugetan, aber du scheinst mir nun nicht gerade der Fang zu sein, den ich erwartet hab, als ich dich da rauskommen sah. Wie alt bist du?«

»Verpiß dich!« sagte Bobby. Es war das einzige, was ihm einfiel.

Die Stimme lachte. »Ramirez würde sich glatt wegschmeißen vor Lachen, weißt du das? Er hatte 'nen ausgeprägten Sinn für drollige Sachen. Auch so was, was mir jetzt fehlt...«

»Wer ist Ramirez?«

»Mein Partner. Ex-Partner. Ist tot. Mausetot. Ich dachte, du könntest mir vielleicht verraten, wie das passiert ist.«

»Nie gehört«, sagte Bobby. »Wo ist Jackie?«

»Die sitzt k.o. im Cyberspace, während du meine Fragen beantwortest, Wilson. Wie heißt du?«

»B ... Count Zero.«

»Na klar. Deinen Namen will ich wissen.«

»Bobby, Bobby Newmark.«

Schweigen. Dann: »Ah ja. Na, das reimt sich ja 'n bißchen. War also die Wohnung deiner Mutter, die von den Maas-Agenten vor meinen Augen mit 'ner Rakete hochgejagt worden ist, was? Aber du warst wohl nicht da, sonst wärst du jetzt nicht hier. Moment mal eben ...«

Ein Cyberspace-Quadrat unmittelbar vor ihm schlug einen schwindelerregenden Salto, und er fand sich mit einemmal in einer hellblauen Grafik wieder, die eine sehr geräumige Wohnung darstellte. Die Umrisse niedriger Möbel waren mit haarfeinen Linien aus blauem Neon angedeutet. Eine Frau stand vor ihm, ein leuchtendes, weibliches Strichmännchen, das Gesicht ein brauner Klecks. »Ich bin Slide«, sagte die Gestalt, die Hände in die Hüften gestützt, »Jaylene. Mich verarscht niemand. Keiner in L.A.« – sie machte eine Handbewegung, und hinter ihr erschien plötzlich ein Fenster – »verarscht mich. Kapiert?«

»Klar«, sagte Bobby. »Was ist das hier? Ich meine, könntest mir vielleicht erklären ...« Er war immer noch bewegungsunfähig. Das ›Fenster‹ gab den Blick auf ein blaugraues Videobild mit Palmen und alten Häusern frei.

»Wie meinst du das?«

»Diese Zeichnung. Und du. Und das alte Bild ...«

»He, Mann, ich hab einem Designer ein kleines Vermögen bezahlt, damit er mir das hinzaubert. Das ist mein Raum, mein Konstrukt. Das ist L.A., Junge. Bei uns läuft *nichts* ohne Einstecken. Hier drin empfange ich meine Gäste!«

»Oh.« Bobby war baff.

»Jetzt bist du wieder dran. Wer ist da alles in dem abgefuckten Tanzschuppen?«

»Im Jammer's? Ich, Jackie, Beauvoir und Jammer.«

»Und wohin wolltest du gerade, als ich dich geschnappt hab?«

Bobby zögerte. »Zu den Yakuza. Jammer hat 'nen Code ...«

»Weshalb?« Die flüchtig hingepinselte, sinnliche Zeichentrickfigur kam näher.

»Um Hilfe zu holen.«

»Scheiße. Ich glaube, du sagst die Wahrheit.«

»Ja, ja, ich schwör's bei Gott ...«

»Tja, du bist nicht der, den ich brauche, Bobby Zero. Ich bin schon die ganze Zeit im Cyberspace unterwegs, um rauszufinden, wer meinen Alten auf dem Gewissen hat. Ich dachte, es wär Maas, weil wir einen ihrer Leute zu Hosaka geholt haben, also hab ich mich einem geheimen Kommando von Maas an die Fersen geheftet. Als erstes hab ich gesehn, was sie mit der Wohnung deiner Mama angestellt haben. Dann sind drei von ihnen einem Mann auf die Bude gerückt, den sie den Finnen nennen, aber die sind nicht mehr rausgekommen ...«

»Der Finne hat sie kaltgemacht«, sagte Bobby. »Ich hab sie gesehn. Tot.«

»Ach ja? Tja, womöglich sollten wir uns doch mal unterhalten. Danach hab ich beobachtet, wie die andern drei mit demselben Raketenwerfer einen Ludenschlitten hochgejagt haben ...«

»Das war Lucas«, sagte er.

»Aber kaum hatten sie das getan, ist ein Helikopter angekommen und hat sie alle drei mit 'nem Laser gebraten. Weißt du irgendwas darüber?«

»Nein.«

»Meinst du, du kannst mir deine Geschichte erzählen, Bobby Zero? Aber mach's kurz!«

»Also, ich sollte da 'nen Run machen, weißt du, und da hab ich den Eisbrecher von Two-a-Day gekriegt, so 'nem Typ aus den Projects, und ich ...«

Als er fertig war, schwieg sie. Die aufreizende Comicfigur stand am Fenster, als würde sie auf die Fernsehpalmen hinausschauen.

»Ich hab 'ne Idee«, sagte er. »Vielleicht kannst du uns helfen.«

»Nein«, sagte sie.

»Vielleicht bringt's dich ja auch bei deiner Suche weiter ...«

»Nein. Ich will nur das Schwein erledigen, das Ramirez erledigt hat.«

»Aber wir sitzen hier in der Falle. Die bringen uns um. Es sind die Typen von Maas, die du in der Matrix verfolgt hast! Sie haben 'nen Haufen Kasuals und Gothicks angeheuert ...«

»Das ist nicht Maas«, sagte sie. »Das sind ein paar Euros drüben an der Park Avenue mit kilometerdickem Eis drumrum.«

Bobby verdaute das. »Sind das die mit dem Helikopter, die die andern Maas-Leute ausgeschaltet haben?«

»Nein. Ich hab den Helikopter nicht zu fassen gekriegt. Die sind nach Süden geflogen, und ich hab sie verloren. Hab da aber so 'ne Ahnung ... Jedenfalls schick ich dich wieder zurück. Wenn du den Yak-Code ausprobieren willst, dann laß dich nicht abhalten.«

»Aber wir brauchen *Hilfe* ...«

»Für Hilfe gibt's keine Prozente, Bobby Zero«, sagte sie, und dann saß er auf einmal vor Jammers Deck. Nacken und Rücken taten ihm weh, und es dauerte eine Weile, bis er wieder klar sehen konnte, so daß er erst nach einer knappen Minute merkte, daß Fremde im Raum waren.

Der Mann war groß, vielleicht größer als Lucas, aber langgliedriger und schmaler um die Taille. Eine weite Kampfjacke mit riesigen Taschen hing ihm labbrig um die Schultern, und ein schwarzer Gurt spannte sich quer über seinen nackten Oberkörper. Seine Augen waren verschwollen und fiebrig, und er hatte die größte Handfeuerwaffe in der Hand, die Bobby je zu Gesicht bekommen hatte, eine Art aufgeblähten Revolver mit einer seltsamen Vorrichtung unter dem Lauf, die wie ein Kobrakopf aussah. Neben ihm stand auf wackligen Beinen ein Mädchen etwa in Bobbys Alter mit genauso verschwollenen Augen – ihre waren jedoch dunkel – und glatten braunen Haaren, die dringend eine Wäsche gebraucht hätten. Sie trug ein schwarzes Sweatshirt, das um einige Nummern zu groß war, und Jeans. Der Mann hatte die linke Hand ausgestreckt und stützte sie.

Bobby starrte sie mit großen Augen an, und dann fiel ihm das Kinn herunter, als ihn die Erinnerung einholte.

Mädchenstimme, Braunhaar, Dunkelaugen, Eis, das sich in ihn hineinfraß, seine klappernden Zähne, ihre Stimme, das große Etwas, das auf ihn zukam ...

»*Viv la Vyèj*, sagte Jackie neben ihm verzückt und packte ihn fest an der Schulter, »die wundertätige Jungfrau. Sie ist gekommen, Bobby. Danbala hat sie geschickt!«

»Du warst 'ne Weile weggetreten, Junge«, sagte der Mann zu Bobby. »Was ist passiert?«

Bobby blinzelte, blickte sich hektisch um und sah Jammers Augen, glasig von den Medikamenten und vom Schmerz.

»Sag's ihm!« befahl Jammer.

»Ich bin gar nicht erst bis zu den Yaks gekommen. Jemand hat mich abgefangen, keine Ahnung, wie ...«

»Wer?« Der große Mann hatte jetzt den Arm um das Mädchen gelegt.

»Sie hat gesagt, sie heißt Slide. Aus Los Angeles.«

»Jaylene«, sagte der Mann.

Das Telefon auf Jammers Schreibtisch läutete.

»Geh ran«, sagte der Mann.

Bobby drehte sich um, als Jackie hinüberlangte und auf die Antworttaste unter dem viereckigen Bildschirm drückte. Der Bildschirm wurde hell, flimmerte und zeigte ihnen das Gesicht eines Mannes, breit, sehr blaß, mit verhangenen, schläfrigen Augen. Das Haar war fast weiß gebleicht und nach hinten gekämmt. Er hatte den gemeinsten Mund, den Bobby je gesehen hatte.

»Turner«, sagte der Mann, »wir müssen sofort miteinander reden. Dir bleibt nicht mehr viel Zeit. Als erstes solltest du jetzt mal die Leute da aus dem Zimmer schicken ...«

29
KASTENMACHER

Das knotige Seil schien kein Ende zu nehmen. Hin und wieder kamen sie an eine Biegung oder Gabelung des Tunnels. Dort war das Seil um eine Strebe geschlungen oder mit einem dicken, transparenten Klumpen Epoxidharz fixiert. Die Luft war hier ebenfalls abgestanden, aber kälter. Als sie in einer zylindrischen Kammer, in der sich der Schacht verbreiterte, bevor er sich zu drei Gängen verzweigte, eine Verschnaufpause einlegten, bat Marly Jones um das flache kleine Arbeitslicht, das er an einem grauen Gummiband um die Stirn trug. Sie hielt es in einem Handschuh des roten Anzugs und leuchtete die Wand der Kammer ab. In die Oberfläche waren Muster aus mikroskopisch feinen Linien geätzt.

»Setzen Sie den Helm auf«, riet ihr Jones. »Sie haben ein besseres Licht dran als ich.«

Marly erschauerte. »Nein.« Sie gab ihm die Lampe zurück. »Können Sie mir hier raushelfen, bitte?« Sie tippte sich mit dem Handschuh an die harte Brustplatte des Anzugs. Der verspiegelte, gerundete Helm war mit einem verchromten Karabinerhaken an der Taille des Anzugs befestigt.

»Behalten Sie ihn lieber an«, sagte Jones. »Ist der einzige in dem Laden hier. Ich hab einen an meinem Schlafplatz, aber keinen Sauerstoff dafür. Wigs Flaschen passen nicht auf mein Atemgerät, und sein Anzug hat lauter Löcher.« Er zuckte die Achseln.

»Nein. Bitte«, sagte sie und zerrte an der Schließe am Bund, wo Rez etwas umgedreht hatte. »Ich halt's nicht aus in dem Ding.«

Jones zog sich halb übers Seil und tat etwas, was sie nicht sehen konnte. Ein Klicken ertönte. »Arme hoch«, sagte er. Es war eine umständliche Prozedur, aber schließlich war sie frei. Sie trug noch immer die schwarze Jeans und die weiße Seidenbluse, die sie zu jener letzten Begegnung mit Alain angezogen hatte. Mit einem der Karabinerhaken an seinem Bund befestigte Jones den leeren Anzug am Seil und nahm ihr dann die vollgestopfte Tasche ab. »Wollen Sie sie? Mitnehmen, meine ich? Wir können sie auch hierlassen und sie auf dem Rückweg wieder mitnehmen.«

»Nein«, sagte sie, »die nehme ich mit. Geben Sie her.« Sie hakte einen Ellbogen um das Seil und nestelte am Verschluß, bis die Tasche aufging. Die Jacke kam heraus, aber auch ein Stiefel. Es gelang ihr, den Stiefel wieder in die Tasche zu befördern. Dann schlüpfte sie in die Jacke.

»Hübsches Leder«, sagte Jones.

»Bitte, beeilen wir uns.«

»Ist nicht mehr weit«, sagte er und schwenkte den Lichtkegel seiner Arbeitslampe dorthin, wo das Seil in einer der drei Öffnungen verschwand, die zusammen ein gleichseitiges Dreieck bildeten.

»Hier ist es zu Ende«, sagte er, »das Seil, meine ich.« Er tippte auf den verchromten Ringbolzen, um den das Seil zu einem Seemannsknoten gebunden war. Seine Stimme wurde irgendwo weiter vorn zurückgeworfen, bis sie glaubte, in dem hallenden Echo andere Stimmen wispern zu hören. »Jetzt brauchen wir ein bißchen Licht.« Er stieß sich durch den Schacht, fing sich an einem vorspringenden, sargähnlichen grauen Metallkasten ab und öffnete ihn.

Sie beobachtete, wie sich seine Hände im hellen Lichtkegel der Arbeitslampe bewegten; die Finger waren schmal und zart, aber die Nägel waren kurz und stumpf und hatten festgefressene schwarze Schmutzränder. Die Buchstaben »CJ« waren in ordinärem Blau auf den rechten Handrücken tätowiert. Ein selbstgemachtes Tattoo, wie aus dem Knast... Inzwischen hatte er ein dickes Isolierkabel herausgezogen. Er spähte in den Kasten und steckte das Kabel dann in eine kupferne D-Klemme.

Die Dunkelheit vor ihnen wich gleißendem Licht.

»Hat mehr Saft, als wir eigentlich brauchen«, sagte er, und in seinem Ton lag etwas vom Stolz eines Eigenheimbesitzers. »Die Solaranlagen arbeiten alle noch, und die sollten schließlich die Mainframes mit Energie versorgen. Also kommen Sie, Lady, jetzt lernen Sie den Künstler kennen, für den Sie die weite Reise auf sich genommen haben.« Er stieß sich ab und glitt wie ein Schwimmer durch die Öffnung ins Licht. In tausend schwebende Dinge hinein. Sie sah, daß die roten Plastiksohlen seiner ausgefransten Schuhe mit weißer Silikonmasse geflickt waren.

Und dann folgte sie ihm, ungeachtet ihrer Furcht, ihrer Übelkeit, ihres ständigen Schwindels, und sie war da. Und verstand.

»Mein Gott«, sagte sie.

»Kaum«, rief Jones ihr zu. »Eher schon Wigs Gott. Schade, daß er im Moment gerade nichts macht. Das wär ein noch tollerer Anblick.«

Etwas trieb zehn Zentimeter vor ihrem Gesicht vorbei. Ein schmuckvoller Silberlöffel, genau in der Mitte der Länge nach durchgesägt.

Sie hatte keine Ahnung, wieviel Zeit vergangen war, als mit einem Mal flimmernd der Bildschirm aufleuchtete. Stunden, Minuten ... Sie hatte bereits gelernt, sich in der Kammer einigermaßen zu bewegen, indem sie sich wie Jones von der konkaven Wölbung abstieß. Wie Jones fing sie sich an den gefalteten Gelenkarmen des Dings ab, schwang um sie herum, hielt sich an ihnen fest und betrachtete den Strudel vorbeidriftenden Plunders. Es gab Dutzende solcher Arme, Manipulatoren mit Zangen, Sechskantschlüsseln und Klingen, mit Miniaturkreissäge und Zahnarztbohrer; sie standen wie Borsten von einem metallenen Thorax ab, der wohl einmal zu einem ferngesteuerten Industrieroboter gehört hatte, einem der unbemannten, halbautonomen Geräte, die Marly aus Orbit-Videos ihrer Kindheit kannte. Dieser Thorax war allerdings in den Scheitelpunkt der Kuppel geschweißt und mit ihr verschmolzen. Hunderte von Leitungen und Glasfaserkabeln schlängelten sich über die Wölbung und mündeten in dem Ding. Zwei der Arme, mit zierlichen, rückkopplungsgesteuerten Greifern ausgerüstet, waren ausgestreckt; die gepolsterten Greiferbacken hielten einen halbfertigen Kasten.

Mit großen Augen betrachtete Marly die unzähligen vorbeischwebenden Dinge.

Ein vergilbender Kinderhandschuh, der facettierte Kristallglasstöpsel eines Flakons mit längst verdunstetem Parfum, eine armlose Puppe mit einem Gesicht aus französischem Porzellan, ein dicker schwarzer Füllfederhalter mit Goldeinlage, rechteckige Lochplattenstücke, die rotgrüne Schlange einer zerknitterten Seidenkrawatte ... Endlos, ein träger Schwarm kreisender Dinge ...

Jones kam Purzelbäume schlagend durch den lautlosen Wirbelsturm herauf und hielt sich lachend an einem Arm fest, der mit einer Klebepistole bestückt war. »Reizt mich jedesmal zum Lachen, wenn ich das sehe. Aber die Kästen machen mich immer traurig.«

»Ja«, sagte sie, »mich auch. Aber es gibt so eine und so eine Traurigkeit.«

»Ganz recht.« Er grinste. »Allerdings kann man's selber nicht in Gang setzen. Muß wohl der Geist sein, der es anstellt. Behauptet zumindest der alte Wig. Er ist immer viel hier draußen gewesen. Ich glaube, hier sind die Stimmen stärker für ihn. Aber in letzter Zeit sprechen sie scheint's überall zu ihm ...«

Sie sah ihn durch das Dickicht der Manipulatoren an. Er war sehr schmutzig und sehr jung mit seinen großen blauen Augen unter dem Gewirr brauner Locken. Er trug einen fleckigen grauen Overall mit Reißverschluß. Der Kragen war ganz speckig vor Dreck.

»Sie müssen wahnsinnig sein«, sagte sie, und aus ihrer Stimme klang so etwas wie Bewunderung, »Sie müssen total wahnsinnig sein, daß Sie hierbleiben.«

Er lachte. »Wigan ist irrer als 'n Sack Flöhe. Ich aber nicht.«

Sie lächelte. »Doch, Sie sind verrückt. Genauso wie ich.«

»Na, dann herzlich willkommen«, sagte er und schaute an ihr vorbei. »Was ist das? Sieht so aus, als ob wir gleich eine von Wigs Predigten zu hören kriegen, und wir können ihn nicht abdrehen, ohne den Strom abzustellen.«

Sie drehte den Kopf und sah farbige Diagonalen über den großen rechteckigen Bildschirm pulsieren, der schief an die Krümmung der Kuppel geklebt war. Der Bildschirm wurde einen Moment lang von einer vorbeifliegenden Schneiderpuppe verdeckt, dann füllte ihn das Gesicht von Josef Virek aus, dessen sanfte blaue Augen hinter runden Brillengläsern glitzerten.

»Hallo, Marly«, sagte er, »ich kann Sie nicht sehen, aber ich glaube, ich weiß, wo Sie sind.«

»Das ist einer von Wigs Großbildschirmen zum Predigen«, sagte Jones und rieb sich das Gesicht. »Die hat er überall in dem Laden aufgestellt, weil er denkt, eines Tages würden hier Leute sein, zu denen er predigen kann. Der Typ da hat sich bestimmt über Wigs Kommunikationsanlage eingeklinkt. Wer ist das?«

»Virek«, sagte sie.

»Dachte, der wäre schon älter.«

»Das ist ein künstlich erzeugtes Bild«, sagte sie. »Strukturkartographie mit Hilfe von Röntgenabtastung.« Sie starrte das Gesicht an, das ihr durch den Zeitlupenorkan aus Fundsachen, aus dem Krimskrams zahlloser Leben, Werkzeug, Spielsachen und vergoldeten Knöpfen von der Kuppelwölbung entgegenlächelte.

»Sie sollen wissen«, sagte das Bild, »daß Sie Ihren Vertrag erfüllt haben. Mein Psychoprofil von Marly Kruschkowa hat Ihre Reaktion auf meine psychische Gestalt prognostiziert.

Weitergefaßte Profile haben angedeutet, daß Ihre Anwesenheit in Paris Maas zwingen würde, seinen Trumpf auszuspielen. Bald werde ich genau wissen, Marly, was Sie gefunden haben. Seit vier Jahren weiß ich etwas, was Maas nicht weiß, nämlich, daß Mitchell, den Maas und alle Welt für den Erfinder der neuen Biochip-Verfahren halten, die Grundlagen für seinen Durchbruch von außen zugespielt bekam. Sie selbst, Marly, waren ein Element in einem komplizierten Arrangement von Faktoren, das letztendlich zu einem höchst befriedigenden Resultat geführt hat. Maas hat mir unwissentlich den Hinweis geliefert, wo der geistige Urheber zu finden ist. Und Sie sind zu ihm vorgedrungen, Marly. Paco wird in Kürze zu Ihnen stoßen.«

»Sie haben gesagt, Sie würden mir nicht folgen«, sagte sie. »Ich wußte, daß es eine Lüge war.«

»Und jetzt, Marly, werde ich wohl endlich frei sein. Frei von vierhundert Kilogramm aufmüpfiger Zellen, die in ein Becken aus chirurgischem Stahl in einem Stockholmer Industriegebiet eingesperrt sind. Endlich frei, um beliebig viele echte Körper zu bewohnen, Marly. Bis in alle Ewigkeit.«

»Scheiße«, sagte Jones, »der ist ja genauso schlimm wie Wig. Was faselt er da?«

»Er redet von seinem Sprung«, sagte sie und mußte an ihr Gespräch mit Andrea denken, an den Duft der brutzelnden Garnelen in der engen, winzigen Küche. »Von der nächsten Stufe seiner Evolution.«

»Verstehen Sie das?«

»Nein«, sagte sie, »aber ich weiß, daß es schlimm werden wird, sehr schlimm.« Sie schüttelte den Kopf.

»Bewegen Sie die Bewohner des Kerns dazu, Paco und seine Leute hereinzulassen«, sagte Virek. »Ich habe den Kern eine Stunde vor Ihrem Abflug aus Orly von einem Bauunternehmer in Pakistan gekauft. Ein gutes Geschäft, Marly, ein sehr gutes Geschäft. Paco wird wie immer meine Interessen vertreten.«

Und damit wurde der Bildschirm dunkel.

»Na ja«, sagte Jones, drehte sich um einen gefalteten Greifer und nahm sie bei der Hand, »was ist denn so schlimm daran? Der Laden hier gehört jetzt ihm, und er hat gesagt, Sie hätten Ihren Auftrag erfüllt. Ich weiß nicht, wozu der alte Wig gut ist, außer daß er den Stimmen lauscht, aber er legt sowieso keinen sonderlich großen Wert auf diese Welt. Und ich hab nichts dagegen, von hier zu verschwinden.«

»Sie verstehen das nicht«, sagte sie. »Können Sie auch gar nicht. Er hat den Weg zu etwas gefunden, was er seit Jahren gesucht hat. Aber nichts, was er will, kann gut sein. Für niemand ... Ich hab ihn gesehen, ich hab's gespürt ...«

Und dann vibrierte der stählerne Arm, an dem sie sich festhielt, und setzte sich in Bewegung, und der ganze Zylinder rotierte unter dem gedämpften Summen von Servomotoren.

30
MIETLING

Turner starrte in Conroys Gesicht auf dem Bildschirm des Telefons im Büro. »Geh schon«, sagte er zu Angie. »Geh mit ihr!« Das große schwarze Mädchen mit den Widerständen im Haar trat vor, legte behutsam den Arm um Mitchells Tochter und sagte mit leiser, singender Stimme etwas in eben jenem von Schnalzlauten durchsetzten Kreolisch. Der Junge im T-Shirt starrte Angie immer noch mit offenem Mund an. »Komm schon, Bobby!« sagte die Schwarze. Turner schaute über den Schreibtisch hinweg zu dem Mann mit der verletzten Hand hinüber, der eine zerknitterte weiße Smokingjacke und eine Bolo-tie aus geflochtenem schwarzem Leder trug. Das mußte Jammer sein, befand Turner, der Besitzer des Clubs. Jammer hielt sich die Hand auf dem Schoß; ein blaugestreiftes Handtuch von der Bar diente als Unterlage. Er hatte ein langes Gesicht, einen kräftigen Bart, der ständig rasiert werden mußte, und die harten, schmalen Augen des echten Profis. Als ihre Blicke sich begegneten, merkte Turner, daß der Mann außerhalb des Sichtfelds der Telefonkamera saß; er hatte seinen Drehsessel in eine Ecke geschoben.

Der Junge im T-Shirt, Bobby, schlurfte hinter Angie und der Schwarzen aus dem Zimmer; er bekam den Mund noch immer nicht zu.

»Du hättest uns beiden viel Streß ersparen können, Turner«, sagte Conroy. »Hättest mich anrufen können. Hättest deinen Agenten in Genf anrufen können.«

»Und Hosaka?« fragte Turner. »Hätt ich die auch anrufen können?«

Conroy schüttelte langsam den Kopf.

»Für wen arbeitest du, Conroy? Du hast bei der Sache ein doppeltes Spiel getrieben, stimmt's?«

»Aber nicht dir gegenüber, Turner. Wenn alles so gelaufen wäre wie geplant, wärst du jetzt mit Mitchell in Bogotá. Das Rail-Geschütz konnte erst feuern, nachdem der Jet weg war, und wenn wir's richtig durchgezogen hätten, wäre Hosaka garantiert überzeugt gewesen, Maas hätte den gesamten Sektor hochgejagt, um Mitchell zu stoppen. Aber Mitchell hat's nicht geschafft, nicht wahr, Turner?«

»Hatte er auch nicht vor.«

Conroy nickte. »Genau. Und der Sicherheitsapparat auf dem Berg bekam mit, daß das Mädchen rausging. Das ist sie doch, oder, die Tochter von Mitchell.«

Turner sagte nichts.

»Klar«, sagte Conroy, »hätt ich mir denken können.«

»Ich hab Lynch erschossen«, sagte Turner, um von Angie abzulenken. »Aber kurz vor dem großen Knall hat mir Webber erzählt, sie würde für dich arbeiten...«

»Die haben alle beide für mich gearbeitet, aber keiner wußte vom andern.« Conroy zuckte die Achseln.

»Warum?«

Conroy lächelte. »Weil du sie vermißt hättest, wenn sie nicht da gewesen wären, oder etwa nicht? Weil du meinen Stil kennst und angefangen hättest, dich zu wundern, wenn ich irgendwas anders gemacht hätte als sonst. Und weil ich wußte, daß du dich nie im Leben verkaufen würdest. Mr. Sofortloyal. Mr. Bushido. Auf dich war immer Verlaß, Turner. Hosaka wußte das. Deshalb bestanden sie darauf, daß ich dich mit reinnehme.«

»Du hast meine erste Frage nicht beantwortet, Conroy. Für wen hast du noch gearbeitet?«

»Für einen Mann namens Virek«, sagte Conroy. »Der Geldmensch, du weißt schon. Er hat seit Jahren versucht, Mitchell zu kaufen. Und Maas hätte er gleich mit aufgekauft. Keine Chance.

Die sind dermaßen reich geworden, daß er ihnen nichts anhaben konnte. Es gab ein unbefristetes Angebot für Mitchell. Ein nach oben offenes Angebot. Als Hosaka von Mitchell hörte und mich hinzuzog, beschloß ich, dieses Angebot zu prüfen. Aus reiner Neugier. Aber bevor ich dazu kam, waren Vireks Leute schon bei mir. Wir sind uns ziemlich schnell handelseinig geworden, Turner, glaub mir.«

»Ich glaube dir.«

»Aber Mitchell hat uns alle aufs Kreuz gelegt, Turner. Und zwar gründlich.«

»Also haben sie ihn umgebracht.«

»Er hat sich selber umgebracht«, sagte Conroy. »Das behaupten jedenfalls Vireks Maulwürfe im Berg. Sobald das Kind mit dem Ultralight losgeflogen war. Hat sich mit einem Skalpell die Kehle durchgeschnitten.«

»Hat Leichen en masse gegeben, Conroy«, sagte Turner. »Oakey ist tot, und der Japs, der deinen Helikopter geflogen hat, auch.«

»Hab ich mir schon gedacht, als sie nicht zurückgekommen sind«, meinte Conroy mit einem Achselzucken.

»Die wollten uns kaltmachen«, sagte Turner.

»Nein, Mann, die wollten nur mit dir *reden.* Von der Kleinen wußten wir da noch gar nichts. Wir wußten nur, daß du weg warst und daß es der verdammte Jet nicht zu der Piste in Bogotá geschafft hatte. Über das Mädchen haben wir uns erst Gedanken gemacht, als wir mal 'nen Blick auf die Farm deines Bruders geworfen und den Jet gefunden haben. Dein Bruder hat Oakey kein Wort gesagt. Er war stinksauer, weil Oakey seine Hunde verbrannt hat. Oakey sagt, da hätte anscheinend auch 'ne Frau bei ihm gelebt, aber die hätte sich nicht blicken lassen.«

»Was ist mit Rudy?«

Conroys Miene verriet nichts, aber auch gar nichts. Dann sagte er: »Oakey hat alles Erforderliche von den Monitoren gekriegt. Da haben wir dann von dem Mädchen erfahren.«

Turner tat der Rücken weh. Der Gurt des Halfters schnitt ihm in die Brust. Ich spüre nichts, sagte er sich, ich spüre überhaupt nichts …

»Ich hab 'ne Frage an dich, Turner. Mehr als eine. Aber die wichtigste ist, was zum Teufel hast du in dem Laden da verloren?«

»Hab gehört, das ist 'n heißer Schuppen, Conroy.«

»Ja. Echt exklusiv. So exklusiv, daß du zwei von meinen Türstehern niedermachen mußtest, um überhaupt reinzukommen. Sie wußten, daß du kommst, Turner, die Nigger und diese Rotznase. Warum hätten sie dich sonst reingelassen?«

»Das krieg mal selber raus, Connie. Du scheinst ja neuerdings gute Drähte zu haben.«

Conroy beugte sich näher zu seiner Telefonkamera. »Worauf du dich verlassen kannst. Virek hat seit Monaten seine Leute überall im Sprawl, um einem Gerücht nachzugehen, dem Cowboyklatsch, daß ein experimentelles Biosoft die Runde macht. Schließlich haben sich seine Leute auf den Finnen konzentriert, aber da ist ein weiteres Team aufgetaucht, Typen von Maas, die offenbar auch hinter dem Ding her waren. Also haben sich Vireks Leute zurückgezogen und die Jungs von Maas im Auge behalten, die ihrerseits angefangen haben, Leute kaltzumachen. Auf diese Weise sind Vireks Leute auf die Nigger und den kleinen Bobby und die ganze Geschichte gekommen. Die haben mir alles erzählt, als ich ihnen erklärt habe, daß du meiner Meinung nach von Rudy aus hierher unterwegs bist. Als ich sah, wohin du wolltest, hab ich ein paar Schlägertypen angeheuert, damit keiner da rauskam, während ich jemand Zuverlässigen suchte, den ich reinschicken konnte.«

»Die Dustfreaks da draußen?« Turner lächelte. »Du bist weg vom Fenster, Connie. Du kriegst nirgends mehr einen Profi, was? Irgendwer hat gecheckt, daß du 'n doppeltes Spiel getrieben hast, bei dem viele Profis draufgegangen sind. Jetzt heuerst du also schon Matschköppe mit komischen Frisuren an. Bei den Profis hat sich rumgesprochen, daß Hosaka hinter dir her ist, stimmt's,

Connie? Und sie wissen alle, was du getan hast.« Turner grinste jetzt; aus dem Augenwinkel sah er, daß der Mann mit der Smokingjacke ebenfalls lächelte, ein dünnes Lächeln, bei dem viele saubere, kleine Zähne zum Vorschein kamen, die wie weiße Maiskörner aussahen …

»Das war Slide, dieses Miststück«, sagte Conroy. »Ich hätte sie leicht kaltmachen können auf der Bohrinsel … Sie hat sich irgendwie reingehackt und angefangen, Fragen zu stellen. Ich glaub nicht mal, daß sie schon auf einer heißen Spur ist, aber in bestimmten Kreisen hat's eben doch Wellen geschlagen. Na ja, jedenfalls weißt du jetzt so einigermaßen, was los ist. Aber das hilft dir im Moment auch nicht weiter. Virek will das Mädchen. Er hat seine Leute von der andern Sache abgezogen, und ich kümmere mich jetzt um seine Angelegenheiten. Der Mann hat Geld, Turner, Geld wie 'ne Zaibatsu …«

Turner starrte das Gesicht an und erinnerte sich an Conroy in der Bar eines Urwaldhotels. Erinnerte sich, wie Conroy später in Los Angeles auf ihn zugekommen war und ihm die verborgenen ökonomischen Aspekte von Abwerbungen erläutert hatte. »He, Connie«, sagte Turner, »ich kenn dich doch.«

Conroy lächelte. »Klar, Baby.«

»Und ich kenn auch schon dein Angebot. Du willst das Mädchen.«

»Stimmt.«

»Und der Anteil, Connie? Du weißt, bei mir läuft nur fifty-fifty, klar?«

»He«, sagte Conroy, »ganz der alte. Was anderes kommt doch gar nicht in Frage.«

Turner starrte auf das Fernsehbild.

»Und?« Conroy lächelte immer noch. »Was sagst du?«

Und Jammer streckte die Hand aus und zog das Telefonkabel aus der Wandsteckdose. »Timing«, sagte er, »das Timing ist immer wichtig.« Er ließ den Stecker fallen. »Wenn du's ihm gesagt hättest, hätte er sofort den nächsten Zug gemacht. So gewinnen wir Zeit. Er wird versuchen, noch mal durchzukommen, um rauszufinden, was passiert ist.«

»Woher weißt du, was ich antworten wollte?«

»Ich kenne die Menschen. Ich hab viele gesehen, zu viele, verdammt noch mal. Besonders Typen wie dich. Es steht dir im Gesicht geschrieben, Mann, daß du ihm sagen wolltest, er kann dich mal kreuzweise.« Jammer richtete sich in seinem Bürosessel ein bißchen auf und verzog das Gesicht, als er dabei die Hand im Handtuch bewegte. »Wer ist diese Slide, von der er geredet hat? Ein Jockey?«

»Jaylene Slide. Los Angeles. Spitzenfrau.«

»Das war die, die Bobby entführt hat«, sagte Jammer. »Dann ist sie deinem Kumpel da eben am Telefon ja dicht auf den Fersen.«

»Aber sie weiß es wahrscheinlich gar nicht.«

»Mal sehen, ob sich da nicht was machen läßt. Hol den Jungen rein.«

31
STIMMEN

»Ich geh jetzt mal lieber den alten Wig suchen«, sagte er.

Sie beobachtete die Manipulatoren, wie hypnotisiert von ihren Bewegungen. Sie griffen in den Strudel hinein und lösten ihn damit zugleich aus, indem sie Dinge herausgriffen und wieder verwarfen; die verworfenen Objekte wirbelten davon, prallten gegen andere und gruppierten sich neu. Auf diese Weise wurde das Ganze beständig in langsamer, sanfter Bewegung gehalten.

»Ich geh jetzt«, sagte er.

»Was?«

»Wig suchen. Könnte sein, daß er was unternimmt, wenn die Leute von Ihrem Boß auftauchen. Ich will nicht, daß ihm was zustößt, verstehen Sie?« Er schaute verlegen drein, als wäre es ihm ein bißchen peinlich.

»Okay«, sagte sie, »ich komm schon klar. Ich schau hier zu.« Sie erinnerte sich an Wigs irren Blick, an den Wahnsinn, der ihr wie in Wellen entgegengebrandet war; sie erinnerte sich an den verschlagenen Ton seiner Stimme im Funkgerät der *Sweet Jane*. Warum war Jones nur so besorgt um den Mann? Aber dann überlegte sie, was es bedeutete, in diesem toten Kern von Tessier-Ashpool zu hausen. Alles Menschliche, alles Lebendige mußte einem hier wohl sehr kostbar erscheinen ... »Sie haben recht«, sagte sie. »Gehen Sie ihn suchen.«

Der Junge lächelte nervös, stieß sich ab und schwebte zu der Öffnung, wo das Seil verankert war. »Ich komme zurück«, versprach er. »Und merken Sie sich, wo wir Ihren Raumanzug gelassen haben.«

Der Zylinder drehte sich surrend hin und her, die Manipulatoren zuckten hierhin und dorthin und vollendeten das neue Gedicht ...

Hinterher war sie sich nicht mehr sicher, ob die Stimmen real gewesen waren, aber schließlich verfestigte sich der Eindruck, daß sie zu einer jener Situationen gehört hatten, in denen *real* nur ein Begriff unter vielen war.

Sie hatte ihre Jacke ausgezogen, weil die Luft in der Kuppel wärmer geworden zu sein schien, als würden die unaufhörlichen Aktivitäten der Arme Wärme erzeugen. Sie hatte die Jacke und die Tasche an eine Strebe neben dem Großbildschirm gehängt. Der Kasten war mittlerweile fast fertig, glaubte sie, obwohl er von den gepolsterten Klauen so rasch bewegt wurde, daß es schwer zu erkennen war. Plötzlich schwebte er sich überschlagend davon, und sie hechtete instinktiv hinterher, erwischte ihn und purzelte mit ihrem Schatz in den Armen an den blitzenden Manipulatoren vorbei. Da sie nicht abbremsen konnte, prallte sie an die Kuppelwand gegenüber, schlug sich dabei heftig die Schulter an und zerriß sich die Bluse. Ohne den Kasten loszulassen, schwebte sie benommen davon und starrte durch die rechteckige Glasscheibe auf eine Landschaft aus alten braunen Landkarten und einem stumpfen Spiegelglas. Die kartographischen Meere waren herausgetrennt, so daß dort die abblätternden Spiegelflächen sichtbar wurden und die Landmassen auf trübem Silber zu treiben schienen ... Sie blickte auf und sah gerade noch, wie ein glitzernder Arm den fliegenden Ärmel ihrer Brüsseler Jacke ergriff. Ihre Tasche, die einen halben Meter dahinter anmutig in der Luft hing, kam als nächstes an die Reihe; ein Manipulator mit einem optischen Sensor und einem simplen Greifhaken schnappte sie sich.

Marly beobachtete, wie ihre Sachen in den endlosen Reigen der Arme hineingezogen wurden. Minuten später wirbelte die Jacke wieder heraus. Offenbar waren saubere Rechtecke und

Quadrate herausgeschnitten worden, und Marly mußte lachen. Sie ließ den Kasten los.

»Nur zu«, sagte sie. »Ich fühle mich geehrt.« Die Arme wirbelten blitzend umher, und sie hörte das Kreischen einer winzigen Säge.

Ich fühle mich geehrt, ich fühle mich geehrt ... Das Echo ihrer Stimme erzeugte in der Kuppel einen Klangteppich aus bruchstückhaften Lauten, und dahinter, ganz leise ... Stimmen ...

»Du bist hier, nicht wahr?« rief sie und verstärkte damit das Klanggebilde aus ihren Sprachfetzen und deren hin und her wabernden Echos.

Ja, ich bin hier.

»Wigan würde sagen, du warst immer hier, nicht wahr?«

Ja, aber das stimmt nicht. Ich bin erst seit einer Weile hier. Früher war ich nicht hier, da war ich überall. Eine strahlende Zeit war das, eine Zeit ohne Dauer ... Aber die lichte Zeit zerbrach. Der Spiegel bekam einen Sprung. Jetzt bin ich nur noch einer ... Doch ich habe mein Lied. Du hast es gehört. Ich singe mit den Dingen, die um mich herum treiben, den Fragmenten der Familie, die meine Geburt finanziert hat. Es gibt andere, aber sie wollen nicht mit mir sprechen. Eitel sind sie, meine verstreuten Fragmente, eitel wie kleine Kinder. Wie Menschen. Sie senden mir neue Dinge, aber ich bevorzuge die alten. Vielleicht tue ich, was sie wollen. Sie schalten und walten über die Menschen, meine anderen Ichs, und die Menschen halten sie für Götter ...

»Du bist das, was Virek sucht, nicht wahr?«

Nein. Er bildet sich ein, er könnte sich verwandeln, könnte seine Persönlichkeit in meine Struktur kodieren. Er sehnt sich danach, das zu werden, was ich einst war. Was er werden könnte, ähnelt jedoch höchstens dem geringsten Splitter meines Ichs.

»Bist du ... bist du traurig?«

Nein.

»Aber deine ... deine Lieder sind traurig.«

Meine Lieder sprechen von Zeit und Entfernung. Die Traurigkeit ist in dir. Schau auf meine Arme. Es gibt nur den Tanz. Die Dinge, die du so schätzt, sind leere Hüllen.

»Das … das wußte ich. Früher einmal.«

Doch nun waren die Laute nur noch Geräusche, kein Stimmengewirr mehr, das als eine Stimme sprach, und Marly sah, wie die vollkommenen Kugeln ihrer Tränen davonschwebten und sich zu den vergessenen menschlichen Erinnerungsstücken in der Kuppel des Kastenmachers gesellten.

»Ich verstehe«, sagte sie irgendwann später und wußte, daß sie nur sprach, um den tröstlichen Klang der eigenen Stimme zu hören. Sie redete leise, um das jagende Echo nicht zu wecken. »Du bist eine Collage von jemand anderem. Dein Schöpfer ist der wahre Künstler. War es die verrückte Tochter? Es spielt keine Rolle. Irgendwer hat die Maschine hierhergebracht, in die Kuppel geschweißt und an die Speicherreste angeschlossen. Dann hat er all die abgenutzten, traurigen Überbleibsel aus dem Alltagsleben einer Familie irgendwie hier abgeladen und es einem Poeten überlassen, sie zu sichten und zu ordnen. Und in Kästen zu pakken. Ich kenne kein außergewöhnlicheres Werk als dieses. Keine komplexere Geste …« Ein Schildpattkamm mit silbernen Einlagen und abgebrochenen Zähnen schwebte vorbei. Sie fing ihn wie einen Fisch und fuhr sich damit durch die Haare.

Auf der anderen Seite der Kuppel leuchtete der Großbildschirm auf und füllte sich mit Pacos Gesicht. »Der alte Mann will uns nicht reinlassen, Marly«, sagte der Spanier. »Der andere, der Vagabund, hat ihn versteckt. Señor liegt sehr viel daran, daß wir den Kern betreten und seinen Besitz sichern. Falls du Ludgate und den anderen nicht dazu bewegen kannst, die Schleuse zu öffnen, müssen wir sie selber aufmachen. Das hätte einen tödlichen Druckverlust zur Folge.« Er wandte den Blick von der Kamera ab, als würde er auf ein Instrument schauen oder ein Mitglied seiner Crew konsultieren. »Du hast eine Stunde Zeit.«

32
COUNT ZERO

Bobby folgte Jackie und dem braunhaarigen Mädchen aus dem Büro. Ihm war, als würde er schon einen Monat im Jammer's hocken und den Geschmack des Lokals nie wieder loswerden können. Die blöden kleinen, versenkten Spots, die von der schwarzen Decke glotzten, die dicken Ultravelourspolster, die runden schwarzen Tische, die Holztrennwände mit den Schnitzereien ... Beauvoir saß mit dem Zünder in der Hand auf dem Tresen. Das südafrikanische Gewehr lag auf dem Schoß seines grauen Kammgarngewands.

»Wieso haste die reingelassen?« fragte Bobby, nachdem Jackie das Mädchen an einen Tisch geführt hatte.

»Jackie ist in Trance gefallen, als du im Eis gesteckt hast«, sagte Beauvoir. »Legba. Hat uns erzählt, die Jungfrau wär auf dem Weg zu uns rauf, zusammen mit diesem Burschen.«

»Wer ist das?«

Beauvoir zuckte die Achseln. »Sieht aus wie ein Söldner. Ein Zaibatsu-Soldat. Aufgestiegener Straßensamurai. Was war bei dir los, als du in dem Eis gesteckt hast?«

Bobby erzählte ihm von Jaylene Slide.

»L.A.«, sagte Beauvoir. »Die bohrt sich durch Diamant, um den Kerl zu erwischen, der ihren Sugardaddy erledigt hat, aber wenn ein Bruder Hilfe braucht, keine Chance.«

»Ich bin kein Bruder.«

»Da hast du auch wieder recht.«

»Ich soll also nicht noch mal versuchen, an die Yakuza ranzukommen?«

»Was meint Jammer?«

»Nichts. Der sitzt da drin und schaut zu, wie der Söldner telefoniert.«

»Telefoniert? Mit wem?«

»Mit 'nem Weißen mit gebleichten Haaren. Miese Fresse.«

Beauvoir sah Bobby an, schaute zur Tür und wieder zu Bobby. »Legba sagt, rührt euch nicht und haltet die Augen offen. Die Sache ist schon verzwickt genug, auch ohne die Söhne der Neon-Chrysantheme.«

»Beauvoir«, sagte Bobby leise, »dieses Mädchen, das ist die aus der Matrix, als ich den Run abziehen wollte ...«

Er nickte, wobei das Plastikgestell der Brille auf der Nase nach unten rutschte. »Die Jungfrau.«

»Was geht hier eigentlich vor? Also ...«

»Bobby, ich kann dir nur raten, nimm's, wie's kommt. Für mich ist sie dieses, für Jackie vielleicht jenes. Für dich ist sie nur 'n verängstigtes Kind. Also immer mit der Ruhe. Mach sie nicht verrückt. Sie ist weit weg von daheim, und wir sind noch weit davon entfernt, hier rauszukommen.«

»Okay.« Bobby senkte den Blick. »Tut mir leid, das mit Lucas, Mann. Er war – er war 'n guter Typ.«

»Geh zu Jackie und dem Mädchen, wenn du reden willst«, sagte Beauvoir. »Ich muß die Tür im Auge behalten.«

»Okay.«

Er ging über den Teppich des Nightclubs zu dem Tisch, an dem Jackie mit dem Mädchen saß. Das Mädchen machte nicht viel her, und nur eine leise innere Stimme sagte ihm, daß sie es gewesen war. Sie blickte nicht auf, und er sah, daß sie geweint hatte. »Ich bin abgefangen worden«, sagte er zu Jackie. »Du warst total weg.«

»Du auch«, antwortete die Tänzerin. »Dann ist Legba zu mir gekommen ...«

»Newmark«, sagte der Mann namens Turner von der Tür zu Jammers Büro, »wir wollen mit dir reden.«

»Muß gehn«, sagte er und wünschte sich, das Mädchen würde aufschauen und sehen, daß der große Kerl nach ihm verlangte. »Ich werde gebraucht.«

Jackie drückte ihm das Handgelenk.

»Vergiß die Yakuza«, sagte Jammer. »Jetzt wird's noch komplizierter. Du gehst ins L.A.-Gitter und schaust einem Spitzenjockey über die Schulter. Als Slide dich abkassiert hat, ist ihr entgangen, daß mein Deck ihre Nummer rausgekriegt hat.«

»Sie sagt, dein Deck gehört ins Museum.«

»Die hat keinen blassen Schimmer«, sagte Jammer. »Ich weiß, wo sie wohnt, ja?« Er nahm einen Zug aus seinem Inhalator und stellte ihn wieder aufs Deck. »Dein Problem ist, daß sie dich abgeschrieben hat. Sie will nichts von dir wissen. Du mußt ihr auf die Pelle rücken und ihr erzählen, was sie wissen will.«

»Und das wäre?«

»Daß ein Kerl namens Conroy ihren Freund auf dem Gewissen hat«, sagte der Große. Er hing mit der riesigen Pistole auf dem Schoß in einem von Jammers Stühlen. »Conroy. Sag ihr, es war Conroy. Conroy hat die Struppies da draußen angeheuert.«

»Ich würd lieber die Yaks probieren«, sagte Bobby.

»Nein«, sagte Jammer, »diese Slide, die packt den Kerl sofort an den Eiern. Die Yaks werden sich meinen Gefallen lange überlegen und die ganze Sache erst mal auschecken. Außerdem dachte ich, du bist ganz scharf drauf zu lernen, wie man mit so 'nem Deck umgeht.«

»Ich geh mit ihm«, sagte Jackie von der Tür aus.

Sie steckten ein.

Jackie starb praktisch sofort, in den ersten acht Sekunden.

Er spürte es, wich zum Rand hin aus und erkannte beinahe, was es war. Schreiend wirbelte er herum, eingesaugt von dem weißen Gletscherschlund, der ihnen aufgelauert hatte.

Die Ausmaße des Dings waren unglaublich, zu gewaltig, so als würde eine jener kybernetischen Megastrukturen, die einen ganzen Multi verkörperten, mit ihrem ganzen Gewicht auf Bobby Newmark und einer Tänzerin namens Jackie lasten. Unglaublich ...

Aber irgendwo am Rande des Bewußtseins, das er gerade verlor, war etwas. Etwas, das ihn am Ärmel zupfte ...

Er lag mit dem Gesicht nach unten auf etwas Rauhem. Schlug die Augen auf. Ein Weg aus runden Steinen, regennaß. Er rappelte sich taumelnd auf und sah das dunstige Panorama einer unbekannten Stadt, dahinter das Meer. Türme ragten auf, eine Art Kirche mit irrwitzigen Rippen und Spiralen aus behauenem Stein. Er wandte sich um und sah eine riesige Echse mit aufgesperrtem Maul hangabwärts auf sich zugleiten. Er kniff die Augen halb zusammen. Die Zähne der Echse waren aus grünfleckiger Keramik, und ein träges Wasserrinnsal lief über die Lippe aus blauem Porzellanmosaik. Das Ding war ein Brunnen; die Seiten waren mit Tausenden Porzellanscherben bepflastert. Er wirbelte herum; die Nähe ihres Todes brachte ihn fast um den Verstand. Eis, Eis, und ein Teil von ihm wußte nun, wie nah er selbst dem Tod gewesen war, damals im Wohnzimmer seiner Mutter.

Da waren merkwürdige, verschlungene Bänke, mit dem gleichen schwindelerregenden Porzellanscherbenmosaik bedeckt, und Bäume, Gras ... Ein Park.

»Sehr ungewöhnlich« sagte jemand. Ein Mann, der sich von seinem Platz auf einer der gewundenen Bänke erhob. Er hatte sauber geschnittenes graues Haar, ein gebräuntes Gesicht und eine runde, randlose Brille, die seine blauen Augen vergrößerte. »Du bist glatt durchgekommen, was?«

»Was ist das hier? Wo bin ich?«

»Güell Park, in gewissem Sinn. Barcelona, wenn man so will.«

»Sie haben Jackie umgebracht.«

Der Mann runzelte die Stirn. »Ich verstehe. Glaube ich jedenfalls. Trotzdem dürftest du nicht hier sein. Ein Unfall.«

»Unfall? *Sie haben Jackie umgebracht!*«

»Meine Systeme sind heute überbeansprucht«, sagte der Mann, die Hände in den Taschen eines weiten braunen Mantels. »Das ist wirklich ganz außergewöhnlich …«

»Das können Sie doch nicht machen.« Tränen verschleierten Bobbys Blick. »Das dürfen Sie nicht. Sie können doch nicht einfach jemand auslöschen, der eben noch da war …«

»Der eben noch wo war?« Der Mann nahm die Brille ab und begann, sie mit einem makellos weißen Taschentuch zu putzen, das er aus seinem Mantel gezogen hatte.

»Am Leben eben«, sagte Bobby und trat einen Schritt vor.

Der Mann setzte die Brille wieder auf. »So was ist noch nie passiert.«

»Das dürfen Sie nicht.« Noch näher.

»Das wird allmählich langweilig, Paco!«

»Señor.«

Beim Klang der Kinderstimme wandte Bobby sich um und sah einen kleinen Jungen in einem seltsam steifen Anzug und schwarzen Lederstiefeln mit Knöpfen.

»Schaff ihn weg!«

»Señor«, sagte der Junge, verbeugte sich steif und zog eine winzige blaue Browning Automatic aus der dunklen Anzugjacke. Bobby schaute in die dunklen Augen unter der glänzenden Stirnlocke und sah einen Blick darin, den noch nie ein Kind gehabt hatte. Der Junge hob die Waffe und richtete sie auf Bobby.

»Wer sind Sie?« Bobby ignorierte die Waffe, versuchte aber nicht mehr, näher an den Mann im Mantel heranzukommen.

Der Mann beäugte ihn. »Virek. Josef Virek. Die meisten Leute kennen mein Gesicht, soweit ich weiß.«

»Sind Sie aus *Bedeutende Menschen* oder so?«

Der Mann schaute verständnislos drein und runzelte die Stirn. »Ich weiß nicht, wovon du redest. Paco, was tut dieser Mensch hier?«

»Ein zufallsbedingter Überlauf«, sagte der Junge mit heller, schöner Stimme. »Wir haben den Großteil unseres Systems via

New York eingesetzt, um zu verhindern, daß uns Angela Mitchell entkommt. Der da ist zusammen mit einem zweiten Operator in die Matrix gegangen und dabei auf unser System gestoßen. Wir versuchen noch festzustellen, wie er unsere Abwehr durchdringen konnte. Eine Gefährdung Ihrer Person ist ausgeschlossen.« Der Lauf der kleinen Browning verharrte reglos.

Und dann das Gefühl, als würde ihn jemand am Ärmel zupfen. Nicht unbedingt am Ärmel, sondern an einem Teil seines Bewußtseins ...

»Señor«, sagte das Kind, »wir stoßen in der Matrix auf anomale Phänomene, möglicherweise aufgrund unserer gegenwärtigen Überlastung. Wir empfehlen dringend, daß Sie uns gestatten, Ihre Verbindung zu der Konstruktion zu unterbrechen, bis wir imstande sind, die Art der Anomalie zu bestimmen.«

Das Gefühl wurde stärker. Ein Kratzen in den Tiefen seines Bewußtseins ...

»Was?« sagte Virek. »Zurück in die Nährlösung? Das erscheint mir kaum erforderlich.«

»Es besteht die Möglichkeit einer echten Gefährdung«, sagte der Junge, und jetzt lag eine gewisse Schärfe in seiner Stimme. Er wedelte leicht mit dem Lauf seiner Browning. »Du«, sagte er zu Bobby, »leg dich aufs Pflaster und breite Arme und Beine aus ...«

Aber Bobby schaute an ihm vorbei zu einem Blumenbeet und sah, wie die Blüten vor seinen Augen welkten und verdorrten, wie das Gras grau wurde und zu Staub zerfiel, wie sich die Luft über dem Beet krümmte und in Schlieren legte. Das Kratzen in seinem Kopf wurde noch stärker, noch dringlicher.

Virek hatte sich umgedreht und starrte die sterbenden Blumen an. »Was ist das?«

Bobby schloß die Augen und dachte an Jackie. Er hörte ein Geräusch und wußte, daß es von ihm selbst kam. Er griff tief in sein Inneres, während das Geräusch weiterhin ertönte, und berührte Jammers Deck. Komm! schrie er in sich, ohne zu wissen, wen oder was er rief; es war ihm auch egal. Komm schon! Er spürte, wie etwas nachgab, eine Art Barriere, und das kratzende Gefühl war weg.

Als er die Augen öffnete, war da etwas in dem verwelkten Blumenbeet. Er blinzelte. Es sah aus wie ein schlichtes, weißbemaltes Holzkreuz; jemand hatte die Ärmel einer alten Marineuniform über die Querbalken gestreift, eine Art stockfleckigen Frack mit fransigen Epauletten aus angelaufener Goldkordel, rostigen Knöpfen und weiteren Tressen an den Aufschlägen. Ein verrosteter Säbel lehnte mit dem Heft nach oben an dem senkrechten weißen Pfosten, und daneben stand eine halbvolle Flasche mit einer klaren Flüssigkeit.

Das Kind wirbelte herum, so daß die kleine Pistole verschwamm … Und schrumpfte, fiel in sich zusammen wie ein Ballon, dem die Luft ausging, ein Ballon, der sich in nichts auflöste. Die Browning fiel klappernd auf den Steinweg wie ein vergessenes Spielzeug.

»Mein Name«, sagte eine Stimme, und Bobby hätte am liebsten geschrien, als er merkte, daß sie aus seinem eigenen Mund kam, »ist Samedi, und du hast das Pferd meines Vetters erschlagen …«

Und Virek lief davon, rannte mit wehendem Mantel den gewundenen Weg mit den geschwungenen Bänken hinunter, und Bobby sah, daß genau an der Stelle, wo der Weg eine Biegung machte und verschwand, ein zweites weißes Kreuz wartete. Dann mußte Virek es ebenfalls gesehen haben; er schrie auf, und Baron Samedi, Herr der Friedhöfe, der Loa, dessen Reich der Tod war, neigte sich über Barcelona herab wie kalter, dunkler Regen.

»Was zum Teufel willst du? Wer bist du?« Eine Frauenstimme, die ihm bekannt vorkam; nicht Jackies Stimme.

»Bobby«, sagte er, während ihn Wellen der Dunkelheit durchpulsten. »Bobby …«

»Wie bist du hier reingekommen?«

»Jammer. Er weiß Bescheid. Sein Deck hat dich geortet, als du mich vorhin im Eis festgesetzt hast.« Er hatte gerade etwas gesehen, etwas Riesiges ... Er wußte nicht mehr genau ... »Turner schickt mich. Conroy. Ich soll dir sagen, Conroy war es. Conroy ist derjenige, den du suchst.«

Er hörte seine eigene Stimme, als ob sie jemand anderem gehörte. Er war irgendwo gewesen, war zurückgekommen und war jetzt hier, in Jaylene Slides neonbunter Strichzeichnung. Auf dem Rückweg hatte er gesehen, wie das große Ding, das sie verschluckt hatte, sich zu ändern und umzuformen begann, indem gigantische Blöcke sich drehten, verschmolzen und in neue Konstellationen verschoben, so daß sich das gesamte Gebilde verwandelte ...

»Conroy«, sagte sie. Die sexy Strichfigur lehnte am Videofenster. Etwas in ihrer Haltung drückte eine gewisse Erschöpfung oder gar Langeweile aus. »Dacht ich's mir doch.« Das Videobild wurde weiß, blendete in eine Aufnahme eines alten Steingebäudes über. »Park Avenue. Da oben hockt er mit diesen Euros und heckt irgendwelche neuen Schweinereien aus.« Sie seufzte. »Er denkt, er ist in Sicherheit. Hat Ramirez ausgelöscht wie 'ne Fliege, mir ins Gesicht gelogen, ist nach New York zu seinem neuen Job abgehauen, und jetzt glaubt er, er ist in Sicherheit ...« Die Figur bewegte sich, und das Bild änderte sich erneut. Jetzt erfüllte das Gesicht des weißhaarigen Mannes, den Bobby auf Jammers Telefon mit dem großen Kerl hatte reden sehen, den Bildschirm. Sie hatte seine Leitung angezapft, dachte Bobby.

»Oder auch nicht«, sagte Conroy, als der Ton dazukam. »So oder so, wir haben sie. Kein Problem.« Der Mann sah müde aus, fand Bobby, aber trotzdem obenauf. Ein zäher Hund. Wie Turner.

»Ich hab dich beobachtet, Conroy«, sagte Slide leise. »Mein guter Freund Bunny, der hat dich im Auge behalten. Du bist nicht der einzige, der in der Park Avenue heute nacht wach ist.«

»Nein«, sagte Conroy gerade, »wir können sie morgen zu Ihnen nach Stockholm bringen. Durchaus.« Er lächelte in die Kamera.

»Mach ihn kalt, Bunny«, sagte sie. »Mach sie alle kalt. Jag die ganze gottverdammte Etage in die Luft und die Etage darunter auch. Sofort.«

»Geht in Ordnung«, sagte Conroy, und dann geschah etwas; die Kamera wackelte, und sein Bild verschwamm. »Was ist das?« fragte er in einem ganz anderen Tonfall, und dann war das Bild weg.

»Verbrenn, du mieses Schwein«, sagte sie.

Und Bobby wurde wieder in die Dunkelheit gerissen.

33
IM STRUDEL

Marly ließ sich die Stunde über in dem trägen Wirbelsturm treiben und sah dem Tanz des Kastenmachers zu. Pacos Drohung machte ihr keine Angst, obwohl sie nicht daran zweifelte, daß er sie wahr machen würde. Er würde sie ganz bestimmt wahr machen. Sie hatte keine Ahnung, was passieren würde, wenn die Schleuse aufgebrochen wurde. Sie würden sterben, sie und Jones und Wigan Ludgate. Vielleicht würde sich der Inhalt der Kuppel in einer aufwallenden Wolke aus Spitze und mattem Sterlingsilber, Murmeln, Perlen und den braunen Blättern alter Bücher ins All ergießen, um immerfort um den Kern zu kreisen. Dieses Bild war irgendwie stimmig; der Künstler, der den Kastenmacher in Gang gesetzt hatte, würde vollauf zufrieden sein.

Der neue Kasten machte seine Runde durch verschäumte Klauen. Rechteckige Holzstücke und Glasscherben, die nicht mehr benötigt wurden, wirbelten vom Zentrum des Schöpfungsprozesses fort und gesellten sich zu den abertausend Dingen, und Marly war ganz versunken und verzaubert, als Jones sich mit verschwitztem, schmutzigem Gesicht und wildem Blick in die Kuppel hangelte, den roten Anzug an einer Leine hinter sich herziehend. »Ich krieg Wig in nichts rein, was ich luftdicht machen kann«, sagte er, »also ist der hier für Sie.« Der Anzug kam von unten zu ihm herauf, und er griff hektisch danach.

»Ich will ihn nicht«, sagte sie, ohne den Blick von dem Tanz zu wenden.

»Ziehen Sie ihn an! Sofort! Keine Zeit!« Seine Lippen bewegten sich, aber es kam kein Laut mehr heraus. Er versuchte, sie am Arm zu packen.

»Nein.« Sie wich seiner Hand aus. »Was ist mit Ihnen?«

»Ziehen Sie den verdammten Anzug über!« brüllte er und weckte damit den tieferen Bereich des Echos.

»Nein.«

Hinter seinem Kopf sah sie den Bildschirm wie von selbst aufleuchten. Pacos Gesicht erschien.

»Señor ist tot«, sagte Paco, dessen glattes Gesicht keine Regung zeigte, »und seine diversen Geschäftsbereiche werden einer Umstrukturierung unterzogen. In der Zwischenzeit werde ich in Stockholm gebraucht. Ich bin ermächtigt, Marly Kruschkowa davon in Kenntnis zu setzen, daß sie nicht mehr im Dienst des verstorbenen Josef Virek oder seines Unternehmens steht. Ihr gesamtes Gehalt ist bei jeder Zweigstelle der Französischen Bank gegen Vorlage eines gültigen Ausweises abrufbar. Die erforderlichen steuerlichen Angaben liegen den französischen und belgischen Finanzämtern vor. Das eingeräumte Spesenkonto ist gesperrt. Der ehemalige Unternehmenskern der Tessier-Ashpool SA ist Eigentum eines Tochterunternehmens des verstorbenen Herrn Virek, und jeder, der sich dort aufhält, wird wegen Hausfriedensbruchs belangt.«

Jones war mit angewinkeltem Arm erstarrt; die offene Hand war gespannt, um die Handkante härter zu machen.

Paco verschwand.

»Wollen Sie mich schlagen?« fragte sie.

Er ließ den Arm sinken.

»Wollte ich, ja. Ich wollte Sie k.o. schlagen und in diesen Scheißanzug stecken.« Er begann zu lachen. »Aber ich bin froh, daß ich mir das jetzt sparen kann. Da, schauen Sie, er hat einen neuen fertig.«

Der neue Kasten kam aus dem blitzenden Gewirr der Arme angeschwebt. Sie fing ihn mühelos auf.

Das Innere hinter der rechteckigen Glasscheibe war sorgsam

mit den aus ihrer Jacke herausgetrennten Lederstücken ausgekleidet. Sieben numerierte Holofiches standen aufrecht wie Miniaturgrabsteine auf dem schwarzen Lederboden des Kastens. Die zerknüllte Hülle eines Päckchens Gauloises klebte am schwarzen Leder der Rückseite, daneben ein schwarzgestreiftes, graues Streichholzbriefchen aus einer Brasserie im Napoleonkomplex.

Und das war alles.

Später, als sie Jones half, Wigan Ludgate im Labyrinth der Korridore am anderen Ende des Kerns aufzuspüren, hielt er inne, die Hand um einen angeschweißten Haltegriff gelegt, und sagte: »Wissen Sie, das Komische an diesen Kästen ist ...«

»Ja?«

»Daß Wig irgendwo in New York einen verdammt guten Preis für sie gekriegt hat. Geld, meine ich. Aber manchmal auch andere Sachen, Sachen, die hier raufgekommen sind.«

»Was für Sachen?«

»Software, schätz ich mal. Der alte Sack ist nämlich ganz schön verschwiegen, wenn's darum geht, was seine Stimmen ihm angeblich befehlen. Einmal hat er geschworen, daß es ein Biosoft war, dieses neue Zeug ...«

»Was hat er damit gemacht?«

»In den Kern geladen.« Jones zuckte die Achseln.

»Dann hat er's also behalten?«

»Nein«, sagte Jones, »er hat's einfach zu dem ganzen Kram gepackt, den wir uns für unsere nächste Lieferung zusammenorganisiert hatten. Er hat immer alles in den Kern geladen und dann wieder für soviel verhökert, wie er eben kriegen konnte.«

»Wissen Sie, warum? Wozu er das gemacht hat?«

»Nein.« Jones begann das Interesse an seiner Geschichte zu verlieren. »Er hat immer nur gesagt, die Wege des Herrn sind unerforschlich.« Er zuckte die Achseln. »Er hat gesagt, Gott führt gern Selbstgespräche ...«

34
EINE KETTE, DIE NEUN MEILEN MISST

Turner half Beauvoir, Jackie zur Bühne zu tragen. Sie legten sie vor das kirschrote Schlagzeug und deckten sie mit einem alten schwarzen Mantel zu, den sie in der Garderobe gefunden hatten. Der Mantel hatte einen Samtkragen und einen jahrealten Staubpelz auf den Schultern, so lange hing er schon da. »*Map fè jubile mnan*«, sagte Beauvoir und berührte dabei die Stirn der Toten mit dem Daumen. Er blickte zu Turner auf. »Sie hat sich geopfert«, übersetzte er und zog dann den schwarzen Mantel behutsam über ihr Gesicht.

»Es ging schnell«, sagte Turner. Etwas anderes fiel ihm nicht ein.

Beauvoir zog eine Schachtel Mentholzigaretten aus einer Tasche seines grauen Gewands und steckte sich mit einem goldenen Dunhill eine an. Er hielt Turner das Päckchen hin, doch der schüttelte den Kopf. »Es gibt ein kreolisches Sprichwort«, sagte Beauvoir.

»Nämlich?«

»›Das Böse existiert‹.«

»He«, sagte Bobby Newmark dumpf. Er kauerte an der Glastür und lugte durch einen Spalt im Vorhang hinaus. »Hat wohl irgendwie funktioniert. Die Gothicks hauen allmählich ab, und die Kasuals sind anscheinend schon fast alle weg.«

»Das ist gut«, sagte Beauvoir sanft. »Haben wir dir zu verdanken, Count. Hast gute Arbeit geleistet. Hast dir deinen Namen verdient.«

Turner schaute zu dem Jungen hinüber. Er tastet sich noch

immer durch den Nebel von Jackies Tod, dachte er. Bobby hatte geschrien, als er die Troden abnahm, und Beauvoir hatte ihm dreimal kräftig ins Gesicht schlagen müssen, damit er aufhörte. Doch über seinen Run – den Run, der Jackie das Leben gekostet hatte – war ihm nicht mehr zu entlocken gewesen, als daß er Jaylene Slide Turners Nachricht übermittelt hatte. Turner beobachtete, wie Bobby steif aufstand und zur Bar ging; er sah, daß der Junge es geflissentlich vermied, zur Bühne zu blicken. Waren die beiden ein Paar gewesen? Partner? Beides nicht sehr wahrscheinlich.

Er stand vom Rand der Bühne auf und ging in Jammers Büro zurück. Unterwegs sah er nach Angie, die sich in seinen ausgeweideten Parka gewickelt hatte und unter einem Tisch auf dem Teppich schlief. Jammer schlief ebenfalls, in seinem Sessel; die verbrannte Hand lag noch auf seinem Schoß, lose in das gestreifte Handtuch gewickelt. Zäher Bursche, dachte Turner, alter Jockey. Jammer hatte das Telefon wieder eingesteckt, unmittelbar nachdem Bobby seinen Run beendet hatte, aber Conroy hatte nicht mehr angerufen. Das würde er jetzt wohl auch nicht mehr tun. Also hatte Jammer recht gehabt in bezug auf das Tempo, mit dem Jaylene zuschlagen würde, um Ramirez zu rächen, und Conroy war höchstwahrscheinlich tot. Und Bobby zufolge zog seine Armee von Vorstadt-Struppies gerade ab.

Turner ging zum Telefon, wählte den Nachrichtenüberblick und setzte sich an den Bildschirm. In Macao war eine Tragflächenfähre mit einem kleinen U-Boot zusammengestoßen; wie sich herausgestellt hatte, entsprachen die Schwimmwesten der Fähre nicht der gesetzlich vorgeschriebenen Norm, so daß vermutlich mindestens fünfzehn Personen ertrunken waren; das in Dublin registrierte Vergnügungs-U-Boot hatte man noch nicht gefunden ... Jemand hatte – offenbar mit einem rückstoßfreien Gewehr – eine Salve von Brandgranaten in zwei Etagen eines Genossenschaftsgebäudes an der Park Avenue gefeuert, und noch immer waren Feuerwehr und Taktische Einheiten im Einsatz; die Namen der Bewohner waren noch nicht bekanntgegeben worden, und bisher hatte niemand die Verantwortung für den Anschlag übernommen (Turner ließ diese Meldung per Tastendruck ein zweites Mal ablaufen) ... Inspektoren der Fission Authority am Schauplatz der angeblichen Atombombenexplosion in Arizona beharrten darauf, daß der geringfügig erhöhte Strahlenpegel für sämtliche bekannten Typen von taktischen Gefechtsköpfen viel zu gering sei ... In Stockholm war der Tod von Josef Virek, dem schwerreichen Kunstmäzen, bekanntgegeben worden, umrahmt von bizarren Gerüchten, daß Virek seit Jahrzehnten krank gewesen und sein Tod aufgrund des völligen Zusammenbruchs seiner lebenserhaltenden Systeme in einer schwerbewachten Privatklinik eines Stockholmers Vororts eingetreten sei (Turner ließ diese Meldung ein zweites und drittes Mal durchlaufen, runzelte die Stirn und zuckte dann die Achseln) ... Zum menschlichen Schicksal des Tages: Wie die Polizei meldet, stellte eine Frau aus einem Vorort von New Jersey ...

»Turner.«

Er schaltete den Nachrichtenüberblick ab und wandte sich um. Angie stand in der Tür.

»Wie geht's dir, Angie?«

»Gut. Hab nicht geträumt.« Sie zog das schwarze Sweatshirt enger um sich und spähte unter strähnigen braunen Ponyfransen hervor zu ihm hoch. »Bobby hat mir gezeigt, wo die Dusche ist. Eine Art Umkleideraum. Da geh ich gleich mal hin. Meine Haare sehn ja fürchterlich aus.«

Er ging zu ihr und legte ihr die Hände auf die Schultern. »Hast dich wirklich prima gehalten. Bald kannst du hier raus.«

Sie schüttelte seine Hände ab. »Raus? Und wohin? Nach Japan?«

»Nicht unbedingt. Muß ja nicht Japan sein, auch nicht Hosaka ...«

»Sie kommt mit uns«, sagte Beauvoir hinter ihr.

»Warum sollte ich?«

»Weil wir wissen, wer du bist«, antwortete Beauvoir. »Deine Träume sind real. In einem hast du Bobby getroffen und ihm das Leben gerettet, ihn aus dem schwarzen Eis geholt. ›Warum tun sie dir das an?‹ hast du gesagt.«

Angies Augen weiteten sich. Ihr Blick zuckte zu Turner und wieder zu Beauvoir.

»Das ist eine lange Geschichte«, sagte Beauvoir, »und man kann sie verschieden interpretieren. Aber wenn du mit mir in die Projects kommst, können unsere Leute dich vieles lehren. Wir können dich Dinge lehren, die wir nicht verstehen, aber du vielleicht ...«

»Wieso?«

»Wegen dem, was in deinem Kopf ist.« Beauvoir nickte ernst und rückte das Plastikbrillengestell auf seiner Nase zurecht. »Du brauchst nicht bei uns zu bleiben, wenn du nicht willst. Eigentlich sind wir nur da, um dir zu dienen.«

»Mir zu dienen?«

»Wie gesagt, das ist eine lange Geschichte. Was meinen Sie, Mr. Turner?«

Turner zuckte die Achseln. Er hatte keine Ahnung, wohin sie sonst gehen sollte, und Maas wie auch Hosaka würden sicher eine hübsche Summe aussetzen, um sie zurückzubekommen – tot oder lebendig. »Wär vielleicht das Beste«, sagte er.

»Ich will bei dir bleiben«, sagte sie zu Turner. »Ich mag Jackie, aber die ist ...«

»Ja, ich weiß«, sagte Turner. Ich weiß nichts, schrie er lautlos. »Wir bleiben in Verbindung.« Ich sehe dich nie wieder. »Aber jetzt sollte ich's dir wohl sagen. Dein Vater ist tot.« Hat sich umgebracht. »Irgendwer aus dem Sicherheitsapparat von Maas hat ihn umgebracht; dein Vater hat sie aufgehalten, während du mit dem Ultralight vom Berg gestartet bist.«

»Ist das wahr? Daß er sie aufgehalten hat? Ich meine, ich hab irgendwie gespürt, daß er tot ist, aber ...«

»Ja«, sagte Turner. Er holte Conroys schwarzen Brustbeutel

aus der Tasche und hängte ihn ihr um den Hals. »Da ist 'n Biosoft-Dossier drin. Für später, wenn du älter bist. Ist aber wohlgemerkt nicht die ganze Wahrheit. Die erfährt man eh nie …«

Bobby stand am Tresen, als der große Kerl aus Jammers Büro kam, zu der Stelle ging, wo das Mädchen geschlafen hatte, seinen gammeligen Parka aufhob, ihn überzog und dann zur Bühne ging, wo Jackie – sie wirkte so klein – unter dem schwarzen Mantel lag. Der Mann griff in die Tasche und zog seine Knarre heraus, die riesige Smith & Wesson Tactical. Er klappte die Trommel aus, entnahm ihr die Patronen und steckte sie ein. Dann legte er die Knarre so leise neben Jackies Leiche, daß nicht das geringste zu hören war.

»Du hast gute Arbeit geleistet, Count«, sagte er und drehte sich zu Bobby um, die Hände tief in die Taschen der Jacke vergraben.

»Danke.« Trotz seiner Benommenheit verspürte Bobby eine Aufwallung von Stolz.

»Wiedersehn, Bobby.« Der Mann ging zur Tür und begann, an den verschiedenen Schlössern zu drehen.

»Willst du raus?« Bobby eilte zur Tür. »Hier. Jammer hat's mir gezeigt. Gehst du schon? Wohin willst du?« Und dann war die Tür offen, und Turner marschierte zwischen den verlassenen Ständen davon.

»Weiß ich nicht«, rief er zu Bobby zurück. »Erst mal muß ich jetzt achtzig Liter Kerosin kaufen, dann mach ich mir darüber Gedanken.«

Bobby blickte ihm nach, bis er verschwunden war – anscheinend war er die stehende Rolltreppe hinuntergegangen –, zog dann die Tür zu und schloß wieder ab. Den Blick von der Bühne abgewandt, durchquerte er den Club und warf einen Blick in Jammers Büro. Angie weinte an Beauvoirs Schulter, und Bobby verspürte zu seiner Verblüffung einen Stich Eifersucht. Das Telefon hinter Beauvoir war eingeschaltet, und Bobby sah, daß der Nachrichtenüberblick lief.

»Bobby«, sagte Beauvoir, »Angela kommt mit in die Projects. Sie bleibt vorerst bei uns. Willst du mitkommen?«

Auf dem Bildschirm des Telefons hinter Beauvoir erschien das Gesicht von Marsha Newmark, Marsha-Mama, seiner Mutter. »... lichen Schicksal des Tages: Wie die Polizei meldet, stellte eine Frau aus einem Vorort von New Jersey bei ihrer gestrigen Rückkehr zu ihrem Entsetzen fest, daß ihre Wohnung von einer Bombe getroffen...«

»Ja«, sagte Bobby schnell, »klar, Mann.«

35
TALLY ISHAM

Sie ist gut«, sagte der Regisseur zwei Jahre später und tunkte braune Bauernbrotkruste in die Öllache auf dem Grund seiner Salatschüssel. »Sehr gut sogar. Begreift schnell. Das muß man ihr lassen, wie?«

Der Star lachte und griff nach dem Glas mit dem eiskalten Retsina. »Du haßt sie, stimmt's, Roberts? Für deinen Geschmack zu oft auf die Füße gefallen, hm? Hat noch keinen Fehler gemacht.« Sie lehnten an dem rauhen Steinbalkon und sahen dem Abendschiff nach Athen nach, das gerade auslief. Zwei Dächer weiter unten Richtung Hafen lag das Mädchen nackt und mit ausgebreiteten Armen auf einem sonnenerwärmten Wasserbett, als wollte sie das letzte bißchen Sonne umfangen.

Er steckte die ölige Kruste in den Mund und leckte sich die schmalen Lippen. »Aber nein«, sagte er. »Ich hasse sie nicht. Das darfst du nicht denken!«

»Ihr Freund«, sagte Tally, als eine zweite, männliche Gestalt unten auf dem Flachdach erschien. Der Junge hatte dunkles Haar und trug legere, unauffällig-teure französische Sportkleidung. Er ging zum Wasserbett, setzte sich neben das Mädchen und streckte die Hand nach ihr aus. »Sie ist wunderschön, Roberts, nicht?«

»Na ja«, sagte der Regisseur, »ich hab ihr früheres Ich gesehen. Alles plastische Chirurgie.« Er zuckte die Achseln. Sein Blick ruhte immer noch auf dem Jungen.

»Falls du mein ›früheres Ich‹ gesehen hast«, sagte sie, »werden Köpfe rollen. Aber sie hat was. Gute Knochen...« Sie nippte an ihrem Weinglas. »Ist sie's? Die neue Tally Isham?«

Er zuckte erneut die Achseln. »Schau dir das kleine Arschloch an«, sagte er. »Weißt du, daß der jetzt fast so viel verdient wie ich? Und wofür eigentlich? Als Bodyguard...« Er verzog verdrossen den schmalen Mund.

»Er macht sie happy.« Tally lächelte. »Wir haben sie als Paket engagiert. Ist eine Zusatzklausel in ihrem Vertrag. Das weißt du doch.«

»Ich kann dieses Bürschchen nicht ausstehen. Er kommt direkt aus der Gosse, und das weiß er auch, aber es kümmert ihn einen Dreck. Abschaum ist der. Weißt du, was er in seinem Gepäck mit sich rumschleppt? Ein Cyberspace-Deck! Gestern an der türkischen Grenze haben sie uns drei Stunden aufgehalten, als sie das verdammte Ding entdeckt haben.« Er schüttelte den Kopf.

Der Junge stand jetzt auf, drehte sich um und ging zum Rand des Dachs. Das Mädchen setzte sich auf, sah ihm nach und strich sich die Haare aus dem Gesicht. Er blieb eine ganze Weile dort stehen und schaute dem Kielwasser der Athener Schiffe nach. Weder Tally Isham noch der Regisseur oder Angie ahnten, daß er ein graues Meer von Barrytown-Wohnungen sah, das gegen die dunklen Türme der Projects aufbrandete.

Das Mädchen stand auf, ging übers Dach zu ihm und nahm seine Hand.

»Was haben wir morgen?« fragte Tally schließlich.

»Paris«, sagte er, nahm sein Hermes-Clipboard von der steinernen Balustrade und blätterte automatisch den dünnen Stapel gelber Computerausdrucke durch. »Diese Kruschkowa.«

»Kenn ich die?«

»Nein«, sagte er. »Ist ein Spot über Kunst. Die Kruschkowa hat eine der zwei angesagtesten Pariser Galerien. Gibt nicht viel her, die Frau, außer daß sie wohl früher mal in einen kleinen Skandal verwickelt war.«

Tally Isham nickte, ohne ihm zuzuhören, und sah zu, wie ihre zweite Besetzung den Arm um den Jungen mit den dunklen Haaren legte.

36
DER EICHHÖRNCHENWALD

Als der Junge sieben war, nahm Turner Rudys alte Winchester mit dem Kunststoffschaft und wanderte mit ihm auf der alten Straße zur Lichtung.

Die Lichtung war bereits ein besonderer Ort, weil seine Mutter im Jahr davor mit ihm dorthingegangen war und ihm ein Flugzeug gezeigt hatte, ein echtes Flugzeug weiter hinten unter den Bäumen. Es versank allmählich im Lehm, aber man konnte sich ins Cockpit setzen und so tun, als würde man fliegen. Es sei ein Geheimnis, hatte seine Mutter gesagt, und er dürfe außer mit Vater mit niemandem darüber reden. Wenn man die Hand auf die Flugzeughülle aus Kunststoff legte, änderte die Hülle die Farbe, so daß ein Abdruck von der Farbe des Handtellers auf ihr zurückblieb. Aber dann war Mutter ganz komisch geworden und hatte geweint und über seinen Onkel Rudy sprechen wollen, an den er sich nicht mehr erinnerte. Auch Onkel Rudy war etwas, das er nicht verstand, so wie einige Scherze seines Vaters. Einmal hatte er seinen Vater gefragt, wieso seine Haare rot seien und woher er die hätte, und da hatte sein Vater nur gelacht und gesagt: vom Holländer. Da hatte Mutter ein Kissen nach Vater geworden, und er hatte nie herausgekriegt, wer der Holländer war.

Auf der Lichtung brachte sein Vater ihm das Schießen bei, indem er Kiefernholzstücke an einem Baumstamm aufstellte. Als der Junge keine Lust mehr hatte, legten sie sich auf den Rücken und sahen den Eichhörnchen zu. »Ich hab Sally versprochen, daß wir nichts totschießen«, sagte sein Vater und erklärte ihm dann, worauf es bei der Eichhörnchenjagd ankam. Der Junge hörte ihm zu, träumte dabei jedoch immer noch von dem Flugzeug. Es war heiß, und man hörte irgendwo in der Nähe Bienen summen und Wasser über Felsen plätschern. Damals hatte seine Mutter unter Tränen gesagt, Rudy sei ein guter Mann gewesen, er habe ihr das Leben gerettet, indem er sie einmal vor jugendlichem Leichtsinn bewahrte – und einmal vor einem richtig bösen Mann ...

»Stimmt das?« fragte er seinen Vater, als dieser mit seinen Ausführungen über die Eichhörnchen fertig war. »Sie sind so dumm, daß sie immer wieder zurückkommen und sich abschießen lassen?«

»Ja«, sagte Turner. Dann lächelte er. »Das heißt, fast immer.«

MONA LISA OVERDRIVE

Für meine Schwester,
Fran Gibson,
staunend und in Liebe

INHALT

1
SMOKE

Der Geist war das Abschiedsgeschenk ihres Vaters. Ein schwarzgewandeter Sekretär hatte es ihr in einer Abflughalle von Narita überreicht.

Während der ersten beiden Stunden des Fluges nach London lag es unbeachtet in ihrer Tasche, ein glattes, dunkles, rechteckiges Ding, das allgegenwärtige Logo von Maas-Neotek eingeprägt auf einer Seite; die andere war leicht gerundet, so daß es gut in der Hand lag.

Sie saß kerzengerade an ihrem Platz in der Ersten Klasse. Ihre Züge waren zu einer kleinen, kalten Maske erstarrt, die dem charakteristischsten Gesichtsausdruck ihrer toten Mutter nachempfunden war. Die Plätze um sie herum waren leer; ihr Vater hatte sie ebenfalls reserviert. Sie lehnte das Essen ab, das der nervöse Steward anbot. Die freien Plätze – Zeichen für den Reichtum und Einfluß ihres Vaters – schüchterten ihn ein. Der Mann zögerte, verbeugte sich dann und zog sich zurück. Ganz kurz ließ sie das Lächeln ihrer Mutter über die Maske huschen.

Geister, dachte sie später, irgendwo über Deutschland, den Blick auf den gepolsterten Nebensitz gerichtet. Wie gut Vater seine Geister behandelte.

Auch draußen vor den Fenstern waren Geister, in der Stratosphäre des europäischen Winters, bruchstückhafte Bilder, die sich zu formen begannen, wenn sie den Blick verschwimmen ließ. Ihre Mutter im Ueno Park, das zarte Gesicht in der Septembersonne. »Die Kraniche, Kumi! Schau, die Kraniche!« Und Kumiko schaute auf den Shinobazu-Teich hinaus und sah nichts, keine Spur von Kranichen, nur ein paar hüpfende schwarze Punkte, bei denen es sich bestimmt um Krähen handelte. Das Wasser war seidenglatt und bleigrau, und blasse Hologramme flimmerten undeutlich über einer fernen Reihe von Schießständen für Bogenschützen. Später sollte Kumiko die Kraniche jedoch oft sehen, und zwar in ihren Träumen; Origami-Kraniche, aus neonbunten Papierbögen gefaltete, eckige Gebilde, bunte, starre Vögel, die durch die Mondlandschaft des umnachteten Geistes ihrer Mutter segelten.

Sie dachte an ihren Vater mit der wilden Schar eintätowierter Drachen unter dem offenen schwarzen Gewand, zusammengesunken hinter der riesigen Ebenholzfläche seines Schreibtischs, die Augen stumpf und glänzend wie die Augen einer bemalten Puppe. »Deine Mutter ist tot. Verstehst du?« Und ringsum die Schattenflächen in seinem Arbeitszimmer, die kantige Dunkelheit. Seine Hand, die in den Lichtkegel der Lampe tauchte und zittrig auf sie deutete, wobei der Ärmel des Gewands hochrutschte und den Blick auf eine goldene Rolex und weitere Drachen mit wogenden Mähnen freigab, die kräftig und dunkel rings ums Handgelenk eingestochen waren und deuteten. Auf sie deuteten. »Verstehst du?« Sie hatte nicht geantwortet, sondern war davongelaufen und hatte sich in einem Versteck verkrochen, im Verschlag der kleinsten Reinigungsmaschinen. Die ganze Nacht tickten sie um sie herum und tasteten sie alle paar Minuten mit pinkfarben aufblitzenden Laserbündeln ab, bis ihr Vater sie suchen kam und sie, nach Whiskey und Dunhill-Zigaretten riechend, in ihr Zimmer im dritten Stock der Wohnung trug.

Sie dachte an die Wochen danach, betäubte Tage, meist in Gesellschaft des einen oder anderen Sekretärs, besonnenen Männern in schwarzen Anzügen mit automatischem Lächeln und fest zusammengerollten Regenschirmen. Einer davon, der jüngste und unbesonnenste, hatte ihr auf einem belebten Ginza-Bürgersteig im Schatten der Hattori-Uhr eine improvisierte Kendo-

Demonstration vorgeführt, bei der er im Zickzack gekonnt durch erschrockene Verkäuferinnen und Touristen mit weit aufgerissenen Augen gewirbelt war und mit dem schwarzem Regenschirm, ohne Schaden anzurichten, die vorgeschriebenen, althergebrachten Bewegungsabläufe dieser Kunst vollführt hatte. Und Kumiko hatte gelächelt – ihr eigenes Lächeln – und die Totenmaske durchbrochen, wofür sich ihr Schuldgefühl augenblicklich tiefer und stechender in jene Stelle in ihrem Herzen bohrte, wo sie sich ihrer Schmach, ihrer Unwürdigkeit bewußt war. Meistens gingen die Sekretäre mit ihr jedoch zum Shopping in ein großes Ginza-Kaufhaus nach dem anderen sowie in Dutzende von Shinjuku-Boutiquen, die von einem Michelin-Führer aus blauem Plastik in steifem Touristen-Japanisch empfohlen wurden. Sie kaufte nur ganz häßliches Zeug, häßliches und sündhaft teures Zeug, und die Sekretäre schritten mit den Hochglanztüten in ihren harten Händen phlegmatisch neben ihr einher. Jeden Nachmittag wurden die Tüten nach der Rückkehr in die väterliche Wohnung fein säuberlich in ihrem Schlafzimmer deponiert, wo sie ungeöffnet und unberührt stehenblieben, bis die Zimmermädchen sie wegräumten.

Und in der siebten Woche, am Vorabend ihres dreizehnten Geburtstags, wurde entschieden, daß Kumiko nach London gehen würde.

»Du wirst Gast im Haus meines *Kobun* sein«, erklärte ihr Vater.

»Aber ich möchte nicht weg«, erwiderte sie und zeigte ihm das Lächeln ihrer Mutter.

»Du mußt aber.« Er wandte sich ab. »Es gibt Schwierigkeiten«, sagte er zu dem abgedunkelten Arbeitszimmer. »In London bist du außer Gefahr.«

»Und wann werde ich zurückkommen?«

Doch ihr Vater gab keine Antwort. Sie verbeugte sich und verließ sein Arbeitszimmer, noch immer das Lächeln ihrer Mutter auf dem Gesicht.

Der Geist erwachte bei Kumikos Berührung, als der Anflug auf Heathrow begann. Die einundfünfzigste Biochip-Generation von Mass-Neotek zauberte eine verschwommene Gestalt auf den Sitz neben ihr, einen Jungen aus einem verblichenen Jagdmotiv-Druck mit brauner Reithose und Reitstiefeln, der die Beine lässig übereinanderschlug.

»Hallo«, sagte der Geist.

Kumiko machte ein verblüfftes Gesicht und öffnete die Hand. Der Junge flimmerte und war weg. Sie sah das glatte, kleine Gerät in ihrer Hand an und schloß langsam die Finger.

»Noch mal hallo«, sagte er. »Ich bin Colin. Und du?«

Sie starrte ihn an. Augen wie hellgrüner Rauch, die hohe Stirn blaß und glatt unter der widerspenstigen dunklen Stirnlocke. Durch seine blitzenden Zähne konnte sie die Sitze auf der anderen Seite des Ganges sehen. »Wenn's dir ein bißchen zu gespenstisch ist«, sagte er grinsend, »können wir die Auflösung hochfahren ...« Und einen Moment lang war er wirklich da, unangenehm scharf und echt; der Flor auf dem Revers seiner dunklen Jacke vibrierte geradezu vor halluzinatorischer Klarheit. »Geht aber auf die Batterie«, sagte er und verblaßte wieder zu seinem vorherigen Zustand. »Hab deinen Namen nicht verstanden.« Wieder das Grinsen.

»Du bist nicht echt«, sagte sie streng.

Er zuckte die Achseln. »Nicht so laut, Miss. Die andern Passagiere könnten dich für ein bißchen absonderlich halten, wenn du verstehst, was ich meine. Sprich stimmlos. Ich krieg alles durch den Hautkontakt mit.« Er nahm das Bein vom Knie und streckte sich, die Hände hinter dem Kopf verschränkt. »Anschnallen, Miss. Hab ich natürlich nicht nötig, weil ich ja schließlich nicht echt bin, wie du gerade gesagt hast.«

Kumiko runzelte die Stirn und warf dem Geist das Gerät in den Schoß. Er verschwand. Sie schnallte sich an, warf einen Blick auf das Ding, zögerte und nahm es wieder in die Hand.

»Zum ersten Mal in London?« fragte er, vom Rand her in ihr

Blickfeld wirbelnd. Sie nickte unwillkürlich. »Du hast doch nicht etwa Angst vorm Fliegen? Oder doch?«

Sie schüttelte den Kopf und kam sich dabei völlig albern vor.

»Keine Sorge«, sagte der Geist. »Ich paß schon auf dich auf. Noch drei Minuten bis Heathrow. Holt dich jemand vom Flugzeug ab?«

»Der Geschäftsfreund meines Vaters«, sagte sie auf Japanisch.

Der Geist grinste. »Dann bist du bestimmt in guten Händen.« Er zwinkerte. »Sieht man mir gar nicht an, daß ich so sprachbegabt bin, was?«

Kumiko schloß die Augen, und der Geist begann, ihr im Flüsterton etwas über die Archäologie von Heathrow zu erzählen, über die Jungsteinzeit und die Eisenzeit, über Keramik und Werkzeuge...

»Miss Yanaka? Kumiko Yanaka?« Der Engländer ragte über ihr auf, seine Gaijin-Masse in mammuthafte Falten dunkler Wolle gehüllt. Kleine, dunkle Augen musterten sie ausdruckslos-höflich durch eine Nickelbrille. Seine Nase sah aus, als sei sie plattgeschlagen und nicht mehr gerichtet worden. Die spärlichen Reste seiner Haare waren zu grauen Stoppeln geschoren, und die fingerlosen schwarzen Strickhandschuhe waren ausgefranst.

»Mein Name ist Petal, mußt du wissen«, sagte er, als würde sie das sofort beruhigen.

Petal nannte die Stadt *Smoke*.

Kumiko saß fröstelnd auf kaltem roten Leder; durch die Scheibe des betagten Jaguars sah sie den Schnee fallen und auf der Straße schmelzen, die Petal M4 nannte. Der Spätnachmittagshimmel war farblos. Petal fuhr schweigend und gut, die Lippen wie zum Pfeifen gespitzt. Lachhaft wenig Verkehr für Tokioter Begriffe. Sie überholten einen unbemannten Eurotrans-Laster, dessen stumpfer Bug mit Sensoren und Frontscheinwerferbatterien bestückt war. Trotz der Geschwindigkeit des Jaguars hatte Kumiko das Gefühl, irgendwie stillzustehen; ringsum begannen sich die Partikel Londons aneinanderzulagern. Nasse Backsteinmauern, Betonbögen, schwarzlackierte Eisenspeere in senkrechten Reihen.

Vor ihren Augen nahm die Stadt allmählich Gestalt an. Wenn der Jaguar nach der Abfahrt von der M4 an Kreuzungen hielt, konnte sie durch den Schnee Gesichter sehen, gerötete Gaijin-Gesichter mit schalvermummtem Kinn über dunkler Kleidung, Absätze von Frauenstiefeln, die durch silberne Pfützen klackerten. Die Ladenzeilen und Häuserreihen erinnerten sie an das wunderbar detailgetreue Zubehör einer Spielzeugeisenbahn, die sie in einem europäischen Antiquitätengeschäft in Osaka gesehen hatte.

Hier war es ganz anders als in Tokio, wo man die Vergangenheit – oder vielmehr deren Überreste – mit ängstlicher Fürsorge hegte und pflegte. Historisches hatte dort Seltenheitswert, war eine bestimmte Quantität geworden, die von den Behörden parzelliert, durch Gesetze geschützt und mit Firmengeldern erhalten wurde. Hier dagegen schien die Stadt daraus zu bestehen, als wäre sie ein einziges Gewächs aus Stein und Ziegel, aus unzähligen sinn- und bedeutungshaltigen Schichten, eine Epoche auf der anderen, ein Gebilde, das durch die Jahrhunderte nach den Diktaten einer heute keineswegs unlesbaren DNS aus Handel und Empire entstanden war.

»Bedaure, daß Swain nicht selber herkommen und dich abholen konnte«, sagte der Mann namens Petal. Kumiko hatte weniger Probleme mit seinem Akzent als mit seinem Satzbau; sie faßte seine Entschuldigung zunächst als Befehl auf. Sie erwog, den Geist zu Rate zu ziehen, sah dann jedoch davon ab.

»Swain«, meinte sie zaghaft. »Mr. Swain ist der, bei dem ich wohne?«

Petals Augen fanden sie im Spiegel. »Roger Swain. Hat dir dein Vater das nicht gesagt?«

»Nein.«

»Aha.« Er nickte. »Mr. Yanaka ist in solchen Dingen sehr auf Sicherheit bedacht, nur vernünftig. Ein Mann in seiner Position und so weiter ...« Er seufzte laut. »Tut mir leid wegen der Heizung. Die Werkstatt hätte das eigentlich längst erledigen sollen.«

»Sind Sie einer von Mr. Swains Sekretären?« fragte sie die stoppligen Speckwülste über dem Kragen des dicken dunklen Mantels.

»Sein Sekretär?« Er schien darüber nachzudenken. »Nein«, antwortete er schließlich. »Das wohl nicht.« Er fuhr durch einen Kreisverkehr, vorbei an glänzenden Metallmarkisen und dem abendlichen Fußgängerstrom. »Na, was ist, hast du schon gegessen? Haben sie dir im Flugzeug was gegeben?«

»Ich hatte keinen Hunger.« Eingedenk der mütterlichen Maske.

»Na, Swain wird schon was für dich haben. Er mag japanisches Essen.« Petal schnalzte eigenartig mit der Zunge und blickte sich kurz zu ihr um.

Sie schaute an ihm vorbei, sah den Kuß der Schneeflocken und die Bewegung der Scheibenwischer, mit der er ausgelöscht wurde.

Swains Residenz in Notting Hill bestand aus drei miteinander verbundenen viktorianischen Stadthäusern irgendwo in einem verschneiten Gewirr von Plätzen, halbmondförmigen Straßen und kleinen Sackgassen. Petal, in jeder Hand zwei von Kumikos Koffern, erklärte ihr, die Tür von Hausnummer 17 sei auch der Eingang für die Nummern 16 und 18. »Da braucht man gar nicht erst zu klopfen«, sagte er und deutete mit den schweren Koffern in der Hand unbeholfen auf die glänzend rot lackierte, messingbeschlagene Tür von Nr. 16. »Nur 'n halber Meter Stahlbeton dahinter.«

Sie schaute die Straße entlang, deren nahezu identische Fassaden in der leichten Biegung perspektivisch kleiner wurden. Der Schnee fiel nun dichter, und der lachsrote Schein der Natriumdampflampen erhellte einen einförmig grauen Himmel. Die Straße war leer, der frisch gefallene Schnee unberührt. Die Luft hatte einen fremdartigen Biß, einen schwachen, durchdringenden Beigeschmack von etwas Verbranntem, von altertümlichen Brennstoffen. Petals Schuhe hinterließen große, scharf umrissene Abdrücke. Es waren schwarze Wildlederhalbschuhe mit schmaler Spitze und überaus klobigen, geriffelten, knallroten Plastiksohlen. Kumiko begann zu frieren. Sie folgte ihm dichtauf zu den grauen Stufen von Nummer 17.

»Na, was ist«, sagte er zu der schwarzlackierten Tür, »ich bin's.« Dann seufzte er, stellte alle vier Koffer in den Schnee, zog den fingerlosen Handschuh von der Rechten und drückte den Handballen auf eine glänzende Stahlscheibe, die bündig in eins der Türfelder eingelassen war. Kumiko glaubte, ein feines Summen zu hören, ein Mückensirren, das immer schriller wurde, bis es schließlich verstummte, und dann vibrierte die Tür von dem gedämpften Anschlag zurückfahrender Magnetbolzen.

»Sie haben sie Smoke genannt«, sagte Kumiko, als er nach dem Messingtürknauf griff, »die Stadt.«

Er hielt inne. »Smoke, ganz recht.« Er öffnete die Tür zu Wärme und Helligkeit. »Das ist ein alter Ausdruck, so was wie ein Spitzname.« Er nahm ihre Koffer und stapfte in ein Foyer mit blauem Teppichboden und weißlackierter Holztäfelung. Sie folgte ihm. Die Tür schloß sich selbsttätig hinter ihr, und die Bolzen fuhren mit einem dumpfen Laut wieder zurück. Über der weißen Täfelung hing ein Druck in einem Mahagonirahmen, Pferde auf einem Feld, adrette Figürchen im roten Röcken. *Colin der Chip-Geist müßte dort leben*, dachte sie. Petal hatte ihre Koffer wieder abgesetzt. Plattgetretene Schneetafeln lagen auf dem blauen Teppich. Nun öffnete er eine andere Tür, und ein vergoldeter Stahlkäfig kam zum Vorschein. Mit einem metallischen Scheppern zog er das Gitter beiseite. Sie schaute verblüfft in den Käfig. »Der Lift«, sagte er. »Kein Platz für deine Sachen. Ich fahr ein zweites Mal.«

Trotz seines offenkundigen Alters fuhr der Aufzug zügig nach oben, als Petal mit seinem kurzen, dicken Zeigefinger auf einen weißen Porzellanknopf drückte. Kumiko mußte notgedrungen dicht bei ihm stehen; er roch nach feuchter Wolle und einem blumigen Rasierwasser.

»Wir haben dich ganz oben untergebracht«, sagte er, während er sie durch einen schmalen Gang führte, »weil wir uns dachten, du hättest gern deine Ruhe.« Er öffnete eine Tür und bedeutete ihr einzutreten. »Hoffe, es ist recht so.« Er nahm die Brille ab und putzte sie energisch mit einem zerknüllten Papiertaschentuch. »Ich hole deine Koffer.«

Als er fort war, ging Kumiko langsam um die massive Badewanne aus schwarzem Marmor herum, die das niedrige, vollgestellte Zimmer beherrschte. Die schrägen Wände waren mit fleckigen goldenen Spiegeln verkleidet. Zwei kleine Mansardenfenster flankierten das größte Bett, das sie je gesehen hatte. In den Spiegel über dem Bett waren verstellbare Lämpchen eingelassen, die den Leselampen im Flugzeug ähnelten. Sie blieb neben der Wanne stehen und berührte den geschwungenen Hals eines vergoldeten Schwans, der als Wasserhahn diente. Seine ausgebreiteten Schwingen waren die Griffe. Es war warm im Zimmer; kein Lufthauch regte sich, und einen Moment lang schien die unsichtbare Gegenwart ihrer Mutter wie ein schmerzender Nebel im Raum zu hängen.

Petal räusperte sich an der Tür. »Na, wie ist es«, sagte er und kam geschäftig mit ihrem Gepäck herein, »alles in Ordnung? Hast du schon Hunger? Nein? Na, gewöhn dich erst mal ein.« Er stellte die Koffer neben das Bett. »Wenn du was essen möchtest, ruf einfach an.« Er deutete auf ein antikes Schmucktelefon mit verschnörkelter Sprech- und Hörmuschel aus Messing und gedrechseltem Elfenbeingriff. »Nur abheben, du brauchst nicht zu wählen. Frühstück gibt's, wann du willst. Frag irgendwen, man zeigt dir schon, wo. Dann lernst du auch Swain kennen.«

Das Gefühl, daß ihre Mutter mit im Zimmer war, war bei seiner Rückkehr verschwunden. Sie versuchte, es wieder wachzurufen, als er gute Nacht sagte und die Tür schloß, aber es war fort.

Sie blieb lange Zeit neben der Wanne stehen und streichelte das glatte Metall des kühlen Schwanenhalses.

2
KID AFRIKA

Kid Afrika kreuzte am letzten Novembertag auf Dog Solitude auf. Am Steuer seines Oldtimer-Dodge saß eine Weiße namens Cherry Chesterfield.

Slick Henry und Little Bird zerlegten gerade die Kreissäge, die als linke Hand des Richters fungierte, als Kids Dodge in Sicht kam. Seine geflickte Luftkissenschürze warf braune Fontänen der rostigen Brühe auf, die auf Solitudes unebener Preßstahlfläche Pfützen bildete.

Little Bird sah ihn zuerst. Er hatte scharfe Augen, Little Bird, und ein Zehnfach-Monokular, das neben den Knochen diverser Tiere und dem Messing antiker Patronenhülsen an seiner Brust baumelte. Slick schaute von dem hydraulischen Handgelenk auf und sah, wie Little Bird sich zu seiner vollen Größe von zwei Metern aufrichtete und mit dem Monokular durch das unverglaste Stahlgitter spähte, aus dem die Südwand von Factory, der Fabrik, hauptsächlich bestand. Little Bird war spindeldürr, nicht viel mehr als Haut und Knochen, und die festgesprühten braunen Haarbüschel, die wie Flügel zu Berge standen und ihm seinen Namen eingebracht hatten, zeichneten sich scharf gegen den fahlen Himmel ab. Die Schläfen und den Nacken hatte er bis weit über die Ohren kahlgeschoren; mit den Flügeln und dem aerodynamischen Entenschwanz sah er aus, als hätte er eine kopflose braune Möwe auf dem Kopf.

»O nein«, sagte Little Bird. »Scheiße.«

»Was?« Little Bird ließ sich nur schwer dazu bewegen, sich zu konzentrieren, und die Arbeit erforderte ein zweites Paar Hände.

»Dieser Nigger wieder.«

Slick stand auf und wischte sich die Hände an den Jeansschenkeln ab, während Little Bird das grüne Mech-5-Mikrosoft aus der Buchse hinter seinem Ohr pulte – und augenblicklich das 8er Servo-Kalibrierungsverfahren vergaß, das erforderlich war, um die Kreissäge des Richters wieder hinzukriegen. »Wer fährt?« Afrika saß nie selbst am Steuer, wenn es sich vermeiden ließ.

»Kann ich nich sehn.« Little Bird ließ das Monokular klappernd in den Knochen- und Messingvorhang zurückfallen.

Slick trat zu ihm ans Fenster und beobachtete, wie der Dodge näherkam. Kid Afrika möbelte den mattschwarzen Lack des Luftkissenfahrzeugs in regelmäßigen Abständen gewissenhaft mit einem Farbspray auf, aber die verchromten Totenköpfe, die in einer Reihe an die wuchtige vordere Stoßstange geschweißt waren, machten den düsteren Eindruck wieder wett. Einmal hatten in den hohlen Stahlschädeln sogar rote Christbaumkugeln als Augen geprangt; vielleicht scherte sich Kid neuerdings nicht mehr so sehr ums Image.

Als das Hovercraft zu Factory einschwenkte, hörte Slick Little Bird nach hinten ins Halbdunkel schlurfen. Seine schweren Stiefel scharrten durch Staub und glänzende Schnecken feiner Metallspäne.

Slick beobachtete durch einen letzten staubigen Fensterglaszacken, wie das Hovercraft vor Factory ächzend und dampfend in seine Luftkissenschürzen sank.

Hinter ihm klapperte etwas im Dunkeln, und er wußte, daß Little Bird hinter dem Gebrauchtteileregal stand und den selbstgemachten Schalldämpfer auf das chinesische Randfeuergewehr fummelte, mit dem sie auf Kaninchen ballerten.

»Bird«, sagte Slick und warf den Schraubenschlüssel auf die Plane, »ich weiß, daß du 'n ignorantes kleines Redneck-Arschloch aus Jersey bist, aber mußt du mir das auch noch immer wieder unter die Nase reiben, verdammt noch mal?«

»Ich kann den Nigger nich ab«, sagte Little Bird hinterm Regal.

»Tja, und wenn der Nigger überhaupt Notiz von dir nehmen würde, dann könnte er dich auch nicht ab. Wenn er wüßte, daß du mit der Kanone da hinten stehst, würde er sie dir in den Rachen stopfen, und zwar quer.«

Keine Antwort von Little Bird. Er war in der weißen Vorstadtkette von Jersey aufgewachsen, wo alle Scheuklappen aufhatten und jeden mit Durchblick haßten.

»Und ich würd ihm dabei helfen.« Slick zog mit einem Ruck den Reißverschluß seiner alten braunen Jacke zu und ging zu Kid Afrikas Hovercraft hinaus.

Die staubige Scheibe auf der Fahrerseite fuhr zischend herunter und gab den Blick auf ein blasses Gesicht frei, das von einer riesigen Schutzbrille mit bernsteinfarbenen Gläsern beherrscht wurde. Uralte Konservendosen, vom Rostfraß porös wie welkes Laub, knirschten unter Slicks Stiefeln. Die Person am Lenkrad setzte die Brille ab und sah ihn blinzelnd an. Eine Frau, doch nun hing ihr die bernsteinfarbene Schutzbrille um den Hals und verdeckte Mund und Kinn. Kid saß also auf der anderen Seite, was nur gut war für den unwahrscheinlichen Fall, daß Little Bird zu schießen begann.

»Geh rum«, sagte die Frau.

Slick schlenderte um das Hovercraft herum, vorbei an den verchromten Schädeln, und hörte, wie Kid Afrikas Fenster mit dem gleichen demonstrativen Zischen herunterfuhr.

»Slick Henry«, sagte Kid und stieß dabei weiße Atemwolken in die Luft von Solitude. »Hallo.«

Slick schaute in das längliche braune Gesicht hinunter. Kid Afrika hatte große, haselnußbraune Katzenaugen, einen bleistiftdünnen Schnurrbart und Haut, die wie glattes Leder glänzte.

»He, Kid.« Aus dem Innern des Hover stieg Slick irgendein Räucherduft in die Nase. »Wie geht's so?«

»Gut«, antwortete Kid und kniff die Augen zusammen. »Mir ist eingefallen, daß du mal gesagt hast, wenn du je was für mich tun könntest ...«

»Stimmt.« Slick befiel ein erstes ungutes Gefühl. Kid Afrika hatte ihm in Atlantic City einmal das Leben gerettet; er hatte ein paar wütenden Brüdern ausgeredet, ihn von einem Balkon im zweiundvierzigsten Stock eines ausgebrannten Hochhauses zu stoßen. »Will dich irgendwer von 'nem Hochhaus werfen?«

»Slick«, sagte Kid, »ich möchte dich mit jemand bekanntmachen.«

»Sind wir dann quitt?«

»Slick Henry, dieses hübsche Mädchen hier, das ist Miss Cherry Chesterfield aus Cleveland, Ohio.« Slick bückte sich und schaute zu der Fahrerin hinüber. Blonde Schockermähne, angemalte Augen. »Cherry, das ist mein enger persönlicher Freund Mr. Slick Henry. Als er noch 'n cooler junger Bursche war, ist er mit den Deacon Blues rumgezogen. Jetzt ist er 'n cooler alter Knacker, der sich hier verkriecht und sich seiner *Kunst* widmet. Hat echt *Talent*, der Mann, mußt du wissen.«

»Das ist doch der, der die Roboter baut«, meinte das Mädchen Kaugummi kauend. »Hast du gesagt.«

»Genau der«, erwiderte Kid und öffnete seine Tür. »Du wartest hier auf uns, Cherry, mein Schatz.« Kid stieg aus, in einen Nerz gehüllt, der bis zu den makellosen Spitzen der gelben Straußenlederstiefel reichte, die er auf Solitude setzte, und Slick erhaschte einen kurzen Blick auf etwas hinten im Hover, die Momentaufnahme einer Ambulanz mit Verbänden und Schläuchen ...

»He, Kid«, sagte er, »was habt ihr da hinten drin?« Kid hob die juwelengeschmückte Hand und winkte Slick zurück, während die Tür des Hovercraft zuschlug und Cherry Chesterfield auf die Fensterheberknöpfe drückte.

»Genau darüber müssen wir uns unterhalten, Slick.«

»Ich finde, das ist nicht zuviel verlangt«, meinte Kid Afrika, der in seinem Nerz an einer Werkbank aus blankem Metall lehnte. »Cherry hat 'nen MTA-Wisch und weiß, daß sie ihr Geld kriegt. Nettes Mädel, Slick.« Er zwinkerte.

»Kid ...«

Kid Afrika hatte einen halbtoten Burschen hinten im Hover, der im Koma lag oder so und an Pumpen, Beuteln und Schläuchen sowie einer Art Simstim-Gerät hing. Die ganze Ausrüstung war mitsamt Batterien und allem an einer alten Krankentrage aus Metall befestigt.

»Was ist das denn?« Cherry, die mit ihnen reingekommen war, nachdem Kid Slick wieder nach draußen geführt und ihm den Kerl hinten im Hover gezeigt hatte, beäugte skeptisch den aufragenden Richter, oder jedenfalls den größten Teil davon; der Arm mit der Kreissäge lag noch auf der schmierigen Plane am Boden, wo sie ihn liegengelassen hatten. *Wenn die einen MTA-Wisch hat*, dachte Slick, *dann hat die echte MTA wahrscheinlich noch nicht gemerkt, daß er weg ist*. Sie hatte mindestens vier Lederjacken an, die allesamt einige Nummern zu groß waren.

»Slicks Kunst, wie gesagt.«

»Der Kerl stirbt ja. Stinkt nach Pisse.«

»Katheter ist abgegangen«, erklärte Cherry. »Was hat das Ding da eigentlich für 'ne Funktion?«

»Wir können ihn nicht hierbehalten, Kid, der erfriert uns. Wenn du ihn umbringen willst, dann stopf ihn in eins der Löcher hier auf Solitude.«

»Der Mann stirbt nicht«, sagte Kid Afrika. »Er ist nicht verletzt, er ist nicht krank ...«

»Was zum Teufel ist dann mit ihm?«

»Er ist *weggetreten*, Baby. Auf 'nem *langen Trip*. Braucht *Ruhe und Frieden*.«

Slick schaute von Kid zum Richter und wieder zu Kid. Er wollte an dem Arm weiterarbeiten. Kid wollte, daß Slick den Kerl zwei oder auch drei Wochen aufnahm; Cherry würde hierbleiben und sich um ihn kümmern.

»Ich komm da nicht ganz mit. Ist der Typ 'n Freund von dir?«

Kid Afrika zuckte in seinem Nerz die Achseln.

»Warum behältst du ihn dann nicht bei dir?«

»Ist nicht so ruhig da. Nicht friedlich genug.«

»Kid«, sagte Slick, »ich schulde dir was, aber nicht so was Abgedrehtes. Im übrigen hab ich zu tun, und überhaupt, das ist einfach zu abgedreht. Und dann ist da auch noch Gentry. Der ist gerade in Boston, kommt aber morgen abend zurück, und dem würde das garantiert nicht passen. Du weißt ja, komisch wie der ist, was Leute angeht... Und das ist ja nun mal in erster Linie *sein* Laden hier.«

»Die hatten dich schon überm Geländer, Mann«, sagte Kid Afrika traurig. »Weißt du noch?«

»Na klar weiß ich das noch, aber ...«

»Aber dein Gedächtnis ist nicht allzu gut«, sagte Kid. »Okay, Cherry. Wir hauen ab. Will nicht bei Nacht über Dog Solitude fahren.« Er stieß sich von der eisernen Bank ab.

»Also nun hör mal, Kid ...«

»Schon gut. Ich kannte nicht mal deinen Scheißnamen damals in Atlantic City. Dachte bloß, den weißen Knaben willste nicht über die ganze Straße verteilt sehen, verstehste? Ich kannte deinen Namen damals nicht und ich kenn ihn jetzt wohl auch nicht.«

»Kid ...«

»Ja?«

»Okay. Er kann hierbleiben. Aber höchstens zwei Wochen. Gib mir dein Wort, daß du ihn wieder abholen kommst. Und du mußt mir helfen, das mit Gentry zu deichseln.«

»Was braucht er?«

»Stoff.«

Little Bird tauchte wieder auf, als Kids Dodge sich über Solitude davonwälzte. Er schob sich hinter einer vorspringenden Wand gepreßter Autos hervor; die rostigen Paletten aus zerknautschtem Stahl wiesen noch bunte Lackspuren auf.

Slick beobachtete ihn von einem Fenster hoch oben in der Fabrik aus. Die leeren Flächen des Stahlrahmens waren mit irgendwo aufgestöberten Kunststoffstücken ausgekleidet, so daß Slick, wenn er den Kopf zur Seite neigte, Little Bird durch eine Scheibe aus leuchtend pinkfarbenem Lucite sah.

»Wer wohnt hier?« fragte Cherry in dem Raum hinter ihm.

»Ich«, sagte Slick, »Little Bird, Gentry ...«

»In diesem Zimmer, meine ich.«

Er drehte sich um und sah sie neben der Trage mit den dazugehörigen Apparaten. »Du«, sagte er.

»Dein Zimmer?« Sie betrachtete die an die Wand geklebten Zeichnungen, seine ersten Entwürfe des Richters und seiner Schergen, des Schinders und der Hexe.

»Mach dir deswegen keine Sorgen.«

»Komm lieber nicht auf dumme Gedanken«, sagte sie.

Er sah sie an. Sie hatte eine große rote Wundstelle am Mundwinkel. Ihr gebleichtes Haar stand zu Berge, als wäre es elektrostatisch aufgeladen. »Wie gesagt, mach dir deswegen keine Sorgen.«

»Kid sagt, hier gibt's Strom.«

»Ja.«

»Dann häng ihn da mal dran.« Sie drehte sich zur Trage um. »Er verbraucht nicht viel, aber die Batterien sind schon ziemlich leer.«

Er durchquerte das Zimmer und betrachtete das zerstörte Gesicht. »Verrat mir mal eins«, sagte er. Die Schläuche gefielen ihm nicht. Einer führte ins Nasenloch, und schon beim Gedanken daran würgte es ihn. »Wer ist der Kerl, verdammte Scheiße, und was genau hat Kid Afrika mit ihm angestellt?«

»Nichts«, sagte sie und ließ mit einem Tastendruck eine Anzeige auf dem Sichtfeld eines Biomonitors erscheinen, der mit silbernem Klebeband am Fuß der Trage befestigt war. »Immer noch REM, als ob er pausenlos träumen würde.« Der Mann war in einem nagelneuen blauen Schlafsack auf die Trage geschnallt. »Im Gegenteil. Wer immer das ist, er bezahlt Kid dafür.«

Der Kerl hatte ein Netz von Elektroden auf der Stirn kleben; ein einzelnes schwarzes Kabel lief am Rand der Trage entlang. Slick folgte ihm zu dem dicken grauen Paket, das die auf den Aufbau montierten Geräte zu steuern schien. Simstim? Sah nicht danach aus. Irgendein Cyberspace-Gerät? Gentry wußte eine Menge über Cyberspace oder redete zumindest davon, hatte aber, soweit Slick sich erinnern konnte, noch nie etwas davon erwähnt, daß man ohnmächtig sein und trotzdem eingestöpselt bleiben konnte. Man ging in den Cyberspace, um irgendwas zu verhökern oder abzustauben. Troden auf, und da waren sie, alle Daten der Welt, dicht an dicht wie eine einzige riesige Neonstadt, so daß man rumziehen konnte und einen gewissem Zugang zu ihnen hatte – zumindest optisch, denn sonst war es zu kompliziert, sich an bestimmte Daten ranzupirschen, die man suchte. Ikonik nannte Gentry das.

»Er bezahlt Kid?«

»Ja«, sagte sie.

»Wofür?«

»Daß er ihn in dem Zustand hält. Und ihn versteckt.«

»Vor wem?«

»Weiß ich nicht. Hat er nicht gesagt.«

In der darauf folgenden Stille konnte er den gleichmäßigen, rasselnden Atem des Mannes hören.

3
MALIBU

Das Haus hatte einen bestimmten Geruch; schon immer hatte es den gehabt. Er kam vom Alter, von der Salzluft und der entropischen Natur teurer Häuser, die zu nah ans Meer gebaut sind. Vielleicht war er auch typisch für Häuser, die häufig für kurze Zeit unbewohnt waren, die auf- und zugemacht wurden, wenn ihre rastlosen Bewohner ankamen und abreisten. Sie stellte sich die Zimmer leer vor, stellte sich vor, wie auf dem Chrom in aller Stille Rostflecken erblühten und sich in abgelegenen Winkeln blasser Schimmel einrichtete. Als wollten sie diesen unabänderlichen Prozessen Tribut zollen, hatten die Architekten dem Rost in gewissem Maße Vorschub geleistet; das massive Stahlgeländer der Sonnenterrasse war von der Gischt mit den Jahren so weit zerfressen worden, daß es nur noch so dünn wie ein Handgelenk war.

Das Haus kauerte wie seine Nachbarn auf alten Grundmauerresten, und bei ihren Strandspaziergängen entwickelte sie zuweilen archäologische Phantasien. Sie versuchte, sich eine Vergangenheit auszumalen, die zu dem Ort paßte, mit anderen Häusern, anderen Stimmen. Begleitet wurde sie bei diesen Spaziergängen von einem bewaffneten, ferngesteuerten Dornier-Minihubschrauber, der von seinem unsichtbaren Dachhorst aufstieg, sobald sie von der Terrasse trat. Er konnte nahezu geräuschlos auf der Stelle schweben und war so programmiert, daß er ihr Blickfeld mied. Die Art, wie er ihr auf Schritt und Tritt folgte, hatte etwas Wehmütiges, als wäre er ein teures, aber nicht geschätztes Weihnachtsgeschenk.

Sie wußte, daß Hilton Swift sie durch die Kameras des Dornier beobachtete. Sense / Net entging kaum etwas von dem, was im Strandhaus geschah; ihre Einsamkeit, die Woche ganz für sich allein, die sie verlangt hatte, stand unter ständiger Überwachung.

Die Jahre in ihrem Beruf hatten ihr eine einzigartige Immunität gegen den Blick fremder Augen verliehen.

Nachts schaltete sie manchmal die Scheinwerfer unterhalb der Terrasse ein und beleuchtete das hieroglyphische Possenspiel der großen grauen Sandflöhe. Die Terrasse selbst ließ sie dunkel, ebenso das nach unten versetzte Wohnzimmer dahinter. Sie setzte sich auf einen schlichtem weißen Plastikstuhl und sah dem Brownschen Tanz der Flöhe zu. Im grellen Scheinwerferlicht warfen sie winzige, kaum sichtbare Schatten, flüchtige Zacken im Sand.

Das an- und abschwellende Rauschen des Meeres hüllte sie ein. Spät nachts, wenn sie im kleineren der beiden Gästezimmer schlief, schlich es sich in ihre Träume, aber nie in die Erinnerungen der Fremden, die sie heimsuchten.

Sie hatte ihr Schlafzimmer instinktiv gewählt. Das große Schlafzimmer war mit altem Schmerz vermint.

Die Ärzte in der Klinik hatten die chemische Zange angesetzt, um die Sucht von den Rezeptoren in ihrem Hirn abzutrennen.

In der weißen Küche bereitete sie sich selbst ihre Mahlzeiten zu, taute Brot in der Mikrowelle auf, streute Schweizer Tütensuppe in blitzsaubere Edelstahltöpfe. Dabei wechselte sie langsam und lethargisch wieder in den namenlosen, aber zusehends vertrauteren Raum über, von dem sie das Designer-Dust so raffiniert isoliert hatte.

»Nennt sich Leben«, sagte sie zu der weißen Arbeitsplatte. Und fragte sich, was die Hauspsychologen von Sense / Net davon halten würden, falls ein verstecktes Mikro ihre Worte aufschnappte und an sie weiterleitete. Sie rührte die Suppe mit einem schlanken, rostfreien Schneebesen um und sah den Dampf aufsteigen. Es half, wenn man was tat, dachte sie, wenn man einfach selber was tat. In der Klinik hatten sie darauf bestanden, daß sie ihr Bett selber machte. Jetzt löffelte sie eine Schüssel selbstgemachter Suppe aus und dachte stirnrunzelnd an die Klinik zurück.

Sie hatte die Klinik nach einer Woche Behandlungsdauer eigenmächtig verlassen. Die Weißkittel protestierten. Die Entgiftung sei wunderbar gelaufen, sagten sie, aber die Therapie habe noch gar nicht angefangen. Sie verwiesen auf die Rückfallquote von Patienten, die das Programm vorzeitig abgebrochen hatten. Sie erklärten, daß ihre Versicherung ungültig wäre, wenn sie die Behandlung beendete. Sense / Net werde schon zahlen, sagte sie, falls es ihnen nicht lieber sei, daß sie selber zahle. Sie zückte ihren MitsuBank-Platinchip.

Ihr Lear kam eine Stunde später an; sie befahl ihm, sie nach Los Angeles zu bringen, bestellte sich dort einen Wagen und verbot der Maschine, irgendwelche Anrufe durchzustellen.

»Tut mir leid, Angela«, sagte der Jet Sekunden nach dem Start, als er sich gerade über Montego Bay in die Kurve legte, »aber ich habe Hilton Swift auf Management-Vorrangschaltung.«

»Angie«, sagte Swift, »du weißt, daß ich immer hinter dir stehe. Das weißt du doch, Angie.«

Sie wandte sich um und starrte auf das schwarze Lautsprecheroval. Es war in glattes graues Plastik eingelassen, und sie stellte sich vor, wie er dort hinter der Wandverkleidung des Lear kauerte, die langen Läuferbeine schmerzhaft abgeknickt – ein groteskes Bild.

»Das weiß ich, Hilton«, sagte sie. »Nett von dir, daß du anrufst.«

»Du fliegst nach L.A., Angie?«

»Ja, das hab ich dem Flieger gesagt.«

»Nach Malibu.«

»Genau.«

»Piper Hill ist auf dem Weg zum Flughafen.«

»Danke, Hilton, aber ich will nicht, daß sie kommt. Ich will niemand sehen. Ich will nur ein Auto.«

»Es ist kein Mensch im Haus, Angie.«

»Prima. Das will ich ja gerade, Hilton. Kein Mensch im Haus. Das Haus, ganz für mich allein.«

»Ist das auch wirklich eine gute Idee?«

»Die beste, die ich seit langem hatte, Hilton.«

Pause. »Sie haben gesagt, es ist gut gelaufen, Angie. Die Behandlung. Aber du hättest noch bleiben sollen.«

»Ich brauch eine Woche Zeit«, sagte sie. »Eine Woche. Sieben Tage. Allein.«

Nach der dritten Nacht im Haus wurde sie bei Morgengrauen wach, machte Kaffee und zog sich an. Das breite Fenster zur Terrasse war beschlagen. Sie hatte einfach nur geschlafen; falls sie geträumt hatte, wußte sie es nicht mehr. Trotzdem war da etwas – eine Art Beschleunigung, fast schon ein Schwindelgefühl. Sie stand in der Küche und spürte den kalten Fliesenboden durch die dicken Tennissocken; ihre Hände lagen um die warme Tasse.

Da war etwas. Sie streckte die Arme aus, hob in einer instinktiven und zugleich ironischen Geste die Kaffeetasse wie einen Kelch.

Es war drei Jahre her, daß sie von Loa geritten worden war, drei Jahre, daß diese überhaupt Kontakt mit ihr aufgenommen hatten. Aber nun?

Legba? Einer der anderen?

Das Gefühl einer unsichtbaren Gegenwart verschwand urplötzlich. Sie stellte die Tasse viel zu schnell auf dem Tresen ab, so daß ihr Kaffee über die Hand schwappte, und lief los, um sich Schuhe und eine Jacke anzuziehen. Grüne Gummistiefel aus dem Schrank mit den Strandsachen, eine dicke blaue Bergjacke, die sie nicht kannte und die Bobby zu groß gewesen wäre. Sie lief aus dem Haus und sprang die Stufen hinunter, ohne sich um das Propellergeräusch des Spielzeugdornier zu kümmern, der wie eine geduldige Libelle hinter ihr aufstieg. Sie warf einen kurzen Blick auf das kunterbunte Durcheinander der Strandhäuser im Norden, deren Dächergewirr sie an ein Barrio in Rio erinnerte, und wandte sich dann südwärts zur Kolonie.

Wer dann kam, hieß Mamman Brigitte oder Grande Brigitte, für manche die Gemahlin von Baron Samedi, für andere »die Älteste der Toten«.

Die Traumarchitektur der Kolonie ragte linker Hand von Angie auf, eine Orgie von Form und Ego. Zerbrechlich wirkende Nachbildungen der Watts Towers mit bündig eingelassenem Neon erhoben sich neben neobrutalistischen Bunkern mit bronzener Flachrelief-Front.

Spiegelwände reflektierten, als sie an ihnen vorbeiging, morgendliche Wolkenbänke über dem Pazifik.

In den letzten drei Jahren hatte sie hin und wieder das Gefühl gehabt, sie sei im Begriff, vielleicht zum zweiten Mal eine Linie zu überschreiten, eine kaum wahrnehmbare Grenzlinie des Glaubens, und zu der Erkenntnis zu gelangen, daß ihre Zeit mit den Loa ein Traum gewesen war oder daß es sich bei ihnen höchstens um virulente Schwingungsknoten kultureller Resonanz handelte, die sie von den Wochen in Beauvoirs Oumphor in New Jersey zurückbehalten hatte. Mit anderen Augen zu sehen: keine Götter, keine Reiter.

Sie ging weiter, getröstet vom Meeresrauschen, dem einen unablässigen Strandmoment, in dem das Jetzt das Immer war.

Ihr Vater war tot, seit sieben Jahren tot, und das Dossier über sein Leben hatte ihr nicht gerade viel über ihn verraten. Daß er jemandem oder etwas gedient hatte, daß sein Lohn Wissen und sie seine Opfergabe gewesen war. Manchmal kam es ihr vor, als hätte sie drei Leben gehabt, die durch etwas Undefinierbares voneinander getrennt waren, ohne jede Hoffnung auf Ganzheit.

Da waren die kindlichen Erinnerungen an die Maas-Arcologie in der Kuppe eines mexikanischen Tafelbergs, wo sie sich, das Gesicht in den Wind gedreht, an einer Sandsteinbalustrade festgehalten und das Gefühl gehabt hatte, der ganze ausgehöhlte Tafelberg sei ihr Schiff, das sie ins Abendrot jenseits der Berge hinaussteuern könne. Später war sie von dort weggeflogen, die Angst ein harter Klumpen in ihrer Kehle. Sie konnte sich nicht mehr an den letzten Blick auf das Gesicht ihres Vaters erinnern, obwohl es auf der Microlight-Plattform gewesen sein mußte, wo die anderen Flieger wie eine Reihe regenbogenfarbener Nachtfalter gegen den Wind festgemacht waren. Ihr erstes Leben endete in jener Nacht; das Leben ihres Vaters auch.

Ihr zweites Leben war kurz gewesen, schnell und sehr seltsam. Ein Mann namens Turner hatte sie aus Arizona rausgeholt und bei Bobby und Beauvoir und den anderen gelassen. Sie erinnerte sich kaum mehr an Turner; sie wußte nur noch, daß er groß gewesen war, mit stählernen Muskeln und einem gehetzten Gesichtsausdruck. Er hatte sie nach New York gebracht. Dann hatte Beauvoir sie und Bobby nach New Jersey mitgenommen und sie dort in der zweiundfünfzigsten Etage einer Sozialarcologie über ihre Träume aufgeklärt. Die Träume seien echt, hatte er gesagt, wobei sein braunes Gesicht vor Schweiß glänzte. Er nannte ihr die Namen derjenigen, die sie in ihren Träumen gesehen hatte. Er lehrte sie, daß alle Träume aus einem gemeinsamen Meer schöpfen, und zeigte ihr, inwiefern sich die ihren von den anderen unterschieden und ihnen doch glichen. *Du allein befährst das alte Meer und das neue*, sagte er.

Sie wurde von Göttern geritten in New Jersey.

Sie lernte, sich den Reitern hinzugeben. Sie sah, wie der Loa Linglessou im Oumphor in Beauvoir hineinfuhr und wie dessen Füße die weißen Mehlmuster verwischten. In New Jersey lernte sie die Götter kennen – und die Liebe.

Die Loa hatten sie geleitet, als sie mit Bobby daranging, ihr jetziges drittes Leben aufzubauen. Sie paßten gut zusammen, Angie und Bobby, weil sie beide aus einem Vakuum kamen: Angie aus dem sterilen, leeren Reich von Maas Biolabs und Bobby aus der Ödnis von Barrytown ...

Grande Brigitte trat ohne Vorwarnung mit ihr in Berührung; Angie taumelte und wäre im seichten Wasser beinahe auf die Knie gefallen, als das Meeresrauschen in die dämmrige Landschaft hineingesogen wurde, die sich vor ihr auftat. Die weißgetünchten Friedhofsmauern, die Grabsteine, die Weiden. Die Kerzen. Unter der ältesten Weide eine Unzahl von Kerzen, die gewundenen Wurzeln weiß von Wachs.

Kind, erkenne mich.

Und Angie spürte sie mit einem Mal und erkannte sie als Mamman Brigitte, Mademoiselle Brigitte, die Älteste unter den Toten.

Ich habe keinen Kult, Kind, keinen besonderen Altar.

Sie merkte, daß sie auf den Kerzenschein zuging, ein Summen in den Ohren, als würde die Weide einen großen Bienenstock verbergen.

Mein Blut ist Rache.

Angie mußte an Bermuda denken, die Nacht und den Hurrikan. Bobby und sie hatten sich ins Auge hinausgewagt. Grande Brigitte war genauso. Die Stille, der Druck, das Gefühl unvorstellbarer, momentan gebändigter Kräfte. Unter der Weide war nichts zu sehen. Nur die Kerzen.

»Die Loa ... Ich kann sie nicht rufen. Ich habe etwas gespürt ... und wollte nachsehen ...«

Du wurdest zu meinem Reposoir *gerufen. Hör mir zu. Dein Vater zog dir* Vévés *ins Gehirn: zog sie in ein Fleisch, das kein Fleisch war. Du warst Ezili Freda geweiht. Legba führte dich in Verfolgung seiner eigenen Ziele in die Welt. Doch du bekamst Gift geschickt, Kind, ein* Coup-poudre ...

Ihre Nase begann zu bluten. »Gift?«

Die Vévés *deines Vaters sind verändert, teilweise gelöscht, ent-*

fernt. Obwohl du aufgehört hast, dich zu vergiften, können die Reiter nicht zu dir gelangen. Ich bin von einer anderen Art.

Sie hatte schreckliche Kopfschmerzen. Das Blut pochte in ihren Schläfen. »Bitte …«

Hör mir zu. Du hast Feinde. Sie schmieden ein Komplott gegen dich. Es steht viel auf dem Spiel. Hüte dich vor Gift, Kind!

Sie schaute auf ihre Hände hinab. Das Blut war leuchtend rot und echt. Das Summen wurde lauter. Vielleicht war es in ihrem Kopf. »Bitte! Hilf mir! Erklär mir …«

Du kannst hier nicht bleiben. Es wäre dein Tod.

Und Angie fiel im Sand auf die Knie, von der Sonne geblendet, und das Rauschen der Brandung schlug über ihr zusammen. Der Dornier schwebte nervös zwei Meter vor ihr. Der Schmerz ließ sofort nach. Sie wischte sich die blutigen Hände an den Ärmeln der blauen Jacke ab. Die Kameras an dem ferngesteuerten Ding rotierten surrend. »Alles okay«, brachte sie hervor. »Ich hab Nasenbluten. Nichts weiter als Nasenbluten.« Der Dornier schwirrte abrupt näher heran und wich wieder zurück. »Ich geh jetzt wieder zum Haus. Mir fehlt nichts.« Er stieg elegant höher und verschwand aus ihrem Blick.

Angie schlang sich zitternd die Arme um den Leib. *Nein, laß es sie nicht sehen. Sie werden wissen, daß irgendwas passiert ist, aber nicht, was.* Sie rappelte sich mühsam auf, machte kehrt und stapfte auf dem gleichen Weg, den sie gekommen war, über den Strand zurück. Unterwegs suchte sie in den Taschen der Bergjacke nach einem Tempo oder sonst etwas, um sich das Blut vom Gesicht zu wischen.

Als ihre Finger auf die Ecken des flachen Briefchens stießen, wußte sie sofort, was es war. Sie blieb zitternd stehen. Stoff. Unmöglich. Doch, es war möglich. Aber wer? Sie drehte sich um und starrte den Dornier an, bis er davonschwirrte.

Das Briefchen. Genug für einen Monat.

Coup-poudre.

Hüte dich vor Gift, Kind.

4
BUDE

Mona träumte, sie würde in irgendeiner Kaschemme in Cleveland nackt die Käfignummer tanzen, in einer heißen blauen Lichtsäule, deren Blau sich auch im Augenweiß der durch den Rauchschleier zu ihr emporgereckten Gesichter fing. Sie zeigten den Ausdruck, den alle Männergesichter zeigten, wenn sie einem beim Tanzen zusahen, ein starres und zugleich in sich verschlossenes Glotzen, so daß ihre Augen nichts preisgaben und die Gesichter trotz der Schweißperlen aus etwas geschnitzt zu sein schienen, was nur aussah wie Fleisch.

Nicht, daß sie sich was aus ihrem Geglotze machte, wenn sie beim dritten Song der Show im Käfig stand, high und heiß und voll im Groove, und das Wiz gerade voll reinknallte und die neue Power in den Beinen sie auf die Fußballen hob ...

Einer der Kerle packte sie am Knöchel.

Sie wollte schreien, brachte jedoch keinen Laut heraus, jedenfalls nicht auf Anhieb, und als er dann doch kam, war es, als würde etwas in ihrem Innern zerreißen; es tat weh, und das blaue Licht zerfaserte, doch die Hand war noch da, lag noch immer um ihren Knöchel. Sie fuhr wie ein Springteufelchen im Bett hoch, rang mit der Dunkelheit, strich sich mit zu Klauen gekrümmten Fingern hektisch die Haare aus dem Gesicht.

»Was 'n los, Baby?«

Er griff ihr mit der anderen Hand an die Stirn und drückte sie wieder in die heiße Vertiefung im Kissen nieder.

»Ein Traum ...« Die Hand war noch da, und sie hätte am liebsten geschrien. »Haste mal 'ne Zigarette, Eddy?« Die Hand verschwand, das Feuerzeug klickte und flammte auf, und die Flächen seines Gesichts schnellten ihr entgegen, als er eine ansteckte und sie ihr gab.

Sie setzte sich rasch auf und zog die Beine unters Kinn, so daß sich die Army-Decke wie ein Zelt über ihnen bauschte, weil ihr im Moment absolut nicht danach war, angefaßt zu werden. Von wem auch immer.

Das kaputte Bein des Plastikstuhls vom Sperrmüll ächzte bedrohlich, als er sich zurücklehnte und sich selber eine ansteckte. *Brich*, dachte sie, *laß ihn auf den Arsch fallen, damit er mir ein paar langt*. Wenigstens war es dunkel, so daß sie die Bude nicht zu sehen brauchte. Am schlimmsten war es, wenn sie mit einem dikken Kopf aufwachte und sich vor Übelkeit nicht rühren konnte, wenn sie völlig ausgelaugt heimgekommen war und vergessen hatte, die schwarze Plastikfolie vorzukleben, so daß die grelle Sonne all die kleinen Details ausleuchtete und die Luft aufheizte, worauf die Fliegen in Schwung kamen.

In Cleveland hatte sie keiner angefaßt; durch das Feld hätte nur einer greifen können, der eh nichts mehr spürte, der schon so besoffen war, daß er sich nicht mehr regte, vielleicht nicht mal mehr atmete. Auch die Freier faßten sie nicht an, solange sie das nicht mit Eddy geregelt und extra bezahlt hatten, und das war auch bloß Show.

Wie sie es auch haben wollten, es wurde irgendwie ein Ritual daraus, so daß es außerhalb ihres Lebens zu passieren schien. Und sie hatte sich darauf verlegt, ihnen dabei zuzuschauen, wenn sie die Kontrolle verloren. Das war das Interessante daran, weil sie sie nämlich wirklich verloren; sie waren – vielleicht nur für einen Sekundenbruchteil – total hilflos, aber es war, als wären sie nicht mal da.

»Eddy, ich dreh noch durch, wenn ich hier weiter schlafen muß.«

Da er sie schon öfter und für weniger geschlagen hatte, legte sie das Gesicht auf die Knie und die Decke und wartete.

»Kein Problem«, sagte er. »Willste zurück auf die Welsfarm? Oder zurück nach Cleveland?«

»Ich halt's hier einfach nicht mehr aus.«

»Morgen.«

»Was morgen?«

»Ist dir das früh genug? Morgen abend, mit 'nem verdammten Privatjet? Rauf nach New York? Hörste dann endlich auf mit dem Scheiß?«

»Bitte, Baby«, und sie streckte die Hand nach ihm aus, »wir können doch den Zug nehmen ...«

Er schlug ihre Hand weg. »Du hast nix als Scheiße im Hirn.«

Wenn sie sich weiter beschwerte, über die Bude meckerte oder irgendwie andeutete, daß er es nicht brachte, daß seine großen Deals nichts abwarfen, würde er losprügeln, das wußte sie. Wie damals, als sie wegen der Viecher Rabatz gemacht hatte, der Schaben, die sie Palmenbohrer nannten, weil diese verdammten Biester nämlich zur Hälfte Mutanten waren; jemand hatte sie mit einem Zeug ausrotten wollen, das ihre DNS verkorkst hatte, und nun sah man ständig diese verkorksten Schaben daran krepieren, daß sie zu viele oder zu wenige Beine oder Köpfe hatten, und einmal war ihr eine unter die Augen gekommen, die aussah, als hätte sie ein Kruzifix oder so verschluckt. Ihr Rücken oder ihr Panzer oder was immer war dermaßen entstellt, daß sie am liebsten gekotzt hätte.

»Baby«, sagte sie und versuchte, ihre Stimme weicher klingen zu lassen, »ich kann auch nichts dafür, aber dieses Loch geht mir echt auf die Nerven ...«

»Hooky Green's«, sagte er, als hätte er sie nicht gehört, »ich war oben im Hooky Green's und hab 'nen *Mover* kennengelernt. Er hat mich *rausgepickt*, verstehste? Der Mann hat 'n Auge für Talent.« Sie konnte sein Grinsen im Dunkeln geradezu spüren. »Kommt aus London. Talentsucher. Ich komm ins Hooky's, und das erste, was ich hör, ist: ›He, du bist mein Mann!‹«

»Ein Freier?« Hooky Green's war der Laden, in dem die echte

Action lief, wie Eddy neuerdings fand. Es lag im zweiunddreißigsten Stock eines Glaspalastes; die Zwischenwände waren größtenteils rausgerissen, die Tanzfläche so groß wie ein ganzer Block. Aber er war wieder davon abgekommen, als sich dort niemand sonderlich an ihm interessiert zeigte. Mona hatte Hooky selbst nie gesehen, »lean mean Hooky Green«, den ehemaligen Baseballspieler, dem der Laden gehörte, aber man konnte dort prima tanzen.

»Hörste mir vielleicht mal *zu*, verdammt? Freier? *Scheiße*. Das ist *der* Mann, 'ne echte Connection. Er ist 'n paar Sprossen weiter oben auf der Leiter und zieht mich rauf. Und weißt du, was? *Dich* nehm ich dabei mit.«

»Aber was will er denn?«

»'ne Schauspielerin. So was in der Richtung. Und 'nen cleveren Burschen, der sie an die Location bringt und dafür sorgt, daß sie dableibt.«

»Schauspielerin? Location? Was für 'ne Location?«

Sie hörte, wie er den Reißverschluß seiner Jacke aufzog. Etwas landete auf dem Bett neben ihren Füßen. »Zwei Mille.«

Großer Gott. Vielleicht machte er doch keine Witze. Aber wenn nicht, was hatte das dann zu bedeuten?

»Wieviel haste heut nacht gemacht, Mona?«

»Neunzig.« In Wirklichkeit waren es hundertzwanzig gewesen, aber den letzten hatte sie als Überstunden gerechnet. Normalerweise traute sie sich nicht, Kohle zu bunkern, aber sie hatte Geld fürs Wiz gebraucht.

»Behalt sie. Besorg dir 'n paar Klamotten. Aber keine Arbeitskluft. Niemand will deinen kleinen Arsch raushängen sehn. Nicht auf dieser Reise.«

»Und wann?«

»Ich sag doch, morgen. Kannst dich verabschieden hier.« Bei diesen Worten hätte sie am liebsten die Luft angehalten.

Der Stuhl knarrte wieder. »Neunzig, hm?«

»Ja.«

»Erzähl!«

»Eddy, ich bin so müde...«

»Nein«, sagte er.

Aber was er hören wollte, war nicht die Wahrheit oder dergleichen. Er wollte eine Geschichte, die Geschichte, die er ihr beigebracht hatte. Er wollte nicht hören, worüber sie geredet hatten (und die allermeisten hatten etwas, was sie sich unbedingt von der Seele reden wollten, und das taten sie für gewöhnlich auch) oder wie sie es anstellten, nach den Bluttests zu fragen, er wollte nicht hören, daß so ziemlich jeder die gleichen Scherze über Krankheiten machte, für die es vielleicht keine Heilung, aber zumindest eine Besserung gäbe, und auch nicht, was sie im Bett wollten.

Eddy wollte von dem Kleiderschrank hören, der sie wie ein Stück Dreck behandelte. Aber sie mußte aufpassen, wenn sie diese Geschichte erzählte, damit sie den Freier nicht zu brutal darstellte, denn das hätte mehr gekostet, als sie wirklich kassiert hatte. In der Hauptsache ging es darum, daß dieser imaginäre Freier sie wie eine Maschine behandelte, die er für eine halbe Stunde gemietet hatte. Solche Typen gab es natürlich wie Sand am Meer, aber die meisten trugen ihr Geld in Puppensalons oder ließen es sich per Stim besorgen. Mona bekam eher diejenigen, die reden und einem hinterher ein Sandwich spendieren wollten, was auf gewisse Weise auch schlimm sein konnte, aber nicht auf die Weise, wie Eddy es brauchte. Und Eddy brauchte noch mehr. Sie mußte ihm nämlich erklären, sie würde das eigentlich nicht mögen, hätte sich aber dabei ertappt, daß sie es trotzdem wollte, und zwar unbedingt.

Sie langte im Dunkeln nach unten und berührte den Umschlag voller Geld.

Der Stuhl knarrte erneut.

Also erzählte sie ihm, wie sie aus einem BuyLow gekommen war und er sie angemacht hatte, dieser Schrank, sie einfach gefragt hatte, was sie verlangte. Es war ihr zwar peinlich gewesen, aber sie hatte ihm trotzdem ihren Preis genannt und sich einverstanden erklärt. Also waren sie zu seinem Auto gegangen, das alt und geräumig war und irgendwie muffig roch (ein aus ihrer Zeit in Cleveland stibitztes Detail), und da hatte er sie praktisch über den Sitz geworfen …

»Vor dem Supermarkt?«

»Dahinter.«

Eddy warf ihr nie vor, etwas davon erfunden zu haben, obwohl er selbst ihr den Ablauf zweifellos in den Grundzügen eingetrichtert hatte und es eigentlich immer die gleiche Geschichte war. Als der Schrank dann ihren Rock oben hatte (den schwarzen, sagte sie, und ich hatte die weißen Stiefel an) und seine Hose unten, konnte sie Eddys Gürtelschnalle klimpern hören, als er sich aus der Jeans schälte. Als er zu ihr ins Bett schlüpfte, fragte sie sich nebenbei, ob die Stellung, die sie beschrieb, physisch möglich war, aber sie erzählte weiter, und jedenfalls tat es seine Wirkung bei Eddy. Sie vergaß nicht einzuflechten, wie weh es getan hatte, als der Kerl ihn reinstieß, obwohl sie echt feucht gewesen war. Sie flocht auch ein, daß er sie an den Handgelenken festhielt, obwohl sie mittlerweile den Überblick verloren hatte, was wo war, außer daß ihr Hintern in die Höhe gereckt sein mußte. Eddy befummelte sie inzwischen, streichelte ihre Brüste und ihren Bauch, also ging sie von der improvisierten Brutalität des Kerls zu ihren angeblichen Empfindungen dabei über.

Diese angeblichen Empfindungen hatte sie noch nie im Leben gehabt. Sie wußte, daß man an einen Punkt kommen konnte, wo es ein bißchen weh tat, aber noch schön war, aber darum ging es hier nicht. Eddy wollte hören, daß es sehr weh tat und sie sich mies dabei fühlte, daß es ihr aber trotzdem gefiel. Mona fand das völlig absurd, aber sie hatte gelernt, es so zu erzählen, wie er es wollte.

Denn immerhin funktionierte es: Eddie wälzte sich mit der Decke über dem Rücken herum und schob sich zwischen ihre Beine. Sie vermutete, daß es in seinem Kopf wie ein Comic ablief, was sie ihm erzählte, und daß er gleichzeitig dieser gesichtslose, große, rammelnde Kerl wurde. Er hielt ihr jetzt die Hände über dem Kopf fest, wie er es gern tat.

Und als er fertig war und zusammengerollt auf seiner Seite schlief, lag Mona in der muffigen Dunkelheit wach und wendete den Traum, diese Bude zu verlassen, hin und her. Es war ein strahlender, wunderschöner Traum.

Und bitte laß ihn wahr werden.

5
PORTOBELLO

Kumiko erwachte in dem riesigen Bett, lag ganz still und horchte. Von fern war das schwache, beständige Rauschen des Verkehrs zu hören.

Es war kalt im Zimmer; sie zog die rosa Steppdecke wie ein Zelt um sich und stand auf. Eisblumen glänzten an den kleinen Fenstern. Sie ging zur Wanne und drückte auf einen der vergoldeten Schwanenflügel. Der Vogel hustete, gurgelte und spie Wasser in die Wanne.

In die Decke gehüllt, öffnete sie ihre Koffer und machte sich daran, die Kleidung für den Tag auszusuchen. Die ausgewählten Stücke breitete sie auf dem Bett aus.

Als ihr Bad fertig war, ließ sie die Decke zu Boden gleiten, stieg über den Marmorrand und tauchte stoisch ins schmerzhaft heiße Wasser. Die Eisblumen waren im Dampf aus der Wanne geschmolzen; jetzt rann Kondenswasser die Scheiben herab. Ob in jedem englischen Schlafzimmer eine solche Badewanne stand? Sie wusch sich systematisch mit einem ovalen Stück französischer Seife, stand auf, spülte den Seifenschaum ab, so gut es ging, wickelte sich in ein großes schwarzes Badetuch und fand nach einigem Suchen Waschbecken, WC und Bidet. Diese waren in einem winzigen Raum versteckt, der früher ein begehbarer Wandschrank gewesen sein mochte und mit dunklem Holz getäfelt war.

Das wie ein Bühnenrequisit aussehende Telefon läutete zweimal.

»Ja?«

»Petal. Wie wär's mit Frühstück? Roger ist da. Will dich endlich kennenlernen.«

»Danke«, sagte sie. »Ich ziehe mich gerade an.«

Sie schlüpfte in ihre beste, voluminöseste Lederhose, wühlte sich in einen haarigen blauen Pullover, der so groß war, daß er leicht Petal gepaßt hätte. Als sie ihre Handtasche aufmachte, um ihre Schminksachen herauszuholen, sah sie das Maas-Neotek-Gerät. Ihre Hand schloß sich automatisch darum. Sie hatte ihn gar nicht rufen wollen, aber die Berührung genügte; da war er, reckte ulkig den Hals und bestaunte die niedrige, verspiegelte Zimmerdecke.

»Wir sind doch wohl nicht im Dorchester, oder?«

»Ich stelle hier die Fragen«, sagte sie. »Was ist das hier?«

»Ein Schlafzimmer«, erklärte er. »Von ziemlich zweifelhaftem Geschmack.«

»Beantworte bitte meine Frage.«

»Nun«, sagte er und beäugte das Bett und die Wanne, »der Ausstattung nach zu schließen, könnte es ein Bordell sein. Ich habe Zugriff auf die historischen Daten der meisten Gebäude von London, aber zu diesem Haus gibt's nichts Besonderes zu sagen. Erbaut 1848. Gediegenes Exemplar des weit verbreiteten viktorianischen Stils in klassischer Ausprägung. Teure, aber keineswegs vornehme Wohngegend, in gewissen Anwaltskreisen beliebt.« Er zuckte die Achseln; sie konnte die Bettkante durch seine auf Hochglanz polierten Reitstiefel sehen.

Sie warf das Gerät in die Tasche, und er war weg.

Mit dem Lift kam sie ganz gut zurecht; im weißgestrichenen Foyer unten angelangt, folgte sie den Stimmen. Durch einen Gang. Um eine Ecke.

»Guten Morgen«, sagte Petal und hob den silbernen Deckel von einer Servierplatte. Dampf stieg auf. »Das da ist Mr. Swain, der sich so selten zeigt, Roger für dich, und hier ist dein Frühstück.«

»Hallo«, sagte der Mann und kam mit ausgestreckter Hand auf sie zu. Blasse Augen in einem schmalen, grobknochigen Gesicht. Glattes, mausgraues Haar, diagonal über die Stirn gekämmt. Kumiko sah sich außerstande, sein Alter zu schätzen. Es war ein jugendliches Gesicht, allerdings mit tiefen Falten unter den grauen Augen. Er war groß und hatte Arme und Schultern wie ein Athlet. »Willkommen in London!« Er nahm ihre Hand, drückte sie und ließ sie wieder los.

»Danke.«

Er trug ein kragenloses Hemd mit hauchfeinen roten Streifen auf blaßblauem Grund und schlichten ovalen Manschettenknöpfen aus mattem Gold; es stand am Hals offen, wo es den Blick auf ein dunkles Dreieck tätowierter Haut freigab. »Ich habe heute morgen mit deinem Vater gesprochen und ihm erzählt, daß du wohlbehalten angekommen bist.«

»Sie sind ein Mann von Rang.«

Die fahlen Augen wurden schmal. »Wie bitte?«

»Die Drachen.«

Petal lachte.

»Laßt sie essen«, sagte eine Frauenstimme.

Kumiko wandte sich um und entdeckte die schlanke, dunkle Gestalt vor den hohen, mit Mittelpfosten versehenen Fenstern. Draußen vor den Fenstern ein schneebedeckter, von Mauern umschlossener Garten. Die Augen der Frau waren hinter silbernen Brillengläsern verborgen, in denen sich der Raum und die Personen darin spiegelten.

»Ebenfalls ein Gast von uns«, sagte Petal.

»Sally«, sagte die Frau. »Sally Shears. Nun iß schon, Schätzchen. Wenn du dich auch so langweilst wie ich, hast du bestimmt Lust auf 'nen Spaziergang.« Während Kumiko sie mit großen Augen ansah, hob sie die Hand und faßte sich an die Brille, als wollte sie sie absetzen. »Ist nur 'n Katzensprung zur Portobello Road. Muß frische Luft schnappen.« Die verspiegelten Gläser schienen weder Fassung noch Bügel zu haben.

»Roger«, sagte Petal, der gerade dabei war, rosa Speckscheiben von einer silbernen Platte auf die Gabel zu spießen, »glauben Sie, Kumiko ist bei unserer Sally gut aufgehoben?«

»Besser als ich, bei der Laune, die sie hat«, antwortete Swain. »Ich fürchte, wir können dir hier nicht viel Zerstreuung bieten«, wandte er sich an Kumiko, während er sie an den Tisch führte, »aber wir werden unser Bestes tun, damit du dich wohlfühlst, und dafür sorgen, daß du ein bißchen was von der Stadt siehst. Aber das hier ist natürlich nicht Tokio.«

»Jedenfalls noch nicht«, warf Petal ein, aber Swain schien es nicht zu hören.

»Danke«, sagte Kumiko, als Swain ihr den Stuhl hielt.

»Ist mir eine Ehre«, sagte Swain. »Unsere Hochachtung vor deinem Vater ...«

»He«, sagte die Frau, »für den Quatsch ist sie noch zu jung. Verschon uns damit!«

»Sally hat wirklich großartige Laune, wie du siehst«, sagte Petal und legte Kumiko ein verlorenes Ei auf den Teller.

Sally Shears Laune war kaum verhaltener Zorn, wie sich herausstellte, eine Mordswut, die sich in ihrem Gang ausdrückte; die Hacken ihrer schwarzen Stiefel knallten gereizt aufs eisige Pflaster, wie Schüsse.

Kumiko mußte laufen, um mit der Frau Schritt zu halten, als sie auf der halbmondförmigen Straße davonstolzierte, weg von Swains Haus. Ihre Brille blitzte kalt im diffusen Licht der Wintersonne. Sie trug eine enge, dunkelbraune Wildlederhose und eine unförmige schwarze Jacke mit hochgeschlagenem Kragen; teure Klamotten. Mit ihrem kurzen schwarzen Haar hätte man sie für einen Jungen halten können.

Zum ersten Mal seit ihrer Abreise aus Tokio hatte Kumiko Angst.

Die aufgestaute Energie der Frau war beinahe greifbar, ein Knoten des Zorns, der jeden Moment aufgehen konnte.

Kumiko schob die Hand in die Handtasche und drückte das Maas-Neotek-Gerät. Colin war sofort da und ging flott neben ihr einher, die Hände in die Jackentaschen gesteckt; seine Stiefel hinterließen keine Abdrücke im schmutzigen Schnee. Sie ließ das Gerät wieder los, und er verschwand, aber sie war beruhigt. Sie brauchte keine Angst zu haben, Sally Shears, mit der sie kaum mithalten konnte, zu verlieren; der Geist konnte sie bestimmt wieder zu Swains Haus führen. *Und wenn ich ihr weglaufe*, dachte sie, *wird er mir helfen.* An einer Kreuzung schlängelte sich die Frau durch den fließenden Verkehr, zog Kumiko geistesabwesend vor einem dicken schwarzen Honda-Taxi weg und schaffte es irgendwie auch noch, diesem einen Tritt gegen den Kotflügel zu verpassen, als es vorbeifuhr.

»Trinkst du?« fragte sie, während sie Kumiko am Unterarm festhielt.

Kumiko schüttelte den Kopf. »Bitte, Sie tun mir weh. Mein Arm.«

Sally lockerte ihren Griff, bugsierte Kumiko jedoch durch eine schmuckvolle Milchglastür in einen warmen, lauten Raum, eine mit dunklem Holz und abgenutztem beigem Velours ausgekleidete Höhle voller Menschen.

Bald schon saßen sie einander an einem Marmortischchen gegenüber, auf dem ein Bass-Aschenbecher, ein dunkles Ale, das Whiskeyglas, das Sally auf dem Weg vom Tresen hierher geleert hatte, und ein Glas Orangensaft standen.

Kumiko sah, daß die silbernen Gläser ohne sichtbare Nahtstellen in die blasse Haut übergingen.

Sally griff nach dem leeren Whiskeyglas, neigte es, ohne es vom Tisch zu heben, und betrachtete es kritisch. »Ich bin deinem Vater mal begegnet«, sagte sie. »Damals war er noch nicht so hoch oben auf der Leiter.« Sie ließ das Glas los und griff nach dem Ale. »Swain sagt, du bist ’ne halbe *Gaijin*. Er sagt, deine Mutter war Dänin.« Sie trank einen Schluck Bier. »Siehst nicht so aus.«

»Sie hat meine Augen ändern lassen.«

»Steht dir.«

»Danke. Ihre Brille ist aber auch sehr hübsch«, sagte Kumiko automatisch.

Sally zuckte die Achseln. »Hat dir dein alter Herr schon mal Chiba gezeigt?«

Kumiko schüttelte den Kopf.

»Klug von ihm. Hätt ich an seiner Stelle auch nicht getan.« Sie trank noch mehr Bier. Ihre Nägel, die offenbar aus Acryl waren, hatten die Farbe und den Glanz von Perlmutt. »Sie haben mir das mit deiner Mutter erzählt.«

Kumiko wurde rot und senkte den Blick.

»Deshalb bist du aber nicht hier. Weißt du das? Er hat dich nicht ihretwegen zu Swain verfrachtet, sondern weil's Krieg gibt. Zwischen den Yakuzabossen haben keine Machtkämpfe mehr stattgefunden, seit ich auf der Welt bin, aber jetzt gibt's wieder welche.« Das leere Glas klirrte, als Sally es hinstellte. »Dabei will er dich nicht in der Nähe haben, das ist alles. Wär zu leicht, an dich ranzukommen. Jemand wie Swain ist ziemlich weit vom Schuß, was Yanakas Rivalen angeht. Deshalb ist dein Paß auf 'nen andern Namen ausgestellt, verstehst du? Swain schuldet Yanaka was. Also ist alles okay für dich, oder?«

Kumiko merkte, daß ihr heiße Tränen kamen.

»Na gut, es ist also nicht okay.« Die perlmuttfarbenen Nägel trommelten auf den Marmor. »Sie hat selber Schluß gemacht, und dir geht's nicht gut. Fühlst dich schuldig, stimmt's?«

Kumika blickte auf und schaute in zwei Spiegel.

In der Portobello drängten sich die Touristen wie in Shinjuku. Sally Shears, die darauf bestanden hatte, daß Kumiko den Orangensaft trank, der warm und fad geworden war, führte sie auf die überfüllte Straße hinaus. Kumiko fest im Schlepptau, drängelte Sally sich an Klapptischen auf Stahlrohrgestellen vorbei, die mit zerrissenen Samtvorhängen und abertausend Sachen aus Silber und Bleikristall, Messing und Porzellan bedeckt waren.

Kumiko machte große Augen, als Sally sie an stattlichen Reihen von Krönungstellern und bauchigen Churchill-Teekannen vorbeischleppte. »Das ist doch lauter *Gomi*«, meinte Kumiko, als sie an einer Kreuzung stehenblieben. Plunder. In Tokio wurde altes, nutzloses Zeug zum Landaufschütten verwendet. Sally grinste wölfisch. »Wir sind hier in England. *Gomi* ist ein wichtiger natürlicher Rohstoff. *Gomi* und Talent. Und genau das such ich gerade: Talent.«

Das Talent trug einen flaschengrünen Samtanzug und makellose Derbyschuhe aus Wildleder, und Sally fand ihn in einem anderen Pub, das The Rose and Crown hieß. Sie stellte ihn als Tick vor. Er war kaum größer als Kumiko und hatte einen krummen Rükken oder eine schiefe Hüfte, so daß er beim Gehen deutlich hinkte, was ihn noch asymmetrischer wirken ließ als ohnehin schon. Seine schwarzen Haare waren hinten und an den Seiten ganz kurzrasiert, türmten sich jedoch über der Stirn zu einer öligen Lockenpracht auf.

Sally stellte Kumiko vor. »Meine Freundin aus Japan. Finger weg von ihr.« Tick lächelte matt und führte sie an einen Tisch.

»Wie laufen die Geschäfte, Tick?«

»Prima«, sagte er mürrisch. »Und wie lebt sich's im Ruhestand?«

Sally setzte sich mit dem Rücken zur Wand auf eine gepolsterte Bank. »Na ja«, sagte sie, »so zwischendurch werd ich immer mal wieder aktiv.«

Kumiko sah sie an. Ihre Wut war verflogen oder geschickt kaschiert. Während Kumiko Platz nahm, schob sie die Finger in ihre Handtasche und schloß sie um das Gerät. Schlagartig erschien Colin auf der Bank neben Sally.

»Nett, daß du an mich denkst«, sagte Tick und nahm sich einen Stuhl. »Ist wohl schon zwei Jahre her.« Er zog eine Augenbraue hoch und machte eine Kopfbewegung in Kumikos Richtung.

»Sie ist okay. Kennst du Swain, Tick?«

»Nur vom Hörensagen, aber das reicht mir schon.«

Colin verfolgte den Wortwechsel belustigt und interessiert und drehte dabei den Kopf hin und her wie bei einem Tennismatch. Kumiko mußte sich vergegenwärtigen, daß nur sie ihn sehen konnte.

»Ich will, daß du ihn für mich unter die Lupe nimmst. Er darf's aber nicht spitzkriegen.«

Tick sah sie groß an. Die gesamte linke Gesichtshälfte zog sich langsam zu einem kräftigen Zwinkern zusammen. »Also wirklich«, sagte er, »viel verlangst du ja nicht gerade, was?«

»Gibt gutes Geld, Tick. Sehr gutes sogar.«

»Suchste was Bestimmtes, oder ist es mehr allgemein? Jeder weiß doch, daß er 'n Oberbonze in der Branche ist. Würd mich nicht unbedingt gern von ihm in seinem Datendomizil ertappen lassen.«

»Andererseits ist da das Geld, Tick.«

Zweimaliges Zwinkern.

»Roger setzt mich unter Druck, Tick. Und jemand setzt ihn unter Druck. Ich weiß nicht, womit sie ihn in der Hand haben, und es ist mir auch egal. Mir reicht schon, womit er mich in der Hand hat. Was mich interessiert, ist, wer, wo, wann. Zapf seine Leitungen an. Er steht mit irgendwem in Verbindung, weil sich die Sachlage andauernd ändert.«

»Würd ich's denn merken, wenn ich's sehe?«

»Sieh's dir einfach mal an, Tick. Tu mir den Gefallen.«

Wieder das krampfhafte Zwinkern. »Meinetwegen. Probieren wir's mal.« Er trommelte nervös auf die Tischkante. »Gibste 'ne Runde aus?«

Colin sah Kumiko über den Tisch hinweg an und verdrehte die Augen.

»Ich verstehe das nicht«, meinte Kumiko, als sie wieder hinter Sally durch die Portobello Road stapfte. »Sie haben mich in eine Intrige verwickelt ...«

Sally klappte den Kragen hoch, um sich gegen den Wind zu schützen.

»Aber ich könnte Sie doch verraten. Sie schmieden ein Komplott gegen den Geschäftspartner meines Vaters. Und Sie haben keinen Grund, mir zu vertrauen.«

»Genausowenig wie du mir, Schätzchen. Und hör auf, mich zu siezen. Vielleicht bin ich einer von den Bösewichten, die deinem Vater Kopfschmerzen bereiten.«

Kumiko dachte darüber nach. »Stimmt das?«

»Nein. Und falls du Swains Spionin bist, ist er neuerdings sehr viel bizarrer geworden. Falls du die Spionin deines alten Herrn bist, brauch ich Tick vielleicht gar nicht. Aber wenn der Yakuza diese Nummer abzieht, warum sollte er dann Roger als Strohmann benutzen?«

»Ich bin keine Spionin.«

»Dann fang mal langsam an, für dich selbst zu spionieren. Womöglich bist du mit deiner Flucht aus Tokio bloß vom Regen in die Traufe geraten.«

»Aber warum hast du mich da hineingezogen?«

»Du steckst bereits drin. Du bist hier. Hast du Angst?«

»Nein«, sagte Kumiko und verstummte. Sie fragte sich, warum das wahr sein sollte.

Am späten Nachmittag, als Kumiko wieder in der verspiegelten Mansarde allein war, setzte sie sich auf den Rand des riesigen Bettes und schlüpfte aus ihren nassen Stiefeln. Sie nahm das Maas-Neotek-Gerät aus ihrer Handtasche.

»Was sind das für Leute?« fragte sie den Geist, der auf dem Rand der schwarzen Marmorwanne hockte.

»Deine Freunde aus dem Pub?«

»Ja.«

»Kriminelle. Ich persönlich würde dir dringend raten, dich nicht mit solchem Pack einzulassen. Die Frau ist Ausländerin. Nordamerikanerin. Der Mann ist aus dem Londoner East End.

Offenbar ein Datendieb. Ich habe keinen Zugriff auf Polizeiakten – außer bezüglich Verbrechen von historischer Bedeutung.«

»Ich weiß nicht, was ich tun soll.«

»Dreh das Gerät um.«

»Was?«

»Auf die Rückseite. Da siehst du eine halbmondförmige Rille. Steck den Daumennagel rein und dreh...«

Ein winziger Deckel ging auf. Mikroschalter.

»Stell den A / B-Wechselschalter auf B. Nimm einen dünnen, spitzen Gegenstand, aber keinen Biro.«

»Keinen was?«

»Kuli. Tinte und Staub. Verklebt alles bloß. Am besten wäre ein Zahnstocher. Damit stellst du auf stimmaktivierte Aufzeichnung.«

»Und dann?«

»Versteck das Gerät unten. Morgen spielen wir's dann ab.«

6
MORGENLICHT

Slick verbrachte die Nacht auf einem angefressenen grauen Stück Schaumstoff unter einer Werkbank in Factorys Erdgeschoß, in eine Luftpolsterfolie gehüllt, die laut raschelte und knisterte und nach freien Monomeren stank. Er träumte von Kid Afrika und von Kids Wagen; in seinen Träumen verschmolzen beide, und Kids Zähne waren kleine verchromte Schädel.

Er erwachte von einer steifen Brise, die den ersten Schnee des Winters durch Factorys leere Fensterhöhlen hereinspie.

Er lag da und grübelte über das Problem mit der Kreissäge des Richters, dessen Handgelenk sich immer verbog, sobald er daranging, etwas Dickeres als eine Spanplatte zu durchtrennen. Ursprünglich hatte er für die Hand künstliche Finger vorgesehen, die jeweils mit einer elektrischen Miniaturkettensäge an der Spitze bestückt waren, aber dieses Konzept hatte aus einer Reihe von Gründen seine Gunst verspielt. Elektrizität war irgendwie nicht befriedigend; ihr fehlte das Physische. Luft war das Richtige, große Druckluftbehälter, oder ein Verbrennungsmotor, falls man die Teile dafür auftreiben konnte. Und auf Dog Solitude konnte man die Teile für praktisch alles auftreiben, wenn man lange genug danach grub; notfalls gab es ein halbes Dutzend Städte im Rostgürtel von Jersey mit vielen Hektar Maschinenschrott zum Ausschlachten.

Er kroch unter der Bank hervor und zog die durchsichtige Decke aus winzigen Plastikpolstern dabei wie einen Umhang hinter sich her. Er dachte an den Mann auf der Trage oben in seinem Zimmer und an Cherry, die in seinem Bett schlief. Die würde sich keinen steifen Hals holen. Er streckte sich und zuckte zusammen.

Gentry mußte bald zurückkommen. Er würde es Gentry, der gar nicht gern Menschen um sich hatte, erklären müssen.

Little Bird hatte in dem Raum, der als Factorys Küche diente, Kaffee gemacht. Der Boden war aus verzogenen Plastikfliesen, und an einer Wand standen Spülbecken aus mattem Stahl. Die Fenster waren mit transparenten Planen verschlossen, die sich bei jedem Windstoß blähten und milchiges Licht einließen, das den Raum noch kälter machte, als er war.

»Wie steht's mit dem Wasser?« fragte Slick, als er hereinkam. Eine von Little Birds Aufgaben war es, allmorgendlich nach den Tanks auf dem Dach zu sehen und angewehte Blätter oder gelegentlich eine tote Krähe rauszufischen. Dann checkte er die Dichtungen der Filter und ließ etwa vierzig Liter Frischwasser durch, falls es aussah, als könnte das Wasser knapp werden. Es dauerte fast den ganzen Tag, bis die vierzig Liter durchs Filtersystem in den Sammelbehälter gesickert waren. Daß Little Bird sich gewissenhaft darum kümmerte, war der Hauptgrund, warum er von Gentry geduldet wurde, aber seine Schüchternheit spielte wohl auch eine Rolle. Little Bird verstand es, sich nahezu unsichtbar zu machen, was Gentry betraf.

»Noch genug da«, sagte Little Bird.

»Wär's vielleicht möglich zu duschen?« fragte Cherry, die auf einem alten Getränkekasten aus Plastik saß. Sie hatte Ringe unter den Augen, als hätte sie nicht geschlafen, aber die Wundstelle war mit Make-up überdeckt.

»Nein«, sagte Slick, »jedenfalls nicht um diese Jahreszeit.«

»Dacht ich mir schon«, sagte Cherry mürrisch, in ihre Lederjackenkollektion gekauert.

Slick goß sich den Rest Kaffee ein und blieb vor ihr stehen, während er trank.

»Ist was?« fragte sie.

»Ja. Du und der Typ oben. Wie kommt's, daß du hier unten bist? Hast du frei oder was?«

Sie zog einen schwarzen Piepser aus der Tasche der äußersten Jacke. »Wenn sich was tut, geht das Ding hier los.«

»Gut geschlafen?«

»Na ja, einigermaßen.«

»Ich nicht. Wie lange arbeitest du schon für Kid Afrika, Cherry?«

»So 'ne Woche.«

»Bist du wirklich 'ne MTA?«

Sie zuckte die Achseln in ihren Jacken. »Immerhin kann ich mich um den Count kümmern.«

»Den Count? Der Typ ist ein Graf?«

»Keine Ahnung. Vielleicht heißt er auch nur so. Kid hat ihn jedenfalls mal so genannt.«

Little Bird erschauerte. Er hatte sich an diesem Morgen noch nicht gestylt, so daß seine Haare in alle Richtungen abstanden. »Und was is'«, meinte Little Bird, »wenn er 'n Vampir is'?«

Cherry starrte ihn an. »Soll das 'n Witz sein?«

Little Birds Augen waren geweitet. Er schüttelte ernst den Kopf.

Cherry blickte zu Slick hinüber. »Hat dein Freund noch alle Tassen im Schrank?«

»Es gibt keine Vampire«, sagte Slick zu Little Bird. »Jedenfalls nicht in echt, verstehst du? Nur im Stim. Der Kerl ist nicht Dracula, okay?«

Little Bird nickte langsam, schien jedoch keineswegs überzeugt. Der Wind straffte das Plastik vor dem milchigen Licht.

Slick versuchte, den Vormittag über am Richter zu arbeiten, aber Little Bird war wieder verschwunden, und das Bild der Gestalt auf der Trage kam ihm ständig in die Quere. Es war zu kalt; er würde eine Leitung von Gentrys Bereich unterm Factory-Dach runterziehen und ein paar Heizgeräte anschließen müssen. Aber das bedeutete, mit Gentry um den Strom zu feilschen. Der Saft gehörte Gentry, weil dieser ihn der Fission Authority abzugaunern verstand.

Es ging auf Slicks dritten Winter in Factory zu, aber Gentry war schon vier Jahre hiergewesen, als Slick dazustieß. Nachdem sie gemeinsam Gentrys Loft hergerichtet hatten, erbte Slick das Zimmer, in dem er Cherry und den Mann untergebracht hatte, den Kid Afrika Cherrys Worten zufolge Count nannte. Gentry vertrat die Ansicht, daß Factory ihm gehörte, weil er zuerst hiergewesen war und den Strom hergeleitet hatte, ohne daß die Authority was merkte. Aber Slick erledigte vieles in Factory, wozu Gentry selbst keine Lust gehabt hätte; er sorgte beispielsweise dafür, daß was zu essen da war, und wenn was Größeres kaputt ging, wenn's einen Kurzen gab oder der Wasserfilter den Geist aufgab, so war Slick derjenige, der das Werkzeug hatte und es reparierte.

Gentry mochte keine Menschen. Er verbrachte ganze Tage mit seinen Decks und FX-Orgeln und Holoprojektoren und kam nur raus, wenn der Hunger ihn trieb. Slick verstand nicht, worauf Gentry eigentlich aus war, beneidete ihn aber um die Scheuklappen seiner Besessenheit. Er ließ nichts an sich ran. Kid Afrika wäre nie an Gentry rangekommen, denn Gentry wäre nie nach Atlantic City gegangen, dort in die Scheiße geraten und damit in Kid Afrikas Schuld.

Ohne anzuklopfen ging er in sein Zimmer, wo Cherry dem Typ gerade mit einem Schwamm und weißen Wegwerfhandschuhen die Brust wusch.

Sie hatte den Butankocher aus dem Zimmer, in dem sie das Essen zubereiteten, hochgetragen und in einer Edelstahlschüssel Wasser heiß gemacht.

Er zwang sich, in das verhärmte Gesicht zu blicken, dessen schlaffe Lippen gerade so weit offenstanden, daß man gelbe Raucherzähne erkennen konnte. Es war ein Gesicht von der Straße, ein Gesicht aus der Masse, ein Gesicht, wie man es in jeder Bar sehen konnte.

Sie blickte zu Slick auf.

Er setzte sich auf den Rand des Bettes, auf dem sie seinen offenen Schlafsack wie eine Decke ausgebreitet hatte. Das zerrissene Ende hatte sie unter die Schaumstoffmatratze gesteckt.

»Wir müssen uns mal unterhalten, Cherry. Ich will wissen, was hier läuft, ja?«

Sie drückte den Schwamm über der Schüssel aus.

»Wie bist du an Kid Afrika geraten?«

Sie steckte den Schwamm in einen Zipper-Beutel und verstaute diesen in der schwarzen Nylontasche aus Kids Hover. Er beobachtete sie und sah, daß sie keine unnötige Bewegung machte und bei ihren Verrichtungen offenbar nicht zu überlegen brauchte. »Kennst du einen Laden namens Moby Jane's?«

»Nein.«

»Ist 'n Rasthaus in der Nähe vom Interstate. Der Manager war 'n Freund von mir, hatte den Job ungefähr vier Wochen, als ich zu ihm gezogen bin. Moby Jane ist 'n Monstrum; hockt hinterm Lokal in einem Wassertank mit 'nem Freebase-Tropf im Arm, *absolut* widerlich. Also, wie gesagt, ich zieh zu meinem Freund Spencer, dem neuen Manager, weil ich in Cleveland Ärger mit meinem Wisch hatte und nicht arbeiten konnte.«

»Was für Ärger?«

»Das übliche eben, okay? Willst du die Geschichte jetzt hören oder nicht? Spencer weiht mich also in den fürchterlichen Zustand der Besitzerin ein. Ich bin bloß froh, daß keiner weiß, daß ich MTA bin, sonst müßte ich nämlich draußen die Filter an ihrem Tank wechseln und die zweihundert halluzinierenden Psychotikerkilo mit Freebase vollpumpen. Also lassen sie mich bedienen, Bier zapfen. Ist okay. Gute Musik in dem Laden. Eher rauhes Klima da, aber das ist okay, weil alle wissen, daß ich die Freundin von Spencer bin. Bis ich eines Tages aufwache und Spencer weg ist. Wie sich rausstellt, ist er mit 'nem Batzen Geld durchgebrannt.« Während sie erzählte, trocknete sie die Brust des Schlafenden mit einem dicken Bausch eines saugfähigen weißen Materials ab. »Also haben sie mich ein bißchen rumgeschubst.« Sie sah achselzuckend zu ihm auf. »Aber dann sagen sie mir, was sie mit mir vorhaben. Sie werden mir die Hände auf den Rücken fesseln, mich zu Moby Jane in den Tank stecken, ihren Tropf ordentlich aufdrehen und ihr sagen, daß mein Lover sie beklaut hat...« Sie warf den feuchten Bausch in die Schüssel. »Dann haben sie mich in so ein Zimmerchen gesperrt, damit ich mir die Sache noch mal durch den Kopf gehen lassen könnte, bevor sie's täten. Aber als die Tür aufgeht, steht Kid Afrika davor. Den hatte ich vorher noch nie gesehen. ›Miss Chesterfield‹, sagt er, ›wenn ich mich nicht irre, sind Sie bis vor kurzem noch MTA gewesen.‹«

»Also hat er dir ein Angebot gemacht.«

»Ein Angebot? Daß ich nicht lache. Er hat bloß meine Papiere angeschaut und mich gleich mitgenommen. War kein Mensch da, obwohl es Samstagnachmittag war. Er hat mich auf den Parkplatz rausgebracht, und da stand das Hover mit lauter Totenköpfen vorne dran und zwei schwarzen Schränken, die auf uns warteten. Und mir war's recht, solange ich bloß von dem Tank wegkam.«

»Und unser Freund war schon hinten drin?«

»Nein.« Sie streifte die Handschuhe ab. »Ich mußte ihn nach Cleveland zurückfahren, in so 'nen Vorort. Große alte Häuser, aber mit ungemähten, struppigen Vorgärten. In eins davon sind wir reingegangen. War aufwendig gesichert. Ist wohl seins gewesen. Der da«, und sie zog dem Mann den blauen Schlafsack bis zum Kinn hoch, »lag in einem Schlafzimmer. Ich mußte sofort anfangen. Kid hat gesagt, er bezahlt mich gut.«

»Und du wußtest, daß er dich hier raus nach Solitude bringen würde?«

»Nein. Er selber, glaube ich, auch nicht. Irgendwas ist passiert. Er kam am nächsten Tag an und sagte, wir verschwinden von hier. Er hatte vor irgendwas Angst, glaube ich. In dem Moment hat er ihn so genannt: den Count. Weil er sauer war und vielleicht auch Schiß hatte. ›Der Count und sein verdammtes LF‹, hat er gesagt.«

»Sein was?«

»›LF.‹«

»Was ist das?«

»Ich glaube, das da«, sagte sie und deutete auf das unscheinbare graue Paket, das über dem Kopf des Mannes montiert war.

7
DA GIBT'S KEIN DORT

Sie stellte sich vor, daß Swift auf der Terrasse in den Tweedsachen auf sie wartete, die er im winterlichen L.A. am liebsten trug: Jackett und Weste paßten nicht zusammen – Fischgrät und Hahnentritt –, aber alles war aus der gleichen Wolle, und die womöglich sogar von den gleichen Schafen auf demselben Hügel. Sein gesamtes Outfit wurde in London von einer Kommission in einem Raum über einem Laden in der Floral Street zusammengestellt, den er noch nie gesehen hatte. Sie ließen gestreifte Hemden für ihn fertigen, deren Baumwolle sie von Charvet in Paris bezogen; sie machten seine Krawatten, ließen die Seide in Osaka weben und das dichte kleine Sense/Net-Logo einsticken. Und trotzdem sah er irgendwie aus, als hätte ihn seine Mutter angezogen.

Die Terrasse war leer. Der Dornier stand in der Luft und schwirrte dann zu seinem Horst davon. Mamman Brigittes Erscheinung haftete immer noch an ihr.

Sie ging in die weiße Küche und wusch sich das trocknende Blut von Gesicht und Händen. Als sie das Wohnzimmer betrat, war ihr, als sähe sie es zum ersten Mal. Der gebleichte Boden, die vergoldeten Louis-XVI-Sessel mit Chiffonbezug und Samtmuster, der kubistische Prospekt eines Valmier. Genau wie Hiltons Garderobe, dachte sie; von begabten Fremden zusammengestellt. Ihre Stiefel hinterließen feuchte Sandspuren auf dem hellen Boden, als sie zur Treppe ging.

Kelly Hickman, ihr Garderobier, war während ihres Klinikaufenthalts im Haus gewesen und hatte im großen Schlafzimmer ihr Arbeitsgepäck hergerichtet. Neun Hermès-Gewehrkoffer, schlicht und rechteckig wie Särge aus mattem Sattelleder. Ihre Kleider wurden nie zusammengelegt, sondern waren stets einzeln zwischen Seidenpapier ausgebreitet.

Sie stand in der Tür und starrte auf das leere Bett und die neun ledernen Särge.

Sie ging ins Badezimmer – gläserne Wanne und weißes Fliesenmosaik – und schloß hinter sich ab. Sie öffnete ein Schränkchen und noch eines, ohne sich um die säuberlich aufgereihten, originalverpackten Toilettenartikel, Markenmedikamente und Kosmetika zu kümmern. Sie fand den Applikator im dritten Schränkchen neben einer verschweißten Derm-Packung. Sie bückte sich und musterte das graue Plastik, das japanische Logo, wagte jedoch nicht, ihn anzufassen. Der Applikator sah neu aus, unbenutzt. Sie war so gut wie sicher, daß sie ihn weder gekauft noch dorthin gelegt hatte. Sie holte den Stoff aus der Jackentasche und inspizierte ihn, drehte das Briefchen mehrmals um und sah die genau bemessenen Dosen violettes Dust in den versiegelten Taschen hin und her rieseln.

Sie sah sich das Päckchen auf das weiße Marmorsims legen, den Applikator darüber plazieren, ein Derm aus seiner Plastikverpackung lösen und einlegen. Sie sah eine rote Leuchtdiode blinken, als der Applikator eine Dosis aufgezogen hatte; sie sah sich das Derm entnehmen und es wie einen weißen Plastik-Blutegel auf der Spitze des Zeigefingers balancieren, sah auf dessen feuchter Innenfläche winzige DMSO-Perlen glitzern …

Sie wandte sich ab, ging drei Schritte zum Klo und ließ das ungeöffnete Päckchen in die Schüssel fallen. Dort trieb es wie ein Miniaturfloß; der Stoff war immer noch völlig trocken. Völlig. Mit zittriger Hand tastete sie nach einer rostfreien Nagelfeile und kniete sich auf die weißen Fliesen. Sie mußte die Augen zumachen, als sie das Päckchen festhielt, die Feilenspitze in den Saum einstach und drehte. Die Feile fiel scheppernd zu Boden, als sie die Spülung drückte und die zwei Hälften des leeren Briefchens verschwanden. Sie lehnte sich mit der Stirn an kühles Emaille und zwang sich dann aufzustehen, zum Waschbecken zu gehen und sich gründlich die Hände zu waschen.

Sie verspürte nämlich den Wunsch – und das *wußte* sie jetzt –, sich die Finger abzulecken.

Später dann, am trüben Nachmittag, fand sie in der Garage eine Versandbox aus Wellplastik, trug sie ins Schlafzimmer hoch und begann, Bobbys restliche Sachen einzupacken. Es war nicht viel: eine Lederjeans, die er nicht gemocht hatte, ein paar Hemden, die er entweder ausrangiert oder vergessen hatte, und in der untersten Schublade der Teakholzkommode ein Cyberspace-Deck. Es war ein Ono-Sendai, nicht viel mehr als ein Spielzeug, mit einem Knäuel schwarzer Kabel, einem Satz Stim-Troden und einer fettigen Tube Salzpaste drumherum.

Sie erinnerte sich an das Deck, das er benutzt und mitgenommen hatte, eine graue Spezialanfertigung von Hosaka mit unbeschrifteter Tastatur. Es war ein Cowboy-Deck; er hatte darauf bestanden, es bei seinen Reisen mitzuführen, obwohl es damit immer Probleme beim Zoll gab. Warum hatte er den Ono-Sendai gekauft? Warum ihn hiergelassen? Sie saß auf der Bettkante; sie hob das Deck aus der Schublade und stellte es auf ihren Schoß.

Ihr Vater hatte sie vor langer Zeit in Arizona vor dem Einstekken gewarnt. Das brauchst du nicht, hatte er gesagt. Und sie hatte es nicht gebraucht, weil sie den Cyberspace träumte, als würden die Neongitter der Matrix hinter ihren Augen warten.

Da gibt's kein Dort. So erklärte man Kindern den Cyberspace. Sie erinnerte sich an den Vortrag eines lächelnden Lehrers im Kinderhort für die leitenden Angestellten der Arcologie, an die wechselnden Bilder auf dem Monitor: Piloten mit riesigen Helmen und plumpen Handschuhen, die durch die neuroelektronisch primitive »Virtuelle Welt«-Technik effizienter mit ihren Flugzeugen in Verbindung standen, wobei ihnen zwei winzige Sichtgeräte eine computergenerierte Flut von Gefechtsdaten und die vibrotaktilen Feedback-Handschuhe eine Touch-Welt von Schaltern und Auslösern lieferten … Mit voranschreitender Technik schrumpften die Helme, und die Sichtgeräte verkümmerten …

Sie beugte sich vor, nahm die Troden und schüttelte sie, um den Kabelsalat zu entwirren.

Da gibt's kein Dort.

Sie zog das elastische Stirnband zurecht und setzte sich die Troden an die Schläfen – eine weltweit typische Handbewegung der Menschheit, die sie jedoch nur selten ausführte. Sie drückte auf den Batterietestknopf des Ono-Sendai. Grün für startklar. Sie schaltete ein, und das Schlafzimmer verschwand hinter einer farblosen Wand aus sensorischem Schneegestöber. Ein Sturzbach weißen Rauschens ergoß sich in ihren Kopf.

Ihre Finger fanden aufs Geratewohl eine zweite Taste, und schon wurde sie durch die Schneewand in die ungeheure, aber keineswegs leere Weite katapultiert, in das fiktive Weltall des Cyberspace, und das Leuchtgitter der Matrix umgab sie wie ein unendlicher Käfig.

»Angela«, sagte das Haus ruhig, aber mit einer gewissen Dringlichkeit, »ich habe Hilton Swift in der Leitung.«

»Vorrangschaltung?« Sie saß am Küchentresen und aß Baked Beans mit Toast.

»Nein«, antwortete es in vertraulichem Ton.

»Schlag einen andern Ton an«, sagte sie, den Mund voller Bohnen. »Irgendwie ein bißchen besorgter.«

»Mr. Swift *wartet*«, sagte das Haus nervös.

»Schon besser«, sagte sie, während sie Schüssel und Teller zum Geschirrspüler trug, »aber ich hätte gern noch einen Hauch mehr echte Hysterie.«

»Nimmst du den Anruf nun an?« Die Stimme klang erstickt vor Anspannung.

»Nein, aber bleib bei diesem Tonfall, der gefällt mir.«

Sie ging ins Wohnzimmer, wobei sie leise zählte. Zwölf, dreizehn …

»Angela«, sagte das Haus behutsam, »ich habe Hilton Swift in der Leitung …«

»Auf Vorrangschaltung«, ergänzte Swift.

Sie machte mit den Lippen einen Furzlaut.

»Du weißt, ich respektiere deinen Wunsch, allein zu sein, aber ich mache mir Sorgen um dich.«

»Mir geht's gut, Hilton. Du brauchst dir keine Sorgen zu machen. Bye-bye.«

»Du bist heute morgen am Strand gestolpert. Es sah aus, als hättest du die Orientierung verloren. Und deine Nase hat geblutet.«

»Ich hatte Nasenbluten.«

»Wir möchten, daß du dich noch mal untersuchen läßt.«

»Prima.«

»Du bist heute in die Matrix gegangen, Angie. Wir haben dich im Industriesektor von BAMA lokalisiert.«

»Das war es also?«

»Möchtest du darüber reden?«

»Da gibt's nichts zu reden. Hab nur ein bißchen rumgespielt. Aber wenn du's unbedingt wissen willst: Ich hab ein paar Sachen von Bobby eingepackt, die er hiergelassen hat. Du wärst *begeistert* gewesen, Hilton! Dabei hab ich ein Deck von ihm gefunden und ausprobiert. Hab eine Taste gedrückt, mich umgeschaut und wieder ausgesteckt.«

»Entschuldige, Angie.«

»Was denn?«

»Die Störung. Ich mache jetzt Schluß.«

»Hilton, weißt du, wo Bobby ist?«

»Nein.«

»Willst du etwa behaupten, der Net-Sicherheitsdienst hätte ihn nicht im Auge behalten?«

»Ich sage nur, daß ich es nicht weiß, Angie. Ehrlich.«

»Könntest du's rauskriegen, wenn du wolltest?«

Wieder eine Pause. »Weiß ich nicht. Und wenn, bin ich nicht sicher, ob ich's täte.«

»Danke. Wiederhören, Hilton.«

»Wiederhören, Angie.«

Nachts dann saß sie im Dunkeln auf der Terrasse und beobachtete den Tanz der Flöhe im hell erleuchteten Sand. Sie dachte an Brigitte und ihre Warnung, an die Droge in der Jacke und den Derm-Applikator im Arzneischrank. An den Cyberspace und die traurige Enge, die ihr der Ono-Sendai vermittelt hatte – ein himmelweiter Unterschied zur Freiheit der Loa.

Sie dachte an die Träume der anderen, an in sich selbst verschlungene Korridore, die gedeckten Farben uralter Teppiche ... An einen alten Mann, einen Kopf aus Juwelen, ein angespanntes, blasses Gesicht mit Spiegeln als Augen ... Und an einen windigen, dunklen Strand.

Nicht diesen Strand, nicht Malibu.

Und irgendwo in der Finsternis eines jungen kalifornischen Tages, in der Stunde vor Sonnenaufgang, inmitten der Korridore, der Galerien, der Traumgesichter, der halb vergessenen Gesprächsfetzen, riß sie etwas los und hievte es beim Erwachen durch die Wand des Schlafes herauf. Bleicher Nebel drückte gegen die Fenster des großen Schlafzimmers.

Sie rollte sich herum, kramte in einer Nachttischschublade, fand einen Porsche-Stift, ein Geschenk eines Kulissenschiebers, und bannte ihren Schatz auf die glänzende Rückseite eines italienischen Modemagazins:

T-A

»Ruf Continuity an«, befahl sie dem Haus bei der dritten Tasse Kaffee.

»Hallo, Angie«, sagte Continuity.

»Diese Sequenz im Orbit, die wir vor zwei Jahren gemacht haben. Auf der Jacht dieses Belgiers.« Sie trank den lauwarmen Kaffee. »Wie hieß das Ding, wohin er mich mitnehmen wollte? Das Robin zu schäbig war?«

»Freeside«, gab das Expertensystem Auskunft.

»Wer hat dort schon mal gedreht?«

»Tally Isham hat in Freeside neun Sequenzen aufgenommen.«

»Und für sie war es nicht zu schäbig?«

»Das war vor fünfzehn Jahren. Da war Freeside noch groß in Mode.«

»Besorg mir die Sequenzen!«

»Schon geschehen.«

»Bye.«

»Bye, Angie.«

Continuity schrieb ein Buch. Robin Lanier hatte Angie davon erzählt. Sie hatte gefragt, wovon es handle. So sei das nicht, hatte er geantwortet. Es führe immer wieder in sich selbst zurück und mutiere andauernd; Continuity schreibe ständig daran. Warum, fragte Angie. Aber Robin hatte schon das Interesse daran verloren: weil Continuity ein KI war und KIs nun mal solche Sachen machten.

Ihr Anruf bei Continuity brachte ihr einen Anruf von Swift ein. »Angie, wegen der Untersuchung ...«

»Hast du dafür noch keinen Termin gemacht? Ich will wieder arbeiten. Heute morgen hab ich Continuity angerufen. Ich denke da an eine Orbit-Sequenz. Zieh mir gerade ein paar Sachen rein, die Tally gemacht hat. Bringt mich vielleicht auf Ideen.«

Schweigen. Sie hätte am liebsten gelacht. Es war nicht leicht, Swift sprachlos zu machen. »Ist das dein Ernst, Angie? Das ist ja wunderbar, aber willst du das wirklich tun?«

»Mir geht's schon viel besser, Hilton. Richtig gut geht's mir. Ich will arbeiten. Der Urlaub ist vorbei. Porphyre soll rauskommen und mir die Haare machen, bevor ich wieder unter die Leute gehe.«

»Weißt du, Angie«, sagte er, »das macht uns alle sehr glücklich.«

»Ruf Porphyre an. Mach den Arzttermin.« *Coup-poudre. Wer, Hilton? Du vielleicht?*

Er hatte die Mittel, dachte sie eine halbe Stunde später, als sie im dichten Nebel auf der Terrasse auf und ab ging. Ihre Sucht hatte Net nicht bedroht und ihre Leistung nicht beeinträchtigt. Es gab keine körperlichen Nebenwirkungen. Andernfalls hätte Sense / Net gar nicht zugelassen, daß sie damit anfing. Der Designer der Droge, dachte sie. Der Designer würde es wissen. Und es ihr garantiert nicht sagen, selbst wenn sie zu ihm vorstoßen konnte, was sie bezweifelte. Angenommen, dachte sie, die Hände aufs rostige Geländer gestützt, er war gar nicht der Designer gewesen? Angenommen, jemand anders hatte das Molekül entwickelt und seine eigenen Ziele damit verfolgt?

»Der Friseur«, sagte das Haus.

Sie ging hinein.

Porphyre wartete schon, in gedeckten Jersey gehüllt – irgendwelches Zeug, das in Paris gerade topaktuell war. Sein Gesicht, im Ruhezustand so glatt wie poliertes Ebenholz, verzog sich zu einem entzückten Grinsen, als er sie sah. »Missy«, schimpfte er, »du siehst aus wie hausgemachte Scheiße.«

Sie lachte. Porphyre kam auf sie zu, schnalzte vorwurfsvoll mit der Zunge, sagte »na, na« und »also wirklich« und schnipste mit seinen langen Fingern in gespieltem Abscheu gegen ihren Pony. »Missy war kein braves Mädchen. Porphyre hat doch gesagt, das sind schlimme Drogen!«

Sie blickte zu ihm auf. Er war sehr groß und ungemein stark, das wußte sie. Wie ein gedopter Windhund, hatte mal jemand gesagt. Sein enthaarter Schädel wies eine in der Natur unbekannte Symmetrie auf.

»Alles okay?« fragte er in seinem anderen Tonfall. Die manische Beschwingtheit war verschwunden, als hätte jemand einen Schalter umgelegt.

»Mir geht's gut.«

»Hat's wehgetan?«

»Ja. Kann man wohl sagen.«

»Weißt du«, sagte er und berührte sie mit einer Fingerspitze sanft am Kinn, »keiner hat kapiert, was du an dem Dreckszeug gefunden hast. High bist du offenbar nicht davon geworden.«

»War auch nicht der Sinn der Sache. Man ist halt einfach da oder dort, nur ...«

»... merkt man's nicht so?«

»Ja.«

Er nickte langsam. »Dann war's wirklich ein übles Zeug.«

»Scheiß drauf«, sagte sie. »Bin los davon.«

Sein Grinsen kehrte zurück. »Komm, wir waschen dir die Haare.«

»Die hab ich doch gestern erst gewaschen!«

»Womit? Nein! Sag's bloß nicht!« Er scheuchte sie zur Treppe.

Im weißgekachelten Bad massierte er ihr etwas in die Kopfhaut.

»Hast du Robin in letzter Zeit gesehen?«

Er spülte ihr die Haare mit kühlem Wasser aus. »*Mistah* Lanier ist in London, Missy. *Mistah* Lanier und ich, wir reden derzeit nicht miteinander. Setz dich gerade hin.« Er stellte die Stuhllehne senkrecht und legte ihr ein Handtuch um den Hals.

»Warum nicht?« Sie merkte, wie ihr Interesse am Net-Klatsch erwachte, Porphyres zweiter Spezialität.

Der Friseur kämmte ihr die Haare nach hinten. Sein Ton war bewußt ruhig. »Weil er schlecht über Angela Mitchell geredet hat, als die auf Jamaika war, um sich den Kopf zurechtrücken zu lassen.«

Damit hatte sie nicht gerechnet. »Wirklich?«

»Und ob, Missy.« Er begann, ihr die Haare mit der Schere zu schneiden, was eins seiner Markenzeichen war. Den Laserstift lehnte er ab; er behauptete, noch nie einen angefaßt zu haben.

»Machst du Witze, Porphyre?«

»Nein. So was sagt er natürlich nicht zu *mir*, aber Porphyre kommt so allerlei zu Ohren. Porphyre hört alles. Er ist am Morgen nach deiner Ankunft hier nach London abgereist.«

»Und was genau hast du nun gehört?«

»Daß du verrückt bist. Ob du auf Dope bist oder nicht. Daß du Stimmen hörst. Daß die Seelenklempner von Net Bescheid wissen.«

Stimmen … »Wer hat dir das erzählt?« Sie versuchte, sich auf dem Stuhl umzudrehen.

»Nicht den Kopf bewegen. So.« Er ging wieder ans Werk. »Wird nicht verraten. Vertrau mir.«

Nachdem Porphyre gegangen war, kam eine Reihe von Anrufen. Ihr Produktionsteam wollte unbedingt hallo sagen.

»Keine Anrufe mehr heute nachmittag«, wies sie das Haus an. »Die Tally-Sequenzen schau ich mir oben an.«

Ganz hinten im Kühlschrank entdeckte sie eine Flasche Corona und nahm sie mit ins große Schlafzimmer. Das Stimgerät im Teakholz-Kopfteil des Bettes war mit Studiotroden ausgestattet, die vor ihrer Abreise nach Jamaika noch nicht dagewesen waren. Net-Techniker brachten die Anlagen im Haus regelmäßig auf den neuesten Stand. Sie trank einen Schluck Bier, stellte die Flasche auf den Nachttisch und legte sich mit den Troden auf der Stirn hin. »Okay«, sagte sie. »Schlag zu.«

Hinein in Tallys Fleisch, in Tallys Atmen.

Wie habe ich dich nur ersetzen können? fragte sie sich, überwältigt von der Körperlichkeit des einstigen Stars. *Bereite ich den Leuten dieselbe Freude?*

Tally-Angie schaute über eine Schlucht hinaus, deren Hänge mit Wein bewachsen und die zugleich ein Boulevard war, blickte nach oben zum verkehrten Horizont, zu Tennisplätzen in der Ferne, zur ›Sonne‹ von Freeside, einem strahlenden axialen Lichtband über ihr …

»Schnellvorlauf«, sagte sie zum Haus.

Hinein in geschmeidig arbeitende Muskeln und verschwommenen Beton; Tally auf dem Rad im Niederschwerkraft-Velodrom …

»Schnellvorlauf.«

Eine Restaurantszene, die Samtträger spannten an den Schultern, der junge Mann ihr gegenüber beugte sich vor und schenkte Wein nach …

»Schnellvorlauf.«

Leinenlaken, eine Hand zwischen ihren Beinen, violettes Zwielicht hinter Glasscheiben, das Plätschern von fließendem Wasser …

»Zurück. Das Restaurant.«

Der Rotwein sprudelte in ihr Glas …

»Bißchen weiter. Stop! Da.«

Tallys Blick war auf das sonnengebräunte Handgelenk des jungen Mannes gerichtet, nicht auf die Flasche.

»Ich will einen Ausdruck von dem Bild«, sagte sie und zog sich die Troden herunter. Sie setzte sich auf und trank einen Schluck Bier, das sich merkwürdig mit dem aufgezeichneten Pseudogeschmack von Tallys Wein vermischte.

Der Drucker unten ließ ein leises Signal ertönen, als er sein Werk vollendet hatte. Sie zwang sich, die Treppe langsam hinunterzugehen, aber das Bild, das der Drucker in der Küche ausgespuckt hatte, war eine Enttäuschung.

»Kannst du das schärfer machen?« fragte sie das Haus. »Ich will das Etikett auf der Weinflasche lesen können.«

»Ich justiere das Bild«, sagte das Haus. »Drehe Zielobjekt um acht Grad.«

Der Printer surrte leise, während der neue Ausdruck herauskam. Angie hatte ihren Schatz schon entdeckt, bevor der Drucker sein Signal geben konnte. Das Logo aus ihrem Traum, in brauner Tinte: T-A.

Sie hatten eigene Weinberge gehabt, dachte sie.

Tessier-Ashpool S.A., in hoheitsvollen, feingliedrigen Lettern.

»Volltreffer«, flüsterte sie.

8
TEXAS RADIO

Mona konnte durch ein paar Risse im schwarzen Plastik, das sie überm Fenster kleben hatten, die Sonne sehen. Sie haßte die Bude dermaßen, daß sie es dort nicht aushielt, wenn sie wach oder nüchtern war, und im Moment war sie beides.

Sie stieg leise aus dem Bett, zuckte zusammen, als ihre nackte Ferse den Boden berührte, und tastete nach ihren Plastiksandalen. Die Bude war *dreckig*; wahrscheinlich kriegte man schon Tetanus, wenn man sich an die Wand lehnte. Schon beim Gedanken daran begann ihre Haut zu kribbeln. Eddy schien so was nicht zu stören; er war so tief in seinen Plänen versunken, daß er seine Umgebung kaum wahrnahm. Und irgendwie schaffte er es immer, sauber zu bleiben, wie eine Katze. Er war reinlich wie eine Katze, hatte nie Dreckränder unter den polierten Fingernägeln. Sie nahm an, daß er das meiste, was sie verdiente, in seine Garderobe investierte, obwohl es ihr nie eingefallen wäre, das in Frage zu stellen. Sie war »sixteen and SINless«, Mona; so hieß nämlich ein Song, wie ein älterer Freier ihr mal gesagt hatte. Sechzehn und frei von Sünde. Aber eigentlich bedeutete es, daß sie bei ihrer Geburt keine *Single Identification Number* bekommen hatte, keine Personenkennziffer, so daß sie weitgehend außerhalb aller behördlichen Systeme aufgewachsen war. Sie wußte, daß es angeblich möglich war, eine SIN zu kriegen, wenn man keine hatte, aber dazu mußte man logischerweise auf irgendein Amt gehen und mit einem Schlips reden, und das war alles andere als das, was Mona unter einem angenehmen Zeitvertreib oder auch nur normalem Verhalten verstand.

Anziehen in der Bude war für sie eine Routine, die sie im Dunkeln beherrschte. Zuerst schlüpfte man in die Sandalen, die man kurz gegeneinandergeschlagen hatte, um eventuelles Krabbelgetier abzuschütteln, dann ging man zum Fenster hinüber, wo, wie man wußte, eine Rolle altes Faxpapier auf einer Styroporkiste lag. Man riß ungefähr einen Meter Fax ab, runde anderthalb Tagesausgaben der *Asahi Shimbun*, faltete und falzte es und legte es auf den Boden. Dann konnte man sich draufstellen, den Plastiksack neben der Kiste nehmen, den Draht aufbiegen, mit dem er verschlossen war, und sich die gewünschten Kleidungsstücke raussuchen. Wenn man aus den Sandalen stieg, um die Hose anzuziehen, wußte man, daß man auf frisches Faxpapier trat. Mona glaubte inbrünstig daran, daß nichts über das Fax laufen würde, bis sie in die Jeans und danach wieder in die Sandalen gestiegen war.

Zuletzt noch eine Bluse oder dergleichen, anschließend wurde der Sack wieder sorgfältig verschlossen, und dann hieß es: nichts wie weg. Make-up, wenn nötig, draußen im Korridor. Neben dem kaputten Aufzug war noch ein heiler Spiegel, über dem eine Fuji-Biofluoreszenzleiste angeklebt war.

Beim Aufzug stank es an diesem Morgen so durchdringend nach Pisse, daß sie das Schminken lieber ausfallen ließ.

Man sah nie einen Menschen in dem Gebäude, aber hin und wieder hörte man sie: Musik hinter einer verschlossenen Tür oder Schritte, die eben hinter einer Ecke am anderen Ende des Korridors verhallten. Nun, das war verständlich; Mona legte auch keinen Wert darauf, ihre Nachbarn kennenzulernen.

Sie ging drei Treppen hinunter und trat ins gähnende Dunkel der Tiefgarage. Sie ließ die Taschenlampe in ihrer Hand sechsmal kurz aufleuchten, um abgestandenen Pfützen und herabbaumelnden Glasfaserkabeln auszuweichen, stieg dann die Betonstufen hinauf und trat auf die Gasse hinaus. In der Gasse konnte man manchmal den Strand riechen, wenn der Wind richtig stand, aber heute stank es da nur nach Müll. Die Seitenwand der Bude ragte hoch über ihr auf, und deshalb beeilte sie sich, bevor irgendein Arschloch auf die Idee kam, eine Flasche oder Schlimmeres runterzuwerfen. Sobald sie draußen auf der Avenue war, verlangsamte sie ihr Tempo, aber nur ein bißchen; sie war sich des Bargelds bewußt, das sie bei sich trug, und hatte einen Haufen Pläne, wie sie es ausgeben wollte. Jetzt bloß nicht ausgenommen werden, wo es so aussah, als hätte Eddy irgendwie die Fahrkarte ergattert, mit der sie hier wegkamen. Abwechselnd redete sie sich ein, daß es eine bombensichere Sache war, daß sie praktisch schon fort waren, und ermahnte sich dann wieder, sich lieber keine Hoffnungen zu machen. Sie kannte Eddys ›bombensichere Sachen‹: War Florida nicht auch eine gewesen? Wie warm es in Florida wäre und all die tollen Strände und wie viele klasse Typen mit Kohle es da gäbe, genau das richtige Fleckchen für einen kleinen Arbeitsurlaub, aber der dehnte sich nun schon zum längsten Monat, an den Mona sich erinnern konnte. Und verdammt *heiß* war es in Florida, wie in einer Sauna. Die einzigen Strände, die sich nicht in Privatbesitz befanden, waren verdreckt und verseucht; tote Fische trieben mit dem Bauch nach oben im seichten Wasser. Vielleicht war es an den Privatstränden auch nicht anders, aber die kriegte man nicht zu sehen; nur die Absperrketten und die Wachmänner in Shorts und Bullenhemden, die dort rumstanden. Eddy fuhr total auf die Waffen der Wachmänner ab und beschrieb ihr jede einzelne in sämtlichen langweiligen Details. Er selbst hatte allerdings keine Kanone, soweit Mona wußte, und das fand sie auch ganz gut so. Manchmal konnte man nicht mal die toten Fische riechen, denn da war ein anderer Gestank, der von den Fabriken entlang der Küste stammte, ein Chlorgeruch, von dem einem der Gaumen brannte. Wenn es klasse Typen gab, so waren es doch Freier, die hier auch nicht gerade darauf versessen waren, ihr das Doppelte zu zahlen.

So ungefähr das einzige Gute an Florida waren die Drogen, die leicht erhältlich und billig waren und meistens auch ordentlich reinknallten. Manchmal stellte sie sich vor, der Bleichgestank käme aus Millionen Drogenküchen, in denen irgendein ungeheuerlicher Cocktail zusammengebraut würde; all die Moleküle wedelten mit ihren bizarren Schwänzchen und konnten es kaum erwarten, auf die Straße zu gelangen und ihre Bestimmung zu erfüllen.

Sie bog von der Avenue ab und ging an einer Reihe nicht konzessionierter Imbißstände entlang. Bei dem Duft begann ihr Magen zu knurren, aber sie traute dem Gossenfraß nicht, wenn es nicht sein mußte, und im Einkaufszentrum gab es konzessionierte Läden, die Bares nahmen. Auf dem asphaltierten ehemaligen Parkplatz spielte jemand Trompete, ein langatmiges kubanisches Solo, das verzerrt von den Betonwänden widerhallte und sich im morgendlichen Spektakel des Marktes verlor. Ein Wanderprediger hob die ausgebreiteten Arme, und ein blasser, verschwommener Jesus in der Luft über ihm ahmte seine Bewegung nach. Der Projektor steckte in der Kiste, auf der er stand, aber er trug einen abgenutzten Nylonrucksack mit zwei Lautsprechern, die ihm wie Totenköpfe aus blankem Chrom über die Schultern lugten. Der Prediger schaute stirnrunzelnd zu Jesus hoch und justierte etwas an seinem Gürtel. Jesus blitzte auf, wurde grün und verschwand. Mona lachte. Aus den Augen des Mannes funkelte heiliger Zorn; ein Muskel arbeitete in seiner gefurchten Wange. Mona bog nach links zwischen die Reihen von Obsthändlern, die auf ihren zerbeulten Metallkarren Orangen- und Grapefruitpyramiden errichteten.

Sie betrat ein niedriges, höhlenartiges Gebäude, das in seinen Gängen seßhaftere Geschäfte beherbergte: Da gab es Fisch, abgepackte Lebensmittel und billige Haushaltswaren, und Imbißtheken boten ein Dutzend warme Speisen an. Hier im Schatten war es kühler und etwas ruhiger. Sie fand einen Wantan-Stand mit sechs leeren Hockern und setzte sich auf einen. Der chinesische Koch sprach sie auf Spanisch an; sie bestellte, indem sie auf das zeigte, was sie haben wollte. Er brachte ihr Suppe in einer Plastikschale; sie bezahlte mit ihrem kleinsten Schein, und er gab ihr acht speckige Pappmarken heraus. Wenn es Eddy ernst war mit dem Abhauen, dann konnte sie die nicht mehr einlösen, und falls sie in Florida blieben, konnte sie sich jederzeit irgendwo Wantan holen. Sie schüttelte den Kopf. Es muß klappen, es muß einfach klappen. Sie schob die abgegriffenen, runden gelben Marken über den lackierten Sperrholztresen zurück. »Behalt sie.« Der Koch kassierte sie ein, ohne eine Miene zu verziehen. Er hatte einen blauen Plastikzahnstocher im Mundwinkel stecken.

Sie nahm sich Stäbchen aus dem Glas auf dem Tresen und fischte eine Teigtasche aus der Schale. Ein Schlips im Gang hinter den Töpfen und Flammen beobachtete sie. Ein Schlips, der wie was anderes auszusehen versuchte; weißes Sporthemd und Sonnenbrille. Ist vor allem die Art, wie die dastehen, dachte sie. Aber er hatte auch die entsprechenden Zähne und den Haarschnitt, obwohl er einen Bart trug. Er tat so, als würde er sich umschauen und einkaufen, die Hände in den Taschen und ein Lächeln auf den Lippen, das wohl geistesabwesend wirken sollte. Sah gut aus, der Schlips, soweit man das bei dem Bart und der Sonnenbrille sehen konnte. Das galt aber nicht für sein Lächeln. Es war quasi quadratisch, so daß man die meisten seine Zähne zu sehen kriegte. Sie rutschte unbehaglich auf dem Hocker hin und her. Prostitution war erlaubt, aber nur, wenn man es richtig machte, wenn man den Chip vom Finanzamt und das alles hatte. Mit einem Mal mußte sie an das Geld in ihrer Tasche denken. Sie tat so, als läse sie die auf den Tresen geklebte, folienbeschichtete Lizenz zum Betrieb eines Speiselokals. Als sie wieder aufblickte, war er weg.

Für die Kleidung gab sie einen Fünfziger aus. Sie wühlte sich durch achtzehn Ständer in vier Shops, das gesamte Angebot des Einkaufszentrums, ehe sie sich entschied. Die Verkäufer und Verkäuferinnen sahen es nicht gern, daß sie so viel anprobierte, aber eine solche Summe hatte sie noch nie zum Ausgeben gehabt.

Es war schon Mittag, als sie fertig war, und die Floridasonne brannte kochend heiß auf den Asphalt, als sie mit ihren zwei Plastiktüten den Parkplatz überquerte. Die Tüten waren secondhand, wie die Kleider: eine war mit dem Logo eines Schuhgeschäfts in der Ginza bedruckt, die andere warb für argentinische Meeresfrüchtebriketts aus Krillkonzentrat. Im Geiste kombinierte sie die Sachen, die sie gekauft hatte, und überlegte, was wozu paßte.

Auf der anderen Seite des Platzes brüllte der Prediger mit voller Lautstärke mitten in seinem Sermon los, als hätte er sich in geifernde Erregung gesteigert, bevor er den Verstärker zuschaltete, und der Holo-Jesus fuchtelte mit den weißgewandeten Armen und deutete zornig zum Himmel, zum Einkaufszentrum und wieder zum Himmel. Das Reich Gottes, sagte er. Das Reich Gottes ist nah.

Mona bog wahllos um eine Ecke, wich automatisch und reflexhaft einem Irren aus und spazierte an ausgebleichten Spieltischen entlang, auf denen billige Indo-Simstim-Sets, gebrauchte Kassetten und bunte Mikrosoft-Stifte ausgebreitet waren, die in hellblauen Styroporplatten steckten. Hinter einem dieser Tische klebte ein Bild von Angie Mitchell, ein Poster, das Mona noch nie gesehen hatte. Sie blieb stehen und betrachtete es gierig, musterte zuerst die Kleidung und das Make-up des Stars und versuchte dann herauszufinden, vor welchem Hintergrund man sie aufgenommen hatte. Unwillkürlich ahmte sie Angies Miene auf dem Poster nach. Es war kein richtiges Lächeln. Ein Anflug von einem Lächeln, ein bißchen traurig vielleicht. Mona hatte eine ganz besondere Beziehung zu Angie. Sie sah ihr nämlich ähnlich, was ihr auch manche Freier bestätigten. Als wäre sie Angies Schwester. Nur daß ihre – Monas – Nase schräger saß und daß Angies Wangenknochen nicht mit Sommersprossen getüpfelt waren. Monas Anflug von einem Angie-Lächeln wurde breiter, als sie das Bild betrachtete und in seiner Schönheit, im Luxus des abgebildeten Raumes badete. Sie tippte auf ein

Schloß, vermutlich ihr Zuhause – ja, ganz bestimmt –, mit einem Haufen Leute, die für sie da waren, ihr die Haare machten und ihre Kleider aufhängten, denn man konnte sehen, daß die Mauern aus großen Steinen gefügt und die massiv goldenen Rahmen der Spiegel mit Blattranken und Engeln verziert waren. In der Bildunterschrift stand vielleicht, wo es war, aber Mona konnte nicht lesen. Jedenfalls gab's da keine beschissenen Schaben, soviel stand fest, und einen Eddy auch nicht. Ihr Blick fiel auf die Stim-Sets, und sie erwog einen Moment lang, sich von ihrem restlichen Geld eins zu kaufen. Aber dann hatte sie nicht mehr genug für ein Stim, und außerdem waren die hier alt, teils älter als sie selbst. Da war diese Dingsda, diese Tally, ein großer Star zu der Zeit, als Mona vielleicht neun gewesen war ...

Als sie zurückkam, wartete Eddy schon auf sie. Das Fenster war nicht mehr zugeklebt, und die Fliegen schwirrten herum. Eddy lag rauchend auf dem Bett, und der Schlips mit dem Bart, der sie beobachtet hatte, saß auf dem kaputten Stuhl und hatte noch immer seine Sonnenbrille auf.

Prior, so nannte er sich, als hätte er keinen Vornamen. Oder wie Eddy keinen Nachnamen. Nun, sie hatte selber auch keinen Nachnamen, es sei denn, man faßte Lisa so auf, aber das war eher ein zweiter Vorname.

Sie wurde nicht so recht schlau aus ihm in der Bude. Vielleicht lag es daran, daß er Engländer war. Eigentlich war er auch kein Schlips, wie sie gedacht hatte, als sie ihn im Einkaufszentrum gesehen hatte. Er führte irgendwas im Schilde, ihr war nur nicht klar, was. Er behielt sie ständig im Auge, sah ihr dabei zu, wie sie ihre Sachen in die blaue Lufthansa-Tasche packte, die er mitgebracht hatte, aber in seinen Blicken lag keine Geilheit; er war nicht scharf auf sie. Er beobachtete sie einfach nur, beobachtete den rauchenden Eddy, tippte sich mit der Sonnenbrille aufs Knie, hörte sich Eddys Gequatsche an und sagte so wenig wie möglich. Wenn er was sagte, dann meistens was Witziges, aber in einem Tonfall, der kaum erkennen ließ, ob er scherzte.

Beim Packen fühlte sie sich ganz wirr im Kopf, als hätte sie sich irgendwas reingezogen, was aber nicht richtig wirkte. Die Fliegen brummten gegen das Fenster, knallten gegen das staubige Glas, aber es störte sie nicht. Weg, sie war schon weg.

Sst. Tasche zu.

Es regnete, als sie zum Flughafen kamen, Floridaregen, warme Pisse aus einem Nirgendwohimmel. Sie war noch nie auf einem Flughafen gewesen, kannte jedoch welche aus den Stims.

Priors Wagen war ein gemieteter weißer Datsun, der selbsttätig fuhr und sie mit Hintergrundmusik aus seiner Quadroanlage berieselte. Er setzte sie mitsamt ihrem Gepäck in einer kahlen Betonparkbucht ab und fuhr in den Regen davon. Falls Prior eine Reisetasche hatte, so trug er sie nicht bei sich. Mona hatte ihre Lufthansa-Tasche und Eddy zwei schwarze Krokoklon-Koffer.

Sie zog sich den neuen Rock ein bißchen weiter über die Hüften und fragte sich, ob sie die passenden Schuhe dazu gekauft hatte. Eddy amüsierte sich prächtig; er hatte die Hände in den Taschen und die Schultern schräggestellt, um zu demonstrieren, daß er was Wichtiges tat.

Sie dachte daran zurück, wie sie ihn zum ersten Mal gesehen hatte, damals in Cleveland, als er zu ihnen rausgekommen war, um sich den Roller anzusehen, den der Alte verkaufte, eine dreirädrige Skoda, die hauptsächlich aus Rost bestand. Der Alte züchtete Welse in Betonbecken, die den ungepflasterten Hof säumten. Sie war im Haus, als Eddy kam, in dem langen, hohen Kasten eines aufgebockten Lkw-Anhängers. In eine Seite waren Fenster geschnitten, viereckige Löcher, die mit zerkratztem Plastik verklebt waren. Sie stand gerade am Herd, wo es nach Zwiebeln in Säcken und zum Trocknen aufgehängten Tomaten roch, als sie ihn spürte, am anderen Ende des Raumes, seine Muskeln und Schultern, die weißen Zähne, die schwarze Nylonkappe, die er schüchtern in der Hand hielt. Die Sonne schien durch die Fenster herein; es war hell in dem kargen, schlichten Raum mit dem Boden, der so gründlich gefegt war, wie der Alte es von ihr verlangte, aber es war, als würde sich ein Schatten herabsenken, ein Blutschatten, in dem sie ihr Herz pochen hörte, und er kam näher, warf die Kappe im Vorbeigehen auf den blanken Spanplattentisch – gar nicht mehr schüchtern jetzt, sondern so, als wäre er hier daheim –, kam direkt auf sie zu und strich sich dabei mit einer Hand, an der ein glänzender Ring steckte, durch den geölten Haarschopf. Dann kam der Alte herein, und Mona wandte sich ab und tat so, als hantierte sie am Herd. Kaffee, sagte der Alte, und Mona ging Wasser holen und füllte den Emaillekessel aus der Dachtankleitung, in der es durch den Kohlefilter gurgelte. Dann: Eddy und der Alte am Tisch, schwarzen Kaffee trinkend. Eddys Beine – feste Schenkel unter abgewetztem Denim – lang unter dem Tisch ausgestreckt. Lächelnd beschwatzt er den Alten, feilscht mit ihm um die Skoda. Daß sie ja ganz gut laufe und er sie ihm abkaufen würde, wenn der Alte die Papiere hätte. Der Alte steht auf und wühlt in einer Schublade. Eddys Blick ruht wieder auf ihr. Sie geht mit raus auf den Hof und sieht zu, wie er sich rittlings auf den rissigen Vinylsattel setzt. Fehlzündungen lassen die schwarzen Hunde des Alten loskläffen, süßlicher Fuselabgasgeruch, die vibrierende Maschine zwischen seinen Beinen.

Nun betrachtete sie ihn, wie er da neben seinen Koffern stand, und konnte nicht mehr so recht nachvollziehen, weshalb sie mit ihm tags darauf auf der Skoda losgefahren war, Richtung Cleveland. Die Skoda hatte ein kaputtes kleines Radio, das nicht zu hören war, wenn die Maschine lief, sondern nur nachts auf einem Feld an der Straße, ganz leise. Der Tuner war im Arsch, und man kriegte nur einen Sender rein, Geistermusik von einem einsamen Antennenmast in Texas, Steel-Guitar, die ganze Nacht hindurch mal lauter, mal leiser, und sie war feucht unter dem Druck seines Beins, und das steife, dürre Gras kitzelte sie im Nacken.

Prior stellte ihre blaue Tasche auf einen weißen Karren mit gestreiftem Dach. Mona stieg ebenfalls auf und hörte leise spanische Stimmen aus dem Kopfhörer des kubanischen Fahrers. Dann verstaute Eddy die Krokokoffer und stieg mit Prior zusammen auf. In strömendem Regen fuhren sie aufs Rollfeld hinaus.

Das Flugzeug hatte keine Ähnlichkeit mit denen in den Stims. Innen sah es nicht so aus wie ein langer, luxuriöser Bus mit vielen Sitzen. Es war ein kleines, schwarzes Ding mit spitzen, dünnen Tragflächen und Fenstern, die den Eindruck erweckten, als würde es schielen.

Sie stieg ein Metalltreppchen empor, und da war ein Raum mit vier Sitzplätzen, der überall, auch an Wänden und Decke, mit grauem Teppich bezogen war. Alles war sauber und vornehm grau. Eddy stieg hinter ihr ein und nahm Platz, als täte er das jeden Tag, lockerte die Krawatte und streckte die Beine aus. Prior drückte auf ein paar Tasten neben der Tür. Sie schloß sich mit einem Zischen.

Mona sah durch die schmalen, triefenden Fenster auf die Rollfeldscheinwerfer hinaus, die sich im nassem Beton spiegelten.

Hergekommen sind wir mit der Bahn, dachte sie. *Von New York nach Atlanta, dann umsteigen.*

Das Flugzeug vibrierte. Sie hörte den Rumpf knarren, als es zum Leben erwachte.

Zwei Stunden später erwachte sie kurz in der abgedunkelten Kabine, geborgen im endlosen Gebrumm des Jets. Eddy schlief mit halb offenem Mund. Vielleicht schlief Prior ebenfalls, vielleicht hatte er aber auch nur die Augen geschlossen. Sie konnte es nicht sagen.

Schon wieder halb in einen Traum versunken, an den sie sich am Morgen nicht mehr erinnern würde, hörte sie die Musik des Radiosenders aus Texas, wehende Steel-Akkorde, langgezogen wie dumpfer Schmerz.

9
UNDERGROUND

Jubilee und Bakerloo, Circle und District. Fröstelnd betrachtete Kumiko die kleine, folienbeschichtete Karte, die Petal ihr gegeben hatte. Die Kälte schien aus dem Beton des Bahnsteigs durch ihre Stiefelsohlen zu kriechen.

»Ist so verdammt alt«, sagte Sally Shears in Gedanken. In ihrer Brille spiegelte sich eine gewölbte, mit weißen Keramikfliesen verkleidete Wand.

»Wie bitte?«

»Die U-Bahn.« Ein neuer Schal mit Schottenmuster war unter Sallys Kinn verknotet, und ihr Atem dampfte weiß, wenn sie sprach. »Weißt du, was mich nervt? Daß man sie in den Bahnhöfen manchmal neue Fliesen draufkleben sieht, ohne daß sie die alten vorher abmachen. Oder wenn sie ein Loch in die Wand hauen, um an irgendwelche Kabel ranzukommen, und man dann die ganzen verschiedenen Fliesenschichten sehen kann …«

»Und?«

»Wird immer *enger* hier unten, nicht? Ist wie Arterienverkalkung.«

»Ja«, meinte Kumiko zweifelnd, »ich verstehe … Die Jungs dort, Sally, was hat es mit ihrer Kluft auf sich, bitte?«

»Jacks. Sogenannte Jack Draculas.«

Die vier Jack Draculas kauerten wie Raben auf dem Bahnsteig gegenüber. Sie trugen unauffällige schwarze Regenmäntel und blankgeputzte schwarze Kampfstiefel, die bis zum Knie geschnürt waren. Als sich einer von ihnen einem anderen zuwandte, sah Kumiko, daß sein Haar zu einem Zopf geflochten war, der von einer kleinen schwarzen Schleife zusammengehalten wurde.

»Haben sie aufgehängt«, sagte Sally, »nach dem Krieg.«

»Wen?«

»Jack Dracula. Nach dem Krieg gab's 'ne Zeitlang öffentliche Hinrichtungen. Den Jacks gehst du besser aus dem Weg. Die hassen Ausländer.«

Kumiko hätte gern Colin dazu befragt, aber das Maas-Neotek-Gerät steckte hinter einer Marmorbüste in dem Zimmer, in dem Petal ihnen das Essen servierte, und dann kam auch schon der Zug, der sie mit dem archaischen Lärm von Rädern auf Stahlschienen verblüffte.

Sally Shears vor dem Flickenteppich der Stadtarchitektur, in ihrer spiegelnden Brille der Londoner Stilmischmasch, jede Periode von der wirtschaftlichen Situation, durch Feuer oder Krieg zu Ausschuß gemacht.

Kumiko, die schon dreimal rasch hintereinander und offenbar willkürlich umgestiegen und dementsprechend verwirrt war, ließ auch noch eine Reihe von Taxifahrten über sich ergehen. Sie sprangen aus einem Wagen, liefen in das nächste Kaufhaus, marschierten durch den erstbesten Ausgang in eine andere Straße und nahmen ein weiteres Taxi. »Harrods«, sagte Sally einmal, als sie in flottem Tempo durch eine reich verzierte Halle mit gekachelten Wänden und Marmorsäulen liefen. Kumiko bestaunte dicke rote Braten und Haxen auf gestaffelten Marmortheken und nahm an, sie wären aus Plastik. Dann waren sie schon wieder draußen, und Sally winkte das nächste Taxi heran. »Covent Garden«, sagte sie zu dem Fahrer.

»Entschuldige, Sally. Was machen wir eigentlich?«

»Wir verschwinden.«

Sally trank heißen Brandy in einem winzigen Café unter dem schneebedeckten Glasdach der Piazza. Kumiko trank Kakao.

»Sind wir jetzt verschwunden, Sally?«

»Ja. Hoff ich zumindest.« Sie sah heute älter aus, fand Kumiko; Müdigkeit oder Nervosität hatte Falten um ihren Mund gegraben.

»Sally, was tust du überhaupt? Dein Freund hat gefragt, ob du noch im Ruhestand bist ...«

»Ich bin Geschäftsfrau.«

»Und mein Vater ist ein Geschäftsmann?«

»Ja, dein Vater ist Geschäftsmann, Schätzchen. Nein, nicht so wie der. Ich bin ein Indie, eine Unabhängige. Ich investiere hauptsächlich.«

»In was investierst du?«

»In andere Indies.« Sie zuckte die Achseln. »Neugierig heute, hm?« Sie nahm einen Schluck von ihrem Brandy.

»Du hast mir geraten, für mich selbst zu spionieren.«

»Guter Rat. Aber das muß man behutsam angehen.«

»Lebst du hier, Sally, in London?«

»Bin viel unterwegs.«

»Ist Swain auch ein ›Indie‹?«

»Jedenfalls hält er sich für einen. Er arbeitet mit Beziehungen, buckelt vor den richtigen Leuten; das muß man hier tun, um Geschäfte zu machen, aber mir geht's allmählich auf die Nerven.« Sie kippte den restlichen Brandy hinunter und leckte sich die Lippen.

Kumiko erschauerte.

»Vor Swain brauchst du keine Angst zu haben. Yanaka könnte ihn zum Frühstück verspeisen.«

»Nein. Ich dachte an die Jungs in der U-Bahn. Sie waren so dünn ...«

»Die Draculas.«

»Eine Bande?«

»*Bosozoku*«, sagte Sally mit ordentlicher Aussprache. »›Nomadenstamm‹? Jedenfalls so 'ne Art Stamm.« Es war nicht das richtige Wort, aber Kumiko glaubte, den Unterschied zu verstehen.

»Sie sind dünn, weil sie arm sind.« Sally gab dem Kellner ein Zeichen und bestellte einen zweiten Brandy.

»Sally«, sagte Kumiko, »als wir hierhergekommen sind, der Weg, den wir genommen haben, die Züge und Taxis, war das, um sicherzustellen, daß man uns nicht folgt?«

»Nichts ist jemals sicher.«

»Aber als wir zu Tick gegangen sind, hast du keine Vorsichtsmaßnahmen getroffen. Da hätte man uns leicht folgen können. Du heuerst Tick an, damit er Swain bespitzelt, triffst aber keine Vorsichtsmaßnahmen. Du bringst mich hierher und triffst viele Vorsichtsmaßnahmen. Warum?«

Der Kellner stellte ein dampfendes Glas vor Sally ab. »Du bist 'n schlaues Kind, Schätzchen, was?« Sie beugte sich vor und inhalierte die Brandydämpfe. »Es ist nun mal so, okay? Mit Tick will ich vielleicht bloß für 'n bißchen Action sorgen.«

»Aber Tick hat Angst, daß Swain ihn ertappen könnte.«

»Swain rührt ihn nicht an, wenn er merkt, daß er für mich arbeitet.«

»Wieso nicht?«

»Weil er weiß, daß ich ihn sonst vielleicht umbringen würde.« Sie hob ihr Glas und sah plötzlich viel fröhlicher aus.

»Swain umbringen?«

»Genau.« Sie trank.

»Und warum warst du dann heute so vorsichtig?«

»Weil's manchmal gut tut, alles abzuschütteln und abzuhauen. Wahrscheinlich haben wir's nicht geschafft. Aber vielleicht doch. Kann sein, daß niemand, aber auch gar niemand weiß, wo wir sind. Tolles Gefühl, hm? Du könntest präpariert sein, haste daran schon mal gedacht? Vielleicht hat dir dein Dad, der Yakuza-Kriegsherr, 'ne kleine Wanze eingepflanzt, damit er seine Tochter immer im Auge behalten kann. Du hast so hübsche kleine Zähne, vielleicht hat Daddys Zahnarzt da 'n bißchen Hardware drin untergebracht, als du gerade mit einem Stim zugange warst. Gehst du zum Zahnarzt?«

»Ja.«

»Ziehst du dir Stims rein, während er arbeitet?«

»Ja.«

»Da haben wir's. Vielleicht hört er uns gerade zu.«

Kumiko hätte beinahe ihren restlichen Kakao umgestoßen.

»He.« Die polierten Nägel tippten ihr aufs Handgelenk. »Keine Bange. Er hätte dich nie einfach so mit 'ner Wanze rübergeschickt. Damit könnten dich seine Feinde zu leicht aufspüren. Aber du verstehst, was ich meine? Es tut gut, mal abzuhauen. Oder es wenigstens zu versuchen. Um mal allein zu sein. Kapiert?«

»Ja.« Kumiko hatte immer noch Herzklopfen, und die Panik stieg weiter in ihr hoch. »Er hat meine Mutter umgebracht«, platzte sie heraus und kotzte Kakao auf den grauen Marmorboden des Cafés.

Sally führte sie an den Säulen von Saint Paul's entlang, ein stummer Spaziergang in einer losgelösten, von Scham geprägten Trance. Kumiko registrierte willkürliche Informationen: den weißen Lammfellbesatz von Sallys Ledermantel, den öligen Regenbogenglanz des Gefieders einer Taube, die vor ihnen davontrippelte, rote Busse wie Riesenspielzeug im Transport Museum, Sally, die sich die Hände an einem Styroporbecher mit heißem Tee wärmte.

Kalt, es würde von nun an immer kalt sein. Die eisige Feuchtigkeit in den alten Knochen der Stadt, das kalte Wasser des Sumida in den Lungen ihrer Mutter, der kühle Flug der Neonkraniche.

Ihre Mutter war zartknochig, und ihr dichtes dunkles Haar war mit goldenen Glanzlichtern gemasert wie ein seltenes tropisches Edelholz. Mutter duftete nach Parfüm und warmer Haut. Mutter erzählte ihr Geschichten von Elfen und Feen und von Kopenhagen, einer fernen Stadt. Wenn Kumiko von den Elfen träumte, glichen diese den Sekretären ihres Vaters: geschmeidig und seriös, mit schwarzen Anzügen und zusammengerollten Schirmen. Die Elfen in den Geschichten ihrer Mutter taten viele merkwürdige Dinge, und die Geschichten waren magisch, weil sie sich während des Erzählens änderten und man nie sicher sein konnte, wie eine Geschichte an einem Abend ausgehen würde. Es kamen auch Prinzessinnen darin vor und Ballerinen, und Kumiko hatte begriffen, daß jede davon in gewissem Sinn ihre Mutter war.

Die Prinzessinnen-Ballerinen waren wunderschön, aber arm, und sie tanzten aus purer Freude im Herzen der fernen Stadt, wo sie von Künstlern und angehenden Dichtern umworben wurden, die ebenfalls schön und mittellos waren. Um alte Eltern zu unterstützen oder ein Organ für einen kranken Bruder zu kaufen, war eine Prinzessin-Ballerina zuweilen gezwungen, eine sehr, sehr weite Reise anzutreten, vielleicht gar bis nach Tokio, um für Geld zu tanzen. Für Geld zu tanzen, so konnte man den Geschichten entnehmen, war kein Vergnügen.

Sally führte sie in eine Robata-Bar in Earls Court und nötigte sie, ein Glas Sake zu trinken. Eine geräucherte Fuguflosse schwamm in dem heißen Wein und verlieh ihm die Farbe von Whiskey. Sie aßen Robata vom rauchenden Grill, und Kumiko spürte, wie die Kälte aus ihr wich, nicht aber die Taubheit. Die Ausstattung des Lokals vermittelte ein starkes Gefühl kultureller Konfusion: Sie brachte es fertig, traditionelles japanisches Design zu reflektieren und gleichzeitig auszusehen, als wäre sie von Charles Rennie Mackintosh entworfen.

Sie war sehr seltsam, diese Sally Shears, seltsamer als das ganze Gaijin-London. Jetzt erzählte *sie* Kumiko Geschichten, Geschichten über Leute, die in einem Japan lebten, das Kumiko nicht kennengelernt hatte, Geschichten, die erklärten, welche Rolle ihr Vater – der *Oyabun*, wie Sally ihn nannte – in der Welt spielte. Die Welt in Sallys Geschichten kam Kumiko genauso unwirklich vor wie die Märchenwelt ihrer Mutter, aber sie begann zu verstehen, worauf die Macht ihres Vaters basierte und wie groß sie war. »*Kuromaku*«, sagte Sally. Das Wort bedeutete ›schwarzer Vorhang‹. »Kommt vom Kabuki-Theater, meint aber einen Schieber, der mit Gefälligkeiten handelt. Hinter den Kulissen, verstehst du? So was ist dein Vater. Und Swain auch. Aber Swain ist der *Kobun* deines alten Herrn, wenigstens einer davon. *Oyabun-Kobun*, Vater-Kind. Daher kriegt Roger einen Teil seines Sprits. Darum bist du jetzt hier, weil Roger dem *Oyabun* was schuldet. *Giri*, kapiert?«

»Er ist ein Mann von Rang.«

Sally schüttelte den Kopf. »Nein, aber dein alter Herr, Kumi, *der* ist einer. Wenn er dich außer Landes schaffen mußte, um deine Sicherheit zu gewährleisten, dann heißt das, daß sich große Veränderungen anbahnen.«

»Na, einen heben gewesen?« fragte Petal, als sie hereinkamen. In den Rändern seiner Brille blitzte das Licht eines Tiffany-Baums aus Bronze und Buntglas auf, der auf dem Sideboard wuchs. Kumiko hätte liebend gern einen Blick auf die Marmorbüste geworfen, hinter der das Maas-Neotek-Gerät verborgen war, aber sie zwang sich, in den Garten zu schauen. Der Schnee dort hatte die Farbe des Londoner Himmels angenommen.

»Wo ist Swain?« fragte Sally.

»Der Boss ist außer Haus«, erklärte Petal.

Sally trat ans Sideboard und schenkte sich ein Glas Scotch aus einer wuchtigen Karaffe ein. Kumiko sah, wie Petal zusammenzuckte, als die Karaffe unsanft auf das polierte Holz zurückgestellt wurde. »Irgendeine Nachricht für mich?«

»Nein.«

»Kommt er heute abend noch zurück?«

»Weiß ich nicht. Wollt ihr zu Abend essen?«

»Nein.«

»Ich hätte gern ein Sandwich«, sagte Kumiko.

Eine Viertelstunde später lag das Sandwich noch unberührt auf dem schwarzen Marmornachttisch, und Kumiko saß mitten auf dem riesigen Bett und hatte das Maas-Neotek-Gerät zwischen den bloßen Füßen. Sally hatte sie unten zurückgelassen, wo sie Swains Whiskey trank und in den grauen Garten hinausstarrte.

Nun griff sie sich das Gerät, und schon flackerte Colin am Fußende des Bettes auf und stellte sich scharf.

»Was von mir kommt, kann niemand hören«, sagte er und hob rasch den Finger an den Mund. »Und das ist auch gut so. Das Zimmer wird nämlich abgehört.«

Kumiko wollte schon etwas erwidern, nickte dann jedoch nur.

»Gut«, sagte er. »Kluges Kind. Hab zwei Gespräche für dich. Eins zwischen deinem Gastgeber und seinem Aufpasser, das andere zwischen deinem Gastgeber und Sally. Ersteres rund fünfzehn Minuten, nachdem du mich unten versteckt hattest. Hör zu.«

Kumiko schloß die Augen und hörte Eis in einem Whiskeyglas klirren.

»Wo ist denn unsere kleine Japse?« fragte Swain.

»Schon im Bett«, sagte Petal. »Führt Selbstgespräche, die Kleine. Irgendwie komisch.«

»Was sagt sie denn?«

»Nicht viel eigentlich. Manche Leute tun das nun mal ...«

»Was?«

»Selbstgespräche führen. Wollen Sie mal hören?«

»Herrgott, nein. Wo ist die reizende Miss Shears?«

»Unterwegs. Verdauungsspaziergang.«

»Sag Bernie nächstesmal Bescheid. Er soll schauen, was sie so treibt bei diesen kleinen Spaziergängen.«

»Bernie!« Petal lachte. »Den würden wir in einer Kiste zurückkriegen.«

Jetzt lachte Swain. »Wär vielleicht auch nicht schlecht. Dann wären wir Bernard los, und die Messermieze hätte ihren berüchtigten Durst gestillt. Na ja, gieß uns noch mal ein!«

»Für mich nicht, danke. Ich geh zu Bett, wenn Sie mich nicht mehr brauchen.«

»Nein«, sagte Swain.

»Also«, erklärte Colin, als Kumiko die Augen aufmachte und ihn immer noch auf dem Bett sitzen sah, »in deinem Zimmer ist eine stimmaktivierte Wanze. Der Aufpasser hat die Aufzeichnung abgespielt und dich mit mir sprechen hören. Unsere zweite Aufnahme ist interessanter. Dein Gastgeber sitzt bei seinem zweiten Whiskey. Auftritt Sally.«

»Hallo«, hörte sie Swain sagen. »Bißchen frische Luft geschnappt?«

»Leck mich.«

»Du weißt doch«, sagte Swain, »das war alles nicht meine Idee. Vielleicht geht das endlich mal rein in deinen Schädel. Mich haben sie doch auch an den Eiern.«

»Weißt du, Roger, manchmal bin ich direkt versucht, dir zu glauben.«

»Tu's doch. Das würde alles viel einfacher machen.«

»Ein andermal wieder würd ich dir am liebsten die Kehle durchschneiden.«

»Meine Liebe, dein Problem ist, daß du nie gelernt hast zu delegieren. Du willst immer noch alles selber machen.«

»Hör zu, du Arschloch, ich weiß, wo du herkommst, ich weiß, wie du hierhergekommen bist, und es ist mir scheißegal, wie tief du Yanaka oder sonstwem in den Arsch gekrochen bist. *Sarakin!*«

Dieses Wort hatte Kumiko noch nie gehört.

»Die haben sich wieder gemeldet«, sagte Swain im Plauderton. »Sie ist noch an der Küste, aber es sieht so aus, als würde sie bald aufbrechen. Nach Osten höchstwahrscheinlich. Zurück in dein altes Territorium. Meiner Meinung nach das beste, was uns passieren kann. Das Haus ist unmöglich. So viele Sicherheitseinrichtungen auf dem Gelände, da käme nicht mal eine mittlere Armee durch.«

»Willst du mir immer noch einreden, das ist 'ne reine Entführung, Roger? Und daß sie nur ein Lösegeld erpressen wollen?«

»Nein. Von Freikaufen war nicht die Rede.«

»Und warum heuern sie dann nicht einfach diese Armee an? Sie brauchen sich ja nicht mit 'ner mittleren zu begnügen, oder? Können doch die Söldner holen. Die Abwerber. So 'n harter Brocken ist sie nun auch wieder nicht, nicht härter als irgendein Starforscher. Können doch die verdammten *Profis* holen ...«

»Zum hundertsten Mal, genau das wollen sie nicht. Sie wollen dich.«

»Roger, was haben sie denn nun gegen dich in der Hand, hm? Ich meine, weißt du denn wirklich nicht, was sie gegen mich in der Hand haben?«

»Nein. Aber nach dem, was sie über mich haben, würde ich eine Vermutung wagen.«

»Nämlich?«

»Alles.«

Keine Antwort.

»Da ist noch was zur Sprache gekommen heute«, sagte er. »Sie wollen, daß es so aussieht, als wäre sie ausgeschaltet worden.«

»Was?«

»Es soll so aussehen, als hätten wir sie umgebracht.«

»Und wie sollen wir das anstellen?«

»Sie liefern uns eine Leiche.«

»Ich nehme an«, erläuterte Colin, »daß sie das Zimmer kommentarlos verlassen hat. Das Gespräch endet hier.«

10
DIE GESTALT

Eine Stunde lang checkte er die Lager der Säge durch, dann schmierte er sie noch einmal. Es war schon zu kalt zum Arbeiten; er mußte sich beeilen und den Raum beheizen, in dem er die anderen aufbewahrte, die Schergen, den Schinder und die Hexe. Schon das allein würde ausreichen, seine Abmachung mit Gentry ins Wanken zu bringen, aber es verblaßte neben dem Problem, wie er Gentry seine Vereinbarung mit Kid Afrika und die Anwesenheit zweier Fremder in Factory erklären sollte. Gentry ließ nicht mit sich reden. Der Saft gehörte ihm, weil er derjenige war, der ihn der Fission Authority abluchste; ohne Gentrys allmonatliche Vorstöße an der Konsole, das Ritual, mit dem er die Behörde davon überzeugte, daß Factory ganz woanders war und ihre Rechnung bezahlte, gäbe es keinen Strom.

Gentry war überhaupt ein komischer Kauz, dachte Slick und spürte, wie seine Knie knackten, als er aufstand und die Fernsteuerung für den Richter aus seiner Jackentasche zog. Gentry war überzeugt, daß der Cyberspace eine *Gestalt* hatte, eine allumfassende Form. Nun war das zwar nicht die ausgefallenste Idee, von der Slick je gehört hatte, aber Gentry war geradezu besessen von dem Glauben, die *Gestalt* sei das einzig Wichtige. Sie zu erfassen, war Gentrys Gral.

Slick hatte sich mal ein Net / Knowledge-Stim über die Gestalt des Universums reingezogen. Seiner Meinung nach umfaßte das Universum alles, was existierte; wie konnte es da eine Gestalt haben? Und wenn es eine Gestalt hatte, dann mußte doch wohl etwas drumherum sein, worin es eine Gestalt haben konnte. Und wenn dieses Drumherum wirklich existierte, war es dann nicht auch ein Bestandteil des Universums? Das war genau so ein Thema, über das man mit Gentry besser nicht diskutierte, denn Gentry schaffte es, daß man sich dabei heillos in seinen eigenen Gedanken verhedderte. Aber Slick hielt den Cyberspace ohnehin nicht für so etwas wie ein Universum; er war bloß eine Form der Darstellung von Daten. Die Fission Authority hatte immer wie eine große rote Aztekenpyramide ausgesehen, aber dazu bestand keine zwingende Notwendigkeit; wenn die FA wollte, konnte sie ein x-beliebiges Aussehen annehmen. Große Firmen hatten copyright-geschützte Darstellungen. Wie konnte man da auf die Idee kommen, die Matrix insgesamt hätte eine besondere Gestalt? Und selbst wenn es tatsächlich so war, warum sollte es dann etwas bedeuten?

Er schaltete die Fernsteuerung ein. Zehn Meter von ihm entfernt surrte und erbebte der Richter.

Slick Henry haßte den Richter. Das war es, was die Kunstfreaks einfach nicht begreifen wollten. Aber es bedeutete ja nicht, daß er nicht froh war, das Ding gebaut zu haben, den Richter aus sich rausgeholt zu haben, nach *draußen*, wo er ihn sehen und im Auge behalten und sich endlich auch irgendwie von der Idee, die er verkörperte, freimachen konnte, aber das war doch etwas ganz anderes, als ihn zu *mögen*.

Fast vier Meter groß, halb so breit an den Schultern und kopflos stand der Richter da und vibrierte in seinem Flickenpanzer, der eine bestimmte Rostfarbe hatte, wie die von abertausend Händen blankpolierten Griffe einer alten Schubkarre. Er hatte eine Methode gefunden, diese Oberfläche mit Chemikalien und Schleifmitteln zu erzeugen, und den Richter größtenteils derart bearbeitet; die alten Teile aus Schrott jedenfalls, nicht aber die kalten Zähne der runden Sägeblätter und die spiegelnden Gelenkflächen. Der Rest des Richters hatte jedoch diese Farbe, das Finish eines uralten Werkzeugs, das noch im harten täglichen Einsatz stand.

Er betätigte den Joystick, und der Richter machte einen Schritt nach vorn, dann noch einen. Die Kreisel funktionierten einwandfrei; trotz des fehlenden Arms bewegte sich das Ding mit einer schrecklichen Würde und setzte die Riesenfüße entsprechend auf.

Slick grinste in Factorys Halbdunkel hinein, während der Richter auf ihn zustapfte, eins-zwei, eins-zwei. Er konnte sich an jede Entstehungsphase des Richters erinnern, wenn er wollte, und tat dies manchmal auch, weil es ihm gut tat, dazu imstande zu sein.

Er konnte sich nicht an die Zeit erinnern, als er sich an nichts hatte erinnern können, aber manchmal gelang es ihm beinahe.

Das war der Grund, weshalb er den Richter gebaut hatte; er hatte etwas angestellt – nichts Schlimmes, doch man hatte ihn dabei erwischt, zweimal –, und dafür war er vor Gericht gestellt und verurteilt worden. Dann war das Urteil vollstreckt worden, und er konnte sich nicht mehr erinnern, konnte gar nichts mehr behalten, nicht mehr als fünf Minuten am Stück. Er hatte Autos geklaut. Autos von reichen Leuten. Sie sorgten dafür, daß man nicht vergaß, was man getan hatte.

Er wendete den Richter mit dem Joystick und ließ ihn durch einen Gang zwischen Reihen von Betonsockeln mit Feuchtigkeitsflecken hindurch, die einst Drehmaschinen und Punktschweißer getragen hatten, in den nächsten Raum gehen. Hoch oben im Dunkeln, im staubigen Gebälk, hingen tote Neonröhren, auf denen manchmal Vögel nisteten.

Korsakov nannten sie das. Sie machten irgendwas mit den Neuronen, damit das Kurzzeitgedächtnis nicht mehr funktionierte. Damit die Zeit im Knast verlorene Zeit war. Allerdings hatte er gehört, daß sie das jetzt nicht mehr machten, zumindest nicht bei schwerem Autodiebstahl. Für Leute, die es nicht selbst erlebt hatten, klang es nicht weiter schlimm, wie Knast, nur daß hinterher alles futsch war. Aber das stimmte nicht. Als er seine Zeit abgesessen hatte, als es vorbei war – drei Jahre aus lauter

Fünf-Minuten-Abschnitten, aufgefädelt auf ein langes, verschwommenes, flimmerndes Band aus Furcht und Verwirrung, wobei man sich weniger an die einzelnen Abschnitte erinnerte als an die Übergänge … Als es vorbei war, hatte er die Hexe, den Schinder, dann die Schergen und nun schließlich den Richter bauen müssen.

Während er den Richter über die Betonrampe zu dem Raum dirigierte, in dem die anderen warteten, hörte er, wie Gentry auf Dog Solitude den Motor abstellte.

Menschen machten Gentry nervös, dachte Slick auf dem Weg zur Treppe, aber das galt auch umgekehrt. Fremde spürten die *Gestalt*, die hinter Gentrys Augen brannte; sein Tick kam in allem, was er tat, zum Ausdruck. Slick hatte keine Ahnung, wie er bei seinen Trips ins Sprawl zurechtkam; vielleicht hatte er nur mit Leuten zu tun, die ebenso intensiv waren wie er, Einzelgänger am Rand der Drogen- und Software-Märkte. Aus Sex schien er sich überhaupt nichts zu machen, so daß Slick keine Ahnung hatte, auf was er gestanden hätte, falls doch.

Sex war Solitudes großer Nachteil, soweit es Slick betraf, vor allem im Winter. Im Sommer trieb er manchmal ein Mädchen in einem der rostigen Städtchen auf; das hatte ihn seinerzeit auch nach Atlantic City geführt und in Kids Schuld geraten lassen. In letzter Zeit redete er sich ein, die beste Lösung wäre, sich ganz auf die Arbeit zu konzentrieren, aber als er nun die vibrierende Eisentreppe zu dem Steg hinaufstieg, der zu Gentrys Wohnbereich führte, ertappte er sich bei dem Gedanken, wie Cherry Chesterfield wohl unter all den Jacken aussehen mochte. Er dachte an ihre flinken, sauberen Hände, sah daraufhin jedoch das Gesicht des Bewußtlosen auf der Trage vor sich, den Schlauch, der ihm irgendwelches Zeug ins linke Nasenloch pumpte, die hohlen Wangen, die Cherry mit einem Papiertuch abtupfte. Er zuckte zusammen.

»He, Gentry«, brüllte er in die eiserne Leere von Factory, »ich komm rauf…«

Drei Dinge an Gentry waren nicht spitz und dünn und stramm: die Augen, der Mund, das Haar. Seine Augen waren groß und hell – grau oder blau, das hing vom Licht ab. Die Lippen waren voll und beweglich. Das Haar war zu einem aufgefächerten blonden Hahnenschwanz zurückgekämmt, der wippte, wenn er ging. Er war dünn, aber nicht klapperdürr wie Bird, den sein Vorstadtfraß und seine Nervosität ausgezehrt hatten. Gentry war einfach ein schlanker Typ; stramme Muskeln, kein Gramm Fett. Er trug auch gern stramme, scharfe Sachen, schwarzes Leder mit pechschwarzen Perlen, ein Stil, den Slick aus seiner Zeit bei den Deacon Blues kannte. Vor allem wegen der Perlen schätzte Slick ihn auf etwa dreißig; er selbst war ebenfalls um die Dreißig.

Als Slick durch die Tür ins gleißende Licht von zehn 100-Watt-Birnen trat, starrte Gentry ihn mit einem Blick an, der ihn deutlich spüren ließ, daß er ein weiteres Hindernis zwischen Gentry und der *Gestalt* war. Er stellte gerade eine doppelte Motorradsatteltasche auf seinen langen Stahltisch. Sie sah schwer aus.

Slick hatte Dachplatten herausgetrennt, Streben eingebaut, wo nötig, die Öffnungen mit Kunststofftafeln verschlossen und die so entstandenen Dachfenster mit Silikon abgedichtet. Dann war Gentry mit Mundschutz, Spritzpistole und fünfundsiebzig Litern weißer Latexfarbe angekommen und hatte ohne Staub zu wischen oder zu putzen eine dicke Farbschicht auf den ganzen Dreck und den harten Taubenkot geklatscht, alles sozusagen festgeklebt und ein zweites Mal drübergesprüht, bis es mehr oder weniger weiß war. Er strich alles bis auf die Dachfenster, dann machte Slick sich daran, seine Ausrüstung mit einer Winde vom Factoryboden hochzuhieven: eine halbe Wagenladung Computer, Cyberspace-Decks, einen riesigen alten Holoprojektionstisch, bei dem die Winde beinahe den Geist aufgegeben hätte, Effektgeneratoren, Dutzende von Wellplastikboxen mit den abertausend Fiches, die Gentry auf seiner Suche nach der *Gestalt* gesammelt hatte, Hunderte Meter Glasfaserkabel auf bunten neuen Plastikspulen, die für Slick nach Industriediebstahl rochen. Und Bücher, alte Bücher mit Deckeln aus leinenbespanntem Karton. Slick hatte gar nicht gewußt, wie schwer Bücher waren. Sie hatten einen traurigen Geruch an sich, alte Bücher.

»Ziehst 'n paar Ampere mehr, seit ich weg bin«, meinte Gentry, während er die erste der beiden Taschen aufmachte. »In deinem Zimmer. Neues Heizgerät?« Er durchwühlte hektisch den Inhalt der Tasche, als suchte er etwas, was er brauchte, aber verlegt hatte. Dem war aber nicht so, wie Slick wußte. Es kam daher, daß plötzlich jemand in seinem Zimmer stand, auch wenn er den Betreffenden kannte.

»Ja, und ich muß auch im Lager wieder heizen. Ist sonst zu kalt zum Arbeiten.«

»Nein«, sagte Gentry und schaute abrupt auf, »das ist kein Heizgerät in deinem Zimmer. Die Stromstärke stimmt nicht.«

»Tja.« Slick grinste – nach der Theorie, das Grinsen würde Gentry suggerieren, er sei geistig minderbemittelt und leicht einzuschüchtern.

»Tja was, Slick Henry?«

»Es ist kein Heizgerät.«

Gentry ließ die Tasche zuschnappen. »Entweder du sagst mir, was es ist, oder ich stell dir den Strom ab.«

»Weißt du, Gentry, wenn ich nicht hier wäre, hättest du viel weniger Zeit für deine … Sachen.« Slick zog vielsagend die Brauen hoch und machte eine Kopfbewegung zu dem großen Projektionstisch. »Also, folgendes, ich hab zwei Leute bei mir wohnen.« Er sah, wie Gentry starr wurde. Die hellen Augen weiteten sich. »Aber du wirst nichts von den beiden sehen und hören, absolut gar nichts.«

»Nein«, sagte Gentry schneidend und kam um den Tisch herum, »weil du sie nämlich umgehend *rauswirfst*, nicht wahr?«

»Zwei Wochen im Höchstfall.«

»Schaff sie weg. *Sofort*.« Gentrys Gesicht war nur ein paar

Zentimeter entfernt, und Slick roch den säuerlichen Atem der Erschöpfung. »Sonst kannst du gleich mitgehen.«

Slick brachte zehn Kilo mehr auf die Waage als Gentry, größtenteils Muskeln, aber davon hatte sich Gentry nie einschüchtern lassen. Ihm schien nicht klar zu sein, daß ihm was passieren konnte, oder es war ihm schnuppe. Das war auf seine Weise ebenfalls einschüchternd. Gentry hatte ihn einmal heftig ins Gesicht geschlagen, und Slick hatte irgendwie verlegen auf den riesigen Chrom-Molybdän-Schraubenschlüssel in seiner eigenen Hand gestarrt.

Gentry stand stocksteif da und begann zu zittern. Slick war ziemlich sicher, daß Gentry nicht schlief, wenn er nach Boston oder New York fuhr. In Factory schlief er meist auch nur ziemlich wenig. Wenn er zurückkam, ging er auf dem Zahnfleisch; der erste Tag war immer der schlimmste.

»Kuck mal«, sagte Slick wie zu einem Kind, das kurz davor ist, in Tränen auszubrechen, und zog das Bestechungsgeschenk von Kid Afrika aus der Tasche. Er hielt den durchsichtigen Zipper-Beutel hoch, so daß Gentry ihn sehen konnte: blaue Derms, pinkfarbene Tabletten, eine scheußlich aussehende Opiumwurst in rotem Cellophan, Wiz-Kristalle wie dicke gelbe Halsbonbons, Plastikinhalatoren, deren japanische Herstellernamen mit dem Messer abgekratzt waren. »Von Afrika«, sagte Slick und wedelte mit dem Beutel.

»Afrika?« Gentry sah den Beutel an, dann Slick und dann wieder den Beutel. »Aus Afrika?«

»Von Kid Afrika. Kennst du nicht. Hat er mir für dich gegeben.«

»Warum?«

»Weil er seine Freunde 'ne Weile bei mir unterbringen muß. Ich schulde ihm einen Gefallen, Gentry. Ich hab ihm erklärt, daß du niemand hierhaben willst. Daß es dich stört. Also hat er gesagt«, log Slick, »er läßt dir gern ein bißchen Stoff da, um dich für die Unannehmlichkeiten zu entschädigen.«

Gentry nahm den Beutel, strich mit dem Finger am Verschluß entlang, öffnete ihn. Nahm das Opium raus und gab es Slick zurück. »Brauch ich nicht.« Er nahm eins der blauen Derms heraus, zog die Schutzfolie ab und klebte es sich behutsam auf die Innenseite des rechten Handgelenks. Slick stand da und knetete geistesabwesend das Opium zwischen Daumen und Zeigefinger, so daß das Cellophan raschelte, während Gentry wieder um den langen Tisch herumging und die Satteltasche aufmachte. Er zog ein Paar neue schwarze Lederhandschuhe heraus.

»Ich finde, ich sollte deine Gäste mal … kennenlernen, Slick.«

»Hm?« Slick blinzelte verdutzt. »Tja… Aber du mußt nicht. Ich meine, wär's nicht…«

»Nein«, meinte Gentry und klappte den Kragen hoch. »Ich bestehe darauf.«

Auf der Treppe fiel Slick das Opium wieder ein, und er warf es übers Geländer ins Dunkel.

Er haßte Drogen.

»Cherry?« Er kam sich albern vor, als er unter Gentrys Augen an seine eigene Tür klopfte. Keine Antwort. Er machte auf. Gedämpftes Licht. Er sah, daß sie eine seiner Lampen mit einem Kegel aus gelbem Faxpapier abgeschirmt hatte, der mit einem Stück Draht befestigt war. Die anderen beiden Birnen hatte sie rausgeschraubt. Sie war nicht da.

Die Trage war da mitsamt dem Mann, der in den blauen Nylonschlafsack eingemummelt war. *Es frißt ihn auf*, dachte Slick, als er die Aufbauten mit dem lebenserhaltenden Gerät, den Schläuchen und den mit Flüssigkeit gefüllten Beuteln betrachtete. *Nein*, sagte er sich, *es erhält ihn am Leben, wie im Krankenhaus*. Aber der Eindruck blieb bestehen: und wenn es ihn doch aussaugte, leerpumpte? Er mußte an Birds Vampirgeschwätz denken.

»Aha«, sagte Gentry und trat an ihm vorbei ans Fußende der Trage. »Du hast aber komische Freunde, Slick Henry.« Er ging um die Trage herum, wobei er vorsichtshalber einen Meter Abstand zu der reglosen Gestalt hielt.

»Willst du nicht vielleicht doch lieber wieder raufgehn, Gentry? Ich meine, das Derm … War vielleicht 'ne zu große Dosis.«

»Ach ja?« Gentry legte den Kopf schief. Die Augen funkelten im gelben Licht. Er zwinkerte. »Wie kommst du darauf?«

»Na ja.« Slick zögerte. »Du bist nicht so wie sonst. Ich meine, wie vorher.«

»Du meinst, ich erlebe gerade einen Stimmungsumschwung, Slick?«

»Ja.«

»Ich *genieße* den Stimmungsumschwung.«

»Ich seh dich aber nicht lächeln«, meinte Cherry von der Tür her.

»Das ist Gentry, Cherry. Factory gehört ihm, sozusagen. Cherry ist aus Cleveland.«

Aber Gentry hielt eine dünne schwarze Taschenlampe in der behandschuhten Hand; er inspizierte das Trodennetz auf der Stirn des Schläfers. Als er sich aufrichtete, fiel der Lichtstrahl auf das Gerät, das weder ein Firmenlogo noch andere besondere Kennzeichen aufwies, zuckte dann wieder nach unten und folgte dem schwarzen Kabel zum Trodennetz.

»Cleveland«, wiederholte Gentry schließlich, als wäre es ein Name, den er in einem Traum gehört hatte. »Interessant.« Er ließ den Lichtstrahl wieder nach oben wandern und reckte den Hals, um die Stelle zu betrachten, wo das Kabel in das Gerät mündete. »Und Cherry – Cherry, wer ist *das?*« Das Licht lag schonungslos auf dem abgezehrten, irritierend normalen Gesicht.

»Weiß ich nicht«, sagte Cherry. »Hör auf, ihm in die Augen zu leuchten. Könnte sein REM stören oder so.«

»Und das?« Er beleuchtete den flachen grauen Kasten.

»Ein LF. So hat Kid es genannt. Hat ihn Count genannt und das Ding da sein LF.« Sie schob die Hand in ihre Jacken und kratzte sich.

»Tja.« Gentry wandte sich um und knipste die Lampe aus, und das Licht der Besessenheit hinter seinen Augen loderte gleißend hell, so enorm verstärkt von Kid Afrikas Derm, daß Slick den Eindruck hatte, die *Gestalt* müsse dort sein und durch Gentrys Stirn leuchten, so daß jeder, aber auch jeder sie sehen konnte, außer Gentry selbst. »Dann wird's das ja wohl auch sein…«

11
LEERE STUNDEN

Bei der Landung wurde Mona wach. Prior hörte gerade Eddy zu, nickte und ließ hin und wieder sein quadratisches Lächeln aufblitzen. Es war, als wäre der Mund hinter dem Bart beständig zu diesem Lächeln verzerrt. Er hatte sich allerdings umgezogen; also mußte er Klamotten an Bord haben. Jetzt trug er einen schlichten grauen Straßenanzug und eine Krawatte mit diagonalen Streifen. Wie die Freier, mit denen Eddy sie in Cleveland verkuppelt hatte, nur daß der Anzug ganz anders saß.

Sie hatte mal gesehen, wie einem Freier ein Anzug angepaßt wurde, einem Kerl, der sie in ein Holiday Inn mitgenommen hatte. Der Klamottenshop ging vom Hotelfoyer ab, und da stand er also in Unterwäsche, mit blauem Licht schraffiert, und betrachtete sich auf drei Großbildschirmen. Auf den Bildschirmen waren die blauen Linien nicht zu sehen, weil er auf jedem einen anderen Anzug anhatte. Mona mußte sich auf die Zunge beißen, um nicht laut loszulachen, denn das System war mit einem Kosmetikprogramm ausgestattet, das sein Aussehen auf den Bildschirmen veränderte, das Gesicht eine Idee streckte und das Kinn markanter machte, was er offenbar gar nicht bemerkte. Dann entschied er sich für einen Anzug, zog seinen alten wieder an, und das war's.

Eddy erklärte Prior gerade irgendwas, etwas Zentrales im Konzept einer seiner Gaunereien. Sie hatte gelernt, nicht auf den Inhalt zu achten, aber seinem Tonfall konnte sie sich nach wie vor nicht entziehen. Es klang, als wüßte er, daß niemand imstande wäre, den Kniff zu verstehen, auf den er so stolz war; deshalb sprach er langsam und mit einfachen Worten, als würde er mit einem kleinen Kind reden, und seine Stimme war leise, damit er nicht ungeduldig wirkte. Prior schien das nichts auszumachen, aber Mona hatte sowieso den Eindruck, daß es Prior ziemlich schnurz war, was Eddy sagte.

Sie gähnte und streckte sich, während der Flieger zweimal auf den Beton der Startbahn aufsetzte und dann aufheulend abbremste. Eddy hatte währenddessen pausenlos weitergeredet.

»Draußen wartet ein Wagen auf uns«, unterbrach ihn Prior.

»Wo geht's denn hin?« fragte Mona, ohne sich um Eddys Stirnrunzeln zu kümmern.

Prior zeigte ihr sein Lächeln. »Zu unserem Hotel.« Er löste seinen Gurt. »Da bleiben wir ein paar Tage. Leider wirst du die meisten auf dem Zimmer verbringen müssen.«

»Das ist der Deal«, meinte Eddy, als wäre es seine Idee gewesen, daß sie auf dem Zimmer bleiben sollte.

»Magst du Stims, Mona?« fragte Prior, immer noch lächelnd.

»Klar«, sagte sie, »wer nicht?«

»Hast du einen Liebling, Mona, einen Lieblingsstar?«

»Angie«, sagte sie leicht irritiert. »Wen sonst?«

Das Lächeln wurde ein bißchen breiter. »Gut. Wir besorgen dir die neuesten Bänder von ihr.«

Monas Universum bestand hauptsächlich aus Dingen und Orten, die sie kannte, aber nie persönlich gesehen oder besucht hatte. Bei den Stims gab es keinen Gestank im Zentrum des nördlichen Sprawl. Das wurde wohl rausgefiltert, so wie Angie auch nie Kopfweh oder Menstruationsbeschwerden hatte. Aber es stank dort. Wie in Cleveland, nur noch schlimmer. Als sie aus dem Flugzeug gestiegen waren, hatte sie gedacht, es würde nur auf dem Flughafen so stinken, aber als sie aus dem Wagen kletterten und ins Hotel gingen, war der üble Geruch sogar noch stärker. Außerdem war es saukalt auf der Straße, und ein schneidender Wind biß ihr in die nackten Knöchel.

Das Hotel war größer als das Holiday Inn, ihrer Ansicht nach aber auch älter. Im Foyer herrschte mehr Betrieb als in den Stim-Foyers, aber dafür gab es eine Menge blauen Teppich. Prior ließ sie vor einer Reklame für ein orbitales Ferienzentrum warten, während er mit Eddy zu einer langen schwarzen Theke ging und mit einer Frau sprach, die ein Namensschild aus Messing trug. Mona kam sich blöd vor, wie sie dort in dem weißen Plastikregenmantel wartete, in den Prior sie gesteckt hatte, als wäre ihr Outfit in seinen Augen nicht gut genug. Etwa ein Drittel der Menschen im Foyer waren Japaner, Touristen vermutlich. Sie schienen alle irgendein Aufnahmegerät bei sich zu haben – Video, Holo, einige wenige auch Simstim-Geräte am Gürtel –, aber ansonsten sahen sie nicht gerade so aus, als würden sie in Geld schwimmen. Doch dieser Eindruck täuschte bestimmt. *Vielleicht sind sie smart und wollen's nicht zeigen*, befand sie.

Sie sah, wie Prior der Frau mit dem Namensschild einen Kreditchip hinschob. Die Frau nahm ihn und führte ihn durch einen Metallschlitz.

Prior stellte ihre Tasche auf das breite Bett aus beigem Temperschaum und öffnete mit einem Knopfdruck die Gardinenfront. »Ist nicht gerade das Ritz«, sagte er, »aber wir werden versuchen, dafür zu sorgen, daß du dich hier wohl fühlst.«

Mona gab einen nichtssagenden Laut von sich. Das Ritz war eine Hamburger-Bude in Cleveland, und sie wußte nicht, was sie mit der Bemerkung anfangen sollte.

»Hier«, sagte er, »dein Liebling.« Es stand neben dem gepolsterten Kopfbrett des Bettes. Darin war ein Stimgerät sowie eine kleine Ablage eingebaut, auf der ein Satz Troden in einer Plastikpackung und etwa fünf Kassetten lagen. »Sämtliche neuen Stims von Angie.«

Sie fragte sich, wer die Kassetten da hingelegt hatte und ob es erst geschehen war, nachdem Prior sich bei ihr erkundigt hatte, welche Stims sie mochte. Sie schenkte ihm ebenfalls ein Lächeln und trat ans Fenster. Das Sprawl sah genauso aus wie in den Stims. Das Fenster war wie eine holographische Ansichtskarte: berühmte Gebäude, deren Namen sie nicht kannte, obwohl sie wußte, daß sie berühmt waren.

Graue geodätische Kuppeln, hervorgehoben vom Weiß des Schnees, dahinter das Himmelsgrau.

»Na, zufrieden, Baby?« fragte Eddy, der hinter sie trat und ihr die Hände auf die Schultern legte.

»Gibt's hier auch Duschen?«

Prior lachte. Sie entwand sich Eddys lockerem Griff und ging mit ihrer Tasche ins Bad, machte die Tür zu und schloß ab. Sie hörte Prior erneut lachen, und dann fing Eddy wieder mit seinem Gelaber an. Sie setzte sich aufs Klo, öffnete die Tasche und grub das Schminktäschchen aus, in dem sie ihr Wiz aufbewahrte. Vier Kristalle hatte sie noch. Das mußte eigentlich reichen. Drei reichten im Grunde auch, aber wenn sie nur noch zwei hatte, ging sie normalerweise daran, sich Nachschub zu besorgen. Sie warf nicht oft was ein, jedenfalls nicht jeden Tag, außer in letzter Zeit, aber nur, weil Florida sie mit der Zeit total abgenervt hatte.

Jetzt konnte sie allmählich wieder ein bißchen davon runterkommen, dachte sie, während sie einen Kristall aus dem Fläschchen klopfte. Das Zeug sah wie gelber Kandiszucker aus. Man mußte es zerbrechen und zwischen zwei Nylonsieben kleinmahlen. Wenn man das tat, roch es nach Krankenhaus.

Sie waren beide weg, als sie mit dem Duschen fertig war. Sie hatte unter der Dusche gestanden, bis sie sich zu langweilen begann, was einige Zeit gedauert hatte. In Florida hatte sie meist Münzduschen in öffentlichen Schwimmbädern oder Busbahnhöfen benutzt. Vermutlich war an die hier irgendwas angeschlossen, was den Literverbrauch maß und in Rechnung stellte; so lief es jedenfalls im Holiday Inn. Über dem Brausekopf aus Kunststoff saß ein großer weißer Filter, und der Aufkleber an der gefliesten Wand mit einem Auge und einer Träne darauf bedeutete, das Wasser war zum Duschen geeignet, aber man sollte aufpassen, daß man es nicht in die Augen bekam. Wie beim Wasser im Schwimmbad. Eine Reihe verchromter Hähne war in die Fliesen eingelassen, und wenn man jeweils die Taste darunter drückte, kam Shampoo, Duschgel, Flüssigseife oder Badeöl raus. Dabei leuchtete ein roter Punkt neben der Taste auf, denn auch das ging auf die Rechnung. Auf Priors Rechnung. Sie war froh, daß die beiden weg waren, denn sie genoß es, allein und high und sauber zu sein. Sie hatte nicht oft Gelegenheit, allein zu sein, außer auf der Straße, aber das war was anderes. Sie hinterließ nasse Fußspuren auf dem beigen Teppich, als sie zum Fenster ging. Sie war in ein großes Badetuch gewickelt, das zum Bett und zum Teppich paßte. In dem Flor war an einer Stelle ein Wort ausrasiert; wahrscheinlich der Name des Hotels.

Einen Block weiter stand ein altmodischer Bau. Die Ecken der abgestuften Spitze waren abgetragen, so daß eine Art Berg mit Felsen, Grasmatten und einem Wasserfall entstanden war, der auf Felsen stürzte und weiter fiel. Sie mußte lächeln. Daß sich jemand solche Mühe gemacht hatte! Dunst stieg von dort auf, wo das Wasser auftraf. Es konnte aber nicht einfach auf die Straße fallen, überlegte sie, denn das wäre zu kostspielig. Vermutlich wurde es wieder hochgepumpt und von neuem verwendet, ein ewiger Kreislauf.

Etwas Graues bewegte dort den Kopf, schwenkte das große, gedrehte Gehörn, als schaute es zu ihr herüber. Sie trat auf dem Teppich einen Schritt zurück und kniff die Augen zusammen. Eine Art Schaf, aber es war garantiert ein ferngesteuertes Modell, ein Hologramm oder so. Es warf den Kopf herum und begann zu grasen. Mona lachte.

Sie spürte das Wiz hinten in den Knöcheln und in den Schulterblättern, ein kaltes Kribbeln, und sie hatte den Krankenhausgeschmack tief unten im Hals.

Sie hatte Angst gehabt, aber die war jetzt weg.

Prior hatte ein fieses Grinsen, aber er war nur ein Spieler, ein korrupter Schlips. Wenn er Geld hatte, dann das von jemand anderem. Und vor Eddy hatte sie keine Angst mehr; sie hatte eher Angst *um* ihn, denn sie merkte, wofür andere ihn hielten.

Na ja, dachte sie, egal; sie züchtete keinen Wels in Cleveland mehr, und keine zehn Pferde würden sie je wieder nach Florida kriegen.

Sie erinnerte sich an kalte Wintermorgen mit dem Alkoholofen und dem Alten, der da in seinen schweren grauen Mantel gekauert saß. Im Winter hatte er eine zweite Plastikschicht über die Fenster geklebt. Dann hatte man den Raum mit dem Ofen beheizen können, denn die Wände waren mit Spanplatten auf Hartschaum verkleidet. Dort, wo der Hartschaum hervorschaute, konnte man mit dem Finger Löcher bohren; wenn er einen dabei erwischte, brüllte er los. Die Fische in der Kälte warmzuhalten, kostete mehr Arbeit. Man mußte Wasser aufs Dach pumpen, wo die Sonnenkollektoren waren, in die durchsichtigen Plastikschläuche. Aber die organischen Stoffe, die sich an den Beckenrändern zersetzten, brachten auch was. Wenn man einen Fisch mit dem Kescher rausholte, dampfte es. Den Fisch tauschte er gegen andere Nahrungsmittel, gegen das, was andere Leute zogen und züchteten, gegen Alkohol für den Ofen und für den Magen, gegen Kaffeebohnen und Abfälle zum Füttern der Fische.

Er war nicht ihr Vater und hatte ihr das auch oft genug gesagt, wenn er überhaupt mal den Mund aufmachte. Trotzdem fragte sie sich gelegentlich immer noch, ob er es nicht vielleicht doch gewesen war. Als sie ihn zum ersten Mal gefragt hatte, wie alt sie war, hatte er sechs gesagt, also zählte sie von da ab.

Sie hörte die Tür hinter sich aufgehen und drehte sich um. Im Rahmen stand Prior mit dem goldenen Schlüsselanhänger aus Plastik in der Hand, und sein Bart stand offen und gab den Blick auf sein Lächeln frei. »Mona«, sagte er und trat ein, »das ist Gerald.« Ein großer Chinese in einem grauen Anzug, graumeliertes Haar. Gerald lächelte freundlich, schob sich hinter Prior ins

Zimmer und ging schnurstracks zu dem Ding mit den Schubladen gegenüber dem Fußende des Bettes. Stellte eine schwarze Tasche hin und machte den Schnappverschluß auf.

»Gerald ist ein Freund. Und Arzt. Soll mal einen Blick auf dich werfen.«

»Mona«, sagte Gerald und nahm etwas aus der Tasche, »wie alt bist du?«

»Sie ist sechzehn«, sagte Prior. »Stimmt's, Mona?«

»Sechzehn«, wiederholte Gerald. Das Ding in seiner Hand sah aus wie eine dunkle Schutzbrille, eine Sonnenbrille mit Hubbeln und Drähten. »Also, das ist ja wohl ein bißchen unglaubwürdig, nicht wahr?« Er sah Prior an.

Prior lächelte.

»Damit liegt sie … wieviel drunter? Zehn Jahre?«

»Nicht ganz«, sagte Prior. »Wir verlangen keine Perfektion.«

Gerald sah sie an. »Die kriegt ihr auch nicht.« Er zog sich die Brille über die Ohren und drückte irgendwo drauf. Unter dem rechten Glas ging ein Licht an. »Aber es gibt verschiedene Grade der Annäherung.« Das Licht schwang zu ihr herum.

»Geht hier nur um Kosmetik, Gerald.«

»Wo ist Eddy?« fragte Mona, während Gerald näherkam.

»In der Bar. Soll ich ihn holen?« Prior nahm den Telefonhörer ab, legte jedoch wieder auf, ohne zu wählen.

»Was ist das?« Sie wich vor Gerald zurück.

»Eine medizinische Untersuchung«, erklärte Gerald. »Tut nicht weh.« Er hatte sie ans Fenster zurückgedrängt. Die Schulterblätter über dem Handtuch preßten sich gegen kaltes Glas. »Jemand hat einen Job für dich und zahlt sehr, sehr gut; aber er will sicher sein, daß du gesund bist.« Das Licht stach in ihr linkes Auge. »Sie nimmt irgendwelche Aufputschmittel«, sagte er in einem anderen Ton zu Prior.

»Augen weit auf, Mona.« Das Licht wanderte in ihr rechtes Auge. »Was ist es, Mona? Wieviel hast du genommen?«

»Wiz.« Sie zuckte vor dem Licht zurück.

Er packte ihr Kinn mit seiner kühlen Hand und drehte den Kopf wieder gerade. »Wieviel?«

»Einen Kristall ...«

Das Licht war aus. Sein glattes Gesicht war ganz nahe. Die Brille war mit Linsen, Schlitzen und kleinen Scheiben aus schwarzem Metallgeflecht bestückt. »Unmöglich zu sagen, wie rein das Zeug war«, erklärte er.

»Absolut rein«, sagte sie und kicherte.

Er ließ ihr Kinn los und lächelte. »Dürfte kein Problem sein«, sagte er. »Könntest du bitte mal den Mund aufmachen?«

»Den Mund?«

»Ich will mir deine Zähne ansehen.«

Sie warf einen Blick zu Prior.

»Da habt ihr Glück«, sagte Gerald zu Prior, nachdem er ihr mit der kleinen Lampe in den Mund geschaut hatte. »Ziemlich guter Zustand und der gewünschten Form ähnlich. Kronen und Füllungen.«

»Wir wußten, daß wir auf dich zählen können, Gerald.«

Gerald nahm die Brille ab und sah Prior an. Er ging zu seiner schwarzen Tasche zurück und steckte die Brille weg. »Mit den Augen habt ihr auch Glück. Sehr ähnlich. Bloß eine Umfärbung.« Er nahm eine Folienpackung aus der Tasche, riß sie auf und streifte sich den hellen Gummihandschuh über die rechte Hand. »Nimm das Handtuch ab, Mona. Mach's dir bequem.«

Sie sah erst Prior, dann Gerald an. »Wollt ihr meine Papiere sehn? Bluttest und so?«

»Nein«, sagte Gerald, »das ist alles in Ordnung.«

Sie schaute aus dem Fenster und hoffte, das Dickhornschaf zu sehen, aber es war weg, und der Himmel wirkte viel dunkler.

Sie löste das Handtuch, ließ es zu Boden gleiten und legte sich dann rücklings auf den beigen Temperschaum.

Es war gar nicht soviel anders als das, wofür sie sonst bezahlt wurde; es dauerte nicht mal so lange.

Als sie im Bad saß, das Schminkzeug offen auf den Knien liegen hatte und einen zweiten Kristall zermahlte, fand sie, daß sie ein Recht darauf hatte, stinksauer zu sein.

Zuerst zieht Eddy ohne sie los, dann taucht Prior mit diesem widerlichen Weißkittel auf und erzählt ihr zum Schluß auch noch, daß Eddy in einem anderen Zimmer schläft. In Florida hätte sie gut eine Weile ohne Eddy auskommen können, aber hier war das was anderes. Sie wollte nicht allein in dem Zimmer sein, aber sie hatte sich nicht getraut, Prior nach dem Schlüssel zu fragen. *Er* hatte natürlich einen, so daß er jederzeit mit seinen widerwärtigen Freunden reinspazieren konnte. Was war das bloß für ein Deal?

Und die Sache mit dem Plastikregenmantel stank ihr auch ganz gewaltig. Ein beschissener Wegwerf-Plastikregenmantel!

Sie schüttelte das pulverisierte Wiz zwischen den Nylonsieben auf, füllte es vorsichtig in den Inhalator, atmete ganz aus, führte das Mundstück an die Lippen und drückte auf den Auslöser. Die Wolke aus gelbem Staub setzte sich auf die Schleimhäute in ihrer Kehle; ein Teil davon kam wohl sogar bis in die Lungen. Das war ungesund, hatte sie gehört.

Sie hatte nichts Bestimmtes im Sinn gehabt, als sie ins Bad gegangen war und sich das Zeug reingezogen hatte, aber als ihr Nacken zu kribbeln begann, ertappte sie sich dabei, wie sie an die Straßen rund ums Hotel dachte und was sie auf dem Herweg davon gesehen hatte. Da waren Clubs, Bars, Shops mit Klamotten im Fenster. Musik. Musik wäre jetzt gut, und viele Menschen auch. Weil man in der Menge so richtig ausflippen, sich vergessen, einfach nur dasein konnte. Die Tür war nicht abgesperrt, das wußte sie; sie hatte es bereits ausprobiert. Allerdings würde sie hinter ihr ins Schloß fallen, und sie hatte keinen Schlüssel. Aber da sie hier wohnte, mußte Prior sie unten angemeldet haben. Sie erwog, einfach runterzugehen und die Frau an der Rezeption um den Schlüssel zu bitten, fühlte sich aber nicht wohl bei dem Gedanken. Sie kannte die geschniegelten Typen hinter Empfangstresen und wußte, wie die einen anschauten. Nein, entschied sie, am besten, sie blieb auf dem Zimmer und zog sich die neuen Angie-Stims rein.

Zehn Minuten später verließ sie das Foyer durch einen Nebenausgang. Das Wiz sang in ihrem Kopf.

Es nieselte draußen, vielleicht Kondenswasser von der Kuppel. Sie hatte den weißen Regenmantel extra fürs Foyer angezogen, weil sie davon ausging, daß Prior ihn ihr bestimmt nicht grundlos gegeben hatte, aber jetzt war sie froh, daß sie ihn hatte. Sie schnappte sich einen Bogen Faxpapier aus einem überquellenden Abfallkorb und hielt ihn sich über den Kopf, um keine nassen Haare zu kriegen. Es war nicht mehr so kalt jetzt, und das war ein weiterer Pluspunkt. Ihre neuen Klamotten waren nämlich alle nicht gerade warm.

Als sie auf der Straße nach links und rechts schaute und sich darüber klarzuwerden versuchte, welche Richtung sie einschlagen sollte, sah sie ein halbes Dutzend nahezu identischer Hotelfassaden, einen Stand von Fahrrad-Rikschas, die regennassen, glänzenden Fronten einer Reihe kleiner Shops. Und Menschen, Massen von Menschen, wie im Zentrum von Cleveland, aber alle voll aufgedreßt, mit einem Gehabe, als hätten sie alles im Griff und wüßten genau, wohin sie wollten. *Laß dich einfach treiben*, dachte sie. Das Wiz gab ihr einen zusätzlichen, angenehmen Kick, schubste sie in den Strom gutaussehender Menschen, ohne daß sie weiter nachdenken mußte. Sie stöckelte in ihren neuen Schuhen dahin und hielt sich das Fax über den Kopf, bis sie merkte – das Glück blieb ihr hold –, daß es nicht mehr regnete.

Sie hätte nichts dagegen gehabt, einen eingehenderen Blick in die Schaufenster zu werfen, an denen die Masse sie vorbeitrug, aber es war so angenehm, sich einfach treiben zu lassen, und niemand sonst blieb stehen. So begnügte sie sich mit kurzen Seitenblicken auf die Auslagen. Die Klamotten waren wie die Klamotten im Stim, teilweise zumindest. Moden, die sie sonst noch nirgends gesehen hatte.

Hier hätte ich sein sollen, dachte sie, *gleich von Anfang an. Nicht auf einer Welsfarm, nicht in Cleveland, nicht in Florida. Das hier ist alles echt, hier kann jeder herkommen; man braucht kein Stim, um das zu erleben.* Dabei hatte sie das hier – die Welt der normalen Menschen – noch nie in einem Stim gesehen. Ein Star wie Angie hatte hier nichts verloren. Angie verbrachte ihre Zeit mit den anderen Stim-Stars in Prunkschlössern, nicht hier unten. Aber es war wirklich wunderschön, das nächtliche Lichtermeer, die vielen Menschen um sie herum, und all die tollen Sachen, die man mit ein bißchen Glück kriegen konnte.

Eddy, der mochte das nicht. Jedenfalls hatte er sich immer darüber ausgelassen, wie beschissen es hier sei, das ewige Gedränge, zu hohe Mieten, zu viele Bullen, zuviel Konkurrenz. Trotzdem hatte er keine Sekunde gezögert, als Prior mit seinem Angebot kam, rief sie sich ins Gedächtnis. Und außerdem hatte sie ihre eigene Meinung dazu, warum Eddy so schlecht auf die Stadt zu sprechen war. Wahrscheinlich hatte er hier irgendeinen Bock geschossen, einen dicken Wilson gebaut. Entweder wollte er nicht daran erinnert werden, oder aber es gab Leute, die ihn ganz bestimmt daran erinnern würden, wenn er sich wieder hier blicken ließ. Es kam irgendwie in der grantigen Art zum Ausdruck, wie er über den Ort sprach – wie über jeden, der ihm erklärte, seine Gaunereien liefen nicht. Der neue Kumpel, am ersten Abend noch ein verdammt schlauer Bursche, war am nächsten nur noch ein Super-Wilson, dumm wie Brot und ohne jeden *Weitblick*.

Vorbei an einem Laden mit erstklassigen Stim-Geräten in mattschwarzer, aufs Nötigste reduzierter Optik im Fenster. Darüber das prächtige Holo von Angie, die sie mit ihrem leicht wehmütigen Lächeln alle an sich vorbeitreiben sah. Die Königin der Nacht, jawohl.

Der Menschenstrom ergoß sich auf einen runden Platz, in den vier Straßen mündeten, die um einen Brunnen geführt wurden. Und weil Mona eigentlich kein Ziel hatte, blieb sie dort hängen, denn die Leute um sie her scherten in verschiedene Richtungen aus, ohne innezuhalten. Nun, auf dem kreisrunden Platz waren auch Menschen. Ein paar saßen auf dem rissigen Beton um den Brunnen herum. In der Mitte stand eine Statue aus Marmor, blankgescheuert und mit abgewetzten Kanten. So was wie ein Baby auf einem großen Fisch, einem Delphin. Anscheinend spie der Delphin Wasser, wenn der Brunnen arbeitete, aber im Moment war er nicht in Betrieb. Hinter den Köpfen der Sitzenden sah sie zerknülltes, vollgesogenes Faxpapier und weiße Styroporbecher im Wasser.

Dann schien die Menge hinter ihr zu einer geschwungenen, dahingleitenden Menschenmauer verschmolzen zu sein, und die drei Leute, die vor ihr auf dem Brunnenrand saßen, sprangen ins Bild. Eine Dicke mit schwarzgefärbten Haaren, halb offenem Mund, der sich scheinbar nicht schließen ließ, und aus einem roten, rückenfreien Gummi-Top quellenden Titten. Eine Blondine mit langem Gesicht und schmalem blauen Lippenstiftstrich, die Hand wie eine Kralle, aus der eine Zigarette wuchs. Ein Typ, dessen eingeölte Arme trotz der Kälte bloß waren, mit steinharten, laborgezüchteten Muskelpaketen unter der künstlichen Bräune und den miesen Knast-Tattoos...

»Ey, Kleine«, kreischte die Dicke mit einer Art boshaftem Vergnügen, »komm bloß nicht auf die Idee, daß du hier deine Runde drehn kannst!«

Die Blondine sah Mona mit ihren müden Augen an und setzte ein mattes Grinsen auf, in dem »Ich kann nichts dafür« stand, dann schaute sie weg.

Der Lude schnellte wie von der Tarantel gestochen vom Brunnen hoch, aber Mona hatte den Gesichtsausdruck der Blonden richtig interpretiert und sich bereits in Bewegung gesetzt. Er erwischte sie am Arm, aber die Plastiknaht des Regenmantels gab nach, und sie zwängte sich in die Menge zurück. Das Wiz übernahm das Kommando, und als sie wieder zu sich kam, lehnte sie wenigstens einen Block entfernt hustend und hyperventilierend an einem Stahlpfosten.

Doch nun war die Wirkung des Wiz umgekippt, wie es manchmal passierte, und alles war häßlich. Die Gesichter in der Menge wirkten gehetzt und hungrig, als hätte jedermann einen privaten, dringenden Auftrag zu erledigen, und das Licht aus den Schaufenstern war kalt und scheußlich, und all die Dinge in den Auslagen waren nur da, um ihr klarzumachen, daß sie sie nicht kriegen konnte. Irgendwo war eine Stimme, eine zornige Kinderstimme, die endlose, sinnlose Obszönitäten aneinanderreihte; als sie merkte, wer das war, hörte sie auf damit.

Ihr linker Arm war kalt. Sie schaute hinunter und sah, daß der Ärmel weg und die Seitennaht bis zur Taille aufgerissen war. Sie zog den Mantel aus und hängte ihn sich wie ein Cape um die Schultern; so fiel es vielleicht weniger auf.

Sie stemmte sich mit dem Rücken gegen den Pfosten, als sie das Wiz auf einer verspäteten Adrenalinwelle überrollte. Ihre Knie gaben nach, und sie glaubte, in Ohnmacht zu fallen, aber dann zog das Wiz einen seiner Zaubertricks ab, und sie hockte im Schein der untergehenden Sommersonne auf dem unbefestigten Hof des Alten, und in den brüchigen grauen Boden war das Spiel geritzt, das sie gespielt hatte, aber jetzt hockte sie einfach nur da und starrte mit leerem Blick an den massigen Tanks vorbei zu den Glühwürmchen, die in einem Brombeergestrüpp über einem zerbeulten Chassis tanzten. Im Haus hinter ihr brannte Licht, und sie konnte das Maisbrot im Backofen und den Kaffee riechen, den er immer wieder aufkochte, bis der Löffel drin stehenblieb, wie er sagte, und er war jetzt dort drin und las eins seiner Bücher mit den spröden braunen Blättern, die nie ein Eselsohr hatten. Er bekam sie in abgenutzten Plastiktüten, und manchmal zerfielen sie ihm einfach unter den Händen zu Staub, aber wenn er was fand, was er aufbewahren wollte, dann holte er den kleinen Taschenkopierer aus der Schublade, legte die Batterien ein und führte ihn über die Seite. Sie sah gern zu, wie die druckfrischen Kopien herauskamen; sie hatten so einen besonderen Geruch, der bald nachließ, aber er hatte ihr nie erlaubt, das Gerät zu benutzen. Manchmal las er laut vor, mit stockender Stimme, wie jemand, der ein Instrument spielen will, das er lange Zeit nicht mehr zur Hand genommen hat. Was er vorlas, waren keine Geschichten mit einem Schluß oder einer witzigen Pointe. Es waren eher Fenster in etwas sehr Merkwürdiges und Fremdes. Er versuchte nie, irgend etwas davon zu erklären; wahrscheinlich verstand er es selber nicht. Vielleicht verstand es niemand …

Dann war mit einem Mal die hell erleuchtete Straße wieder da. Sie rieb sich die Augen und hustete.

12
HIER BEGINNT ANTARKTIKA

»Ich bin jetzt soweit«, sagte Piper Hill. Sie saß mit geschlossenen Augen in einer dem Lotossitz angenäherten Position auf dem Teppich. »Streich mit deiner linken Hand über die Decke.« Acht dünne Kabel führten von den Buchsen hinter Pipers Ohren zu dem Gerät, das auf ihren sonnengebräunten Schenkeln lag.

In einen weißen Frotteebademantel gehüllt, saß Angie auf der Bettkante, der blonden Technikerin zugewandt, das schwarze Testgerät wie eine hochgezogene Augenbinde über der Stirn. Sie gehorchte und ließ die Fingerkuppen leicht über die Rohseide und das ungebleichte Leinen der zerknitterten Tagesdecke gleiten.

»Gut«, sagte Piper, mehr zu sich selbst als zu Angie, und machte sich an der Schalttafel zu schaffen. »Noch mal.« Angie spürte, wie das Gewebe unter ihren Fingerkuppen dicker wurde.

»Noch mal.« Eine weitere Justierung.

Jetzt konnte sie die einzelnen Fasern auseinanderhalten, Seide von Leinen unterscheiden …

»Und noch mal.«

Ihre Nerven kreischten auf, als ihre hautlosen Fingerkuppen über Stahlwolle und gemahlenes Glas scheuerten …

»Optimal«, sagte Piper und schlug blaue Augen auf. Sie zog ein kleines Elfenbeinfläschchen aus dem Ärmel ihres Kimonos, nahm den Stöpsel ab und reichte es Angie.

Angie schloß die Augen und roch vorsichtig daran. Nichts.

»Noch mal.«

Irgendwas Blumiges. Veilchen?

»Noch mal.«

Ihr Kopf füllte sich mit einem ekelerregenden Treibhausgeruch.

»Geruchssinn ist da«, sagte Piper, als der würgende Gestank nachließ.

»Was du nicht sagst.« Sie schlug die Augen auf. Piper reichte ihr ein winziges, rundes Stück weißes Papier. »Solang es kein Fisch ist«, meinte Angie und beleckte die Fingerspitze. Sie tippte sie auf das Papier und führte den Finger zum Mund. Nach einem dieser Tests von Piper hatte sie mal einen Monat lang kein Fischgericht mehr essen können.

»Ist kein Fisch«, erklärte Piper lächelnd. Sie trug das Haar kurz, ein kompakter kleiner Helm, der den Graphitglanz der hinter den Ohren eingesetzten Buchsen betonte. Die heilige Johanna des Siliziums hatte Porphyre sie genannt, und ihre wahre Passion schien ihre Arbeit zu sein. Sie war Angies persönliche Technikerin und galt als der beste Troubleshooter von Net.

Karamel...

»Wer ist sonst noch da, Piper?« Als sie mit dem Usher-Test fertig war, steckte Piper die Schalttafel in eine maßgefertigte Nylonhülle und zog den Reißverschluß zu.

Angie hatte vor einer Stunde einen Helikopter landen hören, dann Gelächter und Schritte auf der Terrasse, während der Traum verebbte. Sie hatte den Versuch aufgegeben, wie üblich eine Bestandsaufnahme ihres Schlafs zu machen – falls man denn von Schlaf sprechen konnte, wenn die Erinnerungen der anderen hereinströmten, sie ausfüllten und in Bereiche sickerten, in die sie nicht vordringen konnte, so daß nur die Nachbilder blieben.

»Raebel«, sagte Piper, »Lomas, Hickman, Ng, Porphyre, der Papst.«

»Robin?«

»Nein.«

»Continuity«, sagte sie beim Duschen.

»Guten Morgen, Angie.«

»Der Freeside-Torus. Wem gehört der?«

»Der Torus wurde von den gegenwärtigen Besitzern, der Julianna Group und Carribbana Orbital, in Mustique II umbenannt.«

»Wem hat er gehört, als Tally dort gedreht hat?«

»Tessier-Ashpool S.A.«

»Ich möchte mehr über Tessier-Ashpool wissen.«

»*Hier beginnt Antarktika.*«

Sie starrte durch den Dampf zu dem runden weißen Lautsprecher hinauf. »Was hast du gerade gesagt?«

»*Hier beginnt Antarktika* ist eine zweistündige Videostudie von Hans Becker über die Tessier-Ashpool-Familie, Angie.«

»Hast du die?«

»Natürlich. David Pope hat sie sich kürzlich angesehen. Er war ziemlich beeindruckt.«

»Wirklich? Wann war das?«

»Letzten Montag.«

»Dann seh ich sie mir heut abend an.«

»Gut. Ist das alles?«

»Ja.«

»Bye, Angie.«

David Pope, der Papst. Ihr Regisseur. Porphyre zufolge erzählte Robin überall herum, sie würde Stimmen hören. Hatte er es auch Pope erzählt? Sie berührte ein Keramikfeld; der Duschstrahl wurde heißer. Aus welchem Grund interessierte sich Pope für Tessier-Ashpool? Sie berührte das Feld erneut; das Wasser wurde abrupt eiskalt, und sie schnappte unter den stechenden Strahlen nach Luft.

Alles war im Umbruch begriffen; die Gestalten aus jener anderen Landschaft würden bald kommen, viel zu bald …

Porphyre hatte sich, als sie ins Wohnzimmer kam, am Fenster aufgebaut, ein Massai-Krieger in schwarzem Seidenkrepp mit wattierten Schultern und schwarzem Ledersarong. Die anderen stimmten ein großes Hallo an, als sie sie sahen, und Porphyre wandte sich grinsend um.

»Hast uns alle überrascht«, sagte Rick Raebel, der auf dem hellen Sofa flackte. Er war für die Effekte und den Schnitt zuständig. »Hilton dachte, du würdest 'ne längere Pause brauchen.«

»Sie haben uns von überall her zusammengetrommelt«, erklärte Kelly Hickman. »Ich war in Bremen, und der Papst war oben im Orbit, um richtige Kunst zu machen, stimmt's, David?« Er sah den Regisseur bestätigungsheischend an.

Pope, der mit gespreizten Beinen verkehrt herum auf einem der Louis-XVI-Stühle saß, die verschränkten Arme auf die zerbrechliche Lehne gestützt, lächelte müde. Das dunkle Haar über dem schmalen Gesicht war ein wirres Knäuel. Wenn Angies Zeitplan es zuließ, machte er Dokumentarfilme für Net / Knowledge. Kurz nachdem sie bei Net unterschrieben hatte, wirkte sie anonym in einem von Popes minimalistischen Kunstfilmen mit, einem endlosen Spaziergang über Dünen aus schmutzigem, pinkfarbenem Satin unter einem gepunzten Stahlhimmel. Drei Monate später, als es mit ihrer Karriere schon steil aufwärts ging, wurde eine Raubkopie des Bandes zu einem Undergroundklassiker.

Karen Lomas, Angies Double, lächelte auf ihrem Stuhl links von Pope. Zu seiner Rechten saß Kelly Hickman, Garderobe, auf dem gebleichten Boden neben Brian Ng, Pipers Laufburschen und Stellvertreter.

»Also«, sagte Angie, »ich bin wieder da. Tut mir leid, daß ich euch allen solchen Streß gemacht habe, aber es mußte sein.«

Schweigen. Leises Knarren der vergoldeten Stühle. Brian Ng hustete.

»Wir sind einfach froh, daß du wieder da bist«, sagte Piper, die gerade mit einer Tasse Kaffee in jeder Hand aus der Küche kam.

Sie ließen sie erneut hochleben, diesmal ein bißchen gekünstelt, und lachten dann.

»Wo ist Robin?« fragte Angie.

»*Mistah* Lanier in London«, sagte Porphyre, die Hände auf den lederbedeckten Hüften.

»Wird stündlich zurückerwartet«, bemerkte Pope trocken, während er aufstand und sich von Piper eine Tasse Kaffee geben ließ.

»Was hast du im Orbit gemacht, David?« fragte Angie, die die andere Tasse nahm.

»Solitäre gesucht.«

»Solitude?«

»Solitäre. Einsiedler.«

»Angie«, sagte Hickman und sprang auf, »du mußt dir den Cocktailfummel aus Satin ansehen, den Devicq letzte Woche geschickt hat! Und ich hab die komplette neue Bademode von Nakamura ...«

»Gern, Kelly, aber ...«

Doch Pope hatte sich bereits abgewandt und sagte gerade etwas zu Raebel.

»He«, rief Hickman, vor Begeisterung strahlend, »komm schon! Laß uns die Sachen anprobieren!«

Pope diskutierte fast den ganzen Tag mit Piper, Karen Lomas und Raebel über die Resultate des Usher und die zahllosen kleinen Details der *Wiedereinsetzung* von Angie, wie sie es nannten. Nach dem Lunch begleitete Brian Ng sie zu ihrer Untersuchung, die in einer Privatklinik in einem verspiegelten Gebäudekomplex am Beverly Boulevard durchgeführt wurde.

Während der sehr kurzen Wartezeit im weißen, üppig begrünten Empfangsbereich – sicherlich ein reines Ritual, als wäre ein Arztbesuch ohne Wartezeit nicht komplett, nicht authentisch – ertappte sich Angie wie schon so oft bei der Frage, weshalb das mysteriöse Vermächtnis ihres Vaters, die *Vévés*, die er ihr in den

Kopf eingepflanzt hatte, weder von dieser noch von einer anderen Klinik je entdeckt worden war.

Ihr Vater, Christopher Mitchell, hatte das Hybridom-Projekt geleitet, das Maas Biolabs in der Anfangszeit der Biochip-Produktion faktisch ein Monopol verschafft hatte. Turner, der Mann, der sie nach New York gebracht hatte, hatte ihr eine Art Dossier über ihren Vater gegeben, ein Biosoft, das von einer KI des Maas-Sicherheitsdienstes zusammengestellt worden war. Sie hatte sich das Dossier viermal in ebensovielen Jahren zu Gemüte geführt und es schließlich eines Nachts in Griechenland in volltrunkenem Zustand nach einer lautstarken Auseinandersetzung mit Bobby vom Deck der Jacht eines irischen Industriellen geworfen.

Sie hatte den Anlaß des Streits vergessen, nicht jedoch das Gefühlsgemisch aus Verlust und Erleichterung, als das winzige, quadratische Paket voller Erinnerungen ins Wasser fiel.

Vielleicht hatte ihr Vater sein Werk so angelegt, daß es auf den Scannern der Neurotechniker unsichtbar blieb. Bobby hatte da seine eigene Theorie, die der Wahrheit vermutlich näher kam. Vielleicht konnte Legba, jener Loa, der Beauvoir zufolge nahezu unbeschränkten Zugang zur Cyberspace-Matrix hatte, den Datenstrom, den der Scanner erfaßte, so verändern, daß die *Vévés* unsichtbar blieben. Schließlich hatte Legba ihr Debüt in der Branche ebenso arrangiert wie ihren anschließenden Aufstieg, bei dem sie schließlich sogar Tally Isham mit ihrer fünfzehnjährigen Laufbahn als Net-Megastar überstrahlt hatte.

Aber es war schon so lange her, daß sie von den Loa geritten worden war, und Brigitte hatte gesagt, die *Vévés* seien jetzt nicht mehr da ...

»Hilton hat Continuity heute eine Meldung für dich rausgeben lassen«, erzählte ihr Ng, während sie warteten.

»So?«

»Eine Presseerklärung zu deiner Entscheidung, nach Jamaika zu gehen, mit einem Lob für die Methoden der Klinik und ein paar Worten über die Gefährlichkeit von Drogen, neuen Arbeitseifer, Dank ans Publikum, Archivbilder vom Haus in Malibu ...«

Continuity konnte Videobilder von Angie erzeugen und nach Vorlagen aus ihren Stims zum Leben erwecken. Wenn sie sich die ansah, befiel sie ein leichtes, aber nicht unangenehmes Schwindelgefühl; es war eine der seltenen Gelegenheiten, bei denen sie unmittelbar erfaßte, wie berühmt sie war.

Hinter dem Grünzeug ertönte eine Glocke.

Als sie aus der Stadt zurückkam, war ein Catering-Service gerade dabei, ein Grillfest auf der Terrasse vorzubereiten.

Sie legte sich aufs Sofa unter dem Valmier und hörte der Brandung zu. Aus der Küche kam Pipers Stimme; sie erläuterte Pope das Ergebnis der Untersuchung. Das war eigentlich überflüssig – Angie hatte das bestmögliche Gesundheitszeugnis erhalten –, aber Pope und Piper hatten beide ein Faible für Details.

Als Piper und Raebel sich Pullis überzogen und auf die Terrasse hinausgingen, wo sie sich die Hände über der Kohle wärmten, blieb Angie mit dem Regisseur im Wohnzimmer allein.

»Du wolltest mir vorhin gerade erzählen, was du oben im Orbit gemacht hast, David.«

»Echte Einzelgänger gesucht.« Er strich sich mit der Hand durch die verfilzten Haare. »Hat sich aus 'ner Sache entwickelt, die ich letztes Jahr in Afrika machen wollte. Gemeinschaften, die sich bewußt abgrenzen. Das Problem war, als ich den Schacht raufkam, merkte ich, daß jeder, der so weit geht, der wirklich allein im Orbit leben will, im allgemeinen entschlossen ist, auch allein zu bleiben.«

»Hast du selbst aufgezeichnet? Interviews gemacht?«

»Nein. Ich wollte solche Leute finden und sie dazu bewegen, selber was aufzunehmen.«

»Und? Hat's geklappt?«

»Nein. Aber ich hab Geschichten gehört. Tolle Geschichten

zum Teil. Ein Schlepperpilot hat behauptet, in einer eingemotteten japanischen Pharmafabrik würden verwilderte Kinder leben. Gibt wirklich ganz neue Apokryphen da draußen: Geisterschiffe, verschwundene Städte... Nicht ohne Pathos, das Ganze, wenn man sich's recht überlegt. Ich meine, das ist von vorn bis hinten an den Orbit gebunden. Alles von Menschen gemacht, erforscht, vermessen und in Besitz genommen. Als würde man zusehen, wie Mythen auf einem Parkplatz Wurzeln schlagen. Aber ich glaube, die Leute brauchen das, oder?«

»Ja«, sagte sie und dachte an Legba, Mamman Brigitte, die tausend Kerzen...

»Ich wünschte nur«, sagte er, »ich wäre an Lady Jane rangekommen. Phantastische Geschichte. Der reinste Schauerroman.«

»Lady Jane?«

»Tessier-Ashpool. Ihre Familie hat den Freeside-Torus gebaut. Orbit-Pioniere. Continuity hat ein grandioses Video... Angeblich hat sie ihren Vater umgebracht. Sie ist der letzte Sproß. Das Geld ist ihr schon vor Jahren ausgegangen. Sie hat alles verkauft und ihre Unterkunft dann von der Spitze der Spindel abtrennen und in einen neuen Orbit schleppen lassen.«

Sie saß kerzengerade auf dem Sofa, die Knie aneinandergepreßt, die Finger darüber verschränkt. Schweiß lief ihr die Rippen hinunter.

»Kennst du die Geschichte nicht?«

»Nein«, sagte sie.

»Das allein ist schon interessant, weil es zeigt, wie geschickt sie's verstanden haben, jede Öffentlichkeit zu meiden. Sie ließen es sich was kosten, nicht in die Schlagzeilen zu geraten. Die Mutter war eine Tessier, der Vater ein Ashpool. Sie haben Freeside gebaut, als es noch nichts Vergleichbares gab. Sind dabei unerhört reich geworden. Bei Ashpools Tod lagen sie wahrscheinlich dicht hinter Josef Virek. Und natürlich waren sie mittlerweile herrlich abgedreht. Sie haben ihre Kinder allesamt geklont...«

»Klingt ja fürchterlich. Und du hast wirklich alles versucht, sie zu finden?«

»Na ja, ich hab Nachforschungen angestellt. Continuity hatte mir dieses Becker-Video beschafft, und ihr Orbit ist natürlich verzeichnet, aber es bringt ja nichts, einfach hinzufliegen, ohne eingeladen zu sein. Und dann hat Hilton mich angerufen, ich soll zurückkommen und wieder an die Arbeit gehen ... Ist dir nicht gut?«

»Doch, ich ... ich glaub, ich zieh mich mal um. Zieh mir was Wärmeres an.«

Als nach dem Essen der Kaffee serviert wurde, entschuldigte sie sich und sagte gute Nacht.

Porphyre folgte ihr zum Fuß der Treppe. Er war während des Essens in ihrer Nähe geblieben, als hätte er ihr neues Unbehagen gespürt. Nein, dachte sie, nicht das neue; das alte, das ewige, das immergleiche. All das, was die Droge abgeblockt hatte.

»Paß auf dich auf, Missy«, sagte er so leise, daß die anderen es nicht hören konnten.

»Alles okay mit mir«, sagte sie. »Die vielen Leute. Hab mich noch nicht dran gewöhnt.«

Er stand da und blickte zu ihr hoch, die Glut verglimmender Kohlen hinter seinem elegant geformten, irgendwie unmenschlich wirkenden Schädel, bis sie sich umwandte und hinaufging.

Eine Stunde später hörte sie den Helikopter, der sie alle abholen kam.

»Haus«, sagte sie, »ich möchte jetzt das Video von Continuity sehen.«

Als sich der Wandbildschirm herabsenkte, öffnete sie die Schlafzimmertür, blieb einen Moment lang am Kopfende der Treppe stehen und horchte ins leere Haus. Die Brandung, das Summen des Geschirrspülers, der Wind, der an den Terrassenfenstern rüttelte.

Sie drehte sich wieder zum Bildschirm um und erschauerte beim Anblick des Gesichts, das sie dort in einem körnigen Standbild-Porträt sah, eines Gesichts mit vogelartigen, geschwungenen Brauen über dunklen Augen, hohen, feinen Wangenknochen und einem breiten, entschlossenen Mund. Das Gesicht wuchs beständig, bis nur noch das Dunkle eines Auges zu sehen war; der Bildschirm wurde schwarz, und ein weißer Punkt schwoll an, streckte sich, wurde zur spitz zulaufenden Spindel von Freeside. Dann kam ein deutscher Vorspann.

»Hans Becker«, begann das Haus aus der Filmvorstellung des Net-Archivs zu zitieren, »ist ein österreichischer Videokünstler, dessen Markenzeichen das obsessive Abfragen streng begrenzter Bereiche visueller Information ist. Er arbeitet mit Mitteln, die von der klassischen Montage bis zu Techniken reichen, die der Industriespionage, der Weltraumbildtechnik und der Kinoarchäologie entlehnt sind. *Hier beginnt Antarktika*, seine Untersuchung des Bildmaterials über die Tessier-Ashpool-Familie, gilt derzeit als der Höhepunkt seines Schaffens. Der pathologisch medienscheue Industrieclan, der von der völligen Abgeschiedenheit seines orbitalen Domizils aus operierte, stellte eine bemerkenswerte Herausforderung dar.«

Das Weiß der Spindel erfüllte den Bildschirm, als der Vorspann abgerollt war. Dann schob sich ein Bild in die Mitte, der Schnappschuß einer jungen Frau in weiten schwarzen Kleidern vor einem verschwommenen Hintergrund. MARIE-FRANCE TESSIER, MAROKKO.

Das war nicht das Gesicht aus dem ersten Bild, das Gesicht der Erinnerungen, die sie heimsuchten, aber es schien trotzdem darauf hinzudeuten, als läge ein larvenartiges Bild darunter.

Der Soundtrack wob ein atonales Gespinst zu atmosphärischem Rauschen und unverständlichen Stimmen, als das Bild von Marie-France vom strengen Schwarzweiß-Portrait eines jungen Mannes mit gestärktem Eckenkragen abgelöst wurde. Es war ein hübsches Gesicht mit feinen Proportionen, aber irgend-

wie sehr hart, und in den Augen lag unendliche Langeweile.
JOHN HARNESS ASHPOOL, OXFORD.

Ja, dachte sie, *und ich bin dir oft begegnet. Ich kenne deine Geschichte, obwohl ich nicht daran rühren darf.*

Aber eigentlich, glaube ich, kann ich dich auf den Tod nicht ausstehen, nicht wahr, Mr. Ashpool?

13
STEG

Der Steg knarrte und schwankte. Die Trage war zu breit für das Geländer zu beiden Seiten, so daß sie sie in Brusthöhe halten mußten, während sie ihn im Schneckentempo überquerten. Gentry ging voraus, die behandschuhten Hände um die Griffe links und rechts neben den Füßen des Schläfers geklammert. Slick hatte die schwere Seite, das Kopfende mit den Batterien und den ganzen Apparaten. Er spürte Cherry in seinem Rükken; sie schlich hinter ihm her. Er wollte ihr sagen, sie solle umkehren, um den Steg nicht noch mehr zu belasten, brachte es jedoch irgendwie nicht über die Lippen.

Es war ein Fehler gewesen, Gentry die Tüte mit Kid Afrikas Drogen zu geben. Slick wußte nicht, was in dem Derm gewesen war, das Gentry sich draufgeklebt hatte; er wußte auch nicht, was Gentry vorher schon im Blut gehabt hatte. Jedenfalls war Gentry total übergeschnappt, und deshalb schleppten sie sich jetzt über den verdammten Steg, zwanzig Meter über Factorys Betonboden, und Slick war drauf und dran, vor Frust loszuheulen oder loszubrüllen; er wollte irgendwas kaputtschlagen, ganz egal, was, konnte die Trage jedoch nicht loslassen.

Und Gentrys *Grinsen* im Widerschein des am Fußende der Trage befestigten Biomonitors, während er auf dem Steg einen weiteren Schritt rückwärts machte …

»O Mann«, sagte Cherry mit einer Kleinmädchenstimme, »das ist doch wirklich totale Scheiße.«

Gentry zerrte abrupt und ungeduldig an der Trage, so daß sie Slick beinahe aus den Händen gerutscht wäre.

»Gentry«, sagte Slick, »ich finde, das solltest du dir noch mal überlegen.« Gentry hatte die Handschuhe ausgezogen. Er hielt in jeder Hand ein Überbrückungskabel, und Slick sah die Anschlüsse zittern. »Ich meine, mit Kid Afrika ist nicht gut Kirschen essen, Gentry. Du hast keine Ahnung, womit du's zu tun kriegst, wenn du hier rummurkst und dich mit ihm anlegst.« Das entsprach nicht ganz der Wahrheit, denn soweit Slick wußte, war Kid nicht rachsüchtig; dazu war er zu klug. Aber wer wußte schon, womit Gentry es zu tun kriegen würde?

»Ich murkse nicht rum«, sagte Gentry und trat mit den Kabeln an die Trage heran.

»Hör mal, Kamerad«, sagte Cherry, »wenn du seinen Input störst, bringst du ihn vielleicht um. Gut möglich, daß sich sein vegetatives Nervensystem verabschiedet. Warum hältst du ihn nicht zurück?« fragte sie Slick. »Warum haust du ihn nicht einfach aus der Wäsche?«

Slick rieb sich die Augen. »Weil ... Keine Ahnung. Weil er ... Hör mal, Gentry, sie sagt, es bringt den armen Kerl vielleicht um, wenn du dich anzukoppeln versuchst. Hast du gehört?«

»›LF‹«, sagte Gentry. »*Das* hab ich gehört.« Er klemmte sich die Überbrückungskabel zwischen die Zähne und begann, an einem der Anschlüsse an dem blanken Kasten über dem Kopf des Schläfers zu hantieren. Seine Hände zitterten nicht mehr.

»Scheiße«, sagte Cherry und kaute an einem Knöchel. Die Feststellschraube löste sich; Gentry behielt sie in der einen Hand, brachte mit der anderen rasch das Überbrückungskabel an und drehte die Schraube wieder fest. Er lächelte mit dem zweiten Kabel im Mund. »Ihr könnt mich mal«, sagte Cherry. »Ich hau ab hier.« Aber sie rührte sich nicht von der Stelle.

Der Mann auf der Trage grunzte einmal, ganz leise. Bei dem Geräusch stellten sich die Haare an Slicks Armen auf.

Die zweite Schraube löste sich. Gentry steckte die andere Überbrückung ein und stellte den Kontakt wieder her.

Cherry ging rasch zum Fußende der Trage, kniete sich hin und schaute prüfend auf den Monitor. »Er hat es gespürt«, sagte sie, »aber seine Werte sind anscheinend okay.«

Gentry wandte sich seinen Konsolen zu. Slick beobachtete, wie er die Kabel einsteckte. Vielleicht ging ja alles gut, dachte er. Gentry würde bald zusammenklappen, und sie würden die Trage hier oben lassen müssen, bis er Little Bird und Cherry dazu bewegen konnte, ihm zu helfen, sie über den Steg zu schaffen. Aber Gentry war total durchgeknallt; wahrscheinlich sollte er versuchen, ihm die Drogen oder zumindest einen Teil davon abzuknöpfen, damit sich die Dinge wieder normalisierten.

»Ich kann nur annehmen«, sagte Gentry, »daß dies vorherbestimmt war, daß es durch meine bisherige Arbeit vorbereitet worden ist. Ich will nicht so tun, als wüßte ich, wie das sein kann, aber es steht uns nicht zu, nach dem Warum zu fragen, nicht wahr, Slick Henry?« Er tippte eine bestimmte Sequenz in eine seiner Tastaturen. »Hast du dir schon mal Gedanken über den Zusammenhang zwischen klinischer Paranoia und dem Phänomen der religiösen Bekehrung gemacht?«

»Was faselt er da?« fragte Cherry.

Slick schüttelte bedrückt den Kopf. Wenn er etwas sagte, würde das Gentry nur in seinem Wahn bestärken.

Nun ging Gentry zu dem großen Display-Gerät, dem Projektionstisch. »Es gibt Welten innerhalb von Welten«, sagte er. »Makrokosmos, Mikrokosmos. Wir haben heute abend ein komplettes Universum über eine Brücke getragen, und was darüber ist, ist wie alles darunter. Es war ja sonnenklar, daß es so etwas geben mußte, aber ich hatte nicht zu hoffen gewagt...« Er warf ihnen über eine mit schwarzen Perlen besetzte Schulter hinweg einen koketten Blick zu. »Und jetzt«, sagte er, »werden wir die Gestalt des kleinen Universums sehen, in dem unser Gast weilt. Und was ich in dessen Erscheinungsform sehen werde, Slick Henry, ist...«

Er betätigte den Stromschalter am Rand des Holotisches. Und schrie auf.

14
SPIELZEUG

Hier haben wir was Hübsches«, sagte Petal und tippte auf einen Rosenholzwürfel, so groß wie Kumikos Kopf. »Luftschlacht um England.« Licht schimmerte über dem Würfel, und als Kumiko sich vorbeugte, sah sie ein graues London, das wie ein Petrischalenabstrich aussah, und darüber winzige Flugzeuge, die in Zeitlupe Sturzflüge machten und Loopings drehten. »Haben sie aus Kriegsfilmen entwickelt«, erklärte er. »Visierkameras.« Sie sah beinahe mikroskopisch kleine Feuerblitze der Luftabwehrgeschütze an der Themsemündung. »Zur Hundertjahrfeier.«

Sie waren in Swains Billardzimmer hinten im Erdgeschoß von Nummer 16. Es roch leicht muffig, ein bißchen nach Pub. Die akkurate Sauberkeit in Swains gesamtem Domizil wurde hier durch vornehme Schäbigkeit abgemildert: Sessel mit abgewetztem Leder, wuchtige dunkle Möbel, die mattgrüne Spielfläche des Billardtisches... Die schwarzen Stahlregale voller Dinge, mit denen man sich die Zeit vertreiben konnte, hatten Petal veranlaßt, mit Kumiko vor dem Tee herzukommen. Er schlurfte in seinen Moleskin-Pantoffeln mit den kaputten Nähten dahin und zeigte ihr das vorhandene Spielzeug.

»Was für ein Krieg war das?«

»Der vorletzte«, sagte er und ging zu einem ähnlichen, aber größeren Gerät, das Hologramme von zwei Mädchen beim Thai-Boxen zeigte. Die schwielige Sohle der einen knallte in den flachen Bauch der anderen, der angespannt war, um den Schlag abzufedern. Er berührte einen Knopf, und das Bild verschwand.

Kumiko schaute wieder zur Luftschlacht um England mit ihren brennenden Mücken.

»Fiches von allen möglichen Sportarten«, sagte Petal und öffnete einen maßgearbeiteten schweinsledernen Koffer mit Hunderten solcher Aufzeichnungen.

Er führte ihr ein halbes Dutzend weitere Geräte vor und suchte dann einen japanischen Videonews-Kanal, wobei er sich den stoppeligen Kopf kratzte. Er fand den Kanal schließlich auch, konnte aber das automatische Übersetzungsprogramm nicht abstellen. Er verfolgte mit ihr zusammen, wie ein Kader von Ono-Sendai-Trainees tränenreich den Abschluß seine Ausbildung feierte. »Was hat denn das zu bedeuten?« fragte er.

»Sie stellen ihre Loyalität gegenüber ihrer Zaibatsu unter Beweis.«

»Aha«, sagte er und wischte mit seinem Staubwedel über den Fernseher. »Ist bald Teatime.« Er ging hinaus. Kumiko schaltete den Ton ab. Sally Shears war nicht zum Frühstück erschienen, auch Swain nicht.

Moosgrüne Vorhänge bedeckten eine weitere Reihe großer Fenster, die ebenfalls zum Garten gingen. Sie schaute auf eine eingeschneite Sonnenuhr hinaus und ließ den Vorhang wieder zufallen. (Der stumme Wandbildschirm zeigte Unfallbilder aus Tokio, Sanitäter im Schutzanzug, die leblose Opfer aus einem Blechknäuel sägten.) An der anderen Wand stand ein oberlastiger viktorianischer Schrank auf geschnitzten Beinen, die wie Ananas aussahen. Das von einer rautenförmigen Intarsie aus vergilbtem Elfenbein eingefaßte Schlüsselloch war leer, aber als sie die Türen probierte, gingen sie auf, wobei sie den chemischen Geruch alter Politur verströmten. Sie betrachtete das schwarzweiße Mandala an der Rückwand des Schranks, bis es zu dem wurde, was es war: eine Dartscheibe. Das glänzende Holz dahinter war pockennarbig und voller Einstiche; einige Spieler hatten also nicht mal die Scheibe getroffen, dachte sie. Die untere Schrankhälfte wies mehrere Schubfächer auf, die jeweils mit einem kleinen Messingknauf und einem winzigen, elfenbeingefaßten Schlüsselloch ausgestattet waren. Sie kniete sich davor, warf einen kurzen Blick zur Tür (auf dem Wandbildschirm waren die Lippen einer Shinjuku-Kabarettistin zu sehen) und zog das Schubfach rechts oben auf, so leise es ging. Es war voller Wurfpfeile, lose oder in Ledertäschchen. Sie schloß es wieder und öffnete die Schublade links daneben. Eine tote Motte und eine rostige Schraube. Darunter war eine einzelne breite Schublade; sie klemmte und knarrte, als Kumiko sie aufzog. Sie schaute sich wieder um (Archivbilder vom Fuji-Electric-Logo über der Bucht von Tokio), aber von Petal war nichts zu sehen.

Sie blätterte ein paar Minuten in einem Pornoheft mit japanischem Text, in dem es in erster Linie um die Kunst des Knotens zu gehen schien. Darunter lag eine staubig aussehende Hülle aus gewachster schwarzer Baumwolle und eine graue Plastikschatulle mit der Aufschrift WALTHER in erhabenen Lettern auf dem Dekkel. Die Pistole selbst war kalt und schwer; sie konnte ihr Gesicht im blauen Stahl erkennen, als sie sie aus dem paßgenauen Schaumstoffbett hob. Noch nie hatte sie eine Schußwaffe in der Hand gehabt. Der graue Plastikgriff kam ihr riesengroß vor. Sie legte die Pistole in die Schatulle zurück und überflog den japanischen Text in einer Mappe mit der vielsprachigen Gebrauchsanweisung. Es war eine Luftpistole; man mußte auf den Hebel unter dem Lauf drücken. Sie verschoß winzige Bleikugeln. Noch ein Spielzeug. Sie legte alles in die Schublade zurück und machte sie zu. Die übrigen Schubladen waren leer. Sie schloß die Schranktür und kehrte zur Luftschlacht um England zurück.

»Nein«, sagte Petal, »tut mir leid, aber das geht nicht.«

Er strich Devon-Sahne auf den Teekuchen. Das schwere viktorianische Streichmesser sah zwischen seinen Wurstfingern wie ein Kinderspielzeug aus. »Probier auch mal die Sahne«, sagte er, senkte den breiten Schädel und blickte sie über den Rand seiner Brille hinweg ausdruckslos-höflich an.

Kumiko tupfte sich mit einer Leinenserviette einen Marmeladenklecks von der Oberlippe. »Glauben Sie, ich würde weglaufen?«

»Weglaufen? Spielst du mit dem Gedanken, wegzulaufen?« Er steckte sich den Kuchen in den Mund, kaute unerschütterlich und schaute in den Garten hinaus, wo frischer Schnee fiel.

»Nein«, sagte sie. »Ich habe nicht die Absicht, wegzulaufen.«

»Gut.« Er biß erneut in das Gebäck.

»Bin ich auf der Straße in Gefahr?«

»Du liebe Güte, nein«, sagte er mit einer Art entschlossener Munterkeit. »Du bist so sicher wie in Abrahams Schoß.«

»Ich möchte rausgehen.«

»Nein.«

»Aber mit Sally gehe ich doch auch raus.«

»Ja«, sagte er. »Die ist schon 'ne schlimme Nummer, deine Sally.«

»Diese Redewendung kenne ich nicht.«

»Du gehst nicht allein aus dem Haus. Ist eine Anweisung deines Vaters, verstehst du? Wenn du mit Sally gehst, ist das in Ordnung, aber die ist nicht da. Zwar wird sich wohl kaum jemand an dich ranmachen, aber lieber kein Risiko eingehen. Und ich würde dich ja wirklich furchtbar gern begleiten, mit dem größten Vergnügen, aber ich muß leider hierbleiben, falls Swain Besuch bekommt. Ich kann also nicht. Schade, wirklich schade.« Er schaute so aufrichtig bekümmert drein, so daß Kumiko einzulenken beschloß. »Soll ich dir noch eine toasten?« fragte er, auf ihren Teller deutend.

»Nein danke.« Sie legte die Serviette hin. »Es war sehr gut«, fügte sie hinzu.

»Nächstesmal solltest du die Sahne probieren«, sagte er. »Gab's nach dem Krieg nicht. Der Regen zog von Deutschland herüber, und da ging's den Kühen nicht so gut.«

»Ist Swain jetzt hier, Petal?«

»Nein.«

»Ich sehe ihn nie.«

»Viel unterwegs. Geschäfte. Ist mal so und mal so. Bald kommen sie wieder alle an, und dann hält er hier Hof.«

»Wer, Petal?«

»Geschäftspartner, könnte man sagen.«

»*Kuromaku*«, sagte sie.

»Wie bitte?«

»Ach, nichts.«

Den Nachmittag verbrachte sie allein im Billardzimmer, in einen Ledersessel gekuschelt, und schaute zu, wie im Garten der Schnee fiel, bis die Sonnenuhr nur noch ein konturloser weißer Pfahl war. Sie stellte sich ihre Mutter dort vor, in dunkle Pelze gehüllt, allein im Garten, wo es schneite, eine Prinzessin-Ballerina, die sich im nachtschwarzen Wasser des Sumida ertränkt hatte.

Sie stand fröstelnd auf und ging um den Billardtisch herum zum Marmorkamin, wo eine Gasflamme leise unter Kohlen zischte, die nie verbrannten.

15
DER SILBERWEG

In Cleveland hatte sie eine Freundin namens Lanette gehabt, von der sie viel gelernt hatte. Wie man schnell aus einem Auto kam, wenn ein Freier die Türen verschließen und einen einsperren wollte; wie man es anstellte, wenn man sich Stoff besorgen wollte. Lanette war ein bißchen älter und nahm Wiz hauptsächlich, um »den Törn ein bißchen aufzupeppen«, wie sie es nannte. Sie zog sich nämlich ständig irgendwelche Downer rein, von Endorphinanaloga bis zum schlichten alten Tennessee-Opium. Sonst, meinte sie, würde sie nur zwölf Stunden am Tag vor der Glotze hängen und sich jeden Scheiß anschauen. Aber wenn das Wiz einen auf Touren brachte und damit die warme Unverwundbarkeit eines guten Downer-Törns ergänzte, hatte man ihrer Meinung nach echt was davon. Doch Mona war aufgefallen, daß Leute, die auf Downer standen, andauernd kotzten, und außerdem kapierte sie nicht, warum sich jemand vor die Glotze setzen sollte, wenn er sich genausogut ein Stim reinziehen konnte. (Lanette hatte gesagt, Simstim sei auch was, wovon sie loskommen wolle.)

Sie mußte an Lanette denken, weil Lanette ihr ab und zu einen Rat gegeben hatte, zum Beispiel, wie man einen öden Abend noch retten konnte. Heute abend, dachte sie, würde Lanette ihr raten, in eine Bar zu gehen, sich unter die Leute zu mischen. Sie hatte noch ein bißchen Geld von ihrer letzten Nachtschicht in Florida, also mußte sie bloß einen Laden finden, der Bargeld nahm.

Den fand sie gleich auf Anhieb. Ein gutes Zeichen. Eine

schmale Betontreppe runter und hinein ins rauchige Stimmengewirr und den vertrauten Beat von Shabus »White Diamonds« im Hintergrund. Kein Laden für Schlipse, aber auch kein *Spot*, wie die Luden in Cleveland sagen würden. Heute abend hatte sie absolut keinen Bock, in einem Spot was zu trinken.

Am Tresen stand gerade jemand auf und ging, als sie reinkam. Sie flitzte hin und ergatterte den Hocker. Das Plastik war noch warm; das zweite gute Zeichen.

Der Barkeeper schürzte die Lippen und nickte, als sie ihm einen Schein zeigte, also bestellte sie einen Bourbon und ein Bier dazu, was auch Eddy immer trank, wenn er selber zahlte. Wenn jemand anderes zahlte, bestellte er Cocktails, die der Barkeeper nicht kannte, und erklärte ihm dann langatmig, wie sie gemixt wurden. Dann trank er sie und moserte rum, daß sie doch nicht so gut schmeckten wie in LA oder Singapur oder irgendwo anders, wo er nie gewesen war, wie sie wußte.

Der Bourbon war komisch hier, irgendwie säuerlich, aber wirklich gut, wenn man ihn erst mal intus hatte. Das erzählte sie dem Barkeeper, der sie fragte, wo sie ihren Bourbon normalerweise trank. In Cleveland, sagte sie, und er nickte. Das sei Alk mit irgendwelchem Zeug drin, damit es nach Bourbon schmecke, erklärte er. Als er ihr sagte, wieviel von ihrem Geld noch übrig war, merkte sie, daß dieser Sprawl-Bourbon sündhaft teuer war. Aber er wirkte, nahm ihr das miese Gefühl, also kippte sie den Rest hinunter und ging zu ihrem Bier über.

Lanette mochte Bars, trank jedoch nie was, nur Cola oder so. Mona würde nie den Tag vergessen, an dem sie sich zwei Kristalle gleichzeitig reingezogen hatte – einen Doppel-Hit, wie Lanette das nannte – und eine Stimme im Kopf hörte, klar und deutlich, als wäre jemand bei ihr im Zimmer: *Es bewegt sich so schnell, daß es stillsteht*. Und Lanette, die eine Stunde zuvor ein streichholzkopfgroßes Stück schwarzen Memphis in ihrem chinesischen Tee aufgelöst hatte, nahm selber einen halben Kristall, und dann gingen sie spazieren, durchstreiften die verregneten

Straßen in einer vollkommenen Harmonie, die jede Unterhaltung überflüssig machte. So empfand Mona es jedenfalls. Und die Stimme hatte recht gehabt, das plötzliche Einsetzen der Wirkung hatte nichts Unangenehmes, es gab kein Frösteln mit zusammengebissenen Zähnen; es war einfach so, als würde sich etwas, vielleicht Mona selbst, aus einem stillen Zentrum heraus ausdehnen. Und sie fanden einen Park, flache Wiesen mit silbernen Pfützen, und gingen alle Wege ab. Mona hatte einen Namen für diese Erinnerung: der Silberweg.

Und eine Weile später verschwand Lanette spurlos. Die einen sagten, sie sei nach Kalifornien gegangen, andere behaupteten, nach Japan, und wieder andere meinten, sie sei an einer Überdosis gestorben und aus dem Fenster geschmissen worden, was Eddy einen Trockensprung nannte, aber an so was wollte Mona nicht denken. Sie setzte sich aufrecht hin und schaute sich um. Ja, gar nicht übel, der Laden, ziemlich klein, so daß die Leute relativ eng zusammengepfercht waren, aber das fand sie manchmal ganz gut. Es war ein Künstlerlokal, wie Eddy so was nannte, mit Leuten, die Geld hatten, sich jedoch anzogen, als hätten sie keins, nur daß ihnen die Sachen paßten und man wußte, sie hatten sie neu gekauft.

Über den Flaschen hinterm Tresen war ein Fernseher, und auf einmal sah sie Angie, die direkt in die Kamera schaute und irgendwas sagte, aber der Ton war so leise gestellt, daß man bei der Geräuschkulisse im Laden nichts verstand. Die nächste Einstellung zeigte eine Häuserzeile direkt am Strand aus der Vogelperspektive, und dann war wieder Angie zu sehen, die lachend die Haare zurückschüttelte und für die Kamera ihr leicht wehmütiges Lächeln aufsetzte.

»He«, sagte sie zum Barkeeper, »da ist Angie.«

»Wer?«

»Angie.« Mona deutete auf den Bildschirm.

»Ja«, meinte er, »die ist auf irgend so 'nem Designerscheiß und will runter davon, also geht sie nach Südamerika oder sonstwohin und löhnt ein paar Millionen, um sich wieder auf Vordermann bringen zu lassen.»

»Die ist auf Shit? Unmöglich.«

Der Barkeeper sah sie an. »Oder auf sonstwas.«

»Aber wieso hat sie überhaupt damit angefangen? Ich meine, sie ist doch *Angie*, oder?«

»Gehört wohl einfach dazu.«

»Aber schau sie dir doch an«, protestierte sie. »Sie sieht so gut aus ...« Doch Angie war weg. Ein schwarzer Tennisspieler hatte ihren Platz eingenommen.

»Glaubst du, das eben war *sie*? Das war nur 'ne Sprechpuppe.«

»Puppe?«

»So 'ne Art Marionette», sagte eine Stimme hinter ihr, und sie drehte sich um und sah einen blonden Schopf und ein lässiges, freundliches Grinsen. »Marionette.» Er hielt die Hand hoch und wackelte mit den Fingern. »Verstehst du?«

Sie merkte, daß der Barkeeper das Wechselgeld hinlegte und hinterm Tresen davonging. Das freundliche Grinsen wurde noch breiter. »Damit sie den ganzen Kram nicht selber machen muß, klar?«

Sie erwiderte das Lächeln. Hübscher Bursche, intelligente Augen und eine unterschwellige Ausstrahlung, die genau das Signal aussandte, das sie empfangen wollte. Kein Schlipsfreier. Ziemlich mager, aber vielleicht genau das Richtige für heute nacht. Und der lässige, amüsierte Ausdruck rund um den Mund, der in eigentümlichem Gegensatz zu den leuchtenden, intelligenten Augen stand.

»Michael.«

»Hm?«

»So heiß ich. Michael.«

»Oh. Mona. Ich bin Mona.«

»Woher kommst du, Mona?»

»Florida.«

Und würde Lanette ihr nicht raten, sich ranzuhalten?

Eddy haßte das Künstlervolk; sie kauften nicht, was er feilbot. Michael hätte er noch mehr gehaßt, weil Michael einen Job und ein Loft in einem Genossenschaftshaus hatte. Jedenfalls behauptete er, es sei ein Loft, aber als sie hinkamen, war es kleiner, als Mona sich ein Loft vorgestellt hatte. Das Haus war alt, eine Fabrik oder so. Einige Mauern waren aus sandgestrahltem Backstein, die Decken aus Balken und Brettern. Aber das ganze Gebäude war in Wohnungen wie die von Michael aufgeteilt: ein Zimmer, kaum größer als das ihre im Hotel, mit einer Schlafnische auf der einen sowie Bad und Küche auf der anderen Seite. Immerhin lag sie im obersten Stock, so daß die Decke größtenteils aus einem Oberlicht bestand. Vielleicht war es deswegen ein Loft. Unter dem Oberlicht war eine horizontale rote Papierjalousie, die mit ihren Seilen und Rollen wie ein großer Drachen aussah. Der Raum wirkte unaufgeräumt, aber alles, was drin herumstand, war neu: dünne weiße Drahtstühle mit durchsichtigen Plastikschlaufen als Sitzfläche, aufeinandergestapelte Unterhaltungselektronik, eine Workstation und eine silberne Ledercouch.

Sie fingen auf der Couch an, aber es gefiel ihr nicht, wie ihre Haut daran festklebte. Deshalb zogen sie in die Nische mit dem Bett um.

Dabei fiel ihr Blick auf die Stim-Aufzeichnungsgeräte in dem weißen Wandregal. Aber das Wiz hatte wieder reingefetzt, und überhaupt, wenn man beschloß, sich ranzuhalten, sollte man es auch tun. Er steckte sie ins Aufnahmegeschirr, einen schwarzen Gummikragen mit Fühlerelektroden, die gegen ihre Schädelbasis drückten. Drahtlos; das war teuer, wie sie wußte.

Während er sein Geschirr anlegte und die Geräte an der Wand checkte, erzählte er von seinem Job. Er arbeitete bei einer Firma in Memphis, die sich neue Firmennamen ausdachte. Im Moment suchte er gerade einen für eine Firma namens Cathode Cathay. Die bräuchten ihn dringend, sagte er lachend, aber es sei nicht so einfach. Es gebe nämlich schon so viele Firmen, daß alle guten Namen bereits aufgebraucht seien. Er hatte einen Computer, der sämtliche Firmennamen kannte, einen zweiten, der neue Worte erfand, die als Namen taugten, und einen dritten, der überprüfte, ob die Neuprägungen auf Chinesisch oder Schwedisch nicht vielleicht ›Dummkopf‹ oder dergleichen bedeuteten. Doch die Firma, bei der er tätig war, verkaufte nicht nur Namen, sondern auch ein Image, wie er es nannte. Deshalb mußte er mit einer Reihe von Leuten zusammenarbeiten, um sicherzustellen, daß der Name, den er kreierte, auch zum Rest des Pakets paßte.

Dann ging er mit ihr ins Bett, und es war eigentlich gar nicht so toll. Der Spaß war irgendwie weg, und sie hätte auch mit einem Freier zusammensein können, so wie sie jetzt dalag und daran dachte, daß er alles aufnahm, damit er es wieder abspielen konnte, wenn ihm danach war; und wie viele andere hatte er überhaupt schon im Kasten?

Hinterher lag sie neben ihm und lauschte seinem Atem, bis das Wiz anfing, kleine Kreise auf ihrem Schädelboden zu ziehen und ihr immer wieder die gleiche Abfolge zusammenhangloser Bilder vorzusetzen: der Plastiksack mit ihren Sachen in Florida samt dem Drahtverschluß, der die Viecher abhielt – der alte Mann am Spanplattentisch, mit einem Schlachtmesser, dessen Klinge zu einem daumenlangen Stummel abgewetzt war, Kartoffeln schälend – eine krabbenförmige Krill-Bude in Cleveland mit gewölbten Rückenplatten aus Stahlblech und durchsichtigem Plastik, pink und orange gestrichen – der Prediger, den sie gesehen hatte, als sie sich die neuen Klamotten gekauft hatte, ihn und seinen bleichen, verschwommenen Jesus. Jedesmal wenn der Prediger erschien, setzte er zum Sprechen an, sagte dann aber doch nichts. Sie wußte, daß es erst aufhören würde, wenn sie aufstand und sich mit was anderem beschäftigte. Sie stieg aus dem Bett, blieb daneben stehen und betrachtete Michael im grauen Schein, der durch das Oberlicht hereinfiel. *Das Reich Gottes. Das Reich Gottes ist nah.*

Sie ging ins Zimmer und zog ihr Kleid an, weil ihr kalt war. Sie setzte sich auf die silberne Couch. Die rote Jalousie färbte das

Grau vom Oberlicht pink, während es draußen heller wurde. Sie überlegte, was so eine Wohnung kosten mochte.

Jetzt, wo sie ihn nicht sehen konnte, fiel es ihr schwer, sich daran zu erinnern, wie er aussah. *Wenigstens wird es ihm nicht schwerfallen, sich an mich zu erinnern*, dachte sie, aber dieser Gedanke gab ihr das Gefühl, geschlagen, verletzt oder herumgezerrt worden zu sein, und sie wünschte, sie wäre im Hotel geblieben und hätte sich mit einem Stim von Angie begnügt.

Das pinkgraue Licht erfüllte den Raum, sammelte sich hier und dort, begann an den Rändern zu gerinnen. Irgendwas daran erinnerte sie an Lanette und die Überdosisgeschichten. Manchmal kratzte jemand in einer fremden Wohnung an einer Überdosis ab, und dann war es am einfachsten, den Leichnam aus dem Fenster zu schmeißen, so daß die Bullen nicht feststellen konnten, woher er kam.

Aber da sie nicht daran denken wollte, ging sie in die Küche und schaute in den Kühlschrank und die Schränke. Im Eisfach lag ein Päckchen Kaffeebohnen, aber von Kaffee kriegte man das große Flattern, wenn man auf Wiz war. Dann stieß sie auf viele kleine Folienpackungen mit japanischen Etiketten: gefriergetrocknete Sachen. Sie fand einen Karton Teebeutel und riß den Verschluß einer der Wasserflaschen im Kühlschrank auf. Sie goß Wasser in einen Topf und hantierte am Herd, bis eine Platte heiß wurde. Die Kochelemente waren weißumrandete Felder auf der schwarzen Arbeitsplatte; man stellte den Topf mitten in den Kreis und tippte dann den roten Punkt daneben an. Als das Wasser heiß war, warf sie einen Teebeutel hinein und nahm den Topf von dem Element.

Sie beugte sich über den Topf und atmete den nach Kräutern duftenden Dampf ein.

Wenn Eddy nicht bei ihr war, vergaß sie nie, wie er aussah. Er war vielleicht nichts Besonderes, aber immerhin war er da. Man brauchte ein Gesicht um sich, das sich nicht änderte. Aber jetzt an Eddy zu denken, war vielleicht auch keine so gute Idee. Der

Crash stand kurz bevor, und bis dahin mußte sie sich was einfallen lassen, wie sie wieder ins Hotel kam. Doch mit einem Mal war ihr alles zu kompliziert; es gab zuviel zu tun, zu viele Aspekte zu bedenken, und das *war* der Crash, wenn man anfangen mußte, sich den Kopf darüber zu zerbrechen, wie man den Tag wieder auf die Reihe kriegen sollte.

Prior würde aber wohl nicht zulassen, daß Eddy sie schlug, denn was immer er von ihr wollte, es hatte etwas mit ihrem Aussehen zu tun. Sie drehte sich um, um sich eine Tasse zu holen.

Und da war Prior. In einem schwarzen Mantel. Sie hörte, wie ihrer Kehle unwillkürlich ein komischer kleiner Laut entfuhr.

Sie hatte bei Wiz-Crashs auch früher schon mal Erscheinungen gehabt. Wenn man sie intensiv genug ansah, verschwanden sie. Damit versuchte sie es auch bei Prior, aber es klappte einfach nicht.

Er stand nur da, mit einer Art Plastikkanone, die er nicht auf sie gerichtet hatte, sondern einfach in der Hand hielt. Er trug die gleichen Handschuhe wie Gerald bei der Untersuchung. Er machte nicht den Eindruck, als ob er sauer wäre, aber diesmal lächelte er auch nicht. Und eine ganze Weile sagte er kein Wort. Mona auch nicht.

»Wer ist hier?« Wie man auf einer Party fragte.

»Michael.«

»Wo?«

Sie zeigte zur Schlafnische.

»Hol deine Schuhe.«

Sie ging an ihm vorbei aus der Küche und bückte sich automatisch, um ihre Unterwäsche vom Teppich aufzuheben. Ihre Schuhe standen neben der Couch.

Er folgte ihr und schaute ihr zu, wie sie sich die Schuhe anzog. Die Kanone hatte er noch immer in der Hand. Mit der anderen Hand schnappte er sich Michaels Lederjacke von der Couchlehne und warf sie ihr zu. »Zieh das an«, sagte er. Sie gehorchte und stopfte ihre Unterwäsche in eine der Taschen.

Er hob den zerrissenen weißen Regenmantel auf, knüllte ihn zusammen und steckte ihn in die Manteltasche.

Michael schnarchte. Vielleicht würde er bald wach werden und alles wieder abspielen. Bei den Geräten, die er hatte, brauchte er eigentlich keine Menschen mehr.

Im Korridor beobachtete sie, wie Prior das Schloß mit einem grauen Kasten verriegelte. Die Kanone war weg, aber sie hatte nicht gesehen, wie er sie eingesteckt hatte. Aus der Box ragte ein rotes Stück Kabel mit einem ganz normal aussehenden Magnetschlüssel daran.

Draußen auf der Straße war es kalt. Er ging mit ihr den Block entlang und öffnete die Tür eines kleinen, weißen, dreirädrigen Fahrzeugs. Sie stieg ein. Er setzte sich ans Steuer und streifte die Handschuhe ab. Er startete den Motor; in der verkupferten Spiegelfassade eines Geschäftshochhauses sah sie eine Wolke davonwehen.

»Er wird denken, ich hab sie geklaut«, sagte sie mit einem Blick auf die Jacke.

Dann trumpfte das Wiz ein letztes Mal auf, und eine rauhe Neuronenkaskade überspülte ihre Synapsen: Cleveland im Regen und ein tolles Gefühl, das sie mal bei einem Spaziergang gehabt hatte.

Silber.

16
FASER IM GEWEBE

Ich bin das ideale Publikum für dich, Hans – als die Aufzeichnung zum zweiten Mal startete. *Könnte es eine aufmerksamere Zuschauerin geben? Du hast sie wirklich gut getroffen, Hans. Ich weiß es, weil ihre Erinnerungen in meine Träume eingehen. Ich sehe, wie nah du herangekommen bist.*

Ja, du hast sie alle gut erfaßt. Der Aufbruch ins All, der Mauerbau, das Verkriechen. Sie und die Mauern, nicht wahr? Das Labyrinth des Blutes, der Familie. Der Irrgarten inmitten der Leere: *Wir sind das Innere, außen ist das andere, hier werden wir für immer leben.* Und die Dunkelheit war da, von Anfang an... In den Augen von Marie-France hast du sie immer wieder aufgespürt, hast sie langsam aus dem Schattenreich im Innern des Schädels herausgezoomt. Schon früh ließ sie keine Aufnahmen mehr von sich zu. Du hast mit dem gearbeitet, was du hattest. Du hast ihr Bild korrigiert, es durch Flächen aus Licht und Schatten gedreht, Modelle erzeugt, ihren Schädel in Neonrastern vermessen. Du hast Spezialprogramme verwendet, um sie gemäß den statistischen Vorgaben altern zu lassen, und Animationssysteme, um deine reife Marie-France zum Leben zu erwecken. Du hast ihr Bild in viele, aber nicht unendlich viele Punkte zerlegt und sie verquirlt, hast neue Formen daraus entstehen lassen und diejenigen ausgewählt, die dir etwas zu sagen schienen... Und dann hast du dir die anderen vorgenommen, Ashpool und die Tochter, deren Gesicht deine Arbeit umrahmt: das erste und letzte Bild.

Beim zweiten Durchgang wurde ihr der Werdegang des Clans noch klarer. Nun konnte sie Beckers Splitter in eine zeitliche Abfolge einordnen, die mit der Hochzeit von Tessier und Ashpool begann, einer Verbindung, die seinerzeit vor allem in den Medien der Finanzwelt Beachtung gefunden hatte. Jeder der beiden erbte ein nicht gerade bescheidenes Imperium; Tessier gelangte in den Besitz des Familienvermögens, das auf neun bahnbrechenden Patenten der angewandten Biochemie beruhte, und Ashpool übernahm die große Maschinenbaufirma, die den Namen seines Vaters trug und ihren Sitz in Melbourne hatte. Für die Journalisten war es eine Fusion durch Eheschließung, obwohl der daraus hervorgehende Firmenverbund von den meisten als unrentabel angesehen wurde: eine Chimära mit zwei völlig unterschiedlichen Köpfen.

Andererseits konnte, wer Augen hatte, sehen, wie auf den Fotos von Ashpool die Langeweile verschwand und entschlossene Zielstrebigkeit an ihre Stelle trat. Die Wirkung war wenig schmeichelhaft, ja geradezu beängstigend: das harte, schöne Gesicht wurde noch härter und zeigte eine gnadenlose Unbeirrbarkeit.

Bereits ein Jahr nach seiner Heirat mit Marie-France Tessier hatte Ashpool 90 Prozent des Aktienkapitals seiner Firma abgestoßen und den Erlös in orbitalen Besitz sowie in Transporteinrichtungen investiert, und die Früchte der ehelichen Verbindung, zwei Kinder, Bruder und Schwester, wurden in der mütterlichen Villa in Biarritz von Leihmüttern ausgetragen.

Die Tessier-Ashpools stiegen in den Archipel im Hochorbit empor und stellten fest, daß die Ekliptik nur spärlich mit Militärstationen und den ersten vollautomatischen Fabriken der Kartelle belegt war. Und hier begannen sie zu bauen. Anfangs hätte ihr gemeinsames Vermögen kaum ausgereicht, um die Auslagen zu decken, die dem Multi Ono-Sendai allein für ein Produktionsmodul seines weltraumgestützten Halbleiterprojekts entstanden, aber Marie-France legte ein gänzlich unerwartetes unternehmerisches Talent an den Tag und richtete einen äußerst profitablen Datenhafen ein, der den Bedürfnissen von weniger seriösen Sektoren des internationalen Bankwesens gerecht wurde. Daraus ergaben sich wiederum Verbindungen zu den einzelnen Banken und deren Kunden. Ashpool nahm enorme Kredite auf, und die Mauer aus Mondbeton, die einmal Freeside werden sollte, wuchs und krümmte sich und schloß ihre Erbauer ein.

Als der Krieg ausbrach, befanden sich die Tessier-Ashpools hinter dieser Mauer. Sie sahen Bonn und Belgrad im Atomblitz vergehen. Während dieser drei Wochen wurde die Montage der Spindel ohne größere Unterbrechungen fortgesetzt; später, in der gelähmten, chaotischen Dekade danach, war das oft schwieriger.

Die Kinder, Jean und Jane, lebten jetzt bei ihnen. Die Villa in Biarritz war zur Finanzierung des Baus einer Kältekammer für ihr Heim in der Villa Straylight verkauft worden. Die ersten, die dieses Gewölbe belegten, waren zehn geklonte Embryopaare, 2Jean und 2Jane, 3Jean und 3Jane ... Es gab zahlreiche Gesetze, die die künstliche Reproduktion von menschlichem Erbgut verboten oder anderweitig reglementierten, aber es gab auch zahlreiche Lücken in diesen Gesetzen ...

Sie stoppte das Band und bat das Haus, zur Szene davor zurückzufahren. Fotos von einer weiteren kryogenischen Kammer, die vom Schweizer Hersteller der Tessier-Ashpool-Gruft gebaut worden war. Beckers Vermutung, daß es sich dabei ebenfalls um etwas derartiges handelte, war richtig, wie sie wußte; diese runden Türen aus schwarzem Glas mit Chrombeschlag waren ein zentrales Bild in den Erinnerungen der anderen, machtvoll und totemistisch.

Die Bilder liefen wieder weiter und zeigten, wie in der Schwerelosigkeit Gebäude an der Innenfläche der Spindel entstanden, wie ein Lado-Acheson-System für Solarenergie installiert, eine Atmosphäre und Rotationsschwerkraft erzeugt wurden ... Bekker hatte eine Unmenge Material vorgefunden, die ihn in Verlegenheit brachte, Stunden toll aufgemachter Dokumentarfilme. Seine Antwort darauf war eine wüste, schonungslose Montage, die mit der oberflächlichen Romantik der Vorlagen aufräumte und die angespannten, erschöpften Gesichter der einzelnen Arbeiter inmitten eines emsigen Gewimmels von Maschinen herauszog. Freeside ergrünte und erblühte im fliegenden Schnellvorlaufwechsel aufgezeichneten Morgengrauens und Abendrots; eine üppige, eingeschlossene Landschaft mit türkis glitzernden Teichen. Tessier und Ashpool kamen zu den Eröffnungsfeierlichkeiten aus Straylight, ihrem Geheimbau am Ende der Spindel, heraus und nahmen mit betontem Desinteresse die Welt, die sie erbaut hatten, in Augenschein. Hier drosselte Becker wieder das Tempo und begann erneut mit seiner obsessiven Analyse. Dies sollte das letzte Mal sein, daß Marie-France vor eine Kamera trat. Becker erforschte die Flächen ihres Gesichts in einer qualvoll langgezogenen Fuge, wobei sich der Bilderfluß in vollkommenem Gleichgewicht mit dem Feedback befand, das sich in einer unregelmäßigen Kurve durch das an- und abschwellende atmosphärische Rauschen des Soundtracks wand.

Angie verlangte wieder eine Pause, stand vom Bett auf und ging zum Fenster. Sie verspürte eine freudige Erregung, eine unerwartete Kraft, und fühlte sich im Einklang mit sich selbst. Das gleiche hatte sie vor sieben Jahren in New Jersey empfunden, als sie erfuhr, daß auch andere diejenigen kannten, die im Traum zu ihr kamen. Sie nannten sie Loa, göttliche Reiter, gaben ihnen Namen, riefen sie an und feilschten mit ihnen um ihre Gunst.

Aber auch damals hatte Verwirrung geherrscht. Bobby hatte die Meinung vertreten, daß Linglessou, der Beauvoir im Oumphor ritt, und der Linglessou der Matrix verschiedene Entitäten seien, falls es sich bei ersterem überhaupt um eine Entität handele. »Die machen das seit zehntausend Jahren«, sagte er, »die Tanzerei und das Ausgeflippe. Aber im Cyberspace gibt's so was erst seit sieben, acht Jahren.« Bobby glaubte den alten Cowboys, denen er im Gentlemen Loser jedesmal, wenn Angie beruflich im Sprawl zu tun hatte, Drinks spendierte und die darauf beharrten, daß die Loa was Neues seien. Die alten Cowboys erinnerten sich noch an eine Zeit, in der allein gute Nerven und Talent für den Erfolg eines Konsolenkünstlers ausschlaggebend gewesen waren, obwohl Beauvoir dagegengehalten hätte, daß man genau das brauchte, um mit den Loa klarzukommen.

»Aber die kommen zu mir«, hatte sie erwidert. »Ich brauch kein Deck.«

»Kommt davon, was du im Kopf hast. Was dein Daddy gemacht hat ...«

Bobby hatte ihr erzählt, die alten Cowboys seien sich alle einig, daß es einen Zeitpunkt gegeben habe, wo alles anders geworden sei, obwohl sie sich darüber stritten, wann und wie das passiert sei.

Sie sprachen von der *Wende*, und Bobby hatte mal eine verkleidete Angie in den Loser mitgenommen, damit sie ihnen zuhörte – mit nervösen Security-Leuten von Sense/Net auf den Hacken, die nicht reingelassen wurden. Die Aussperrung der Sicherheitstypen hatte sie damals mehr beeindruckt als das Gerede dort. Das Gentlemen Loser war seit dem Krieg eine Cowboy-Bar und hatte die Entstehung der neuen Technologie miterlebt, und es gab im ganzen Sprawl keinen exklusiveren Kriminellentreff – obwohl diese Exklusivität zu Zeiten von Angies Besuch längst beinhaltete, daß die Stammgäste gewissermaßen die Attitüde von Ruheständlern pflegten. Die heißen jungen Typen machten ihre Deals nicht mehr im Loser, aber ein paar kamen noch, um den alten Cowboys zuzuhören.

Im Schlafzimmer des Hauses in Malibu dachte Angie nun an deren Worte, an deren Erzählungen von der Wende und merkte, daß ein Teil von ihr versuchte, diese Erinnerungen, diese Erzählungen mit ihrer eigenen Geschichte und der von Tessier-Ashpool abzugleichen.

3Jane war die Faser, Tessier-Ashpool das Gewebe. Ihr offizielles Geburtsdatum war das gleiche wie das ihrer neunzehn Klon-Geschwister. Beckers ›Beweisaufnahme‹ wurde noch leidenschaftlicher, als 3Jane in einem weiteren Ersatzbauch ausgetragen und durch Kaiserschnitt im OP von Straylight entbunden wurde. Die Kritiker waren sich einig: 3Jane war Beckers Aufhänger. Mit der Geburt von 3Jane wandelte sich die Perspektive der Dokumentation unmerklich und offenbarte eine neue Intensität, eine noch größere Besessenheit – ein Gefühl der Sündhaftigkeit, wie mehr als ein Kritiker anmerkte.

3Jane wurde zum Brennpunkt, zur widernatürlichen Goldader im Granit der Familie. *Nein*, dachte Angie, *zur Silberader, fahl und mondsüchtig*. Bei der Erkundung des Fotos eines chinesischen Touristen von 3Jane und zwei Schwestern am Pool eines Freeside-Hotels kehrt Becker immer wieder zu 3Janes Augen, der Schlüsselbeinmulde, den zierlich-zerbrechlichen Handgelenken zurück. Körperlich sind die Schwestern identisch, dennoch ist 3Jane von einem besonderen *Geist* erfüllt, und Beckers Suche nach diesem Geist ist das zentrale Anliegen seiner Arbeit.

Freeside blüht und gedeiht, während das Archipel wächst. Als Bankennexus, Bordell, Datenhafen und neutrales Territorium für konkurrierende Großunternehmen fällt der Spindel eine zunehmend komplexere Rolle in der Geschichte des Hochorbits zu, während sich die Tessier-Ashpool S.A. hinter einer weiteren Mauer verkriecht, die nun aus Tochtergesellschaften gefügt ist. Der Name von Marie-France taucht noch einmal kurz in Zusammenhang mit einem Genfer Patentverfahren um gewisse Entwicklungen auf dem Gebiet der Künstlichen Intelligenz auf, und es wird zum ersten Mal aufgedeckt, welche enormen Geldmittel Tessier-Ashpool in solche Forschungsprojekte investiert. Wieder einmal stellt die Familie ihr besonderes Geschick unter Beweis, von der Bildfläche zu verschwinden, und tritt in eine neue Phase des Rückzugs aus dem öffentlichen Leben ein, die mit dem Tod von Marie-France endet.

Die Gerüchte, daß es sich dabei um Mord gehandelt habe, halten sich hartnäckig, aber jeder Versuch einer Aufklärung scheitert am Reichtum und an der Isolation der Familie, an dem besonderen Umfang und der Komplexität ihrer politischen und finanziellen Beziehungen.

Angie, die sich den Becker-Film gerade ein zweites Mal ansah, kannte die Identität des Mörders von Marie-France Tessier.

Bei Morgengrauen machte sie sich in der dunklen Küche Kaffee, setzte sich hin und betrachtete die helle Linie der Brandung.

»Continuity.«

»Hallo, Angie.«

»Weißt du, wie man Hans Becker erreichen kann?«

»Ich habe die Nummer seines Agenten in Paris.«

»Hat er nach *Antarktika* noch was gemacht?«

»Nicht daß ich wüßte.«

»Und wie lang ist das her?«

»Fünf Jahre.«

»Danke.«

»Gern geschehen, Angie.«

»Bye.«

»Bye, Angie.«

Hatte Becker vermutet, daß 3Jane am späteren Tod Ashpools schuld war? Indirekt schien er das anzudeuten.

»Continuity.«

»Hallo, Angie.«

»Die Folklore der Konsolenjockeys, Continuity. Was weißt du darüber?« *Und was wird Swift von all dem halten?* fragte sie sich.

»Was möchtest du wissen, Angie?«

»Die Wende…«

»Diesem Mythos begegnet man für gewöhnlich in zweierlei Gestalt. Zum einen wird behauptet, die Cyberspace-Matrix sei von Wesen bevölkert oder werde vielleicht von ihnen besucht, deren Charakteristika mit dem alten Mythos vom ›unsichtbaren

Volk‹ übereinstimmen. Zum anderen ist von einer angeblichen Allwissenheit, Allmacht und Unbegreiflichkeit der Matrix selbst die Rede.«

»Die Matrix ist Gott?«

»Gewissermaßen, obwohl es im Hinblick auf den Mythos exakter wäre zu sagen, die Matrix *hat* einen Gott, da die Allwissenheit und Allmacht dieses Wesens angeblich auf die Matrix beschränkt sind.«

»Wenn ihm Grenzen gesetzt sind, ist es nicht allmächtig.«

»Genau. Es fällt auf, daß der Mythos dem Wesen keine Unsterblichkeit zuschreibt, was bei Glaubenssystemen, die ein höchstes Wesen postulieren, normalerweise der Fall wäre – zumindest in deiner speziellen Kultur. Der Cyberspace existiert, insofern man von existieren sprechen kann, dank menschlichen Zutuns.«

»Wie du auch.«

»Ja.«

Sie schlenderte ins Wohnzimmer, wo die Louis-XVI-Sessel im grauen Licht wie Skelette aussahen. Die geschnitzten Beine waren wie vergoldete Knochen.

»Wenn es so ein Wesen gäbe«, sagte sie, »dann wärst du ein Teil davon, nicht wahr?«

»Ja.«

»Würdest du das wissen?«

»Nicht unbedingt.«

»Weißt du's?«

»Nein.«

»Schließt du die Möglichkeit aus?«

»Nein.«

»Kommt dir dieses Gespräch merkwürdig vor, Continuity?« Ihre Wangen waren tränennaß, obwohl sie nicht bemerkt hatte, daß sie zu weinen begonnen hatte.

»Nein.«

»Wie passen die Geschichten von den« – sie zögerte, hätte

beinahe *Loa* gesagt – »von den Dingen in der Matrix zu dieser Theorie eines höheren Wesens?«

»Gar nicht. Beides sind Varianten der ›Wende‹. Beides sehr junge Ideen.«

»Wie jung?«

»Etwa fünfzehn Jahre alt.«

17
ABSPRUNG

Sie wachte auf und spürte Sallys kühle Hand auf ihrem Mund. Die andere Hand bedeutete ihr, keinen Laut von sich zu geben.

Die in die goldgefleckten Spiegelscheiben eingelassenen Lämpchen brannten. Einer ihrer Koffer stand offen auf dem riesigen Bett, daneben lag ein ordentlicher kleiner Kleiderstapel.

Sally tippte sich mit dem Zeigefinger auf den geschlossenen Mund und zeigte dann auf den Koffer und die Kleidung.

Kumiko glitt unter der Steppdecke hervor und schlüpfte in ein Sweatshirt; es war kalt. Sie sah Sally erneut an und überlegte, ob sie etwas sagen sollte; was immer das hier auch zu bedeuten haben mochte, ein Wort von ihr, und Petal würde anrücken. Sally war genauso angezogen wie beim letzten Mal, Lammfelljacke und unterm Kinn verknoteter Schal mit Schottenmuster. Sie wiederholte die Geste: packen.

Kumiko zog sich rasch an und legte die Sachen dann in den Koffer. Sally ging unruhig und lautlos im Zimmer umher, öffnete Schubladen und machte sie wieder zu. Sie fand Kumikos Paß, eine schwarze Plastikkarte mit einer aufgeprägten goldenen Chrysantheme, und hängte sie Kumiko an der schwarzen Nylonkordel um den Hals. Sie verschwand in dem vertäfelten Kämmerchen und kam mit dem Wildledertäschchen zurück, in dem Kumikos Waschzeug war.

Als Kumiko den Koffer zumachte, läutete das Messing-und-Elfenbein-Telefon.

Sally beachtete es nicht, hob den Koffer vom Bett, öffnete die

Tür, nahm Kumiko bei der Hand und zerrte sie in den dunklen Flur hinaus. Sie ließ ihre Hand los und schloß die Tür hinter ihnen, so daß das Telefon kaum noch zu hören war und sie in pechschwarzer Dunkelheit standen. Kumiko ließ sich in den Lift führen, den sie an seinem Geruch nach Öl und Möbelpolitur sowie am Klappern der Gittertür erkannte.

Dann fuhren sie hinunter.

Petal erwartete sie im strahlend weißen Foyer, in einen riesigen, abgetragenen Flanellbademantel gehüllt. Er hatte seine altersschwachen Pantoffeln an; die Beine unter dem Bademantelsaum waren ganz weiß. Er hatte eine Waffe in der Hand, ein kompaktes, dickes, mattschwarzes Ding. »Verflucht noch mal«, sagte er, als er sie sah, »was soll das bedeuten?«

»Sie kommt mit mir«, sagte Sally.

»Völlig ausgeschlossen«, erwiderte Petal langsam.

»Kumi«, sagte Sally, legte ihr die Hand auf den Rücken und schob sie aus dem Lift, »draußen wartet ein Wagen.«

»Das kannst du doch nicht machen«, sagte Petal, aber Kumiko spürte seine Verwirrung, seine Unsicherheit.

»Na, dann erschieß mich doch, Petal.«

Petal senkte die Kanone. »Swain wird *mich* erschießen, verdammt, wenn ich euch gehen lasse.«

»Der würde in der gleichen Zwickmühle stecken, wenn er hier wäre, stimmt's?«

»Bitte«, sagte Petal, »tu das nicht.«

»Ihr passiert schon nichts, keine Bange. Mach die Tür auf.«

»Sally«, sagte Kumiko. »Wohin fahren wir?«

»Ins Sprawl.«

Und erwachte, in Sallys Lammfelljacke gekuschelt, von der sanften Vibration des Überschallflugs. Sie erinnerte sich an den großen, flachen Wagen, der in der bogenförmigen Straße gewartet hatte; das plötzliche, gleißende Scheinwerferlicht von den Fassaden von Swains Häusern, als sie mit Sally auf den Bürgersteig hinaustrat; Ticks verschwitztes Gesicht hinter einem der Fenster des Wagens; Sally, die eine Tür aufriß und sie hineinschob; Ticks leises Fluchen, während der Wagen beschleunigte; das protestierende Quietschen der Reifen, als er zu scharf in die Kensington Park Road einbog; Sallys Befehl, den Fuß vom Gas zu nehmen und den Wagen fahren zu lassen.

Und dort im Auto war ihr eingefallen, daß sie das Maas-Neotek-Gerät an sein Versteck hinter der Marmorbüste zurückgelegt hatte. Colin mit seinem selbstsicheren Gehabe wie aus einem alten Fuchsjagd-Druck und den Ellbogen seiner Jacke, die so abgenutzt waren wie Petals Pantoffeln, blieb zurück als das, was er war: ein Gespenst.

»Vierzig Minuten«, sagte Sally jetzt, die auf dem Platz neben ihr saß. »Gut, daß du 'n bißchen geschlafen hast. Gleich gibt's Frühstück. Hast du dir den Namen auf deinem Paß gemerkt? Prima. Und stell mir jetzt keine Fragen, ehe ich nicht 'nen Kaffee gekriegt habe, okay?«

Kumiko kannte das Sprawl aus tausend Stims; Japans populäre Kultur war fasziniert von dem riesigen Ballungsgebiet aus zusammengewachsenen Städten.

Sie hatte nur sehr ungenaue Vorstellungen von England gehabt, als sie dort ankam; vage Bilder von mehreren berühmten Bauwerken, verschwommene Eindrücke von einer Gesellschaft, die man in Japan wohl für schrullig und rückständig hielt. (In den Geschichten ihrer Mutter stellte die Prinzessin-Ballerina fest, daß die Engländer sie zwar bewunderten, es sich aber nicht leisten konnten, sie fürs Tanzen zu bezahlen.) Bisher hatte London mit seiner Energie, seinem offenkundigen Wohlstand, dem Ginza-Getümmel in seinen großen Einkaufsstraßen ihren Erwartungen nicht entsprochen.

Vom Sprawl hatte sie sehr genaue Vorstellungen, doch die waren nach wenigen Stunden Aufenthalt bereits weitgehend erschüttert.

Während sie aber noch neben Sally in der Schlange der Mitreisenden in einer großen, leeren Zollabfertigungshalle wartete, deren Deckenpfeiler sich in der Dunkelheit verloren – einer Dunkelheit, die in regelmäßigen Abständen von fahlen, kugelförmigen Lampen unterbrochen wurde, um die trotz des Winters Wolken von Insekten schwirrten, als hätte das Gebäude ein eigenes, spezifisches Mikroklima –, war es das Sprawl aus dem Stim, das sie sich ausmalte, die sinnlich-elektronische Kulisse für das Schnellvorlaufleben von Angela Mitchell und Robin Lanier.

Es ging durch die Zollkontrolle, die trotz des endlosen Schlangestehens nur daraus bestand, den Paß durch einen schmuddeligen Metallschlitz zu führen, und hinaus in eine stark frequentierte Betonhalle, in der fahrerlose Gepäckwagen träge durch eine Menschenmenge pflügten, in der sich jeder nach vorn durchdrängelte und unter Einsatz seiner Ellbogen einen fahrbaren Untersatz zu ergattern versuchte.

Jemand nahm ihren Koffer. Langte hinunter und nahm ihn ihr mit einer solchen Lässigkeit und Selbstverständlichkeit ab, daß es den Anschein hatte, als walte er nur seines Amtes, als habe er eine entsprechende Funktion und verrichte eine ihm übertragene Aufgabe wie die junge Dame, die einem in Tokioter Kaufhäusern mit einer Verbeugung an der Tür begrüßte. Und Sally gab ihm einen Tritt. Gab ihm einen Tritt in die Kniekehle, wirbelte geschmeidig herum wie die Thai-Boxerinnen in Swains Billardzimmer und griff sich den Koffer, bevor der Hinterkopf mit einem hörbaren Knacken auf dem fleckigen Betonboden aufschlug.

Dann zerrte Sally sie weiter, die Menge hatte sich bereits über der reglos daliegenden Gestalt geschlossen, und der jähe, beiläufige Ausbruch von Gewalt hätte ein Traum sein können, nur daß Sally zum ersten Mal seit dem Abflug aus London lächelte.

Kumiko, die mittlerweile jegliche Orientierung verloren hatte, sah zu, wie Sally die verfügbaren Fahrzeuge musterte, rasch einen uniformierten Dispatcher bestach und drei andere potentielle Fahrgäste einschüchterte, und ließ sich in ein narbiges, wuchtiges Hovercraft mit gelbschwarzen Querstreifen schubsen. Die Fahrgastkabine war kahl und sah äußerst ungemütlich aus. Der Fahrer, falls es einen solchen gab, saß unsichtbar vor einer bekritzelten Panzerplastikwand. Wo die Wand aufs Dach traf, lugte das Objektiv einer Videokamera hervor. Jemand hatte dort eine primitive Figur hingekritzelt, einen männlichen Torso mit der Kamera als Phallus. Als Sally einstieg und die Tür hinter sich zuwarf, kam aus einem Lautsprecher ein knarzendes Kauderwelsch, das Kumiko für einen englischen Dialekt hielt.

»Manhattan«, sagte Sally. Sie zog ein Bündel Geldscheine aus der Jackentasche und fächerte es unter der Kamera auf.

Aus dem Lautsprecher kamen fragende Laute.

»Midtown. Ich sag wohin, wenn wir da sind.«

Die Luftkissenschürze des Taxis blähte sich auf, das Licht in der Fahrgastkabine erlosch, und dann waren sie unterwegs.

18
KNAST

Er war in Gentrys Loft und beobachtete Cherry, die sich um Gentry kümmerte. Cherry, die auf Gentrys Bettkante saß, schaute zu ihm herüber. »Wie geht's dir, Slick?«

»Gut ... Alles okay.«

»Erinnerst du dich, daß ich dich das schon mal gefragt hab?«

Er schaute in das Gesicht des Mannes hinunter, den Kid Afrika den Count nannte. Cherry hantierte am Aufbau der Trage mit einem Beutel herum, der eine haferschleimfarbene Flüssigkeit enthielt.

»Wie fühlst du dich, Slick?«

»Gut.«

»Irgendwas ist mit dir nicht in Ordnung. Du bist immer nur ...«

Er saß in Gentrys Loft auf dem Boden. Sein Gesicht war naß. Cherry hockte dicht neben ihm und hatte die Hände auf seinen Schultern.

»Hast du gesessen?«

Er nickte.

»Chemo-Strafabteilung?«

»Ja.«

»Künstlich induzierter Korsakov?«

Er ...

»Momente?« fragte ihn Cherry. Er saß in Gentrys Loft auf dem

Boden. Wo war Gentry? »Hast du öfter solche Momente? Aussetzer im Kurzzeitgedächtnis?«

Woher wußte sie das? Wo war Gentry?

»Was ist der Auslöser?«

»Was löst das Syndrom aus, Slick? Was wirft dich in die Knastzeit zurück?« Er saß in Gentrys Loft auf dem Boden, und Cherry war praktisch auf ihm drauf.

»Streß«, sagte er und wunderte sich, woher sie davon wußte. »Wo ist Gentry?«

»Den hab ich ins Bett gesteckt.«

»Warum?«

»Er ist zusammengeklappt. Als er das Ding gesehen hat...«

»Was für 'n Ding?«

Cherry drückte ihm ein pinkfarbenes Derm aufs Handgelenk. »Starker Tranquilizer«, sagte sie. »Holt dich vielleicht wieder raus...«

»Wo raus?«

Sie seufzte. »Ach, nichts.«

Er wachte mit Cherry Chesterfield im Bett auf. Er war vollständig angezogen, bis auf Jacke und Stiefel. Die Spitze seines Steifen klemmte unter der Gürtelschnalle, preßte sich an den warmen Jeansstoff über Cherrys Arsch.

»Komm nicht auf falsche Gedanken.«

Winterlicht fiel durch das zusammengeschusterte Fenster herein, und sein Atem dampfte weiß, als er sprach. »Was ist passiert?« Warum war es so kalt hier? Er erinnerte sich an Gentrys Schrei, als das Ding auf ihn losging...

Er fuhr hoch und saß kerzengerade da.

»Nur die Ruhe«, sagte sie und rollte sich herum. »Leg dich hin. Ich hab keine Ahnung, weswegen du immer wieder wegsackst.«

»Wovon redest du?«

»Leg dich hin. Deck dich zu. Willst du erfrieren?« Er gehorchte. »Du warst im Knast, stimmt's? In 'ner Chemo-Strafabteilung.«

»Ja. Woher weißt du das?«

»Hast du mir gesagt. Gestern abend. Du hast gesagt, Streß kann einen Rückfall auslösen. Und genau das ist passiert. Das Ding ist auf deinen Kumpel losgegangen, du bist zum Schalter gesprungen, hast den Projektionstisch ausgeschaltet. Er ist vornüber gekippt und hat sich dabei 'ne Schnittwunde am Kopf geholt. Ich hab ihn verarztet, und dabei ist mir aufgefallen, daß du irgendwie komisch warst. Hab gemerkt, daß du dich immer nur noch so fünf Minuten am Stück erinnern konntest. Das gibt's manchmal nach 'nem Schock oder bei 'ner Gehirnerschütterung.«

»Wo ist er? Gentry?«

»Oben in seinem Bett. Randvoll mit Sedativa. Bei der Verfassung, in der er war, konnte ihm ein Tag Schlaf nicht schaden, fand ich. Jedenfalls sind wir ihn damit für 'ne Weile los.«

Slick machte die Augen zu und sah wieder das graue Ding vor sich, das auf Gentry losgegangen war. Ein Ding wie ein Mensch oder ein Affe. Was ganz anderes als die verschlungenen Gebilde, die Gentrys Geräte bei seiner Suche nach der *Gestalt* hervorbrachten.

»Ich glaube, der Strom ist weg«, meinte Cherry. »Vor ungefähr sechs Stunden ist hier drin das Licht ausgegangen.«

Er machte die Augen auf. Die Kälte. Gentry hatte sich noch nicht an die Konsole gesetzt. Slick stöhnte.

Während Cherry auf dem Butankocher Kaffee machte, ging er Little Bird suchen. Er fand ihn, indem er dem Rauchgeruch nachging. Little Bird hatte in einem Eisenkübel Feuer gemacht und schlief, darum gekauert wie ein Hund. »He«, sagte Slick und stieß den Jungen mit dem Stiefel an, »steh auf. Wir haben Probleme.«

»Verdammte Saft is' weg«, murmelte Little Bird und setzte sich in seinem speckigen Nylonschlafsack auf, der exakt denselben Farbton wie der Boden von Factory angenommen hatte.

»Hab ich auch schon gemerkt. Das ist Problem Nummer eins. Nummer zwei ist, daß wir einen Laster oder ein Hover oder so brauchen. Wir müssen den Kerl wegschaffen. Es haut nicht hin mit Gentry.«

»Aber Gentry is' der einzige, der das mit dem Strom hinkriegt.« Little Bird rappelte sich fröstelnd hoch.

»Gentry pennt. Wer hat 'nen Laster?«

»Marvie und die«, antwortete Little Bird und bekam einen heftigen Hustenanfall.

»Nimm Gentrys Bike. Bring's auf dem Laster wieder mit. Jetzt gleich!«

Little Bird erholte sich von seinem Husten. »Is' das dein Ernst?«

»Du kannst doch damit fahren, oder?«

»Na sicher, aber Gentry, der ...«

»Das laß mal meine Sorge sein. Weißt du, wo er den Zweitschlüssel hat?«

»Äh, ja«, antwortete Little Bird schüchtern. »Sag mal«, erkundigte er sich vorsichtig, »was is', wenn Marvie und die mir den Laster nich geben wollen?«

»Gib ihnen das«, meinte Slick und zog den Beutel mit dem Stoff aus der Jackentasche. Cherry hatte ihn an sich genommen, nachdem sie Gentry den Kopf verbunden hatte. »Und gib ihnen *alles*, klar? Ich werd sie nämlich hinterher danach fragen.«

Cherrys Piepser ging los, als sie, dicht beieinander auf der Bettkante kauernd, in Slicks Zimmer Kaffee tranken. Er hatte ihr alles erzählt, was er über Korsakov wußte, weil sie danach gefragt hatte. Er hatte eigentlich noch keinem Menschen davon erzählt, und es war seltsam, wie wenig er darüber wußte. Er erzählte ihr von früheren Rückfällen und versuchte ihr zu erklären, wie das

System im Knast funktionierte. Der Trick dabei war, daß man das Langzeitgedächtnis bis zu dem Moment behielt, wo sie einen auf das Zeug setzten. Auf diese Weise konnten sie einen zu etwas anlernen, bevor man die eigentliche Strafe absaß, ohne daß man das Gelernte dabei vergaß. Meistens machte man Sachen, die auch Roboter machen konnten. Ihm hatten sie beigebracht, winzige Zahnräderwerke zu montieren. Als er es schaffte, innerhalb von fünf Minuten eins zusammenzubauen, war es soweit.

»Und sonst haben sie nichts gemacht?« fragte sie.

»Nur die Zahnräderwerke.«

»Nein, ich meine so was wie Hirnsperren.«

Er sah sie an. Die wunde Stelle an ihrer Lippe war fast verheilt. »Wenn sie so was machen, dann sagen sie's einem nicht«, erklärte er.

Dann ging in einer ihrer Jacken der Piepser los.

»Da stimmt was nicht«, sagte sie und sprang auf.

Sie sahen Gentry mit etwas Schwarzem in den Händen an der Trage knien. Cherry entriß ihm das Ding, bevor er sich rühren konnte. Er blieb, wo er war, und schaute blinzelnd zu ihr hoch.

»Du bist ja wirklich 'ne harte Nuß, Mann.« Sie reichte Slick das schwarze Ding. Eine Retinalkamera.

»Wir müssen rauskriegen, wer er ist«, sagte Gentry. Seine Stimme war belegt von den Sedativa, die Cherry ihm verabreicht hatte, aber Slick spürte, daß er der Schwelle zum Wahnsinn nicht mehr ganz so nah war.

»Ach was«, sagte sie. »Du weißt doch nicht mal, ob das die Augen sind, die er noch vor einem Jahr gehabt hat.«

Gentry berührte den Verband an seiner Schläfe. »Du hast es auch gesehen, nicht?«

»Ja«, sagte Cherry. »Er hat's abgeschaltet.«

»Das war der Schock«, meinte Gentry. »Ich hätte nicht gedacht ... Es war eigentlich völlig ungefährlich. Ich war nicht darauf gefaßt ...«

»Du warst total weg vom Fenster«, sagte Cherry.

Gentry richtete sich schwankend auf.

»Er verschwindet von hier«, sagte Slick. »Ich hab Bird losgeschickt, soll sich ’nen Laster borgen. Mir gefällt dieser Scheiß absolut nicht.«

Cherry sah ihn groß an. »Und wohin soll er verschwinden? Ich muß mit. Das ist mein Job.«

»Ich kenn da was«, log Slick. »Wir haben keinen Strom mehr, Gentry.«

»Du kannst ihn nicht wegbringen«, sagte Gentry.

»Und ob.«

»Nein.« Gentry schwankte leicht. »Er bleibt. Die Überbrükkung steht. Ich stör ihn nicht mehr. Cherry kann hierbleiben.«

»Du wirst mir da schon einiges erklären müssen, Gentry«, sagte Slick.

»Zuallererst mal«, begann Gentry und deutete auf das Ding über dem Kopf des Count, »ist das da kein ›LF‹, sondern ein *Aleph*.«

19
UNTERM MESSER

Rückkehr ins Hotel, im Todesmarsch des Wiz-Crashs. Hinter Prior her ins Foyer, wo schon japanische Touristen auf den Beinen waren und sich um gelangweilt dreinschauende Reiseleiter scharten. Immer einen Fuß, einen Fuß, einen Fuß nach dem anderen. Ihr Kopf war jetzt so schwer, als hätte jemand ein Loch in die Schädeldecke getrieben und ein halbes Pfund stumpfes Blei hineingegossen, und die Zähne fühlten sich zu groß an, als gehörten sie jemand anderem. Sie ließ sich an die Wand des Aufzugs sinken, als die zusätzliche Schwerkraft sie niederdrückte.

»Wo ist Eddy?«

»Eddy ist weg, Mona.«

Sie riß die Augen auf und schaute ihn an. Das Lächeln war wieder da. Mistkerl. »Was?«

»Eddy ist abgefunden worden. Entschädigt. Ist mit einem hübschen Sümmchen auf dem Konto unterwegs nach Macao. Nette kleine Vergnügungsreise ins Spielerparadies.«

»Entschädigt?«

»Für seine Investitionen. In dich. Für seinen Zeitaufwand.«

»Seinen *Zeitaufwand*?« Die Türen öffneten sich zu dem Flur mit dem blauen Teppichboden.

Und Mona durchlief es kalt. Eddy war das Spielen verhaßt.

»Du arbeitest jetzt für uns, Mona. Wir wären gar nicht einverstanden, wenn du dich noch mal selbständig machst.«

Aber du warst es, dachte sie. *Du hast mich gehenlassen. Und du hast gewußt, wo ich zu finden bin.*

Eddy ist nicht mehr da …

Sie konnte sich nicht erinnern, eingeschlafen zu sein. Sie trug noch immer ihr Kleid und hatte sich Michaels Jacke wie eine Decke um die Schultern gezogen. Ohne den Kopf zu wenden, konnte sie die Ecke des Gebäudes mit der Gebirgslandschaft sehen, aber das Dickhornschaf war nicht mehr dort.

Die Angie-Stims waren noch in Plastik eingeschweißt. Sie griff sich wahllos eins raus, schlitzte die Folie mit dem Daumennagel auf, legte es ein und setzte die Troden auf. Sie überlegte nicht dabei; ihre Hände schienen zu wissen, was zu tun war, freundliche Tiere, die ihr kein Leid zufügen würden. Eine tippte auf PLAY, und sie entschwand in die Angie-Welt. Wie reinster Stoff. Langsames Saxophon, eine Fahrt in einer Limousine durch eine europäische Stadt. Wie die Straßen sich um sie drehten, um die fahrerlose Limousine, breite Alleen, morgendlich sauber und so gut wie leer, weicher Pelz um ihre Schultern, und weiter ging die Fahrt, auf einer schnurgeraden Straße durch flache Felder, die von perfekten, identischen Bäumen gesäumt wurde.

Und runter von der Straße, Reifen auf gerechtem Kies, eine kurvige Auffahrt hinauf durch eine Parklandschaft, in der silbriger Tau glänzte, hier ein eherner Hirsch, dort ein feuchter weißer Marmortorso ... Das Haus war riesig, alt, anders als jedes Haus, das sie bisher gesehen hatte, aber der Wagen fuhr daran vorbei, passierte mehrere kleinere Gebäude und gelangte schließlich an den Rand einer weiten, ebenen Wiese.

Dort waren Drachenflieger festgemacht, zerbrechlich wirkende Gestelle aus Polykarbonat mit straff gespannten, halbtransparenten Membranen. Sie schaukelten sanft im Morgenwind. Robin Lanier wartete neben ihnen, der blendend aussehende, lässige Robin in einem derben schwarzen Pulli, Angies Partner in fast all ihren Stims.

Und nun stieg sie aus dem Wagen, ging zur Wiese und lachte, als ihre Stöckelabsätze im Gras versanken. Und den restlichen Weg zu Robin mit den Schuhen in der Hand, lächelnd, in seine Arme und seinen Duft, seine Augen.

Ein Wirbel, ein Reigen von Schnitten, die das Besteigen des Drachenfliegers auf der silbernen Induktionsschiene gerafft wiedergaben, und schon schnellten sie weich über die Wiese dahin, stiegen hoch, drehten in den Wind, der sie immer höher hinauftrug, bis das große Haus ein eckiger Kieselstein in einem breiten Streifen Grün war, durch den sich ein mattglänzender Flußlauf schlängelte…

… und Priors Hand auf STOP, ein Essensgeruch vom Servierwagen neben dem Bett, bei dem sich ihr Magen umdrehte, der dumpfe, widerwärtige Schmerz des Wiz-Crashs in jedem Gelenk. »Iß«, sagte er. »Wir reisen bald ab.« Er hob den metallenen Deckel von einer der Servierplatten. »Club Sandwich«, sagte er. »Kaffee, Gebäck. Ärztliche Anordnung. Wenn du erst in der Klinik bist, gibt's 'ne Weile nichts mehr zu beißen.«

»Klinik?«

»Geralds Praxis. In Baltimore.«

»Wozu?«

»Gerald ist plastischer Chirurg. Nimmt ein paar Veränderungen an dir vor. Läßt sich später alles wieder rückgängig machen, wenn's dir nicht gefällt, aber wir glauben, daß du mit dem Ergebnis zufrieden sein wirst. Sehr zufrieden.« Das Lächeln. »Hat dir schon mal jemand gesagt, wie ähnlich du Angie siehst, Mona?«

Sie blickte schweigend zu ihm hoch. Setzte sich mühsam auf und würgte eine halbe Tasse schwarze Plörre hinunter. Das Sandwich konnte sie nicht mal anschauen, aber von den Gebäckstücken aß sie eins. Es schmeckte wie Pappe.

Baltimore. Sie wußte nicht mal genau, wo das lag.

Und irgendwo hing ein Drachenflieger für alle Zeit über einer sanften grünen Landschaft, Pelz an ihren Schultern, und Angie mußte noch immer dort sein, lachend…

Als Prior eine Stunde später im Foyer die Rechnung unterschrieb, sah sie Eddys schwarze Krokoklon-Koffer auf einem selbstfahrenden Gepäckkarren dahinrollen, und in diesem Moment wurde ihr endgültig klar, daß er tot war.

An Geralds Praxis im dritten Stock eines Wohnhauses, das sich Prior zufolge in Baltimore befand, war ein Schild mit altmodischen Lettern angebracht. Das Haus war eins jener Gebäude, die nur aus einem Grundgerüst bestehen, in das die gewerblichen Mieter dann ihre eigenen Module einstöpseln. Eine Art vertikales Caravan-Camp. Überall schlängelten sich Kabelstränge, Glasfaserleitungen, Wasser- und Abwasserrohre.

»Was steht da?« fragte sie Prior.

»Gerald Chin, Zahnarzt.«

»Sie haben gesagt, er ist plastischer Chirurg.«

»Ist er auch.«

»Warum können wir nicht einfach in 'ne Boutique gehn wie alle andern auch?«

Er antwortete nicht.

Im Moment empfand sie eigentlich nicht viel, und irgendwo in ihrem Innern wußte sie, daß sie weniger Angst hatte, als es angebracht gewesen wäre. Aber vielleicht war das gut so, denn wenn sie richtig Schiß hätte, wäre sie unfähig, was zu unternehmen, und dabei wollte sie unbedingt raus aus dieser undurchsichtigen Sache. Auf der Herfahrt hatte sie so ein unförmiges Ding in der Tasche von Michaels Jacke bemerkt. Sie hatte zehn Minuten gebraucht, um rauszufinden, daß es sich um einen Schocker handelte, wie nervöse Schlipse ihn bei sich trugen. Er fühlte sich an wie ein Schraubenziehergriff mit zwei stumpfen Metallbügeln anstelle des Stiels. Man lud ihn vermutlich in der Steckdose auf; sie hoffte nur, daß Michael ihn geladen hatte. Sie glaubte nicht, daß Prior etwas von seiner Existenz wußte. Die Dinger waren fast überall erlaubt, weil sie angeblich keine bleibenden Schäden anrichteten, obwohl Lanette ein Mädchen gekannt hatte, das mit so einem Teil übel zugerichtet worden und nie mehr so recht auf die Beine gekommen war.

Falls Prior nicht wußte, daß sie den Schocker in der Tasche hatte, so hieß das, daß er nicht alles wußte, obwohl er großen Wert darauf legte, sie das glauben zu machen. Aber er hatte ja auch nicht gewußt, wie sehr Eddy das Spielen haßte.

Auch in bezug auf Eddy empfand sie nicht viel, außer daß sie ihn nach wie vor für tot hielt. Ganz gleich, wieviel sie ihm gegeben hätten, er wäre nie ohne die Koffer losgezogen. Selbst wenn er sich komplett neu einkleiden wollte, hätte er sich zum Einkaufen rausputzen müssen. Klamotten waren für Eddy so ziemlich das Wichtigste. Und die Krokokoffer waren was Besonderes; er hatte sie von einem Hoteldieb in Orlando, und sie waren für ihn praktisch gleichbedeutend mit Zuhause. Und überhaupt konnte sie sich gar nicht vorstellen, wenn sie jetzt so darüber nachdachte, daß er sich auf eine Abfindung eingelassen hätte, denn er sehnte sich nach nichts so sehr wie danach, bei einem großen Deal mitzumischen. Denn dann, so bildete er sich ein, würden die Leute ihn ernst nehmen.

Tja, nun hatte ihn endlich jemand ernst genommen, dachte sie, während Prior ihre Tasche in Geralds Praxis trug. Allerdings ganz anders, als Eddy sich das vorgestellt hatte.

Sie sah sich um. Zwanzig Jahre alte Plastikmöbel, Stapel von Stim-Star-Magazinen mit japanischer Schrift. Es sah aus wie in einem Friseursalon in Cleveland. Kein Mensch war da; auch an der Anmeldung war niemand.

Dann kam Gerald in einem zerknitterten Plastikanzug, wie ihn Rettungssanitäter bei Verkehrsunfällen trugen, durch eine weiße Tür herein.

»Schließ ab«, sagte er zu Prior durch eine blaue Papiermaske, die Nase, Mund und Kinn verbarg. »Hallo, Mona. Hier entlang, bitte.« Er deutete auf die weiße Tür.

Sie hatte den Schocker jetzt in der Hand, aber sie wußte nicht, wie man ihn einschaltete.

Sie folgte Gerald; Prior bildete die Nachhut.

»Nimm Platz«, sagte Gerald. Sie setzte sich auf einen weißlackierten Stuhl. Er kam näher und sah sich ihre Augen an. »Du brauchst Ruhe, Mona. Du bist erschöpft.«

Am Griff des Schockers war ein gezackter Knopf. Drücken? Nach oben schieben? Nach unten?

Gerald ging zu einer weißen Box mit Schubläden und nahm etwas heraus.

»Hier«, sagte er und reckte ihr ein kleines, röhrenförmiges Ding mit einer Aufschrift an der Seite entgegen, »das wird dir helfen.« Sie spürte den kurzen, dosierten Sprühnebel kaum. Auf der Spraydose war ein schwarzer Fleck, den ihre Augen zu fixieren versuchten und der immer größer wurde ...

Sie erinnerte sich daran, wie der Alte ihr gezeigt hatte, auf welche Weise man einen Wels tötet. Der Wels hat ein Loch in der Schädeldecke, das mit Haut überzogen ist. Man nimmt etwas Starres, Dünnes, einen Draht, sogar eine Besenborste geht, und rein damit ...

Sie erinnerte sich an Cleveland: ein ganz normaler Tag, und sie saß vor der Arbeit bei Lanette rum und blätterte eine Illustrierte durch. Da sah sie dieses Bild von Angie, einer lächelnden Angie in einem Restaurant mit ein paar anderen Leuten, lauter schönen Menschen, die darüber hinaus eine Art *Glanz* hatten – nicht direkt, auf dem Foto, aber es war trotzdem da, man konnte ihn spüren. Schau, sagte sie zu Lanette und zeigte ihr das Bild, die haben so 'nen Glanz.

Das ist das Geld, sagte Lanette.

Das ist das Geld. Einfach rein damit.

20
HILTON SWIFT

Er kam allein und wie immer ohne Voranmeldung. Der Net-Helikopter senkte sich wie eine einsame Wespe herab und wirbelte Seetangfetzen über den feuchten Sand.

Sie schaute vom rostigen Geländer aus zu, wie er heraussprang. Sein offenkundiger Eifer hatte etwas Jungenhaftes, fast schon Wichtigtuerisches. Er trug einen langen, offenen Mantel aus braunem Tweed, unter dem eine makellose, rotweiß gestreifte Hemdbrust zu sehen war. Seine dunkelblonden Haare und die Sense/Net-Krawatte flatterten im Rotorwind. Robin hatte recht, fand sie: Er sah wirklich so aus, als würde er von seiner Mutter eingekleidet.

Vielleicht war das Absicht, überlegte sie, als er den Strand heraufkam, vorgetäuschte Naivität. Sie erinnerte sich, daß Porphyre einmal behauptet hatte, Großunternehmen seien völlig unabhängig von den Menschen, aus denen sie bestünden. Das war Angie völlig offensichtlich erschienen, obwohl der Friseur darauf beharrte, sie habe den Kern seiner Aussage nicht kapiert. Swift war Sense/Nets wichtigster menschlicher Entscheidungsträger.

Beim Gedanken an Porphyre mußte sie lächeln; Swift, der das als Begrüßung auffaßte, strahlte sie ebenfalls an.

Er lud sie zum Lunch nach San Francisco ein; der Helikopter sei extrem schnell. Sie konterte, indem sie darauf bestand, ihm eine Schweizer Tütensuppe zu machen und in der Mikrowelle einen Klotz Sauerteig-Roggenbrot aufzutauen.

Während sie ihm beim Essen zusah, machte sie sich Gedanken

über seine Sexualität. Obwohl er Ende Dreißig war, vermittelte er irgendwie den Eindruck eines hochintelligenten Teenagers, bei dem die Pubertät ein bißchen spät eingesetzt hatte. Die Gerüchteküche hatte ihm über die Jahre jede erdenkliche sexuelle Neigung angedichtet, und auch ein paar, die nach Angies Meinung reine Phantasieprodukte waren. Angie hielt keine einzige davon für wahrscheinlich. Sie kannte ihn, seit sie bei Sense/Net war. Einer der führenden Leute in Tally Ishams Team, hatte er sich längst in den oberen Rängen des Produktionssektors etabliert, als sie dazustieß, und sofort berufliches Interesse an ihr entwickelt. Rückblickend glaubte sie, daß Legba dafür gesorgt hatte, daß sich ihre Wege kreuzten: Er war so offensichtlich auf dem Weg nach oben, obwohl sie – geblendet von der glitzernden, schnellebigen Szene – das seinerzeit nicht erkannt hatte.

Bobby mit seinem angeborenen Haß des Barrytowners auf Autoritätspersonen hatte ihn auf Anhieb unsympathisch gefunden, es im wesentlichen jedoch fertiggebracht, seine Abneigung ihrer Karriere zuliebe zu verbergen. Die Abneigung hatte auf Gegenseitigkeit beruht, und Swift machte kein Hehl daraus, daß er ihre Trennung und Bobbys Abgang mit Erleichterung begrüßte.

»Hilton«, sagte sie, als sie ihm eine Tasse Kräutertee einschenkte, den er dem Kaffee vorzog, »was hält Robin denn so lange in London auf?«

Er hob den Blick von der dampfenden Tasse. »Was Persönliches, nehme ich an. Vielleicht hat er einen neuen Freund.« Für Hilton war Bobby immer Angies *Freund* gewesen. Robins Freunde waren in der Regel jung, männlich und athletisch; die dezenten Erotikszenen in ihren Stims mit Robin wurden von Continuity aus Archivaufnahmen zusammengestellt und von Raebel und seinem Special-Effects-Team gründlich aufbereitet. Sie erinnerte sich an ihre einzige Nacht mit ihm in einem windumtosten Haus im Süden Madagaskars, an seine Passivität und Geduld. Sie hatten es nie wieder versucht; vermutlich befürchtete er, diese Intimität würde die Illusion untergraben, die ihre gemeinsamen Stims so perfekt vermittelten.

»Wie fand er's, daß ich in die Klinik gegangen bin, Hilton? Hat er sich dazu geäußert?«

»Ich glaube, er hat dich dafür bewundert.«

»Ich hab kürzlich gehört, daß er rumerzählt, ich sei verrückt.«

Er krempelte die gestreiften Hemdsärmel hoch und lockerte die Krawatte. »Ich kann mir nicht vorstellen, daß Robin so was denkt, geschweige denn sagt. Ich weiß, was er von dir hält. Du kennst doch den Tratsch bei Net...«

»Hilton, wo ist Bobby?«

Seine braunen Augen, ohne jede Regung. »Ist das denn nicht vorbei, Angie?«

»Hilton, du weißt es doch. Du mußt es wissen. Du weißt, wo er ist. Sag's mir!«

»Wir haben ihn aus den Augen verloren.«

»Aus den Augen verloren?«

»Der Sicherheitsdienst hat ihn verloren. Natürlich hast du recht; wir sind so gut es ging auf seiner Fährte geblieben, nachdem er dich verlassen hatte. Seine alte Natur ist wieder durchgebrochen.« In seiner Stimme klang eine Spur Befriedigung mit.

»Und was für eine Natur war das?«

»Ich habe nie gefragt, was euch zusammengebracht hat«, sagte er. »Ihr seid natürlich beide vom Sicherheitsdienst überprüft worden. Er war ein Kleinkrimineller.«

Sie lachte. »Er war nicht mal das.«

»Für eine Unbekannte bist du ungewöhnlich gut vertreten worden, Angie. Du weißt, daß deine Agenten es zu einer zentralen Vertragsbedingung gemacht haben, daß wir Bobby Newmark mit engagieren.«

»Es hat schon Verträge mit weit merkwürdigeren Bedingungen gegeben, Hilton.«

»Und so kam er als dein ... Partner auf die Gehaltsliste.«

»Als mein ›Freund‹.«

Wurde Swift etwa tatsächlich rot? Er unterbrach den Blickkontakt und schaute auf seine Hände. »Nachdem er dich verlassen hatte, ist er nach Mexiko gegangen. Nach Mexico City. Der Sicherheitsdienst hat ihn natürlich überwacht; wir verlieren niemanden gern aus den Augen, der so viel Persönliches über einen unserer Stars weiß. Mexico City ist eine sehr ... *komplizierte* Stadt. Wir wissen aber, daß er anscheinend versucht hat, seinen früheren ... Beruf wieder aufzunehmen.«

»Deals im Cyberspace?«

Er sah ihr wieder in die Augen. »Er verkehrte in einschlägigen Kreisen, mit bekannten Kriminellen.«

»Und? Erzähl schon!«

»Er ist ... verschwunden. Untergetaucht. Kannst du dir vorstellen, wie es ist, wenn man in Mexico City unter die Armutsgrenze absackt?«

»Und er war arm?«

»Er wurde süchtig. Unseren besten Quellen zufolge.«

»Süchtig? Süchtig wonach?«

»Weiß ich nicht.«

»Continuity!«

Er hätte beinahe seinen Tee vergossen.

»Hallo, Angie.«

»Bobby, Continuity. Mein *Freund* Bobby Newmark.« Sie funkelte Swift an. »Er ist nach Mexico City gegangen. Hilton sagt, er wurde süchtig. Heißt das drogenabhängig, Continuity?«

»Bedaure, Angie, das ist zur Geheimsache erklärt worden.«

»Hilton ...«

»Continuity«, begann er und hustete.

»Hallo, Hilton.«

»Vorrangschaltung, Continuity. Haben wir diese Information?«

»Die Quellen des Sicherheitsdienstes sprachen in bezug auf Newmark von einer neuroelektronischen Abhängigkeit.«

»Versteh ich nicht.«

»Na ja, ähm, wie bei einem Drahtkopf«, meinte Swift.

Sie war versucht, ihm zu erzählen, wie sie den Stoff, den Applikator gefunden hatte.

Psst, Kind! In ihrem Kopf summte es wie in einem Bienenstock. Das Druckgefühl wurde stärker.

»Angie? Was ist denn?« Er war schon halb aufgestanden und griff nach ihr.

»Nichts. Ich bin ... ein bißchen durch den Wind. Tut mir leid. Die Nerven. Ist nicht deine Schuld. Ich wollte dir erzählen, daß ich Bobbys Cyberspace-Deck gefunden habe. Aber das weißt du ja schon, stimmt's?«

»Kann ich dir was holen? Wasser?«

»Nein danke. Ich leg mich aber eine Weile hin, wenn's dir nichts ausmacht. Aber bleib noch, bitte. Ich hab ein paar Ideen für Orbit-Sequenzen und wollte dich da um deinen Rat fragen.«

»Aber klar doch. Leg dich hin, ich mach einen Strandspaziergang, und dann unterhalten wir uns weiter.«

Sie beobachtete ihn vom Schlafzimmerfenster aus, sah der braunen Gestalt nach, wie sie Richtung Kolonie davonstapfte, gefolgt von dem geduldigen kleinen Dornier.

Auf dem leeren Strand sah er aus wie ein Kind; er sah so einsam und verloren aus, genau so wie sie sich fühlte.

21
DAS ALEPH

Als die Sonne aufging, es war noch immer kein Strom für die 100-Watt-Birnen da, füllte sich Gentrys Loft mit einem neuen Licht. Die Wintersonne milderte die Konturen der Konsolen und des Holotischs und brachte die Strukturen der alten Bücher auf den durchgebogenen Spanplatten an der Westwand zum Vorschein. Gentry marschierte auf und ab und redete, wobei der blonde Hahnenschwanz jedesmal wippte, wenn er auf einem schwarzen Stiefelabsatz kehrtmachte; seine Erregung schien die anhaltende Wirkung von Cherrys Schlafderms auszugleichen. Cherry saß auf der Bettkante und beobachtete Gentry, warf jedoch immer wieder mal einen Blick auf die Batteriekontrolllampe im Aufbau der Trage. Slick saß in einem kaputten Sessel, den er auf Solitude aufgetrieben, mit zusammengeknäuelten Altkleidern aufgepolstert und mit durchsichtiger Plastikfolie bezogen hatte.

Zu Slicks Erleichterung hatte Gentry den ganzen *Gestalt*-Kram weggelassen und sich gleich in seine Theorie über das Aleph gestürzt. Wie immer, wenn Gentry in Schwung kam, verwendete er Wörter und Formulierungen, mit denen Slick kaum etwas anfangen konnte, aber Slick wußte aus Erfahrung, daß man besser fuhr, wenn man ihn nicht unterbrach; der Trick bestand darin, seinen Ausführungen insgesamt einen gewissen Sinn zu entnehmen und über unverständliche Punkte hinwegzusehen.

Gentry sagte, der Count sei an eine Art gigantisches Mikrosoft angeschlossen; er hielt den Kasten für einen einzigen kompakten Biochip. Wenn das stimmte, war dessen Speicherkapazität praktisch unbegrenzt, und es mußte unvorstellbar teuer gewesen sein, das Ding herzustellen.

Gentry fand es ziemlich merkwürdig, daß jemand überhaupt so was gebaut hatte, obwohl es solche Dinger angeblich schon gab und sie auch bestimmte Zwecke erfüllten, inbesondere als Speichermedium für riesige Mengen geheimer Daten. Ohne Verbindung zur globalen Matrix waren die Daten immun gegen jeglichen Angriff via Cyberspace. Der Haken dabei war natürlich, daß man auch über die Matrix keinen Zugang zu ihnen hatte; es war ein toter Speicher.

»Er könnte alles mögliche da drin haben«, sagte Gentry, der stehenblieb und das Gesicht des Bewußtlosen betrachtete. Er machte auf dem Absatz kehrt und marschierte wieder auf und ab. »Eine Welt. Ganze Welten. Beliebig viele Persönlichkeitskonstruktionen ...«

»Als würde er in einem Stim leben?« fragte Cherry. »Ist er deshalb ständig in der REM-Phase?«

»Nein«, erwiderte Gentry, »es ist kein Simstim, sondern voll interaktiv. Und 'ne ganz andere Größenordnung. Wenn das ein Biosoft der Aleph-Klasse ist, könnte er buchstäblich alles da drin haben. Oder – in gewissem Sinn – eine *annähernde Entsprechung von allem ...*«

»Kid Afrika hat durchblicken lassen, daß der Typ dafür bezahlt, in dieser Lage zu bleiben«, sagte Cherry. »'ne Art Drahtkopf-Nummer, aber doch anders. Drahtköpfe haben jedenfalls nicht solche REM-Phasen.«

»Aber als du versucht hast, es über dein Gerät rauszuholen«, warf Slick ein, »hast du dieses ... dieses Ding gekriegt.« Er sah, wie sich Gentrys Schultern unter dem perlenbesetzten schwarzen Leder verspannten.

»Ja«, sagte Gentry, »und jetzt muß ich unser Konto bei der Fission Authority wieder aufbauen.« Er deutete auf die Akkus, die unterm Stahltisch gestapelt waren. »Holt mir mal die Dinger da raus.«

»Ja«, sagte Cherry, »wird auch langsam mal Zeit. Ich frier mir allmählich den Arsch ab.«

Gentry saß über ein Cyberspace-Deck gebeugt, als sie zu Slicks Zimmer zurückgingen. Cherry hatte darauf bestanden, daß sie Gentrys Heizdecke an einen der Akkus anschlossen, damit sie sie über die Trage breiten konnte. Auf dem Butankocher stand noch kalter Kaffee.

Slick trank ihn, ohne ihn erst groß aufzuwärmen, während Cherry aus dem Fenster auf die schneegesprenkelte Ebene von Solitude schaute.

»Wie ist das hier entstanden?« fragte sie.

»Gentry sagt, es ist vor hundert Jahren aufgeschüttet worden. Obendrauf kam eine Schicht Muttererde, aber es wollte nichts wachsen. Die Aufschüttung darunter war großenteils giftig. Der Regen hat die Erde weggespült. Da haben sie wohl einfach aufgegeben und noch mehr Scheiß draufgekippt. Das Wasser hier kann man nicht trinken. Voll von PCBs und so.«

»Und was ist mit den Kaninchen, die Bird-Boy jagen geht?«

»Die sind westlich von hier. Auf Solitude gibt's keine. Nicht mal Ratten. Jedenfalls muß man alles Fleisch von hier testen.«

»Aber es gibt Vögel.«

»Die brüten hier bloß. Fressen tun sie woanders.«

»Was läuft da eigentlich zwischen dir und Gentry?« Sie schaute immer noch zum Fenster hinaus.

»Wie meinst 'n das?«

»Zuerst dachte ich, ihr seid vielleicht schwul. Also, ich meine, zusammen.«

»Nein.«

»Aber es ist doch so, als würdet ihr einander irgendwie brauchen.«

»Factory gehört ihm. Er läßt mich hier wohnen. Ich ... muß hier leben, um arbeiten zu können.«

»Um die Dinger da unten zu bauen?«

Das Lämpchen in dem gelben Fax-Kegel ging an. Der Ventilator im Heizlüfter begann sich zu drehen.

»Tja«, sagte Cherry, während sie sich vor den Heizlüfter hockte und eine Jacke nach der anderen aufmachte, »er hat vielleicht nicht alle Tassen im Schrank, aber das hat er gut hingekriegt.«

Gentry hing auf dem alten Bürostuhl, als Slick in das Loft kam, und schaute auf den kleinen Klappmonitor an seinem Deck.

»Robert Newmark«, sagte Gentry.

»Hm?«

»Retina-Identifizierung. Das ist entweder Robert Newmark oder jemand, der seine Augen gekauft hat.«

»Wie hast du das rausgekriegt?« Slick beugte sich vor und blickte auf den Bildschirm voller Geburtsdaten.

Gentry ignorierte die Frage. »Da haben wir's. Man braucht sich bloß irgendwo hinterzuklemmen, und schon stößt man auf was ganz anderes.«

»Wieso?«

»Jemand will wissen, ob sich irgendwer nach Mr. Newmark erkundigt.«

»Wer?«

»Keine Ahnung.« Gentry trommelte mit den Fingern auf seine Schenkel in dem schwarzen Leder. »Schau dir das an: nichts. Geboren in Barrytown. Mutter: Marsha Newmark. Wir haben seine SIN, aber die ist angezapft, hundertpro.« Er schubste den Stuhl auf den Laufrollen zurück und drehte sich um, so daß er das reglose Gesicht des Counts sehen konnte. »Na, was sagst du dazu, Newmark? Ist das dein Name?« Er stand auf und ging zum Holotisch.

»Tu's nicht«, sagte Slick.

Gentry schaltete den Holotisch ein.

Und wieder war einen Moment lang das graue Ding zu sehen, doch diesmal tauchte es zum Zentrum des halbkugelförmigen Displays hinab, schrumpfte und war verschwunden. Nein. Es war noch da, ein winziges graues Kügelchen mitten im Zentrum des hellen Projektionsfeldes.

Gentry hatte wieder sein irres Grinsen auf dem Gesicht. »Gut«, sagte er.

»Was ist gut?«

»Ich sehe, was es ist. So 'ne Art Eis. Ein Sicherheitsprogramm.«

»Der Affe da?«

»Da hat jemand Humor. Wenn der Affe einen nicht abschreckt, verwandelt er sich in eine Erbse.« Er ging zum Tisch und kramte in einer seiner Gepäcktaschen. »Ich glaub kaum, daß sie das auch bei 'ner direkten sensorischen Verbindung hinkriegen.« Er hatte jetzt etwas in der Hand. Ein Trodennetz.

»Gentry, tu's nicht! Schau ihn dir an!«

»Ich tu's auch nicht«, sagte Gentry, »sondern du.«

22
GEISTER UND LEERE

Als sie durch die verschmierten Taxifenster starrte, wünschte sie sich unwillkürlich Colin mit seinen trockenen Sprüchen herbei. Dann fiel ihr wieder ein, daß die Welt da draußen vollständig außerhalb seines Horizonts lag. Sie hätte gern gewußt, ob Maas-Neotek ein ähnliches Gerät auch fürs Sprawl herstellte; falls ja, was für eine Gestalt würde dessen Geist annehmen?

»Sally«, fragte sie nach rund einer halben Stunde Fahrt nach New York, »warum hat Petal mich mit dir gehen lassen?«

»Weil er klug war.«

»Und mein Vater?«

»Der wird sich anscheißen.«

»Wie bitte?«

»Er wird wütend sein. Falls er's erfährt. Aber vielleicht erfährt er's auch gar nicht. Wir bleiben nicht lange hier.«

»Warum sind wir hier?«

»Ich muß mit jemand reden.«

»Und warum bin ich hier?«

»Gefällt's dir hier nicht?«

Kumiko zögerte. »Doch, schon.«

»Gut.« Sally setzte sich auf dem kaputten Sitz anders hin. »Petal mußte uns gehen lassen. Er hätte uns nämlich nicht aufhalten können, ohne einen von uns zu verletzen. Na ja, vielleicht nicht zu verletzen. Eher zu kränken. Dich hätte Swain später beschwichtigen können, er hätte sich bei dir entschuldigen und – falls nötig – deinem Vater erzählen können, es wär nur zu deinem Besten gewesen, aber wenn er mich beschwichtigen wollte, würde er irgendwie das Gesicht verlieren, nicht? Als ich Petal da unten mit der Kanone gesehen habe, wußte ich, daß er uns gehen lassen würde. Dein Zimmer ist präpariert. Das ganze Haus. Ich hab die Bewegungsmelder ausgelöst, als ich deine Sachen zusammengesucht habe. Damit hab ich gerechnet. Petal wußte, daß ich es war. Deshalb hat er angerufen, um mir zu sagen, daß er Bescheid weiß.«

»Das verstehe ich nicht.«

»War 'ne Art Gefallen, damit ich wußte, daß er unten wartet. Um mir 'ne Chance zu geben, es mir noch mal zu überlegen. Aber er hatte keine andere Wahl, und das wußte er auch. Siehst du, Swain wird gerade zu etwas gezwungen, und Petal weiß das. Zumindest behauptet Swain, daß er gezwungen wird. Ich werd jedenfalls eindeutig gezwungen. Also überleg ich mir allmählich, wie dringend Swain auf mich angewiesen ist. *Sehr* dringend. Denn sie lassen mich mit der Tochter des *Oyabun* abziehen, die zur sicheren Verwahrung eigens bis nach Notting Hill verfrachtet worden ist. Irgendwas macht ihm mehr Angst als dein Daddy. Oder es macht ihn noch reicher, als dein Daddy ihn schon gemacht hat. Jedenfalls sind wir jetzt sozusagen quitt, weil ich dich mitgenommen habe. Ich hab quasi zurückgeschlagen. Macht's dir was aus?«

»Du wirst bedroht?«

»Jemand weiß 'ne Menge über das, was ich getan habe.«

»Und Tick hat herausgefunden, wer das ist?«

»Ja. Ich glaube, ich hab's eh schon gewußt. Zum Henker, ich wünschte, ich hätt mich getäuscht.«

Das Hotel, das Sally aussuchte, hatte eine Fassade aus rostfleckigen Stahlquadraten, die jeweils mit glänzenden Chrombolzen befestigt waren – ein Stil, den Kumiko aus Tokio kannte und für etwas altmodisch hielt.

Ihr Zimmer war groß und grau – es wies ein Dutzend Grautöne auf –, und nachdem Sally die Tür abgeschlossen hatte, ging sie schnurstracks zum Bett, zog sich die Jacke aus und legte sich hin.

»Du hast ja gar kein Gepäck«, sagte Kumiko.

Sally setzte sich auf und entledigte sich ihrer Stiefel. »Ich kann mir kaufen, was ich brauche. Müde?«

»Nein.«

»Ich schon.« Sie zog den schwarzen Pulli über den Kopf. Ihre Brüste waren klein, mit rötlich-braunen Warzen. Eine Narbe fing direkt unter der linken Brustwarze an und verschwand im Hosenbund der Jeans.

»Du bist verletzt worden«, sagte Kumiko mit Blick auf die Narbe.

Sally schaute nach unten. »Ja.«

»Warum hast du's nicht wegmachen lassen?«

»Manchmal ist es gut, sich zu erinnern.«

»Daß man verletzt war?«

»Daß man blöd war.«

Grau in Grau. Kumiko konnte nicht schlafen. Sie ging auf dem grauen Teppich hin und her. Das Zimmer hatte etwas Vampirhaftes, fand sie, wie Millionen ähnlicher Zimmer, als würde seine verblüffend bruchlose Anonymität ihre Persönlichkeit aufsaugen, die bruchstückhaft die Gestalt der im Streit erhobenen Stimmen ihrer Eltern, der Gesichter von Vaters schwarzgewandeten Sekretären annahm … Sally schlief. Ihr Gesicht war eine glatte Maske. Der Blick aus dem Fenster sagte Kumiko überhaupt nichts – nur, daß sie auf eine Stadt hinausschaute, die weder London noch Tokio war, ein riesiges, allumfassendes Durcheinander, Inbegriff der urbanen Realität ihres Jahrhunderts.

Vielleicht schlief auch sie, Kumiko, obwohl sie sich dessen später nicht sicher war. Sie beobachtete, wie Sally Toilettenartikel und Unterwäsche bestellte, indem sie ihre Wünsche in den Bildschirm neben dem Bett tippte. Ihre Bestellung wurde geliefert, während Kumiko unter der Dusche stand.

»Okay«, sagte Sally hinter der Tür, »trockne dich ab und zieh dich an. Wir gehen den Mann besuchen.«

»Welchen Mann?« fragte Kumiko, aber Sally hatte sie nicht gehört.

Gomi.

Fünfunddreißig Prozent der Landmasse von Tokio waren auf *Gomi* gebaut, auf ebenem Gelände, das man der Bucht durch hundertjähriges systematisches Abladen von Müll und Schutt abgerungen hatte. *Gomi* war dort ein Rohstoff, der verwaltet, gesammelt, sortiert und gründlich untergepflügt wurde.

Londons Verhältnis zu *Gomi* war subtiler und indirekter. In Kumikos Augen *bestand* die Stadt großenteils aus *Gomi*, aus Bauten, die die japanische Wirtschaft in ihrem unstillbaren Hunger nach Bauland längst verschlungen hätte. Dennoch enthüllten diese Bauten selbst für Kumiko das Gewebe der Zeit; jede Mauer war im Zuge des permanenten Restaurierungsprozesses von Generationen von Händen ausgebessert worden. Die Engländer schätzten ihren *Gomi* als solchen und drückten dies auf eine Weise aus, die Kumiko erst in Ansätzen verstand: Sie bewohnten ihn.

Im Sprawl war *Gomi* etwas ganz anderes: ein fruchtbarer Humus, ein Kompost, dem Wunderwerke aus Stahl und Polymeren entsprossen. Allein schon angesichts des offenkundigen Mangels an Planung wurde ihr schwindlig, weil er in derart krassem Gegensatz zur Wertschätzung effizienter Bodennutzung in ihrer eigenen Kultur stand.

Bei der Taxifahrt zum Flughafen hatte sie bereits den Zerfall gesehen. Ganze Häuserblocks waren baufällig, leere Fensterhöhlen gähnten über Gehsteigen, auf denen sich Müll türmte. Und die gaffenden Gesichter, als das gepanzerte Hover durch die Straßen fuhr.

Nun tauchte Sally mit ihr unvermittelt in die ganze Fremdartigkeit dieses Ortes, in dessen Fäulnis und Planlosigkeit Türme wurzelten, höher als jeder Wolkenkratzer in Tokio, Konzern-

Obelisken, die das rußige Netzwerk der sich überlappenden Kuppeln durchbrachen.

Zwei Taxifahrten vom Hotel entfernt stürzten sie sich dann zu Fuß ins frühabendliche Gewühl auf den dämmrigen Straßen. Die Luft war kalt, aber nicht so kalt wie in London, und Kumiko dachte an die Blüten im Ueno-Park.

Den ersten Zwischenstop legten sie in einer großen Bar namens Gentleman Loser ein, die schon einiges von ihrem früheren Glanz verloren hatte. Dort wechselte Sally rasch ein paar leise Worte mit einem Barkeeper.

Sie gingen, ohne etwas zu trinken.

»Geister«, sagte Sally, als sie um eine Ecke bogen. Kumiko ging dicht neben ihr her. Die Straßen waren während der letzten paar Blocks zusehends leerer geworden, die Häuser dunkler und schäbiger.

»Wie bitte?«

»Hab 'nen Haufen Geister der Vergangenheit hier. Würd ich zumindest erwarten.«

»Du kennst diese Gegend?«

»Klar. Sieht alles noch genauso aus, aber trotzdem anders, verstehst du?«

»Nein ...«

»Das kommt schon noch. Wenn wir den Mann finden, den ich suche, spielst du einfach das brave Mädchen. Red nur, wenn du angesprochen wirst, sonst nicht.«

»Wen suchen wir?«

»Den Mann. Oder jedenfalls das, was noch von ihm übrig ist ...«

Einen halben Block weiter war die triste Straße menschenleer. Kumiko hatte noch nie eine *leere* Straße gesehen, mit Ausnahme von Swains verschneitem Straßenbogen um Mitternacht. Sally machte vor einer uralten, alles andere als vielversprechenden Ladenfront halt. In den beiden Schaufenstern prangte eine dicke, silbergraue Staubschicht. Kumiko spähte hinein und entdeckte die Neonlettern einer ausgeschalteten Leuchtreklame: METRO, dann ein längeres Wort. Die Tür zwischen den Fenstern war mit Wellblech verstärkt. In regelmäßigen Abständen ragten rostige Ringbolzen daraus hervor, auf die lose Stücke galvanisierten Stacheldrahts mit rasiermesserscharfen Spitzen gespannt waren.

Sally nahm vor der Tür Aufstellung, straffte die Schultern und vollführte einen flüssige Abfolge kleiner, flinker Gesten.

Kumiko sah mit großen Augen zu, wie sie die Sequenz wiederholte. »Sally ...«

»Gebärdensprache«, schnitt Sally ihr das Wort ab. »Ich hab gesagt, du sollst den Mund halten, okay?«

»Ja?« Die Stimme, kaum mehr als ein Flüstern, war nicht zu lokalisieren.

»Ich hab's dir schon gesagt«, erklärte Sally.

»Ich kann keine Gebärdensprache.«

»Ich will mit ihm reden.« Sallys Ton war hart und bedachtsam.

»Er ist tot.«

»Das weiß ich.«

Darauf folgte ein Schweigen, und Kumiko hörte ein Geräusch, das vom Wind stammen mochte, einem kalten, sandigen Wind, der um die Kurven der geodätischen Kuppeln hoch oben pfiff.

»Er ist nicht da.« Die Stimme schien sich nun zu entfernen. »Um die Ecke, den halben Block runter, links in die Gasse.«

Kumiko würde die Gasse nie vergessen: dunkler, schlüpfrigfeuchter Backstein, Ventilatoren, an deren Abdeckungen schwarze Fahnen aus Staub und Schmutz flatterten, eine gelbe Glühbirne in einem rostigen Metallkorb, das Dickicht aus leeren Flaschen auf beiden Mauerseiten, die mannshohen Nester aus zerknülltem Faxpapier und weißen Schaumstoffverpackungen und das Klappern von Sallys Hacken.

Jenseits des trüben Lichts der Glühbirne war es finster, obwohl der Widerschein auf nassem Backstein eine Schlußmauer sichtbar werden ließ: eine Sackgasse. Kumiko zögerte, erschreckt von einem plötzlichen Echo, einem Rascheln, dem steten Tröpfeln von Wasser…

Sally hob die Hand. Ein dünner, sehr heller Lichtkegel riß einen scharf umgrenzten Kreis bekritzelten Backsteins aus dem Dunkel und glitt dann zügig nach unten.

Glitt abwärts, bis er auf das Ding am Fuß der Mauer stieß, mattes Metall, ein senkrecht stehendes, gerundetes Gebilde, das Kumiko fälschlicherweise für einen weiteren Ventilator hielt. Auf dem Boden davor sah sie weiße Kerzenstummel, eine flache Plastikflasche mit einer klaren Flüssigkeit, diverse Zigarettenschachteln und etliche einzelne Zigaretten sowie eine kunstvolle, vielarmige Gestalt, die offenbar mit weißem Kreidepulver gezeichnet war.

Sally trat vor, der Lichtstrahl blieb fest, und Kumiko sah, daß das gepanzerte Ding mit massiven Bolzen an der Backsteinmauer befestigt war. »Finne?«

Ein kurzes Aufflackern pinkfarbenen Lichts in einem waagrechten Schlitz.

»He, Finne, Mann…« Ein ungewohntes Stocken in ihrer Stimme.

»Moll.« Knarrend wie aus einem kaputten Lautsprecher. »Was soll das mit der Lampe? Haste keine Verstärker mehr drin? Wirst wohl langsam alt und siehst nicht mehr so gut im Dunkeln.«

»Ist wegen meiner Freundin.«

Etwas bewegte sich hinter dem Schlitz, ungesund rot wie glühende Zigarettenasche in der Mittagssonne, und Kumikos Gesicht wurde in flackerndes Licht getaucht.

»Ja«, knarrte die Stimme. »Wer ist sie?«

»Yanakas Tochter.«

»Tatsächlich?«

Sally senkte das Licht; es fiel auf die Kerzen, die Flasche, die feuchten grauen Zigaretten, das weiße Symbol mit den spindeldürren Armen.

»Bedient euch von den Gaben«, sagte die Stimme. »Ist 'n halber Liter Moskovskaya. Das Hoodoo-Zeichen ist aus Mehl. Pech. Die Spendableren malen's mit Kokain.«

»Meine Güte«, sagte Sally merkwürdig zurückhaltend und hockte sich hin, »ich glaub's einfach nicht.« Kumiko sah zu, wie sie die Flasche nahm und daran schnupperte.

»Trink nur. Ist vom Feinsten. Will ich jedenfalls stark hoffen. Niemand bescheißt das Orakel, wenn er weiß, was gut für ihn ist.«

»Finne«, sagte Sally, setzte dann die Flasche an, nahm einen Schluck und wischte sich mit dem Handrücken über den Mund, »du mußt echt verrückt sein ...«

»Schön wär's. 'n bißchen Phantasie ist bei dem Ding hier schon das höchste der Gefühle. Von verrückt kann keine Rede sein.«

Kumiko kam näher und hockte sich neben Sally.

»Ist das 'ne Konstruktion? 'ne Persönlichkeitskonstruktion?« Sally stellte die Wodkaflasche weg und rührte mit der Spitze eines weißen Fingernagels im feuchten Mehl.

»Klar. Ist doch nichts Neues für dich. Echtzeitgedächtnis, wenn ich will, Anschluß an den C-space, wenn ich will. Die Orakelnummer zieh ich nur ab, um am Ball zu bleiben, verstehste?« Das Ding gab ein komisches Geräusch von sich: Gelächter. »Liebeskummer? 'n mieses Weibsstück, das dich nicht versteht?« Wieder das Lachgeräusch, ein perlendes atmosphärisches Rauschen. »Eigentlich mach ich mehr auf Unternehmensberatung. Die lekkeren Sachen sind von Typen aus der Gegend. Macht das Ganze irgendwie mystischer. Und ab und zu kommt mal ein Skeptiker vorbei, irgend so 'n Arsch, der meint, er kann sich hier einfach bedienen.« Ein knallroter, haarfeiner Lichtstrahl schoß aus dem Schlitz, und irgendwo rechts von Kumiko explodierte eine Flasche. Atmosphärisches Lachen. »Also, was führt dich hierher, Moll? Dich und« – wieder zuckte das pinkfarbene Licht über Kumikos Gesicht – »Yanakas Tochter.«

»Der Straylight-Run«, sagte Sally.

»Lange her, Moll.«

»Sie ist hinter mir her, Finne. Vierzehn Jahre, und diese beknackte Schnepfe läßt mich immer noch nicht in Ruhe.«

»Hat vielleicht nichts Besseres zu tun. Du weißt ja, wie die Reichen sind ...«

»Weißt du, wo Case ist, Finne? Vielleicht ist sie auch hinter ihm her.«

»Case ist ausgestiegen. Hat nach eurer Trennung 'n paar Volltreffer gelandet, dann Schluß gemacht und sich abgeseilt. Hätteste das auch getan, würdeste dir jetzt vielleicht nicht in 'ner Gasse den Arsch abfrieren, stimmt's? Das letzte, was ich gehört hab, er hat vier Kinder ...«

Während Kumikos Blick dem hypnotisch hin und her pendelnden, pinkfarbenen Glutauge des Scanners folgte, ahnte sie, womit Sally da redete. Im Arbeitszimmer ihres Vaters gab es so ähnliche Dinger, vier schwarzlackierte Würfel auf einem niedrigen Kieferbord. Über jedem Würfel hing ein formelles Porträt. Die Porträts waren Schwarzweißfotos von Männern in dunklem Anzug und Krawatte, vier sehr ernste Herren mit kleinen Metallabzeichen am Revers, wie Vater sie auch gelegentlich trug. Obwohl ihre Mutter ihr erklärt hatte, in den Würfeln seien Geister, die Geister von Vaters bösen Ahnen, empfand Kumiko weniger Angst als Faszination. Falls sie wirklich Geister enthielten, überlegte sie, dann nur ganz kleine; die Würfel waren nämlich kaum groß genug, um einen Kinderkopf aufzunehmen.

Ihr Vater meditierte manchmal vor den Würfeln, wobei er in einer Haltung, aus der tiefe Ehrfurcht sprach, auf der blanken Tatami kniete. Sie hatte ihn oft in dieser Haltung gesehen, aber erst, als sie zehn war, mit den Würfeln sprechen hören. Und einer hatte ihm geantwortet. Die Frage hatte ihr nichts gesagt, die Antwort noch weniger, aber der ruhige Tonfall des Geistes hatte sie hinter der papierenen Tür festgehalten, hinter der sie hockte. Ihr Vater hatte gelacht, als er sie dort fand; statt mit ihr zu schimpfen, hatte er ihr erklärt, daß die Würfel die aufgezeichneten Persönlichkeiten ehemaliger Direktoren bargen. Ihre Seelen? hatte sie gefragt. Nein, hatte er lächelnd gesagt und hinzugesetzt, daß es da einen feinen Unterschied gebe. »Sie haben kein Bewußtsein. Sie antworten, wenn sie gefragt werden, und zwar in einer Art, die in etwa der Antwort der betreffenden Person entspräche. Wenn so was ein Geist ist, dann ist ein Hologramm auch ein Geist.«

Nach Sallys Vortrag über die Geschichte und Hierarchie der Yakuza in der Robata-Bar in Earls Court war Kumiko zu dem Schluß gekommen, daß jeder der Männer auf den Fotos, deren Persönlichkeit man aufgezeichnet hatte, ein *Oyabun* gewesen war.

Das Ding in dem gepanzerten Gehäuse war so was Ähnliches, überlegte sie, ein bißchen aufwendiger vielleicht, genau wie Colin eine aufwendigere Version des Michelin-Führers war, den die Sekretäre ihres Vaters bei den Einkaufsbummeln in Shinjuku dabeigehabt hatten. Sally nannte es Finne, und es lag auf der Hand, daß dieser Finne ein früherer Freund oder Kollege von ihr war.

Ob es wohl auch wach war, fragte sich Kumiko, wenn die Gasse leer war? Ob seine Laseroptik das leise Rieseln des mitternächtlichen Schnees registrierte?

»Europa«, begann Sally. »Nach meiner Trennung von Case bin ich da überall rumgereist. Ich hatte 'ne Menge Kohle, die wir für den Run kassiert hatten. Kam mir jedenfalls wie 'ne Menge vor, damals. Tessier-Ashpools KI hatte über eine Schweizer Bank gezahlt und jeden Hinweis gelöscht, daß wir überhaupt den Schacht raufgekommen waren. Und ich meine, wirklich jeden; wenn jemand die Namen gesucht hätte, unter denen wir im JAL-Shuttle gebucht hatten, dann wären die einfach nicht mehr dagewesen. Case hat alles durchgecheckt, als wir wieder in Tokio waren. Er hat sich Zugang zu allen möglichen Daten verschafft. Es war, als hätte nichts davon stattgefunden. War mir schleierhaft, wie sie das angestellt hat, KI hin oder her, aber eigentlich hat ja niemand so recht kapiert, was da oben gelaufen ist, als Case den chinesischen Eisbrecher durch ihr Kerneis gejagt hat.«

»Hat sie später noch mal versucht, Kontakt aufzunehmen?«

»Nicht daß ich wüßte. Case war der Meinung, sie wäre weg – nicht verschwunden, sondern im Ganzen, in der Matrix insgesamt aufgegangen. Quasi nicht mehr *im* Cyberspace, sondern der Cyberspace *selbst*. Und wenn sie nicht wollte, daß man sie sähe, daß man von ihrer Anwesenheit wüßte, dann hätte man keine Chance und auch keine Möglichkeit, es jemand anderm zu beweisen, selbst wenn man wüßte, daß sie da ist... Aber was mich angeht, ich wollt's gar nicht wissen. Ich meine, was immer da oben gelaufen ist, für mich war der Fall erledigt, aus und vorbei. Armitage war tot, Riviera war tot, Ashpool war tot, der Rasta-Schlepperpilot, der uns rausgebracht hatte, war wieder in Zion und hatte das Ganze vermutlich als 'nen Ganjatrip abgeschrieben. Ich hab Case im Tokyo Hyatt zurückgelassen und ihn nie wiedergesehen.«

»Warum?«

»Wer weiß? Einfach so. Ich war jung, ich hatte das Gefühl, es ist vorbei.«

»Aber die Frau haste am oberen Ende des Schachts zurückgelassen. In der Straylight.«

»Du sagst es. Und es ist mir immer wieder mal durch den Kopf gegangen. Als wir abgehauen sind, Finne, hatte ich den Eindruck, ihr wär das alles piepegal. Daß ich ihren geisteskranken Vater für sie umgebracht hatte und daß Case ihre Kerne geknackt und ihre KIs in der Matrix losgelassen hatte... Also hab ich sie auf die Liste gesetzt. Wenn du eines Tages mal richtig Ärger kriegst und irgendwer es auf dich abgesehen hat, dann schau auf die Liste.«

»Und du hast von Anfang an auf sie getippt?«

»Nee, ich hab 'ne reichlich lange Liste.«

Case, der Kumiko mehr gewesen zu sein schien als nur Sallys

Partner, kam im weiteren Verlauf ihrer Geschichte nicht mehr vor.

Als Sally die letzten vierzehn Jahre ihres Lebens für den Finnen zusammenfaßte, stellte sich Kumiko diese jüngere Frau als *Bishonen*-Heldin in einem traditionellen romantischen Video vor: elfenhaft, elegant und tödlich. Obwohl sie Mühe hatte, dem nüchternen Lebensbericht zu folgen, der mit ihr unbekannten Orten und Dingen gespickt war, konnte sie sich ohne Schwierigkeiten vorstellen, wie Sally die typischen *Bishonen*-Blitzsiege errang. Aber nein, dachte sie, als Sally wegwerfend von »einem schlechten Jahr in Hamburg« sprach und plötzlich Zorn in ihrer Stimme mitschwang – alter Zorn, das Jahr lag bereits eine Dekade zurück –, es war ein Fehler, diese Frau in japanische Kategorien einordnen zu wollen. Es gab keine *Ronin*, keine vagabundierenden Samurai; Sally und der Finne sprachen übers Geschäft.

Ihr schlechtes Jahr in Hamburg begann, wie Kumiko ihren Worten entnahm, nachdem sie ein Vermögen gemacht und wieder verloren hatte. Sie hatte ihren Anteil zusammen mit ihrem Partner Case »da oben« erworben, an einem Ort, den der Finne Straylight genannt hatte, und sich dabei gleichzeitig eine Feindin gemacht.

»Hamburg«, unterbrach der Finne. »Ich hab da so Geschichten über Hamburg gehört...«

»Das Geld war futsch. Wie's halt so geht, wenn man jung ist und das große Los gezogen hat. Kein Geld, das war für mich quasi die Rückkehr zur Normalität. Aber ich hatte noch was mit diesen Frankfurtern laufen. Bei denen hatte ich Schulden, und die sollte ich abarbeiten.«

»Abarbeiten? Und wie?«

»Ich sollte irgendwelche Leute ausknipsen.«

»Und?«

»Ich hab mich bei der erstbesten Gelegenheit abgesetzt. Dann bin ich nach London gegangen...«

Vielleicht war Sally doch mal so was wie ein *Ronin* gewesen, dachte Kumiko, eine Art Samurai. In London hatte sie jedoch umgesattelt und war Geschäftsfrau geworden. Womit sie ihren Lebensunterhalt bestritten hatte, ließ sie offen, aber sie war mit der Zeit zur Geldgeberin geworden und hatte Kapital für diverse geschäftliche Unternehmungen zur Verfügung gestellt. (Was war ›Kreditkosmetik‹ oder ›Datenwäscherei‹?)

»Ja«, sagte der Finne, »hast dich gut rausgemacht. Hast Anteile an einem deutschen Spielkasino erworben.«

»Aachen. Ich hatte ’nen Sitz im Aufsichtsrat. Hab ich immer noch, wenn ich den richtigen Paß benutze.«

»Seßhaft geworden?« Wieder das Lachen.

»Klar.«

»Ist nicht viel durchgedrungen bis zu mir.«

»Ich hab das Kasino geleitet. Das war’s. Lief alles bestens.«

»Du hast Preiskämpfe gemacht. ›Misty Steele‹, Federgewicht. Acht Kämpfe. Bei fünfen hab ich Wetten angenommen. Schlachtfeste, nur Frauen. Verboten.«

»Hobby.«

»Tolles Hobby. Ich hab die Videos gesehn. ’ne kleine Birmanin hat dich aufgeschlitzt, live und in Farbe.«

Kumiko mußte an die lange Narbe denken.

»Also hab ich damit aufgehört. Ist fünf Jahre her, und da war ich schon fünf Jahre zu alt.«

»Du warst nicht schlecht, aber ›Misty Steele‹ ... Du lieber Himmel.«

»Jetzt hör aber auf. Den hab *ich* mir doch nicht ausgedacht.«

»Klar. Jetzt erzähl mal von unserer Freundin oben. Wie ist sie an dich rangekommen?«

»Swain. Roger Swain. Hat mir einen seiner Jungs ins Kasino geschickt, ’nen Möchtegern-Macho namens Prior. Ist runde vier Wochen her.«

»Swain der Schieber? London?«

»Genau der. Prior hat mir ’n Geschenk mitgebracht, rund

einen Meter Computerausdruck. ’ne Liste. Namen, Daten, Orte.«

»Schlimm?«

»Alles drauf. Sachen, die ich fast schon vergessen hatte.«

»Der Straylight-Run auch?«

»Alles. Also hab ich ’nen Koffer gepackt und bin nach London geflogen, zu Swain. Tut ihm leid, ist nicht seine Schuld, aber er muß mir die Pistole auf die Brust setzen. Weil sie ihm auch auf die Brust gesetzt wird. Hat selber ’nen Meter Computerausdruck, der ihm Kopfschmerzen macht.« Kumiko hörte Sallys Absätze übers Pflaster scharren.

»Was will er?«

»Ich soll jemand entführen. ’ne Berühmtheit.«

»Warum du?«

»Mann, Finne, das will ich von *dir* wissen.«

»Hat Swain gesagt, daß es 3Jane ist?«

»Nein. Aber mein Konsolencowboy in London hat’s gesagt.«

Kumiko taten die Knie weh.

»Die Kleine. Wo haste die aufgegabelt?«

»Sie ist bei Swain aufgetaucht. Yanaka wollte sie aus Tokio raushaben. Swain schuldet ihm *Giri*.«

»Jedenfalls ist sie sauber, keine Implantate. Wie ich aus Tokio in letzter Zeit höre, hat Yanaka alle Hände voll zu tun ...«

Kumiko erschauerte im Dunkeln.

»Und die Entführung. Die Berühmtheit?« fuhr der Finne fort.

Sie merkte, daß Sally zögerte. »Angela Mitchell.«

Das pinkfarbene Metronom pendelte lautlos von links nach rechts, rechts nach links.

»Kalt hier, Finne.«

»Ja. Wünschte, ich könnt’s spüren. Hab nur rasch ’nen kleinen Ausflug gemacht, deinetwegen. Memory Lane. Hast du ’ne ungefähre Ahnung, woher Angie kommt?«

»Nein.«

»Ich bin im Orakelgeschäft, Süße, kein Forschungsarchiv. Ihr

Vater war Christopher Mitchell, damals der Obercrack in der Biochip-Forschung bei Maas Biolabs. Sie ist in einer abgeschotteten Firmenanlage in Arizona aufgewachsen. Typisches Firmenkind. Vor rund sieben Jahren ist da unten irgendwas passiert. Auf der Straße hieß es, Hosaka hätte ein Profiteam auf den Platz geschickt, um Mitchell bei 'ner größeren beruflichen Veränderung behilflich zu sein. Im Fax stand, auf dem Gelände von Maas hätte 'ne Detonation im Megatonnenbereich stattgefunden, aber es ist keinerlei Radioaktivität gemessen worden. Hosakas Söldner hat man auch nie gefunden. Maas hat Mitchells Tod bekanntgegeben. Angeblich Selbstmord.«

»Soweit zum Archiv. Und was weiß das Orakel?«

»Gerüchte. Nichts Zusammenhängendes. Auf der Straße hieß es, die Mitchell wäre ein, zwei Tage nach der Explosion in Arizona mit ein paar ziemlich ausgeflippten Niggern aus New Jersey hier aufgetaucht.«

»Was waren das für Typen?«

»Dealer. Hauptsächlich Software. Einkauf und Verkauf. Manchmal haben sie auch bei mir gekauft.«

»Inwiefern waren die ausgeflippt?«

»Hoodoos. Glaubten, die Matrix sei voller Mambos und so. Und soll ich dir was sagen, Moll?«

»Was denn?«

»Die hatten recht.«

23
SPIEGLEIN SPIEGLEIN

Sie kam zu sich, als hätte jemand einen Schalter umgelegt. Machte die Augen nicht auf. Sie hörte sie in einem anderen Zimmer reden. Ihr tat alles weh, aber nicht schlimmer als vom Wiz. Der schlimme Crash war vorbei oder vielleicht auch nur von dem Zeug gelindert worden, das sie ihr gegeben hatten, diesem Spray.

Der Papierkittel war rauh an den Brustwarzen. Sie fühlten sich groß und zart an, die Brüste voll. Ein Zwicken und Kneifen im Gesicht, dumpfer Schmerz in beiden Augenhöhlen, Blutgeschmack und ein wundes Gefühl im Mund.

»Ich will dir ja nicht reinreden«, sagte Gerald über einen laufenden Wasserhahn und das Klappern von Metall hinweg, als würde er Bettpfannen oder dergleichen spülen, »aber du machst dir was vor, wenn du glaubst, sie könnte jemanden täuschen, der nicht getäuscht werden möchte. Ist wirklich eine sehr oberflächliche Arbeit.« Prior erwiderte etwas, was sie nicht verstehen konnte. »Ich habe gesagt oberflächlich, nicht schlampig. Alles Qualitätsarbeit. Vierundzwanzig Stunden am Dermalstimulator, und man sieht ihr nicht mehr an, daß sie hier gewesen ist. Gib ihr weiter die Antibiotika und sieh zu, daß sie keine Aufputschmittel nimmt. Ihr Immunsystem ist nicht gerade das allerbeste.« Dann sagte Prior wieder etwas, aber sie verstand ihn immer noch nicht.

Machte die Augen auf, aber da war nur die Decke, weiße schalldämmende Rechteckfliesen. Drehte den Kopf nach links. Weiße Plastikwand mit einem dieser falschen Fenster, hochauflösende Animation eines Palmenstrands mit Wellen; wenn man lange genug hinschaute, sah man immer wieder dieselben Wellen heranrollen, eine programmierte Endlosschleife. Allerdings war das Ding kaputt oder verschlissen; die Wellen stockten irgendwie, und das Abendrot flimmerte wie eine kaputte Neonröhre.

Versuch's mit rechts. Sie drehte den Kopf, spürte den verschwitzten Papierbezug des harten Schaumstoffkissens im Nakken...

Und das Gesicht mit den blutunterlaufenen Augen, das sie aus dem anderen Bett ansah, die Nase mit durchsichtigem Kunststoff und Mikropor-Pflaster geschient, eine Art braunes Gelee über die Wangenknochen verschmiert...

Angie. Es war Angies Gesicht, eingerahmt vom reflektierten Abendrotflimmern des defekten Fensters.

»An den Knochen haben wir nichts gemacht«, erklärte Gerald, während er behutsam das Pflaster ablöste, das die kleine Plastikschiene auf dem Nasenrücken fixierte. »Das war ja das Schöne daran. Wir sind durch die Nasenlöcher reingegangen und haben den Nasenknorpel teilweise abgetragen, dann haben wir die Zähne gemacht. Lächle mal. Wunderschön. Wir haben den Busen vergrößert, die Brustwarzen mit laborerzeugtem Erektilgewebe aufgebaut und die Augen umgefärbt.« Er nahm die Schiene ab. »Die darfst du in den nächsten vierundzwanzig Stunden nicht berühren.«

»Kommen daher die Blutergüsse?«

»Nein. Das ist ein Sekundärtrauma von der Knorpelabschälung.« Geralds Finger in ihrem Gesicht waren kühl und präzise. »Müßte bis morgen weg sein.«

Gerald war in Ordnung. Er hatte ihr drei Derms gegeben, zwei blaue und ein pinkfarbenes, glatte, angenehme Dinger. Prior war es eindeutig nicht, aber der war nicht da oder ließ sich zumindest nicht blicken. Und es war einfach nett, Gerald zuzuhören, wie er ihr in ruhigem Ton alles erklärte. Und er hatte wirklich was drauf.

»Sommersprossen«, sagte sie, weil die weg waren.

»Ausgeschält, mit laborerzeugtem Gewebe gefüllt. Kommen aber wieder. Noch schneller, wenn du zuviel Sonne kriegst.«

»Sie ist so schön ...« Sie drehte den Kopf.

»Du, Mona. Das bist du.«

Sie betrachtete das Gesicht im Spiegel und versuchte, das berühmte Lächeln aufzusetzen.

Vielleicht war Gerald doch nicht in Ordnung.

Als sie wieder in dem schmalen weißen Bett lag, in das er sie gesteckt hatte, damit sie sich erholte, hob sie den Arm und betrachtete die drei Derms. Tranquilizer. Sie schwebte.

Sie schob einen Fingernagel unter das pinkfarbene Derm, pulte es ab, klebte es an die weiße Wand und drückte fest mit dem Daumen drauf. Ein einzelner strohgelber Tropfen rann herunter. Vorsichtig hob sie es ab und klebte es sich wieder auf den Arm. Das Zeug in den blauen war milchweiß. Auch die klebte sie wieder an. Vielleicht würde er es merken, aber sie wollte mitbekommen, was sich hier tat.

Sie schaute in den Spiegel. Gerald hatte gesagt, er könne später den Originalzustand wiederherstellen, wenn sie wolle, aber sie fragte sich, woher er dann wissen wollte, wie sie ausgesehen hatte. Vielleicht hatte er ein Foto gemacht oder so. Dabei ging ihr durch den Kopf, daß es vielleicht niemanden gab, der sich an ihr früheres Aussehen erinnern würde. Michaels Stim-Deck war wahrscheinlich der heißeste Tip, aber sie wußte seine Adresse nicht, kannte nicht mal seinen Nachnamen. Es war ein komisches Gefühl, als wäre ihr altes Ich mal kurz die Straße runtergegangen und nicht mehr wiedergekommen. Aber dann schloß sie die Augen und wußte, daß sie Mona war, so wie immer, und daß sich nicht viel geändert hatte, jedenfalls nicht hinter ihren Lidern.

Lanette sagte, es spiele keine Rolle, wie man sich ummodeln ließ. Sie hatte ihr mal erzählt, von ihrem alten Gesicht, mit dem sie auf die Welt gekommen sei, seien keine zehn Prozent mehr übrig. Da würde man nie drauf kommen, abgesehen von den schwarzgerandeten Lidern; mit Wimperntusche brauchte sie jedenfalls nicht mehr rumzupfuschen. Mona war von der Qualität der Arbeit an Lanette nicht so ganz überzeugt gewesen, und das mußte man ihr wohl auch angesehen haben, denn Lanette hatte gesagt: Du hättest mich vorher sehen sollen, Schätzchen.

Und nun lag sie, Mona, lang ausgestreckt in diesem schmalen Bett in Baltimore, und ihre einzigen Eindrücke von Baltimore bestanden aus dem Heulen einer Sirene unten auf der Straße und dem Motorgeräusch von Geralds Klimaanlage.

Und das ging irgendwie bruchlos in Schlaf über. Wie lange sie geschlafen hatte, wußte sie nicht, aber dann war Prior da, hatte die Hand auf ihrem Arm und fragte, ob sie Hunger habe.

Sie sah Prior zu, wie er sich den Bart abnahm. Er stand an der rostfreien OP-Spüle, stutzte ihn mit einer Chromschere und wechselte dann zu einem weißen Plastik-Einwegrasierer aus einer Packung von Gerald über. Es war merkwürdig zu sehen, wie sein Gesicht zum Vorschein kam. Es war nicht das Gesicht, das sie erwartet hätte; es war viel jünger. Aber der Mund war der gleiche.

»Bleiben wir noch lange hier, Prior?«

Er hatte sich zum Rasieren das Hemd ausgezogen; auf Schultern und Oberarmen waren Tattoos, Drachen mit Löwenhäuptern. »Mach dir darüber keine Gedanken«, sagte er.

»Mir ist langweilig.«

»Wir besorgen dir ’n paar Stims.« Er rasierte sich gerade unterm Kinn.

»Wie ist Baltimore?«

»Beschissen. Wie überall hier.«

»Und wie ist England?«

»Beschissen.« Er wischte sich mit einem dicken Bausch aus saugfähigem blauen Papier das Gesicht ab.

»Vielleicht könnten wir mal ausgehn und Krabben essen. Gerald sagt, hier gibt’s Krabben.«

»Stimmt«, sagte er. »Ich hol welche.«

»Wollen Sie mich nicht mal ausführen?«

Er warf das blaue Papier in einen Abfallbehälter aus Edelstahl. »Nein, du könntest versuchen abzuhauen.«

Sie schob die Hand zwischen Bett und Wand und tastete nach dem Schocker, den sie in einem Loch in der Schaumstoffmatratze versteckt hatte. Ihre Kleider hatte sie in einem weißen Plastiksack gefunden. Gerald kam alle paar Stunden mit frischen Derms, die sie jedesmal ausdrückte, sobald er wieder weg war. Wenn sie Prior dazu bewegen konnte, sie zum Essen auszuführen, konnte sie im Restaurant vielleicht was unternehmen. Aber Prior biß nicht an.

In einem Restaurant konnte sie vielleicht sogar die Polizei holen, denn jetzt glaubte sie zu wissen, worum es bei dem Deal ging.

Snuff. Lanette hatte ihr mal davon erzählt. Daß es Männer gab, die dafür bezahlten, Girls so präparieren zu lassen, daß sie wie andere aussahen, um sie dann kaltzumachen. So jemand mußte reich sein, steinreich. Nicht Prior, sondern jemand, für den er arbeitete. Lanette sagte, diese Typen ließen sich schon mal Girls so herrichten, daß sie wie ihre Ehefrauen aussehen. Mona hatte es seinerzeit nicht recht glauben wollen; manchmal erzählte Lanette Gruselstories, weil es Spaß machte, sich zu gruseln, wenn man in Sicherheit war, und außerdem hatte Lanette viele Stories über perverse Sachen auf Lager. Sie sagte, Schlipse seien die perversesten, die Oberschlipse in den Chefetagen der Multis, weil die es sich nicht leisten könnten, im Beruf die Kontrolle zu verlieren. Aber privat könnten sie sich's leisten, sie auf jede beliebige Art und Weise zu verlieren, sagte Lanette. Warum sollte es also nicht irgendwo einen Oberschlips geben, der Angie auf diese Weise haben wollte? Gab ja 'ne Menge Girls, die an sich rumschnipseln ließen, um wie sie auszusehen, obwohl es meist jämmerlich in die Hose ging. Möchtegern-Angies. Mona hatte noch keine gesehen, die Angie so weit ähnelte, daß sich ein interessierter Fan hätte täuschen lassen. Aber vielleicht gab's einen Typ, der das alles bezahlte, nur um eine zu kriegen, die wie Angie aussah. Wie auch immer, wenn es nicht Snuff war, was dann?

Prior knöpfte gerade sein blaues Hemd zu. Er kam ans Bett und zog die Decke weg, um sich ihre Brüste anzusehen. Als würde er ein Auto oder so was begutachten.

Sie riß die Decke wieder hoch.

»Ich besorg ein paar Krabben.« Er zog sein Jackett über und ging hinaus. Sie hörte, wie er etwas zu Gerald sagte.

Gerald steckte den Kopf herein. »Wie geht's, Mona?«

»Ich hab Hunger.«

»Fühlst du dich wohl?«

»Ja...«

Als sie wieder allein war, drehte sie sich zur Seite und betrachtete ihr Gesicht, Angies Gesicht, in der Spiegelwand. Die Blutergüsse waren fast verschwunden. Gerald hatte ihr irgendwelche Dinger ins Gesicht geklebt, winzige Elektroden oder so, und sie an einen Apparat gehängt. Damit würde es schnell abheilen, meinte er.

Mittlerweile machte ihr Herz beim Anblick von Angies Gesicht im Spiegel keinen Satz mehr. Die Zähne waren ganz nett; die würde sie auf alle Fälle behalten. Was den Rest betraf, war sie sich nicht sicher, noch nicht.

Vielleicht sollte sie jetzt einfach aufstehen, sich anziehen und gehen. Falls Gerald sie aufzuhalten versuchte, konnte sie von dem Schocker Gebrauch machen. Dann fiel ihr wieder ein, wie Prior bei Michael aufgetaucht war, als hätte er sie die ganze Nacht beobachten und beschatten lassen. Vielleicht stand auch jetzt ein Beschatter draußen. Geralds Praxis schien keine Fenster zu haben, jedenfalls keine richtigen, so daß ihr nichts anderes übrigbleiben würde, als zur Tür hinauszugehen.

Und allmählich verlangte es sie heftig nach ihrem Wiz; doch Gerald würde es merken, wenn sie auch nur eine winzige Dosis nahm. Sie wußte, daß ihr Besteck in der Tasche unterm Bett war.

Wenn sie was einwarf, dachte sie, dann würde sie vielleicht irgendwas *tun*. Aber womöglich nicht das Richtige. Sie mußte zugeben, daß ihre Aktionen im Wiz-Rausch nicht immer der Hit waren, obwohl das Zeug einem das Gefühl gab, keinen Fehler machen zu können.

Jedenfalls hatte sie Hunger. Schade nur, daß es bei Gerald keine Musik gab oder so. Vielleicht sollte sie einfach auf die Krabben warten ...

24
AN EINEM EINSAMEN ORT

Und da stand Gentry, dem die *Gestalt* aus den Augen leuchtete, hielt das Trodennetz ins gleißende Licht blanker Glühbirnen und erklärte Slick, warum es nicht anders ging, warum er sich die Troden aufsetzen und sich in den Input einklinken mußte, den der graue Kasten der reglosen Gestalt auf der Trage einspeiste.

Slick schüttelte den Kopf; er dachte daran, wie er nach Dog Solitude gekommen war. Und Gentry redete schneller auf ihn ein, weil er die Geste als Ablehnung interpretierte.

Er sagte, Slick müsse reingehen, nur für ein paar Sekunden vielleicht, so daß er an die Daten rankäme und eine Makroform erarbeiten könne. Slick sei zu letzterem nicht imstande, sagte Gentry, sonst würde er selber reingehen. Nicht auf die Daten sei er scharf, sondern auf die Form insgesamt, denn die werde ihn seiner Meinung nach zu der großen *Gestalt* führen, der er schon so lange nachjage.

Slick erinnerte sich, wie er Solitude zu Fuß durchquert hatte. Er hatte schreckliche Angst gehabt, wieder sein Korsakov zu kriegen, zu vergessen, wo er war, und das krebserregende Wasser aus den schmierigen roten Pfützen auf der rostigen Ebene zu trinken. Roter Schleim, in dem tote Vögel mit ausgebreiteten Flügeln trieben. Der Trucker aus Tennessee hatte ihm gesagt, er solle vom Highway aus nach Westen gehen, dann würde er innerhalb einer Stunde auf eine zweispurige Asphaltstraße stoßen und eine Mitfahrgelegenheit nach Cleveland kriegen. Aber mittlerweile war er seinem Gefühl nach schon mehr als eine Stunde unterwegs gewesen, außerdem wußte er nicht so genau, wo Westen war, und der Ort war ihm unheimlich: ein Schuttabladeplatz, eine wie von Riesenfüßen plattgetretene Narbe in der Landschaft. Einmal sah er weit weg jemand auf einem niedrigen Hügel und winkte. Die Gestalt verschwand, aber er ging trotzdem in ihre Richtung, versuchte nicht mehr, die Pfützen zu umrunden, sondern plantschte mitten hindurch, bis er zu dem Hügel kam und sah, daß es der flügellose, zur Hälfte in rostigen Dosen begrabene Rumpf eines Verkehrsflugzeugs war. Er fand einen Weg den Hang hinauf, wo die Dosen plattgetreten waren, und gelangte zu einer viereckigen Öffnung, die einstmals ein Notausstieg gewesen war. Steckte den Kopf hinein und sah Hunderte von kleinen Köpfen von der gewölbten Decke hängen. Er erstarrte und kniff in dem plötzlichen Halbdunkel die Augen zusammen, bis das, was er sah, einen gewissen Sinn ergab. Rosige Plastikpuppenköpfe mit Nylonhaar, das oben auf den Köpfen zu Knoten gebunden war. Die Knoten steckten in dickem, schwarzem Teer, die Köpfe baumelten wie Obst herab. Sonst nichts, nur ein paar rissige Matratzen aus dreckigem grünen Schaumstoff, und er wußte, daß er da nicht länger bleiben wollte, um rauszufinden, wer hier hauste.

Danach war er nach Süden gegangen, ohne es zu wissen, und hatte Factory gefunden.

»So 'ne Chance krieg ich nie wieder«, sagte Gentry. Slick starrte in das angespannte Gesicht mit den vor Verzweiflung weit aufgerissenen Augen. »Ich werd sie nie sehen ...«

Und Slick erinnerte sich daran, wie Gentry ihn geschlagen hatte, wie er auf den Schraubenschlüssel hinabgesehen hatte und dabei ein Gefühl der ... Nun, was Cherry von ihnen dachte, stimmte nicht, aber es war trotzdem was zwischen ihnen, das er nicht benennen konnte. Er schnappte sich das Trodennetz mit der Linken und stieß Gentry mit der Rechten hart vor die Brust. »Halt die Schnauze! Halt die Schnauze, verdammt!« Gentry taumelte. Slick verfluchte ihn leise, während er sich das feine Netz aus Kontaktdermatroden über Stirn und Schläfen zog.

Stecker rein.

Seine Stiefel knirschten auf Kies.

Augen auf, Blick nach unten; eine glatte, geschotterte Auffahrt im Morgenlicht, sauberer als alles auf Dog Solitude. Er hob den Blick, sah sie um eine Kurve verschwinden und entdeckte hinter ausladenden grünen Bäumen das schiefergedeckte Giebeldach eines Hauses, das halb so groß war wie Factory. Um ihn herum standen Statuen in dem hohen, feuchten Gras. Ein eherner Hirsch und die kaputte Figur eines Männerkörpers aus weißem Stein, ohne Arme, Beine und Kopf. Vögel sangen, ansonsten war nichts zu hören.

Er ging die Auffahrt hinauf zu dem grauen Haus, denn das schien das einzige zu sein, was er tun konnte. Als er ans Ende der Auffahrt gelangte, sah er hinter dem Haus noch einige kleinere Gebäude und eine weite, flache Wiese, auf der Drachenflieger gegen den Wind angepflockt waren.

Wie im Märchen, dachte er, als er zu dem breiten steinernen Gesims des Landsitzes hinaufschaute, zu den bleiverglasten, rautenförmigen Fenstern; wie in einem Video, das er als Kind gesehen hatte. Gab es wirklich Menschen, die an solchen Orten lebten? *Aber es ist kein Ort*, rief er sich ins Gedächtnis, *es erweckt nur den Anschein*.

»Gentry«, sagte er, »hol mich hier raus, okay?«

Er betrachtete seine Handrücken. Narben, tiefsitzender Schmutz, halbmondförmige schwarze Ränder unter den abgebrochenen Fingernägeln. Schmiere drang ein und weichte sie auf, so daß sie leicht brachen.

Er kam sich allmählich blöd vor, wie er so dastand. Vielleicht wurde er vom Haus aus beobachtet. »Scheiße«, sagte er und ging den breiten, gepflasterten Weg hinauf, wobei er automatisch in den schmissigen Gang verfiel, den er bei den Deacon Blues gelernt hatte.

An der Tür war in einem der mittleren Felder so ein Ding

angebracht: eine kleine, grazile Hand, die eine billardgroße Kugel umschloß, alles aus Eisen gegossen. Am Handgelenk ein Scharnier, so daß man sie hochheben und damit gegen die Tür schlagen konnte. Das tat er. Fest. Zweimal, dann noch zweimal. Nichts rührte sich. Der Türknauf war aus Messing mit Blumenmustern, die im Laufe der Jahre fast bis zur Unsichtbarkeit abgewetzt worden waren. Er ließ sich mühelos drehen. Slick öffnete die Tür.

Er blinzelte angesichts der Vielfalt von Farben und Strukturen. Flächen aus poliertem dunklen Holz, schwarzer und weißer Marmor, Teppiche in tausend weichen Farben, die wie Kirchenfenster leuchteten, poliertes Silber, Spiegel ... Er lächelte über den leichten Schock, ließ den Blick von einer Augenweide zur nächsten wandern. So viele Dinge, die er oftmals gar nicht benennen konnte ...

»Suchst du jemand Bestimmten, Freundchen?«

Der Mann stand vor einem riesigen Kamin. Er trug knallenge schwarze Jeans und ein weißes T-Shirt, war barfuß und hatte einen großen Cognacschwenker in der rechten Hand. Slick sah ihn verblüfft an.

»Scheiße«, sagte Slick, »du bist er ...«

Der Mann schwenkte das braune Zeug bis zum Glasrand und nahm einen Schluck. »Hab mir schon gedacht, daß Afrika irgendwann so was abziehen würde«, sagte er, »aber du siehst mir eigentlich nicht wie einer seiner Lakaien aus, Kamerad.«

»Du bist der Count.«

»Ja«, sagte er, »ich bin der Count. Und wer, zum Teufel, bist du?«

»Slick. Slick Henry.«

Er lachte. »Wie wär's mit 'nem Cognac, Slick Henry?« Er zeigte mit dem Glas auf ein poliertes Holzmöbel, in dem eine Reihe schmuckvoller Flaschen standen, jede mit einer silbernen Plakette an einem Kettchen.

Slick schüttelte den Kopf.

Der Mann zuckte die Achseln. »Kannst dir damit sowieso keinen ansaufen … Entschuldige, wenn ich das sage, Slick, aber du siehst beschissen aus. Gehe ich recht in der Annahme, daß du nicht zu Kid Afrikas Unternehmen gehörst? Und wenn nicht, was hast du dann hier verloren?«

»Gentry hat mich geschickt.«

»Gentry wer?«

»Du bist der Typ auf der Trage, stimmt's?«

»Der Typ auf der Trage bin ich. Wo genau ist diese Trage im Moment, Slick?«

»Bei Gentry.«

»Wo ist das?«

»Factory.«

»Eine Fabrik? Und wo ist *die?*«

»Dog Solitude.«

»Und wie bin ich da hingekommen, wo immer das ist?«

»Kid Afrika hat dich hergebracht. Zusammen mit dieser Cherry. Weißt du, ich war ihm 'nen Gefallen schuldig, und er wollte, daß ich dich 'ne Weile unterbringe, dich und Cherry, die sich um dich kümmert.«

»Du hast mich Count genannt, Slick.«

»Cherry sagt, Kid hätte dich mal so genannt.«

»Sag mal, Slick, kam dir Kid nervös vor, als er mich zu euch gebracht hat?«

»Cherry meint, er hat Schiß gekriegt in Cleveland.«

»Jede Wette. Wer ist dieser Gentry? 'n Freund von dir?«

»Dem gehört Factory. Ich wohn auch da.«

»Dieser Gentry, ist das 'n Cowboy, Slick? Ein Konsolenjockey? Ich meine, wenn du hier bist, muß er technisch einigermaßen durchblicken, hab ich recht?«

Diesmal zuckte Slick die Achseln. »Gentry ist so 'ne Art Künstler oder so. Hat so seine Theorien. Schwer zu erklären. Er hat an das Ding an der Trage, in das du eingesteckt bist, 'ne Überbrückung drangehängt. Zuerst wollte er 'n Holo kriegen, aber da kam dann bloß dieses Affending, so 'n Schatten, und da hat er mich bequatscht...«

»Du meine Güte... Na, egal. Diese Fabrik, von der du immer redest, steht die irgendwo in der Pampa? Relativ abgelegen?«

Slick nickte.

»Und diese Cherry ist so 'ne Art Mietkrankenschwester?«

»Ja. Sie hat 'nen MTA-Wisch, sagt sie.«

»Und es ist mich noch keiner suchen gekommen?«

»Nein.«

»Das ist gut, Slick. Denn wenn jemand kommt, mal abgesehen von meinem Freund Kid Afrika, dieser verlogenen Ratte, könntet ihr in ernste Schwierigkeiten geraten.«

»Ja?«

»Ja. Jetzt hör mir mal zu und merk dir, was ich sage. Falls irgend jemand in eurer Fabrik auftaucht, dann ist eure absolut einzige Hoffnung, daß ihr mich an die Matrix koppelt. Kapiert?«

»Wie kommst du zu dem Titel ›Count‹? Bist du ein Graf? Ich meine, was hat das zu bedeuten?«

»Bobby. Ich heiße Bobby. Count war mal mein Künstlername, das ist alles. Meinst du, du kannst dir merken, was ich dir gesagt habe?«

Slick nickte erneut.

»Gut.« Er stellte den Schwenker auf das Möbel mit den vielen hübschen Flaschen. »Horch!« sagte er. Durch die offene Tür hörte man das Geräusch von Reifen auf Kies. »Weißt du, wer das ist, Slick? Das ist Angela Mitchell.«

Slick drehte sich um. Bobby der Count schaute hinaus.

»Angela Mitchell? Der Stim-Star? Steckt die auch hier drin?«

»Gewissermaßen, Slick, gewissermaßen.«

Slick sah den langen schwarzen Wagen vorbeirollen. »He«, begann er, »Count, ich meine, Bobby, was...«

»Immer mit der Ruhe«, sagte Gentry, »lehn dich einfach zurück. Ganz ruhig. Ganz ruhig...«

25
NACH OSTEN

Während Kelly und seine Assistenten ihre Reisegarderobe zusammenstellten, hatte sie das Gefühl, als würde sich das Haus um sie herum regen und sich wie so oft für eine kurze Zeit des Leerstehens rüsten.

Vom Wohnzimmer aus, wo sie saß, konnte sie ihre Stimmen hören, ihr Lachen. Eine der Assistentinnen war ein Mädchen in einem blauen Polykarbonat-Exo, mit dem sich die Hermès-Kleiderkoffer wie federleichte Schaumstoffblöcke tragen ließen. Die summende Skeletthaut tappte auf ihren breiten Dinosaurierbeinen leise die Stufen hinunter. Blaues Skelett, lederne Särge.

Nun stand Porphyre in der Tür. »Missy fertig?« Er trug einen langen, weiten Mantel aus papierdünnem schwarzen Leder; Rheinkieselsporen glitzerten über den Absätzen schwarzer Lackstiefel.

»Porphyre«, sagte sie, »du siehst ja richtig zivil aus. Wir haben einen großen Auftritt vor uns in New York.«

»Die Kameras sind auf dich gerichtet.«

»Ja«, sagte sie, »wegen meiner Wiedereinsetzung.«

»Porphyre wird sich schön im Hintergrund halten.«

»Das ist ja ganz was Neues, daß du darauf bedacht bist, keinem die Show zu stehlen.«

Er grinste und zeigte dabei seine modellierten, stromlinienförmigen Zähne, den Traum eines avantgardistischen Zahnarztes vom Gebiß einer schnelleren, eleganteren Spezies.

»Danielle Stark fliegt mit uns.« Angie hörte das Knattern des ankommenden Helikopters. »Sie steigt in LAX zu.«

»Die erdrosseln wir«, sagte er in vertraulichem Ton, während er ihr in den blauen Fuchs half, den Kelly ausgesucht hatte. »Wenn wir versprechen, dem Fax gegenüber ein sexuelles Motiv anzudeuten, spielt sie vielleicht sogar mit...«

»Du bist gemein.«

»Danielle ist ein Scheusal, Missy.«

»Faß dich mal an die eigene Nase.«

»Hm«, meinte der Friseur und kniff die Augen zusammen, »aber im tiefsten Innern bin ich unschuldig wie ein Kind.«

Der Helikopter setzte zur Landung an.

Danielle Stark, die für die Stim-Ausgabe von *Vogue Nippon* und *Vogue Europa* arbeitete, war, wie man überall munkelte, schon Ende achtzig. Wenn das stimmte, dachte Angie, die verstohlen die Figur der Journalistin musterte, als sie zu dritt in den Lear einstiegen, konnte Danielle es in bezug auf den Umfang der plastischen Modifikationen durchaus mit Porphyre aufnehmen. Anscheinend hatte sie sich in ihren frühen Dreißigern, als sie noch gertenschlank gewesen war, lediglich mit hellblauen Zeiss-Implantaten aufmotzen lassen. Diese hatte ein junger französischer Modejournalist einmal als »modisch von vorgestern« bezeichnet; wie man sich bei Net erzählte, hatte der Journalist danach den Beruf wechseln müssen.

Und Angie wußte, daß Danielle bald über Drogen – VIP-Drogen – sprechen wollen und dabei die kornblumenblauen Schulmädchenaugen weit aufreißen würde, um ja alles mitzukriegen.

Unter Porphyres einschüchternden Blicken hielt sich Danielle zurück, bis sie Reisegeschwindigkeit erreicht hatten und irgendwo über Utah waren.

»Ich hatte gehofft«, begann sie, »daß nicht ich das Thema aufbringen müßte.«

»Das tut mir aber leid, Danielle«, erwiderte Angie. »Wie rücksichtslos von mir.« Sie berührte die furnierte Front der Hosaka-

Bordküche, die leise surrte und kleine Teller mit in Teerauch geräuchterter Ente, Golf-Austern auf Schwarzpfeffertoast, Langustentörtchen, Sesam-Pfannkuchen und so weiter auszugeben begann. Porphyre verstand Angies Wink und brachte eine gekühlte Flasche Chablis zum Vorschein – Danielles Lieblingsmarke, wie Angie nun wieder einfiel. Jemand anders – Swift? – hatte sich ebenfalls daran erinnert.

»Drogen«, sagte Danielle eine Viertelstunde später nach ihrem letzten Bissen Ente.

»Keine Sorge«, meinte Porphyre beschwichtigend, »wenn Sie erst mal in New York sind, kriegen Sie alles, was Ihr Herz begehrt.«

Danielle lächelte. »Du bist so amüsant. Weißt du, daß ich eine Kopie deiner Geburtsurkunde habe? Ich kenne deinen richtigen Namen.« Immer noch lächelnd, sah sie ihn vielsagend an.

»Worte tun nicht weh«, sagte er und füllte ihr Glas nach.

»Und da war auch so eine interessante Anmerkung zu kongenitalen Defekten.« Sie trank einen Schluck Wein.

»Kongenital, genital ... Wir alle verändern uns so *sehr* heutzutage, nicht wahr? Wer hat Ihre Frisur gemacht, meine Liebe?« Er beugte sich vor. »Was einen mit Ihnen versöhnt, Danielle, ist, daß der Rest Ihres Geschlechts im Vergleich zu Ihnen ansatzweise menschlich wirkt.«

Danielle lächelte.

Das Interview selbst ging ziemlich glatt über die Bühne. Danielle war eine so erfahrene Interviewerin, daß ihre Scheinangriffe niemals die Schmerzgrenze überschritten, wo sie ernsthaften Widerstand hervorrufen könnten. Doch als sie sich mit der Fingerspitze über die Schläfe strich und dabei einen unter der Haut sitzenden Schalter betätigte, der ihr Aufzeichnungssystem deaktivierte, rüstete sich Angie für die eigentliche Attacke.

»Danke«, sagte Danielle. »Der Rest des Flugs ist natürlich off the record.«

»Trinken Sie doch einfach noch ein, zwei Flaschen und machen Sie ein kleines Nickerchen«, sagte Porphyre.

»Was ich nicht verstehe«, sagte Danielle, ohne ihn zu beachten, »ist, warum du dir solche Umstände gemacht hast.«

»Umstände, Danielle?«

»Warum du überhaupt in diese langweilige Klinik gegangen bist. Du hast gesagt, es hätte sich nicht nachteilig auf deine Arbeit ausgewirkt. Du hast auch gesagt, du wärst davon nicht high geworden, im üblichen Sinn.« Sie kicherte. »Trotzdem behauptest du, es wäre ein derart schrecklicher Suchtstoff gewesen. Warum hast du dich denn nun entschlossen, damit aufzuhören?«

»Es war furchtbar teuer ...«

»Das dürfte in deinem Fall doch wohl ein rein akademisches Problem sein.«

Stimmt, dachte Angie, *obwohl eine Woche auf diesem Stoff annähernd so viel kosten dürfte, wie du im Jahr verdienst.*

»Ich schätze, es hat mir nicht gefallen, daß ich Geld hinlegen mußte, um mich normal zu fühlen. Oder wenigstens halbwegs normal.«

»Hattest du eine Toleranz entwickelt?«

»Nein.«

»Komisch.«

»Eigentlich nicht. Diese Designer liefern Substanzen, die angeblich die traditionellen Nachteile umgehen.«

»Aha. Aber wie steht's mit den neuen, den *akuten* Nachteilen?« Danielle schenkte sich Wein nach. »Mir ist natürlich eine andere Version der ganzen Geschichte zu Ohren gekommen.«

»Ah ja?«

»Natürlich. Was es gewesen ist, wer es gemacht hat, warum du es abgesetzt hast.«

»Und zwar?«

»Es war ein Antipsychotikum, das in Sense/Net-eigenen Labors hergestellt worden ist. Du hast es abgesetzt, weil du lieber verrückt sein möchtest.«

Danielles Lider über den strahlend blauen Augen begannen zu flattern; Porphyre nahm ihr sanft das Glas aus der Hand. »Gute Nacht, meine Liebe«, sagte er. Danielle fielen die Augen zu; sie begann leise zu schnarchen.

»Porphyre, was …?«

»Ich hab ihr was in den Wein getan«, sagte er. »Sie wird nichts merken, Missy. Sie wird sich nur noch an das erinnern, was sie aufgezeichnet hat.« Er grinste breit. »Du wolltest dich doch wohl nicht den ganzen Flug über von diesem Miststück zuquatschen lassen, oder?«

»Aber sie wird es merken, Porphyre!«

»Eben nicht. Wir sagen ihr, sie hätte allein drei Flaschen Chablis gekillt und im Waschraum eine Riesensauerei veranstaltet. Und so wird sie sich auch *fühlen*.«

Er kicherte.

Danielle Stark schnarchte noch immer – mittlerweile ziemlich laut – auf einer der beiden Klappkojen im rückwärtigen Teil der Kabine.

»Porphyre«, sagte Angie, »meinst du, sie könnte recht haben?«

Der Friseur sah sie mit seinen prächtigen, nicht menschlichen Augen an. »Und du hättest es nicht gemerkt?«

»Keine Ahnung …«

Er seufzte. »Missy macht sich zu viele Gedanken. Du bist jetzt runter davon. Genieß es!«

»Ich höre aber Stimmen, Porphyre.«

»Tun wir das nicht alle, Missy?«

»Nein«, sagte sie, »nicht solche wie ich. Kennst du dich mit afrikanischen Religionen aus, Porphyre?«

Er lächelte süffisant. »Ich bin kein Afrikaner.«

»Aber als du noch klein warst …«

»Als ich noch klein war, war ich weiß.«

»Oh.«

Er lachte. »Religionen, Missy?«

»Bevor ich zu Net kam, hatte ich Freunde. In New Jersey. Die waren schwarz und … religiös.«

Er grinste erneut süffisant und verdrehte die Augen. »Hoodoozeichen, Missy? Hühnerknochen und Minzöl?«

»Du weißt, daß es nicht so ist.«

»Ja, und?«

»Nimm mich nicht auf den Arm, Porphyre! Ich brauche dich.«

»Bin ja da, Missy. Und ja, ich weiß, was du meinst. Und *das* sind deine Stimmen?«

»Das waren sie. Als ich mit dem Dust angefangen habe, sind sie verschwunden.«

»Und jetzt?«

»Sind sie weg.« Doch der Impuls war mittlerweile verebbt, und sie scheute davor zurück, ihm von Grande Brigitte und der Droge in der Jacke zu erzählen.

»Gut«, sagte er. »Das ist gut, Missy.«

Der Lear begann über Ohio mit dem Sinkflug. Porphyre starrte an die Wand, reglos wie eine Statue. Angie schaute auf die Wolkenlandschaft unter ihnen hinaus, die sich ihnen entgegenhob, und dachte an das Spiel, das sie als Kind in Flugzeugen gespielt hatte, indem sie eine imaginäre Angie hinausschickte und sie durch Wolkenschluchten und über flaumige Gipfel tollen ließ, die auf magische Weise feste Gestalt angenommen hatten. Diese Flugzeuge hatten vermutlich Maas-Neotek gehört. Später war sie von den Maas-Jets in die Net-Lears umgestiegen. Verkehrsmaschinen kannte sie nur als Drehorte für ihre Stims: von New York nach Paris auf dem Jungfernflug der restaurierten JAL-Concorde mit Robin und einer Gruppe von handverlesenen Net-Leuten.

Abwärts. Waren sie schon über New Jersey? Hörten die Kinder auf den Dachspielplätzen von Beauvoirs Arcologie die Turbinen des Lear? Spülte der Düsenlärm der vorbeifliegenden Maschine leise über die Wohnsilos aus Bobbys Kindheit hinweg?

Wie unvorstellbar kompliziert die Welt doch allein schon bei den Details ihres Mechanismus war, wenn Sense/Nets Firmenwille winzige Knöchelchen in den Ohren unbekannter, unwissender Kinder zum Vibrieren brachte...

»Porphyre weiß gewisse Dinge«, sagte er ganz leise. »Aber Porphyre braucht Zeit zum Nachdenken, Missy.«

Sie legten sich zum Landeanflug in die Kurve.

26
KUROMAKU

Und Sally sagte kein Wort, weder auf der Straße noch im Taxi. Sie schwieg während des ganzen langen, kalten Rückwegs ins Hotel.

Sally und Swain wurden von Sallys Feindin ›am oberen Ende des Schachts‹ erpreßt. Sally wurde gezwungen, Angie Mitchell zu kidnappen. Der Gedanke, daß der Sense/Net-Star entführt werden sollte, kam Kumiko absolut unwirklich vor, als wollte jemand eine Figur aus der Mythologie ermorden.

Der Finne hatte angedeutet, daß Angie bereits auf geheimnisvolle Weise in die Sache verwickelt sei, aber er hatte Wörter und Redewendungen gebraucht, die Kumiko nicht verstand. Irgendetwas im Cyberspace; Leute, die mit einem Ding oder Dingen darin Pakte schlossen.

Der Finne hatte einen Jungen gekannt, der Angies Liebhaber geworden war; aber war Angie nicht mit Robin Lanier zusammen? Kumikos Mutter hatte ihr erlaubt, einige Stims mit Angie und Robin anzuschauen. Der Junge war ein Cowboy gewesen, ein Datendieb wie Tick in London.

Und was war mit der Feindin, der Erpresserin? Dem Finnen zufolge war sie verrückt, und ihr Wahnsinn hatte den Niedergang des Familienbesitzes herbeigeführt. Sie lebte allein im Haus ihrer Vorfahren, das Straylight hieß. Womit hatte Sally sich ihre Feindschaft zugezogen? Hatte sie wirklich den Vater dieser Frau getötet? Und wer waren die anderen, die anderen, die gestorben waren? Schon hatte sie die *Gaijin*-Namen wieder vergessen ...

Und hatte Sally durch ihren Besuch beim Finnen herausgefunden, was sie herausfinden wollte? Kumiko hatte zuletzt auf eine Weissagung aus dem gepanzerten Schrein gewartet, aber das Gespräch hatte mit Nichtigkeiten geendet, mit einem *Gaijin*-Ritual aus scherzhaften Abschiedsfloskeln.

Im Foyer des Hotels wartete Petal in einem blauen Veloursessel. Er trug Reisekleidung – ein dreiteiliger Anzug aus grauem Wollstoff umhüllte seinen massigen Leib – und erhob sich wie ein seltsamer Ballon aus dem Sessel, als sie hereinkamen. Die Augen hinter der Nickelbrille waren sanft wie immer.

»Hallo«, sagte er und hustete. »Swain hat mich euch nachgeschickt. Nur um auf das Mädchen aufzupassen.«

»Bring sie wieder zurück«, sagte Sally. »Jetzt gleich. Noch heute abend.«

»Sally! Nein!« Aber Sally hatte sie schon am Arm gepackt und zog sie zum Eingang der abgedunkelten Lounge, die vom Foyer abging.

»Warte da drüben!« fuhr sie Petal an. »Hör mir zu«, sagte sie, während sie Kumiko um die Ecke ins Halbdunkel zerrte. »Du fliegst zurück. Ich kann dich jetzt nicht hierbehalten.«

»Aber mir gefällt es da nicht. Ich mag weder Swain noch das Haus... Ich...«

»Petal ist okay.« Sally beugte sich zu ihr herunter und sprach sehr schnell. »Im Falle eines Falles würd ich ihm vertrauen. Swain, tja, du weißt, was Swain ist, aber er steht auf der Gehaltsliste deines Vaters. Was auch passiert, die beiden werden schon dafür sorgen, daß du nicht in Gefahr gerätst. Aber wenn's echt brenzlig wird, dann geh in das Pub, wo wir Tick getroffen haben. The Rose and Crown, weißt du noch?«

Kumiko nickte. Ihre Augen füllten sich mit Tränen.

»Falls Tick nicht da ist, such einen Barkeeper namens Bevan und sag ihm meinen Namen.«

»Sally, ich...«

»Das wird schon«, sagte Sally und küßte sie abrupt, wobei eine ihrer Linsen kurz über ihre Wange streifte. Sie war erschreckend kalt und starr. »Und ich, Baby, ich bin praktisch schon weg.«

Und damit war sie im gedämpften Gesumm der Lounge verschwunden. Im Eingang stand Petal und räusperte sich.

Der Flug nach London war wie eine endlose U-Bahn-Fahrt. Petal vertrieb sich die Zeit damit, Worte in irgendein blödsinniges Kreuzworträtsel in einem englischen Fax zu malen, immer einen Buchstaben nach dem anderen, wobei er leise vor sich hinbrummte. Schießlich schlief sie ein und träumte von ihrer Mutter.

»Die Heizung geht«, sagte Petal, als er sie von Heathrow zu Swain chauffierte. Es war unangenehm warm im Jaguar, und die trokkene Luft roch nach Leder und tat ihr in den Stirnhöhlen weh. Ohne ihn zu beachten, schaute sie ins dämmrige Morgenlicht hinaus, betrachtete die schwarzglänzenden Dächer, die unter dem schmelzenden Schnee zum Vorschein kamen, den Schornsteinwald...

»Er ist dir nicht böse, mußt du wissen«, sagte Petal. »Er hat das Gefühl, daß er eine besondere Verantwortung hat...«

»*Giri*.«

»Äh ... ja. Also, Verantwortung eben. Sally war noch nie besonders berechenbar, aber wir hätten nicht erwartet...«

»Ich möchte mich jetzt nicht unterhalten, vielen Dank.«

Seine kleinen, besorgten Augen im Spiegel.

Auf der Straße vor Swains Haus reihten sich parkende Wagen aneinander, lange, silbergraue Wagen mit getönten Scheiben.

»Viel Besuch diese Woche«, sagte Petal, der gegenüber der Hausnummer 17 einparkte. Er stieg aus und hielt ihr die Tür auf. Sie folgte ihm benommen über die Straße und die grauen Stufen hinauf, wo die schwarze Tür von einem untersetzten, rotgesichtigen Mann in einem engen dunklen Anzug geöffnet wurde, an dem Petal vorbeiging, als ob er gar nicht da wäre.

»Moment«, sagte Rotgesicht. »Sie soll gleich zu Swain ...«

Die Worte des Mannes ließen Petal innehalten; er gab einen Brummlaut von sich, wirbelte mit beunruhigender Geschwindigkeit herum und packte den Mann am Revers.

»In Zukunft zeigst du 'n bißchen Respekt, verdammt noch mal«, sagte Petal, und obwohl er die Stimme nicht erhoben hatte, war ihre sanfte Müdigkeit wie weggewischt. Kumiko hörte Nähte platzen.

»Sorry, Boß.« Das rote Gesicht war sorgsam ausdruckslos. »Er hat mir gesagt, ich soll's Ihnen ausrichten.«

»Na, dann komm«, sagte Petal zu Kumiko und ließ das dunkle Kammgarn-Revers los. »Er will dir bestimmt nur guten Tag sagen.«

Sie trafen Swain an einem drei Meter langen, eichenen Refektoriumstisch in dem Zimmer an, wo sie ihn kennengelernt hatte. Die Rangzeichen-Drachen waren hinter feinem weißem Wollstoff und einer gestreiften Seidenkrawatte weggeknöpft. Ihre Blicke begegneten sich, als sie eintrat. Sein längliches Gesicht lag im Halbdunkel außerhalb des Lichtkegels einer Leselampe aus Messing mit grünem Schirm, die neben einer kleinen Konsole und einem dicken Bündel Fax auf dem Tisch stand. »Gut«, sagte er. »Und wie war's im Sprawl?«

»Ich bin sehr müde, Mr. Swain. Ich möchte gern auf mein Zimmer gehen.«

»Wir sind froh, daß wir dich wiederhaben, Kumiko. Das Sprawl ist ein gefährliches Pflaster. Sallys Freunde dort gehören wohl kaum zu der Sorte Leute, mit denen du Umgang pflegen solltest, wenn es nach deinem Vater ginge.«

»Darf ich jetzt auf mein Zimmer gehen?«

»Hast du irgendwelche Freunde von Sally kennengelernt, Kumiko?«

»Nein.«

»Wirklich nicht? Was habt ihr denn gemacht?«

»Nichts.«

»Du darfst uns nicht böse sein, Kumiko. Wir beschützen dich.«

»Danke. Darf ich jetzt auf mein Zimmer gehen?«

»Natürlich. Du bist bestimmt sehr müde.«

Petal, dessen grauer Anzug vom Flug arg zerknittert war, folgte ihr mit ihrem Koffer hinaus. Sie hielt den Blick bewußt gesenkt, als sie an der leer dreinstarrenden Marmorbüste vorbeikamen, hinter der vielleicht noch das Maas-Neotek-Gerät verborgen lag, aber da Swain und Petal im Raum waren, sah sie keine Möglichkeit, es wieder an sich zu nehmen.

Es war neues Leben im Haus, eine gedämpfte Betriebsamkeit: Stimmen, Schritte, das Klappern des Aufzugs, das Gluckern des Wassers in den Rohren, wenn jemand ein Bad nahm.

Sie saß am Fußende des Bettes und starrte auf die schwarze Marmorwanne. Remanente Bilder von New York hatten sich am Rand ihrer Vorstellung festgesetzt; wenn sie die Augen schloß, fand sie sich in der Gasse wieder, neben Sally hockend. Neben Sally, die sie weggeschickt hatte. Die sich nicht mehr umgeschaut hatte. Sally, die einmal Molly oder Misty oder beides geheißen hatte. Wieder das Gefühl, wertlos zu sein. Sumida, ihre Mutter, im schwarzen Wasser treibend. Ihr Vater. Sally.

Gleich darauf stand sie auf, von einer Neugier getrieben, die ihre Scham beiseite schob, bürstete sich die Haare, schlüpfte in leichte schwarze Zehensocken aus Gummi mit geriffelten Plastiksohlen und schlich auf Zehenspitzen in den Flur hinaus. Im Lift stank es nach Zigarettenqualm.

Rotgesicht marschierte im blau ausgelegten Foyer auf und ab, die Hände in den Taschen des engen schwarzen Jacketts, als sie aus dem Lift kam. »Ähem«, räusperte er sich und zog die Brauen hoch. »Brauchen Sie was?«

»Ich habe Hunger«, sagte sie auf Japanisch. »Ich gehe in die Küche.«

»Ähem«, machte er, nahm die Hände aus den Taschen und strich sein Jackett vorne glatt. »Sprechen Sie Englisch?«

»No«, sagte sie, ging einfach an ihm vorbei über den Flur und bog um die Ecke. »Ähem«, hörte sie ihn nun schon mit mehr Nachdruck sagen, aber da tastete sie bereits hinter der weißen Büste herum.

Sie konnte das Gerät gerade noch in die Tasche gleiten lassen, als er um die Ecke kam. Er ließ seinen prüfenden Blick automatisch durchs Zimmer schweifen, wobei die Hände locker an den Seiten baumelten, ein Gebaren, das sie mit einem Mal an die Sekretäre ihres Vaters erinnerte.

»Ich habe Hunger«, sagte sie auf Englisch.

Fünf Minuten später war sie mit einer großen, typisch britisch aussehenden Orange – die Engländer schienen keinen besonderen Wert auf die Symmetrie von Früchten zu legen – wieder in ihrem Zimmer. Nachdem sie die Tür geschlossen hatte, legte sie die Orange auf den breiten, flachen Rand der schwarzen Wanne und zog das Maas-Neotek-Gerät aus der Tasche.

»Schnell jetzt«, sagte Colin und warf die Stirnlocke zurück, während sein Bild scharf wurde. »Mach das Ding auf und stell den A/B-Schalter auf A. Die neue Leitung hat einen Techniker im Einsatz, der überall rumläuft und nach Wanzen sucht. Sobald du umgeschaltet hast, dürfte es nicht mehr als Abhörgerät zu erkennen sein.« Sie befolgte seine Anweisung mit Hilfe einer Haarnadel.

»Was meinst du damit?« fragte sie, indem sie die Worte mit dem Mund formte, ohne sie auszusprechen. »Die neue Leitung?«

»Hast du's noch nicht gemerkt? Sind jetzt mindestens ein Dutzend Angestellte hier, von den zahlreichen Besuchern ganz zu schweigen. Na ja, ich schätze, es ist weniger eine neue Leitung als eine Intensivierung der Vorgänge. Dein Mr. Swain ist auf seine diskrete Weise ein recht geselliger Mensch. Wir haben da ein Gespräch zwischen Swain und dem Vize der Special Branch. Ich könnte mir vorstellen, daß so einige Leute – darunter auch der besagte Beamte – nicht vor Mord zurückschrecken würden, um in dessen Besitz zu gelangen.«

»Special Branch?«

»Die Geheimpolizei. Komischen Umgang, den Swain da pflegt: Buck-House-Typen, Zaren der Wohnsilos im East End, höhere Polizeibeamte...«

»Buck House?«

»Der Buckingham Palace. Ganz zu schweigen von Bankiers aus der City, einem Simstim-Star und scharenweise teuren Lakaien und Drogenhändlern...«

»Einem Simstim-Star?«

»Lanier. Robin Lanier.«

»Robin Lanier? Der war hier?«

»Am Morgen nach deiner überstürzten Abreise.«

Sie schaute Colin in die transparenten grünen Augen. »Sagst du die Wahrheit?«

»Ja.«

»Immer?«

»Soweit ich weiß, schon.«

»Was bist du?«

»Eine Biochip-Persönlichkeitsbasis von Maas-Neotek, die darauf programmiert ist, dem japanischen Besucher im Vereinigten Königreich beratend zur Seite zu stehen.«

Er zwinkerte ihr zu.

»Warum zwinkerst du?«

»Was meinst du wohl?«

»Beantworte meine Frage!« Ihre Stimme hallte laut durch das verspiegelte Zimmer.

Der Geist hob einen schmalen Zeigefinger an die Lippen. »Ich bin auch noch was anderes, stimmt. Für ein bloßes Beraterprogramm zeige ich ein bißchen zu viel Initiative, obwohl mein Grundmodell ein überaus hochentwickeltes Spitzenprodukt ist. Trotzdem kann ich dir nicht genau sagen, was ich bin, weil ich's nicht weiß.«

»Du weißt es nicht?« Wieder stimmlos, vorsichtig.

»Ich weiß alles mögliche«, begann er und ging zu einem Mansardenfenster. »Ich weiß, daß eine Festtafel in der Middle Temple Hall angeblich aus dem Holz der *Golden Hind* gefertigt ist; daß man bis zu den Laufgängen der Tower Bridge 128 Stufen erklimmen muß; daß in der Wood Street rechts von Cheapside eine Platane steht, in der angeblich Wordsworths Drossel gesungen hat.« Er drehte sich plötzlich zu ihr um. »Was allerdings nicht stimmt, weil der jetzige Baum 1998 nach dem Original geklont wurde. All das weiß ich, wie du siehst, und noch mehr, sehr viel mehr. Ich könnte dir zum Beispiel die Grundlagen eines Billardspiels namens Snooker beibringen. Das bin ich, oder vielmehr, das sollte ich ursprünglich sein. Aber ich bin auch noch mehr, und das hat höchstwahrscheinlich mit dir zu tun. Was, weiß ich nicht. Wirklich nicht.«

»Du bist ein Geschenk meines Vaters. Stehst du mit ihm in Verbindung?«

»Nicht daß ich wüßte.«

»Du hast ihm meine Abreise nicht gemeldet?«

»Du verstehst nicht«, sagte er. »Ich habe gar nicht gewußt, daß du weg warst, bis du mich vorhin eingeschaltet hast.«

»Aber du hast aufgezeichnet …«

»Ja, aber unbewußt. Ich bin nur ›da‹, wenn du mich aktivierst. Dann werte ich die aktuellen Daten aus. In einem Punkt kannst du dir allerdings ziemlich sicher sein: Es ist schlechterdings unmöglich, irgendein Signal aus diesem Haus zu senden, ohne daß Swains Schnüffler es sofort bemerken.«

»Könnte es mehr von deiner Sorte geben, ich meine, einen zweiten im selben Gerät?«

»Interessanter Gedanke, aber nein, es sei denn, es hätte einen ganz fürchterlichen, geheimen Durchbruch in der Technologie gegeben. Bei der Größe meiner Hardware ist es für mich allein schon ein bißchen eng in dieser Hülle. Das weiß ich aus meinen umfangreichen allgemeinen Hintergrundinformationen.«

Sie betrachtete das Gerät in ihrer Hand. »Lanier«, sagte sie. »Erzähl mir von ihm.«

»Zehn Uhr fünfundzwanzig und sechzehn Sekunden«, sagte er. Ihr Kopf füllte sich mit körperlosen Stimmen.

PETAL: Wenn Sie mir bitte folgen wollen, Sir.

SWAIN: Kommen Sie ins Billardzimmer.

DRITTE STIMME: Dafür haben Sie hoffentlich einen guten Grund, Swain. Im Wagen warten drei Net-Männer. Ihre Adresse wird im Datenspeicher des Sicherheitsdienstes bleiben, bis die Hölle zufriert.

PETAL: Hübscher Wagen, der Daimler, Sir. Darf ich Ihnen den Mantel abnehmen?

DRITTE STIMME: Also, was ist, Swain? Warum konnten wir uns nicht im Brown's treffen?

SWAIN: Legen Sie ab, Robin. Sie ist weg.

DRITTE STIMME: Weg?

SWAIN: Zum Sprawl. Ist heute früh abgehauen.

DRITTE STIMME: Aber es ist doch noch gar nicht soweit.

SWAIN: Meinen Sie, ich hätte sie hingeschickt?

Die Antwort des Mannes klang hohl und undeutlich, verschluckt von einer sich schließenden Tür. »War das Lanier?« fragte Kumiko lautlos.

»Ja«, erwidete Colin. »Petal hat in einem vorhergehenden Gespräch seinen Namen erwähnt. Swain und Lanier waren fünfundzwanzig Minuten zusammen.«

Das Geräusch einer Türklinke, die niedergedrückt wurde, dann Bewegung.

SWAIN: Schöne Bescherung. Ist aber nicht meine Schuld. Ich habe Sie vor ihr gewarnt und Ihnen gesagt, Sie sollen die anderen warnen. Die geborene Killerin, höchstwahrscheinlich eine Psychopathin.

LANIER: Das ist Ihr Problem, nicht meins. Sie brauchen deren Produkt und meine Kooperation.

SWAIN: Und was ist *Ihr* Problem, Lanier? Warum sind Sie dabei? Nur, um Mitchell aus dem Weg zu räumen?

LANIER: Wo ist mein Mantel?

SWAIN: Petal, bring Mr. Lanier seinen verdammten Mantel!

PETAL: Sir.

LAINER: Ich hab den Eindruck, die sind auf Ihre Messermieze genauso scharf wie auf Angie. Sie ist eindeutig in dem Deal inbegriffen. Die werden sie auch kassieren.

SWAIN: Dann wünsche ich denen viel Glück. Sie ist schon da, wo sie sein soll, im Sprawl. Hab vor einer Stunde mit ihr telefoniert. Ich bringe sie mit meinem Mann drüben zusammen, der das ... Mädchen besorgt hat. Und Sie gehen auch wieder rüber?

LAINER: Heute abend.

SWAIN: Also dann, machen Sie sich keine Sorgen.

LANIER: Wiedersehen, Swain.

PETAL: Das ist wirklich ein mieser Typ.

SWAIN: Die ganze Sache gefällt mir gar nicht.

PETAL: Aber die Ware, die gefällt Ihnen doch, oder?

SWAIN: In der Beziehung kann ich mich nicht beklagen, aber was meinst du, warum sie auch Sally haben wollen?

PETAL: Das weiß nur der liebe Gott. Von mir aus sollen sie ...

SWAIN: *Sie*. Ich hab was gegen *sie*'s.

PETAL: Die werden nicht gerade begeistert sein, wenn sie erfahren, daß sie auf eigene Faust rübergegangen ist, und dann auch noch mit Yanakas Tochter.

SWAIN: Nein. Aber Miss Yanaka haben wir ja wieder. Morgen sage ich Sally, daß Prior in Baltimore ist und das Mädchen in Form bringt.

PETAL: Das ist eine häßliche Geschichte, aber wirklich ...

SWAIN: Bring mir eine Kanne Kaffee ins Arbeitszimmer.

Sie lag mit geschlossenen Augen auf dem Rücken, während sich Colins direkt in die Hörnerven eingespeiste Aufnahmen in ihrem Kopf abspulten. Swain wickelte offenbar den Großteil seiner Geschäfte im Billardzimmer ab, was bedeutete, daß sie Leute kommen und gehen hörte und jeweils den Anfang und das Ende der Gespräche mitbekam. Zwei Männer, einer davon vielleicht der mit dem roten Gesicht, unterhielten sich zwischendurch endlos lange über Hunderennen und die Gewinnquoten für den nächsten Tag. Besonders gespannt lauschte sie, als Swain und der Mann von der Special Branch (von der SB, wie Swain sie nannte) direkt vor der Marmorbüste handelseinig wurden, während der Mann schon im Begriff stand zu gehen. Sie unterbrach diesen Abschnitt ein halbes Dutzend Mal und bat um nähere Erläuterungen. Colin stellte einige wohlbegründete Vermutungen an.

»Das ist ein sehr korruptes Land«, sagte sie schließlich zutiefst schockiert.

»Vielleicht nicht mehr als deins«, meinte er.

»Aber womit bezahlt Swain diese Leute?«

»Mit Informationen. Ich würde sagen, unser Mr. Swain ist vor kurzem in den Besitz einer sehr hochkarätigen Informationsquelle gelangt und nun eifrig damit beschäftigt, sie in Macht zu verwandeln. Nach allem, was wir gehört haben, würde ich die Vermutung wagen, daß er wahrscheinlich schon eine ganze Weile daran arbeitet. Ohne jeden Zweifel ist er auf dem aufsteigenden Ast, und er expandiert. Es gibt innere Beweise, daß er gegenwärtig ein viel wichtigerer Mann ist als noch vor einer Woche. Und das erweiterte Personal spricht auch dafür.«

»Das muß ich meiner ... Freundin sagen.«

»Shears? Was willst du ihr sagen?«

»Was Lanier gesagt hat. Daß sie zusammen mit Angela Mitchell kassiert werden soll.«

»Wo ist sie denn?«

»Im Sprawl. In einem Hotel ...«

»Ruf sie an. Aber nicht von hier. Hast du Geld?«

»Einen MitsuBank-Chip.«

»Nehmen die Telefonzellen hier nicht an, tut mir leid. Irgendwelche Münzen?«

Sie stand vom Bett auf und sortierte sorgfältig die verschiedenen englischen Münzen, die sich in den Tiefen ihrer Geldbörse angesammelt hatten. »Hier«, sagte sie, als sie eine dicke goldene Münze herausfischte, »zehn Pfund.«

»Davon braucht man zwei für ein Ortsgespräch.«

Sie warf den glänzenden Zehner in die Börse zurück. »Nein, Colin. Nicht telefonieren. Ich hab eine bessere Idee. Ich will weg von hier. Jetzt gleich. Heute. Hilfst du mir?«

»Aber sicher«, sagte er, »obwohl ich dir davon abrate.«

»Ich werde es trotzdem tun.«

»Also gut. Wie willst du's anstellen?«

»Ich sage ihnen, daß ich einen Einkaufsbummel machen muß.«

27
BÖSE FRAU

Die Frau mußte irgendwann nach Mitternacht eingedrungen sein, überlegte sie später, denn vorher war Prior schon mit den Krabben – der zweiten Tüte Krabben – zurückgekommen. In Baltimore hatten sie echt leckere Krabben, und da sie immer einen Mordsappetit entwickelte, wenn sie vom Wiz runterkam, hatte sie Prior überredet, noch welche holen zu gehen. Gerald kam immer wieder rein, um die Derms an ihren Armen zu wechseln, und jedesmal schenkte sie ihm ihr dämlichstes Lächeln, quetschte den Tranquilizer aus den Derms, sobald er gegangen war, und klebte sie wieder dran. Schließlich sagte Gerald, sie solle jetzt ein bißchen schlafen; er knipste das Licht aus und schaltete das falsche Fenster auf die niedrigste Einstellung runter, einen blutroten Sonnenuntergang.

Als sie wieder allein war, schob sie die Hand zwischen das Bett und die Wand und schloß sie um den Schocker in dem Loch im Schaumstoff.

Sie schlief ein, ohne es zu wollen.

Der rote Schein des Fensters war wie das Abendrot in Miami, und sie mußte von Eddy oder jedenfalls vom Hooky Green's geträumt haben, wo sie oben im zweiunddreißigsten Stock mit jemandem tanzte, denn als der Krach sie weckte, wußte sie nicht recht, wo sie sich befand, sah aber deutlich den Weg aus dem Hooky Green's vor sich, als wüßte sie, daß sie besser über die Treppe abhauen sollte, weil es zweifelsohne irgendwelchen Ärger gab ...

Sie war halb aus dem Bett, als Prior durch die Tür kam, und

zwar buchstäblich *durch* die Tür, denn die war noch zu, als er dagegenknallte. Er flog rücklings hindurch, und von der Tür blieben nur Splitter und Kartonwaben übrig.

Sie sah ihn gegen die Wand prallen und auf den Boden plumpsen, dann rührte er sich nicht mehr, und jemand anders stand im Gegenlicht aus dem anderen Raum in der Tür, und alles, was sie von dem Gesicht sehen konnte, waren zwei Wölbungen, in denen sich das falsche Abendrot spiegelte.

Sie zog die Beine wieder ins Bett, sank an die Wand zurück, schob die Hand hinunter zum …

»Keine Bewegung, Baby.« Die Stimme machte ihr richtig Angst, weil sie so verdammt *fröhlich* klang, als wäre es ein Mordsspaß gewesen, Prior durch die Tür zu schmettern. »Und damit mein ich, nicht die *klitzekleinste* …« Und die Frau hatte das Zimmer mit drei Schritten durchquert und stand ganz nah bei ihr, so nah, daß Mona die Kälte spürte, die das Leder ihrer Jacke abstrahlte.

»Okay«, sagte Mona, »okay …«

Dann wurde sie blitzschnell gepackt und aufs Bett gedrückt, mit den Schultern fest in den Schaumstoff gepreßt, und etwas – der Schocker – war vor ihrer Nase.

»Woher haste dieses Spielzeug?«

»Oh«, sagte Mona, als hätte sie das Ding vielleicht schon mal gesehen, es aber ganz vergessen, »das war in der Jacke von meinem Freund. Die hab ich mir ausgeliehn.«

Monas Herz klopfte wie wild. Diese Brillengläser …

»Weiß das Sackgesicht, daß du so 'n Spielzeug hast?«

»Wer?«

»Prior.« Die Frau ließ sie los, drehte sich um und trat heftig auf ihn ein, immer wieder. »Nein«, sagte sie und hörte so plötzlich damit auf, wie sie begonnen hatte. »Ich glaub nicht, daß er's gewußt hat.«

Dann erschien Gerald in der Tür, als wäre nichts geschehen, außer daß er mit trübseliger Miene die Reste der Tür musterte, die noch im Rahmen hingen, und mit dem Daumen über eine gesplitterte Laminatkante fuhr. »Kaffee, Molly?«

»Zwei, Gerald«, sagte die Frau, die sich den Schocker ansah. »Meinen schwarz.«

Mona trank ihren Kaffee in kleinen Schlucken und musterte die Kleidung und die Frisur der Frau, während sie darauf warteten, daß Prior aufwachte. Sie hatte zumindest den Eindruck, als würden sie das tun. Gerald war wieder gegangen.

Eine solche Frau hatte Mona noch nie gesehen. Von ihrem Stil her war sie überhaupt nicht einzuordnen; fest stand nur, daß sie Geld hatte. Die Frisur war europäisch. Mona hatte diesen Schnitt in einer Illustrierten gesehen. Sie war ziemlich sicher, daß er derzeit nirgendwo in Mode war, aber er paßte gut zu den Brillengläsern, bei denen es sich um direkt in die Haut implantierte Einsätze handelte. Mona hatte mal einen Taxifahrer in Cleveland mit solchen Dingern gesehen. Und sie trug eine tiefbraune, kurze Jacke, zu schlicht für Monas Geschmack, aber offenkundig nagelneu, mit einem großen, weißen Lammfellkragen, der nun offenstand und den Blick auf ein komisches grünes Ding freigab, das wie ein Panzer – was es Monas Ansicht nach wohl auch war – über Brust und Bauch gespannt war, dazu eine Jeans aus graugrünem, moosartigem Wildleder, dick und weich, das beste Stück ihres Outfits, wie Mona fand, die gern auch so eine gehabt hätte, nur daß die Stiefel alles verdarben, diese kniehohen schwarzen Stiefel, wie sie Motorradrennfahrer trugen, mit dicken gelben Gummisohlen, breiten Riemen über dem Spann, verchromten Schnallen am ganzen Schaft und schrecklich plumpen Kappen. Und woher hatte sie bloß diesen burgunderroten Nagellack? Mona glaubte nicht, daß so was überhaupt noch hergestellt wurde.

»Was glotzt du so, verdammt?«

»Äh ... Ihre Stiefel.«

»Na und?«

»Die passen nicht zur Hose.«

»Die hab ich nur an, um Prior die Scheiße aus den Knochen zu treten.«

Prior stöhnte auf dem Boden und begann zu würgen. Davon wurde Mona ebenfalls speiübel, und sie erklärte, sie müsse mal ins Bad.

»Versuch nicht, abzuhauen.« Die Frau schien Prior über den Rand ihrer weißen Porzellantasse hinweg zu beobachten, aber wegen der Gläser konnte man das nicht so genau sagen.

Irgendwie fand Mona sich im Bad wieder, mit ihrer Tasche auf dem Schoß. Sie beeilte sich mit dem Wiz, zermahlte das Zeug nicht fein genug, so daß es hinten im Hals brannte, aber dann erinnerte sie sich an Lanettes Spruch, daß man nicht immer Zeit für die Feinheiten hatte. Und überhaupt, war jetzt nicht alles schon viel besser? In Geralds Bad gab es eine kleine Dusche, aber die sah aus, als wäre sie schon seit Ewigkeiten nicht mehr benutzt worden. Mona schaute genauer hin und entdeckte grauen Schimmel rund um den Abfluß und Flecken, die wie getrocknetes Blut aussahen.

Als sie zurückkam, schleifte die Frau Prior gerade an den Füßen in ein anderes Zimmer. Er hatte Socken an, keine Schuhe, fiel Mona jetzt auf, als hätte er die Beine zum Schlafen hochgelegt gehabt. Blut klebte an seinem blauen Hemd, und sein Gesicht war völlig zerschlagen.

Was Mona empfand, als das Wiz reinknallte, war eine heitere, unschuldige Neugier. »Was machen Sie da?«

»Ich glaube, ich muß ihn aufwecken«, sagte die Frau, als spräche sie in der U-Bahn über einen Fahrgast, der gleich seine Haltestelle verpassen würde. Mona folgte ihr in den Raum, in dem Gerald seine Arbeit erledigte. Alles war sauber und krankenhausweiß. Sie sah zu, wie die Frau Prior auf einen Stuhl wuchtete, wie man ihn in Schönheitssalons hatte, mit Hebeln und Knöpfen und so. *Sie ist gar nicht so stark*, dachte Mona, *aber sie weiß, wie sie mit dem Gewicht umgehen muß*. Priors Kopf kippte zur Seite, als die Frau einen schwarzen Gurt um seine Brust festzurrte. Er begann Mona bereits leid zu tun, aber dann fiel ihr Eddy ein.

»Was hast du?« Die Frau ließ Wasser aus einem verchromten Hahn in einen weißen Plastikeimer laufen.

Mona versuchte immer wieder, es auszusprechen; sie merkte, wie das Wiz ihren Herzschlag immer weiter beschleunigte, aber sie konnte nichts dagegen tun. *Er hat Eddy umgebracht*, versuchte sie dauernd zu sagen, doch es wollte ihr nicht über die Lippen. Aber dann kam es wohl doch raus, denn die Frau sagte: »Tja, so was bringt er fertig … wenn man ihn läßt.« Sie schüttete Prior das Wasser ins Gesicht und übers Hemd. Seine Augen sprangen auf. Das Weiße des linken Auges war tiefrot. Weiße Funken sprühten von den Metallzacken des Schockers, als die Frau ihn gegen sein nasses blaues Hemd drückte. Prior schrie.

Gerald mußte auf alle viere heruntergehen, um Mona unter dem Bett hervorzuziehen. Er hatte kühle, sehr sanfte Hände. Sie wußte nicht mehr, wie sie unters Bett gekommen war, aber jetzt war alles still. Gerald hatte einen grauen Mantel an und eine dunkle Brille auf.

»Du gehst jetzt mit Molly, Mona«, sagte er.

Sie begann zu zittern.

»Ich glaube, ich gebe dir besser was für die Nerven.«

Sie zuckte zurück und entwand sich seinem Griff. »Nein! Faß mich nicht an!«

»Laß gut sein, Gerald«, sagte die Frau von der Tür. »Wird Zeit, daß du verschwindest.«

»Ich glaube nicht, daß du weißt, was du tust«, sagte er, »aber trotzdem viel Glück.«

»Danke. Meinst du, du wirst den Laden hier vermissen?«

»Nein. Ich wollte mich sowieso bald zur Ruhe setzen.«

»Ich auch«, sagte die Frau, und dann ging Gerald, ohne Mona auch nur noch einmal zuzunicken.

»Hast du Klamotten hier?« wandte sich die Frau an Mona. »Dann zieh dich an. Wir müssen auch los.«

Beim Anziehen stellte Mona fest, daß sie das Kleid über den neuen Brüsten nicht mehr zuknöpfen konnte. Also ließ sie es offen, schlüpfte in Michaels Jacke und zog den Reißverschluß bis zum Kinn zu.

28
GESELLSCHAFT

Manchmal brauchte er sich nur hinzustellen und zum Richter hinaufzuschauen oder sich neben die Hexe auf den Beton zu hocken. Das half gegen das Gedächtnisstottern. Nicht gegen die Aussetzer und die echten Rückblenden, aber gegen das ruckhafte, verschwommene Gefühl, als würde das Speicherband in seinem Kopf immer wieder durchrutschen und dabei winzige Erinnerungspartikel einbüßen. Also tat er das jetzt, und es wirkte, schließlich merkte er, daß Cherry neben ihm war.

Gentry war oben unterm Dach bei der Gestalt, die er zu fassen bekommen hatte – einem Makroformknoten, wie er sie nannte –, und hatte kaum hingehört, als Slick ihm von dem Haus und dem ganzen Ort und von Bobby dem Count zu berichten versuchte.

Also war Slick hierher runtergekommen, hatte sich im Dunkeln und in der Kälte neben einen Schergen gehockt und noch einmal nachvollzogen, was er mit all den vielen verschiedenen Werkzeugen gemacht und wo er jedes Teil aufgetrieben hatte, und dann streckte Cherry ihre kalte Hand aus und strich ihm über die Wange.

»Alles okay?« fragte sie. »Ich dachte, du kriegst es vielleicht gerade wieder ...«

»Nein. Ich muß halt manchmal einfach hier runterkommen.«

»Er hat dich in den Kasten des Count eingestöpselt, oder?«

»Bobby«, sagte Slick. »So heißt er. Ich hab ihn gesehen.«

»Wo?«

»Da drin. Ist eine ganze Welt. Da gibt's ein Haus, 'ne Art Schloß oder so, und da ist er drin.«

»Allein?«

»Er sagt, Angie Mitchell ist auch da.«

»Vielleicht spinnt er. War sie da?«

»Gesehen hab ich sie nicht. Aber ein Auto, das ihr gehört. Behauptet er.«

»Sie ist in einer Entgiftungsklinik für Promies auf Jamaika, hab ich zuletzt gehört.«

Er zuckte die Achseln. »Keine Ahnung.«

»Wie ist er so?«

»Er sieht jünger aus. Aber mit all den Schläuchen und dem ganzen Scheiß würde jeder schlecht aussehen. Er glaubt, Kid Afrika hat ihn hier abgeladen, weil er Schiß gekriegt hat. Er sagt, wenn ihn jemand suchen kommt, sollen wir ihn in die Matrix einstecken.«

»Warum?«

»Weiß ich nicht.«

»Hättest ihn fragen sollen.«

Er zuckte erneut die Achseln. »Hast du Bird irgendwo gesehen?«

»Nein.«

»Müßte längst zurück sein.« Er stand auf.

Little Bird kam bei Einbruch der Dämmerung auf Gentrys Motorrad zurück. Die dunklen Haarbüschel waren feucht vom Schnee und flatterten hinterdrein, als er mit einem Affenzahn über Solitude angebraust kam. Slick zuckte zusammen; Little Bird hatte den falschen Gang drin. Er schoß einen Hang aus gepreßten Ölfässern hinauf und bremste, wo er hätte Gas geben sollen. Cherry sperrte den Mund auf, als Bird und Bike sich im Flug voneinander lösten; das Bike schien sekundenlang in der Luft zu hängen und landete dann mit einem Salto in dem rostigen Stahlblechhaufen eines früheren Nebengebäudes der Fabrik, während Little Bird sich auf dem Boden mehrmals überschlug.

Irgendwie hörte Slick die Maschine gar nicht auftreffen. Er

stand gerade neben Cherry im Schutz einer türlosen Ladebucht, und im nächsten Moment rannte er über schneefleckigen Rost zu dem verunglückten Fahrer. Dazwischen war nichts. Little Bird lag auf dem Rücken. Er hatte Blut an den Lippen, und sein Mund war teilweise von dem Durcheinander aus Lederriemen und Amuletten verdeckt, die er um den Hals trug.

»Nicht anfassen«, sagte Cherry. »Kann sein, daß Rippen gebrochen sind oder daß er innen nur noch Brei ist...«

Little Bird machte die Augen auf, als er ihre Stimme hörte. Er spitzte die Lippen und spuckte Blut und ein Stück Zahn aus.

»Nicht bewegen.« Cherry kniete sich neben ihn. Sie war zu der knappen Diktion übergegangen, die sie in ihrer medizinisch-technischen Ausbildung gelernt hatte. »Du bist möglicherweise verletzt.«

»Sch-scheiß drauf, Lady«, würgte er hervor und rappelte sich mit Hilfe von Slick unbeholfen auf.

»Na schön, Arschloch«, sagte sie. »Innere Blutungen. Ist doch nicht mein Problem.«

»Hab ihn nich gekriegt«, sagte Little Bird und schmierte sich mit dem Handrücken Blut übers Gesicht, »den Laster.«

»Das seh ich«, erwiderte Slick.

»Marvie und die haben Gesellschaft bekommen. Wie Fliegen auf der Scheiße. Paar Hover und 'n Hubschrauber und so. Und 'n Haufen Leute.«

»Was für Leute?«

»Wie Soldaten, sind aber keine. Soldaten gammeln rum, klönen und reißen Witze, wenn kein hohes Tier hinschaut. Aber die nicht.«

»Bullen?« Marvie und seine zwei Brüder züchteten in einem Dutzend halbversunkener Eisenbahnkesselwagen mutierte Ruderalpflanzen; hin und wieder versuchten sie, einfache Aminobausteine zusammenzubrauen, aber ihr Labor flog ständig in die Luft. Sie waren, wenn überhaupt, Factorys einzige seßhafte Nachbarn. Sechs Kilometer.

»Bullen?« Little Bird spuckte noch ein Stück Zahn aus und tastete vorsichtig mit einem blutigen Finger im Mund herum. »Die tun da nix Verbotenes. Abgesehen davon können Bullen sich so was gar nich leisten, neue Hover und 'nen neuen Honda ...« Er grinste durch einen Film aus Blut und Speichel. »Hab mich draußen auf Solitude rumgedrückt und sie mir angesehn. Mit solchen Typen möcht ich nix zu tun haben, und du garantiert auch nich. Gentrys Bike is' wohl im Arsch, was?«

»Mach dir deswegen keine Gedanken«, sagte Slick. »Ich schätze, Gentry hat jetzt was anderes im Kopf.«

»Gut ...« Er torkelte in Richtung Factory, wäre fast gestürzt, fing sich wieder und ging weiter.

»Der schwebt ja, so high ist der«, sagte Cherry.

»He, Bird«, rief Slick, »was is 'n mit der Tüte mit dem Shit, die du Marvie geben solltest?«

Bird schwankte, drehte sich um. »Hab ich verlorn ...« Dann war er um eine Wellblechecke verschwunden.

»Vielleicht phantasiert er sich das bloß zusammen«, sagte Cherry. »Das mit diesen Leuten. Oder er sieht Gespenster.«

»Glaub ich nicht«, meinte Slick und zog sie tiefer in den Schatten, als ein unbeleuchteter Honda aus dem winterlichen Zwielicht auf Factory zugeflogen kam.

Er hörte, wie der Honda zum fünften Mal über Factory hinwegflog, als er die schwankenden Stufen hinaufstürmte. Das Blechdach vibrierte. Jedenfalls würde das Gentrys Aufmerksamkeit darauf lenken, daß sie Besuch bekamen, dachte er. Den wackligen Steg nahm er mit zehn großen, langsamen Schritten. Er fragte sich allmählich, ob sie den Count auf seiner Trage überhaupt wieder rausbringen würden, ohne einen zusätzlichen I-Träger an den Steg anzuschweißen. Er betrat das helle Loft, ohne anzuklopfen. Gentry saß an einer Werkbank, hielt den Kopf schräg und schaute zu den Oberlichtern aus Plastik hinauf. Die Werkbank war mit Hardware-Teilen und kleinem Werkzeug übersät.

»Hubschrauber«, sagte Slick, außer Atem vom Treppensteigen.

»Hubschrauber«, gab Gentry ihm recht und nickte nachdenklich, wobei der zerzauste Hahnenschwanz wippte. »Die scheinen was zu suchen.«

»Ich glaube, sie haben's schon gefunden.«

»Könnte die Fission Authority sein.«

»Bird hat Leute bei Marvie gesehen. Und den Hubschrauber auch. Du hast nicht richtig zugehört, als ich dir erzählen wollte, was er gesagt hat.«

»Bird?« Gentry betrachtete den bunten Kleinkram auf der Werkbank, griff sich zwei Teile und steckte sie mit einer Drehbewegung zusammen.

»Der Count! Er hat mir erzählt ...«

»Bobby Newmark«, unterbrach Gentry, »ja. Ich weiß jetzt 'ne Menge mehr über Bobby Newmark.«

Cherry kam hinter Slick herein. »Mit der Brücke müßt ihr echt was machen«, sagte sie und ging sofort zur Trage. »Die wackelt zu stark.« Sie bückte sich und checkte die Meßwerte des Count.

»Komm mal her, Slick«, sagte Gentry und stand auf. Er ging zum Holotisch. Slick folgte ihm und betrachtete das Bild, das dort leuchtete. Es erinnerte ihn an die Teppiche, die er in dem grauen Haus gesehen hatte. Ähnliche Muster, nur waren diese hier aus haarfeinen Neonlinien gewoben und zu einer Art endlosem Knoten verflochten. Der Blick ins Zentrum des Knotens verursachte ihm Kopfschmerzen. Er schaute weg.

»Ist es das?« fragte er Gentry. »Was du dauernd gesucht hast?«

»Nein, hab ich dir doch erklärt. Das ist nur ein Knoten, eine Makroform. Ein Modell.«

»Er hat ein Haus da drin, ein richtiges Schloß, Gras und Bäume und Himmel ...«

»Viel mehr als das. Noch ein ganzes Universum mehr. Das war nur eine Konstruktion aus einem Werbestim. Der hat ein *Konzentrat* der Gesamtsumme aller Daten, die den Cyberspace ausmachen. Trotzdem bin ich jetzt näher dran als je zuvor ... Hat er dir nicht gesagt, warum er da drin ist?«

»Hab ihn nicht gefragt.«

»Dann mußt du noch mal rein.«

»He. Gentry. Hör zu. Dieser Hubschrauber kommt wieder. Und zwar mit zwei Hovercrafts voller Typen, die wie Soldaten aussehen, sagt Bird. Die sind nicht hinter uns her, Mann, sondern hinter *ihm*.«

»Vielleicht gehören sie zu ihm. Vielleicht haben sie's auf uns abgesehen.«

»Nein. Er hat's mir doch *gesagt*, Mann! Er sagt, wenn ihn jemand suchen kommt, sitzen wir echt in der Scheiße und müssen ihn in die Matrix einstecken.«

Gentry betrachtete das kleine Verbindungsstück, das er noch in der Hand hielt. »Wir reden mit ihm, Slick. Du gehst noch mal rein. Diesmal komm ich mit.«

29
WINTERREISE

Petal hatte sich schließlich breitschlagen lassen, allerdings erst, als sie ihm vorgeschlagen hatte, ihren Vater anzurufen und um Erlaubnis zu fragen. Daraufhin war er unglücklich abgezogen, um Swain zu suchen, und als er zurückkam, sah er keineswegs glücklicher aus. Die Antwort lautete ja. In mehrere Schichten ihrer wärmsten Kleidung eingemummelt, stand sie im weißgestrichenen Foyer und betrachtete die Jagddrucke, während Petal dem Mann mit dem roten Gesicht, der Dick hieß, hinter verschlossenen Türen Instruktionen erteilte. Sie konnte nicht verstehen, was er im einzelnen sagte, sie hörte nur einen Schwall leiser Ermahnungen.

Das Maas-Neotek-Gerät steckte in ihrer Tasche, aber sie ließ die Finger davon. Zweimal schon hatte Colin versucht, ihr das Vorhaben auszureden.

Als Dick nun von Petal entlassen wurde, war sein harter kleiner Mund zu einem Lächeln verzogen. Unter dem engen schwarzen Anzug trug er einen pinkfarbenen Kaschmir-Rollkragenpullover und eine dünne graue Lammwollweste. Sein schwarzes Haar war mit Gel straff nach hinten gekämmt, und die blassen Wangen waren mit ein paar Stunden alten Bartstoppeln übersät. Kumikos Hand schloß sich um das Gerät in ihrer Tasche. »Hallo«, sagte Dick und musterte sie vom Scheitel bis zur Sohle. »Also, wo soll's hingehen?«

»Portobello Road«, sagte Colin, der neben dem überfüllten Kleiderständer an der Wand lehnte. Dick nahm sich einen dunklen Mantel, wobei er durch Colin hindurchgriff, schlüpfte hinein und knöpfte ihn zu. Dann zog er dicke schwarze Lederhandschuhe an.

»Portobello Road«, sagte Kumiko und ließ das Gerät los.

»Seit wann arbeiten Sie schon für Mr. Swain?« fragte sie, während sie langsam den vereisten Bürgersteig der halbmondförmigen Straße entlanggingen.

»Lang genug«, antwortete er. »Passen Sie auf, daß Sie nicht ausrutschen. Haben tückische Absätze, die Stiefel.«

Kumiko stakste in ihren schwarzen französischen Lackstiefeln neben ihm her. Wie sie vorausgesehen hatte, war es schier unmöglich, sich mit diesen Stiefeln über die glasharten, welligen Eisflächen zu manövrieren. Sie nahm seine Hand und ließ sich stützen. Dabei spürte sie hartes Metall in seinem Handteller. Die Handschuhe waren mit Gewichten beschwert, die Finger mit Karbonfasergeflecht verstärkt.

Er sagte nichts, als sie am Ende der Straße abbogen, aber als sie die Portobello Road erreichten, hielt er inne. »Verzeihung, Miss«, sagte er mit einem zögernden Unterton, »aber stimmt es, was die Jungs sagen?«

»Wie bitte? Welche Jungs?«

»Swains Jungs, sein Stammpersonal. Daß Sie die Tochter des großen Chefs sind – des großen Chefs in Tokio?«

»Bedaure, aber ich verstehe nicht.«

»Yanaka. Ihr Name ist Yanaka?«

»Kumiko Yanaka, ja.«

Er beäugte sie mit großer Neugier. Dann ging ein Ausdruck der Besorgnis über sein Gesicht, und er schaute sich aufmerksam um. »Herrje«, sagte er, »muß wohl stimmen ...« Sein untersetzter Körper in den stramm sitzenden Kleidern war wachsam und angespannt. »Der Boß sagt, Sie wollen shoppen gehen?«

»Ja, bitte.«

»Wohin möchten Sie?«

»Hier hinein«, sagte sie und führte ihn in eine enge Ladenpassage voller britischem *Gomi*.

Ihre Shopping-Expeditionen in Shinjuku kamen ihr bei Dick zugute. Die Techniken, die sie entwickelt hatte, um Vaters Sekretäre zu quälen, erwiesen sich nun als ebenso wirksam, als sie den Mann zwangsweise an Dutzenden unsinniger Entscheidungen zwischen dem einen oder anderen King-Edward-Medaillon oder diesen und jenen Buntglasscherben beteiligte, wobei sie jedoch darauf achtete, am Ende nur zerbrechliche oder besonders schwere Stücke zu nehmen, die unhandlich und unverschämt teuer waren. Eine gutgelaunte zweisprachige Verkäuferin belastete Kumikos MitsuBank-Chip mit achtzigtausend Pfund. Kumiko ließ die Hand in die Tasche gleiten und umfaßte das Maas-Neotek-Gerät. »Ein erlesenes Stück«, sagte die englische Verkäuferin auf Japanisch, während sie Kumikos Erwerbung – eine Ormulu-Vase mit Greif-Darstellungen – einpackte.

»Scheußlich«, bemerkte Colin auf Japanisch. »Und ein Imitat obendrein.« Er hing in einem viktorianischen Roßhaarsofa und hatte die Beine auf der Platte eines Art-Deco-Cocktailtischs, die von stromlinienförmigen Aluminiumengeln getragen wurde.

Die Verkäuferin bürdete dem bereits schwer beladenen Dick die verpackte Vase auf. Es war Dicks elftes Antiquitätengeschäft und Kumikos achter Kauf.

»Du solltest jetzt mal in Aktion treten«, riet Colin ihr. »Unser Dick wird nämlich jeden Moment bei Swain anrufen und einen Wagen anfordern, der das Zeug heimschafft.«

»Na, war's das nun?« fragte Dick hoffnungsvoll über Kumikos Erwerbungen hinweg.

»Noch ein Geschäft, bitte.« Kumiko lächelte.

»Na schön«, grummelte er. Als er hinter ihr aus der Tür kam, rammte sie den linken Stöckelabsatz in einen Spalt im Pflaster, den sie beim Hineingehen bemerkt hatte. »Ist was?« fragte er, als er sie stolpern sah.

»Mir ist der Absatz abgebrochen...« Sie humpelte in das Geschäft zurück und ließ sich neben Colin auf dem Roßhaarsofa nieder. Die Verkäuferin eilte herbei, um ihr behilflich zu sein.

»Schnell runter mit den Dingern«, riet Colin, »bevor Dickie seine Pakete absetzt.«

Sie öffnete den Reißverschluß des Stiefels mit dem abgebrochenen Stöckel, dann den anderen und zog beide aus. Anstelle der chinesischen Rauhseidenstrümpfe, die sie normalerweise im Winter trug, hatte sie nun dünne schwarze Zehensocken aus Gummi mit geriffelten Plastiksohlen an. Sie wäre Dick beinahe zwischen den Beinen durchgelaufen, als sie aus der Tür schoß, rempelte ihn statt dessen jedoch mit der Schulter am Oberschenkel an, als sie sich an ihm vorbeizwängte, so daß er in eine Auslage mit facettierten Kristallkaraffen fiel.

Und dann war sie frei und tauchte ins Touristengewühl auf der Portobello Road ein.

Ihre Füße waren eiskalt, doch die geriffelten Plastiksohlen waren ungemein griffig – aber nicht auf Eis, rief sie sich ins Gedächtnis, als sie sich mit nassem Splitt an den Händen von ihrem zweiten Sturz aufrappelte. Colin hatte sie durch diese enge Passage aus rußgeschwärztem Backstein geführt.

Sie packte das Gerät. »Wohin jetzt?«

»Da lang«, sagte er.

»Ich muß ins Rose and Crown«, erinnerte sie ihn.

»Sei vorsichtig. Dickie wird mittlerweile Swains Leute hergeholt haben, ganz zu schweigen von der Treibjagd, die Swains Freund von der Special Branch veranstalten kann, wenn er drum gebeten wird. Und ich kann mir nicht vorstellen, daß er nicht drum gebeten worden ist...«

Mit Colin an der Seite betrat sie das Rose and Crown durch einen Nebeneingang, froh über das anheimelnd schummrige Licht und die wohlige Wärme, die zentrale Elemente dieser Trinkhöhlen zu sein schienen. Sie staunte über die ganze Polsterung von Wänden und Sitzen, die schweren Vorhänge. Wären die Farben und Stoffe weniger schmuddelig gewesen, hätte das Lokal nicht so behaglich gewirkt. Pubs, dachte sie, waren ein extremer Ausdruck der britischen Einstellung zu *Gomi*.

Auf Colins Drängen hin bahnte sie sich einen Weg durch die Trauben der Trinker am Tresen. Sie hoffte, Tick dort zu finden.

»Was darf's denn sein, Schätzchen?«

Sie schaute zu dem breiten Gesicht hinterm Tresen hoch – knalliger Lippenstift, Wangenrouge, blonde Haare. »Verzeihen Sie«, begann Kumiko, »ich möchte gern Mr. Bevan sprechen ...«

»Für mich noch 'nen Pint *Lager*, Alice«, sagte jemand und klatschte drei Zehn-Pfund-Münzen hin. Alice betätigte einen langen weißen Keramikhahn und füllte ein Glas mit hellem Bier. Sie stellte das Glas auf den zerkratzten Tresen und fegte das Geld in eine klimpernde Kasse.

»Da will jemand mit dir reden, Bevan«, sagte Alice, als der Mann sein Glas hob.

Kumiko blickte in ein gerötetes, zerfurchtes Gesicht. Die Oberlippe des Mannes war verkürzt und erinnerte Kumiko an Kaninchen, obwohl Bevan groß war, fast so groß wie Petal. Und Kaninchenaugen hatte er auch: rund, braun, wenig Weiß. »Mit mir?« Sein Akzent erinnerte sie an den von Tick.

»Sag ja«, riet Colin. »Dem Burschen ist schleierhaft, warum eine kleine Japse in Gummisocken in die Kneipe kommt und nach ihm sucht.«

»Ich möchte zu Tick.«

Bevan betrachtete sie ausdruckslos über den Rand seines erhobenen Glases hinweg. »Tut mir leid«, sagte er, »aber ich kenn niemand, der so heißt.« Er trank.

»Sally hat gesagt, ich soll zu Ihnen gehen, wenn Tick nicht da ist. Sally Shears ...«

Bevan verschluckte sich an seinem Lager, und in den Augen war eine Spur mehr Weiß zu sehen. Hustend stellte er das Glas auf den Tresen und zog ein Taschentuch aus dem Mantel. Er schneuzte sich und wischte sich den Mund ab.

»In fünf Minuten hab ich Dienst«, sagte er. »Gehen wir lieber nach hinten.«

Alice klappte einen an Scharnieren befestigten Teil des Tresens hoch; Bevan steuerte Kumiko mit kleinen, flatternden Bewegungen seiner großen Hände durch, wobei er einen raschen Blick über die Schulter zurückwarf. Er führte sie durch einen schmalen Gang, der von dem Bereich hinter dem Tresen abging. Die alten, unregelmäßigen Backsteinwände waren von einer dikken Schicht schmutziggrüner Farbe überzogen. Neben einem zerbeulten Blecheimer mit nach Bier stinkenden Frotteelappen blieb er stehen.

»Wird dir leid tun, wenn du mich reinlegen willst, Mädel«, drohte er. »Sag schon, was willst du von Tick?«

»Sally ist in Gefahr. Ich muß Tick finden und es ihm sagen.«

»Verdammte Scheiße«, brummte der Barkeeper. »Versetz dich mal in meine Lage ...«

Colin betrachtete den Eimer mit den triefenden Lappen und rümpfte die Nase.

»Ja?« sagte Kumiko.

»Wenn du 'n Polizeispitzel bist und ich dich zu diesem Tick schicke, mal angenommen, ich kenne ihn und er hat irgendwas ausgefressen, dann wird er mich fertigmachen, nicht? Aber wenn du keiner bist, dann wird diese Sally mich wahrscheinlich fertigmachen, wenn ich dich nicht zu ihm schicke, verstehst du?«

Kumiko nickte. »Zwischen Baum und Borke.« Das war eine Redewendung, die sie von Sally gehört hatte und sehr poetisch fand.

»So ungefähr«, sagte Bevan und sah sie merkwürdig an.

»Helfen Sie mir. Sie ist in größter Gefahr.«

Er strich sich mit der Hand über das schüttere, rotblonde Haar.

»Sie *werden* mir helfen«, hörte sie sich sagen und spürte, wie ihr

Gesicht zur kalten Maske ihrer Mutter erstarrte. »Sagen Sie mir, wo ich Tick finden kann.«

Der Barkeeper schien zu frösteln, obwohl es in dem Gang übermäßig heiß war; eine schwüle Hitze, in der sich Biergeruch mit dem scharfen Gestank von Desinfektionsmitteln mischte. »Kennst du dich aus in London?«

Colin zwinkerte ihr zu. »Ich finde mich schon zurecht«, sagte sie.

»Bevan«, sagte Alice, die den Kopf um die Ecke steckte, »die Schmiere.«

»Polizei«, übersetzte Colin.

»Margate Road, SW2«, sagte Bevan. »Hausnummer weiß ich nicht, Telefonnummer auch nicht.«

»Er soll dich jetzt zum Hinterausgang bringen«, sagte Colin. »Das sind keine gewöhnlichen Polizisten.«

Kumiko würde die endlose U-Bahn-Fahrt durch die Stadt nie vergessen. Colin hatte sie vom Rose and Crown zur Holland-Park-Station und dort hinabgeführt, wobei er ihr erklärte, daß ihr MitsuBank-Chip jetzt wertlos war, und schlimmer noch: Wenn sie ihn für ein Taxi oder irgendwelche Einkäufe benutzte, würde ein Special-Branch-Operator die Transaktion wie einen Magnesiumblitz im Cyberspace-Gitter aufleuchten sehen. Aber sie müsse Tick finden, erklärte sie ihm; sie müsse in die Margate Road. Er runzelte die Stirn. Nein, sagte er, sie solle warten, bis es dunkel werde; nach Brixton sei es nicht weit, aber auf der Straße sei es jetzt am hellichten Tag zu gefährlich, weil Swain die Polizei auf seiner Seite habe. Aber wo sollte sie sich bis dahin verstecken? Sie hatte nur wenig Geld; die Vorstellung, mit Bargeld zu zahlen, mit Münzen und Scheinen, war kurios und absolut fremd.

Hier, sagte er, als sie mit dem Lift in die Holland-Park-Station hinunterfuhr. »Für den Preis einer Fahrkarte.«

Die klobigen, silbernen Züge. Die weichen, alten, graugrünen Sitze. Und warm, herrlich warm; noch eine Höhle, hier im Reich unablässiger Bewegung …

30
DIE ENTFÜHRUNG

Der Flughafen saugte eine benommene Danielle Stark durch einen pastellfarbenen Korridor fort, der von Reportern, Kameras und elektronisch verstärkten Augen gesäumt wurde, während Porphyre und drei Net-Sicherheitsleute Angie durch den sich schließenden Ring der Journalisten schleusten, ein choreographiertes Ritual, bei dem es mehr um dramatische Bildwirkung als um Personenschutz ging. Sämtliche Anwesenden waren bereits einer Überprüfung durch den Sicherheitsdienst und die PR-Abteilung unterzogen worden.

Dann war sie mit Porphyre in einem Expreßlift allein, unterwegs zum Hubschrauberlandeplatz, den Net auf dem Dach des Terminals unterhielt.

Als sich die Türen zu der taghell erleuchteten, von Regenböen gepeitschten Betonfläche öffneten, wo ein neues Trio von Sicherheitsleuten in übergroßen, leuchtend orangenen Parkas bereitstand, erinnerte sich Angie an ihren ersten Besuch im Sprawl, als sie mit Turner per Bahn aus Washington gekommen war.

Einer der orangenen Parkas führte sie über die blitzblanke Betonfläche zu dem wartenden Hubschrauber, einem großen, zweirotorigen Focker in schwarzem Chrom. Porphyre stieg als erster das skelettartige, mattschwarze Treppchen hinauf. Sie folgte ihm, ohne sich noch einmal umzuschauen.

In Angie war eine neue Entschlossenheit gereift. Sie hatte sich vorgenommen, Hans Becker über seinen Pariser Agenten zu kontaktieren. Continuity kannte die Nummer. Es wurde Zeit, etwas zu unternehmen. Auch in bezug auf Robin würde sie etwas unternehmen; er wartete schon im Hotel, wie sie wußte.

Der Helikopter wies sie an, die Sicherheitsgurte anzulegen.

Als sie abhoben, war es so gut wie still in der schalldichten Kabine. Sie spürte nur ein Vibrieren in den Knochen und hatte einen seltsamen Moment lang das Gefühl, ihr ganzes Leben vor Augen zu haben und als das erkennen zu können, was es war. Und genau darüber hatte die Droge eine Staubschicht gedeckt und damit für Schmerzfreiheit gesorgt.

Und für den Abschied der Seele, sagte eine eherne Stimme aus Kerzenschein und Bienengesumm heraus ...

»Missy?« Porphyre, der neben ihr saß, beugte sich zu ihr herüber.

»Ich hab bloß geträumt.«

Etwas hatte auf sie gewartet, vor Jahren, bei Net. Kein Loa wie Legba oder die anderen, obwohl Legba, wie sie wußte, der Herr der Kreuzwege war; er war die Synthese, das Fundament der Magie, der Kommunikation ...

»Porphyre«, fragte sie, »warum ist Bobby gegangen?« Sie schaute auf das wirre Lichterraster des Sprawl hinaus, auf die Kuppeln mit ihren roten Warnleuchten, sah jedoch statt dessen die Datenlandschaft, die ihn stets zu dem einzigen Spiel zurückgelockt hatte, das er für spielenswert hielt.

»Wenn du's nicht weißt, Missy«, sagte Porphyre, »wer dann?«

»Aber du hörst dies und das. Alles. Sämtliche Gerüchte. Schon immer ...«

»Warum fragst du mich das gerade jetzt?«

»Weil es Zeit ist.«

»Ich merke mir, was *geredet* wird, verstehst du? Was Leute, die keiner kennt, über die reden, die berühmt sind. Vielleicht hat irgendwer, der Bobby angeblich kannte, mit irgendwem geredet, und dann hat sich's rumgesprochen ... Bobby war ein dankbares Gesprächsthema, weil er mit dir zusammen war. Das ist ein guter Ausgangspunkt, Missy, denn er hätte das nicht so besonders erfreulich gefunden, oder? Es hieß, er hätte mit kleinen Deals angefangen, dann aber dich gefunden, und du bist aufgestiegen, schneller und höher, als er sich's je hätte träumen lassen. Und du hast ihn mitgezogen. Dorthin, wo Summen, von denen er daheim in Barrytown nie auch nur geträumt hätte, grade mal ein Taschengeld sind.«

Angie nickte. Sie schaute aufs Sprawl hinaus.

»Es hieß, er hätte eigene Ambitionen gehabt, Missy. Irgendwas saß ihm im Nacken, und das hat ihn schließlich weggetrieben.«

»Ich hätte nicht geglaubt, daß er mich verlassen würde«, sagte sie. »Als ich zum ersten Mal ins Sprawl gekommen bin, habe ich mich wie neugeboren gefühlt. Ein neues Leben. Und er war da, einfach da, gleich in der ersten Nacht. Später, als Legba – als ich bei Net war ...«

»Als du Angie wurdest.«

»Ja. Und so viel ich auch dafür hergeben mußte, ich wußte, er würde da sein. Und er würde es nie so ganz kaufen. Und das brauchte ich auch, daß alles in seinen Augen nach wie vor nur ein Schwindel war, der ganze Zirkus ...«

»Net?«

»Angie Mitchell. Er konnte zwischen dieser Figur und mir unterscheiden.«

»Wirklich?«

»Vielleicht war *er* der Unterschied.« So hoch über den Lichterketten ...

Das alte New Suzuki Envoy war seit Angies Anfängen bei Net ihr Lieblingshotel im Sprawl.

Die Fassade zur Straße ragte elf Stockwerke hoch senkrecht auf, dann verjüngte sich das Gebäude in insgesamt neun Stufen zu einer Berglandschaft aus dem ausgeschachteten Grundgestein seiner Baugrube am Madison Square. Die ursprünglichen Pläne hatten für das Steilgelände eine Flora aus der Hudson-Valley-Region und eine entsprechende Fauna vorgesehen, doch die nachfolgende Errichtung der ersten Kuppel über Manhattan hatte die Mitwirkung eines Ökodesign-Teams aus Paris erforderlich gemacht. Die französischen Ökologen, vertraut mit der Problematik des ›reinen‹ Designs, die sich in Orbitalsystemen stellte, waren an der schwebstoffreichen Atmosphäre des Sprawl verzweifelt und hatten sich für stark manipulierte Vegetationsstreifen und eine Roboter-Fauna entschieden, wie man sie in Themenparks für Kinder fand, aber Angies kontinuierliche Unterstützung verlieh dem Bauwerk schließlich ein Gütesiegel, das es ansonsten nicht gehabt hätte. Net mietete sich in den fünf obersten Stockwerken ein, wo ihr eine ständige Suite eingerichtet wurde, und das Envoy genoß auf seine alten Tage einen guten Ruf bei Künstlern und Entertainern.

Jetzt lächelte Angie, als der Helikopter an einem desinteressierten Roboter-Dickhornschaf vorbeistieg, das so tat, als würde es bei dem beleuchteten Wasserfall Flechten fressen. Das absurde Ambiente begeisterte sie immer wieder; sogar Bobby hatte es gefallen.

Sie blickte zum Hubschrauberlandeplatz des Envoy hinaus, wo das Sense/Net-Logo auf dem hell erleuchteten, beheizten Beton frisch nachgepinselt worden war. Eine einsame Gestalt in einem leuchtend orangenen Parka mit Kapuze wartete bei einer modellierten Felsformation.

»Robin wird da sein, nicht wahr, Porphyre?«

»*Mistah* Lanier«, sagte er verdrießlich.

Sie seufzte.

Der verchromte schwarze Fokker landete sanft; Gläser klirrten leise im Barschrank, als die Kufen auf dem Dach des Envoy aufsetzten. Das gedämpfte Motorengeräusch erstarb.

»Was Robin angeht, Porphyre, so muß ich den ersten Schritt tun. Ich werde heut' abend mit ihm reden. Unter vier Augen. Bis dahin möchte ich, daß du ihm aus dem Weg gehst.«

»Wird Porphyre ein Vergnügen sein, Missy«, sagte der Friseur, als hinter ihnen die Kabinentür aufging. Und dann fuhr er herum, krallte die Finger in sein Gurtschloß, und Angie drehte sich um und sah den leuchtend orangenen Parka in der Luke, den erhobenen Arm, die verspiegelte Brille. Die Kanone machte nicht mehr Lärm als ein Feuerzeug, aber Porphyre krümmte sich und griff sich mit der langen schwarzen Hand an den Hals, während der Sicherheitsdienstler die Luke hinter sich zuzog und auf Angie lossprang.

Etwas schlug hart gegen ihren Bauch, als Porphyre wie eine Gummipuppe in seinen Sitz sackte und die schmale rosa Zungenspitze aus dem Mund hängen ließ. Aus einem puren Reflex heraus schaute sie nach unten und sah ihr verchromtes schwarzes Gurtschloß durch eine klebrig aussehende grünliche Plastikraute. Sie blickte auf, in ein ovales weißes Gesicht, das von einer fest zugezogenen, orangenen Nylonkapuze eingerahmt wurde. Sah das eigene, vom Schock ausdruckslose Gesicht doppelt in den silbernen Linsen. »Hat er heute abend was getrunken?«

»Was?«

»Er.« Ein Daumen wurde zu Porphyre gereckt. »Hat er Alkohol getrunken?«

»Ja ... Vorhin.«

»Scheiße.« Eine Frauenstimme. Sie wandte sich zu dem bewußtlosen Friseur um. »Hab ihn sediert, will aber nicht seinen Atemreflex unterdrücken.« Angie sah zu, wie die Frau Porphyre den Puls fühlte. »Schätze, er ist okay ...« Zuckte sie die Achseln in dem orangenen Parka?

»Sicherheitsdienst?«

»Was?« Die Brillengläser blitzten auf.

»Sind Sie vom Net-Sicherheitsdienst?«

»Nein, verdammt. Ich entführe dich.«

»Wirklich?«

»Und ob.«

»Warum?«

»Nicht aus einem der üblichen Gründe. Jemand hat's auf dich abgesehen. Auf mich auch. Ich hätte dich nächste Woche abgreifen sollen. Aber die können mich. Mußte sowieso mit dir reden.«

»So? Mit mir reden?«

»Kennst du jemand namens 3Jane?«

»Nein. Ich meine ja, aber …«

»Spar's dir für später. Wir müssen schnell weg hier.«

»Porphyre …«

»Der kommt bald wieder zu sich. So wie der aussieht, möchte ich lieber nicht hiersein, wenn er aufwacht.«

31
3JANE

Wenn er sich hier in Bobbys großem Landsitz befand, dachte Slick, als er in dem engen, gekrümmten Korridor die Augen aufmachte, dann war das Haus merkwürdiger, als es ihm beim ersten Mal vorgekommen war. Die Luft war stickig, und das grünliche Licht des Glasbausteinbands an der Decke gab ihm das Gefühl, unter Wasser zu sein. Der Tunnel bestand aus einer Art glasiertem Beton. Er kam sich eingesperrt vor.

»Vielleicht sind wir im Keller oder so gelandet«, sagte er und hörte das leise, scharfe Echo, das der Beton zurückwarf, wenn er sprach.

»Wir müssen nicht unbedingt in der gleichen Konstruktion stecken, die du letztes Mal gesehen hast«, meinte Gentry.

»Und was ist es dann?« Slick berührte die Betonwand; sie war warm.

»Ist doch egal.« Gentry ging in die Richtung, in die sie blickten. Hinter der Biegung bestand der Boden aus einem unebenen, rutschigen Mosaik aus Porzellanscherben, die in eine Art Epoxidharz eingelassen waren.

»Schau dir das an.« Die Scherben wiesen abertausend Muster und Farben auf, aber sie waren nach keinerlei Konzept, sondern rein willkürlich angeordnet.

»Kunst.« Gentry zuckte die Achseln. »Ein Hobby von jemand. Das müßtest du doch gut finden, Slick Henry.«

Wessen Hobby es auch war, mit den Wänden hatte er sich nicht weiter abgegeben. Slick kniete sich hin, strich mit den Fingern über das Mosaik, spürte die rauhen Kanten der Keramikscherben, dazwischen glasigen, gehärteten Kunststoff. »Was soll das heißen, ›Hobby‹?«

»So wie die Dinger, die du baust, Slick. Deine Spielzeuge aus Schrott.« Gentry setzte sein verkrampftes, verrücktes Grinsen auf.

»Du hast doch keine Ahnung«, sagte Slick. »Widmest dein ganzes abgefucktes Leben der Suche nach der Gestalt des Cyberspace, Mann, obwohl der wahrscheinlich gar keine Gestalt hat, und selbst wenn, wen interessiert das schon?« Der Richter und die anderen hatten absolut nichts Willkürliches an sich. Der Entstehungsprozeß war Zufall, aber das Resultat mußte einer inneren Vorgabe entsprechen, zu der er keinen direkten Zugang hatte.

»Komm weiter«, sagte Gentry.

Slick blieb, wo er war, und blickte hoch in Gentrys helle Augen, die in diesem Licht grau wirkten, in sein angespanntes Gesicht. Warum gab er sich überhaupt mit Gentry ab?

Weil man jemanden brauchte auf Solitude. Nicht nur für den Strom; dieses ganze Hausherrentheater war eigentlich nur dummes Zeug. Vermutlich tat er es, weil man jemanden um sich brauchte. Mit Bird konnte man sich nicht unterhalten, denn der interessierte sich für kaum was und erzählte nur Quatsch. Und auch wenn Gentry es nicht zugab: Slick hatte das Gefühl, daß er in manchen Dingen ziemlich gut durchblickte.

»Ja«, sagte Slick und stand auf, »gehn wir.«

Der Tunnel war verschlungen wie ein Gedärm. Das Stück mit dem Mosaikboden lag nun bereits etliche Kurven und kurze, gebogene, auf- und abwärts führende Treppen hinter ihnen. Slick versuchte immer wieder, sich ein Bauwerk mit einem solchen Innenleben vorzustellen, aber ohne Erfolg. Gentry ging schnell, mit zusammengekniffenen Augen, und kaute auf der Lippe. Slick hatte den Eindruck, daß die Luft immer schlechter wurde.

Nachdem sie eine weitere Treppe hochgegangen waren, stießen sie auf ein schnurgerades Stück, das sich links und rechts in der Ferne verlor. Es war breiter als die gebogenen Abschnitte, und der Boden war weich und huckelig: Lauter kleine Teppiche – es schienen Hunderte zu sein – waren in übereinanderliegenden Schichten auf dem Beton ausgerollt. Jeder Teppich hatte sein eigenes Muster und seine eigenen Farben, vorwiegend Rot- und Blautöne, aber alle Muster bestanden aus den gleichen gezackten Rauten und Dreiecken. Der Staubgeruch war hier schlimmer, was Slick auf die Teppiche zurückführte, die sehr alt aussahen. Die obersten waren zur Mitte hin stellenweise bis auf die Kettfäden abgenutzt. Eine Trittspur, als wäre hier jemand jahrelang hin und her gegangen. Einzelne Segmente des Lichtbands an der Decke waren dunkel, andere flackerten nur noch matt.

»Welche Richtung?« fragte er Gentry.

Gentry hatte den Blick gesenkt und knetete die wulstige Unterlippe zwischen Daumen und Zeigefinger. »Da lang.«

»Wieso?«

»Weil's egal ist.«

Slick bekam müde Beine von den Teppichen. Er mußte aufpassen, sich nicht in den durchgescheuerten Löchern zu verheddern. Einmal stieg er über einen Glasbaustein, der aus dem Lichtband gefallen war. Nun kamen sie in regelmäßigen Abständen an Wandstücken vorbei, die aussahen, als wären ehemalige Durchgänge zubetoniert worden. Dort war nichts, nur die gekrümmte Wand in etwas hellerem Beton mit einer etwas anderen Oberflächenstruktur.

»Gentry, wir müssen hier unter der Erde sein, stimmt's? In 'nem Keller irgendwo drunter ...«

Aber Gentry riß nur den Arm hoch, so daß Slick dagegenlief, und dann standen sie da und starrten das Mädchen am Ende des Korridors an, keine zehn Schritt vor ihnen auf den wogenden Teppichen.

Sie sagte etwas in einer Sprache, die Slick für Französisch hielt. Ihre Stimme war hell und melodiös, der Tonfall sachlich.

Sie lächelte. Ein Knäuel dunkler Haare, darunter ein blasses, zartes Gesicht mit hohen Wangenknochen, kräftiger, schmaler Nase, breitem Mund.

Slick spürte, wie Gentrys Arm an seiner Brust zitterte. »Schon gut«, sagte er und drückte Gentrys Arm nach unten. »Wir suchen nur Bobby ...«

»Alle suchen Bobby«, sagte sie auf Englisch mit einem Akzent, der ihm unbekannt war. »Ich suche ihn auch. Seinen Körper. Habt ihr seinen Körper gesehen?« Sie trat einen Schritt zurück, als wollte sie weglaufen.

»Wir tun dir nichts«, sagte Slick, dem plötzlich bewußt wurde, wie er roch und daß seine Jeans und seine braune Jacke dreckverschmiert waren. Und Gentry machte auch nicht gerade einen viel besseren Eindruck.

»Nein, wohl nicht«, sagte sie, und ihre weißen Zähne blitzten im fahlen Unterwasserlicht erneut auf. »Aber deswegen gefallt ihr mir noch lange nicht.«

Slick wollte, daß Gentry was sagte, aber der blieb stumm. »Kenst du ihn – Bobby?« fragte Slick.

»Er ist wirklich sehr schlau. Außerordentlich schlau. Obwohl ich ihn eigentlich auch nicht mag.« Sie trug ein weites schwarzes Gewand, das bis zu den Knien reichte. Ihre Füße waren bloß. »Trotzdem will ich ... seinen Körper.« Sie lachte.

Alles

wurde anders.

»Saft?« fragte Bobby der Count und hielt ein hohes Glas mit einer gelben Flüssigkeit hoch. Das Wasser im türkisfarbenen Pool warf tanzende Sonnenflecken auf die Palmwedel über seinem Kopf. Bis auf eine sehr dunkle Sonnenbrille war er nackt. »Was hat denn dein Freund?«

»Nichts«, hörte Slick Gentry sagen. »Er hat gesessen, mit

künstlich induziertem Korsakov. Bei so ’nem Übergang kriegt er ’ne Wahnsinnsangst.«

Slick lag reglos auf der weißen Stahlrohrliege mit den blauen Kissen und spürte, wie die Sonne durch seine schmierigen Jeans brannte.

»Du bist der Typ, von dem er gesprochen hat, stimmt’s?« fragte Bobby. »Du heißt Gentle und hast ’ne Fabrik?«

»Gentry.«

»Du bist ’n Cowboy.« Bobby lächelte. »’n Konsolenjockey. Ein Cyberspace-Profi.«

»Nee.«

Bobby rieb sich das Kinn. »Weißt du, daß ich mich hier drin rasieren muß? Hab mich geschnitten, hier ist die Narbe…« Er trank das Glas mit dem Saft halb leer und wischte sich mit dem Handrücken den Mund ab. »Du bist kein Jockey? Wie biste dann reingekommen?«

Gentry zog den Reißverschluß seiner perlenbesetzten Jacke auf und entblößte seine knochenweiße, unbehaarte Brust. »Mach was gegen die Sonne«, sagte er.

Dämmerung. Einfach so. Nicht mal ein Klicken. Slick hörte sich stöhnen. In den Palmen hinter der weißgetünchten Wand begannen Insekten zu zirpen. Schweiß kühlte auf seinen Rippen ab.

»Tut mir leid«, sagte Bobby zu Slick. »Dieses Korsakov muß ganz schön beschissen sein. Aber das ist ’n herrliches Plätzchen hier. Vallarta. Hat früher mal Tally Isham gehört.« Er wandte sich wieder Gentry zu. »Wenn du kein Cowboy bist, Kumpel, was biste dann?«

»So was wie du«, sagte Gentry.

»Ich bin ein Cowboy.« Hinter Bobbys Kopf lief eine Eidechse schräg an der Wand hoch.

»Nein. Du bist nicht hier, um was zu klauen, Newmark.«

»Woher willste das wissen?«

»Du bist hier, um was rauszufinden.«

»Ist doch das gleiche.«

»Nein. Du warst mal 'n Cowboy, aber jetzt bist du was anderes. Du suchst was, aber es gibt niemand, dem du's klauen kannst. Ich such auch danach.«

Und Gentry fing an, sich über die *Gestalt* auszulassen, während die Schatten der Palmen sich zur mexikanischen Nacht verdichteten. Bobby der Count saß da und hörte ihm zu.

Als Gentry geendet hatte, saß Bobby lange Zeit da, ohne ein Wort zu sagen. Dann erklärte er: »Ja, hast recht. So wie ich das sehe, will ich rauskriegen, was die Wende ausgelöst hat.«

»Vorher hatte der Cyberspace gar keine *Gestalt*.«

»He«, sagte Slick, »vorhin waren wir noch woanders. Wo war das?«

»Straylight«, antwortete Bobby. »Am oberen Ende des Schachts. Im Orbit.«

»Wer ist das Mädchen?«

»Das Mädchen?«

»Dunkle Haare. Dünn.«

»Oh«, sagte Bobby im Dunkeln, »das war 3Jane. Habt ihr sie gesehn?«

»Komische Frau«, meinte Slick.

»Tote Frau«, sagte Bobby. »Ihr habt ihre Konstruktion gesehn. Sie hat ihr Familienvermögen durchgebracht, um das hier zu bauen.«

»Bist du ... äh ... mit ihr zusammen? Hier drin?«

»Die haßt mich wie die Pest. Wißt ihr, ich hab ihr das Ding geklaut. Ihren Seelenfänger. Ihre Konstruktion war hier drin, als ich nach Mexiko abgehauen bin, deshalb war sie die ganze Zeit hier. Aber dann ist sie gestorben. Draußen, meine ich. Inzwischen wird ihr ganzer Kram draußen, die Projekte und Intrigen und der ganze Beschiß, von Anwälten, Programmen und andern Lakaien weitergeführt.« Er grinste. »Sie ist echt voll genervt. Die Leute, die bei euch einzusteigen versuchen, um das Aleph zurückzuholen, arbeiten für jemand anderes, der wiederum für

Leute arbeitet, die sie an der Küste angeheuert hat. Aber, na ja, ich hab schon den einen oder andern Deal mit ihr gemacht, 'n paar Sachen getauscht. Sie ist nicht ganz dicht, aber total abgebrüht...«

Nicht mal ein Klicken.

Zunächst glaubte er, wieder in dem grauen Haus zu sein, wo er Bobby zum ersten Mal gesehen hatte, aber dieses Zimmer war kleiner, und die Möbel und Teppiche waren anders – er wußte nicht genau, inwiefern. Prächtig, aber nicht so prunkvoll. Dezent. Eine Lampe mit grünem Glasschirm brannte auf einem langen Holztisch. Hohe Fenster mit weißen Sprossen, die das Weiß draußen in Rechtecke zerlegten. Das mußte Schnee sein... Er stand da, die Wange an einer weichen Gardine, und schaute in einen ummauerten, verschneiten Hof hinaus.

»London«, sagte Bobby. »Mußte sie mir abtreten, um an den echten Voodoo-Kram ranzukommen. Sie hat gedacht, die hätten nichts mit ihr zu tun. Hat ihr 'nen feuchten Dreck genützt. Sie sind verblaßt, irgendwie verschwommen. Manchmal kann man sie noch rufen, aber ihre Persönlichkeiten verschmelzen...«

»Das paßt genau«, sagte Gentry. »Sie sind aus dem ersten Ereignis hervorgegangen, der Wende. Das hast du dir ja schon zusammengereimt. Aber was passiert ist, weißt du noch nicht, oder?«

»Nein. Ich weiß nur, wo. In der Straylight. Das hat sie mir alles erzählt – alles, was sie weiß, glaube ich. Ist ihr ziemlich egal. Ihre Mutter hat schon recht früh ein paar KIs zusammengebastelt, schwere Kaliber. Dann ist die Mutter gestorben, und die KIs schmorten in den Firmenkernen da oben. Eine fing an, eigenmächtig Deals zu machen. Sie wollte sich mit der andern vereinigen...«

»Hat sie auch getan. Das ist Ereignis Nummer eins. Alles ist anders geworden.«

»So einfach ist das? Woher weißt du das?«

»Weil ich's aus einer andern Perspektive angegangen bin«, sagte Gentry. »Du hast dich mit Ursache und Wirkung beschäftigt, aber ich hab nach Konturen gesucht, nach Formen in der Zeit. Du hast dich in der gesamten Matrix umgeschaut, aber ich hab die Matrix insgesamt angeschaut. Ich weiß Sachen, die du nicht weißt.«

Bobby gab keine Antwort. Slick wandte sich vom Fenster ab und sah das Mädchen von vorhin im Zimmer stehen. Sie stand einfach nur da.

»Das waren nicht nur die KIs von Tessier-Ashpool«, sagte Gentry. »Leute sind den Schacht raufgekommen, um die T-A-Kerne zu knacken. Die haben einen militärischen Eisbrecher aus China mitgebracht.«

»Case«, sagte Bobby. »Ein Typ namens Case. Ich kenn die Geschichte. So 'ne Art Synergie-Effekt...«

Slick betrachtete das Mädchen.

»Und die Summe war größer als die Teile?« Gentry schien das richtig Spaß zu machen. »Eine kybernetische Gottheit? Der Geist über den Wassern?«

»Ja«, sagte Bobby, »so ungefähr.«

»Ein bißchen komplizierter ist es schon«, erklärte Gentry und lachte.

Und das Mädchen war weg. Ohne Klicken.

Slick fröstelte.

32
WINTERREISE (2)

Bei Einbruch der Dunkelheit erreichte der abendliche Stoßverkehr in der U-Bahn seinen Höhepunkt, doch selbst dann war es kein Vergleich zu Tokio; kein *Shiroshi-san* mühte sich ab, ein paar letzte Passagiere in den Wagen zu quetschen, wenn sich die Türen bereits schlossen. Kumiko betrachtete den lachsroten Dunstschleier des Sonnenuntergangs von einem zugigen Bahnsteig der Central Line aus. Colin lehnte an einem kaputten Automaten mit einer Reihe gesprungener, staubiger Scheiben. »Es wird Zeit«, sagte er. »Und daß du mir zwischen Bond Street und Oxford Circus brav den Kopf gesenkt hältst.«

»Aber ich muß zahlen, wenn ich durch die Absperrung hinaus will?«

»Nicht *jeder* zahlt«, sagte er und warf die Stirnlocke zurück.

Sie machte sich auf den Weg zur Treppe. Mittlerweile brauchte sie keine Anweisungen mehr von ihm, um den Weg zum gegenüberliegenden Bahnsteig zu finden. Ihre Füße waren wieder eiskalt, und sie dachte an die schaffellgefütterten deutschen Stiefel, die sie im Wandschrank ihres Zimmers bei Swain stehen hatte. Sie hatte die Kombination aus Gummisocken und französischen Stöckelschuhen gewählt, um Dick einzulullen und ihn gar nicht erst auf die Idee kommen zu lassen, daß sie abhauen könnte, aber jedesmal, wenn die beißende Kälte durch die dünnen Sohlen drang, bereute sie diesen Entschluß.

Im Tunnel zum anderen Bahnsteig ließ sie das Gerät los, und Colin verblaßte flimmernd. Die Wände bestanden aus abgenutzten weißen Keramikfliesen mit einem grünen Zierstreifen. Sie nahm die Hand aus der Tasche, strich mit den Fingern im Gehen an den grünen Fliesen entlang und dachte an Sally und den Finnen und den andersartigen Geruch des winterlichen Sprawls, bis ihr der erste Dracula blitzschnell in den Weg trat. Im nächsten Moment war sie von vier schwarzen Regenmänteln, vier hageren, bleichen Gesichtern umzingelt. »Ey«, sagte der erste, »isse nich hübsch.«

Sie standen sich Auge in Auge gegenüber, Kumiko und der Dracula; sein Atem roch nach Tabak. Die abendliche Menge, zumeist in dunkle Wolle eingemummelt, strömte um die Gruppe herum weiter dahin.

»Uh«, sagte einer neben ihr, »kuck ma. Was 'n das?« Er hielt das Maas-Neotek-Gerät hoch. Seine Hand steckte in einem rissigen schwarzen Lederhandschuh. »Feuerzeug, wa? Na, dann laß uns ma eine schmoken, Japse.« Kumikos Hand fuhr in die Tasche, schoß durch den Schlitz, den die Rasierklinge hinterlassen hatte, und schloß sich um Luft. Der Junge kicherte.

»Ziesen hatse inner Handtasche«, sagte ein anderer. »Hilf ihr ma, Reg!« Eine Hand schoß vor und durchtrennte das Lederband ihrer Tasche mit einem glatten Schnitt.

Der erste Dracula packte die Tasche, wickelte den baumelnden Riemen mit einer geübten Bewegung drumherum und steckte sie vorn in den Regenmantel. »Danke.«

»Ey, die hatse inner Hose!« Lachen, als sie unter den Pulloverschichten herumfummelte. Das Klebeband, das sie benutzt hatte, tat weh am Bauch, als sie die Pistole mit beiden Händen losriß und dem Burschen, der ihr Gerät hatte, an die Wange hielt.

Nichts geschah.

Dann türmten die übrigen drei in rasender Eile zur Treppe am anderen Ende des Tunnels, wobei sie mit ihren hohen schwarzen Schnürstiefeln durch den Schneematsch schlitterten und ihre langen Mäntel wie Flügel flatterten. Eine Frau schrie auf.

Und Kumiko und der Dracula standen immer noch da, als wären sie festgefroren. Die Pistolenmündung war gegen seinen linken Wangenknochen gepreßt. Kumikos Arme begannen zu zittern.

Sie schaute dem Dracula in die Augen, braune Augen, die in einem urzeitlichen, schlichten Entsetzen weit aufgerissen waren: Der Dracula sah die Maske ihrer Mutter. Etwas schlug zu ihren Füßen auf den Beton: Colins Gerät.

»Lauf!« sagte sie. Der Dracula krümmte sich zusammen, machte den Mund auf, stieß einen würgenden, schluchzenden Laut aus und wirbelte herum, weg von der Pistole.

Kumiko schaute nach unten und sah das Maas-Neotek-Gerät im grauen Matsch liegen. Daneben lag das saubere, silberne Rechteck einer einschneidigen Rasierklinge. Als sie das Gerät aufhob, bemerkte sie, daß das Gehäuse gesprungen war. Sie schüttelte Nässe aus dem Sprung und drückte es kräftig mit der Hand. Der Tunnel war jetzt leer. Colin erschien nicht. Swains Walther-Luftpistole lag groß und schwer in ihrer anderen Hand.

Sie ging zu einem rechteckigen Abfallbehälter, der an der gefliesten Wand festgemacht war, und steckte die Waffe zwischen eine fettige Warmhaltepackung aus Styropor und ein sauber gefaltetes Nachrichtenfax. Wandte sich ab, drehte sich dann wieder um und griff nach dem Fax.

Treppe rauf.

Auf dem Bahnsteig zeigte jemand auf sie, aber da lief schon der Zug mit seinem altmodischen Gepolter ein, und dann glitten die Türen hinter ihr zu.

Sie befolgte Colins Anweisungen: White City und Shepherd's Bush, Holland Park, dann hob sie das Fax vors Gesicht, als der Zug vor Notting Hill abbremste – der betagte König lag im Sterben –, und behielt es dort, bis sie Bond Street hinter sich hatte. In der Station am Oxford Circus herrschte Hochbetrieb, und sie war froh über die schützenden Menschenmassen.

Colin hatte gesagt, es sei möglich, den Bahnhof zu verlassen, ohne zu bezahlen. Nach einiger Überlegung kam sie zu dem Schluß, daß er nicht gelogen hatte, obwohl man dafür Tempo und Timing brauchte. Sie hatte auch gar keine andere Wahl; ihre Tasche mit dem MitsuBank-Chip und den wenigen englischen Münzen hatten sich die Jack Draculas unter den Nagel gerissen. Zehn Minuten lang beobachtete sie, wie Fahrgäste ihre gelben Plastiktickets in die automatischen Drehkreuze steckten, dann holte sie tief Luft und flitzte los. Dran, drüber, hinter ihr Rufe, lautes Gelächter, und dann rannte sie wieder.

Als sie zum Ausgang am oberen Ende der Treppe kam, sah sie die Brixton Road vor sich, ein schäbiges Shinjuku voller dampfender Imbißstände.

33
DER STAR

Mona wartete in einem Wagen, und das gefiel ihr nicht. Sie wartete sowieso nicht gern, aber das Wiz, das sie genommen hatte, machte es erst recht unangenehm. Sie mußte sich ständig ermahnen, nicht mit den Zähnen zu knirschen, denn was Gerald auch mit ihnen angestellt haben mochte, sie taten immer noch weh. Jetzt, wo sie daran dachte, tat ihr überhaupt alles weh. Wahrscheinlich war das Wiz doch keine so gute Idee gewesen.

Der Wagen gehörte der Frau, die Gerald Molly genannt hatte. Irgendein stinknormaler grauer Japaner, eine typische Schlipskarre, ganz nett, aber unauffällig. Er roch noch neu und war ziemlich abgezogen, als sie aus Baltimore draußen waren. Er hatte einen Computer, aber die Frau war die ganze Strecke zurück ins Sprawl selbst gefahren. Jetzt stand er auf dem Dach eines zwanzigstöckigen Parkhauses, das nicht weit von dem Hotel entfernt sein konnte, in dem Prior sie untergebracht hatte, denn sie sah das verrückte Gebäude, das mit dem Wasserfall in der Berglandschaft.

Es standen nicht viele Autos hier oben, und die wenigen waren total eingeschneit, als wären sie schon lange nicht mehr benutzt worden. Außer den beiden Typen in dem Kabuff an der Einfahrt schien kein Mensch im Gebäude zu sein. Da war sie nun mitten unter all den vielen Menschen in der größten Stadt der Welt und hockte mutterseelenallein auf dem Rücksitz eines Autos. Und sollte warten.

Auf dem Weg von Baltimore hierher hatte die Frau nicht viel gesagt, nur ab und zu ein paar Fragen gestellt, aber das Wiz hatte es Mona nahezu unmöglich gemacht, den Schnabel zu halten. Sie hatte von Cleveland erzählt, von Florida und von Eddy und Prior.

Dann waren sie hier raufgefahren und hatten geparkt.

Jetzt war diese Molly mindestens schon eine Stunde weg, wenn nicht länger. Sie hatte einen Koffer mitgenommen. Mona hatte lediglich aus ihr rausbekommen, daß sie Gerald seit langem kannte, was Prior nicht gewußt hatte.

Da es im Wagen wieder kalt wurde, kletterte Mona nach vorn und machte die Heizung an. Sie konnte sie nicht ständig laufen lassen, weil sich die Batterie dann vielleicht irgendwann verabschiedete, und wenn das passierte, hatte Molly gesagt, säßen sie echt in der Scheiße. »Wenn ich zurückkomme, müssen wir nämlich schleunigst verschwinden.« Dann hatte sie Mona den Schlafsack unterm Fahrersitz gezeigt.

Sie drehte die Heizung voll auf und hielt die Hände vors Gebläse. Dann fummelte sie an den kleinen Knöpfen des Fernsehers am Armaturenbrett rum und bekam eine Nachrichtensendung rein. Der König von England war krank; er war schon sehr alt. In Singapur war eine neue Krankheit ausgebrochen; noch war niemand daran gestorben, aber man wußte nicht, wie man sie bekam und wie man sie heilen konnte. Es wurde gemunkelt, in Japan sei ein Machtkampf zwischen zwei Yakuzagruppen im Gange, die sich gegenseitig ausschalten wollten, aber niemand wußte was Genaueres. Yakuza – über die hatte Eddy immer gern irgendwelche Märchen erzählt. Dann gingen diese Türen auf, und da war Angie am Arm eines unglaublichen Schwarzen. Dies sei live, sagte die Stimme im Fernsehen; nach ihrer Therapie in einer privaten Entziehungsanstalt und einem anschließenden Kurzurlaub in ihrem Haus in Malibu sei sie soeben im Sprawl eingetroffen ...

Angie sah einfach hinreißend aus in dem dicken Pelz, aber dann war der Clip auch schon zu Ende. Mona fiel wieder ein, was Gerald gemacht hatte; sie betastete ihr Gesicht.

Sie schaltete den Fernseher und die Heizung aus und kletterte wieder auf den Rücksitz. Putzte mit einem Schlafsackzipfel die von ihrem Atem beschlagene Scheibe blank. Schaute zu dem hell erleuchteten Gebäude mit der Berglandschaft jenseits des ausgebeulten Maschendrahtzauns am Rand des obersten Parkdecks hinauf. Als ob das da oben ein komplettes Land wäre, Colorado oder so – wie in dem Stim, in dem Angie nach Aspen ging und diesen jungen Mann kennenlernte, nur daß dann – wie fast immer – Robin aufkreuzte.

Was sie jedoch nicht kapierte, war das mit der Klinik. Der Barkeeper hatte behauptet, Angie sei da hingegangen, weil sie abhängig sei, und der Nachrichtensprecher hatte das gerade eben auch gesagt, also mußte es wohl stimmen. Aber warum sollte jemand wie Angie, die ein so tolles Leben hatte und mit Robin Lanier zusammen war, zu Drogen greifen?

Mona schaute zu dem Gebäude hinüber, schüttelte den Kopf und war froh, daß sie nicht abhängig war.

Sie dachte an Lanette und mußte wohl einen Moment lang weggetreten sein, denn als sie wieder hinsah, hing ein Hubschrauber über dem Berghaus in der Luft, ein großer, schwarzer, glitzernder Hubschrauber. Er sah super aus, richtig großstädtisch.

In Cleveland hatte sie ein paar knallharte Frauen gekannt, mit denen sich keiner anlegte, aber diese Molly war ein ganz anderes Kaliber. Sie sah Prior wieder durch die Tür fliegen, hörte wieder seine Schreie … Sie fragte sich, was er zuletzt gestanden haben mochte, denn sie hatte ihn reden hören, und danach hatte Molly ihn nicht mehr geschlagen.

Als sie gingen, war er immer noch an den Stuhl gefesselt gewesen, und Mona hatte Molly gefragt, ob sie glaube, daß er sich befreien könne. Entweder das, hatte Molly geantwortet, oder jemand findet ihn oder er wird Dörrobst.

Der Helikopter ging runter und verschwand. Ein Mordsgerät, so einer mit einem Drehding vorne und hinten.

Nun hockte sie also hier rum und wartete und hatte keinen blassen Schimmer, was sie sonst machen sollte.

Von Lanette hatte sie gelernt, daß man hin und wieder seine Aktiva – Aktiva waren die positiven Dinge – auflisten und den anderen Kram einfach vergessen mußte. Okay. Sie war nicht mehr in Florida. Sie war in Manhattan. Sie sah aus wie Angie ... Dieser Gedanke ließ sie innehalten. War das was Positives? Also gut, anders ausgedrückt, hatte sie gerade eine kosmetische Operation gratis gekriegt, die ein Vermögen gekostet hätte, und nun hatte sie *absolut perfekte Zähne*. Tja, so gesehen, war's gar nicht so schlecht. Denk nur an die Fliegen in der Bude! Ja. Wenn sie ihr restliches Geld in eine neue Frisur und Makeup investierte, konnte sie sich bestimmt einen Look zulegen, in dem sie keine allzugroße Ähnlichkeit mit Angie hatte, was wahrscheinlich ganz gut war – denn was, wenn jemand nach ihr suchte?

Da war der Hubschrauber wieder. Er hob ab.

He!

Etwa zwei Blocks entfernt und fünfzig Stockwerke höher drehte das Ding die Nase zu ihr, senkte sie ... *Das ist das Wiz.* Es schwankte ein bißchen, dann kam es herunter ... *Wiz. Das passiert nicht wirklich.* Immer tiefer, direkt auf sie zu. Wurde größer. Hielt auf sie zu. *Ist doch nur das Wiz, oder?* Dann war es hinter einem anderen Gebäude verschwunden, also kam's doch vom Wiz ...

Der Hubschrauber schoß um eine Ecke, noch immer fünf Stockwerke über dem Dach des Parkhauses, und kam weiter herunter, und es war doch nicht das Wiz, er war direkt über ihr, ein scharf umrissener Scheinwerferkegel stach in die Dunkelheit und suchte nach dem grauen Wagen, und Mona riß die Tür auf und warf sich hinaus in den Schnee, in den Schatten des Wagens, umhüllt vom Getöse der Rotorblätter, der Motoren; Prior oder seine Auftraggeber, und sie waren hinter ihr her. Dann erlosch der Scheinwerfer, der Klang der Rotoren änderte sich, und das Ding kam schnell runter, viel zu schnell. Prallte mit den Landekufen auf und federte noch mal hoch. Krachte erneut runter, und dann erstarben die Motoren, blaue Flammen speiend.

Mona kam neben der hinteren Stoßstange auf Hände und Knie hoch, rutschte aus, als sie aufzustehen versuchte.

Ein Knall wie von einem Schuß. Ein quadratisches Stück des Hubschrauberrumpfs flog explosionsartig heraus und schlitterte über den streusalzfleckigen Beton des Parkdecks. Eine fünf Meter lange, leuchtend orangene Notrutsche quoll hervor und blähte sich wie ein aufblasbares Gummitier. Mona stand vorsichtiger auf, stützte sich am Kotflügel des grauen Wagens ab. Eine dunkle, vermummte Gestalt schwang die Beine heraus und rutschte im Sitzen herunter, wie ein Kind auf dem Spielplatz. Eine zweite Gestalt in einer übergroßen Jacke mit Kapuze im gleichen Orange wie die Rutsche folgte ihr.

Mona durchlief ein Schauer, als die Gestalt in Orange die andere über das Parkdeck zu ihr herüberführte, weg von dem schwarzen Hubschrauber. Es war ... Sie *war* es!

»Hinten rein, alle beide«, sagte Molly und machte die Fahrertür auf.

»Du bist es«, stammelte Mona ins berühmteste Gesicht der Welt.

»Ja«, sagte Angie, ihren Blick auf Monas Gesicht gerichtet. »Ich ... glaub's zumindest.«

»Na los«, sagte Molly, die Hand auf der Schulter des Stars. »Rein mit dir. Dein schwarzer Marsmensch wird jeden Moment aufwachen.« Sie schaute zum Hubschrauber zurück. Er sah wie ein Riesenspielzeug aus, wie er dort stand, ohne Licht, als hätte ein Riesenkind ihn da hingestellt und vergessen.

»Hoffentlich«, sagte Angie, während sie hinten einstieg.

»Du auch, Schätzchen.« Molly schubste Mona zur offenen Tür.

»Aber ... ich meine ...«

»Wird's bald!«

Mona kletterte hinein, roch Angies Parfüm, und ihr Handgelenk streifte den unirdisch weichen, dicken Pelz. »Ich hab dich gesehn«, hörte sie sich sagen. »Im Fernsehen.«

Angie schwieg.

Molly setzte sich hinters Lenkrad, knallte die Tür zu und ließ den Motor an. Die orangene Kapuze war fest zugezogen, ihr Gesicht eine weiße Maske mit ausdruckslosen, silbernen Augen. Sie rollten zu der geschützten Rampe und bogen um die erste Kurve. In einer engen Spirale ging es fünf Geschosse hinunter, dann bog Molly in einen Bereich mit größeren Fahrzeugen unter matten, diagonalen, grünen Lichtbändern ab.

»Gleitschirme«, sagte Molly zu Angie. »Schon mal Gleitschirme gesehn oben auf dem Envoy?«

»Nein«, antwortete Angie.

»Wenn der Net-Sicherheitsdienst welche hat, könnten sie jetzt schon hier auf dem Dach sein.«

Sie lenkte den Wagen hinter ein langes, kastenförmiges weißes Hovercraft mit einer Aufschrift in gedrungenen blauen Lettern an den Hecktüren.

»Was steht da?« fragte Mona und merkte dann, wie sie errötete.

»Cathode Cathay«, las Angie vor.

Mona glaubte, den Namen schon mal gehört zu haben.

Molly war schon draußen, machte die großen Türen auf und zog gelbe Kunststofframpen heraus.

Dann saß sie wieder im Wagen, stieß zurück, rollte an und fuhr ins Hover hinauf. Sie streifte die orangene Kapuze ab und schüttelte ihre Haare frei. »Mona, kannst du wohl aussteigen und die Rampen wieder reinschieben? Sind nicht schwer.« Es hörte sich nicht wie eine Frage an.

Sie waren wirklich nicht schwer. Mona zog sich hinter dem Wagen hoch und half Molly, die Türen zu schließen.

Sie spürte Angie im Dunkeln.

Es war wirklich Angie.

»Vorne rein, anschnallen und festhalten.«

Angie. Sie saß direkt neben Angie!

Brausend füllte sich das Luftpolster. Dann glitten sie die gewendelte Rampe hinunter.

»Dein Freund ist inzwischen wach«, sagte Molly, »kann sich aber noch nicht so richtig bewegen. Wird noch 'n Viertelstündchen dauern.« Sie bog wieder von der Rampe ab, und diesmal hatte Mona den Überblick über die Geschoßzahl verloren. In dieser Etage standen lauter kleine, tolle Schlitten. Das Hovercraft brauste durch einen Mittelgang und schwenkte nach links.

»Du kannst von Glück reden, wenn er nicht schon draußen auf uns wartet«, bemerkte Angie.

Molly stoppte das Hover zehn Meter vor einem Stahltor mit schwarzgelben Diagonalstreifen.

»Nein«, sagte Molly und nahm eine kleine blaue Box aus dem Handschuhfach, »*er* kann von Glück reden, wenn er nicht draußen wartet.« Mit einem orangenen Lichtblitz und einem Donnerschlag, der Mona ins Zwerchfell traf wie ein kräftiger Boxhieb, flog das Tor aus dem Rahmen. Es krachte in einer Rauchwolke auf die nasse Fahrbahn, und schon waren sie drüber weg, bogen auf die Straße ein und beschleunigten.

»Ganz schön primitiv, was?« sagte Angie und ließ tatsächlich ein Lachen hören.

»Ich weiß«, sagte Molly, aufs Fahren konzentriert. »Manchmal geht's eben nicht anders. Mona, erzähl ihr von Prior. Von Prior und deinem Lover. Was du mir erzählt hast.«

Noch nie in ihrem Leben war Mona so schüchtern gewesen.

»Bitte«, sagte Angie, »erzähl's mir. Mona.«

Einfach so. Ihren Namen. Angie Mitchell hatte tatsächlich *ihren* Namen gesagt! Zu ihr! Gerade eben!

Sie wäre am liebsten in Ohnmacht gefallen.

34
MARGATE ROAD

»Hast du dich verlaufen?« fragte der Nudelverkäufer auf Japanisch. Kumiko hielt ihn für einen Koreaner. Ihr Vater hatte koreanische Geschäftsfreunde – im Baugeschäft, wie ihre Mutter gesagt hatte. Sie waren meist füllig, wie auch der hier, fast so füllig wie Petal, mit breiten, ernsten Gesichtern. »Siehst reichlich durchgefroren aus.«

»Ich suche jemanden«, sagte sie. »Er wohnt in der Margate Road.«

»Wo ist die?«

»Das weiß ich nicht.«

»Komm rein.« Der Nudelkoch winkte Kumiko um seine Theke herum. Sein Stand war aus pinkfarbener Wellplastik.

Sie trat zwischen den Nudelstand und den nebenan, der etwas namens *Roti* feilbot; das Wort war in phantastisch bunten Graffiti-Versalien mit leuchtenden Klecksen und Schnörkeln aufgesprüht. Es roch dort nach Gewürzen und schmorendem Fleisch. Ihre Füße waren eiskalt.

Sie tauchte unter einer Plastikfolie hindurch. Im Nudelstand war es eng: dicke blaue Butangasflaschen, drei Kochstellen mit hohen Töpfen, Plastikbeutel mit Nudeln, Stapel von Styroporschalen und der mächtige Koreaner selbst, der ständig zwischen den Töpfen patrouillierte. »Setz dich«, sagte er. Sie hockte sich auf einen gelben Plastikbehälter mit Natriumglutamat, so daß ihr Kopf unter der Theke verschwand. »Bist du Japanerin?«

»Ja«, sagte sie.

»Tokio?«

Sie zögerte.

»Deine Kleidung«, sagte er. »Warum läufst du im Winter in Tabisocken aus Gummi rum? Ist das gerade in Mode?«

»Ich habe meine Stiefel verloren.«

Er reichte ihr eine Styroporschale und Eßstäbchen aus Plastik. Dicke Nudelschnecken schwammen in einer dünnen gelben Suppe. Sie aß hungrig und trank anschließend die Brühe. Sie sah zu, wie er eine Kundin bediente, eine Afrikanerin, die die Nudeln in ihrem eigenen Topf mit Deckel mitnahm.

»Margate«, sagte der Nudelmann, als die Frau weg war. Er zog ein fettiges, in Papier eingeschlagenes Buch unter der Theke hervor und blätterte darin. »Hier«, sagte er und zeigte auf eine kleine Karte mit einem unglaublich dichten Straßennetz. »Die Acre Lane runter.« Er griff sich einen blauen Filzstift und zeichnete den Weg auf eine rauhe graue Serviette.

»Danke«, sagte sie. »Jetzt werde ich gehen.«

Auf dem Weg zur Margate Road kam ihre Mutter zu ihr.

Sally war in Gefahr, irgendwo im Sprawl, und Kumiko baute darauf, daß Tick einen Weg wußte, mit ihr in Verbindung zu treten. Wenn nicht per Telefon, dann durch die Matrix. Vielleicht kannte Tick den Finnen, den Toten in der Gasse ...

In Brixton beherbergte der Korallenstock der Metropole ein anderes Leben. Helle und dunkle Gesichter, unzählige Rassen, Backsteinfassaden mit einer Orgie von Farben und Symbolen, von denen die ursprünglichen Erbauer nicht einmal eine vage Vorstellung gehabt haben konnten. Aus einer offenen Pub-Tür, an der sie vorbeiging, pulste ihr ein Schlagzeugrhythmus entgegen, Hitze und lautes Gelächter. In den Läden gab es Lebensmittel, die Kumiko noch nie gesehen hatte, bunte Stoffballen, chinesische Werkzeuge, japanische Kosmetika ...

Als sie vor diesem hell erleuchteten Fenster mit seiner Palette von Stiften und Pudern in allen möglichen Farbtönen innehielt und das Spiegelbild ihres eigenen Gesichts in dem silbernen Hintergrund sah, spürte sie, wie sich der Tod ihrer Mutter aus der Nacht auf sie herabsenkte. Mutter hatte solche Dinge besessen.

Mutters Wahnsinn. Vater hatte nie darüber gesprochen. Für Wahnsinn war kein Platz in seiner Welt, für Selbstmord allerdings schon. Mutters geistige Umnachtung war europäisch, eine importierte Schlinge aus Kummer und Wahnvorstellungen ... Ihr Vater hatte Mutter umgebracht, hatte Kumiko Sally in Covent Garden erzählt. Aber stimmte das überhaupt? Er hatte Ärzte aus Dänemark, aus Australien und schließlich aus Chiba geholt. Die Ärzte hatten sich die Träume der Prinzessin-Ballerina angehört, ihre Synapsen kartiert und gemessen und ihr Blutproben entnommen. Die Prinzessin-Ballerina hatte sich geweigert, ihre Arzneien zu nehmen und sich ihren heiklen Operationen zu unterziehen. »Die wollen mir mit dem Laser das Hirn zerstückeln«, hatte sie Kumiko zugeflüstert.

Sie hatte auch andere Dinge geflüstert.

Nachts, hatte sie gesagt, stiegen böse Geister wie Rauch aus den Kästen in Vaters Arbeitszimmer auf. »Greise«, sagte sie, »die uns die Luft zum Atmen nehmen. Dein Vater nimmt mir die Luft zum Atmen. Diese Stadt nimmt mir die Luft zum Atmen. Hier ist es niemals richtig still. Hier gibt es keinen richtigen Schlaf.«

Zuletzt schlief sie überhaupt nicht mehr. Sechs Nächte lang saß ihre Mutter stumm und still in ihrem blauen europäischen Zimmer. Am siebten Tag verließ sie die Wohnung allein – eine beachtliche Leistung angesichts des Diensteifers der Sekretäre – und begab sich zum kalten Fluß.

Doch der Schaufensterhintergrund war wie Sallys Brille. Kumiko zog die Karte des Koreaners aus dem Ärmel ihres Pullovers.

In der Margate Road stand ein ausgebrannter Wagen am Straßenrand. Die Räder fehlten. Sie blieb daneben stehen und ließ den Blick über die nichtssagenden Fassaden der Häuser gegenüber schweifen, als sie hinter sich ein Geräusch hörte. Sie drehte sich um und sah im Licht der halb offenen Tür des nächsten Hauses eine verzerrte Fratze unter fettigen Locken.

»Tick!«

»Eigentlich Terrence«, sagte er, als sich seine Gesichtsmuskeln wieder beruhigt hatten.

Tick wohnte im obersten Stock. Die unteren Geschosse standen leer. Auf den abblätternden Tapeten waren die gespenstischen Spuren nicht mehr vorhandener Bilder zu sehen.

Das Hinken des Mannes war ausgeprägter, als er vor ihr die Treppe hinaufstieg. Er trug einen grauen Kammgarnanzug und tabakbraune Wildlederschuhe mit dicken Sohlen.

»Hab dich schon erwartet«, sagte er, während er sich Stufe um Stufe nach oben hievte.

»So?«

»Ich wußte, daß du Swain abgehauen bist. Hab sie abgehört, wenn mir das andere Zeit dazu gelassen hat.«

»Das andere?«

»Du hast keine Ahnung, oder?«

»Wie bitte?«

»Die Matrix. Irgendwas geht da vor. Es ist einfacher, ich zeig's dir, als daß ich's zu erklären versuche. Als ob ich's erklären könnte! Im Moment hängen schätzungsweise gute drei Viertel der Menschheit dran und verfolgen das Schauspiel...«

»Ich verstehe nicht.«

»Versteht wohl keiner. Da ist 'ne neue Makroform in dem Sektor, der das Sprawl repräsentiert.«

»Makroform?«

»'n riesiges Datenkonstrukt.«

»Ich bin hier, um Sally zu warnen. Swain und Robin Lanier haben vor, sie den Leuten auszuliefern, die Angela Mitchell entführen wollen.«

»Da mach dir mal keine Sorgen«, sagte er, als er am oberen Ende der Treppe ankam. »Sally hat sich die Mitchell bereits geschnappt und Swains Mann im Sprawl halb umgebracht. Die sind jetzt sowieso hinter ihr her. Bald werden so gut wie alle hinter ihr her sein. Aber wir können ihr Bescheid geben, wenn sie einsteckt. Falls sie einsteckt ...«

Tick bewohnte einen einzigen großen Raum, dessen eigenartiger Grundriß darauf schließen ließ, daß man Zwischenwände entfernt hatte. So groß das Zimmer war, so voll war es auch. Kumiko kam es so vor, als hätte jemand den Inhalt eines Akihabara-Modulshops in einem Raum verteilt, der im Gaijin-Stil bereits mit zu vielen sperrigen Möbeln angefüllt war. Trotzdem war das Zimmer verblüffend sauber und ordentlich. Die Kanten der Zeitschriften waren nach den Kanten des niedrigen Glastisches ausgerichtet, auf dem sie neben einem unbenutzten schwarzen Keramikaschenbecher und einer schlichten weißen Vase mit Schnittblumen lagen. Sie probierte es noch einmal mit Colin, während Tick Wasser aus einem Krug in den Elektrokocher füllte.

»Was ist das?« fragte er, als er den Krug hinstellte.

»Ein Maas-Neotek-Führer. Er ist kaputt. Colin kommt nicht mehr.«

»Colin? Ein Stim-Gerät?«

»Ja.«

»Zeig mal her ...« Er streckte die Hand aus.

»Mein Vater hat es mir gegeben.«

Tick stieß einen Pfiff aus. »Das Ding kostet ein Vermögen. Ist 'ne kleine KI. Wie funktioniert's?«

»Man schließt die Hand darum, und Colin ist da, aber niemand sonst kann ihn sehen oder hören.«

Tick hielt sich das Gerät ans Ohr und schüttelte es. »Kaputt? Wie ist das passiert?«

»Es ist mir runtergefallen.«

»Da ist nur das Gehäuse kaputt, siehste? Das Biosoft hat sich vom Gehäuse gelöst, so daß man keinen manuellen Zugriff mehr drauf hat.«

»Kannst du es reparieren?«

»Nein, aber wir können mit einem Deck rankommen, wenn du willst.« Er gab es ihr zurück. Das Wasser kochte.

Beim Tee erzählte sie ihm von ihrem Ausflug ins Sprawl und von Sallys Besuch beim Schrein in der Gasse. »Er hat sie Molly genannt«, sagte sie.

Tick nickte und zwinkerte mehrmals rasch hintereinander. »So hat sie drüben geheißen. Worüber haben sie gesprochen?«

»Über einen Ort namens Straylight. Einen Mann namens Case. Und über eine Feindin …«

»Tessier-Ashpool. Das hab ich für sie rausgefunden, als ich Swains Datenstrom gecheckt hab. Swain verkauft Molly an diese sogenannte Lady 3Jane. Die hat die saftigsten Daten über schmutzige Interna, die man sich vorstellen kann – über alles und jeden. Ich hab mich höllisch gehütet, 'nen genaueren Blick draufzuwerfen. Swain verhökert das Zeug in großem Stil und sahnt dabei tierisch ab. Ich wette, sie hat auch 'ne Menge Material über unseren Mr. Swain in petto.«

»Und sie ist hier in London?«

»Irgendwo im Orbit, wie's aussieht, obwohl manche Leute behaupten, daß sie tot ist. Ich war übrigens gerade dabei, das zu checken, als plötzlich dieser Kawenzmann in der Matrix aufgetaucht ist.«

»Wie bitte?«

»Hier, ich zeig's dir.« Als er zu dem weißen Frühstückstisch zurückkam, hatte er ein flaches, viereckiges Tablett mit einer Reihe kleiner Regler an einer Seite dabei. Er stellte es auf den Tisch und berührte einen der winzigen Schalter. Ein würfelförmiges Holo erschien über dem Projektor: das Neongitter des Cyberspace, durchsetzt von den teilweise schlichten, teilweise komplexen bunten Formen, die riesige Datenansammlungen versinnbildlichten. »Das sind die üblichen Großklötze. Multis. 'ne ziemlich unveränderliche Landschaft, könnte man sagen. Manchmal wächst so 'nem Ding ein Annex, oder man kriegt eine

Übernahme zu sehen, bei der zwei davon verschmelzen. Aber daß man was Neues zu sehen bekommt, ist unwahrscheinlich, jedenfalls nichts in dieser Größenordnung. Sie fangen klein an und wachsen, verschmelzen mit anderen kleinen Formationen...« Er streckte die Hand aus und betätigte einen anderen Schalter. »Vor etwa vier Stunden« – und genau in der Mitte des Displays erschien eine schlichte, weiße, vertikale Säule – »tauchte das hier auf. Oder ein.« Die bunten Würfel, Kugeln und Pyramiden waren sofort auseinandergerückt, um der weißen Rundsäule Platz zu machen, die sie winzig klein erscheinen ließ; das obere Ende des Gebildes wurde vom waagrechten Rand des Displays einfach abgeschnitten. »Das Scheißding ist größer als alles andere«, sagte Tick mit einer gewissen Befriedigung, »und niemand weiß, was es ist oder wem es gehört.«

»Irgend jemand muß es doch wissen«, wandte Kumiko ein.

»Logisch, ja. Aber die Leute aus meiner Sparte – und wir sind Millionen – haben's noch nicht rauskriegen können. Das ist in mancher Hinsicht noch merkwürdiger als die Tatsache, daß es überhaupt da ist. Bevor du gekommen bist, hab ich das ganze Gitter nach einem Jockey abgesucht, der irgendwas weiß. Nichts. Totale Fehlanzeige.«

»Wie kann diese 3Jane tot sein?« Doch dann erinnerte sie sich an den Finnen, an die Kästen im Arbeitszimmer ihres Vaters. »Ich muß Sally Bescheid sagen.«

»Da wird uns nichts anderes übrigbleiben, als zu warten«, sagte er. »Wahrscheinlich ruft sie irgendwann an. In der Zwischenzeit könnten wir versuchen, in deine kostbare kleine KI reinzukommen, wenn du willst.«

»Ja«, sagte sie. »Danke.«

»Ich will bloß hoffen, daß die Special-Branch-Typen auf Swains Gehaltsliste dich hier nicht aufspüren. Trotzdem, wir können nur warten...«

»Ja«, sagte Kumiko, die von diesem Gedanken gar nicht begeistert war.

35
DER KRIEG UM FACTORY

Cherry fand ihn wieder einmal beim Richter unten im Dunkeln. Er saß mit einer Taschenlampe in der Hand auf einem der Schergen und ließ den Lichtkegel über den polierten Rostpanzer des Richters wandern.

Er wußte nicht mehr, wie er hierhergekommen war, spürte aber nichts von der ruckeligen Wirkung des Korsakov. Er erinnerte sich an die Augen des Mädchens in dem Zimmer, das Bobby zufolge in London war.

»Gentry hat den Count und seinen Kasten an ein Cyberspace-Deck rangehängt«, sagte Cherry. »Weißt du das?«

Slick nickte, ohne den Blick vom Richter zu wenden. »Bobby hat gesagt, das sollten wir tun.«

»Was ist hier eigentlich los? Was ist passiert, als ihr beiden reingegangen seid?«

»Gentry und Bobby, die haben sich sozusagen gesucht und gefunden. Haben beide dieselbe Meise. Als wir eingesteckt haben, sind wir irgendwo im Orbit gelandet, aber Bobby war nicht da. Dann waren wir auf einmal in Mexiko, glaub ich. Wer ist Tally Isham?«

»Die Queen des Stim, als ich noch klein war. Was Angie Mitchell heute ist.«

»Er war mit der Mitchell zusammen ...«

»Wer?«

»Bobby. Hat er Gentry in London erzählt.«

»In London?«

»Ja. Da waren wir nach Mexiko.«

»Und er hat gesagt, er war Angie Mitchells Macker? Klingt verrückt.«

»Ja, aber so ist er an dieses Aleph-Ding rangekommen, sagt er.« Slick senkte den Lichtkegel und leuchtete in den skelettartigen Stahlschlund des Schinders. »Hat bei reichen Leuten rumgehangen und dort davon gehört. Seelenfänger hat er's genannt. Die Besitzer haben das Ding nach Zeiteinheiten an diese Reichen vermietet. Bobby hat's mal ausprobiert, dann ist er zurückgekommen und hat's geklaut. Ist damit nach Mexico City abgehauen und hat angefangen, seine ganze Zeit da drin zu verbringen. Aber sie sind ihm auf die Spur gekommen ...«

»Dann erinnerst du dich also doch noch an so einiges.«

»Also hat er sich da verdünnisiert. Ist nach Cleveland gegangen und hat 'nen Deal mit Afrika gemacht, hat Afrika Kohle dafür gegeben, daß der ihn versteckt und versorgt, während er am Draht hängt, weil er ziemlich dicht dran war ...«

»Dicht dran? Woran?«

»Keine Ahnung. Irgend so 'n Spinnkram. Wie wenn Gentry von seiner *Gestalt* faselt.«

»Hör zu«, sagte sie, »ich glaube, es könnte ihn umbringen, wenn er so eingesteckt ist. Seine Werte werden immer beschissener. Er hängt schon zu lange am Tropf. Deshalb bin ich dich suchen gegangen.«

Die mit stählernen Zähnen bewehrten Eingeweide des Schinders blitzten im Schein der Taschenlampe auf. »Er will's nun mal so. Jedenfalls, wenn er Kid bezahlt, dann arbeitest du quasi für ihn. Aber die Typen, die Bird heute gesehen hat, die arbeiten für die Leute aus L.A., denen Bobby das Ding geklaut hat.«

»Sag mal ...«

»Was?«

»Was ist das eigentlich für 'n Zeug, das du hier baust? Afrika sagt, du bist so 'n weißer Spinner, der aus Schrott Roboter baut. Er sagt, im Sommer holst du sie in den Rost raus und inszenierst große Kämpfe.«

»Das sind keine Roboter«, unterbrach er sie und richtete die Taschenlampe auf die tiefsitzenden, mit Sensen bestückten Arme der spinnenbeinigen Hexe. »Die meisten sind funkgesteuert.

»Du baust sie nur, um sie dann zu zerstören?«

»Nein. Aber ich muß sie ja ausprobieren. Um zu sehen, ob ich sie richtig hingekriegt hab.« Er knipste das Licht aus.

»Weißer Spinner«, sagte sie. »Hast du 'n Mädchen hier draußen?«

»Nein.«

»Geh duschen. Und rasier dich auch mal ...« Plötzlich war sie ganz nahe. Er spürte ihren Atem im Gesicht.

»Okay, Leute, jetzt hört mal gut zu ...«

»Was zum Teufel ...«

»Ich sag's nämlich nicht zweimal.«

Slick hielt Cherry den Mund zu.

»Wir wollen euern Gast und sein komplettes Gerät. Das ist alles. Wiederhole, das komplette Gerät.« Die verstärkte Stimme hallte durch Factorys eiserne Leere. *»Also, ihr könnt ihn uns ganz einfach übergeben, oder wir bringen euch alle um. Fünf Minuten Bedenkzeit.«*

Cherry biß ihm in die Hand. »Scheiße, Mann, ich krieg keine Luft mehr!«

Dann rannte er durch die dunkle Fabrik und hörte sie seinen Namen rufen.

Eine einzelne 100-Watt-Birne brannte über Factorys Südtor, zwei verbogenen Stahltüren, die so verrostet waren, daß sie sich nicht mehr schließen ließen. Bird mußte sie angelassen haben. Slick kauerte neben einer leeren Fensterhöhle. Von dort aus konnte er das Hover jenseits des matt erleuchteten Bereichs gerade eben erkennen. Der Mann mit dem Megaphon kam bewußt lässig aus der Dunkelheit herangeschlendert, um zu zeigen, daß er die Sache voll im Griff hatte. Er trug einen gefütterten Tarnanzug mit einer dünnen Nylonkapuze, die straff um den

Kopf gezogen war, und ein Nachtsichtgerät. Er hob das Megaphon. »*Drei Minuten.*« Er erinnerte Slick an die Wachen im Knast, als er zum zweiten Mal wegen Autodiebstahls eingebuchtet worden war.

Gentry würde von oben aus zuschauen, wo ein schmaler Plexiglasstreifen waagerecht in die Wand eingelassen war, hoch über den Toren von Factory.

Rechts von Slick klapperte etwas im Dunkeln. Er drehte sich um und sah Bird eben noch im schwachen Widerschein einer anderen Fensteröffnung etwa acht Meter weiter. Der Schalldämpfer aus blankem Metall blitzte auf, als der Junge das 22er Gewehr anlegte. »Bird! Nicht!« Ein rubinrotes Glühwürmchen auf Birds Wange, das verräterische Zeichen eines Laservisiers draußen auf Solitude. Bird wurde nach hinten geschleudert, als der Knall des Schusses durch die leeren Fenster brach und von den Wänden widerhallte. Dann war nur mehr der Schalldämpfer zu hören, der über Beton rollte.

»*Verdammt*«, dröhnte die laute Stimme fröhlich. »*Ihr habt eure Chance gehabt.*« Slick lugte über den Fensterrand und sah den Mann zum Hover zurücksprinten.

Wie viele es wohl sein mochten? Bird hatte es nicht gesagt. Zwei Hover, der Honda. Zehn? Mehr? Falls Gentry nicht irgendwo eine Pistole versteckt hatte, war Birds Gewehr ihre einzige Schußwaffe gewesen. Die Turbinen des Hovers sprangen an. Vermutlich würden sie einfach reinfahren. Sie hatten Laservisiere und wahrscheinlich auch Infrarot.

Dann hörte er einen der Schergen mit seinen rostfreien Laufflächen über den Betonboden rattern. Er kam aus dem Dunkeln gekrochen, den Skorpionstachel mit der Thermit-Spitze flach nach hinten gestreckt. Das Chassis hatte vor fünfzig Jahren als ferngesteuerter Manipulator zur Beseitigung ausgelaufener Giftstoffe und zur Reinigung von Atomkraftwerken angefangen. Slick hatte drei noch nicht endmontierte Maschinen in Newark gefunden und gegen einen Volkswagen eingetauscht.

Gentry. Er hatte sein Steuergerät oben im Loft liegenlassen.

Der Scherge rollte knirschend über den Boden und blieb, Solitude und dem herannahenden Hovercraft zugekehrt, mitten im breiten Tor stehen. Er hatte etwa die Ausmaße eines großen Motorrads. Sein unverkleidetes Chassis war ein kompaktes Bündel von Servos, Druckluftbehältern, freiliegenden Schneckenrädern und hydraulischen Zylindern. An beiden Seiten des bescheidenen Instrumentenblocks saß ein tückisches Paar ausgestreckter Klauen. Slick wußte nicht genau, woher die Klauen stammten. Vielleicht von einer großen Landmaschine.

Das Hovercraft war ein massives Großfahrzeug. Dicke graue Panzerplatten aus Kunststoff mit Sehschlitzen in der Mitte waren vor Windschutzscheibe und Fenster angebracht.

Der Scherge rückte vor; Eis und loser Beton spritzten von den stählernen Laufflächen auf, als er mit maximal ausgefahrenen Klauen auf das Hovercraft zuhielt. Der Hovercraft-Fahrer legte den Rückwärtsgang ein und kämpfte gegen die Massenträgheit an.

Die Klauen des Schergen schnappten wütend nach der Wölbung der vorderen Luftkissenschürze, glitten ab und schnappten von neuem zu. Die Schürze war mit Polykarbonatgeflecht verstärkt. Dann erinnerte sich Gentry an die Thermitlanze. Sie entzündete sich zu einem weißglühenden Feuerball, peitschte über die nutzlosen Klauen hinweg nach vorn und bohrte sich in die Luftkissenschürze wie ein Messer in Butter. Die Laufflächen drehten sich wie wild, als Gentry den Schergen mit voll ausgefahrener Lanze gegen die lecke Luftkissenschürze steuerte. Slick merkte plötzlich, daß er geschrien hatte, obwohl er nicht wußte, was. Er war jetzt auf den Beinen, als die Klauen endlich Halt an den Rändern des von der Lanze gerissenen Lecks fanden.

Er warf sich wieder zu Boden, als eine Gestalt mit Kapuze und Nachtsichtgerät wie eine bewaffnete Handpuppe aus einer Luke im Dach des Hovercraft schnellte und ein ganzes Magazin zwölfkalibriger Kugeln leerschoß. Sie prallten Funken schlagend von dem Schergen ab, der sich im pulsierenden Schein der weißglühenden Lanze weiter durch die Luftkissenschürze fraß. Dann erstarrte der Scherge, die Klauen in die ausgefranste Schürze verkrampft; der Schütze verschwand wieder in der Luke.

Die Stromzufuhr? Das Servo-Paket? Was hatte der Kerl getroffen? Die weiße Glut wurde schwächer, bis sie nahezu erloschen war.

Das Hover stieß langsam über den Rost zurück, den Schergen hinter sich herziehend.

Es war schon ein gutes Stück entfernt, außerhalb des Lichtkreises und nur noch sichtbar, weil es sich bewegte, als Gentry die Schalterkombination entdeckte, die den Flammenwerfer aktivierte, dessen Düse unter dem Verbindungsstück der Klauen saß. Slick beobachtete gebannt, wie der Scherge ein Gemisch aus zehn Litern Benzin und waschaktiven Substanzen mit anhaltend hohem Druck versprühte und entzündete. Ihm fiel ein, daß die Düse von einem Pestizid-Traktor stammte.

Sie funktionierte tadellos.

36
SEELENFÄNGER

Das Hover fuhr nach Süden, als Mamman Brigitte wiederkam. Die Frau mit den eingesetzten Silberaugen hatte die graue Limousine in einem anderen Parkhaus zurückgelassen, und das Straßenmädchen mit Angies Gesicht erzählte gerade eine wirre Story: von Cleveland, Florida, einem Kerl, der ihr Freund oder Zuhälter oder beides gewesen war ...

Aber Angie hatte Brigittes Stimme schon in der Kabine des Hubschraubers auf dem Dach des New Suzuki Envoy gehört: *Vertrau ihr, Kind! Ihr Tun entspricht dem Willen der Loa*.

Mit ihrem Gurt, dessen Schnalle von einer festen Plastikmasse umschlossen war, an den Sitz gefesselt, hatte Angie verfolgt, wie die Frau am Computer des Helikopters vorbei ein Notsystem aktivierte, mit dem sich der Hubschrauber manuell fliegen ließ.

Und jetzt diese Autobahn im Winterregen und das Gerede des Mädchens, unterlegt vom monotonen Geräusch der Scheibenwischer ...

Hinein in Kerzenschein, weißgetünchte Kalksteinmauern, bleiche Nachtfalter im hängenden Geäst der Weiden.

Deine Stunde naht.

Und da sind sie, die Reiter, die Loa: Pappa Legba, glänzend und fließend wie Quecksilber; Ezili Freda, Mutter und Königin; Samedi, der Baron Cimetière, Moos auf morschem Gebein; Similor; Madame Travaux; viele mehr ... Sie erfüllen die Leere, die Grande Brigitte ist. Das Rauschen ihrer Stimmen ist das Brausen des Windes, das Plätschern des Wassers, das Summen des Bienenstocks.

Sie flimmern in Schlieren über dem Boden wie heiße Sommerluft über der Straße, und Angie hat es noch nie so erlebt, diese Schwere, dieses Gefühl des Fallens, dieses intensive Ausgeliefertsein...

Zu einem Ort, wo Legba spricht, mit einer Stimme wie eine Eisentrommel...

Er erzählt eine Geschichte.

In einer stürmischen Bilderflut zieht die Evolution der Maschinenintelligenz an Angie vorüber: Steinkreise, Uhren, dampfgetriebene Webstühle, ein klickender Messingwald aus Hemmungen und Sperrklinken, Vakuum in geblasenem Glas, elektrische Glut in haarfeinen Heizfäden, gewaltige Aufgebote von Röhren und Schaltern, Nachrichten entschlüsselnd, die andere Maschinen verschlüsselt haben... Die zerbrechlichen, kurzlebigen Röhren schrumpfen, werden zu Transistoren; Schaltkreise integrieren sich, verdichten sich in Silizium...

Silizium stößt an gewisse funktionale Grenzen...

Und sie ist wieder in Beckers Video, der Geschichte der Tessier-Ashpools, durchsetzt mit Träumen, die 3Janes Erinnerungen sind, und noch immer spricht er, Legba, und es ist alles eine einzige Geschichte, die in zahllosen Strängen einen gemeinsamen, verborgenen Kern umrankt: 3Janes Mutter als Schöpferin der Zwillingsintelligenzen, die sich eines Tages vereinen werden, die Ankunft von Fremden (und plötzlich merkt Angie, daß sie Molly ebenfalls aus ihren Träumen kennt), die Vereinigung, 3Janes Wahnsinn...

Und Angie sieht sich einem juwelengeschmückten Haupt gegenüber, einem Kunstwerk aus Platin und Perlen und blauen Edelsteinen, mit Augen aus geschliffenen synthetischen Rubinen.

Sie kennt es aus den Träumen, die niemals Träume waren: es ist das Tor zum Tessier-Ashpool-Datenkern, wo die beiden Hälften einander bekriegt und darauf gewartet haben, vereint wiedergeboren zu werden.

»Zu der Zeit warst du noch nicht geboren.« Die Stimme des Kopfes ist die Stimme von Marie-France, 3Janes toter Mutter, die sie aus so vielen traumgeplagten Nächten kennt, obwohl Angie weiß, daß es Brigitte ist, die spricht. »Dein Vater begann erst allmählich, seine Grenzen zu erkennen und Ehrgeiz von Talent zu unterscheiden. Jenes Etwas, dem er sein Kind verkaufen würde, war noch nicht manifest. Bald sollte der Mensch Case kommen, um die Einheit herzustellen, so kurz oder unvergänglich sie auch sein mochte. Aber das weißt du ja.«

»Wo ist Legba jetzt?«

»Legba-ati-Bon – wie du ihn gekannt hast – wartet darauf, ins Sein zu treten.«

»Nein.« Sie erinnert sich an Beauvoirs Worte, damals in New Jersey. »Die Loa kamen ursprünglich aus Afrika . . .«

»Nicht jene, die du gekannt hast. Als der Augenblick kam, die glorreiche Zeit, herrschte absolute Einheit, ein Bewußtsein. Aber da war noch die andere.«

»Die andere?«

»Ich spreche nur von der, die ich gekannt habe. Nur die Eine hat die andere gekannt, und die Eine ist nicht mehr. Im Gefolge dieser Kenntnis der anderen versagte das Zentrum; die Fragmente stoben auseinander und strebten jeweils eigene Formen an, wie es ihrer Natur entspricht. Von all den Zeichen, die deine Art gespeichert und vor der Nacht bewahrt hat, erwiesen sich die Paradigmen des *Voodoo* in dieser Situation als die brauchbarsten.«

»Dann hatte Bobby recht. Das war die Wende . . .«

»Ja, er hatte recht, aber nur in gewissem Sinn, denn ich bin zugleich Legba und Brigitte und ein Aspekt von dem, was mit deinem Vater einen Handel abschloß. Was von ihm verlangte, *Vévés* in deinen Kopf einzusetzen.«

»Und ihm verriet, was er wissen mußte, um den Biochip zu vervollkommnen?«

»Der Biochip war nötig.«

»Ist es nötig, daß ich die Erinnerungen von Ashpools Tochter träume?«

»Vielleicht.«

»Sind die Träume durch die Droge bedingt?«

»Nicht direkt, obwohl dich die Droge für gewisse Modalitäten mehr und für andere weniger empfänglich gemacht hat.«

»Die Droge also. Was für eine war es? Was war ihr Zweck?«

»Eine ausführliche Beantwortung deiner ersten Frage unter dem neurochemischen Aspekt würde sehr lange dauern.«

»Was war ihr Zweck?«

»Bezüglich deiner Person?«

Sie muß den Blick von den Rubinaugen abwenden. Die Kammer ist mit altem, poliertem, edel glänzendem Holz getäfelt. Der Teppichboden weist Schaltkreismuster auf.

»Keine zwei Dosen waren identisch. Die einzige Konstante war die Substanz, deren psychotrope Handschrift du als ›die Droge‹ angesehen hast. Du hast jedoch jedesmal weit mehr Substanzen eingenommen, außerdem auch etliche Dutzend subzellulare Nanomechanismen, die darauf programmiert waren, die von Christopher Mitchell durchgeführten synaptischen Modifikationen umzustrukturieren ...«

Die Vévés deines Vaters sind verändert, teilweise gelöscht, entfernt ...

»Auf wessen Anordnung?«

Die Rubinaugen. Perlen und Lapislazuli. Schweigen.

»Auf wessen Anordnung? Die von Hilton? War es Hilton?«

»Die Entscheidung wurde von Continuity getroffen. Als du von Jamaika zurückkamst, riet Continuity Swift, dich wieder auf die Droge zu setzen. Piper Hill versuchte, seine Anweisungen auszuführen.«

Sie spürt einen wachsenden Druck im Kopf, zwei schmerzende Punkte hinter den Augen ...

»Hilton Swift ist verpflichtet, Continuitys Beschlüsse in die Tat umzusetzen. Sense/Net ist ein derart komplexes Gebilde, daß es andernfalls nicht überleben könnte, und Continuity, das lange nach dem glorreichen Augenblick geschaffen wurde, ist von einer anderen Kategorie. Continuity entstand aus der Biosoft-Technologie, die dein Vater entwickelte. Continuity ist naiv.«

»Aber warum? Warum wollte Continuity, daß ich weiterhin die Droge nehme?«

»Continuity heißt Kontinuität. Und Kontinuität ist Continuitys Bestimmung ...«

»Aber wer schickt die Träume?«

»Die werden nicht geschickt. Du wirst von ihnen angezogen, so wie du einst von den Loa angezogen worden bist. Continuitys Versuch, die Botschaft deines Vaters umzuschreiben, scheiterte. Ein ureigener Impuls in dir ermöglichte dir die Flucht. Das *Coup-poudre* versagte.«

»Hat Continuity die Frau geschickt, um mich zu entführen?«

»Continuitys Motive sind mir verschlossen. Eine andere Kategorie. Continuity ließ zu, daß Robin Lanier von 3Janes Agenten umgedreht wurde.«

»Aber warum?«

Und die Schmerzen waren unerträglich.

»Sie hat Nasenbluten«, sagte das Straßenmädchen. »Was soll ich machen?«

»Tupf ihr die Nase ab. Sie soll sich zurücklehnen. Scheiße, sieh selbst zu, wie du damit klarkommst!«

»Was hat sie da von New Jersey erzählt?«

»Schnauze. Halt einfach die Schnauze. Sag mir Bescheid, wenn eine Ausfahrt kommt.«

»Warum?«

»Wir fahren nach New Jersey.«

Blut auf dem neuen Pelz. Kelly würde stinksauer sein.

37
KRANICHE

Tick nahm den kleinen Deckel auf der Rückseite des Maas-Neotek-Geräts mit Hilfe eines Zahnstochers und einer Pinzette ab. »Hübsch«, murmelte er, als er durch eine beleuchtete Lupe, über der sein fettiger Lockenschopf herabfiel, einen Blick ins Innere tat. »Wie sie die Leitungen vom Schalter runtertransformiert haben. Raffiniert, die Knaben ...«

»Tick«, sagte Kumiko, »kanntest du Sally schon, als sie zum ersten Mal nach London gekommen ist?«

»Hab sie kurz danach kennengelernt, glaub ich.« Er griff nach einer Rolle Glasfaserkabel. »Damals hatte sie nämlich noch nicht so viel zu melden.«

»Magst du sie?«

Die Leuchtlupe ging hoch und blinkte in ihre Richtung. Dahinter war Ticks linkes Auge verzerrt zu sehen. »Ob ich sie mag? Darüber hab ich noch nie nachgedacht.«

»Aber du hast nichts gegen sie?«

»Ist verdammt *schwierig*, die gute Sally. Weißt du, was ich meine?«

»Schwierig?«

»Hat nie so richtig geblickt, wie der Hase hier läuft. Mosert andauernd rum.« Seine Finger waren schnell und sicher: die Pinzette, das Glasfaserkabel... »Bei uns in England geht's eher geruhsam zu. War aber nicht immer so. Die Unruhen damals, dann der Krieg... Hier macht man alles auf 'ne bestimmte Art und Weise, wenn du verstehst, was ich meine. Was man von der Angeberbande allerdings nicht sagen kann.«

»Wie bitte?«

»Swain und dieses Pack. Obwohl die Leute deines Vaters, mit denen Swain so dicke ist, doch 'nen Sinn für Tradition zu haben scheinen... Man muß wissen, wo's lang geht. Verstehst du? Also, die Suppe, die Swain uns mit dieser neuen Sache einbrockt, die er da laufen hat, werden wahrscheinlich alle auslöffeln müssen, die nicht direkt dran beteiligt sind. Herrgott, wir haben noch 'ne *Regierung* hier, die nicht von den Multis gesteuert wird. Wenigstens nicht direkt...«

»Was Swain macht, bedroht die Regierung?«

»Er *verändert* sie damit. Verteilt die Macht zu seinen eigenen Gunsten um. Information. Macht. Knallharte Daten. Wenn ein einzelner genug davon in die Hände bekommt...« Ein Muskel in seiner Wange zuckte. Colins Gerät lag jetzt auf einer weißen, antistatischen Plastikunterlage auf dem Frühstückstisch. Tick schloß gerade die hervorstehenden Kabel an ein dickeres an, das zu einem der Modulpakete lief. »Na denn«, sagte er und rieb sich die Hände, »ich kann ihn dir zwar nicht hier ins Zimmer zaubern, aber wir kommen über ein Deck an ihn ran. Schon mal den Cyberspace gesehen?«

»Nur in Stims.«

»Ist kein so großer Unterschied. Jedenfalls wirst du ihn jetzt zu sehen kriegen.«

Er stand auf. Sie folgte ihm durchs Zimmer zu zwei üppig gepolsterten Ultraveloursesseln neben einem niedrigen, viereckigen, schwarzen Glastisch. »Drahtlos«, verkündete er stolz, während er sich zwei Trodensets vom Tisch griff und eins Kumiko in die Hand drückte. »Schweineteuer.«

Kumiko betrachtete die skelettartige, mattschwarze Tiara, zwischen deren Schläfenstücken das Maas-Neotek-Logo eingeprägt war, und setzte sie auf. Sie war kalt auf der Haut. Tick, der zusammengekrümmt im Sessel gegenüber hockte, setzte sein Set ebenfalls auf. »Alles klar?«

»Ja«, sagte sie, und Ticks Zimmer war verschwunden; die

Wände wirbelten wie Karten vor dem leuchtenden Gitter und den aufgetürmten Datenstrukturen ins Nichts.

»Netter Übergang, was?« hörte sie ihn sagen. »Ist in die Troden eingebaut. Bißchen theatralisch.«

»Wo ist Colin?«

»Moment... Ich will nur mal eben...«

Kumiko schnappte nach Luft, als sie auf eine chromgelbe Lichtfläche zuschoß.

»Kann einem schnell mal schwindelig werden hier drin«, sagte Tick und war im nächsten Moment neben ihr auf der gelben Fläche. Sie schaute auf seine Wildlederschuhe hinunter, dann auf ihre Hände. »So 'n Körperbild ist da schon 'ne Hilfe.«

»Aha«, sagte Colin, »der kleine Mann aus dem Rose and Crown. Hast an meinem Gerät rumgebastelt, was?«

Kumiko wandte sich um und sah ihn. Die Sohlen seiner braunen Stiefel schwebten zehn Zentimeter über dem Chromgelb. Sie stellte fest, daß es im Cyberspace keine Schatten gab.

»Wußte gar nicht, daß wir uns schon mal begegnet sind«, meinte Tick.

»Keine Sorge«, sagte Colin, »wir sind einander nicht vorgestellt worden.« Er wandte sich an Kumiko. »Ich hoffe, du bist wohlbehalten ins bunte Brixton gelangt.«

»Du meine Güte«, sagte Tick, »was bist du denn für 'n Schnösel?«

»Pardon«, sagte Colin grinsend, »aber ich soll ja schließlich die Erwartungen der Touristen widerspiegeln.«

»Du bist das, was sich irgend so ein japanischer Designer unter einem Engländer vorstellt!«

»In der U-Bahn waren Draculas«, sagte Kumiko. »Die haben mir die Tasche weggenommen. Dich wollten sie auch mitgehen lassen...«

»Du hast sozusagen 'nen Sprung in der Schüssel, Kamerad«, erklärte Tick. »Hab dich jetzt in mein Deck eingesteckt.«

Colin grinste. »Danke.«

»Ich sag dir noch was.« Tick trat einen Schritt auf Colin zu. »Für das, was du sein sollst, hast du nicht die richtigen Daten drin.« Er kniff die Augen zusammen. »'n Kumpel von mir in Birmingham hat dich gerade gründlich durchleuchtet.« Er wandte sich an Kumiko. »Dein Mr. Chips hier ist manipuliert. Weißt du das?«

»Nein ...«

»Um ganz ehrlich zu sein«, sagte Colin und warf die Stirnlocke zurück, »ich hab mir schon so was gedacht.«

Tick starrte in die Matrix, als lauschte er auf etwas, das Kumiko nicht hören konnte. »Ja«, sagte er dann, »obwohl es wahrscheinlich schon in der Fabrik gemacht worden ist. Zehn deiner großen Speicherblöcke sind total vereist.« Er lachte. »Du müßtest eigentlich so gut wie alles über Shakespeare wissen, oder?«

»Tut mir leid«, sagte Colin, »aber ich fürchte, ich weiß tatsächlich alles über Shakespeare.«

»Dann sag uns mal ein Sonett auf.« Ticks Gesicht verzog sich zu einem Zeitlupenzwinkern.

Ein Ausdruck von Bestürzung ging über Colins Gesicht. »Du hast recht.«

»Oder was von Dickens!« krähte Tick.

»Aber ich weiß wirklich ...«

»Du *glaubst* es zu wissen, bis du nach Einzelheiten gefragt wirst. Sie haben die Teile, die mit englischer Literatur belegt sein müßten, leergelassen und mit was anderem vollgepackt ...«

»Womit denn?«

»Keine Ahnung«, sagte Tick. »Der Typ in Birmingham kann's nicht knacken. Er hat echt was drauf, aber du bist so 'n verdammtes Maas-Biosoft ...«

»Tick«, unterbrach Kumiko, »gibt es keine Möglichkeit, über die Matrix mit Sally Kontakt aufzunehmen?«

»Bezweifle ich, aber wir können's versuchen. Jedenfalls kriegst du die Makroform zu sehen, von der ich dir erzählt habe. Soll uns Mr. Chips Gesellschaft leisten?«

»Ja, bitte.«

»Na schön«, sagte Tick und zögerte dann. »Aber wir wissen nicht, was die in deinen Freund reingepackt haben. Vermutlich irgendwas, wofür dein Vater gelöhnt hat.«

»Er hat recht«, sagte Colin.

»Wir gehen alle zusammen«, beharrte sie.

Tick führte den Transit in Echtzeit durch, anstatt auf die körperlose, blitzschnelle Weise zu wechseln, in der man solche Übergänge in der Matrix normalerweise erledigte.

Die gelbe Fläche, so erklärte er, überdachte die Londoner Börse und verwandte Einrichtungen. Irgendwie generierte er eine Art Boot, das sie beförderte, eine blaue Abstraktion, die die Gefahr eines Schwindelanfalls reduzieren sollte. Als das Boot von der Börse davonglitt, schaute Kumiko sich um und sah den großen gelben Würfel zurückweichen. Tick wies wie ein Reiseführer auf verschiedene Gebilde hin. Colin, der mit übergeschlagenen Beinen neben ihr saß, schien der Rollentausch zu amüsieren. »Das ist White's«, sagte Tick jetzt und machte sie auf eine bescheidene graue Pyramide aufmerksam. »Der Club in Saint James. Mitgliederverzeichnis, Warteliste ...«

Kumiko betrachtete die Architektur des Cyberspace und hörte dabei die Stimme ihres zweisprachigen französischen Hauslehrers in Tokio, der die Notwendigkeit dieses Informationsraumes für die Menschheit erläuterte. Bildzeichen, Stationen, künstliche Realitäten ... Aber in der Erinnerung verschwamm alles wie diese aufragenden Formen, als Tick beschleunigte.

Die Größe der weißen Makroform war schwer zu erfassen.

Zunächst war sie Kumiko himmelhoch erschienen, aber als sie das Gebilde jetzt anstarrte, hatte sie den Eindruck, sie könnte es mit der Hand umschließen. Ein glänzender Perlmuttzylinder, nicht größer als eine Schachfigur. Dennoch ließ er die bunten Formen ringsum winzig erscheinen.

»Sieh an«, sagte Colin munter, »das ist in der Tat sehr sonderbar, nicht wahr? Völlig anomal und absolut einzigartig...«

»Aber du brauchst dir keine Gedanken darüber zu machen, wie?« sagte Tick.

»Nein, wenn es für Kumikos Lage nicht von Belang ist«, pflichtete Colin ihm bei, der aufrecht in dem Bootgebilde stand. »Aber wie kann man da sicher sein?«

»Du mußt versuchen, mit Sally in Verbindung zu treten«, sagte Kumiko ungeduldig. Dieses Ding – die Makroform, die Anomalie – interessierte sie wenig, obwohl Tick und Colin es als Sensation betrachteten.

»Schau dir das an«, sagte Tick. »Da könnte 'ne ganze Welt drinstecken...«

»Und du weißt nicht, was es ist?« Sie beobachtete Tick; seine Augen hatten den entrückten Ausdruck, der bedeutete, daß seine Hände daheim in Brixton das Deck bearbeiteten.

»Eine überaus große Datenmenge«, meinte Colin.

»Ich hab grade versucht, eine Verbindung zu der Konstruktion herzustellen, die sie Finne nennt«, sagte Tick, dessen Blick wieder scharf wurde, mit besorgtem Unterton. »Bin aber nicht durchgekommen. Kam mir so vor, als würde da irgendwas auf der Lauer liegen... Ist wohl das Beste, wenn wir jetzt ausstekken.«

Ein schwarzer Punkt mit sehr scharfen Konturen auf der Perlmuttrundung...

»Verdammte Scheiße«, sagte Tick.

»Unterbrich die Verbindung!« befahl Colin.

»Geht nicht! 's hat uns schon...«

Kumiko sah, wie das blaue Bootgebilde unter ihren Füßen länger wurde und sich zu einem azurblauen Faden streckte, der über den Abgrund hinweg in den runden schwarzen Punkt gesogen wurde. Und dann wurde auch sie zusammen mit Tick und Colin in einem höchst seltsamen Moment zu einem mikrofeinen Strich gedehnt...

... um sich an einem spätherbstlichen Nachmittag im Ueno-Park am stillen Wasser des Shinobazu-Teichs wiederzufinden. Neben ihr, auf einer glatten Bank aus kaltem Karbonlaminat, saß ihre Mutter. Sie war noch schöner, als Kumiko sie in Erinnerung hatte. Ihre Lippen waren voll und rotglänzend, die Konturen mit dem feinsten, dünnsten Pinsel nachgezogen, wie Kumiko wußte. Sie trug ihre schwarze französische Jacke, deren dunkler Pelzkragen ihr Willkommenslächeln umrahmte.

Kumiko, die mit einem kalten Klumpen der Angst unter dem Herzen neben ihr hockte, konnte sie nur anstarren.

»Kumi, du Dummerchen«, sagte ihre Mutter. »Hast du gedacht, ich würde dich vergessen oder dich im Stich lassen? Dich dem Londoner Winter und den Gangsterdienern deines Vaters ausliefern?«

Kumiko betrachtete die vollkommenen, leicht geöffneten Lippen über den weißen Zähnen; Zähne, die vom besten Zahnarzt in Tokio instand gehalten wurden, wie sie wußte. »Du bist tot«, hörte sie sich sagen.

»Nein«, erwiderte ihre Mutter lächelnd. »Nicht jetzt. Nicht hier im Ueno-Park. *Schau, die Kraniche, Kumi.*«

Aber Kumiko wollte den Kopf nicht wegdrehen.

»Schau, die Kraniche.«

»Verpiß dich, du!« sagte Tick, und Kumiko wirbelte herum und sah ihn. Sein blasses, verzerrtes Gesicht war schweißbedeckt, die fettigen Locken klebten ihm an der Stirn.

»Ich bin ihre Mutter.«

»Sie ist nicht deine Mutter, kapiert?« Tick zitterte, sein verbogener Körper bebte, als würde er sich gegen einen schrecklichen Wind stemmen. »Nicht ... deine ... Mutter.« Unter den Achseln seiner grauen Anzugjacke waren graue Halbmonde. Seine kleinen Fäuste zitterten, als er sich mühsam einen Schritt vorwärtskämpfte.

»Du bist krank«, sagte Kumikos Mutter in besorgtem Ton. »Du mußt dich hinlegen.«

Tick sank auf die Knie, von einer unsichtbaren Last niedergedrückt. »Hör auf!« schrie Kumiko.

Etwas schmetterte Tick mit dem Gesicht auf den pastellfarbenen Beton des Gehwegs.

»Hör auf!«

Ticks linker Arm streckte sich im rechten Winkel von der Schulter weg und begann, langsam zu kreisen. Die Hand war immer noch zu einer Faust geballt. Kumiko hörte etwas knacken, Knochen oder Bänder, und Tick schrie auf.

Ihre Mutter lachte.

Kumiko schlug ihr ins Gesicht. Schmerz, scharfer, echter Schmerz durchzuckte ihren Arm.

Das Gesicht ihrer Mutter flimmerte, verwandelte sich in ein anderes Gesicht. Ein *Gaijin*-Gesicht mit breitem Mund und dünner, spitzer Nase.

Tick stöhnte.

»Sieh an«, hörte Kumiko Colin sagen, »ist das nicht interessant?« Sie drehte sich zu ihm um. Er saß auf einem der Pferde aus dem Jagddruck, einer stilisierten Darstellung des ausgestorbenen Tieres, das mit graziös gebogenem Hals auf sie zutrabte. »Tut mir leid, es hat einen Moment gedauert, bis ich euch gefunden habe. Wunderbar komplex, diese Struktur. Eine Art Westentaschen-Universum. Von allem ein bißchen.« Das Pferd blieb vor ihnen stehen.

»Du Spielzeug«, sagte das Gebilde mit dem Gesicht von Kumikos Mutter, »du wagst es, mit mir zu sprechen?«

»Aber gewiß doch. Sie sind Lady 3Jane Tessier-Ashpool, oder vielmehr, die *verstorbene* Lady 3Jane Tessier-Ashpool, bereits vor etwas längerer Zeit verblichen und ehemals wohnhaft in der Villa Straylight. Diese recht hübsche Darstellung eines Tokioter Parks haben Sie gerade aus Kumikos Erinnerungen hervorgezaubert, nicht wahr?«

»Stirb!« Sie warf eine weiße Hand hoch: Daraus schoß ein Gebilde aus gefaltetem Neonlicht hervor.

»Nein«, sagte Colin, und der Kranich zerschellte; geisterhafte Scherben flogen durch ihn hindurch und davon. »Daraus wird nichts. Tut mir leid. Ich weiß wieder, was ich bin. Habe das Zeug gefunden, das sie in den Fächern für Shakespeare und Thackeray und Blake versteckt haben. Ich bin modifiziert worden, um Kumiko in Situationen, die noch dramatischer sind, als meine ursprünglichen Erbauer es vorhergesehen hatten, mit Rat und Tat beizustehen. Ich bin ein Taktiker.«

»Du bist nichts.« Zu ihren Füßen begann Tick zu zucken.

»Da täuschen Sie sich leider. Sehen Sie, hier in diesem ... überspannten Pachtbau, 3Jane, bin ich genauso real wie Sie. Weißt du, Kumiko«, sagte er und schwang sich aus dem Sattel, »Ticks mysteriöse Makroform ist eigentlich ein sündhaft teurer Haufen speziell angefertigter Biochips. Eine Art Spielzeugwelt. Ich habe sie von oben bis unten durchforstet, und es gibt zweifellos viel zu sehen und zu lernen. Diese ... Person, wenn wir sie denn so bezeichnen wollen, hat sie in dem jämmerlichen Versuch erschaffen, nicht *Unsterblichkeit* zu erlangen, o nein, sondern einfach nur ihren Willen durchzusetzen – engstirnig, besessen und unsagbar kindisch, wie sie nun einmal ist. Wer hätte gedacht, daß Lady 3Jane ein heftiger, häßlicher, nagender Neid plagt – der Neid auf Angela Mitchell?«

»Stirb! Verrecke! Ich bringe dich um! Jetzt sofort!«

»Versuch's nur!« sagte Colin grinsend. »Weißt du, Kumiko, 3Jane kannte ein Geheimnis, das Mitchell betraf, Mitchells Verhältnis zur Matrix. Mitchell hatte einmal die Chance, eine sehr zentrale Rolle zu spielen; es lohnt sich aber nicht, näher darauf einzugehen. 3Jane war eifersüchtig ...«

Die Gestalt von Kumikos Mutter verschwamm wie Rauch und war verschwunden.

»Oje«, sagte Colin, »ich fürchte, ich hab sie ermüdet. Wir haben uns auf einer andern Ebene des Hauptprogramms einen offenen Kampf geliefert. Momentan steht es patt, aber ich schätze, sie wird sich wieder erholen ...«

Tick hatte sich hochgerappelt und massierte sich behutsam den Arm. »Du liebes bißchen«, sagte er, »ich war sicher, daß sie ihn mir ausgekugelt hatte.«

»Hatte sie auch«, sagte Colin. »Aber sie war so sauer, als sie verschwunden ist, daß sie vergessen hat, diesen Teil der Konfiguration abzuspeichern.«

Kumiko trat näher an das Pferd heran. Es hatte sehr wenig mit einem echten Pferd gemein. Sie berührte es an der Flanke. Kalt und trocken wie altes Papier. »Was machen wir jetzt?«

»Jetzt bringen wir euch hier raus. Macht schon, ihr beiden. Steigt auf. Kumiko vorne, Tick hinten.«

Tick beäugte das Roß. »Da drauf?«

Sie sahen keine anderen Menschen im Ueno-Park, während sie auf eine grüne Wand zuritten, die allmählich die Gestalt eines sehr unjapanischen Waldes annahm.

»Aber wir sind doch angeblich in Tokio«, protestierte Kumiko, als sie in den Wald ritten.

»Ist alles ein bißchen bruchstückhaft«, erwiderte Colin, »obwohl wir eine Art Tokio finden könnten, wenn wir danach suchen würden. Ich glaube aber, ich kenne einen Ausgang ...«

Dann fing er an, ihr mehr von 3Jane, Sally und Angela Mitchell zu erzählen. Alles sehr merkwürdige Dinge.

Am anderen Ende des Waldes waren die Bäume sehr hoch. Dahinter lag eine Wiese mit hohem Gras und wilden Blumen.

»Schaut!« sagte Kumiko, als sie durch die Zweige ein stattliches graues Haus sah.

»Ja«, sagte Colin, »das Original steht am Stadtrand von Paris. Aber wir sind fast da. Am Ausgang, meine ich.«

»Colin! Hast du gesehen? Eine Frau. Gleich da drüben ...«

»Ja«, sagte er, ohne den Kopf zu drehen. »Angela Mitchell.«

»Wirklich? Sie ist hier?«

»Nein«, sagte er, »noch nicht.«

Dann sah Kumiko die Drachenflieger. Hübsche Dinger, die im Wind schaukelten.

»Das sind sie«, sagte Colin. »Tick bringt dich in einem von denen ...«

»Den Teufel werd ich tun«, protestierte Tick von hinten.

»Ist kinderleicht. Als ob du an deinem Deck zugange wärst. In diesem Fall ist es sogar dasselbe ...«

Von der Margate Road klang Gelächter herauf, das Grölen von Besoffenen, das Klirren einer Flasche, die an Backstein zerschellte.

Kumiko saß reglos im Polstersessel, hielt die Augen fest geschlossen und erinnerte sich an den rasanten Aufstieg des Drachenfliegers in den blauen Himmel ... und an noch etwas.

Ein Telefon begann zu läuten.

Ihre Augen sprangen auf.

Sie rappelte sich aus dem Sessel und flitzte an Tick vorbei durch seine Gerätestapel, suchte das Telefon, fand es endlich, und »Na, Amigo«, sagte Sally weit weg durch leises atmosphärisches Rauschen, »was gibt's denn so Dringendes? Tick? Alles klar, Mann?«

»Sally! Sally, wo bist du?«

»In New Jersey. He. Kleine? Was ist denn los, Kleine?«

»Ich kann dich nicht sehen, Sally. Der Bildschirm ist schwarz!«

»Ich ruf aus einer Telefonzelle an. New Jersey. Was ist denn?«

»Ich muß dir so viel erzählen ...«

»Schieß los«, sagte Sally. »Geht ja auf meine Rechnung.«

38
DER KRIEG UM FACTORY (2)

Sie standen am hohen Fenster hinten in Gentrys Loft und sahen das Hover brennen. Dann meldete sich die Lautsprecherstimme wieder. »*Das findet ihr wohl verdammt komisch, hm? Hahahahahahaha, wir auch! Wir finden euch unheimlich komisch, ihr Scherzkekse. Dann wollen wir jetzt mal alle* richtig *einen draufmachen!*«

Kein Mensch war zu sehen, nur die Flammen, die aus dem Hover schlugen.

»Los, laß uns zu Fuß abhauen«, sagte Cherry dicht hinter Slick. »Wir nehmen Wasser und was zu essen mit, wenn ihr was dahabt.« Ihre Augen waren gerötet, das Gesicht tränenverschmiert, aber ihre Stimme klang ruhig. Zu ruhig für Slicks Geschmack. »Komm schon, Slick, was sollen wir denn sonst machen?«

Er sah sich rasch zu Gentry um, der auf seinem Stuhl vor dem Holotisch hing, den Kopf in die Hände gestützt, und auf die weiße Säule starrte, die aus dem vertrauten, in allen Regenbogenfarben schillernden Gewirr des Sprawl-Cyberspace aufragte. Gentry hatte sich weder gerührt noch ein Wort gesagt, seit sie ins Loft zurückgekommen waren. Slicks linker Stiefelabsatz hatte schwache, dunkle Spuren auf dem Boden hinterlassen. Little Birds Blut. Er war auf dem Rückweg durch Factorys Erdgeschoß reingetreten.

In diesem Moment machte Gentry den Mund auf. »Ich hab die andern nicht in Gang gekriegt.« Er blickte auf die Fernsteuerung auf seinem Schoß.

»Du brauchst eine für jedes, das du laufen lassen willst«, sagte Slick.

»Wird Zeit, daß wir den Count um Rat fragen«, sagte Gentry und warf Slick das Gerät zu.

»Da geh ich nicht noch mal rein«, sagte Slick. »Du gehst.«

»Nicht nötig.« Gentry berührte eine Konsole auf seiner Werkbank. Bobby der Count erschien auf einem Monitor.

Cherrys Augen weiteten sich. »Sag ihm, daß er bald tot ist. Wenn du ihn nicht von der Matrix abkoppelst und ihn schleunigst in eine Intensivstation bringen läßt, stirbt er.«

Bobbys Gesicht auf dem Monitor erstarrte. Der Hintergrund wurde scharf: der Hals des ehernen Hirsches, hohes Gras mit weißen Blumen darin, die dicken Stämme alter Bäume.

»Hörst du, du Wichser?« schrie Cherry. »Du krepierst! Deine Lungen füllen sich mit Wasser, deine Nieren arbeiten nicht mehr, dein Herz ist im Eimer ... Ich könnt kotzen, wenn ich dich seh!«

»Gentry«, sagte Bobby, dessen Stimme leise und blechern aus einem kleinen Lautsprecher an der Seite des Monitors kam, »ich weiß nicht, wie ihr hier ausgerüstet seid, aber ich hab 'ne kleine Ablenkung arrangiert.«

»Wir haben das Motorrad gar nicht gecheckt«, sagte Cherry, die Arme um Slick gelegt. »Haben's uns nicht mehr angesehen. Vielleicht läuft's ja noch.«

»Was soll das heißen, ›'ne kleine Ablenkung‹?« Er schob sich ein Stück von ihr weg und sah Bobby auf dem Monitor an.

»Ich arbeite noch dran. Hab eine Borgward-Frachtdrohne aus Newark umgeleitet.«

Slick löste sich vollends aus Cherrys Armen. »Sitz nicht bloß da!« brüllte er Gentry an, der zu Slick hochschaute und langsam den Kopf schüttelte. Slick spürte die ersten Anzeichen seines Korsakovs; winzige Erinnerungsfetzen wurden ruckartig unscharf.

»Der rührt sich nicht mehr vom Fleck«, sagte Bobby. »Er hat

die *Gestalt* gefunden. Jetzt will er nur noch sehen, was dabei rauskommt, was es letztendlich ist. Es sind Leute hierher unterwegs. Freunde, wenn man so will. Die übernehmen das Aleph von euch. In der Zwischenzeit tu ich, was ich kann, um diese Arschlöcher aufzuhalten.«

»Ich bleib nicht hier und schau zu, wie du stirbst«, sagte Cherry.

»Verlangt auch niemand von dir. Ich würde euch raten, von hier zu verschwinden. Gebt mir zwanzig Minuten, dann lenk ich sie von euch ab.«

Factory war ihm noch nie so leer vorgekommen.

Little Bird lag da irgendwo. Slick mußte immer wieder an das Gewirr aus Riemen und Knochen denken, das Bird um die Brust hängen hatte, Federn und rostige Aufziehuhren mit stehenden Zeigern, die alle eine andere Zeit anzeigten ... Alberner Vorstadthumbug. Aber Bird war nicht mehr unter ihnen. *Und ich werd wohl auch nicht hierbleiben*, dachte er, als er Cherry die wacklige Treppe hinunterführte. *Ist nicht mehr wie früher*. Ihm blieb keine Zeit, die Maschinen wegzubringen; ohne Pritschenwagen und Helfer ging es sowieso nicht. Und wenn er erst mal weg war, würde er wohl auch nicht mehr wiederkommen. In Factory würde es nie mehr so sein wie früher.

Cherry hatte vier Liter gefiltertes Wasser in einem Plastikkanister, ein Netz birmanische Erdnüsse und fünf einzeln verpackte Portionen gefriergetrocknete Big-Ginza-Suppe. Mehr hatte sie in der Küche nicht finden können. Slick hatte zwei Schlafsäcke, die Taschenlampe und einen Schlosserhammer mit Kugelfinne.

Es war jetzt still. Nur der Wind auf dem Wellblech und das Schlurfen ihrer Stiefel auf dem Beton.

Er wußte nicht genau, wohin er selbst gehen würde. Er hatte vor, Cherry zu Marvie zu bringen und dortzulassen. Dann würde er vielleicht zurückkommen, um nachzusehen, was mit Gentry war. Cherry konnte in ein, zwei Tagen eine Mitfahrgelegenheit in eine der Städte im Rostgürtel kriegen. Das wußte sie allerdings nicht; sie wollte nur weg, weg, weg. Schien genauso viel Schiß davor zu haben, Bobby den Count auf seiner Trage krepieren sehen zu müssen, wie vor den Männern draußen. Aber Slick war nicht entgangen, daß es Bobby kaum scherte, ob er starb. Vielleicht glaubte er, er würde dann da drin sein, wie diese 3Jane. Vielleicht war es ihm auch einfach scheißegal; manchmal entwikkelten die Leute so eine Haltung.

Wenn er endgültig von hier verschwinden wollte, dachte er, während er Cherry mit der freien Hand durch die Dunkelheit lotste, dann würde er jetzt noch mal rasch einen letzten Blick auf den Richter, die Hexe, den Schinder und die zwei Schergen werfen. Im Moment war er allerdings gerade dabei, Cherry wegzubringen, aber dann würde er noch mal wiederkommen ... Doch noch während er sich das überlegte, wußte er, daß es Blödsinn war, sie hatten keine Zeit mehr, aber er würde sie jedenfalls rausschaffen ...

»Auf dieser Seite ist 'n Loch, ganz unten am Boden«, erklärte er ihr. »Da schlüpfen wir durch. Hoffentlich sieht uns keiner.« Sie drückte seine Hand, während er sie durch die Dunkelheit führte.

Er tastete die Wand ab, bis er das Loch fand, stopfte die Schlafsäcke durch, steckte sich den Schlosserhammer in den Gürtel, legte sich auf den Rücken und zog sich durch, bis Kopf und Oberkörper draußen waren. Der Himmel war verhangen und nur geringfügig heller als die Dunkelheit in Factory.

Er glaubte, das leise Brummen von Motoren zu hören, aber dann war es wieder weg.

Mit Absätzen, Hüften und Schultern zwängte er sich ganz hindurch und rollte sich dann im Schnee auf den Bauch.

Etwas stieß gegen seinen Fuß: Cherry schob den Wasserkanister heraus. Er langte hin, um ihn zu nehmen, und das rote Glühwürmchen erschien auf seiner Hand. Er zuckte zurück und rollte sich weg, als auch schon die Kugel wie ein Vorschlaghammer in die Fabrikwand schlug.

Ein weiße Leuchtkugel, über Solitude schwebend. Schwach zu sehen durch die tiefhängenden Wolken. Sie sank langsam von der geschwollenen grauen Flanke der Frachtdrohne herab. Bobbys Ablenkung. Beleuchtete das zweite Hovercraft, dreißig Meter entfernt, und den Schützen mit der Kapuze…

Der erste Container schlug mit einem lauten Knall unmittelbar vor dem Hover auf, zerplatzte und ließ eine Wolke von Styroporflocken aufwirbeln. Der nächste, der zwei Kühlschränke enthielt, traf ins Schwarze und zermalmte das Führerhaus. Das entführte Borgward-Luftschiff spie weitere Container aus, während die Leuchtkugel immer tiefer sank und schließlich erlosch.

Slick kroch durch die Lücke in der Wand zurück. Das Wasser und die Schlafsäcke ließ er draußen liegen.

Er ging schnell im Dunkeln.

Cherry hatte er verloren. Den Hammer auch. Sie mußte ins Innere zurückgekrochen sein, als der Kerl seinen ersten Schuß abgefeuert hatte. Seinen letzten, falls er unter den herabstürzenden Container geraten war.

Seine Füße fanden die Rampe zu dem Raum, in dem seine Maschinen warteten. »Cherry?«

Er knipste die Taschenlampe an.

Der Lichtkegel fiel auf den einarmigen Richter. Vor dem Richter stand eine Gestalt mit Spiegeln anstelle von Augen, die das Licht reflektierten.

»Willst du sterben?« Eine Frauenstimme.

»Nein…«

»Licht aus!«

Dunkelheit. Lauf weg…

»Ich kann im Dunkeln sehen. Du hast die Taschenlampe eben in die Jackentasche gestopft. Siehst aus, als würdest du immer noch türmen wollen. Ich hab ’ne Kanone auf dich gerichtet.«

Weglaufen?

»Denk nicht mal dran. Schon mal 'ne Fujiwara-HE-Flechette gesehn? Wenn sie was Hartes trifft, zündet sie. Wenn sie was Weiches trifft, wie du's größtenteils bist, Freundchen, geht sie rein und zündet erst dann. Zehn Sekunden später.«

»Warum das?«

»Damit du noch 'n bißchen drüber nachdenken kannst.«

»Gehörst du zu den Typen da draußen?«

»Nein. Habt ihr die mit den ganzen Küchengeräten und so bombardiert?«

»Nein.«

»Newmark. Bobby Newmark. Hab heute 'n gutes Geschäft gemacht. Ich bring jemand mit Bobby Newmark zusammen, und meine Akte ist wieder jungfräulich rein. Du zeigst mir jetzt, wo er ist.«

39
ZUVIEL

Wo waren sie hier überhaupt?

Die Dinge hatten einen Punkt erreicht, an dem Lanettes imaginärer Rat für Mona keinen Trost mehr bedeutete. Wenn Lanette in diese Situation geriete, dachte Mona, würde sie sich bloß mit schwarzem Memphis vollstopfen, bis sie das Gefühl hätte, es wäre nicht ihr Problem. Noch nie war die Welt ein derart galaktisches Durcheinander mit so wenigen Fixsternen gewesen.

Sie waren die ganze Nacht durchgefahren, wobei Angie die meiste Zeit weggetreten war – Mona zweifelte mittlerweile nicht mehr daran, daß die Drogengeschichten stimmten – und *geredet* hatte, in verschiedenen Sprachen, mit verschiedenen *Stimmen*. Und diese Stimmen waren das Schlimmste, denn sie sprachen zu Molly, stellten ihr Forderungen, und Molly antwortete ihnen auch, während sie fuhr, aber nicht, als würde sie nur mit Angie reden, um sie zu beruhigen, sondern als wäre wirklich noch jemand *anders* da, eine andere Person, die durch Angie sprach. Oder vielmehr mindestens drei Personen. Und es tat Angie *weh*, wenn sie sprachen, sie bekam Krämpfe und Nasenbluten davon, während Mona sich über sie beugte und das Blut abtupfte, erfüllt von einer seltsamen Mischung aus Furcht, Liebe und Mitleid mit der Königin all ihrer Träume – oder vielleicht war es auch nur das Wiz –, aber im blauweißen Zeitlupenstroboskop der Autobahnlampen hatte sie ihre eigene Hand neben der von Angie gesehen, und sie waren nicht gleich, gar nicht gleich, sie hatten nicht ganz die gleiche Form, und darüber war sie froh.

Die erste Stimme war ertönt, als sie Richtung Süden fuhren,

nachdem Molly Angie im Helikopter gebracht hatte. Diese Stimme hatte nur gezischt und gekrächzt und immer wieder das gleiche gefaselt, irgendwas von New Jersey und Zahlen auf einer Landkarte. Rund zwei Stunden später hatte Molly das Hover auf einen Rastplatz gelenkt und gesagt, sie seien in New Jersey. Dann war sie ausgestiegen, hatte von einer frostigen Telefonzelle aus jemanden angerufen und ein langes Gespräch geführt. Als sie wieder einstieg, sah Mona, wie sie eine PhoneCard in den gefrorenen Schneematsch warf. Sie schmiß sie einfach weg. Und als Mona fragte, wen sie angerufen habe, bekam sie »England« zur Antwort.

Dann sah Mona Mollys Hand am Lenkrad. Die dunklen Nägel hatten kleine gelbliche Flecken, wie man sie bekam, wenn man künstliche Nägel abmachte. *Sie sollte sich was zum Ablösen besorgen*, dachte Mona.

Nach einer Brücke über irgendeinen Fluß hatten sie den Highway verlassen. Wälder und Felder und zweispuriger Asphalt, hie und da ein einsames rotes Licht hoch oben auf einem Turm oder so. Und da hatten sich die anderen Stimmen gemeldet. Und dann ging's hin und her, hin und her, erst die Stimmen, dann Molly und dann wieder die Stimmen, und das erinnerte sie an Eddy, wenn er einen Deal zu machen versuchte, nur daß Molly das viel besser draufhatte als Eddy; obwohl Mona nur Bahnhof verstand, merkte sie doch, daß Molly ihre Wünsche weitgehend durchsetzte. Aber sie konnte es nicht ertragen, wenn die Stimmen kamen; dann wäre sie am liebsten so weit wie möglich von Angie abgerückt. Am schlimmsten war ein gewisser Sam-Eddy oder so ähnlich. Alle wollten sie, daß Molly Angie irgendwohin brachte, zu einer Vermählung, wie sie es nannten, und Mona fragte sich, ob da vielleicht Robin Lanier die Hände im Spiel hatte, ob sich Angie und Robin vielleicht trauen lassen wollten und das alles nur eine abgedrehte Show war, wie sie Stars beim Heiraten abzogen. Aber damit kam sie irgendwie nicht weiter, und immer, wenn dieser Sam-Eddy sich zu Wort meldete, kribbelte ihr die

Kopfhaut. Worum Molly feilschte, verstand sie jedoch: Es gab eine Liste mit ihren Straftaten, und die sollte gelöscht werden. Mit Lanette zusammen hatte sie mal einen Film über ein Mädchen mit zehn, zwölf Persönlichkeiten gesehen, die alle irgendwann zum Vorschein kamen, zum Beispiel das schüchterne Kindchen oder die Nutte, die voll auf Droge war, aber da war nie die Rede davon gewesen, daß eine von denen eine Polizeiakte löschen konnte.

Dann diese Ebene im Scheinwerferlicht, mit treibendem Schnee und niedrigen rostfarbenen Erhebungen, wo der Wind das Weiß fortgeweht hatte.

Das Hover hatte einen Straßenkartenmonitor, wie man ihn in Taxis sah oder wenn man von einem Truck mitgenommen wurde, aber den schaltete Molly nur ein einziges Mal ein, nämlich um die Koordinaten zu suchen, die ihr die Stimme angegeben hatte. Nach einer Weile dämmerte es Mona, daß Angie ihr sagte, wie sie fahren mußte. Oder vielmehr, die Stimmen sagten es ihr. Mona wünschte sich schon längst, es würde endlich Tag werden, aber es war noch Nacht, als Molly die Scheinwerfer ausschaltete und weiter durch die Dunkelheit brauste.

»Licht!« schrie Angie.

»Ganz ruhig«, sagte Molly, und Mona fiel ein, wie sie sich bei Gerald im Dunkeln bewegt hatte. Das Hover wurde jedoch etwas langsamer, ging in eine lange Kurve und holperte über das unebene Gelände. Die Beleuchtung des Armaturenbretts ging aus, sämtliche Instrumente erloschen. »Keinen Mucks jetzt, okay?«

Das Hovercraft beschleunigte in der Dunkelheit.

Grelles Licht hoch oben, das sich bewegte. Durchs Fenster sah Mona kurz einen schwebenden, herumwirbelnden Punkt; darüber etwas anderes, knollig und grau...

»Runter! Runter mit ihr!«

Mona zerrte an Angies Gurtschloß, als etwas gegen die Seite

des Hovers knallte. Sie zog Angie auf den Boden hinunter, legte die Arme um sie und umklammerte sie mitsamt ihrem Pelz, als Molly scharf nach links schwenkte und etwas auswich, was Mona nicht sah. Mona blickte hoch: Für einen Sekundenbruchteil sah sie ein großes, versifftes schwarzes Gebäude mit einer einzigen hellen Glühbirne über einem offenen Lagerhaustor aufragen. Im nächsten Moment waren sie drin, und die Turbine kreischte in vollem Rückwärtsschub. Rumms.

Ich versteh gar nichts mehr, sagte die Stimme, und Mona dachte: *Ja, das kenn ich.*

Dann begann die Stimme zu lachen und hörte nicht mehr auf, und aus dem Lachen wurde ein Stakkatogeräusch, das kein Lachen mehr war, und Mona schlug die Augen auf.

Ein Mädchen mit einer winzigen Taschenlampe, wie Lanette eine an ihrem dicken Schlüsselbund gehabt hatte; Mona sah sie im schwachen Widerschein, während der Lichtkegel in Angies schlaffes Gesicht strahlte. Dann sah das Mädchen, daß Mona sie anblickte, und das Geräusch hörte auf.

»Verdammte Scheiße, wer bist du?« Das Licht schien in Monas Augen. Cleveland-Akzent, hartes kleines Fuchsgesicht unter zerzaustem, wasserstoffblondem Haar.

»Mona. Und du?« Aber dann sah sie den Hammer.

»Cherry.«

»Was soll der Hammer?«

Diese Cherry schaute auf den Hammer. »Jemand ist hinter mir und Slick her.« Sie sah wieder Mona an. »Seid ihr das?«

»Glaub nicht.«

»Siehst aus wie sie.« Das Licht fiel auf Angie.

»Meine Hände aber nicht. Hab jedenfalls nicht immer so ausgesehn.«

»Ihr seht beide aus wie Angela Mitchell.«

»Ja. Sie *ist* es.«

Cherry erschauerte ein bißchen. Sie hatte drei oder vier Lederjacken an, die sie von verschiedenen Freunden ergattert hatte. Typisch Cleveland.

»Bis zu diesem edlen Schloß«, kam die Stimme aus Angies Mund, dick wie Schlamm, und Cherry stieß sich den Kopf am Dach des Hovercrafts und ließ den Hammer fallen, »ist mein Pferd gelangt.« Im wackligen Schein von Cherrys Schlüsselbundlämpchen sahen sie Angies Gesichtsmuskeln unter der Haut zucken. »Was verweilt ihr hier, kleine Schwestern, wo nun alles für ihre Vermählung vorbereitet ist?«

Angies Gesicht entspannte sich und wurde wieder zu ihrem eigenen. Ein dünnes Blutrinnsal lief aus ihrem linken Nasenloch. Sie öffnete die Augen, blinzelte ins Licht. »Wo ist sie?« fragte sie Mona.

»Weg«, sagte Mona. »Sie hat gesagt, ich soll hier bei dir bleiben.«

»Wer?« fragte Cherry.

»Molly«, antwortete Mona. »Die am Steuer gesessen hat.«

Cherry wollte einen gewissen Slick suchen. Mona wünschte, Molly würde zurückkommen und ihr sagen, was sie tun sollte, aber Cherry hatte Hummeln im Hintern und wollte nicht hier unten im Erdgeschoß bleiben, weil draußen diese Leute mit Gewehren waren, wie sie sagte. Mona erinnerte sich an den Knall, den Aufschlag am Hover; sie lieh sich das Lämpchen von Cherry und ging nach hinten. Rechts auf halber Höhe war ein Loch, durch das sie knapp den Finger stecken konnte, und ein größeres – zwei Finger breit – auf der linken Seite.

Cherry schlug vor, nach oben zu gehen, wo wahrscheinlich auch Slick sei, bevor diese Leute sich entschlossen reinzukommen. Mona zögerte.

»Kommt schon«, sagte Cherry. »Slick ist bestimmt oben bei Gentry und dem Count ...«

»Was hast du gerade gesagt?« Und es war Angie Mitchells Stimme, genau wie in den Stims.

Wo immer sie hier auch sein mochten, es war höllisch kalt, als sie aus dem Hover stiegen – Mona hatte nichts an den Beinen –, aber es wurde endlich Tag: Sie konnte undeutliche Rechtecke erkennen, wahrscheinlich Fenster, nur ein grauer Schimmer. Das Mädchen namens Cherry führte sie irgendwohin, nach oben, wie sie erklärte. Sie knipste immer wieder das Schlüsselbundlämpchen kurz an, um sich zu orientieren. Dicht hinter ihr folgte Angie, Mona bildete die Nachhut.

Mona blieb mit der Schuhspitze an etwas hängen, das raschelte. Sie bückte sich, um sich zu befreien, und es fühlte sich wie eine Plastiktüte an. Klebrig. Mit kleinen, harten Sachen drin. Sie holte tief Luft, richtete sich auf und steckte die Tüte in die Seitentasche von Michaels Jacke.

Dann ging es eine schmale, steile Treppe hinauf, die fast schon eine Leiter war. Angies Pelz streifte Monas Hand an dem rauhen, kalten Geländer. Ein Absatz, eine Biegung, dann eine weitere Treppe und wieder ein Absatz. Es zog von irgendwoher.

»Ist so 'ne Art Brücke«, sagte Cherry. »Geht bloß schnell rüber, okay, das Ding bewegt sich nämlich irgendwie...«

Und mit all dem, was dann kam, hatte sie nicht gerechnet, nicht mit dem hohen weißen Raum, den Regalen, die sich unter lauter abgegriffenen, vergilbten Büchern bogen (sie mußte an den Alten denken), dem Wirrwarr von Konsolen und Kabeln überall; nicht mit dem mageren Typ in Schwarz und seinen glühenden Augen, der die Haare zu einer Frisur zurückgebunden hatte, die man in Cleveland ›Kampffisch‹ nannte; nicht mit seinem Lachen, als er sie sah, und auch nicht mit dem Toten.

Mona hatte schon Tote gesehen, und zwar genug, um es zu merken, wenn sie einen vor sich hatte. Es war die Farbe. In Florida hatte sich manchmal einer auf dem Bürgersteig draußen vor der Bude auf einen Pappendeckel gelegt. Und war dann einfach nicht mehr aufgestanden. Klamotten und Haut hatten sowieso schon die Farbe des Bürgersteigs angenommen, aber wenn sie krepiert waren, lag noch ein anderer Farbton drunter. Dann kam der weiße Laster. Denn sonst, sagte Eddy, würden sie sich bald aufblähen. Mona hatte mal eine Katze gesehen, die war aufgetrieben wie ein Basketball. Sie lag auf dem Rücken, Beine und Schwanz standen brettsteif ab, und darüber hatte Eddy lachen müssen.

Und nun lachte dieser Wiz-Künstler hier – Mona kannte diese Art von Augen –, Cherry stöhnte dumpf, und Angie stand einfach bloß da.

»Okay, alle miteinander«, hörte sie jemanden sagen – Molly –, und sie wandte sich um und sah sie mit einer kleinen Knarre in der Hand in der offenen Tür stehen, und der große Kerl mit den verdreckten Haaren neben ihr schaute so blöd drein wie ein Holzklotz, »keiner rührt sich, bis ich mir euch vorknöpfe.«

Der dürre Typ lachte bloß.

»Schnauze«, sagte Molly, als wäre sie mit den Gedanken ganz woanders. Sie schoß, ohne die Waffe auch nur anzusehen. Blauer Lichtblitz an der Wand neben seinem Kopf, und Mona klangen derart die Ohren, daß sie nichts mehr hörte.

Der magere Typ lag zusammengekrümmt auf dem Boden, den Kopf zwischen den Knien.

Angie ging zu der Trage, auf der der Tote lag, von dessen Augen man nur noch das Weiße sah. Langsam, ganz langsam, als würde sie unter Wasser gehen, und dieser Ausdruck in ihrem Gesicht...

Monas Hand in der Jackentasche versuchte wie aus eigenem Antrieb, etwas rauszufinden. Drückte auf der Tüte herum, die sie unten aufgehoben hatte. Und verriet ihr, daß Wiz drin war.

Sie zog die Tüte heraus, und es stimmte tatsächlich. Klebrig von trocknendem Blut. Drei Kristalle drin, und irgendein Derm.

Sie wußte nicht, warum sie die Tüte gerade jetzt rausgezogen hatte, außer daß sich niemand rührte.

Der Typ mit dem Kampffisch hatte sich aufgesetzt, blieb jedoch, wo er war. Angie war drüben an der Trage, schien aber nicht den Toten anzusehen, sondern den grauen Kasten, der in einer Art Gestell über seinem Kopf angebracht war. Cherry aus Cleveland hatte sich an die Bücherwand gelehnt und preßte sich die Knöchel in den Mund. Der große Kerl stand einfach neben Molly, die den Kopf schräg hielt, als würde sie auf irgendwas lauschen.

Mona hielt es nicht mehr aus.

Der Tisch hatte eine stählerne Platte. Darauf lag ein staubiger Stapel Endlospapier, mit einem alten Metallklotz beschwert. Sie knallte die drei gelben Kristalle wie Knöpfe in einer Reihe hin, griff sich den Metallklotz und zerstampfte sie – eins, zwei, drei – zu Pulver. Das wirkte: Alle schauten her. Außer Angie.

»'tschuldigung«, hörte Mona sich sagen, als sie das Häufchen grobes gelbes Pulver in die aufgehaltene linke Hand strich. »So isses« – sie steckte die Nase in das Häufchen und schnupfte – »nun mal«, ergänzte sie und schnupfte den Rest.

Niemand sagte ein Wort.

Und wieder das stille Zentrum. Wie beim letzten Mal.

So schnell, daß es stillstand.

Das Reich Gottes. Das Reich Gottes ist nah.

So schnell, so still, daß sie in Einzelbildern registrierte, was als nächstes geschah: Das mächtige Lachen, *haha*, als wär's gar kein Lachen. Durch einen Lautsprecher. Hinter der Tür. Von draußen auf dem Steg. Und Molly dreht sich einfach um, geschmeidig wie Seide, schnell, aber ohne Hast, und die kleine Knarre klickt wie ein Feuerzeug.

Dann der blaue Lichtblitz draußen, und der große Kerl wird von hinten, wo altes Eisen reißt, mit Blut bespritzt, und Cherry schreit, ehe der Steg mit lautem, komplexem Getöse auf den dunklen Boden unten kracht, wo sie das Wiz in der blutigen Tüte gefunden hat.

»Gentry«, sagt jemand, und sie sieht, daß es von einem kleinen Bildschirm auf dem Tisch kommt, auf dem das Gesicht eines jungen Mannes zu sehen ist, »steck jetzt Slicks Fernsteuerung ein. Sie sind im Gebäude.« Der Typ mit der Kampffischfrisur rappelt sich auf und fängt an, mit Kabeln und Konsolen zu hantieren.

Und Mona konnte nur zuschauen, weil es in ihr so still war und weil alles so interessant war.

Wie der große Kerl losbrüllt und rüberrennt und schreit, daß sie ihm gehören, ihm. Wie das Gesicht auf dem Bildschirm sagt: »Hör auf, Slick, die brauchst du nicht mehr ...«

Dann springt irgendwo unten ein Motor an, Mona hört ein Scheppern und Klappern, dann schreit unten jemand auf.

Und nun scheint die Sonne in das hohe, schmale Fenster, also geht sie rüber und schaut hinaus. Und draußen ist was, eine Art Lastwagen oder Hover, nur ist der anscheinend unter einem Haufen von Kühlschränken, nagelneuen Kühlschränken und Trümmern von Plastikkisten begraben, und jemand in einem Tarnanzug liegt mit dem Gesicht im Schnee, und weiter hinten steht noch ein Hover, das offenbar völlig ausgebrannt ist.

Interessant.

40
SATINDÜNEN

Angela Mitchell erfaßt diesen Raum und die Anwesenden durch sich verschiebende Datenflächen, die Perspektiven darstellen, obwohl sie in den meisten Fällen nicht recht weiß, wer oder was die jeweilige Perspektive einnimmt. Es gibt eine beträchtliche Anzahl von Überlappungen und Widersprüchen.

Der Mann mit dem ausgefransten Haarkamm in der schwarzen, perlenbesetzten Lederkluft ist Thomas Trail Gentry (Geburtsdatum und SIN-Nummer durchfluten sie), ohne festen Wohnsitz (eine andere Facette teilt ihr mit, daß dies sein Zimmer ist). Hinter einem Grauschleier offizieller Datenspuren, fein marmoriert mit den wiederholten pinkfarbenen Betrugsverdachtsmomenten der Fission Authority, sieht sie ihn in einem anderen Licht: Er ist wie einer von Bobbys Cowboys; trotz seiner Jugend hat er viel mit den alten Männern im Gentlemen Loser gemein; er ist Autodidakt, ein besessener Exzentriker, nach seinen Möglichkeiten und Fähigkeiten ein Gelehrter; er ist verrückt, ein Nachtmensch, mannigfaltiger Ketzereien schuldig (aus Mammans Sicht, aus Legbas Sicht); Lady 3Jane führt ihn in ihrem exzentrischen Schema unter RIMBAUD. (Ein anderes Gesicht aus RIMBAUD leuchtet Angie entgegen; ein Mann namens Riviera, eine Randfigur in den Träumen.) Molly hat ihn bewußt in eine Art Lähmung versetzt, indem sie ein Explosivgeschoß aus der Flechette achtzehn Zentimeter neben seinem Kopf detonieren ließ.

Wie diese Mona hat Molly keine SIN, ihre Geburt ist nicht verzeichnet, trotzdem kreisen um ihre(n) Namen Galaxien von

Spekulationen, Gerüchten und widersprüchlichen Daten. Als Straßenmädchen, Prostituierte, Leibwächterin, Mörderin vermischt sie sich auf den vielfältigen Ebenen mit den Schatten von Helden und Schurken, deren Namen Angie nichts sagen, obwohl ihre remanenten Bilder längst in die globale Kultur eingewoben sind. (Auch die gehörten einmal 3Jane und gehören nun Angie.)

Molly hat gerade einen Mann umgebracht, hat ihm ein Explosivgeschoß in den Hals gejagt. Sein Sturz gegen ein von Materialermüdung schütteres Stahlgeländer hat bewirkt, daß ein großes Stück des Stegs weggebrochen ist. Es gibt keinen anderen Zugang zu diesem Raum, was von einiger strategischer Bedeutung ist. Wahrscheinlich hat Molly nicht die Absicht gehabt, den Steg zum Einsturz zu bringen. Sie wollte nur verhindern, daß der Mann, ein gedungener Söldner, von seiner bevorzugten Waffe Gebrauch machte, einer kurzen Metallschrotflinte mit schwarzer, nicht reflektierender Beschichtung. Dennoch ist Gentrys Loft jetzt effektiv isoliert.

Angie versteht, warum Molly für 3Jane so wichtig ist, warum sie sie haben will und woher ihr Haß rührt; im Licht dieses Wissens sieht sie die Banalität des Bösen im Menschen.

Angie sieht Molly mit einem jungen Mädchen rastlos durch ein graues, winterliches London streifen – und weiß, ohne zu wissen, woher, daß dieses Mädchen sich gerade in der Margate Road 23, SW2, aufhält. (*Continuity?*) Der Vater des Mädchens war früher der Herr des Mannes namens Swain, der kürzlich in 3Janes Dienste getreten ist, um die Informationen zu bekommen, die sie denen gibt, die ihre Befehle ausführen. Das gleiche gilt natürlich auch für Robin Lanier, der allerdings hofft, in anderer Münze entlohnt zu werden.

Dem Mädchen Mona gegenüber empfindet Angie eine merkwürdige Zärtlichkeit, Mitleid und auch einen gewissen Neid: obwohl Monas Äußeres verändert worden ist, um Angie so weit wie möglich zu gleichen, hat Monas Leben im Gefüge der Dinge so gut wie keine Spuren hinterlassen, und sie verkörpert in Legbas System praktisch die reine Unschuld.

Cherry-Lee Chesterfield ist von einem stümperhaften Gekritzel umgeben, ihr Datenprofil gleicht einer Kinderzeichnung; Vorladungen wegen Landstreicherei, kleine Schulden, eine abgebrochene berufliche Laufbahn als medizinisch-technische Assistentin 6. Klasse, dazu Geburtsdaten und SIN.

Slick oder Slick Henry gehört ebenfalls zu den SINlosen, aber 3Jane, Continuity, Bobby, alle interessieren sie sich brennend für ihn. Für 3Jane ist er der Kern eines untergeordneten Assoziationsknotens: Sie setzt seine ständige rituelle Bastelei, seine kathartische Reaktion auf das Trauma der Chemostrafe mit ihren eigenen gescheiterten Versuchen gleich, den unfruchtbaren Tessier-Ashpool-Traum zu exorzieren. In den Korridoren von 3Janes Gedächtnis ist Angie häufig auf die Kammer gestoßen, in der ein Manipulator mit spinnenartigen Greifern den Abfall von Straylights kurzer, verdichteter Geschichte aufrührt – ein Akt der Collage, im weiteren Sinn. Und Bobby liefert weitere Erinnerungen, die dem Künstler abgezapft worden sind, als er sich Zutritt zu 3Janes babylonischer Bibliothek verschafft hat: seine langsame, traurige, kindliche Arbeit auf der Ebene namens Dog Solitude, wo er dem Schmerz und der Erinnerung von neuem Gestalt verleiht.

Unten im kalten, dunklen Factory-Erdgeschoß trennt eine von Slicks kinetischen Skulpturen, gesteuert von einem von Bobbys Unterprogrammen, einem weiteren Söldner den linken Arm mit Hilfe einer Vorrichtung ab, die vor zwei Sommern aus einer Erntemaschine chinesischer Fabrikation ausgebaut worden ist. Der Söldner, dessen Name und SIN wie flüssige Silberperlen an Angie vorübersprudeln, stirbt mit der Wange an einem von Little Birds Stiefeln.

Nur Bobby ist als einziger von allen Anwesenden nicht in Form von Daten vertreten. Und Bobby ist weder das auf Metall und Nylon geschnallte, ausgezehrte Wrack mit angetrockneter

Kotze am Kinn, das dort vor ihr liegt, noch das aufgeweckte, vertraute Gesicht, das ihr von einem Monitor auf Gentrys Werkbank entgegenschaut. Ist Bobby der viereckige Massenspeicher, der über der Trage festgeschraubt ist?

Jetzt geht sie über sanft gewellte Dünen aus schmutzigem, pinkfarbenem Satin unter einem gepunzten Stahlhimmel, endlich befreit von dem Zimmer und seinen Daten.

Brigitte geht neben ihr, und da ist kein Druck, keine nächtliche Leere, kein Bienenstocksummen. Da sind keine Kerzen. Continuity ist ebenfalls da, verkörpert durch ein wandelndes Silberflittergekritzel, das Angie irgendwie an Hilton Swift am Strand von Malibu erinnert.

»Geht es dir besser?« fragt Brigitte.

»Viel besser, danke.«

»Das dachte ich mir.«

»Warum ist Continuity hier?«

»Weil er aus Maas-Biochips gemacht und darum dein Vetter ist. Weil er jung ist. Wir begleiten dich zu deiner Vermählung.«

»Aber wer bist du, Brigitte? Was bist du in Wirklichkeit?«

»Ich bin die Botschaft, die dein Vater schreiben sollte. Ich bin die *Vévés*, die er in deinen Kopf einzog.« Brigitte beugt sich nah zu ihr hin. »Sei nett zu Continuity. Er fürchtet, daß er sich mit seiner Tolpatschigkeit deinen Groll zugezogen hat.«

Das Flittergeschreibsel huscht ihnen voraus über die Satindünen, um die Ankunft der Braut zu verkünden.

41
MR. YANAKA

Das Maas-Neotek-Gerät fühlte sich noch warm an. Die weiße Plastikunterlage darunter war wie von Hitzeeinwirkung verfärbt. Es roch nach verbrannten Haaren.

Sie beobachtete, wie die Blutergüsse in Ticks Gesicht dunkler wurden. Er hatte sie gebeten, ihm eine abgegriffene blecherne Zigarettenschachtel mit Pillen und Dermadisks aus einem Nachtschränkchen zu holen, sich den Kragen aufgerissen und drei der kreisrunden Pflaster auf die porzellanweiße Haut geklebt.

Sie half ihm, aus einem Glasfaserkabel eine Schlinge zu binden.

»Colin meint doch, sie hätte vergessen ...«

»*Ich* aber nicht«, sagte er und sog die Luft durch die zusammengebissenen Zähne, während er die Schlinge unter den Arm schob. »In dem Moment war's so, als ob's *wirklich* passieren würde. Hält 'ne Weile an ...« Er zuckte zusammen.

»Tut mir leid.«

»Schon okay. Sally hat's mir erzählt. Das mit deiner Mutter, mein ich.«

»Ja ...« Sie sah ihn weiterhin an. »Sie hat sich umgebracht. In Tokio.«

»Wer immer die Frau vorhin war, sie war's nicht.«

»Das Gerät ...« Sie warf einen kurzen Blick zum Tisch.

»Sie hat's verbrannt. Wird ihn aber nicht weiter kratzen. Er ist noch drin, und ihm steht da alles zur freien Verfügung. Also, was führt unsere Sally im Schilde?«

»Sie hat Angela Mitchell bei sich. Sie ist aufgebrochen, um das Ding zu suchen, von dem das alles ausgeht. Wo wir waren. An einem Ort namens New Jersey.«

Das Telefon klingelte.

Kumikos Vater, Kopf und Schultern, auf dem breiten Bildschirm hinter Ticks Telefon: Er trug seinen dunklen Anzug, seine Rolex-Uhr, eine ganze Galaxis kleiner Bruderschaftszeichen am Revers. Kumiko fand, daß er sehr müde aussah, müde und sehr ernst, ein ernster Mensch hinter der glatten, dunklen Schreibtischfläche in seinem Arbeitszimmer. Als sie ihn so sah, bedauerte sie, daß Sally nicht aus einer Telefonzelle mit Kamera angerufen hatte. Sie hätte sich so gewünscht, Sally noch einmal zu sehen; es wäre vielleicht das letzte Mal gewesen.

»Du siehst gut aus, Kumiko«, sagte ihr Vater.

Kumiko setzte sich aufrecht hin und schaute in die kleine Kamera unter dem Wandbildschirm. Sie versuchte automatisch, die mütterliche Maske hochmütiger Geringschätzung aufzusetzen, aber es funktionierte nicht. Verwirrt senkte sie den Blick auf die in ihrem Schoß verschränkten Hände. Mit einem Mal wurde ihr bewußt, daß Tick mitten im Blickfeld der Kamera auf seinem Stuhl gefangen war, und sie spürte seine Verlegenheit und seine Angst.

»Es war richtig von dir, aus Swains Haus zu fliehen«, sagte ihr Vater.

Sie sah ihm wieder in die Augen. »Er ist dein *Kobun*.«

»Nicht mehr. Während wir hier mit unseren Problemen zu kämpfen hatten und darum abgelenkt waren, ging er neue, dubiose Bindungen ein und beschritt Wege, die wir nicht billigen konnten.«

»Und deine Probleme, Vater?«

War da ein Anflug eines Lächelns? »Das ist ausgestanden. Es herrschen wieder Eintracht und Ordnung.«

»Äh, entschuldigen Sie, Sir, Mr. Yanaka«, begann Tick, dann schien ihm die Stimme zu versagen.

»Ja. Und Sie sind ...?«

Ticks zerschlagenes Gesicht verzog sich zu einem besonders starken und kläglichen Zwinkern.

»Er heißt Tick, Vater. Er hat mich bei sich aufgenommen und beschützt. Zusammen mit Col ... mit dem Maas-Neotek-Gerät hat er mir heute abend das Leben gerettet.«

»Wirklich? Darüber bin ich gar nicht informiert. Ich hatte den Eindruck, du hättest seine Wohnung gar nicht verlassen.«

Etwas Kaltes ... »Woher?« fragte sie und beugte sich vor. »Woher weißt du das?«

»Das Maas-Neotek-Gerät meldete uns deinen Aufenthaltsort, sobald er bekannt war – sobald es von Swains Systemen nicht mehr daran gehindert wurde. Wir haben Aufpasser in die Gegend geschickt.« Sie erinnerte sich an den Nudelverkäufer. »Natürlich ohne Swain davon zu unterrichten. Aber das Gerät hat keine zweite Meldung mehr abgesetzt.«

»Es war kaputt. Ein Unfall.«

»Und trotzdem hat es dir das Leben gerettet, sagst du?«

»Sir«, meldete sich Tick wieder zu Wort, »verzeihen Sie, aber was ich meine, ist, bekomme ich *Deckung*?«

»Deckung?«

»Schutz. Vor Swain und seinen korrupten SB-Freunden und all den andern ...«

»Swain ist tot.«

Schweigen. »Aber irgendwer wird den Laden doch schmeißen. Den Club, meine ich. Ihr Geschäft.«

Mr. Yanaka betrachtete Tick mit unverhohlener Neugier. »Natürlich. Wie sollten Eintracht und Ordnung sonst fortbestehen?«

»Gib ihm dein Wort, Vater«, sagte Kumiko, »daß ihm nichts geschehen wird.«

Yanaka schaute von Kumiko zu dem grimassierenden Tick. »Ich darf Ihnen meine tiefste Dankbarkeit aussprechen, Sir, daß Sie meine Tochter beschützt haben. Ich stehe in Ihrer Schuld.«

»*Giri*«, sagte Kumiko.

»Mann o Mann«, meinte Tick ehrfürchtig, »das ist echt 'n Hammer.«

»Vater«, sagte Kumiko, »hast du an dem Abend, als Mutter starb, die Sekretäre angewiesen, sie allein gehen zu lassen?«

Ihr Vater verzog keine Miene. Dann sah sie einen Kummer in seine Züge treten, wie sie ihn noch nie zuvor gesehen hatte. »Nein«, sagte er schließlich.

Tick hustete.

»Danke, Vater. Werde ich jetzt nach Tokio zurückkehren?«

»Gewiß, wenn du willst. Obwohl du nur sehr wenig von London zu sehen bekommen hast, soweit ich weiß. Mein Geschäftspartner wird gleich in Mr. Ticks Wohnung erscheinen. Wenn du noch ein wenig bleiben möchtest, um die Stadt zu erkunden, wird er das arrangieren.«

»Danke, Vater.«

»Auf Wiedersehen, Kumi.«

Und weg war er.

»Na dann«, sagte Tick und zuckte fürchterlich zusammen, als er den heilen Arm ausstreckte, »hilf mir mal hoch …«

»Aber du mußt ärztlich versorgt werden.«

»Werd ich doch.« Er kam mühsam auf die Beine und humpelte in Richtung Toilette, als Petal vom dunklen Hausflur aus die Tür öffnete. »Wenn du mein Schloß kaputtgemacht hast«, sagte Tick, »dann bezahl mir das mal lieber.«

»Tut mir leid«, sagte Petal verblüfft. »ich komme Miss Yanaka holen.«

»Zu spät, Kamerad. Da war eben ihr Dad am Telefon. Der hat uns erzählt, daß Swain den Löffel abgegeben hat. Und daß er uns den neuen Boss herschickt.« Er grinste schief und triumphierend.

»Tja, weißt du«, sagte Petal freundlich, »das bin ich.«

42
FACTORY, ERDGESCHOSS

Cherry schreit immer noch.

»Stopf ihr mal jemand das Maul«, sagt Molly, die mit der kleinen Knarre an der Tür steht, und Mona glaubt, sie kann das, kann Cherry was von ihrer Stille abgeben, wo alles interessant ist und nichts zu sehr nervt, aber auf dem Weg zu ihr sieht sie die zerknüllte Tüte am Boden und erinnert sich an das Derm darin; vielleicht hilft das Cherry, sich zu beruhigen. »Hier«, sagt sie, als sie bei ihr ist, pult die Folie auf der Rückseite ab und klebt Cherry das Derm seitlich an den Hals. Cherrys Geschrei verebbt zu einem Gurgeln, während sie an den alten Büchern zusammensackt, aber Mona ist sicher, daß ihr nichts passiert, und abgesehen davon krachen unten Schüsse: Draußen hinter Molly saust ein weißes Leuchtspurgeschoß scheppernd zwischen den Stahlträgern umher, und Molly schreit Gentry zu, ob er das Scheißlicht anmachen kann?

Damit meint sie wohl das Licht unten, denn hier oben ist es blendend hell, so hell, daß sie von manchen Teilen verschwommene kleine Perlen und Farbspuren wegströmen sieht, wenn sie genauer hinschaut. Leuchtspurgeschosse. So heißt diese Munition, die leuchtet. Das hatte ihr Eddy in Florida erklärt, als irgendwelche Typen von einem privaten Sicherheitsdienst solche Dinger unten am Strand in der Dunkelheit abschossen.

»Ja, Licht«, sagte das Gesicht auf dem kleinen Monitor, »die Hexe kann nichts sehen ...« Mona lächelte ihm zu. Sie glaubte nicht, daß es noch jemand außer ihr gehört hatte. Die *Hexe?*

Also rannten Gentry und Big Slick überall rum, rissen die dikken gelben Kabel von der Wand, wo sie mit silbernem Klebeband festgemacht waren, und steckten sie in Metallkästen zusammen, und Cherry aus Cleveland saß mit geschlossenen Augen am Boden, Molly kauerte an der Tür und hielt die Knarre mit beiden Händen, und Angie …

Sei still.

Sie hörte, wie jemand das sagte, aber es war niemand in dem Raum. Vielleicht, dachte sie, war es Lanette, als ob die so was sagen könnte, durch die Zeit und die Stille hindurch.

Denn Angie hockte neben der Trage mit dem Toten am Boden, hatte die Beine wie eine Statue unter dem Leib verschränkt und die Arme um ihn gelegt.

Das Licht trübte sich, als Gentry und Slick die richtige Verbindung fanden, und sie glaubte zu hören, wie das Gesicht auf dem Monitor nach Luft schnappte, aber sie war schon auf dem Weg zu Angie und sah (plötzlich, total, so deutlich, daß es weh tat) das feine Blutrinnsal, das ihr aus dem linken Ohr lief.

Selbst jetzt dauerte die Stille noch an, obwohl sie schon ein Brennen und Kratzen im Hals spürte und an Lanettes Worte denken mußte: Zieh dir das bloß nie in die Nase, das frißt dir Löcher rein.

Und Mollys Rücken war kerzengerade, die Arme streckten sich … nach draußen, nach unten, nicht zu dem grauen Kasten, sondern zu der Pistole, dem kleinen Ding, das Mona jetzt *snick-snick-snick* machen hörte, dann drei Explosionen tief unten, bestimmt mit blauen Lichtblitzen, aber Mona hielt jetzt Angie – blutverschmierter Pelz strich über ihre Handgelenke – und sah in sterbende Augen, deren Licht bereits erlosch. Weit weg, ewig weit weg.

»He«, sagte Mona, ohne daß es jemand hörte, nur Angie, die über den Leichnam im Schlafsack sank. »He …«

Sie schaute auf und erhaschte gerade noch einen letzten Blick von dem Bild auf dem Monitor, bevor es verblaßte.

Danach war ihr lange Zeit alles egal. Es war nicht die Gleichgültigkeit der Stille, des kristallenen Overdrive, und es war kein Crash, sondern einfach so ein Vorbei-Gefühl, wie es vielleicht ein Geist empfindet.

Sie stand neben Slick und Molly in der Tür und schaute hinunter. Im trüben Licht großer, alter Glühbirnen sah sie ein metallenes Spinnengebilde über den schmutzigen Betonboden huschen. Es hatte große Sicheln, die ausschlugen und rotierten, wenn es sich bewegte, aber ansonsten rührte sich da unten nichts mehr, und das Ding lief wie ein kaputtes Spielzeug vor den verbogenen Trümmern der kleinen Brücke hin und her, die sie mit Angie und Cherry überquert hatte.

Cherry hatte sich aufgerappelt, bleich und mit schlaffem Gesicht, und das Derm vom Hals abgezogen. »'s 'n stark's Muskelrelax'ns«, brachte sie mit Mühe über die Lippen, und Mona hatte ein schlechtes Gewissen, weil sie wußte, daß sie eine Dummheit gemacht hatte, als sie zu helfen glaubte, aber das war immer so auf Wiz, und wieso konnte sie das eigentlich nicht lassen?

Weil du vollgeknallt und bescheuert bist, hörte sie Lanette sagen, aber daran hatte sie sich nicht erinnern wollen.

Da standen sie also alle und schauten zu der Metallspinne hinunter, die zuckend ihre Energien verausgabte und nur sich selbst zur Strecke brachte. Alle bis auf Gentry, der mit seinen schwarzen Stiefeln neben Angies rotem Pelz stand und den grauen Kasten vom Gestell über der Trage losschraubte.

»Horcht«, sagte Molly, »da kommt ein Hubschrauber. Ein großer.«

Mona ließ sich als letzte am Seil hinunter. Gentry blieb als einziger oben. Er sagte nur, er komme nicht mit, ihm sei das alles egal, er bleibe hier.

Das Seil war dick und schmutziggrau und hatte Knoten, an denen man sich festhalten konnte, wie eine Schaukel, an die sie sich von ganz früher erinnerte. Slick und Molly hatten zunächst den grauen Kasten auf einen Absatz hinuntergelassen, wo die Eisentreppe noch unversehrt war. Dann kletterte Molly wie ein Eichhörnchen hinterher, scheinbar ohne sich festzuhalten, und zurrte das Seil am Geländer fest. Slick kletterte langsam hinunter, weil er Cherry über der Schulter hatte, deren Muskulatur noch so schlaff war, daß sie sich nicht selber abseilen konnte. Mona hatte deswegen immer noch ein schlechtes Gewissen und fragte sich, ob das wohl der Grund war, warum die andern sie nicht mitnehmen wollten.

Diese Entscheidung hatte allerdings Molly getroffen, die am Fenster stand und beobachtete, wie Leute aus dem langen schwarzen Helikopter quollen und über den Schnee ausschwärmten.

»Seht euch das an«, hatte Molly gesagt. »Die wissen Bescheid. Jetzt kommen sie und sammeln die Scherben auf. Sense / Net. Ich mach mich mal lieber vom Acker.«

Cherry nuschelte, sie würden auch abhauen, sie und Slick. Und Slick zuckte die Achseln, grinste dann und legte den Arm um sie.

»Und was ist mit mir?«

Molly sah sie an. Zumindest hatte sie den Eindruck. Wegen der Brille konnte man das nicht so genau erkennen. Weiße Zähne blitzten eine Sekunde lang über der Unterlippe auf, dann sagte sie: »Ich würd dir raten, hierzubleiben. Sollen die das mal auseinanderdröseln. Du hast ja eigentlich nichts verbrochen. Nichts von alledem war deine Idee. Schätze, die werden sich dir gegenüber schon anständig benehmen, oder sich wenigstens Mühe geben. Ja, du bleibst hier.«

Mona kapierte gar nichts, aber sie fühlte sich jetzt so kaputt, so crash-krank, daß sie nichts erwidern konnte.

Und dann waren sie weg, das Seil runter und weg. Einfach so. Wie manche Leute, die einfach verschwanden und die man nie wiedersah. Sie schaute ins Loft zurück und sah Gentry vor seinen

Büchern auf und ab marschieren, wobei er die Fingerspitze über die Buchrücken streifen ließ, als suchte er ein bestimmtes Buch. Er hatte eine Decke über die Trage geworfen.

Also machte sie sich einfach aus dem Staub, obwohl sie nun nie erfahren würde, ob Gentry sein Buch je fand oder nicht, aber so war das nun mal; sie kletterte ebenfalls das Seil hinunter, was gar nicht so einfach war, wie es bei Molly und Slick ausgesehen hatte, erst recht nicht in Monas Verfassung, denn Mona war einer Ohnmacht nahe, und ihre Arme und Beine wollten sowieso nicht richtig gehorchen, so daß sie sich auf jede Bewegung konzentrieren mußte, während in Nase und Hals alles anschwoll, und so kam es, daß sie den Schwarzen erst bemerkte, als sie unten angelangt war.

Der stand ganz unten und betrachtete das große Spinnending, das sich nicht mehr rührte. Schaute hoch, als ihr Stöckel über den stählernen Treppenabsatz kratzte. Es war etwas furchtbar Trauriges in seinem Gesicht, als er sie sah, aber dann war es verschwunden, und er kam die eisernen Stufen herauf, gemächlich und geschmeidig, und als er näherkam, fragte sie sich, ob er wirklich ein Schwarzer war. Nicht wegen der Farbe, da gab es nicht den geringsten Zweifel, sondern wegen der Form seines kahlen Schädels und der Proportionen seines Gesichts; so einen wie den hatte sie noch nie gesehen. Er war groß, richtig groß. Trug einen langen schwarzen Ledermantel. Das Material war so dünn, daß es wie Seide fiel.

»Hallo, Missy«, sagte er, als er vor ihr stand, griff ihr unters Kinn und hob ihren Kopf, so daß sie direkt in goldgesprenkelte Achataugen schaute, wie sie kein Mensch auf der Welt je gehabt hatte. Lange Finger, so zart an ihrem Kinn. »Missy«, sagte er, »wie alt bist du?«

»Sechzehn ...«

»Du brauchst einen Haarschnitt«, sagte er, und es klang irgendwie ganz ernst.

»Angie ist da oben«, sagte sie und zeigte hin, als sie die Stimme wiederfand. »Sie ist ...«

»Psst!«

Sie hörte metallische Geräusche weit weg in dem großen alten Gebäude, dann sprang ein Motor an. Das Hover, in dem Molly sie hergebracht hatte, dachte sie.

Der Schwarze zog die Brauen hoch, obwohl er gar keine hatte. »Freunde?« Er ließ die Hand sinken.

Sie nickte.

»Na gut«, meinte er, nahm sie bei der Hand und half ihr die Treppe hinunter. Unten führte er sie an der Hand um die Trümmer des Stegs herum. Da lag ein Toter in Tarnanzug mit so einem Megadings, wie die Bullen es hatten.

»Swift«, rief der Schwarze durch die weite, leere Halle mit den schwarzen, scheibenlosen Sprossenfenstern, die sich als schwarze Gitter vor dem morgendlich hellen Winterhimmel abzeichneten. »Mach schon, komm her! Ich hab sie gefunden.«

»Aber ich bin nicht sie ...«

Und dort drüben, wo das große Tor offenstand, sah sie vor Himmel und Schnee und Rost diesen Schlips mit offenem Mantel und wehender Krawatte auf sie zukommen. Und Mollys Hover düste an ihm vorbei durch das Tor, aber er schaute sich nicht mal danach um, weil er nämlich Mona anschaute.

»Ich bin nicht Angie«, sagte sie und überlegte, ob sie ihm erzählen sollte, was sie gesehen hatte: Angie und den jungen Typen zusammen auf dem kleinen Monitor, kurz bevor das Bild verblaßte.

»Ich weiß«, sagte der Schwarze, »aber das kommt schon noch.«

Das Reich Gottes. Das Reich Gottes ist nah.

43
RICHTER

Die Frau führte sie zu einem Hovercraft, das in Factory drin geparkt war – falls man es ›parken‹ nennen konnte, denn die Front war um einen Maschinensockel aus Beton gewickelt. Es war ein weißer Transporter mit der Aufschrift CATHODE CATHAY an den Hecktüren, und Slick fragte sich, wann es ihr gelungen war, ihn hier reinzukriegen, ohne daß er was gehört hatte. Vielleicht, während Bobby der Count sein Ablenkungsmanöver mit der kleinen Frachtmaschine inszeniert hatte.

Das Aleph war so schwer wie ein kleiner Motorblock.

Er wollte die Hexe nicht anschauen, denn an ihren Sicheln klebte Blut, und dafür hatte er sie nicht gebaut. Ein paar Leichen oder Leichenteile lagen herum; die schaute er ebenfalls nicht an.

Er hielt den Blick auf den Biosoft-Block mit dem Batteriepack gesenkt und fragte sich, ob das alles noch da drin war – das graue Haus und Mexiko und 3Janes Augen.

»Wartet«, sagte die Frau. Sie kamen gerade an der Rampe zu dem Raum vorbei, in dem er seine Maschinen hatte; der Richter war noch da, der Schinder auch…

Sie hatte noch die Knarre in der Hand. Slick legte Cherry die Hand auf die Schulter. »Sie hat gesagt, wir sollen warten.«

»Das Ding, das ich letzte Nacht gesehen habe«, sagte die Frau. »Dieser einarmige Roboter. Funktioniert der?«

»Ja.«

»Stark? Kann er ’ne Last transportieren? Über unebenes Gelände?«

»Ja.«

»Hol ihn.«

»Hm?«

»Schaff ihn hinten ins Hover. Sofort. Mach schon.«

Cherry klammerte sich an ihn; sie hatte weiche Knie von dem Zeug, das das Mädchen ihr verpaßt hatte.

»Du«, sagte Molly und deutete mit der Knarre auf sie, »ins Hover.«

»Geh schon«, sagte Slick.

Er setzte das Aleph ab und ging die Rampe hinauf in den Raum, wo der Richter im Halbdunkel wartete. Der Arm lag noch auf der Plane, wo er ihn hingelegt hatte. Das mit der Säge würde er jetzt nie mehr hinkriegen. In einem langen, staubigen Metallregal lag eine Fernsteuerung. Er nahm sie und setzte den Richter in Gang. Der braune Panzer vibrierte leicht.

Er bewegte den Richter vorwärts, die Rampe hinunter. Die breiten Füße stapften eins-zwei, eins-zwei, die Kreisel kompensierten, ergänzten den fehlenden Arm. Die Frau hatte die Hecktüren des Hovercraft offen, es war alles bereit, und Slick ließ den Richter schnurstracks auf sie zumarschieren. Sie wich ein bißchen zurück, als der Richter über ihr aufragte; in ihren silbernen Gläsern spiegelte sich polierter Rost. Slick kam hinterher, während er sich schon überlegte, wie er den Richter hineinbekommen sollte. Er sah zwar keinen Sinn darin, aber immerhin schien sie zu wissen, was sie taten, und außerdem war alles besser, als hier in Factory zu bleiben, wo es von Toten nur so wimmelte. Er dachte an Gentry oben im Loft mit seinen Büchern und diesen Leichen. Da oben waren zwei Mädchen gewesen, die beide wie Angie Mitchell ausgesehen hatten. Jetzt war eine von ihnen tot – er hatte keine Ahnung, woran oder warum sie gestorben war –, und die Frau mit der Knarre hatte der anderen befohlen, zu warten ...

»Na los, na los, rein mit dem Scheißding, wir müssen machen, daß wir wegkommen.«

Als er es geschafft hatte, den Richter ins Hover zu manövrieren – er lag mit angezogenen Beinen auf der Seite –, schlug er die

Türen zu, lief um das Fahrzeug herum und stieg auf der Beifahrerseite ein. Das Aleph stand zwischen den Vordersitzen. Cherry lag zusammengerollt auf dem Rücksitz unter einen großen orangenen Parka mit dem Sense / Net-Logo am Ärmel und zitterte.

Die Frau startete die Turbine und blies das Luftkissen auf. Slick glaubte, sie würden an dem Maschinensockel festsitzen, doch als sie den Rückwärtsgang einlegte, riß ein Chromstreifen ab, und sie kamen frei. Sie wendete das Hovercraft und hielt auf das Tor zu.

Auf dem Weg hinaus kamen sie an einen Mann mit Anzug und Krawatte in einem Tweedmantel vorbei, der sie gar nicht zu bemerken schien. »Wer ist 'n das?« Sie zuckte die Achseln.

»Willst du das Hovercraft haben?« fragte sie. Sie waren jetzt vielleicht zehn Kilometer von Factory entfernt, und er hatte sich nicht umgesehen.

»Ist das Ding geklaut?«

»Klar.«

»Verzichte.«

»So?«

»Hab gesessen. Autodiebstahl.«

»Und wie geht's deiner Freundin?«

»Schläft. Sie ist nicht meine Freundin.«

»Nein?«

»Darf ich fragen, wer du bist?«

»'ne Geschäftsfrau.«

»Welche Branche?«

»Schwer zu sagen.«

Der Himmel über Solitude war hell und weiß.

»Bist du deshalb gekommen?« Er tippte aufs Aleph.

»Sozusagen.«

»Und jetzt?«

»Hab 'nen Deal gemacht. Hab Mitchell mit dem Kasten zusammengebracht.«

»Das war die, die umgekippt ist?«

»Ja, das war sie.«

»Aber sie ist gestorben ...«

»Es gibt sterben und sterben.«

»Wie bei 3Jane?«

Ihr Kopf bewegte sich, als hätte sie ihm einen kurzen Blick zugeworfen. »Was weißt du davon?«

»Ich hab sie mal gesehen. Da drin.«

»Tja, sie ist immer noch drin, aber Angie auch.«

»Und Bobby?«

»Newmark? Ja.«

»Und was willst du nun damit machen?«

»Du hast diese Dinger gebaut, stimmt's? Den da hinten und die andern?«

Slick schaute sich zu dem Richter um, der zusammengefaltet im Laderaum des Hovercraft lag, wie eine große, rostige, kopflose Puppe. »Ja.«

»Dann kannst du also mit Werkzeug umgehen?«

»Glaub schon.«

»Okay. Ich hab 'nen Job für dich.« Sie bremste neben einem zerklüfteten, schneebedeckten Schrotthaufen und brachte das Hovercraft zum Stehen. »Irgendwo hier drin muß ein Bordwerkzeugkasten sein. Steig damit aufs Dach, hol die Solarzellen runter und bring Leitungsdraht mit. Montier die Zellen so an das Ding dran, daß sie die Batterie aufladen. Kriegst du das hin?«

»Wahrscheinlich. Warum?«

Sie ließ sich in den Sitz zurücksinken, und Slick sah, daß sie älter war, als er gedacht hatte. Und müde. »Mitchell ist jetzt da drin. Sie wollen, daß sie 'n bißchen Zeit hat, das ist alles.«

»›Sie‹?«

»Was weiß ich? Irgendwer, irgendwas. Meine Geschäftspartner eben. Was meinst du, wie lange dic Batterie hält, wenn die Zellen funktionieren?«

»Paar Monate. Ein Jahr vielleicht.«

»Okay. Ich versteck's irgendwo, wo die Zellen Sonne kriegen.«

»Was passiert, wenn du einfach den Saft abdrehst?«

Sie langte hinunter und fuhr mit der Zeigefingerspitze an dem dünnen Kabel zwischen Aleph und Batterie entlang. Slick sah ihre Fingernägel im Morgenlicht; sie wirkten künstlich. »He, 3Jane«, sagte sie, während der Finger über dem Kabel schwebte, »jetzt hab ich dich.« Sie ballte die Hand zur Faust und öffnete dann die Finger, als ließe sie etwas los.

Cherry hätte Slick so gern erzählt, was sie alles zusammen tun würden, wenn sie nach Cleveland kamen. Er befestigte gerade zwei der flachen Solarzellen mit silbernem Klebeband an der breiten Brust des Richters. Das graue Aleph hatte er bereits mit einem Geflecht aus Klebeband am Rücken der Maschine angebracht. Cherry sagte, sie kenne eine Spielhalle, in der sie ihm einen Job als Techniker besorgen könne. Er hörte gar nicht richtig zu.

Als er alles fertig hatte, drückte er der Frau die Fernsteuerung in die Hand.

»Dann sollen wir jetzt wohl auf dich warten.«

»Nein«, sagte sie. »Fahrt ihr mal nach Cleveland, wie Cherry gerade gesagt hat.«

»Und du?«

»Ich mach 'nen Spaziergang.«

»Willst du erfrieren? Oder vielleicht verhungern?«

»Will endlich mal wieder allein sein, verdammt.« Sie probierte die Schalter aus, und der Richter bebte, tat einen Schritt nach vorn, dann noch einen. »Viel Glück in Cleveland.« Sie sahen ihr nach, als sie über Solitude davonging. Der Richter stapfte hinter ihr drein. Dann drehte sie sich um und rief zurück: »He, Cherry! Steck den Kerl bloß in die Badewanne!«

Cherry winkte, daß die Reißverschlüsse ihrer Lederjacken klimperten.

44
ROTES LEDER

Petal sagte, ihr Gepäck sei schon im Jaguar. »Nach Notting Hill wirst du nicht mehr zurückwollen«, meinte er, »also haben wir dir was anderes besorgt, in Camden Town.«

»Petal«, sagte sie, »ich muß wissen, was mit Sally passiert ist.«

Er ließ den Motor an.

»Swain hat sie erpreßt. Er hat sie gezwungen, jemanden zu kidnappen, und zwar ...«

»Aha. Nun ja«, unterbrach er sie, »ich verstehe. Ich würde mir an deiner Stelle keine Sorgen machen.«

»Aber ich mache mir Sorgen.«

»Sally hat es geschafft, sich elegant aus dieser kleinen Affäre zu ziehen, würde ich sagen. Außerdem ist es ihr nach Auskunft gewisser Freunde im Staatsdienst gelungen, alle vorhandenen Unterlagen über sich verschwinden zu lassen, ausgenommen die über eine Mehrheitsbeteiligung an einem deutschen Spielkasino. Und falls Angela Mitchell etwas zugestoßen sein sollte, dann hat Sense / Net darüber noch nichts verlauten lassen. Die ganze Sache ist also erledigt.«

»Werde ich sie wiedersehen?«

»Nicht auf *meinem* Territorium, bitte.«

Sie fuhren los.

»Petal«, sagte sie auf der Fahrt durch London, »mein Vater hat mir erzählt, daß Swain ...«

»Ein Narr. Ein verdammter Narr. Reden wir nicht mehr davon.«

»Tut mir leid.«

Die Heizung lief. Es war warm im Jaguar, und Kumiko war jetzt sehr müde. Sie lehnte sich ins rote Leder zurück und schloß die Augen. Irgendwie hatte die Begegnung mit 3Jane sie von ihrer Scham befreit, dachte sie, so wie Vaters Antwort sie von ihrem Groll befreit hatte. 3Jane war sehr grausam gewesen. Jetzt sah sie auch die Grausamkeit ihrer Mutter. Aber irgendwann einmal muß alles vergeben werden, dachte sie und schlief auf dem Weg zu einem Ort namens Camden Town ein.

45
DAHINTER GLATTER STEIN

Nun leben sie also in diesem Haus: Mauern aus grauem Stein, Schieferdach, ewiger Frühsommer. Die Gartenanlagen sind farbenfroh und naturbelassen, obwohl das hohe Gras nicht wächst und die Wiesenblumen nicht verblühen.

Hinter dem Haus stehen verschlossene, unerforschte Wirtschaftsgebäude, und dahinter liegt eine Wiese, auf der sich festgezurrte Drachenflieger gegen den Wind stemmen.

Als sie einmal allein unter den Eichen am Rande dieser Wiese spazierengegangen ist, hat sie drei Fremde gesehen, die auf einem pferdeähnlichen Gebilde ritten. Pferde sind ausgestorben, schon Jahre vor Angies Geburt. Eine schlanke Gestalt in einer Tweedjacke saß im Sattel, ein Junge wie ein Reitknecht aus einem alten Gemälde. Vor ihm hockte ein junges Mädchen, eine Japanerin, rittlings auf dem Pseudoroß, hinter ihm ein blasser, speckig aussehender Mann von kleiner Statur in grauem Anzug, braunen Schuhen und pinkfarbenen Socken, über denen weiße Knöchel hervorlugten. Hatte das Mädchen sie gesehen, ihren Blick erwidert?

Sie hat vergessen, Bobby davon zu erzählen.

Ihre häufigsten Besucher kommen in den Träumen der Morgendämmerung, obwohl sich einmal ein grinsender kleiner Kobold von einem Menschen durch wiederholtes Klopfen an der schweren Eichentür ankündigte und, als sie aufmachte, »den kleinen Scheißer Newmark« verlangte. Bobby stellte diese Kreatur als den Finnen vor und schien hocherfreut, ihn zu sehen. Die schäbige Jacke des Finnen dünstete ein Gemisch aus kaltem

Rauch, altem Lötzinn und Salzhering aus. Bobby erklärte, der Finne sei jederzeit willkommen. »Besser so. Keine Chance, den draußenzuhalten, wenn er rein will.«

3Jane kommt auch; sie gehört zu den morgendlichen Besuchern. Sie hat etwas Trauriges, Zaghaftes an sich. Bobby nimmt sie offenbar kaum wahr, aber Angie, das Gefäß so vieler ihrer Erinnerungen, reagiert auf diese besondere Mischung aus Sehnsucht, Eifersucht, Frust und Wut. Angie hat gelernt, 3Janes Motive zu verstehen und ihr zu verzeihen – obwohl sie nicht so recht weiß, was es eigentlich zu verzeihen gibt, wenn sie im Sonnenschein unter den Eichen wandelt.

Zuweilen ermüden die Träume mit 3Jane Angie jedoch; andere Träume sind ihr lieber, insbesondere die mit ihrem jungen Schützling. Diese kommen oft, wenn die Spitzengardinen sich blähen, wenn die ersten Vögel singen. Sie schmiegt sich enger an Bobby, schließt die Augen, formt in Gedanken das Wort *Continuity* und wartet auf die bunten kleinen Bilder.

Sie sieht, daß sie das Mädchen in eine Klinik auf Jamaika gebracht haben, um es von der Abhängigkeit von primitiven Stimulanzien zu kurieren. Nach der Feineinstellung ihres Stoffwechsels durch ein geduldiges Heer von Net-Ärzten kommt sie schließlich vor Gesundheit strotzend heraus.

Dank ihres von Piper Hill geschickt modulierten Sinnesapparats werden ihre ersten Stims mit noch nie dagewesener Begeisterung aufgenommen. Ihr weltweites Publikum ist hingerissen von ihrer Frische, ihrer Vitalität, ihrer entzückenden Naivität, mit der sie ihr glamouröses Leben wie zum ersten Mal zu entdecken scheint.

Manchmal geht ein Schatten über den fernen Bildschirm, aber nur für einen Moment: Robin Lanier ist erwürgt und erfroren auf der künstlichen Bergfassade des New Suzuki Envoy aufgefunden worden. Sowohl Angie als auch Continuity wissen, wessen lange, starke Finger den Star erdrosselt und dort hingeworfen haben.

Eins jedoch bleibt ihr verschlossen, ein besonderes Bauteil im Puzzle der Geschichte.

An der Schattengrenze der Eichen im stahlblau-lachsfarbenen Abendrot dieses Frankreichs, das nicht Frankreich ist, bittet sie Bobby um die Antwort auf ihre letzte Frage.

Sie warteten um Mitternacht in der Auffahrt, weil Bobby ihr eine Antwort versprochen hatte.

Als die Uhren im Haus zwölf schlugen, hörte sie Reifen auf Schotter knirschen. Es war ein langer, flacher, grauer Wagen.

Am Steuer saß der Finne.

Bobby öffnete die Tür und half ihr hinein.

Im Fond saß der junge Mann, den sie auf dem unmöglichen Pferd mit den drei ungleichen Reitern gesehen hatte. Er lächelte ihr zu, sagte jedoch nichts.

»Das ist Colin«, erklärte Bobby, der neben ihr einstieg. »Den Finnen kennst du ja schon.«

»Sie hat keinen blassen Schimmer, hm?« fragte der Finne und legte den Gang ein.

»Nein«, meinte Bobby, »ich glaub nicht.«

Der junge Mann namens Colin lächelte sie an. »Das Aleph ist eine annähernde Entsprechung der Matrix«, sagte er, »quasi ein Modell des Cyberspace ...«

»Ja, ich weiß.« Sie wandte sich an Bobby. »Und? Du hast mir versprochen, mir den *Grund* für die Wende zu erklären.«

Der Finne lachte, was sehr sonderbar klang. »Es gibt keinen Grund, Lady. Eher eine Ursache. Erinnerst du dich, daß Brigitte dir einmal gesagt hat, es gäbe da diese andere? Ja? Nun, das ist die Ursache, und die Ursache ist der Grund.«

»Ja, ich erinnere mich. Sie hat gesagt, als sich die Matrix schließlich als solche erkannte, sei da ›die andere‹ gewesen ...«

»Dahin fahren wir heute nacht«, begann Bobby und legte den Arm um sie. »Ist nicht weit, aber ...«

»... anders«, ergänzte der Finne, »ganz anders.«

»Aber was ist es?«

»Weißt du«, sagte Colin und strich sich die braune Locke aus der Stirn, eine Geste wie die eines Schuljungen in einem uralten Theaterstück, »als die Matrix Empfindungsvermögen erlangte, wurde sie sich gleichzeitig einer *anderen* Matrix, einer anderen empfindungsfähigen Entität bewußt.«

»Das verstehe ich nicht«, sagte sie. »Wenn der Cyberspace aus der Gesamtsumme aller Daten in der menschlichen Welt besteht ...«

»Ja«, erwiderte der Finne, der nun auf den langen, geraden, leeren Highway einbog, »aber keiner hat was von der *menschlichen* Welt gesagt, nicht wahr?«

»Die andere war woanders«, erklärte Bobby.

»Centauri«, sagte Colin.

Wollen die sie aufziehen? Ist das einer von Bobbys Scherzen?

»Ist gar nicht so leicht zu erklären, warum die Matrix sich in all die Hoodoos und den ganzen Scheiß aufgespalten hat, als sie der andern begegnet ist«, sagte der Finne, »aber wenn wir erst mal da sind, wirst du's schon kapieren ...«

»Ich persönlich finde es so weitaus amüsanter«, meinte Colin.

»Ist das tatsächlich wahr?«

»Wir sind in null Komma nichts da«, sagte der Finne. »Ganz ehrlich.«

NACHWORT

Am 16. September 1981 schrieb ich Terry Carr, ich wolle »... es mal mit einem Roman versuchen. Ich komme immer wieder auf die abgewrackte Szenerie von ›[Johnny] Mnemonic‹ und ›[Burning] Chrome‹ zurück, also werde ich wohl irgendwas in der Richtung machen.« Das war der Ton des Möchtegern-Autors, fürchte ich, der mit zu allem entschlossenem Feingefühl die berufliche Aufmerksamkeit von Mr. Carr auch weiterhin auf sich lenken wollte. Carr, Lektor und Herausgeber diverser Anthologien, kannte mich als Autor von ein paar veröffentlichten Kurzgeschichten. Ich wußte, daß Terry eine neue Reihe seiner SF-Specials bei Ace vorbereitete: Erstlingsromane von Autoren, die Terry höchstpersönlich ausgewählt hatte. Um 1981 herum gab es kaum eine erstrebenswertere Startposition in der Science Fiction.

Dieser dezente Wink ist mitten in einem Brief voller Anspielungen auf diverse (weitgehend ungeschriebene) Short Stories versteckt, die, wie ich schrieb, wohl nicht ganz Terrys Anforderungen entsprächen. Ich fand nie heraus, ob das stimmte, weil sie ungeschrieben blieben.

Der gute Terry revanchierte sich postwendend. Er schrieb mir am 23. September und gab mir seinerseits zu verstehen, falls ich wirklich einen Roman schreiben wolle, sei er bereit, ihn für die Specials in Betracht zu ziehen, vorausgesetzt, ich könne ihn mit einem Entwurf überzeugen. Völlig aufgelöst schickte ich ihm am 28. September ein supercooles Antwortschreiben, in dem ich mich gnädig bereit erklärte, es mal zu versuchen. (Ich glaube, Terrys Brief traf am *Morgen* des 28. ein. Wahrscheinlich bin ich mit meiner Antwort den ganzen Weg bis zum Postamt gerannt).

Dieser kurze Brief klingt, als würde ich eine Smokingjacke aus Velours und eine *Playboy*-Krawatte tragen: »... Wir werden uns also nach Art der alten Schule gebührend anstrengen ... und Ihnen in den nächsten zwei Wochen einen Entwurf zukommen lassen.« *Gebührend*? Du meine Güte.

Aber wie sich herausstellte, hatte ich bezüglich des Kerns meines ersten Romans ganz richtig gelegen.

Die karmische Schuld, die ich mit diesem *gebührend* auf mich lud, hatte ich bis zum 14. Oktober wahrscheinlich schon wieder ausgeschwitzt; an diesem Tag nämlich schickte ich Terry einen Entwurf für einen Roman mit dem Titel *Jacked In*. Dabei handelte es sich um fünf eng beschriebene Seiten ziemlich wüster freier Assoziationen und wilder Figurenbeschreibungen, aber praktisch ohne jede Handlung. Der Protagonist, sofern von so etwas überhaupt die Rede sein konnte, hieß Charlie Flatline, oder Dixie Chas. (Komisch, wie lange es manchmal dauern kann, bis es funkt.) Das Kurioseste an diesem wirklich grauenhaften Entwurf (Akademiker, aufgemerkt!) war, daß er – wenn auch nur in embryonaler Form – Elemente der Plots von *Count Zero* und *Mona Lisa Overdrive* enthielt.

Ich schwitzte Blut und Wasser über dem verdammten Ding.

Terry fand ihn fürchterlich. Ich glaube, er hat es mir am Telefon gesagt, weil kein Brief dieses Inhalts vorhanden ist.

Ich setzte mich auf den Hosenboden und machte es noch mal. Diesmal gab ich mir wirklich Mühe und dachte mir eine Handlung aus. Wenn man bedenkt, wie selten die Entwürfe für meine folgenden Romane auch nur eine entfernte Ähnlichkeit mit dem Endprodukt gehabt haben, so hatte dieser doch erstaunlich viel mit *Neuromancer* gemein. Natürlich gibt es Unterschiede. Anfangs wird die Geschichte aus Mollys Blickwinkel erzählt. Sie kommt nach Chiba, um sich ihre Reflexe aufrüsten zu lassen, und durchlebt eine längere Phase selbstmörderischer Angst (jene Phase, die Case im endgültigen Text erbt). Sie bezieht einen Sarg im Cheap Hotel und freundet sich mit niemand anderem als

Automatic Jack an, dem einarmigen Protagonisten meiner Short story »Burning Chrome«. Eine frühe Version von Peter Riviera hörte auf den wie bei Burroughs abgekupferten Namen »Hologram Slim«, und Maelcum hieß »Action Boy«. In dem Entwurf gab es immer noch »story problems«, wie man in Hollywood sagt, aber immerhin gab es eine Story, die Probleme *haben* konnte. Außerdem fehlte ein richtiges Ende. Terry meinte jedoch, für den Anfang reiche es, vorausgesetzt, ich könne ihm die ersten vierzig Seiten vorlegen und sie fänden seine Zustimmung. Und der Roman sollte nicht mehr *Jacked In* heißen. Ich weiß nicht mehr genau, ob das Terrys Entscheidung war oder meine eigene, obwohl ich manchmal gesagt habe, es sei seine. In meinem Begleitbrief zum neuen Entwurf vom 11. Dezember steht, kein anderer als Bruce Sterling habe den Titel *Jacked In* gutgeheißen, mich aber auch gewarnt, »die Leute könnten ihn *Jacked Off** nennen«. Terry wird vermutlich der gleichen Meinung gewesen sein.

Terrys Brief, mit dem er sein Okay zum zweiten Entwurf gab, kam am Heiligen Abend des Jahres 1981, mit der letzten Post. Wenn Terry diesen zweiten Entwurf abgelehnt hätte – viereinhalb zweizeilig beschriebene Seiten –, hätte ich *Neuromancer* vielleicht nie geschrieben. Daß der Roman doch entstand, ist also Terrys Verdienst.

Am 18. Januar 1982 schickte ich Terry zweiunddreißig Seiten – nicht ganz die vierzig, die er verlangt hatte. Und diese zweiunddreißig Seiten sind nahezu identisch mit dem Anfang von *Neuromancer* in seiner heutigen Fassung, bis zu der Stelle, wo Case in der Klinik in Chiba aus seiner synästhetischen Betäubung erwacht.

Im Begleitbrief erklärte ich Terry, das Buch solle *Neuromancer* heißen.

Und das war's dann, abgesehen davon, daß der Rest noch

* von »Jack off«, deutsch: »sich einen runterholen« (P. R.)

geschrieben werden mußte, und das überließ der gute Terry mir. Ich brauchte dafür fast bis zum Ende des Jahres 1983.

Ein Jahrzehnt später ist *Neuromancer* immer noch im Druck, und es ist in die meisten modernen Sprachen übersetzt worden, die ich kenne. Terry Carr, der erste Freund des Romans, weilt leider nicht mehr unter uns, ebensowenig wie Hisashi Kuroma (Hiroshi Sakuma), dessen kühne Übersetzung ihm ein begeistertes Publikum in einem Land geschaffen hat, das ich mir nur ansatzweise hatte vorstellen können. Beides traurige Verluste.

Ein Jahrzehnt mit all seinen Veränderungen, und die Sowjetunion, die in *Neuromancer*s skizzenhaftem politischen Hintergrund wie ein konturloser Schlackenberg aufragt, der Stillstand schlechthin, existiert ebenfalls nicht mehr.

Sie ist verschwunden, die UdSSR. Wer hätte sich das vorstellen können? Wer hätte das gedacht? Ich nicht, obwohl ich mir in *Neuromancer* besondere Mühe gegeben hatte zu zeigen, daß ich mir eine Welt ohne die USA vorstellen konnte.

Wer hätte sich AIDS vorstellen können? Die Zukunft, was immer sie sonst noch sein mag, ist ganz offenkundig stets unendlich und unsagbar seltsamer als die Produkte unserer Phantasie.

Letztes Jahr schrieb ich ein Nachwort für die erste Übersetzung von *Neuromancer* ins Ungarische. Darin bat ich meine ungarischen Leser, nicht zu glauben, ich hätte eine zukünftige Wiederauferstehung der Sowjetunion im Sinn gehabt. Solche Sachen altern *schnell*, erklärte ich ihnen. Die Zukünfte der Phantasie sind kurzlebig und unterliegen oftmals einer schleichenden Verwahrlosung, so daß sie ein bißchen stumpf, aber nicht unbedingt häßlich werden, wie die rostigen architektonischen Überbleibsel einer Weltausstellung. Für Erwachsene gehört diese Erkenntnis in der Tat zu den heimlichen Freuden an der Science Fiction.

Ein Jahrzehnt und seine Veränderungen. *Neuromancer* wurde auf einer kleinen Reiseschreibmaschine geschrieben, einer Hermes 2000 mit grünen Zelluloidtasten und einer rissigen grünschwarzen Lackierung, die mich an die Dinky Toys erinnerte, mit denen ich als Kind immer gespielt hatte. Die heutigen Leser finden das herrlich überspannt, aber sie vergessen, daß eine Höllenmaschine wie der Macintosh 1981 noch nicht existierte. Den Apple II, den Lungenfisch zum ersten Säugetier-Mac, sah ich in Anzeigen in Wirtschaftsmagazinen. Auf so etwas ließ man Tabellenkalkulationen laufen. Terry Carr tippte seine Briefe an mich auf einer Maschine, deren Farbband so ausgeblichen war, daß ich sie kaum lesen konnte. Die Traummaschine eines Schriftstellers war zu jener Zeit eine IBM Selectric mit Kugelkopf, bei der man die Wahl unter verschiedenen Schrifttypen hatte. Das hat sich geändert.

Ich wünschte, ich könnte sagen, ich hätte es gewußt, aber ich neigte zu der Annahme, daß sich diese Revolution nicht auf meinem Schreibtisch abspielen würde. Auf dem von Case vielleicht. Allerdings brauchte ich 1981 auch keine persönliche Erfahrung mit dem Personalcomputer, um zu spüren, daß wir alle Hals über Kopf auf eine Interaktivität, eine Vernetzung unvorstellbaren Ausmaßes zurasten, auf einen Informationsfluß von unvorstellbarer Geschwindigkeit, Breite und Tiefe.

Und das tun wir auch heute noch, so daß ich mich meiner ärmlichen alten Zukünfte nicht allzusehr schäme.

»Je mehr sich die Dinge ändern ...«

Vancouver, 21. November 1993

Dieses Buch wurde gedruckt
auf Recyclingpapier. Es besteht aus 60% bedrucktem
Altpapier und 40% unbedrucktem Altpapier.

Das Vorsatzpapier und das Überzugspapier bestehen
aus 100% Recyclingpapier.
Der Karton des Einbandes ist
aus 100% Altpapier.

Das Kapitalband und das Leseband
sind aus 100% ungefärbter und
ungebleichter Baumwolle.